春秋战国

胡晓明

胡晓晖

著

① 列王的纷争

长江出版传媒　长江文艺出版社

图书在版编目（CIP）数据

春秋战国 ： 全三册 ： 全新修订珍藏版 / 胡晓明，
胡晓晖著. -- 武汉 ： 长江文艺出版社， 2022.4
　ISBN 978-7-5702-2493-7

　Ⅰ. ①春… Ⅱ. ①胡… ②胡… Ⅲ. ①长篇历史小说
－中国－当代 Ⅳ. ①I247.5

中国版本图书馆 CIP 数据核字(2022)第 023144 号

春秋战国

CHUNQIU ZHANGUO

责任编辑：田敦国　　　　　　　　　　责任校对：毛　娟
封面设计：颜森设计　　　　　　　　　责任印制：邱　莉　　王光兴

出版：长江出版传媒 ｜ 长江文艺出版社
地址：武汉市雄楚大街 268 号　　　　邮编：430070
发行：长江文艺出版社
http://www.cjlap.com
印刷：湖北新华印务有限公司

开本：720 毫米×1060 毫米　　　　1/16　印张：75　　　　插页：3 页
版次：2022 年 4 月第 1 版　　　　2022 年 4 月第 1 次印刷
字数：1107 千字

定价：136.00 元（全三册）

目 录

第一章

寒风呼啸乱象生　主君薨逝天下散

周庄王十一年(公元前686年)冬,齐国贝丘之地。连日阴云密布,寒风呼啸,荒凉的山道上空寂无人。已是日暮时分,一群群乌鸦自旷野里归来,没入道旁的深林之中。忽然乌鸦被惊起,哗啦啦满天乱飞。林间陡地现出无数支戟、戈、矛、斧,在幽暗的阴云下闪烁着狰狞诡异的光芒,直向山道尽头一座高大的离宫逼过去。

离宫正殿里烛光辉煌,歌声婉转,乐声悠悠。国君齐襄公卧坐在铺着裘皮的芦席上,举着盛满美酒的玉杯,狂饮不止。殿门紧闭,挡住了凛冽的寒风。殿角架着巨大的火盆,暖意融融。殿柱下,整整齐齐地跪坐着二十四个盛装的乐女,或弹筝,或吹箫,或抚琴,或击鼓。殿中央,十二个妙龄美女身穿薄纱长裙,如春花中飘飞的蝴蝶,翩翩而舞,边舞边唱。此时此刻,齐襄公喝着美酒,听着美妙的乐曲,看着美丽的舞女,无疑是人生至乐。可是他心中却毫无快乐之意,有的只是满腹烦躁和莫名的恐惧。

白天,他带领众亲卫兵卒驾车围猎,一头野猪突地从重围中奔出,直向他猛扑过来。他连发三箭,居然箭箭不中,结果被野猪撞翻座驾,跌伤了左腿。若非众亲卫兵卒拼死相救,恐怕他早已命丧黄泉。

他当上国君已有十二年,围猎何止百次,却从未遇上这样的凶险之事。这显然是一个不祥之兆,然而他又无法猜出这凶兆将应验在哪件事上。

舞女们不停地旋转着身子,个个香汗淋漓,娇喘微微,显出无尽的妖媚之意。一杯杯的美酒，如同一瓢瓢滚油，泼在齐襄公冒着躁动火焰的心头上。

他猛地扔掉玉杯，从席上跳起来，歪歪扭扭地拖着条跛腿，冲进舞女队中，张牙舞爪地学着野兽的动作，乱吼乱叫，乱扯乱抓地疯闹起来。舞女们故作惊惶，夸张地东躲西藏，你挤我推地歪倒在地，乱滚乱爬，也学起了野兽的动作。不仅是舞女们，连那些乐女也全扔了手中的筝箫琴鼓，滚倒在地，嗷嗷叫地扮作狼、狐、鹿、兔、蛇、鹰的模样，一时丑态百出。

"哈哈哈……"齐襄公仰天大笑起来。只有在这种"野兽之舞"中，他才会感到快乐，才会抛掉满腹的烦躁和那莫名的恐惧。

在殿中疯狂的"野兽"吼叫声里，无数身披重甲的兵卒闯进离宫，见人就杀。刹那间，离宫内惨叫声大起，血肉横飞。亲卫兵卒和寺人、宫女们四散奔逃。大笑中的齐襄公什么也听不见，什么也不知道。他只听得见众"野兽"的吼叫，只知道他此刻是一只"野兽"、一只追逐与被追逐的"野兽"。

殿中只有一个人听见了外面的惨叫声——齐襄公美丽的姬妾连氏。她是殿中唯一没有作"野兽之舞"的人，依然称职地站在国君的坐席之旁。那坐席后面有一尊虎形朱漆木架，上面架着国君权威的象征——一柄饰金龙纹青铜宝剑。惨叫声已逼近了正殿，连氏美丽的脸上透出一种混合着冷酷和欣喜的奇异笑容。

烛光里的一切都在她眼中流动起来，流向遥远的过去，又流回现在……

齐国的第一代国君是太公姜子牙。他因辅佐周武王讨伐殷纣立有大功，被封为齐侯，建都营丘。传说姜子牙的先祖曾是大禹的臣下，助大禹治水有功，被封在吕城。后代又以吕为姓，所以姜子牙又叫吕尚。太公来到齐国后，勤修政务，尊重当地风俗，简化礼仪，沟通商工各业，兴渔盐之利，很快就使齐国富强起来，远近人民纷纷归附。后来周武王去世，成王即位，武王弟管叔、蔡叔等乘势作乱，江淮间的各夷族部落也背叛了周朝。周公紧急派使者令太公起兵平叛，说："东至海，西至河，南至穆陵，北至无棣。五侯九伯，实得征之。"从此，齐国获得了代周天子征伐叛逆的权力，成为东方的大国。

江淮夷族平定之后，太公以百岁高龄去世，传位给儿子丁公，丁公去世后，传位给乙公，如此代代相传，直到第十三代国君僖公禄甫。这期间齐国也发生过几次内乱，国都一度由营丘迁往薄姑，后又迁回营丘，并将营丘命名为临淄。僖公很喜欢嫡弟夷仲年，后来夷仲年先死了，僖公悲伤之下，对夷仲年的儿子公孙无知异常宠爱，让他的俸禄服制及饮食和太子一模一样。僖公偏爱公孙无知的举动，使太子心中大为愤恨。他当时不敢说什么，待到父亲去世他承袭君位后，发出的第一道诏令，便是免去公孙无知的俸禄和服制。

这位太子就是齐襄公，名诸儿，为齐国的第十四代国君。

齐襄公的诏令，在公孙无知心中刻下了无法磨灭的仇恨。

此时周王室自幽王宠幸褒姒，烽火戏诸侯，失信天下，以致被犬戎攻破镐京，兵败身亡，其子平王被迫东迁洛邑以来，已是日益衰弱。各诸侯国不再听从周天子的命令，以大伐小，以强欺弱，互相兼并，攻杀不已。而杂处各诸侯国之间的夷族部落北戎、山戎、西戎、犬戎、骊戎、白狄、赤狄等也趁势攻伐中原华夏各国，抢掠财帛子女。就连齐国这样的大国，也屡次受到北戎的攻击。

齐襄公即位后，杀郑君，灭纪国，伐卫国，兵威赫赫，像是一位有所作为的国君，然偏偏对外不能使邻国敬畏，对内不能使臣下心服，甚至于怨声载道，被国人视为昏君。

齐襄公曾命大夫连称、管至父领兵驻防葵丘（此地环境恶劣，一向为士大夫所恶），约以隔年瓜熟之日为驻防期限。而当次年瓜熟之时，齐襄公并未派人接防。连称、管至父恼怒之下，密谋袭杀齐襄公，另立新君。连称的妹妹连氏是襄公的姬妾，一向不甚得宠，心中早怀怨意。连称先与公孙无知联络，许立他为新君，使他答应充作都城内应。然后，他又授意公孙无知和内宫的连氏勾结起来，约定事成后立连氏为夫人，让她随时将齐襄公的行踪泄露出来。

齐襄公对连称、管至父的密谋毫无所知，依然如往年一样，带着众亲卫兵卒和美女寺人，前往贝丘离宫游猎作乐。

在齐襄公的车驾驰出都城两三个时辰后，一队精锐的披甲兵卒就由连称、管至父率领，直向贝丘扑去……

"轰隆——嗵！"高大的殿门陡地被撞开了，血淋淋的兵刃指向了众"野兽"。

"啊——"凄厉的惨叫声里，众"野兽"魂飞魄散，四处躲藏。

惊骇中的齐襄公慌忙扑到虎形木架前,欲抽出他的青铜宝剑,却抽了一个空。

那柄只有国君才能掌握的青铜宝剑已握在了连氏手中。

"美人,你……啊!"齐襄公一句话尚未说完,锋利的剑刃就刺进了他的腹中。

"我在后宫已经十年了,你为什么不立我为夫人?为什么不立我为夫人?"连氏死死握着剑柄,问着她的国君。

齐襄公圆睁着双眼,什么话也答不出来。他看到整个大殿崩塌了,废墟中如血的红雾,雾中全是鬼魂,无头的鬼魂。那些鬼魂是他杀死的臣下,是他杀死的敌国军民,是他齐国战死在沙场的兵卒、累死在宫墙下的役夫、饿死在道路上的饥民……

连氏猛地抽出了青铜宝剑。齐襄公沉重地栽倒在地上,如同一头被猎手射中的"野兽"。

"啊——"连氏也如同野兽一样叫了起来。齐襄公的鲜血自腹中喷出,喷了连氏满脸。

连称和管至父等人杀死齐襄公后,立即回兵攻向临淄。公孙无知早有准备,将家兵埋伏在城门旁,只待连称等人接近,就蜂拥而出,打开城门。连称和管至父率兵长驱直入,攻进宫城,然后胁迫众大臣来至朝堂,"公立"公孙无知为国君。

齐襄公的弟弟公子纠闻听乱起,立即随同两位师傅管仲、召忽逃往母舅家——鲁国;而另一位弟弟公子小白则早在几年前,就随同师傅鲍叔牙去了莒国。

公孙无知当上国君后,依约封连氏为夫人,主掌后宫。又封连称为上卿,尊为国舅。管至父被封为亚卿,与连称共掌国政。只是齐国众大臣对公孙无知并不心服,没过几个月,便合谋杀死了公孙无知和连氏,连称、管至父二人亦被众大臣以弑君的罪名满门抄斩。

公孙无知一死,堂堂齐国竟陷入无君的境地,国中一片混乱。一些大臣忙派使者去了鲁国,请公子纠回来承袭国君之位。而另一些大臣,则暗中派使者去了莒国。

周庄王十二年(公元前685年)春。正是桃红柳绿、草长莺飞的时节。绵延起伏的沂山古树森森,遮天蔽日,少见人烟。山谷间有一条大道弯弯绕绕,顺着山坡盘旋而前,似绿草间游动的巨蟒,这是莒国通往齐国都城临淄的必经之路。近些年来,齐国征战不休,民不聊生,物力穷竭,少有行商之人,这条道上已很少有车马来往。一群山猴从林间奔出来,蹦蹦跳跳地在大道上打着滚儿,互相嬉戏不休。

"轰隆隆!轰隆隆……"山道尽头忽然传来雷鸣般的声响。数十辆兵车疾驰而来,车轮声、马蹄声混杂在一起,回响在山谷之间。

兵车上插着莒国的大旗,站着手执弯弓长戈的莒国兵卒。但在最前面的几辆兵车上,乘者的服饰都是齐国装束,人人神情肃然。其中第三辆兵车上,站着的两人衣裳华丽,腰悬佩玉,一望便知是非常之人。

依周朝的礼法,乘车尚左,身份尊贵的人在车中必居于左方,右方是陪乘者的位置。但见那居于左方的一人年约三旬,生得方脸大耳,玉面乌须。身材高挺,肩阔背宽。眉长而密,有若春蚕,目细而曲,似是凤眼。嘴角微微上斜,显得刚毅善断而又固执。鼻尖略呈鹰钩,显得狡诈多智且又贪婪,其人正是齐襄公之弟公子小白。

右方的陪乘者年岁在四十上下,长方脸,面色黑里透红,胡须浓密,双睛外鼓,不怒自威,使人望之便生出胆寒之意。他就是小白的师傅,姓鲍名叔牙。

在周朝的各诸侯国中,太子及诸公子(国君之子通称为公子)府中都设有师傅,以教导太子及诸公子礼仪之事,并负有代国君监督太子和诸公子之责。师傅这个官职并不算高,却很重要。尤其是在君位承袭发生了危机的时候,有没有一位好的师傅,直接关系着太子及诸公子的生死存亡。师傅和太子及诸公子之间,向来是一荣俱荣,一损俱损。

"快,快点!"鲍叔牙不停地向御者喝着,声音已经有些嘶哑。其实,兵车早就在全速飞驰着,无论鲍叔牙怎样呼喝,也无法更快。

周朝时,兵车是冲锋陷阵的利器,威力极大。各诸侯国论大小不以国土人众来论,只论兵车多少。周天子最大,号称万乘之国,拥有征伐之权的大国一般都号称为千乘之国,小国则是百乘之国。事实上,周天子从未拥有过万乘兵车,号称千乘之国的诸侯大多数也只拥有五六百乘兵车。至于有些小国,往往搜罗俱尽,才能凑出二三十乘兵车。莒国不算大,方圆约百里,只是一个百乘之国。听说公子小白要回国,莒君立刻慷慨地派出五十乘兵车护送。

正规的兵车,一乘拥有兵卒七十二人。其中甲士七人,三甲士在车上,一甲士御车居中,左甲士持弓远距离射敌,右甲士持戈近距离杀敌,另有四甲士在车下两旁以巨斧长矛护卫。其余无甲兵卒或持盾,或持弩,随车跟进,另外还要分出十余人看护辎重炊具。

兵车通常用四匹带甲壮马拉着,奔驰起来,快如闪电。不过在战场上,因为要保护步卒,兵车往往不能驰得过快。但有时为了突袭或追击敌人,兵车也敢冒险,长驱直入,这种没有步卒配合的兵车被称为"轻车"。此刻鲍叔牙和公子小白带领的五十乘兵车,就是"轻车"。

拂晓时从莒国都城出发,黄昏时就已进入沂山,离齐国边境已不远了,算下来一日间竟行了两百多里路,可谓神速。可是鲍叔牙仍然嫌慢,心急如焚。他恨不得兵车上能生出双翅,载着小白和他在一眨眼间就飞到临淄。齐国无君,有资格继承君位的两位公子都在外国。谁能抢先回国,谁就可能承袭为君,拥有无上权威。谁若落后了一步,谁就可能被指为叛逆,死无葬身之地。

一路上,小白默然无语,似乎对这趟生死攸关的行程不太在意。但他内心的焦急,比鲍叔牙不知多出了多少倍。整整一天,他都在抚摸着腰间的佩玉,暗中祈求齐国始祖太公的神灵保佑。佩玉是母亲留下来的,据说是当年周文王传下的圣物,有攘灾避祸的灵效。

每当想起母亲,小白心中就阵阵酸痛,悲伤不已。母亲身份高贵,是卫国的公主,一向深受僖公的宠爱,子以母贵,小白在幼年时,差点被立为太子。可惜母亲去世太早,近年来卫国又日益衰弱,得不到僖公的重视,因此对小白日益疏远。后来齐襄公即位,记着往日争太子的旧恨,对小白更是冷淡。鲍叔牙担心齐襄公会加害他,找了个机会带着他避到莒国,一住就是数年。

虽然住在偏僻的莒国,齐襄公若是不忘旧恨,要取他性命,易如反掌。小白常常在梦中惊跳起来,要绕屋乱走上几圈,才能再次入睡。这种挥不去的恐惧自幼就压在他的心头,待到齐襄公即位后,就愈加沉重,如万钧巨石,压得他都喘不过气来。

他心想,只有当上了国君,才能消除这种挥之不去的刻骨恐惧。但国君之位从来是父子相传,他作为国君之弟,又怎么可能当上国君呢?除非他谋逆造反,以武力强夺君位。然而他的身份虽说高贵,却没有任何官职,既不参与朝政,更不掌握兵权,家仆加起来也不满百人,哪里有力量去强夺君位呢?他的命运只能是在恐惧的折磨中老死在偏僻的莒国。

不,我的一生决不能就这么完了!同是太公的子孙,我为什么就不能当上国君?太公啊太公,你若能让我当上国君,我一定要让齐国成为天下最强盛的国家,就连周天子也不敢俯视于我。小白几乎每天都在心中如此说着,神智几近狂乱。

不知是不是他的默默祷告起了作用,上天忽然降下一个千载难逢的机会——齐襄公被弑,且又无子。在这种情况下,兄终弟及是各诸侯国遵行的通例。可是齐襄公的弟弟并不只是他一人,与他相比,公子纠当上国君的可能性更大。

首先,公子纠居长,依照"立储以嫡,无嫡以长"的礼法,在名分上已立于不败之地。齐国的大臣明白此理,所以支持公子纠的人,可以堂而皇之地派出使者。而支持公子小白的人,只能暗中派出使者。

其次,公子纠的母亲是鲁国公主,能够得到鲁国的全力支持。鲁国和齐国一样,都是千乘之国。在各诸侯国中,鲁国与周王室的渊源最为深厚,威望甚至超过了齐国。

公子纠的求助给了鲁国一个极好的机会,如果齐国国君是鲁国所立,还会不对鲁国言听计从吗?至少,鲁国可以借此占到许多便宜,以削弱敌人,强大自己。对于这样的一个机会,鲁国君臣无论如何也不会放弃。尽管齐国兵势强于鲁国,但在连丧二君、国中一片混乱的情况下,只怕难以抵挡鲁国施加的强大压力,仅从国家的安危着想,齐国也应该立公子纠为君。

所有这一切,足以令小白不寒而栗。何况公子纠拥有的优势还不止这些,他还拥有管仲和召忽这两位极为出色的师傅。

召忽是齐国最有名的勇士,力能赤手杀虎,且性情刚烈,忠心耿耿。只要公子纠一声令下,纵然是赴汤蹈火,他也决不会后退半步。小白也曾想找召忽这样的勇士跟随左右,只可惜无处可寻。

至于管仲,小白已不知从师傅鲍叔牙那里听到过多少由衷的赞语——管仲此人上通天文、下知地理,既富有权谋,又通晓兵法,实为不世出的贤能圣者,其才足可与齐国始祖太公相比。当年周文王得到太公,终能兴周灭殷,王于天下;今人若能得到管仲,必将建立千古不朽之功业,使天下诸侯望风归服。

对于师傅的这番话,小白不能不相信。他和鲍叔牙相处已有十余年,素知他从不妄语,所言必有依据,且鲍叔牙在国中向来是以慧眼识人著称,何况他和管仲曾有过密切的交往。

十多年前,两人常合伙外出贸易,鲍叔牙出的本钱多,管仲出的本钱少。但分账的时候,却偏偏是管仲拿得多,而鲍叔牙对此竟毫无怨言。鲍叔牙性情耿直,若非那管仲真有过人之能,他岂肯甘心如此?

公子纠既然有管仲这样的师傅辅佐,又怎么能容他小白夺得君位?即使他能够抢先回到临淄,也不一定会很顺利地夺得君位。反之,公子纠若抢先回到了临淄,就绝对能够登上君位。到了那个时候,以天下之大,也毫无他的藏身之处。

莒君为什么如此慷慨,借给他五十乘兵车?无非是盼着他能回国当上齐君,好借着大国之势庇护自身。但假若他争夺君位失败,又逃了回来,莒君就会立刻翻脸,把他的头割下来送到临淄,讨好新立的齐君。齐国不仅是东方的大国,也是天下的大国,没有一个诸侯愿意无故得罪大国,小白明知道他回国抢夺君位的谋划是败多胜少,但还是毫不犹豫地登上了兵车。

对于小白的毅然决断,鲍叔牙深为佩服,感到不枉教导了他这么多年。如果上天不佑公子,此行失败,我当相从于地下,以报公子的知遇大恩。

暮鸟归林,道旁时闻猿声啼叫,深紫色的雾霭渐渐遮住了整个天幕。奔驰的兵车慢了下来,马已疲,人已饥。莒国领兵的将军从后面赶上来,请求歇下来寻觅夜宿之处。

"不行,此地不可久留。待歇息一会后,应连夜赶往临淄。"鲍叔牙说道。

领兵将军面带难色，正欲说什么，忽听远处传来急急的马蹄声响。众人的神情立刻紧张起来，领兵将军慌忙传下命令——摆阵迎敌。五十乘兵车头尾相连，依山道摆成了一字长蛇阵。小白和鲍叔牙紧握剑柄，眼睛一眨也不眨地盯着前方。

山道尽头尘土飞扬，四辆单兵小战车迎头向军阵飞驰过来。这种单兵小战车轻便灵活，只能乘坐一人，速度极快，是各诸侯国用来通报紧急事务的专用"快车"。四辆小战车两辆是空的，显然是为御者换乘准备的。如此轮换飞驰，一日可行三百余里。

四辆小战车径直驰到距军阵十余步前，才停了下来。小白和鲍叔牙斜望过去，能清晰地看见小战车上的御者。但见第一辆小战车上站着一位信使装扮的人，年约三十五六，中等身材，宽额浓眉，一双眼睛藏在眉弓的暗影下，隐隐闪出精光，给人一种深不可测的神秘之感。第二辆小战车上站着的人身材魁梧，手执长戈，看来是那信使的护卫。

啊！来者竟是管仲？小白和鲍叔牙对望一眼，大感意外。在他们的想象中，管仲此刻正护卫着公子纠，疾行在鲁国通往临淄的大道上。

莒国和鲁国相比，莒国离齐国较近，在不发生意外的情况下，应该是小白能够抢先进入临淄。但是他俩断定管仲决不会甘心落后，会让公子纠日夜兼程，想出种种办法赶在他们的前面进入临淄。可他们万万没料到管仲会装扮成信使，乘坐"快车"来到这里。

"鲍兄，一别数年，你依然是风采如昔，实在令小弟羡慕不已。"管仲微笑着对鲍叔牙行了一礼。他语气平静，神情悠然，看不出有任何焦虑之意。仿佛此刻鲍叔牙根本不是他的生死敌人，仍然是他的好朋友。

"管仲，想不到你身为公子师傅，居然肯委屈做一'信使'。说，你到底想干什么？"鲍叔牙毫不客气地问道。

管仲装作没听见鲍叔牙话中的嘲讽之意，向小白拱手施了一礼，问："公子如此行色匆匆，意欲何往？"

"国君不幸身亡，做臣子的自当奔丧。"小白很干脆地回答道。

"此时国中混乱，众大臣各怀私心，公子贸然回去，只怕会陷入贼人的奸谋之中，奇祸立至。况且长幼有序，自古皆然，公子上有兄长，理应后退一步，待君位已定,国事安宁,公子再回去奔丧不迟。"管仲依旧是语气平静,话中却暗含着威胁之意。

哼!待君位已定,我项上的人头还能保住吗?小白想着,不愿多说什么,向鲍叔牙望了一眼。

"管仲,从前我们算是朋友,可那是私情。如今大家各为其主,我不管你想干什么,看在你是齐国臣子的分上,我暂且不杀你,可你也别不知趣,妄想挡住公子的去路。"鲍叔牙怒目圆睁,心想你管仲竟想凭着三寸不烂之舌,说退我们,简直是痴人说梦。

管仲闻言一怔,左右看了看,见兵车阵中的莒国兵卒已是长戈高举,只待鲍叔牙一声令下,立刻就会围攻上来。

"唉!公子不听吾言,悔之晚矣。"管仲长叹一声,将小战车倒转,往来路驰去。他转身之时,借着身体的遮掩,悄悄拿起藏在车中的弯弓,将一支锋利的羽箭扣在弦上。

嗯,这管仲向来诡计多端,不肯服输,今日怎么会如此轻易地退让呢?鲍叔牙心头疑云大起。

这时,只见管仲在驾车驰出二十多步远时,蓦地转过身,嗖地一箭射向小白。这一招大出鲍叔牙的意料,欲伸手推开小白,已是来不及。

"啊——"小白惨呼一声,捂着腹部倒在车上,口里喷出血来。那支箭直入小白的腹中尺余深,眼见得他必死无疑。

"公子,你不能死,不能死啊!"鲍叔牙凄厉地呼叫着,紧紧抱住小白。小白身子僵硬,一动也不动。管仲扔下弯弓,挥鞭向马背猛抽,那小战车便如飞一般疾驰起来。

"追,给我追上去!杀,杀了管仲!"鲍叔牙狂怒地大吼道。

莒国领兵将军立即率领当先的几辆兵车,向管仲奋力追去。车上的兵卒在追击中不停地放着箭。只是小战车的速度太快,兵车愈追,反倒离小战车愈远。兵卒们仓促射出的羽箭,连小战车的边也没能挨上。

侥幸,真是侥幸啊。看来齐国的列祖列宗,俱愿庇护于公子纠,才使得我一举成功。管仲看着远远落在后面的兵车,边想边不停地抹着额上的冷汗。

当齐国的使者一来到鲁国,他就对小白起了杀心。他深知,在国家危难的时刻，许多野心勃勃的臣子便会借机而动，图谋在君位的继承上押上一宝，猎取平日无法获得的权柄。虽然公子纠占有许多优势，但树大招风，若众人群起而攻，只怕很难招架。公子纠若想稳坐君位，最快速、最有效的办法就是先下手为强，杀掉公子小白。而且最好是在他未进入临淄之前动手，这样既方便些，又不过于震骇人心。

本来，这刺杀小白的重任应由召忽承担。然而召忽武勇的名声太响，小白和鲍叔牙一见，就会生出戒心，反倒不易下手。当然也可以利用鲁国的兵卒设下埋伏，将小白连同莒国兵卒一同杀死。但是莒国离临淄近而鲁国离临淄远，鲁国的大队兵车很难赶在莒国护送兵车的前面设下埋伏。

管仲反复权衡之下，只得挺身而出，亲自充当"刺客"，出奇制胜。尽管他在勇力上远远不如召忽，可由于经常打猎，倒也练就了一手好箭法。更重要的是，他素以智谋闻名于世，从未显示过武勇，鲍叔牙和小白做梦也不会想到他会充当"刺客"。

他在扮作信使、以小战车绕道截击公子小白的同时，召忽已护送公子纠疾行在通往临淄的大道上。为了防止万一失手，临行之前，他反复叮嘱召忽——必须抛掉一切不必要的随从，连夜疾行。在小白不死的情势下，公子纠越是早进入临淄，就越是有利。

"啪！啪！啪！……"尽管追击的兵车已看不见踪影，管仲仍是在挥鞭猛抽着马背。这次他是要截住公子纠的去路，阻止公子纠进入临淄。管仲精通兵法，明白兵随势变的道理。现在小白已死，公子纠作为齐国唯一名正言顺的君位继承人，不必冒险深入临淄。

齐国兵将强悍，名闻天下。而齐国大臣的强悍，更是令天下国君闻之色变。齐国的大臣敢杀死齐襄公，敢杀死公孙无知，就不敢杀死公子纠吗？他打算截住公子纠后，立刻转回曲阜，请鲁君至少派出兵车三百乘，以强大的武力威服齐国大臣。

智者千虑，必有一失。鲍叔牙和小白做梦也没有想到管仲会充当"刺客"，而管仲同样也是做梦都没有想到，小白竟会"装死"。

管仲那突然射出的冷箭并未射伤小白，只是射中了他衣服上的带钩。小白唯恐管仲再次射来，情急之下，以衣袖掩住箭杆，歪倒在车中，使管仲望过来,似是射中了他的腹心要害之处。他倒下的同时还咬破舌头,像是逆血自喉中喷出一般,其惟妙惟肖,连近在咫尺的鲍叔牙都被瞒过。

直到管仲去得远了,小白才睁开眼睛,告知鲍叔牙真相。鲍叔牙又惊又喜,当即令众莒国兵卒打着丧旗,原路回返。然后他和小白改换衣服,扮作商人的模样,从附近庄园里寻得一辆辒辌车(一种有着厢板,窗口可以遮上帘幕的卧车),连夜自小路向临淄疾驰而去。

第二章

隰朋三策定大位 叔牙力荐管夷吾

齐国无君,境内混乱,盗贼横行,鲍叔牙和公子小白如此不带护卫,改扮而行,甚是危险。幸好一路上并无险事,车在天明时分已进入临淄城内。城内街道重重,屋瓦相连,望之无边,不愧为天下大国的都城。车小心地绕开正街,驶进深巷,至下大夫隰朋的府第后院门外停了下来。

周朝的官制,大臣分为卿、大夫、士三等,每等又分三级:为上卿、中卿、下卿,上大夫、中大夫、下大夫,上士、中士、下士。齐国素称豪富,隰朋的官位虽然只是中等偏下,其府第之阔大,却几乎相当于小国的宫城。隰朋听罢门卒通报,忙奔至后院,亲自将小白和鲍叔牙迎至府内。

从前小白在临淄城中,交往的俱是宗室贵族和中上卿之类的高官,和隰朋还是第一次见面。借着向府内正堂走过去的机会,小白仔细打量了隰朋几眼,见他貌不惊人,身材低矮,面孔焦黑如炭,鼻子眼睛和嘴唇挤成了一堆,看上去呆头呆脑的,心中不禁大为失望。

他听鲍叔牙说过,隰朋是众大臣里第一个想拥他登上君位的人。那暗中前往莒国的使者,就是隰朋亲自派出的。隰朋素来忠心,勤于政事,是个难得的贤能之臣。小白这下心里不以为然,想,什么贤能之臣,这隰朋想拥我登位,只是出于私心。他不过是个小小的下大夫,若无大功于国,只怕永远也难以升到卿位。但若是我能登上君位,这隰朋就有了拥立大功,还愁没有高官可做吗?

尽管如此想着，小白还是对隰朋很客气，礼敬有加。这时别说是一个下大夫，就算是一个下士，只要愿意拥他登位，小白也肯放下架子，着意结纳。

三人走进正堂，互相谦让一番后，小白居中坐于正席，鲍叔牙和隰朋分左右相陪。侍女们端着托盘缓步走入，跪在席前，献上酒食。小白又累又困又饿，顾不得客气，狼吞虎咽地大吃大喝起来。鲍叔牙借这个机会，详细地把他们怎样在路上遇到管仲，怎样改装进入临淄的经过说了一遍。

"天意、天意！是天意许公子为齐国之君啊。"隰朋感慨地说道。

"那管仲竟敢充当'刺客'，其心地之险恶可想而知。我惧他还有对公子不利的毒辣计谋，这才改装入城。请隰大夫尽快告知众大臣，立公子为君。不然，迟则生变啊。"鲍叔牙急急说道。

"鲍先生所言甚是有理，我即刻遍访众大臣，商议立君大计。"隰朋与鲍叔牙相反，他神色安定，看不出有任何焦急之意。

"遍访众大臣，岂不迟了？我看还是把众大臣招到朝堂上，即刻拜公子为君，最为上策。"鲍叔牙说道。

"不，公子此刻绝不能到朝堂去。"隰朋决然地说道。

"这是为何？"鲍叔牙神色顿变，小白的手亦是一颤，差点将杯中的美酒倾了出来。两人以为隰朋已改变了主意。此时此刻，隰朋若是改变了主意，那么他们无疑是自投罗网，陷入了死地。

"请问鲍先生，目前国中最有势力的臣子，是哪几人？"隰朋不答反问。

"自然是高氏、国氏二人。他们世居卿位，家室富豪，族丁众多，历代国君对他们都很礼敬。"鲍叔牙不明白隰朋为什么要这样问，但还是回答道。

"是啊，高氏、国氏乃众臣之首，当此国乱之时，理应挺身而出，维系国脉。然而近些时来，他们都是深居不出，闭门谢客，任由众大臣自作主张，这到底是为什么？"隰朋又问道。

"莫非高氏、国氏竟也包藏祸心，意图不轨？"鲍叔牙心中大跳起来。

"不错，高氏、国氏对于二位公子，俱是心存不善。"隰朋压低声音说着，并用眼角悄悄望了小白一下。小白早已镇定下来，仰头连饮，看也没看鲍、隰二人一眼。

闻变不惊，气量自是宏大，其为君有道矣。隰朋不由得暗中赞道。

"高氏、国氏俱为世受君恩之族,怎敢如此……如此心怀歹谋?"鲍叔牙怒道。

"高氏、国氏心怀歹谋,已不是一天两天了。只因人心不忘太公恩德,依然忠于齐室,才使得他们不敢轻举妄动。先君不幸被弑,给了他们一个绝好的机会。他们先鼓动众大臣以弑君之罪杀了公孙无知,然后有意默许众大臣分头迎立二位公子,企图使二位公子在自相残杀中同归于尽。到这时,高氏和国氏方才会出头寻得公室中一位远支少年,立为国君,以便独掌权柄,逐步侵夺公室土地,变姜氏之齐国为高氏、国氏之齐国。此时公子若贸然出见众臣,必然会被高氏、国氏加害啊。"隰朋神情凝重地说道。

啊,这隰朋看上去貌不惊人,胸中却甚是明白,当真不愧为贤能之臣。小白忍不住在心里赞叹起来,同时对师傅也更为佩服。鲍叔牙慧眼识人的本领,果然是名不虚传啊。

"那么,以隰大夫之见,我等该当如何?"鲍叔牙忧心忡忡地问道。

"高氏、国氏虽然势大,但并不能一手遮天。唉!我也是近两天才发觉他们的歹谋,想派人告知你们这个消息,让你们隐身入城,可怎么也找不到托心腹的使者。幸赖天意让管仲为难你们,使你们改装入城,瞒过了高氏、国氏的耳目。嗯,我们须趁此良机,让公子暂留在此,然后你我遍访众大臣,使众大臣人人都推举公子,以逼迫高氏、国氏亲来迎请公子登位。如此,则大事成矣。"隰朋从容不迫地说道。

"据我所知,众大臣与公子纠交好者甚多,且公子纠名分占先,又有鲁国作为强援,万一众大臣力推公子纠为君,我们又该当如何?"鲍叔牙仍是不放心地问道。

"这个不妨,我有三条理由,可以说服众位大臣。"隰朋自信地说道。

"是哪三条,还请大夫明言。"鲍叔牙恳切地问。

"请问鲍先生,先君被弑,究竟是祸从何起?"隰朋又是不答,先来了个反问。

"这……"鲍叔牙欲言又止,面露不悦之色。他当然知道齐襄公被杀,"祸"在哪里,但是难以回答。

齐襄公还是太子时,就以荒淫无耻闻名国中,继位之后,更是变本加厉,毫无顾忌。八年前，鲁桓公带着夫人文姜来到临淄，与齐襄公相会，修两国盟好之约。文姜是齐襄公的庶母妹，生得极美。齐襄公将她从馆驿接进内宫，经夜不归，至次日方回。鲁桓公大怒，指责文姜与齐襄公通奸，立即要摆驾回国。齐襄公闻知亦是大怒，在送行的宴会上有意灌醉鲁桓公，令公子彭生扶鲁桓公上车。那彭生臂力极大，竟硬生生勒断了鲁桓公的肋骨，使他毙命车中，然后谎说鲁桓公是酒后中恶而死，将他的尸体送回鲁国。

堂堂一国之君竟如此暴毙在邻国都城，引起天下震动，大家纷纷责骂齐襄公丧心病狂。鲁国也非弱者，一边扶新君即位，一边派使者至齐，要求齐襄公惩罚凶手。齐襄公无奈，只得当着鲁国使者之面杀死彭生。然而此举又使齐国的臣下心中不服，俱是怀有怨意。

文姜因为这件事，亦是不敢回国，只好住在齐鲁交界的行馆之中。齐襄公在如此情势下，偏偏不避嫌疑，时时借行猎之名，到行馆中与文姜相会。于是，齐国内外人言汹汹，都将齐襄公视为昏君。鲁桓公的儿子鲁庄公深感羞辱，整天操练兵卒，意欲攻齐报仇。齐襄公为压服人心，大肆征调丁壮，扩充战车，并四处征伐，做出了好几桩更加震动天下的大事。

首先，他借口郑国出了逆弑大恶，将郑国国君诱杀。紧接着发动大军，一举灭掉了纪国，顺势陈兵鲁国边境，以强大的兵威压服鲁庄公，使其立下与齐国的和好盟约。这些"大事"做下，使周围小国大为惊恐，纷纷派出使者至齐，对齐襄公大加赞颂，并献上美女白璧。

齐襄公得意之下，又决定派兵讨伐卫国。他很容易地找到了讨伐卫国的理由——卫人不该逐走先君公子朔，另立公子黔牟为君。他先派使者到卫国，让公子黔牟退位，将国君之位还给公子朔。而公子黔牟倚仗着周天子的支持，毫不退让，怒声将齐国使者骂回。恼怒之下，齐襄公胁迫鲁、宋、陈、蔡四国，随他一同出兵征伐卫国。四国畏惧齐国的兵势，只得派出兵车，跟在齐国大军后面。

周天子见卫国危急，慌忙中派下士子突充作大将，率兵车二百乘驰援。只是周室已衰，兵不耐战，与齐军才一交手，便四散溃退，作鸟兽散。下士子突无奈之下，唯有举剑自刎而亡。

齐襄公如愿以偿，赶走了公子黔牟，扶持公子朔做了卫国国君。然而周天子毕竟是天子，虽已衰弱，名义上还是天下共主，还能号召一些诸侯。退兵回国之后，齐襄公总是担心周天子会伺机报复，就命令大夫连称、管至父驻守葵丘，防备周天子前来讨伐。不想周天子没有攻过来，连称、管至父二人倒起了反心……

齐襄公被弑之祸的根由，在齐国可以说是无人不知、无人不晓。但是依着"子不言父过，臣不言君过"的礼法，鲍叔牙在此时此刻，不宜提起先君被弑之祸的根由。

"先君被弑，其祸在于得罪了周天子。无论如何，周天子也是天下的共主，周天子一天视齐为敌国，我们就一天也得不到安宁。今日齐国的第一要务，就是要与周天子恢复旧好。"隰朋坦然说道。

"你是说，立公子为君，可以与周天子恢复旧好？"鲍叔牙眼中一亮，豁然顿悟。

"不错，这就是我说服众大臣的第一条理由。公子的夫人王姬乃是当今周天子的侄女，我们宁愿得罪鲁国，不立居于长位的公子纠为君，而立王姬的丈夫为君，明显是在向周天子表示善意。周天子其实也不愿得罪齐国，一定会借这个机会与齐国重修旧好。"隰朋道。

"这条理由众人难驳，极妙。请问这第二条理由呢？"鲍叔牙兴奋地问。小白心中一样大为兴奋，但依然是神色不变，自斟自饮，好像鲍叔牙和隰朋谈的事与他毫无关联。

"公子纠就算是我们主动迎立的，鲁国也必视为己功，势将需索无穷。公子纠借外兵入国，对臣下自然会多出一份猜疑之心，鲁国但有所求，公子纠肯定会完全依允。长此下去，齐必弱，鲁必强。到头来，大家只怕是死无葬身之地。"

"妙！这第三条理由呢？"

"齐国连遭先君和公孙无知之丧，非贤者不足以定国。公子之贤，国人皆知。"

鲍叔牙和隰朋商量已定，留小白在内室歇息。然后一同乘车出府，鼓动众大臣迎立小白为君。

整整一夜未睡，小白困倦已极，却并未躺到榻上。他在内室里四处巡视，仔细地检查着每一方窗扇,推开、关上、又推开、又关上……这是他多年恐惧生涯中养成的习惯。在他还是一个少年的时候,曾亲眼看见一个蒙面刺客从窗中跳进内室,杀死了他的一位异母兄长。后来他听说,那位刺客是另一位异母兄长派来的。从那一天起,他就明白了公室子弟之间没有兄弟之情,只有刺杀与被刺杀的恐怖。

内室共有十余方窗扇,公子小白在检查到第八方窗扇时,停住了手。他感到阳光忽然明丽起来,浑身涌起了奇异的躁动。窗外有一株桃树,花开灿烂,似朝霞初现。桃树下正站着一个十五六岁的少女,身段窈窕,明眸皓齿。或许是窗扇的异响惊动了那少女,她回过头来,正好和小白的目光相遇。

小白怦然心动,伸手招着那少女,让她到窗前来。少女是府中的一名侍姬,招待客人,让客人满意,是她的本分。她不知道小白的真实身份,只知道主人对他很敬重,面对这样的客人,她不能拒绝。

少女微垂下头,做出羞怯的样子,缓步向窗口走去。桃枝上落下两只娇艳的黄鹂,不停地蹦蹦跳跳着。粉红的花瓣从枝头上落下,随风飘到那少女乌黑的秀发上。袭人的倦意不翼而飞,小白仿佛一下子年轻了许多,他第一次感到了春天的诱惑。

春天,是齐人心中最美妙的日子。无数人扳着指头数着夏天、秋天和冬天,只为了快些数来春天。齐国有种古老而深入人心的传统——仲春时节,不止"淫奔"。"淫奔",就是在春天里,男男女女,主要是少男少女,不论相识与否,以貌相媚,以身相交,自由自在地相亲相爱。

在齐人的眼中,春天里少男少女相约私会的"淫奔"绝不是一件坏事。唯有春天里的"淫奔",才有子子孙孙的繁茂昌盛,才能延续宗族,才能培育出强悍的勇士,才能杀死敌人,保存自己。当然,"淫奔"之后必须继以父母之命的婚姻之约,否则,"淫奔"过的少男少女就会失去家族中的地位,不能继承财产。而且在春天过后,就绝不能"淫奔",若是有谁企图在别的季节行"淫奔"之事,全族人就会将他(她)视为亵渎神灵的公敌,群起而攻之。

依周朝的礼法,姜太公绝不能容许"淫奔"的存在,但他是个豪迈洒脱的国君,并没有像鲁国国君伯禽那样强逼当地的百姓改变风俗,而是默许这种习惯保留了下来。为此鲁人看不起齐人,认为齐人毫无羞耻,不配做华夏天子的子民。而齐人同样看不起鲁人，认为鲁人毫无血性，胆小如鼠，找不出几个有种的男子汉来。

齐鲁两国常常打仗，鲁国败多胜少，似乎真的没有齐人勇敢。而齐人好色荒淫，常常闹出天下人耻笑的丑事，在诸侯国之中名声也极是不好。但他们好像对名声满不在乎，依旧在每年的春天大行"淫奔"之事。

像小白这样英俊高大、身份尊贵的公子，应该是无数美丽少女在"淫奔"中追求的目标。他也能在"淫奔"中充分展示男性的骄傲，获得无上快乐。可是他一次也没有在春天里走出都城，到花丛去寻觅应有的欢乐。在他的眼中没有春天，只有恐怖。他行走到任何地方，身边都要带着腰悬利剑的亲信武士。如果他在"淫奔"中还带着武士，未免会成为国人的笑柄。胸怀大志的他又怎么能够成为国人的笑柄，自堕威信呢？

后来，他和洛邑来的王姬成了亲。王姬生长在远离临淄千里的都城里，自幼熟知礼法，端庄贤惠，对齐国的"淫奔"习俗深恶痛绝。再后来，他有了一位性子刚直、崇信礼法的师傅。小白不敢得罪来自王室的妻子，不愿得罪忠心耿耿的师傅，更加远离了春天的"淫奔"。

没想到，他的举动深深得到了一部分朝臣的钦佩，称他为"贤"。渐渐地，小白谨守礼法的贤名，远远传至各诸侯国的耳中。许多前来齐国的使者在公事办完之余，往往会登门拜访小白，着意结纳。

偏僻的莒国对小白亦很尊重，其国君有两个嫡子，俱是顽劣不堪，使莒君大伤脑筋，特意派使者至齐邀请小白去莒国游玩几天，帮他好好教导教导"孽子"。正好小白和鲍叔牙有意避祸，遂顺势去了莒国。但不论是在齐国，还是在莒国，春天的幻想仍然深埋在小白的心中，到今日终于迸发了出来。他从窗中伸出双手，一把将走近的少女提起来，硬拉进了内室中。

"啊！"小白的举动大出少女的意料，她禁不住惊呼起来。虽然她的身份只是一名侍姬，可到底是主人的"财物"，和客人调笑可以，却不能做出任何"出格"的事情，否则就是对主人的羞辱。客人将被逐走，侍姬将被"家法"处以极刑。

"不准叫，我是公子小白，齐国的国君！"小白低沉地吼叫着，几下子就将少女的衣衫扯掉，然后再次把赤裸的少女提起，抛到榻上去。

"啊,国君,莫非齐国又有了国君?!"少女在惊骇中再也不敢喊叫,甚至不敢拉起床上的帐幕,遮挡身上的羞处。小白像是在行猎中欣赏一头被围住的美丽小鹿那样欣赏着赤裸的少女,一步步逼过去……

直到黄昏时刻,小白还睡在榻上,不肯起来,他从少女身上得到了在王姬那儿无法得到的快乐,他只想沉醉在这欢乐中永远也不醒来。

"啪!啪!啪!……"屋门忽然被人急促地敲击着,声音震得小白的耳鼓嗡嗡乱鸣。

"是谁?"小白一骨碌坐起身,伸手就去抓悬在榻上的佩剑。

"是我。"门外传来鲍叔牙带着颤抖的声音,"公子,快,快起来!进宫去!众大臣和高、国二族都愿立公子为国君!"

哈哈!国君?我是国君,我终于是国君了!小白几乎要仰天狂笑起来。他忙狠狠地在自己大腿上掐了一把,剧烈的疼痛使他狂躁的心态稍为平静了下来。

"快,公子,快进宫啊,大臣们都去了朝堂,在等着公子。"鲍叔牙催促道。

他和隰朋鼓动的结果,出乎意料地顺利。许多大臣都和隰朋一样,看出了高、国二族的险恶用心。而对付高、国二族的最好方法,就是以迅雷不及掩耳之势,拥立国君,维系国脉,制止有可能出现的大乱。至于到底是立公子纠还是立公子小白为君,倒显得不太重要了。

鲍叔牙和隰朋因势利导,不再遍访众臣,而是派出使者,请众大臣齐集朝堂,逼迫高、国二族"领头"迎立新君。高、国二族措手不及,唯恐触了众怒,只得顺水推舟,做出一副早就准备迎立公子小白的模样。

听着鲍叔牙的催促声,小白慌忙套上衣裤,要跳下榻来,谁知身子陡然沉重起来,竟是一动也不能动。那少女的双手死死搂着小白的脖子,说:"主公,主公!千万别忘了臣妾,臣妾姓晏,贱名唤作蛾儿。"

主公,这是臣下对国君的一种独有的尊称。小白浑身的热血一下子沸腾起来,觉得他蓦地无比高大,直如高入云端的泰山一般。

"放心,寡人明日当亲赐香车,接你入宫。"小白神情肃然,已是国君的口气。少女的双手颤抖着,慢慢从小白的脖子上松了下来。

次日,小白于朝堂上即位,成为齐国的第十五位国君,后世称之为齐桓公。

　　齐桓公以拥立之功,封鲍叔牙、隰朋为上大夫。为安抚高、国二族,亦加赐食邑。其余众大臣,俱是升赏有加,人人高兴。而公子纠此时在鲁国兵车的护送下,方才行到齐鲁边境。

　　齐桓公立即派出使者,召公子纠单身入齐,以臣下之礼拜见新君。并言公子纠若不听从诏令,便是叛逆,人人得而诛之。

　　公子纠自然不肯遵诏,随同鲁军继续前进,兵锋直指临淄。鲁庄公闻听小白未死,反倒当上了国君,恼怒之下,亲率兵车二百乘,驰援公子纠。齐桓公见情势紧急,亦亲率兵车五百乘,以鲍叔牙为主将,王子成父、东郭牙为左、右将迎击鲁军。周庄王十二年(公元前685年)夏,齐、鲁两国大军在乾时相遇,各自扎下营寨,对垒据守。

　　小白的"死而复生",使管仲处在了极为尴尬的境地。公子纠恼他,召忽怨他,就连鲁国的兵卒也编了歌谣嘲笑他:

　　　　管仲管仲兮好威风
　　　　箭无虚发兮逞英雄
　　　　单车杀敌兮世无双
　　　　竹篮打水兮一场空

　　此刻,成为众人笑柄的管仲本应该老老实实地待在军营里才对。然而他却毫不老实,仍昂然直入中军大帐,面见鲁庄公,进言道:"公子小白刚刚即位,人心未必归服。大军应出营与敌速战,方可获胜。"

　　鲁庄公听了,冷冷一笑道:"管先生还是到后营好好保护公子纠吧,这军阵之事,不劳先生操心。"

　　本来,鲁庄公是非常喜欢管仲的,常常在行猎时让管仲同行。鲁庄公是天下闻名的美男子,也是天下闻名的猎手,素有"神射"的称号,堪称百发百中。管仲的射术亦是不错,和鲁庄公趣味相投。可是近些天来,鲁庄公见到管仲,心中就忍不住怒火勃发,几欲拔出宝剑,当场砍下他的脑袋。

　　鲁庄公正当年少之时,就成为大国之君,本欲建功立业,光宗耀祖。不想自他继位以来，麻烦事一件接着一件，弄得他焦头烂额，举止失措，为国人所笑。尤其是与齐国的关系，使他陷入两难之地，不知如何应对才好。

这个强大的邻国既是他的仇敌，又是他的恩人。他的父亲暴死在齐国都城，母亲被迫流浪在边境上，这种奇耻大辱令他不能不把齐国视为仇敌。但是他能当上国君，又是因为有着齐国的强大支持。若非他的母亲是齐国公主，若非齐襄公首先派出使者向他祝贺，他不仅不会当上国君，恐怕还要被争夺君位的兄弟们乱刀杀死。在他的内心深处，对齐国的感激远远超过了仇恨。

他对父亲并无什么感情。父亲平日不太喜欢他，若不是惧怕齐国问罪，极有可能废了他的太子之位。然而他又不得不整顿兵车，准备与齐国拼死一战。鲁国是礼仪之邦，最讲孝道。为人子者，不报父仇，就是禽兽不如，根本没有资格成为国君。可是鲁庄公整顿了好几年兵马，也没有攻入齐国。

他深知，与齐国争战，只能胜，绝不能败。胜，他就是报了父仇，威望大增，国人敬服，自能稳坐君位。败，他则是外结齐国之怨，内失国人之心，诸公子必将趁势发乱，将他从君位上轰下来。如果失去了君位，等待他的就只能是死路一条。

兵战之事最为凶险，国势相敌的两军争战，哪一方都难以稳操胜算。鲁庄公没有胜敌的把握，就不敢出战。而他的不敢出战，又引起了国人的强烈不满。就在他骑虎难下的当口，齐襄公大举伐纪，一战灭了纪国。齐国的兵威震动了天下，鲁国的贵族子弟害怕上阵与齐国兵卒交手，再也不敢以"礼仪"的借口逼迫鲁庄公进攻齐国。鲁庄公顺势与齐襄公会盟，订立两国和好之约，解决了一大难题。

齐襄公在会盟时对鲁庄公很是尊重，以平等之礼相见，丝毫没有摆出强国的架子，并当众夸他是有为之君，还将年幼的女儿许配给他。如此一来，齐襄公不仅是鲁庄公的舅父，更成了鲁庄公的岳丈，亲上加亲。鲁庄公的君位，也因此更加稳固。只不过鲁庄公仍然感到心里窝了一口气，上朝时见到几个大臣交头接耳，就怀疑有人在嘲笑他。

齐襄公暴亡，公孙无知被杀，给了他一个出气的好机会。如果他能趁乱立公子纠为齐国国君，不仅是雪了前耻，也是立了国威，将成为鲁国历代最有作为的国君。谁知他竟"竹篮打水一场空",齐国的君位居然被那躲在莒国的公子小白夺了去。而他的"落空",全是自称足智多谋的管仲"陷害"的。

本来,他要亲自率大军直入齐国,以助公子纠"夺位"的威势。可一听说公子小白被管仲射死了,就松了劲,日日与后宫美人饮酒作乐,只派了大将曹沫随同公子纠回国"夺位"。

此时他虽然亲临军阵之中,但仔细想想,却又是陷在了两难之地。放弃公子纠与齐国新君和好吧,他不甘心;继续护送公子纠"夺位"吧,势必与齐国大战一场不可。这场大战对他来说,一样是没有必胜的把握。代别国立君不成,反吃了一场败仗,他无疑会成为天下诸侯的笑柄。进不愿战,退不心甘,鲁庄公就只能这么固守营垒,和齐桓公"对耗"下去。他想,齐国臣子素来强悍,不畏君威,"对耗"久了,说不定会生出内乱,让他有机可乘。

见鲁庄公不肯采纳"速战"之策,管仲在心里长叹了一声,退出帐外。他已从鲁庄公眼中看出了杀气,之所以现在没有杀他,是因为公子纠还是个"有用之人",杀了他会让公子纠难堪。但他若仍是坚持己见,力劝鲁庄公"速战",只怕鲁庄公恼怒之下会立即置他于死地。

想我平日自负智谋过人,远胜鲍叔牙,怎么就落到了这种地步呢?管仲步履沉重地边往后营走边想着。他看出鲁庄公并不善于用兵,这场与齐国的大战,结果恐怕是败多胜少。如果真是鲁国败了,他和公子纠立刻就会陷入死无葬身之地的绝境。

不,我不能就这么死了,决不能!想我自幼贫寒,父亲早丧,全靠母亲苦苦支撑,才得以成人。如今功未成,名未就,怎么能轻言生死呢?管仲不停地在心中鼓励自己。

过去的岁月仿佛梦中的影像,忽悠悠地都闪现到了他眼前。他不愿过贫寒的日子,他要报答母亲的辛苦。于是他日夜苦读,习练礼法,诵读太公之学,并广为交游,投拜四方名士。很快,他的名声就响了起来,人人都称赞他才学满腹,年少有为。

管氏是齐国大族,像管至父这样当上大夫的人并不算少。管仲卑躬屈膝,遍访族中长辈,渴望着能够被推荐到国君身边,从而尽展平生所学,一鸣惊人。不想族中长辈都看不起他,要么干脆不见他,要么尽情地将他冷嘲热讽一番。

无奈之下，管仲只得与鲍叔牙合伙行商，冒风霜之苦，当道路之险，北走燕地、南下荆楚，好不容易赚了些黄金，以此打通关节，终于进朝堂做了个小小的下士。哪知他的举动又触怒了族中长者，想尽办法在国君面前毁谤他，使他三次入朝为官，三次被国君赶了出来，到最后才当了公子纠的师傅。

做公子的师傅，风险甚多，易遭奇祸。管仲愿意做公子纠的师傅，是他看出齐襄公不得人心，君位必不长久。他料定要不了多久，公子纠必能成为齐国国君。到那时，他就是苦尽甘来，势当位居卿相，执掌国政。他也就能不负平生所学，做出那些族中长辈连做梦都不敢梦见的奇功伟业来……

唉！现在我该怎么办呢？这真是一招不慎，满盘皆输啊。管仲想起过去，更加感叹眼前的处境。那会儿我怎么就不向小白补射一箭呢？想不到那小白还会"装死"，这份随机应变的急智可是公子纠没法比的。鲍叔牙当初和我一起行商，对我甚是赞许。不知我这么射了小白一箭，他又会怎样看我？现在我想这些又有什么用？如今我唯一能做的事，就是祈求上天保佑鲁国获胜，使公子纠能够当上国君。上天啊上天，你若能佑公子纠为君，我管仲一定会使齐国成为天下的霸主……

齐鲁两军对垒，从夏天一直相持到秋天，终于爆发了决战。鲁庄公再也"对耗"不下去。秋天齐国的庄稼大丰收，鲁国的庄稼却因遭了旱灾而歉收。鲁国兵卒人人思念家乡，不愿在齐地久待下去。

两国的决战倒也堂堂正正，先派使者互下战书，然后选择地势平坦之处作为战场。两国国君都亲自驾着战车，率先冲锋陷阵。决战的结果正如管仲所料——鲁军大败，折损兵车近百乘。鲁庄公仗着射术高强，好不容易才从重重包围中突出，领着残兵败将退至鲁国境内。齐军紧追不舍，将鲁国边境的汶阳之地尽行侵占，设官据守。齐人再一次证明了自己的勇敢，个个兴高采烈，大帐中到处可见醉得东倒西歪的兵卒。将军们亦是彻夜欢宴不休，常常驾车出营行猎，有时把田中鲁国的农人也当作"猎物"来射杀。

只有齐桓公和鲍叔牙二人毫无高兴之意，根本没有打了胜仗的感觉。他们在出兵之初，就定下了此行必获的胜果——杀死公子纠，擒获管仲、召忽！现在他们虽然打败了鲁庄公，夺了鲁国边境的田地，却并未杀死公子纠，更没擒住管仲和召忽。

公子纠一天不死，齐国君位的争夺之战就一天也不会结束。同样，管仲和召忽决不会甘心失败，一定会想出一个比一个狠辣的计谋，谋害新立的齐君。齐桓公将鲍叔牙召进中军大帐，商议该如何对付公子纠。

"鲁侯一直把公子纠看成'至宝'，定会庇护于他。看来我们得一直打下去，打到曲阜去，逼迫鲁侯把公子纠交出来。"齐桓公说道。和做公子那时相比，他明显地消瘦了，然而神色间却多出了几分威严之意。但是心头的恐惧、焦虑，比做公子那会丝毫也没有减少，他无法容忍他的心头还会有着如此多的恐惧和焦虑。

"虽说我们打了胜仗，可士卒也折损不少。且国君在外带兵过久，亦是于国不利啊。"鲍叔牙说道。

"这……依先生之见，我们该当如何？"齐桓公问。虽然鲍叔牙早已被他封做了上大夫，可言语之间，他还是用从前的称谓相呼，以示亲近之意。

"臣以为当仍以大军压于边境，不忙进袭。先派一使者面见鲁君，索讨公子纠。量鲁国君臣经此一战，胆气已寒，不至于拒绝。"鲍叔牙边说边取出一卷竹简，"使者之书臣已写好，为不失我大国风范，此书以臣具名，请主公赦臣妄言之罪。"

"若非先生不辞辛苦，为寡人分忧，何至有今日之胜！这妄言之罪，何所有之？"齐桓公笑了一笑，接过竹简，铺于案上，仔细观看，但见那竹简上写道——

　　外臣鲍叔牙顿首拜鲁贤侯殿下：
　　自古天无二日，国无二君。吾君蒙列祖列宗之佑，深得国人敬爱，已奉宗庙矣。公子纠至此仍存夺嫡之念，非礼所容。吾君以兄弟之亲，不忍加戮，愿借贤侯之手，行礼法大义。管仲、召忽，为吾君大仇，愿得之献于太庙。吾君向来敬慕贤侯，愿齐鲁两国世代交好，永为婚姻之国。万望贤侯勿负吾君之意。

"好！若能以此逼鲁侯杀了公子纠，倒也省事。"齐桓公称赞道，又皱起了眉头,"这管仲、召忽何不让鲁侯一并杀了,留下来献之太庙又有何用?他们位卑名微,就算死了,也不配祭祀我齐国的太庙。"

"主公,管仲、召忽二人俱是当今奇士,岂能杀之?当初微臣说必须擒获他二人,就是想留下他二人的性命为主公所用啊。"鲍叔牙道。

"什么,你竟想让那管仲活下来吗?"齐桓公又惊又怒地问着。

"管仲乃一臣子耳,可为公子纠用,亦可为主公用。"鲍叔牙道。

"哼!那管仲胸藏祸心,欲置寡人于死地,实乃万恶不赦之凶徒。他射的那支羽箭寡人还保存着,每每观看,恨不得食其肉、寝其皮,岂能用他?"齐桓公恨恨地说着。他之所以命令兵卒们擒获管仲,是想亲手将管仲杀了,并将其碎尸万段,以解心头之恨。

啊,主公竟对管仲如此痛恨,这便如何是好呢?鲍叔牙心中焦急,一时默然无语。

"为人臣者,第一需忠,不忠之臣,纵有奇才,亦不可用。"齐桓公见鲍叔牙不语,又说道。

"管仲箭射主公,此正是他忠心之处啊。当时我们拥兵车数十乘,而管仲只带一从人,就敢冒犯主公,胆气何其壮也。主公试想,此不为忠,何以为忠?"鲍叔牙反问道。

是啊,以此来看,管仲确乎为一忠臣。齐桓公心里如此想着,口中却道:"管仲虽忠,也只是忠于公子纠而已。"

"公子纠若死,管仲必会忠于主公。"见齐桓公语气略有松动,鲍叔牙忙说道。

"哼!自古忠臣无二心,故主虽亡,仍不改其志。"

"忠于人,此乃小忠。忠于国,此乃大忠。管仲乃大忠之人也。管仲身为齐人,首先须忠于齐君。此刻在管仲眼里,齐君为公子纠。然公子纠身死之后,齐国之君,只能是主公一人。"

"寡人有鲍先生、隰大夫这等忠臣,已是足矣。管仲其心难测,寡人不喜用他。"

"主公,臣斗胆请问,主公想做何等之君?"

齐桓公一愣,反问道:"莫非身为国君者,还有几等之说。"

"正是,国君至少可分五等:曰亡国之君;曰弱国之君;曰治国之君;曰强国之君;曰霸国之君。"鲍叔牙答道。

"此五等国君,有何解说?还请先生详细道来。"齐桓公被吸引住了,凝神问道。

"亡国之君者,凶残暴虐,不恤物力,不纳忠谏,视臣民如草芥,失信天下,结怨内外,终致国破身死,宗祠灭绝;弱国之君者,荒淫昏昧,愚暗不明,信小人,远君子,臣民俱弃之而去,终将为大国所欺,难存社稷;治国之君者,谨守先王之道,中庸自处,谦恭待下,于小人逐而不去,于贤才敬而远之,倡礼法,严刑罚,防臣民甚于防寇,此仅苟延国运耳;强国之君者,治兵车,选将才,修城池,倡农桑之利,以资国用,进奇技之才,以谋敌国,上下共其利而不共其义,天下惧之而不敬之,虽威震一时,难以持久;霸国之君者,法天命,顺形势,不避嫌疑,唯才是举,立法教民,兴利除害,爱民如子,求贤若渴,以仁义大道为国纲,使上下共其义而得其利,如此,则天下信服,国运昌盛久远,名传千古矣。"鲍叔牙慷慨说道。

"寡人当然要做霸国之君。"齐桓公听得眉飞色舞,脱口说道。

"微臣此心耿耿,日夜忧思,就是盼着主公成为霸国之君。"鲍叔牙说着,弯腰深深一拜。

齐桓公连忙伸手相扶,道:"寡人能得先生辅佐,实天降之福也。你我君臣同心,不日当能成就霸国之业。"

"主公如此信任微臣,微臣肝脑涂地,难以相报。只是微臣力绌心愚,虽竭尽所能,也顶多能使主公成为强国之君。主公若想成就霸国之业,非管仲辅佐不可啊。"鲍叔牙恳切地说道。

"这……"齐桓公犹豫起来,"难道以天下之大,就只有管仲一个贤才吗?"

"天下贤才甚多,只是散居草野,可遇不可求啊。且贤才之能,各有不同,比如隰朋,能言善辩,熟习政令,乃一折冲周旋之良才。然欲其立法教民,兴利除害,则远不如管仲矣。"

"可是……可是管仲曾箭射寡人,就算寡人不怪罪于他。他只怕也因惧祸之故,对寡人心存不利。"

"管仲明白事理,度量宽宏,断不会念念不忘于细末之事。"

"箭射寡人,岂是细末之事?我齐国向来臣子强悍,不知礼法。我若对管仲毫不追究,只怕国中臣民,更加不知敬畏君上。"

扑通!鲍叔牙情急中跪倒在地:"主公,以管仲之贤能,相助任何一国,必能成其霸业。若主公定要让鲁君杀死管仲,鲁君定不听从,反会以此结恩于管仲。想鲁国乃我齐国劲敌,主公怎么能自弃贤臣,以资敌国呢?"

自弃贤臣,以资敌国?齐桓公心头不觉一震,心想,不错,鲁国乃齐国劲敌,若得管仲相助,势必如虎添翼,成为大患。不,我决不能让管仲相助敌国。再说,我新登君位,正需鲍叔牙全力辅佐,且不妨卖他一个人情。待那管仲押回之后,用不用他,还不是由我来决断吗?

"既是如此,寡人就不怪罪那管仲了。"齐桓公勉强说道。

鲍叔牙大喜,磕头道:"主公气量如海,必能成霸国大业。"

"只是,若鲁侯见到使书,连管仲也杀了,该当如何?"齐桓公问道。他其实在心底里也盼着鲁庄公不理会使书,一股脑将公子纠、管仲、召忽全都杀了。

"鲁国素称'礼仪之邦',喜好虚名,只要肯接下使书,一定会将管仲送归。"鲍叔牙道。

"这使书上言,寡人要将管仲献之太庙。管仲肯定会以为寡人要杀害于他,若他惧怕之下,投之鲁侯,又该当如何?"齐桓公再次问道。

"不然。主公若明令鲁君杀死管仲,管仲或者会心有不甘,以言语打动鲁君,投为鲁国之臣。若说献之太庙,管仲心中自会明白主公将对其有所任用,决不至于投归鲁国。"鲍叔牙虽如此说着,心下却并不能肯定管仲一定会活着归至齐国。鲁君并非昏庸,鲁国臣子中也不乏智者,只怕会识破他的用心。太公啊太公,如果您愿意让后代子孙成为霸国之君,就该保佑管仲活下来,辅佐主公。鲍叔牙默默祈求着。

鲁庄公因齐兵未退,只得扎营在边境上,防备齐兵乘胜攻掠。只是营中兵卒逃亡甚多,鲁庄公亲自巡营,亦不能制止。正在这时,齐国使者入营求见,并呈上鲍叔牙亲自刻写的竹简使书。鲁庄公见到使书,又惊又怒,待安顿好齐国使者之后,立刻召见亲信臣下、中大夫施伯入帐商议。

施伯为鲁庄公做太子时的患难之交，当时只是上大夫申门下的一个食客。鲁庄公有庶兄公子庆父，庶弟公子牙，嫡弟公子季友，俱是门客众多，势力不弱。尤其是公子庆父和公子牙，时刻都在打着夺取太子之位的主意。施伯不辞辛苦，冒着被诸公子门客刺死的危险，借申的名望，广交大臣，为太子做说客，使众大臣始终心向太子，令公子庆父和公子牙等人一直不敢轻举妄动。鲁庄公即位后，立即封施伯为上卿。施伯坚辞不受，只愿做一名官位不大不小的中大夫。虽然施伯在名义上只是一个普通的中大夫，但几乎所有的军国大计，鲁庄公都要向他请教。

施伯身材瘦小，满脸皱纹，从外表上看，差不多有六七十岁，其实他还不到五十岁。他看了看齐国的使书，断然说道："公子小白初立，便使朝臣归附，将士用命，实在是有为之君。如此看来，我们就算能够把公子纠扶为国君，只怕也难保长久。何况我们现在兵败势弱，难以与齐国争胜，不如暂且退让，依使书所言而行。"鲁庄公听了，心有不甘，可想到连日兵卒逃亡之事，只得懊丧地同意了施伯的决断。

当夜，施伯在后营设下酒宴，乘醉杀死公子纠，并擒获召忽、管仲，装入囚车。召忽不愿受辱，奋起神力，撞破囚车，夺过鲁国兵卒的长戈，自杀身亡。管仲长叹了几声，并未反抗，任由鲁国兵卒将他锁进囚车。施伯冷眼在一旁看着，心中总觉不安，但究竟为何又一时无法明白。直到次日，他才恍然大悟，连忙赶至中军大帐，请求鲁庄公不要送走管仲。

"管仲已被齐使带走，此刻只怕已行出十数里了。"鲁庄公道。

"糟了！"施伯恨恨地一跺脚，"主公，快，速速派人追回管仲。"

鲁庄公奇怪起来，问："管仲曾箭射过齐侯，是齐侯的死敌。我们追他回来，除了徒自惹恼齐侯，又有何用？"

"齐侯能借我们之手杀死公子纠，为什么就不能让我们杀死管仲？明知回去只能是受辱而死，管仲为什么不学那召忽自行了断？管仲此人素有谋略，齐侯岂肯轻易将他杀死，必欲对其大用。想来那管仲也知此理，故并无恐惧之意。主公追回管仲，赦其不死，则其可为我用。若其不愿为我所用，则应将其杀死，以死尸送回齐国，托言自尽，谅那小白也不能责怪我们。"施伯急急说道。

"如此,就请大夫派人去追那管仲吧。"鲁庄公犹豫了一下,才说道。施伯立刻代鲁庄公传下令来,让大将曹沫率轻车三十乘追赶管仲。

齐鲁两国营垒相距百余里,乘车一日可达。轻车的驰速快于囚车,应该能在囚车到达齐营之前追上那管仲。施伯望着驰出营门的轻车,扳着指头在心中算计道。

齐鲁两国交界之处多山,囚车依山道曲折而行,很是费力。秋日的太阳最是懒人,赶车的齐国役夫身上被晒得暖融融的,禁不住哈欠连天,昏昏欲睡。

眼看着囚车愈行愈慢,几乎连步行者的速度也比不上。囚车内的管仲忽然笑了起来,说:"我们齐人不仅勇敢善战,且最能唱歌,名闻天下。此刻山道寂寞,大伙儿唱唱歌儿,怎么样啊?"

跟在囚车后面的齐国使者闻言,心中顿时对管仲厌恶起来,心想你素有贤能之名,今当主人身死、同僚尽忠之时,不仅毫无悲伤之意,反如此嬉笑,竟至让役夫唱歌为乐。只是使者虽如此想着,倒也没有出言呵止管仲。鲍叔牙曾叮嘱过使者——管仲乃国之要犯,切不可使之受到拘束,以致出了意外之事。

役夫对管仲的提议倒是欣然接受,放声高唱起来。开始时只是囚车上的役夫唱,后来使者和从车上的役夫也一齐高声唱了起来。众人唱的是齐国近年来最为流行、男女老幼皆爱的《猗嗟曲》:

猗嗟昌兮

欣而长兮

抑若扬兮

美目扬兮

巧趋跄兮

射则藏兮

猗嗟名兮

美目清兮

仪既成兮
终日射侯
不出正兮
展我甥兮

猗嗟娈兮
清扬婉兮
舞则选兮
射则贯兮
四矢反兮
以御乱兮

相传这首《猗嗟曲》是齐、鲁两国国君会盟,订立和好之约时,齐襄公唱来赞颂鲁庄公的。表面上看,这是一首颂歌,且并不夸张。鲁庄公的确生得仪表堂堂,箭法更是不同寻常,几乎称得上是天下第一。但是齐襄公却借彭生之手害死了他的父亲,又不顾天下人的议论,常常到边境上和他的母亲相会。鲁庄公空有堂堂的外貌,空有过人的箭法,却是既不能报父死之仇,又不能阻止母亲的苟且行为,这首颂歌反倒成了对鲁庄公的辛辣讽刺。

传说鲁庄公听了这首歌很不高兴,派了无数的寺人行走在曲阜的大街上,听见谁唱这首《猗嗟曲》,就要砍了谁的脑袋。可是在齐国,这首歌却传遍了街头巷尾,经年不衰。而且齐人一唱起了这首歌,就越唱越兴奋,越唱越有劲。此时役夫们唱着唱着,疲倦不翼而飞。一路上快马加鞭,但见道旁青山快速地向后退去。

"好一个'猗嗟娈兮',管老弟何其乐也!"道中突然现出一队兵车。最前面一辆兵车上站着的一人高声大叫着,正是鲍叔牙。原来不知不觉间,役夫已拉着囚车接近了齐军大营。

鲍叔牙从兵车上跳下来,奔到管仲跟前,喝令众役夫道:"快,把车子打开,扶管先生下来!"役夫们手忙脚乱地打开囚车,却见管仲两手紧紧抓住车槛,任他们怎么去"扶",也"扶"不下来。

"管老弟，你这是怎么啦？"鲍叔牙诧异地问着。

管仲泪流满面，哽咽着道："我受先君之托，辅佐公子纠。当……当国乱之时，既不能……不能使之以正君位，又不能相从其难，随召忽节烈而死，有何……有何面目回到故国？"

"啊，召忽果然节烈而亡了吗？"鲍叔牙一惊，目光向使者望去。他在派出使者的时候，也曾想过这个问题，意欲让使者在暗中告诉召忽——新君并不会降罪于他。但最后他还是忍住了，没有把真情告诉使者。他担心鲁人会从使者身上看出破绽，使他的谋划毁于一旦。

从使者派出的那刻起，他就带着兵车巡游在营外，天黑了也不愿回大帐安歇，就在野外露宿等候。今日果然是天从人愿，管仲活着从鲁国归来了。鲍叔牙大喜之下，根本没注意到囚车里只装着管仲一人。

"召忽节烈而死，不愧为我齐国忠勇之士。然管老弟胸藏谋略，有治天下之才，岂是召忽可以相比？忠于公子纠，小忠也。忠于我齐国，大忠也。况成大事者，不恤小耻；立大功者，不拘小节。管老弟一向通达，今日何至拘谨于此？当今主公气量宏大，求贤若渴，欲大用老弟，特此勒兵不还，威逼鲁君。今幸得老弟平安，实乃主公之福，亦我齐国之福也。"鲍叔牙握着管仲的手正色说道。

"蒙鲍兄不弃，对小弟如此看重，小弟纵然身遭万死，亦难以报答。我岂不知成大事者不拘小节？然公子纠与我有君臣之义，遭此惨祸，我心中实不能安。新君果然气量宏大，当能不计前嫌，迎回公子纠遗体，并以公子之礼安葬。对召忽亦应迎回，以齐国臣子之礼葬之，公子纠与召忽的家眷，也须善加抚恤。如此，小弟自当为新君竭尽犬马之劳。否则，小弟宁可跟随公子纠于地下，也决不苟活于世。"管仲止住泪水，肃然说道。

"新君岂不知有兄弟之义？只是为国灭亲，不得已为之。老弟所言，包在我的身上。此地尚在边境，不可久留，请老弟与我同车而归，尽快回转大营中。"鲍叔牙说着，硬把管仲从囚车上"拖下"，登于兵车之上。

就在鲍叔牙和管仲刚刚登上兵车欲回转的时候，山道上突地车轮轰响，尘土飞扬。鲁国大将曹沫带领的三十乘轻车已飞驰着追了过来。鲍叔牙见状忙令摆开兵车，列阵以待。他率领的这队兵车有五十乘，摆开来里余路长，威势惊人。

山道之上宜顺地势之起伏列阵，不宜摆此只适合平原争战的长蛇阵，鲍兄显然对兵战之道不甚精通。管仲在心中说道。

曹沫见管仲已登上兵车，鲍叔牙又列阵相待，不敢贸然行事，只得传令回返。三十乘轻车来得快疾，回去更是捷如闪电。

"哈哈！鲁人已被我齐国的威猛吓破了胆，竟至于不战而逃。"鲍叔牙笑道。

"不然，曹沫来此，恐是欲追我返回鲁军大营。今见鲍兄有备便知难而退，是其为将本分也。鲁国此次战败，是因为士卒恋家，无心迎敌之故，非鲁军之弱也。鲍兄切不可由此轻视鲁军。"管仲心想，若非一路上我让役夫们高歌而行，只怕已落入曹沫掌中了。

这个管仲啊，心气太高，嘴上从不肯服输。只因他在鲁国军营中待过，便不肯承认鲁军之弱，实是可笑。鲍叔牙心中如此想着，口中却对管仲之言连连称是。

夕阳西斜。在深紫色的暮霭里，五十乘兵车头尾相连，旌旗飘扬，鼓角之声响彻山谷，浩浩荡荡回至齐国大营。兵车已至营门，鲍叔牙却传令不得进去，留之于外。

"管老弟，委屈你待在这上面一会，我先进去一下。"鲍叔牙拱手对管仲行了一礼，跳下兵车。管仲在还礼的同时，嘴角掠过一丝不容察觉的苦笑。

公子纠啊公子纠，我前日还是你的臣子，今日便要拜倒在仇敌的脚下，实在是太对不起你了。可我毕竟是齐人啊，我一生所学，不能就这么轻易地抛掉啊。今后我唯有拼出全力，使齐国成就霸业，以此报答于公子。你也是太公的子孙，你也一定愿意看着齐国霸于天下。公子你若不怪罪于我，请以你的在天之灵保佑我吧……管仲站在兵车上想着，眼中滚烫，不觉又掉下泪来。

鲍叔牙径直走进中军大帐，面见齐桓公，伏地而哭。

啊，莫非是管仲被鲁侯杀了，鲍叔牙所谋不成，才作此模样？齐桓公心中高兴，脸上却是一副迷惑的神情，问："先生何悲至此？"

"公子纠乃先君之子，主公之兄，一旦死于非命，臣岂敢不悲？召忽乃我齐国勇士,不死于敌,而死于囚,臣怎能不悲?"鲍叔牙哽咽着,将使者说给他的话转叙了一遍。

哈哈!公子纠死了,终于死了!齐桓公差点从席上跳将起来,欲仰天大笑。那一直压在他心头上的万钧巨石突然间消失得无影无踪。从今以后,再也没有人敢公然与他争夺国君之位,整个齐国已真正属他所有,可以由他任意支使。那挥之不去的刻骨恐惧将如同春天里的残雪,消融殆尽。他在临睡之前,再也不必去检查卧房中的每一方窗扇。他不仅可以用香车把晏蛾儿载进内宫,更能够把所有他看中的美人,都拥入锦帐之中……但他始终没有从席上跳将起来,也没有仰天大笑。他是天下大国的堂堂国君,必须在臣下面前保持他的无上威严。

"公子纠和召忽是叛逆之臣,人人可得而诛之,先生何悲之有?"齐桓公强按下心头的狂喜,不悦地说道。

"不然。公子纠和召忽实是因国而亡,并非叛逆之臣,如今国势初定,人心还未全然归服,主公当格外施恩,以礼厚葬公子纠、召忽,恤其家眷,则主公宽厚之恩,必闻于天下,人人诚心归服。"鲍叔牙磕头道。

"这……唉!先生何必行此大礼。你我君臣之间,还有什么话不好说吗?"齐桓公作势要扶起鲍叔牙。

"主公,忠孝仁义,乃国之本也。主公谋国,谓之忠;礼葬公子纠,谓之孝;厚恤其家眷,谓之仁。不可不行也。"鲍叔牙仍是伏在地上,不肯起来。

"唉!说起来公子纠为我同父之兄,岂能无情?这件事就依先生是了。"齐桓公又叹了一口气,勉强答应道。反正公子纠和召忽再也活不过来,给他们点死后荣光也无大害。齐桓公在心里说道。

鲍叔牙听了大为高兴,又连拜了几拜,向齐桓公致贺。

"此次出兵数月,方才战败鲁侯,何贺之有?"齐桓公皱着眉头道。公子纠死了,齐桓公顿时感到此次只夺得了鲁国的几块田地,战果太小,他至少得夺取鲁国的几座城池,才算不虚此行。

"管仲乃世之奇才,今日生至之,使主公得一贤臣,岂能不贺?"鲍叔牙道。

真是可厌,公子纠死了,召忽也死了,这个管仲怎么就偏偏不死呢?齐桓公懊丧地在心中想着，一时什么话也说不出来。

"主公既已应允不罪管仲，就该对其大用才是。"鲍叔牙又说道。

齐桓公只得点了一下头，道："如此，待寡人回朝之后，封那管仲一个中大夫，如何？"

鲍叔牙一听，急了，忙说道："主公，那管仲乃不世出的奇才，仅封为一个中大夫，与弃之草野何异？"

齐桓公怒气顿生，道："寡人赦那管仲不死，已是天高地厚之恩，况且还封他为大夫。只怕古往今来，无人有如寡人这般宽宏大量。"

"主公，管仲其才，足可比之太公。主公应如当年周文王那样，亲至营门，以大礼相待，拜为相国……"

"住口，管仲这等叛逆之臣，怎么可与太公相比？你说这话，简直是大不敬！"齐桓公猛地打断了鲍叔牙的话头。

鲍叔牙一怔，磕头道："微臣死罪，出言无状。可管仲他……"

"他只是徒有虚名而已。如其真有大才，怎会落得个身为死囚的下场？"齐桓公再次抢过话头说道。

"那是因为时不至也。管仲之谋，鬼神难料。比如他竟会箭射主公，我何曾料到？而他箭射主公后又能想到国中权臣会对公子纠不利，不愿公子纠轻车入都。而我只想到要与公子纠争先，却没料到国中尚有权臣意欲作乱。若非偶然换装入都，掩饰了痕迹，主公纵然不被管仲射伤，也必然为权臣所害。凡此种种已证明管仲之才高我百倍。其实管仲箭射主公，我何曾不痛恨于他。然私怨事小，国家为重啊。微臣与管仲相交多年，深知其人虽有小过，但腹中谋略之深广，实为天下少见。微臣情愿以全家性命担保，求主公不要自弃贤臣。"鲍叔牙说着，再次磕头于地，砰然有声。

见鲍叔牙如此，齐桓公不好再发脾气，勉强压下心头的怒意，道："好啦，好啦！寡人知道你是一片忠心，听你的话就是了。待回到都城，我就封那管仲一个上大夫，与你共掌朝政。嗯，天晚了，你也累了，歇息去吧。"他边说边挥了一下手。齐桓公身旁的几个近侍寺人立刻走上前来，连推带拉地把鲍叔牙"扶"出了中军大帐。

唉！主公啊主公，我刚才还在那管仲面前赞你气量宏大，可你却……却是这样子,教我如何……如何……鲍叔牙想都无法想下去了。他直到此刻,才发现主公再也不是当年那个对他言听计从的公子小白,而是掌握着生杀予夺的一国之君。

可是他还以为主公是躲在莒国的小白,还在以当年那种师傅的语气来教导主公。那么,我该怎样侍奉国君呢?如果我什么事都听国君的,噤不敢言,必将是一事无成。可是如果我时时劝谏不休,势必引起国君的恼怒,同样是一事无成啊。难道我拼死扶持他当上国君,就是为了一事无成吗?鲍叔牙茫然地走出营门,看见在高高的兵车上,管仲仍是肃然而立。

天色昏暗,管仲的身躯看上去黑乎乎、沉甸甸的,犹似青铜铸成的一般。鲍叔牙心头一震:我实在不该灰心,只要我能让主公任用管仲,就绝不是一事无成。

第三章

管鲍畅谈天下志 曹刿论战退雄兵

秋意渐浓,遍野的长草已泛出苍黄之色。田间的农人忙着在村头堆起高高的禾草,准备冬天的来临。齐国大军自边境拔营而起,吹打着得胜鼓乐,班师回朝。齐桓公乘坐着饰有五彩龙纹的高大驷车,在亲卫兵卒的护拥下,行在军阵的最前面。其余文武臣下的坐车以地位高下排列,紧跟在后。鲍叔牙借口压阵,领着十余乘兵车远远落在后面。他站在陪乘者的位置上,而把左方的尊位让给了管仲。秋风萧瑟,一队大雁排成人字队形,从兵车上空掠过。

"管老弟,你还记得吗?十多年前,每当秋雁南飞的时候,我们就要远离家乡,外出行商。"鲍叔牙问道。

"怎么不记得。我们每次出去,总要到第二年春雁北归的时候,方才回家。"

"在外面,我总是想回来,每次都是你劝阻了我。"

"人在旅途,难免会思念家乡。你行商全是出于兴致,并不缺钱花。我可不一样,不赚到钱,来年的日子就无法度过。只是本钱大都是你的,你要散了伙,我就完了,所以我才会劝阻你。"

"其实,当初我想回转,并不全是因思念家乡。"

"哦,还有别的什么原因吗?"

"我世居齐国,向来以为齐人自豪。可是我们外出贸易,却不能说自己是齐人,而要冒充鲁人。这种耻辱,我无法忍受。"

"这是没办法的事。列国都认为鲁国是礼仪之邦,其人素讲信义,忠厚诚朴。而我们齐人在列国眼中,大都是男无行、女无耻的匪盗之徒,不可信任。要想赚到钱非冒充鲁人不可。"

"想我齐国乃太公开辟之地,国人向来豪爽重义,勇敢慷慨,实不该被人如此轻视。"

"没有太公的辅佐,周室只怕很难讨灭殷纣,王于天下。各地诸侯,对我齐国本来是敬重有加。"

"那为什么近些年来,列国又如此轻视我们齐人?"鲍叔牙有意问道。

"近年来齐国折腾得实在不像话,乱兴兵祸,复加以纵淫无度,又不恤民力,种种劣迹,俱落于天下人眼中。"管仲答道。

"是啊,列国人众被我齐兵杀死者实在不少。父母失其娇儿,妇人失其丈夫,难怪要痛恨我齐国了。至于纵淫无度,更是我齐国的通病,上自国君,下至公卿大夫……唉!这些不说也罢了。"鲍叔牙说着,想起齐桓公刚一当上国君,就把晏蛾儿载入宫中的事情,禁不住头痛起来。

前些时忙于和鲁军争战,鲍叔牙不好在这些小事上劝谏齐桓公。他打算等打败鲁军后,再好好"教导"齐桓公一番。现在鲁军已败,而齐桓公却俨然是一副唯我独尊的大国之君的架势,已根本不可能听进他的任何"教导"。

"我齐国犹如一病重之人,再不医治,必将君不似君,臣不似臣,亡于一旦。"管仲神情凝重地说道。

"管老弟,你一样世代生长在齐国,可不能眼看着齐国灭亡啊。"鲍叔牙盯着管仲说道。

"这还用说吗?我平生精研太公之术,就是为了治国平天下。大丈夫存于世上,最可耻的事情,便是碌碌无为,做一行尸走肉。"

"老弟,我一向钦佩你志向远大,绝非常人可比。如今国君虽不肯大用于你,可只要我在朝堂上,终究不会埋没你的才能。还望老弟休生怨意,另奔他国。"

"怎么,鲍兄竟不相信我吗?"管仲板着脸,似带着怒意。

"不是我不相信你,而是你的功名心太重。若国君长久不用你,你肯定不会甘心,要投往他国。"鲍叔牙不客气地说着。

管仲不禁笑了："看来在你面前，我还是老实些为好。不错，如果国君不能用我，我自然要投往别国。"

鲍叔牙闻言怒气勃发："不行，纵然齐国不能用你，你也不得投往别国。"

"那么，你是欲我如行尸走肉，苟活于世？"管仲反问道。

"齐国乃是你的父母之邦。你投往他国，必然不利于齐国。你身为齐人，怎么能行此不利于父母之邦的事呢？"鲍叔牙亦反问道。

"天下并非只有一国，眼中见一国而不见天下，定非智者。今列国争战不休，生灵涂炭，夷狄之族势将乘虚而入，我华夏之地将不复存矣。华夏不存，齐国岂能独存？我说过，我所学之术，乃是为了治国平天下。治一国之盛，不过是小道耳，平天下之乱，方为大道。若齐国能用我平天下，我自当留在齐国。若齐国不能用我，则我一定要投往他国。如果鲍兄认为我所行将不利于父母之邦，尽可以杀我以绝后患。"管仲毫不退让地说着。

平天下之乱，方为大道！管仲的话如重槌敲在鼓上，嗡嗡震响在鲍叔牙耳旁。是啊，近年来华夏诸国互相攻杀更急，混乱不堪，长此下去，必将为夷人所灭。夷人不是杀了幽王，逼迫平王东迁，从而使周室衰弱了下来吗？僖公二十五年，北戎大举伐我齐国，杀男掠女，抢劫财物，几乎不把我华夏诸国放在眼里……鲍叔牙心中念头百转，最后开口道："管仲，你若还自认是齐人，就请等我三年。若三年之内，国君还不能用你，任你另投他国。不过，若在三年期内你要另投他国，那我纵然是追遍天涯海角，也要将你杀死！"

管仲神情庄重地点了一下头："行。看在你我相知的分上，这三年之期，我答应你。"

原上青草黄了枯了又绿了，转瞬之间已是桃红柳绿的春天。整个齐国又一次沉醉在了无尽的欢乐之中，花前月下，河畔池旁，林中篱后，无时不闻柔媚的歌声，无处不见娇女艳妇的身影。

男人们眼花缭乱神迷心痴，仿佛置身极乐仙境。女人们似是幽林间的妖狐，招招摇摇又躲躲闪闪。男人们心急火燎，偏偏贪心不足，望着那个，看着这个，还思量着另一个。女人们不慌不忙，左挑右选，看准了欲"擒"于手中的"猎物"，就紧盯着不放，施展出种种"绝技"，令那"猎物"乖乖就范。

在春天的欢乐之中，虽然齐国上至公室贵族，下至贩夫走卒，都争先恐后地出城"淫奔"，但是身为国君者却绝少有"淫奔"之事。齐桓公并不想开国君"淫奔"的先例，遂改换服饰，扮作富商公子模样，带着亲信护卫武士西门威、亲信小寺人牛滚儿悄悄从宫院后门溜出，来到城外的淄河之畔。

淄河两岸是齐国最富庶的地方，桑园相连，村落相望，花果遍地，更有无数座建造精美的别馆散布其中。别馆的主人大多为宗室富豪、当朝大臣，也有少许行商暴富者。对有些女人而言，别馆中的主人是最值得擒获的"猎物"。齐桓公的装扮一看就是别馆主人，自然被许多女人盯上了。只是那些女人差不多都是半老的寡妇以及商人家的怨妇，虽说风韵犹在，远远望过去也还娇艳动人，可齐桓公并不喜欢。

齐桓公摆脱了一个个妇人，但无法抓住任何一个少女。少女们的目光只盯在少年郎身上，对身穿华丽衣裳的齐桓公视而不见。齐桓公大为懊丧，刚出城的兴奋之情已消失得无影无踪。

"主公，都怪我们生得太丑，把那些女孩儿吓着了。是不是该这样，主公一个人在前面走，我们悄悄在后面跟着？"牛滚儿忙出着主意。

齐桓公转过头打量着牛滚儿和西门威，见一个生得尖脸猴腮，鼠眼歪鼻，另一个又生得身如铁塔，豹头环眼，月夜里看上去，就似传说中的恶鬼一般，果然有些吓人。

"也真巧，我怎么就偏偏选上你们两个了呢？"齐桓公不禁笑了起来，一挥手，"去，后边跟着。"

牛滚儿、西门威依言拖后一大截，只远远跟着主公的身影。

齐桓公摇摇摆摆地走着，专往少女们多的桑林中晃过去。果然，少女们注意到了齐桓公，有几个还主动唱起了调情的曲儿。齐桓公不觉愣住了，他向来少和那些风流的公室子弟来往，鲍叔牙又以礼法自守，以致他对齐国流行的各种情歌艳曲一窍不通。

在"淫奔"中，相貌美丑虽是众人注目的所在，但还不算是最要紧之处。最要紧的是歌喉美妙，唱得对方神迷心动。尤其是在男人之中，歌喉的美妙与否，直接关系着一个人在乡里之间的地位高低。唱不了歌的男人，不仅无法获得女人的欢心，且要受到亲朋的嘲笑，处处挨人白眼。见齐桓公呆头呆脑地不回应,少女们大为生气,连骂了几声"木牛"和"蠢驴",拂袖而去。

眼看月至中天,"淫奔"的男男女女大都已成双成对,而齐桓公仍是孤零零地在桑林中转来转去,累得双腿酸软,呼呼直喘粗气。牛滚儿慌忙奔上来扶住齐桓公,劝他坐下歇歇,随后赶上来的西门威也说道:"前面不远,是管大夫的别馆,听说他新弄来了一帮卫国的歌女,又会唱又会跳,主公何不到那儿去散散心。"

齐桓公听了大怒,骂道:"你这个狗奴,竟敢不把寡人的话放在心里?"西门威这才想起,前几天齐桓公在宫中发了一道诏令——谁敢提"管仲"这个名字就砍了他的狗头。

"主公,臣该死,该死!一时心急,就忘了……忘了……"西门威跪倒在地,砰砰磕着响头,话都说不清楚。

"你这个木牛!蠢驴!木牛!蠢驴!……"齐桓公不住口地大骂着,把少女们送给他的"雅号"尽情地往西门威头上堆过去。

这大半年来,鲍叔牙一见到齐桓公,就满口地管仲长管仲短,弄得齐桓公一听人说管仲,头就大了,像有一团野蜂在他脑子里嗡嗡地飞着。鲍叔牙是助他夺得君位的第一功臣,他既不能拒不与鲍叔牙见面,也不能让鲍叔牙闭口不提管仲。何况鲍叔牙又是言之有理——齐桓公尽管封了管仲为上大夫,但并未完全遵守诺言,让管仲与鲍叔牙共掌国政。

管仲空有上大夫之名,却无任何实事可做,闲得成天在城外乱走,与一个砍柴的老汉也能说上半天话。后来,管仲连走也懒得走了,在郊外造起别馆,买了些郑国、卫国能歌善舞的美女,日日沉醉酒色之中,倒也快乐逍遥。

齐桓公满意管仲还算识趣,没有想着去掌理国政。但管仲不过是一个臣子,且从前还是个逆臣,如今却如此快活,令他心里很不舒服。哼!我就不信,没有这个管仲,天会塌了!太公有灵,既然能保佑我登上君位,就必定能使我把齐国治理得成为天下第一强国。到那时,我就成了鲍叔牙所说的霸国之君,自当名传千古。鲍叔牙啊鲍叔牙,到了那时,你还会张口闭口就是管仲吗?

齐桓公每次上朝回到后宫,就会在心中和鲍叔牙赌气一番。他日夜批阅奏章,又巡视各处城邑,还借行猎之机整顿兵车,习练战阵之法。齐人一时对新君纷纷赞颂，道小白果然是贤者，必成有为之君。齐桓公甚是得意，觉得天地虽大，然而对他来说已是无事不可为，为之必可成。但不料今日出来"淫奔"，却碰了一鼻子灰。他这个堂堂的"霸国之君"，居然不能获得任何一位少女的欢心，齐桓公在心底里忽然对这种"淫奔"的习俗生出了无比的厌恶。

别国人说得不错，我齐人喜好"淫奔"，当真是毫无羞耻，如同蛮夷之族。齐桓公悻悻地想着，在西门威的屁股上踢了一脚，喝道："滚起来吧！"

牛滚儿和西门威都是跟了他十多年的贴身心腹，他虽然常常加以喝骂，却很少处罚他们。西门威忙爬起身来，再也不敢说什么，愣愣地站着，真的如同"木牛"一般。

"回去！"齐桓公猛一挥手，转身向桑林外走去。牛滚儿和西门威忙紧紧跟在他的身后。

一路上，他们看到无数相拥相抱的男男女女，在草地上、桑林间尽情地歌舞，显出种种"淫奔"之态。牛滚儿是个寺人，倒没有什么反应，西门威却是呼呼喘着粗气，两眼只敢盯着脚边，以致好几次都撞到了桑树上。齐桓公心中像是有一团野火在烧着，好几次狂怒地把手伸向了腰间。他想拔出利剑，将这些歌舞的"无耻"男女全都杀光。怒火中烧的齐桓公很快就走出了桑林，踏上通往都城的大道。不仅桑林里到处是男人和女人，连空旷平坦的大道上也被"淫奔"的人占据着。

月光明亮，大道上犹如铺上了一层细雪。四个美丽的少女拍着手，围成一个圆圈唱着歌，唱的正是那首齐人喜爱的《猗嗟曲》。圆圈中站着一个身材颀长的少年，随着那歌曲的节奏模仿着行礼、射箭、跳舞等种种动作。

以前，齐桓公听到了这首《猗嗟曲》会很高兴，甚至会情不自禁地跟着哼上两句。因为这首歌曲是在嘲笑他的敌人鲁庄公，可是此刻齐桓公从少女们的歌声中竟听不出半点嘲笑之意。少女们边歌边舞，对圆圈中那个身材颀长的少年露出无限仰慕的痴迷神情，而那少年正是假扮的"鲁庄公"。

齐桓公记不得他在今夜已看过多少次这样的场景了，这鲁侯是什么东西，竟把我齐国的美女迷成了这样？我难道连那个鲁侯也比不上吗？这些女子对她们的国君看都不看一眼，却对敌国的国君如此痴迷。

"滚，给我滚开了！"齐桓公再也无法压住心头的狂怒，大吼起来。少女们吓了一跳,不觉停止了歌唱,转过头望着齐桓公。

"你等竟敢如此无礼,且吃我一拳!"那"鲁庄公"被搅断了兴头,恼怒中向齐桓公猛扑过来。

"淫奔"之会有许多规矩,似齐桓公这般有意搅乱别人的"好事",最易触犯众怒,会被群起而攻之。所以尽管齐桓公有三个人,那"鲁庄公"仍是毫无惧意。事情闹起来,众人必将闻声而至,帮着"鲁庄公"狠狠教训齐桓公一顿。眼看"鲁庄公"就要扑至齐桓公身前,西门威陡地一步跃上去,左手伸出,快如闪电般揪住"鲁庄公"的腰部,提小鸡一样提起来,凌空抛了出去。扑通!"鲁庄公"沉重地摔倒在十步外,痛彻心扉,惨叫连连。

少女们也尖声惊叫起来,一些男女闻声从大道两旁的桑林奔了过来。少女们指斥齐桓公是"搅乱好事"的人,替那"鲁庄公"叫屈起来。正在兴奋中的男人们闻言大怒,有意要在女人们面前显出雄威,纷纷挥着拳头向齐桓公围逼上来。围过来的男人有数十人之多,西门威虽勇,又怎么抵挡得住?

"啊!这不是主公吗?主公怎么会上这儿来呢?"一个锦服少年刚冲到齐桓公面前就猛然叫了起来。

"他,他真是主公。主公出城行猎时我……我见过!"

"了不得,对主公无礼是死罪,要灭族啊,快……快跑!"围过来的人们恐慌地叫着,四散奔逃,眨眼间跑得干干净净,只剩下那个倒在地上的"鲁庄公"一时爬不起来,吓得不停地磕着响头。这种情景使齐桓公又是恼怒,又觉得可笑——哼!你们这些无耻男女,也还知道国君的威严不可冒犯啊,却为何偏偏要把那个鲁侯看得如此之重?

"主公,饶命,饶命啊!"那个"鲁庄公"浑身颤抖地叫着。这种情景给了齐桓公极大的满足感。一时间,他以为趴在面前的真正是那位和他交过手的鲁国国君。

去年秋天的那场大战中,他本来已围住了鲁国国君,却因身边的护卫偏将被鲁国国君射死,心中恐惧,不敢上前,以致让必被生擒的鲁国国君轻易地逃走了。当时齐国的将军谁也没有埋怨他畏缩不前,反称颂他身先士卒,英勇无敌。可是齐桓公总觉得将军们是在讽刺他,并由此生出一种难言的耻辱感。他盼着能尽快与鲁国再来一次大战,生擒鲁国国君,彻底洗净心中的耻辱。

"起来吧。"齐桓公高傲地昂着头，走上前去，踢了那"鲁庄公"一脚。那"鲁庄公"脸色惨白，额上全是冷汗，费了好大的劲，才站了起来。

"你叫什么？"齐桓公边问边打量着"鲁庄公"，见他不过二十出头的年岁，生得眉目俊秀，和那位真正的鲁国国君倒也有几分相似。

"小人名叫竖刁，先世也曾为朝中大夫，后来家道中落，以行商为生计。今日误犯主公神威，求主公看在先祖分上，饶了……饶了小人吧。"那"鲁庄公"虽在惊恐之中，口齿却很伶俐。

"原来你也是世家子弟，为什么不学好，要装作鲁侯的模样？"齐桓公威严地问道。

"主公，小人乃……乃是齐国最无用的一个浪荡子弟，才去扮作鲁侯。以显示我大齐国威无敌，小小鲁侯，只配做我大齐一浪荡子弟耳。小人若还有一点身份，断断不敢扮作鲁侯，以损我大齐国威。"竖刁揣摩着齐桓公的"心病"，讨好地回答道。

"胡说，你分明是在以此讨好那些女子，却故作这等巧辩。"齐桓公板着脸说道，心里却很是舒服。

"主公明见，小人如此，自是在讨好那些女子。只是那些女子皆为桑户之女，低贱不堪。想那鲁侯若能至我齐国，也只配讨好此等低贱女子耳。"竖刁又道。

"哈哈！好一个只配讨好此等低贱女子耳。"齐桓公仰天大笑起来。

"嘿嘿嘿……"竖刁也跟着笑道。

"你惊扰国君，该当何罪？"齐桓公陡地止住笑，怒喝道。竖刁反应奇快，立刻扑通一声跪倒在地，磕头不止，以致涕泪交流地连呼饶命。

"要想活命也容易。今日众人知寡人出游，乃你之罪也。你若能弥此大罪，使众人不复以为寡人游过此处，寡人不唯不治罪于你，还会让你入朝为官。可如果国中有任何一人以为寡人游过此处，寡人当灭你九族！"齐桓公压低声音说着，大步向前走去。他身为堂堂的国君，改装出城"淫奔"，却落得如此结果，传扬出去必将成为诸侯国之间的笑柄。牛滚儿、西门威忙绕过跪在地上的竖刁，紧紧跟在齐桓公身后。

月夜中起了微风，大道两旁的桑林传来阵阵沙沙之声，像是无数人在窃窃私语。齐桓公脸上滚热，那难言的耻辱感又从心底里直涌了上来。

我要出兵，立刻出兵！我要生擒鲁侯，把他押在囚车上，从这条大道上押进城去。到那时，我要让齐国的那些"无耻"女子都站到这条大道两旁，看看她们痴迷的鲁国国君是个什么模样。齐桓公恨恨地在心中说着，握紧了双拳。

"淫奔"之时尚未结束，齐桓公就下了征兵严令，集兵车六百乘，仍以鲍叔牙为主将，王子成父、东郭牙为左、右将，亲征鲁国。一时间，齐国的男男女女都满怀着怨意，却又不敢不从君命。

临出征前，鲍叔牙来到管仲的别馆中，请教出战之策。管仲亲自迎出大门，将鲍叔牙请至后堂坐下，观赏歌舞。鲍叔牙刚坐下，一位身材窈窕娇小、长眉修目的女子便端上美酒，献于客人。鲍叔牙忙站起相接，他知道这女子是管仲新纳的宠姬——婧姬。主人以宠姬献酒于客人，是一种极尊重的礼仪。

献酒过后，管仲拍了拍手。只听得帷幕内脚步轻响，袅袅娜娜走出一队长袖舞女，至席前蹁跹而舞，且舞且歌。

"老弟，你可真会享受啊。"鲍叔牙喝着美酒，看着歌舞，心里却很不舒服，嘲讽地说道。

"人生苦短，不及时行乐，怎对得起男儿堂堂七尺之躯。"管仲笑道。

"管老弟，近些时来，你太令我这个老朋友失望啊。纵然国君暂不用你，你也不必如此自暴自弃，成天沉醉在醇酒妇人之中。长此下去，你那平天下之志，只怕抛之脑后矣。"鲍叔牙正色说道。

"鲍兄不用担心。小弟如此，只是做给主公看耳。"管仲道。

"你这么自暴自弃，原是给主公看的，却为何故？"鲍叔牙愕然道。

"我观主公，好胜之心极强，自视为不世出之贤能国君，不能容人出于其右。将来主公就算要用我，也必深怀猜忌。我如此沉醉于醇酒妇人之中，是自败名声，使国君视我为酒色之徒，不至于有名高震主之嫌也。"

"你也过虑了吧，主公固有好胜之心，然亦是胸怀大志所至也。"

"正是看在主公胸怀大志的分上，我才答应你三年之约，没另投别国。

然君者,虎也。伴君如伴虎,不能不有所顾虑啊。"

"算了,我说不过你。今日来此,主要是向你请教,这次兵伐鲁国,当依何方略而行?"鲍叔牙转过话题问道。管仲的话说得太露了,已不合臣下论君之礼,鲍叔牙不想在这上面深谈下去。

"此次兵伐鲁军,正当春耕之时,与国不利,鲍兄怎不劝谏?"管仲不答,反问道。

"主公心意已定,我是谏而不止啊。再说,这次打败鲁军,主公必然高兴,或可因此大用管老弟。"鲍叔牙答道。

"非也。胜而用人,是为炫耀己才,非真欲用人,此乃为君之大忌也。"管仲摇头道。

"那依你来说,败而用人,方是有为之君么?"鲍叔牙皱起了眉头。

管仲笑而不语。

"难道你的意思是此次兵伐鲁国,将会败阵?"鲍叔牙追问道。

"鲍兄,兵战之事,最是凶险,两国势力不相上下,很难预知谁胜谁负。在用兵方略上,我只想送你一句话——小心、小心、再小心。"管仲道。

"小心、小心、再小心?"鲍叔牙喃喃念着,脸上露出迷惑之意。

齐桓公亲率兵车六百乘,直逼鲁境的消息传至曲阜,引起鲁国上下一片惊慌。鲁庄公忙召集众大臣议定战守之策。大臣们七嘴八舌乱哄哄地议了整整一天,却没有议出一个主意来。鲁庄公焦躁之下,喝令退朝,单留下施伯一人。

"齐侯欺人太甚,寡人当亲自迎敌,拼死一战。"鲁庄公恼怒地说着。

"主公切勿急躁,上次乾时之战后,折损兵车尚未补齐,如今只能派出四百五十乘兵车,以少敌多,恐难取胜。主公还是多和朝臣商议,以策万全。"施伯劝道。

"你就别提这些朝臣了,平日寡人拿厚禄养着他们,指望缓急之时可作依靠。谁知如今事到危急,他们却个个支支吾吾,说不出个子丑寅卯来。想让他们给寡人谋划个万全之策,简直是做梦。况且兵战之事,哪来的万全之策?自古便是水来土掩,兵来将挡。施大夫不必多言,且请点齐兵车,随寡人迎敌。"鲁庄公大声说道。

"主公，无备而战，必兵败将亡，臣不敢奉命。"施伯急了，也大声说着。

"那么，就让齐侯打进国中，把我鲁室宗祠给灭了吗？"鲁庄公瞪起了眼睛。

"这……"施伯本来就不是言辞敏捷之人，让鲁庄公这么堵着一问，竟是急得说不出话来。

正在这时，守门宫监匆匆奔进朝堂，跪下禀道："宫外有一自称为东平隐士之人，说有军国大事，欲见主公。"

"东平隐士？他是谁？"鲁庄公望着施伯问道。

施伯面露喜色，伏地称贺道："此人姓曹名刿，隐于东平乡间，清高自诩，不愿出仕。臣曾与曹刿有过交往，知其素有才学，善于兵法，今日前来，必为齐军伐我之事也。既有此人，则主公无忧矣。"

"哦，鲁国还有此等高人么？"鲁庄公大为高兴，令宫监开门迎纳。

"慢来，此贤士也，臣当亲至宫门，代主公迎之。"施伯说着，站起身随那宫监走出朝堂，来到宫门之外。但见石阶上站着一人，年约五旬，玉面长须，朗眉星目，虽只穿着简陋的葛袍，然长袖飘飘，神采飞扬，望之如世外仙人。

施伯抢步上前，拱手行礼："曹兄此时现身，实在是令老夫喜出望外。"

曹刿抬手还礼，笑道："在下此行，不仅出乎兄之望外，连乡邻们都言道，朝中大事，自有吃肉的高官们谋划，咱们吃青菜的布衣百姓，管他作甚？"

施伯脸上发热，道："我们这些高官吃肉吃多了，个个目光浅陋，遇上大事，竟至束手无策，还望曹兄深明大义，不吝赐教。"

曹刿又是一笑："乡野之人，倒也不明什么大义。不过在下一向做的是鲁国的隐士，若忽然没了鲁国，改做齐国的隐士，想起来未免无味。"

施伯赔笑道："主公正为齐师伐我心中不安，曹兄来此，恰似雪中送炭。请，快请！"

在施伯的引导下，曹刿昂首直入朝堂，见了鲁庄公也不下跪，只长长一揖，道："乡野草民曹刿见过主公。"

鲁庄公见到曹刿气度不凡，心中已生出亲近之意，倒也不怪其失礼，开口便问："素闻先生精于兵法，请问该当如何迎敌？"

"草民倒要先问问主公，您凭什么与齐国争战呢？"

"这……宫室衣食,俱取之民间,寡人不敢独自享用,应分与众人。"

"宫室衣食有限,岂能尽散众人? 此乃小恩小惠,百姓只可感于一时,未必会随国君拼死而战。"

"每次出战前,寡人必求神佑。祭祀所用的牛、羊和玉帛之物,不敢虚报,必取诚信。"

"此乃小信,不足以感动神灵,难以凭此战胜强敌。"

"寡人身为国君,对于大小诉讼之事,虽不能明察秋毫,可每一件案子都是反复揣摩,尽力使判决合乎情理,免生冤狱。"

曹刿又对着鲁庄公长长一揖,道:"身为国君,愿意尽心尽力为民理事,便是贤君。有贤君必有忠臣,有忠臣必有良民,有良民必可胜敌。草民愿随主公出战,力破强敌。"

鲁庄公大喜,当即整顿兵车,让曹刿与他同乘龙纹驷车,直赴长勺,与齐军决战。

平坦宽阔的荒野上,齐鲁两军隔着一箭之地,对阵相敌。手持盾牌的步卒排在最前面,掩护着张弦以待的弓弩手。在弓弩手后面,是一辆辆高大的战车,上面站着身材魁壮的甲士。每辆战车前后都竖有大旗,旗下又有击鼓士卒和鸣金士卒。大旗为军阵标识,金鼓则专司传送将命——击鼓向前,鸣金后退。

鲁庄公的龙纹驷车停在大阵的最中间,他手持朱漆硬弓,眼睛一眨也不眨地盯着对面的齐国军阵。对面的军阵中同样停着一辆高大的龙纹驷车,上面站着昂首挺胸的齐桓公。他轻蔑地一挥手,下了进攻的命令。

看见敌军战车的数目明显少于己方,齐桓公更是充满了必胜的信心。霎时间,齐军大阵上鼓声如雷,惊天动地般压向鲁军大阵。

"哇——"齐军步卒大吼着,犹如决堤的洪水,势不可当地向鲁军大阵冲击过来。

"轰隆隆——"齐军战车在步卒后驰动着,似高山上崩塌的一块块巨石,当头砸向鲁军大阵。眼见得齐军如此威势,鲁军大阵里不少兵卒惊骇中脸色苍白,双腿发抖,几欲转身而逃。

鲁庄公沉不住气,抬起手臂,欲下令击鼓迎敌。曹刿拦住鲁庄公,道:"我不是早就请国君下过严令,据守对敌,不得擅自进攻吗?"鲁庄公只得垂下手,眼睁睁地看着齐兵冲了过来。

突然,鲁军大阵中万箭齐发,急风暴雨般扫向齐国兵卒。齐国兵卒见鲁军并不出阵迎敌,再加上又遮挡不住凌厉的箭雨,只好后退。齐桓公见状大怒,喝令再次擂鼓冲阵,上前者赏,后退者斩。齐军大阵上的鼓声第二次响了起来,虽依然是威势惊人,但听起来已不那么可怕了。

"哇——"齐军步卒依旧大吼着,依旧如决堤的洪水冲向鲁军大阵,只是冲击的速度已比第一次慢了许多。那轰隆隆的战车声响,也不似第一次那样震骇人心。鲁军大阵中的许多兵卒心里仍是害怕,可双腿再也不发抖了,双手也能稳稳地握住弓弩。

唰——唰——唰……鲁军大阵中射出的箭雨更为凌厉,更不可挡。齐国兵卒顾不得严厉的将令,再一次退回到了本阵中。

"鲁军被我们打怕了,不敢迎敌。众将须放胆猛冲,再冲几次,鲁军的羽箭就会射完,就要大败而逃!"齐桓公一边鼓励着众将,一边传命第三次击鼓冲阵。

齐军大阵上又是鼓声震天,齐军兵卒又是吼叫着冲向敌阵。只是这次兵卒们冲出来时已累得东倒西歪,别说速度慢了,连队形也散乱无章,不成阵势。本应跟在盾牌手后的战车,不知为什么竟驰到了最前面。

"主公,可下令擂鼓,迎敌!"曹刿说道。

鲁庄公立刻抬起手臂,猛地往下一劈,大吼着:"擂鼓迎敌!"随着他的这声大吼,鲁军大阵中千百面战鼓同时响起,如同无数巨雷一齐在天际炸开。

"哇——"鲁军的步卒生龙活虎般冲向了敌军。

"轰隆隆——"鲁军的战车如林中奔出的一头头狂怒的犀牛,向敌军直闯了过去。鲁庄公更是身先士卒,龙纹驷车飞驰着,奔在最前面。

"嗖——"鲁庄公弯弓搭箭,劲射而出,正中一白袍齐国偏将的咽喉。那员偏将惨呼着,一头从高高的战车上栽倒下来。

"主公好箭法!"曹刿忍不住赞了一声。

鲁庄公有意卖弄本事,又是一箭射出,将齐军一辆战车上的御者射杀。"呼隆——嗵——"失去御者的战车倾翻在地,压倒了一大片齐军兵卒。

等待着鲁军"大败而逃"的齐国兵卒万万没料到对手会发动如此猛烈的反击,措手不及,队形一下子被冲得七零八落,溃不成军。鲍叔牙等人见势不妙,护拥着齐桓公,败逃而去。

鲁庄公欲下令穷追,被曹刿拦住:"且慢。"他边说边跳下车,查看了一番齐军的车辙痕迹,又跳上车向远处仔细望了望。

"主公,可下令追击了。"曹刿神情悠然地说道。

鲁军奋力猛进,直追出了三十余里,方才收兵扎营。此一仗,鲁军大获全胜,毁敌兵车四五十乘,夺敌兵车五六十乘。鲁庄公欣喜若狂,窝在心中近十年的那口恶气终于吐了出来,顿感畅快无比,当即在中军大帐排下酒宴,答谢曹刿。

席间,鲁庄公问:"请问先生,前两次敌军击鼓,你为何不让寡人出战呢?"

"争战之事,全凭锐气,锐气盛,便可破敌,锐气衰,便败于敌。鼓者,激励将士之锐气也。一鼓,锐气最盛;再鼓;气则衰耳;三鼓,气则竭矣。敌军锐气已竭,而我军锐气方盛,故可一鼓作气,大败敌军。齐军,善战之兵也,吾恐其诈败,设有埋伏,故下车视其辙迹,望远观其旗帜,见敌军辙迹混乱,旗帜倒伏,料其真败矣,因而使主公放胆追之。"曹刿举杯连饮,侃侃而谈。

"施大夫道先生精于兵法,果然如此。寡人朝中大臣虽多,如先生者无一人矣。寡人欲留先生于朝中,拜为上大夫,如何?"鲁庄公又问道。

曹刿一笑:"乡野之人,难受拘束。主公厚爱,实不敢当。"

"这……"鲁庄公大为失望,"若是齐兵再次侵犯,先生是否依然教我?"

"吾观主公,文则诚心于民,武则勇冠三军,为一守成之君足矣。吾鲁国向称礼仪之邦,不欲争霸,能够守成,便是贤君矣!君贤则必不至危,实乃吾等草民之幸。吾观朝政,有施伯居中折冲,必无乱象。然施伯长于治国,短于治军,是其不足。吾闻主公嫡弟公子季友既有贤名,且善治军,主公何不大用?"曹刿笑问道。

"这……"鲁庄公犹疑着,不知如何回答才好。公子季友虽从未有过"夺位"的举动,然为鲁先君所爱,几次欲废鲁庄公而另立公子季友为太子。鲁庄公即位之后,每当想起此事,心头就不痛快,一直让公子季友闲居在家中,并未授予任何官职。

"主公仅此一嫡弟,若不亲厚,何以自固?"曹刿又问道。

鲁庄公心中一动,默想自他登位以来,公子季友虽是门客众多,却未对他有任何失礼之处,反处处维护他的君位,见到公子庆父和公子牙对他有不敬的地方,立刻挺身而出,痛加驳斥,以致公子庆父和公子牙面对着这位小弟都禁不住生出了几分惧意。

唉!这位曹先生说得对啊,眼见得公子庆父和公子牙的势力愈来愈大,总有一天会闹出事来。季友乃我唯一嫡弟,又确有贤者之风,我怎么能老记着过去的一点小嫌,而忽视了眼前的大事呢?何况当初他还是个小孩子,什么事也不懂,一切都是父亲所为,我根本怪不上他。想到此,鲁庄公连忙对曹刿施了一礼:"多谢先生指教,回军之后,寡人当立即召请公子季友入朝,辅佐国政。"

曹刿欣然受之道:"兄弟亲厚,周公之礼也。主公只需不忘周公之礼,则天下必不敢轻视鲁国矣。"

欢宴之后,鲁军凯旋,鲁庄公论功行赏,见曹刿不愿入朝为官,遂以千金赏。曹刿对黄金之赏也不推拒,携之回乡,尽散与邻人。鲁庄公闻之,慨叹不已,下诏征公子季友入朝,令其与施伯共佐朝政。

第四章

以马扮虎破宋军 管仲终成霸王辅

齐桓公欲大胜鲁军,显示他霸国之君的气概,从而压服鲍叔牙。却不料偏偏打了一个大败仗,折损百余兵车,还让鲁庄公追得狼狈不堪。他又羞又恼,无颜还师,扎营于齐鲁边境,不进不退,致使营中满是怨意。鲍叔牙心下忧急,走入中军大帐,跪请齐桓公班师回都。

"寡人乃堂堂大国之君,兵出无功,怎能使天下诸侯畏服?不败鲁军,寡人誓不归还。"齐桓公怒气冲冲地说道。

"主公,齐、鲁皆千乘之国,兵势不相上下,以主客为强弱。乾时之战,乃鲁军伐我,是鲁军为客,我军为主,故我军大胜。今长勺之战,是我军伐鲁,我为客而敌为主,故我军不利,此乃情势使然,非人力可强为也。"鲍叔牙道。

"如此依你来说,寡人欲败鲁军,岂非是绝无可能?"齐桓公问。

"春日出征,有违民心,今士卒俱生怨意,实不堪再战。"鲍叔牙说着,心里懊悔不已。唉!管仲早就提醒我切勿轻视鲁军,我却并未将他的话放在心上。此次出征,管仲又嘱我小心、小心、再小心,我却不解其意。我天天对主公说,管仲有平天下的大才,见识卓绝,可我自己却对管仲的话并不如何重视,实为大谬。我已经错了,决不能再错。无论如何,我也要阻止主公贸然进兵。

"寡人已说过,不败鲁军,誓不归还。"齐桓公毫不退让地说着。其实他也知道,鲍叔牙所说的都是实情。不然,他就不会屯兵边境,早已长驱直入,杀至曲阜城下。可越是这样,他越不能班师回都。军中兵卒有数万之众,遍布齐国各城邑,这么一回去,岂不是要把怨意散入全国?到那时,齐国人还会称颂他们的主公是有为之君吗?齐桓公必须打败鲁国,以战胜之威来压倒士卒心中的怨意。

见国君如此固执,鲍叔牙心中更急,不想急中生智,倒想出了一个办法。

"主公,宋国向来与鲁不和,主公何不遣使请宋国出兵,夹击鲁军,当可获胜。"鲍叔牙道。

齐桓公眼睛一亮,叫道:"妙!宋国亦是千乘大国,襄公时,曾与我齐国订过盟约——我齐国之敌,即是宋国之敌。"

"听说宋国有一猛将名南宫长万,臂力沉雄,万夫莫敌。若得此人助战,鲁军不难破矣。"鲍叔牙说着,心想若宋军来此,能破鲁军,自是大妙。若宋军亦败,则主公当无推脱班师之词。

君臣二人商议已定,即遣使者至宋,请求援师。宋国正欲与齐国新君通好,当即应允以南宫长万为将,出兵伐鲁。

夏六月初旬,南宫长万率兵车三百乘,至郎城与齐军会师。鲁庄公闻之,集众大臣商议退兵之策,国中士、大夫、卿三等臣子俱至朝堂,唯独新被封为上大夫的公子季友没来上朝。

这公子季友太过喜好武勇,只怕又到哪里去行猎了,鲁庄公在心里不满地想着,请众大臣们各献妙计。众大臣议论纷纷,"妙计"倒也出了不少,可一个也不能令鲁庄公满意。鲁庄公越听越怒,正要发火,只见宫监走来,禀告道:"公子季友叩求朝见。"

"宣他上殿。"鲁庄公立刻说道。

近些天来,他和季友常常相见,谈文论武直到深夜犹不愿散。他发觉这位嫡弟果然是熟知兵法,尤精行军战阵之事。他后悔没有早些任用季友,以致在兵战之事上总觉没有人可以商量,大感吃力。只是季友也有一处他很不喜欢的地方——行猎。

本来,行猎是贵族子弟们最喜好的消遣,不足为怪。但一般人只在秋、冬之季才会大举行猎,其余时候不过是偶尔为之。春天乃万物生育之时,夏日乃神明巡游之时,在这个时候行猎太多,会得罪上天,降下大祸。然而季友却毫不理会那些禁忌,不管是秋冬还是春夏,几乎要天天出城行猎一番。

这样，尽管季友已被封为上大夫，却很少有上早朝的时候。就是鲁庄公要见他，也须等到他傍晚自城外行猎归来。有时候行猎走得远了，干脆一连几天宿在城外。鲁庄公此刻正焦急之时，陡然季友求见，对他来说，无异于久旱逢甘霖一般。

随着殿前护卫兵卒的传宣之声，一个年约二十一二岁，穿着上大夫袍服，长得很像鲁庄公的青年走上殿来，跪下拜道："臣弟拜见主公。"

"罢了。"鲁庄公一挥手，直截了当地问，"如今齐军挟战败之怒，联合宋国又来侵犯，该当如何应付？"

"但不知众位大臣有何高见？"季友不慌不忙地问道。

"众位大臣的高见一是让寡人向周天子求救，二是让寡人派使者以礼法大义责备齐、宋两国，使两国惭愧而退。"鲁庄公冷笑着说道。

"齐宋本非礼仪之邦，以礼仪责之，岂不太谬？周室弱而远，更非求救之处。为今之计，只有整顿兵车，与敌军决一死战。"季友朗声说道。

"齐宋两国相加，兵车近八百乘，势力太大，如何迎敌？"鲁庄公问。

"臣弟借行猎之机，曾仔细察看过齐宋两国军营，齐军似有戒心，军营齐整。宋军新至，有轻我之心，军营散乱。且齐宋两军相隔有二十余里，并不相连。我军出其不意，先攻宋营。宋败，齐军必不能独留，自当退去。"季友道。

行猎之时，且不忘军国大事，季友果然不愧为贤者。鲁庄公在心里赞道，又说："据说那南宫长万有举鼎之力，万夫莫当，我军只怕无人可与之相敌。"

"臣弟亦有臂力，愿为先锋，当先为战，与那南宫长万一争高低。"季友慨然道。

"好！寡人自当率全军随后接应。"鲁庄公高声赞道。

当夜，季友率兵车五十乘为先锋，出都城南门，直扑郎城。在兵车后面，他还令人赶着百余匹矮壮而性子又暴烈的野马。黎明时分，已快接近宋营。季友令兵车暂停，然后取出早已装在车上的百余张虎皮，蒙于野马背上，赶到军阵之前，再令全军举火，随野马之后击鼓冲向敌营。一时间，宋营外突然火光冲天，鼓声如雷。百余匹野马被火光鼓声惊炸了性子，发狂一般扑向宋营。

夏日炎热，许多宋国兵卒都贪图早凉，尚在军帐中埋头大睡。陡地被鼓声惊醒，慌忙拿起兵刃，奔出军帐，睁着蒙眬睡眼向外一看，但见百余头"猛虎"咆哮着直冲过来，顿时吓得魂飞魄散，抛了手中兵刃弓箭，抱头往营后逃去，只恨爹娘为什么不给他们生出四条腿来。宋国将军们无法约束士兵，也纷纷驱动战车，逃往营后。

季友率兵杀进宋营，趁势将火把扔到军帐之上，一阵乱砍乱杀。宋营中立时烟火大起，惨呼声响成一片，不过转眼之间，鲁军便已占领整座宋军大营。季友留下少许兵卒看守宋营，扑灭火头，收拾军械，大队人马则出营追击宋兵。

这时天已大亮，宋军已看清那"猛虎"原来只是些野马，方才定下神来。南宫长万羞怒交加，整顿兵车士卒，复又杀回营来，正和追击的鲁军迎面相遇。南宫长万大吼着当先驱车冲进敌阵，他身高丈二，腰阔十围，胳膊比寻常人的大腿还要粗壮，手中一杆青铜长戟重达百斤。但见他势若破竹，长戟刺处，鲁国兵卒往往连人带车，俱被挑翻在地。只片刻间，他已挑翻了三辆鲁国战车。鲁国兵卒见状大为惊恐，慌忙退后，无人敢与南宫长万相敌。

"不准后退！"季友一声厉喝，飞驰向前，迎住南宫长万。他和鲁庄公俱为文姜之子，自幼受母家尚武之风的熏陶，喜好武勇。鲁庄公以箭术名闻天下，季友则以戟术称雄于鲁国。

"来得好！"南宫长万从旗号上认出对手是鲁军主将，兴奋地大叫着，举戟横刺过去。他自从军以来，大小经过十余战，从没有敌将能在他的戟下走三个回合以上，南宫长万料定这员鲁军主将连一个回合也难在他面前走过去。杀了敌方主将，他自是转败为胜，可以洗刷弃营而逃的耻辱。

季友见敌将来势猛恶，忙举戟斜着一挡。但听得轰地大响，他只觉双臂酸麻，长戟几欲脱手而飞。这家伙力气好大！季友吃了一惊，顿时收起了轻敌之心。见对手居然能挡住他势在必中的一击，南宫长万亦是吃了一惊，第二戟更快更猛地刺了出去。季友再也不敢硬挡，侧身躲过敌招，挥戟还刺过去。他的力气不及对手，但长戟刺出的威势，却比南宫长万更为凌厉迅猛。两员大将戟来戟往，一时斗了个旗鼓相当，胜败不分。

主将不分胜败，兵卒们见出了强弱。宋兵虽是大败在先，但三百乘兵车中还保有二百乘，而鲁军只有五十乘兵车，寡不敌众竟至被敌军所围，眼看支撑不住，即将大溃。正在危急时刻，鲁庄公亲率四百乘战车，大呼着杀至。宋军兵卒此时俱已疲惫，哪里挡得住鲁庄公率领的生力军，稍一接战，便纷纷后退。

南宫长万大急，使出平生力气，连连挥戟向季友猛刺过去。季友顿感吃紧，只有招架之功，却无还手之力。鲁庄公唯恐季友有失，举弓搭箭，对准南宫长万的咽喉，嗖地射去。南宫长万听得箭啸之声，忙侧身躲避时，那支羽箭已刺入他的右肩，深至骨中，痛得南宫长万惨叫声里，身子一晃，差点从车上栽倒下来。

季友乘机奋力刺出一戟，正中南宫长万的大腿。南宫长万再也站不住了，轰隆一声，如山塌一般从战车上倒撞下来。鲁军兵卒趁势一拥向前，牢牢按住了南宫长万。宋兵见主将被擒，更是毫无斗志，军阵全面崩溃，争先恐后地向宋国逃回去。此一仗鲁军大胜，宋兵出征时有战车三百乘，逃回国时，仅剩百余乘。

鲁庄公喜不自胜，问季友道："虎皮乃贵重之物，你何能罗致百张，并想此奇计大破敌军？"

"臣弟行猎之时，有门客善蒙虎皮惊吓鹿群，将其赶入围中。臣弟想此法或可破敌，故以黄金多购虎皮，留作急用。数年来，连购带猎居然积至百张。只是若无主公神箭之技，臣弟纵有'以马扮虎'之计，又岂能擒获南宫长万！"季友说道。

"哈哈哈！"鲁庄公听到季友的奉承，不禁大笑起来。

"主公，宋兵虽败，齐军犹在，且离此不远。我们须赶紧立营，防其突袭。"季友提醒道。

鲁庄公点头称是，当即令众军回转，依宋营立起军阵，严守以待。

齐军见宋军惨败，不敢独自留于鲁国之中，只得又退回到了两国边境之处。

齐桓公请宋兵助战，自以为是妙计。不料那鲁军竟然一举打败了宋军，擒获了南宫长万，使他的处境更加狼狈。此时不仅齐国人要嘲笑他，天下诸侯也要视他为笑柄了。因此他更无法班师回都，也就更无法消弭士卒们心中的怨意。

鲍叔牙原想着宋军已败,齐桓公自当回心转意。不想齐桓公仍是拒不班师,固执得几近失去了理智,令他束手无策。眼看夏季将逝,秋季将来,兵卒们再不回国,势将使庄稼难以收割,只怕要令国家少收许多粟米,致使国力大为衰弱。更糟的是,收成不好,最易发生民变,危及公室。但他反复指明了屯兵边境的坏处之后,齐桓公仍是不听。鲍叔牙能做的,只是不辞辛苦,每日巡视营中,防止满腹怨意的兵卒们借机生事。

在他的严密监视下,生事的兵卒不多,逃走的兵卒却愈来愈多。不过月余时日,齐军大营中就少了三五千兵卒。齐桓公大怒,传令各处城邑,凡逃卒回乡,一律格杀勿论。隰朋等朝臣却拒不接受格杀逃卒的诏令,反倒联名上奏,劝齐桓公班师回都。

几乎每日都有小车飞驰到军营中,将成捆成捆的竹简送到齐桓公的中军大帐里。这些竹简大多是朝臣劝谏退兵的奏章,齐桓公根本不看,令近侍通通拿去当煮粥的木柴烧了。

如此下去,我齐国势将君不似君,臣不似臣,危在旦夕矣!鲍叔牙焦急中派出密使向管仲求教。

密使很快就转了回来,给鲍叔牙带来了一支"阴符"。

"阴符"是当年姜太公发明的一种秘密传信之法,以竹板精刻而成。传说周武王举兵伐纣之前,曾问姜太公:"引兵深入各诸侯国之中,如果三军突然遇到缓急军情,或利或害,我欲以近通远,使内外相应,以便利三军争战获胜,该用什么办法为好呢?"

太公答道:"主帅和将军之间,可以用阴符来传递消息。阴符者,以竹制成,有纹无字,共分为八种,每种以长短之不同,传以不同的军情。大获全胜,符长一尺。破敌斩将,符长九寸。攻占城池,符长八寸。击退敌军,报敌远遁,符长七寸。警告偏将,据险防守,符长六寸。需求粮草,符长五寸。兵败将亡,符长四寸。士卒损伤过大,符长三寸。众将必须遵命行使阴符,如有私留阴符或泄露阴符秘密的人,泄露者和告发者俱斩杀不赦。这八种阴符的秘密,只有主帅和将军们才知道。这样,敌人即使抓住了传送阴符的使者,也无从得知其中的军情。"

周武王听了,大为赞赏,立刻将此阴符之法行于军中。后来天下诸国,也都将阴符行于军中。并各定尺寸,另设内涵。唯有齐国仍依姜太公定下的成例,少有改变,使其阴符几已成为人人皆知的"阳符"。此时管仲让使者带给鲍叔牙的阴符长有八寸,是为攻占城池之意。

什么,管仲竟让我攻占城池,这是什么意思?鲍叔牙不禁愣住了。齐军连野战都不能胜过鲁军,又怎么能去攻占鲁国的城池?

"难道管大夫就给了你这支阴符,什么话也没有说吗?"鲍叔牙问。

"管大夫只让我告诉您一个字——谭。"密使躬身回道。

"团?什么团?"鲍叔牙更是莫名其妙,又问。

密使无言可答,他也不知道这个谭字是什么意思。

"团,是团?还是潭?团、潭、谈、谭!啊,对了,是谭,是谭!"鲍叔牙恍然大悟,扭头就往中军大帐里奔去。

齐桓公正在中军大帐里喝着闷酒,见鲍叔牙急匆匆奔进来,不悦地一瞪眼睛:"寡人不是说过吗?决不班师回朝,决不!"

鲍叔牙忙说道:"主公,臣并非为班师而来。"

"哦,那你是为何而来?"

"臣为劝主公出兵,攻占城池而来。"

"什么,攻占城池?"齐桓公瞪大了眼睛,疑心是他听错了。

"对,攻占城池。请主公立即点齐兵车,准备出兵。"鲍叔牙重复道。

"啊,莫非你有了打败鲁军的妙计么?"齐桓公大为兴奋,忽地从席上站了起来。他做梦都想立即点齐兵车,杀奔鲁国,生擒鲁侯,威震天下。可是他又很清楚地知道,依眼前的形势,齐军绝无战胜鲁军的可能。

"臣并无败鲁之计。臣请主公点齐兵车,是为了攻占谭国的城池。"鲍叔牙道。

"攻占谭国的城池?"齐桓公大感意外。

"主公当年出走莒国,曾经路过谭国,而谭君竟对主公不加礼遇。后主公回国为君,诸侯都派使者祝贺,谭国偏偏又不入贺。谭,小国也,齐,大国也。小国不敬大国,非礼也。齐有征伐之权,兵加谭国,名正言顺,天下诸侯当因此敬服我齐国矣。"鲍叔牙慨然说道。

"只是寡人当初出征,宣称是伐鲁而非伐谭,今加兵谭国,岂非诈也。"齐桓公说着,已是怦然心动。他当上国君之后,也曾动过兵伐谭国的念头。可是谭国太小,不过五十里见方,户口也只万余,引不起他的兴致。

他的敌人是鲁国,他又对鲁庄公有着压抑不住的妒恨,他理所当然地把兵锋指向了鲁国。鲁国是千乘大国,他若是打败了鲁国,似谭国这等小国,便不值一扫。谁知这鲁国竟是一块硬骨头,他不仅咬不动,反倒崩掉了几颗牙齿。在此时此刻,他太需要打一场胜仗,来挽回他和齐军的尊严。兵伐谭国,理应很容易地打上一个胜仗,给他一个班师回朝的借口。

"兵者,诡道也。主公伐鲁,伪也。伐谭,真也。主公明于兵法,非旁人所能及也。"鲍叔牙躬身说道。

"哈哈哈!好一个非旁人所能及。大夫妙计,正合寡人之意。"齐桓公大笑起来,挥手道,"就依鲍大夫之言,兵发谭国。"

齐桓公托言班师,率领大军突然杀进谭国,连克数座城池。谭君大为惊恐,慌忙派出使者,请罪求和,情愿投顺齐国,做一附庸。鲍叔牙劝齐桓公到此为止,得胜回朝,以获宽厚仁义之名。但齐桓公把在鲁国吃了败仗的怒火全都出到了谭君身上,根本不听鲍叔牙的劝说,强行攻破了谭国都城,把谭国数百年积累的黄金珠玉一掠而空,并毁其宗庙。齐国兵卒们也大肆抢掠,几乎人人或多或少地捞了些战利品,怨意倒也消了一些。小小的谭国死伤惨重,百姓十去五六,只谭君带着少许贵族逃到了莒国。齐桓公得意扬扬地押着些谭国的俘虏凯旋。

上一次,齐军自鲁国得胜回朝,通往都城临淄的大道两旁跪满了百姓,焚香叩拜。这一次,齐军自谭国大胜回朝,通往都城临淄的大道两旁虽也有人跪着,却只有几个白胡子乡老,冷冷清清,看上去大煞风景。齐桓公心中困惑,想,这次出征虽然没能打败鲁国,却一举灭掉了谭国啊。难道我的灭国之威,还抵不上一次胜仗那样让人敬畏吗?齐国的百姓究竟是怎么想的?他们难道不再认为我是有为之君?

朔风怒号,连夜不止,才入冬天,便纷纷扬扬落下了大雪。临淄城中滴水成冰,一下子冷了许多。城中居民紧闭门户,依偎在火盆边,很少有人敢走到街道上去。繁华的临淄顿时冷冷清清,似无人的空城一般。

唯有国君的内宫热闹依旧。齐桓公高卧在寝殿的裘席之上,观看着长裙舞女的歌唱。晏蛾儿跪伏在席旁，将美酒注满玉杯，一口口喂进齐桓公嘴中。齐桓公根本没有向晏蛾儿看一眼，目光愣愣地盯着那些长裙舞女，她们唱的是一首流传在齐国很久的歌曲——《丘中有麻》:

> 丘中有麻
> 彼留子嗟
> 彼留子嗟
> 将其来施施
>
> 丘中有麦
> 彼留子国
> 彼留子国
> 将其来食
>
> 丘中有李
> 彼留之子
> 彼留之子
> 贻我佩玖

这首歌最先是流行于周天子之地的"王风"，讲述年轻的姑娘盼望着与情人幽会，并在种有苎麻的小丘间合欢。临走之前，那情人还赠送她美玉留作纪念。后来，周天子势力渐衰，就大讲礼法起来，将这首《丘中有麻》视为淫曲，不准国人传唱。然而此类淫曲，却是齐国上至国君、下至百姓，最喜欢传唱的歌儿。

往日齐桓公听到了这《丘中有麻》，总是乐得眉飞色舞，摇头晃脑地哼个不停。可是他今日听到了这《丘中有麻》，心中竟无比烦躁，恨不得跳起来，挥剑杀死几个人，心头方才舒畅。但他既是有为之君，仁厚爱民，又怎么能随手乱杀人呢？我现在还是有为之君吗？齐国的上上下下，还认我是有为之君吗？

这次出征，将举国丁壮留在边境大半年，误了农时，收成大减，百姓俱怀怨意。兵卒们虽在谭国抢了些财物,却大半被将官们夺走了,亦是怨意难消。何况谭国太小,后营的兵卒什么也没抢到,更是怨恨不休。朝臣们屡次劝谏我班师回都,我却把他们的奏章全都烧了,现在只怕连朝臣们也对我满腹怨意。

我一举灭了谭国,倒是痛快,可天下诸侯却把我视为暴虐之君,无一国派使者前来祝贺。就因为我不听劝谏,非要灭了谭国,以致连鲍叔牙都是对我心怀怨意。从前鲍叔牙天天劝我任用管仲,如今却绝口不提此事,甚至常常托病,不肯上朝与我相见。听牛滚儿说,鲍叔牙根本没病,天天在府内饮酒为乐。

鲍叔牙立身极正,又素来忠心于我,怎么会成了这个样子?他是不是对我失望了,认为我难以成为霸国之君,方才如此?不,我小白不成为霸国之君,天下还有哪一位诸侯能成为霸国之君?如果连最忠心的鲍叔牙都对我失望了,朝中还有哪一位臣子肯忠心于我?若是朝中没有忠臣,我这国君之位还能坐得长久吗?

"别唱了,滚,滚!都给我滚出去!"齐桓公大吼着,从席上一跃而起。他听宫人说过,当初襄公被逆臣杀害之时,正在殿中听着"王风"中的淫词艳曲。我不是襄公,不是!襄公是昏君,才有逆臣谋弑之祸。我是堂堂有为之君,朝中岂有逆臣?齐桓公虽是如此想着,冷汗仍是从他背上流了出来。那才消失不久的恐惧又回到了他身上,又似沉甸甸的巨石压在了他的心头。

舞女、乐女们听到齐桓公的大吼,慌忙奔到了殿外。近些时齐桓公脾气大坏,常常使她们想起了从前的襄公。她们感到齐桓公越来越和那位喜怒无常、动不动就要杀人的襄公相像了。

"滚儿,备车!寡人要出宫,去见鲍大夫!"齐桓公边说边大步向殿外走去。

晏蛾儿忙将白狐皮袍披到齐桓公身上,道:"主公,今天太冷了,还是让滚儿宣鲍大夫进宫来吧。"

"去!你一个内宫妇人,怎敢管寡人朝中的大事?"齐桓公大怒,飞起一脚,狠狠踢向晏蛾儿。

"啊!"晏蛾儿惨呼着,抱着腹部滚倒在地,痛得脸色惨白。齐桓公看也没有向晏蛾儿看一眼,大步走到了殿外。

"主公……你好……好狠心……你踢着了我的孩子……啊,孩子,我的孩子……"晏蛾儿绝望地哭着,看着殷红的鲜血如潮一样自腿间流出。

齐桓公在风雪之中,乘坐着车,驰至上大夫鲍叔牙的府门外。府门的守卒见是国君来了,慌忙跪迎,并欲入内通报。齐桓公止住守卒,也不带从人,往内堂径直走去。

鲍叔牙虽名列上大夫,府中却并不宽大,比之临淄城中一寻常富家,尚且不如。齐桓公只穿过了三道院门,已踏进了内堂。内堂中只生着一盆炭火,勉强抗住了门外涌进的寒意。鲍叔牙跪坐在席上,低头聚精会神地摆弄着四十九根蓍草,左边放几根,右边放几根,上边放一堆,下边放一堆,竟对走进堂来的齐桓公毫无察觉。齐桓公也不声张,更放慢脚步,悄悄站在鲍叔牙的身后。他知道鲍叔牙这是在以周文王传下的《易经》推理演算,以得到指示吉凶的卦辞。

传说周文王被囚,不得返国,遂折蓍草演天地,创出《易经》。周文王据此预知吉凶,巧妙地避开各种灾祸,终于回到故国,开兴周克殷之宏大基业。后来周朝王于天下,这《易经》卜筮之法,便也开始流传天下了。诸侯之国凡祭祀、丧葬、婚嫁、筑城、行猎、出征等等事务,无不以《易经》之法来决定行止。

齐桓公先前为公子之时,对这《易经》卜筮之法极感兴趣,日日演算不休,企图从中预知自己日后的祸福吉凶。但他当上国君之后,就很少再有兴致演算《易经》之法。他的兴致只在于当上霸国之君,只在于行猎,饮酒,还有美色。

齐桓公看见鲍叔牙已算出了一卦,这一卦名为大壮,最是吉利。

"妙!"齐桓公忍不住大叫了一声,吓得鲍叔牙一哆嗦。他抬起头时,见国君已站在身旁,慌忙伏地行礼,口称死罪。

"此地并非朝堂,先生何必如此多礼。"齐桓公扶起了鲍叔牙。他满脸亲切之意,又以过去当公子时那样称呼着。

鲍叔牙让齐桓公坐于正席,他则退居侧席,并忙唤上家童,献美酒于国君。一个青衣小童闻声端上美酒,跪献于齐桓公,然后弯腰倒退着走了出去。

"先生也太清苦,饮酒之时,居然没有女乐助兴。"齐桓公感叹道。他听牛滚儿说，鲍叔牙饮酒之时，只有一二家童侍候，有时也会请一盲者，击筑讲诵先王故事，以此为乐。

"国事不宁，臣无心为乐。近日演算《易经》，更觉忧虑。"鲍叔牙道。

"如此说来，你演算《易经》是欲问国运之盛衰？"齐桓公不觉又向那排列在席上的卦象望了过去。

"是啊。近日我每得一卦，都含有凶戾之气，令人不觉惶恐。"鲍叔牙道。

"先生差矣，此卦名为'大壮'，甚是吉利，何凶之有？"齐桓公不以为然地说。

"不，此卦非吉，实为凶卦。"鲍叔牙说着，眉头紧皱。

"此卦震在上，乾在下。震，雷也。乾，天也。主天上雷鸣，声威显赫，既大且壮，故名大壮。大壮之于国运，乃是群阳齐出，国君威武，臣民勇悍，万物丰茂，百业兴旺。此不为吉利，何为吉利？"齐桓公带着夸耀地说着，显示他对《易经》所知甚多。

"演算《易经》，不能仅看卦象，卦由爻合成，爻中有阴阳之数。卦象吉利与否，还须看爻数推断。此卦确为'大壮'，但爻数却为'初九'，着实不利。"鲍叔牙说着，从案上拿起一卷竹简，捧到齐桓公面前，展开指着其中一段说，"主公不信，且以爻辞为证。"

那竹简正是传说中周文王所著的《易经》，齐桓公定睛看去，但见在"大壮"之下，刻有一条爻辞：

初九：壮于趾。征，凶，有孚。

曰：壮于趾，其孚穷也。

"依爻辞的意思来讲，这'大壮'并未壮于国，而壮于脚趾。国家的脚趾，就是军队。此卦的意思其实是在说：'出征，有凶事，也小有收获。'又说：'自恃兵强，侵伐他国，虽有收获，而威信扫地矣。'"鲍叔牙正色说道。

啊，这不正是说的我吗？先前我兵伐鲁国，打了败仗，是为凶事，后来灭了谭国，算是小有收获。但为着这小有收获，却使我在国内外威信扫地。齐桓公想着，脸色苍白起来。他一向深信《易经》之法通达天意，卦象实乃天意所指。他为一国之君，更须敬畏天意。据眼前这卦象上看，上天已在责备于他。此时此刻，他必须克己之误，顺从天意，否则，大祸就会降临。

"我齐国素重兵威。然兵者，凶事也。过于依赖兵威，必反遭其凶。襄公之事，可谓殷鉴不远，宜引之为戒。"鲍叔牙又说道。

是啊，襄公以兵威名震天下，却丧命在叛卒之手，实为可悲，我岂能重蹈覆辙？齐桓公想着，站起来对鲍叔牙深施一礼，道："往日之事，错在寡人。今后寡人该当如何，还请先生不吝赐教。"

"臣只有一事恳求主公，即刻大用管仲，拜之为相。"鲍叔牙忙又伏倒在地，还礼说道。

"这……寡人有所不明。听说那管仲曾与先生合伙贸易，本钱少而分利偏多。管仲年轻时又和你一起征战过，每逢迎敌，他便退避在后，每逢退军，他反倒争先而逃。管仲如此不德之处甚多，先生奈何不以为罪，反言其为天下奇才，甘居其下？"齐桓公问道。

"大丈夫行事，不拘小节，只依情理而为。管仲家贫，臣家富，故管仲本钱少而取利多。臣自幼生长深院，不知民间事理，随管仲南北贸易，经历既多，方阅事渐深，才能略识人之长短，获其虚名，为国人所爱。以此而论，臣之得利，远过管仲矣。至于征战之时，管仲退后不前，其因有二，一者老母在堂，需其供养。二者管仲自负相国之才，不敢以小卒之名轻死阵中。管仲其人，德不在小而在于大，主公奈何不见其大德之处，反念念不忘其小过？"鲍叔牙道。

"寡人闻管仲近日荒淫酒色，甚为国人所病，岂能用之？"

"主公心胸宽大如海，当能容管仲此病。"

"如此，寡人且听先生之言。请先生告知管仲，速速入朝。"

"主公既欲大用管仲，岂能招之于朝？必大礼相迎才是。"

"还要大礼相迎？以怎样的大礼去迎？"齐桓公不悦地问。他本想着答应拜管仲为相，鲍叔牙就该知足了，就该诚惶诚恐，对他感恩不尽。谁知鲍叔牙仍不满足，竟让他以国君之尊，大礼迎那管仲。

"臣闻'贱不能临贵，贫不能役富，疏不能制亲'。今主公欲大用管仲，拜为相国，非隆以父兄之礼不可。相者，君之辅也，一人之下，万人之上，臣子中尊之至矣。相招之而来，是轻之也。相轻则君亦轻，相重则君亦重。臣请主公卜以吉日,亲至郊外,以父兄之礼拜而迎之,方为正理。"鲍叔牙肃然说道。

"这……"齐桓公沉吟着,对着席上的"大壮"卦象看了一会,终于点了一下头,"寡人当依先生之言。"

一个惊人的消息立刻就传遍了齐国——国君将以父兄之礼,郊迎管仲,拜之为相。当太卜选择的吉日来到时,整个临淄城中的百姓顾不得天寒地冻,纷纷拥到街道两旁,观看这百年难逢的盛典。许多诸侯派住在临淄的使者,也都走出了馆驿。

齐桓公黎明即起,先三浴三衅(浴,洗去不祥之气。衅,以香泽涂身,示以对长者的敬意),然后全副衮冕,登上高车,驰出宫门。在高车之前,有国君的仪仗——旗鼓斧戟,排开来足有半里路长。高车之后,是百官的坐车,俱是朝服冠带,神情庄重。另有百乘兵车及三千护卫甲士前后呼拥而行。大队人马浩浩荡荡地从西门而出,直行至管仲建在淄河之畔的别馆前。

仪仗向两旁闪开,留出一条宽阔的通道,抵于别馆大门的台阶之下。别馆的大门紧闭着,仿佛馆中的人根本不知外面排列着无比壮观的仪仗行列。齐桓公在近侍的扶持下,自高车而下,缓步向别馆走去。随着他的走动,鼓乐之声大作,奏的是小雅之乐——《皇皇者华》。众护卫甲士及百官俱高声而歌,雷霆之音直上云霄,轰传四野:

皇皇者华
于彼原隰
駪駪征夫
每怀靡及
我马维驹
六辔如濡
载驰载驱
周爰咨诹
我马维骐
六辔如丝
载驰如丝

周爰咨谋

……

这首《皇皇者华》赞颂国君求贤若渴,派出使者四面访求,原是国君在朝堂上接见新进臣子所奏的雅乐。此时在管仲的别馆外奏起,则更显出国君的敬贤之意,是对管仲极为尊崇的礼遇。乐声将尽的时候,齐桓公正好走到了别馆大门的台阶下。

大门忽地打开,管仲整整齐齐地穿着上大夫衣冠,自门内昂然而出。齐桓公立于台阶下,以父兄之礼对着管仲拜了几拜。管仲欣然而受,然后走下台阶,跪伏在地,以臣礼向齐桓公连磕了九个头。齐桓公连忙扶起管仲,相携着同步向高车走过去。鼓乐之声又是大作,百官及众甲士再次高唱起了《皇皇者华》。歌声里,齐桓公和管仲一同登上高车,立于车首。

浩浩荡荡、威风赫赫的仪仗大队向临淄城转回过来,乐声虽停,鼓角之声却一刻也不停地响着,直响到临淄城中,直响到巍峨的朝堂之前。齐国百姓兴奋无比,一连好多天,都在议论着那盛大的威仪。人们再次称赞国君是贤者,必将大有作为,并对管仲充满了一种既向往羡慕又敬畏惧怕的神秘之威。各国使者也纷纷派人将齐桓公的求贤举动告知国君。

一时间,各诸侯国对齐国大为警惕,邻近齐国的鲁、莒、费、郑等国更是整修兵车,增高城墙,严阵以待。国君求贤,意味着他要使国家强大起来,强大的国家必定要向别国侵伐,夺取别国的城池土地。

第五章

尊王攘夷献奇策 北杏筑坛始会盟

求贤仪式之后，齐桓公将管仲留在内宫之中，问以军国大计。

"鲍先生曾对寡人言道，国君有五等之分，其最明者为霸国之君，寡人不甘中庸，必欲成为霸国之君，相国当何以教我寡人？"齐桓公直截了当地问道。尽管他还没有正式拜管仲为相，此时却已呼出"相国"二字。

"欲成霸国之君，必先修国政，欲修国政，必明国本所在。"管仲答道。

"然则国本为何？"

"礼、义、廉、耻，国之本也，国本不张，势必灭亡。"

"哦，此礼、义、廉、耻，当作何讲，还请相国仔细道来？"

"礼者，知尊卑，明贵贱，行所当行，止所当止，男女有别，长幼有序，温良恭俭，乐而不淫，怨而不怒。义者，尽忠公室，友爱乡党，不弃朋友，战则勇，争则让。廉者，明于法令，勤于公事，不贪私利，严守职分，勿以己恶而恶之，勿以己好而好之，凡刑狱之事，须以人情天理断之。耻者，信之所在，仁之所在，不弃信，不弃仁，敬畏鬼神，事之以诚，心地明明，不以诡道待人。凡此四者，应于民、卒、士、君。民贵乎守礼，卒贵乎守义，士贵乎守廉，君贵乎守耻，则霸国大业，指日可至。反之，民无礼、卒无义、士无廉、君无耻，则国之灭亡，亦是指日可至。"

"以相国观之，我齐国于礼、义、廉、耻，是否存之？"

"臣观齐国，民无礼、卒无义、士无廉、君无耻，大道失之尽矣！"

"啊,你……你说我齐国竟是君无耻吗?"齐桓公大怒,厉声问道。

管仲神色平静,道:"襄公被弑、公孙无知被杀之事,历历如在眼前,君若守耻,何致如此?"

"寡人是……是说我齐国眼前之事。"齐桓公倒憋了一口气,顿了一下,又说道。

"主公雄才大略,实乃古今少见之贤君,故臣才敢放胆直言。主公乃东之大海,臣乃海中游鱼耳,无主公之大量,岂有臣之今日?臣纵然肝脑涂地,也难报主公万一矣。臣于主公,并不敢有丝毫虚言,我眼前之齐国,仍是国本不张。"管仲道。

"这究竟是为何,请相国教于寡人!"齐桓公听了管仲的这番话,大感舒服,口气缓和了许多。

"民既无礼,卒既无义,士既无廉,君岂能独守于耻?盖民、卒、士、君相依相连,不可分离矣。为今之计,必固国本,倡行礼、义、廉、耻之道。"

"那么,如何才能倡行礼、义、廉、耻之道呢?"

"欲倡行礼、义、廉、耻,唯一之法,便是爱民。"

"爱民?"

"对,爱民。国之供给,士之俸禄,卒之甲仗,无一不来之于民。无民便无其国,欲求国本之固,必爱之于民。"

"如何爱民?"

"爱民之法,莫过于富民,民皆富之,则乐于国事,易于教化。故曰'仓廪实而知礼节,衣食足而知荣辱'。"

"如何富民?"

"省刑罚,薄税敛,奖农桑,则民富矣。民既富之,则当教之以礼。"

"教之以礼,当以何为先?"

"当禁'淫奔'之事。国设乐官,掌歌曲风化,凡《猗嗟曲》《丘中有麻》之类迷惑人心,使民不知男女有别的歌曲,当禁绝之。"

"据说'淫奔'之事乃太公所允,怎可禁止?"齐桓公顿时来了兴致。他痛恨"淫奔"之风,不止一次地想在朝堂上提出禁止"淫奔"之事,又苦于找不到借口。齐桓公无法忘记他在"淫奔"中受到的羞辱,唯恐国人知道了他的丑态,曾派牛滚儿屡屡到民间探听。牛滚儿回报道,国人不知主公曾有"淫奔"之行。国人传说:淄河之神爱齐国女子风流,上岸化作人形,欲与齐国女子合欢。河神乃水中之君,故化作国君的模样,现身于桑林之间,因被人看破本来面目,羞愧之下,又回到了水中。齐桓公听了大大松了一口气,不由得暗暗称赞那破落子弟竖刁着实聪明,竟想出了如此奇妙的掩饰之法。

"当日太公至齐,人烟稀少,丁壮不足,故未禁止'淫奔',以求丁壮渐多。今日齐国之情势,与数百年前的太公之时大不相同也。不患人少,而患人多。人多地狭,农田所产,不足养身,故齐人多喜贸易。'淫奔'之风至于今日,其弊益显,国人但知淫欲,不知有君,国人但知野合,不知有家室。既不分男女,便不知尊卑。乐而好贪,怨而生怒,杀掠劫盗,争凶斗勇之事,比比皆是,以致天下之人对我齐国甚为轻视。"

"不错,正是如此。"齐桓公听得连连点头,随即又皱眉说道,"国人好色,若禁'淫奔',只怕民心不服。"

"可制一妻一妾之法。从前,只有公族朝臣之家,才允置妾,国人甚是不满。如今可下诏令,百姓之家,亦可置妾。国人左拥右抱,大享艳福,色心已足,必不再思'淫奔'之念也。"管仲笑道。

"这倒是一妙法。不过,男女之数,大概相等,国人岂能尽可置妾?"齐桓公也笑了。

"要养活一妻一妾,非得尽力生产不可。唯生产之物有余,方为之富,方可置妾,此法乃奖富民之法也。臣保此法一出,人人争富,再也无游手好闲、惹是生非之辈,于治国之道,大是有利。"管仲道。

"妙。如此,民富必速矣。民既富之,又该当如何?"

"当修兵甲。齐乃大国,兵甲不修,难足国威,国威不足,难立信于诸侯。"

"整修兵甲,必费财用。然既薄税敛以富民,财用何来?"

"财用之来,可多方聚之。可制赎刑:犯重罪者,令其赎犀甲一副,长戟一支。犯中罪者,令其赎盾牌一面,或硬弓一支。犯轻罪者,令其赎戈一支或箭一束(每束十二支)。可开铜山,铸之为钱,购他国之物。可煮海为盐,用以贸易他国之物。又可广招商旅,至城中贸易,收其什一之税。"

"向来只有齐人行商他国,少有他国之人行商齐国,广招商旅,只怕难行。”

“有一妙法，可招天下商旅，并令国家多收税金。”

“有何妙法，快快请讲。”

“我齐国女子性爱风流，可招其能歌善舞者，设馆充之，名曰女闾。每一女闾中，住三五美人，诱商旅之人乐之。临淄城中阔大，能设女闾三百处。每处年可得其利二万钱以上，仅此国家每年可得钱八百余万。而各国商旅，闻齐女之美，必争先至临淄贸易。则行商之税，女闾之利，倍之增矣。”管仲道。

“相国此法，可谓至奇，不知是如何想出来的？”齐桓公忍不住问道。

“臣当年行商，远至各国，民间私立之女闾，时时可见，只是无人想到使其利于国用耳。”

“我齐国男子素来好色，只怕亦沉迷此女闾之中。”

“凡进女闾者，不论是别国商旅，还是本国百姓，均须付出财帛。如此，我齐国男子当更着力于生产，以便多有财帛。”

“哈哈。如此，我齐国民愈富而国之财用愈足矣。”

“主公圣明，正是此理。财用既足，就须养兵。养兵之法在于隐，如能隐之，则邻国不惊，敌国不察。一旦事急，令下兵至，出其不意，可使天下无敌矣。”

“这养兵之法为何，隐之如何？还请相国教我。”

“欲得养兵之法，须改国政。设五家为一轨，每家出丁壮一人，以轨长统之。十轨为里，设里长统之。四里为连，设连长统之。十连为乡，以良人统之。一轨五人，一里便是五十人，至一乡可得二千人，编五乡为一军，每军万人。十五乡就可得之三军。以我齐国之大，当不止三军之数。故可于民户中精选之，除残弱而留强悍死士。此十五乡称为军户，春耕秋收之余，广行围猎，勤习武事并列阵破敌之法。此十五乡之人，按序而编，依里居住，祭祀同福，死求同恤。人与人相识，家与家相熟。一旦出战，则夜间临敌，闻声相熟而不慌张。白日列阵，见同伍皆为相识，则胆气愈壮，勇不可当。如此养兵之法成，自可隐三军而列国不知。无事时便罢，有事之时，朝令发出，三军夕至，神鬼难测，足可无敌于天下矣。”管仲道。

“好！有此三军，寡人当亲率之，征伐各诸侯之国。”齐桓公兴奋地大叫道。

"征伐者,凶事也。纵然兵势强盛,亦不可轻易行之。"管仲依然神色平静地说着。

"不事征伐,难立国威。不立国威,又怎可成为霸国之君?"

"主公,以天下之大,是否齐国最强?"管仲问道。

"这……"齐桓公想了想,"西之秦国、晋国,其势俱强之于齐,每次出战,兵车都号称在千乘之上。至于南方的荆楚,更是地方千里,兵车倍于千乘,其公然号称为王,灭邓国,克权国,败随国。听说近来楚君因闻息侯夫人貌美,居然发大兵攻灭息国,掠息侯夫人至后宫,更是凶狂至极。"

"秦国、晋国、楚国俱强于齐,可否称为霸国之君?"

"不可。霸国之君能够号令天下,使诸侯敬服。秦国、晋国专以武力征伐,恃强凌弱,谁肯敬服?那楚国更加不堪,仅以女色之故,而灭人之国,实千古未闻之大恶也。此三国之君,至多可称之为强国之君。"

"秦、晋、楚三国专事征伐,并不能号令天下。难道齐国专事征伐,就能够号令天下吗?"

"以相国之见,寡人如何才能号令天下,成为霸国之君?"

"欲号令天下,成霸国之君,只需一策,便已足矣。"

"哦,是哪一策?"

"尊王攘夷。"

"尊王攘夷?此为何解?"

"周室为天下共主,虽然衰微,其名分犹在。自平王东迁以来,诸侯不朝,方物不贡,使天下诸君不知有天子久矣。国君不知有天子,则臣下不知有国君,故礼法崩坏,人心思乱。列国之中,以臣弑君之逆事,屡出不穷。列国之间,又互为攻杀,争战不休。我中原华夏之邦,必将为四方诸夷趁势而灭,玉石俱焚矣。尊王,可止列国互为攻杀;攘夷,可保华夏诸侯不至灭绝。尊天子,止攻杀,驱诸夷,此乃仁义大道,利于天下诸侯而不只是利于齐之一国。共天下之利者必得天下之心,得天下之心者就能号召天下。如此,主公霸业成矣。"管仲说着,抬起手恭恭敬敬地对齐桓公行了一礼。

齐桓公大喜:"相国果然是天下之奇才矣。寡人明日当大集朝臣,行拜相之礼。"

"主公，臣闻大厦之成，非一木可支。海之广大，乃纳百川而成。主公必欲用臣，请以朝中五杰，为臣之左右。"

"哦，寡人朝中有五杰么？请相国细说之。"

"此五杰乃鲍叔牙所识，荐之于臣，为隰朋、为宁戚、为王子成父、为宾须无、为东郭牙。五杰俱有高才，臣所不及。隰朋熟知朝礼，善于辞令，请立为大司行，专管往来出使、结交诸侯之事；宁戚精于农事，善识地利，尤精水法，请立为大司农，专管屯田养兵之法；王子成父善兵法，熟武事，能与兵卒同为甘苦，冲锋陷阵，视死如归，请立为大司马，专管出征兵战之事；宾须无精于律令，决狱至公，不杀无辜，不诬无罪，请立为大司寇，专管刑狱之事；东郭牙忠直为君，犯颜进谏，不畏死，不贪求富贵，请立为大谏之官，以察失纠贪。得此五杰为助，臣方能竭尽心智，使我齐国为天下之霸。"管仲说道。

"相国如此高才，又能谦恭守礼，知人善任，实乃寡人之幸也。"齐桓公说着，心中甚是高兴。

相国之尊，仅在国君之下，权势极大，此官职一般不会轻易任用。在齐国的历代国君中，立相国者只三五人而已。齐桓公出于无奈，才欲拜管仲为相，却又总是不大放心，唯恐管仲会独揽大权，日后对他有所不利。不想管仲倒也识趣，尚未执掌国政，就已任用五杰，分其权柄。这五杰又都是当初拥戴齐桓公的元勋功臣，是齐桓公可以信赖的心腹。直到此刻，齐桓公才算是抛弃了对管仲的成见，从心底里将管仲看成了辅佐他成就霸业的大臣。

"鲍叔牙诚心事君，臣难及万一，愿主公以师礼敬之。"管仲又道。

"这个自然。寡人蒙太公之佑，得鲍先生与相国为辅，实为万幸。若不成就一番大业，则愧立天地之间矣。"齐桓公诚心实意地说道。

管仲微微一笑，又道："高氏、国氏乃周天子当日所命监国之族，太公亦对之深为礼敬。主公既欲尊王，便不可不敬高、国二族。凡祭祀大典，俱可委高、国二族主之。"

"嗯，寡人当依相国之言而行。"齐桓公点头说道。主持祭祀大典，对臣下来说，是一种极高的荣誉，但并不具有任何实权。

"欲行尊王攘夷之策，必先立信，再立之以威，方可成之。"管仲道。

"如何立信，又如何立威？请相国教于寡人。"齐桓公问。

"立信在于和好邻国，请主公复与鲁国盟好，并访求谭国后嗣，拨三十户供之，祀其宗庙，然后通使于周，宣我齐国尊王之意。"管仲道。

"这……"齐桓公犹疑了一下，终于答应了下来，"就依相国所言而行吧。"

"礼义崩坏，列国但知武力，若无兵威，纵能立信于天下，也难行尊王攘夷之策。臣请主公挑选善察之使出入四方邻国，遇有淫乱篡弑之国，又非周之同姓，便可攻而灭之，既能益地，又能立威。至于周之同姓封国，或名闻天下之大国，亦可攻之，杀其君而不必益其地，但须另立拥戴齐国之新君。"管仲道。

"妙！"齐桓公拍案大叫起来，管仲的"立威"之法，最合他的心意。

齐国上上下下，陡然忙碌起来，一道道新的朝令不断发下来，把齐国的百姓弄得眼花缭乱。有些朝令人人赞同，有些朝令则只一半人赞同，另一半人反对，还有少许朝令几乎人人都不赞同，齐声反对。管仲对赞同朝令者，一律大加升赏，对拒不执行朝令者，一律严加处罚，直至问罪斩首。国中上下，渐渐明白了管仲的厉害，对于朝令再也不敢任意抗拒。管仲的治国之策，终于在齐国全面铺展开来，并见到了明显的成效，给齐桓公带来了一个又一个好消息。

首先，在隰朋的奔走下，鲁国同意与齐国恢复盟好之约，并应齐国的请求，释放了宋国大将南宫长万。

接着，隰朋又带着贡物，朝见周天子，诉说谭国无礼，齐侯依周天子所授征伐之权伐之，虽败其国，并未灭其宗祠。周天子见齐国主动示好，大为欣喜，派使者向各诸侯国宣布——齐侯伐谭，乃是依礼而行，无罪有功，并承认齐桓公夫人王姬为周室公主，允其回家省亲。在王姬省亲之后，徐、蔡、卫三国主动以本国公主作为王姬的陪嫁，送至齐宫。

依照礼法，王姬出嫁，周之同姓封国有义务送其公主陪嫁。但是像齐桓公夫人这样已出嫁了十余年，又能得到陪嫁的情景，实属罕见。徐、蔡、卫三国如此，显然是有意示好于齐国，希望日后能得到齐国的庇护。那徐姬、蔡姬、卫姬俱是绝色美人，一时间把齐桓公迷得晕头晕脑，朝也不愿去上，将政事全交给管仲去处理。齐桓公还担心朝臣对管仲不服,特地告祭太庙,当众拜管仲为仲父。齐国上下,对管仲更是敬畏有加,不敢称管仲的官号,皆呼之为仲父。

管仲又将朝政细务分与五杰,自己也不经常上朝,仍住在城外别馆中观看郑、卫之国的美女歌舞为乐。其实他在心里正密切关注着各诸侯国的动静,盼望着找到一个"立威"的机会。

这个机会没过多久,就被他找到了——宋国发生了弑君的大逆之事。

在天下各诸侯国中,宋国的地位十分特殊,国脉最为久远。宋国的开创之君微子启是殷朝帝君帝乙的长子,亦是殷朝最后一代帝君纣王的庶兄。

纣王宠幸妲己,荒淫无道,造酒池肉林,使男女裸体相戏其间,以为笑乐。臣子但有谏者,便置炮烙之刑,让其在烧红的铜柱上行走。微子及纣王的两位叔父箕子、比干为此忧心忡忡,却又束手无策。后来,比干终因劝谏纣王,惨遭剖心之刑,死于非命。箕子为逃避杀身之祸,装作疯癫,隐藏在奴隶之中。微子见此情景叹道:"父子有骨肉之亲,君臣则全凭道义相处。父母有失,子劝谏不止,当大声号哭。为臣者,再三劝谏而国君不听,则道义尽矣,可以远去。"遂离开殷朝都城朝歌,远避于乡野之间。

没过多久,周武王大举伐殷,攻克朝歌,纣王自焚而亡。微子闻知,赶往朝歌,带着殷朝宗庙的祭器,祖露着上身,自缚前往周军大营中,请求武王不要毁了殷朝的宗庙,留下一支后代传承香火。周武王称赞微子为贤者,亲释其缚,并答应了微子的请求。

后来,周武王命纣王之子武庚仍然居住在朝歌,承续殷朝列祖列宗的祭祀,并让自己的弟弟管叔、蔡叔辅佐和监视武庚。周武王又找到箕子,欲封箕子为一方国君。箕子感谢周武王的善意,却不愿身为周朝臣子,带领从人远走朝鲜,自立为朝鲜之主。

武王去世,成王即位后,管叔、蔡叔不服,联合武庚共同作乱,企图攻杀成王和执政的周公。周公迅速平定叛乱,并诛杀了武庚和管叔,将蔡叔流放。为了不使殷室宗祠灭绝,周公奉成王之命,封微子为一等公爵,立国为宋,代替武庚奉行殷室宗庙的祭祀。由于宋国是先朝之后,周室"不敢"将其视为臣下,遂以"宾客"之礼相待。宋君入朝,只需行宾客之礼,而不必行臣下跪拜之礼。微子素来仁慈贤能，勤于政事，省刑薄税，深得殷朝遗民爱戴，亦获得邻国尊重。

从契算起，到微子之时，子氏宗庙香火的传承，已达一千余年。微子去世，传给其弟微仲继位。微仲去世，传给其子宋公稽，如此代代相传，又经过三四百年，宋国的国君之位传到了宋闵公手中。

宋闵公性喜嬉戏，尤爱武勇之人，一次行猎之时，看见南宫长万仅凭双臂之力，竟然举起了重达千斤的战车，大喜之下，立即拜为大夫。

南宫长万当上大夫后，领兵伐过一些小国，居然仗仗获胜。宋闵公大为得意，常对朝臣夸道："寡人有南宫长万，当无敌于天下矣。"因此对南宫长万倍加赏赐，宠信无比。

南宫长万恃仗君宠，到处欺男霸女，视满朝大臣如同草芥一般毫无用处。当齐国请求宋国援助之时，宋闵公想都没想，立刻拜南宫长万为大将，攻伐鲁国。

在宋闵公的料想中，南宫长万定是战车一冲，就会将那鲁庄公杀得屁滚尿流，连忙派出使者，向他宋闵公求饶。不料南宫长万竟打了一个大败仗，连他自己都成了鲁国的俘虏。宋闵公大感扫兴，一连好多天都不愿去上朝。他怕见到朝臣，怀疑他们会暗暗嘲笑他。南宫长万被放回来后，虽然仍是官居原位，可宋闵公见了他就没有好脸色，常常当着众人称他为"鲁囚"。

一天，宋闵公在内宫花园中饮酒为乐，让南宫长万和他比戟赌胜。但见南宫长万举起那百斤重戟，凌空一抛，高至数丈，然后以手接之，百无一失。宋闵公向来自负力大，不想他连举起那支重戟都是异常吃力，想要凌空抛起，根本不能。宋闵公羞恼之下，又硬拉着南宫长万和他下围棋，约定谁输一盘，便饮酒一大杯。南宫长万戟法高强，棋技却是有限，连下连输，喝了满满五大杯酒。

宋闵公得意扬扬，对左右笑道："这家伙不过是一个该死的囚徒，怎么能比得过寡人呢？"左、右内侍寺人们齐声赞颂宋闵公，争先恐后地嘲讽南宫长万，花园中一时响遍了"囚徒"长"囚徒"短的嘈杂之声。

南宫长万本来就对宋闵公当众羞辱他心中怀恨，此时更是大怒欲狂，好不容易才按下心头的愤怒，没有当场发作。这时宫门守监匆匆奔进了花园里,报说天子使者前来告丧,言说周庄王已崩,并报新王即位之事。

宋闵公推开棋盘,道:"天子新立,当派使臣为贺。"

南宫长万心中一动,忙跪下道:"主公,臣下从未去过王都,这入贺使者,还是派臣下去吧。"他意欲借此暂时离开宋国,免遭国君无间断的嘲笑。

宋闵公听着,冷笑了起来:"莫非我宋国无人,要劳尊贵的'囚徒'去做使者吗?"左、右内侍听了,又是一片嘲笑之声。

南宫长万酒意上涌,心中的愤恨再也无法按捺下去,陡地圆睁豹眼,大吼道:"昏君!你知道囚徒也会杀人吗?"

宋闵公更怒,喝道:"贼囚竟敢如此无礼,莫非反了不成!"他喝着就跳起身,抢过那沉重的长戟,便向南宫长万刺过去。

南宫长万只一闪身,躲开长戟,抓起棋盘,向宋闵公头上砸来。但听轰的一声大响,血浆四溅,棋盘和宋闵公的脑袋一同被砸得粉碎。宋闵公竟是连惨叫也不及发出一声,便栽倒在地,呜呼哀哉。内侍宫人们吓得魂飞魄散,一个个抱头鼠窜,眨眼间逃得无影无踪。

南宫长万借着酒意,倒提长戟,直往宫外闯去,一路上无人敢挡。他刚走出宫门,便迎头遇上大夫仇牧。仇牧亦是闻知天子新立之事,欲求国君派其为祝贺使者,至王都洛邑观礼。

"南宫大夫为何遍身血迹?"仇牧见到南宫长万如此情景,惊骇地问道。

"昏君无礼,吾已将其杀死。素闻仇大夫忠心耿耿,可为昏君陪葬去也。"南宫长万冷笑着,抬起左臂,狠狠一拳砸向仇牧的肋间。

"啊!"仇牧惨呼声里,肋骨根根碎裂,狂喷鲜血而亡。

南宫长万奔回府中,点齐家兵,至军营高呼叛逆之言。军营士卒多有南宫长万死党,遂同呼倡乱,直扑朝门。

宋国大司马华督闻变,急登车入宫,欲召禁卒守护朝堂,路上偏偏碰上了南宫长万。南宫长万知道华督有征调士卒之权,惧其与己为难,当下也不问话,手起一戟,就将华督刺死在车上。叛乱士卒们冲进朝堂,强逼众大臣上朝,立宋闵公从弟公子游为君。宋国的其他公子闻信大为恐惧,纷纷奔出都城,逃往亳邑,聚众为军,同时又向邻近的曹国求救。

南宫长万派其子南宫牛为大将,发倾国之兵围攻亳邑。然兵卒中大部分不愿为叛,在行军路上纷纷逃走。诸公子趁势联合曹国援兵,将南宫牛杀死,并反攻都城。南宫长万无法守住都城,只得弃了公子游,突围逃奔陈国而去。

诸公子攻进都城,杀死公子游,然后立宋闵公嫡弟公子御说为君。公子御说即位后,一边厚葬仇牧、华督等死难大臣,一边派使者前往陈国,请求将南宫长万押回宋国。陈国不愿因南宫长万一人得罪宋国,遂设计灌醉南宫长万,将其牢牢用牛筋捆绑,送至宋国。公子御说将南宫长万制为肉酱,遍赐群臣,言:"人臣谋逆,下场便是如此。"

然而公子御说虽然当上了国君,心中却甚是惶恐不安。诸公子在攻击南宫长万的大战中每人都拥有了相当的兵卒。乱平后,诸公子仍不交出兵权,亦未解散各自召集的兵卒,人人心怀夺位之意。

宋国大臣们也三五成群,分别投入各公子门下,出谋划策,意欲兴风作浪。一时间,宋国仍将有谋逆大变的传言四处流散,各邻国也渐渐不安起来。

宋国的种种情景,早被齐国派出的探察使者打听清楚,一五一十地禀告于管仲。

管仲立即进宫,面见齐桓公道:"主公,立威之时至矣。"

"哦,莫非哪国有篡弑之事,须领兵攻杀吗?"齐桓公问。他面目消瘦,眼圈青黑,说话中气甚是不足,然神态之间,仍是极有兴致。

"眼前我齐国新法才行,财用未足,十五乡之军户亦未练成,不宜征战。"

"仲父不是说过,若无兵威,便难行尊王攘夷之法吗?"

"天下之事,依势而定,不可拘于一端,若不须征战,便可立威于诸侯,岂不更好。"

"仲父是说,不用征战,亦能立威天下?"齐桓公瞪大了眼睛。

"正是。宋国近遭南宫长万之乱,先君死于非命。今逆臣虽除,新君未定也。"管仲道。

"仲父差矣。寡人虽在深宫,外事亦略知一二,闻听那公子御说,已被国中大夫立为新君。"齐桓公笑道。

"礼法大义,国君之位,应由太子承袭。若事出意外,无储君承袭,新君应由周天子指定。若新君为国中大夫所立,便须会盟邻国,并禀告周天子,方才可以定之。"管仲解释道。

"依仲父此言,莫非寡人之君位,也是未定不成。"齐桓公不高兴地说道。他的君位是夺来的,既未经过周天子指定,更未与邻国会盟。

"周天子已允王姬归省,早已明定主公之位。其实从周室东迁以来,诸侯之国,大都自立君位,何曾禀告过天子。诸侯不尊王,主公尊王,益显主公之大义矣。主公可派隰朋入王都,一来祝贺新王之立,二来请天子之命大会诸侯,定宋君之位。宋乃大国,先朝遗宗也,非别国可比。宋国之君位定,齐国之威亦立矣。从此,主公可奉周天子以令诸侯,尊王室而服四夷。华夏列国,其衰弱者扶之,强横者抑之,荒淫暴虐者讨之。则天下诸侯,皆知主公仁厚大义,必深为敬服,相率而朝之。如此主公不用征战,其威已立,霸业将指日可成矣。"管仲兴奋地说道。

齐桓公大喜,当即宣隰朋进宫,命其为使,赶往洛邑而去。此时正值正月,新天子姬胡齐行元年朝见大礼,是为周僖王。隰朋行过大礼,谦恭地将齐桓公欲得王命,以会合诸侯,定宋君之位的请求禀告于新天子。

其时周室衰弱已久,似齐桓公这般请求王命行事者,数十年间仅为一见,周僖王闻言大喜,道:"齐君不忘周室,实寡人之幸也。成王早有诏令,东至海,西至河,南至穆陵,北至无棣,俱是齐国征伐之地。寡人今日有命,此境内会盟大礼,齐侯亦可主之。"

隰朋将僖王之命回报于齐桓公,使齐桓公大为兴奋,立即以周天子的名义,布告宋、鲁、陈、蔡、郑、卫、曹、邾、遂诸国,约以三月初一日,会于北杏。

管仲先至北杏,做好各种迎宾准备。临行前,齐桓公问:"此番大会诸侯,用兵车多少?"

"此番大会,既不以兵威加之,何须兵车?"管仲道。

"诸侯人心险恶,不带兵车,恐有不测。"齐桓公担心地说。

"主公放心,北杏在齐地,主人不备兵车,宾客岂有自带兵车之理?此会名之为'衣裳之会',宾主不带寸兵,传扬出去,于我齐国的名望大是有利。"管仲道。齐桓公这才没说什么,可神情之间却是欲言又止。

"主公还有何虑,但言不妨。"管仲说着,微微一笑。

齐桓公脸上发红,有些不好意思起来,低声道:"仲父,寡人好色,欲携美人同车去往北杏,不知可否?"

"主公好色,臣亦好色。主公欲携美人去往北杏,臣亦欲携美人去往北杏。"管仲道。

"哈哈,原来仲父亦有寡人之'病'。"齐桓公忍不住笑了起来,亲昵地往管仲肩头拍了一掌。

从前,他在鲍叔牙的"指教"下,获益甚多,却又深感压抑,总觉得鲍叔牙像是一座山,沉重地压在他的背上。如今他在管仲的"指教"下,亦是获益极多,却毫无压抑之感。和鲍叔牙相比,管仲是盛夏中的一池清水,让他泡在其中,舒服无比。

管仲果然带着他的美人婧姬并一队女乐,先行赶到北杏,令兵卒们筑起一座三层土坛。此坛高三丈,阔三丈,坛顶悬钟架鼓,并设有天子之位。土坛筑好,管仲又令匠人于坛旁造馆舍数处,馆中雕梁画栋,置满玉帛,极尽豪华。

第六章

三人成众衣裳会　易牙媚献九珍汤

　　春天二月，遍野生出新绿，无数只紫燕欢叫着，飞掠在淄河之上。临淄城中和往年大不相同，城里大街小巷都挤满了人，车水马龙，好不热闹。赶车的人从衣着上看，有鲁人、宋人、曹人、郑人、卫人，也有离得较远的燕人、晋人、楚人、吴人、越人，甚至还有山戎、北戎、白狄、赤狄等蛮夷之族。车上装满陶器、青铜器、帛麻、果、粟、油、盐、鱼、鸡等物，看得人眼花缭乱。各国之人将满车货物推进东、西市中，互为交易，每赚十钱，便纳一钱与监市官吏。待到天晚，各国商人又纷纷住进大街中的馆驿之中，年纪较大些的便饮酒赌博，年轻些的便换了新衣，带着黄金美玉和成捆的铜钱，争先恐后地挤进遍街林立的女间中。

　　有穿着红袍的官吏乘着轻车在各女间之间巡游，不论是那他国的年轻商人，还是齐国的娇女艳妇，见到车来，就将铜钱恭恭敬敬地奉到车上。车中铜钱装满，红袍官吏便赶着车，驰进朝堂旁的府库之中。守库的禁卒在府吏的监视下，将一捆捆的铜钱整齐地码放在库房里。

　　库房中的铜钱，几乎堆成了山。每天都有绿袍官吏来库中取出这些铜钱，至楚地买来犀甲，至吴地买来长戈，至秦地买来硬弓，送至兵库中收藏。不时还有黄袍寺人取出府库中的铜钱，至郑国、卫国买来轻若柳絮、艳若云霞的罗纱丝绢，送至国君的后宫。国君最宠爱的卫姬穿上那罗纱丝绢裁成的长裙，登上绘着彩凤金龙、垂着双重帷幔的高车，与国君同往北杏而去。

在护卫禁卒的护拥下,高车很快驰出临淄,行在城外的大道上。齐桓公拉开一角帷幔,向道旁的桑林中望过去。桑林中静悄悄的,只穿行着屈指可数的几个农人,再也见不到那娇声娇气唱着《猗嗟曲》的少女。

到底还是仲父有办法,把我齐国流传了几百年的"淫奔"之风说灭就灭了。齐桓公满意地想着。当初,他很担心这"淫奔"之风不能灭掉,使公室失了威信,以致他富民强兵、称霸天下的"新法"无法实行下去。

开始时, 一些男男女女的确不将新法放在眼里,依旧成群结队去城外"淫奔"。管仲命令兵卒们将那些男男女女捉拿至城内,施以鞭刑,然后放出。不料有些男女挨了鞭刑,仍是不思悔改,又一次奔到了城外。而这次管仲则施以严刑,一捉到那些男女,立刻斩杀,毫不迟疑。那些男女人等中,既有公室贵族,亦有巨富子弟。齐国上上下下大为震骇,人人闻"仲父"而色变,再也没有人敢犯禁行那"淫奔"之事。

"主公,你在看什么?"一双嫩藕般的手臂从后面伸过来,绕在齐桓公的脖子上。

齐桓公回过头,看见了一张灿若桃花的娇美面容,更看见两粒乌黑的眼珠就似是滚圆的墨玉,掉落在桃花瓣上,滴溜溜地转个不停。

"美人!"齐桓公心中大动,一把将卫姬抱到胸前,手忙脚乱地撕扯着那艳若云霞的长裙。这辆高车长有丈二,宽有六尺,特地用来载着美女,以便在行猎出游的路上,也可寻欢作乐。

卫姬如蛇一样扭动着,躲着齐桓公的双手,娇声道:"主公,为什么王姬能做你的夫人,我就不能。我要做你的正宫夫人,我要做正宫夫人嘛!"

"王姬生在周天子家,天生就是做夫人的命。"齐桓公说着,好不容易才按住了乱扭乱挣的卫姬。

"就因为我没有生在周天子家,一辈子便是做人姬妾的命吗?"卫姬委屈地说着,眼圈红红,几欲掉下泪来。

"难道做寡人的姬妾,低了你的身份吗?"齐桓公厉声喝道。他扫兴至极,双手已从卫姬高耸的胸上移了下来。齐桓公最痛恨他在欢乐的时候,看见了女人的眼泪。他是堂堂的"霸国之君",天下的女人都应该抢着与他交欢,并以此为乐。女人们怎么能在他的面前悲伤流泪呢?女人们又怎么敢在他的面前悲伤？

"能做主公的姬妾，自是小女子天大的福分，哪敢有怨意呢？我是在想，只有夫人生下的公子才是嫡子，不受人欺负，我要做夫人，只是为主公的孩子着想啊。"卫姬带着羞怯地说着。

"怎么，你有了孩子？"齐桓公大为恼火，瞪着眼睛问道。他厌恶女人身子愚笨的样子，见到后宫中哪个美人有了身孕，立刻就打发得远远的，不再召见。

"太医说过，像是有了孩子。"卫姬抚摸着腹部，低声说着。齐桓公这才发现，卫姬的腹部已经微微凸起。

"你为什么不早告诉寡人？"齐桓公皱着眉问，心里暗暗叫苦。卫姬有了身孕，他自然不能一路上在车中畅心所欲地寻欢作乐。徐姬、蔡姬、卫姬他都很迷恋。徐姬、蔡姬在外貌上比卫姬更美，然而于床笫之间，却远不如卫姬有趣。徐姬太过矜持，像王姬一样端庄。蔡姬又太天真，似儿童一样不解风情。他特地挑上卫姬同车，就是想在卫姬那柔若无骨的身子上获得最大的满足。

"主公，我现在不是告诉你了吗？"卫姬扭着身子，声音里溢满了妖媚之意。她从走进齐宫的第一天，就把王姬、徐姬、蔡姬看成了她的敌人。

王姬相貌平平，又体弱多病，看样子活不了几年，她真正的敌人是徐姬和蔡姬。卫姬渴望着她能够把徐姬、蔡姬从齐桓公身边赶走，以使她成为齐宫中唯一的女主人。她要把齐桓公尽量地"拖"在自己的裙下，远离徐姬和蔡姬。

唉！你现在告诉我，不是迟了吗？齐桓公在心里叹着，推开卫姬，仰天睡倒在车中。他真想命令高车转回宫中，把这讨厌的卫姬赶下去，让徐姬或者蔡姬与他同去北杏。然而他的喝令声到了口边，又硬生生地咽了回去。

北杏大会是他称霸天下的第一步，只能成功，不能失败。他身为一国之君，参加并主持这样的大会，是一件惊动鬼神的大事。若仅仅为了一个女人，他就令高车回转，一定会得罪鬼神。得不到鬼神的护佑，恐怕就会出现凶事，坏了他即将主持的北杏大会。

"主公，主公！你别睡，我唱个曲儿你听，好不好？"卫姬摇晃着齐桓公的身子柔声说道。

"好,好,你唱吧。"齐桓公不耐烦地说着,仍闭着眼睛。

卫姬理了理已有些散乱的头发,婉转地唱了起来:

籊籊竹竿

以钓于淇

岂不尔思

远莫致之

泉源在左

淇水在右

女子有行

远兄弟父母

淇水在右

泉源在左

巧笑之瑳

佩玉之傩

淇水滺滺

桧楫松舟

驾言出游

以写我忧

这首歌曲名为《竹竿》,是许多年前一位卫国公主远嫁他国,思念父母、思念家乡,却又欲归不得,遂作此歌以抒心中所感。此曲令家乡的人们听了很为感动,人人传唱,成为卫国有名的歌曲之一。

歌曲优美而又哀婉,且贴近卫姬的心情,此刻唱出来,幽幽咽咽,如泣如诉,听得齐桓公也是双眼潮红,心头的不悦之意,像是春天的积雪,在阳光下渐渐融化。他不禁想起了当初避祸莒国时的情景,那时他身在恐惧之中,日夜思念故乡,也思念早逝的母亲。

啊,我的母亲也是卫国的公主,算起来,这卫姬还是我的表妹呢。除了齐国,这世上就数卫国与我最为亲近啊。看在母亲面上,我也不该对卫姬生气。

不仅不该对卫姬生气,还应该对她多加抚慰才是。何况,卫姬一向对我服侍殷勤,又娇媚可人,并非别的美人可以相比。她有委屈,心中悲伤,也只是年少远嫁,思念父母故乡之故。

齐桓公心里升起一种前所未有的柔情,伸臂将卫姬紧紧揽在怀中,抚摸着卫姬如云的长发道:"虽然寡人不能给你夫人之位,可只要你生下的是男儿,寡人一定立为太子,决不食言。"

卫姬心中大喜,忙问:"主公,你……你说的可是真话?"

齐桓公正色道:"君无戏言,寡人乃堂堂大国之君,岂能虚言?"

"臣妾今生今世,都不会忘了主公的恩情。"卫姬感激地说着,使出种种柔媚之术,虽不能令齐桓公尽兴,也算是满足了他的满腹欲念。齐桓公有意在路上缓缓而行,直到大会之期的前一日,方才赶至北杏。

在他的想象中,此时各国诸侯早已赶到了北杏之地,正准备着"恭迎"他这位尊贵的大会主人。不想他下车之时,前来"恭迎"的国君只四位——宋公御说、陈宣公杵臼、蔡哀侯献舞、邾子克。这还不到他以周天子名义布告的各诸侯国中的一半。鲁、郑、卫、曹、遂等诸侯根本不认齐桓公这个主人的账,甚至连使者也没有派来一人。

齐桓公顿觉面上无光,草草与四位国君见过礼,住进馆舍中,尚未安顿下来,即召见管仲道:"诸侯如此轻慢我齐国,实为可恼。寡人意欲将大会之期延后,多派使者,催促鲁、郑诸国赴会,仲父以为如何?"

"不可。奉天王之命,会盟诸侯之盛会,久不行矣。今若改期,是为无信。如此堂堂大会,岂可无信。"管仲断然说道,他也没料到竟只有四国前来赴会。他本想就算有诸侯拒绝与会,也只一二人,不足损伤大会的尊严。看来在诸侯心中,已毫无半点礼仪之心,不用征战根本收服不了他们。在管仲心中,以仁厚大义立威诸侯的想法,已是他平生走出的又一招败棋。

"可是就这四国,能开成大会吗?"齐桓公问。

"能!俗云:'三人成众',今连我齐国,共有五位诸侯,已算'成众',完全可以开成大会。"管仲说道。在齐桓公面前,他自然绝不会承认自己走了一招败棋。

"虽说'成众',可还是太……太不像一个大会。"齐桓公遗憾地说着。

"此已足矣。今宋、陈、蔡、邾四国见我不备兵车，俱将本国兵车停于国界之内，真正成'衣裳之会'矣。除我齐国之外，当今天下谁能开此'衣裳之会'？"管仲夸耀地说着。

"不错，如今礼仪崩坏，人人心存虎狼之意，要开此'衣裳之会'，确乎非我齐国莫属。"齐桓公说着，心里不觉溢满了自豪感。

"鲁、郑诸国不来，定是心存观望之意。他们既是有心观望，我们纵多派使者，也难以令他们赴会。"管仲又道。

"为今之计，我们唯有顺利开成大会，才能使列国信服。"齐桓公点头道。

"对。我们这'衣裳之会'开成了，势将震动天下。那时鲁、郑诸国必将遣使谢罪矣。"管仲笑道。

哼！他们到时纵然派使者前来谢罪，我也不会轻饶！齐桓公咬了咬牙，在心里说道。

周僖王元年(公元前 681 年)春三月初一日，天气晴朗，齐、宋、陈、蔡、邾五国诸侯相会在高坛之下，议论会盟大礼。

齐桓公对众位诸侯拱手言道："王室久衰，政令不行于诸侯之国，致使天下大乱，逆弑之事多有发生。且恃强凌弱、以大伐小、灭国侵地等种种不义之战，遍于中国，四夷蛮族亦趁势攻掠我华夏诸邦，欲毁我宗族社稷。我华夏诸邦，实已至危矣。寡人奉天子之命相会众位，一为定宋公之君位；二为推一诸侯为列国盟主，扶助王室，抵御蛮夷之族。使华夏之邦大小和睦，不再争战。臣下若有弑逆之事，列国亦共讨之。如此，天下之乱，方可平定。"

宋、陈、蔡、邾四国诸侯听齐桓公说出这番话来，大感意外，一时无言可对。他们以为此次会盟，只是为了定宋公之位，并无他事。若以定宋公之位来论，齐侯是主人，又奉有周天子之命，自然是会盟之主。但会盟之主的权威仅限于会盟而已，会盟散后，会盟之主便不复存在。可是听齐桓公的语气，此次会盟，定宋公之位尚是小事，而扶助王室，抵御蛮夷之族，推举列国盟主，方是大事。

在周朝初开国之时，天下共有千余诸侯。如此众多的诸侯，周天子没有办法个个都能直接管理，于是便挑选一些拥护王室，又有相当兵威的大国，令其为一方盟主，代周天子号令各位诸侯。盟主能号令的诸侯，少则数十，多则上百,好不威风,人们称这一方盟主为"霸主"。图谋当上这一方盟主的诸侯,被视为"图霸"。到后来,连周天子都衰弱了下来,这"霸主"之命,就更无人听从。各国诸侯已经有百余年不知"霸主"之名,更没有人想过要"图霸",成为一方盟主。

"霸主"既受命于周天子,便不能任意而为,灭人之国,夺人之地。而兵威强大的诸侯,无不喜欢灭人之国、夺人之地,岂肯为了一个虚名,就受命于周天子,自缚手足?不想今日齐桓公却胸怀大志,居然要"图霸",成为列国盟主。今日齐桓公若成为"列国盟主",参与此会的宋、陈、蔡、邾则从此以后,势必唯齐桓公之命是从。齐桓公的举动,说得好听些,是奉周天子之命,召集诸侯会盟。说得难听些,是借周天子的名义,欺骗诸侯进入齐国,并企图不动兵威,就逼迫众诸侯臣服。

四国诸侯中,除邾为第四等子爵之国外,陈、蔡俱为侯国,而宋国更是一等公国。宋、陈、蔡既然都是千乘之国,又怎肯甘心臣服齐国?邾国虽然只是百乘小国,但也不愿轻易地臣服大国。

见四国诸侯一声不吭,齐桓公急了,目光屡屡向宋公御说扫去。宋公御说却装作在打量高坛上的旗帜,对齐桓公的目光视而不见。在五国诸侯中,他最年轻,才二十出头,英姿勃发,器宇轩昂。

本来,他对齐桓公非常感激。他倚仗着宋闵公嫡弟的身份登上君位,并无强大的实力为后盾,君位极为不稳。就在他惶恐不安的时候,忽听齐桓公仗义倡言,以周天子之命会盟诸侯,明定他的君位,不禁欣喜若狂。如此他就可以借诸侯之力,压迫国中的诸公子交出所掌的兵卒。诸公子若敢抗拒,就是与周天子和各会盟诸侯作对,就是乱臣逆贼。他就可以名正言顺地请来各国兵车,攻杀诸公子。但是他没想到,齐桓公不过是借为他安定君位的名义,来图谋"霸主"的称号。

哼!我宋国世世代代都受到周室尊重,若论推举列国盟主,理应推我宋国。可是眼前连我的君位,都要你齐侯来定,我又怎么能当上列国盟主?你齐侯如此安排,不过是有意拿我做台阶,使你登上盟主之位罢了。御说在心里愤愤地想着。

见宋公御说不说话,齐桓公的目光又向陈宣公扫去。陈宣公在五国诸侯中年纪和齐桓公最为接近，都是三十六七，正当壮年。然而陈宣公虽是人在壮年，却毫无"壮心"，也不喜欢别的诸侯有什么"壮心"。他听了齐桓公的一番话，已是心生妒意，加上他前来赴会并非是因为敬佩齐国，因此对齐桓公的目光，一样视而不见。

因为陈侯是帝舜的后代，身份高贵，被周王室选作婚姻之国，屡屡有公主嫁与王室。陈侯也因此自视甚高，不怎么愿意与国势虽强，而祖先只是臣下出身的齐侯来往。陈宣公本来不想赴北杏之会，只是考虑到宋是邻国，闹起内乱来，也与他陈国不利，又因为受了蔡侯的劝说，才赶到了北杏。

我来会盟，只是为了定宋君之位，可不知道还要推举什么列国盟主。陈宣公好不容易才将心中的话语留在了肚里。

齐桓公心里焦急起来，又将目光瞄向了蔡哀侯献舞。要是连他也不说什么，今日的大会只怕难以开成。郑子国势太弱，爵位又低，就算他愿意为我说话，也无甚威信啊。齐桓公想着，额上不觉沁出了汗珠，痒痒的，异常难受，欲伸手去擦拭，又担心失了礼仪。

就在这时，蔡哀侯上前一步，对众人拱手施礼，说道："天子明白宣示，会盟大礼，由齐侯主之。齐侯既是会盟之主，当然也是列国盟主。方今天下大乱，礼乐崩坏，齐侯倡行尊王攘夷之义，实为仁厚至矣。献舞深为敬慕，愿随时听从盟主之命，扶我王室。"他在五国诸侯中年纪最长，已近五旬，但说出话来，却是中气十足，清晰明朗。

蔡哀侯赶来参加北杏大会，完全是为了示好齐国。他不仅自己赶来赴会，还劝说世代的姻亲之国陈国国君与他一同来到北杏之地。在这之前，蔡哀侯还主动将女儿蔡姬作为王姬的陪嫁之女，送到了齐国的后宫。

蔡哀侯如此示好齐国，有着他不得已的苦衷。蔡国的始封之君，乃是周武王的同母兄弟姬度，被封于蔡地，都上蔡。后成王即位，尊称其为蔡叔。蔡叔因不满周公旦留在京城执掌朝政，与管叔姬鲜连同纣王的儿子武庚起兵造反，结果失败被擒。周公旦杀了武庚和管叔，将蔡叔流放于山野之地。蔡叔被流放后不久便死了，他的儿子姬胡在鲁国为臣，遵守礼法，谨慎温顺，忠于职事。周公听说后很高兴，请成王下旨，复封姬胡于蔡，让他承奉蔡叔的祭祀。姬胡去世后，儿子伯荒即位，侯位传袭，直至献舞。这时，南方的楚国强大起来,屡屡向中原侵伐,给了蔡国极大的威胁。蔡国被迫和邻近的息国结盟,相约共同抵挡楚国。

蔡国和息国都是陈国的婚姻之国,都娶了陈国的公主为夫人,蔡哀侯娶的是姐姐,息侯娶的是妹妹。后来息夫人回陈国省亲,路过蔡国,蔡哀侯殷勤招待,却在酒席上口出调戏之言,使息夫人很生气,回国绕道而行,避开了蔡国。息侯知道夫人受了调戏,大怒之下,竟派人告诉楚王说:"请大王假装来攻打我国,蔡侯必来援救,大王可趁势设下埋伏,击败蔡国兵车。"楚王大喜,依息侯之言而行,果然击败了蔡国兵车,并生擒了蔡哀侯。但同时,楚王又假戏真做,顺手灭了息国,将美丽的息侯夫人变成了楚王夫人。

蔡国并非弱小之国,国君虽然被擒,国土人众仍在。楚王一时无力灭掉整个蔡国,为显其仁义知礼,又将蔡哀侯放了回去。经此大变,蔡哀侯对楚国的恐惧已到了睡梦不宁的地步。他深知仅靠着结盟邻近小国,无法抵抗楚国的侵伐。蔡国必须与华夏诸大国结盟,才能保住宗族社稷。

华夏诸大国虽有十余之众,但真正能称为兵威赫赫者,只有齐、晋、秦三国。

其中秦国偏处黄河之西的渭水平原,周平王东迁之后才开始强盛起来,在中原各诸侯心目中,并无多大的威信。晋国处于黄河北岸的汾水河谷,国势虽强,却受到白狄、赤狄、骊戎诸夷族的包围,没有太多的力量顾及中原各诸侯。唯有齐国自姜太公之时,便奉周天子之命经常征伐各弑逆诸侯,有着喜好管理别国"闲事"的传统。中原各诸侯闻齐国之名,心里便敬畏三分,蔡哀侯便是那许多诸侯中的一个。别的诸侯对齐国的强大都深感忧虑,而他对齐国的强大,却是求之不得。只有一个强大的齐国,才能抵挡住另一个强大的楚国。蔡哀侯开始有意示好齐国,对齐国的盟会号召,立刻响应。

齐桓公欲"图霸"的野心,也出乎他的意料。他本想齐桓公虽然会有所作为,也只是如同先祖那样,显示一番征伐别国的兵威而已。但他在出乎意料之余,却是更为高兴。如果他与齐国订立盟约,虽说是自低身份,却获得了齐国的兵威。楚国若再侵伐蔡国,就是没将齐国放在眼里,齐国非发大兵救援蔡国不可。他既是如此想着,便直截了当地推举齐侯为列国盟主,毫不迟疑。

见蔡哀侯如此推重自己,齐桓公悬起的一颗心顿时落了下来,兴奋中把目光转向了邾子。邾国北邻鲁国，东邻齐国，一向在两国的挤压下苟且偷生，对齐、鲁两国，俱是不敢得罪。此时邾子依样画葫芦，把蔡哀侯的话几乎原封不动地重复了一遍。

"小白德才俱无，怎可身当列国盟主大任？蔡侯、邾子二君，实是过于推举小白了。嗯，我看这盟主之位，还是应由宋公、陈侯担当，方为正理。"齐桓公谦让地说着，目光再次向宋公御说和陈宣公扫来。

宋公御说和陈宣公没奈何，也只得把蔡哀侯的话重复了一遍。两位国君都在心里大骂蔡哀侯献媚齐侯，丢尽了宗室诸侯的颜面。

齐桓公又谦让一番后，便毫不客气地领着宋、陈、蔡、邾四国诸侯，登上了高坛。远远站在馆舍门外的管仲，一直紧盯着坛上的诸侯，心中总是扑腾个不停，直到此刻，方才安定下来。

依照礼法，在这样以周天子名义召集的盟会场合下，各国君的臣子只有等盟约立定之后，方可登至坛上。在盟约立定之前，各诸侯的臣子敢走近高坛一步，便是对周天子的大不敬，按律应将其丢进鼎中烹杀。管仲担心他不近前，齐桓公无法说服那些国君架子摆得十足的诸侯，难以立下盟约。现在看来，那些诸侯虽不怎么情愿，但到底还是登上了高坛。

齐桓公、宋公御说、陈宣公、蔡哀侯和邾子依次序排定，背南面北，在悠扬浑厚的钟鼓声里，向坛中虚设的天子之位，恭恭敬敬地行着大礼。其中齐桓公、陈宣公、蔡哀侯、邾子行的是臣下大礼，宋公御说行的是宾客大礼。礼毕，齐桓公召来内侍，拿出一份早就准备好的帛书盟约，递与众位诸侯。

宋公御说、陈宣公、蔡哀侯和邾子传看着帛书，见上面写道：

> 庚子年春三月朔日，齐小白、宋御说、陈杵臼、蔡献舞、邾克，奉天子之命，会于北杏，誓当共助王室，抵御蛮夷，扶弱济小，讨逆灭暴。有违此约者，列国当共讨之。

众位诸侯见盟约上只列齐国为首，尚无"霸主"之言，心里好受了一些，倒也俱是点头赞许。

齐桓公大喜，当即让众位诸侯在盟约上签上名号，并传命侍于坛下的列国臣子,俱至坛上,先对周天子之位行过大礼,然后饮酒为乐,庆贺盟约的签立。

酒过数巡,齐桓公不觉飘飘然起来,俨然以盟主的口气说道:"鲁、卫、郑、曹、遂诸国,竟然无视周天子之命,不来赴会,实为可恼,当共讨之。"

管仲听了,大吃一惊,忙向齐桓公望过去,连使眼色。

偏偏齐桓公对管仲的示意毫无察觉,仍是不停地说道:"鲁、卫、郑、曹等国,俱有千乘之兵,齐国虽强,战车毕竟有限,到时请各位发倾国之兵,随同寡人讨灭叛逆。"

宋、陈、蔡、邾四国诸侯听了,心中惊骇不已。尤其是邾子,他既不敢得罪齐国,也绝不敢去讨灭鲁国,脸上红一阵白一阵,不知如何回应。除了邾子没说话,宋公御说也沉着脸,一声不吭。蔡哀侯心里虽惊,嘴上却连连应承:"当然,当然,敝国自当听从盟主之命。"边说还边向陈宣公使着眼色。陈宣公知道蔡哀侯怕他得罪齐国,只好也含糊着应承了几声。

齐桓公得意扬扬,连连举杯劝酒,手舞足蹈,全无"霸主"的威仪。盟约之会上的酒宴,直闹腾到晚,方才"尽兴而散"。各诸侯脚步踉跄,互相告礼着,走回馆舍中。

管仲直到这时,才有机会劝谏齐桓公道:"今我齐国兵尚未强,故以此'衣裳之会'立信天下,非欲以兵威凌驾于人也。虽馆舍建造豪华,而仪仗并未盛陈,一切从简,正是欲向天下宣示我齐国仁厚恭顺之意,奈何主公才立盟约,便行征伐之事,岂非太急?"

"不事征伐,这列国盟主的称号,谁肯理会?"齐桓公不以为然地说道。

管仲见齐桓公酒气熏人,不好再说什么,只得告退。馆舍外已是满天星光,管仲徘徊在高坛之下,心事重重。

唉!列国虽饱受战乱之苦,又面临夷族侵伐之害,却仍是如此不明事理。我华夏诸邦,只有订立盟约,互为救援,才能保全宗族社稷啊。而诸邦之中,除了我齐国,谁能成为盟主?谁又有能力成为盟主?无力主盟而强盟之,必害人害己,于事无补。看来要让这些不知礼仪的诸侯之国听我齐国之命,还不知要费多少力气呢……

夜色深沉,各处馆舍内的烛光都熄灭了,唯独宋国君臣居住的馆舍内,仍是烛光通明,直到拂晓时分。

次日清晨,齐桓公尚未起床,内侍们慌慌张张跪倒在门外,禀告道:"宋君御说故意让馆舍里烛光明亮,却在半夜里偷偷乘车走了。"齐桓公闻言大怒,立即召来管仲,要派轻车追击宋公御说。

"昨日立盟,宋公今日便背之,不将其擒回杀之,我这个盟主说话还有人听吗?"齐桓公怒气冲冲地说着。

"宋公来此,本为议定君位。今盟会之礼已行,君位已定,其不感念我齐国议定之功,反无礼之甚,确乎该杀,然此刻尚非其时也。"管仲口中劝道,而心里却说,宋公不辞而别,其实是怕主公逼其出兵,攻伐鲁、郑诸国。宋国之乱,本为伐鲁而起,岂肯再次擅动兵车,与邻国为敌?况且宋国都城之内尚未安定,又怎能兵伐别国呢?他懊悔此次会盟大礼,没有将鲍叔牙请来"监视"齐桓公。有鲍叔牙在,齐桓公决不会酒后失礼,口出"狂言"。他许多不便说出的话,也可借鲍叔牙之口传入齐桓公耳中。

"此刻不是其时,什么时候又是其时?"齐桓公恼火地说道。

"宋虽无礼,毕竟是与盟之国。昨日立盟,今日便伐与盟之国,天下诸侯闻知,会作何想?"管仲问道。

"这……这么说,就罢了不成?"齐桓公悻悻地问。

"当然不能罢了。宋公不辞而别,是为蔑视王命,日后当请王师伐之。其实为今之计,倒是要先对付那拒不赴会的鲁、郑诸国。鲁、郑诸国不奉王命,伐之名正言顺。"管仲说道。

"不错,鲁、郑诸国不奉王命,轻视寡人,应该先征伐他们。"齐桓公点头道。

"鲁国的先祖是周公旦,为宗室诸侯之首,极受尊重,只要降服了鲁国,其余诸侯,均不足道矣。"管仲道。

"正是。寡人恨鲁,更甚于恨宋。"齐桓公不觉兴奋起来。

"征伐鲁国,为的是尊王大义,非为私恨也。"管仲正色说道。主公好胜之心太重,征伐之欲太甚,我若仍以大义相劝,只怕反倒会引起主公的猜疑。毕竟我曾经是"叛臣"啊。虽说主公称我为仲父,但我自己,却绝不能以仲父自许。

"不显兵威,何人知道尊王大义？"齐桓公笑道。

"宋国不辞而别,显示各诸侯对我齐国尚存猜疑,口从之,心未必从之。征伐鲁国,就不必让陈、蔡、邾等国出兵了。"管仲又道。

"也罢,此等诸侯胆小如鼠,让他们从征,说不定反倒坏事。"齐桓公道。

"欲征鲁国,须先伐遂国。遂国地狭人寡,灭之不难。"管仲道。

"是啊,鲁国是大国,不听王命,还情有可原。遂是小国,居然也敢蔑视寡人,实是可恼。"齐桓公恨恨地说道。

"遂国向来依从鲁国,灭遂,必能震骇鲁侯之心。"

"遂国向来不服寡人,此次寡人定要将其生擒,献于太庙。"

"遂国易灭,鲁国难灭。只要鲁侯心服,愿奉齐国为盟主,就已足矣。"

"如鲁侯果然心服,饶他一命,也就罢了。"齐桓公勉强说道。他知道管仲并不想在此时此刻炫耀兵威,能使其愿意征伐鲁国,已是不易。他应该适可而止,不必"得寸进尺"。他既然称管仲为仲父,就要对管仲表示出相当的尊重之意。

齐桓公与管仲商量已定,走出馆舍,与陈、蔡、邾三国诸侯相见,再也不提"请各位发倾国之兵,随同寡人讨灭叛逆"的话。陈、蔡、邾三国诸侯松了口气,趁机表示告辞之意。齐桓公当即答应,摆宴相送,并亲自乘车,将三国诸侯送出十里之外。

诸侯们都已离去,齐桓公也该回往临淄,整顿兵车,先灭遂国,再伐鲁国。然太卜算定五日之后,国君才宜离开北杏。管仲只得先回到临淄,整顿兵车。齐桓公留在北杏,等待吉日。

北杏之地甚是荒僻,遍地野草却少有林莽。野物不多,只一些狼、狐、兔、鼠之类。齐桓公性喜游猎,可是在野草间奔忙一整天后,并无什么收获,只得扫兴而归。他对狼、狐、兔、鼠之类的小野物不感兴趣,只想猎获虎、豹、熊、犀、野牛、野猪等庞大威猛的野物。

平日在游猎之余,齐桓公最爱与宠姬们嬉笑欢乐。可是这次他只带着卫姬一人来到了北杏。偏偏卫姬这几天身子不适,呕吐不止,不仅不能给他带来半点欢乐,反而让他见之生厌。齐桓公回到馆舍,却不愿走进内室,闷闷地在廊柱间徘徊着。

忽然,悠扬的乐声自内室响起,一个甜美的声音在歌唱一首郑国歌曲,曲子歌颂了青年猎人英俊而又勇武。齐桓公极喜欢这首郑国歌曲,尤其是在行猎之后,更要听宠姬们唱这首歌曲。此刻听到卫姬的歌声,齐桓公心中的郁闷顿时飞到了九霄云外,立刻奔进了内室中。但见在众乐女的环绕下,卫姬长袖飘飘,且歌且舞,娇媚动人。

齐桓公似喝醉了一般,脚步踉跄,拥着卫姬一阵乱蹦乱跳,直到累得瘫倒在席上,呼呼直喘粗气。卫姬仍是精神十足,半跪在齐桓公身边,轻轻捶打着齐桓公的肩背。

齐桓公大感舒服,问:"爱姬今日如何好了,不再呕吐?"

"馆舍中有一庖人善调五味,闻听妾身不适,遂进九珍之汤。妾饮之如同甘露,顿觉神爽身轻,又能伺候主公了。"卫姬说道。

"不错,近日饮食,大是精美,比宫中之味更为可口。"齐桓公也不觉赞道。

"既是如此,主公何不将此庖人带回宫中,日日品尝美味?"卫姬问。

齐桓公心中一动,命牛滚儿传庖人前来,他有话要问。不一会,牛滚儿已将一个年约三旬、身体胖大的庖人带进了内室。

"雍人易牙,见过主公,愿主公万寿无疆!"那庖人跪倒在地,连连磕头。

这万寿无疆的颂语,只有在朝会大礼之时,齐桓公才会听到。此刻他见一庖人也会以此颂语行礼,心中大为高兴,问:"原来你是雍人。听说此地人多为巫者,不知是也不是?"

"正是,小人先前也曾为巫。"那叫作易牙的庖人答道。

"哦,原来你也是巫者。怎么又成了庖人呢?"齐桓公大感兴趣地问着。

"巫者,专以神鬼之语骗人钱财,实为邪人。主公贤明英伟,人人称赞。小人生为主公之臣民,实为万幸,岂敢以鬼神骗人?故洗心革面,学庖人之艺,为盛世良民。"易牙又磕头说道。

齐桓公大喜,道:"你不做邪人,愿为良民,实为贤者。寡人今欲带你回宫,命你为宫中司庖,你愿不愿去?"

"主公天恩,小人岂敢不从。"易牙心中狂喜,连连磕头,砰然有声。宫中司庖,虽然仍是名列匠人,却为庖人之首,已算是个"官儿"了。

"你也不必如此多礼。只要你能善进美味，寡人自是大有赏赐。"齐桓公说着，话锋一转，又问，"你那九珍之汤，为何名为九珍？"

"九珍，乃燕窝、蜂蜜、牛乳、樱桃、酸李、苦杏、熊掌、鹿胎、猴脑和之而成，有身之妇人最宜进食。"易牙道。

"原是如此。九珍之中，燕窝最是难得，听说须趁涨潮之时，乘小舟于海岛，攀高崖而采之，不知是也不是？"齐桓公问。

"正是。只不过臣之燕窝，得之甚易，乃有人常常献之耳。"易牙道。

"这人能将此珍贵之物献上，倒也忠心，但不知其人为谁？"齐桓公问。

"此乃小人之友竖刁也。"易牙答道。

"竖刁，哪个竖刁？"齐桓公皱眉问着，他又想起了微服"淫奔"的不愉快之事。竖刁在巧妙地掩饰了他的"淫奔"痕迹后，曾至宫门求见他，要他兑现诺言，允其入朝为官。齐桓公也答应了竖刁的请求，让其去见鲍叔牙，量才授予其官职。后来听说鲍叔牙让竖刁做了市吏，专管收税。

"小人之友竖刁，曾蒙主公厚恩，赏为市吏之职，感激不已，常怀报效之心。因见小人在此侍候主公，特献家藏燕窝，使小人得以做成九珍之汤。"易牙道。

"啊，想不到那竖刁竟对寡人如此忠心。"齐桓公感叹道。

"竖刁在小人面前，无日不称颂主公，因欲求见主公而不得，以致体病，奄奄一息。小人不忍见其病亡，冒死恳求主公，请赐其晋见。"易牙再次磕头说道。

"什么，那竖刁不能见到寡人，竟至病倒了吗？"齐桓公大为惊异。

"小人不敢欺骗主公。竖刁常言，他父母早亡，心中已将主公当作了父母，一日不见便睡之不宁，食之不安。"易牙道。

"难得竖刁竟如此敬爱于寡人，实为贤者，寡人回到都城，自当召他入宫相见。"齐桓公感动地说着。

"主公如此天恩，实为古今少有，小人感激不尽。"易牙涕泪交流地说道。

"你爱友如此，实为大义之人。寡人今日不仅得一良庖，还得一贤臣矣。"齐桓公高兴地说着，竟破格让易牙留在内室，与他一同观看女乐，并饮酒助兴。易牙诚惶诚恐，不敢抬头，一副憨厚之相，饮得两杯，便呛得脸红脖子粗，举止失措,引得齐桓公哈哈大笑。

吉日来临,齐桓公拥着卫姬,乘高车回到了临淄。易牙跟在车后,依然是那副诚惶诚恐的憨厚之态。管仲亲率百官,至城外迎接齐桓公。齐桓公下车慰勉百官一番,然后在百官的簇拥之下登上朝堂,接受百官的祝贺——祝贺主公已成列国盟主,威名震于天下。

什么列国盟主,前来立盟的诸侯只有四个,中间又跑了一个,这算得是列国盟主吗?哼,说什么威名震于天下,分明是丑名传于天下。齐桓公高坐在朝堂之上,脸上笑着,心里却满是懊丧之意。

管仲看出齐桓公内心的不悦之意,下朝之后,没有回到他的相国府中,而是驱车直向鲍叔牙家中奔来。他是鲍叔牙府中常客,不须通报,便可直入内堂之中。鲍叔牙正坐在案前,翻动着一堆堆的竹简,眉头皱成一团。

"鲍兄,你好清闲,近来连朝堂也不上了,只在家中纳福,累得我有三个月没听一回郑卫歌舞。"管仲一进来就抱怨道。

"我这'纳福'可比上朝还累多了。"鲍叔牙抬起头说道,眼中全是血丝。

管仲不待主人吩咐,已坐在案旁的侧席上,问:"这不是市税之简吗? 理应为库吏查看,怎么鲍兄倒看起来了呢。"

"有人告发说市吏收税,多有私贪之事。我让府吏查看,府吏说市吏个个清廉,告发之人,纯为私怨报复。想我职掌官吏升迁,此等事必须访查明白,故将府库中的市税之简,全收来仔细查看。"鲍叔牙说道。

"这市吏私贪之事,恐怕难免,只要数目不大,也不必管他。"管仲笑道。他和鲍叔牙行商之时,和各国市吏都打过交道。深知市吏私贪,乃为天下通病,很难禁绝。

"不,我齐国正为求霸之时,须官吏廉明,忠心公室,绝不容私贪之风遍于国中。"鲍叔牙肃然说道。

可是至清之水,必致无鱼啊。这句话已到口边,管仲又咽了回去。他知道鲍叔牙认准了的事,就一定会坚持下去,谁也难以阻止。

"不知你查出了几件市吏私贪之事?"管仲问道。

"说起来实为可恼。我只查了东市,便发觉其中九名市吏中,竟有八名私贪,少者私贪万钱,多者竟贪至百余万钱。"

"啊，竟有贪至百万钱吗？"管仲大吃一惊，难以相信地问道。他身为仲父，名列相国，每年的俸禄折算起来，也不过百余万钱。而市吏官位极卑，连下士之衔也不能得到，谁知贪得竟与他相国的俸禄不相上下。

"市吏贪钱已达百万，而库吏居然称其个个清廉，只怕亦是贪得不少。待将这些市税之简查完，我当立刻进宫，奏知主公，将这些私贪的市吏，全都杀头，并将其子女妻妾抄没，罚为奴隶。"鲍叔牙说道。

"市吏如此不守国法，理应严刑诛杀。然其私贪之钱既有多少之分，其刑亦有轻重之别。贪钱较少之吏，可止诛其身，不必抄没其子女妻妾。"管仲说道。

"贪百万钱是贪，贪一钱是贪。凡贪者，必俱以严刑处之，否则，不足以震慑人心。"鲍叔牙毫不退让地说道。

见鲍叔牙如此坚决，管仲不好再说下去，转了一个话题说道："从这市税之简上，当可看出府库存钱多少，不知今年又能增加几何？"

"从市税之简上看，今年府中存积之钱，当可近亿。这比往年，已多出十倍矣。"鲍叔牙兴奋地说道。

"如此，今年之内，兵甲便可足备，十五乡之军，亦可练成。"管仲说着，也很高兴。

"此乃老弟之功也。不然，以我之庸才，国家何能得此财用？"

"鲍兄也太谦虚。若无鲍兄，管仲早已是死囚矣，焉能享今日相国之荣？"

"老弟之法，处处皆妙，唯有一策，似是不妥。"

"哦，此乃何策？"

"女闾之策是也。往日我齐国之人，虽好色而不贪利。今日我齐国之人，贪利之心甚于好色，盖有财用方能得女色耳。许多齐之良民，为求一进女闾，不惜白昼行劫，掠夺商旅之财。即这私贪之市吏，亦是为了多有钱财，可以遍游女闾矣。"鲍叔牙不快地说道。

"请问鲍兄，若无女闾，各国商旅之人，会云集临淄城中吗？"管仲问。

"我也知道，老弟行女闾之法，是为财用。不过，长此下去，女闾之害恐怕会大于所得之利。"鲍叔牙说道。

"待国中民富之后，教以礼法，可除其害也。"管仲道。

"民之财用,尽入女闾之中,何以能富?"鲍叔牙不悦地说道。

"今日主公临朝,很不高兴,只怕不日就要点兵出征?"管仲无法说服鲍叔牙,干脆不理鲍叔牙的话头,自顾自说道。

"有管老弟在,此次出征,定当凯旋。"鲍叔牙道。管仲一回到临淄,就曾仔细将北杏之会的经过告诉了鲍叔牙,解释他不得不同意征伐鲁国的原因。鲍叔牙素知齐桓公的脾气,对于当上了"列国盟主"的主公回朝之后反倒不高兴之事,并不如何惊诧。

"十五乡之军尚未练成,我还是不想与鲁国轻启战端。能以无形之战胜敌,便尽量以无形之战胜之。"管仲说道。

"妙。我近日常观太公所遗兵法,亦言胜敌者,无形之战,方为上战。"鲍叔牙道。

"所谓无形之战,实为因势逼敌归服之法。只要势成,自可以无形之战胜于敌国。"

"老弟是说,我齐国已占胜势,可以逼服鲁国?"

"势因人造耳。造势不难,难在主公征伐之欲太甚,到时恐怕并不愿行此无形之战。"

"只要老弟仔细讲清其中利害,主公定会听从老弟之言。"

"可有些话,我还是不宜告知主公。所以此次出征,我想劳动鲍兄大驾,以便随时劝谏主公。"

"这……"鲍叔牙犹疑起来,"老弟既为相国,当权位专一,此亦为当年太公对文王所言——一者之道,近于神,非一,不能治国。近些时来,我已绝口不言军国大事,连主公自北杏而还,也不上朝致贺。此正欲老弟权位专一,治国图霸矣。今又随主公出征,于老弟一者之道,岂非有碍当不利于国矣。"

"鲍兄苦心,弟岂有不知,然国事至大,不可太过拘束,事急之时,宜应从权。况主公尊鲍兄为师,鲍兄对于军国大事,自有劝谏之权。"管仲道。

"东郭牙素称忠直,职为大谏之官,也可对军国大事行劝谏之权。"鲍叔牙道。

"军机之事,稍纵即逝,不能有丝毫耽误。东郭牙虽然忠直,然非主公敬重之人,只恐主公不会听从其谏,反倒失了军机。"管仲道。

鲍叔牙想了想,苦笑道:"既是如此,我只好从老弟之命,随同主公出征一回。"

管仲大喜,拱手一礼:"有鲍兄相助,吾无忧矣。"

第七章

庵人市吏忠饰奸 曹沫高台劫盟主

在管仲和鲍叔牙相见的同一时刻，齐桓公也见到了爱他如父母般的竖刁。他面黄肌瘦，果然病得奄奄一息，被寺人们放在一个大竹筐里，抬进了后殿。

"小臣今日见到……见到主公，纵然身死，也可瞑目矣。"竖刁趴在地上，喘息着说道，泪流满面。

齐桓公想不到这个眉清目秀、堪与鲁庄公比美的竖刁，竟病成如此模样，鼻中一酸，眼圈潮红起来，道："你这样忠心耿耿，寡人甚是欣慰，当告知鲍先生，升你为下士，也可日日上朝，与寡人相见。"

"不，小臣不愿……不愿升官，只愿随侍主公左右。"竖刁道。

齐桓公听了，不觉更为感动，道："内宫禁地，只宜寺人出入，你又怎么能随侍寡人左右呢？还是做朝官为好。"

"小臣……小臣若不能随侍主公，只怕病体难愈。"竖刁鸣咽着道。

"寡人宫中有的是良医，自可将你治好。"齐桓公道。

"小臣……小臣……"竖刁急得瞪大了眼睛，不知如何说才好。

"滚儿，竖刁这般敬爱寡人，你怎么能让他坐着竹筐进来？如此不知敬贤，真是该死！嗯，去把肩舆抬来，好生伺候竖刁出宫。"齐桓公挥着手喝道。虽然他喜欢听到竖刁鸣咽的奉承话语，也想多听上一会。但是他更喜欢听到后宫美女的嬉笑声，尤其是徐姬和蔡姬的笑声，他已有好些天没有听到过。

他没有先见美人，却召见了一个小小的市吏，已算得上是敬贤者甚于爱美人了。何况他还格外施恩，赏竖刁乘坐肩舆出宫，让竖刁可以大大风光一番。

"主公，小臣……小臣还有一事，求主公……求主公……"

"什么事，你快说吧。"齐桓公打断竖刁的话头，有些不耐烦地说着。

"小臣一片犬马之心，欲报效主公，苦于无门。闻易牙进九珍之汤缺少燕窝，遂私拿市税之钱，购得燕窝献上。原想领了俸禄再补上市税之钱。不料鲍大人忽然查起了市税之简，小人敬献燕窝挪用之钱，定会被鲍大人看作私贪，将……将死无葬身之地，求……求主公救我。"竖刁哀哭着说道。

"原来是这等小事。嗯，寡人自会派人去鲍先生那儿，说你并无私贪之意。"齐桓公说着向牛滚儿瞪了一眼。他恨不得立刻就将徐姬、蔡姬拥入怀中，实在没有耐心和竖刁多说什么。牛滚儿连忙和几个寺人奔上前，把竖刁硬"拖"出了殿外。

"快，传徐姬、蔡姬进来！"齐桓公迫不及待地呼喝道。寺人们用肩舆抬着竖刁，走出了宫门。易牙早等候在宫门外，此刻忙迎上前，将竖刁从肩舆上扶下，登上停在道旁的一辆车。御者挥鞭打马，驰向城南竖刁的府中。

"恭喜、恭喜！明日全城之人，都会知道主公对你竖刁恩宠有加，居然赏你乘坐肩舆。那些商旅人等，更要大把地送钱与你了。"易牙笑道，对竖刁连连拱手作揖。

"你知道什么？乘坐肩舆虽有荣耀，却无半分实利。如今鲍叔牙既是盯住了市税之事，就算那些商旅人等会送钱给我，我能要吗？要了钱就要不了脑袋啦！"竖刁气呼呼地说着。他此刻精神十足，已是见不到半点病态。易牙本想讨好竖刁一番，却碰了一鼻子灰，便不再作声了。

他祖上也曾做过大夫，和竖刁的先祖同朝为官，并结为婚姻世家。后来两家一同败落了下来，竖刁家族仍居住在都城，易牙家族则迁到了雍邑。两家虽然不住在同一城中，依旧是来往不断。

两家的子弟们愈到后来，愈不成气。竖刁成了个专靠骗女人吃饭的破落子弟，易牙则成了个装神弄鬼、诱人钱财的巫者。易牙闻知竖刁闯了祸，左思右想，想出了河神化形的惊人之语，巧妙地掩饰了齐桓公微服"淫奔"的痕迹。竖刁因此得到了市吏的肥缺，大把大把地往家中搬着铜钱。他看得眼红，弃了巫者的"名号",奔至临淄城中,要与竖刁分肥。

竖刁没奈何,花钱给易牙买了个"庖人"的身份,专为朝堂大夫们进献美食。庖人虽名列下贱,然日有采买,实利甚是丰厚。易牙怎肯甘心做一庖人?但因有求于竖刁,也只得应承。朝堂饮宴甚多,易牙仗竖刁之势,在市上沽酒割肉,总是少付铜钱,实利倒也得了不少。

市吏们贪心过大几乎人人暴富,使许多朝官大为不满,纷纷告发。鲍叔牙闻知市吏私贪,亦是大怒,迅速派人封查府库,将库中存放的市税之简全都拿走,并亲自核查。竖刁知此消息,惊骇欲绝。他素知鲍叔牙性情刚烈,嫉恶如仇。若是私贪之事败露,他必死无疑。

原先竖刁和众市吏们以为只要买通了府库之吏,就可万事大吉,私贪之事永不会泄。谁知鲍叔牙以国君之师的尊崇身份,居然肯行小吏之劳。

这时,易牙因善献美食,已被朝官派往北杏之地,招待各国诸侯。竖刁知道易牙心计甚多,派家仆急速赶往北杏,求易牙想法救他。易牙知道竖刁的处境后亦是大恐——竖刁本为他的靠山,竖刁亡,他易牙的性命也是难保。只是他仅为庖人,身份卑贱,怎么能救得下竖刁呢?正在他彷徨无措的时刻,忽听内官说起卫姬呕吐之事,立刻计上心来,使出全副本领,做出九珍之汤,获得了卫姬的欢心,也获得了齐桓公的欢心,并乘机把竖刁"抬举"了一番。

齐桓公对他"抬举"了的竖刁大感兴趣,回都之后,立即召见。竖刁早从易牙这儿知道了他该怎么做,忙以黄姜涂在脸上,做出病态,入宫"痛哭流涕",就像是孤儿陡然寻着了亲生父母,竟令齐桓公大为感动,赏他乘坐肩舆出宫。

"这次有主公说话,总算是可以保住性命。不过,若再想多得铜钱,只怕比登天还难。"竖刁不满足地说着,将他在宫中的"表演"夸张地叙述了一遍。

哼!你才保得狗命,便如此不将我放在眼里,实为可恨。易牙在心里想着,口中道:"你这些戏法只能骗主公,可瞒不了鲍叔牙,就算他这次杀不了你,也总有一天会找个由头要了你的命。"

竖刁一怔,想,是啊,鲍叔牙认定了的事,向来是死也不会放松。他一旦把我视为恶人,就非把我置于死地不可。他又掌有官吏升迁的大权,就算不要了我的命,只怕这一辈子我也难有出头之日。

"鲍叔牙是国君的师傅，又有拥立大功，国君见了他都要让上三分。如果他想杀死一个小吏，简直比捏死一只臭虫还要容易。"易牙说道。他要让竖刁明白危险尚未过去，他易牙的用处还大着呢。

"这便如何是好？鲍叔牙软硬不吃，神仙也拿他没办法啊。"竖刁懊丧地说着。

"看来只有入宫，随侍主公左右，方可保全身家性命。"易牙说道。

"我何尝不愿随侍主公左右，只是内宫禁地，非寺人不得擅入啊。"竖刁说着。他发觉齐桓公喜欢奉承，又性好游猎女色，正用得上他这个破落子弟。而他只要能待在齐桓公身边，谋得荣华富贵易如反掌。

"欲得大利，必舍小财。兄长何不忍痛自宫，入侍主公，长保富贵。"易牙以少见的亲密语气说着。他的年纪本来比竖刁大，却总是自称为弟。

"什么，你要我自残身体，做一个寺人吗？"竖刁大怒。

"事至如今，兄长除了入宫做寺人，并无第二条路可行。"易牙平静地说着。

"不，我不能……不能做寺人，我喜欢女人，离不开女人……"竖刁浑身不禁颤抖了起来。

"可是没了脑袋，你又如何去享受女人？"易牙问道。

"难道……难道为了保住脑袋，就非得……非得割了吗？"竖刁脸色惨白，双手不自觉地捂向了裆部。

"你总不能为了阳物，就不要脑袋吧？"易牙说道。竖刁若能自宫，必会得到主公的宠信，我也能因此有了出头之日，不至终身为一庖人矣。

车停了下来，前面街口上正在行刑，处决抢掠商旅的盗贼。从前遇到了这种情景，竖刁必跳下车去，看刽子手们怎样以巨斧砍掉囚犯的脑袋。可是此刻，竖刁听到那行刑的鼓声，浑身毫毛都立了起来。他仿佛看到一柄巨斧正带着呼呼的风声，当头劈了过来。

不，我不想死，不想死！我要活着，大富大贵地活着！竖刁在心里呼喊着。

夏天终于来临，齐国征集兵车六百乘，突然攻击遂国。盛夏之时，诸侯间少有征伐，遂国猝不及防，竟被齐国所灭，成为齐国的一个城邑。齐军获胜，仍留在遂国境内，声言将攻伐鲁国。遂地离鲁国都城曲阜不过百里。鲁国上下大惊，集倾国之兵，欲与齐国死战。管仲闻知，同鲍叔牙走进中军大帐，问齐桓公将欲何为。

"寡人当亲率三军，直抵曲阜，生擒鲁侯，归献太庙。"齐桓公得意扬扬地说着。想我即位不过五年，便已灭了谭、遂两国，得地数百里。虽先祖之贤者，论其功也不及我小白之显也。若能一举灭了鲁国这样的千乘之邦，齐国之威，势将震动天下，至此我才真正算得上列国盟主。齐桓公想着，已将管仲"心服鲁国"的谋划丢在了脑后。

管仲目视鲍叔牙，不觉苦笑了一下。

"主公此言差矣。我齐国之所以动兵，在于宣示尊王大义，不在灭人之国。鲁为宗室诸侯之首，非遂可比也。灭鲁即是灭周，主公必将触怒天下。况以此六百乘兵车，能灭鲁乎？纵能灭鲁，损伤必巨，宋、郑诸国惧我兵威太盛，势将乘机联军伐我，以我残损之兵，能拒之否？纵能拒之，则信义失尽矣。信义失尽，又如何图霸，成列国盟主？主公沉迷兵威，不思大义服人，非为霸国之君矣。"鲍叔牙疾言厉色地说着。他对齐桓公大为失望，心里窝着一股闷气，无法释放。临出征之前，他本已将东、西二市的私贪市吏全都下于狱中，只待定下罪名，便押于市曹斩首。不想齐桓公却派人将一个名叫竖刁的市吏从狱中放出，言竖刁本非贪者，所用之钱，实为用于宫中美食。他对齐桓公的言语根本不信，但又不能违抗国君的旨意，再将竖刁下狱。

见鲍叔牙如此激愤，齐桓公大感意外，犹如被人迎头泼下一桶凉水，浑身打了个激灵。从前，鲍叔牙也曾厉言劝谏，却从来不像现在这样怒形于色。

"以鲍先生之见，寡人该当如何？"齐桓公说着，露出不悦的神情。鲍叔牙的"失礼"之态，让他觉得有失国君之威，心里很不舒服。

"当年太公曾对武王言：'兵战者，以无形之战胜之为上'，今日主公亦当以无形之战威服鲁侯。"鲍叔牙也觉自己有"失礼"之嫌，语气缓和了许多。

"无形之战胜之为上？无形如何胜敌？"齐桓公皱着眉头问道。

"我军已灭遂国，兵势可谓盛矣。以此威势，当遣使至鲁，约订新盟，使鲁愿听周天子之命，奉我齐国为列国盟主。鲁侯事母至孝，虽拒其母还都，却修华馆于防邑，供奉其母其恭。主公当亲书信简，让鲁侯之母以情动于其子。内外之势交相迫之，不愁鲁侯不服矣。"管仲忙说道。

"让寡人亲书信简于文姜,怕是……怕是不太好吧。"齐桓公的眉头皱得更紧了。文姜是他的庶母之姊,与他一向不和,无甚情感。他自即位以来,视鲁国为大敌,从未派人问候过文姜。

"鲁侯之母向来以齐国自重,主公亲书信简,其必竭力劝说鲁侯与我修好。"管仲道。

"鲁侯之母不尊礼法,实我齐国之耻。然彼虽齐女,早已嫁与鲁国。鲁既不罪,齐亦无罪之理。主公与之书信来往,并不碍于礼法。"鲍叔牙也说道。

"也罢,寡人就依仲父之言。"齐桓公终于点了一下头。

居于防邑的文姜接到齐桓公的信简,大为高兴,立即亲书帛书二封,一封回于齐桓公,对齐桓公的问候表示谢意。一封送给鲁庄公,让鲁庄公与齐和好。在文姜的帛书送到鲁庄公手中的同时,齐桓公派出的使者也已来到了曲阜。鲁庄公先召见齐国使者,接受使者之书。然后召施伯和公子季友至内殿,商议对付齐国之策。

当初他见到齐桓公的布告,大为生气,对群臣言道:"我鲁国乃宗室诸侯之首,会盟之事,应以我鲁国主。今齐国反倒以尊王号令天下,其置我鲁国于何地?"当即决定拒不与会,等着看齐国的笑话。

在鲁庄公的想象中,如今礼仪崩坏,除宋国因本身利害相关外,其他诸侯都不会理睬齐桓公的尊王号召。他果然看到了笑话——仅有宋、陈、蔡、邾四国参与齐桓公倡议的会盟大礼。其中宋国不辞而别,那邾国又是不值一提的弱小之邦。

鲁庄公想,齐侯碰了个灰头土脸,就该老老实实一阵子了,他也将因此舒服些时日,可以好好游猎行乐几年。碰上机会也灭一两个小国,在祖宗的神位前夸耀一番。不想齐桓公恼羞成怒,居然又一次兵伐鲁国,且先声夺人,迅如疾雷般灭了遂国。

齐桓公的这一招,无疑是当头打了他一棒。鲁庄公愤怒至极,尽点全国丁壮,意欲与齐军拼死一战。他已经两次挫败了齐国的入侵,对于齐军并无任何畏惧之感。不料这次齐军倒没有急着进攻,而是先派出了使者。鲁庄公更料不到的是,母亲也会在这个时候给他送来了帛书。由于他父亲暴死在齐国,凡涉及齐国的事情,母亲一般不对他做出任何表示。

"齐使这次前来，倒说得客气，言齐鲁两国本为婚姻之国，不应争战，当亲密和好，共尊王室。并愿与寡人订立新盟，永不相犯。"鲁庄公说道。

"齐侯话虽说得客气，却仍是在逼迫我们向他低头。"公子季友道。

"不错。齐侯说共尊王室，其意就是尊齐之意，因为齐国已得周室之命，俨然代周天子号令诸侯。"施伯说道。

"如此说来，寡人当拒绝齐使，不与齐国订立新盟。"鲁庄公道。

"拒绝齐使，便是战端欲开也。以今日之势，我鲁国不宜轻开战端，战必不利。"施伯忙说道。

"何以见得我鲁国战必不利呢？"鲁庄公不高兴地问着。

"其不利有三。一者，齐国此次出兵，不同往日，既非夺地，又非复仇，而是责我不赴北杏之会。北杏之会乃周天子令齐主之，齐以此责我，名正言顺。我抗齐军，亦抗周天子也。鲁以宗室诸侯之首，抗命周天子，于理不顺也。二者，齐今之主兵者为管仲，其人胸藏谋略，机变万端，鬼神难测，纵曹刿出之，亦未可与其相敌。三者，今齐国已灭遂国，兵气正盛。我军新集，恐难挡其锋锐。"施伯思索着，缓缓说道。

"那以大夫之见，寡人莫非只有听命于齐侯？"鲁庄公沉着脸说道。

"齐为鲁之近邻，齐强，对我鲁国自是不利。所以，我鲁国向来视齐为大敌，这原本不错，然今日视之，却未必全是如此。"施伯道。

"莫非另有强敌，比之齐国更甚？"鲁庄公心中一跳，问道。

"至少有二敌，比齐国更甚。"

"哦，但不知是哪二敌？"

"一为楚国。楚自号为王，已明示其并非周之臣子，而欲王于天下。楚国地广千里，人众百万，方今天下，无一国有楚之大。其灭息国、败蔡国，已入中原腹地矣，臣恐数年之后，楚之兵锋，已临我鲁之边境矣。二为蛮夷，近年来，蛮夷趁我华夏诸侯争战不休，自为削弱，已深入中原，劫掠不已。有些小国，竟因此宗祠毁绝，实为可惧。"施伯说道。

"施大夫所言也甚是有理，周室之衰，正因蛮夷之族相侵之故。"鲁庄公不觉点头说道。

"我华夏之邦，早就该结盟尊王，抵御蛮夷，抗拒楚国。唉！我鲁国乃宗室诸侯之首,尊王之义,不倡于鲁,反倡于齐。此实为老臣之耻矣。"施伯感叹地说道。

"如大夫这般说来,齐之倡行尊王之义,与我鲁国,反是有利?"鲁庄公疑惑地问道。

"我鲁国乃宗室诸侯之首,齐欲尊王,对我鲁国便不敢轻易侵犯,以此而论,齐之倡行尊王之义,的确于我鲁国有利。"施伯答道。

"纵然于我鲁国有利,然齐国欲借此成为列国盟主,寡人心中实在难服。"鲁庄公说道。

"既然结盟尊王,必有一盟主号令诸侯。否则,何能尊王?"

"齐国素来强横,专恃武力欺人,岂可成为盟主?"

"如今礼乐崩坏,非有强力者不足以服诸侯,纵勉强当上盟主,也难长久。"

"寡人恐齐称霸为实,尊王为虚,以假仁假义行于天下。"

"齐若全然以假仁假义行天下,必不长久。图霸不成,反为天下所怨,不亦愚乎?彼果不自重,我鲁国自可趁势起而代之。"施伯说道。

对,先让齐国当列国盟主,待其丑行暴露,为天下所怨,我就有机会取而代之啊。鲁庄公想着,被施伯的话语打动了。

"为今之计,我鲁国可暂为委屈,与齐国订立新盟。"施伯说道。

"这……"鲁庄公犹疑着,将目光移向了一直默然不语的公子季友。

"主公,不知母亲在帛书之中,有何话语?"季友问着,眼圈有些潮红。父亲去世时他才十余岁,虽然已拥有食邑、门客,但依恋母亲之心,和寻常人家的少年并无二致,但是他注定永远不可能见到母亲。

他的父亲暴亡于邻国,成为宗族大耻,公室长辈纷纷将罪责归于他的母亲。因此,他的母亲也成了他的"仇人"。作为儿子,他当然不能向母亲"报仇",他唯一能做到的,就是像当了国君的兄长那样,永远不与母亲相见。其实他在心底里,也无法将母亲当作"杀父"的仇人。父亲虽说对他甚是宠爱,却并未给他留下什么印象。身为国君,后宫的美人太多,他的母亲纵然是正室夫人,又有着花容月貌,也不能经常见到父亲。他也因此不能常见到父亲,日日只和母亲待在一起。

少年的岁月最难令人忘记,公子季友虽早已长为成人,却常常在睡梦里见到了母亲,听母亲唱着齐国的歌曲。好几次,他已坐上轻车,欲奔到母亲居住的防邑。但每次,他都在长叹声中跳下了轻车。他不仅是母亲的儿子,还是国君的嫡弟,朝堂上的大臣,他的一举一动,都和整个鲁国关联在一起。鲁国是礼仪之邦,他绝不能只想着母子私情,而忘了君父大仇。

"母亲说,鲁、齐两国世为婚姻,乃是甥舅之邦,不宜结仇。与齐结仇,有人……有人会拍手称快。还说齐侯亲书信简问候过她,承认了她齐国公主的身份。"鲁庄公说道。文姜的帛书,也颇使鲁庄公动心。的确,与齐结仇,国中的公子庆父等人自会拍手称快。而他若与齐国盟好,公子庆父等人蠢蠢欲动之心,就会收敛许多。

"齐侯既然尊重母亲,看来的确是想与我鲁国盟好,况且施大夫所言亦是有理。当今之势,我华夏诸侯,非结盟尊王,便不足以抵御蛮夷之族,更难抗拒楚国。"季友说道。

"既然你们都说与齐和好为善,寡人这就召见齐使,答应与齐订立新盟。"鲁庄公道。

"主公且慢。我鲁国只是与齐盟好,并非臣服齐国。齐国若有诚心,必须答应我鲁国三事。"季友道。

"对,可不能让齐侯看低了我们,但不知是哪三事?"鲁庄公赞赏地问道。

"一、城下之盟,国之大耻。齐军须先班师回国,然后才能与我鲁国谈论立盟之事。二、兵威之下,势不能盟。齐国须等到冬天,国中军卒散归之后,方能与我盟之。三、立盟之时,须歃血为誓,以天作证,使两国永不背盟。"季友慨然道。

"妙!"鲁庄公拍案赞道,当即招来齐使,宣以三事,命其回禀。对于鲁庄公提出的三事,齐国君臣商量一番后,尽数答应。

秋,齐军退兵回国,并散归军卒,以示诚意。冬,齐于柯邑筑坛,派使者赴鲁,迎请鲁庄公。鲁庄公将国事委于施伯、季友,以大将曹沫为护卫,前往柯邑。

路上,曹沫言道:"主公,微臣曾与齐三战而三败之,失我鲁国汶阳之田。今前往齐国,誓当一雪旧耻。"

鲁庄公笑了一下,道:"将军乃我鲁国勇将,每当争战,必身先士卒,从不惧死。寡人深爱之,向无怪罪将军之意,将军又何必自责如此?"

"正因主公对微臣有天高地厚之恩,微臣必当报之。"

"此去柯邑,乃是会盟,并非争战,将军何能一雪旧耻?"

"齐国倚仗兵势,必欲欺我鲁国,臣愿拼此一腔热血,使齐国以礼敬我国君。"

"唉!鲁国势弱,乃寡人不善治国之罪也。将军如此忠心耿耿,使寡人更为心愧矣。"鲁庄公叹着气道。不论怎么说,他此番越境与齐订立盟约,已是向齐国屈服。纵然齐国对他礼敬有加,也不能改变齐国实为胜者,鲁国实为败者的事实。

齐鲁两国选定一个天气晴朗,又无寒风吹拂的日子,进行立盟大典。盟坛筑于柯邑城外的平野里,台阶七级,虽不如北杏那座盟坛之高,然其阔大,却远远过之。北杏之盟,乃为天子之盟,盟坛自须为高。柯邑之盟,乃齐、鲁两国诸侯之盟,论礼绝不能使盟坛高于一丈。齐桓公只能使盟坛尽量阔大,以显示他霸国之君的气度。

对于无形之战的胜利,齐桓公总觉得有些遗憾。他对有形之战更感兴趣,他渴望踏着敌人的尸首,踏着敌人的鲜血,大呼着冲进一座座冒着火焰的城邑,直至冲进敌人的国都。齐桓公甚至希望鲁庄公能拒绝与他盟约,主动率兵向他挑战。然而鲁庄公居然乖乖答应了与他订立新盟,使他轻易地成了胜者。齐桓公满腔的争战雄心,只得使在了立盟大典的威仪上。

但见两千精锐禁卒各披重甲,手执长戈,分为四队,列于盟坛四方。每队又有五十名旗手,按青、红、白、黑四色,依次立于东、南、西、北。青旗绣苍龙、红旗绣朱雀、白旗绣白虎、黑旗绣玄武,以应上天主掌东南西北的四大星相。而每级台阶的两旁,又有精选出的威猛壮士,手执巨斧侍立。坛上竖有丈八大黄旗一面,上面绣着斗大四个红字——尊王攘夷。齐桓公率管仲、鲍叔牙等大臣已先登于坛上,肃然静立。

隰朋为司礼,于坛下恭迎鲁庄公君臣。当鲁庄公率随从行至坛前时,坛上传下齐桓公的命令——今日虽为诸侯之会,然齐国受有天子之命,鲁侯须以大礼敬之,凡相从诸臣,一概不许上坛。隰朋立即上前,请鲁庄公留随从于坛下,只身上阶立盟。鲁庄公气得脸色铁青,却又发作不得——齐国的确受有天子之命。

本来,诸侯之会,臣下可以跟随国君上坛。但齐国既然抬出了天子之命,拒绝鲁国臣下上坛,也算是言之成理。紧跟在鲁庄公身后的大将曹沫闻言大怒,喝道:"齐国纵然受天子之命,也只是一诸侯而已。诸侯相见,便该平礼相迎。今齐侯独立坛上,居高自傲,岂是尊客之礼?吾君以尊天子之意,故屈而从之,并不罪其失礼。奈何尔君得寸进尺,竟欲使吾君孤身与盟,是何道理?吾君相从之臣不得上坛,齐侯相从之臣,如何能立于坛上?齐侯如此无礼,实为枉受天子之命!"曹沫声音浑厚响亮,轰轰直如雷鸣一般,传至坛上。齐国君臣闻之,不觉相顾失色。

管仲忙道:"鲁国为宗室诸侯之首,宜加礼敬,不必过苛。"对于齐桓公大摆威仪的举措,他在心里并不赞成,口中却未反对,也未让鲍叔牙劝谏。他知道齐桓公对无形之战胜敌并无兴趣,若非允其大摆威仪,只怕联盟会都无法开成。

齐桓公听了管仲之言,只得再次传命,允鲁侯可带一二臣子上坛。到了此时此刻,鲁国君臣尚是这般倔强,有些出乎他的意料。盟坛已经筑起,大典也已准备周全,岂能半途而废?他只得向后退让一步。与鲁侯尚未见礼,便输了一招,使齐桓公心里大为不快。鲁庄公见强横的齐侯居然肯退让,不由得对曹沫从心底里佩服起来,遂指定曹沫跟随他登坛盟礼。

齐桓公见鲁庄公年不满三旬,依然是年轻英俊,雄姿勃勃,心中更不舒服,勉强在脸上堆出笑来,与鲁庄公拱手行礼。两国国君礼毕,又各领臣下,向对方引见。齐桓公知道曹沫是在坛下怒喝的鲁国臣子,不由得向他多看了几眼,见那曹沫身体魁壮,目似铜铃,鼻如悬胆,方面阔口,四旬上下,样子极是威猛。

唉,我齐国人才甚多,可如此威仪堂堂的战将,尚不多见。齐桓公在心里叹道。

而鲁庄公见到管仲,心里更是感慨万千。当初我怎么就不能识破齐侯的奸谋,放这管仲回了齐国呢?如果我不放管仲,则今日尊王攘夷之义,必为我鲁国倡之,列国盟主之位,也必是非我莫属……

　　两国君臣见礼之后，隰朋让人将一长案置于坛中，案上放满鼎、彝、鬲、盘之类的盛牲歃盟之器。坛上坛下顿时鼓声大作，旗帜招展，数千名精锐禁卒一齐高声呐喊，声震长空。

　　见齐军如此威势，鲁庄公不由得心中大跳，脸色也苍白起来。曹沫紧按腰间佩剑，站在鲁庄公身后，脸上毫无惧色。鼓声直响了三通，方才作罢。隰朋令人抬上宰杀的乌牛白马之首，置于鼎中，敬献上天。紧接着，隰朋亲手托了一只盛有乌牛白马之血的铜盘，跪倒在木案之前。

　　庄重的"歃血为盟"大典正式开始了。齐桓公、鲁庄公俯前弯腰，以谦恭卑微的神情，一步步走向木案，表示对上天的崇敬之意。

　　鲍叔牙、管仲等齐国的大臣也纷纷跪倒了下来。依照礼仪，曹沫也应下跪。然而他不仅没有下跪，却陡地前扑，左手一把拽住了齐桓公的衣袖，右手嗖地拔出了腰间佩剑。齐桓公大骇，失声惊呼起来。阶上壮士也挥动巨斧，向曹沫猛冲过来。

　　"谁敢上前，吾当与齐侯同归于尽！"曹沫挥剑大吼道。壮士们闻言一怔，不觉都停下了脚步，谁也不敢上前。

　　"曹将军，你意欲何为？"管仲惊骇中跳起身来，慌忙问道。曹沫在庄严的盟坛上竟然拔剑挟持齐国国君，他无论如何也没有想到。

　　齐、鲁两国会盟之地在齐境之内，曹沫就算挟持了齐国国君，又能有何作为？莫非他想行刺齐国国君，但行刺之后，鲁国国君又岂能独活？众齐国臣子全都从地上站了起来，又全都不敢向前逼近一步，个个惊得脸色惨白，手足无措。鲁庄公同样惊得全身颤抖，想喝止曹沫，却怎么也说不出一句话来。

　　"吾闻齐侯奉周天子之命，结盟诸侯之国，誓言'共助王室，抵御蛮夷，扶弱济小，讨逆灭暴'，然齐侯却逞其兵威，屡欺我鲁国，夺我鲁国汶阳之田。齐侯如此行事，能称得上是'扶弱济小'吗？"曹沫逼视着管仲，厉声问道。

　　"将军如此，莫非是欲索取汶阳之田？"管仲立刻明白了曹沫的用意。

　　"正是，齐侯若真有与我鲁国结盟的诚意，请先归还我汶阳之田。"曹沫答道。

　　"原来如此。将军此举差矣，吾君既欲与鲁国盟好，岂有不还鲁地之理？此事只待行过大礼之后，吾君自会告知鲁侯，你为何急躁至此？"管仲正色说道。

"请问齐侯,管相国之言,是否属实?"曹沫目视着齐桓公问。齐桓公一颗心几欲从喉中跳出,强撑着才没有当场瘫倒在地,此刻听到曹沫问话,已是毫无回答之力,只勉强点了一下头。

曹沫见齐桓公点了头,这才插剑回鞘,对齐桓公弯腰下拜:"外臣死罪,惊动贤侯,情愿贤侯罚之。"

见利刃已不在眼前,齐桓公心里顿时平定下来,强笑着道:"将军虽然性急,亦是忠君之心,寡人岂会罚之。"

鲁庄公见齐桓公如此说,也从惊恐中宁定下来,忙上前赔罪。齐桓公干脆做出豪爽的样子,退后一步,礼请鲁庄公先前行"歃血"之礼。

今天可是出了大丑,若非管仲急中生智,只怕我的性命都要葬送在这姓曹的莽夫手中。看来这无形之战,还不足以使鲁侯心服,我真该先大败鲁军,然后才论订立盟约之事。齐桓公懊丧地想着,顿时没了大摆威仪的兴致,只盼着这场"歃血为盟"的礼仪早点结束。

鲁庄公先对长案拜了几拜,然后用右手食指蘸了铜盘中的乌牛白马之血,擦在嘴上,最后又对长案拜了几拜。齐桓公也依照着鲁庄公的样子,行了一番"歃血"之礼。

"歃血"之礼后,隰朋又拿出那五国诸侯签过名号的帛书,请鲁庄公在上面签下名号。鲁庄公愉快地在帛书上签上名号,拱手对齐桓公行了一礼。这次他行的是晚辈拜见长辈的尊崇之礼。因为齐桓公不仅是齐国的国君,也是他的舅父兼叔丈人。本来,他并不打算行此尊崇之礼。盟会之礼论爵不论亲,他和齐桓公同为侯爵,理应平礼相敬。可是曹沫如此无礼,齐国居然不罪,还答应归还汶阳之田,令鲁庄公喜出望外,大为感动。看来齐国确乎真心尊王,欲以大义行于天下。如此,则齐国将信守盟约,不会伐我鲁国,寡人已无忧矣。

"啊,贤侯……贤侯不必多礼。"齐桓公见鲁庄公对他如此礼敬,也是大出意料。鼓声再次响起,齐、鲁两国君臣互相谦让着从坛上走下,回至柯邑城中的馆舍内。

"鲁侯也太无礼,竟然敢指使曹沫劫持主公,实为罪该万死。臣愿刺杀鲁国君臣,雪我齐国坛上受辱之耻。"刚一踏进馆舍大门,齐国大司马王子成父就愤愤地对齐桓公说道。他身材并不高大,却手长脚长,显得孔武有力。年纪虽近五旬,然精气弥壮,不输与少年之人。

听了王子成父的话,齐桓公心中一跳,不觉向管仲望了过去。他在曹沫的利刃逼迫下答应归还汶阳之田,无论怎么说,都是一种奇耻大辱。

"大司马之言差矣。主公乃堂堂列国盟主,岂可受人劫持?主公视那曹沫,不过如一小丑罢了,故对其无礼,只一笑置之。大司马却因此欲杀鲁侯,将置主公于何地?"管仲厉声道。

是啊,此时杀那鲁侯,列国定会讥我受匹夫劫持,恼羞成怒,竟至背信谋命,以图灭人话柄。况且鲁侯也是大国之君,杀之必惹怒天下诸侯,寡人霸业休矣。想到此,齐桓公正色斥责王子成父道:"寡人并未受人劫持,何辱之有,大司马妄言矣。"

"纵然主公量大如海,不怪罪那曹沫匹夫,我齐国也不该归还汶阳之田。"王子成父仍是不服气地说着。

"我齐国乃列国盟主,即已许人,岂可失信?还汶阳之田,可取信天下,不还汶阳之田,将失信于天下。孰轻孰重,大司马岂可不知?"管仲又道。

"不错,匹夫尚不肯失信,况寡人乃列国盟主乎?"齐桓公神色俨然地说着。他想起了鲁庄公以晚辈行礼的样子,觉得已足以洗脱身受曹沫劫持的耻辱。能令鲁庄公向他折腰,丢掉几块田地又算得了什么?

当夜,齐桓公又请鲁庄公到馆舍饮宴,畅叙甥舅之情,至天明方散。次日,齐桓公又令汶阳守邑之宰急速赶来柯邑,亲与鲁国国君办理交割事宜。鲁庄公更喜,亲自请齐桓公至所住之处,欢宴达旦,誓言齐、鲁两国当永为和好,决不以仇国视之。

各诸侯闻鲁国亦承认齐国的盟主之位,不觉惶恐起来。想着以鲁之名望与国力尚不足以与齐争雄,他国就更无指望。许多诸侯觉得齐桓公在曹沫的劫持下尚不动怒,并善待鲁国,守信归还汶阳之田,实为难得,确有盟主风范。于是,卫、曹两国先后派使者入齐,谢罪请盟。齐桓公大喜,当即厚赐两国来使,欲订盟会之期。

管仲道:"鲁国虽服,宋国未服,待服宋之后,与卫、曹两国会盟不迟。"

齐桓公欣然采纳管仲之策,让卫、曹两国使者先行归国,约以伐宋之后,再订盟会之期。管仲派隰朋出使王都,请以王师下临,统率各国伐宋之兵。

第八章

竖刁自残进后宫 宁戚定计擒甫瑕

春天年年归去,亦年年归来。淄水两岸的桑林中,依然不见娇女艳妇的身影,依然不闻那柔媚软绵的歌声。而齐桓公的后宫里,美女的倩影更多于往年,柔媚绵软的歌声也彻夜不停。鲁、卫、曹、陈、蔡、邾等国,纷纷将国中佳丽作为新年的贺礼送到齐宫之内。齐桓公日日左拥右抱,沉湎于酒色之中,快乐中几欲忘了身在何处。

此时卫姬已为齐桓公生下了一位长公子,名为无亏。卫姬又能以她那柔若无骨的身子来满足齐桓公超乎寻常的欲望,且借着生子之"威"牢牢占据着后宫第一宠姬的名头。齐桓公看着卫姬纤如细柳的身子,听着卫姬润如珠玉的歌声,怎么看也看不厌,怎么听也听不厌。

一日,他正在后殿观赏着卫姬的歌舞,饮酒作乐,忽然牛滚儿奔了进来,说竖刁求见。

"去,去,去!寡人不是和你们说过了吗?除了仲父和鲍先生,谁也不见。"齐桓公不耐烦地说着。

"主公,这……竖刁把自己阉了,请求入宫侍奉主公。"牛滚儿带着些莫名的兴奋说道。听了牛滚儿的话,齐桓公愣住了,几乎怀疑是他听错了。直到牛滚儿又重复一遍后,他才忙让卫姬诸美人退下,召竖刁入见。一个齐国男人居然自己阉了自己,这可是个稀罕至极的事儿,使齐桓公无论如何也要见上这竖刁一面。

竖刁又是被几个寺人用竹筐抬进了后殿。对于像他这样一个小小的市吏而言,能得到一次乘坐肩舆出入宫廷的殊荣,已可谓空前绝后,再难有第二次了。

"主公……主公啊……主公……"竖刁爬出竹筐,哽咽着,不成声调。他绝不愿意自己阉割了自己,成为一个被人毫不放在眼里的寺人。

他在被鲍叔牙抓进狱中时,尚不肯接受易牙的"良言相劝"。他渴望着齐桓公能把他从狱中救出,并赏他升官入朝。齐桓公果然将他从狱中救了出去,果然赏他为下士,可以进入朝堂。可鲍叔牙却不以齐桓公的恩赏为然,竟不准竖刁入朝,让他仍然做一市吏。鲍叔牙说竖刁乃一小人,做市吏尚不称职,岂可入朝为士?而齐桓公听了鲍叔牙的话,也不再理会竖刁了。

但竖刁无论如何也不愿再次成为市吏。既有鲍叔牙这等人存于世上,他就无法私贪市税之钱,只能依靠俸禄度日。然而市吏的俸禄虽可供常人丰足度日,却不足以"养活"竖刁。暴富的生涯,已养成了竖刁挥金如土的习惯。市吏一年的俸禄,顶多够他花个上十天。对于他来说,没有黄金和铜钱可花的日子,比死了都难受。

竖刁本来打算咬牙过几天"穷日子",竭力向齐桓公献媚,由下士升到中士、上士,直至上大夫。当了上大夫,就可以获得食邑,让几百户甚至是几千户人家养活他一个人。在食邑里,他几乎是一个小小的国君,可以作威作福,为所欲为。可是鲍叔牙却无情地粉碎了他成为"小小国君"的梦想,将他判成了小人。只有君子才能当上大夫,他一个小人将永无出头之日。

更为可怕的是,他渐渐相信了易牙的话——鲍叔牙总有一天会找个由头杀了他。不然,鲍叔牙为何偏偏与他一个小小的市吏作对?竖刁每晚都要被噩梦惊醒。在梦里,鲍叔牙举着一柄大斧,追着要砍掉他的脑袋。这恐怖的日子逼得他几欲疯狂,使他终于一狠心,自己割掉了阳物。

"竖刁,你当真把自个儿阉了吗?"齐桓公眼见竖刁已来到跟前,仍觉不可思议。

"小臣日思夜想,欲侍奉主公左右。只是内宫禁地,非寺人不得出入其中。小臣……小臣无奈,只得如此。"竖刁说着,想着他遭受的"委屈",不觉悲从心来,泪如雨下。

"啊，你忠心如此，真可感动天地也。"齐桓公的眼中也差点掉下了泪珠。他想起来了，上次竖刁就曾苦苦哀求，欲留在宫中侍奉于他。唉！上次真该答应了他，也可免至他如此自残身体啊。

不，深宫之内，怎能留下一个未去势的男人。这竖刁眉清目秀，后宫的"妖女"们一见，岂不要大动淫心。齐桓公转念之间，对竖刁是否真会自阉不禁怀疑起来。

"小臣只愿……只愿做一犬马，报效主公。"竖刁趴在竹筐里说道。

"嗯，你的伤还未好吗？让我看看。"齐桓公怀疑中带着好奇地问道。

"小臣只因求见主公之心太切，伤未全好，就进宫来了。"竖刁说着，挣扎着站起来，表功般把裤子脱了下来。齐桓公见其果然去了阳物，伤处脓血未消，丑陋不堪。

"啊，滚儿，快，把竖刁抬去后面歇息，让太医好生医治。再告诉易牙，做点好汤喝。"齐桓公又是怜悯，又是厌恶地说着。牛滚儿答应一声，招呼几个寺人，抬起竖刁往外走去。

"主公，主公！我……我要侍奉主公左右啊。"竖刁叫了起来。

"等你伤好了，寡人自会让你随侍左右。"齐桓公说着，挥了一下手，让牛滚儿快些把竖刁抬出去。

内宫的寺人住所紧挨着马圈，风吹过，一阵阵腥臊之气，从门缝中直涌进屋内。竖刁虽成了寺人，但因齐桓公另眼相看，老寺人们谁也不敢欺负他这个新来的人，让他住在最好的房子里，并派来几个小寺人殷勤伺候。可是竖刁依然有着跌进了地狱中的感觉，被那腥臊之气折磨得呕吐不止。易牙端着一盘内宫姬妾们常喝的"九珍汤"，走进了屋内。这寺人住所并不邻近内宫姬妾的寝殿，易牙进来不算犯禁。

"易牙，你可害死我了，害死我了啊。"竖刁躺在卧席上，哼哼唧唧地说着。

"是你自己想随侍主公左右，保全身家性命，怎么怪起我来了呢？"易牙在竖刁身旁坐下，委屈地说道。

"现在可怎么办？难道我就待在这屋子里臭死吗？"竖刁问。

"当然不能就这样待在臭屋子里。舍了小财，是要得到大利。"

"我连阳物都没了，还要得到什么大利，得了也没用。我府中那些姬妾见我这样，都跑了。"

"可嫂夫人没跑，你的两个儿子也没有跑嘛。你和别的寺人不一样，别的寺人什么也没有，你又有老婆，又有儿子。"

"有老婆，有儿子我也只是个寺人啊，能落下个什么好？"

"好当然很多，有老婆儿子就是有家。从前有罪人被罚做寺人，得了国君之宠，就可以领一个朝堂上的官号，住在自己家里，日日至宫中侍奉主公，你也可以这样嘛。"

"能住在自己府中，当然好，可要得到主公之宠才行啊。"

"你已经得到了主公之宠，现在就看你能否把这份宠信长久保持下去。"

"想来只要把主公哄住，就可长保宠信了。"

"仅仅哄住主公还不够，主公好色，特别喜欢卫姬。你还得把这卫姬哄好了。"

"不错，听说卫姬还生下了长公子呢。长公子有可能成为太子。就算成不了太子，也必封有大食邑，势力非小。"

"是啊。只要你把主公和卫姬哄好了，还愁没有大富大贵吗？"

"哼！我舍了这么大的本钱，只得到大富大贵岂能甘心。我还要得到大权，像管仲那么威风。"竖刁咬牙切齿地说着。他想一旦大权在握，非把那鲍叔牙满门杀绝不可。

"这，我等出身卑微，怎能执掌大权？"易牙故作胆怯地说着。

"我们齐国的开国太公，当初又有多高的出身？不就是一个老光棍吗？这管仲最初也只是个四处贸易的商贾，出身还不如我呢。"竖刁不以为然地说道。

"兄长要是掌了大权，可别忘了小弟啊。"易牙献媚地说道。

"哈哈哈，我怎么能忘了你这家伙呢……哎哟！"竖刁说得高兴，手舞足蹈，不料却牵动了伤处，疼得大叫起来。易牙慌忙俯下身，讨好地以药汁在竖刁的伤处涂擦着。

眼见夏日很快就来临了，隰朋自王都返回齐国，向齐桓公禀告道："天子对宋国背盟之事很是生气，已命大夫单伯领兵车二百乘，率师伐宋，并请主公以列国之兵助之。"齐桓公大为兴奋,当即召来管仲、鲍叔牙等人,商议征集丁壮,领兵伐宋之事。

"主公奉天子之师征伐诸侯,实为莫大荣耀。唯其如此,只能胜而不能败。胜则威信达于天子矣。败则将失信于天子,尊王之义势难行之。故兵不厌多,须倾国而征之。"管仲说道。

"寡人与鲁侯盟好,已无后顾之忧,自可发倾国之兵,当能征集兵车七百乘。"

"我军出战车七百乘,王师出二百乘,曹、卫亦可出二百乘,共一千一百乘。宋国非小,能够征集兵车六百乘。以一千一百敌六百,胜之可矣。"管仲道。

"近日城中盗贼甚多,此次出征,我就不用随行,留下来巡城吧。"鲍叔牙说道。

"不错。城内市贾众多,国家财用所获甚厚。若任盗贼横行,必至市贾不来,损我财用。若有鲍先生巡城弹压,盗贼必闻风丧胆,市中安宁。寡人亦可放心出征。"齐桓公忙点头说道。他担心在出征途中会不断地听到鲍叔牙的劝谏,扫了他争战的兴致。而且纵然是征战之时,他也要带着美女随行,夜夜欢乐。可有鲍叔牙随行,他的欢乐就只能悄然而行,无法尽兴。见齐桓公如此说道,管仲一句劝鲍叔牙仍旧随行军中的话语到了口边,又咽了回去。

周僖王二年(公元前680年)五月,齐国发兵车七百乘,浩浩荡荡,出征宋国。管仲领二百乘兵车先行赶至宋国边境,与王师及曹、卫两国兵车相会。齐桓公自领兵车五百乘,以王子成父、东郭牙为将,在后面跟进。

临淄南城外有座猇山,古木参天,绿荫森森。管仲率领二百乘兵车行在山谷之间,但觉凉风习习,拂面而来,虽是夏日,并不感到如何酷热。兵卒们有意在山谷中放慢了行军速度,以求在阴凉之地多待上一会。

管仲察觉到军阵慢了下来,却故作不知。他乘坐在高车之上,有宽大的车篷遮阴,比步行负重的兵卒不知舒服了多少倍。何况他的车中还有着一位美人——婧姬相陪。他如此享受,就不应对兵卒苛责太严。盛夏兴师,不合常理。然而齐国盛夏兴师,已不是第一次了。齐国兵卒们的心中已装满了怨意,毫无破敌制胜的锐气。

天子居然命王师夏日征伐,可见亦是一位不明事理的平庸之辈。听隰朋说,天子的朝堂上,也没有什么臣子对此加以劝谏。可见王室的众文武大臣之中,也无才略过人的智谋之士。与这样的一个王室相交,虽不致太过费力,然欲共其图谋大事,只怕很难……

"不知夫君在想什么,竟如此入迷?"管仲身旁的婧姬笑问道。

"我在想周室的兴衰之事。周室王于天下,为诸侯之君,非自己有所作为,不足以振兴。仅靠诸侯出于大义拥戴,恐不长久。"管仲道。

"是啊,方今人心不古,礼乐崩坏,谁肯存真心倾慕大义。"婧姬感叹道。

"爱姬虽是女子,却也常以天下事为念,岂非倾慕大义之人?"管仲笑道。

"妾身先祖曾仕于周室,因乱出奔钟离,然对旧国依然恋恋不忘。妾身自幼便常听父兄说起许多周室旧事,至今犹在耳旁。"婧姬说道。

"爱姬本为世家之女,今为仲之侧室,实在是委屈爱姬了。"管仲带着歉意地说道。

"妾身家遭丧乱,几欲卖身与夷人为奴,幸夫君行商至于钟离,救妾身于危难之中。今日得与夫君相伴,已是万幸,岂敢他求?"婧姬感慨地说着。

"想我管氏,亦为周朝大夫之后,虽迁于齐地,然我心中,总觉得王都才是故乡。当初我本欲携爱姬至王都,入仕周室,使列国诸侯,俱拜服天子,以期礼乐大兴,回复成康太平盛世。然周室朽败已甚,竟无一人引见我。"管仲道。

"夫君今日之行,不正是尊王之举吗? 又有何憾。"婧姬安慰道。

"刚才我说过,靠诸侯之力,纵然尊王,恐也难以长久。我自幼立誓,便以平天下为己任。最大的愿望,便是入仕王室。记得当时有一支《黍离》之歌流传天下,我常常歌之,以致流涕不止。"管仲神情凝重地说道。

"我还从未听夫君歌唱呢,你看,士卒行路甚苦,你何不歌唱一曲,以慰士卒呢。"婧姬灵机一动说道。管仲正为士气不振忧愁,听了婧姬的话,顿觉有理,立刻传来领兵将官,说他欲歌《黍离》之曲,以慰士卒劳苦。众兵卒听到将官的传话,顿时精神大振,欢呼起来。

管仲身为相国,又被国君尊为仲父,地位极其尊崇,今日却愿为士卒歌唱,人人做梦都不会想到,俱是感动不已。在司乐兵卒的鼓乐声中,管仲放声高歌,音韵苍悠悲凉,却又浑厚凝重,如长空鹤鸣,回荡在山谷之间。

这首《黍离》之歌传说是一位周室大夫路过旧都镐京,见宗庙毁坏,已成田地,生满黍稷,不禁悲从心来,作此歌以抒心中的感慨之意。宗庙毁坏的又何止是周室旧都,各诸侯之国上自国君贵族,下至黎庶百姓,家破人亡,逃离故园者比比皆是。故《黍离》之曲一经唱开,立刻传遍天下,人人感慨,个个悲伤。管仲此刻唱出《黍离》,却是悲而不哀,且隐有发愤之意。兵卒们听在耳中,人人神情激愤,心潮起伏。

虽然齐是强国,却也屡屡受到北戎诸夷的杀掠,人众死伤甚多,田园屋舍被毁更是数不胜数。管仲使齐称霸,以尊王攘夷的谋划,即令齐国的普通兵卒也都知晓。只有尊王,华夏诸邦才能结盟,而只有各邦结盟,才能攘夷,使北戎诸夷,永不敢进入齐国杀掠。齐军此次征伐宋国,又正是为了尊王。在《黍离》之歌中,兵卒们明白了相国管仲的苦心,士气激昂,行军速度快了许多,一下子从山谷中走了出来。

"夫君,真想不到,你一首歌唱出来,士卒们全变了一个样。"婧姬赞赏地说道。

"齐国士卒勇敢善战,使用得法,必是天下无敌的劲旅。"

"宋国才经大乱,国力未复,如何挡得住千乘兵车的攻击?其必败无疑。只是我齐国以尊王大义宣示天下,实不该专以武力征伐。"

"然而宋君倚仗他是一等公爵,又为先朝王族,蔑视会盟之命,不伐宋国,何以服众?"

"可使王命宣之,兵威慑之,以势压服宋国,不必征战。战之必有死伤,必结仇怨。宋为大国不使其心服,与齐不利。"

"夫君既作如此之想,如何不劝谏主公?"

"主公好大喜功之心极盛,素以炫耀兵威为得意之事,必不听我劝谏。"

"主公尊你为仲父,委之以国政,又怎么会不听你的劝谏呢?"

"主公以国政委我,正是欲我使齐国能耀威于天下,又怎能听进我的劝谏?况且我既掌国政,又事事劝谏,必给人以削夺君权的嫌疑,恐怕将因此失去主公的信任。我尊王攘夷,平天下之乱的大业只能依主公之力而行之。失去了主公的信任,我将一事无成。"

"那……那鲍叔牙应该可以劝谏主公啊？主公对鲍叔牙向来是言听计从。"

"主公并非是你想的那样，对鲍叔牙事事言听计从。且鲍叔牙也不想事事劝谏主公。"

"这却是为何？"

"鲍叔牙担心他事事劝谏主公，损伤了我作为相国的权威。而且现在只有他可以纠正主公的大错，他必须在主公面前保持住这种能力，以防万一。若其事事劝谏，长久下去，必与主公生怨，使主公不再听从他的纠正，岂非是因小失大？"

"那以夫君之见，有些事明知是主公错了，也只得将就他了？"

"正是。"管仲苦笑了一下道，"一国之尊，莫过于君，我不尊君，又何能尊王？许多时候，明知主公所行非善，我还要依从而行。"

"是啊，我跟你随行军中，就是一件非善之事。"婧姬也苦笑了起来。

"主公一刻也离不开美人，纵然是在征战之中，也必带着后宫姬姜。我担心有些臣子过于拘泥小节，在此事上劝谏主公，使主公在气恼中行出不利之策。遂将你带出，以分君之谤。这样，有人要劝谏国君，只有先来劝谏我。"管仲道。

"而你又必然拒绝别人的劝谏。唉！当这个仲父，也实在是难为你了。"婧姬叹道。

"其实我如此，更深的用意是投主公所好，使主公引我为同调，对我更加信任。又以为我所欲者，只为享受酒色之乐，从而少有猜疑之心。"管仲想着。

齐、曹、卫三国兵车与王师会合之后，齐桓公立刻召集众文武大臣，商议进兵方略。

上大夫宁戚道："主公奉天子之命，盟会诸侯，共扶周室，以威力胜人。不如以仁德胜人，依臣之见，且不忙进兵，大军驻于边境，引而不发。臣则凭三寸不烂之舌，借主公之威，说宋君归服。"齐桓公想了一想，欣然点头，令大军扎营于宋国边境，静候佳音。

宁戚乘坐一辆轻车，只带二三从人，进入宋国都城。宋公御说于朝堂召见宁戚，待宁戚行过礼后，他却并不答礼，露出傲慢之色。

他自北杏不辞而别，回到都城后立即将诸公子手中掌握的兵卒尽行剥夺。诸公子不知道宋公御说已得罪了齐桓公，惧于列国的联盟之势，没有一个人敢于反抗，轻易地失掉了手中兵卒。宋公御说借此良机，又赶走了一大帮不服他的臣子，牢牢坐定了君位，这使得宋公御说更加不将齐国放在眼中。虽有臣子不断劝谏宋公与齐盟好，以免遭受列国联军讨伐，然而他却根本不加理会。在他眼中，齐国一向强横，并不能使列国心服，无法驱使列国为其争战。

不料齐国居然真的使列国为其争战，并且还搬来了王师。宋公御说这才慌了起来，一边征集丁壮守城，一边与朝臣商议战守之策。朝臣少数主战，多数却说与王师对抗于国不利，求和为上。正在这时，宁戚作为齐国使者赶到了宋国，请求面见宋君。

宋公御说不愿齐使看出他心中的恐惧之意，有意疏慢齐使，宁戚也不指责宋公御说的失礼，只在大殿上左看右看，直看得他心里扑通乱跳，额上满是汗珠。

"唉！如此堂堂之殿，一旦化为焦土，实在可惜。"宁戚仰面长叹道。

宋公御说听了大怒，喝道："寡人身为一等之公，拥千乘之国，城池坚固，无敌可摧。你只是一个传话的使者，怎敢妄言寡人的宫殿将化为焦土？"

宁戚只微微一笑，反问道："贤公为殷商之后，可比当日纣王之尊乎？"

"纣王乃帝君，岂是诸侯所能比之？"

"然则贤公可有当日纣王之威乎？"

"纣王乃帝君，有三军，号称万乘，威加四海，诸侯岂能比之？"

"然则纣王何至失于天下？使汤王之族，今日仅为一诸侯？"

"纣王昏暴失礼，亲小人，远贤臣，结怨诸侯，侵夺百姓。致使我殷商之朝，毁于一旦，为我汤王之族千古罪人。"

"贤公今处列国争战之时，继国乱兵衰之后，自当恭顺王命，修好邻国，以保宗室社稷。奈何妄自尊大，简慢使者，夸示兵威，上拒王命，下绝诸侯？贤公以此治国，国不乱乎？国既生乱，纵然拥兵千乘，城池坚固，又岂能保住宗族社稷？纣王失天下，已为汤王之族千古罪人。贤公今日失社稷，则汤王之族无立足之地矣。贤公之罪，岂非远过纣王？"

"这……这，莫非齐侯率列国之兵，竟欲灭我宗族吗？"宋公御说心中大惊，失色问道。

"贤公此言差矣。今非我主公率列国之兵，而为王师所领列国之军。贤公所拒者，王师也。宋乃先朝遗民，抗拒王师，罪加等矣，宗族必灭。"宁戚沉声说道。

"这……这……"宋公御说的身子不觉颤抖起来，脸色惨白。宁戚所言，并非虚声恫吓。周室对宋国一向礼敬，也一向深加警惕。宋国毕竟为殷商之后，难免会有复夺天下的欲望。所以，当年武庚造反时，周室立刻严厉镇压。那一次，殷商宗族虽未灭绝，国土却被侵削了大半。

那次的镇压，是周公以保全王室的名义进行的，战胜之后，使周公名望大增，被称为圣人。今日齐桓公同样是以王室的名义征讨宋国，若胜之也必名望大增。这样，齐桓公对宋国的征讨就不会轻易罢休，不胜不止。

"吾恐宋国之民，亦不愿与贤公同归于尽。"宁戚又说道。

"寡人今当何为，还请贵使教我。"宋公御说陡地站起身来，离座向宁戚深施一礼。宁戚的话，正说在他最担心的事情上。他可以借列国之力，夺了诸公子的兵卒。诸公子又为什么不可以借列国之势，与齐侯里应外合，夺了他的君位？

见宋公御说神情已变，宁戚正色说道："今天子衰弱，诸侯强横，礼乐崩坏，君非其君，臣非其臣，篡弑之祸，日日闻之，列国无一能免。我主公心深忧之，遂奋身而出，恭承王命，主我华夏诸邦之盟，以共尊王室，抵御蛮夷，使天下平定，列国俱得保全。我主公本对贤公极为礼敬，会盟中第一之事，便是定贤公之君位。奈何贤公却首启背盟之恶。今天子震怒，命我主公征伐宋国，此乃奉天行道，非诸侯争战可比也。为今之计，贤公何不拿出些许金玉之物予齐赔罪，则我主公必不计前嫌，当为贤公求好于天子，使列国之兵，不战而退，成贤公保全宗族社稷之大功也。"

"这……齐国大军已至边境，岂敢轻易退回？"宋公御说犹疑道。

"我主公为尊王大义而举兵，并非为夺宋国之地而举兵。贤公有尊王之心，我主公自当有退兵之理矣。"宁戚道。

"寡人国乱之后，府库宝物不多，恐难出以厚礼，奈何？"宋公御说苦着脸道。

"我主公所争者,尊王大义也。非夺宋国之地,更非欲得宋国宝物。贤公需有尊王之心便可,宝物多少,我主公并不在意。"宁戚笑道,心中松了一口气。他知道宋公年轻气盛,性子执拗,有些担心此行难以成功。

宋公御说打开府库,取出玉璧十双,黄金千镒,令使者随同宁戚前往齐军大营中,赔罪求和。齐桓公见到白玉黄金,听到宋使的卑顺颂扬之词,心中大喜,异常大方起来,将宋公奉上的礼物全部转送至周大夫单伯,请求单伯上奏天子,饶恕宋国。

自周室衰弱以来,周大夫很少被诸侯如此礼敬,单伯兴奋之下,立即转回王都,请天子允许宋国输诚。周天子见降服了宋国,也是大为高兴,立刻下诏,允宋国求和。曹、卫两国见大功已成,各自辞别齐桓公,退兵回国。只有齐桓公率领的七百乘兵车却仍停留在宋国边境,毫无退兵之意。

当初齐桓公以周天子的名义,曾布告宋、陈、蔡、郑、卫、曹、邾、遂几国诸侯,相约会盟北杏之地。但与会之期时,只有宋、陈、蔡、邾四国参加齐国主持的盟会,其中宋国又中途背盟。齐桓公灭遂,威服鲁国,慑服卫国、曹国,现在又使宋国降服在他盟主的旗号之下。几国之中,只有郑国还未降服于齐国。越过宋境向西,就是郑国。齐公决心威服郑国之后,再撤兵回国。

郑国地处周室的腹心之地,周室向来不肯轻易得罪郑国。齐桓公也"体谅"周室的难处,不再强求以周天子的名号讨伐郑国,欲凭本国之力降服郑君。且郑国又发生了内乱,他以列国盟主的身份伐郑,自是名正言顺。

郑国亦为宗室诸侯,其第一代国君姬友为周厉王幼子,周宣王嫡弟。宣王二十二年,封姬友为郑伯。宣王崩,幽王即位,任命姬友为大司徒。

姬友见幽王宠幸褒姒,朝政废弛,大乱将起,心中十分忧虑,求教于太史,欲得避祸存身之计。太史道:"洛水之东,黄河之南,土地富饶,百姓善良,可以安居。"姬友遂请求幽王,迁封于此。

自平王东迁洛邑后,领地与郑国紧密相连。郑国遇灾,曾好几次越过边境,抢割周室直辖领地的庄稼。为此周桓王对郑国极为恼恨,在郑庄公朝贡之时,故意不加礼敬。郑庄公羞恼之下,干脆拒绝向周天子朝贡。周桓王大怒,亲率陈、蔡、虢、卫四国兵车,讨伐郑国。郑庄公率大将祭仲、高渠弥、祝聃领兵出战,大败周军。祝聃射出一箭,正中周桓王手臂,几欲当场将周桓王杀死。

周室本已衰弱,经此惨败,更是无力号召天下诸侯。郑庄公却又做出一副惶恐的样子,派祭仲连夜赶往周军大营中,面见周桓王,伏地请罪,哀求天子饶恕郑庄公的"弥天大罪"。周桓王有苦难言,只得显出宽宏大量的"天子气派",饶恕了郑庄公。从此,周王室面对郑国这个立在家门口的强大诸侯,有着难以言说的畏惧之感,再也不敢轻易动兵征伐。

郑庄公有十个儿子,其中最出色者依次为子忽、子突、子亹三人。

子忽居长,被立为太子,入周为质多年,并曾代父领兵帮齐国抵御北戎的侵伐,在诸侯之中甚有名气。但郑庄公总觉得子突本领要大过子忽,屡次欲改立太子,都被大臣们阻止。郑庄公临死之时,担心子忽、子突水火不容,将子突送往其母舅家——宋国居住,以避免国中生乱。

子突走后不久,郑庄公便去世了,子忽即位,是为郑昭公。宋国国君听说郑国掌握朝政的大臣是祭仲,遂设计将其骗至国中,逼迫他答应驱走郑昭公,另立子突为君。祭仲无奈,只得答应下来。子突见宋君帮助他谋夺君位,大喜之下,许以重谢。在祭仲的背叛与宋军的威胁下,郑昭公被迫逃往卫国。子突顺利地登上君位,是为郑厉公。祭仲因拥立大功,得专权于朝。

郑厉公当上国君后,又嫌祭仲专权,遂指使祭仲的女婿、大夫雍纠去谋杀祭仲,不想密谋被雍纠的妻子得知,抢先向其父告发,结果雍纠反而被祭仲所杀。郑厉公闻报大惊,连夜逃往郑国边境栎邑城中。祭仲又派人将郑昭公迎回国中,而他仍是独掌朝中大权。

次年,大夫高渠弥在祭仲的默许下,趁野外行猎的机会,刺杀了郑昭公,改立子亹为君。当时,齐襄公正欲"威服列国",派人请子亹前去齐国会盟。子亹担心齐襄公会支持逃往栎邑的郑厉公,急急赶往齐国示好,被齐襄公顺势擒获,数其谋杀国君之罪,当众将其处死。郑国亦是大国,其国君竟被人以"罪"杀死,实为奇耻大辱。郑、齐两国从此成为仇敌。

子亹死后,祭仲与高渠弥合谋,立郑庄公庶子公子婴为国君。郑厉公在栎邑得到宋国的支持,屡次欲攻回都城,均未成功,而公子婴也无法攻下栎邑,郑国两位国君对峙了十余年之久,仍是难分胜负。这时,齐桓公早已即位,并布告诸侯,于北杏之地会盟,图谋霸业。因公子婴居于都城,齐桓公的布告自然是送与公子婴。

此时祭仲与高渠弥俱已亡故,大夫甫瑕、叔詹执掌朝政。郑国上下难忘国君被齐国"罪"杀的耻辱,对齐桓公的会盟布告置之不理。居于栎邑的郑厉公也并未派出任何使者对齐表示友好之意。

盛夏已过,秋日来临,齐桓公在宋国边境的军营召集文武大臣,商议进兵郑国的方略。

"郑国近于王室,然上下无耻,礼法不存,君不君,臣不臣,争战不已,生灵涂炭,实为列国败类。寡人欲亲率大军,先灭子突,再灭公子婴,择其公室中贤良子弟立之为君。诸位以为如何?"齐桓公问。

"臣以为不可。"宁戚首先说道,"郑国地当中原要冲,又近于王室,为大国必争之地。今收服郑国必收服其心,方能使其长久亲好齐国。郑人先君亡于齐,心已恨我,今我又灭其两君,郑人岂非恨我入骨。我齐国纵然能为郑国另立新君,然大军一退,郑人必逐其新君,复叛我齐国。"

"那么依大夫之言,寡人该当如何?"齐桓公问。他有些不高兴,心想郑国有两君,难道也能无形而胜吗?

"郑国二君虽俱有逆迹,然子突为先君嫡子,又即位在前,名分既正,且深得民心。与其灭郑国二君,不若助子突攻灭公子婴。则子突必然感念主公,将终身听命于主公。"宁戚道。

"不错,宁大夫之言,甚是有理,亦臣心中所想。"管仲忙说道。

齐桓公久屯大军于宋国边境,自然是为了攻打郑国,这令管仲深怀忧虑。郑国近于王室,齐桓公以大军伐之,纵然战胜,也必震骇周天子,使周天子对齐国产生戒心,不再信任。齐国图霸,全在于尊王攘夷,若不得周天子信任,又何以尊王?可是齐桓公仿佛也知道管仲必会劝谏与他,有意日日行猎,夜夜欢宴,根本不提伐郑之事,使管仲无法找到借口劝谏。

宋公御说见齐桓公停在边境不走,心中恐惧,送来一名叫作宋华子的美女,讨好齐桓公,并暗地里打听齐国何时退兵。齐桓公本想等到深秋,待宋国收割禾黍之后,征得大批军粮,才征伐郑国。现在见宋国起了疑心,齐桓公只好大集文武,决定提前进兵。自从管仲掌握军国大事以来,齐桓公并未痛痛快快地与敌国大杀一场,心里总是觉得不够顺畅。看来这次伐郑,他依然是不能大杀一场。

"那么依仲父之见,寡人该当如何帮那子突?"齐桓公皱着眉问,他并不愿意听从宁戚和管仲的劝谏,却又不得不听。因为他是一个贤君,他欲图谋称霸,要成为列国盟主,号令天下。宁戚和管仲都是贤臣,贤君又怎么能不听贤臣的劝谏呢?只有昏暴之君,才会拒绝贤臣的劝谏,随心所欲,想做什么,就可以去做什么,谁也不敢拦阻。

许多时候,齐桓公真想为所欲为,不顾臣下的劝谏,做一回昏暴之君。在他的心底里,认为做昏暴之君比做贤明之君舒服得多,也威风得多。可是他每当想起那些昏暴之君的下场,又不寒而栗,心头溢满了说不出的恐惧之意。他如果要长享国君之位,大饱酒色之福,就不能不"牺牲"些欲望,不能不成为一个贤君。何况管仲甚是通达,从来不以他沉迷酒色为非,这等贤臣也着实难见,他决不能轻易自弃之。要想留住贤臣,自然须对贤臣多加尊重,言听计从。

"臣观子突兵势不弱,所以不得君位,缺少智谋之士耳。今主公亦不须多遣士卒,只需令一智勇兼备之将,率兵车二百乘,前往栎邑相助子突,则子突必胜矣。"管仲道。

"如此甚好。"齐桓公点了一下头,问,"何人愿与寡人分忧?"

宁戚上前一步,施礼道:"微臣愿率兵前往栎邑,相助子突。"

郑厉公见齐军来助,心下自是大喜,忙设宴款待宁戚。席间,郑厉公有些担心地问:"齐侯相助寡人,不知欲得多少谢礼?"

当初宋君助他夺取君位,曾勒索玉璧百双、黄金万镒、三座城邑并年贡粮食二万石的重礼。当时他急于图谋君位,自是答应了宋君的索求。但当他谋得君位后,又觉得宋君的谢礼实在太重,不肯照数送纳。宋君大怒,不仅不再帮他,还出兵攻伐他,致使他流落在栎邑十余年,无法还都。他可不能重蹈当年的覆辙,若是齐侯索礼太重,那么他宁愿困住栎邑,也不愿接受齐军的相助。

"我主公以大义行于天下,岂会索要谢礼?我主公相助贤伯,乃贤伯为国君嫡子,论礼应继大位。我主公宽仁大度,不记旧恶,如鲁国曾拒不赴北杏之会，然一旦改过从善，我主公不仅不受其赠，反退汶阳之田以还之。贤伯若能还都，只需参与盟会，共尊王室，我主公便极为喜之，岂有他求？"宁戚正色说道。

郑厉公听了，喜不自胜道："我郑国乃天子之后，岂有不尊王室之理？一旦寡人还都，当亲至齐军大营，与齐侯盟会。"

"贤伯明德知礼，实为有道之君。"宁戚赞了一声，问，"不知此刻与贤伯相敌者是何人？"

"乃大夫甫瑕，领兵守于大陵邑，抗拒寡人还都。"

"其人如何？"

"甫瑕勇猛善战，素有忠心，守大陵十余年，与寡人争战不止，从未大败，使寡人竟不能前进一步。"

"其人朝中势力如何？有无酒色之好？"

"甫瑕与叔詹甚为相得，二人共掌朝政，在朝中势力极大。其人不太好酒，却极好女色，尤喜南蛮楚女，近来新从楚国谋得二美，竟一日不能相离。其又溺爱幼子，视如命根。"

"既是如此，吾有一计，可大破甫瑕，使贤伯还于都中。"宁戚俯过身，在郑厉公耳旁如此这般仔细讲述了一遍。

"妙！"郑厉公大声赞道，当即招来众将，依计而行。当夜，郑厉公军中一偏将悄然奔出大营，潜入大陵邑中求见甫瑕，言说郑厉公勾引齐军入侵，众将甚是不服，欲于阵前反之，请大夫到时务必出城接应。甫瑕素知郑人恨齐，并不疑心，当下应允，并订约以白旗为号相召。

过了几日，郑厉公倾军来攻，直抵城下，声威甚壮。甫瑕登城，遥望齐国阵后有白旗摆动，当即令全城守军开门而出，与郑厉公决战。

郑厉公才一接战，便引军后退。甫瑕趁势紧追。追了一阵，不见郑厉公军中有人反戈，甫瑕心中顿时生起疑来，忙传令回军。但等到他回至大陵城下时，见城头上已遍插齐国大旗。宁戚高高站在城楼上，喝道："甫瑕此时不降，更待何时？"随着他的喝声，手持巨斧的兵卒将二位楚国美女和甫瑕的幼子押上了城头。

这时，郑厉公又领军反扑而至，将甫瑕合围在城门前。甫瑕走投无路，只得走下战车,跪地请降。原来宁戚让一偏将诈降诱敌,而将齐国大军埋伏在城外的树林中,只待甫瑕大军一出,便冲进了已成空城的大陵邑内。郑厉公扶起甫瑕,对他礼敬有加,并携手同车入城。甫瑕感动之下,愿潜入都城,除掉公子婴,迎郑厉公为国君。

郑厉公留下二位楚国美女和甫瑕的幼子,将甫瑕放出城外。甫瑕连夜潜入都城,以利害说动叔詹,二人合谋将公子婴及其两个儿子杀死,然后大开都门,把郑厉公迎进朝堂。

郑厉公坐于朝堂之上,受百官贺毕,指甫瑕言道:"你守大陵十余年,力拒寡人,可谓对公子婴忠矣。然一旦背叛,竟加弑旧主,又害其子,心之狠毒,世所少见。寡人不敢用你,还是请你随公子婴去吧。"言毕,甲士一拥而上,将甫瑕拖于殿下,以巨斧斩首,血流满地而死。

众朝臣脸色大变,人人都是双腿颤抖,几欲委顿于地。郑厉公神色如常,又道:"甫瑕有大恶,然助寡人入城,亦有大功。今杀其以除大恶耳。其子继大夫之位,食禄如旧。另赏千镒黄金与其妻室,以酬其大功。"众朝臣纷纷拜倒在地,颂扬国君赏罚分明,仁厚大度。郑厉公收服朝臣之后,又大宴宁戚,许以冬十月之时,亲与齐侯会盟。

齐桓公闻听郑君归服,大喜之下,欲班师回国,择吉地高筑祭坛,大为铺张,以显齐国之富强。

管仲劝谏道:"初盟诸侯,须敬于天,故必郑重,隆礼为盟。今大会诸侯,是为复盟,务必简便,以示敬于礼法。且令诸侯入齐,使诸侯未免有朝齐之羞,亦是不妥。"

齐桓公默然想了一会,问:"不令诸侯入齐,当于何地会盟?"

"卫国居华夏诸邦之中,宜为会盟之地。其东有鄄邑,离我齐国亦不为远,可为筑坛之处。"管仲答道。齐桓公遂传命移师卫国,驻于鄄邑,又多派使者至各国下书相召。这一次没有任何诸侯拒绝赴会,其中许国虽未接到使书,也主动与会。周天子闻知,特以单伯为使,亦来至鄄邑。

冬十月,齐侯、宋公、鲁侯、陈侯、蔡侯、卫侯、郑伯、曹伯、邾子、许男以及周大夫单伯,会于鄄邑。这次的仪式虽比北杏之盟简单了许多,然而其中含义却不知比北杏之盟深远了多少倍。

　　此次盟会,连齐国共有十国,公、侯、伯、子、男五等爵位俱全,其中鲁、宋、陈、郑等俱为大有来历之国,是名闻天下的诸侯。更重要的是,周天子特地将大夫单伯派来,作为王室使者亲自参与盟会,此举无疑是亲口向天下诸侯宣布——齐国为列国盟主。

　　齐桓公几年来千方百计的追求终于有了结果,他可以在太庙中自豪地宣称——他已成为列国公认的"霸主"。

　　鄄邑之会结束,齐国胜利班师。齐桓公一路上手舞足蹈,高兴至极。齐国兵卒并未经过恶战,却获有战胜者的荣光,亦是人人高兴,军阵中不时响起歌唱之声。齐国众文武大臣同样是兴高采烈,坐在高车上谈笑不止。

　　整个军阵只有两个人毫无兴奋之意,而是满怀着深深的忧虑。一个人是卫姬,这些天来,齐桓公夜夜与宋华子饮宴不止,将她忘到了脑后。虽然班师之时,齐桓公并未与宋华子同车,依然同她卫姬坐在一起,可卫姬心中的不快,仍是丝毫未减。齐桓公坐在车上,总是不断地扭过头,向坐在后车上的宋华子望过去。卫姬身份高贵,是出自公室的公主,而宋华子只是宋国大夫华家的小姐。依照礼法,齐桓公只能和卫姬坐在一起。

　　哼!若是我不在这儿,主公他一定会和宋华子这个小妖精坐一起。这样的小妖精多了,后宫中还会有我的位置吗?唉!这都是主公要当什么盟主惹出的麻烦。如果主公不是盟主,宋国岂会把这个小妖精弄来?

　　主公为什么要当盟主?都因为受了那管仲的诱骗。他骗得主公高兴,才会长保富贵,享受美酒美色。主公天生的大富大贵,就是不当盟主,不一样在宫中快活得像神仙一样吗?这个盟主再当下去,列国送来的可就不只是宋华子这类身份低贱的大夫之女。有徐姬和蔡姬,就让我费尽了心思,若再来几位年轻貌美的列国公主,我的性命只怕也难保住了,而这一切都是因为有了管仲。老天啊老天,你怎么偏偏生下了管仲这样的人呢?

　　卫姬忧虑地想着,心里对管仲生出了一种前所未有的恨意。

　　另一个面带忧色的人正是卫姬痛恨的管仲。他本来是喜怒不形于色的人,可是此刻在车上,除了婧姬之外,并无别人能看见他的神情。而管仲在婧姬面前,向来不愿将真情隐藏起来。

　　"主公会十国之盟,已成公认的天下霸主,夫君怎么反倒不高兴呢?"婧姬不解地问。

"是啊,表面上看起来,齐国能够集十国诸侯会盟,是数百年未有之盛事,确乎为天下霸主。然而实际上并非如此,齐国远远不能算是真正的霸主。"

"嗯,这是为什么呢?莫非此十国不足夸示天下?"

"非也。我齐国乃太公之宗,鲁国乃周公之宗,宋国乃殷商之宗,陈国乃虞舜之宗,足以夸示天下。然此数国名望虽尊,除我齐国之外,兵威都不太强,可以夸示天下,不足威慑天下。"

"威慑天下?夫君是说诸侯敬我齐国,而不畏我齐国?"

"正是,因为兵威强盛的楚、晋、秦三国并未参与盟会。"

"当初盟会之时,夫君为什么不邀楚、晋、秦三国与盟呢?"

"楚、晋、秦三国,兵威决不弱于齐国,岂会甘心认齐国为盟主?如果我们召其会盟,其又不至,该当如何呢?"

"不错。夫君宣称尊王,召而不盟,便非尊王,盟主应征伐之。只是以楚、晋、秦三国之强,齐以十国之力,恐也未必能胜。"

"战而不胜,盟主还有什么威望?许多诸侯也看出我们不敢招惹楚、晋、秦三国,所以对我齐国虽敬,实不畏之。"

"诸侯对我齐国不生畏惧之心,便不会遵我齐国的号令。"

"正是。这些连周天子都看出来了。你别看周天子派单伯赴会,表面上对我齐国极为礼敬,其实在心底里根本没有将我齐国当成天下霸主。"

"难道周天子派单伯赴会,不是敬我齐国为天下霸主吗?"

"不是。霸主之礼已有百年未行,天下诸侯不知其详,然周室理应不忘其礼啊。周天子对于霸主,都是赠以太庙中供奉文王、武王的祭肉,或赠以金鼓弓马兵车,或赠以城邑。此次周天子只派单伯空手而来,是谢我齐国尊王之意,而非是对齐国霸主之位的承认。"

"周天子如此轻视齐国,未免太过分了,如今天下有哪一国肯如齐国这般尊王?"

"这么多年来,周天子受尽诸侯之欺,怎么会轻易相信齐国呢?"

"这些内情,你为什么不告知主公?我看主公他得意扬扬,真以为自己是天下霸主呢？"

"就让主公这么以为吧。主公在高兴的时候，会更像是一位贤君。"

"楚、晋、秦三国自北杏大会之时，就未派使者向主公称贺，其心中对我齐国称霸必然不服。"婧姬担心地说道。

"我齐国以尊王号召天下，堂堂正正，三国不会公然挑战，但一定会想法捣乱，拆散盟约。秦国和晋国还未征服戎族，尚有后顾之忧，且国中亦不安宁，难以与我齐国为敌。但楚国兵势正强，恐怕很快就会惹出麻烦来。"

"我想起来了，楚国一向与郑国订有盟约，我齐国大军一退，楚国只怕就会对郑国兴师问罪。"

"楚国欲称雄中原，一定要降服郑国。因为郑国地处冲要，且又邻近周室。"

"郑国为周室近支宗族，会服从楚国吗？"

"但愿郑国不会服从楚国。"管仲说着，向车窗外望去。大军已行至齐国境内，道旁是一块块方整平坦的良田，直延伸到遥远的天际。

嗯？前些年此处尚为荒野之地，想不到今日已成良田了。据边塞戍卒言道，各国逃人都愿奔我齐国，仅近两年就达万户之多，使我齐国人力大增。如此看来，我富民益国之策已渐获成功了啊。只要主公有耐心，再忍几年，我齐国一定会拥有强大的物力支撑军用。到了那时，我齐国就可以打败任何强敌，成为真正的天下霸主。

管仲想着，精神振奋起来，脸上的忧色一扫而空。

第九章

叔牙肃目斥白公　夷吾谋国先绸缪

齐国的街市,是天下最繁华的街市,万物俱备。可是每一件物品,都须以铜钱换之。有铜钱就有万物,无铜钱则一物也难得到。齐人为了多得铜钱,不肯放过任何一天,哪怕那一天正是桃红柳绿,莺啼燕舞。"淫奔"之会已成为遥远的梦,只会在午夜里悄然进入沉睡的齐人心中。

齐人已学会了像鲁人那样嘲笑山中的蛮夷之族——他们居然男女不分,春天里相互引诱交欢,形同禽兽。渐渐地,在列国眼中,齐国也成了礼仪之邦。只是在这个新生成的礼仪之邦里,有着别国少见的新鲜之处——女间。

当初管仲想着临淄城中有三百处女间便已足够,而今临淄城中的女间已过五百之数,齐人尚嫌太少。女间是齐国男人也是列国男人魂销梦断的地方,但是进到女间中,一样要拿出铜钱来。许多齐国男人奔忙无数天后,才能走进女间一次。然而有许多人一天也不用奔忙,却可以日日走进女间。这些人中有坐食祖禄的公室子弟,有世代高官的豪门世家,有闲居优哉的各国使者,有世袭封邑的功勋之族,有商贾巨富,亦有策士酒徒……但是谁也没有想到,堂堂的齐国之君也走进了女间中。

几年下来,女间已分出了高低上下之别。上者,居于幽静的后街,雕栏朱户,漆屏玉阶,巷曲院深。非高车驷马之客,不出来相迎。下者,居于闹市,油头粉面,插花招摇倚门而待,与贩夫走卒讨价还价,吵闹不休。

　　齐桓公和那些公室子弟们一样，都喜欢走进藏在深巷之中的女闾。每一次走进女闾，总有一双玉璧或是十镒黄金送到女闾的主人手中。这等豪富的阔客，纵然是深藏在后街，识尽繁华的女闾主人，也是很少见到。于是，齐桓公受到的招待也是超乎寻常，使他每一次都能满意而归。当然，没有一处女闾知道这豪富的阔客就是当今国君。齐桓公每次前往女闾，都是先赶到竖刁府中，接着又赶到易牙府中，然后才从后门登上高车，驰向深巷之中。

　　竖刁已代替牛滚儿，成为齐桓公最亲信的寺人。齐桓公并依照往例，给了竖刁一个中大夫的名号，让他可以在宫外开府居住。易牙不仅善庖，也能宰杀牲畜，颇有臂力，便代替西门威做了齐桓公的随身护卫。为了出入方便，齐桓公也给了他一个下大夫的名号，赐给一区府第。

　　有了竖刁、易牙二人，齐桓公寻欢作乐就似如鱼得水一般畅快满意。竖刁极善寻找美女，总能不断给齐桓公一个惊喜。而易牙诸般本事俱全，除充作护卫，又能御车，又能知列国之语，又能知鬼神之事，使齐桓公从无寂寞之感。

　　这天，竖刁又访出一个远从秦国来到的美人，居于葛门女闾。秦国地处极西之地。齐国向来少有秦人，更少有秦国的美人。齐桓公闻听大喜，立即换装赶到竖刁府中，再来到易牙府中，然后驱车直奔葛门女闾。

　　女闾一般以主人之姓名之，姓葛者曰葛门，姓妫者曰妫门。有时几处女闾为同姓，便分左右上下而别之，如左葛门、右葛门等等。那秦国美女所居之地只有一处葛门，很容易找到。依管仲定下的律令，女闾主人大多是齐国阵亡士卒的妻子，在军中名简上留有姓名，遇事可直入官府求见。给予女闾主人这等权力，为的是女闾能受到官府保护，免受强徒之欺。

　　葛门主人迎出门外，见到齐桓公就眉开眼笑，一揖到底，口称见过白公。

　　齐桓公游于女闾中，自称为白公，并称祖上为齐之功臣，世享食邑，其父又为大贾，广有钱财。一来二去，白公的豪富之名，已广传于女闾之中。这座葛门女闾齐桓公已不是第一次来到，只对主人略为点了点头，便昂然而入。

　　女闾的内堂上陈设豪华，艳若云霞般的帷幕低垂，明若玉石般的漆案绘着五彩花纹。一位修长的美人从帷幕后走过来，对着齐桓公盈盈一拜。齐桓公定睛望去，顿时痴了，愣愣站着，忘了回礼。他一生见过的美人可谓多矣，但这秦国美人的美丽仍是大大出乎他的想象。秦国美人极白,肌肤犹如冰玉。长眉明眸,睫毛浓密,鼻梁高挺,整个人宛若石雕一般棱角分明。

"老爷,美人在行礼呢。"竖刁轻轻拉了一下齐桓公的衣袖,提醒道。他并不想到女闾中来,每来一次,他就如同让人以利刃刺了一下,痛彻入骨。齐国每一个男人,乃至天下每一个男人都能来此女闾中寻欢作乐,唯独他不能。可是竖刁又不能不到这女闾中来,他只有如此,才能牢牢保住君宠。

仅仅靠哄好卫姬,远远不够。齐桓公素来喜新厌旧,卫姬纵然媚术过人,也难以使齐桓公将后宫宠爱集于一身。与其让主公自己去找美人,不若我来替他寻找,这样主公就一刻也离不开我了。竖刁想着,尽舍钱财,买通各处女闾主人,为他搜寻美人,一旦得手,便速速报知,然后他再想法将齐桓公引往这女闾。

女闾主人因此能大得黄金,反过来要以钱财回赠竖刁,对竖刁奉承不已。而竖刁也因此大得齐桓公欢心,从前连做个小小的下士都做不到,如今居然一步登天,做了中大夫。可是一个中大夫又岂能补偿竖刁付出的代价?竖刁渴望着尽快执掌朝政。但是齐桓公却不愿与竖刁议论朝政,说朝政大事自有仲父去管,他竖刁只需尽力寻找美人,便是恪尽职守了。

竖刁无可奈何,只得拼命地多寻美人,拼命地将齐桓公引进女闾。这样,齐桓公就会愈来愈疏远鲍叔牙和管仲,愈来愈亲近他竖刁。长此下去,他终有一天会取代管仲,独掌朝政。

在竖刁的提醒下,齐桓公才记起了身在何处,慌忙向那秦国美人还礼。秦国美人轻舒长袖,殷勤招呼客人坐下,仪态既庄重又大方,既妩媚又不妖艳。侍女们无声地走过来,献上茶酒。齐桓公坐在主位上,竖刁、易牙两旁陪坐,秦国美女则坐在对面的客位上。

能居住在上等女闾中的美女,均多才多艺,不仅精通歌舞,也善弹琴鼓瑟。天下最流行的是郑、卫乐舞,秦地乐舞较少传入中原,更少在齐国出现。

"小姐如此美丽,乐技一定不凡。听说秦女善筝,小姐可否为在下弹上一曲?"齐桓公紧盯着秦国美女说道。

秦国美女嫣然一笑,说:"秦地之俗,弹筝必歌。"

"如此甚好,就请小姐弹而歌之。"齐桓公兴奋地说道。

秦国美女让侍女端上筝来,玉指弹拨,吟唱起来:

蒹葭苍苍
白露为霜
所谓伊人
在水一方
溯洄从之
道阻且长
溯游从之
宛在水中央

蒹葭萋萋
白露未晞
所谓伊人
在水之湄
溯洄从之
道阻且跻
溯游从之
宛在水中坻

蒹葭采采
白露未已
所谓伊人
在水之涘
溯洄从之
道阻且右
溯游从之
宛在水中沚

听惯了郑、卫软语的齐桓公恰似在久阴之后忽然逢到晴天，心头顿时清爽无比。他忍不住大声赞颂起来："好，好！人美，歌美，筝也弹得好听。在下今日方知天外有天，人外有人，大开了眼界。"如此一个绝色美人，却流落在这女间中，实在是可惜。他边说边在心里想着。

"身为弱女，也只能以此娱人而已。"听了齐桓公的赞颂，秦国女子并未露出高兴之色，只淡然说了一句。

"秦为西方大国，族支甚多，不知小姐出自何族？"齐桓公问。

"小女子乃……乃为嬴氏。"秦国美人犹疑了一下才回答道。

"啊，嬴氏，秦国之公族也。小姐既然身为公族之女，如何……"齐桓公话说半截，又咽了回去。他本来要问——小姐既然身为公族之女，如何流落至此？但他的这一句话实属多余——列国外有争战，内有逆乱，无休无止，不仅是公室之女，连诸侯之女，也常常流落到了下贱之处。假若他此刻为哪个逆臣所弑，儿子必被斩杀，女儿必被抄没为奴。列国国君为逆臣所弑者，多为昏暴之君，我可绝不能成为一个昏暴之君啊。齐桓公想到此处，只觉席上陡地生出刺来，让他无法安坐。

他既然不想成为昏暴之君，却为何来到了这女间之中？身为国君，如此率性胡为，虽算不上昏暴，却也逃不过荒淫无耻四字。管仲言，礼、义、廉、耻，国之本也，国本不张，势必灭亡。又言，民贵乎守礼，卒贵乎守义，士贵乎守廉，君贵乎守耻。如今齐国百姓大多信守礼法，兵卒也称得上守义，士大夫也能守廉，唯独他这个国君，却不能守耻。齐桓公欲站起身，头也不回地走出女间，但他偏偏又站不起来。美色当前，他又怎能轻易放过？何况这美色又的确绝佳，前所未见。

"老爷，这秦国的嬴氏曾有神鬼相助之事。"易牙见齐桓公神情不定，有起身离去之意，忙说道。他自然是和竖刁一样，希望齐桓公能够天天来到女间之中。这样，他和竖刁永远都是齐桓公最亲近的人。对于竖刁是中大夫，而他只是下大夫，易牙心中酸溜溜的很不舒服。

不行，现在主公看重竖刁远胜于我，长此下去，我若得罪了竖刁，岂不是会轻易地让他给除掉了。我必须让主公相信我更甚于相信竖刁，只是该用何法才能使主公更相信我呢？

竖刁阉割了自己，这才赢得了主公的完全信任。难道我也要阉割了自己？不，不！我没有必要这么做，就算我这么做了，也落在了竖刁的后面，无法压倒竖刁。我该用什么办法来压倒竖刁，让主公更信任我呢？许多时候，易牙都在苦思不止，揣摩着齐桓公的一言一行。

"哦，嬴氏如何得到鬼神相助？"齐桓公大感兴趣地问着。近来齐桓公非常喜欢听人谈论鬼神之事，常常找来许多方术之士入宫询问。

"嬴氏先祖有一名叫作蜚廉的人，曾在纣王朝中为官。武王伐纣之时，蜚廉正出使北方，等他回国，纣王已亡。蜚廉就在山顶筑坛，向纣王的亡灵告知出使之事。正挖土筑坛时，挖出一个石棺，上面刻有铭文，说蜚廉谋事至忠，不因国亡不敬君父，遂赐以石棺，以光大其家族。"易牙道。

"难怪秦伯会称雄于西方，原来早有鬼神预言其兴啊。"齐桓公点着头，话锋一转，问那秦国美女，"听说秦地有白狄之族，其族中女子肤白如玉，有的还是碧眼金发，此事是否不虚？"齐国虽被公认为霸主，可以号令天下诸侯，但实际上，秦、晋、楚这等强国，根本不会听从齐国的号令。为此齐桓公很不痛快，不愿听人多谈这三国之事。

"小女子之母，便是白狄之族。"秦国美女回答道。

"啊，难怪……难怪小姐美艳如此。"齐桓公恍然大悟，又问，"秦伯强于西陲，宫中白狄美女一定极多。"

"白狄之族屡受秦伯侵伐，已渐渐西移，离秦国愈来愈远。故秦伯宫中，白狄美女亦是不多。"那秦国美女说道。

"哦，如此，甚是可惜，可惜。"齐桓公连连说道。

"其实齐国女子之美，才真正是名闻天下。白公身在花丛之中，反而不觉，岂不更是可惜？"那秦国美女笑道。

"小姐太谦，依在下看来，还是秦国女子最美。"齐桓公道。

"齐国女子之美，并非我一人所知，而是天下俱知，有歌为证。"秦国美女说。

"哦，是何等之歌，请小姐唱来听听。"齐桓公笑道。

秦国美女又是嫣然一笑，素手轻抚筝弦，弹唱起来：

硕人其颀

衣锦褧衣

齐侯之子

卫侯之妻

东宫之妹

邢侯之姨

谭公维私

手如柔荑

肤如凝脂

领如蝤蛴

齿如瓠犀

螓首蛾眉

巧笑倩兮

美目盼兮

……

　　"何方妖女,竟敢唱此不敬之曲,辱我齐国公室!"鲍叔牙领着几个手持短戈的禁卒,突然闯进内堂,厉声喝道。秦国美人吓得双手一抖,咚的一声拉断了筝弦。竖刁和易牙更是惊得面无人色,浑身颤抖起来。齐桓公望着怒气冲冲的鲍叔牙,脸上忽红忽白,神情尴尬。

　　秦国美女所唱的乃是一首卫国歌曲,名为《硕人》,叙述的是齐国公主嫁与卫庄公,其美貌惊动了整个卫国,人人争出家门,求一睹齐国公主的风采,并作歌颂之。管仲曾严令各女闾中不得歌唱淫曲及有损公室威严之曲。但女闾中本为淫邪之地,又怎能禁止淫曲流传?既不能禁止淫曲,则有损公室威严的歌曲,亦不能禁。

　　依照齐国刑律,大不敬可处为斩首重刑,并不得以物赎罪。那女闾主人闻听鲍叔牙之语,早惊得跪倒在地,向着鲍叔牙连连磕头,秦国美女也慌忙跪倒在地。竖刁和易牙对望一眼,只得同样跪倒在地。鲍叔牙怒目圆睁,向齐桓公望过去。好像他此时此刻,并不认识眼前的人是齐国国君。

齐桓公自以为他行踪诡秘,出入女闾无人知晓。但是鲍叔牙常常巡视街市,耳目众多,早就发觉了齐桓公的不端举止。他本来立刻要劝谏齐桓公,却被管仲阻止,只得装作毫无所知,任齐桓公率性而为。齐桓公走进女闾,他都要率禁卒在门外不远处巡游,以暗中保护国君。开始他还能耐下性子,强把怒意压在心底。可是近来齐桓公往女闾跑得越来越勤,几乎日日不断,使他再也忍耐不住。今天听到女闾中居然传出有辱公室的歌曲,鲍叔牙怒气勃发,立刻带人冲进了女闾中。

"鲍大夫,白公这厢有礼了。"见鲍叔牙如此,齐桓公心中发虚,只得拱手行了一礼。

"鲍叔牙见过白公。"鲍叔牙拱手还了一礼。他脸上依然满是怒意,有意把"白公"二字说得很重。

"鲍大夫,这秦国女子乃初至女闾,不明事理,故误唱不敬之曲,还请鲍大夫原谅,不要见罪。"齐桓公以谦卑的语气说着。

"这秦国女子不明事理,难道白公也不明白事理吗?怎么能纵容唱此不敬之曲呢?"鲍叔牙厉声问道。

"这……这,白公知错,下次绝不敢再来此淫邪之地。"齐桓公说着,又拱手向鲍叔牙行了一礼。见到齐桓公如此"诚惶诚恐",鲍叔牙倒是无法再严厉下去。毕竟,齐桓公是堂堂国君,能向他这个臣子赔罪,已是寻常诸侯绝难为之。

"白公为天下所重,若能信守诺言,则叔牙感激不尽。"鲍叔牙说着,弯腰深施一礼,领着禁卒退出了女闾。

"起来,起来,都起来吧。"见鲍叔牙已走出大门,齐桓公懊丧地对众人挥着手。

高车驶出了深巷,径直往宫中驰去。齐桓公的行踪既然已被鲍叔牙察知,就再也没有掩饰的必要。日当正午,街市上车来车往,人流如河,好不热闹。从前齐桓公总要在女闾里待到月至中天,方肯回宫。

"鲍叔牙才是大不敬,居然像呵斥百姓一样呵斥主公,实在是罪该万死。"坐在陪乘位子上的竖刁恨恨说道。

"你错了,鲍叔牙呵斥的是白公,不是主公。"齐桓公笑着道。其实他在心里也很恼火鲍叔牙——你就算是要劝谏，也该等到我和那秦国美人尽兴欢乐之后，再背后"教训"我一番才是啊。你这般突然冲来，让我兴致全失，只怕几天都提不起精神来。

"主公也太宽厚，以致鲍叔牙和管仲眼里根本没有国君，什么事都是他们二人说了算。"前面御车的易牙说道。

"是啊，现在我齐国之人，是只知道有鲍叔牙和管仲，不知道有国君。"竖刁忙附和着说。

"你们知道什么？管仲和鲍叔牙就好比是寡人的两条腿，人没有腿就无法行走，寡人没有管仲和鲍叔牙，又岂能称霸于天下？管仲和鲍叔牙与寡人同体而生，知道管仲和鲍叔牙，即是知道寡人矣。"齐桓公正色说道。他知道竖刁和易牙痛恨管仲、鲍叔牙，因为管仲掌有朝政大权，而鲍叔牙又嫉恶如仇，视竖刁、易牙为小人。

齐桓公倒不以竖刁、易牙为小人，也不以他们痛恨管仲、鲍叔牙为罪。他甚至在内心深处，还很喜欢竖刁、易牙的这种痛恨。因为这种痛恨会使竖刁和易牙对他更为忠心。但是他又决不能让竖刁、易牙随意攻击管仲和鲍叔牙，管鲍二人俱为大才，且又忠心，有这二人，他的霸业才会稳固如山。

"那……那难道主公真的就听了鲍叔牙的话，不再去女闾了？"竖刁恐惧地问。齐桓公不去女闾，只怕就要日日去朝堂。齐桓公去朝堂多了，肯定会冷淡他竖刁。

"寡人乃堂堂国君，岂可言而无信。从今以后，不再到女闾去了。"齐桓公决然说道。

"那，那秦国美人，主公就这么丢了？"竖刁如同挨了一闷棍，愣了半晌，又问道。

齐桓公一笑，说："你今夜就想个办法，把那秦国美人弄进宫来。在宫里，没人管她唱什么。我们想怎么乐，就可以怎么乐。"

竖刁顿时高兴起来，忙说道："如此美人，又出身高贵，原应留于宫中。"他想，这秦国美人一定会得到主公宠幸，而她又是我弄进宫来的，必对我心生感激，会在主公面前为我多多美言。

"这位秦国美人只有一半白狄来历，便艳丽如此，想那纯种的白狄女子，必是妙不可言。"齐桓公神往地说着。

"主公既是喜欢白狄女子,小臣倒愿意往秦地去一趟,为主公访求。"竖刁道。

齐桓公大喜:"你若真能访得白狄女子,寡人必封你为上大夫。"

"如此,小臣明日便动身,前往秦地。"竖刁说道。秦地遥远,路途险恶,竖刁并不愿去,但这又是个他向主公表示忠心的极好机会,他决不能放弃,让别人谋得了此等"美差"。

"难得你如此忠心,寡人真乃得人矣。嗯,你先别忙走,查查宫中是谁走漏了消息,让鲍叔牙知道我们去了女闾。"齐桓公说道。他以为行踪非常隐秘,鲍叔牙绝不可能察知。他之所以被鲍叔牙堵在了"葛门"内,一定是有人告密。

"好,我一定先把这多嘴的贼人揪出来,然后再去为主公访求白狄美人。"竖刁眼珠连转了几转,他已立刻在心中查出了贼人——牛滚儿和西门威。自从他挤开牛滚儿和西门威,成为齐桓公最亲信的人后,总是担心牛滚儿和西门威不服,会随时在齐桓公面前说他的坏话。齐桓公的话,给了他一个消除对手的好借口。

"主公,还得派人去买燕窝啊,卫娘娘这些时气色不好,须得九珍汤进补。"易牙好不容易找了个空子说道。眼看竖刁就要成为上大夫了,他嫉妒得心里都快要冒出火来。

"卫姬这次倒不是想吃九珍汤,而是要吃人肉了。"齐桓公笑着道。他心里很清楚卫姬为什么气色不好——近些时他日日忙于去女闾厮混,很少到卫姬的寝殿去。卫姬孤处空殿,气色如何能好?

"主公说笑了。听人讲,人肉味酸,并不中吃。"竖刁也笑道。

"说真的,寡人尝遍天下美味,独独未食人肉,倒是一件憾事。"齐桓公笑着说。

啊,主公原来想吃人肉,这倒是我卖弄本事的时候。不过,这人肉从何处得来,还须大费思量。主公何等尊贵,绝不能食死囚之肉。那么,这人肉该从哪里弄来呢?易牙想着想着,心中忽然怦怦大跳起来。

鲍叔牙从"葛门"走出,没有继续巡视街市,乘车直出西门,来到管仲的别馆之前。还未进入馆中,琴瑟鼓乐之声就已传到了鲍叔牙耳中。鲍叔牙皱着眉,不让门卒通报,大步向后堂中走去。比起几年前来,后堂中饰物更为豪奢,地上铺满了柔软而又带着花纹的羊毯。这种羊毯华夏诸邦很难见到,是极西之地的白狄诸族特产物品。

白狄诸族缺少铜器兵刃,一支长戈便可换到一丈羊毯。这一丈羊毯在华夏诸邦可获十镒黄金的厚利,足能买得百支长戈。许多年前,鲍叔牙和管仲曾想远至极西之地,贩卖长戈,终因路途艰险,未能成行。如今管仲这后堂中的羊毯,只怕非得有百镒黄金,才能买到。羊毯上正站着一队美女,翩翩而舞,边舞边唱:

> 有女同车
> 颜如舜华
> 将翱将翔
> 佩玉琼琚
> 彼美孟姜
> 洵美且都
>
> 有女同车
> 颜如舜英
> 将翱将翔
> 佩玉将将
> 彼美孟姜
> 德音不忘

"鲍叔牙求见仲父大人。"一声大喝陡地在后堂下响起,犹如晴天一个响雷,惊得众美人一下子停住了歌舞,愣愣地不知所措。

"啊,是鲍兄来了,请,请坐!"管仲忙站起身,迎至堂前。

"打搅了仲父大人雅兴,还请恕罪。"鲍叔牙对着管仲躬身一礼,仍是站在堂前台阶上,并不向堂中走去。管仲一笑,挥手让堂上的美女退了下去。鲍叔牙这才走进堂中,坐在了客席上。

"鲍兄,你今日火气不小啊。"管仲笑着,让婧姬献上茶酒。

"仲父大人,为大臣者,可否无信?"鲍叔牙沉着脸问。

"为一百姓,尚不可无信,何况大臣?"管仲回答道。

"仲父倡行礼仪,欲禁绝淫曲,使民知男女有别,尊卑有序。奈何仲父却日日在馆中饮宴不休,淫邪之曲闻于门外。莫非仲父不知上梁不正,下梁必歪?仲父如此行径,可称信否?"鲍叔牙毫不客气地说着。

"这……这曲郑歌并不淫邪……"管仲话只说了半截,又尴尬地缩了回去。这曲郑歌第一句便是"有女同车",男女不分,又怎能说是并不淫邪呢?

"如今淫邪之风,一日甚于一日。富豪之家争相罗致郑、卫之女,朝中大夫们也流连女闾之中, 不知廉耻为何物。就连主公他也越来越不像话……唉!"鲍叔牙说不下去,长叹了一声。

"莫非你不听我相劝,去'教训'了主公?"管仲一惊,忙问道。

"何止是'教训'?"鲍叔牙把他闯进"葛门"的经过说了一遍。管仲听了,一时默然无语。

"主公说,他下次不再到女闾中去。我看他这话未必是真,过些天他肯定又会去女闾寻欢作乐。你呀,你当初为什么要弄出这个女闾来?"鲍叔牙愤愤地说着。

"你错了。主公决不会在你的面前失信,他真的不会再去女闾。"管仲道。

"就算主公不去女闾,他……他也会把女闾中那些妖女弄进宫去。"鲍叔牙不服气地说着。管仲一笑,心里想,鲍叔牙这句话倒是说得不错。

"笑,你还笑,长此下去,我齐国不仅霸业难成,且有亡国之祸。"鲍叔牙厉声道。

"这……你也说得太严重了吧。"管仲皱起了眉头。

为女闾之事,他已和鲍叔牙争吵了好几次。依鲍叔牙的主张,欲禁绝淫声,首先须把女闾禁绝。管仲总是解释道,女闾可助国用,若国用不足,霸业不成。但是鲍叔牙已经越来越不相信他的这种解释。

"你居然说不严重。我看你成了仲父之后,把先前的事情都忘了。"鲍叔牙感慨道。

"先前之事，历历在目，何曾敢忘？"管仲肃然说道。

"记得那年我们去卫国贸易，至卫国都城朝歌时，你曾长叹说，朝歌本是殷商的故都，如今却成了一方诸侯的领地。接着你又念了一段武王伐纣的'牧誓'之词。我问你，现在你还记得那段'牧誓'之词吗？"鲍叔牙问道。

管仲不答，端起面前盛满美酒的玉杯，喝了两口，然后抬起头来，朗声念道："王曰：古人有言曰'牝鸡无晨；牝鸡之晨，惟家之索。'今商王受惟妇言是用，昏弃厥肆祀弗答，昏弃厥遗王父母弟不迪，乃惟四方之多罪逋逃，是崇是长，是信是使，是以为大夫卿士。俾暴虐于百姓，以奸宄于商邑。今予发惟恭行天之罚。"这是武王伐纣，率兵进入离商都朝歌七十里的牧野之时所宣的一段誓言。

"好，念得好！可惜你口中念得，心中却不记得。"鲍叔牙冷冷说道。

"殷商乃是前朝，其兴亡之道，我辈自当深究，岂能忘记？"

"你既然记得，如何对眼前荒淫之事无动于衷？殷纣之亡，荒淫为其首祸。纣王若不荒淫，岂会宠幸妇人妲己？宠幸妇人，必远君子而亲小人。既远君子，又怎能逃避亡国之祸。今主公日日沉醉声色，难保不会遇上妲己那样的妇人。既有妲己那样的妇人，就少不了祸乱朝政的小人。有小人则君子不存。君子不存，其国必亡！"

"鲍兄差矣，主公虽沉醉声色，却并非荒淫，至多可称为好色。"

"好色就是荒淫，若不好色，何来荒淫？"

"请问鲍兄，文王是否贤主？"

"这还用问吗？无文王便无周室之昌盛。史官向来是尧、舜、禹、汤、文、武并提。"

"文王好色否？"

"听史官论之，文王并不好色。"

"鲍兄为史官欺矣。礼者，为尊者讳，为贤者讳。文王纵然好色，史官焉肯记之？然以吾观之，文王实为好色。"

"你又从何处观之？"

"史言文王之子共有百人。有子必有女，史官虽未言文王之女共有几许，然想来亦是不少。请鲍兄试思，文王子女如此众多，若不好色，能否得之？"

"这……"鲍叔牙认真想了想,只得说道,"以此观之,文王确乎好色。"

管仲笑道:"文王好色,而不失为千古贤主。可见好色并无害于霸业。"

"可是主公怎么能……怎么能与文王相比呢?主公好色,已近荒淫,内宫中的那个卫姬差不多……差不多就是妲己。那竖刁、易牙专一媚上导淫,实为小人。"鲍叔牙着急地说道。

"唉!"管仲叹了一声,问,"以鲍兄之见,主公若为人臣,是何等之臣?"

鲍叔牙没想到管仲会如此问,愣了一会,才说道:"主公若为人臣,很难成为一个贤臣。"

"主公资质并不很高,却有着一样人所不及的好处。"

"是何好处?"

"知人知己,且能容人。为君者,第一便须大度容人,能容人者,则无事不可为。也只有知人知己,方能容人。主公知道他并非擅长朝政,所以才会如此信任我等。只要主公信任臣下,则其迹近荒淫,亲近一二小人,亦无大害。主公性本刚烈,若非女色使其柔之,他必好大喜功,生出事来,反使你我难以推行军政大计,误国误君也误己啊。"管仲压低声音说道。

"说来说去,你又是如此之论,我算是说不过你。"鲍叔牙气恼地说道。当初他发现齐桓公进出女闾之时,立刻就要加以劝谏,被管仲以"如此之论"阻止。

"鲍兄,你我欲成一番大事,必须有一个知人能容的主公,方能成功。水至清则无鱼。你若对主公过苛,必激起其凶暴之心,致使君臣不和,一事无成矣。"管仲说着,也有些着急。

"我从当上主公师傅的那一天起,就想让主公成为文王、武王那样的贤者,可现在……"鲍叔牙苦笑着,摇了摇头,说不下去。

"你错了。主公根本不可能成为文王、武王那样的贤者。你硬逼下去,反而会将主公逼成纣王那样的暴君。那时候,你我虽有忠心怕也是于国事毫无益处,只能做一个被剖心的比干,或逃隐山野的微子。鲍兄,你愿意做比干和微子吗?"管仲问。

鲍叔牙不答,过了一会,忽然问:"主公好色,也还罢了。你为何一样这般荒淫声色?"

"我这是做给主公看的。若臣下人人都似鲍兄这般俭朴,主公只怕很难心安。其心不安,行事就会乖张,逆于常理,不利于国。"管仲答道。鲍叔牙又是默然不语,只觉心中沉甸甸的,像压着什么。

"当然,我之所以敢这么'荒淫声色',就是有你鲍兄这根擎天柱在。只要你鲍兄这根擎天柱不倒,我齐国就决不会出现妲己这样清晨啼叫的母鸡,竖刁、易牙这样的小人也绝不敢扰乱朝纲。"管仲笑道。

"管老弟,你这么'荒淫声色',仅仅是做给主公看的吗?"鲍叔牙的语气柔和了许多,以通常的称呼问着。

"这……"管仲面露尴尬之色,"当然,我也……我也好于声色。"

"声色向来容易消磨壮志,老弟亦应适可而止。"鲍叔牙正色劝道。

"你放心,我无论怎么样,也绝不会忘了平天下之乱的大志。"管仲神情肃然地说道。

"今日贸然而来,有得罪之处,还请老弟原谅。"鲍叔牙说着,拱手行礼,意欲告辞。

"鲍兄且慢,我正有大事请教。"管仲忙说道。

"何事?"

"各国之中,我均派有密使。近日探得两件大事,与我齐国甚有干系。一者为楚国以兵威迫郑国与其盟约,背齐事楚。二者为天子病重,太子姬阆即将登位。天子兄弟向来不和,到时恐有内乱生出。"

"郑国已尊我齐国为'霸主',若与楚国结盟,是为自弃尊王大义矣。我齐国当号令各诸侯,出兵共讨之。"

"如此,我齐国势必与楚国争战。然以今日论之,齐国并无胜楚之力。"

"我齐国素称兵强,如何不能击败楚国?"

"齐国之兵的确强悍。然战之胜败,并非全然以兵强兵弱而论。楚国至大,兵车可倍于千乘。我齐国虽能号令诸侯,但所征兵车,总计不能超过一千五百乘。以少击多,难保必胜。再者楚地离齐数千里,齐兵远征,财用之费,必数十倍于寻常之战,非齐国目前之力所能胜任。"

"那依管老弟之见,郑国若然背齐事楚,当何以应之?"

"遣使以大义责之,劝主公暂隐愤怒,切不可贸然以兵讨之。"

"如此，楚国岂不会得寸进尺，欲攻我齐国？"

"齐、楚相距数千里。齐攻楚难，楚攻齐更难。楚若贸然攻击，必惨败而归。我倒真想楚国能够贸然攻击，不过听说楚国能臣甚多，恐怕不会行此贸然之事。"

"但是我们既然称霸，难免会与楚国争战。管老弟认为齐国什么时候可以打败楚国？"

"须财用极足，兵势极锐之时，方能胜楚。"

"如此，几年方能财用极足，兵势极锐？"

"少则十年，多则二十年。"

"什么，打败楚国竟要二十年吗？"鲍叔牙吃了一惊。管仲的这番话，大出他的意料。

"楚为天下第一大国，能以二十年之力将其打败，已是万幸。当年周室克殷，经过了太王、文王、武王三代。我等欲平定天下，尊王攘夷，其大业虽不能与兴周克殷相比，但也难之又难，非有数十年之功，不能见其成效。"管仲感慨道。

鲍叔牙想了想，叹道："老弟见识高远，非吾所及。只是主公好胜，闻听郑国背盟，一定要出兵讨伐。"

"到时还望鲍兄挺身而出，劝谏主公。"管仲拱手行了一礼。

"只要于国有利，我自会劝谏。嗯，你刚才说王室恐有内乱，这也是一件大事啊。若王室真有内乱发生，我齐国又该当如何？"鲍叔牙转过话头问道。

"是啊，这件事若发生了，倒是令人为难。论理，我齐国首倡尊王大义，又为列国盟主。当王室生乱之时，理应起兵定乱。然我齐国又为异姓诸侯，深受周室猜忌，上次鄄邑大会，周室不赐盟主信物，便是明证。若贸然兵加王室，纵然能够平定纷乱，必使周室猜忌之心更重，不肯敬我齐国。如此，我齐国倡尊王之义反不得周室之敬，又何能言霸。"

"老弟所想，也甚有道理。然则王室之乱，我齐国便不理会吗？"

"身为盟主，不理会王室之乱，同样难服人心。我想那郑国远齐而近楚，必服从于楚。但我齐国与郑君有恩，且为列国盟主。郑君心中，并不愿得罪齐国。若王室有乱，我齐国当以列国盟主的身份，令郑君戴罪立功，平王室之乱。郑君必从之。如此，郑君虽亲楚，然又听令齐国，使齐国不失盟主之威。且又避免了兵进王室，使天子心生猜疑的处境。"

"妙。郑为宗室之国，平王室之乱名正言顺。"鲍叔牙忍不住称赞道。管仲到底是管仲，虽然喜好声色，但心中依旧不忘军国大事，明晓天下大势，乱未至而心已先料之，实为智者。鲍叔牙高兴起来，与管仲愈说愈是心中畅快，消了满腹怒气。

第十章

易牙烹子媚桓公　郑公兴兵平王乱

秦、晋、楚三大强国闻听齐国称霸,俱是不服,意欲生出事端。只是秦国地处西陲,一时难以进入中原与齐争锋。晋国又内乱未定,亦无力与齐为敌。唯有楚国内外无事,且寻得了一个出兵伐郑的借口——郑君复国,没有告知楚国,甚是无礼。

在楚国大军的逼迫下,郑厉公只得与楚国订立和好盟约,背弃齐国。齐桓公大怒,欲号召各国诸侯共同出兵征伐郑国,又被管仲、鲍叔牙劝止。结果,齐桓公只得按下征伐之心,将宁戚派往郑国,以大义斥责郑君。哼!如今乱世,大义能值几个铜钱?散朝之后,齐桓公退到内殿中,犹自愤愤地在心里想着。

竖刁急匆匆奔进殿中,跪下禀道:"主公,小臣查出了泄露消息的贼人。"

"哦,是谁?"齐桓公问。

"贼人乃牛滚儿、西门威是也。"竖刁强压着心头的慌乱,尽量以宁定的声音说道。

他已把牛滚儿、西门威打入宫中囚室,严刑威逼,要二人承认泄露消息之罪。但牛滚儿、西门威虽已遍体是伤,仍然拒不认罪,并日夜在囚室中呼号,要见齐桓公申辩冤屈。这使得竖刁异常恐慌,害怕长此下去,齐桓公会察觉到他是在诬陷牛滚儿、西门威二人。今天见齐桓公心情不好,他立刻抓住机会,禀告贼人之事。竖刁已摸清了齐桓公的脾气,知道齐桓公心情不好时,最烦有事,往往会极草率地加以处置。

"什么,牛滚儿和西门威竟是贼人?你弄错了吧。"齐桓公怀疑地问。他一直猜想着是卫姬妒心太重,有意指使某个寺人向鲍叔牙泄露他秘往女间之事。

"小臣开始也不相信,可查来查去,件件事情都证明牛滚儿和西门威是贼人。"

"寡人一向待他二人不薄,他二人为何要不忠于寡人?"

"牛滚儿、西门威自以为是主公旧人,对主公宠信小臣甚是不满,欲借那鲍叔牙之手除了小臣。小臣不敢欺骗主公,求主公将牛滚儿、西门威唤上殿来,亲自审问。"竖刁满脸委屈,大着胆说道。

"唉!牛滚儿、西门威跟随寡人多年,见你来了,心中自是不服。这两个狗奴,心里只怕也在怨恨寡人,才会做出不端之事。寡人今日心里烦,不想见他们,你就替寡人处置了他们吧。"齐桓公叹着,不耐烦地挥了挥手。

竖刁心头大喜,忙磕了几个头,又匆匆退向殿外。有了齐桓公这番话,他就可以立刻将牛滚儿和西门威置于死地,永绝后患。

竖刁退出后,齐桓公坐立不安,不知该如何是好。他先传宋华子上殿来弹琴,唱殷商古曲,但只听了两个曲子,就挥手让宋华子退了出去,又传葛嬴上殿。葛嬴就是那秦国美人,因出自"葛门",又姓嬴氏,被齐桓公呼为葛嬴。往日被齐桓公惊叹为绝色的秦国美人今天看上去却无甚过人之处,齐桓公只听她弹唱了一曲,便挥手令其退下。

齐桓公令内侍端上美酒佳肴,自斟自饮起来。如今我齐国兵精粮足,库中铜钱堆积如山,富为列国之首,为何无力与那楚国争战?哼!就因为惧怕楚国,便眼睁睁看着那郑国背盟吗?郑国能够背盟,鲁国、宋国就不会背盟吗?列国都背盟了,我还算是什么霸主?当初我为什么要许那管仲独掌朝政,还尊之为仲父?如今倒好,我做什么都要看他这个仲父的眼色,是可忍孰不可忍。

齐桓公越想越怒,恨不得立刻就废了管仲仲父的称号,然后传令发倾国之兵,征伐郑国。但是他又并不敢真的下定决心,"重掌"齐国朝政,领兵出征。攻鲁大败的记忆依然清晰地刻在他的心上,让他想起来就脸上阵阵发烧。他连近在眼前的鲁国都不能征服，又如何能够征服远隔千里的强大楚国？

管仲在朝堂上说的话他听得很清楚——伐郑就是伐楚。若伐郑国，必将与楚国争战。齐桓公自然明白管仲所言非虚，他倡言尊王攘夷，就是在与楚国为敌。楚国不过是个四等子爵诸侯，却自号称王，公然与周室分庭抗礼。且楚国地处大泽之南，历来被中原诸国视为蛮夷。

不仅是楚国，秦国、晋国也同样视齐国为敌。齐国能号令天下诸侯，秦国、晋国为什么就不能号令天下诸侯呢？秦、晋、楚三国中的任何一国，都有可能与齐国爆发一场恶战。齐桓公不敢去想，若是没有管仲，他能否经受得住这样的恶战？除非他不想当号令天下诸侯的霸主，否则，他仍须称管仲为仲父。

齐桓公又怎么会不想当号令天下诸侯的霸主呢？他若不当霸主，别人就要当。别说秦、晋、楚这样的强大之国，就连宋国这样的殷商之遗，只怕也想当上霸主，他恐怕有一天会不得不听宋公的号令。如果真有这么一天，他必将威信扫地，连国君之位也难保住……想来想去，齐桓公只能依旧"恭听"仲父的决断，依仲父之策而行。然而这又令他极不舒服，愤怒欲狂。

"砰！"齐桓公陡然踢翻了面前的食案，并将玉杯狠狠向一个内侍的头上打去。

"啊！"那内侍惨叫声中，抱着头跪伏在地，血顺着他的指缝渗了出来，滴在齐桓公的脚下。其余内侍吓得脸色惨白，亦纷纷跪伏在地。

"滚，都给滚了出去！"齐桓公吼着，向内侍们挥腿猛踢。内侍们连滚带爬地滚到了殿外。

齐桓公拔出身后木架上的青铜宝剑，哇哇怪叫着，向着殿柱、食案、坐席，乃至帷幕一通乱劈乱砍。也不知过了多久，他才停下了手，歪躺在坐席上，呼呼不停地喘着粗气。

"主公，主公！小臣易牙叩见主公。"殿外有个柔顺的声音在轻呼着。

是易牙！齐桓公这个念头刚在心上一转，便觉肚中咕咕叫了起来。一般的外臣是不能进入内宫后殿的，但易牙却是个例外。齐桓公特许在内侍寺人的护拥下，易牙可以进入后殿敬献美味。那些美味令齐桓公大饱口福的同时,也令他生出好奇心来——欲知道这些美味易牙是怎么做出来的。边品尝美味边听易牙叙说美味的制作之法,已成为齐桓公的一种人生乐趣。

齐桓公发泄一通后,腹中怒气已消,也累了、饿了,此刻他听到易牙的声音,立刻道:"快进来!"

易牙端着一个朱漆托盘,走进殿中,跪伏在齐桓公面前。托盘无盖,里面放着一只精致的小铜鼎,鼎旁另有一只金勺。鼎中热气腾腾,一种奇异的香味从齐桓公的鼻端进入,直透进他的心底。

齐桓公食欲大盛,顾不得向易牙问这美味何名,拿起金勺就吃了起来。鼎中原来是肉汤,味道极鲜,似嫩羊,又似乳猪,而其味又远非羊、猪可比。转眼之间,他已将肉汤食尽。齐桓公犹自以舌舔勺,意欲未尽。

"易牙,此汤乃何物烹成,味道鲜美至斯?"齐桓公问。

"此乃……此乃人肉也。"易牙声音哽咽,磕头答道。

"啊,这,这竟是人肉么,你从何得之?"齐桓公大惊失色地问着。

"臣有一子,年仅三岁。臣杀之以适吾君之口。"易牙说着,泪流满面。

"你,你竟杀了自己的儿子!"齐桓公惊得从席上跳了起来。

"臣虽为无知小人,也曾闻古人言'忠君者,不有其身,不有其家'。近见主公神思不畅,身形消瘦,臣日夜忧心,恐主公因此有慢国政。臣无长技,唯能和味,然寻常之味,已不足适君之口矣。君者,天也。臣敬君当如敬天。臣子虽亡,然能适君之口,得沐天恩,是其福报也。臣所悲者,非为臣子。乃恨臣之技穷,非人肉已不足适君之口,罪莫大焉。请主公以失职罪,将臣发往有司处置。"易牙说着,又是连连磕头。

"罢了,罢了!"齐桓公连忙扶起易牙,感动不已,"寡人素知你忠心耿耿,今益明之矣。人之私爱,莫过其子。你爱寡人,胜于爱子,寡人岂能罪你。不仅不罪,还要赏你。寡人明日就升你为中大夫,列于朝班如何?"

"臣不愿列于朝班,臣只愿随侍主公左右。"易牙道。

"也罢,你就挂个中大夫之衔,随时听宣,侍奉寡人左右。"齐桓公道。

"臣谢主公不罪天恩,愿主公万寿无疆,万寿无疆!"易牙又跪倒在地,连连磕头。

"嗯,你所杀者虽为己子,论我齐国之律,亦当罪之,这件事你就不要对别人说了。"齐桓公叮嘱道。他想,要是鲍叔牙知道我竟吃了人肉,一定又要劝谏不止,不把我的脑袋劝痛,他就不会罢休。

"嗯。下去吧。"齐桓公说着,高声宣卫姬、宋华子、葛嬴一同上殿。

食了人肉,他的精神大增,浑身溢满了急待宣泄的欲望。易牙端着朱漆托盘,弯腰倒行,以最谦卑的动作退到了殿外。这易牙恭顺忠心,看来比那竖刁更胜一筹。竖刁虽然聪明,却有些自以为是。今后有些事情,该交给易牙去办才是。齐桓公如是想。

果然不出所料,周僖王在位五年,病重而崩。太子姬阆即位,是为惠王。齐桓公派隰朋、宁戚为使者,入王都洛邑进献贡物为贺。然而惠王却并不敬重齐国使者,似乎忘了齐国是尊王攘夷的天下霸主,仅仅以侯爵的礼仪接待齐使。所受天子的回赐之物,甚至比宋公、鲁侯还要少。

秦国、晋国、燕国等未入盟的使者大觉畅快,不断地对齐国使者冷嘲热讽。齐桓公大怒,召集群臣,商议要抛了"尊王攘夷"的旗号,学那楚国自立为王。在管仲、鲍叔牙、隰朋、宁戚等人的苦劝下,齐桓公总算没有自称为王。史官也劝谏道,周室并未以信物予齐,所以天下诸侯虽尊齐国为霸主,而在周室眼中,齐国仍然只是一个普通侯国。宋为公爵,鲁为宗室诸侯之长,所受回赐之物多于齐国,亦是理所当然。齐桓公心里又倒憋了一口闷气,好些天没有理会朝臣。

幸好竖刁从秦地寻得了一队白狄女子,让齐桓公大感新鲜,暂且忘了胸中怒意。只是那队白狄女子虽是天生异相,却无甚特别之美,且又言语不通,没有一人能得到齐桓公的宠爱。齐桓公依旧念念不忘周室给他这个霸主的屈辱,思谋着该用什么办法报复一下周室,以解心头之恨。

他以尊王号令天下,要找出一个报复周室,而又不落下旁人议论的办法,还真不容易。不想上天却自动降下一个机会,使齐桓公得以报复周室。

周惠王二年(公元前675年),王叔颓与蒍国、边伯、子禽、詹父、祝跪五大夫及司膳石速作乱,攻伐周惠王,将其赶出王都。周惠王不敌五大夫,奔于邬邑,派使者向齐国求救。齐桓公闻听周惠王有难,心头大喜,一边安慰周使,一边召集文武大臣,商议应对之策。

周天子啊周天子,这个时候你才想起了我齐国,未免迟了。我救了你,只怕你又要摆出天子的架子,不礼敬我齐国。周天子由你当着,还真不如让那王叔颓当着。齐桓公坐在国君之位上,一边在心里嘀咕着,一边想着对付管仲、鲍叔牙等人的办法。他身为盟主,不救天子之难,实在不像话。管仲、鲍叔牙肯定要让他下令征集兵车,救天子之乱。但这次不论管仲、鲍叔牙说得多么有理,他也会拒不听从。

出乎齐桓公的意料,管仲和鲍叔牙亦不赞同齐国出兵救难,而是让齐桓公以盟主的身份,责令郑君戴罪立功,平王室之乱。齐桓公欣然听从,他最喜欢做的事,就是以盟主的身份发号施令。且这一次发下号令,不论郑国是否听从,都是与他齐国大大有利。

若郑国听从,则是自承背盟有罪,使齐国天下霸主的威信因此大为增强;若是郑国拒不听从,天下人也不能责怪齐国,只能埋怨周惠王对盟主失礼,乃至自食恶果。

假如周惠王能侥幸逃过这一劫,必不敢对他齐国仍像从前那般无礼;假若周惠王败亡,新天子自会以前王的命运为鉴,对他齐国不敢有丝毫失礼。

齐桓公派大臣随周使前往郑国,宣示盟主之令。并让信使日日将周室内乱的情形写成书简,报与他知晓。

宏伟繁华的洛邑城在几天内就变了模样,无复王都的威严。街市上空荡荡的少有行人,来来往往的尽是手持硬弓长戈的兵卒。无数处高大的府第燃起了黑烟,滚滚直到天际。那是据府反抗王叔颓的大夫们兵败之后,举火自焚的痕迹。不时有一队队的男子被兵卒们押至街市,处以斩首之刑,这些人都是王叔颓和五大夫们认定的奸党贼人。他们的妻子女儿也都被没入王宫或是五大夫的府第中,沦为女奴。

高贵的王室子弟和士大夫们颤抖着躲在内堂里,祈求神明保佑,不要将灾祸降到他们的身上。恐惧中,他们回忆起这件事的原委。

周庄王去世后,姬胡齐继位,是为僖王。齐桓公派使者入周相贺,并宣示其尊王之意,欲会合诸侯,定宋公之位,行会盟大礼。周僖王听到这个消息,又是高兴,又是满腹猜疑。

他高兴的是,齐为兵势强盛的大国,能对周室如此礼敬,实属难得。尤其是在此时,齐国的举动无疑会给初登王位的他大大增加光彩,使周天子的分量在列国诸侯心中又重了几分。但他又怀疑齐国是另有图谋,不安好心。齐国近几代国君常常失信,已为天下共知,齐襄公甚至用欺骗的手段杀了郑国国君。所以尽管他在口头上对齐桓公大为称赞,实际上却连一位使者都不愿派到北杏去。

后来齐桓公以他周天子的名义威服宋、郑两国,名望大增,连带着他周天子的声威也是大增。许多地处偏远,多年不贡的诸侯,也派了使者前来王都进贡朝见。周僖王心中不仅没有兴奋之意,反而充满了忧虑,他告诉太子说:"长此下去,天下诸侯将只知道有齐桓公,不知道有周天子。"

太子姬阆即位后,接待的第一个使者,就是卫惠公派来的。当初,他本想周僖王去世后,借机逼迫新王交出公子黔牟,以绝王位威胁之患。不料齐桓公偏偏在这时打出了"尊王"的旗号,使他不敢轻举妄动。而现在,卫惠公又想出一计,当即令太子姬赤为使者,吩咐一番后,让其急速赶往王都。

姬赤见到周惠王后极是无礼,开口便道:"我卫国之君乃齐所定也。黔牟,乃齐所逐也。齐为天下盟主,齐之所欲,天子自当从之。天子归还黔牟,是为顺齐,天子若仍庇护黔牟,是为逆齐。"

周惠王素来性急,闻听姬赤之言大怒,道:"寡人乃堂堂天子,岂能从一诸侯之欲?"

姬赤威胁道:"顺齐,王位可保。逆齐,王位将不知何人所据。"他说罢,也不行礼,扬长走出朝堂,回转卫国。

周惠王气得几欲拔出青铜宝剑,喝令整顿兵车,攻伐卫国。但僖王的葬礼尚在进行,他擅动兵戈,就是有违礼法。周惠王虽未攻伐卫国,心中却将卫国恨之入骨,并对齐国也极为不满。他想,若无齐国的支撑,卫国怎敢如此狂妄?这齐国口口声声尊王,却又纵容卫国威胁周室,其心险不可测。周惠王本来对黔牟无甚好感,此时却对黔牟厚加礼遇,赏赐有加。当齐国使者前来朝贺时,惠王对其异常冷淡,仅以普通侯国之礼相待。

卫惠公闻听后大为高兴。他威胁周惠王,使的是一箭双雕之计。如果周惠王软弱可欺,送还黔牟,自是除了他的心头之患。如果周惠王倔强不屈,势必痛恨齐国,对齐国无礼。齐桓公以尊王号令天下,自然不喜有着一位仇视齐国的周天子。这样,他与周惠王为敌,齐桓公就会装聋作哑,不闻不问。

周庄王曾有一位宠妾,名为姚姬,生有一子,取名为颓。周庄王非常喜欢颓,以大夫国为其师傅。颓不喜正业,唯好养牛。府中养牛数百,皆以五谷为饲料,并披以彩衣,名之曰文兽。周惠王即位后,颓因在叔行,被尊之为王叔,人称其为王叔颓。

王叔颓常常亲自出都牧牛,仆从俱牵牛而行,一路上践踏无忌,伤害市人之物,且遇王驾,竟不回避。周惠王厌恶其牛,使人杀之,分与众朝臣食用。王叔颓恃其亲贵,本来就看不起惠王,此时更是屈辱恼恨交加,狂怒不已。周惠王性喜游猎,夺大夫子禽、祝跪、詹父之田为离宫。他又嫌王宫不大,圈地扩建。蒍国的花园、大夫边伯的住宅因近于王宫,都被圈占。司膳石速因所进熊掌味道不美,险被周惠王所杀,心中亦有怨恨之意。卫惠公抓住机会,暗暗鼓动王叔颓与蒍国、边伯、子禽、詹父、祝跪以及石速结为一党,谋乱夺位。

乱发之时,王叔颓先是被击败,后在卫国兵卒的援助下,又反败为胜,攻入王都,将周惠王赶至邬邑。周惠王万般无奈之下,只好派使者向齐国求救。他并不指望齐国能派出救兵,只想着齐国既然以尊王号令天下,理应约束卫国,使卫国不至于过分逼迫他。

黔牟随着周惠王逃到了邬邑,卫惠公心有不甘,意欲再次发兵,夺取邬邑。齐国果然没有发下救兵,却发出了"霸主"之命,让郑国"戴罪立功"。周惠王闻知,不禁又喜又忧。喜者,此"霸主"号令一出,卫国必然有所收敛,不敢进攻邬邑。忧者,乃郑与周室素有旧怨,未必肯听从"霸主"之命,平乱立功。

果然,卫国兵卒虽没离开王都,却也没有攻击邬邑。而郑国的兵车亦迟迟不见来到邬邑,护驾平乱。周惠王心中着急,连连派出使者,前往郑国探知消息。

郑厉公接到齐使传至的"盟主之命",心中忧虑,大会朝臣,商议应对之策。

"寡人因齐国之力,得以复位为君,却又背弃盟约,与楚结好。齐恨我郑国必深,今忽命我郑国平王室之乱,恐有奸谋。寡人有心拒命,则势必使齐国更加仇视郑国。今寡人进退两难,实不知如何为好。"郑厉公苦着脸道,他在心中常常埋怨先祖不善观测风水,竟选此恶地立国。

楚国野心勃勃,欲北进中原,威胁王室,霸有天下。郑国位于周地东南,成冲要之地,恰似一面盾牌挡在楚国之前。楚国要实现其欲望,非征服郑国不可。而齐国以尊王攘夷号召天下,又必定不容郑国臣服于楚。郑国依楚,则得罪于齐;依齐,则得罪于楚。而齐、楚俱为兵威赫赫的强国,无论是哪一个,郑国也得罪不起。故当齐桓公兵临郑国边界时,郑厉公毫不犹豫地倒向齐国,与齐国结盟。而当齐国兵退,楚国大兵压境时,郑厉公又连忙与楚结好。但如此左摇右摆,终究不是良法,只怕到头来,齐、楚两国都得罪了,致使宗族社稷覆灭。最好的办法,当是在齐、楚两国中择一与郑更有利者,结长久之盟。可是郑厉公想来想去,也无法分辨依附哪一国于郑更为有利。

楚国兵势之大,为天下之最,且离郑国较近,随时可发兵攻郑。依附楚国,可解郑国眼前之危。然而楚国称王,公然与周室为敌。作为宗室诸侯的郑国,若是长久依附楚国,未免名望扫地,在中原诸侯面前难以抬头。

齐国兵势虽强,但离郑国较远,中间又隔着宋、卫诸国,缓急之间,难以救援郑国。然而齐国又是天下公认的盟主,有号召列国诸侯的权力,且又以尊王攘夷之旨深得中原诸侯赞同,长此下去,齐国的势力必是愈来愈强。

"主公,以臣之见,平王室之乱,其利甚大,应从齐侯之命而行。"上卿叔詹出班奏道。

"从命又有何利?请上卿详细道来。"郑厉公问道。

"其利有三。一、遵盟主之命,可消齐国之怨,使我郑国少一强敌。二、郑为宗室诸侯,有勤王之责,平王室之乱,名正言顺,亦能使我郑国名望大增,天下人将不再责我弃华夏而亲南蛮。三、王叔颓乃卫侯所立,其为天子,必亲卫而远郑。若我郑国有平王室之乱,则天子必释旧怨,与我郑国修好。如此,纵然是齐、楚两国,也不敢过于轻视我郑国。"叔詹回答道。

"上卿之言,甚是有理。"郑厉公赞许地说道,随即又皱起了眉头道,"从齐侯之命,楚必不悦,奈何?"

"邬邑城池不固,难以据守。主公可将天子先迎入国中,并不派兵平乱。这样,既不违齐侯之命,又不使楚人动怒。然后见机而行,可进可退。"叔詹又说道。

"妙!"郑厉公拍案叫着,当即下令,着叔詹将周惠王迎入国中,安置于栎邑。

周惠王来到栎邑,稍觉心安,又派使者求见郑厉公,请郑厉公早日发兵平乱。郑厉公称病躲在后宫,不与周使相见,暗中则派人赶往楚国,打听楚国对于郑国的举动有何反应。过了几个月,有消息传来,楚王于征伐中暴亡,楚国忙于葬旧君,立新君,朝中大乱,无心理会中原之事。

郑厉公大喜,言:"此天助我也。"当即赶到栎邑,朝见周惠王,并征招兵卒,准备入王都平乱。

叔詹又道:"颓为王叔,主公可以书劝之,先礼后兵。"郑厉公应允,命叔詹写好帛书,遣使送至王都。

此时王叔颓已被五大夫立为天子,将王宫变成了牛栏,成日在朝堂上骑牛戏耍,不亦乐乎。他正为一头心爱的黄牛生病而烦恼,三天后才召见郑使。王叔颓接过帛书,见上面写道:

郑伯百拜于王叔殿下:

礼曰:以臣犯君,谓之不忠,以弟犯兄,谓之不顺。不忠不顺,天必厌之。王叔误听奸臣之言,放逐其君,罪莫大焉。当今天子仁厚孝悌,许王叔若能悔祸归罪,当不失富贵。一错不可再错,王叔当速为决断。

看罢帛书,王叔颓大怒,掷书于地,道:"郑伯本乃一反复无常之小人,有何德何能敢言本王之罪?本王必当兴兵,擒杀郑伯。"

郑厉公闻之,怒气勃发,立刻点齐三军,欲誓师出发。叔詹劝道:"王叔颓有卫国兵卒保护,还有苏、南燕等小邦士卒相助。我郑国恐力有不足,难以战胜。王都之西有虢国,其国君虢公不喜王叔颓,主公何不约虢公同起义兵,拥王复位。"郑厉公依言遣使至虢国,约同时出兵攻王叔颓,虢公欣然应允。

周惠王四年(公元前673年)春,郑、虢两国兵车同时攻进了周境之内。卫惠王知道郑厉公是奉"盟主之命"行事,唯恐与郑对抗得罪了齐国,急忙传令将卫国兵卒自王都召回。苏、南燕等小邦士卒见势不妙,也纷纷逃回本国。夏四月,郑、虢两国兵车已进至洛邑城下。郑厉公亲率兵车攻南门,虢公率兵攻北门。

虢国急至王宫,求见王叔颓,却见宫门紧闭,无法进入。原来王叔颓正在亲自喂着宠牛,不愿见任何人。蒍国又气又悔,忙假传王叔颓之令,驱赶全城男子上城御敌。国人痛恨王叔颓昏暴,不仅不登城守御,反倒大开城门,将郑、虢两国兵卒放入。

蒍国恐惧之中,自刎而亡。子禽、祝跪则被乱军杀死。边伯、詹父在逃跑时被国人抓获,献与郑厉公。王叔颓这才慌了,让石速牵着几头肥牛,出宫门往西逃去。牛体肥胖,行走不快,刚奔出西门,就被追兵生擒。

周惠王复位于朝堂,命以车裂之刑,处死王叔颓、边伯、詹父、石速。又传命凡从逆之族,男丁一律斩首,女子一律没为官奴。然后,周惠王遣使至齐国致谢,以虎牢之地赐予郑,以鼎、彝、尊等宝器赐予虢,酬其平乱之功。郑厉公高兴之下,喝多了酒,回国之后,竟至一命呜呼。上卿叔詹与众朝臣拥太子姬捷即位,是为郑文公。

王都之乱平息,齐桓公有些高兴,又有些遗憾。高兴的是,郑国终于接受了盟主之命,使齐国威信不失。遗憾的是,他不喜欢的那位周惠王依然当着天子,虽是派了使者谢他,却仍然只是一句空话,既没有赐给他土地,更没有赐给他宝器。以他盟主的身份来说,周惠王对齐国的礼敬仍然不够。这使得他的遗憾多过了高兴,令他终日闷闷不乐。接着,王姬和徐姬相继去世,宫中哀乐不断,更是令他生厌,竟至大病了一场,直到来年春天方才康复。

一日,天子使者驰至临淄,传天子旨意——卫国曾经参与叛逆,至今未尝服罪,请盟主讨之。齐桓公令人送使者至馆舍中,然后传管仲入朝议事。传令者言仲父正在猇山行猎,至晚才能回返。

齐桓公本想令人至猇山传回管仲,转念之间,又改变主意,出宫登车,领着竖刁、易牙二人,率领数十禁军士卒,直往南门而去。好久没有行猎,齐桓公浑身不舒服,正好可借寻找管仲的名义出城乐上一阵。

和齐桓公的心情相反,竖刁、易牙二人近些时都是大感畅快,春风得意。竖刁不仅除掉了宫中的对手,且借着去秦地寻找白狄女子的机会,以长戈换得十数车羊毯,获金万镒。另外齐桓公还守信封他为上大夫,拥有食邑百户。易牙亦进位中大夫,官居宰宫正,主管一切饮食大典。因他曾经为巫,又兼掌太卜之事,国之吉凶,亦可由他口中说出。

出南门不远,就是猇山,此地林密草深,正是行猎的好去处。猇山为公苑,不论是公室子弟,还是朝中大夫,俱可入内行猎。但百姓若擅自入内行猎,则被视为罪人,律当斩首。齐桓公等人刚转过一道山坡,就听见马嘶人喊,好不热闹。

"快!"齐桓公似刚饮了美酒,精神大振,高声呼喝起来。

行猎之车比战车稍小,轻便快捷。很快,齐桓公等人就驰进了山间的猎场中。但见百十来健仆挥动长戈呼叫着,布成个大圆圈,将一群梅花鹿圈在其中。管仲站在一辆小车上,弯弓搭箭,正欲向猎物射去。

"仲父且慢!"齐桓公叫着,疾驰至圆圈之前。管仲吃了一惊,慌忙要下车行礼,那些健仆们也纷纷跪倒在地。

"猎场之上,行什么礼?快,快站起来,别让梅花鹿跑了,谁让梅花鹿跑了,寡人砍谁的脑袋!"齐桓公着急地吼道。他这么一吼,那些健仆们又慌忙爬了起来,你挤我撞,乱成一团。

齐桓公不觉哈哈大笑,道:"仲父,看来你善于治国,却不善治家啊。这些仆人竟似野民一般,不知排行列队。"

管仲在车上拱手行了一礼,道:"主公圣明,这些家仆确乎为野民,都是自山戎和狄人那儿逃来的。这些人虽然还不知排行列队,然甚能吃苦耐劳,且又忠于主人。"

"哦,原来如此。"齐桓公点了点头,向圈中的鹿群望去。齐国近年大为富足,远近流民纷纷归附,连许多夷狄之族的野民,也逃到了齐国来。朝中大臣多有收留野民为仆者,爱其诚朴而又有力量。圈中的那群鹿不多,大大小小加起来不过十余只。

"好多天没有拉弓,手心都痒了起来。"齐桓公笑着道。

"微臣新得良弓一张,尚未试射。请主公试试此弓,是否真能称之为良。"管仲说着,令仆从将弓送至齐桓公车前。

自从他号为仲父后,以声色自娱的时候居多,少有行猎之举。他曾箭射过齐桓公,几乎使齐桓公丧命,这件事齐桓公必然是终生难忘。身为仲父,若行猎过多,必被齐桓公引为同好,邀之同乐。到那时,他不可避免地会在齐桓公面前拉弓射箭,势将引起齐桓公不愉快的回忆。然而管仲又甚是喜欢行猎,近些天见齐桓公很少出宫,便借机大行其猎,同时巡视各处城邑。他如此苦心,为的就是避免在猎场上与齐桓公相见。不想他仍是在猎场上与齐桓公来了个"君臣相逢"。

齐桓公接过弓,搭上箭,嗖嗖嗖连射三箭。三只较大的梅花鹿应声而倒。猎场上顿时欢声雷动,喝彩声响彻云霄,齐桓公大感畅快,笑着对管仲道:"此果然不愧良弓。仲父射术高强,素称妙手,何不一露神技?"

管仲连连摇头:"如今微臣臂力已衰,无复当年之勇矣。"说着,话头一转,问,"主公来此,是否朝中有了急务?"

"嗯,也算是急务。"齐桓公把天子使者的来意简单讲述了一遍。

"这件事,微臣须细细思量一番。"管仲说着,言道天色将晚,恭请主公回转都城。齐桓公并不愿此刻回城,但想了想,还是答应了管仲的请求。

山风习习,晚霞满天,林间紫霭漫漫。一队大雁嘎嘎嘎地叫着,从青色的山峰上掠过,飞向北方幽暗的天际。齐桓公让管仲与他同乘在一辆车上,行驰在归猎队伍的最前面。竖刁则乘着一辆小车紧跟在后,易牙仍是充当御者,坐在车前的横板上。管仲忽然想起了他和鲍叔牙同乘的情景,那会离现在已有十余年。那时他正当壮年,而现在他已感体力日衰。

管仲记得他曾对鲍叔牙说过——治一国之盛,不过是小道耳,平天下之乱,方为大道。他在说这句话时,自我期望甚高,以为十年之功,便足以平天下之乱。如今他是否已平了天下之乱呢?好像是的,他已经辅佐齐桓公成为霸主,可以号令天下。甚至王室生乱,齐国不出兵车,仅凭"盟主之命",便已平定。但强大的戎夷之族,依然在时时劫掠华夏诸侯,楚、晋、秦等强国也依然在四处吞灭弱国。

天下仍是混乱不已,他管仲仅仅是为齐国争得了一个霸主的虚号,仅仅是使周围十余邻国得到了暂时的安宁。虽然这已算是平王东迁以来谁也不曾做出的功绩,但管仲绝不满足。

不,我必须使主公成为名副其实的天下霸主。我一定要击败戎夷诸族,使之不敢劫掠华夏诸侯。我也一定要使楚、晋、秦等强国听从齐国的号令,共尊王室。管仲在心中对自己说道。

"仲父,你在想什么?"齐桓公见管仲神情凝重,问道。

"我在想,卫君乃我齐国所立,出兵征讨,并不适合。"管仲答道。

"那么依仲父之见,寡人该如何回应天子使者?"

"主公可以使用盟主的名义,命卫君向天子谢罪。"

"卫君会听从寡人之命吗?"

"此时,卫君必然听从。因为他若不听从,就会迫使我齐国征讨,其君位将无法保全。"

"卫国兵势不强,又未与楚国结好。我们不若对其征讨,以示兵威。"

"兵者,凶器也,不可轻易示人。"

"寡人每次意欲征讨,仲父便加以劝阻,是为何故?"齐桓公有些不满地说道。

"当年周穆王曾想讨伐戎夷,大臣祭公谋父劝谏说,先王对天下向来是以仁义为号召,不爱炫耀武力。王者的武力常常收藏着,只有在适当的时候才会使出,一旦使出,则必须显出巨大的威力,使天下畏惧。兵者,机变百端,时有不测,常常炫耀武力,难免会有失利的时候,这样就会失去威信,所以周室历代贤王从不轻易对天下示以兵威。古公亶父屡受夷人攻击,以致举族迁移,也不肯擅动兵戈。文王谦恭谨慎,殷室诸侯三分已归其二,却不愿轻动大军,征伐纣王。武王即位后天下诸侯几乎全部臣服于周室,但武王还是准备了两年,之后方誓师牧野,一举灭殷,王于天下。可惜周室后代昏王不听先王遗训,不以仁义号召天下,反以炫耀兵威来压服天下,终至礼乐崩坏,人心不古,列国争战不休。而其王室之威,亦荡然无存矣。微臣愿主公效周室历代贤王,以仁义号召天下,成千秋大业。"管仲恳切地说道。

"以仁义号召天下?方今诸侯俱以兵威论大小,岂肯听信。"

"不然,只要运用得当,'仁义'二字,将无敌于天下。"

"'仁义'乃无形无迹,何能无敌于天下。"

"当年文王曾问太公,如何才能使天下归顺。太公答道,天下并不是一个人的天下,而是所有人的天下。王者若能与天下人共利,就能使天下人听从他的号令,反之,若专与天下人争利,那么天下人都要弃他而去。与天下人共利,不独享财物,就是'仁'。和天下人共同享受欢乐,共同分担忧虑,爱恨相同,就是'义'。主公尊王,可制止杀伐,恢复礼乐,使君安其位,臣安其职,民安其地,正是与天下人共利。主公攘夷,抵御蛮夷诸族对华夏之邦的劫掠,是为与天下人共担忧虑。尊王攘夷其实就是'仁义'。主公试思，天下有哪一个诸侯不想安坐君位呢？天下又有哪一个诸侯愿意被蛮夷之族劫掠呢？只要天下诸侯相信主公真正是在尊王攘夷，必然会纷纷归服主公。如此，主公之仁义，必将无敌于天下。卫虽有罪，弱国也，以强伐弱，天下人必然不服，以为主公欲夺人之利。如此，主公之仁义伪矣，将毫无威力可言。"管仲道。

"假如卫君真的拒不听令，我齐国也不示以兵威吗？"齐桓公又问。

"如果卫君昏暴如此，我齐国当然要示以兵威。而且兵威一出，必须大胜。空口高谈仁义，别人虽是敬你，却不服你。仁义二字，非兵威不能托之。"管仲毫不犹豫地回答道。

"哦，寡人明白了，行仁义可得天下人之'敬'，示兵威可得天下人之'服'。"齐桓公若有所思地说道。

"正是，只有得此'敬服'二字，方能真正霸于天下，成千秋大业。"

"寡人听从仲父之言，决不擅动兵威。"齐桓公说着，拱手向管仲施了一礼。

"主公从善如流，虽周室先代之贤王，亦不及也。"管仲连忙回礼道。

哼！他居然比我等还会讨好主公，难怪会当上仲父。竖刁和易牙二人在心中想着，心里溢满了妒忌之意。尽管他们一个阉割了自己，一个杀了亲生儿子，却无法赢得齐桓公的敬重，齐桓公恐怕今生今世也难向他们拱手施上一礼。

第十一章

庆父恩淫戏哀姜　桓公伐卫示兵威

卫惠公接到齐桓公的"盟主之令"后，大大松了一口气，立即派使者带着白璧十双、黄金千镒，入王都谢罪。他日夜担心齐桓公会听从天子之命，对他施以兵威。如果齐军到来，他不仅是君位难保，只怕连项上的人头也无法保住。

白璧十双、黄金千镒的厚礼并不能令周惠王消除心中恨意。他对卫国使者说，除非卫君废了姬赤的太子之位，否则，他决不会善罢甘休。卫惠公只得向各国使者宣示废除姬赤的太子之位，但又未另立太子。然后，卫惠公又让使者携白璧二十双、黄金二千镒，送与齐桓公。

见到卫惠公如此恭顺，齐桓公心中很是高兴，对管仲也更加钦佩。齐桓公借口病体未愈，难以理事，向朝臣宣布——国有大政，当先告仲父，次及寡人。事有两难，则以仲父之裁决为准。竖刁、易牙闻知，妒忌欲狂，却也无可奈何。齐桓公如此宣布，等于是杜绝了他二人干预朝政的可能。竖刁、易牙只能千方百计地以声色游猎之乐来讨好齐桓公，以固其位。

除了声色游猎之乐外，齐桓公又新添了一件喜好——爱去各大臣家饮酒为乐，今日至管仲府中，明日至鲍叔牙府中，后日至宁戚府中，竟是无止无休。

一日，齐桓公带着竖刁、易牙来到了新拜的工正陈公子完府中。

陈公子完，字敬仲，是陈宣公之兄陈厉公之子。陈厉公好淫，常常越境至蔡国寻找美女淫乐。陈宣公与另外两位兄长合谋，指使蔡国人以美女为诱饵杀死陈厉公。陈宣公的两位兄长先后即位，没过几年又先后去世了，最后是陈宣公即位做了国君。

陈宣公生性多疑，见太子御寇与诸公子多有往来，遂以为是御寇在谋叛，捕而杀之。与御寇相善的诸公子害怕受到株连，纷纷逃亡。敬仲不仅与御寇相善，且为厉公之子，更易受到株连。他不敢投奔到别的小国，连夜穿越宋国、邾国，奔至临淄城中。

齐桓公早就听人说过敬仲是贤者，又见其身份高贵，意欲拜为下卿。敬仲坚辞不就，说："逃亡之臣，幸获贤君宽恕，不加罪责，已是蒙天高地厚之恩，岂敢身居高位？贤君若强使逃臣就位，逃臣只能以死相谢。"敬仲说得如此决绝，齐桓公不好勉强，封敬仲为中大夫，拜为工正。齐桓公做公子时也曾有过一段逃亡生涯，对敬仲倍感亲切，常常在敬仲这儿一待就是一整天。

这天他虽是饮了不少酒，却仍未尽兴，见天色昏暗，就说道："敬仲何不点上烛火，让大伙儿快快乐乐喝一晚上。"

敬仲辞谢道："微臣只知道白天请主公饮酒，不知夜晚陪饮，不敢奉命。"

齐桓公不高兴了，说："夜晚喝喝酒，又有什么不行呢？"

敬仲道："礼曰，酒者，不能无度。无度非仁也。"

齐桓公不觉叹道："敬仲不愧为虞舜之后，当真是非礼勿行。"遂起身告辞，回转宫中，令竖刁、易牙大举烛火，作通宵之饮。

隔了几日，齐桓公又赐城南之田与敬仲，以显示他的敬贤之意。敬仲为表示他的谢意，将其姓氏改为田，主动放弃陈国公子的身份，愿世世代代为齐国之臣。齐桓公大喜，又对敬仲大赐铜钱黄金，赏奴百口。

一般来说，似敬仲这样的人轻易不会放弃公子身份。如果陈国发生混乱，敬仲就可请求齐桓公的帮助，以公子的身份回国夺位。而依照常理，齐桓公也愿意扶植一个与齐国结好的陈国国君。但是敬仲放弃了公子的身份后，就绝无回国夺位的可能。

敬仲改姓这件事传扬开来，天下人俱称齐桓公为至贤之君，以致敬仲不愿为陈国之君，而甘愿为齐国大夫。齐国大族国氏钦佩敬仲之贤，将女儿嫁与敬仲，并赠以丰厚的嫁资。敬仲成为田氏之祖，人丁日渐兴旺，在齐国的名望一天大于一天。

这年年底，鲁国大夫施伯来到齐国，言齐襄公之女已长大成人，希望齐、鲁两国速定婚姻之事。原来文姜已病重去世，临终前反复对近侍之人说道："齐女已满十五岁，可以出嫁了。国君当速娶之，以定后宫之位。齐为霸主，国君当与其结好始终，不可轻易得罪。国君不必因为丧仪之礼，而有所拘束。"

文姜去世之后，鲁庄公和公子季友不顾国中许多大臣的反对，将她的遗体运回都城，以国君夫人之礼葬之。丧期刚过一年，鲁庄公便遣大夫施伯入齐，商议纳币迎娶之礼。

齐桓公听了施伯的话，不觉皱起了眉头，道："父母之丧，应守三年之孝。孝中不行婚嫁，自天子至庶人皆然。鲁国乃礼仪之邦，如何不知此礼仪之事？"

文姜荒淫无耻，使我鲁国遭受丧君之辱，已非人母。我主公以礼葬之，又守孝一年，对其仁至义尽，何为不知礼仪？施伯在心里反驳道。文姜毕竟是齐国公主，对文姜出言不逊，就是对齐桓公出言不逊。

"礼仪之事，不可轻慢。烦请大夫告知鲁侯，待三年期满，再来迎娶不迟。"齐桓公正色说道。施伯只好答应，告辞回国。鲁庄公闻报并不生气，率领大队禁卒，至郎邑行猎。鲁国可以行猎的地方甚多，鲁庄公却只喜欢去郎邑一地。

周惠王七年(公元前 670 年)秋，齐桓公侄女哀姜出嫁鲁国。鲁庄公此时已经三十七岁了，方才娶了正室夫人，在列国之间亦是罕事。新娘哀姜正当十八岁的花样年华，美艳异常。跟随的陪嫁者中有许多小国的公主，还有哀姜的妹妹叔姜。叔姜只十五岁，虽然年少，却比哀姜更为美丽。

鲁庄公一次就娶得如此众多的妙龄美女，令各国的观礼使者羡慕不已。婚礼极其豪奢，已不似是礼仪之邦所为，使各国使者大感困惑。鲁庄公还让公室大夫的夫人们拜见哀姜，并用玉帛作为晋见的礼物。

施伯很是担忧，劝谏道："男子的晋见之礼，身份高贵者使用玉帛，低贱者使用禽鸟。女子的晋见之礼，只需以榛子、枣子、栗子、干肉等物就足够了。现在主公让女子以玉帛晋见，是男女无别也。男女无别，非礼也。我鲁国怎么能行无礼之事？"

鲁庄公不听施伯之劝,道:"齐乃霸主之国,晋见齐国公主,须加倍敬之,不可拘于常礼。"施伯低叹一声,没有再说什么。

自鲁齐交好以来,鲁国已过了十余年平安的日子,没有打过一场大仗。鲁国上上下下俱沉醉于这种平安岁月,闻听兵乱之事就心生厌恶。要长久地保持这种平安岁月,鲁国自然应该对齐国加倍礼敬。

欲令国安,兵势须盛,使外敌不敢轻易启衅。主公只知结好齐国,不知强兵,岂能长久保持平安?施伯在心中说着。他愈来愈感到鲁庄公在远离朝臣,已听不进任何劝谏。也难怪,鲁庄公早就对军国大事厌烦起来,一年中难得与朝臣相见几日,他只对行猎和美女感兴趣,却偏偏对哀姜这样的绝色美女不感兴趣。

鲁庄公即位时年仅十三岁,父亲暴死,母亲不能归国,庶兄又虎视眈眈。他心中忧虑恐惧,又偏须做出一副与他的年龄不相称的稳重镇定,这使他常常暴躁欲狂。他唯有在行猎中不停地开弓射箭,与猛兽厮杀,才能消解心中的狂躁。

郎邑之地林密草深,又地势平坦,是个行猎的好地方。鲁庄公十六岁那年,行猎返归离宫时,路过大夫党氏建在郎邑的庄园,遇见了党氏美丽的女儿孟任。从此,鲁庄公日日来到党氏庄园,意欲与孟任相会。但党氏却将女儿藏在后堂中,根本不让鲁庄公看见。鲁庄公急了,下令在党氏庄园外筑上一座高台。他每天都登上高台,两眼一眨也不眨地盯着庄园的后堂。孟任除非永远不出后堂,出则必然会被他看见。党氏害怕鲁庄公不回朝中,会引起大臣们的议论,只得让女儿上到高台,与鲁庄公相见。

鲁庄公大喜,当即要以高车将孟任载回都城。孟任不从,说:"臣妾虽贱,也是大夫之女。国君纵为至尊,亦不能就这么不明不白地将臣妾带走。"

"你如果相从,寡人必立之为正宫夫人。"鲁庄公情急之下,随口许愿道。孟任却不肯随便,割破手臂,让鲁庄公发下血誓。但是鲁庄公将孟任载回都城后,却迟迟未立孟任为夫人。

鲁国为宗室诸侯之首,身份极为尊崇,历代正宫夫人不是齐国的公主,就是陈国、宋国的公主。就连侧宫姬妾,也大多是小国的公主,绝没有一个普通大夫的女儿做了鲁国国君的夫人。鲁国乃礼仪之邦,极重视尊卑贵贱,也不容国君娶大夫之女为夫人。

正当鲁庄公左右为难的时候，齐襄公主动提出要把刚出世的女儿许配给他。鲁庄公如释重负，当即答应。这样，他就可以在齐国公主未长成之前，不立正宫夫人，勉强算是遵守了与孟任立下的血誓。至于十几年后，齐国公主成人了，他又该如何？却想也未想。在他那个年龄，认为十几年后是个非常遥远的日子。何况，十几年会发生许多变化，到时候他不一定非娶齐国公主不可。

他在将孟任载回宫中的一年之后，就有了一个儿子，名为公子般。后来，又有一小国公主风氏被鲁庄公纳为姬妾，亦生下一子，名之为公子申。鲁庄公没想到的是，十几年的时光似乎一晃就来到了眼前。

十几年中也的确发生了许多变化，但是鲁庄公须娶齐国公主这一事实，却无任何变化。虽说鲁庄公后来纳有风氏，但对孟任仍是宠爱无比，令其执掌后宫，无夫人之名，而有夫人之实。十几年来，孟任也渐渐习惯于自视为夫人，有一日，忽然想到齐国公主已经长大，立刻就要入主鲁宫，心中顿时不快起来。

齐国公主的优势极为明显，她根本没有抵挡的能力。孟任的脾气暴躁起来，常常无缘无故地大哭大闹，痛斥鲁庄公背叛血誓，必遭报应。鲁庄公大为恼恨，又见孟任日渐衰老，更是从心底里生出厌恶之意。他从齐国使者口中得知，将要嫁给他的哀姜已出落得艳若桃花，美丽无比。鲁庄公的心情起了变化，由恐惧迎娶哀姜变得急欲迎娶哀姜。故母丧之期才过一年，就让施伯进入齐国商议婚娶之事。

鲁国大臣们不明国君的心情，还以为国君是在有意贬损母丧之礼。不想齐桓公却大讲起礼仪来，让鲁庄公讨了个没趣。孟任见到鲁庄公如此绝情，郁闷愤恨之下，几乎在哀姜进入鲁宫的同时就一病不起，终至亡故，年岁尚不及四旬。

鲁庄公此时又想起了他和孟任的恩爱过去，悔恨至极，虽然只以姬妾之礼葬了孟任，却又亲临祭吊，等同夫人一般。哀姜见此，心中大为不满，常常大发脾气，鞭打宫女寺人，并且一整夜都不理会鲁庄公。鲁庄公深感头疼，虽表面上对哀姜仍是礼敬有加，心中却愈来愈憎恨哀姜。鲁庄公把他的一腔情怀全移在叔姜身上,几乎日日宿于叔姜居住的偏殿中。

哀姜成长的年代,正是齐桓公严禁"淫奔",厉行"礼法"之时。但宫中并不禁淫邪之曲,哀姜时时可以听到宫女们唱那《猗嗟曲》之歌。不过宫女们依顺齐桓公之意,都说这《猗嗟曲》之歌是在嘲讽鲁庄公。一些后宫姬妾们更以此歌来取笑哀姜,令哀姜大感羞耻。还没出嫁,哀姜心中已对鲁庄公有了厌恶之意。待来到鲁宫,见到鲁庄公虽无夫人,却先有了两个儿子,其中一个儿子的年龄比她还大,心中更是委屈不已。此时哀姜见鲁庄公冷淡她而宠爱叔姜,在厌恶委屈中又多出了恼怒愤恨之意。

当初后宫姬妾们没有料到叔姜会随姐姐陪嫁,因此很少有人在叔姜面前嘲笑鲁庄公,故叔姜未对鲁庄公生出不好的印象。叔姜对她获得的宠爱又高兴又担心,时常提醒鲁庄公不可轻慢了姐姐,免得姐姐对妹妹生出了恨意。鲁庄公也不想过于冷淡哀姜,行猎时常常把哀姜带在身边。

一日,鲁庄公在郎邑行猎时偶然从他当年所筑的高台下经过,被哀姜喝令停下车来。哀姜说她素来喜欢登高远望,要到台上去玩一会。鲁庄公触景伤情,不愿登上高台,让哀姜独自带着几个贴身宫女登上了高台,他则闭目躺在车中养起神来。

高台上南望是党氏的庄园,东望是鲁庄公的车队,北望是密密的林莽,西望是无尽的草地。哀姜不愿南望,也不愿东望,目光只在西北方游移不定。忽然,从林中冲出几辆行猎小车来,当先一辆小车上站着二人,年龄都在四十开外,身材魁壮,相貌堂堂。哀姜在朝臣行拜见大礼时见过二人,知道他们是公子庆父和公子叔牙。

鲁庄公将朝政托与公子季友,使公室子弟大为不满。他为安抚众人,只得允许部分公室子弟入朝议政。公子庆父和公子叔牙都名列上大夫,既为公室子弟,又为朝廷重臣。国君行猎,朝臣应轮流随侍。今日正轮到公子庆父和公子叔牙。二人先得查看猎场,然后回报国君。

鲁国公室子弟虽不成器,生得倒是仪表不凡。哀姜正想着,一阵风吹过,陡地将她手上的一条绢巾吹落台下,正飘到公子庆父的头上。哀姜顿时羞得满脸通红,一时慌张得不知所措。她在齐国后宫听了许多淫邪之曲,知道男女私会之时,女子常常会把绢巾赠给对方。哀姜身为国君夫人,居然将手中绢巾"丢给"了朝臣,传扬出去,无疑是一大丑闻。

她想到此,连忙派亲信宫女奔下台,向公子庆父讨回绢巾。宫女很快就回来了,拿回卷成一团的绢巾。哀姜忙抖开绢巾,见其中包着一块灿烂的美玉。女赠绢巾,男赠美玉,正是男女私会之时必不可少的信物。公子庆父好大的胆,竟敢调戏国君夫人,他不怕灭族之祸吗?哀姜大怒,立刻就要奔下高台,去告发公子庆父。但是她只奔出几步,又停了下来,对着那块美玉看了又看。

齐国虽然愈来愈似鲁国,成了"礼仪之邦",然尚武好勇之风并未减弱。许多女子都将强悍勇敢的男子看作意中之人。哀姜也喜欢武勇的壮汉,但她以为只有齐国才会有武勇之人,鲁国男子都是贪生怕死的鼠辈。可此时看来,公子庆父就绝不是一个贪生怕死的鼠辈。他冒了灭族大祸示好与我,一定是从心底里喜欢上了我,才会作此冒险之举,我怎么能把这样一个喜欢我的男子置于死地呢?

主公他在我未进宫之前,就有了那么多女人,连儿子都有了几个,我为什么偏偏只能有一个男人,而且还是个根本没有将我放在眼中的男人。哼!主公啊主公,你既不将我放在眼里,我又何必要将你放在眼里。哀姜想着,重新把美玉包在绢巾里,紧紧藏在内衣中。

就在鲁庄公迎娶哀姜后没过多久,卫惠公病亡,姬赤继位,是为卫懿公。周惠王见姬赤继位,大怒,立即派使者至卫,言姬赤的太子之位早已被废,不可为君,请卫国公室另立新君。卫国公室子弟却一致拥立姬赤,拒不听从天子之命。周惠王更怒,不顾大臣的劝谏,命左右宰相辅臣周公忌父和召公廖领兵车二百乘,强行护送黔牟回国,夺取君位。

卫懿公以公子开方为大将,率兵车三百乘迎敌,在边境上将周兵打得大败而逃。黔牟年岁已老,经此一番惊吓,回到王都就已呜呼哀哉。周惠王无奈之下,只得又派使者至齐,命齐国征讨卫国。齐国却婉言拒绝,说礼不伐丧,此时并不适宜征讨卫国。周惠王对齐国的拒绝极为不满,但又想不出任何逼迫齐国从命的办法。

周公忌父献计道:"近来晋国日渐强大,与虢国多有争战,臣请天子遣重臣至晋,调和晋、虢两国。齐侯闻之,必惧天子重晋,自会听从天子之命。"周惠王连称妙计,当即令周公忌父为使,至晋国宣示王命,劝其与虢国罢战和好。

在周室的历代周公中,绝少有被派作使者,出使诸侯之国。晋国大感荣耀,当即表示听从周室之命,不与虢国争战。天下诸侯议论纷纷,都说周室在疏远齐国,想让晋国成为列国盟主。齐桓公闻知周惠王的种种举动,忙将管仲召进内宫,商议应对之策。

“天子不命盟主征伐,擅动王师,致使败溃,为天下所笑。又不顾礼法,欲征治丧之国。且以周公出使诸侯,全然不知尊卑。其种种乖张之举,已近昏暴。”齐桓公愤愤地说着。他之所以不愿出兵征伐卫国,自然不是因为礼不伐丧。周天子毫不理睬他这位列国盟主,企图以周室之师打败卫国,令他心中很不舒服。王师大败的消息传来,他高兴得哈哈大笑,在宫中痛饮通宵,直至大醉,方才罢休。

周天子吃了亏后,才又想起了他,却仍不肯以盟主之礼相敬,只派了个小小的上士为使者,向他宣示天子之命。这与周公忌父出使晋国的情景形成了强烈的对比,齐桓公为此深感屈辱。他真想率兵杀进王都,废了这位和他作对的天子,另立新君。但这样做的结果,势必自毁他“尊王”的名望,致使列国之盟崩溃,并使齐国成为天下之敌。

“周室子弟俱不成器,要想择一贤者,难于登天。”管仲笑道,他只一听到齐桓公的言语,就知道齐桓公心中想的是什么。

“天子如此,无非是逼我听从他的旨意。哼!这回我偏不听从,看他怎么办?我就不信,放着齐国在这儿,他敢另封晋国为天下霸主。”齐桓公道。

“主公说过,天子已近昏暴。既是昏暴之主,又有什么事做不出来。”

“仲父是说,周室真敢废了我们,另立晋国为列国盟主?”

“周室从来没有真正立我们为列国盟主,又何言废?”

“如此说来,周室有意激恼我们,好找到一个借口去亲近晋国?”

“这倒不一定,我齐国不好对付,那晋国更是难惹。天子虽然昏暴,这层道理总不会不明白吧。不过,我们若应对不好,天子骑虎难下,也许会真立了晋国为天下霸主。如果天子真的这么做了,于我齐国大为不利。我齐国非立刻与晋国争战不可。无论胜败,都不妥当。”

"不错。胜了,我们不过还是盟主,并未得到半点好处。败了,则十数年的经营,不免毁于一旦。"齐桓公赞同地说道。近几年来,他并不参与朝政,但看起天下大势来,反比以前明白了许多。

"所以,我们不能让晋国借此轻易地获得了霸主的名号,该退让的时候,就退让一步。我们可以派人去王都,说我们愿意征伐卫国。但若天子不派周公这样身份的使者来,我们就决不出兵。"管仲道。

"看来也只有这样了。嗯,我们这次出征,是无形胜之,还是争战胜之?"

"卫侯性本骄狂,新近又胜王师,恐难以无形之战胜之。再说,卫国离晋国较近,以力胜之,可以震慑晋国,使其不敢贸然与我齐国作对。"管仲道。

"好!"齐桓公兴奋地大叫了起来。

周惠王只想齐桓公出兵伐卫,并不想派周公这样身份高贵的大臣出使齐国。而周公不至齐国,齐桓公就口中答应出兵,实际上又想出种种借口拖延。卫懿公趁机修整兵车,想抢在齐桓公出兵之前,先打进周室境内。周惠王无奈,只好派召公廖出使齐国,宣示王命。周公、召公并称为尊,周惠王派召公出使,已算是向齐桓公"屈服"了。

周惠王十一年(公元前666年)春,齐桓公遣使至卫,命卫国向王室谢罪。卫懿公自是不服,一边斥退齐使,一边大征兵车,居然搜罗到了四百乘兵车,陈于边境,严阵以待。齐桓公选定吉日,在管仲、王子成父等人的陪同下,来至城南军营中,巡视兵威。

在齐桓公的想象中,此次出征,至少需要兵车五百乘。但他走进军营后却大吃一惊,但见营前的校场上,只排列着百余乘兵车。

"仲父,是不是还有兵车未曾齐备?"齐桓公疑惑地问。

"没有,此次决战,就此百乘兵车。"管仲答道。

"百乘兵车怎能战胜卫国四百乘兵车?"齐桓公惊诧地问。

"主公,你还记得当初微臣所说的养兵之法吗?"管仲不答反问。

"当然记得,你曾说要隐兵于十五乡中,编为三军,无敌于天下。"齐桓公答道。

"如今十五乡之精兵俱练成矣。三军分上、中、下,每军共有兵车百乘。此为下军,虽仅万人,然可当寻常之敌五万人。"管仲自豪地说道。

"这新编之军有如此勇猛吗？请仲父试演战阵，让寡人见识见识。"齐桓公大感兴趣地说道。

管仲请齐桓公走上校场边的高台，挥动了一下令旗。但见鼓声大作，百辆战车如破堤狂泻的洪水，咆哮奔涌，势不可当。管仲旗指左方，那"洪流"立刻转向左方；旗指右方，"洪流"亦转向右方。迅如疾雷，无丝毫杂乱阻塞之象。

"好，好！"齐桓公连声叫着。他从未看到过能如此快速回旋的军阵。看了一会，齐桓公又发现这军阵与寻常的军阵有许多不同的地方。

首先是战车与寻常的战车不同，其车轮更高，车厢却更短，这样奔驰起来会更快，也更灵活。车厢中虽然仍是三名甲士，一名御车，一名执戈，一名执弓，但其戈要比寻常之戈长出丈余，弓亦为平时只有二人合力才能拉开的硬弓。车下两旁的甲士寻常只有四人，而这高轮战车旁，却共有八人，四人持巨斧，四人持长戈。

另外还有四十五名士卒，共分三队，每队十五人，五人为手执长戈的甲士，五人为盾牌手，五人为弓箭手。其中甲士和盾牌手肩上都背着标枪，甲士背五支，盾牌手背十支。三队士卒，一在车前，一在车左，一在车右，互相掩护前进。这样，一辆兵车的甲士共有二十六人，比寻常的兵车几乎多出了四倍。

尤其是无论甲士或盾牌手、弓箭手，体格都很魁壮，奔跑起来又快又稳，完全可以跟上疾驰的战车。整个军阵的排列以及进退回旋之势更非寻常可比。

每五辆战车组成一个小队，每三个小队组成一个大队。军阵中共有六个大队分成左、中、右三部分往复回旋，或中间两个大队突出而前，或左、右四个大队包抄而上，变幻莫测，奇诡难料。

另有十辆战车在军阵之间往来巡视，车上甲士手举大旗，左招右挥。车中架有金鼓，或鸣金，或击鼓，俱是同起同落，分毫不差。百辆战车闻听鸣金，立刻停止，闻听击鼓，又立刻前进。

"好，好！这上万士卒看来竟像一个人似的。"齐桓公又大叫道。

"兵法云'行慎行列'，讲的就是士卒要严守军纪，万众一心。争战最忌兵心不齐，武王在'牧野之誓'中反复叮嘱将士要部伍整齐，亦是此理。"管仲道。

"不错,太公当年助武王伐纣,军纪森严,部伍整齐,以四万五千壮士打败了纣王的七十万大军。"

"微臣历十余年所练三军,俱为百中选一的壮士,既严守军纪,又武勇敢战,非寻常军卒可比。只待主公一声令下,即可出征,大破卫师。"

"仲父所选之兵,个个力大武勇,寡人亲眼得见,敢不信乎?只是仲父所列军阵,与寻常军阵大不相同,兵器战车也有违常制,不知此为何故?"

"此乃隐军,不发则已,发则必胜。故以快捷迅猛制敌为要,一切辎重等物俱留之后队。虽决战仅以此百辆兵车,但仍须以寻常军卒万人自后接应。"

"哦,原来如此。"齐桓公恍然道。

"微臣当领此健锐当先决战,请主公领后队接应。"管仲道。

"不,寡人当身先士卒,亲临战阵。"齐桓公立刻说道。管仲一笑,心想,侍奉国君,当刚柔相济,方能引其进入王霸之道。虽然以霸主之尊,不宜亲临战阵,但大胜之功可以大顺其意,于齐国之霸业甚有益处,吾应听从国君之命。

一切正如管仲所料,卫国兵卒虽多,却是乌合之众,军心不齐,才一接战,便大败溃逃,车马辎重遗弃遍地。齐桓公、管仲率领一万精锐"隐军"乘胜渡过黄河,直抵卫国都城之下。

卫国四百乘兵车中只有二百乘逃进了都城,所余兵卒不足一半,且俱是心中恐慌如惊弓之鸟的疲惫不堪之师,难以与敌接战。卫懿公大为惊骇,慌忙召集朝中文武大臣商议退兵之策。

"君父,齐侯以天子之命伐我,名正言顺,势难抵挡。为今之计,唯有议和请罪,方为上策。"公子开方说道。他年约二十岁,身材高大,相貌英伟,威仪凛凛,然而说起话来却是细声细气,似是娇弱的女子一般。

"什么天子之命?寡人连天子都打了,岂惧天子之命?你身为公子,又为一军之帅,竟然让人用一百辆兵车打败了四百辆兵车。你不自刎以谢国人,还有脸在朝堂上说出此等屈辱之语吗?"卫懿公大怒,厉声喝道。

公子开方垂下头,默然不语,心中愤愤不已。不错,我卫国是有四百辆兵车,可那都是些什么车?有的辕断,有的轮裂,有的无轼。上到阵上还未与敌交锋,自己便先倾翻在地。还有那些兵卒,老的都快六十岁了,小的只十四五岁,连拉弓的力气也没有,又怎么能挡住个个壮实如牛,冲起阵来似虎狼一般的齐国兵卒?

奇怪,齐国的军阵与寻常大不相同,非经过长久习练,难以成功。只是我怎么从来没有听说齐国在习练如此厉害的军卒呢?齐国既有如此厉害的军卒,天下何人能够抵挡?我虽身为长子,君父却一直不立我为储君,偏又让我冲锋陷阵,其心实是可怕……

见儿子不吭声,卫懿公又将目光扫向众文武大臣。众文武大臣却都垂下眼皮,不敢与卫懿公的目光相接。

"你们都是卫国世代大族,受先君厚恩,奈何敌军兵临城下,却作如此模样!"卫懿公气急败坏地说道。众文武大臣仍是一声不吭。

"好,好!你们……你们……"卫懿公气得话都说不清楚,从坐席上一跃而起,向殿外奔去,边奔边吼道:"拿长戈来,拿长戈来!寡人亲自出战,与那齐侯决一生死!"

公子开方慌忙拦住卫懿公,磕头道:"君父切不可轻弃万金之躯啊。"

众文武大臣跟着跪倒下来,随声附和道:"是啊,主公不可轻弃万金之躯,不可轻弃……"

"哼!齐军一旦杀进城来,就是玉石俱焚,还论什么万金不万金的。"卫懿公扫视着众文武大臣,目光中全是轻蔑之意。

"君父不出城,宗族社稷或可保全。君父若轻身出城,则宗族社稷势必毁于一旦。我卫国立国数百年,可不能亡于主公之手啊。"公子开方说道。

卫懿公一怔,道:"齐侯号称尊王,怎敢灭我卫国?"

"当年以管叔之尊,尚可灭之,如今齐国既挟天子之命,又如何不能灭我卫国?"公子开方道。卫懿公似挨了一闷棍,眼前不由得一阵阵发黑。

"君父,齐国自称霸以来,轻易不动兵车。今单独领军杀来,其意显然是借此威慑别国,故我卫国只需服罪,便无大碍。"公子开方说道。

威慑别国?卫懿公心中一动,顿时明白了齐桓公为什么要用兵车来"感谢他"。天下值得齐国威慑的诸侯并不多,仅楚、秦、晋数国而已。周天子近来亲近晋国,必使齐国不满,欲借伐卫以警告晋国。

"也罢,你就代寡人到齐营去,请罪求和。"卫懿公有气无力地向公子开方挥了挥手。齐国既然只是威慑别国，就不会轻易灭了卫国。但若卫国拒不从命，齐国骑虎难下，就将不得不灭了卫国。

次日，公子开方携带五车黄金玉帛，出城向齐军请罪求和。齐桓公大为高兴，亲自将公子开方迎进中军大帐，以礼相待，好言抚慰。

公子开方诚惶诚恐，拱手道："不敬天子，罪在先君。望盟主怜我主公，降天高地厚之恩，使之安于君位，以图报效。"

齐桓公一挥手，大度地说："先王早有定制，罪不加于子孙。只要卫侯愿意听从天子之命，寡人又有何求？"

与卫国大军的一场大战，使齐桓公大感畅快，心中极是愉悦，对于战败的对手，很愿意表现一番他的宽宏大量。当然，依照周惠王的意思，绝对不能宽恕卫国，纵然不至于灭国，最次也须废了卫懿公的国君之位。但是齐桓公本来就不想讨伐卫国，又怎么会让周惠王舒心满意？他要让周惠王明白霸主的分量，对他这个霸主多加尊重。

公子开方没料到此行会如此顺利，喜出望外，连连对齐桓公施礼。

"罢了。"齐桓公让公子开方安于坐席上问，"你身为长子，能带兵，又知礼，卫侯如何不将你立为太子？"

"这……"公子开方犹疑了一下，才答道，"主公本欲立我为太子，只是我想着卫国多难，非贤者不能振兴，故屡屡推辞。"

"我看你便足可称为贤者。明日寡人派使者入城，让卫侯立你为太子，如何？"齐桓公笑问道。

"不，不！"公子开方连忙推辞道，"我不想成为太子？"

"连太子你都不想成为，那，那你又想成为什么？"齐桓公奇怪地问。

"我想……我想……"公子开方灵机一动，离席跪倒在齐桓公面前，道，"外臣愿归于齐国，为盟主效犬马之劳。"

齐桓公更奇怪了："你在卫国可南面为君，奈何欲北面事寡人为臣？"

公子开方磕头道："外臣既不愿为太子，留在国中，必至内乱。纵然盟主大军不来，外臣也将投往别国。然天下诸侯，有何人可及盟主之贤？外臣虽愚，却也自幼熟习礼法，深慕贤明之君。今若能追随盟主，实为外臣之幸，其乐远胜为君矣。"

齐桓公听了，不觉心花怒放，忙问："你说此话，可是真心？"

陈国公子投奔齐国，甘愿为臣，已是令齐桓公名望大增，而现在卫国公子又欲归于齐国为臣，将使齐桓公之贤名再次轰动天下。且陈国公子是惧祸投奔，而卫国公子是主动投归。陈国公子不过是先君之子，卫国公子却是在位国君的长子。卫国公子的投归比陈国公子的投奔，更能证明齐桓公不愧为一代贤君。

"外臣若非真心，当受天诛。"公子开方指天而誓。

"言重了，言重了。"齐桓公连忙离席，扶起公子开方。

当晚，齐桓公便在中军大帐里举行仪式，拜公子开方为上大夫，并与众随行文武欢宴至深夜，尽兴而散。

过了两日，公子开方回城复命，齐桓公命管仲将其送至营外。

"公子，在下有一事不明，卫国大臣渠孔、于伯、宁速、石祁子俱为贤臣，如何当此国难之际，不见有所作为？"管仲笑问道。

"仲父，开方已为齐臣，这公子之称还是免了吧。"公子开方道，他对管仲的问话无法回答，只好装作听而不闻。

其实，渠孔、于伯、宁速、石祁子等大臣根本不愿奉卫懿公为君，一直想立黔牟之弟昭伯顽的儿子姬申为国君。这些大臣甚至盼望着齐桓公能攻进朝歌城，杀死卫懿公，以使他们可以另立新君。面临如此君臣离心的情势，卫懿公应该速定太子之位，以固自身。可是卫懿公却不喜欢公子开方，想立宠姬所生的幼子为储君，这使得公子开方的处境分外凶险。他年龄既长，又握有兵权，卫懿公想立幼子，就必须先除了他这个长子。

公子开方唯一自保的方式，就是起兵叛乱，逐走或干脆杀死卫懿公。但这又必然给厌恶卫惠公一系宗族的大臣们一个极好的借口，大臣们可以借此以弑君的罪名合力攻杀他。公子开方犹如独立在孤耸的高崖之顶，不论往哪个方向走，都将陷入万劫不复的绝境。齐桓公的到来，使公子开方豁然明悟，寻到了一条生路。他的确想过投奔别国，但卫懿公因对抗周室，也连累他成了"不敬天子"的罪人。对于这样的罪人，各国自是不甚欢迎，随时可以将他出卖。而齐国就不同，齐国为倡导尊王的盟主，可以代天子赦免他的不敬之罪。况且齐国兵势强大，素喜排解他国之事。他归于齐国，一可安身保命，二可寻机返国夺取君位,实为两全之良策。

"哦,卫国公子已成了齐国大夫,在下倒是忘了。唉!成了齐国大夫,就难成卫国之君,可惜,可惜!"管仲叹道。

公子开方听了心中不觉一凛——论礼法,他做了齐国大夫,的确不能再成为卫国之君。这层道理他早就明白,但他更明白的是,天下有许多人只是将礼法当作攻击别人的利器,而自己从不遵守。

啊,这管仲果然名不虚传,竟然一下子就看到了我心中的打算。齐国既有管仲,我的谋划恐怕很难成功。看来,我非得紧紧抓住齐侯不可,齐侯喜欢奉承,得到他的好感也许并不难,可仅仅得到他的好感还远远不够啊,我必须得到他的宠信,以掌握大权。

可是,怎么才能得到齐侯的宠信呢?嗯,听说齐侯好色,以前十分宠爱先君之女卫姬。如今卫姬已老,想来已失去宠爱。我应该投其所好,献上一绝色美女。只是这绝色美女又到哪里去寻呢?啊,卫姬有一小妹,方才长成,美艳无比,听人说都远远超过了当年的卫姬。对,就将卫姬的小妹献与齐侯。我必能因此大得齐侯的欢心。

见到公子开方后,卫懿公又喜又忧,心中不知是个什么滋味。喜者齐桓公并不加罪于他,只要他今后听从天子之命就行了。忧者公子开方竟成了齐国的大夫,只怕与他日后的继承者大大不利。但在齐国大军压境的情势下,他虽名为君父,却不能也不敢对公子开方的举动加以阻止。

卫懿公退出朝堂,闷闷不乐地徘徊在后宫的池塘边。池塘周围有一群丹顶鹤,正优雅地迈着长腿,扇动着黑白分明的双翅,翩翩起舞。

"我的宝贝。"卫懿公叫着,一头扑进鹤群之中,在这只鹤顶上拍一下,在那只鹤颈上摸一下,神情沉醉。

列国诸侯或贪美色,或爱美酒,或喜财宝……各有不同。卫懿公最喜欢的是丹顶鹤,珍若性命,离开一会,心中就不舒服。而只要是身在鹤群之中,天大的事情,他也可以暂时忘得干干净净。

"嘎!嘎!嘎!……"丹顶鹤们绕着卫懿公叫着,更起劲地舞着。

"嘎!嘎!"卫懿公模仿着丹顶鹤叫着,边叫边挥动着手臂,乐不可支。

第十二章

鲍相败兴功宴散 虎父犬子君心乱

公子开方复命后，立即带着内眷家臣离开朝歌，回转齐军大营内，并找到一个机会悄悄告诉齐桓公卫姬小妹之美。齐桓公大喜，当即遣使纳币，入城面见卫懿公，求取卫姬小妹为姬妾。卫懿公自是不敢拒绝，选一吉日将卫姬小妹送至齐军大营。

恰在这时，楚兵欲伐郑国，已行至边境，闻听齐国伐卫一战大胜，又退了回去。郑文公欲趁机示好齐国，便以感谢齐军惊退楚军的名义，将其先君的公主亦送至齐军大营中。卫姬小妹和郑国公主正当妙龄，俱为绝色。齐桓公一下子得到两位美人，高兴得忘乎所以，在行猎中竟从车上摔了下来，几乎折断了双腿。管仲本想在卫国境内多待一阵，以显兵威，见此情景，只好传命班师。

一万精锐"隐军"浩浩荡荡拔营起程，回至临淄城中。天下诸侯闻听齐军仅以百乘兵车，就大败卫军，惊退楚军，震骇之下，争先恐后派使者入齐祝贺。就连晋国、秦国这等向来不服齐国的诸侯，也派使者来到了临淄城中，并送上厚礼。但最应该来到临淄的天子使者，却迟迟不见踪影。

周惠王痛恨齐桓公直恨到了骨子里，虽然周、召二公反复劝谏，让他遣使至齐，他也拒不听从。他根本不需要卫懿公听从王命，他要的是卫懿公的性命。卫懿公不敬天子，攻杀王师，其罪滔天，虽百死亦不足偿其大恶。而齐桓公仅一句"听从王命"，就轻轻巧巧地将卫懿公的大恶抹去了。

哼！听从王命？你这自称为霸主的齐侯第一个便是不听王命，又怎能让别人去"听从王命"？什么霸主，只要我周天子不赐下信物，你齐侯就永远不是真正的霸主。

尊王？你齐侯哪里是在尊王，你尊的只是黄金玉帛和美女罢了。想倚仗你齐侯振兴周室，岂不是想从老虎身上借来毛皮一样荒唐危险！

唉！天下诸侯数以百计，又有哪一位诸侯是真心实意想振兴周室呢？

天下诸侯啊，你们的土地、大众、城邑都是我历代先王所赐，没有我周室，又哪里有你们这些诸侯呢？可你们个个都是忘恩负义，只知互相争夺攻杀，从不知礼敬我周室。

礼乐崩坏啊，先王说，礼乐崩坏，社稷不存，难道我周室竟要像那殷商一样灭亡吗？

不，我周室并未似殷商那般昏暴，怎么会灭亡呢？

可是楚国已自称为王，晋国、秦国日渐强横，这三国中任何一国，都有亡我周室之意。似这般看起来，齐侯虽心术不正，毕竟自称尊王，比楚、晋、秦诸国，要强得多了。如果我和齐国闹翻了，齐国不再自称尊王，而自称为王，我又该如何？不，不能让齐国称王，齐国称王，晋国、秦国甚至宋国、郑国都必然也自称为王，那时天下势必大乱不休。我周室的灭亡也只在迟早之间啊！

我周室上承天命，怎能灭亡？不，我不能与齐国闹翻，齐国自称尊王，无论如何，也要比自称为王好得多。父王临去世时，告诉过我——不能相信齐国，也不可得罪齐国。父王的话，我不该忘记啊……

洛邑城的周天子站在朝堂前的台阶上，望着如血的残阳想了好多天，终于派出了使者——仍是没有带任何信物的使者。见周天子又一次屈服在"霸主"的威名之下，齐桓公心中兴奋至极，大宴群臣，厚赏有功将士。

盛宴至晚尚不足以尽兴，齐桓公令高燃烛火，作彻夜之欢。一根根手臂粗的巨烛插在了青铜烛架上。在深色的帘幕衬托下，点点烛火如漫天繁星，辉映在殿中每一个人的脸上。

齐桓公满脸酒意，几已忘了身在何处，大声传令，让卫、郑之国的美人到席前歌舞。竖刁应声让宫女们把卫姬小妹和郑国公主带到了朝堂上。卫姬小妹被齐桓公唤作少卫姬，而原来的卫姬就叫作长卫姬了。郑国公主则被叫作郑姬。此刻少卫姬和郑姬都穿着最名贵的蜀锦长裙,妖媚娇艳,光彩照人,令堂上的朝臣一时不敢仰视。

见此情景,齐桓公更是得意,一挥手道:"唱吧,把最好听的歌儿唱给寡人听听。"

少卫姬当先而行,微旋长裙,立于朝堂正中,随着乐工们演奏的卫国之音,歌唱起来:

爰采唐矣

沫之乡矣

云谁之思

美孟姜矣

期我乎桑中

要我乎上宫

送我乎淇之上矣

爰采麦矣

沫之北矣

云谁之思

美孟弋矣

期我乎桑中

要我乎上宫

送我乎淇之上矣

爰采葑矣

沫之东矣

云谁之思

美孟庸矣

期我乎桑中

要我乎上宫

送我乎淇之上矣

这是一首名为《桑中》的卫国歌曲,描述的是贵族男子和多个女子密订幽期的情景。少卫姬的歌声甜美娇柔,像极了当年长卫姬的歌声,令齐桓公一下子回想起了许多过去的绮丽之事。

美丽的长卫姬歌喉婉转,巧如百灵,齐桓公百听不厌,且尤其喜欢听那《桑中》之曲。可是近几年来,齐桓公却很少听到那《桑中》之曲。十多年过去了,长卫姬色已渐衰,歌喉也日渐沙哑。更糟的是齐桓公因为至今未立公子无亏为太子,使她的脾气变得极坏,以致动不动就会涕泪交加,口出恶言,如同街市上的泼妇。齐桓公见到长卫姬心里就会生出厌恶之意,哪里还有听歌的兴致。

宫中虽也有其他的卫国女子,但不论是美色,还是歌喉,都无法和当年的长卫姬相比。齐桓公为此常常生出遗憾之意,想着他在今后的岁月里,只怕再也难以遇到像当年的长卫姬那般美色歌喉俱佳的卫国美人。不想他在渐至衰老的时刻,却得到了少卫姬这般足可与当年长卫姬比美的佳人。齐桓公仿佛一下子年轻了许多,竟似少年人一样,不时从席上跳起来,大声为少卫姬喝彩。

少卫姬一曲歌毕,退下几步,让郑姬走上前来,歌唱郑国之曲。

郑姬的歌喉不太好,有些喑哑,但是透出一种入骨的媚意,令男人们一听就忍不住在心中浮起了艳想。齐桓公听了郑姬的歌声就浑身酥软,两眼蒙眬,只觉心跳加快,而根本听不清郑姬唱的是什么歌词。不仅是齐桓公浑身酥软,众大臣们也开始失去礼仪,彼此浪笑无忌,丑态毕露。

只有鲍叔牙仍然身子挺直地坐在席上,不苟言笑。他的目光也依旧似刀一样锋利,在大臣们脸上扫来扫去。这才不过是打败了小小的卫国,我齐国君臣怎么就自满至此,都到了放纵无忌的地步。将来若是战胜了楚、晋这等强国,我齐国君臣又当如何?

隰朋、宁戚、王子成父、宾须无、东郭牙本是我推荐于朝中的五杰,先前都还不错,近来却渐渐怠慢,成天嬉戏不止。这五杰当初拥主公即位,本就是为了希图富贵,如今富贵已至,他们也就不是当初的五杰了。唉!原先我怎么没有看出这一点呢?不过,他们究竟还是贤臣,只要善加引导,仍然是朝堂柱石。这引导之责,自然由相国来承担。可是管仲他一样是酒色荒淫,嬉戏无度。如此下去必将君不君、臣不臣,失去礼仪啊。

鲍叔牙想着,憋了一肚子闷气,只觉杯中的美酒像药汁一样苦涩。

在十年前他决不会感到如此憋闷,那时齐国正厉行礼法,纵然国君好色喜淫, 还不至于做出太过分的事来。今日齐桓公以内宫姬妾立于朝堂上歌舞,已是不合礼仪。而众大臣们不加劝谏,反倒浪笑无忌,已迹近"无耻"。

郑姬一曲歌罢,齐桓公还不满足,让郑姬再唱,并点着歌名要郑姬唱那著名的淫曲《丘中有麻》。

鲍叔牙再也忍不住了,陡地站起身来,大声道:"主公,臣愿歌唱一曲!"

齐桓公一愣,随即大笑起来:"哈哈,先生要歌唱一曲,那是再好不过了。你唱,快唱啊!"众大臣也跟着哄笑起来,催促鲍叔牙快唱。只有管仲在一怔之后,站起身欲劝阻鲍叔牙,却已迟了。鲍叔牙几大步便走至堂中,慌得少卫姬和郑姬连忙向帘幕后避去。

鲍叔牙让乐工们奏起雅乐,然后放开喉咙,似大吼一般"歌唱"起来:

是日既醉

不知其邮

侧弁之俄

屡舞傞傞

既醉而出

并受其福

醉而不出

是谓伐德

饮酒孔嘉

维其令仪

鲍叔牙唱的是小雅之乐中的一曲《宾之初筵》。曲中之意在于劝诫朝堂上君臣饮酒不可失度,不可失礼。这首《宾之初筵》很长,鲍叔牙只唱出了他最熟悉的一小段。

齐桓公和众大臣万万没想到鲍叔牙会在如此欢乐的时刻唱出这样一段败兴的曲子，一时面面相觑，不知如何是好。乐声也停了下来，喧闹的朝堂上忽然静得像没有一个人似的。

鲍叔牙上前几步，抱起盛满美酒的铜壶，将齐桓公面前的金爵斟满，然后跪下道："古贤曰:'明君良臣虽在至乐之时，不忘其忧。'臣愿主公满饮此爵，勿忘出奔莒国之仓皇。"

别人敬酒，都要祝我万寿无疆。你倒好，竟让我不忘当年出奔莒国的狼狈之事，这不是有意让我在众人面前难堪吗?唉!鲍叔牙啊鲍叔牙，十几年都过了，你这牛脾气怎么就不改一改呢?齐桓公心里极不舒服，勉强举起金爵，一饮而尽。

鲍叔牙又抱着铜壶走向管仲，斟满管仲面前的金爵说:"愿仲父满饮此爵，勿忘身为囚徒之耻。"

鲍兄啊鲍兄，我管仲岂是不知礼仪之人? 我是在有意引导主公为乐啊。只要主公感到快乐，他就不会干预朝政。我的平天下大业，才能顺利进行。这些道理我对你说过多次，你怎么就不明白呢?管仲在心里感慨着，站起身，恭恭敬敬向鲍叔牙施了一礼，然后举起金爵，一饮而尽，赞道:"鲍大夫乐不忘忧，实乃社稷之福也。"

欢乐的宴会再也无法欢乐下去，只有散场了事。

那场宴会过去了好久，齐桓公心中还是闷闷不乐。他是堂堂的霸主，本可以为所欲为，却要受制于朝臣。有好几次，他忍不住要发下诏令，将鲍叔牙逐出朝堂。虽说他终于没有发下诏令，但心中憋着的那股闷气怎么也驱之不去。心中不乐，行猎失了兴致，与少卫姬、郑姬欢乐之时，也提不起兴致来。他整日在宫中乱走，也不带着从人，撞到哪座姬妾的寝宫中，就在哪座寝宫里混上一天。

这日，他正撞进了长卫姬的寝宫，刚进大门，就听得里边传出"驾!驾!"的清脆声音。他阻止了宫女的通报，独自一人向声音发出的地方行去。拐过两个屋角，他在一丛碧绿的翠竹后停下身来。透过叶缝，他看见在平坦的院中摆着一辆小巧的朱漆战车。

这种战车矮小精巧,是孩子们的玩具,只能用狗来拖着。车上坐着身穿锦袍的两个孩子,一个已长成少年,有十四五岁,一个还是幼童,只有八九岁。而拉着战车的却不是狗,是竖刁和两个小寺人。

车上的少年学着御者的模样,一手握着缰绳,一手挥着长鞭,口中不断地喝着,向小寺人高高翘着的屁股上抽去。小寺人们吃痛不过,拉着小战车,手足并用,爬行如飞。竖刁已不那么年轻了,跟不上小寺人,累得呼呼直喘粗气。那车上少年是齐桓公的长子公子无亏,幼童是齐桓公的第三个儿子公子潘。

贵族公子从六七岁开始,就要学习礼、乐、射、御、书、数六艺。各国国君,无不对六艺非常重视,延请最好的师傅教导公子们学习六艺。齐桓公对他的公子们尤其重视,虽未具体给每一位公子指定师傅,但是将其亲信竖刁、易牙、公子开方三人定为公子们的六艺教导者,让公子们以师礼尊之。竖刁身在宫中,易牙能常常进入宫中,现在公子开方亦能随时入宫,好不威风,被齐国人呼为"三贵"。

竖刁、易牙、公子开方各有所长,合起来六艺俱精,使公子们学得了许多真实本领,令齐桓公十分满意。此刻公子无亏的御术看上去学得不错,一招一式俱是中规中矩。

"啊!"竖刁忽然痛叫了一声,原来他的屁股上也挨了一鞭。

齐桓公看不下去,喝了一声:"停下!"大步从竹林后走了出来。

公子无亏停下车,和公子潘跳下来,跪在齐桓公面前,行礼道:"见过君父!"

竖刁累得站不起身子,趴在地上磕头道:"微臣见……见过主公。"

齐桓公扶起竖刁,瞪着公子无亏,斥道:"你难道没有学过'礼'吗?竖刁是上大夫,又是尔等之师,你怎可如此不敬师长?"

公子无亏毫无惧色,昂起头道:"我是国君的公子,君为天,臣为地,君命不可违。竖刁大夫是师,又是臣,我让他怎么样,他就得怎么样。"

"放屁!"齐桓公大怒,厉吼道,"是谁教你这等混账道理?"

"是君父教的。那天君父踢我娘,说我娘是臣,君父想让我娘怎么样,娘就得怎么样!"公子无亏大声道。

齐桓公听了,心中一颤,只觉一股寒气迅速漫至全身。

前些天,他偶然来到长卫姬之寝宫中宿了一夜。长卫姬使出百般手段,要迫使他兑现诺言,立公子无亏为太子。齐桓公开始还耐心对长卫姬解释着,后来烦了,没头没脑地对卫姬大吼了一通,还向长卫姬踢了几脚。乖乖,无亏这小子长大了,竟会记仇呢!今后在他面前,我可得小心些。

齐桓公想着,目光扫向公子潘,问:"你怎么也不懂礼法,不敬师长呢?"

公子潘脸涨得通红,憋了半天,才说:"儿臣知道礼法……儿臣一切听大哥的,就是……就是知道礼法。"

齐桓公听了,哭笑不得:"你娘那么聪明,怎么就养下了你这么个蠢材?"

公子潘垂着头,一声不吭,眼珠却悄悄转动着,向公子无亏望过去。公子无亏高昂着头,满脸都是不服气的神情。

"主公,你别生气,公子们还小,不知道什么。"竖刁忙说道。

"他不小了,鲁侯像他这般岁数,都做了国君,可以领兵打仗了。"齐桓公盯着公子无亏说道。

"主公,大公子御术不错,箭法也很了得,前些时游猎,竟射中了一头大野猪呢!主公若让大公子上阵杀敌,臣保大公子决不会弱于当年的鲁侯。"竖刁笑着说道。齐桓公心中一动,心想让无亏这小子到战阵中见识见识,说不定会把他磨炼出来,可以做我齐国的太子。

"君父,让我去上阵杀敌吧!我喜欢打仗!"公子无亏叫着,面露喜色。

"这个,待你学好了礼法再说吧。嗯,潘儿,你娘也到这里来了?"齐桓公问。

"来了。二哥和他的娘也来了。"公子潘这次的回答倒很流畅。

"嗯,你们在这儿玩吧。竖刁,随我过去看看。"齐桓公说着,向后殿走去。

奇怪,潘儿的娘葛嬴和雍儿的娘宋华子向来与长卫姬不和,平日里互不来往,偶然碰到一起就指桑骂槐,明争暗斗不休。可她们又怎么凑成了一堆儿呢?齐桓公想不明白,也不愿多想。后宫的美人们只应该是为了他的快乐而存在,不应该使他感到伤神。

还没走进后殿,远远就听得叽叽喳喳的女人声音响成一片,齐桓公忽然童心大起,对竖刁使了个眼色,避开正面的台阶绕到侧面贴着墙根行至殿窗之下。殿窗后悬着帘幕,齐桓公看不见殿中的人,却能清晰地听见殿中传出的说话声。竖刁紧挨在齐桓公身后,脸色苍白,心中大跳不止。

他已清除了宫中所有的"对手",俨然成了宫中的"主人"。寺人和宫女们对他稍有拂逆之意,就会被他毫不犹豫地杀死。宫中的许多人见了竖刁,就像见了老虎一样恐惧。竖刁在宫中作威作福,做尽了歹事,甚至和易牙合谋,将宫中有些姿色的宫女偷运出去,卖与巨富做妾,从中得到无数黄金美玉。这些事他虽做得很隐蔽,但难免会有几丝风声吹到长卫姬等人的耳中。如果长卫姬等人此刻抖出这件事来,他竖刁只怕是死无葬身之地。

当然,他对长卫姬等有身份的姬妾异常恭顺礼敬,深得长卫姬等人的好感,加上长卫姬等人又想借重他多见主公,一般来说,绝不会抖出他做的歹事。但是在背后,长卫姬等人难免会说出他的坏话。且这种背后说出的话,最能使人相信。竖刁此刻只能暗暗祈求上天,不要让长卫姬等人说出任何有关他的话题。

"姐姐,无亏都这么大了,应该早些定下名位才对啊。"这声音清脆如玉,是葛嬴在说话。

"主公没良心,说话不算话,要遭天报应的。"这声音沙哑哽咽,满带恨意,是长卫姬在说话。

"竖刁大夫在主公面前说得上话。姐姐何不送给他几块玉璧,让他为无亏说上几句好话?"这声音柔和温顺,是宋华子在说话。

"哼,竖刁他这条狗,见谁有势就绕着谁的屁股转。如今宫中来了两个小妖精,把主公迷得晕头晕脑。竖刁也就跟着那两个小妖精转个不停。哼!竖刁算是什么东西,还想让我送给他玉璧,做梦去吧。惹恼了我,把他的……"

"啊——"竖刁不等殿内的长卫姬把话说完,陡地尖声厉叫起来。

齐桓公吓了一跳,猛地转过身,怒声问:"你,你鬼叫什么?"

"好大……好大一条蛇,从上面掉……掉下来了。"竖刁脸色苍白地指着屋檐说道。

"你说什么,蛇?啊,蛇在哪里?"齐桓公脸色大变,目光在地上四处搜寻。但见地上都铺着方整的青石,毫无蛇的踪影。

"臣妾见过主公!"殿中的长卫姬等人被竖刁的叫声惊动,都奔了出来,看见齐桓公，连忙跪下行礼。

齐桓公的目光缓缓在长卫姬、宋华子、葛嬴的脸上掠过。这些脸庞曾经无比艳丽，给了他无尽的欢乐，让他流连忘返。可是现在，他却再也见不到过去的艳丽。他能见到的只是一张张苍白蜡黄、毫无生气的妇人面孔。

美人们只在这宫中待了上十年，无不变成如此一副令人生厌的面孔，却是为何？少卫姬和郑姬在十多年后，是不是也会变成如此模样？齐桓公烦恼地想着，目光转向了他的第二个儿子公子雍。

公子雍生得唇红齿白，模样清秀，像是一个女孩儿。神态也像女孩儿，都十多岁了，还依偎在母亲宋华子怀中，羞怯怯地如同一只小鸟。寡人乃堂堂霸主，怎么会生下这样一个儿子？齐桓公不满地想，扭头问着竖刁："蛇跑到了哪里？"

"跑，跑……"竖刁眼珠急转着，忽然看见石缝中有一个雨水冲出的小洞，忙伸手指过去，"蛇逃到了这个洞里。"

齐桓公拔出腰间佩剑，对公子雍招着手："雍儿，过来。"

公子雍先抬头看了看母亲，见母亲正用眼神鼓励他，这才向齐桓公走过去。

"去，把那条蛇挖出来，杀了它！"齐桓公将佩剑递到公子雍手中，命令道。

公子雍脸色顿时苍白起来，接过佩剑，双腿不停地颤抖着，无法迈出一步。

"雍儿，有娘在这里，你别怕。听君父的话，过去把蛇杀了。"宋华子有些着急地对儿子说道。

剑刃宽厚，根本无法挖开石缝中的小洞。齐桓公只是以此来试试公子雍的胆量，但公子雍并不明白齐桓公的用意。听见母亲的话，勉强向前走了两步，就再也走不下去了，两只眼睛亮晶晶的，全是泪水。齐桓公大怒，夺回佩剑，顺势一脚将公子雍踢倒，转身就向寝宫外走去，抛下身后公子雍和宋华子的哭声。竖刁忙跟在齐桓公身后，心中兀自怦怦乱跳，大气也不敢呼出一声。

齐桓公径自走向宫外，竖刁见状立刻传命备车，直驶公子开方府中。每逢怒气难耐的时候,齐桓公就会到公子开方府中痛饮一醉。公子开方和公子完一样有着"贤名",却不会一本正经地劝止齐桓公夜饮。齐桓公在公子开方那里丝毫不感拘束,每次痛饮都能尽兴而散。作为齐桓公的亲信,竖刁和易牙也常常到公子开方府中饮酒作乐。

竖刁和易牙出身低贱,行事又太卑劣,似公子开方这等出身极为高贵的大夫一般都不会理睬他二人。可是公子开方却对他二人异常恭敬,待若上宾,并当着齐桓公的面称赞他二人是齐国少见的忠良贤士。这使得竖刁和易牙大感舒心畅快,也交口在齐桓公面前称赞公子开方。本来,齐桓公是想让公子完来教导诸位公子的,可是在竖刁和易牙的力推之下,却把教导诸公子的重任放在了公子开方的身上。

竖刁跟随齐桓公久了,也学会了御车的本领。他常常有意瞒着易牙,单独随齐桓公到公子开方府中去饮酒。公子开方和卫国有着密切的关系,他想使公子开方成为他的"心腹之交",以便缓急之时,能够利用卫国的力量来对付敌手。但易牙也常常背着他,单独去公子开方府中拜访。有好几次,竖刁和易牙"碰巧"在公子开方府中相遇。今日竖刁和易牙又一次在公子开方府中"碰巧"相遇,两人虽是满含笑意,热情招呼,心中都觉异常别扭。

公子开方府中并不太过豪奢,连一般上大夫家铺着的花纹羊毯也没有。宽阔高大的后堂上贴墙悬有几块精致的玉璧,显出主人高贵的身份。齐桓公如同往常一样,高坐在正席上。竖刁、易牙左右相陪。公子开方则另据一案,相对宾客而坐,以示敬意。

齐桓公没有即刻让公子开方传上酒菜,先问着:"你在卫国久居宫中,应该知道些宫中之事。你能否给寡人说说,为何那些平日吵吵闹闹的年老姬妾们又凑到了一起?"

"这……这个……"公子开方欲言又止,面露难色。

"这里又没有别人,就我们几个知心君臣,你还顾虑什么?"齐桓公不满地说道。

"请恕微臣直言。主公久不定太子之位,使人疑心主公虚此大位以待新宠所出之子。故后宫旧人多有怨言,欲使主公早定太子之位,以免将来为新宠所欺。"公子开方正色道。

"唉！寡人待后宫向来无新旧之分，俱都加以恩宠，岂有……岂有……"齐桓公连连摇头，不知怎么说才好。

"主公至为贤明，岂有厚新薄旧之心？然妇人心胸狭窄，只会看到眼前之物，哪里能够明白主公的一片苦心呢？"公子开方说道。

"对，就是此理，就是此理。"齐桓公连连点头，感慨道，"知我心者，还是公子开方啊。"

娘的，这公子开方的一张嘴，比我还会说。竖刁在心里又是佩服，又是妒忌地想着。

"齐为天下霸主，论理也应该及早定下太子之位。"公子开方说道。

"这事仲父和鲍先生都对寡人说过。其实寡人何尝不想早定太子之位，只是……只是寡人有难处啊。"齐桓公苦着脸说道。

公子开方、竖刁、易牙三人听了，你看看我，我看看你，都是作声不得。定太子之位，乃是最易引起国君猜疑的一件事，臣下也轻易不愿对国君提到这件事。

"如果我齐国是寻常诸侯，也还罢了，随便立哪一个为太子都行。可是我齐国乃是霸主之国啊，这太子之位定得稍有不慎，必定是后患无穷。你们只看到寡人现在的霸主威风，哪里知道寡人当初为求这霸主的名号，受了多少罪呢？其实认真想来，寡人还不算真正得到了霸主名号……这些事先不说它，来，来……把酒端上来，且喝他个一醉方休，快活一日，便是一日。"齐桓公满腹牢骚地说着。

"主公心有疑虑，何不卜筮以决之。"易牙不待公子开方传命，忙抢着说道。他近些时来全副心思都用在了"定太子之位"上。经过反复权衡，易牙认定他在当今国君这一代无法谋得权位，进而执掌朝政。他唯一的希望，就是通过结好太子，在下一代国君手中夺得他想夺取的一切。

齐桓公没有嫡子，依照"立储以嫡、无嫡以长"的礼法，他应该立公子无亏为储君。何况公子无亏性格刚强，喜好武勇，其余公子难以相比。齐桓公就算不愿以长幼定储位，改为以贤定储位，也应该选中公子无亏。易牙看准了这一点，在暗中百般结好长卫姬和公子无亏，深得母子二人的欢心。长卫姬甚至暗示，若公子无亏将来能登大位，他易牙就是齐国的第二位仲父。

不想齐桓公却迟迟不立太子，且看上去也不甚喜欢公子无亏。易牙心中大为焦急，唯恐他的一番心血白费了，几乎日日要到公子开方府中来，明里暗里鼓动公子开方劝说齐桓公早定储位。但公子开方本是一个极聪明的人，岂会上了易牙的当，去贸然触怒齐桓公？易牙无奈之下，只得亲自上阵，冒险一搏。他兼掌太卜之事，只要齐桓公愿意卜筮决疑，他就可以借"神明"之口，来说出自己想说的话。

"寡人倒忘了，你也算是半个太卜呢。嗯，你就给寡人算上一卦，看看是否到了该立太子的时候。"齐桓公果然被易牙的话语打动了。易牙心中大喜，立刻找来蓍草，演算起来。齐桓公、竖刁、公子开方三个人的眼睛一眨也不眨地盯着席上的蓍草。易牙熟练地演算着，没过多久，已得出了一卦。

"此卦名为'归妹'，向来被视为凶卦。"齐桓公说着，眉头紧皱。

"此卦若为征战之事，则车陷泽中，上有雷击，自是大凶。但主上问的是立储之事，则是大吉矣。"易牙笑道。

"不错，'归妹'实乃婚嫁之意，婚嫁兴，国中人丁必旺，当为大吉大利之事也。"公子开方欲显示其博学，忙说道。

"寡人问的是立储之事，又和这'归妹'有什么相干？"齐桓公不解地问。

"此卦正是神明指示主公立储之意啊。主公请看，卦象数为'初九'，其辞曰：'归妹以娣。跛以有履。征，吉。'这段卦辞有两重意思，一重是说：'嫁女其姊妹应同嫁一夫。'另一重是说：'跛脚而能行走，大吉。'总的意思是说，主公若定储位，应该选择姊妹同嫁一夫者所生的儿子，这个儿子还必须是长子。如果选择了这样一个儿子为储，将来他就算是遇到了困难，也可逢凶化吉。"易牙说道。此言一出，竖刁和公子开方顿时心下雪亮，明白了易牙想推举谁为太子。

在后宫有身份的姬妾中，只有长卫姬和少卫姬是姊妹同嫁一夫，而且长卫姬的儿子在诸公子中又居于长位。易牙几乎是说白了，公子无亏应该被立为太子。

其实在竖刁和公子开方心中，立谁为太子都行。在名义上，他们是所有公子的师傅，任何一位公子被立为太子，他们都能以这层关系来讨好、利用并最终控制太子。对于易牙算出的这一卦，他们都打定了主意，不再说好说歹,由齐桓公来做决断。

然而齐桓公却迟迟不能做出决断,眼睛牢牢地盯着席上的蓍草。过了良久,齐桓公才说道:"卜筮之事,不可不信,也不可全信。若全然信之,则一切大事俱可由鬼神断之,还要寡人干什么?"

"那是,那是。君者,天也。君命大于神明,一切大事,自然是由国君断之。"易牙忙说道,他担心齐桓公看穿了他的心思,认为他在结交后宫。外臣私与后宫结交,是一项极重的大罪,论律该当斩首。

"可有些事,寡人也难决断啊。唉!不说这些了,越说越烦。快,快把美酒端上来!"齐桓公大声呼喝道。

美酒端了上来,公子开方府中的卫国美女们也迈着轻盈的舞步走了上来。齐桓公渴望他能沉醉在美酒和美女之中,忘掉一切烦恼。

第十三章

扶燕制敌伐山戎 鱼丽之阵逞英雄

齐桓公想忘掉一切烦恼，偏偏烦恼犹如江上之水，一波未平，一波又起。

一天，齐桓公来到了蔡姬宫中，与她乘舟游池为乐。蔡姬善于游水，更擅长驾舟。然而齐桓公却很怕水，每次乘舟游玩，必将蔡姬带在身边。她虽已年过三旬，因为没有生过孩子，姿色依旧艳丽，身子也灵动如少女一般。

齐桓公已是一刻也离不开酒，连舟中也备下了酒具。蔡姬平日无忧无虑，像是个永远也长不大的少女。齐桓公宠幸她，她好像很快乐；齐桓公久久不与她相见，她似乎一样很快乐，寝宫中日日都会传出她的笑声。

齐桓公每当听见蔡姬的笑声，心里就不怎么舒服。他看惯了后宫姬妾们为了得宠而争风吃醋，寻死觅活。可蔡姬竟不这样，好像他这个堂堂霸主似可有可无，没什么了不起的。除了乘舟游玩之外，齐桓公很少与蔡姬相见，有意对蔡姬加以冷落。

齐桓公在舟上喝酒，蔡姬也喝。忽然一阵风吹来，小舟左右乱晃。齐桓公吓得怪叫起来，趴在舟中一动也不敢动。蔡姬看到齐桓公如此狼狈，忍不住哈哈大笑起来，趁着酒兴，弯腰用手撩起水花，洒向齐桓公。齐桓公大怒，喝骂蔡姬不知规矩。蔡姬见齐桓公发恼，更觉有趣。不仅以水相撩，还分开两腿，站在舟上，左右摇晃。把池中的水晃进了舟中，将齐桓公的衣服浸得透湿。齐桓公恐惧地喊起救命来，当他被蔡姬送到岸上时，觉得颜面大扫，竟喝令竖刁立刻将蔡姬送回娘家。

一国遣回所娶的另一国公主，是件极不礼貌的事情，很少有国君这么做过。此时蔡哀侯已死，国君由太子承袭，是为缪侯。蔡缪侯年轻气盛，并不像他的父亲那样对齐国敬畏。见齐桓公将妹妹遣回，心中大为愤怒，对众文武大臣道："齐国不把我蔡国放在眼里，我蔡国也不必认齐国为盟主，天下难道只有齐国是强国吗？"

蔡国的文武大臣们向来分为两派，一派主张结好齐国，一派主张结好楚国。主张结好齐国的大多数是老臣，随着蔡哀侯的去世，已在朝中失了势力。结果主张结好楚国的少壮之臣占了优势，他们纷纷进言，劝蔡缪侯借此机会背弃盟约，与楚结好。

蔡缪侯为了让齐桓公知道他不是任人欺负的弱者，同时也为了向楚国示好，竟派使者入楚，欲将妹妹改嫁给楚王。楚王见蔡国主动"投顺"，喜出望外，一口答应了婚事。

齐桓公处处与楚国作对，早已成为楚王时刻想打击的头号敌人。把齐桓公的姬妾"挖"过来成为楚王的姬妾，无疑是对满口礼法的齐桓公沉重的打击。蔡姬又一次做了新娘，南行千里，踏进幽深陌生的楚宫里。

齐桓公得知这一消息后，暴跳如雷，几欲疯狂。他只是遣回蔡姬，并未写下休书，从礼法上说，蔡姬仍是齐国人，仍是他齐桓公的姬妾。齐桓公不过是想惩罚蔡姬一下，过些时日依然会把蔡姬接回齐国。他并不愿为了蔡姬而失去蔡国，在中原各大国中，蔡国离楚国最近。蔡国站在齐国这一边，无疑是对楚国的一种不可忽视的压力。但他做梦也没有想到，蔡缪侯居然会把名义上仍属于他的蔡姬"改嫁"给楚王。这对于一个普通诸侯来说，亦是无法忍受的奇耻大辱，何况他乃堂堂的天下霸主。他当即传管仲、鲍叔牙进宫，要发倾国之兵，踏破蔡国，并亲手将蔡缪侯杀死，以雪心头大恨。

"蔡国如此无礼，实为可恨。然以我齐国之强，也不必发倾国之兵，命一大将领兵车二百乘，再知会宋、陈两国各出兵车百乘，就已足矣。"鲍叔牙道。

"不，寡人非得亲自出征不可。二百乘兵车太多，寡人只需领隐军百乘，就可擒杀蔡缪侯。"齐桓公怒气冲冲地说着。

"这……"鲍叔牙的目光向管仲望了过去，希望管仲能出言阻止齐桓公。他素重礼法，对蔡缪侯的举动极为愤恨。但他又认为这件事对齐国来说，有些尴尬，不宜大张旗鼓，弄得天下沸腾。管仲好像没有看到鲍叔牙的目光，默然无语，神情悲哀，似正想着什么伤心之事。

"仲父你这是怎么啦？"齐桓公奇怪地问。

"我在想，这世上的妇人也太过厉害，夏桀亡于妹喜，殷纣亡于妲己，幽王亡于褒姒，如今威名赫赫的天下霸主，又要亡于蔡姬了。"管仲感慨地说道。

"什么，你竟……你竟然说寡人要亡于蔡姬么？"齐桓公大怒。

"蔡国虽比卫国略强些，但要与我齐国对抗，恐怕是力所未及，仲父何出此言啊？"鲍叔牙困惑地问。

"蔡国自不足道。然蔡国行此无礼之事，自是要示好楚国。我军兵临蔡国，楚必来救。区区百乘战车，何能抵挡楚军？若主公万一有失，不是亡于蔡姬之手，又是亡于谁人之手？"管仲冷然说道。

鲍叔牙心中一凛道："不错，楚国一直想把蔡国拉过去，我军攻蔡，其必来救。主公若贸然进兵，恐遭不测。"

"哼！我齐国称霸，他楚国自是不服。齐、楚早晚必有一战，晚战不如早战，又怕他怎的？仲父苦心训练的三支隐军，不就是用来对付楚国的吗？这次我们全拉出去，难道还不能打败楚国吗？"齐桓公厉声问道。

"不能。"管仲毫无畏惧地说着。

"仲父不是说过，隐军一旦练成，就是天下无敌吗？为何此时仲父又说不能打败楚国，莫非从前仲父是在欺骗寡人吗？"齐桓公话语中带着难以压抑的怒气。

"我隐军有兵车三百乘，以一当十，可当敌军兵车三千乘，何惧楚国？然主公此次出征，非是与一楚国为敌，而是与三方强敌为敌。我隐军虽勇，同时与三方强敌大战，未免力有不及。"管仲说着，语气缓和了许多。

"三方强敌？是哪三方？"齐桓公问。

管仲让内侍取来地图，指指东边靠海的地方，又指指西边靠汾水的地方，说："海边山戎夷族，还有汾水之畔的晋国，无时不对我齐国虎视眈眈。我兵伐楚国，其必乘虚来攻。楚有兵车二千乘，晋有兵车千乘，山戎有精骑万人，亦可当兵车千乘，此共有四千乘兵车之威，我齐国如何抵挡？"

"这……"齐桓公如被人当头打了一棒,脑中嗡嗡乱鸣,说不出一句话来。

山戎乃北戎之分支,其首领常驻令支。山戎之族以游牧为主,也有务农之人。其统辖之地广大,背靠大海,东南与齐国鲁国为界,西与燕国为界,北与北戎为界。南北千里,东西五六百里,拥部众数十万,精锐骑兵万人。数十年前,山戎曾大举伐齐,给齐国带来了极为深重的灾难。后来山戎内乱不止,无力以大兵侵伐齐国,但仍常常以小队骑兵侵扰齐国边境,令齐国不得不在北部边境上屯以重兵。

齐桓公称霸天下,四处宣称尊王攘夷之道,引起了北戎诸夷族的极大恐慌与愤怒,他们日夜操练骑军,欲攻袭齐国。只是看到齐国兵势强大,暂时不敢轻举妄动。

楚国远在千里之外,兵车之众,为天下第一,齐国欲胜楚国,非发倾国之兵不可。一旦齐国兵发千里之外,山戎必竭其全力,乘虚攻伐齐国。齐军士卒闻听家乡被夷族攻伐,军心必乱,必大败溃逃。这个时候,晋国就会借着帮助齐国驱逐夷族的名义,号令天下诸侯,兵进齐国,轻易地夺去齐国的霸主之位。如此,就算齐国能够保全,但他齐桓公的君位性命,只怕无法保住。

"主公,仲父所言极是,不可贸然进兵啊。"鲍叔牙再次劝道,他心中忍不住对管仲大为佩服。其实管仲所讲的这些道理他也明白,只是急切间竟想不到这上面去。

"难道对蔡缪侯的无礼寡人就忍了不成?"齐桓公瞪大眼睛问道。

"当然不能忍了。我齐国是霸主之国,岂容轻视。我齐国须发倾国之兵出征,但不是出征楚国,而是出征山戎。"管仲沉声说道。

"出征山戎? 这……这是为何?"齐桓公大感意外。

"主公欲成为真正号令天下的盟主,必欲威服晋、楚,而欲威服晋、楚,必先除了山戎之患。"管仲边说边指点着地图,"主公请看,楚国与齐国隔有蔡、陈、许、宋、徐、鲁、邾、莒诸国,其欲伐我,必先征服这大小十数国。然楚国虽强,一时也无力征服如此众多之国。故楚国虽为大害,尚难危及心腹。晋国与齐国隔有卫、曹、邢诸国,欲伐我齐国,必先借道,但其若无堂堂正正的理由,谁肯借道与他?所以晋国也难称为腹心之患。真正的腹心之患,实为山戎。其勇悍善战,又精于骑术,一日可行数百里。朝发之,夕便可至临淄,危害极大。"

"不错,我齐国应当先征山戎。此举不仅可保边境安宁,且可应了'攘夷'之名,实为堂堂正正之战矣。"鲍叔牙兴奋地说道。

"山戎多为游牧之民,善于迁移,恐难一举灭之。"齐桓公皱着眉头说道。

"微臣近日思得一策,虽不能将山戎一举灭之,亦可永绝后患,并能威慑晋国,使其不敢对我齐国轻举妄动。"管仲道。

"哦,此为何策?请仲父详细讲来。"齐桓公来了兴致。

"此策名为'扶燕制敌'。燕乃召公所封之地,本为大国,只是近年屡受山戎之欺,国势渐弱,难以自保。我齐国将山戎之地尽数赠予燕国,并多送兵车弓戈,以壮燕国之势。这样不出数年,燕国必复强盛矣,对我齐国也必将感激不尽。燕在晋之西北,可从后面掩袭晋国。有燕国为齐国强援,晋国必不敢轻易犯我齐国。如此,我齐国已绝无后顾之忧,可发倾国之兵,与楚国一决胜负。"管仲微笑着说道。

"此策大妙,可服燕,可绝山戎之患,可制晋,实乃一箭三雕也。"鲍叔牙大声道。

"这……这燕国强盛起来,若不服我齐国,又当如何?"齐桓公问。对于管仲的计策,他已在心中佩服得五体投地,可仍是想挑出些"毛病",以显示他明察秋毫的贤君风范。

"山戎乃是北戎一支,燕国得了山戎之地,就和北戎结下了深仇。燕国为抵挡北戎,只能依靠我齐国之力,绝不敢不服我齐国。"管仲答道。

"山戎、楚国、晋国是强敌,秦国也是强敌啊。仲父为何不提秦国?"齐桓公又问。

"齐为天下之东,秦为天下之西,相距太远。秦欲侵齐,北行必须越过晋国,南行必须越过楚国。以秦国之力,无论晋、楚,都绝难胜之。故百年之内,秦国无法与齐为敌。虽然其国势不弱,亦可略而不计。"管仲道。

"嗯,仲父之言,深得寡人之心。如此,就请仲父点齐兵车,北伐山戎。"齐桓公欣然说道。

"山戎凶悍狡诈,我军必出其不意,方可大胜。济水之畔有一郜国,屡有无礼之举,我军可声言灭郯,集大军于边境。"管仲道。

"山戎之地大多是荒野,军中粮草转运,须仔细筹备。"鲍叔牙道。

"不错,粮草转运切不可大意,就劳鲍先生处置吧。"齐桓公道。

"微臣探得山戎有意伐燕,我军当等待山戎兴兵之后,才可行动,以显示我军乃仁义之师,急人所难。"管仲道。

"管老弟,你这'扶燕制敌'之策怎么从未对我提起,是不是上次朝堂大宴之时,我扫了你的面子,你不高兴了?"鲍叔牙有些不满地说道。他和管仲进出宫中,本可享受乘坐肩舆之礼,但二人几乎从未真的坐过肩舆进出宫中。此刻二人又是一步步顺着漫长的御道,向宫外缓缓走着。

"哪里。多亏上次鲍兄之言,小弟才自觉应当更加努力,方想出此策。只是有些地方尚未想妥,故未及相告。"管仲言不由衷说道。

自从上次朝堂大宴之后,他和鲍叔牙见面的时日愈来愈少,他怕听到鲍叔牙所说的那些话。他要建平天下之大业,也要日日享受酒色之乐。但鲍叔牙只想让他建平天下大业,却看不惯他享受酒色之乐。

"管老弟这'扶燕制敌'之策若能成功,则平天下之大业,指日可成矣。"鲍叔牙说道。

"不是小弟夸口,平定天下,此时已非难事,难的是我齐国霸主之位,不知如何才能长久保持下去。"管仲道。

"是啊,主公虽可称为贤君,却在立储大事上……"鲍叔牙摇着头,无法说下去。为人臣者,背后议论国君,不合礼法。鲍叔牙欲正朝官淫逸之风,大力提倡礼法,并身体力行,非礼勿视,非礼勿言,弄得他自己都有些受不了。然而有些"非礼之言",他又不得不说。

列国中最难处置的事情便是立储,常常因此造成国中大乱。避开大乱的最好办法,就是依照礼法,早立太子。齐桓公正室夫人无子,依照礼法,应该立公子无亏为储君。可是齐桓公至今却毫无立公子无亏为储的迹象,令鲍叔牙心中焦虑不已,顾不得臣下不宜干预立储的"礼法",屡屡提醒齐桓公该立太子了。

齐桓公对于鲍叔牙的提醒,总是装作没有听见,以别的言语岔开。如此下去,将来齐国必生大乱,霸主之位,难以长久保持。鲍叔牙这句话好几次欲在齐桓公面前说出来,又咽了回去。这类话说多了,他未免会被齐桓公视为欲与公子无亏结党,反而会使齐桓公更加不肯早定储位。

听着鲍叔牙说出的半截话语,管仲并未搭腔。他开始也曾劝过齐桓公早定储位,但仔细观察了齐桓公的几位公子一番后,就不再说什么了。他认为齐桓公的几位公子中,没有任何一人能够成为贤明之君,可以继承父亲的霸业。他对此大为失望,不自觉地在鲍叔牙面前露出了"霸业难继"的感慨。兵伐山戎,路远道险,必须思谋万全,方可行之。管仲在心里想着。

果然不出所料,在周惠王十三年(公元前 664 年)冬,山戎首领密卢亲率一万精骑攻伐燕国,连陷城邑,大肆劫掠。燕国抵挡不住,急派使者入齐,请求盟主发兵救援。齐国大军早已集于郜地,燕国使者刚至,齐桓公便下令北伐山戎。

鲁庄公闻听齐军北伐,忙率战车百乘,赶至齐军大营中,对齐桓公说道:"鲁国亦是屡受山戎之害,寡人愿随盟主出行,以靖北方。"

齐桓公大为高兴,称赞了鲁庄公一番,道:"北地道远路险,兵贵于精而不在于多,贤侯不必劳顿。寡人此番若能大胜北夷,当是贤侯之诚心感于天地。若此行不利,还须贤侯以生力军相援。"

鲁庄公大大松了一口气,恭维齐桓公几句后,连忙告退。他根本不想深入北方苦寒之地去"受罪"。但齐桓公既是盟主,讨伐的亦是鲁国之敌,他不能不硬着头皮前来"表示"一番。齐侯变得这样通情达理,倒真像是个盟主了。鲁庄公在返回的路上奇怪地想着。

齐桓公所以变得"通情达理"起来,是因为他的心情极为愉快。

郜国虽是个小国,亦有兵车数十乘,且依河筑邑,地势险固。齐桓公当初与天下诸侯会盟之时,也曾派使者邀请过郜国国君。不想那郜君居然大发雷霆,将齐国使者赶出了都城。

郜君说:"寡人先祖乃姜太公之嫡孙,论起辈分,齐君应该称寡人为爷爷,岂有孙儿派使者邀爷爷会盟之理?"还说,齐侯若想让他会盟,除非亲自来请,并充当御车之役。

齐桓公大怒,当即就要发兵灭之,被管仲阻止,说:"郜为齐之同姓,亦为太公之后。灭同姓国,是为不义。"齐桓公听了,暂且压下心中怒火,不再理会郭国。但在他的心底,却一直没有忘记对郭国的痛恨。

此次齐国大军兵临郭国,本为迷惑山戎,并非真欲灭了郭国。可是郭君望见齐军的威势,竟吓破了胆,主动请降,并且不顾"爷爷"之尊,背负荆条,反绑双手,跪倒在"孙儿"面前,乞求"孙儿"饶命。齐桓公大喜,自然是饶了"爷爷"的性命,并且毫不客气地占据了"爷爷"的内宫,享受"爷爷"所藏的美色。这是齐桓公自登位以来,第一个仅凭兵威灭掉的诸侯国。

今后灭国,应该多用此威慑之法。这样,既有得地之实,却无灭国之名。齐桓公愈想心中愈是高兴,他已把蔡姬带给他的烦恼暂时忘到了九霄云外。

在辞退鲁庄公的当日,齐国大军已拔营而起,进入山戎境内。齐桓公自为主帅,管仲副之。以王子成父、隰朋、东郭牙为大将,领隐军上、中、下三军,共兵车三百乘,壮士三万人。鲍叔牙、宁戚则领常军二百乘,兵卒二万人,随后接应,并转运粮草。一路上,许多小国国君都愿随齐军北伐,齐桓公俱依鲁庄公之例,一一好言辞退。

山戎在周朝威势大盛之际,也曾接受过周王所封,名列第四等子爵诸侯。但早在平王东迁之前,山戎已不向周室朝贡,自立为主。不过,在山戎的南部,还保留着许多农耕之民,留有当年臣服周室,欲作周室顺民的痕迹。然而愈往北行,其地愈为荒凉,处处是野草荒林,间或有着一座座山戎部落,俱以帐幕为室,放牧牛羊为生。管仲下令严禁袭扰山戎部落,日夜兼程,直扑燕都蓟邑。

虽是道路难行,可十余日后,齐国大军已至蓟邑城下。密卢正率部众围攻蓟邑,他做梦也没有想到齐国大军会来得如此迅速,仓促接战之下,部众大溃,争先恐后向令支方向逃去。

齐军鼓吹着得胜之乐,部伍整齐,排列在城下,好不威风。燕君大开城门,亲自御车,至齐军大营中迎接齐桓公。刚进营门,燕君就见一面丈八大旗迎风飘扬,上面绣着斗大的四个字——尊王攘夷。

燕君心中顿时感慨万千,一时想起了许多事情。

燕国的第一代国君召公姬奭为周室同族,亦为武王伐纣时的功臣。自召公以后,九传到了惠侯。燕惠侯即位之时,正好遇上周厉王逃到彘地,周室处于共和执政的时期。燕惠侯趁机不再朝贡周室,专意侵伐邻国,扩张国势。

经过禧侯、顷侯、哀侯、郑侯、缪侯、宣侯、桓侯数代国君,燕国忽强忽弱,最终虽可勉强称为大国,但其国势远不能与齐、晋、楚、秦相比,甚至连鲁、郑、宋诸国也比不上,只相当曹、卫诸国。

桓侯在位七年后去世,太子即位,是为燕庄公。他素有大志,即位之后,很想有所作为,日日整顿兵车,训练士卒。当卫国支持王叔颓夺天子之位时,曾派使者请求燕庄公予以帮助。燕庄公极想借此名震天下,但又畏惧号称"尊王"的齐桓公。他苦思之下,终于想出一条两全其美的计策。

在燕之南,还有另一个燕国,被称为南燕。燕国历代君主对于南燕之国的存在很不舒服,屡欲灭之,俱未成功。燕庄公即位之初,也曾大举侵伐南燕,虽然仍未灭了南燕,却逼迫南燕订下了臣服的盟约。依据那盟约,南燕必须随时听从燕国的命令。燕庄公当即派大将领精锐兵车五十乘南下,命南燕国君统之,助卫攻打王都。如此,功成,则益处归于燕庄公。不成,则有南燕国君顶替"罪名"。

开始时,燕庄公的谋划进行得很顺利——王叔颓已当上了天子,并将封燕国为一等公爵,大赐土地人众。不料未及两年,郑国就护送着周惠王杀回王都,斩王叔颓,生擒南燕国君燕仲公。燕庄公不仅没有得到他想得到的一切,南燕反而为赎回其国君,背弃与燕国订立的盟约,臣服于郑。燕庄公有苦难言,亦不敢轻举妄动,只是暗暗寻找机会,准备报复南燕和郑国。

正当他准备得差不多,已派出大军,欲南征郑国之时,齐国军队大举伐卫,仅以百乘兵车,就令卫国订立城下之盟。燕庄公大为惊恐,慌忙招回已行至边境的南征大军,并派使者携带重礼,入齐祝贺。齐国对于他派来的使者很冷淡,并拒收其礼,责令他行"尊王"之礼,恢复对周室的朝贡。

燕庄公又羞又恼又怕,拒不听从齐桓公的"尊王"之命,反派使者到令支,企图与山戎订立盟约,对抗齐国。不想山戎探得燕国已与中原诸国结仇,无人相帮,趁机大举攻伐,劫掠燕国城邑。燕庄公万般无奈,不得已派使者至齐求救,并大肆宣扬此事。他如此这般用意有二:一是借此威吓山戎;二是使得齐桓公为"名声"着想,不得不派兵救援燕国。

虽然燕国久已不贡周室,但毕竟是召公之后,与周室极有渊源。齐桓公号称尊王,不能不解救燕国遇到的危难。只是燕庄公根本没想到齐桓公会亲自领兵救援,更没想到齐军会来得如此之快。在他的料想中,齐桓公顶多会派一偏将,领着百余乘兵车,到燕国边境上来做做样子。

啊,常言道请神容易送神难,齐侯率领如此强大的军队,是不是另有居心?莫非他救我燕国是假,借此机会灭了我燕国是真?列国之间,这样的事例还少吗?

不,齐侯号称尊王,不至于灭了燕国。可是,可是齐侯又怎么会亲临燕国都城呢?

对了,齐侯是列国盟主,对于不敬周室的诸侯,有生杀予夺之权。齐侯让我朝贡周室,我并未遵命而行,这"不敬"之罪,我绝难逃脱。他完全可以借此杀了我,然后在燕国公族中寻一听从齐国之命的子弟,立为新君。我这么贸然出城,亲至齐国大营中,岂不是自投虎口,有去无回?燕庄公愈想愈是恐惧,浑身汗水淋漓,待见到齐桓公后,竟跪伏于地,头也不敢抬起。

齐桓公见到素以"蛮横"著称的燕庄公如此恭敬,心中更为舒畅,亲自把燕庄公扶起,好言抚慰,并摆酒与其压惊。他既然已听从了管仲"扶燕制敌"的计策,就有意表现得格外宽厚仁爱。其实他在心底里对燕庄公没有半点好感,很想杀了他另立一位新的燕君。但这样做的结果极有可能使燕国内乱不止,兵势日衰。一个衰弱的燕国,又怎么能控制北戎,并威胁晋国呢?齐桓公此时所能做的,就是尽全力来帮助燕国,使燕国强大起来。嗯,自黄帝以来,天下还有何人能似寡人这般胸怀宽阔?齐桓公对自己欣赏不已。

见到齐桓公如此善意相待,燕庄公一时怀疑他身在梦中,好半天才清醒过来,感激流涕,恳请齐桓公入城,到他的内宫中去歇息。

齐桓公道:"贤侯美意,寡人心领了。如今山戎虽败,兵势未损,我军退去,其必复来。我军当趁此胜势,疾行伐之,以永绝大患。明日我军就要拔营出发,难以与贤侯作长夜饮矣。"

燕庄公更加感动,道:"寡人也不回城,明日随盟主出征,愿为前部。"

齐桓公笑道:"燕兵剧战方休,岂可充当前部冲锋?贤君若能相随后队,以壮声势就已足矣。"

"这……这让寡人怎么……怎么过意得去?"燕庄公都不知说什么才好。

"山戎善以骑兵冲阵,贤侯久与山戎为敌,不知是否备有骑军?"坐在齐桓公身旁的管仲问道。

"我华夏之族,向来只擅车战,连马都不会骑,哪儿有骑军呢?"燕庄公回答道。

"战车威力远胜骑军,只是不如骑军灵活快捷。若无骑军为辅,要彻底打败山戎,只怕很不容易。"管仲皱着眉说道。

"啊,我想起来了。在我燕国以东八十里,有一无终国,其虽为北戎一支,却素来与山戎有仇,曾数次与我燕国联手对抗山戎,其国中有精骑数千,不仅勇悍善战,且熟识戎地路径。如果盟主派人请其相助,其必应允。"燕庄公道。

齐桓公大喜,当即派使者携带黄金宝玉,至无终国求取骑军。无终国君久闻齐侯威名,又收有重礼,立刻派其大将虎儿斑领精骑三千,连夜赶至齐军大营中。

齐、燕、无终三国大军向东疾进,日行百里,五日间已进至令支。山戎不喜筑城,令支虽为其首领驻扎之地,也只不过是在山坡上支了几顶可容纳百人的巨帐而已。在巨帐周围,又星罗棋布般围绕着数千顶小帐,看上去十分壮观,也算是有了些"国都"的模样。

令支周围地势虽然平坦,却是野草丛生,夹杂着一片片的小灌木,利于骑兵冲锋,而不利于战车行动。在山戎立国的数百年中,也曾有华夏诸邦的兵车迫近令支,但始终不能攻占令支,最后都是无功而返。密卢惊诧于齐军的神速,却也不慌,将万余骑兵布于山坡上,只待齐军驱军进攻,便放马直冲下去。

管仲并不急于进攻,将数百辆战车头尾相连,环成车阵,似大河中的漩涡,一点点旋转着前进。虎儿斑率领的三千精骑,侧隐于阵中,兵卒们都牵着马随车步行。这一招术,大出密卢的意外。

密卢本想着齐国的战车会一字散开,横排着向山坡上仰攻。在这个攻击的过程中,许多齐国战车会被灌木拖住,队形必乱。趁这一时刻,山戎骑兵可一举击溃齐军的战车。可是管仲却排出了这个"漩涡阵",令密卢感到他就像是一头狼遇到了一只刺猬,无法下口。

"漩涡阵"外圈是一队队手持巨斧的甲士,将阻挡战车的灌木尽数砍倒。

齐军战阵移动得很慢，每"旋"出一圈，要费上小半个时辰。但从山下到山坡上，路程并非很远，齐军顶多"旋"上十余圈，就可攻上山坡。密卢大急，令支一带，高处只有他扎下帐幕的这一片缓长的山坡，失去了这片山坡，他将在齐军强大的战车面前毫无立足之地。

"儿郎们，冲呀！"密卢驱动万余精骑，向山坡下冲来。

齐军的战阵立刻停止了旋动，持斧甲士们迅速隐在了车后，弓弩手则在盾牌和车壁的掩护下，如雨一般向敌骑射着利箭。山戎骑兵只得勒马后退，齐军战阵则又开始了向前"旋动"。山戎骑兵复又冲来，齐军战阵复又停下……如此反复，密卢直气得暴跳如雷，却又无可奈何。

齐桓公极是兴奋，不觉对管仲问道："此阵甚妙，不知唤作何阵？"

"此太公所遗阵法也。因其前行甚缓，为将者须不急不躁，若在朝堂上饮宴一般，故名曰'鱼丽之阵'。"管仲笑道，神情甚是悠闲，当真如同正坐在朝堂上饮宴一般。《鱼丽》是一首小雅乐曲，贵族子弟们以鲜鱼宴客时，常常演奏此曲。

"啊，原来此便是'鱼丽之阵'。从前寡人也听说过此阵，总也想不明白，血肉横飞的战阵，怎么能和轻柔动听的饮宴之曲连在了一块呢？"齐桓公感慨地说道。

"密卢久攻不下，必然会率部逃遁。他这万余精骑不灭，我齐国就不能算是获胜。"管仲说着，传令无终国骑兵上马反击。

虎儿斑早已等得不耐烦了，闻听令下，立刻上马率所部三千骑军，从敞开的战阵缺口奋勇冲出，如旋风一般卷向山坡。密卢攻不破"鱼丽之阵"，正自烦恼，打算率部远遁，不料敌军竟会反击，且又是以中原之军从不使用的骑兵反击，措手不及之下，无法约束部众，大败而逃。

齐军大胜，获山戎牛、马、羊无数，并获其从燕国掳得的男女近万口，还擒得山戎部众四五千人。但密卢却带着千余骑兵逃得无影无踪，无处寻找。

齐桓公将牛、马、羊赐给虎儿斑，被掳男女还给燕国，又抚慰山戎部众，言其只要归顺，便不加诛杀，仍可留居故土。虎儿斑、燕庄公，还有山戎部众，都对齐桓公大为感激，称颂之声，响彻云霄。齐桓公得意之下，召集众人商议班师。

管仲道："密卢不亡，不足以显我华夏诸邦之威。山戎北戎同种，密卢定是往北逃遁去了，我军只需向北穷追，必能擒杀密卢。"

虎儿斑亦道："山戎之北有一孤竹国，密卢肯定是逃到了那里。"

齐桓公转头问燕庄公："这孤竹国是何来历？"

燕庄公道："孤竹国本为北戎别支，其先祖多收留殷商遗民，亦行农耕之事，筑有城邑，其城离此约有五百里，平素与山戎甚为交好。"

戎族居然也筑有城邑？齐桓公不觉吃了一惊，说："如此看来，这孤竹国不可轻视，当速讨之。"

当日，齐军便拔营往北而行，以虎儿斑为先锋，燕庄公为后队。正值苦寒之时，不时漫天落下大雪，且齐军所行又为山道，极是难走。无终国骑兵与燕国兵卒虽为北地之人，却也难以忍受，常常有人冻毙道旁。然而生长黄河之南的齐国兵卒竟是人人精神抖擞，毫不畏寒，绝少有冻毙之事发生。齐国兵卒强壮至斯，天下还有何人能敌？燕庄公暗暗心惊，打定了主意——今后绝不能得罪齐国。

第十四章

老马识途引军还 庆父不死难未已

经过半个多月的艰难行军,齐军终于兵临孤竹国都城之下。孤竹国都城名为无棣,城墙为乱石筑成,虽不高大,但看上去却异常坚固。

糟了,原想着北戎都是游牧之族,并无城池,倒忘了带上攻城之具,这便如何是好?管仲心中懊悔不迭,一边传命扎营,一边派哨探侦察敌军动静。不一会,哨探回转营中,说城上见不到任何敌军,连旗帜也没有看见一面。

嗯,莫非此乃空城? 管仲大为奇怪,正欲出营查看,忽听巡卒来报,孤竹国大将黄花自言斩杀密卢,前来投顺。管仲一怔,立即令巡卒将黄花带往中军大帐,会合齐桓公等人共同询问。

黄花穿戴虽是北戎之服,倒能说出一口流利的中原话。他满脸胡须,看上去在三十到四十岁之间,身材魁壮。

"密卢花言巧语,说动我孤竹国主,欲发倾国之兵,对抗盟主。黄花去过中原,深知盟主乃是圣人,以仁义行天下,心下窃慕不已。今国主挟倾国之兵民藏于山谷,令黄花与密卢引诱盟主往北而去,等盟主粮尽之后,前后夹击。黄花不愿与盟主为敌,故斩杀密卢,以明心迹。"黄花跪在大帐正中说着,高高举起一只朱漆木匣。齐桓公令人拿过木匣打开,见里面赫然躺着一颗人头。

"真的是密卢。看,他这脸上的一撮长毛还像是在动呢。"虎儿斑说道。齐桓公又传令几个充作向导的山戎兵卒看了,都说人头真是密卢。

"快快请起,请起!"齐桓公大喜,亲手将黄花扶起,"将军深明大义,实是可敬可佩。"

"将军杀了密卢,今后该当如何?"管仲问。他心中虽然还有些疑惑,但更多的还是高兴。山戎危害华夏诸邦数百年,谁也不曾将其击败。而齐国大军一出,不仅大败山戎,还灭其国,降其众,致其首领于死地。这空前辉煌的大功将使齐国的霸主地位稳如泰山,谁也不能动摇。

"唉!我杀了密卢,便是国之罪人,再也不能在孤竹待下去。愿盟主能收留我,让我在齐国做一小卒。"黄花叹道。

"你这等明晓大义的贤者岂能只是做一小卒?请你带路,让寡人擒了孤竹国主,然后上奏天子,保你继任国主,如何?"齐桓公豪情满怀地问道。

孤竹国远处北荒之地,素来与中原不通音讯,竟也知道他是天下霸主。北戎之族向来强悍,宁死不屈。但这黄花身为北戎大将,不经一战,就跪倒在他的脚下。霎时间,齐桓公觉得自己一下子高大了无数倍,俯视人间众生,都似蚂蚁一般渺小。

"黄花愿为盟主效力。至于继任国主,则不敢当,还请盟主在孤竹公族中挑一贤者立之。"黄花拱手说道。

齐桓公令燕庄公领着本部兵卒进驻无棣城中,然后以黄花为向导,率虎儿斑及齐国三军,往山谷中搜寻孤竹国主。

行军三日,忽然刮起大风,漫天黄尘铺天盖地而来,对面不能见人。齐军大惊,慌忙伏于车后,不敢行动。待黄尘过后,却不见了黄花及其部众。管仲四面观看,见山岭皆秃,看不到任何草木,处处都是黄乎乎裸露的岩土。

"啊,我们中了黄花的诡计!"管仲失声叫道,脸色惨白。

"仲父,这……这……这黄花使的是何诡计?"齐桓公问道,声音颤抖。在他的记忆中,管仲遇到任何危难之事,也不曾如此惊慌。现在连管仲都变了脸色,可见齐军只怕已陷入极其危险的绝境。

"微臣当年行商之时,曾来过燕国,听燕人说,北方有一'迷魂谷',黄天黄地,不辨东西,容易进去,绝难出来。无数商旅之人误入谷中,能够生还者,百不及一。今见此地,处处黄土,肯定是那'迷魂谷'了。这黄花好不阴险,竟不惜杀死密卢,将我齐军引至此绝地中来。"管仲恨恨地说道。

"啊,那……那黄花原来是诈降。"齐桓公仿佛此时才明白过来。

"这黄花的狡诈,实是出人意料。他知道我齐军势大,不能力敌,就杀死密卢,以骗取主公信任,好使其诡计得逞。如果我军不能出谷,黄花必然是威名大震,势将能夺取国主之位,并南下控制山戎诸族。黄花杀死密卢,也正是为了他将来能够毫无阻碍地压服山戎。唉!真想不到,戎族中竟有这等厉害人物。看来不杀黄花,北方永无宁日。"管仲叹道。

"这蛮夷贼人竟敢如此欺骗寡人,寡人必将其碎尸万段。只是……只是眼前我们怎么走出这'迷魂谷'呢?"齐桓公问。

"黄花既能走出,我们必能走出!"管仲大声说道。他已恢复了镇定,下令大军不得乱行,就地扎营,然后派出哨探,四处寻找出谷的路径。

第一日,管仲派出十队哨探,每队十人,结果早晨出去,黄昏还不见回来;第二日,哨探多到三十队,仍是只见出去,不见回来;第三日,管仲不敢派出哨探,只盼着有人能够回来。然而军心已乱,他再也无法等下去了。

首先是携带的水快要喝完。管仲曾令人在营地中挖掘泉水,挖了十几处也没有挖出水来。谷中常常刮起狂风,偶尔落下一阵雪花,亦被卷得踪影全无。更严重的是柴草皆无,帐中兵卒无法生火取暖,更无法吃上熟食。那些精心挑选的齐国壮士,已被冻伤了许多。管仲急如火焚,在帐外徘徊不止,心中转了无数个念头,偏偏一个念头也救不得眼前之危。

"老爷,小人有个办法,可以出谷。"一个贴身家仆跪在管仲面前说道。

管仲定睛看去,见是他数年前收留的山戎野民速答里。这速答里年纪已近五旬,因善于调养马匹,故远征之时,管仲仍将他带在身边。

"你有何法?快快请讲!"管仲忙问道。

"我们山戎常年游牧不定,有时偶然到一生疏之地,也会迷路。这时大伙儿就会让几匹老马引着,退回原地。"速答里说道。

"对呀!狗、马之类牲畜,最善识路,我怎么没想到呢?哎呀,你个老贼怎么不早提醒我呢?"管仲欣喜若狂,抬起腿亲昵地在速答里的屁股上踢了一脚。

"老爷本事通天,什么都知道。小人开始根本……根本不敢提醒老爷。"速答里道。

"人非神明,哪能什么都知道。你起来吧,等回去了,我会重重赏你。"管仲说着,急忙赶至中军大帐,将速答里所献的"老马识途"之策讲了出来。

齐桓公大喜,立刻传命拔营而起,并放出十数匹从山戎之地得来的老马,在军阵前引路。老马果然善于识路,引着齐军自原路缓缓而行。路上,齐军发现了好几队哨探之卒的尸首。这些哨探身上毫无伤痕,显然是被夜晚的寒冷所冻毙。齐军人人愤怒,誓言要杀尽孤竹国人。

"迷魂谷"并不太大,只一天,齐军就从谷中走了出来,向无棣城连夜疾奔过去。天明时分,齐军擒获了一队携带牛马粮草的孤竹国百姓。管仲找来几个看上去老实胆小的人,问:"看你们的样子,像是在搬家似的,这是为何?"

那几个人七嘴八舌地回答了一番,大意是国主说中原人来了,要将他们孤竹国人全杀光了。因此他们带着粮草牛马都躲到了山谷里。昨日国主又派人告诉他们,中原人被打跑了,大伙儿可以回到城中安居。

"主公,依此而言,燕军大约已败。我们这样回转,势必要攻其坚城,只怕急切间难以攻下。"管仲道。

"孤竹国主并不知晓我们已出了'迷魂谷',可以杀他个冷不防,突然冲进城中。"齐桓公说道。

"那黄花异常狡诈,只怕此计难行。"管仲说着,看着眼前的孤竹国百姓,灵机一动,大叫道,"破敌之计,吾已有矣!"

管仲让虎儿斑的部众穿了孤竹国百姓的衣服,趁乱潜入无棣城中。无终国亦是北戎支派,语言外貌与孤竹国人相近,不易被察觉。他又让齐国大军不忙赶路,先拣既有水源而又背风向阳之地休息二日,待养足精力,一鼓作气,直扑到无棣城下。

黄花见齐军竟能逃出"迷魂谷",大惊之下,不敢接战,将所有的兵卒都赶到城头上,决心死守,待敌粮尽自退。管仲命兵卒们擂鼓大叫,作势攻城,却又并不真攻,弄得孤竹国兵卒在城头上奔来奔去,疲惫不堪。

到了黄昏时分,混进城中的虎儿斑部众发动起来,四处放火,乱杀乱砍,并打开了城门。城外的齐军趁势蜂拥而入,杀上城头。黄花见势不妙,欲出城逃往西边的沙漠之地,被齐军的战军堵住,碾为肉泥。齐军欲泄心中怒气,不问军民,直砍直杀。无棣城中顿时血流成河,哭喊声响彻整个夜空。管仲急忙传令不得妄杀,并派人救火,忙乱了一夜,才使无棣城安定下来。然城中军民,几乎已被杀了一半,连孤竹国主也死在了乱军中。幸好齐桓公反复叮嘱过众将,不得侵犯孤竹国主的内宫。因此内宫的那些美女,倒没有死伤多少。

齐桓公大有收获,不仅将孤竹国主的后妃公主们全都收纳,还寻得了一位别具风味的绝色佳人。那位佳人年方二八,能骑马,会射箭,原是密卢的女儿,被黄花掠得,送与孤竹国主。齐桓公见惯甜美如蜜的郑、卫佳丽,陡遇这山戎美女,大为着迷,不等回国,就已封密卢的女儿为姬妾,名曰密姬。

山戎向以劫掠为常事,每攻一城邑,灭一部落,必屠尽其壮男,然后将其妇女儿童尽数掳走,赐给众子弟为奴。密姬对于她的命运,也无什么怨言,尽力施展她女性的魅力,以求博得齐桓公的欢心。

齐桓公大为高兴,慷慨地将宫女们分赐给随行大臣及虎儿斑等人。他还特意从宫女中挑选四十个姿色较美者,准备二十人送给燕庄公,另外二十人送给鲁庄公。他已接到鲍叔牙的禀告,说鲁庄公出了许多粮草,也为北征之举尽了邻邦之力。

在齐桓公攻下无棣城五日之后,燕庄公才又转了回来。原来那日齐军随黄花走后,当夜就有无数孤竹国兵卒杀进了无棣城中。燕庄公毫无防备,大败而逃,藏在附近山谷中,好几天不敢露头。对于燕庄公的败逃,齐桓公只字不提,将美女送上之余,还摆下酒宴与其共为欢乐。

燕庄公感激之下,竟然亲自弹筝,为齐桓公唱了一首《鱼丽》之曲,依照礼仪,是贵族之家宴客的必唱之曲。齐桓公向来不喜欢这等礼仪之曲,听到乐工演奏就要大发脾气,但此刻他却高兴得从席上跳了起来,连声大叫:"唱得好,唱得好!"

一位国君自愿向另一位国君唱曲,几乎是闻所未闻的盛事。这等极尊崇的礼敬,除了他齐桓公,有谁能够享受?

"主公,难得燕君高兴,主公亦应歌上一曲助兴。"管仲笑道。

什么,寡人乃堂堂霸主,岂能向这小小的燕君歌上一曲?齐桓公怒气勃发,刚欲出言斥责,又猛地停住了。依照礼法,一位诸侯绝不能向另一诸侯献歌。诸侯只能向天子献歌,也只有天子,才有资格接受诸侯的献歌。当然,亦有一位诸侯被另一位诸侯战败,被迫献歌的事例。但这种事例向来被视作败坏礼法,为天下人所不耻。齐桓公是列国盟主,以尊王攘夷号召天下,绝不能在公开场合做出有损礼法尊严的事来。可是他偏偏接受了燕庄公的献歌,败坏了礼法。

齐桓公远征山戎,是一件极重大的事情,各国都不会轻视,且会让史官详细记下齐桓公的所作所为,以为借鉴。接受献歌这件事看来虽小,却关联着齐国的声威。若齐桓公不立刻补救,天下诸侯轻则会说盟主言行不一,败坏礼法,重则会说盟主包藏祸心,图谋天子之位,对齐国极为不利。

补救的方法有二:一者严禁饮宴之人说出此事;二者齐桓公以歌答谢。饮宴之人不仅来自齐国、燕国,还来自于无终国。齐桓公显然无法令所有的人守口不谈这"献歌"之事。他唯一的选择,只能是以歌答谢燕庄公。诸侯之间,以平等之礼互唱歌曲酬答,并不算是有违礼法。齐桓公只得坐下来,命人拿来一张七弦琴,弹唱起来:

> 蔽芾甘棠
> 勿剪勿伐
> 召伯所茇

> 蔽芾甘棠
> 勿剪勿败
> 召伯所憩

> 蔽芾甘棠
> 勿剪勿拜
> 召伯所说

齐桓公所唱的亦是一首著名的曲子,名为《甘棠》,是赞扬燕国开国之君召公的一首颂曲,歌中反复吟唱的召伯即是召公。

燕庄公唱《鱼丽》之曲,是因为齐军曾以"鱼丽之阵"大败山戎,故歌唱此曲以表示他对齐国的敬意。而齐桓公以颂扬燕国先君的《甘棠》之曲作答,更是显得极为巧妙,也极为得体。

"好,好!"燕庄公也忙大声喝起彩来,心中连叫侥幸。他是一曲歌罢,才发觉自己陷入了尴尬之地——他本意是要讨好齐桓公,却让齐桓公"戴"上了败坏礼法的罪名。假若齐桓公以此责怪,他只怕无法为自己辩护。盟主到底是盟主,气度非同一般,燕庄公心中又对齐桓公多了一层钦佩。

欢宴之后,齐桓公会集齐、燕两国大臣商议,将孤竹国并入燕境,令支则一分为二,南方农耕之地归于齐,北方游牧之地归于燕。按如此划分之法,燕国一下子得到了五百余里的土地,国境几乎扩大了一倍。尤其是孤竹国都城周围之地,异常肥沃,极宜农耕,且远在北地,别国无法侵伐,无疑将会成为燕国的腹心"粮仓"。

燕国君臣喜出望外,一时竟不知该说出什么话才好。齐桓公趁势要求燕国依照旧例,向周室纳贡。燕国君臣自然是一口答应,复大摆酒宴,与齐国君臣日夜作乐。

半个月后,齐燕两国大军离开无棣城,班师回返。虎儿斑已得厚赏,率部先行归国。燕庄公以太子留镇都城,一路上亲自陪送齐桓公南归。两位国君说说笑笑,甚是欢畅。不知不觉间,早已到了令支南境,亦即齐国新得之地。燕庄公望见村落中的炊烟,才察觉他已进入齐国,连忙停下告辞。齐桓公立即命人计算,得知燕庄公已深入齐境五十里。

"依照礼法,诸侯相送,不得离开本国之界,寡人岂能让贤侯有违礼法,此五十里地当属贤侯所有。"齐桓公再一次显示出了他的盟主气度。燕庄公苦苦推辞,无奈抵不过齐桓公的"礼法"二字,只能接受了五十里肥沃的农耕之地。为纪念齐桓公赠地之德,燕庄公特意在与齐桓公分别的地方筑城,命名曰燕留,以示燕国不忘齐国留德之意。

经过征伐山戎的磨砺,燕庄公改变了许多,处处向齐桓公模仿,招纳贤才,开拓荒地,安置流民,整顿兵车,很快就成为北方的强盛之国,令天下诸侯对其顿生畏惧之心。

齐桓公亲率三军,深入北荒之地千余里,一举击灭山戎的消息迅速传遍了天下。各诸侯又是妒忌,又是恐惧,又是高兴,纷纷派使者至齐国边境迎贺齐桓公。

山戎横行华夏诸邦数百年,无人能敌,今日一旦灭亡,巨患消于无形,各诸侯自是大为高兴。但齐桓公立下如此大功,谁又能保证他不恃功自傲,欺凌众多弱小诸侯呢?

齐桓公自登位以来,已灭掉了谭、遂、郕等十余小国,扩地无数。当然,齐桓公灭掉那些小国时都有着合乎礼法的"正当理由"。然而在这个礼法崩坏的时代,齐桓公要找出合乎礼法的"正当理由",也实在太过容易。他不费举手之劳,就可将"弑君""不敬""淫乱""暴虐"等等大罪加在他想讨灭的小国头上。

齐桓公出征时正值冬天,回来时已是桃花烂漫,百鸟欢唱。在边境上迎接他的不仅有各国使者,还有鲁国国君。齐桓公将预留的二十名孤竹美女送给鲁庄公,又将所获的山戎及孤竹宝物大赠各国使者。在边境上与各国使者大宴几日后,齐军继续前进,回至临淄。

行军路上,管仲对齐桓公说道:"据微臣看来,鲁侯面带病容,心事重重,见到主公欲言又止,似是有话要说。鲁国乃宗室之长,又与我齐国近邻,须对其多加'关照'才对。"

齐桓公点头道:"听说鲁侯兄弟之间不和,夫妻二人又常闹闲气,天长日久,别弄出了乱子来。待回到都中,寡人当遣内侍到鲁宫去探问,看看到底发生了什么事情。"但齐桓公回到都中,却将他的话忘得干干净净。

此时少卫姬和郑姬各生了一个儿子,看上去都是聪明异常,将来必定有所作为。齐桓公欣喜若狂,为少卫姬之子取名元,郑姬之子取名昭。他成日待在少卫姬或郑姬的寝宫中,抱着儿子玩耍,什么事都不愿去想,不愿去管。

转眼又是一年过去了,鲁国忽然现出种种异常之象,似有大乱将要发生。

其实那日鲁庄公见了齐桓公,的确有满腹话语要说,却又无法说出口来。他过了二十余年的安宁日子,沉迷酒色,纵欲无度,身体大为衰弱,对于朝政之事已渐渐力不从心。偏偏此时,施伯又病逝在其封邑中,使鲁庄公如失臂膀。

虽然还有季友辅佐,但毕竟势孤力单,难以阻止他的敌手庆父和叔牙的步步紧逼。更令鲁庄公愤怒的是,庆父竟然勾上了哀姜,常常借他外出行猎的机会密行苟且之事。他当即就要杀死哀姜,但一来怕齐国问罪,二来怕惊动庆父,反倒会激出意外之变。

鲁庄公本想将哀姜行为不端之事告知齐桓公,让齐桓公来"管教"哀姜。但这实在不是一件光彩的事情,他终于忍住了没有说出。他想寻到一个机会,杀死庆父,然后把哀姜打入冷宫,永不相见。

虽然他憎恨哀姜,却又喜欢哀姜的妹妹叔姜,且叔姜对他温柔体贴,百依百顺,并给他生下了公子开。叔姜对姐姐很有感情,鲁庄公若杀了哀姜,必然会令叔姜伤心。可就在鲁庄公准备对付庆父的时候,他突然病倒了,而且是一病不起。

鲁庄公急召季友入宫,嘱托后事,不料季友未至,叔牙先至宫门求见。鲁庄公想探知庆父有何举动,便让叔牙进至内殿,并问及身后何人可为国君。

"若想鲁国安宁,非立长者为君不可。若论长者,莫若庆父。只有立庆父为君才能上保社稷,下安黎民。"叔牙毫不犹豫地说着。庆父早已对他许过愿——一旦登上君位,将立刻拜他为相国,执掌朝中大权。

好啊,你们果然要动手了。鲁庄公在心里冷笑着,当时也没有说什么,只是令内侍将叔牙"送出"。叔牙前脚走,季友后脚便走进了内殿。

"寡人不行啦,要到列祖列宗跟前尽孝去了。如今庆父包藏祸心,鲁国只怕要陷在大乱之中,危及社稷。寡人想,只有贤弟为君,方可救我鲁国啊。"鲁庄公喘着粗气说道。

季友跪倒在地,流泪道:"主公说哪里话来,臣弟当拼死以保主公子嗣继位,不使鲁国生乱。"

"唉!只怕寡人这几个儿子,谁也难当国君重任。"鲁庄公叹道。

"主公长子般依礼当可继之。"季友说道。

"不,他不行。当日他的马夫荦调戏大夫梁氏之女,被他撞见,鞭之三百,使其怀恨而逃。马夫荦力大如山,悍勇无比,此等小过,要么赦之,收其为己效力,要么杀之,以绝后患。可般儿他……他缺少谋断,难以料理国政啊。"鲁庄公摇头道。

"主公,你曾与党氏夫人有盟啊。因故不能守盟,已是有负神明,岂可复弃其子呢？"季友又道。

"是啊，寡人有愧孟任，亦愿般儿即位。只是般儿他……也罢，般儿他不行，申儿木讷忠厚，也难继大业。开儿虽然聪明，却又太小。贤弟，看在你我一母所生的分上，你……你就多费心，能立谁为君，谁就是……就是鲁国国君。"鲁庄公话刚说完，人已昏迷过去。他仿佛看到美丽的孟任姑娘正站在高高的云端上，向他招手……

季友急令太医救治鲁庄公，然后匆匆出宫，召集亲信家兵，出其不意直入叔牙府中，将他擒住。他看出鲁庄公已活不过今日，庆父和叔牙必将趁国君新丧之时图谋作乱，以夺得君位。季友懊悔他没能尽早削弱庆父等人的势力，以致有了此时的麻烦。他没料到鲁庄公会病得如此突然，又如此沉重。

鲁庄公虽说当了三十二年的国君，却不及五旬，正当壮年，怎么能说病就一病不起了呢？本来，季友是想以逐渐削夺庆父等人封地的办法，来解除鲁庄公面临的威胁。但现在，他不得不使出断然手段，来确保鲁国安宁。

庆父这些天来似察觉到了情势于他不利，一直住在其封邑中，轻易不肯出来。他经过十余年的明抢暗侵，田地之多，已为全国之首，养有家兵三千余人，将其封邑建造得如同大城一般。若想擒获他，季友非大动兵戈不可，然而此刻又不宜大动兵戈。季友只有先行对付叔牙，他已察觉叔牙是有意留在都城中，以策应庆父发动的叛乱。

叔牙的行动太过反常，竟将一千家兵中的九百人秘密带入都中。依照礼法，公族子弟们不论有多少家兵，进入都城中顶多能带上二百名。鲁国素称礼仪之邦，数百年来，还无人坏此成规。

季友以"私带家兵"入城的罪名，勒令叔牙自尽。叔牙不服，要面见鲁庄公。他并未露出反迹，纵然"私带家兵"入都，也不至于身当死罪。季友冷冷一笑，道："令你自尽，就是主公本意。你和庆父所行的种种不端之事，早已落于主公眼中。主公念大家都是兄弟，不忍将你等之恶暴于天下，故有此令。你若听命，罪止一人，子孙后代不失其位。若不听命，则诛灭全族。"叔牙听了此话，顿时面若死灰，一句话也说不出来。

季友命人端上毒酒，灌入公子叔牙口中。不一会，叔牙就七窍流血而死。季友宣布，凡叔牙之田地、府第、封邑，俱由叔牙之子继承，唯家兵须尽数遣散，并不得复招，违命必杀无赦。当夜，鲁庄公病逝，时为周惠王十五年(公元前662年)八月。

庆父的确如季友所料，图谋作乱。他探得鲁庄公病重，立刻将三千家兵布置在都城外埋伏着，又命叔牙带九百家兵入城，以为内应。但他没想到，季友早已派人监视着他和叔牙的行动，虽没发觉他已将家兵埋伏在了城外，却发现叔牙将家兵带进了城里。他更没想到，季友会先下手为强，杀了叔牙。

失去了内应，仅凭他的三千家兵，无法攻破都城，夺得国君之位。而季友表示出的决断，使他明白对手绝非似他想象中的那般容易对付。他当即改变谋划，令家兵散归邑中，只带二三随从，换上白衣入朝哭丧。

有家将劝道："公子季友藏有虎狼之心，只怕于老爷不利。请老爷暂缓入朝。"

庆父哈哈大笑，道："季友藏有虎狼之心，却被'孝义'的贤名掩盖着。其杀叔牙，不用斧钺，而令其自尽，便是欲保其贤名耳。吾乃季友之兄，身无反迹，他岂能随意杀之？"笑毕，驾车直入都城。

季友见庆父只身入都哭丧，亦觉意外，虽然杀心大起，但又被他强压了下去。他共有三位兄长，其中鲁庄公已死，叔牙也已"自尽"，唯余庆父一人。虽然他很清楚庆父包藏祸心，必欲叛乱，可是他并未露出明显的反迹。在国君新丧的情势下，连杀二兄，外人必定怀疑他有独揽大权，进而谋夺君位的野心。他是国人皆知的贤者，自然不能让人如此怀疑。

季友只当什么事也没有发生，以兄礼与庆父相见。庆父亦不提叔牙"自尽"之事，跪倒在鲁庄公灵前，痛哭致哀。举丧的同时，季友与众大臣拥公子般即位，并知会天子、盟主及各诸侯之国。天子、盟主及各诸侯国纷纷遣使吊祭并祝贺新君即位。

一番忙乱未了，公子般外祖父党氏又病逝在郎邑庄园中。依照礼法，公子般应亲往党氏庄园中吊丧。季友忙于招待天子使者，不能跟随公子般，在其临行前反复叮嘱他不可离开侍卫独行，速去速归。公子般满口答应，但一见了外祖父的灵位，就想起母亲怀恨而逝的情景，不禁悲从心来，在党氏庄园住了一夜又是一夜，将季友的叮嘱忘在了脑后。

到了第三夜，随从的侍卫都累了，站在灵堂外靠着廊柱闭目养神。公子般独自在灵台前徘徊着,自言自语道:"是齐国来的那两个妖女气死了母亲,我要替母亲报仇,杀了那两个妖女。"

一个庞大的黑影幽灵般绕过侍卫,跃进灵堂中。

"是谁?"公子般听到异响,转过身厉喝着。但见在阴森森的烛光中,一个异常魁壮的大汉手持匕首,一步步向灵台前逼来,口中道:"公子,你那三百皮鞭打得真好啊,今日该我还给你了。"

"是马夫荦!"公子般恐怖地大叫着,忙伸手去拔腰中佩剑。只是佩剑尚未拔出一半,马夫荦的匕首已深深刺进了他的胸膛中。

"啊——"公子般凄厉的惨叫声长长地回荡在夜空里。

"有刺客,有刺客!"侍卫们这才发觉有人进了庄园,纷纷向马夫荦围过来。

马夫荦扔下匕首,挥起灵堂上一根重达百斤的青铜烛架,大喝道:"挡我者死,避我者生!"边喝边冲下灵堂。见刺客如此武勇,众侍卫一大半都不敢上前,有几个胆壮者奋勇而上,挡不得马夫荦神力惊人,俱被烛架砸倒。

"轰——"马夫荦越战越勇,以烛架撞开大门,跳上外面早就准备好的小车,疾驰而去。众侍卫及党氏家兵忙驱车紧追,只见那马夫荦不往荒野中逃去,反向都城方向疾驰。追至天明,眼看着已近都城东门。

国丧期间,公室子弟俱须巡城守卫,以防不测。马夫荦奔近城门时,正看见庆父领着一队弓弩手站在城门外。马夫荦笑了,他早就知道公子庆父与鲁庄公不和,故受了公子般的鞭打后,毫不犹豫地逃进了公子庆父府中。公子庆父不以他身份低贱,亲自设宴款待他,还让府中的美女陪伴他,使他一个马夫竟过上了大夫的快活日子。唯一令他感到不高兴的是,公子庆父将他关在了一个小院中,不许他与任何人见面。昨日,公子庆父给了他一把匕首,让他去党氏庄园刺杀公子般,并许诺一旦刺杀成功,将让他当上大夫,日日乘坐高车,夜夜拥有美女。他曾随公子般去过党氏庄园几次,路径极熟,趁夜翻墙而入,一举刺杀成功。哈哈,我一个马夫也能入朝做大官了。马夫荦望着城门口的公子庆父,差点笑出声来。

公子庆父也笑了,笑着举起了弯弓,搭上利箭,他身后的弓弩手们也将双臂抬了起来。马夫荦惊骇地瞪大了眼睛,无法相信他看到的一切竟是真的。

"嗖——"公子庆父射出了利箭。嗖嗖嗖——无数支利箭飞蝗一般射向马夫荦。霎时间,马夫荦身上插满了箭杆,犹如一只巨大的刺猬,沉重地扑倒在城门前。

公子般死了,马夫荦也死了,无数传言在大街小巷里流传了出来:

公子季友私藏刺客,谋杀公子般,欲夺君位;

公子季友原来是一个伪君子,明是贤者,暗中却屠兄杀侄,暴虐成性;

公子季友还想杀死公子庆父、杀死所有的公室子弟。

……

公室子弟们愤怒了,纷纷招来家兵,要与季友拼个你死我活。其实他们并不相信传言。但季友执掌朝政多年,压得他们不能出头,这些人心中早积满了怨气,都想借机发泄一番。

季友深知他此时绝不能和众公室子弟冲突,否则,国中必将大乱,他把国政交与太傅慎不害,悄然避到陈国。庆父企图乱中杀死季友,夺取君位的图谋落了空,不得已装出一副忠臣模样,与慎不害等人立叔姜之子公子开为君,是为闵公。

哀姜见公子季友出走,去了顾忌,立刻密诏庆父入宫,日夜欢乐。

"你自己不是要当国君吗,为何又立了开儿这小子为君?"哀姜在欢乐之中,又有不满之意。

"这只是掩人耳目而已,再过数月,我就会杀了那小子。"庆父笑道。

哀姜好强悍恶,他并不喜欢。他之所以一直和哀姜周旋,一是为了谋夺君位,二是想借哀姜之力,得到齐国的支持。

"啊,你,你竟要杀了开儿吗?"哀姜虽说悍恶,听了这话还是吃了一惊。

"美人,我可是为了你好啊。这小子并不是你生的,长大了必然要抬高他的亲生母亲,压制你,甚至会借由头暗害你呀。"庆父说道。

哀姜想了想,一咬牙,道:"你想干什么,我不管。可这正宫夫人的位子,你不能给了别人。"

"你是先君夫人,名分所在,没法又变成新君夫人啊。不过,你放心,我决不会立别人为国君夫人的,这内宫之事,还是由你说了算。来,来! 喝,喝!"

庆父不想多说什么,举起酒杯,就向哀姜嘴中灌去。两个人只顾说得高兴,却不防帘幕后有个宫女把一切都听在了耳中。

叔姜对哀姜的淫乱极为不满,又怀疑二人会有什么对鲁闵公不利的图谋,便重金收买了哀姜宫中的一名宫女,用作耳目。那宫女寻得一个机会,将哀姜和公子庆父所说的话告诉了叔姜。叔姜又惊又怒又怕,连夜派亲信内侍化装成商人,赶往齐国求救。

齐桓公感到事态严重,借与鲁国新君例行会盟的机会,让鲁国君臣接回公子季友主政。庆父面对着齐国强大的压力,不敢阻止季友回国。叔姜知道季友是贤者,让儿子拜其为相国,一切军国大事,都听其主之。

季友不图报复,专意整治朝政,安抚百姓,很快使国中宁静下来。庆父想了无数办法,要使朝政混乱,偏偏一个办法也难以成功。叔牙的暴死,令他少了一个最重要的帮手,总是感到力不从心。

眼看鲁闵公已当了两年国君,庆父仍是找不到一个能够"正当"夺取君位的办法。他实在等不下去,铤而走险,公然发动叛乱,杀死鲁闵公和太傅慎不害,攻占了朝堂。但是他却没能达到最重要的目的——杀死季友和鲁庄公的另一个儿子公子申。

季友原想着庆父已经"老实"下来,没料到他竟会发动如此激烈的叛乱,一时难以调动禁军平叛,仓促间只来得及带着公子申匆匆逃到了邻近的邾国。庆父迫不及待地自封为国君,并遣使与齐国通好,情愿割让十座城池,以换取盟主对其君位的承认。季友亦遣使至齐,请齐桓公主持大义,驱逐乱臣贼子。

齐桓公先派宁戚至鲁国探看一番,待其回来后,召至宫中问道:"鲁国如此混乱,寡人可否趁势灭之?"

宁戚摇头道:"不可。鲁国之乱,在上而不在下。下既不乱,国本未衰,未可灭之。"

"大夫何以见得鲁国之乱仅在于上而不在于下呢?"

"庆父造反,鲁国百姓俱关门不出,以罢市对抗,此列国罕见之事也。从这件事上,可以看出鲁国百姓明辨是非,信守礼法。对于这样的百姓,任何敌国都难以征服。主公应该借这个机会,安定鲁国,解除其难。如此,鲁国的百姓必然感念主公的恩德,愿意与我齐国荣辱与共,对我齐国大有益处。"

"既是这样,寡人当何以安定鲁国呢?"

"欲安定鲁国,必先除掉庆父。不除庆父,鲁难未已。"

齐桓公想了想,叹了口气:"唉!年轻的时候,寡人就常想灭了鲁国。如今这真是个大好机会,寡人却只好放弃了,实在是可惜。"他虽是如此说着,还是令王子成父率兵车百乘,并约会宋、卫诸国,一同讨伐公子庆父。

公子季友闻听齐国出兵,亦从邾国借得兵车五十乘,奉公子申征讨叛逆。庆父大为恐惧,慌忙搜罗兵车,意欲与齐军决一死战。不想兵卒们都不肯听从他的命令,兵车无法齐备。到后来,连他的亲信家兵中,也有许多人悄悄地逃走了。

庆父眼看大势已去,连夜带上黄金宝物,逃往莒国。哀姜也慌了,本想跟着逃往莒国,但见庆父竟不肯带她同走,心知庆父从前与她的山盟海誓全是虚言,其人根本不能依靠。她无奈之下,只好逃向邾国,企图求得季友的宽恕,然而季友却是对她避而不见。

齐军毫不费力,就逐走了庆父,平定了鲁国内乱。公子季友奉公子申还都,立他为国君,是为僖公。然后一面遣使入齐相谢,一面派人至莒国,让莒国交出庆父。

鲁国强而莒国弱,莒君不敢将庆父留在国中,将其"礼送出境"。庆父将所有的黄金宝物拿出,派人送给季友,请求季友饶恕他。季友把黄金宝物都交给府库中收藏,然后对来人道:"若弑君者亦能饶恕,何以戒后?庆父能够知罪,就请自裁以谢国人,如此还可立后,不至香火断绝。"庆父最后的一线希望破灭了,只好缢死在鲁国边境的一棵大树上。

鲁僖公以公子季友功大,除仍拜为相国外,还要赐给大城作为其封邑。季友辞谢道:"微臣受命辅政,不能防乱,致使连丧二君,罪莫大焉,岂有受赏之理?"可是不论他怎么辞谢,鲁僖公也毫不退让,

公子季友又道:"公子庆父、叔牙,皆先君手足,今俱已服罪,宜当安抚其后,并封食邑。如此,季友方敢受君之赐。"

鲁僖公只好答应下来,以费邑大城作为公子季友的封邑,赐其为季孙氏。又将成邑之地封给公子庆父的长子公孙敖,赐其为孟孙氏。将郈邑之地

封给公子叔牙的长子公孙兹,赐其为叔孙氏。

季孙、孟孙、叔孙三家得到大城为封邑,家族很快兴旺起来,名声远传至国外。齐桓公知道了这件事后,将管仲召进内殿,迷惑地问:"这季友喜好贤名太过分了吧,怎么能封仇家的后代居于大邑呢?"

管仲一笑,道:"季友实为贤者,然气量太小,难成大事矣。他掌国之时,二兄俱亡,唯恐国人说其公报私仇,故大赏仇家之后,显示其逐兄俱出于公心矣。只是此后三家大盛,恐非鲁国之福矣。"

"原来如此。他们鲁国人好名过分,常常为此而吃亏。"齐桓公说着,话锋一转,"不过,名声也不能全然不要。鲁国此次大乱,与我齐女甚有干系。如果寡人不对此有所宣示,将来只怕无人敢娶我齐国之女。"

"主公打算如何宣示。"

"寡人意欲将那贱妇擒回,当众宣示其罪,以大刑处置。"

"这……"管仲犹疑了一下,说道,"女子既嫁,便是夫家之人,纵犯大罪,应由夫家处置。主公若有所宣示,最好隐行其事。"

齐桓公点了点头,次日便派竖刁前往邾国,逼迫哀姜"自尽"。哀姜痛哭一场后,悬梁自缢而亡。鲁僖公派人迎回,仍以夫人之礼葬之。

第十五章

许后悲歌乞齐师 八国联军伐熊楚

鲁国之难才平，卫国忽遭狄人攻击，告急使者如流星般驰至临淄。齐桓公近两年大为发福，身子胖了几圈，懒于行动，淡淡地对卫国使者道："齐军近年多有劳累，须得休养些力气，方可出征。尔等且紧守城池待到来年春天，寡人自当亲率大军，教训那些不知天高地厚的狄人。"

卫国使者垂头丧气地回至国中，将齐桓公的一番言语原封不动地奉上卫懿公。卫懿公倒没显出怨意，立刻传令兵卒们上城拒敌。可是，卫国竟无人听从国君之命，只顾夺路出城逃难。

自从被齐国打败，被迫向周天子低头后，卫懿公就对政事失去了兴趣。他的全副心思都用在了丹顶仙鹤身上，许多时候，他觉得自己亦是一只仙鹤。

因为卫懿公爱鹤，养鹤者俱为高官，充斥朝中，使许多才学满腹或自视才学满腹的人失去了晋身之阶。卫懿公还下令，每献一鹤者，赏黄金十两。于是国人争先至山中水泽之地捕鹤，既不耕田，又不行渔猎之事。而卫懿公则大有收获，竟然收得仙鹤数千只，飞起来铺满了整个蓝天，极是壮观。

然而卫国的府库却空了，既无力修整兵车甲仗，也无力加固城池。更糟的是，耕田的人少了，粮食亦少了，而卫懿公反倒要多征田租。

仙鹤不是凡鸟，也要吃粮食，且所食必为上等精粮。卫国本为富国，却一天比一天穷了下来。卫国百姓开始向邻国逃亡，七八年来，全国几乎减少了三分之一的户数,田租也相应大减。

渠孔、于伯、宁速、石祁子等大臣本不愿多言朝政,也忍不住向卫懿公劝谏起来,想把卫懿公从"仙鹤"中拉出来。卫懿公根本不听,在他眼中,真正的大臣就是那些仙鹤。他精心挑选,耐心考察,将"大臣们"分出了等级。

一等仙鹤被封为"上仙大夫",俸禄相当朝中大夫,二等仙鹤被封为"上仙上士",俸禄相当朝中上士。其中好勇善斗者,被封为"将军",温顺善舞者,被封为"客卿"。卫懿公每次出游,前后高车如云,车上傲然站着"鹤将军"与"鹤客卿"。卫懿公环视左右,自鸣得意之余,常常昂首作鹤叫之声。他这一叫,引得数千仙鹤同时昂首长鸣,声啸长空,惊得鸡飞犬吠,幼儿哭叫,国中乱成一团。卫懿公每见此景,就乐得哈哈大笑,觉得纵然是天子和盟主,也未必有他这么快乐,而卫国百姓则恨透了他。

而当初齐桓公远征山戎的壮举,令各夷族大为震惊,纷纷相聚,商议应对之策。各夷族中,狄人势力最大,遍及晋、邢、卫、燕、齐、鲁之间。狄人居无定所,往来迁移,喜劫掠,是列国大患之一。列国也曾联兵围剿过狄人几次,但大兵出征,狄人就四散而逃,大兵撤回之后,狄人又啸聚为害,令列国大为头疼,只得高筑城墙,时刻提防。

狄人常与山戎互为依托,进犯中原各华夏之邦。如今山戎已灭,狄人顿感危机来临,决定抢在齐桓公对付他们之前,大举劫掠一番,备足粮食财物,好在不敌齐军之时,可以远遁荒漠。他们先大举攻打邢国,被齐桓公派兵打得大败,退回山中休养一阵后,又更凶猛地扑向了卫国。卫国比邢国要强大许多,狄人以为非经一番血战,不能打败卫国。不料他们进入卫国境内,居然丝毫没有遇到抵抗。卫国军民见了狄人就逃,纵有坚固的城池,也不据之防守。

狄人大喜,招来数万控弦之众,潮水般拥向卫国都城。在狄人的传说中,列国诸侯的都城如同天堂一般,有着比天上云朵还要多的美女和数也数不清的黄金宝物。卫懿公当然不能让狄人杀进都城,亲自率兵上城抵抗。但城中兵卒已逃走了大半,剩下的兵卒也不肯随国君上城。

卫懿公大惊,让侍卫抓来几个兵卒,问:"尔等因何不愿上城御敌?"

兵卒们冷笑道:"主公用一大将,即可御敌,何须我等?"

卫懿公奇怪地问:"这大将是谁?"

兵卒们齐声答道:"此乃'鹤将军'是也。"

卫懿公大怒,道:"鹤乃羽族,非为人类,何能御敌?"

兵卒们亦怒,道:"鹤不能战,主公为何高车载之,呼之曰将军?且盘剥厚敛以供鹤食,使我等妻子冻饿,茅屋残破。今狄人虽至,我等皆家徒四壁,有何惜之?不如借此远投他国,尚可平安度此残生。"

卫懿公哑口无言。他从前虽也听到大臣们说——主公养鹤,实为误国,然而他并未将此语放在心上。他想,寡人只是养鹤而已,又不胡乱杀人,岂会误国。如今看来,他养鹤不仅误国,甚至误了自己的身家性命。没有兵卒守城,狄人必然会攻杀而入。对于中原诸侯,狄人从不手软,擒之必斩。纵然他能侥幸逃脱狄人的毒手,国破之余,也无颜和无力再为国君了。新君登位,必视他为眼中钉,欲杀之而后快。

卫懿公爱鹤,但更爱他的君位和性命。在严酷的现实面前,他无比清醒地看到了眼前险恶的处境。他当机应断,招来渠孔、于伯、宁速、石祁子等大臣,痛哭流涕地表示悔罪,并当即令侍卫们驱散群鹤。

仙鹤们却对卫懿公恋恋不舍,不停地盘旋在他的头上。卫懿公急了,抽出佩剑,发疯般向空中一阵乱劈,杀死十余只仙鹤,血流满地,仙鹤们这才腾空而去。卫懿公流着泪道:"寡人知道平日对各位甚是不敬,不堪为君。可是我卫国的宗庙,各位的家庙,俱在都城之中啊。各位不能因为怨恨寡人,就眼睁睁地看着家庙被毁,祖宗不得安宁啊。"

大臣们被卫懿公的话打动了,四处召集兵卒,并言明国君悔罪之意。但卫懿公的"悔罪"实在来得太迟,众大臣们费了许多口舌,才勉强招来百乘兵车,六七千兵卒。就这么一点士气不振的兵卒,如何能够抵挡那凶蛮的狄人呢?卫懿公大失所望,心哀若死。

渠孔、于伯、宁速、石祁子见情势不对,纷纷劝卫懿公弃城而走。

"诸侯失国,便是失去君位,寡人决不会逃。"卫懿公在绝望中,不觉激起了当年挑战周天子时的血气之勇。他将一块玉赠给石祁子,表示石祁子可代国君行使决断之权。接着又将一支羽箭赠给宁速,表示宁速可掌握国中军务大事。然后,卫懿公至宗庙盟誓,将与狄人血战到底,不辱列祖列宗之英灵。

次日,卫懿公自为主帅,以渠孔、于伯为左右将,大开城门,率百辆战车迎敌。狄人没料到卫国会在最后关头主动出战,措手不及,连连败退。但狄人很快就稳住了阵脚,将卫懿公包围了起来。

卫懿公奋勇冲杀,无奈寡不敌众,竟至全军覆灭。渠孔、于伯俱战死阵前,卫懿公也被乱箭射死在战车上。只有数百兵卒逃回到了都城中。石祁子和宁速大惊之下,放弃都城,由石祁子护送宫眷及大臣家属先行,宁速率残存兵卒断后掩护。

狄人闻知,不先进城,以其骑军急速追向卫国军民。宁速奋力抵挡,且战且退,军民战死无数。眼看到了黄河岸边,狄人仍然不退。黄河对岸恰好撑来几只大船,将残存军民渡过。石祁子看那押船摆渡之人,原是卫国派往许国的使者大夫弘演。

"大夫真乃我救星矣。"石祁子握着弘演的手,喉头哽咽,半晌才说出一句话来。

"狄人伐卫,许君夫人放心不下,担心国君有失,欲亲自归国,为许国大臣所阻,故令我赶赴宋国,请宋君夫人以故国为念,说动宋君,发兵救卫。宋君虽未答应发兵,总算是给了我几艘船,以备万一。"弘演说道。许国夫人和宋君夫人都是卫国公主。

"唉!主公若能有许君夫人这般贤明,何至如此?"石祁子叹息着,将卫懿公战死的经过简单叙述了一番。

"我卫国亦算大国,不想竟遭此大难,实为可悲。国都已丧,若连国君之体也丧于狄人,岂不是要让列国嘲笑卫国无人吗?"弘演感慨地说着,不顾石祁子的劝说,渡过黄河,寻得卫懿公遗体,以车载之南归。半路上,忽逢狄人散骑,弘演断后,被狄人杀死,从人携卫懿公遗体仓皇渡河逃至南岸。石祁子和宁速将残存军民带到卫国所属的漕邑安顿,然后召集众臣,商议善后之策。

这时,狄人又扬言要渡河攻打漕邑,残存军民大惊,纷纷四散溃逃,石祁子和宁速无法阻止。就在这时,许君夫人来到漕邑,不顾身份的尊崇,下车劝阻众人逃亡。狄人与漕邑仅有一河之隔,而许君夫人竟甘冒奇险,至此绝地,令残存军民大为感动,不再逃亡。

石祁子和宁速为安定人心，立公子申为君，是为戴公。公子申本来有病，又饱受惊吓，即位数日便旧疾突发而亡。许多人以为这是个坏兆头，又惶惶不安起来。许君夫人忙请宁速去齐国接回公子毁，立为国君。

在宁速欲行之时，来了几位许国大夫，催促许君夫人尽快离开险地。许君夫人凄然对宁速说道："卫国到了这种地步，非盟主不能救其危难。然先君对盟主多有得罪，恐盟主不愿为我卫国尽力。吾欲以书信达与盟主，又恐男女有别，不合礼法。今且作歌一曲，望大夫上达盟主。"

宁速跪倒在地，让左右拿来白帛，以便记下许君夫人所作之歌。许君夫人望着远处滚滚东流的黄河，悲愤地唱道：

载驰载驱　　（乘车急急向北走）

归唁卫侯　　（慰我失国之卫侯）

驱马悠悠　　（路途遥远心中忧）

言至于漕　　（车到漕邑已停留）

大夫跋涉　　（大夫追来将我阻）

我心则忧　　（使我心中愁又愁）

既不我嘉　　（纵然对我赴卫不赞同）

不能旋反　　（要想让我速归难苟从）

视尔不臧　　（是你们的想法太短浅）

我思不远　　（非是我的想法不稳重）

既不我嘉　　（纵然对我赴卫不赞同）

不能旋济　　（要想让我停止难相从）

视尔不臧　　（是你们的想法太短浅）

我思不閟　　（非是我的想法不慎重）

陟彼阿丘　　（乘车行至山丘上）

言采其蝱　　（采摘贝母防病灾）

女子善怀　　（女子生来多忧愁）

亦各有行　　（自有主张在心怀）

许人尤之　　（许国臣子埋怨我）

众稚且狂　　（心胸狭小乱疑猜）

我行其野　　（我行在故国原野）

芃芃其麦　　（看那麦苗蓬勃生）

控于大邦　　（呼唤天下之大国）

谁因谁极　　（谁将卫国重振兴）

大夫君子　　（各位尊贵之君子）

无我有尤　　（何必为我不安宁）

百尔所思　　（你等心思虽百般）

不如我所之　（不如让我一尽故国情）

　　许君夫人唱着唱着,泪如泉涌,泣不成声。卫国残存的军民望着黄河北岸的故乡,想着在战乱中死伤离散的亲人,不禁悲从心来,同声大哭起来。前来劝阻许君夫人的几位许国大臣羞愧无地,悄悄走到一边,再也不敢说什么了。宁速含泪听着,把写满歌词的帛书收好,星夜赶往齐国求救。

　　见到宁速递上的帛书,听说了卫国惨状,齐桓公心中大为不安。"唉! 这都是寡人的错啊。"齐桓公叹道。他不肯立刻出兵救卫,一是懒于行动,二是不太喜欢卫懿公,想让卫懿公吃点苦头,受些惊吓。卫国不是小国,在狄人的攻击下,应该能够坚守一段时日。但是齐国君臣都低估了狄人的战力,高估了卫国人的战力,致使卫国到了灭国的绝境。这种情势与齐国极为不利,天下人会说齐国身为盟主,却见死不救,不可信任。

　　"盟主要料理天下大事,救援不及,也是可以想到的情形。我卫国百姓如今无国无君,犹如身在苦旱中,渴盼盟主降下甘霖。许君夫人虽为女流,也守在险地,与我卫国残民生死与共。还求盟主看在许君面上,尽快发下救兵,并将公子毁送至漕邑,使我残民有主。"宁速磕头说道。

　　齐桓公连忙离席扶起宁速,道:"大夫放心,寡人这就出兵,讨灭狄人。"当日,齐桓公便招来公子无亏,令其率兵车三百乘,护送公子毁至漕邑安抚卫国残民。同时,他亲率隐军二百乘,渡河攻击狄人。

　　公子无亏已年过二十,齐桓公有意将其单独派出, 试一试他的办事能力。公子毁来到漕邑之后,许君夫人才回转许国。公子无亏本应向许国大夫问候许君，但他自许为盟主长子，身份甚高，竟对许国大夫不加理睬。

石祁子和宁速立公子毁为君，是为文公，暂居漕邑。卫文公清点残存军民，竟只七百二十人。原来卫人见公子无亏傲然无礼，想着齐国不会帮助卫人复国，失望之下，又逃走了许多人。

齐桓公在公子无亏军中布有密使，对他的一举一动都知道得很清楚。他当即派使者训斥公子无亏，令公子无亏以国君之礼相待卫文公，并对卫国百姓善加抚慰。然后，齐桓公又遣使送给卫文公高车一乘、祭服五套，并赠其夫人鱼足轩车一乘、美锦三十段。又送牛、羊、猪、鸡、狗各三百只，赐给卫国百姓。卫国百姓这才相信了齐国的诚意，纷纷回归，渐渐凑成了五千余人。

卫文公放下国君的架子，与众百姓一同住在茅棚里，吃粗粮，穿麻衣，下地耕田，入泽网鱼，日夜安抚百姓。众百姓大为感动，俱庆幸大乱之后得有贤君，卫国有救。

狄人见齐桓公大军压来，倒也不愿抵抗，连夜向北逃走。临逃之前，一把火将朝歌城烧得干干净净，又将朝歌城墙拆为平地。朝歌本为殷商旧都，千余年名闻天下，竟毁于一旦。齐桓公与管仲率军穷追，只将狄人后队歼灭，并救出了少许被掳的卫国百姓。狄人又向西逃去，齐桓公若再追下去，势将逼至晋国边界。齐桓公不愿在此时此刻引起晋国的猜疑，遂宣称讨伐狄人大胜，班师回国。

公子无亏待在穷僻荒凉的漕邑，憋得快要发疯，一听狄人走了，立刻也整队回国，恰好竖刁和易牙在边界游猎。二人见到公子无亏私将大军撤回，大惊之下，连忙拦住公子无亏的去路。

"大公子，你不经奏请，私自回军，论律是要杀头的啊。"竖刁道。

"我是国君的大公子，谁敢杀我的头？"公子无亏满不在乎地说着。

"鲍叔牙就敢杀你的头。"易牙冷冷地说着。公子无亏浑身不觉一颤，怔住了。鲍叔牙的铁面无私他早有耳闻，并曾亲眼看见过鲍叔牙临刑杀囚的情景。

鲍叔牙连国君都敢顶撞，只怕真会……真会与我过不去。公子无亏慌了，拱手向竖刁、易牙二人施了一礼："二位师傅，我，我现在该怎么办？是不是应该再回到漕邑去。"

"不,公子不能回去。"竖刁说着,压低了声音,"你军中有主公的耳目,什么事也别想瞒着主公。听说卫国这次闹得很惨,连都城也给平了。你可告诉主公,你是回来请主公给卫人筑城的,因士卒想家,怕留下生事,所以你把士卒也带了回来。"

"还有,"易牙叮嘱道,"主公若问你为何不事先奏报,你就说因为无城,卫国民心已乱,担心往来奏报拖延时日,故不奏而行。"

"还要对主公多磕头,多请罪。"竖刁又抢着说了一句。

公子无亏大为感激,拱手道:"二位师傅美意,无亏永不敢忘。"

易牙一笑:"公子居长,将来必登大位。到时可别忘了我二人对公子的一片犬马忠心啊。"

公子无亏正色道:"将来无亏若登大位,二位师傅就是今日之管、鲍矣。"

竖刁忙说道:"这话只能我三人得知,公子可千万要紧守口风啊。"

公子无亏点点头:"我知道。"说罢,告辞二人,挥军向临淄疾行。

这位大公子胸中无智,遇事想得简单,倒不难对付。我若要把持朝政,就该推举此人为君。竖刁在心中盘算道。

大公子已在领兵,看来有望成为储君,日后我必能执掌朝政,为所欲为。易牙亦在心中想着。

齐桓公对公子无亏擅自回军很不高兴,但听了公子无亏的申辩后,觉得情有可原,便未加处置,只是将其训斥了几句,令其退下。然后,他大集群臣,询问是否应该帮助卫国筑城。

王子成父、东郭牙等人主张只多出财物助卫,不必帮其筑城。因为齐国一旦助卫筑城,将来别国都城若有残破,势必也将求齐筑城。筑城费用浩大,齐国虽富,恐也难以承担。为长远计,不应开此先例。管仲、鲍叔牙、宁戚等人则主张助卫筑城,说只有如此,方显得齐国不愧为当世盟主,真心实意地扶助弱小之国。

"当然,筑城费用的确浩大,不应由齐国独自承担。主公应以盟主之令,号召卫国的近邻共同扶助。这样,就会有一个好的先例,将来若发生类似的事情,亦不会由我齐国单独承担。"管仲道。

"嗯,仲父之言,正是寡人心中所想。"齐桓公满意地说着,遂发下盟主之令,让卫国的近邻鲁、曹、宋诸国会集漕邑,并备齐筑城工具。接着,齐桓公带着大批的工匠及万余军卒,亦来至漕邑。

卫文公身穿麻衣丧服,远出十里之外,至道旁恭迎齐桓公。齐桓公看到卫文公消瘦了许多,不禁生出恻隐之心,问:"寡人想与贤侯定都,不知贤侯愿都于故地,还是愿都于新择之地。"

卫文公道:"故都残破,且易为狄人所攻,国人俱不愿回。今国人已卜得吉地,在于楚丘。国人欲于楚丘立都,然筑城之费,非亡国所能办矣。"

"这个贤侯但请放心,有我齐国,就有卫国都城。"齐桓公豪气凌云地说着。

当日,齐桓公招来鲁、曹、宋诸国之君,按其国力大小,分摊筑城费用。齐国最大,主动承担了一半的筑城费用。另一半筑城费用,由鲁、曹、宋诸国分摊。诸国齐心合力,日夜不停,仅费月余时日,就在荒凉的黄河南岸建起了一圈高大的城墙。齐桓公又单独从国中运来大批木材,为卫国建造宫殿庙堂。

卫文公感激得不知该如何表示才好,最后仿照燕庄公的成例,亲自向齐桓公歌唱一曲。但与燕庄公不相同的是,卫文公是在齐国大营的帐幕里私下唱给齐桓公听的。此曲乃卫文公自己所作,以抒心中感念:

投我以木瓜
报之以琼琚
匪报也
永以为好也

投我以木桃
报之以琼瑶
匪报也
永以为好也

投我以木李
报之以琼玖

匪报也

永以为好也

卫文公唱毕,恭恭敬敬托上一盘各色美玉,恳请齐桓公收下。由于卫文公是在私下场合唱的曲子,齐桓公不用回唱,可以安然收之,心下十分愉快。卫文公歌唱此曲,等于自认是齐国属国,并且永不反叛。

待宫殿朝堂修造完好,卫文公又大宴列国君臣,以示感谢之意。各国君臣或多或少都得到了一些礼物,很是高兴。

唯有公子开方不甚高兴,虽勉强坐至终席,却未露出一丝笑意。他是卫国的长公子,最有资格承袭为君。他投奔齐国,也正是为了日后能有机会谋夺君位。为了能当上国君,他费尽心机,讨好齐桓公,使齐桓公将他视为亲信。他预料卫国有一日会发生大乱,君位虚悬,到了那时,齐桓公自会全力帮他回国夺取君位。他是齐桓公的亲信,他当了国君之后,整个卫国都会是齐国的"亲信"。

虽然,他已身为齐臣,不宜再成为卫国之君,但若有意外之事发生,自当从权处置。他等待的机会终于来到了——狄人杀了卫君,毁了卫都。这应该是意外之事,齐桓公理应立即召他入朝,请他即卫君之位。

那些天,他一有机会就随侍在齐桓公左右,连卫懿公停灵,论礼法他该到漕邑守丧的时刻,他也没有离开齐国。他渴盼齐桓公称他为"贤侯",让他充当挽救卫国的一代英主。可是齐桓公好像根本没有注意到他,竟一心一意地让公子毁成了卫国国君。

公子开方有苦难言,眼睁睁看着齐桓公称公子毁为"贤侯",眼睁睁地看着公子毁成了挽救卫国的一代英主,心中怒气勃勃,几欲发狂。他好不容易才将那怒意压了下去,压成了恨意,对齐桓公的恨意。你不让我成为卫国国君,那好,我就要成为齐国国君。总有一天,齐国的大权会落到我的手中。哼!到了那时,小白啊小白,且让你见识见识我开方的手段吧。

齐桓公北伐山戎,亡令支,灭孤竹。又平定鲁难,逐走狄人,兴复卫国,所立功业,为周朝立国数百年来所仅见,给了周天子以巨大的震惊。天下各国,早已在事实上承认了齐国霸主的地位,唯有周天子未予以明确承认。许多诸侯欲示好齐国,纷纷向周天子上奏,恳请周天子以信物赐给齐国。

周惠王惊慌失措,与众文武连日商议,欲想出一个妙法——既不赐给齐国信物,又能表彰齐国之功。但这个妙法,周室众文武大臣却怎么也想不出来。周、召二公不仅不想妙法,反倒劝说周惠王尽快赐给齐国信物,使其继续以尊王号召天下:"齐侯尊王,与我周室大为有利,纵有祸乱之心,也不敢妄动。若天子不赐信物,其心难平,则必将激其自称为王。到了那时,天下诸侯将不仅不以齐侯为非,反倒要以我周室为非了。如此,周室危矣。"

周、召二公和文武大臣们反复劝谏周惠王,让其以国事为重,抛弃私怨。周惠王无可奈何,只得下诏,以单伯为使者,代天子赐齐侯以盟主信物。

可是单伯才出都门,又被周惠王追了回去。原来,楚国见齐国名震天下,心中大为不服,发兵侵郑。郑国抵挡不住,向齐国请求救援。以齐国此时的威名,绝不能放弃郑国不救。而齐国救郑,势将无法避免与楚国大战一场。

周惠王一直盼望着楚、齐两国大战一场。在他眼中,楚、齐两国一个是狼,一个是豹,都没安着好心,随时要吃了他这位周天子。最好此一场大战下来,楚、齐两国俱是死伤惨重,数十年难以恢复。如此,他也就可以过上数十年太平天子的日子,并借机整顿兵车,强大王室,做一位中兴之主。

周惠王估计此战齐国定会大败。他若在这个时候赐给齐国信物,就会大壮齐国士气,说不定反倒会使齐国打败楚国。

不,我决不能让齐国成为战胜者,我要等到齐国大败之后,再派使者赴齐,以安慰齐侯,显示我量大如海的天子风度。周惠王这样想着。

齐桓公刚回到都城,郑国使者已是一个接一个疾驰而来。每一个使者都说郑国危在旦夕,请盟主尽快发兵救援。郑国并不是齐桓公喜欢的国家,他不愿立刻发兵去救。可是他又担心郑国会像卫国一样,被敌兵攻破都城。到那时,他不想救郑,也非得救郑不可。齐桓公第一次感到,当盟主虽然可以威震天下,却也不能随心所欲,并不那么令人舒心畅快。他只得招来众文武大臣,商议是否立刻发兵救郑。

管仲道:"主公苦心经营数十年,正是为了击败楚国,真正成为天下盟主。从前齐国兵力尚不强盛,国库亦不丰足,威信也难遍及天下,故微臣屡言不可对楚轻动兵戈。今日齐国之兵已强,国库丰足,威信亦达于天下,且得燕国为盟,无后顾之忧。故今日伐楚,正逢其时也。然楚兵之众,为天下第一,主公当发盟主之令,集天下诸侯之兵,以我齐军为中坚,直捣楚国。"众文武大臣因齐国近来连得大胜,群情振奋,俱赞成立刻发兵救郑。

而一向好胜的齐桓公却犹疑起来,道:"如今我齐国非往昔可比,能胜而不能败,败则盟主之位不可保全矣。"

"微臣已想好一策,出兵之日,诈言救郑,却先入蔡国,抄袭楚国后路,使楚国猝不及防,可稳操胜算矣。"管仲道。

"伐楚先入蔡国? 妙!"齐桓公两眼一亮,拍案喝起彩来。他从来没有忘记蔡缪侯改嫁蔡姬这件"深仇大恨"之事。这是自他成为"霸主"以来,所受到的最大耻辱,若不雪之,休说成为霸主,就是做一寻常诸侯,也无颜立于世上。就算没有楚国伐郑这回事,他也要大举攻蔡,擒杀蔡缪侯。不过,他只想利用隐军的快速,疾攻疾退,避免与楚国决战。

盟主的称号给他带来了无上的荣耀,也使他分外"爱惜"起这盟主的名号来,不愿有任何损伤。此刻他听管仲献策先攻蔡国,抄袭楚国后路,可稳操胜算,才下定了伐楚的决心。毕竟,他也曾渴望着与楚国决战,并一举胜之。楚国是天下第一大国,击败楚国,齐国的盟主之位就会如泰山一般不可撼动。

大计已定,齐桓公立遣密使遍至各国,出兵伐楚,于茎地会师。同时又明派使者到处宣扬,齐国很快将派大军救郑。楚国人闻听大惊,忙从郑国都城下后退三十里,选择有利地形扎营,准备抵抗齐军。郑国军民大为振奋,不仅坚守城池,还时不时派出少许军卒突袭楚军。

周惠王二十一年(公元前 656 年)春,齐桓公自为主帅,以管仲为副帅,鲍叔牙、隰朋、王子成父为大将,率领最精锐的隐军三百乘,进至茎地。

茎地已有七国诸侯恭迎,宋桓公御说、鲁僖公申、陈宣公杵臼国力较强,各率兵车三百乘。曹昭公班率兵车二百乘。许穆公率兵车一百乘。郑文公捷国中面对强敌,不敢多带军卒,只领了五十乘兵车赴会。卫文公毁在国家残破之余,也勉力征集了五十乘兵车。七国兵车相加,足有一千三百乘,连齐桓公所率兵车,共有一千六百乘。

这时,南方的徐、江、黄三国亦派使者至茎地,言因路远,怕惊动楚军,故未赴会。但三国已备齐兵车六百乘,随时听候盟主调遣。如此,齐桓公掌握的兵车已有二千二百乘之多。

齐桓公大喜,对管仲言道:"楚国虽称为天下第一大国,兵车亦不过双千乘矣,今寡人不仅奉天子之命,且仅以兵威亦不输于楚矣。"

管仲亦是大为高兴,道:"舒国向来依附楚国,侵伐中原诸邦,可令徐、江、黄三国先灭舒国,平分其地,然后沿江西进袭扰楚之侧翼,使其不能专力与我齐国相敌。"

"妙!"齐桓公当即将管仲之语告知徐、江、黄三国使者,令其依计而行。

齐、宋、鲁、陈、曹、许、郑、卫八国誓师之后,挥军直捣蔡国。蔡缪侯根本没料到齐国会倾八国之兵向他攻击,措手不及,被八国之兵一举攻入都城,束手就擒,只有太子甲午逃脱。竖刁和易牙俱随侍在齐桓公左右,此时急欲立功,自请搜寻甲午。齐桓公应允,拨兵车五十乘,由二人统领。

竖刁、易牙料定甲午会逃往楚国,遂统兵车封住楚、蔡边界,果然擒获甲午。楚国边将发觉蔡国境内乱成一团,心中生疑,遂率巡卒进来察看,正遇上竖刁、易牙。本来,为掩饰真实的进军意图,管仲命竖刁、易牙在边境搜寻甲午时,须换上蔡军旗鼓。但竖刁、易牙当时答应得痛快,却并未依令而行。

楚国边将发觉蔡国境内俱是齐军,大惊之下,立即退回楚境,并派人飞车赶往郢都报告紧急军情。竖刁、易牙回至大营,只叙及擒获甲午之功,绝口不提与楚军相遇之事。

齐桓公厚赏竖刁、易牙,正欲率军急速攻入楚国,忽见许国大臣急急奔入营内,言其国君陡发旧疾,病逝军中。许穆公虽只是个五等男爵,然亦为一方诸侯,竟至病逝军中,齐桓公不能不有所表示。齐桓公下令全军戴孝,停留三日,为许君发丧。为表彰许穆公勤劳王师,齐桓公决定以侯爵之礼为许穆公下葬。

许穆公虽然身死,却越过子、伯之爵,连升三级,荣登侯位,也算是给许国列祖列宗争得了极大的荣耀。齐桓公对许君的尊崇,使列国诸侯大为感动,八国之军的士气亦为之大振。三日之后,齐桓公率领八国之军,浩浩荡荡,向楚国境内压去。但仅仅三日,情势已经大变,完全出乎管仲的料想。

第十六章

楚先王筚路蓝缕 齐桓公霸业终成

楚国的先祖,传说出自上古之帝颛顼氏高阳。高阳为黄帝之孙、昌意之子。高阳的曾孙名为重黎,为帝喾主掌火政,被封为祝融氏。后来共工氏作乱,祝融氏出征,由于没能彻底击败共工氏,被帝喾斩首。重黎之弟吴回继承兄职,仍为火正,亦被称为祝融氏。

吴回死后,儿子陆终承袭火正之位。陆终有六个儿子,据说都是裂腹而生。长子名昆吾、次子名参胡、三子名彭祖、四子名会人、五子名曹姓、六子名季连。但到最后,除了季连一族,都在战乱中被敌人消灭。而季连的后代也屡遭异族侵伐,到商周之际,已是衰微无闻,偏居在东南蛮夷之地。

周文王时,季连的后代中出了一位名叫鬻熊的贤者,受到周文王的重用。鬻熊亦对周文王忠心耿耿,像儿子侍奉父亲一样侍奉周文王。只是鬻熊去世得较早,没能赶上武王伐纣的壮举。

鬻熊的儿子名丽,因其父亲为人人敬慕的贤者,遂以父名为姓,称为熊丽。熊丽仍居住在蛮夷之地,生子名狂,狂生熊绎。此时周成王即位,天下安宁,国库充足。因追念先王之功,遂四处访求文王、武王时勤劳王室的功臣后代,唯恐有漏封之事。

熊绎因曾祖父的功劳,被封于楚地、都丹阳。论鬻熊之贤,应封为侯伯,但熊绎已与其相隔四代,故只被封为子爵,领有五十里地。熊绎苦心经营楚地,虚心向中原学习农耕渔猎之法,又整修战车,屡败周围的蛮夷之族,使其不敢轻易侵犯楚国。周成王对熊绎大加赞赏,特赐其为芈氏,故熊绎又可称为芈绎。

熊绎去世后其子熊艾继位,代代相传,俱能恭敬周室,谨守礼法。但到了第六位国君熊渠继位时,情形变化起来。此时正是昏庸的周夷王当政,许多诸侯已不肯去王都朝见天子。江汉之间的诸侯互相争战不休,时时侵伐楚国。

熊渠是位野心勃勃的国君,胆识过人,又精于兵战之事,数年之间,便已征服江汉之间的诸侯,扩地千里,拥兵车千乘,成为名闻天下的大国。他对众大臣道:"我等生在蛮夷之地,何必与中原之人为伍。"

熊渠不仅拒绝朝拜周天子,还要与周天子分庭抗礼。他本欲称王,又不屑于和周天子平起平坐,想找出一个比周天子更尊崇的称号,一时又找不出来。苦思之下,灵机一动,他将三个儿子全都加上王号,以其长子为句亶王,次子为鄂王,三子为越章王。他得意扬扬地对众大臣说道:"周天子只不过是一个王罢了,寡人却是三个王的父亲,比那周天子不知高出多少矣。"

后来周厉王即位,暴虐至极,常常把不听王命的诸侯抓去扔在铜鼎中活活煮死。汉水以东的各诸侯嫉恨楚国,不停地在周厉王面前诉说熊渠横行无道,蔑视王命。熊渠大怒,发兵攻击汉东各诸侯国,却连吃败仗。周厉王闻知,亦大集兵车,欲会合天下诸侯攻击楚国。熊渠这才认识到以他目前的力量,尚不足以对抗周室,被迫取消三王的称号,恢复对周室的纳贡,以示臣服之意。周厉王这才没有攻击楚国,使熊渠和楚国逃过了覆灭的命运。

熊渠临死时,将子孙们召到跟前,让他们勿忘今日之耻,富国强兵,北图中原,王于天下。楚国后代君主牢记熊渠的遗训,开垦荒地,吸纳中原流民,广征山泽之利,国家比以前更为强盛。然而周室正当宣王即位,励精图治,上下齐心,隐然已现中兴气象。

楚国虽然强盛,却不敢轻举妄动,一直到第十六位国君熊通即位,才又获得了大肆扩张的机会。此时周室经过幽王之乱、平王东迁,实力已大为衰弱。甚至连一些小国诸侯,也敢与天子作对,拒不朝见。且汉东诸国,经过多年互相厮杀,也大为衰弱。

熊通挥军渡过汉水东征,一下子灭掉十余小国,兵锋直指汉东最大的诸侯——随国。

随侯派使者求见熊通,问:"寡人无罪,君何伐之?"

熊通道:"闻听中原诸侯都背叛了天子,互相攻杀,残害黎民。我楚国虽为蛮夷,亦不忍周室衰败,礼乐崩坏。请周天子尊封我王号,我楚国必当为周天子讨灭中原那些不听王命的诸侯。"

随侯请熊通退兵,好让他将楚国的请求上达天子。熊通果然退兵,随侯也守信入朝,代楚君求取王号。

周天子听了随侯之言,大怒道:"天上无有二日,地上岂能二王并存?"

随侯遣人原封不动地将天子之语告知楚君。熊通听了,亦是大怒,有意夸张祖先的功劳,说:"我楚国始祖乃是文王的师傅,功劳如同齐国的姜太公一般。可姜太公的后代是侯爵,而楚国只是子爵。周天子既对我楚国不公,我楚国又何须敬他?他不封我为王,难道我就不能封自己为王吗?"熊通于是祭告太庙,自立为王,是为武王。

后来,周天子下诏斥责随侯为楚国请求王号之事,说随侯狂妄无知,败坏礼法。随侯并不想得罪周室,就遣使谢罪,骂了自己一通,也顺便骂了楚武王几句。楚武王愤怒至极,发倾国之兵攻随,却无法将随攻灭,反激起心痛之疾,暴亡军中。楚武王之子熊赀即位,是为文王。为便于攻击汉东诸国,楚文王将都城由丹阳迁至郢地。

周室对于南方的蛮夷之族,向来有着警惕之心。早在成王之时,周室就布下三道"坚城",防守南方。

第一道"坚城"以楚国为中坚,倚长江立国。第二道"坚城"以江汉之间的诸侯为屏障。第三道"坚城"以汉东的随、申、邓三国为依托。

不料这第一道"坚城"反倒成了周室最大的敌人,并将第二道"坚城"一举摧毁。到后来周室唯一能够阻止楚国北进的屏障就是随、申、邓三国。

楚国东临云梦大泽和绵延无尽的大别山,西阻高耸入云的秦岭和崤山,也只有通过随、申、邓三国才能进入中原。楚文王以随国势大,有意示好随国,与其结盟,而专力攻伐申、邓两国。随国畏楚兵强,答应与楚结盟,与申、邓绝交。

经过十余年的努力,楚国终于灭掉申、邓两国,打通了北进中原的道路,直接威胁到了周室本身。但就在这时,齐国空前强大起来,如一只猛虎挡在楚国争霸中原的道路上。楚文王忧愤交加,在一次出征途中暴病而亡,遗命太子熊艰即位。五年后,熊艰听人说其弟熊恽意欲谋反,不禁大怒,令禁军将熊恽擒杀。熊恽事先得到消息,逃往随国,并借随国之兵偷袭郢都,杀死熊艰,自立为王,是为成王。

楚成王即位之后,任用子文、屈完、斗章、斗班诸贤臣,一改楚国专以严刑治国之法,对百姓广施仁德,减赋税,免征役,一时国中大治。可是齐国的强大令楚成王无法向北扩张,于是转向西南方,征服巴国和百濮诸南蛮,又拓地千里。他不甘心被束缚在南方,大力整顿兵车,准备与齐国大战一场。不料他尚未大举向齐国挑战,齐桓公竟率八国之兵向他楚国猛扑而来。

楚成王一直以为齐桓公会在郑国境内与楚军决战,却没料到齐国竟会从蔡地突袭过来。当他听到边将的禀告后,直惊出了一身冷汗。楚成王命大夫屈完立刻飞驰边境迎敌,同时急召统领伐郑大军的斗章迅速回防方城,绝不能让方城落入齐军手中。

方城位于伏牛山和桐柏山的交汇之地,形势险峻,易守难攻,为楚国北伐中原的必经之地。同时也是中原各诸侯南攻楚国的必经之地,几乎称得上是楚国除郢都之外最重要的城邑。楚成王向来对方城极为重视,派大将斗章领重兵把守。但近些时来,驻方城的楚军却在斗章的率领下,正在与郑军对峙。方城之内的楚军不满三千,且尽是老弱疲卒,毫无战力。

楚成王无比清晰地看到了管仲的险恶用心——从蔡国横插过来,一举攻占方城,然后全歼斗章孤军,再挟战胜之威,直逼郢都。

斗章所率之兵虽只四百乘,却是楚国最精锐的兵卒,一旦被歼,则整个楚军都将不堪一击,天下第一大国亦将不复存于世上。除非斗章之军能够奋勇击败齐军,夺回方城,才可挽救楚国。但齐桓公统有八国之兵,兵车当在千乘以上,无险可守的斗章之军必然难以逃脱覆灭的命运。

楚成王虽然已令人以飞车日夜狂驰,传达撤军之命,可还是迟了。郑国离方城远而蔡国离方城近,且齐军肯定会在楚军之先出发。楚军无论如何,也将比齐军晚至方城两日。仅仅两日,竟然决定着天下第一大国的生死存亡。楚成王日夜祈求神灵降下异灾,阻挡齐军两日。在祈求神灵的同时,楚成王下令征调千乘兵车,随时准备与齐决战。

也不知是他的祈求生了灵效,还是列祖列宗在暗中庇佑楚国,齐桓公竟为了许穆公病逝军中而停留了三日。这三日改变了一切,把楚国从灭亡的边缘拉了回来。

当齐桓公、管仲率领千余战车以势不可当的兵威逼近方城之时,但见城头上旌旗蔽空,戈矛闪亮,已布满楚国兵卒。管仲大惊失色,一下子愣在了车上,茫然不知所措。

大军临出发前,他派在郑、楚两国中的密使禀告道——楚军认为仲父定将兵发郑国,楚王还给斗章下诏,让他依山结寨,拖住齐军;楚王欲发千乘之兵,与齐军在郑国境内决战。可是楚军怎么忽然布满了方城呢?管仲百思不得其解。

见到楚军如此威势,齐桓公也倒吸了一口凉气。管仲对他说过,方城仅有三千老弱残军,可一鼓而下。攻下方城,伐郑的斗章大军就丢了后路,断了粮道,军心必然大乱,将不战自溃。斗章大军是楚国最精锐的军队,斗章溃败,就是楚国的溃败。但眼前城头上的军卒岂止老弱三千?且大旗又明明白白地绣着一个耀目的“斗”字。

“怪了,斗章怎么会在这里呢?难道他早就知道我们要从蔡国打过来,从郑国退兵了?”齐桓公问着管仲。

“斗章虽是勇将,恐怕也无未卜先知的本领,这一定是有人走漏了消息。”管仲道。

“是谁走漏了消息?寡人非把他满门抄斩不可。”

“这走漏消息之事,以后再查吧。我们得先找个好地方安下营寨,以防楚军偷袭我们。方城高大,不宜强攻。主公可告知各位诸侯,徐、江、黄三国将在东南方攻击舒国,待徐、江、黄三国发动了攻击,我们就开始攻击方城。”

“就依仲父之见。”齐桓公镇定下来,欣然说道。

为了取得突袭之效,齐桓公开始并未将徐、江、黄三国攻舒国的消息告知众位诸侯。这使得一向急于宣扬盟主之威的齐桓公大为遗憾,憋得难受。八国之军在方城外十里之地扎下营寨,秩序井然,帐幕严整。

听到徐、江、黄三国将从东南攻舒国,各位诸侯大为兴奋,轮流宴请齐桓公,欢乐不已。各国诸侯不太明白军情,对方城中楚兵大增之事并不意外,毫无惊诧之感。方城是楚国的大门,自然须以重兵防守。但是楚国又怎敌得过八国之军,甚至是十一国之军的强大兵威呢?

各位诸侯料定楚国必败无疑。击败蔡国,各位诸侯都从蔡国府库和内宫中分得许多黄金美女,大为快意。楚国比蔡国要大出十倍,府库中定然是堆积如山,后宫的美女也会像汉江中的鱼儿一样多得数不清。各位诸侯都着意结好齐桓公,希望将来在分"战利品"时,多占些便宜。

齐桓公得意扬扬,轮流到各诸侯大帐中饮宴作乐,饱尝各国风味不同的佳肴,饱享各国风韵不同的美女,几欲忘了他正在军营之中。破蔡国,擒蔡侯,大出了他胸中的恶气,使他畅快无比。虽然军情有了意外之变,也只使他一惊,过后并未如何放在心上。军营中现有管仲、鲍叔牙、隰朋、王子成父诸贤能之臣,纵然天塌下来,也用不着他忧心操劳。

在齐桓公欢宴的同时,管仲、鲍叔牙、隰朋、王子成父轮流日夜巡视军营,不敢有丝毫松懈。楚军以善于偷袭闻名,楚成王就是靠了偷袭,才夺得了王位。

八国之兵与楚军对峙了足有十余天,双方都是固守不出。天下各国对楚、齐决战极为重视,纷纷以各种借口派出使者,至军前探听虚实。这中间尤其以周王室和晋、秦、燕诸国的使者来得频繁。

周惠王虚情假意地表示愿以王师为齐国后援,燕国则真心实意地愿发倾国之兵听从盟主之命。晋国、秦国看到齐国大占优势,也想派兵伐楚,以分得一份功劳。

对齐桓公来说,王师是祸水,晋、秦两国的兵卒更是虎狼,绝对不能接纳。而燕国须得"保护"齐国后路,亦不能兵离本境。

各国中亦有楚国使者,将天下各国之事报于楚王知晓。

北方的齐桓公按兵不动,南方的徐、江、黄三国则向舒国发动了猛攻。舒国急遣使者入楚请求救援。但楚王正欲北上方城迎敌,根本发不出救兵,只能眼睁睁地看着舒国被徐、江、黄三国灭亡瓜分。

南方大胜的消息传来,八国大营中欢腾不已,纷纷向齐桓公请战,誓言踏破方城。正在这时,楚国大夫屈完亲至八国营前,求见齐桓公。

听到屈完求见，齐桓公立即召来管仲、鲍叔牙等大臣，商讨应对之策。

"兵临城下，只差一战耳。屈完来此，无非是想拖延时日，以使楚军大集。主公不必理睬他，下令攻城就是。"鲍叔牙道。这些天来，他一直处在极度兴奋之中。齐国只要战胜楚国，就可真正平定天下，建立前所未有的大功，毫不逊色于太公之时。天下人一提到齐国，就会肃然起敬。齐人不论行到何处，都可以堂堂正正地挺起胸脯。齐人须冒充鲁人的耻辱将一去不复返矣！如此大功，亦有我鲍叔牙之力在其中矣，史官绝不能抹掉我应得之荣耀。鲍叔牙飘飘然犹如坐上了云端，有些埋怨管仲何不下令攻城。

"下令攻城？"齐桓公不觉皱起眉头，向管仲望过去。

近些天来，是他最风光的日子，充分享受着盟主的威仪。从前在朝堂上他也很有威仪，但底下侍奉的都是齐国臣子，理应对他诚惶诚恐，毕恭毕敬。如今侍奉他的都是国君，且是些身份高贵的国君。其中有宗室诸侯之长的鲁侯，有一等爵位的宋公，有上古之帝后代的陈侯……这些名满天下的诸侯像臣子一样侍奉着他，日日对他称颂不已，比之上天降下的救星……当年的太公，如今的周天子，也无法享受到他的这等威仪啊。齐桓公渴望着他在今生今世永享此种威仪，傲视天下。

这么想着，他心头上顿生恐惧之意，恐惧他会失去所得到的一切。如果他此次伐楚战败，则其所得的一切，俱将随流水而去。然而楚乃天下第一大国，岂能轻易胜之？齐桓公每想到此处，心中便惴惴不安，不知如何是好。

"屈完至此，想是楚君心怯耳，意欲求和。主公不妨召见其人，责以大义，若楚国认罪，情愿臣服周室，就可不战而胜强敌，岂不美哉？"管仲道。

他心头上亦常常生出恐惧之意，恐惧其平天下之大功将毁于一旦。几乎每天，他都要乘车察看方城的地形，越看越心惊。方城的地形实在太过险恶，八国之兵纵能攻下，也必伤亡巨大。而方城离郢都尚有千里之遥，中间又横隔着宽阔的汉江，岂能轻易地将那倔强的楚人征服？

师老必疲，兵锋挫而易钝。管仲深知兵法，愈来愈觉与楚决战，胜算不大。如果他还像当年箭射小白时那般年轻，尚可冒险一搏。但现在他已是年过六旬的老者，无复当年的锐气和精力。

管仲常常会想起婧姬。在他出征之前，婧姬已卧病在床。如果我败于楚人之手,一世英名必将付之于流水,岂有面目去见婧姬?管仲不愿如此想,但心中却不断地冒出如此念头。

"不错,当年太公亦说'胜敌者,无形之战,方为上战'。"齐桓公对管仲的话大为赞赏,当即令人将楚国大夫请进帐中。鲍叔牙还欲争辩,被隰朋拉了拉衣袖,才不再说什么了。

隰朋对伐楚之举并不赞成。他认为齐国现在所获得的名望已经足够了,不必再建什么新的"功业"。

"盟主当得太像了,必至四方求助不断,难以应付。"隰朋有一次忍不住对鲍叔牙说道,希望鲍叔牙能对齐桓公的功名渴望有所节制。

齐桓公忙于四方征战,大臣们也得跟着四处奔忙。隰朋也老了,只想多在府中享受姬妾们的歌舞之乐,不愿在军阵中车马劳顿。

鲍叔牙被隰朋的拉扯所提醒——军中有许多人都如隰朋这般厌战。莫非齐桓公和管仲亦是厌战?他要看看齐桓公和管仲如何与屈完应对,以断定齐桓公和管仲二人是否厌战。

屈完年在四旬上下,身体高瘦,两眼精光闪烁,一望便知是智谋高深之士。他十分熟悉中原礼仪,神情不卑不亢,与帐中各人相见,俱为得当适宜。他首先道:"吾君知盟主远来,特命在下问候盟主。想齐国远居北海,楚国地近南海,风马牛不相及也。奈何盟主倾天下之兵,侵我楚地?还望盟主能够明白宣示,使在下回复君命。"屈完说的是列国通行的"雅言",字正腔圆,悦耳动听。

齐桓公和管仲一听,都不觉放下心来——屈完开口便称盟主,果然是意欲求和。敌方既然是以大夫为使,齐桓公便不应自低身份,与其应答。

管仲上前一步,拱手说道:"昔日周成王封吾先君于齐,使召公赐命,曰:'东至海、西至河、南至穆陵、北至无棣,五侯九伯,实得征之。'自王室东迁以来,礼乐崩坏,诸侯争乱,夷狄之族竞相侵伐中原,天下百姓俱在水火之中。吾君奉天子之命,倡仪尊王,驱逐夷狄,恢复礼法,天下诸侯,无不响应。尔楚立国于江汉之间,盛产上好包茅,例当岁贡,以助天子祭祀时滤酒之用。可是尔楚国已多年不贡包茅,天子问于吾君,吾君自当问于尔楚国。且周昭王当年南巡,渡汉水不归,亦当问于尔楚国矣!"

他这番话说得理直气壮，义正词严，不愧为霸国之臣，直听得齐桓公连连点头。可是鲍叔牙听了，却连连摇头，犹如跌进寒谷之中，浑身冰凉。管仲的语气表面刚硬，内中却比屈完的话更为软弱。

楚国的第一大罪，便是自称为王，公然与周室分庭抗礼。

楚国的第二大罪，便是侵伐邻国，夺取汉东诸国之地。

楚国的第三大罪，便是谋弑先君，蔑视礼法。

但管仲却根本不提这三大罪状，却提出了什么不贡包茅和昭王不归之事。

诸侯不贡方物，为大不敬，所问也还有理。而周昭王之死已过了四五百年，提起来岂不是一场笑谈？管仲如此向楚国问罪，自是不欲与楚国决战。而齐桓公欣然点头，显然是赞同管仲之语，亦不愿与楚国决战。

鲍叔牙本想大声抗争，劝谏齐桓公，不可对楚姑息，须与楚国决一死战。然而齐桓公是国君，管仲是执掌军国大政的相国，号为仲父。齐桓公和管仲既然是君臣心意相通，做出的决断就绝难更改。在如此情势下，他的劝谏并不能起到任何作用。

如果是在朝堂上，纵然不起作用，鲍叔牙也会尽力劝谏。可此刻是在军中，且又有列国诸侯相从，鲍叔牙若是强行劝谏，传扬出去，必会损伤齐桓公和管仲作为八国之军正副主帅的威信。鲍叔牙只能默然无语地站在大帐中，怒视着屈完。他要让屈完明白并不是所有的齐国大臣都不愿与楚国决战。屈完被鲍叔牙如刀的目光刺得不自在起来，竭力避免与鲍叔牙对视，只望着管仲。

听罢管仲的一番话，屈完同样松了口气，放下心来：从八国之兵逼近方城的那一天起，楚国朝臣就分成了战、和两方。令尹子文和他认为齐军势大，且挟天子之命，与其决战，势必两败俱伤，对楚国日后谋攻中原极为不利。

将军斗章和斗班却认为八国之兵是乌合之众，并没有什么战力，可以与其决战。如今中原各诸侯全都倚仗着齐国支撑，一旦楚国战胜齐国，则中原之地，唾手可得。

楚成王想与齐国决一死战，又怕落下两败俱伤的结果。欲与齐国言和，又心有不甘，一直难以做出决断。直到徐、江、黄三国攻灭舒国的消息传来，楚成王才下定了言和的决心。他并不畏惧徐、江、黄三国自东南方发动的攻击。可是他又不能坐视徐、江、黄三国的攻击,非得分兵二路抵抗不可。南、北两路大军他只能监视一路,无法同时监视两路。

依眼前的情势,他应率大军北上与齐桓公对峙。斗章和斗班等心腹战将亦应随侍在他的左右。毕竟,齐桓公率领的八国之兵是侵楚的最强力量,楚成王不得不全力应付。如此,他只能派一偏将领少许兵卒去对付徐、江、黄三国。他如果能战胜齐桓公便罢,稍有不利,那偏将必定反叛,会杀回郢都另立新王。楚国并非礼仪之邦,全以霸力治国,王位的更换几乎总是以血淋淋的残杀来实现的。对楚成王来说,王位如同性命一般,绝不可丢弃。在这种情况下,楚成王虽极不甘心言和,也只得言和了。

楚成王率大军驻扎在汉水之滨,派屈完为使者,全权处理战、和之事。楚成王对屈完说:"城下之盟已是耻辱,大夫不可退让太多,否则寡人只有拼死一战。"

屈完很清楚他不能在什么地方退让——绝不能承认自立为王之罪,绝不能承认侵伐邻国之罪。

如果承认自立为王的"大罪",那么楚王就须恢复子爵的名号。但一个小小的子爵诸侯,又怎么能拥有千乘之国?楚王势必要退回所侵夺的土地,甚至要将国都迁回丹阳。

同样,承认了侵伐邻国的"大罪",楚国则不仅要退回侵夺的土地,还须赔偿财帛。这样的认罪,就不是言和,而是要彻底灭亡楚国。

屈完料想齐桓公决不会向楚国提出这两大罪——因为齐桓公亦愿言和。

他曾对楚成王言道:"齐军远道而来,利在速战。今兵临城下,却只守不攻,显然有惧战之意。齐国已成盟主,能胜不能败,言和之心,只怕更甚于我楚国。"

此刻他一听到管仲的"问罪",就知道齐国言和之心,果然甚于楚国。屈完的语气立刻强硬了许多,道:"诸侯不贡周室,天下皆然,岂独楚国?此乃周室失德所至,罪在于上而不在于下。当然,包茅不贡,楚亦有罪。至于周昭王南巡不归这件事,我楚国并不知道,你们要问,就去向汉水问吧。"

"大夫此话,全无诚意,莫非一定要对抗天子之命？"管仲硬中带软地喝问着。

"在下乃南蛮之人,不知中原礼仪,话中有什么得罪之处,还请仲父见谅。楚国虽说地广千里,带甲之士百万,可又怎么敢与天子对抗呢？只是城下之盟,列国所耻。盟主若肯兵退三舍之地,以示诚意,则吾君岂敢抗拒天子,自当上贡包茅,以谢'不敬'之罪。"屈完软中带硬地说着。

"好,大夫若能辅佐尔君敬奉天子,寡人又有何求。明日寡人就当退兵,静候大夫佳音。"齐桓公不待管仲答话,抢着说道。楚国愿意"服罪",这对齐桓公来说,就已足够。他以讨伐楚国的名义出征,以迫使楚国"服罪"的战果归来,盟主的颜面不仅可以保全,还会因此更增光彩。

"吾君素来宽厚大量,只要尔君服罪,自当退兵。但此番乃八国之兵,我齐国兵退,别国之兵是否亦退,尚不可知之。"管仲道。他见齐桓公回答得太过痛快,忙补上一句,意图为难屈完一番。

"齐乃盟主,齐国兵退,他国之兵岂敢不退？盟主之言,重如山岳,望能守之。在下当回报吾君,准备贡物,上敬天子。"屈完说着,长揖为礼,退出帐外。

齐桓公立即传令——楚国已不战而降,各国当拔营退兵。

楚国既已不战而"降",我等就该进入楚境,怎么反要退兵呢？列国诸侯想不明白,又不敢向齐桓公发问,只得随齐军向后退去。

屈完请齐桓公兵退三舍,齐桓公却一直退到了召陵,离方城已有百里之地。齐桓公如此,倒也并非欲显示其盟主的"宽宏大量",而是召陵地势极好,利于扎营驻守。

屈完见齐桓公退兵,立即乘小车飞驰至汉水之滨,将他和齐国君臣的一番"舌战"告知楚成王,请楚成王准备包茅,上贡周室"谢罪"。

楚成王听说屈完一番话就使齐桓公兵退百里,认定齐兵惧楚,争战之心大起。

令尹子文道:"我楚国乃天下大国，岂可失信于人？今屈大夫以大王之名,答应入贡,不可反复矣。若楚反复,必使齐人羞怒,当以死力来战,必难相敌。"

"齐国臣子亦有好战者,主公反复,是授其口实也。"屈完亦说道。

楚成王无奈，只好答应上贡"谢罪"，仍以屈完为使者，授其代行君命之权。

既然自承有"罪"，对于八国之君，就该备上一份"劳军"的厚礼。楚成王令人回转郢都，启开府库，装上八大车黄金，交给屈完。又采集一车上好包茅，以宗室之臣相陪，跟随屈完北上召陵。

看着满车的黄金，楚成王极不舒服，心中道，自我楚国立国以来，只有取之于人，哪有送之于人呢？齐、鲁、宋诸国也还值得楚国相送黄金，那许、郑诸国乃是楚国网下游鱼，又岂能受我楚国的厚礼？哼！将来本王一定要从你们那里十倍收回这些厚礼。

见屈完带着包茅而至，齐桓公大为高兴，对其礼敬有加，待若上卿。管仲令太卜测得吉日，请齐桓公率列国之君，验看包茅。验看完毕，屈完送上八车黄金，作为劳军之礼。列国诸侯这才高兴起来，有了些"战胜"楚国的感觉。

虽然一车黄金离他们预想的所得差了许多，但毕竟是不战而获，来得甚是便宜。何况楚国本是天下第一大国，能得到楚国的"礼敬"，也足可夸示天下，大有荣耀。

齐桓公得意扬扬，问着屈完："不知大夫观看过我中原兵威否？"

屈完拱手道："在下僻居南蛮荒地，并未有幸目睹中原兵威，今日若能观之，当大慰平生。"

齐桓公当即传命管仲布下战阵，他和屈完同乘高车，依次向前看。但见八国之兵各占一方，连绵不绝，此进彼退，井然有序。且部伍整齐，衣甲鲜明，戈矛闪亮，士气高昂。

啊，这中原之兵果然非同小可，我楚国若贸然而战，胜负当真未可料定。屈完心中正暗暗吃惊，忽听齐国军阵中鼓声大作，紧接着七国军阵中亦是鼓声相应，轰隆隆一阵紧似一阵，如千万个巨雷一齐炸响，直似天崩地裂一般。

鼓声中，齐国三军阵形变幻，乍分乍合，疾如劲风，快若闪电。更见那矛戈齐举，旌旗飞卷，众兵卒忽前跃、忽后纵，势若猛虎，矫若游龙。屈完身后的几个仆从看得目瞪口呆，脸色苍白，双腿发抖。

齐桓公面露骄傲之色，对屈完说："寡人有此锐卒，当战无不胜，攻无不克矣！"

屈完一笑,道:"贤侯之所以能够主盟中原,代天子号令诸侯,乃是以德服众,上尊王室,下扶弱小之邦。我们楚国敬重贤侯,亦畏服贤侯之德耳。若贤侯欲以武力屈人,则楚国城池还算坚固,又有汉水之险,且可驱使千乘兵车。吾恐贤侯纵有甲士百万,也未必有所用耳。"

齐桓公听了,犹如被人迎头浇了一瓢凉水,从骄狂中清醒过来,呆了半响才说道:"大夫真乃楚之栋梁,寡人深敬之矣。今欲与贵国盟好,大夫愿否?"

"楚乃蛮夷之邦,得盟主如此看重,敢不从命?"屈完拱手施礼道。

当日,八国之军各派士卒,合力在大营中筑起了一座土坛,齐桓公手执牛耳,行盟主之礼。管仲为司盟。屈完代行楚君之命,与列国诸侯一一见礼,共立盟约,誓言互不侵犯,和好通婚,结为兄弟之邦。然后,屈完又替蔡侯赔罪,请求齐国释放蔡侯。齐桓公痛快地答应了屈完,同时也请楚国放回掳走的郑、许诸国臣民。屈完亦向郑、许两国担保,楚国定当遵守诺言,放回郑、许两国被掳臣民。郑、许两国极为高兴,单独宴请屈完,以示谢意。

屈完与齐桓公会盟完毕,辞别列国诸侯,北上洛邑,朝贡周天子。齐桓公亦派隰朋为使者,至洛邑禀告收服楚国的经过。八国之兵自召陵分散,各自归国,连日欢宴不休,并告祭祖庙,称颂其"降服"楚国之功。

回军途中,鲍叔牙忍不住问管仲:"如此,楚国就不会北犯中原吗?"

管仲不答,反问道:"依鲍兄之见,如何才能使楚国不会北犯中原呢?"

"当然是踏平楚国,毁其城池,灭其宗庙。"鲍叔牙毫不犹豫地说道。

"不错,只有如此,方可一劳永逸,使中原永无楚国侵伐之祸。只是请问鲍兄,以我齐国之力,可否一举灭亡楚国?"

"我齐国率八国之众南进,又有徐、江、黄三国遥相呼应,灭楚不难。"

"八国之兵虽众,唯我齐国可战强敌,其余七国,应数而已。徐、江、黄三国灭舒之后,已心满意足,攻楚不过是故作其态耳。楚国方城坚固,我军克之,三军必损伤一军矣。汉江深广,楚以倾国之兵守之,我军欲将其击破,又损一军矣。郢都高大,我军攻之,势必再损一军矣。如此,楚国虽灭,而我齐国三军,亦损伤殆尽矣。方今天下,唯我齐国可保列国共尊王室,不致大乱迭起。假若我齐国损伤过重,国势不振,又何能威慑列国,使天下平定?今日以言和服楚，一可保我齐国兵势不败，二可免使天下大乱，生灵涂炭，三可挫楚锋芒，令其不敢过于猖狂。鲍兄试思，当此情势之下，能得此结果，是否算是成功？"

"当然算是成功。只那楚国向来不守信义，虽立盟约，也难保其不会侵伐中原各邦。"

"那屈完有一番话说得很有道理——诸侯不贡天子，乃周室失德所至，罪在于上而不在于下。只要周室善于修德，中原各邦信守盟约，我齐国保有强大的兵威，则楚国必不敢轻易北侵。"管仲感慨地说道。

"听管老弟所言，似觉有理。可我心中，又总是存有疑惑。"鲍叔牙坦率地说道。

"唉！鲍兄，我二人以数十年之力，才使得主公成就霸业，不容易啊。功难成而易败，我不想在垂老之年，看到我齐国霸业衰败。"管仲叹道。

鲍叔牙默然无语，想，管仲老矣，只愿保住功业，已失锐意进取之心。

第十七章

江汉雅乐明储位 周王离间志未酬

齐国伐蔡服楚,大胜而归,且几无兵卒伤亡,举国上下,俱是欢庆不已。齐桓公更是日日在内宫沉醉歌舞,欢宴通宵,无休无止。

这天,是他最喜欢的儿子——郑姬之子公子昭八岁的生日。天还未亮,齐桓公就派出高车,将管仲、鲍叔牙、宁戚、王子成父、公子开方等亲近大臣请进内宫,参加公子昭的生日喜宴。齐桓公如此重视一位公子的生日,还是自即位以来的第一次。众亲近大臣心下雪亮,明白齐桓公将要做出一个最重要的决断——明定太子之位。

宴会在郑姬的寝宫正殿中举行,参加的不仅有众亲近大臣,还有齐桓公的各位宠妃和她们的儿子。管仲、鲍叔牙、宁戚、王子成父、公子开方等亲近大臣依次坐于左方的尊位。右边的陪客之位上依次坐着长卫姬、公子无亏、少卫姬、公子元,葛嬴、公子潘,宋华子、公子雍,密姬、公子商人。主位上高坐着齐桓公,身右是喜气洋洋的郑姬,身左是神情飞扬的公子昭。

公子中年龄最大的是公子无亏,已有二十四岁了,而最小的公子商人还不到七岁。殿中各人心情大不相同,却都露出笑意,不停地向齐桓公举杯劝酒。齐桓公心中轻松,连连痛饮,并劝来客须尽欢而归。他登上国君之位已三十年了,且已年过六旬,儿子又有了一大群,不能不考虑立太子这件棘手之事。

齐桓公并无嫡子,论礼法应该由长子公子无亏承袭为君,他在许多年前,也曾对长卫姬有过许诺——将来一定立她的儿子为储君。可是齐桓公怎么看也对公子无亏看不顺眼,根本不想立其为太子。

他最喜欢的宠姬是少卫姬和郑姬,也很喜欢从山戎得来的美女密姬。少卫姬、郑姬、密姬都给他生下了一个儿子,这几个儿子他都很喜欢。但齐桓公反复考虑之后,最终决定立郑姬的儿子公子昭为太子。

这其中有三方面的原因,一是郑姬的父母之邦对齐国来说,地位愈来愈重要。郑国首当楚国之冲,又与周室疆界相连,若保持着与齐国的盟好,无疑是对楚国和周室增加了强大的压力。楚国将因此不敢轻易北犯,周室将因此对齐国不敢轻视。立郑姬之子为太子,可以示好郑国,使齐、郑两国更紧密地联系在一起。

第二个原因是郑姬柔顺而少卫姬太过强横,郑姬能容少卫姬,而少卫姬只怕不能容下郑姬,齐桓公不愿在他身后会出现儿子们自相残杀的悲惨之事。

第三个原因是在他喜欢的几个小儿子里,公子昭显得最为聪明。齐桓公创下的霸业非同小可,只有贤能之君,才能保住齐国天下盟主的地位。他认为在所有的儿子中,唯有公子昭可以成为贤能之君。

今天他大宴众亲近大臣,一是想让众姬妾公子明白他的心思,不再作非分之想。二是欲使公子昭在众亲近大臣们面前显示些本领,证明他立公子昭为太子全是出于公心,而非私意。

公子昭显示的本领,自然是公室子弟必习的礼、乐、射、御、书、数六艺。六艺的表演依次而行,公子昭首先执爵,向诸大臣和众姬妾公子敬酒。

公子昭虽然只有八岁,但进退揖让之间彬彬有礼,神情大方,既不拘束,又不轻佻,俨然一副君子之态。众亲近大臣俱对公子昭称赞不已,众姬妾公子们也勉强赞了几句。

公子昭表演了一番礼仪,就该表演"乐"了。乐有"风、雅、颂"之别。风是列国民间之乐。虽然优美动听,却不宜奏于朝堂。乐又分为演奏和歌唱两部分。公子昭为显示本领,将一张七弦桐木琴横置膝上,集演奏与歌唱为一身。他选择的是一首《江汉》之曲,名列大雅之乐,非常适合在朝堂上歌唱。

此曲传说为周宣王时的贤臣大夫尹吉甫所作,歌颂召伯虎南征淮夷,大胜回朝的赫赫武功。尹吉甫其人极有文才,将各国及王都流传的歌乐加以整理,编之成卷,以《风》《雅》《颂》分类,教导王室子弟吟唱诵读。

周宣王曾问尹吉甫此举有何益处,尹吉甫答曰:"诵国风,可知民间疾苦,列国风俗。诵雅、颂可知朝政,可知先王创业之难。如此,众子弟方能谨慎其心,不敢放纵,庶可长保周室之兴也。"

周宣王听了大为高兴,命尹吉甫为太子之师,教其吟诵《风》《雅》《颂》诸章。列国诸侯闻之,亦命其子弟诵读《风》《雅》《颂》诸章,称之为周乐。不识周乐者,便无颜自居为公室子弟。

公子昭此时歌唱《江汉》之曲,又带有颂扬齐桓公之意。齐桓公大军南征楚国,可比召伯虎南征淮夷。况且楚国正处于江汉之间,曲中所叙之事,颇与齐桓公之举相合。

"好,好!"齐桓公听到这里,喜形于色,不待公子昭唱完,就大声喝起彩来。郑姬亦是无法掩饰心中的喜悦,在朝堂上忍不住对齐桓公频频显露出娇媚之意。其他的姬妾和公子们心中却被愤恨和嫉妒折磨得几乎无法安坐在席上,尤其是长卫姬和公子无亏,眼中更是几欲喷出火来。但是母子二人的脸上却一直在笑着,丝毫没有露出怨意。

二人知道,齐桓公一旦决定了立公子昭为太子,就会像维护他的君位一样维护公子昭,毫不犹豫地清除掉任何意图危及公子昭的"敌人"。公子无亏身处长子之位,稍有不慎,就会被齐桓公视为"敌人"。

竖刁、易牙和公子开方这三个人心中一样溢满了愤恨。他们身为公子们的师傅,竟然根本不知道齐桓公要选择公子昭为太子。虽然他们也早看了出来,齐桓公很喜欢几个小儿子。但老父喜爱幼子,乃人之常情,他们并未如何注意。

三个人仍把谋夺权位的希望寄托在公子无亏身上,尤其是竖刁和易牙,甚至已和公子无亏达成了日后"分享"大权的默契。但齐桓公的选择却将他们的希望击得粉碎,他们现在就算是立刻改换门庭,投拜公子昭,也是迟了。郑姬是个聪明的女子,早已洞悉他们勾结长卫姬和公子无亏的举动,绝不会信任他们。何况太子之位一定,管仲和鲍叔牙就会对其全力辅佐,也不会容许他们接近太子。可是就这样眼睁睁看着将要得到的一切烟消云散,竖刁、易牙二人实在不甘心。

二人口中喝着美酒，脸上挂满笑意，心中却在不停地盘算着。公子无亏年岁最长，家兵众多，纵然公子昭已被立为太子，将来未必不可一争，看来今后我等须得和公子无亏团结得更紧才对。

公子无亏已处嫌疑之地，我应立刻尽量疏远他，在别的公子身上打主意才对。嗯，公子潘虽不出色，他的母亲葛嬴却极有心计，今后我多和公子潘来往，或许能成大事。公子开方在心里想道。

众大臣见太子之位有了着落，心中一样轻松了许多。虽然齐桓公的选择不甚合于礼法，但众大臣还是能够理解，并不想在这件事上对齐桓公多加劝谏。

齐国为盟主之国，继位之储君不应以常理来立之，须择贤而立。公子无亏性子暴躁轻狂，并不是大臣们眼中的贤者。公子昭虽说年幼，然已显示出好学聪明之性，只要有良臣善加辅佐，有望成为贤明之君。

平日在这种场合，管仲总是妙语连珠，使堂上笑声不断。今日他却是少有言语，脸上的笑意也有些呆板。他助齐桓公"降服"楚国，平天下大功可谓已顺利实现，这本是他最高兴的时刻。然而，最能与他分享兴奋的婧姬却已病逝，他甚至没能来得及与婧姬见上最后一面。婧姬去世的时候，他正率大军行进在回往临淄的路上。唯一能给他带来安慰的是，婧姬已知道齐军"降服"了楚国，知道他已"平定天下"。

只是他心中依然哀伤不已，觉得他亏欠了婧姬许多。婧姬只是他的一个姬妾而已，名分太低，他不能为婧姬举行隆重的葬礼，更不能公然现出哀伤之情。否则，有损他作为仲父的威严，并授人以不守礼法的口实。他心中满含着哀伤，却要在朝堂上举杯欢笑，不失相国应有的雍容风度。

《江汉》之曲唱罢，公子昭就该表演六艺中的"射"了。内侍奉上一张精巧的小弓，又在堂前竖起一个草靶。公子昭抖擞精神，正欲弯弓搭箭，却见一个监守宫门的寺人匆匆奔进来，跪倒在齐桓公面前。

"主公，隰大夫回来了，请求面见主公。"那寺人说道。

"好啊，让他进来，快快进来！"齐桓公兴奋地大叫着。他早已从驿使传来的消息中得知隰朋今日能够回朝，也早就盼望着隰朋的到来。隰朋回朝的日子正逢公子昭的生日,对齐桓公来说,是一个极好的兆头。他料定此次周天子无论如何也会赐给他盟主信物。

服楚之功使齐桓公的声威在列国之间已如皓日当空,周天子绝对不能忽视。盟主的信物在公子昭的生日时送来,无疑是预示着齐国将世世代代永为盟主之国。

"主公,隰朋大夫是……是要在朝会之堂面见主公。"那寺人又说道。

齐桓公一怔,随即道:"嗯,你……你让他先到这里来一下,随后再到朝会之堂那里去。"这儿只是他一个姬妾的正殿,在此恭迎周天子的信物,未免不合礼法。齐桓公并不想在此时此刻有违礼法,他只想让隰朋把周天子的信物带到这里展示一下,然后到朝会之堂上举行正式的恭迎之礼。

隰朋走到了堂上,两手空空,没有任何周天子所赐的"信物"。齐桓公愣住了,管仲、鲍叔牙、宁戚等人心中也满是疑惑。周天子所赐的信物一般是祭祀太庙的"祭肉",或者是朱漆弓箭,如果欲示以特别的恩宠,还会赐下金鼓和高车。

祭肉和弓箭都可以捧在手中,隰朋回复国君之命,也应该把天子所赐的"信物"捧在手中。莫非周天子竟以高车为"信物"不成?齐桓公和众大臣在心中想着。

隰朋跪倒在齐桓公面前,磕头道:"臣、臣有辱君命。"

"啊,莫非那……"齐桓公差点说出——莫非那天子竟没有赐下"信物"?这句话他完全没有必要说出,隰朋的言语神情已说明了一切。齐桓公似是一根干柴遇上了火星,浑身燃烧起来,几欲从席上一跃而起。欺人太甚,欺人太甚啊!寡人为你周室立下泼天大功,你周室居然连一件小小的"信物"都不肯拿出。如此混账的天子,寡人还尊你作甚!寡人能降服楚国,就不信降服不了你这个周天子。寡人有天下无敌的三军,何事不可为?

齐桓公猛地一挥手,向他的姬妾公子们喝道:"退下,都给我退下!"他要传下征伐之命,亲率三军攻进王都,废了对他这个盟主不知敬重的周天子。

喜气洋洋的酒宴不欢而散,高大的殿堂只留下齐桓公、管仲、鲍叔牙、宁戚、隰朋等人,隰朋仔细叙说了一番他的使周经过。

开始时,周惠王还很高兴,但隰朋依礼请见太子姬郑时,周惠王就开始不高兴起来。在隰朋的一再请求下，周惠王才肯让太子出来相见。但太子出见的同时，周惠王的次子姬带也跟随而出。隰朋当即劝谏，让次子随太子相见诸侯使者，不合礼法。周惠王听了立即怒形于色，对隰朋异常冷淡起来，绝口不提齐国降服楚国的大功，更不提对齐国赐以"信物"之事。

与之相反，周惠王对屈完却极其礼敬，日日在朝堂上宴请屈完，并以周、召二公相陪。而隰朋却枯坐馆舍中，连看也无人看他一眼。隰朋重金买通馆舍侍者，才知周惠王曾下严命——凡文武众臣敢私自看望齐国使者，杀无赦。

齐国乃天下盟主，又为周室立有大功，周惠王竟如此冷遇隰朋，分明是欲与齐国决裂。隰朋当机立断，不再坐等周惠王赐下信物，告辞回国。在他回国的那一天，又听到了一个令他大为震惊的消息——周惠王竟对屈完赐以"祭肉"信物，并下诏曰："楚为周室镇守南方，可征伐自专，勿侵中原。"如此，楚国已俨然成为南方列国的盟主，只要不侵伐中原，就可为所欲为。

"臣不能使周室礼敬齐国，有负主公重托，请主公治罪。"隰朋最后说道。

"此乃天子无礼，大夫何罪之有。"齐桓公强压着心中的愤怒问，"天子这般羞辱寡人，是自绝于齐矣。寡人今当如何应对，还望仲父和鲍先生、宁大夫教之。"

"我齐国苦心经营数十年，历尽千难万险，平山戎，定鲁国，救卫国，服楚国，竭力拥戴周室，天下所共见，亦共推崇敬重也。自三皇五帝以来，臣属立此大功者，仅主公一人耳。然周室对我齐国始则疑之，继则辱之，大失为王之道。楚乃罪人，非我齐国讨之，岂肯低头输诚？然周室视为上宾，无功而授其信物，命为南方盟主，其昏聩至此，已不堪为天下之主。主公应大会诸侯，告以天子赏罚失当之事，请各诸侯共同上奏天子，收回赏楚之命，另赐信物与齐。"宁戚说道。

"妙，宁大夫之言，甚合寡人之意。"齐桓公高声赞道，心中大为痛快。宁戚说出了齐桓公心中最想说出的意思——周天子已不堪为天下之主。依照宁戚的主张，齐桓公能够以天子昏聩的罪名，大会诸侯，威逼周惠王，让其向齐国"低头输诚"。

如果周惠王屈服了，那么齐国的盟主之位将高于天子之位。连天子都必须"听从"盟主之命,那天下诸侯就不用说了。齐桓公将成为天子之上的"天子",立百世未有之功业。

如果周惠王不肯屈服,那也好办,他齐桓公可以率诸侯之军兵伐王都,废了那昏聩的周惠王,另立新王。假若天子的废立都须盟主说了算,那他齐桓公一样是天子之上的"天子",威名将万世流芳。

齐桓公早就想把他的名位升高一等,由盟主成为天子之上的"天子"。可是他号称"尊王",又怎么能向天子施展他的盟主手段呢?现在,周天子终于送给了他一个机会。他要牢牢抓住这个机会,决不放松。他目光灼灼地望着管仲和鲍叔牙,盼望着这两位心腹重臣能和他一样赞同宁戚的主张。

"宁大夫所言不合礼法,决不可行。"鲍叔牙毫不犹豫地说道。

"那么依鲍先生之言,寡人该当如何?"齐桓公不悦地问。

"主公当以盟主身份,亲至王都,劝谏天子——不可废长立幼,有违礼法。"鲍叔牙道。

齐桓公心中更不舒服了,鲍叔牙的话像是带着讽刺——他这位盟主也正在干着废长立幼的"勾当"。

"天子既然有意绝我齐国,言语岂能动之?吾观天子之意,是欲我齐国拥王子带为储。如我齐国愿拥王子带,则天子自会赐下信物。但我齐国既为盟主,自然不会依从天子有违礼法的举措。天子亦明白此理,故示好楚国,欲以此迫我屈服。天子心存不善,而我又居臣属之位,须小心应对。宁大夫所言,失之太急。鲍兄所言,又失之太缓。"管仲道。

宁戚听了管仲的话,只是一笑,并未多说什么。鲍叔牙却大为不服,瞪着眼睛,问:"依仲父之言,我齐国又该当如何?"

管仲不答,转头问着隰朋:"听说天子身体欠安,不知是否如此。"

"吾观天子气色,甚是衰微,只怕……只怕三五年内,大位便可传与太子。"隰朋犹疑了一下才回答道。

管仲拱手对齐桓公行了一礼,道:"微臣以为,主公当大会诸侯,求见太子。"齐桓公、鲍叔牙、隰朋、宁戚听了,眼前都是一亮,连声称妙。

兵伐王都,废了天子之位,固然痛快,但毕竟有失为臣之道;劝谏天子,则又太过呆板,丝毫不起作用,也无实利可得;而大会诸侯,求见太子,既合齐国盟主身份,又不违背礼法,更能大得实利——周惠王不喜欢太子,齐桓公偏偏要保护太子,并以盟主的身份"维护"立嫡以长的礼法。如此,在天下诸侯面前,周惠王的昏聩和齐桓公的贤明,俱是显露无遗。天子本已气色衰微,又受此打击,只怕过不了多久,就会一命呜呼。太子登位之后,饮水思源,自当对齐桓公感激不尽,言听计从。何况太子之母本乃姜氏,与齐桓公有宗室之亲,当会更加依从齐国。管仲之谋,既能使齐桓公不失"尊王"大义,又能将名位升高一等,成为天子之上的"天子"。如此妙计,齐桓公自然是乐于听从。

周惠王二十二年(公元前655年)夏五月,齐、宋、陈、卫、郑、许、曹等国诸侯,会于首止,派使者进入王都,"求见太子,以申尊王之意。"齐桓公及众诸侯的请求名正言顺,周惠王无法拒绝,只得应允。太子姬郑大大松了一口气,急忙率僚属赶往首止。

自从隰朋回国之后,姬郑如同坐在针毡之上,无片刻安宁。他很清楚,父王极为痛恨齐国,而偏偏他这位太子又为齐国拥戴。父王恼恨之下,极有可能废了他的太子之位,甚至将他置于死地。他已打听到父王正在与众大臣商议废立之事,君臣间争得面红耳赤。

大臣们俱不赞成废长立幼,怕得罪了齐国,会生出大乱。但臣下终究难以抗拒君令,他的太子之位已是无法保住。姬郑唯一的指望是齐国,齐是盟主,以"尊王"号令天下,不能看着他的父王毁弃周室"立嫡以长"的礼法。齐国果然不愧是盟主,果然以众诸侯的名义来维护周室礼法。

姬郑日夜兼程,很快就来到首止。齐桓公早已守候道旁,率众诸侯以臣礼参拜。姬郑谦让不已,想以宾主之礼与众诸侯相见。

齐桓公正色道:"臣等身为诸侯,见太子如见大王,敢不以礼拜之?"他虽然年过六旬,声音依然洪亮,威风凛凛,使姬郑竟然不敢仰视,只得唯唯听从。姬郑虽然正当壮年,看上去也体格魁梧,浑身却无一丝刚气,柔弱得如同妇人。齐桓公心中暗喜,将来此人得登大位,定然会礼敬寡人,不敢心存刁难。

礼见之后,齐桓公又亲自将姬郑送入早已建好的行宫之中。姬郑见行宫规模完全依照王宫尺度,气势非凡,心中大喜。这说明,齐桓公已完全将他看成了未来的天子。

当日深夜,姬郑使人秘密招来齐桓公,会于寝殿。姬郑支开内侍等人,忽然拜倒在地,口称:"甥郑拜见伯舅大人。"

齐桓公大出意料,慌忙扶起姬郑:"太子如此大礼,岂不折杀微臣？"

"此乃内殿,郑愿一尽甥舅之谊。"姬郑谦恭地说着。他的母亲是齐国宗室之女,依辈分相排,为齐桓公之妹,齐桓公是霸主,霸主又称方伯,故姬郑呼齐桓公为"伯舅"。齐桓公高兴至极,姬郑如此称呼,不仅是认他为舅父,更是承认了他天下盟主的地位。

"太子召见微臣,不知有何事吩咐？"虽是在兴奋之中,齐桓公依然保持着臣下的"谦恭"之礼。

"唉,一言难尽。"姬郑叹了口气,眼圈潮红起来。

"太子有何为难之事,尽管讲来,但有用得上微臣的地方,纵然是赴汤蹈火,微臣也在所不辞。"齐桓公拍着胸脯说道。你是堂堂的天子储君,如何做出这般儿女之态？难怪天子不喜欢你,你若是我儿子,只怕我也要将你废了。齐桓公心中看不起姬郑,神情却仍是显得很恭敬。

对齐桓公的表白,姬郑异常感激,道:"父王先前也很喜欢我,经常与我出外游猎,还亲自教我'六艺'之术。可自从母亲去世,父王立了陈国的妫夫人之后,就对我冷淡起来,说我性情顽劣,不堪为君。父王喜欢的是妫姬的儿子姬带,让姬带统领王都禁军。父王还夸姬带勇武刚强,将来必能威服诸侯,中兴周室。若非伯舅以大义号召天下,拥戴于我,只怕我的太子之位早已不保。现今父王染病,万一……万一在传位之即,姬带发兵谋叛,我,我该当如何？"

啊,天子果然活不长久。齐桓公装作沉吟,压下心中的狂喜,道:"维护周室,自是微臣的本分,微臣当竭尽全力,效犬马之劳。若有非常之事,太子当可命亲信臣属,告知微臣,当可保太子稳登大位。"姬郑听了,亦是狂喜,当即令内侍端上酒菜,与齐桓公欢宴终宵。

次日,自齐桓公始,各诸侯轮流进献酒食,示以尊敬太子之意。太子亦安排酒宴,亲自把盏答谢。一时间,首止行宫中歌舞不断,贵客盈门,好不热闹。四方诸侯闻听齐桓公如此敬重王室,不敢落后,纷纷派使者到首止行宫拜见姬郑。甚至连楚国也不得不派屈完为使，前来拜见。

姬郑忙得一日也不得空闲，一晃就到了秋天。太子姬郑久不回归，引起了周惠王极大的惊恐。他连忙将周、召二公"请"进内殿，求周、召二公把太子姬郑"领回"王都。

周惠王已经好久不上朝了，卧病在榻上。自从隰朋回国之后，他的病势就更加沉重。他盼着齐、楚两国能够爆发一场血战，斗得两败俱伤。如此，他就可以操纵天下，就算不能"中兴周室"，至少也能过上几年太平日子。不料齐、楚两国都是凶猛如狼，狡诈如狐，居然似看穿了他的谋划一般，不战而和了。

当然，"和"的结果是楚国归服周室，敬上了滤酒的包茅。因此从表面上看起来，齐国已不战而胜，光彩大增。这个结果让周惠王的身体垮了下来，气色衰微，仿佛一下子老了许多。周惠王宁愿楚国大胜，齐国大败，也绝不愿看到齐国胜了，他痛恨老天不公平，竟然让齐国又一次成了胜利者。

本来，他已准备好了赐物，只等齐国败了，便派周公送去。如此，齐国必将对他的宽宏大量感激涕零，会为了维护盟主的地位"真心"拥戴周室，老老实实地听从天子之命。楚国打败齐国，损伤也必巨大，自然不敢对他周室不敬。不想，齐国偏偏"胜"了，偏偏又为他周室立了"大功"。到了这等境地，他若仍是不赐齐国信物，未免会大失人心。

周、召二公和满朝大臣都劝说周惠王尽快赐给齐国信物，以奖励齐国的"尊王"之功。但是周惠王拒不接受臣下的劝谏，拒不派使者赐给齐国信物。

周惠王已感到他的王位坐不久长，想与齐国做一个交易——齐桓公必须拥护他"废长立幼"的举动，才能获得他赐下的信物。然而齐国竟不肯理会他的苦衷，硬摆出一副盟主的架子，坐等他将信物赐下。

哼！你齐侯眼中根本没有天子，我又岂能让你称心如意。周惠王在心中恨恨地想着。但齐国毕竟是"降服"了楚国的霸主之国，他对齐国如此轻视，必将引起齐国的愤怒和报复。为此，他只有拉拢楚国，给楚国破格之礼，以楚国来威胁齐国。

他还命次子姬带整修兵车，加固城墙，打造兵刃。周惠王料定齐桓公在盛怒之下，会大集诸侯之兵，攻击王都，废了他这个昏王。楚国早有争霸天下之心,自然会借此勤王,从齐国手中夺过"尊王"的大旗。这样一来,齐、楚两国仍然会大杀一场,杀个两败俱伤。

当然,也可能仍然是齐国胜了,并攻破了王都。可他并不害怕,反正他也活不了多久。与其当个名不副实的受气天子,不如奋起一搏,纵然败亡,也胜似坐以待毙。谁知齐侯这只"老狐狸"并未上他的当,而是从意想不到的地方"杀"向了他。

齐桓公竟然鼓动了众诸侯来"求见太子以尊王室"。诸侯已经多年没有这样"尊敬"王室,他找不出理由来拒绝这种从表面上看起来的"周室振兴之象"。尽管他知道太子一出,与诸侯之间就是定下了君臣名分,他欲再行废立之事已是大为不易。他只希望姬郑能够尽早归来,不致太过"引人注目"。

太子一向柔顺,谅来不会拒绝听从父王的叮嘱。但姬郑却并非他想象中的那样"柔顺",居然在首止一待就是数月,"乐而忘返"。这一定是齐侯挑拨的结果,他是想气死我,好让姬郑尽早登位。周惠王想着,反倒慢慢冷静下来,日日进医用药,调养身体。他决不想被齐桓公活活气死,他要振作起来,想出"妙计"对付齐国。

太子姬郑终于回至王都,并带来八国之君以黑牛白马之血写下的誓词——

凡与盟诸侯,当共翼王室;有背盟者,天地不容。

周惠王根本没有向那血写的誓词看上一眼,更没有理会太子姬郑。他已经想好了对付齐国的"妙计",要奋起最后一击,将齐侯置于死地。他不惜以天子之尊,亲写密书,命郑君背齐投楚,引诱齐、楚决战,使之两败俱伤。并许诸事成之后,以郑君为盟主,并兼理朝政。

郑文公向来野心勃勃,见到天子密书大喜,立即遣使示好楚国。他一样希望齐、楚血战一场,两败俱伤。

郑国处于中原腹地,占尽地利,唯一的弱处就是国土狭小,兵势不足。要想生存下去,非大力扩充国土不可。但是郑国处于齐、楚两国的威逼下,根本不敢轻举妄动。齐、楚两国谁也不愿看到郑国强大起来,郑国一有"轻举妄动",就会遭到齐、楚两国毫不犹豫的攻击。只有齐、楚两国同时衰败下去,郑国才有可能强大起来。

齐国闻听郑国背叛,震怒不已,当即率宋、鲁、陈、卫诸国,攻伐郑国。郑文公立即派大臣入楚求援,而楚国却不愿正面与齐国为敌,不救郑国,却去攻打许国。许国向来是齐国的坚定盟邦,故齐桓公闻听许国被围,立即从郑国转赴许国。待齐桓公大军兵临许国,楚国却又全军尽退。而齐桓公见士卒已疲,亦引军回国。

郑国虽然借楚军"逼"退了齐国,但并未使齐、楚两军血战一场。这主要是因为楚国在此时此刻并不愿意与齐国决战。楚国已一跃成为周天子亲口承认的"南方盟主",一心一意想"安定"南方。

南方不安定,楚国向北攻伐,就会受到牵制。楚国被迫"屈服"于齐国,正是因为南方的江、黄、徐诸国在趁虚偷袭。失去了舒国,楚国已直接面对着江、黄、徐三国的威胁。楚国打算以"南方盟主"的名义,先将被灭亡的舒国恢复过来,然后进一步征服江、黄、徐三国,彻底扫去后顾之忧。在江、黄、徐三国未被征服之前,楚国暂时会对齐国采取退让之策。同样,齐桓公也不愿与楚国决战,以避免损伤军威。

郑文公见楚国不愿全力相救,害怕齐国报复,只得派太子华入齐谢罪。太子华早对父亲不满,又觉太子之位不稳,欲强夺君位,密求齐桓公予以帮助。齐桓公拒绝了太子华的请求,并有意将其谋划泄露给郑文公知晓。郑文公出了一身冷汗,在太子华回国后立即将其捕杀,并信誓旦旦地再次宣称将"效忠"齐国,永不背叛。

周惠王的最后一击彻底失败了,再一次倒在了病榻上,眼看就要命归黄泉。临终前,周惠王唤来太子姬郑和周、召二公,嘱托后事。

"先王曾言,齐国素来强横,不可得罪它,更不可信任它。可是,我为什么非要得罪齐国呢?"周惠王问太子。

姬郑默然不语,想着自他从首止归来之后,数年中日日生活在恐惧之中,担心被刺杀、被毒杀、被烹杀……欲求见父王一面,也不可得。他知道父王一心想使楚国打败齐国,齐国一败,他的太子之位就难以保全。不论是列国还是王室,被废的太子很少能保得性命。父王要废了他的太子之位,就是要结果了他的性命，已是毫无父子之情。他憎恨父王，盼着父王早日死去。

"郑儿，为父如此得罪齐国，一是为了周室社稷，二是为了你能安坐王位啊。"周惠王说道。姬郑冷笑了，仍是一言不发。他现在已毫无恐惧，胜算在握。

当周惠王病重时，姬郑立刻遣亲信下士王子虎星夜密告于齐桓公。齐桓公立即召集宋、鲁、陈、卫、郑、曹、许诸国，各遣大夫入朝问安。此刻八国大夫已至王都，日日来往于东宫之内。八国大夫并非空手而至，每人都带有勇士数百，给了姬带等人极大的威胁。近几天来，姬带一直龟缩在府第中，不敢出来，连进宫给父王问安的勇气也失去了。整个王都，整个王宫，俱已掌握在太子姬郑手中。

"唉！我知道你不会相信，你不会相信啊。也怪我，一直想废了你的太子之位。郑儿，为父并非不喜欢你，而是不得不如此啊。如今周室衰弱，诸侯强大，非刚勇善谋之人，不足以保我周室社稷。郑儿你宽厚仁慈，却无刚勇，怎么对付得了那如虎如狼的齐、楚、晋诸国呢？我欲立带儿，是带儿知兵善战，又有谋略，在这个乱世上能够振兴周室。可是齐国太厉害了，竟使我不敢废了你的太子之位。郑儿，你说，天子居然受制于诸侯，这周室还能维持多久？我废不了你，就应该努力让你安坐王位。我明明可以示好齐国，赐给齐侯信物，为什么偏不赐？郑儿，我这全是为了你啊。我想让你登上王位后再赐给齐国信物，这样，你就是贤明的天子，对齐国有恩的贤明天子。齐国对你这样一位贤明天子，应该不致太过冒犯。如此，周室社稷就可……就可保全。"周惠王费力地说着。

真是这样吗？太子郑姬有些感动，又有些疑惑。

周惠王又对周、召二公说道："寡人屡屡不纳忠言，对不起二位贤卿，还望二位多多原谅，用心辅佐新王。齐、楚、晋诸国，俱怀虎狼之心，二位贤卿须多加留意，切不可使其一国独大，否则我周室社稷绝难保住。人心贪无止境，当了霸主必会图谋天子之位。"

周、召二公心中悲伤，跪倒在地，誓言遵守王命，全力辅佐周室。太子姬郑也只好跪了下来，心中却无任何悲伤之意。

"郑儿，我没废了你的太子之位，你也须答应我，别……别杀了带儿……"

周惠王气喘吁吁,眼看着说不出话来。

"儿臣愿做贤明之君,不会擅动杀心。"姬郑冷漠地答道。

不,你不必做什么贤明之君,你要做的是刚勇善谋之君,中兴周室!周惠王睁大眼睛,却怎么也说不出一句话。这年冬天,在位二十五年的姬阆去世,太子姬郑即位,是为周襄王。

第十八章

葵丘会盟霸业满　骊姬施媚晋国乱

周襄王元年(公元前651年)春,新登位的天子刚刚祭过祖庙,就遣使至齐,言将派周公宰孔为使者,赐下信物。齐桓公大喜,立刻发下盟主之命,请诸侯会于葵丘。

夏天,周公宰孔带着祭肉、朱漆弓箭、龙纹高车,来到了葵丘。天子以周公为使,就是对齐国极大的礼敬,且又一次赐下三件信物——祭肉,表示周室对齐国的信任,视同宗族;弓箭,表示齐国有代天征伐之权;高车,表示齐国功劳极大,为诸侯之首。

这般隆重的礼敬,可谓空前,令齐国上下俱是欣喜若狂,倍感光彩。与会的鲁、卫、郑、曹、许等诸侯也大感脸上有光,兴奋无比。列国的史官将记下这次盛会,让众诸侯名传万世。

大国中只有陈国国君未到。但这并不是因为陈国背叛了齐国,而是由于姬带为陈国公主之子,新王甚是不喜,陈国以不敢与会来表示臣下应有的“惶恐之意”。

还有宋国国君来晚了一天,但齐桓公对其不仅没有加以责备,反而倍加礼遇。宋国国君本来可以不参加大会,却还是来了。宋国正在国丧之中,先君刚刚去世,新君刚刚即位。这位新君才登上君位,美名就已传遍天下,甚得列国诸侯好感。

宋公御说病重之时, 太子兹甫跪倒在榻前, 恳求说:“兄长目夷仁厚爱民,又素有智谋,还是立目夷为君吧。"

御说道:"目夷虽长,然非嫡子,立之不合礼法。"

兹甫道:"太平之世,自当依礼法而行。然当今为乱世,非立贤不能保有社稷。"

御说闻之心动,忙传目夷进殿,欲改立太子。

目夷大惊,磕头流血道:"太子能够以国相让,还有何贤可以比之?臣下万万不及太子矣。况当今天下大乱,正因不守礼法之故。我宋国乃一等公国,岂可轻抛礼法?"

兹甫再三推让,而目夷坚辞不受,直至御说病重身亡。宋国众大臣拥兹甫即位,是为宋襄公。当时有许多人认为宋襄公让位并非出于真心,即位之后,就会冷遇甚至暗害其庶兄目夷。但宋襄公即位之后发下的第一道诏令,就是任命庶兄公子目夷为相国,执掌朝政,信任有加。众人这才心服口服,对宋襄公的仁义称颂不已,远传列国。

为显示尊重齐国,又不忘父丧,宋襄公身穿丧服赴会,只是那丧服已被黑墨涂染。宋襄公的这种举动被称为"墨衰",符合礼法。诸侯们只有在遇到勤王大事,又恰逢丧礼之时,才会行此"墨衰"之礼。

见过宋襄公后,齐桓公的情绪忽然坏了许多,长吁短叹不停。跟随在齐桓公身边的管仲问:"主公莫非是想起了公子昭之事?"

齐桓公点点头,说:"昭儿之贤,不让于兹甫,可惜无亏……无亏比不上宋国的目夷啊。"

"不错,宋公算不上什么贤君,可他的儿子们却个个都是贤者,倒是奇事。"管仲深有感触地说着。列国之中,每当君位交接之时,几乎都要发生父子相残、兄弟相攻、叔侄相谋的惨祸,连号称"礼仪之邦"的鲁国也不能幸免。其实别说诸侯,就是在王室之中,也经常发生这类惨祸。似宋国公子们这般"礼让"君位的事情,已是许多年没有见到的高尚之举。心高气傲的管仲,也不得不对宋襄公深为敬佩。

"昭儿继位,能容无亏等兄。若是无亏继位,就决不能容下昭儿,也容不下别的兄弟,寡人英雄一世,绝不愿身后骨肉相残,这才有意立昭儿为储。可昭儿他还年幼,万一寡人有个长短,昭儿怎么能对付无亏呢?"齐桓公忧心忡怏地说道。

齐国人人都知道公子昭是储君，但齐桓公却一直未正式立公子昭为太子。齐桓公担心太早立了公子昭，会在他突然去世的情形下，引起国中大乱。公子昭毕竟只有十二三岁，无论如何聪明，只怕也难以应付突发之事。齐桓公虽然自恃强壮，可到底已是六十多岁的老人。管仲、鲍叔牙、隰朋、宁戚也都垂垂老矣，难以承担辅佐太子的重任。

"若有强邻可托，主公之忧便可解矣，天子有主公为辅，王子姬带虽然凶悍，并不敢轻举妄动。若公子昭有强邻为辅，公子无亏自然不敢冒险胡为。微臣观宋君仁义过人，兄弟和睦，国势必强。主公可以将公子昭托于宋君。宋君感激之下，必然会竭尽全力，不负主公之望。"管仲道。

"仲父之言，甚合寡人之意。"齐桓公说着，当即遣管仲私下里与宋襄公相会，转达他的嘱托之意。

宋襄公果然对盟主的信任大为感激，亲自拜见齐桓公，誓言以倾国之力维护公子昭，不负盟主之托。了却心中一件大事，齐桓公顿时兴奋起来，亲自选定吉日，登坛受赐。

吉日那天，齐桓公大摆仪仗，置大旗百余，大鼓亦有百余。当齐桓公领宋、鲁、卫、郑、曹、许等诸侯登上高坛时，大旗翻飞若海浪呼啸，大鼓震动如天崩地裂，好不威风。

周公宰孔已先立于坛上，将齐桓公梦寐以求的天子赐物奉上。到此时此刻，齐桓公方可称为名副其实的天下盟主，霸业大成。今后史官记下寡人之功，必叹为千年不遇之奇勋也。

齐桓公得意至极，脚步一个踉跄，竟差点摔倒，当众出丑。他忙震慑住心神，做出庄严凝重的神态，欲向代表周天子的宰孔大礼参拜。

宰孔制止道："天子有命，言伯舅功比日月，可见君不拜。"

列国诸侯听了，不禁吃了一惊——当年周公和太公也不曾享受此等大礼啊。齐桓公心神又是摇荡起来，昂起头，当真不再躬身行礼，忽见宰孔嘴角露出愤恨之意，心里不觉一悸，心想过去天子屡屡与寡人作对，弄得寡人好不狼狈，今日新王对寡人甚是礼敬，寡人可别因小失大，使新王心中不快。

他当即拱手道："君臣大礼绝不可违，小白岂敢贪慕虚荣，有亏臣礼。"说罢,拜伏在地,叩谢天子圣恩浩荡。宋、鲁等国诸侯也忙一并拜伏在地。宰孔则一一扶起,代天子答谢。大礼拜罢,众人又复申旧盟,誓言尊王攘夷,共保天下太平。

至夜,齐桓公大举烛火,与宰孔及众诸侯欢宴终宵。隔日,周公宰孔以天子的名义,赐宴齐桓公及众诸侯。周公从王都带来了一队歌女,以雅乐相待众位宾客。

依照惯例,歌女首先应唱礼敬宾客的《鹿鸣》之曲。众位宾客俱是国君,平日所听的都是郑、卫之地的妖艳之曲,闻听那一本正经的雅乐,就头痛不止。然而此乃天子所赐之宴,众诸侯虽是"头痛",也只好强作津津有味地听下去。齐桓公看出众诸侯不喜《鹿鸣》之曲,怕冷落了场面,灵机一动,站起身说道:"天子赐宴,微臣深感洪恩,无以言报,愿歌之以表寸心。"

诸侯出于对天子的诚敬之心,献歌一曲,符合礼法。但这种献歌之礼,迹近弄臣奉承之态,无疑是自低身份,故一向少有诸侯行献歌之礼。

齐桓公并非是普通诸侯,更无必要行此献歌之礼。何况此刻周天子并不在场,宴会仅以周公代天子的名义举行。齐桓公如此献歌,对周室的礼敬实已到了无以复加的境地。众诸侯既很感动,又大增兴趣,纷纷举杯向齐桓公表示敬意。

齐桓公喝了几杯美酒,轻抚桐木七弦琴,缓声吟唱道:

呦呦鹿鸣

食野之苹

我有嘉宾

鼓瑟吹笙

吹笙鼓簧

承筐是将

人之好我

示我周行

呦呦鹿鸣

食野之蒿

我有嘉宾

德音孔昭

视民不恌

君子是则是效

我旨有酒

嘉宾式燕以敖

呦呦鹿鸣

食野之芩

我有嘉宾

鼓瑟鼓琴

鼓瑟鼓琴

和乐且湛

我有旨酒

以燕乐嘉宾之心

齐桓公虽然已渐至衰老,嗓音却依旧如壮年一般洪亮,透出一种无法掩饰的傲视天下的豪情,与这《鹿鸣》之曲的宴乐之意有些不相符合。众诸侯自然不会感到有什么不相合之处,人人只觉能亲耳一听盟主的歌声,便是无上荣光。齐桓公琴音才停,众诸侯已是赞颂声响成一片。齐桓公双眼眯成了一道细缝,虽未喝下几杯酒,已是飘飘然成了醉中之仙。

只有周公宰孔没有随着众人喝彩,心中也毫无欢悦之意,反而有些沉甸甸的,压得他一阵阵发慌。他不赞成周惠王故意刁难齐国,成天与齐国作对。他也不赞成周襄王太过"宠爱"齐国,一下子给予了齐国最高的奖赏。他认为在眼前的情势下,只有巧妙地在大国之间周旋,利用大国来对付大国,使之互相消耗,衰弱的王室才能生存下去。

王室不应对任何一个大国过分"宠爱",哪怕这个大国立下了顶天立地的大功。王室也不应对任何一个大国过分"仇恨",哪怕这个大国犯下了滔天大罪。只是他虽然名列周公,是王室中地位最尊崇的大臣,但臣子毕竟是臣子,必须接受君命。周公宰孔空有满腹智谋,无处施展。

先君临去世时,方有所醒悟,所言"不可使一国独大","人心贪无止境,当了霸主必会图谋天子之位"等语,甚是有理。齐侯此人,定然贪无止境,霸主之位已得,将会有何图谋?他心中翻来覆去地想着,竟无一刻安宁。

宴会一结束,周公宰孔立即告辞,回返王都。齐桓公领着众诸侯殷勤相送,直到十里之外。众诸侯回到馆舍,轮流做东宴请齐桓公,表示祝贺敬慕之意。各国诸侯各显"神通",或出美女,或出奇宝,争相夸示,争相讨好齐桓公。齐桓公一时如登九天之上,只觉此时方才享受到了霸主应得的尊荣,不算枉过了一生。

宰孔回返刚至半途,忽遇晋国国君姬诡诸带领大批仆从奔赴葵丘参与盟会。周公宰孔大吃一惊,想,这晋国兵势强盛,不弱于齐,却为何要参加葵丘之会,这不是自低身份吗?如果连强大的晋国都"屈服"于齐国,那齐侯只怕立刻就会生出非分的欲念。

他当机立断,命人拦下晋君的车驾,请求会见晋君。宰孔身居周公之位,晋君不能不见。

"贤侯意欲何往?"宰孔边施礼相问边打量着晋君,见其身材高大,须发皆白,虽面相威武,却又带着病容,眉宇间青气浓重,似含有忧郁之意。

"嗯,寡人听说齐侯在葵丘大会诸侯,想去凑凑热闹。"晋君略带尴尬地说着。

晋、齐同为天下齐名的强大之国,今日晋君居然要参加齐国主盟的大会,显然是自认低于齐国一等。

"真是不巧,盟会已散,齐侯亦回临淄矣。"宰孔一咬牙,决心欺瞒晋君一回。如果晋君不听,继续东行,就会发现齐桓公依然留在葵丘。如此一来,周室就是犯了"戏弄诸侯"的大忌,天子盛怒之下,非将他这位周公杀了不可。

"啊,盟会竟散了么?"晋君似是大感意外。

"如果盟会不散,我又怎会回转?其实这等盟会,贤侯也不必参加。"宰孔微笑着说道。

"这是为何?"晋君意外中又带着惊疑,他已看出,眼前这位周公对齐国并无好感。

"齐侯气量太小,自视功高,连王室也不曾放在眼中,何况诸侯?晋乃大国,不弱于齐,何必受其羞辱,为天下人所笑。"宰孔话语轻缓,却是句句锋似利剑。

"唉!既是如此,寡人只好算做空走一遭。"晋侯懊恼地说着,与宰孔辞别,回转车驾。

其实晋侯奔赴葵丘大会,并不情愿,只是有着不得已的苦衷,才忍辱而来。甘居普通诸侯,当众承认齐国为盟主,对晋侯来说,已是十分勉强之事。如今齐侯已不在葵丘,他若欲与齐侯相见,势必进入临淄不可。他乃堂堂大国之君,仅因求见齐侯,竟自至齐国之都,在天下诸侯看来,无疑是甘居臣属之位,当真成为众人的笑柄了。晋侯只能自叹气运不济,带着满腔遗憾之意,踏上归程。

晋国亦为宗室诸侯,其始祖为武王之子,成王之弟,名为叔虞。成王很喜欢叔虞,二人常常在一起玩乐,叔虞因此经常出入王宫之中。

后来唐国谋乱,周公发兵平之。当捷报传来时,成王正和叔虞在宫中嬉戏。当时成王只是一个少年,童心未消,就随手把一片桐叶从地上拾起,放在叔虞掌中,说:"唐国无主,寡人就把唐国封给你吧,以此桐叶为证。"

周公闻听此事后,立即请成王选定吉日,正式册封叔虞为诸侯。成王不想让弟弟远行,说:"寡人当日不过是一句戏言,哪能当真呢?"

周公正色道:"君无戏言,每说一语,都有史官记载,并传之后世。不封叔虞,大王将失信天下,并留恶名于后世矣。"成王无法,只好册封叔虞为唐国之君。叔虞因此被称为唐叔虞。

唐叔虞去世后,其子姬燮继位。唐国旧族趁新君治丧之际,又欲作乱。天子闻之,将唐国旧族南迁至汉水之东,另立唐国。姬燮建翼城为都,改国号为晋。姬燮去世后,儿子姬宁族继位,是为武侯。

从武侯历经成侯、厉侯、靖侯、僖侯、献侯,直至穆侯,晋国严守礼法,并无大乱发生。

穆侯娶齐国公主为夫人,生下长子,取名为仇,后来又得了幼子,取名为成师。晋国大夫们议论纷纷,道,仇者,仇敌之意,成师者,成就大业之意。主公为何将太子命名为仇敌,而将幼子命名为成就大业？如此长幼颠倒,国中只怕会生出大乱。

果然,穆侯刚一去世,晋国就出现了少见的大乱。穆侯之弟殇叔不顾礼法,公然以强力夺取君位,自立为侯。太子姬仇被迫逃亡国外,四年之后,在成师的接应下,袭杀殇叔,夺回君位,是为文侯。

文侯去世后,成师全力辅佐文侯之子继位,是为昭侯。当时成师的势力极大,昭侯对其既敬又畏,不愿其留在都城,将汾河之畔的曲沃之地封给成师,尊称其为桓叔。曲沃田地丰肥,桓叔又爱好德政,致使百姓纷纷归附,不论是土地还是人众,都超过了晋国的国君。

许多智谋之士都叹道:"晋国将从此没有宁日。自古只有根本大于枝梢,而今日之晋国,偏是枝梢大于根本,哪里能避免大祸临头呢？"

昭侯只当了七年国君,就被桓叔所支持的大臣潘父所杀。桓叔欲以"靖难"的名义进入王都翼城,与潘父里应外合,谋得君位,却遭到了王都百姓的猛烈抵抗,被打得大败,只得退回曲沃。

晋国众文武大臣杀死潘父,拥立昭侯之子姬平为君,是为孝侯。从此,晋国的曲沃和翼城之间,展开了长达数十年的残酷血战。

曲沃桓叔去世后,儿子姬鳝继位,是为曲沃庄伯。经过多次争战,曲沃庄伯在晋孝侯十五年攻进翼城,杀死晋孝侯。但是翼城人并不屈服,奋力反击,将庄伯逐回曲沃。

晋国大臣又立孝侯之子姬郗为君,是为鄂侯。鄂侯忧惧曲沃庄伯势力强大,登位仅六年,就一病身亡。曲沃庄伯趁机大举进攻翼城。晋国大臣们难以抵挡,急赴周室求救。

周天子也觉曲沃庄伯"太过猖狂",令虢国解救晋国之难。虢国国君立即发大军渡过黄河,袭击曲沃,迫使庄伯自翼城退兵。虢国国君和晋国大臣立鄂侯之子姬光为君,是为哀侯。曲沃庄伯"大业"不成,忧愤而亡,儿子姬称继位,是为武公。

曲沃武公继承父祖之业,日夜整顿兵车士卒,向翼城发动了一次比一次猛烈的进攻,终于在哀侯九年大败翼城之军,生俘哀侯。但是晋国大臣们仍不屈服,又立哀侯之子小子为君。曲沃武公大怒,先杀掉被俘的哀侯,又借口归还哀侯遗体,诱杀了国君小子。

周天子再次派虢君率兵安抚晋国,立哀侯的弟弟姬缗为晋君。但虢国兵卒一退,曲沃武公又开始大举进攻翼城。这时,齐桓公已开始图谋称霸,引起了周天子的恐惧,再也顾不上理会晋国之乱。曲沃武公趁机一举攻下翼城,杀死姬缗,灭尽其族人,然后将晋宫中获得的大批黄金宝物拿出一部分,献给周天子,请求周天子"封"他为晋国国君。周天子贪图宝物,顺水推舟,封姬称为晋侯,领有全部的晋国的土地。于是,曲沃武公摇身一变,成了晋武公。这时离桓叔受封在曲沃已有六十七年。晋武公迁进翼城,同时也将曲沃视为都城。议事朝拜之礼在翼城举行,祭祀祖先之礼在曲沃举行。

多年的血战,使晋国的军队异常勇悍。晋武公恃其兵威,灭掉周边数十余小国,威势扩至黄河之西,成为名震天下的大国。晋武公连同在曲沃之时算起,在位三十九年后去世,由太子诡诸即位,是为晋献公。

他首先将兵锋指向华山脚下的夷族——骊戎部众。骊戎首领抵挡不住,献上两个女儿,长曰骊姬、次曰少姬,请求与晋盟好。骊戎姐妹肤白如玉,眼如碧波,与中原美女相比,别具韵味,晋献公一见身体就软了半边,当即收纳二女,班师回国。

晋献公素多内宠,已有三子,长子名重耳,次子名夷吾,第三子名申生。重耳与夷吾俱为姬姜之子,只有申生乃是晋献公正室夫人齐姜之子。依照立储以嫡的礼法,申生被立为太子,并深得晋献公的信任。

晋国之君素以好色著称,不仅是晋献公多蓄内宠,其祖父庄伯、曾祖桓叔俱是极为好色,以致儿孙众多,被晋国人称为"桓、庄之族半国都",意即国都中住着的人一半都是桓叔庄伯的子孙。

晋献公想着姬仇和姬成师子孙后代六十余年的仇杀,心中就不舒服。他总感到桓、庄之族的子孙是个威胁,将不利于他的后代儿孙。

晋献公的亲信大夫士蒍亦进言道:"桓、庄子孙太多,若不诛杀,将来必生祸乱。"士蒍的话,使晋献公杀心大起,他以赐宴为名,将他的堂兄堂弟们诱进内宫,全数杀光。

宫中处处鲜血淋漓,惨不忍睹,晋献公的夫人齐姜在惊骇中猝然死去。众姬妾们也纷纷说宫中到处是冤鬼横行,令她们日夜不得安宁。

晋献公并不怕鬼，却嫌翼城太过窄小，不足以成为大国之都。他命士蒍为大司空，督民十万，于聚地筑城，极尽壮丽，务必能压倒齐、楚等大国之都。士蒍日夜督促，半年之后，终于建成大城，宫室高大辉煌，超出旧宫十倍。晋献公大为满意，命新都名曰绛。

迁到新宫之后，姬妾们再也没有看到冤鬼。骊姬姐妹大施手段，将晋献公迷得晕头晕脑，不知东南西北。晋献公原本每日都要和三个儿子讲文论武，此时却十天半月，也难见儿子们一面。没过几年，骊姬就生下一子，名为奚齐，少姬亦生下一子，名为卓子。晋献公的一腔怜爱之心全移到了两个小儿子身上，对重耳、夷吾、申生三人更加疏远了。

依照礼法，诸侯正室夫人去世后，一般不再立新夫人。然而晋献公却偏偏立了骊姬为新夫人，引起了众朝臣的惶惶不安，认为国君要行"废长立幼"的祸乱之事。

史官秘密告诉晋国最有权势的大夫里克说："吾恐晋国将亡。"

里克心中知道史官所言是指什么，却故作惊异地问："亡晋者何人？"

"亡晋者，骊姬也。昔夏桀伐有施国，有施国君以其女妹喜献之。夏桀宠爱妹喜，以致将夏室江山拱送与成汤。纣王伐有苏国，有苏国君以其女妲己献之。纣王宠爱妲己，致使社稷亡于周室。周幽王伐褒国，褒君以其女褒姒献之。幽王宠爱褒姒，结果命丧夷人之手，迫使平王东迁，以致周室衰弱不振。今主公伐骊戎而获其女，又深加宠爱，如此晋国岂不亡乎？"史官沉痛地说着。

里克愈听愈是心惊，忙拱手施了一礼，问："如此，吾等该当何为？"

"当劝谏之，谏而不听，当善保太子，无使其遇害。"史官道。

里克当即会同另一大夫荀息，入宫劝谏晋献公，不可过于宠爱后宫，重蹈殷纣"牝鸡司晨"的覆辙。晋献公闻言大怒，只因里克与荀息都是世代功臣之后，又对他极为忠心，且富有智谋，是他一刻也不能离开的治国能臣，这才强忍着没有当场发作。

但里克与荀息刚一出宫，晋献公就大发脾气，道："寡人乃百战百胜之开创之君，岂是那殷纣昏王可比？"他越想越气，欲更加"宠爱"骊姬，废太子申生，立奚齐为储。

骊姬心中极为高兴,但转念一想,此时朝臣对我已是大为不满,若主公又行废立之事,必然遭到众人谏阻。一旦主公畏惧谏阻,收回成命,则奚齐只怕永远也难以当上太子。况申生宽厚待人,声望甚高,与重耳、夷吾又是死党,若闹起事来,主公未必对付得了。我不如暂缓一步,以退为进。

想到此,骊姬跪倒在晋献公面前,道:"太子之立,诸侯莫不闻之,岂可轻言废之?况太子又有贤德之名,亦不可轻易废之。主公若以臣妾母子私情而行废立大事,则臣妾宁愿身死,也不敢相从。"

晋献公听了,大为感动,把里克、荀息召入内宫,以骊姬之语相告,并盛赞骊姬贤德。里克、荀息也只得称赞骊姬一番,"祝贺"主公有了贤后。从此,晋献公对里克、荀息二人渐渐疏远,宠信起善于奉承的二位大夫梁五和东关五。国人称此二大夫为"二五",言"宫有国君,朝有二五"。

骊姬暗暗结纳"二五",屡以金帛相送,让"二五"为奚齐多多"美言"。"二五"自知名望不能服众,欲托后宫以自固,与骊姬一拍即合。宫中有一乐者名为优施,深得晋献公的信任,亦为骊姬所用,常与"二五"来往,密告骊姬心中"隐曲"。

"如今太子和重耳、夷吾俱在都中,夫人欲行'大事',甚感不便,望二位大夫能够善解夫人之忧。"优施道。

"二五"心领神会。一日,梁五进言于晋献公道:"曲沃为始封之地,先君宗庙之所在。蒲、屈之地与戎狄之族相接,当于冲要。此三邑者,国脉所系,非亲近之人不能主之。今可使太子主曲沃,公子重耳主蒲邑,公子夷吾主屈邑,镇压四方,拱卫国都,则我晋国稳如磐石,不可撼动矣。"

晋献公大为赞同,当即遣太子申生据守曲沃,公子重耳据守蒲邑,公子夷吾据守屈邑。从此,三个儿子只有在每年祭祀祖庙之时,才能见上父君一面。而奚齐和卓子却日日随同父亲饮宴欢乐,游猎出征,深得父亲的欢心。晋献公心中不觉又浮起了废申生、立奚齐的念头,但刚一说出,就被骊姬阻止。申生、重耳、夷吾一天不死,我母子就一天也不得安宁。骊姬在心中说着。

晋献公不知骊姬心中之言,只觉他得到骊姬这样一位"贤后",实乃天赐之福。为了报答上天赐下的骊姬,他无论如何也得让奚齐成为太子。晋献公开始寻找起太子的"错处"来,不想太子虽不得他的欢心,却深得曲沃百姓的拥戴,让他找不出半点"错处"。

但是找不到太子的"错处",他又怎么能将其废了呢? 晋献公苦思之下,终于想出了一条"妙计",将全国精锐兵卒编为上、下二军,每军拥有兵车二百乘。晋献公自领上军,以太子申生领下军。

晋国周围有耿、魏、霍三国,俱为姬姓,与周同宗,且国势不弱。晋献公屡欲灭之,一惧力所不及,二惧攻灭宗室之国为天子不容,故迟迟按兵不动。

军一编成,晋献公立即令太子申生为主帅,赵夙、毕万为左右将,领下军攻灭耿、魏、霍三国。耿、魏、霍三国虽然不能与晋相比,但兵力相加,也能凑出五百乘战车。太子仅以二百乘战车出征,很难一举攻灭耿、魏、霍三国。如此,晋献公就会以"无能"的罪名废了太子。

不想太子申生居然连战连捷,一举灭掉了耿、魏、霍三国,使晋军威名大震,也使太子威名大震。晋献公懊恼之下,还得强作欢笑,大宴群臣,并论功行赏。他将耿国赐给赵夙,魏国赐给毕万,又将曲沃"赏给"太子,为其封地。晋献公的举动,令众大臣们惶惑不已,纷纷言道,太子乃国之储君,怎么可以像臣下一样赐给封地呢?

晋献公对朝臣的议论装聋作哑,又令太子兵伐东山皋落氏。皋落氏为赤狄之族的别种,虽然居住在东山,却性喜游移,常常深入晋国境内劫掠,遇到阻击,便又退回故地。

里克进宫劝谏道:"太子为国之储君,应随时侍奉国君左右,助祭宗庙、社稷,照管国君饮食。国君出行,太子就应该留守都城监国,此乃周室礼法所载也。征战四夷,此为国君及朝臣之责,不应委之太子。军中主帅必须具有威严,令行禁止。如果太子一意听从君命,则失去主帅应有的威严,难以治军。如果太子独断专行,又对国君不孝,故礼法不以太子治军。主公今以太子为帅,实为不当。"

晋献公听了,大觉逆耳,沉下脸来道:"寡人并非只有一个儿子,究竟谁是太子,还未定下呢。"里克不敢再说什么,谢罪而退,心中深为忧惧。

晋献公赏给太子申生左右两色衣服,并佩戴金玦,命其杀尽皋落氏之人。太子左右亲信亦密陈道:"太子为国之储君,应着纯色之衣。金者,秋也,肃杀之气也,主公以金玦赐太子,是明示其决绝之意也。况皋落氏之人善于游走,如何能够杀尽?主公如此,是逼太子反也,并以谋反之罪诛杀太子。为太子计,当速逃别国,方可避免杀身大祸。"

申生痛苦地摇了摇头,道:"身为人子者,不可不听父命。不听父命,是为不孝。身为臣子者,不可不听君命,不听君命,是为不忠。弃国而逃,此乃不忠不孝之事,吾虽身死,亦不从之。"里克闻听太子之言,担心太子承受不住国君给予的强大压力,亲至军中安慰太子。

"主公要废了我的太子之位,就废去好了,为什么要如此折磨我呢?"申生问。

"为人子者,唯尽孝道。为人臣者,唯尽忠心。治理百姓,唯施仁德。领军征战,唯求胜敌。太子只需以此为准,严加律己,不怨不怒,就可免除灾难,逢凶化吉。"里克说道。

太子申生听了,这才稍觉心安,兵发东山,一举击败了皋落氏。只是他并未能杀尽皋落氏之人。许多皋落氏人在晋军还未逼近之时,就逃得无影无踪。然而太子申生毕竟是打了胜仗,晋献公无论如何,也无法用未"杀尽敌人"这个罪名废了太子。

晋献公感到无计可施,在骊姬面前惭愧不已,夜间欢乐之时,少了许多兴致。骊姬却是兴奋至极,展开千种柔情,万般风流,弄得晋献公神魂颠倒,直恨不得死在了骊姬身上。

主公看来已是铁了心要废掉太子,只差一个"好借口"了。骊姬心中如明镜一般,将晋献公的肺腑照得清清楚楚。她早就为晋献公谋划好了"借口",只是缺少一个最佳的时机。

骊姬想着她和晋献公有着相同之处,更有着不同之处。废申生的太子之位,改立奚齐,是骊姬和晋献公的相同之处。但晋献公只想废了太子,并无杀太子之心。而骊姬则非要杀了申生不可,此为骊姬和晋献公的不同之处。

申生文武双全,又得朝臣和百姓拥戴,若不杀之,如何能使奚齐稳坐太子之位?只有在晋献公从心底里厌恶申生的时候,才是骊姬抛出"借口"的最佳时机。在这个时候,晋献公才能够不顾父子之情,杀掉申生。

晋献公二十一年(公元前656年)的冬天,骊姬派亲信内侍去曲沃,告诉申生说:"主公梦见齐姜向他乞食,太子须即刻祭之。"齐姜是申生的生母,又为正室夫人,在祖庙中占有一方灵位。申生对祭祀生母之事,自是不敢怠慢,当即焚香入庙,拜行大礼。

依照礼法,祭祀过后,太子应将祭肉亲自奉献给国君,以示诚敬之意。太子申生赶到内宫时,晋献公"正巧"在外游猎,尚未归来。内宫俱是年轻貌美的姬妾,申生不敢久留,将祭肉放在殿中,匆匆告退。骊姬暗中派亲信内侍将毒药藏于肉中,然后才将太子奉献祭肉之事告知晋献公。祖庙中的祭肉,国君必亲自食之,否则,就是不敬祖宗,会受到神灵的惩罚。

晋献公回来之后,正欲食用祭肉,骊姬劝道:"此肉来自远方,应当试试再吃。"

"不错。"晋献公点头称是,切下一块祭肉丢在地上,让狗来吃。

那狗吃了,立刻毙命。晋献公望着那只口中流出黑血的狗,惊得脸色苍白,背上的冷汗把衣裳都湿透了。骊姬也是大惊,忙又逼着一个内侍吃下祭肉。内侍自然是如那条狗一样,痛苦地滚倒在地,七窍流血而亡。

骊姬失声痛哭起来:"天啊,做儿子的怎么能暗害父亲呢。他要做国君,为什么就不能等一等呢?他的父亲年纪已老,又能活多久呢?"

"好一个申生,他倒先动起手了!"晋献公暴怒欲狂,当即传命禁军速至曲沃,擒杀申生。

骊姬哭倒在地,拉扯着晋献公的衣袖说:"主公可不能轻动杀心,担了灭子的恶名啊。太子如此,不过是妒恨我母子罢了。主公不如把我母子遣往他国,或者让我母子……让我母子自杀算了。"

"哼!若非你这妇人心软,寡人早杀了那逆子。这回寡人可不听你的话了。"晋献公气哼哼地说着,居然对他心爱的美人发了火。

饶是骊姬聪明异常,也没能完全猜透晋献公的心思。晋献公欲废了申生,就是想杀了申生。对于太子的贤德,他像后宫的姬妾们见了骊姬一样充满了嫉妒。他是威名赫赫的晋国之君,灭国无数,却没能赢得太子拥有的美名。

晋献公熟知本国数十年的残酷厮杀,更熟知列国间的残酷厮杀。在这个乱世中一切都是虚无,唯有实力才是真实的存在。

公室之中,臣下势力若强,国君必亡;儿子势力若强,父亲必亡。国君发现哪个臣子的势力过大,必诛杀之。父亲发现哪个儿子的势力过大,一样必诛杀之。拥有美名,亦是拥有势力,而且是一种很可怕的势力。纵然没有骊姬提供的"借口",他也一样要杀死申生。申生不仅仅是他的儿子,还是一个可以随时夺走他国君之位的强大敌人。

面对父亲的杀戮,太子申生没有反抗。他本来可以反抗,以他的名望号召曲沃的百姓杀向王都,但是申生已厌倦了厮杀。晋国上一次的公室残杀长达六十七年,申生不想与他的父亲来一场新的长久残杀。他也可以选择逃走,然而逃走之后又该如何呢,只怕仍是无法避免被残杀。十二月二十七日,太子申生在最后一次祭祀母亲之后,悬梁自尽。

骊姬没想到晋献公对儿子如此痛恨,毫无半点手软之意,惊喜之下,又说道:"申生和重耳、夷吾来往密切,定然知道其杀父逆谋。"晋献公听了,又立刻命令禁军擒杀重耳和夷吾,并无丝毫犹疑。

申生之死,已使晋献公和重耳、夷吾之间,再也没有信任可言。子不信父,随时都有祸乱发生。晋献公深通兵法,熟知先下手为强的道理。

重耳和夷吾面对暴父的杀戮并未如太子申生一样束手毙命。重耳选择的是逃,他的母亲是犬戎首领的女儿,姓狐氏,重耳自是逃向了犬戎。他的名望虽不及太子,亦有仁厚之名,许多朝中大夫子弟亦跟随而逃。其中知名者有狐毛、狐偃、赵衰、胥臣、魏犨、狐射姑、介子推、先轸等人。

夷吾选择的是抵抗,将屈邑能够拿得动长戈的男子全都编入军中,上城杀敌。晋献公派出大将猛攻,竟怎么也不能将屈邑攻下。这时国中谣言四起,人心惶惶,许多大臣也叛逃到了别国。晋献公觉得他需要显示一番威力来压服人心,震慑列国。他派里克监视夷吾,亲领上、下两军,直逼虞、虢两国,欲一举灭之。

第十九章

假道灭虢唇齿寒　忍辱负重功名路

虞、虢两国并非普通之国，俱为公爵，大有来历。虞国的始祖为周室太王的次子虞仲，名望极为崇高。

当年太王一心想使第三个儿子季历承袭君位，以便使君位顺利地传到能够光大周室的孙儿姬昌手中。太王的长子太伯和次子虞仲知道父亲的心意，为了避免父亲落下"废长立幼"的恶名，也为了族人不至自相残杀，远走天涯，使姬昌顺利地登上王位，完成了光大周室的宏伟大业。姬昌对太伯和虞仲极为敬重，临去世时再三叮嘱儿子们，一定要找到太伯和虞仲的后代，对其善加爱护。

周武王继位之后，牢记父亲的叮嘱，天下刚一平定，即派出使者渡江寻访太伯和虞仲的后代。使者们在太湖之畔的姑苏之地找到了太伯和虞仲的后代。原来当地人对太伯的义举非常崇敬，拥太伯做了首领。

太伯去世后，因为没有儿子，由弟弟虞仲继位。虞仲去世，儿子叔达继位；叔达去世，儿子周章继位。武王使者寻找到的人正是周章。武王大为高兴，立即让周章入朝为卿，但是周章宁愿做一蛮夷首领，也不愿去王都享受荣华富贵。

武王无法，只好把周章的弟弟接到王都，授以上卿之位，并将从前夏都的旧址作为其封地。为了表示周室对太伯、虞仲的敬意，武王赐周章的弟弟号为虞仲，并代代相传。后来武王大封功臣之时，将虞仲名列第一等公爵，位在周公、姜太公等开国元勋之上。

虞仲因其称号,命国名曰虞,奉祭太伯、虞仲,正式成为周室宗亲。历代虞仲都是周室的坚定拥护者,并不因为周室的衰弱而改变初衷。

和虞国相比,虢国的先辈虽不那么显赫,却也是周室的近支宗亲。虢国的始祖是季历的儿子,周文王的弟弟,在周室的开创之时立下了大功,极得文王父子敬重。因此,在大封功臣的时候,虢君得到肥沃的土地,并名列公爵。同虞国一样,虢国亦是周室坚定的拥护者,成为王都西边的屏障。

虞、虢两国同为宗室,国界又紧密相连,一向和好,订有同盟之约。但是近些年来,虞、虢两国却有些面和心不和,尤其是虞君,对虢公充满了怨恨之意。

虢国兵势强于虞国,被东迁的周室看作对抗晋国以及西方诸侯的依靠,深受历代天子的敬重。在晋国分为翼城和曲沃两强之时,虢君屡率大军攻击曲沃,使晋献公的祖、父辈数次功败垂成,大伤元气。曲沃庄伯为此忧愤而亡,临终前让儿孙们发下誓言,一定要灭了虢国。

虢国并不与晋边界相连,每次攻击晋国,都从虞国经过。虞国不仅"借道"给虢国,还供给粮草,慰劳军卒,有时甚至出兵助战。但虢君向周室上报"战绩"时却很少提到虞国,掳得的战利品也很少分给虞国。虢君还指责虞君不敬王室,贪图苟安,从未主动攻击过不听王命的晋国。虞君气恼之下,取消了一年一度与虢君会猎黄河的惯例。

正是知道虞、虢两国不和,晋献公才有了一举灭掉两个一等公爵之国的雄心。虢国是晋国的世仇,将其灭亡,能够大大增强晋献公在国中的威望。晋献公比任何时候都渴望获得"威望",以稳坐君位,并使国人相信他诛杀太子,改立奚齐为储君的举动是一个英明的决断。

虢、晋之中隔着虞国,要想灭亡虢国,必须将虞国一同灭亡。

荀息对晋献公言道:"虞、虢两国以一对一均不足与晋为敌,若以二对一则晋国未必能灭之。臣以为当分而取之,方可必胜。"

"如何才能分而取之?"晋献公问。

"虢国与晋有仇,天下共知。主公可派一能言之人为使,卑辞请求虞君借道,容我晋国伐虢。待灭了虢国,大军回返之时,可趁虞国不备,突袭灭之。"

"虞国与虢国订有盟约,今虽不和,岂能容我借道?"

"虞君性贪,主公以重宝赠之,其心必动。"

"寡人闻听虞国有两位贤臣,一为宫之奇,一为百里奚,素有智谋,必能看出我晋国之图谋。若其对虞君加以劝谏,奈何?"

"虞君性贪而又愚蠢,臣下虽有良言,必不听从。"

"嗯,不错。"晋献公点头称是,"我晋国能言之臣,无过于爱卿矣。就烦爱卿为使,至虞借道。只是不知以何重宝,方能使虞君心动?"

"闻主公新得千里马一匹,又有夜光宝璧一双,出此二宝,必可使虞君心动。"荀息道。

"这……"晋献公犹疑起来,"千里马乃屈地所产,与野驹奔合始能得之,千万匹中方有其一,可遇而不可求。夜光宝璧乃从沙漠夷种处得来,举世独有。此二宝乃寡人至爱,弃之他人,实在难以割舍。"

荀息笑道:"虞若借道,其国必亡于晋。主公二宝,不过是暂且寄放他处,何言弃之?"

晋献公恍然大悟,当即令宦官飞驰宫中,取来千里马与宝璧交给荀息,前往虞国"请求借道"。

虞君初闻晋欲借道,勃然大怒,命人驱逐荀息出境,但见到千里马和夜光宝璧之后却是转怒为喜,立即召见荀息。那千里马浑身血红,无一根杂毛,用以御车,快如疾风,却又温顺可爱,不见丝毫暴戾之气。夜光宝璧小巧玲珑,径不过寸,置于暗处竟闪出晶亮的荧光来。召见荀息之时,虞君犹自把宝璧合于掌中,只留一缝观其荧光。

"如此重宝,天下罕见,尔君为何惠及寡人?"虞君问。

"君公之贤,天下知名,吾君一向敬慕,虽得重宝,不敢私藏,特献于君公,以表诚心。"荀息谦恭地回答着。

"礼下于人,必有所求,但不知贵国所求为何?"虞君明知故问,一副聪明绝顶的神态。

"吾国屡受虢人之欺,忍无可忍,今欲借道以讨之,使其不敢轻视吾国,若幸有所获,当尽数归于君公。吾君并请与君公结盟,荣辱与共,世为兄弟之国。"荀息说着,深施一礼。虞君听了,心中大为高兴,欣然应允荀息的借道请求。

虞国大夫宫之奇与百里奚闻之，急忙进宫，谏阻虞君的借道举动。

宫之奇道："晋国乃虎狼之邦，绝不能容其借道。否则，虞国必亡。"

虞君不以为然，道："晋国与寡人同姓，俱为太王之后，怎么会有亡我之心？"

"主公，晋君心怀险恶，人所共知。其尽杀同族兄弟，又逼亡太子，无丝毫仁爱之心，岂肯以同姓之名，而不亡人之国？况耿、魏、霍三国，俱为晋之同姓，俱为晋君所灭，前车之鉴，不可不察啊。"

"耿、魏、霍三国之君俱为贪暴昏庸之徒，岂能与我虞国相提并论。"虞君不悦地说着。

"主公若借道晋国，则在天下人眼中，与耿、魏、霍之君无异矣。"宫之奇毫无畏惧地说道。

"大胆！"虞君怒喝道，"虢君轻视寡人，常使寡人蒙羞，今借道与晋，正可雪寡人之耻。况晋君对寡人甚是恭敬，奉献重宝，又欲与寡人结为兄弟，并无丝毫恶意。而你却有意为难寡人，是何道理？"

"晋君示好主公，是欲亡虢耳。虞、虢国势相当，世代交好，合则两利，分则两伤，犹如嘴唇和牙齿一样不能分离，虢国一日不亡，晋君一日不敢有亡虞之心。虢国今日亡，虞国则明日必亡。此正俗语所云'唇亡齿寒'也。望主公切勿以小怨而忘大义，自取亡国之祸。"宫之奇大声说道。

"虞国能与虢国盟好，为何不能与晋国盟好？寡人心意已决，不可更改，尔等且退下去吧！"虞君不耐烦地挥手说道。

宫之奇还欲大声争辩，却觉衣袖被人连连牵动。他回头看时，见百里奚正对他连连使着眼色，让他不要劝谏。宫之奇退到宫外，埋怨着百里奚："大夫素称贤者，为何不助我一言，反倒止我劝谏，是为何故？"

"以大夫与主公之亲，尚不能使主公回心转意，何况我呢？"百里奚道。宫之奇无言以对，眼望天际，心头只觉异常沉重。

他为虞国世族，自幼寄养宫中，与国君极为亲善，有如"兄弟"一般。但是虞君只愿与他谈论声色犬马及金宝之物，却不愿听他谈论治国之道。而百里奚出身寒微，仅是因为他的推举，才当上了大夫。如果他不能谏止国君的荒唐作为,朝中就无人令国君改变决断。

"唉!如此下去,虞国必亡。"宫之奇长长叹了一口气。

"为人臣者,须尽为臣之道,臣道已尽,不必遗憾。进良言于愚者之耳,犹弃明珠于暗。夏桀杀龙逢,殷纣诛比干,都是因为臣下强谏之故。大夫与我有知遇之恩,我不忍大夫成为昔日之龙逢、比干,故阻止大夫强谏。天道循环,有国兴,亦有国亡,非人力可以挽回。"百里奚道。

"既然是上天要虞国灭亡,我也无法。你说得不错,臣道已尽,也不必遗憾。只是我不愿背上亡国之臣的恶名,欲另投他国。你甚有才智,何必埋没至此?我等同行,也不寂寞,不知你意下如何?"宫之奇问。

百里奚摇头道:"大夫已尽臣道,当可远行。我尚未尽臣道,自应留下。"宫之奇知道百里奚素来不肯轻易改变想法,也不勉强,他回到家中,立即召集全族人丁,连夜逃往异国。

晋军顺利通过虞国,以迅雷不及掩耳之势,直逼虢国都城。虢君措手不及,慌忙引军上城,已是难以抵挡潮水般涌来的晋国兵卒。无奈之下,虢君只得带着家属,以精锐兵卒开路,突围而出,逃奔王都洛邑。

晋军大获全胜,掳得金宝并内宫美女无数。荀息将大部分金宝美女装车送至虞国,以答谢"借道之恩",并请虞君出城至黄河之畔,与晋献公会猎为乐,立约盟好。虞君大喜,尽出城中精锐兵卒,欲在晋献公面前一显其"武勇"。

晋献公兵分两路,一路由他亲领,虚迎虞君,一路由荀息统领,绕路掩袭虞国都城。虞君在两面夹攻之下,又无防备,一败涂地,直至做了俘虏,还恍然若在梦中。百里奚和许多虞国臣子一样,成了晋军的囚徒,千里马和那夜光宝璧自然又回到了晋献公手中。

晋献公一举灭掉虞、虢两国,兵势扩充至黄河之南,直接与周室接壤,声威大震,西北各国纷纷与晋盟好,以黄金美女作为奉献之礼。里克被荀息立下的大功所激,督军向屈邑猛攻。公子夷吾抵挡不住,被迫逃往梁国。晋献公得意至极,厚赏荀息、里克二人,又欲兵进洛邑,吓唬周室一番。

本来,晋献公对周室虽无好感,也无恶意。前些年周室为使虢、晋两国不再争战,还曾派周公出使晋国,给了晋国很高的荣耀。但是近几年来,晋献公却对周室大为不满。

因为周室居然默认齐国为天下盟主,使齐国有号令天下的权力,被称为霸主。晋献公向来不服齐国,认为只有晋国才可成为霸主。齐桓公不过是趁他国中不宁,兵锋未及指向东南,这才捡了便宜,妄自尊大起来。

现在他已杀尽桓、庄之族,又逼死申生,逐走重耳、夷吾,消除了腹心之患,更灭了虞、虢两国,立下了赫赫兵威。晋献公渴望着与齐国大战一场,分个高低胜负,看看谁是真正的天下盟主。可是齐国太远,又隔着郑、卫、宋、鲁等不弱之国,晋军难以前往挑战。最好的办法是将齐军引出来,以逸待劳,方为上策。威吓周室,是引诱齐军出来的最好办法。齐国是天下盟主,号称尊王,见到周室危难,不能不出兵相救。

就在晋献公意图兵进周室之际,国中忽然传来警报——赤狄之族乘虚南下,劫掠人口粮草。晋献公只得按下勃勃雄心,回军北上,驱逐赤狄之族。

赤狄之族在晋之北方,燕之西方,拥众十余万,常常袭扰华夏诸邦。近来燕国兵势强盛,迫使赤狄臣服,并听从其命,专掠晋国。晋献公这才想起,燕国受齐之厚恩,决不会坐视他与齐国争战。如果他在南边与齐国争战,燕国从北边掩杀过来,他无论如何也抵挡不住。看来他要争霸天下,非得先解除了北边的忧患不可。

晋献公整顿兵车,分屯士卒,又从虞、虢两国臣子中选拔人才,充实朝廷。百里奚有贤臣之名,晋献公令里克召之,欲用其为大夫。不想百里奚却拒绝了晋献公的恩宠,道:"臣子去国,不去敌国。去亦不可,岂能做敌国之大夫?"晋献公听了,大为不悦,本欲杀了百里奚,又想着正在招纳降臣之际,不可吓跑了"有用之才",遂暂且放下了杀心。

过了几日,秦国忽派大夫公子絷为使,至晋国求亲。原来秦君即位已有六年,尚未立正室夫人。秦国先前一直与西北各蛮夷之族互通婚姻,后来国势强大起来,就想与中原各邦结亲。但在中原各邦眼中,秦国和蛮夷之族无甚区别,故对秦国的求亲,俱都婉言谢绝。

晋国倒不在乎秦国是"蛮夷"之族,曾主动想与秦国结为婚姻之国。然而晋国是名闻天下的"虎狼之国",秦国心生警惕,不敢轻易应允。可是现在,秦国却派出了求亲使者,明显是在向晋国示好。晋献公知道这是因为他"威望"

大增的结果——秦国害怕得罪了晋国,并想借助婚姻,获得晋国的支持,以称雄西陲。对于秦国的求亲,晋献公爽快地一口答应,将其长女穆姬许嫁秦君。

晋献公需要在此时与秦国结好。重耳、夷吾未死,始终是对他的一个威胁。重耳藏身的犬戎、夷吾藏身的梁国,都为秦国所败,臣服于秦。与秦国结为婚姻之国后,犬戎、梁国就不敢支持重耳和夷吾的"逆谋"。

公子絷圆满完成使命,很为高兴,回国的时候缓缓而行,观赏晋国风物。一日忽见道旁有人锄地,每锄一下,便掘地数尺之深,带起的土块如坟堆般大小。公子絷暗暗吃惊,令从者唤那锄地之人行至车前,仔细打量,见其身材魁壮,一双胳膊足有碗口粗细,红脸虬须,双目似电。

好一条汉子!公子絷心中喝道,又看那人手握的青铜锄竟有寸余厚,长、宽各有二尺,不觉问道:"此锄有多重?"

那人笑道:"也不甚重,不过百斤上下。"公子絷不信,令左右从者试举,却无一人能将青铜锄举起。公子絷大为佩服,又问那人姓名。

"在下公孙氏,名枝,字子桑,本为公室远族。"那人答道。

"以壮士之勇,何至于屈身于田亩之间?"公子絷问。

"在下虽有心报国,奈何无人引荐,只得躬耕田亩,混一口饭吃罢了。"公孙枝感慨地说道。

"吾君素有大志,礼贤下士。不知壮士是否愿意随我归于秦国?"公子絷又问。

公孙枝哈哈大笑道:"在下并非农夫,岂肯老死田间?若大夫看得上我,自然是求之不得。"公子絷大喜,立即请公孙枝上车,驰往秦国。

秦君闻听晋国许婚,又得了公孙枝,心中也很是欢喜,当即拜公孙枝为下大夫,又厚赏公子絷。待到选定吉日,仍派公子絷为迎亲使者,前往晋国迎亲。

穆姬出嫁之时,带了许多男女奴隶作为嫁妆,这其中也有百里奚。晋献公从来不会忘记心中的"仇恨",虽没有将百里奚杀死,却将他贬为奴隶。一个本是大夫的人上人,一旦沦落为奴隶,定然活不下去。晋献公为此感到十分得意,想着他不用背"杀贤"之名,照样可以除了他想除掉的人。

天下诸侯中,还有谁比得上寡人这般足智多谋?只有寡人,才应该是天下霸主!

天下没有一个人愿意成为奴隶,即使百里奚未曾做过大夫,他也不愿成为一个奴隶。

百里奚本为虞国世族之后,可惜到了他这一代,已是衰弱不堪。从少年之时起,百里奚就饱受穷困之苦,常常以野菜度日,还亲自入山背柴以备冬日之寒。所幸他的父亲还留有几卷诗书,教他识了字,知道了许多天下大事。但是满腹诗书并不能改变他的穷困,没等他年满二十,父母就相继而亡。孤苦的百里奚荷锄耕种,仅能保住自身不致冻饿。

每当天寒地冻之时,百里奚待在火塘之畔,遥想古往今来之事,心潮激荡,久久不能平静。他渴望像前代的先贤那样,建立不世功业,名震当代,声传后世。为此他也曾处处拜访权贵,指望有人能够将他推荐给国君。可是他得到的只有白眼、嘲笑,还有恶犬的咆哮。

转眼之间,百里奚已三十余岁,依然是孤苦伶仃,连一位夫人也无力娶进门来。幸而有位杜先生看中了百里奚的才华,情愿不要彩礼,将女儿嫁给了百里奚。无奈那杜先生也是衰微的世族,虽然欣赏百里奚,却不能改变百里奚的命运。

百里奚依然穷困,面对着新娘子惭愧无比,整日连一句话也说不出来。新娘子杜氏豁达大方,对穷困的日子并无怨言,成天帮着百里奚下地干活,晚上还要织布。两口子苦中作乐,倒也和和美美。

一年之后,杜氏生下个大胖儿子,百里奚恨老天有眼不明,使他无法一展抱负,就将儿子取名曰明视。百里奚希望从此以后,老天就睁开了眼睛,"明视"他一回。

明视居长,在孟、仲、叔、季中排在孟位,就叫作孟明视。眼看着他一天天长大,百里奚仍是困守家中,穷苦依旧。孟明视个头大得惊人,才四五岁就比旁人七八岁的孩子还要高。力气也大,搬得动抵住柴门的石块。饭量更大,比百里奚吃得还多。这么一来,家中就更穷了,愁得百里奚整日团团乱转,想不出个主意来。

杜氏看不下去,说:"大丈夫志在四方,你这么老待在家里,有什么出息?

你现在身体还算结实,能走能跑,不趁此出去寻个出身,将来老了,只怕想要出去也是无力奔走。"

百里奚叹了一声,道:"凭我所学,如果去周游列国,得个一官半职并不算难,只是舍不得贤妻。"

杜氏道:"我也有双手,可以自己养活自己,你又有什么舍不得的?"

百里奚这才下定了出游的决心。临行前,杜氏杀掉家中唯一的母鸡,煮了一锅小米饭,因无柴烧,杜氏又将一扇破门板劈了。百里奚吃着吃着,眼中一片潮红。杜氏也是眼中含泪,说:"夫君若是富贵了,可千万别忘了妻儿。"

"如果忘了贤妻,我还算是个人吗?"百里奚仰天叹道。

次日,趁天还未亮,百里奚告别妻儿,踏上了远游的路程。

百里奚一路东行,来到齐国,欲求见于齐襄公,献上他的治国之策。但他一无权贵引荐,二无黄金买通齐襄公的近侍之人,无法能够面见齐襄公。百里奚又到卫国、鲁国等地去"碰运气",结果仍是碰得"头破血流",连吃饭都无处可吃,只得靠给别人放牛牧羊一饱饥肠。有时遇到了好心人,吃饭之外,还会给他几个铜钱。每当积了一些铜钱,百里奚就走到另一国,继续寻求"出身"。不知不觉间,百里奚已"奔走"了十年,风霜满面,头发都花白了,依然是一个浪迹天涯、两手空空的游子。

一个寒冷的冬天,百里奚行在宋国的大道上,口袋中的铜钱已花光了,只得乞讨度日,竟成了一个人人厌憎的"乞丐"。黄昏时节,寒风凛冽,百里奚腹中空空,饥寒交迫,遥想远方的亲人,悲从心来,脱口吟唱道:

匪风发兮　（寒风吹来啊）

匪车偈兮　（高车疾驰啊）

顾瞻周道　（回望来时的大道）

中心怛兮　（心中忧愁神迷痴）

匪风飘兮　（寒风回旋啊）

匪车嘌兮　（高车摇动啊）

顾瞻周道　（回望来时的大道）

中心吊兮　（心中忧愁又悲痛）

谁能亨鱼　（要想把鱼烹）
溉之釜鬵　（须用好器皿）
谁将西归　（谁人在向西方行）
怀之好音　（送我妻儿平安信）

　　百里奚正唱着，忽然有人从后面拍了他一下。他回过头，见一位和他差不多年纪的中年人正站在道中，相貌俊雅，面如冠玉，乌须飘飘，锦袍灿烂，望之若神仙一般。

　　"吾观先生器宇不凡，非常人之相，何悲歌至此？"那人问道。

　　"唉！小人不过是一浪荡乞者，偶然想起妻儿，随口而歌，有何不凡之处？"百里奚叹道。

　　"先生所歌，乃为'匪风'之曲，非士人不能识之，岂是乞者所能歌之？吾为山野之人，名为蹇叔，性爱交友。先生若不嫌弃，同往寒舍一叙，如何？"那人说道。

　　百里奚见来人通达，不再拘谨，将姓名报出，并略叙出游经历，跟随那人踏上小路，往山间而行。走不多远，见清溪之畔，绿松之下，已露出三间茅舍，被一圈荆条编成的篱笆围在半山坡上。一个青衣童子打开荆门，引着两人走进茅舍的客堂。百里奚见堂中陈设甚简，仅一火塘、一席、一案，外带一座木架，放有几卷竹简。

　　"吾素厌繁华，弃家隐于山中，不觉已十年矣。"蹇叔感叹道，请百里奚坐于席上。

　　十年，亦是我出游之岁月矣。百里奚在心中说道。他和蹇叔正相反，十年来一直在追逐着繁华。只是他追来追去，仍是追了一场空。

　　蹇叔令童子端上美酒，又在火塘上架着鹿肉烧烤。顿时，酒肉之香飘满了茅舍，引得百里奚肚中一阵咕噜噜乱响。

　　"人但有酒可饮，有佳肴可食，衣能暖身，屋能避风，又何苦营营役役，奔走红尘之中。"蹇叔说着，举杯请百里奚一干为尽。百里奚顾不得客气，大口喝酒,大口吃肉,恰似狼吞虎咽一般。渐渐地,百里奚身上暖和起来,肚中也不再乱响,精神大振。

"适才听先生之歌,在下也不觉技痒。今日为先生鼓琴一曲,且作相见之礼。"蹇叔笑道,令童子奉上一张桐木七弦琴。

"愿闻先生雅音。"百里奚放下酒杯,肃然而坐。他意犹未尽,还想吃上一阵,只是又不便说出口来。蹇叔凝目窗外,看着愈来愈浓的暮霭,双手抚琴,低声吟唱道:

考磐在涧　　（我愿盘桓在山涧）

硕人之宽　　（贤者自在心地宽）

独寐寤言　　（独睡独醒独自言）

永矢弗谖　　（此乐在心永无憾）

考磐在阿　　（我愿盘桓在山凹）

硕人之薖　　（贤者自在心欢畅）

独寐寤歌　　（独睡独醒独歌唱）

永矢弗过　　（此乐在心永不忘）

考磐在陆　　（我愿盘桓在平陆）

硕人之轴　　（贤者自在心无忧）

独寐寤宿　　（独睡独醒独自宿）

永矢弗告　　（此乐在心永不授）

琴音幽幽,歌声舒缓,当真有一种自在无忧的隐者风度,听之令人顿忘尘世烦恼,直欲飘飘然如轻风化入岭上白云之间。

百里奚听了,却慨然叹道:"唉!我原本以为只有我这样衣食不继、茫然不知所归的浪荡游子,才会有满腹幽怨。不想先生这般毫无衣食之忧,如神仙一样的人物,竟然也是满腹幽怨。"

蹇叔眉头一皱,问:"吾居此地,与天地浑然一体,得无穷之乐,先生何故指吾竟有满腹幽怨？"

"人之本性，最喜相交。即先生也曾告知在下——性爱交友。然先生却避居山野，躲避人踪，必有难以言传之苦衷耳。"百里奚道。

蹇叔心头一震，问："以先生观之，吾有何苦衷？"

百里奚摇摇头，说："在下不知。在下只知人若欢乐，不必自夸。今先生高歌'此乐在心永不授'，为不示之于人之意。然既不示于人，又为何歌之？故先生高歌乐之，在下却听出了满腹幽怨。"

蹇叔呆了半晌，忽然将怀中七弦琴往地上一摔，跃起身来，大叫道："天意，天意！吾隐此山中十年，相会之人何止数百，却无一人听出吾之幽怨。今日被先生一语道破，此非天意，又是什么？先生可谓吾之知音矣。朋友易得，知音难求，知音难求啊！"此时天已黑透，茅舍中燃起烛光，照见蹇叔满脸都是兴奋之色。

"吾本世家子弟，虽衣食不愁，然满腹壮志，却不容于当时。有心将一生所学献与国君，偏被权贵视作狂怪。吾愤恨之下，遂结茅舍于此鹿鸣村中，誓言不入红尘，忘却世上繁华。只是每当夜深之时，听松涛阵阵，闻流水淙淙，思量一生将如此腐烂林泉之间，不禁悲从心来，只想痛哭一场。欲复入世中，又恐被浊物所笑，竟茫然无所适从。"蹇叔说着，让童子备下香案，要与百里奚结为兄弟。

百里奚深慕蹇叔的豪爽，欣然应允，当下叙及年齿，蹇叔长了一岁，居于兄位。两人结拜之后，呼兄唤弟，谈论天下大事，愈谈愈是相投，直至东方发白，兀自谈兴不减。三日之后，百里奚和蹇叔已结伴同行，开始新一轮的周游列国。

蹇叔家中甚富，路费充足，百里奚一路上再也没有受到饥寒之苦。只是两位结义兄弟跑了不止十数国，却怎么也找不到一个可以报效的国君。

蹇叔道："大丈夫宁可埋没一生，也不能投错了主公。否则，立于朝中而半途弃之，是为不忠；跟着昏君受罪呢，又是不智。做不成大事，反倒落下个不忠不智的恶名，岂非天下英雄之笑柄。"

百里奚点头称是，但面有悲伤之色。蹇叔怪而问之。

"小弟离家已有十数年，想回去看看。"百里奚答道。

"嗯,此地离虞国不远,为兄自当见过弟妇贤侄。"蹇叔说道。两人遂往虞国而行,不多几日,便已来百里奚乡居之地。只是百里奚怎么也找不到他的那座茅屋,更见不到杜氏和孟明视。甚至连他的岳父及许多熟识的邻居,也见不到踪影。

山川依旧,人却不是旧日的人了,百里奚在故乡成了一个陌生的远方客人。乡老告诉百里奚,在七八年前,此地发过一场大水,冲毁了田地房舍,早先的居住者都不知流落到了何方。如今的居住者,都是自别处迁来的。百里奚心中冰凉,当日辞别妻子的种种情景,一下子浮上了眼前。他的耳边仿佛又响起了杜氏的声音——夫君若是富贵了,可千万别忘了妻儿。

"如今我虽未富贵,却有了一位好兄长。我带着兄长回来看你,可你却不在家里,你又怎么不在家里呢?还有我那明视儿又在哪儿呢?"百里奚喃喃念着,眼中泪光闪烁。

蹇叔也是伤感不已,道:"虞国大夫宫之奇是我旧交,为人也还算良善,你我不如暂且去到他那里,一来图个进身之阶,二来也可借此查访弟妇和贤侄的下落。"百里奚依言而行,二人赶往虞国都城,拜见上大夫宫之奇。

对于蹇叔的来访,宫之奇很高兴,待百里奚也十分客气,极力向虞君推荐。蹇叔向宫之奇打听虞君贤愚之事,宫之奇却避而不谈。蹇叔心中生疑,私行街市,探问宫中之事。百里奚则不太关心虞君之贤愚,一心一意查问着妻儿的下落。

虞君对宫之奇一向信任有加,遂拜蹇叔和百里奚为下大夫,参与朝政。但蹇叔却坚决不肯接受,并对百里奚说道:"虞君太过贪小,听说他竟为了一双玉璧,就杀了同胞兄弟,致使公族纷纷逃走。此等国君,必然难成大事。这下大夫之位,不要也罢。"

百里奚苦笑了:"兄长好意,小弟岂能不知。只是这么多年来,小弟也跑得太累了,就在家乡歇歇吧。一者有碗饭吃,二者也好就近寻访妻儿。"

蹇叔想了想,说:"贤弟所言,也有道理,为兄就不勉强了。贤弟什么时候有了空闲,就到鹿鸣村中来找为兄吧。"两人洒泪而别。蹇叔依旧是鹿鸣村中的一个隐者,而百里奚"苦尽甘来",俨然是一位朝中大夫。

数十年的岁月匆匆而过,百里奚一直未找到妻儿,头发苍苍,已成了老者。许多人曾想和独自一人生活的下大夫结为婚姻之亲,却被老而古怪的下大夫一口拒绝。虞君终因贪小,做了囚徒,而下大夫百里奚也成了奴隶。

虽然百里奚已经是个苍苍老者,但也并不愿意向命运屈服。他乘人不备,偷偷逃跑了,越过高高的崤山,一直向南逃去,进入了楚国境内。

楚国人发现了他,把他当奸细抓了起来,要他招供有何"奸谋"。

百里奚道:"我是虞国人,国破家亡,逃难而来,岂有'奸谋'?"

晋国灭虞的消息,楚人早已知道,见百里奚年纪不小,人又老实,不再怀疑,问他能干什么活儿。

百里奚想了想,道:"小老儿别的活计也干不动,放放牛还可以。"

楚人闻言释放了百里奚,令其牧牛,百里奚精心饲养,眼看着牛都长起膘来。没过多久,百里奚善于牧牛之名,就传到了楚王耳中。楚成王有几匹来自中原的好马,因饲养者不得其法,日渐瘦弱,令楚成王心中很不舒服,此时听百里奚善于牧牛,立即招来相问:"尔有何法,可使牛壮?"

百里奚答道:"其实也无妙法,只是顺其自然,仔细察看,知牛之所知,想牛之所想。人即是牛,牛即是人,心性相通,自可得其法也。"他说出这番话的用意,是想引起楚成王的疑心,从而看出他不是一个普通的牧牛者。可惜楚成王心中只有他的爱马,根本没听出百里奚的话外之音。

"妙啊,你既然可以与牛心性相通,也自能与寡人之马心性相通。"楚成王兴奋地说道。于是,逃亡的奴隶百里奚由一个牧牛者成了一个养马者。

每当百里奚牵着马儿,行走在碧绿的草地上时,就向天边望去。他不想成为一个养马者老死在楚国,他渴望能像天边的白云一样自由自在,再一次周游列国,寻找贤明的国君。然而他毕竟老了,有周游列国之心,却无周游列国之力。甚至他连一个卑微的养马者,也不能安然当下去。秦国忽然派来使者,要以"逃奴"的罪名将他押走。

第二十章

穆公图治欲求贤　威德相辅霸西戎

传说秦国的祖先是颛顼帝的远代孙女女修。女修善织布，一日正在织布时，天上忽然掉下一枚玄鸟蛋，正好落在她的口中。于是女修就有了身孕，生下了儿子，名曰大业，大业生子大费。

大费是禹的臣子，随禹治水，立有功劳。禹赐给大费黑旗，还将宫中一个姓姚的漂亮女子嫁给了他。大费不仅能治水，也能驯养野生鸟兽，使百姓们可以在寒冷的冬天不必进山打猎，以驯养的鸟兽为食。禹帝很是高兴，赐给了大费一个姓氏——嬴。

大费有两个儿子，一个儿子名为大廉，后来成为鸟俗氏的祖先。另一个儿子名为若木，成为费氏的祖先。若木的子孙中有一个叫作费昌的人，力气很大，善于驾车。费昌本是夏朝的臣子，却投奔了商朝，为汤王驾驶战车，并参加了汤王击败夏桀的鸣条大战。从此，费昌的后代俱为殷朝的高官，每一代都为王室立有大功。

到了蜚廉这一代，殷朝之主是纣王。蜚廉号为处父，力大善走。他有两个儿子，一名恶来，一名季胜，都继承了父亲的本领。纣王力大，亦喜好力大之士，对蜚廉父子很是宠爱。后来武王伐纣，恶来奋力抵挡，杀死周兵无数，最后被周兵乱箭射死。当时蜚廉正和季胜作为殷朝的使者，抚慰北方的夷族。待他们赶回国时，纣王已死，父子二人无法回复使命。蜚廉痛哭一场后，在霍太山挖土筑坛，向上天回复他的使命，然后在坛旁隐居起来。季胜陪同父亲隐居,生下儿子名为孟增。

到成王之时,遍访前朝贤者之后,有人推荐孟增,成王召至朝中,封其为士。孟增的孙儿名为造父,极善驾车,深得周穆王的宠信。周穆王性喜游玩,曾命造父驾着八匹骏马拉着的高车,日行千里,至昆仑山与西王母相会。为此,周穆王把赵城封给造父,以赏其驾车之功。造父这一氏族便以赵为姓,成为赵氏先祖。

蜚廉还有一个早死的儿子叫作恶来革,留下个独生子名曰女防。女防的曾孙名为大骆,大骆生下个儿子名为非子。大骆父子的日子过得很是艰难,闻说造父有了封地,便前来依附,亦改姓赵氏。

非子从小喜欢动物,不论是猪、马、牛、羊,还是鸡、犬、鹅、鸭,都能饲养得很好。周孝王闻听非子之名,召其为王室养马,不过数年时间,王室的马匹就增加了一倍。周孝王很是喜欢,对臣下道:"非子的祖先大费教人驯养鸟兽,功传后世,不可失了祭祀。"于是就以秦地赐给非子,令其复姓嬴氏,奉祀大费。

秦地僻处犬戎之族中,被视作外夷,周室并未正式封赏,非子亦未名列诸侯。非子去世,子秦侯继位;秦侯去世,子公伯继位;公伯去世,子秦仲继位。秦仲继位之时,周厉王暴虐无道,任意欺凌诸侯,使许多诸侯都背叛了周室。一向臣服周室的犬戎趁势叛乱,攻伐秦国和西方诸侯。

周宣王即位后,任命秦仲为大夫,领西方各诸侯国讨伐犬戎,却不料被犬戎杀得大败,中箭身亡。秦仲有五个儿子,俱是身强力壮,一同奔至王都,请求天子发下救兵,让他们为父报仇。

周宣王对秦仲的五个儿子大加赞扬,并命秦仲长子庄公继承父位,又发兵七千,战车百乘,让庄公五兄弟统领,继续讨伐犬戎。庄公五兄弟大显神威,一举击溃犬戎,并从犬戎手中夺得犬丘之地。周宣王高兴之下,加封庄公为西陲大夫,为周室镇守西陲。

庄公有三个儿子,长子世父曾当众立下誓言——犬戎杀死了我的祖父,如果我不能杀死犬戎首领,就无颜承袭父位。后来庄公去世,世父果然让位给弟弟襄公,而亲自率兵攻伐犬戎。

不想世父不仅没能杀死犬戎首领,反而被犬戎打得大败,做了敌人的俘虏。襄公被迫以良马千匹,外加黄金千镒,把世父赎了回来。世父虽然侥幸捡得了一条性命,却失去了成为国君的资格,忧愤而亡。

襄公七年,周幽王因宠幸褒姒,烽火戏诸侯,失尽了人心,被犬戎、骊戎和申国联军打败,死在骊山之下。周幽王之子平王号召天下诸侯勤王,驱逐贪得无厌的犬戎、骊戎。襄公第一个响应,率兵死战,大败犬戎和骊戎。当周平王迁都洛邑时,襄公人不卸甲、马不解带,日夜护卫。

周平王大为感动,对襄公说:"犬戎太凶恶,竟夺走了我周室的发祥之地岐山和丰水。如果你能逐除犬戎,此地便归你所有。"

襄公发誓一定要夺回岐山、丰水,不让戎夷之族占有周室的发祥之地。周平王大喜,立宣史官记下他所说之语,以宣示后代子孙遵守。同时正式封襄公为伯爵,名列诸侯。秦国直到此时,方才取得与诸侯平等的地位。

对于周平王的"知遇之恩",秦襄公非常感激,时刻不忘讨伐犬戎,以致在五年后,竟病亡于军中。这时秦国的兵势已扩展至岐山脚下,犬戎难以抵挡。秦襄公去世后,子文公继位,仍然不停地讨伐犬戎。到了秦文公十六年,秦国终于彻底击败犬戎,完全收复了周室丢弃的故地,国势大振,声威直传至中原各邦国君耳中。渐渐地,中原有些诸侯不再将秦国视为夷族,与其互通来往。秦国也想更加接近中原诸侯,尽力将国势向东扩张。

秦文公去世后,历经宁公、武公、德公三代,国势更强,兵锋直指华山脚下,国土已扩至千里。秦国的都城也屡屡东迁,从汧渭之会、平阳,直至雍城。但在秦国强大的同时,齐国、晋国也更加强大起来。

齐桓公即位之后,任用管仲,灭谭国,服鲁国,定宋国,大会诸侯,俨然天下盟主。晋献公连灭霍、耿、魏三个宗室之国,威名传遍天下。而秦国偏偏在此时反倒与中原诸侯一般,"礼乐崩坏",内乱不断。

在无异常的情势下,秦国的君位一般是父子传袭,有时父未去世,而子先亡,就直接传位于长孙。但是在德公之时,秦国的继位传统开始发生了变化。

德公去世,依照礼法,应以长子宣公继位,但宣公的两位弟弟成公、穆公都想获得君位。经过一番明争暗斗,终于是宣公继位,然而成公、穆公心中俱是不服。

宣公即位十二年后去世,成公立即发动兵变,逐走宣公的九个儿子,自立为君。成公在位四年去世,他有七个儿子,却一个也未能承袭君位。穆公借成公的"先例",以武力夺取了君位,并逐走成公的儿子。连着两次的内乱,使秦国的"威望"大大下降,各臣服于秦的戎族部众纷纷反叛。

秦穆公继位之后,内修国政,外示兵威,大举攻伐戎族,连连获胜,"名望"大为增强。而同时,齐桓公远征山戎,救燕定鲁扶卫,武功赫赫,震动天下。晋献公亦是攻虢灭虞,"武威"直逼西北各国,其兵势已至王都。

秦穆公争雄之心大起,渴望他能够统率秦兵杀进中原,威服天下诸侯,成为齐桓公那样的堂堂霸主。他满怀信心,自认可以在有生之年实现祖先们想都不敢想的辉煌大业。因为他还很年轻,正当壮年,而齐桓公和晋献公都垂垂老矣。他仔细思谋齐、晋、楚等强国称雄天下的缘由,思谋来思谋去,认定了一个道理——齐、晋、楚之所以强大,在于"得人"。

齐有管仲、鲍叔牙;晋有里克、荀息;楚有子文、屈完。可是他的秦国有谁呢?秦穆公派出许多使者,打听各国的贤臣,千方百计罗致到秦国。每位使者若能带回一个贤能之才,就会受到重赏。

数年来,秦国也罗致到了不少人才,却缺乏能与管、鲍、里、荀、子、屈等人相提并论的大贤之才。秦穆公并不灰心,一边继续搜罗人才,一边寻求与晋国结盟。他要全力征服西陲各诸侯及戎夷之族,以使国中安宁,无后顾之忧,可以全力向东扩展秦国的威势。在未征服西陲及戎夷诸族之前,秦穆公不愿与强大的晋国发生争战。

他以求亲的名义,寻找出了一条与晋国结盟的最佳途径。晋献公亦有心与秦国结好,当即允婚,将长女穆姬嫁给秦穆公。秦穆公虽无正室夫人,后宫美女却是不少,使他对洞房之夜并无太大的兴趣,成婚的第一夜不是忙着去见新娘子,而是忙着去核对新娘子的"陪嫁之物"。

秦国地处西陲,与戎夷之族杂居,虽善畜牧,也能农耕,却缺乏工匠,尤其是缺乏制造兵刃甲仗、战车舟船之类的工匠。将来秦国欲向东方扩张,势必要与晋国决一死战。

晋国有黄河之险,又精于车战,秦国若想战胜晋国,万万不能缺少工匠。在公子縶迎亲之时,秦穆公反复叮嘱道——陪嫁的奴隶一定要是工匠,并且尽量要多些,越多越好。公子絷借口要为穆姬新造宫室并舟车等物,请求晋献公多以工匠之奴陪嫁。晋献公向来不看重工匠,痛快地答应了公子絷的请求。

秦穆公对着名简,数着各类工匠的数目,愈数愈高兴。忽然,他皱起了眉头,问:"这百里奚是干什么的?为何寡人觉得挺耳熟呢?"

公子絷看了看名简,笑道:"此人乃是虞国大夫,被晋人俘虏后当作奴隶赐给穆姬做了陪嫁之物。不想他半途又跑了,我想着他年纪已老,又非工匠,故未追捕。"

"啊,原来他就是百里奚!"秦穆公吃了一惊,猛地从席上站了起来。

每一个诸侯之国的贤臣都按等级写在他寝殿中的屏风上,以便他随时注意这些贤臣的情形。一旦这些贤臣遭到贬斥,或辞官归隐,他立刻就会派使者带着厚礼,前去恳请其来到秦国。百里奚被他列为一等贤臣,可与齐国的管仲并列。他秦国最缺少的,正是百里奚这等大贤之才。

"这等贤臣,你怎么让他跑了呢?快,快!多派使者,到各国去打听百里奚的下落。"秦穆公着急地说道。

公子絷却不以为然:"我看这百里奚只是徒有虚名,并无真才。如果他当真是贤臣,虞国就不会灭亡,晋君也不会将他视作奴隶。"

"这……"秦穆公犹疑起来。

百里奚被称为大贤,是他从使者口中听来的。但百里奚既是大贤,如何成了奴隶呢?秦穆公想了想,招来新拜为下大夫的公孙枝,问:"大夫本是晋人,相邻虞国,料想对虞国之事也甚知之。不知这百里奚是否能称贤臣?"

公孙枝想都未想,脱口答道:"百里奚若非贤臣,则天下无一人可称贤臣。"

"以大夫之见,百里奚贤在何处?"秦穆公问。

"臣本莽夫,不知大事。然仅以二三小事判之,就知百里奚为贤者矣。知君上之不可谏,而不邀名强谏,是其智也。晋君欲用,而以不事敌国拒之,是其忠也。惜身爱名,不甘沉沦奴仆,是其胸有大志也。智忠俱全而又胸有大志,实乃当今少见矣。"公孙枝答道。

"百里奚既是如此之贤,为何不能救国之亡?"秦穆公又问道。

"臣者,为人所用,犹马为御者所用。善御者,虽凡马亦可行百里。不善御者,虽千里马难以日行百里。虞君非善御者,故百里奚不能尽显其能。"公孙枝感慨地回答道。

"哈哈! 寡人当为善御者也。"秦穆公对公孙枝的回答极为满意。

探访百里奚下落的使者很快就被派到了齐、楚、宋、鲁等国。百里奚既然心存大志,自不会投奔小邦。秦穆公的猜测没有落空,使者果然寻访到了百里奚的下落。秦穆公大喜,当即欲遣大夫为使,备厚礼至楚国"迎接"百里奚。

公孙枝连忙拦阻,道:"楚王不知百里奚之贤,故使其养马。今以重礼求之,是明示百里奚乃贤者矣。楚王既知百里奚为贤者,如何肯放? 莫若以'逃奴'之罪,使小臣贱赎之,则楚人不备,百里奚可至矣。"秦穆公听其计,以小臣持羊皮五张,至楚求赎百里奚,以押回秦国正其"逃亡"之罪。楚王自然不会因为一个养马者得罪秦国,当即应允。

秦国小臣将白发苍苍的百里奚装进囚车,日夜疾驰而回。秦穆公闻听百里奚到,亲出雍城,亲释其囚。在路上百里奚已从秦国小臣口中知道秦穆公将大用于他,故并未显出"受宠若惊"之态。倒是秦穆公见到百里奚白发苍苍的龙钟之态,大觉失望,忍不住问道:"先生今年高寿?"

百里奚恭敬而又神情肃然地答道:"臣尚年少,才七十耳。"

"啊,先生已七十岁了,还年少吗? "秦穆公吃惊地问,以为是他听错了。

"请问主公,是否欲臣搏击猛虎,擒拿飞鸟? "百里奚反问道。

"这个……自然不是。寡人请先生来,是欲请教国家大事。"秦穆公道。

"如果主公用微臣去搏击猛虎,擒拿飞鸟,则臣老矣。如果欲使微臣议论国事,定策出谋,则臣年尚少耳。昔日姜太公年已八十,尚垂钓渭水,以待贤明之君。周文王见之不以为老,载而归之,拜之为师,终于克殷兴周,王于天下。微臣闻秦君素有大志,贤明仁厚,今日得见,不胜之喜,奈何却以臣老为嫌? "百里奚正色道。

"壮哉! 先生之言,太快寡人之心,不愧为大贤矣。"秦穆公欣喜地说着,将百里奚请入宫中,作长夜之谈。

"我秦国偏处西陲,不得扬威于中原,寡人心实不甘。先生可有妙策,使我秦国不弱于齐、晋,进而霸于天下? "秦穆公喜好爽快,开口便直问正题。

"主公，国之兴亡，关乎气运，气运盛，则国盛，气运衰，则国衰。气运亦天数也。以微臣观之，天数正应于秦地，主公只须谨慎自守，自可霸于天下。"百里奚缓缓说道。他知道秦人素来敬畏上天，有意以此言"震慑"秦穆公。

"先生之言，有何为据？"秦穆公神情凝重起来。他对百里奚钦佩中又带了些敬畏之意。

百里奚需要秦穆公的这种"敬畏"，以使他能在生命的最后时刻，如夕阳般辉煌起来。尽管他口中说"臣年尚少"，可心中却很明白——他已经太老了。这也许是他一生最后一次能够"尽展平生所学"，他必须牢牢把握住这个机会。

"夫雍、岐之地，天地精华之藏也。当年文、武据之，周室得以勃兴，其地四面高山围绕，狼虎相守，中有平原一线，若长蛇灵动丰润。周以此地予秦，实以天下予秦矣。今主公不妨暂退一步，外与晋、齐、楚交好，以藏锋芒，内扶戎夷之族，德化其民，以其地为农耕之地，可使粮草丰足，以其人众为兵卒，则其强悍，无敌天下。西陲既已安宁，然后扼山川之险，兵临中原，则无国可与秦国相敌。如此，霸业成矣。"百里奚倾胸中所学，慨然说道。

"妙！先生之言，使寡人恍然从沉醉之中醒来矣！"秦穆公兴奋地叫了起来。他当即传命，要拜百里奚为上卿，执掌秦国军政大事。

"微臣庸才，岂能担当大任。臣友蹇叔，胜臣十倍，主公欲使秦国强盛，非蹇叔不能任之。"百里奚道。

"先生在寡人眼中，已是天人，岂能有更胜先生十倍者，寡人不信。"秦穆公疑惑地说道。

"然微臣所学，全是蹇叔所教也。蹇叔不至秦国，微臣亦不敢为秦国所用。"百里奚坚决地说着。他知道，蹇叔绝不是一个真正的隐士，也决不想成为一个真正的隐士。蹇叔一样老了，一样渴望在生命的最后时刻如夕阳般辉煌。

秦穆公见百里奚如此坚决，只好令公子縶为使者，前往宋国鹿鸣村，以厚礼恭请蹇叔出山。宋国离秦国有千里之遥，公子縶将蹇叔请到雍城，已是两个月之后。

蹇叔果然老了，比百里奚更老。百里奚尚可行走，蹇叔则须人扶持。扶着蹇叔的那人身材高大，浓眉亮目，虎背熊腰，看上去是位力大无比的壮士。秦穆公和百里奚亲出都城，将蹇叔迎至朝堂。

"寡人闻百里奚先生言道，先生之才，天下无双。今寡人欲图霸天下，先生何以教之？"秦穆公问。

蹇叔淡然一笑："秦有山川之险，又有耐战之兵，早就该霸于天下。所以至今未成霸业，仅缺二字耳。"

秦穆公顿时精神大振，急忙问道："哪二字？"

"乃'威德'二字。非威，不足以震慑天下；非德，不足以收服天下。"

"'威'与'德'二者以何为先？"

"德为本，威相济。德而不威，不能抵御外敌。威而不德，不能安定民心。"

"寡人欲行威德，然千头万绪，不知如何应对之。"

"秦地与戎夷之族相杂，民不知礼法，上下不分，贵贱不明。主公可先行教化，使民熟知礼法，然后再加以刑罚。教化大行，则民知敬上。刑罚慑之，则君命一出，立可令行禁止。如此，上下同心，举国有若一人，当可无敌于天下矣。"

秦穆公大喜，拍案道："妙，依先生之策，我秦国立可霸于天下矣！"

"不可。图霸天下，乃至大之功业，岂可立能得之。主公切忌过贪、过急，斟定大小，审定紧缓，依序而行，方可渐近于霸业矣。"蹇叔正色道。

秦穆公心头一凛，肃然道："寡人知过矣，当牢记先生之教。"

这时天已黄昏，秦穆公摆盛宴款待蹇叔，召内侍端上美酒佳肴。秦人素喜全煮之羊，食时现杀羔羊，立入沸水之中，速捞而割食之。有内侍四人抬一青铜鼎，欲至席前，因鼎太沉重，为门槛所阻，竟无法抬过。蹇叔带来的那大汉抢步上前，一把就将铜鼎提起，置放席前。

"壮哉，壮哉！"秦穆公素喜力大之人，不禁连连赞道。

"此乃犬子，名白，字乙丙。因微臣脚力不便，故相随至此。失礼之处，还望主公恕罪。"蹇叔笑道。

"啊，原来是贤公子，寡人倒慢待了。请坐，请坐！"秦穆公忙说道。

"主公在上，父亲在上，微臣不敢失礼。"白乙丙谦恭地说着，仍是站在父亲身后。

"力大而又有礼,亦是贤者矣。"秦穆公感慨道。

百里奚望着白乙丙,一句话也说不出来,双眼潮红。他想起了生死不明的妻子杜氏,更想起了儿子孟明视。吾儿若存于世上,亦有白乙丙这般年岁,其身量甚大,力气亦绝不会在白乙丙之下矣。

次日,秦穆公召集文武大臣,封蹇叔为右庶长,百里奚为左庶长,皆位列上卿。秦穆公又欲封白乙丙为上大夫,蹇叔力辞,秦穆公不准,最后只得同意儿子名列下大夫。

秦国用了两个白胡子老头为宰相,很快就传遍了西北各国。诸侯中有的嘲笑秦国无人,有的却暗暗生出了戒惧之心。

蹇叔和百里奚的"暴贵",亦在百姓间广为流传。蹇叔出身布衣,被戏称为"布衣宰相",而百里奚身为"奴隶",被五张羊皮赎回,却一跃大富大贵,更是令人羡慕不已,国中皆戏称为"五羊皮宰相"。秦穆公特地在宫室之侧,建起两座高大堂皇的相府,请二位宰相安居。

在二位白胡子宰相的教导下,秦穆公制定了必须首先行之的三大国策——

一、结好晋、齐、楚诸强国,隐藏锋芒,窥探天下。

二、教化百姓,以礼法治国,并立刑律,明定赏罚。

三、内抚西戎诸族,以其地为农耕之地,以其民为兵卒,贮藏粮草,整修甲仗战车。

开始时,两位白胡子宰相忙得昏天黑地,不知时日流转。渐渐地,两人熟悉了秦国朝政,各项具体事务都有了大臣专管,清闲了许多,不时互相走动拜访。

这天,该是蹇叔拜访百里奚的日子,两人高坐堂上,谈论过去之事,不胜感慨。

"若无贤弟,为兄今生今世,只能老死于鹿鸣村矣。"蹇叔道。

"兄长说哪里话。小弟今日之荣,实为兄长所赐。无兄长当日相济,小弟早已饿死道中矣。"百里奚道。

"往事若梦,不谈也罢。来,来! 你我满上一杯!"蹇叔高举玉杯说着。

有酒必有歌舞,为礼法所定,百里奚自不能免。堂下的台阶上,坐着许多乐手。堂上的红毯上,亦立着一队歌女。

"兄长欲听何曲?"百里奚苦笑着问。秦国歌女喜唱秦曲,他却总也听不明白。他喜欢的虞国乡间小曲,秦国歌女又不会唱。

"这个……"蹇叔犹疑起来,他也听不明白秦国歌曲,又听厌了庙堂雅乐,"嗯,你们会唱宋国乡曲吗?"

"回庶长爷的话,我们不会唱宋国乡曲。不过,前几天有人告诉我,说她会唱虞国乡曲。"一位歌女答道。

"哦,此人是谁?"百里奚大感兴趣,立刻问道。

"回庶长爷的话,此人是我们秦国的一个老太太,在府中做粗使佣工,因听我们庶长爷喜欢虞国乡曲,就说她会唱。这些天我们正跟着她学唱虞国乡曲,一时还未学会。"歌女说道。

"原来秦国亦有人会唱虞国乡曲,倒也稀罕,且让她前来歌唱一曲。"百里奚道。

歌女传下话去,不一会,一个白发老太太走上堂来。看她的岁数,亦近七旬,却步子稳健,倒也经老,不愧是秦国妇人,百里奚在心中想着。老太太不仅能唱歌,还说她亦善鼓琴伴奏。

琴乃雅器,非大家闺秀和宫府乐女,不能习之,她一个粗使的佣工,如何能奏?百里奚奇怪起来,不由得向老太太多看了几眼,忽觉心中郁闷,似堵着什么,又言之不出。

老太太并没有向百里奚望过去,旁若无人地跪于堂前,弹唱起来:

黄河九曲不停息

河旁住着百里奚

……

"住口! 你这疯婆,怎敢提起庶长爷的名讳?"近侍怒喝道。

"别吓她,让她唱下去。"百里奚说着,心里大跳起来。

老太太仍是没有向百里奚看一眼,再次弹唱起来:

　　黄河九曲不停息
　　河旁住着百里奚
　　百里奚、百里奚
　　为何人称五羊皮
　　曾记否,曾记否
　　家中只一老母鸡
　　灶下无柴
　　劈了门板煮小米
　　今日君富贵
　　忘了儿子忘了妻

　　黄河九曲不停息
　　河旁住着百里奚
　　百里奚、百里奚
　　为何人称五羊皮
　　想如今,想如今
　　父食膏粱儿受饥
　　夫穿绸缎
　　老妻为奴日浣衣
　　今日君富贵
　　忘了儿子忘了妻

　　黄河九曲不停息
　　河旁住着百里奚
　　百里奚、百里奚
　　为何人称五羊皮
　　思当年,思当年

夫行妻送泪湿衣

君坐高堂

妻跪在前献歌艺

今日君富贵

忘了儿子忘了妻

百里奚听着，惊呆了，歌声停了好一会，他才颤抖着站起身，一步步走到堂前，扶起老太太，仔细端详着。老太太也凝目注视着百里奚，神情似悲似喜。两位老人眼中泪光闪烁，望出去一片模糊，欲说什么，却是什么也说不出来。堂中寂静无声，人人都为眼前的奇异情景"震慑"住了。

"果然是你，是你……你，你老多了啊。"终于是百里奚哽咽着说出了第一句话。

"你也老了，可声音还是当年的声音，就像昨天还在和我说话。"杜氏道，她看上去比百里奚要"平静"得多，并无哽咽之状。

"啊……你，你怎么到了秦国？怎么知道了我在这儿？还有……还有我那明视儿又在何方？"百里奚问。

"一言难尽，你走后没几年，家乡就遭了灾，许多人都饿死了，我实在生活不下去，就带着明视儿逃到了秦国，住在岐山之下。母子俩相依为命，靠着采摘野菜度日，后来明视儿长大了，有一身好力气，日日进山行猎，这才不至母子冻饿。只是家里依然穷困，明视儿眼看就四十岁了，还没说上媳妇。前些天听乡邻传言，说是国君用了一个叫作百里奚的他国老头儿当宰相。我听了疑心是你，又不敢贸然相认。就……就自为佣工，进入府中。不想……不想……"杜氏说着说着，再也"平静"不下去，泪如雨下，凝噎难语。百里奚亦是老泪纵横，拉着杜氏的手大放悲声。

"贤弟夫妻团圆，父子亦可相聚，可喜可贺，喜尚不及，为何如此悲之？"蹇叔忙走过来劝慰百里奚。

"吾有今日，全亏兄长扶持啊。"百里奚拉着杜氏，就要向蹇叔大礼相拜。

"此乃贤弟常怀仁厚之心，故天报之，与为兄何干？"蹇叔再次扶起百里奚，并立即传命，使人速至岐山脚下，召孟明视入都。

很快，孟明视被召到了相府。百里奚见儿子生得魁壮威武，力大如牛，且能知礼还识得字，心里高兴得不知说什么才好。秦穆公听到这件奇事，视为国家昌盛的祥瑞，对百里奚大加赏赐，又拜孟明视为下大夫。

孟明视和白乙丙俱为大力士，一见倾心，立刻成了好朋友。没过多久，秦穆公又招来一位贤士西乞术，亦是力大无比，亦被封为下大夫。秦穆公喜欢力大之士，将三位大力士下大夫收入军中，拜为左、中、右将，统领秦国三军。又以宗室之女嫁给孟明视，还赐给孟明视金甲一副。

秦穆公的三大国策中，第一、第二条都已顺利实行，唯有第三条难以实行。西戎诸族虽不敢与秦国为敌，俱表臣服之意，却并不愿变成农耕之人，更不愿成为秦国兵卒，征伐中原。戎族们从来只是为了夺取财物而战，没有为国君献出生命的习惯。于是，各戎族以犬戎之主赤斑为首领，结成同盟，共同对抗秦国。

秦穆公率领孟明视、白乙丙，向西戎诸族展开猛烈的攻击，屡屡获胜。但戎族虽败，却是溃而不乱，逃而不惊，兵力并未受损。戎族凭借其游牧之性，熟识路径，四处奔走，并不与秦决战。秦穆公渐渐感到粮草接济不上，兵卒也疲惫至极，只得班师回都。蹇叔、百里奚劝秦穆公暂缓出击，先打探清楚军情之后再定进退之策。

"戎族向来各自为政，不服于人，今能结盟，必有能人使之。"蹇叔道。

"主公须先找到这个能人，想法除之，方可平定戎族。"百里奚亦说道。

秦穆公依言而行，派出探使，至戎族中打探军情。探使回报道："赤斑新得一晋国逃臣，名曰由余。戎族之盟，全为由余撮合而成。"

"戎族性不喜合，由余偏能令其戎族结盟，可谓贤才矣。"秦穆公说道。

"臣有一计，可令赤斑自弃由余，奉送主公。"蹇叔笑道。

秦穆公忙问："何计？"

蹇叔道："主公虚言许和，诱赤斑遣由余为使，而留之逾期。又以美人女乐赠予赤斑，使其乐而忘政。如此，其上下必然相疑，主公不仅可得由余，亦可服戎夷诸族。"

秦穆公连称妙计，遣使至犬戎，许其依照往例纳贡，而不再强使戎族"变"成秦国农人。赤斑亦不愿争战下去，闻听秦国许和，欣然应允。因由余本华夏之人,通华夏言语,故以其为使,至雍城拜见秦穆公。

秦穆公以与赤斑结好为名,赠送美女二十。那些美女能歌善舞,又精于媚术,赤斑一见,便神魂颠倒,日夜观舞听歌,沉醉酒色,不理政事。同时,秦穆公又对由余极为"礼敬",召入内宫饮宴,观赏内宫佳丽的歌舞。

蹇叔、百里奚、公孙枝等人也殷勤招待由余,轮流请其饮宴。由余无心赴宴,但又不敢得罪秦国君臣,只得耐心等着秦国"礼毕"之后,谈论许和之事。可是秦国忽然变成了"礼仪之邦",种种礼仪无穷无尽地摆出来,令由余根本没有机会"完成"使命。直到过了一年多,秦穆公才算"礼毕",仍是闭口不谈许和之事,只将由余送回犬戎。

赤斑对由余在秦国住了如此之久却未能完成使命,心中大为怀疑。而由余见赤斑沉醉酒色,亦是不满,屡屡劝谏。赤斑勃然大怒,痛斥由余。由余恐惧之下,奔至秦国。秦穆公大喜,拜由余为中卿,与百里奚、蹇叔二老共掌国政。

由余熟知西戎诸族内情,又精通山川地形之学,引导秦军连连大破西戎之军,然后又劝秦穆公以高官厚禄、黄金美女诱降西戎诸族首领。在秦国强大兵威的攻击和黄金美女的诱惑下,西戎诸族被迫降服。秦国的领地向西直扩至沙州,国境东西达三千里。且诸戎族定居下来,实行农耕之后,使秦国的户口陡增了一倍,物产大为丰富。秦穆公又从戎族中选出悍勇喜战之士,编为禁卫之军。

秦国的兵威更加强大起来,紧邻秦国的梁、芮两国大为恐惧,纷纷派遣使者,以厚礼结好秦国。对于梁、芮两国使者,秦穆公异常礼敬,回赠之物远远多过使者们送来的厚礼。

秦穆公还对梁、芮两国的使者说道:"寡人初服戎族,时时担心那些蛮夷复叛,到时若遇危难,还请贵国多多帮助。"

梁、芮两国的国君顿时放下心来,想着秦穆公自顾不暇,哪里还能去管别国的事呢?但是秦穆公却非得管别国的事不可,且管的还是赫赫有名的晋国。住在梁国的晋公子夷吾遣密使请求秦国帮他取得君位,他说晋君已病重不起,很快就要去世。

第二十一章

君弱臣强家国乱　盈满之心生无妄

太子自杀，重耳、夷吾逃亡，奚齐理所当然地成为新的太子。只是这位新太子年纪太小，尚且不足十岁，名望无法和前太子相比。晋献公对此并不在意，想着他还壮实，至少可以稳坐十年君位。十年的时间，足够他除灭重耳、夷吾以及一切可能威胁奚齐的"敌人"，也足够他将奚齐从一个世事不明的儿童培养成光大晋国、称霸天下的贤君。

不料上天却不作美，令他忽然生出心痛之疾，几次险些病发身亡。骊姬心中恐慌，日日夜夜祷告神灵，愿国君早日病愈。晋献公更加感动，费尽心思地为奚齐盘算着未来的大事。

为了消除隐患，他下令尽逐晋国公族。又诛杀了许多同情重耳、夷吾的大臣。虽然如此，他仍是不放心。他很明白，晋国素重武力，以兵戈治国，朝臣极为强悍，非"暴烈"之君，不能压服群臣。

十岁的奚齐无论如何也难以成为一个"暴烈"之君，压住臣下。国君不能压服臣下，则必为臣下所杀，这在"礼乐崩坏"的中原各邦极为寻常。可是臣下不是公族，晋献公无法尽数驱之，更无法尽数杀之。

一个强大的诸侯，必须拥有无数贤能之臣，如此方能富国强兵，立于不败之地。晋献公若尽数将臣下杀之，那么晋国也必将为强邻灭亡。国家灭亡，国君又岂能独存？

正在晋献公万般无奈之时，传来周室厚赐齐桓公的消息。晋献公立刻被这消息吸引住了——周太子本来无法保住其储君之位，但因得到了齐国的强大支持，结果顺利地登上了王位。他立刻想到，如果奚齐也能得到齐桓公的支持，则君位必可保之。晋国的臣下和重耳、夷吾诸公子就不敢轻易"谋逆"。

当然，晋国的太子要倚仗着齐国才能保住君位，未免会大失晋国的"威望"。只是除了这个办法，晋献公已想不出任何"保护"奚齐君位的计策来。

晋国一向强横，结仇太多，任何邻国他都难以信任。齐国自然也不是晋献公信任的国家，可齐国毕竟是盟主之国。毕竟打出了"尊崇王室，扶助弱小"的旗号。而且事实证明，齐桓公也还算守信，像是一位公正的盟主。

虽说齐桓公也灭了许多"昏暴之国"，但那都是小国。公认的大国，齐桓公都很"礼敬"，纵有机会送到手上，也不动心。鲁国、宋国、燕国、卫国等诸侯都是在齐桓公的扶持之下才得以安坐君位的。

相比之下，他晋献公在这方面和齐桓公相差太远了。他只知灭国，从来不肯放过任何一个可以灭国的机会，为此什么手段都可以使出。他没有扶持过一个陷入危难的诸侯，反倒趁火打劫，从中得利，他也从来没有想过他还有着求助别人的这一天。

在他的眼里，求助别人，就是自取灭亡，是天下第一号的"傻子"。但是现在，晋献公被迫要伸出手来，求齐桓公相助，做一回"傻子"了。也直到这时，晋献公才不得不佩服——齐桓公的确比他更强，不愧是号令天下的盟主。

晋献公打听到齐桓公将在葵丘会盟诸侯，急忙率领众从者，前去赴会。临走之前，他将国政托于里克、荀息二位大臣执掌。只行走了两天，晋献公就觉身体不适，难以快行。他只得令御者缓缓驾车而行，三天还未走完一天的路程。

晋献公刚走出都城，里克就"躺倒"在榻上，不再上朝。许多晋国人都以为里克足智多谋，却不知里克之谋，多出于大夫丕郑父之口。丕郑父为里克的患难之交，二人极为亲密，相互之间无话不谈。晋献公将朝政托于里克、荀息的当天夜里，丕郑父就密至里克府中拜访。

"先生危矣，不日将有杀身之祸。"丕郑父的第一句话，就将里克吓了一跳。

"主公对我信任有加,托以国政,怎会有着杀身之祸?"里克不以为然地说道。

"正是主公对先生信任有加,方使先生面临杀身之祸。"

"贤弟有何指教,尽可明言,休使吾堕入云雾中矣。"

"主公一向不喜齐国,如何竟愿意前往葵丘,甘居齐侯之下?"

"此乃主公为奚齐谋矣。若得齐侯之助,奚齐之君位必固。"

"若不得齐侯之助,奚齐之君位可固乎?"

"不可。故太子、重耳、夷吾之党甚多,而奚齐年少,党羽不众,必难安坐君位。"

"主公素性高傲,难以屈居齐侯之下,吾恐其将空手而回。若主公不得齐侯之助,又欲使奚齐稳坐君位,该当如何?"

"自然要托付大臣,如今朝中大臣以吾及荀息为首……"里克说到这里,陡然停住了话头。他已完全明白了丕郑父为何说不日将有杀身之祸。

晋献公病体难支,只怕活不长久,临终之前肯定会将奚齐托付于他和荀息。对于晋献公的"重托",他不能拒绝。否则,晋献公必会以不忠的罪名将他诛杀。他只能接受晋献公的"重托",尽力"辅佐"奚齐。可是奚齐又绝不可辅。无论是重耳,还是夷吾,都决不会坐视奚齐登上君位。

年少的奚齐因为是"恶母"之子,失尽臣下之心,很难是重耳和夷吾的对手,奚齐必死无疑。主死臣亡,他作为辅臣,一样会被重耳和夷吾诛杀。当然,他也可以做一个不忠的辅臣,在适当的时机出卖奚齐。但他身为辅臣,却不"尽忠",重耳和夷吾岂肯信任,同样会将他诛杀。

"多谢贤弟,使吾从梦中醒矣。"里克感激地说着,对丕郑父深施了一礼。丕郑父笑了一笑,拱手告辞。他知道里克是位极聪明的人,一旦明白所处的险境,自会想法脱身。

次日,里克在上朝时,"不慎"从高车上摔下,"跌伤"了双腿,只能躺倒在榻上。国政大事都落到了荀息一人身上,忙得他成天团团乱转。荀息也曾探视过里克,见其"伤势沉重",神志亦近昏迷,连来客都无法认出,只好慨叹而退。

晋献公在路上走得太慢,以致"未能"赶上大会,怏怏而返。离开国都的时日不短,他很不放心,打算先回到国中四处巡视一番,然后遣使者至齐,与齐结好。不想他刚回至国都,病势陡然沉重起来,竟至不起。

骊姬伏在榻前,痛哭失声,道:"重耳、夷吾势大,倘若主公不测,我孤儿寡母,能依靠谁人?"

晋献公勉强支撑着精神,说:"夫人不要担忧,朝中里克、荀息,俱是足智多谋之臣,可保奚齐。"言毕,立遣内侍,飞传里克、荀息二人入宫。里克"伤势"未愈,内侍只传来了荀息一人。

这个里克,怎么偏偏在此时"伤"了?晋献公心里满是疑惑,却已不及细想。他只来得及指着榻前的奚齐,拼出最后的力气,说道:"寡人素知大夫……忠信为本,今以储君托之,无负,无负寡人之意。"

荀息哭倒在地,磕头道:"臣当竭尽全力,报答君恩。"

"杀里……杀里……"晋献公的声音愈来愈弱,无法把"杀里克"三个字说出口来。

"主公,主公!你还有什么话要说啊!"骊姬凄厉地大叫着。可是晋献公已听不到他心爱的美人在说什么。

晋献公去世后,荀息奉奚齐即位,设立灵堂,以主丧事。骊姬以先君遗命为名,拜荀息为上卿,执掌国政。又拜梁五、东关五为左、右司马,执掌禁军。同时升优施为内宫总管,日夜不离奚齐,严加护卫。

丕郑父再次密至里克府中,道:"荀息贪恋权位,竟以昏君乱令立'罪妇'之子,取死有道矣。吾闻夷吾欲借秦国之力,谋取君位,先生不可不有所主张。"

"重耳年长,又有贤名,立君当立重耳。"里克道。他本来不喜夷吾,又攻伐过屈邑,唯恐夷吾记仇。

"先生欲行废立之事,必先诛灭'罪妇',方可得朝臣之心。"丕郑父道。

"嗯,贤弟之言,正是我心中所想。"里克冷笑起来。当夜,里克即召心腹力士屠岸夷,使其刺杀奚齐。

屠岸夷五短身材,相貌平平,却是极精剑术。对于像屠岸夷这样的力士,里克平日极为敬重,黄金任拿,高车任坐,美女任挑。屠岸夷自然知道他为什么会得到这样的敬重,因此一听里克派他前去刺杀新君,立刻毫不犹豫地答应下来。他磨快短剑,藏于衣内,然后套上内宫侍卫的服饰,趁天色昏黑,混入灵堂。

优施天生有着奉承主人的本领,却缺乏护卫主人的本领。屠岸夷并不困难地接近了奚齐,突出一剑,快若闪电地刺入新君的腹中,然后拔剑飞速后退,顺手将优施的喉管割断。灵堂顿时大乱,到处都在呼喊捉拿刺客,到处都见不到刺客的踪影。屠岸夷早已藏在帐幕间的暗影中,悄然而退。

荀息闻变大惊,急忙奔进灵堂,抚奚齐之尸大哭:“微臣受命辅政,而不能保护主公,罪该万死!”言毕,一头向柱上撞去。梁五、东关五亦赶至灵堂,见状忙死死拉住了荀息。

骊姬闻听凶信,虽极悲痛,尚能保持镇定,令人传话给荀息:“奚齐虽亡,尚有卓子,亦为先君所爱,望上卿辅之。”荀息强忍悲痛,将灵堂守门之卒尽数杀死,接着大会群臣,立卓子为君。

和上次荀息立奚齐为君时一样,里克仍是“伤重”不能入朝。梁五、东关五二人对荀息言道,敢弑君者,非强臣莫属。晋国之强臣,无过于里克,杀新君者,必里克也。

荀息沉默了一会,方对二人说道:“里克,良臣也,不可诬之。二位大夫可对其小心防范,不可言其弑君。”梁五、东关五听了,口中虽没说什么,心中俱是不服。

荀息虽忠于先君,却少谋略,已老而昏聩矣。“二五”在心中想着,觉得不能依靠荀息,须得自谋存身之道。

“里克一日不死,吾辈一日不安。先君发丧之日,众大臣俱须相送,里克党徒少在城中,可使禁军攻破其府,擒而杀之。”梁五说道。

“杀了里克,荀息亦是无用,可将其逐出朝堂。”东关五亦说道。

“二五”不知,荀息在一听到奚齐被杀时,就明白是里克所为。他与里克共事数十年,深知里克的为人,里克做梦都想独掌朝政,压服所有的大臣。

并不是骊姬的一番话,才使得他能够强忍悲痛,立卓子为君。他清楚地知道,里克刺杀奚齐,为的就是要将他压服。只有将他压服,里克才能独掌朝政,为所欲为。

刺杀奚齐,是里克给他的一个警告和暗示——里克能够刺杀奚齐,自然也能够刺杀他荀息。而里克之所以没有刺杀他，是因为他名望极高，对晋国立有大功。里克"希望"他能"悔过回头"，废了"罪妇"之子，投奔到"正人君子"这边来。如此，荀息虽须位列里克之下，但仍可保住荣华富贵。

哼！我身为辅臣，只应听命于国君，岂能屈服于你里克的淫威之下。太子申生固然死得冤枉，然人死不可复生，为臣者，应先救于时而非先补往日之过。卓子虽是年幼，然本性良善，若臣下尽心辅之，可为贤君。因"罪妇"而废卓子，非得迎重耳或夷吾为君不可。重耳、夷吾党徒众多，心地险恶，若回国为君，必是昏暴之君。到那时，我只怕仍是难逃一死。与其死在重耳、夷吾手中，我不如拼了这条老命，扶持卓子为君。

荀息打定主意，欲以装作"老糊涂"之法来对付里克。他明白里克的势力很大，朝臣差不多有一半是出其门下。硬以武力与里克为敌，不是良策。他要利用执掌朝政的有利地位，慢慢将里克手下的朝臣拉过来，削弱其势。待卓子的君位相当稳固之后，他再突然发起攻击，一举将里克置于死地。

可是"二五"却破坏了他的计谋。他们不知天高地厚，居然趁国君发丧之际，公然以禁军攻打里克的府第。早有准备的里克轻易地击败了"二五"，将其斩杀。同时，丕郑父与大臣贾华等率家兵攻进朝堂，宣称"二五"乃荀息指使，欲灭尽朝臣，使"罪妇"孽子永霸晋国。朝臣大怒，俱投向里克，各出家兵，撞破内宫之门，击杀卓子，乱剑劈死荀息。

临死之前，荀息对丕郑父道："君幼，老臣尚有可为，君长，老臣必死。望以吾言告于里克。"

丕郑父倒不失信，将此言告知了里克。里克听后，呆了半晌道："可惜！他这句话说得太迟了。"

次日，里克大会朝臣，首议补先君往日之过。太子申生身遭奇冤，自当复其尊号，并重新以储君之礼改葬。骊姬迷惑先君，罪该万死，非常刑可以处置。里克想出一个奇妙的刑罚，命人将骊姬衣服剥光，绑在朝堂大柱上，众大臣轮流以鞭击之。

鞭杀骊姬之后，里克又令将骊姬之妹少姬送与晋献公墓中殉葬。最后又尽灭"二五"、优施诸叛臣九族，根除后患。荀息因有大功于国，罪仅及身，家族赦其不死，命退出所封田园，贬为庶民。

先君之过已补,就该议定新君之位。众大臣在朝堂上激烈争吵起来,一部分人认为该立夷吾,另一部分人认为该立重耳。

争得里克恼了,按剑厉喝道:"重耳贤而年长,理应承袭君位!"

众大臣这才默然无语,里克亲笔写下迎请重耳的帛书一封,命诸大臣签名在后。大臣们都签了名,唯有狐突拒不签名,说:"吾与重耳有甥舅之亲,签名之后,难逃史官讥为私心。"里克大怒,却又无可奈何,只得"饶恕"了狐突的"犯上"作为。

狐突本为重耳之母狐姬之弟,虽是戎族之人,却精通华夏六艺,也曾为晋国立下许多功劳。他的两个儿子狐毛、狐偃都随重耳逃亡在外,晋献公却并未加罪于他。晋献公一直对利用戎族来袭扰敌国大感兴趣。留下狐突的性命,可以结好戎族。此时犬戎之族已被秦国征服,狐突本已没有什么用处了。但他偏偏是重耳的舅父,里克不能一边迎重耳回国为君,一边又将重耳的舅父杀了。

里克假传先君之命,封屠岸夷为上士,令其携带帛书,前往犬戎部落迎接重耳回国。重耳身在犬戎之中,日子过得并不舒畅。先是犬戎和秦国争战,到处迁移,连累他也只好跟着到处跑。后来犬戎降服于秦,改牧为农,一时适应不了,乱糟糟的时有残杀之事发生,使其整天生活在不安之中。

秦穆公知道重耳在犬戎中,常派人看望他,赐给他酒食等物。然而这种动荡不安的日子,重耳已过够了,再也不想待在犬戎部落里。因此接到里克的帛书,重耳大喜过望,立刻就要整顿行装,回去当国君。可是狐毛、狐偃兄弟却当头泼了他一桶凉水。

"帛书上并无吾父签名,显然吾父以为公子不宜回国。"狐毛道。

"里克素来阴险悍恶,只怕会与公子不利。况其连杀二君,恶名满天下。公子若在此时回国,天下人就以为里克所为皆为公子指使,徒为其担当恶名耳。还有夷吾势强于公子,岂肯甘居公子之下?公子欲与夷吾相敌,势必依靠里克不可。而若依靠里克,又必失去权柄,受制于人矣。故为公子计,当暂退一步,让夷吾与里克互争,待其两败之时,再从中取利。"狐偃说道。

狐氏兄弟为重耳智囊,一向深受重耳信任,言必听,计必从。虽然国君之位的诱惑太大,重耳还是听从了狐氏兄弟的劝谏。

"众位大夫好意,重耳自当铭记在心,然重耳逆父命逃亡在外,是为不忠。又不能尽哭灵之礼,是为不孝。不忠不孝,岂可立之为君。望众大夫另迎贤者,以安国人。"重耳对屠岸夷说道。

屠岸夷返回晋国,将重耳之语告知里克,气得里克目瞪口呆,不知所措。朝臣闻知,纷纷向里克进言——国不可一日无君,请大夫速定君位。重耳不肯回国,最有资格成为国君的公子只能是夷吾。

里克又怎愿立夷吾为君?迫于情势,他一边不得不派人往梁国迎请夷吾,一边却集大军于梁晋边界。他要让夷吾知难而退,也学重耳来一番"让贤"之举。夷吾急了,连连派人催促秦穆公助他回国为君,还许诺一旦事成,赠以黄河西岸五座城池。穆公夫人穆姬心忧故国,亦劝秦穆公助夷吾为君,以免晋国大乱。

秦穆公因定下"隐藏锋芒"的国策,并不愿公然出兵,助夷吾回国。夷吾焦虑之下,又派使者向齐桓公和周天子求救。齐桓公早就等着在晋国面前显示盟主风度的机会,见到夷吾派来的使者,不禁大喜,立即发出盟主之命,并亲率兵车百乘,赶往晋国"平乱定君"。鲁、宋、卫、郑等国也各派大将统率战车,向晋国进兵,以听从盟主之命——"安定晋国"。直到这时,秦穆公方顺势出动兵车百乘,以"响应"盟主的号召。在各诸侯国的强大压力下,里克被迫收回边界之军,"恭迎"夷吾承袭君位。

周襄王元年(公元前 651 年)十二月,公子夷吾率亲信虢射、吕饴甥、郤芮等人,得意扬扬地进入绛都。因秦穆公为晋献公之婿,亦入绛都,和隰朋共同主持夷吾的即位仪式。公子夷吾如愿成为晋国国君,是为惠公。

在大会朝臣之后,晋惠公立开府库,以黄金宝物感谢齐桓公和众诸侯的仗义相助。齐桓公和众诸侯都很满意,率兵班师回国。只有秦穆公闷闷不乐,在回国的路上怎么也打不起精神。

唉!齐侯一声令下,诸侯俱争先恐后从之,将来我若争霸天下,势必会与齐侯为敌。如此强大的敌人,恐怕不易胜之。晋侯许大事若成,当赠河西五城,可是直到我告辞回国,怎么也不听他提起?秦穆公想着,命兵卒连夜疾行,尽快赶回雍城。

他要和百里奚、蹇叔、由余等大臣商议出一个办法来,逼迫晋惠公遵守

"诺言",送上河西五城。

和秦穆公相反,齐桓公令士卒慢慢而行,两日方行一日的路程。沿途无数小国的国君领着臣下跪在道旁,恭迎盟主大驾。许多小国的国君甚至甘做"内侍",跟随齐桓公左右,直至将齐桓公送出国境。如此"大礼",只怕连周天子也没有福气享受,齐桓公愿意慢慢而行,就是为了多多享受"大礼"。

天下真正的强国,除了我齐国之外,不过是楚、晋、秦而已。楚国在寡人的兵威下,拱手屈服,不得不向王室上贡包茅。晋国的国君之位非是寡人,就不能定下。秦国虽远在西陲,一样须得听从盟主之命。放眼天下,还有哪一国能与我齐国争胜?还有哪一个诸侯能与寡人相提并论?不,休说是诸侯,就算是周天子,又岂能与寡人相提并论?古往今来,又有何人的功劳可与寡人相比?寡人立千古未见之大功,就只能得到一个盟主的名号吗?齐桓公在深深陶醉于"大礼"的同时,又深深地感到遗憾。

虽说是慢慢而行,终究还是行到了齐国边境。管仲和鲍叔牙率领文武朝臣,立于边境,恭迎国君。齐桓公心情愉快,将管仲召入车中,同乘而行。

天气晴朗,齐桓公举目东望,忽然浑身一颤,神情异常激动。管仲顺着齐桓公的目光向东望去,只见一座高山巍峨直入云端,气势非凡。

"泰山!我齐国雄视天下,为第一大国;而泰山亦雄视天下,为第一高山。此山属我齐国,与我齐国互为相映,岂非天意?"齐桓公兴奋地说着。

泰山地处齐鲁交界,认真说起来,一大半倒在鲁国境内,怎么好说"属我齐国"呢?管仲心里说着,口中却道:"是啊,天下第一高山属我齐国,天下第一贤君,亦属我齐国。"

"哈哈哈!天下第一贤臣,也是属我齐国矣!"齐桓公大笑起来。

天下第一贤臣?我真能算是天下第一贤臣吗?当初我立下的志愿,可不只是做天下第一贤臣,而是欲平定天下啊。如今天下可算平定?应该说是平定了吧,连楚、晋、秦诸强大之国,不也屈服于我齐国吗?

不,不!楚、晋、秦决非真心服我齐国,我齐国也无力令其真正归服。可惜我老了,不然,可趁此晋乱之机,彻底征服晋国,立我齐国所能慑服之公子为晋君,然后以齐、晋两国之力,击灭楚国。

晋、楚若归入我齐国,则秦国不战即可胜之。只是此等大功,非我此生之力可以至矣。我今后当尽量少沉醉于声色之中，多多教导公子昭，使其完成我齐国未竟之大业。管仲心潮起伏，忽疑忽忧，乱纷纷地理不出头绪。

"仲父!寡人闻三代有封禅泰山之盛举，其典如何?"齐桓公笑毕，陡然问道。

管仲一惊，啊，难怪主公对这泰山大感兴趣，他竟是想起了封禅之事。

封禅是极为盛大的典礼，只能由天子奉行，且一般的天子还无资格举行封禅大典。只有立下了极大功劳的天子，才能行封禅大典。封禅一般是选择天下最高的泰山，在山顶上开出一片平地，筑上高坛，奉上祭物，以表示天子已完成上天赋予的重任，无愧于万民之主，并乞求上天继续赐予福兆。因为封禅是天子亲自与上天"对话问答"，须极具诚敬之礼。在正式封禅之前，须广祭四方山川神灵、日月星辰，礼仪繁复，非十余月不能完成，且耗费巨大，以亿万钱计。

"嗯，仲父，你没听见寡人的话吗?"见管仲不答，齐桓公有些不满地问。

"啊，主公是问，是问封禅之典?"管仲迟疑地说着。

"寡人当然问的是封禅之典。"齐桓公已带着怒意。他觉得管仲已老，神智衰弱，不似往日那般聪慧敏捷，应对如流。

"据微臣所知，古贤之王，欲行封禅大典者，共有七十二家，然名传后世者，不过十二家也，为无怀氏、伏羲、神农、炎帝、黄帝、颛顼、帝喾、尧、舜、禹、汤、周成王，此皆至贤之王也。故欲行封禅，须有代天受命之功，革旧成新之业，方可行之。"管仲肃然道。封禅之事，与平天下之大业极为有害，决不可让主公行之。管仲在心中说道。

齐桓公面露不悦之色，道："仲父是说寡人比不上古贤吗?想寡人出兵向北，灭山戎，亡孤竹，救燕国，深入荒绝之地，几不能还。又出兵向南，败蔡国，服楚国，兵临方城，登高南望，已能见到汉江。且安定宋、鲁，筑城于卫，又讨郑救许，更平晋国之乱，使秦国服从号令。就连天子，也须寡人之力，方可登上王位。寡人此功，虽夏、商、周三代开创之主，亦不可及矣。三代之主可行封禅大典，寡人为何不可行之?"

"封禅之典，须对上天极为诚敬，不仅有开创之功，还须有兴瑞之物，方可行之。"管仲知道"讲理"讲不过齐桓公，另换了一个话题说道。

"何为兴瑞之物？"齐桓公问。

"东海之比目鱼、西海之比翼鸟、北海之凤凰、南海之麒麟，谓之兴瑞之物。上天若欲降福于圣贤之主，必使四方兴瑞之物齐至。"管仲答道。

"这……这真有其事吗？"齐桓公犹疑地问。在四方兴瑞之物中，他只见过东海产的比目鱼。他也曾听说过圣贤之主临世，须有凤凰、麒麟现瑞，故派人四处搜寻，却是一无所获。

"此乃史书所载，俱可考证，当然是真有其事。比如商之武丁，可谓中兴圣主，因四方瑞物未至，故不行封禅之事。还有周之文、武二王，俱为至圣至贤之主，因瑞物不现，亦未行封禅大典。"管仲神情凝重地说着。

"文、武二王乃周室开创之主，如何瑞物反倒不至？"齐桓公问。

"殷、周之交极乱，恶浊之气久蔽天下，故上天不明于下，瑞物不至矣。后天下大治，清爽之气充于宇宙，故瑞物不招而至，所以成王功不及于文、武，而能行封禅大典，受上天赐福。"管仲答道。

"仲父所言，亦是有理。今日天下亦是乱极，寡人虽竭力平之，然恶浊之气恐未散尽，上天难明寡人之功矣。所以兴瑞之物，寡人尚难见之。这封禅大典，看来只能指望昭儿行之。"齐桓公遗憾地说道。

"主公亦有文、武二王之德，自当将封禅大典让与储君。"管仲笑道，心里松了一口气。

"如此，倒便宜昭儿了，哈哈哈！"齐桓公又大笑起来。

国君亲征凯旋，按例当大宴群臣，以志庆贺。齐桓公对于朝堂大宴，有着极佳的兴趣，无事尚是不肯间断，有大功可以宣扬，就更加讲究铺排了。但是齐国朝臣和公子们对于齐桓公的大宴，俱感厌倦，不想参加，却又不敢不参加。只有一个人对齐桓公的朝堂大宴毫无厌倦之意，他就是齐国太子——公子昭。

每次朝堂大宴，众文武大臣们就会对齐桓公称颂不已，同时也会对太子昭称颂不已。虽然太子昭只有十二三岁，却也如醉酒一般对臣下的称颂沉迷不已，以致隔几日不曾听到那称颂心里就不舒服。大臣及公子们的厌倦，不仅是在朝堂大宴上必对国君和太子大加称颂，还在于要装出一副兴致勃勃的样子，听那舒缓呆板的雅乐。

齐桓公本来亦对雅乐不感兴趣,不想年岁老了,兴趣也大为改变了。他不厌其烦,反复对众公子们说道,天下之乐,至妙者无过于雅乐,多听雅乐,虽非圣贤,也必可成为圣贤。齐桓公希望他的公子和大臣都是贤者,都愿意恭听雅乐。

没有一位公子或大臣想让齐桓公说他不是贤者,因此也就没有一位公子和大臣对朝堂上的雅乐露出厌倦之意。

此时此刻,朝堂上立着八八六十四位美貌歌女,轻舒长袖,缓缓而歌。歌女们唱的是小雅之乐《棠棣》,是一首欢宴兄弟时不可缺少的乐曲,众公子和大臣们不知听过了多少遍。然而众人都似第一次听见这首乐曲,个个摇头晃脑,"如痴如醉"。

齐桓公在小雅之乐中,也最喜欢这首曲子,几乎每次朝堂大宴,都要令人歌之。他希望儿子们休要"兄弟阋于墙",而要牢记"凡今之人,莫如兄弟"。如此,他的儿子们才能同心协力,"外御其侮",将他开创的霸业永远保持下去。

使他感到满意的是,儿子们好像已懂得了父亲大唱《棠棣》的深意,看上去已是和和美美,毫无争斗之意。但是他在内心最深处,总有些放不下心来,怕儿子有一天仍会自相残杀。

当初他为了当上国君,曾毫不犹豫地将兄长公子纠置于死地。他的儿子们就不会依照"先例",以武力夺取君位吗?每当想到此处,他就要让儿子们到朝堂上来,听歌女大唱《棠棣》之曲。

管仲看着朝堂上众多的歌女,心中异常反感。他非常不满齐桓公的朝堂大宴,不是因为那些听之令人生厌的乐曲,而是因为歌女们的队形。

只有天子,才能以八八六十四位歌女同舞于朝堂上。诸侯僭用天子的乐舞之仪,是为大不敬,当以王师攻伐之。齐桓公身为盟主,以"尊王"号令天下,又怎么能对天子大不敬呢?

假若楚晋诸强国以"不敬天子"的罪名兴师问之,齐国当以何语回答?但是满朝文武大臣,竟无一人站出来劝阻齐桓公,好像齐桓公早已做了天子,以天子的乐舞示之朝堂乃是理所当然。如果鲍叔牙在朝堂上,主公绝不会如此骄淫失态矣。管仲在心里感慨着。

自从葵丘大会之后，鲍叔牙就病倒了，不能上朝视事。管仲常去看望鲍叔牙，每一次都听到鲍叔牙忧虑国君日渐骄淫的叹息声。鲍叔牙叮嘱管仲须不避君威，维护礼法大道，犯颜匡正主公的过失。然而"犯颜劝谏"正是管仲的弱处，他无法克服在心底深处存有的对齐桓公的畏惧感。那种畏惧感已化为他的骨肉，成为他身体的一部分。

朝堂大宴散后，管仲径直赶往鲍叔牙府中探问。鲍叔牙依旧躺坐在榻上，正盯着面前的小案，凝目沉思。小案上放着四十九根蓍草，排成一个完整的卦形。

"唉！怎么又是这等不吉之卦。"鲍叔牙叹道，将蓍草混成一堆，重新演算起来。

年轻的时候，鲍叔牙对易经八卦的演算极感兴趣，几乎日日钻研不休，后来他当上了大夫，忙于国事，就很少有闲心演算八卦。近些天他病卧榻上，不觉又对八卦的演算来了兴致。在他又一次演出卦形之时，管仲已在一个小童的引导下走了进来。

"老弟请坐，恕为兄不能行礼。"鲍叔牙拱了拱手。

管仲抬手回礼，就势坐在榻沿上，向小案的卦形望过去。那卦名为无妄，上卦为乾，下乾为震。

"嗯，鲍兄，此卦倒是大有深意，其上卦为乾，乾为天为刚为健。其下卦为震，震为雷为刚为动。动健相连，双刚相迭，阳气大为充沛啊。此卦主天空鸣雷，震动万物，人心奋发，大有作为。只是行事须遵正道，不可妄行，所以这卦名就叫作无妄。方今我齐国之威，正如天空鸣雷，震动万邦。然刚气太盛，难免会使人作无妄之行。"管仲思索着说道。

"老弟看得一点也不错，此卦爻数为六三，暗藏着凶险。"鲍叔牙边说边将一卷记录着爻数象辞的竹简递给管仲。

管仲展开竹简，见无妄之卦的六三爻数下记有一段象辞：

六三：无妄之灾。或系之牛，行人之得，邑人之灾。

曰：行人得牛，邑人之灾也。

"依爻数象辞上来讲,是说将发生意外的灾难,好比系牛系在了不该系的地方,结果让路上的行人顺手牵走了,致使邑人受了灾。"管仲道。

"难道是我齐国行了什么不该行的事,以致要发生意外的灾难?"鲍叔牙似是在问着自己,又似是在问着管仲。

"鲍兄,你安养病体要紧,国家之事,不必太过忧心。"管仲安慰地说道。

"齐国能有今天这个地步,不容易啊,我又怎么能够不为之忧心。"鲍叔牙道。

"如今我齐国上下和睦,百姓安康,朝政清明。天下万邦,无不对我齐国仰慕至极。鲍兄还有什么可以忧虑?"管仲笑道。

他有些后悔,不该和鲍叔牙谈论什么卦意。鲍叔牙只会为国事而演算八卦,与鲍叔牙谈论卦意,就是与鲍叔牙谈论国事。谈起国事,鲍叔牙就会心情激动,言语高昂,大大不利于他安养病体。

"眼前我齐国自是不错,威德远扬,只是日后如何,令人不能不忧啊。近日我演算八卦,所得大都为不吉之爻,此中莫非有天意暗示?'无妄'之卦意为不可妄行,须遵正道。可是我听说主公近来有颇多妄行之事,甚至僭用天子礼仪。嗯,听说今日主公又在大摆朝堂之宴,有没有什么僭用天子礼仪的妄行?"鲍叔牙问。

"这……"管仲犹疑了一下,笑道,"不仅是主公有僭越之妄行,小弟亦有许多不端妄行。主公赐我在府内建筑高台,名曰'三归',言百姓归,诸侯归,四夷归也。"

"府中建筑高台,只有诸侯才能为之,你怎么也建起高台来了?"鲍叔牙急了,厉声问着。如果连管仲都僭越妄行,又怎能指望他去劝谏主公?

"僭越之行,有大有小,大曰妄行,小曰不端。不端尚无大碍,妄行必致灾祸,小弟此举,是欲主公沉入不端,而不妄行。实是无奈之举啊。"管仲感慨地说道。

"你又是这一套,僭越就是僭越,何论大小?"鲍叔牙不满地说着。

"僭越当然有大有小。"管仲说着,把齐桓公欲行封禅大典的想法仔细地讲述了一遍。

"主公欲行封禅,莫不是想做天子?"鲍叔牙吃了一惊,浑身冰凉。齐桓公若想做天子,势非灭了周室不可。

自平王东迁以来,列国虽是不敬周室,大违礼法,却从无灭周之举。就连那自居蛮夷之邦的强横楚国,也不过是欲与周室并称为王。齐桓公之所以能成为霸主,号令天下,一是凭借强大的兵威,二是凭着"尊王攘夷"的号召。如果齐桓公不仅不"尊王",反而要"灭周",那么齐国君臣数十年的艰苦努力,岂不尽付流水?天下诸侯结成的"尊王"之盟必然崩裂。列国又将互为攻杀,一片混乱……

"主公若行封禅,非登天子之位,不能遂其欲愿。小弟纵容主公小有僭越,使其乐醉其中,正是为阻其大僭,免使天下混乱,你我之功毁于一旦啊。"管仲说道。

"唉!主公好胜之心,竟是至老不改。"鲍叔牙不禁长叹了一声。

"鲍兄不用忧虑,主公好胜之心,虽难以劝谏,却可隐夺。"管仲安慰道。

"俗语说'水满则盈',我齐国是否已至'满盈'?方今秦、晋诸国兵势甚强,将来必为齐国之患。"

"鲍兄此言差矣,秦、晋两国,一有戎族之乱,一有公族之乱,国势自会削弱,难以为患。"

"贤弟知其一而不知其二,秦、晋两国,各有大贤,自会平其内乱。"

"不知鲍兄所言大贤,是指何人?"

"一为秦君,二为重耳。秦君虚心纳贤,能用一'五羊皮宰相',可见其志不小。重耳不为小利所动,礼让君位,所谋必为大也。"

"秦、晋两国相连,势若俱强,必难相容。二强相斗,我齐国自可从中取利,不必畏惧。"

"有贤弟在,自不须畏惧那秦、晋两国。可是,贤弟也老了啊。"

"齐国已成礼仪之邦,人才济济,将来自会有更胜你我之人。"

"但愿如此,但愿如此啊。"鲍叔牙说着将案上的蓍草重新放好,欲再次演算。

"今日就不必了吧,小弟腹中正饥,欲讨鲍兄美酒一醉。"管仲挡住了鲍叔牙的手臂。

"美酒我这里倒有,只是没有美女歌舞助兴。"鲍叔牙笑道。

"不妨,没有美女,还有我呢。"管仲也笑了,站起身,拿下墙上挂着的桐木七弦琴,端坐席上,问,"不知鲍兄欲听何曲?"

"能得仲父之歌,实乃叔牙之幸也。不论何曲,仲父唱来,自然俱为仙乐。"鲍叔牙兴致勃勃地说道。

他知道管仲如此,是想让他忘掉忧虑,高兴起来。鲍叔牙心里也想高兴起来,尽快将病养好,入朝劝谏国君,使其不作无妄之行。

第二十二章

破晋灭梁秦发威　割股充饥介子推

秦、晋两国正如管仲所料——不能相容，争斗起来。晋惠公根本不想履行诺言，将河西五城赠给秦国。他派丕郑父使秦，以臣下拒不听命为由，收回先前许下的诺言。

里克听了晋惠公之言，不觉大怒，在朝堂上顶撞道："国君失信，怎么能诿过臣下？若国君不能令臣下听命，还算什么国君？"他不知道，晋惠公行的是一箭双雕之计，一方面拒绝秦国，一方面要以此激怒他。

晋惠公从回国的第一天起，就与众亲信谋划诛杀里克。一个强悍的国君决不能容许一个强悍的臣下存在。派丕郑父出使秦国，正是为了削弱里克在朝中的势力。激里克发怒，使其口出不逊之言，为的是寻到一个堂堂正正的借口。

在里克发怒的当天夜里，郤芮突然带领禁军围住里克府第，破门而入。里克猝不及防，被众禁军擒获，押至郤芮面前。郤芮冷笑道："主公有话：没有里克，寡人不得为君。然里克连弑二君，又杀一辅臣，使寡人坐卧不宁，不敢为其君矣。"

"哈哈！"里克仰天大笑道，"不杀奚齐、卓子，主公怎能归国？欲加之罪，何患无辞！"

"好得很！大夫既然明白，就请自行了断。"郤芮说着，令人将里克的佩剑奉上。

"唉！荀息到底是荀息，早已料知今日之事，吾不如也。"里克长叹一声，自刎而亡。晋惠公闻报大喜，拜郤芮、虢射、吕饴甥诸亲信臣子为上大夫，同掌国政。

丕郑父回国，闻听里克被诛，大惊之下，与屠岸夷、叔坚、山祁等十余朝臣密谋起兵攻杀晋惠公，另迎重耳回国为君。为了不致生出异心，众人还咬破指头，在帛书上以血写下姓名。这样，谁要是背叛了大家，必遭天诛，不得善终。

不料屠岸夷一出丕郑父的府门，直接就进了内宫，将血写的帛书呈给了晋惠公。屠岸夷从来不信上天，更不怕遭受天诛，他信奉的只是黄金和美女。从前，黄金和美女有里克"赠"给他，使他得来全不费功夫。然而现在里克却死了，他再想得到黄金和美女，就不那么容易了。为了重新享受过去能够享受的一切，他必须另投主人。

国君的权势无人可敌，自然是最佳的主人。当然，他曾是国君对头的亲信，要想获得新主人的青睐，理应奉上一份厚礼。对屠岸夷送上的"厚礼"，晋惠公大为感激，对其厚加赏赐。

屠岸夷由一个无职无禄的虚衔上士，一跃成为中大夫，可以参与朝政。他更得到了千镒黄金、十名美女，还有一处庞大富足的庄园。而丕郑父和贾华、叔坚、山祁等人却是身首异处，家人也被抄没入奴。只有丕郑父的儿子丕豹逃到了秦国，跪倒在秦穆公的脚下，哭诉众大臣被杀的惨状，请求秦穆公出兵伐晋，诛杀昏君。秦穆公好言安慰丕豹，命其暂时安居馆驿中，然后招来蹇叔、百里奚、由余，商议是否应该讨伐晋国。

"晋君杀的只是大臣，并未害民，人心未失，不宜攻伐。"蹇叔道。

"西戎诸族尚未真心归服。我秦国须先安内，内安之后方可攘外。"百里奚道。

"晋君昏暴，长此下去，一定会使国中混乱。到那时，我秦国以定乱为名出师，可谓堂堂正正矣。"由余说道。

见三位执掌国政的谋臣都不愿征伐晋国，秦穆公只得收起了心中的报复欲念。

晋惠公闻听丕豹逃至秦国，立即遣使至秦，索拿"罪人之子"。秦穆公先拜丕豹为大夫,然后召见晋使,道:"丕豹已为秦国大夫,非晋国'罪人之子'矣。"晋使回报,气得晋惠公立即就要出兵攻打秦国,因国中突发水灾,这才罢休。

上天仿佛专与惠公作对,水灾过后,次年又是大旱,粮食不收,仓廪空虚,民心惶惶。晋惠公为安定民心,急召众大臣商议应对之策。

郤芮道:"国无粮必乱,请主公速开府库,发所藏黄金至邻国买粮。秦国粮丰,离晋国又近,可遣使购之。"

"秦国索要五城不得,必然深恨晋国,岂肯卖粮与我?"晋惠公疑惑地问。

"晋已与秦结仇,早晚必有一战。今遣使至秦购粮,其若愿卖,是弱其仓储,使其军粮不继也。其若拒绝,必使晋人恨之,将来百姓自会拼死为君攻伐秦国。"郤芮笑道。

"哈哈,此又为一箭双雕之计也。"晋惠公大笑起来。

闻知晋国购粮使者前来,秦穆公大感为难,招来众大臣问:"晋君无信,许河西五城而不交割。今其派人购粮,寡人许是不许?"

"当然不许。不仅不许,还可趁机发兵攻之。彼国中无粮,军心必乱,绝难抵挡。"丕豹连忙说道。

蹇叔皱起了眉头,道:"天灾无常,何国无之?救助邻国,理之正也。依正理而行,天必佑之,民必顺之,自可无往而不胜。"

"是啊,古贤道:'仁者不乘人之危以邀利,智者不希图侥幸以成功。'微臣以为,应将粮食卖与晋国。"百里奚也说道。

秦穆公想了想,道:"负我者,晋君也。饥者,晋之百姓也。寡人不能以晋君昏暴之故,致使晋国百姓挨饿。明日各仓大开,任晋人搬运,能搬走多少,就是多少。"

"主公圣明,主公圣明!"众大臣俱拜伏在地,一片赞颂之声。

晋君听说秦国允许卖粮,也不客气,顺渭水大肆装运,几乎将秦国各仓中的存粮一扫而空。丰厚的秦国粮食帮助晋国度过荒年,迎来了一个大熟的年成。不料晋国大熟,秦国却水旱齐至,碰上了一个少见的大荒年。

秦穆公与众臣商议之后,遣使者至晋,求购粮食。在秦国君臣的料想中,秦对晋国有救难大恩,晋国自然不会拒绝秦国的购粮请求。晋惠公也的确不想拒绝秦国,正欲令人开仓之时,被郤芮阻止。

"主公非是卖粮给秦国,而是要将城池送给秦国了。"郤芮说道。

"寡人只是卖粮而已,怎么说是送人城池呢?"晋惠公不解地问。

"主公为何要卖粮给秦国?"

"自然是为了回报去年秦国的'救难'之德。"

"若以秦卖粮于我为德,则当年秦君助主公归国,更为大德矣。主公是否当奉送西河五城,以报秦君大德?"

"这……"晋惠公回答不出。

郤芮冷笑一声,道:"秦君卖粮于我,无非是为谋取河西五城耳。今我晋国卖粮于秦,而不奉送河西五城,仍是难解秦国之怨。其既怨我,今又何必将粮食奉上,养其军卒?"

晋惠公豁然而悟,不禁拱手对郤芮施了一礼,感谢道:"若非大夫相教寡人,大事去矣。"

"秦、晋既为仇家,断无善解之理。去年天饥晋国以授秦,而秦不取,是其愚也。今天饥秦国以授晋,若不取之,是为逆天行事也。逆天行事,必有大灾。主公何不约会梁君,同伐秦国,共分其地,以永绝后患?"郤芮献上一计。

"妙!"晋惠公拊掌赞道,立即遣使前往梁国,相约伐秦。河西五城位于梁国侧腹之地,对梁国威胁极大。梁君不欲秦国得河西之地,欣然答应与晋联军伐秦。

晋国不仅拒绝卖粮,还同梁国相约,欲攻伐秦国的消息传来,秦国上下哗然,大为震怒。秦穆公在朝堂上怒声道:"晋君之忘恩负义,一至如斯,简直是禽兽不如。寡人当亲率大军,先灭梁国,再破晋国。"

百里奚上前奏道:"梁君荒淫无道,广造宫室,祸害百姓,民力已竭,难为大害。晋君虽然昏暴,然其亲近之臣郤芮足智多谋,若尽起国中之兵,未可胜之。为今之计,当速发大兵,直捣晋国,以攻其不备。晋国若败,讨灭梁国不费吹灰之力。"

"好,就依庶长之言。"秦穆公当即发下诏令,使蹇叔由余留守雍城,孟明视巡守边境。然后发兵车五百乘,自为主帅,以百里奚为军师,白乙丙、西乞术为大将,直捣晋国。晋惠公闻听秦穆公亲率大军,抢先攻来,亦亲率兵车五百乘,以韩简、屠岸夷为大将,西进迎敌。

周襄王七年(公元前 645 年),秦、晋两国大军在韩原相遇。双方兵势相当,立刻大战起来。秦、晋两国兵卒俱是悍勇善战,冲过来,杀过去,从早到晚,尚未分出胜败。

晋惠公眼见天色昏黑,遂传命鸣金,意欲收兵,次日再战。晋军听到鸣金之声,纷纷后退。依照惯例,晋军未败而退,秦军亦应鸣金而退。不料秦军多是新从戎夷之族中征得的勇士,不明华夏战阵,见晋军后退,顿时精神大振,狂呼狂吼着,发疯一般向前猛冲。晋军大出意料,不及整军反击,顿时阵形散乱。秦穆公得此良机,不仅不鸣金而退,反而亲自擂鼓,催军猛进。晋军大败,溃不成军,晋惠公、韩简俱被俘获,屠岸夷死于乱军之中。

秦穆公得意扬扬,押着垂头丧气的晋惠公,吹打着得胜鼓乐,班师回都。韩简等晋国被俘大臣披头散发,夜间不入帐幕,露宿草野之间,如同奔丧之礼。

秦穆公笑着对百里奚道:"晋国臣子倒也聪明,知道寡人要杀了晋君,预先行起丧仪来了。"

百里奚问:"如此说来,主公是打算灭了晋国?"他的脸上毫无笑意,眉头紧皱,根本不像打了胜仗的样子。

"灭了晋国倒不至于。唉!这晋军的凶悍,大出寡人的意料,此一仗我军能获大胜,实是侥幸。"秦穆公叹道。在战阵之中,他好几次遭到晋军的围困,差点做了晋国的俘虏。

"主公不能灭晋国,杀晋君又有何用?"百里奚问。

"寡人助夷吾归国,使其立之为君,又以粮救其饥荒,可谓至德矣。今夷吾背寡人之德,擅动兵戈,以致大败被擒,岂乎上天之报应使然?寡人欲于郊外筑坛,杀夷吾以答谢上天,庶长以为如何?"

"不可。晋乃大国,兵势极强,今杀其君,晋必怨之,将来势必报复。"

"寡人杀夷吾,而以公子重耳代之。杀无道而立有道,晋人只会感谢寡人,怎会怨之?"

"夷吾虽然昏暴,却不失臣下之心,韩简诸人便是明证矣。今郤芮在晋国,岂容重耳为君?万一重耳为晋人所杀,则秦、晋两国,怨更深矣,势不能解。"

"不杀夷吾,只有一策,或囚之,或逐之,或复之,三策以何有利。"

"囚之,晋君不过一匹夫耳,于秦何益?逐之,其臣下必迎归之,徒使其仇我矣。不如复之,使其归国,不敢再轻视我秦国。"

"如此,岂非太便宜了夷吾这小子?"秦穆公不悦地说着。

"不便宜。"百里奚笑道,"夷吾若想归国,须答应我秦国三件事,一者,归河西五城。二者,输仓粮以实我秦国。三者,太子必须入秦为质。俗语说'一朝被蛇咬,十年怕井绳'。夷吾经此大败,必终身不敢犯我秦国。且异日父死子继,我秦国又当拥其太子继位,则晋国世世代代服我秦国,于我秦国大大有利矣。"

百里奚之谋,算及数世,可谓深矣。秦穆公心中想着,口中却道:"寡人还得想想,究竟当如何处置夷吾。"尽管他不能不承认百里奚所言极为有理,应当听其劝谏。但他实在太过痛恨晋君,不愿轻易就此罢手。

秦国大军刚及雍城,忽有一队宫中内侍穿着丧服,奔至秦穆公面前。

"啊,莫非是夫人出了什么事吗?"秦穆公大惊失色地问着。

他纯粹是为了与晋国结盟,这才娶了穆姬,因此一开始对穆姬并不如何看重,敬而远之。可是渐渐地他发觉穆姬稳重安静,与后宫诸姬妾相处得很好,从未使宫中闹出任何麻烦事来。不禁由敬生爱,与穆姬的情感愈来愈亲密。

六七年来,穆姬先后为他生了两个儿子和两个女儿。两个儿子一为公子罃,一为公子弘。两个女儿一名简,一名璧。四个儿女聪明异常,深得秦穆公的欢心。尤其是公子罃,身为嫡长子,将来若立太子,则非他莫属。

后宫中穆姬名位最高,只有穆姬身亡,宫中内侍才会身着丧服,至城外迎接国君。但穆姬正当青年,无病无灾,怎么会"身亡"呢?穆姬深爱故国,莫非闻听晋君被擒,悲伤之下,以身殉其故国不成?秦穆公心中闪过不祥的念头。

众内侍跪倒在地,回答着秦穆公的问话:"夫人听说晋君被俘,心中悲伤,自穿孝衣,在内宫搭了一座木柴堆积的高台,并让小人们传话说,'上天降下灾难,使秦、晋两国不能以玉帛互相赠礼相见,而以兵戈兴师相见。假若晋君早晨以俘虏的身份入城，那么臣妾晚上就当自焚以谢上天之罪。现在臣妾是否谢罪，唯有主公可以裁决。'"

"唉！夫人她怎么能，怎么能这样任性呢？"秦穆公长长地叹了一声。他早已知道穆姬虽然素性安静，却潜藏着一种晋国人特有的刚烈之性，说到便能做到。

"主公，夫人如此，是担心秦、晋两国世代为仇，攻杀不已。望主公体谅夫人的一片苦心，不要将晋君带进城中。"百里奚劝谏道。

"好吧，看在夫人分上，寡人不将晋君看作俘虏就是。"秦穆公说着令白乙丙将晋惠公安置于灵台离宫，以兵卒千人看管。

秦穆公回到宫中，穆姬已走下高台，跪下请罪。她以自焚要挟国君，实为"大不敬"，论律当斩。

"夫人此举，可吓坏了寡人，下次再也不能这样了。"秦穆公扶起穆姬，半是怜爱，半是着恼地说着。他本来要大排朝堂之宴，庆贺伐晋大胜，可是让穆姬这么"一闹"，顿时没了兴致。

虽然秦穆公并未降罪，穆姬仍是素服自处偏宫，以示不违秦国律令。晋国大臣们见秦穆公态度缓和，纷纷乞求秦国赦免其君。晋惠公也在灵台离宫中修书谢罪，承认是他有负秦国之恩。秦穆公在晋国君臣答应百里奚提出的三件事后，放了晋惠公，并"礼送出境"。同时派孟明视接受河西五城，顺手将梁国一鼓而灭。

韩原大战，秦国不仅打败强大的晋国，还灭了梁国，又一次震动了西北各国。许多从前归服晋国的小国，也改向秦国行朝贡之礼。晋惠公亦"老实"了许多，依约将晋仓之粮送与秦国，还将太子圉送至雍城为质。

郤芮对晋惠公说道："天不佑晋，致使晋国兵败韩原。如今主公名威大受损伤，重耳必趁势谋夺君位，主公须先图之。"他献计攻秦，不胜反败，唯恐晋惠公怪罪，有意用重耳来转移晋惠公的注意力。郤芮所言，正中晋惠公的心病，他立即暗派刺客，至犬戎刺杀重耳。

狐突在晋惠公即位之后，仍是称病不朝，私下里却在朝中宫内广散重金，遍布耳目。晋惠公刺杀重耳之谋虽然隐秘，仍为狐突所知。他立即派人飞车赶往犬戎部落中，以密书命重耳速逃他国避乱。此时重耳已与从者在犬戎住了十二年，大家都有了家室。

重耳娶了赤狄首领的女儿季隗，并已生下二子和几个女儿。赵衰娶的是季隗的姐姐叔隗，亦生下一子。二隗俱是美女，尤其是季隗更有天仙之姿，令重耳迷恋不已，日日与之戏乐，浑然忘却身处何地。

狐毛、狐偃得到父亲送来的密书，立刻催促重耳速逃。重耳有些迟疑，道："吾之妻儿俱在此地，此即为吾家矣，又能往哪里逃呢？就算真有刺客来，吾等也可求戎主庇护，自然无事。"

狐毛道："我等从公子至此，是为谋国，岂为安家？戎主已臣服于秦，秦又与晋和好，他岂肯得罪晋君，庇护我等？公子素来聪慧，为何今日糊涂至此？"

"唉！"重耳叹了一口气道，"非是我糊涂，而是心中已冷，不思谋国矣。为了那个君位，太子申生、奚齐、卓子，还有荀息、里克、丕郑父俱是不得善终。我也不想做什么国君，就与妻儿待在一起，热热乎乎地过他一辈子算了。"

"公子已成晋君眼中之钉，必欲置之死地而后快。纵然公子不愿谋夺君位，谁又信之？上天既然给了你公子的身份，你不愿谋国也必须谋国。公子若想安度余生，只有一条路——归国夺取君位！"狐偃厉声说道。

重耳听了，不觉一颤，呆了半晌才说道："就算要逃，又该逃往何方？"

"当然是逃往齐国。晋为强国，逃到哪一国都有危险。只有齐国是盟主之国，敢收纳公子并加以庇护。"狐毛毫不犹豫地说道。

"看来也只好如此。大伙儿准备准备，明日一早就上路吧。"重耳叹道。当晚，重耳无法入睡，将出逃之事告知季隗，夫妻二人相对垂泪，痛哭失声。

"我这么一走，也不知哪年才能回来，还望贤妻能对两个儿子善加抚育。若是二十五年之后，我还没有回来，那你就找个人改嫁算了。"重耳道。

"男子汉志在四方，我不敢留你，你也别说什么改嫁的话。我今年已二十五岁了，再过二十五年，都成老太婆了，想嫁人也没人要啊。你放心，我一定好好养育两个儿子，等着你回来。"季隗悲伤而又坚决地说着。

次日天刚亮，重耳就带着狐毛、狐偃、赵衰、魏犨、介子推、先轸等人乘车匆匆向东而行。一行数十人晓行夜宿，顺利地行至中原之地。

一日，重耳行至半路，忽见少了两辆车子，众人停下来一查，不见了重耳的两个近侍小臣，一个名叫头须，一个名叫壶叔。众人顿时着起急来，那壶叔掌管车马的行止,走失了也还不甚要紧。头须却掌管着众人携带的黄金珍宝等物,走失了就等于大家都成了"逃荒"的流浪汉。

正在众人着急之时,壶叔气喘吁吁地赶了上来,哭丧着脸道:"头须今日有意落在后面,从一条岔道上往北跑了,我追了好半天也没有追上,因怕大伙儿着急,只好回了转来。"

"回来就好。那头须是见财起了贪心,你真若追了上去,他非把你杀了不可。黄金事小,人命可是关联重大。"重耳安慰地说道。

壶叔听了,感动得流出了眼泪,道:"公子这般好心肠,天下何处寻得。头须真是不知好歹,猪狗不如。"

"幸好前面就是卫国都城楚丘,我等且去向卫君借些盘费,料也不难。"狐偃说。

不想众人走至楚丘,却被守城禁卒挡住,不准他们入城。原来晋惠公未能暗杀重耳,恼羞成怒,派使者遍行诸国,言重耳本是"罪人",各国不得收留。卫国迭遭大乱,国势弱了许多,不愿得罪晋君,因此不想给予重耳庇护。

重耳及从人大怒,却又无可奈何,只好绕城而行,向东方的齐国走去。路旁村落庄园倒也不少,可是重耳等人连一个铜钱也没有,饿得肚里咕咕乱叫,也没法弄来吃食。

走到五鹿之地,太阳已经偏西,路旁又出现了一个村子,村口蹲着几个百姓,正埋头吃着饭。众人之中,魏犫身胖体壮,力气最大,食量也最大,亦最难忍耐饥饿。

"公子,我这肚子实在受不了啦,且向这些野人索些饭食,好歹让大伙儿捞上一顿再说。"魏犫边说已边向村口的百姓走了过去。

重耳等人停下车来,都暗暗佩服魏犫的爽快。其实大伙儿早就存了向百姓乞食之心。但众人大多是富家子弟出身,一向是衣来伸手,饭来张口,实在拉不下脸面,说出"乞食"二字。

"喂!你等野人可有多余饭食,供我们公子吃上一顿?"魏犫站在众百姓面前开口喝道。

众百姓不觉都冷笑起来,一人道:"堂堂男子,不能混到一口饭吃,反倒求起我们来了,岂非怪事?哼,我们都是小人,吃的粗菜淡饭,岂能入你等君子之口？要想求食,到那有钱主子家去寻啊。"

另一个人道:"他们到底是君子,我们小人怎敢不给饭他们吃呢?"说着,拿起一个瓦罐,装了些土块进去,拱手送给魏犨。

"好个胆大的匹夫,竟敢戏弄你魏大爷!"魏犨大怒,挥拳欲向那百姓打去。

众百姓见此情景,一齐跳将起来,怒声道:"你等不知是哪国奔来的丧家犬,竟敢在此撒野,莫不是活得不耐烦了?"

魏犨见对方人多,一时不敢下手,硬将拳头收了回来。重耳饿了一天,正在焦躁之时,见卫国的普通百姓胆敢骂他为"丧家犬",不禁火从心起,跳下车,挥着皮鞭就向众百姓扑过去。狐毛、狐偃兄弟连忙拦住重耳,言身在他国,不宜动怒。

"想我本为堂堂晋国公子,却被野人嘲笑,是可忍孰不可忍?"重耳怒气犹自不息。

"公子,此并非野人嘲笑,而是天降吉兆啊。"狐毛说道。

"吉兆?"重耳一怔,"此言何解?"

"得饭易,得土难。土地者,国之基也。今野人献土于公子,乃上天所授,示以公子不日归国为君矣。如此上上吉兆,公子何须怒之?"狐偃说道。

"这……"重耳不觉苦笑了一下道,"二位倒也会说。也罢,就算此是吉兆,且饶了这群野人吧。"

狐毛、狐偃这才放下心来,扶重耳上车,招魏犨回转,继续赶路。他们这群人虽不算少,却个个饿得头重脚轻,有气无力,真要和野人们打起来,只怕占不了什么便宜。

又走出十多里路,天已黄昏,大伙儿找到一块草地停下来,预备露宿此处。重耳又饥又困,头枕着狐毛的大腿,睡在草地上,动也懒得动一下。

先轸和魏犨一样胖大,身子却灵巧了许多,在草野间指挥众人采集着野菜,东跑西奔,一点也不显得累。他性爱打猎,尤喜到深山里乱跑,有时迷了路,好些天不能回家,只得自谋求食之法,倒也因此识得了许多野菜。

众人虽失了黄金财物,车上还有着盛水的瓦罐。壶叔领着几个近侍小臣拾来柴枝,架起瓦罐,煮着野菜。不一会,野菜熟了,众人以饮水的竹筒盛着野菜,狼吞虎咽地吃起来。

狐偃盛了两竹筒野菜,一筒递给重耳,一筒递给兄长狐毛。狐毛接过竹筒,大口大口地吞咽起来。重耳却是眉头紧皱,一口也吃不下去。

"路程还远,你不吃点东西,怎么能撑得下去呢?"狐偃说道。

"唉!想我重耳一生锦衣玉食,哪里吃得进这种东西。"重耳说着,恶心起来,哇地吐出口黄水。

"这……"狐偃手足无措,转过头向人丛中看去,他在寻找赵衰。在重耳的这一众亲信里,赵衰最少言语,但不说则已,一说重耳必听。可是他寻过来寻过去,怎么也找不到赵衰,问众人,众人也答不知。

"不用找了。赵衰这小子定是学了那头须,私自跑了。"魏犨大声说道。

"头须是贪财小人,才会私自跑了。赵衰这时跑了,又能贪走什么?"狐毛问道。

"他可以贪夷吾的官位呀。他这个时候跑回去,将我们的秘密告知夷吾,一定能捞个中大夫什么的?"魏犨仍是大声说道。

"赵衰若贪官位,就不会跟我在犬戎部落里一待那么多年。他或者是因为别的什么事,在后边耽误了,诸位切勿猜疑。"重耳挣扎着坐起身说道。

魏犨这才不作声了。心里道,在犬戎那儿赵衰成天搂着美人,当然不会跑。现在大伙儿连饭都吃不上,他又为什么不跑?

大伙儿正在忙乱着,赵衰提着个瓦罐,喘着粗气跑了过来。重耳大喜,埋怨地问:"你跑到哪里去了,害得大伙儿到处找?"

赵衰不好意思地笑了笑:"我今儿做了回贼,在野人那儿偷了罐小米稀饭。"

"呵!你小子倒精灵古怪的,居然想出了这等吃食的妙法!说,你肚中早被小米稀饭撑饱了吧。"魏犨跳过来问道。

"第一次干这活儿,生怕让人捉住了,哪儿顾得上喝这好东西呢。"赵衰边说边将瓦罐递给了重耳。

重耳顾不得客气,抱起瓦罐,咕噜噜一通猛喝,如饮甘露。待他放下瓦罐时,那小米稀饭已去了一大半。赵衰肚中忽然咕咕咕地叫了起来。

"唉!差点忘了你。"重耳叹了一口气,将瓦罐回递给赵衰,"这些你都喝了吧。"

赵衰看了看魏犨等人，将小米稀饭倒入野菜汤里，与大伙儿共食了一顿。

第二天早上，大伙儿又煮了几瓦罐野菜汤喝了一顿。重耳仍是不肯喝那野菜汤，饿着肚子坐在车上，东摇西晃地走了一天。到了傍晚野宿之时，重耳已面孔蜡黄，说话都没有力气了。

"肉汤，有点肉汤就……就好了。"重耳喃喃说着。狐毛、狐偃、赵衰等人面面相觑，说不出一句话来。众人行在卫国平阔的田野上，连一顿饭都弄不到口中，哪里能弄到肉汤呢。

如果是在山野里，以众人的手段，也许能猎得些野味。可在田野里，除了田鼠和麻雀，找不到任何"带肉"的东西。晋人素信鬼神，不食鼠、雀，因鼠、雀与人共食于田，俱得天佑。其实就算能食鼠、雀之肉，擒拿这等精灵刁钻的小东西也很不容易。

"公子，且忍一时之苦，到得齐国就好了。"狐毛劝道。

"要不了几天，我们就可以走出卫国，脱此苦难。"狐偃也说道。

"别骗我啦，此地离齐国还远得很，我……我就死在这儿算了。"重耳哼哼唧唧地说着。

"公子，晋国昏君当道，善良之臣日夜忧心，都盼着你能回去呢。"赵衰说道。

重耳沉默了。狐毛、狐偃面露喜声，想着赵衰到底是赵衰，一句话就能说动重耳。

"唉！"重耳忽又叹了一口气道，"人死万事为空，还论什么昏君不昏君的。"

狐毛、狐偃愣住了，看来连赵衰的话公子也不听了。如果赵衰都不能劝说公子振作起来，那么还有谁能劝动公子？

"公子不回晋国，则列祖列宗的大业难保，纵然身死，又有什么颜面去见列祖列宗？"赵衰说道。

"夷吾不怕日后难见列祖列宗，我又怕什么？"重耳嘟哝着说道。

"公子，你这么意气消沉，连夷吾都不如。"狐毛带着怒意说道。

"我是不如夷吾,他做国君,住华宫,拥美女。我做流浪汉,睡草地,喝稀粥。嗯,如今连稀粥也……也没有了。"说到稀粥,重耳肚中又响了起来。

"公子你……你……"赵衰也生起气来,欲指责重耳几句,又不知该指责重耳什么。

"肉汤,有……有肉汤吗?"重耳两手在空中乱抓起来。

"公子,你再这么混闹下去,我可先走了!"一直闷头没有说话的魏犨陡然大叫道。

"汤,肉汤,肉汤来了。"忽然有一个人说着。魏犨转过头望去,见那人五短身材,面白无须,原来是介子推。

在重耳的从人之中,介子推一向不甚引人注目。这主要是因为他的身世。介子推虽然也是世家子弟,但在他这一代已衰落不堪,家族中无一人在朝中为官,备受亲朋讥嘲。而狐毛兄弟、赵衰、魏犨等人的父亲都是国中闻名的大臣,名声显赫。

介子推总觉得有一堵无形高墙隔在他和这些人之间。他在众人中很少说话,不怎么合群,连重耳也极少向他问什么事情。此时见这个不声不响的介子推居然说有"肉汤"来了,众人都是吃了一惊。但见介子推手里捧着个小瓦罐,里边冒出热气,肉香四溢。

奇怪,这介子推从哪里弄来的肉汤呢?狐毛兄弟、赵衰、魏犨等人心中满是疑云。

"啊,是肉汤!"像是溺水的人见着了一根禾草,重耳精神大振,猛地把介子推手中的瓦罐"夺"了过来,呼噜噜地喝着。狐毛兄弟、赵衰、魏犨看着重耳的那副馋相,心中也痒痒的,好不难受,尤其是魏犨,口水都流了出来。

重耳很快就将一罐肉汤喝完了,还用舌头在罐沿上舔了舔,一副意犹未尽的样子。

"想我贵为公子,不知吃过了多少山珍海味,却从未尝到过如此鲜美的肉汤。"重耳感慨地说着。

"公子既已就食,就该继续行路,无负众人之望。"介子推说着。他的脸色异常苍白,双腿也在隐隐颤抖。狐毛奇怪地低下头,发觉介子推的大腿被布条紧缠着,渗出了一丝丝鲜血。

"唉!我这人啊,就是喜欢吃肉,一天不吃肉,便浑身没了力气。这次多亏子推,救了大难。嗯,此为何野物之肉?怎么味道如此鲜美?"重耳问道。

"公子不用多问。今夜晴朗,兼有月色,可以不必留宿,尽快走出卫国之境。"介子推道。

"子推,你,你这肉汤是否从股上来之?"狐毛忽然问道。介子推苦笑了一下,并不回答。

重耳大惊,向介子推大腿上看去:"啊,你,你果然是……是……"

"此肉汤实乃小人之股肉也。今众人之期望全在公子一身,而公子意气消沉,不思进取,未免冷了众人之心。小人割股熬汤,非有他意,唯愿公子振奋,心怀远大,使我晋国强于天下。"见无法隐瞒,介子推只得说道。

重耳大为感动,眼中热泪滚滚:"是我连累子推矣。子推如此厚恩,我将如何报答?"

"公子,主也。小人,臣也。主难臣危,本为一体,何言报之?"介子推道。

"公子有如此忠臣,实为上天赐福,可喜可贺。"赵衰拱手说道。狐毛、狐偃、魏犨等人也纷纷向重耳行礼致贺。

"子推忠心可比日月之光,吾当从其命矣。"重耳肃然说道。一行人重又上车,借着月色,连夜向东驰去。

第二十三章

贤臣俱逝霸业危 千秋功名身后事

在重耳奔向齐国的时候，齐桓公正陷入深深的悲伤之中。他视为仲父的辅臣管仲与世长辞，给齐国的"霸业"带来了沉重的打击。管仲是在寒冷的冬天突然病倒的，一病就不起。齐桓公亲自赶往管仲府中探望，见他已瘦脱了形，几乎难以相认。

"仲父，你怎么一病就成了这个样子呢？"齐桓公握着管仲的手，心中禁不住阵阵酸楚起来。

"微臣已年近八旬，算是长寿之人，纵然不起，也无复遗憾矣。"管仲笑道。他虽然体质极虚，神志却是异常清醒，语音也极清晰。

"寡人能得今日之霸业，全靠仲父指教。今仲父病重，教寡人依靠谁呢？"齐桓公垂泪说道。

"宁戚智勇双全，堪当大任，可惜，可惜又先我而去了。"管仲感叹道。

"除了宁戚，朝中还有何人能当大任？"齐桓公问。

"隰朋见事分明，能临机决断，亦可担当大任，只是他也老矣。"管仲答道。

"这……"齐桓公沉吟起来。他并不喜欢隰朋，认为其人不够忠心。

"听说鲍叔牙身体好了些，可以走动，难道不能担当大任吗？"齐桓公又问。

"鲍叔牙乃古今少见之大贤也，实为至诚君子。然可使其谏于政，而不可使其执于政。"管仲道。

"既为大贤，又怎么说其不可执于政呢？"齐桓公困惑地问。

"鲍叔牙其人，是非善恶太过分明，眼里容不下一粒沙子。'水至清则无鱼'，执政者，须心胸阔大，能容不堪容者，方可沉稳其心，徐徐图之。鲍叔牙见人其恶，必欲除之而后快。虽其用心良苦，然易见于小而忘于大，故得其谏政，君之幸也，用其执政，难成大事矣。况鲍叔牙久病之体，虽一时转好，终难持久矣。"管仲说着，心中感伤不已。

"如此，寡人当以何人执掌朝政。"齐桓公有些不知所措地问。

"微臣等俱已老矣。当更选新人，以其贤者执政。"管仲道。

更选新人？齐桓公心中一动，道："公子开方甚贤，且年岁又不及五旬，可为执政矣。"

"不，公子开方不可大用。公子开方、竖刁、易牙三人，国人呼之三贵，俱视其为邪臣。"管仲忙说道。

"什么，此三人是为邪臣，何故？"齐桓公惊愕地问。

"此三人专以媚上邀宠，希图富贵，不为邪臣，谁为邪臣？"管仲反问道。

"仲父此言差矣。以易牙为例，寡人偶然戏说一句'不知人肉为何滋味'，其听在耳中，记在心里，竟烹其爱子，以适寡人之口。易牙如此，是爱寡人胜于爱子矣，仲父怎可视其为邪臣？"

"人情之爱莫过于爱子。其子尚可烹之，何事不可为？易牙之心，残忍可怖，必有害于君。"

"竖刁为跟随寡人左右，不惜自宫，总不会害于寡人吧。"

"人情之好莫过于情欲。竖刁自宫，永绝情欲，无复常人之态，心地险恶，可想而知矣。主公置于左右，危矣！"

"卫公子开方去其太子之位，臣于寡人。父母虽死，而不奔丧，勤于朝政，可谓贤者矣，何亦名列邪臣？寡人所不解也。"

"人情之亲莫过于亲于父母。对其父母尚可不尽其孝，又何忠于主公？且太子之位，国之储君，谁不求之？其弃太子之位，所望必有过于储君之尊矣。总之，公子开方、易牙、竖刁三人，俱为奸恶之邪臣，不可亲近，主公应将其速速逐去。"

"公子开方、易牙、竖刁三人近来格外勤慎恭谦,并无劣迹,何言逐之？"

"此三人未敢作恶,乃朝中老臣尚多,正气犹在。然今老臣凋零,朝中暮气甚重,此三人将趁势作恶矣。"

"公子开方、易牙、竖刁既为邪臣,往昔为何不闻仲父一言提及？"齐桓公不悦地问。管仲以前所未有的凌厉语气攻击着他的宠臣,令他听了极不舒服。

"唉!"管仲长叹了一声,"此为微臣不及鲍叔牙之处矣。鲍叔牙屡欲驱逐'三贵',吾屡阻之。"

"仲父既然以为公子开方、易牙、竖刁为邪臣,奈何阻止？"齐桓公奇怪地问。

"微臣愿留'三贵'在朝,以'三贵'善于奉迎,能娱主公欢心耳。主公欢心,则可免喜怒无常,令朝臣无所适从之病矣。'三贵'虽为祸水,然微臣可作堤坝,使其不致为害。今微臣不起,堤坝将去矣。主公若以微臣为念,当切记微臣之言,不可使'三贵'执政,以致'祸水'横流。"管仲恳切地说着。

"仲父之言,寡人自当牢记在心。"齐桓公勉强说道,心中却不以为然。

公子开方、易牙、竖刁素为寡人所亲,必然招致众臣嫉妒。管仲你能作为堤坝,防"祸水'之害,难道寡人就不如你,任凭"祸水"横流？若无寡人,你管仲又何能执掌朝政数十年,享尽世上荣华富贵？管仲啊管仲,你莫非是老糊涂了,竟如此轻视寡人!

"太子贤能,然性格柔弱,不够决断,愿主公多……多加教训,使我齐国之霸业,世世相传。"管仲艰难地说着。

"这个寡人自知。仲父亦不可太过忧心,安养贵体吧。"齐桓公说着,退出了内堂。他心中的酸楚淡了许多,不愿再待下去,径自回至内宫。

寒风呼啸,管仲虽是深卧内堂之中,亦感受到了苍茫的肃杀之气。我齐国只怕亦是如这天气一样,到了残冬时节,势将万木凋落。唉!吾虽不负平生所学,使齐国成就霸业,却难使齐国永保霸业,未免美中不足。然自三代以来,无数英雄豪杰创下的赫赫功业,俱随流水而逝,谁也不能久存。兴衰之替,原是天道之常,非人力可以旋转矣……

管仲回想平生之事,历历如在眼前。

一个人悄然走进内堂,立在榻前。

"鲍兄,这么冷的天气,你怎么来了?"管仲大为感动,欲欠身行礼,偏偏无力抬起身来。

"你我兄弟,就不必多礼了。"鲍叔牙制止道,顺势坐在榻沿。

两人俱为当朝大臣,如此见面就坐,并不合于礼法。平日鲍叔牙视礼法如同性命,不论在何种情势下,也不会行出有违礼法之举。可是今天,他眼里已没有了"礼法",有的只是一个患难与共、喜忧相同的知心朋友。这样的朋友,他今生今世只会拥有一个,然而这唯一的一个又要离他而去。鲍叔牙心头的悲伤如山一样沉重,压得他什么都"忘"在了脑后。

"还记得四十年前,你把我从鲁国'捉'回来的情景吗?"管仲问。

"记得,记得。那些事好像就是昨天发生的一样。"

"没有鲍兄,小弟四十年前就已成为鬼魅矣。"

"没有贤弟,齐国岂有今日之霸业。贤弟之功,可谓前无古人,当长存后世矣。"

"功业富贵,不过是天上浮云,能值几何?唯鲍兄相知之意,可长留天地之间也。"

"那年自鲁返齐,在车上我曾言道,身为齐人,却要冒充鲁人,是为大耻。今后我齐国之后代子孙,当不复蒙此耻辱矣。"

这却未必。管仲心里说着,口中并不言语,还笑了一笑。他知道,鲍叔牙如此大夸他的功劳,是想让病中的他感到愉悦,欢乐地度过最后的日子。管仲想着他此生并无憾意,应该能够欢乐地等待最后的时刻。但他心中总觉沉甸甸的,似有什么未了之愿。

"贤弟素喜歌舞,当此天寒之时,正宜饮酒,何不唤来歌姬,一助酒兴?"鲍叔牙兴致勃勃地问。

"怎么,鲍兄老了,反倒对歌舞之艺来了兴致吗?"管仲奇怪地问。

"其实我对歌舞之艺,也很喜欢,少年时日日沉醉其中呢。"鲍叔牙答道。

"那么,鲍兄为何后来又很少观看歌舞呢。"管仲笑问道。他的精神仿佛一下子好了许多,脸上隐隐透出红光来。

"少年时,我非常喜欢邻家的一位姑娘,日日都要倚在邻家的后墙唱着歌儿,记得我那时唱得最多的是《东方之日》那首曲子。这本是迎亲时方能唱的曲子,可我太想娶到那位姑娘,就经常唱这个曲子。姑娘也很喜欢我,也回唱着这个曲子。可是姑娘的父亲听了却不高兴,说我不知礼法,难成大器。结果,那姑娘就嫁给了别人。从那以后,我很少听歌了,见到别人沉迷歌舞,心中也不舒服。"鲍叔牙悠悠说着,带些神往之意,也带着愧疚之意。

"此等隐秘之事,我倒从未听鲍兄说起。"管仲听得入迷,待鲍叔牙的话头停住了好一会才说道。

"这等少年荒唐之事,我本早已忘却,不知为什么,近些天偏偏记起来了。"鲍叔牙说道。

"我也是这样,许多少年之事都浮上了心头。有时竟忘了身为老朽,欲奋起而歌之。"管仲深有同感地说道。

"我虽比贤弟更老,却未觉到'朽'意。嗯,前些时贤弟来看望我,曾为我鼓琴而歌,今日我就献丑还报一曲,如何?"鲍叔牙说。

"妙啊!"管仲叫起好来,"天下人中,除了你早年的邻家父女之外,只怕唯有我管仲,方能听到你的这等'淫邪'歌声。"

鲍叔牙一笑,道:"我能记得的曲子,恐怕还只是那首《东方之日》。"他说着站起身,走到堂中的木案前,跪坐下来。那木案上放有一张王都出产、镶着玉璧的名贵七弦琴。鲍叔牙深吸两口气,抚着琴弦,以苍老喑哑略带僵硬的嗓音唱了起来:

东方之日兮　　（东方日出的时候啊）

彼姝者子　　　（看见了那个美丽的姑娘）

在我室兮　　　（她已来到了我的新房啊）

在我室兮　　　（她已来到了我的新房啊）

履我即兮　　　（跟着我的步子不心慌啊）

东方之月兮　　（东方月出的时候啊）

彼姝者子　　　（看见了那个美丽的姑娘）

在我闼兮　　　（她已来到了我的内堂啊）

在我阃兮　　（她已来到了我的内堂啊）
履我发兮　　（学着我行路心不慌啊）

管仲听着听着，忽然看见一轮红日自东方升起，光芒四射。红日下一辆高车飞驰在开满鲜花的原野上，车上坐着年轻美丽的婧姬，正在向他招着手。

"等等我。"管仲叫着，身体犹如一片落叶随风飘起，飘向那光芒四射的太阳。

"铮"的一声大响，琴弦断了一根。鲍叔牙怔怔地望着榻上的管仲，他的笑意凝固在脸上，凝成山谷间苍翠的山岩，任凭千年万年风雨的侵袭。

寒气似乎一下子涌了进来，将鲍叔牙也凝成了冰冷而坚硬的山岩。

上天好像在警告齐国，一年之内，让管仲、隰朋、鲍叔牙三位大臣先后去世，使齐国的朝堂上笼罩着一片沉郁的悲凉之意。齐桓公悲不自胜，常常当着众大臣的面仰天长叹："哀哉仲父！哀哉鲍、隰二贤！是天夺吾魂魄矣！"朝臣大都与管、鲍、隰有着良好的友谊，俱都悲痛不已。

另一部分人虽在神情上亦显得十分悲伤，心中却是兴奋欲狂。这些人中又分为两类，一类为世家贵族，一类为新晋宠臣。世家贵族以高、国两家为首，新晋宠臣自是以公子开方、竖刁、易牙为首。

高、国两家此时的主人为高虎、国懿仲，依例位居上卿。从礼法上论，高、国二人的地位甚至高于管仲。因为管仲虽然职为相国，名位却列于上大夫，比他们整整差了三等。但是管仲却执掌着齐国朝政，要风得风，要雨得雨，权威无人可及。高、国二人名为上卿，仅仅只能在祭祀之时摆摆架子，毫无实权。管仲又行出种种新法，让他们不能为所欲为，少了许多利益。高、国一众世家贵族痛恨管仲到了骨子里，却又奈何他不得。他们以世家贵族特有的耐心等待着，等待着他们能够呼风唤雨的那一天。

自从齐桓公立下公子昭为太子后，公子开方、竖刁、易牙都"老实"了许多，俨然"改邪归正"，做了贤者。他们在等待，等待着齐桓公耳目不灵的那一天。

高、国二人等到了他们想等到的那一天，公子开方、竖刁、易牙同样等到了他们想等到的那一天。他们都是极有智谋的"贤能"之人，做出的自然都是"贤能"之事。

不论高、国二人，还是公子开方、竖刁、易牙三人，都成了管仲、鲍叔牙最亲密的朋友。他们哭倒在管、鲍二人的灵堂中，悲伤有如孝子。他们更连上表章，恳请主公厚恤管、鲍二位贤臣的后代。

齐桓公深为感动，连连叹息："管仲有治国之大才，却无识人之明。"他令高、国二位上卿亲自主丧，厚葬管仲、鲍叔牙二人，并以国君之尊，亲至墓前行礼。他又将管仲、鲍叔牙二人的封邑扩充一倍，赐其后世永住。二人嫡子亦承袭为官，更加一等，由上大夫升至下卿。国中百姓对齐桓公厚待功臣之后大为称颂，人人都说贤臣虽亡，贤君犹在，国中无忧矣。

天下各国对管仲、鲍叔牙的去世深表哀痛，纷纷派出使臣，前往齐国吊祭。使臣们对齐桓公亦是大加称颂，感叹管、鲍有幸遇到贤君，生前死后俱是荣耀无比。齐桓公高兴起来，认定高虎、国懿仲、公子开方、竖刁、易牙都是难得的忠臣。

为了表示对管仲的哀悼，齐桓公不再设置相国。高虎、国懿仲二人以上卿之位，共同执掌国政。公子开方得了隰朋所遗之职，专管交往各国，朝贡周室。竖刁则获得了从前鲍叔牙掌握的权力，成天坐在高车上，巡视街市，捉拿盗贼或欺行霸市的奸商。易牙执掌禁军，控制着朝堂和内宫的出入警卫之事。

分派已定，齐桓公自觉万事大吉，可以高枕无忧，遂日日依旧饮宴不休，沉醉歌舞之中，只是缺少管仲，总觉得有些寂寞。

从前每隔一段时日，齐桓公就会和管仲谈论一番天下大事，感受他作为盟主指点天下的气派。如今他和高、国二人谈起天下大事，却是索然无味。高、国二人枉为上卿，对天下大事竟是茫然无知。公子开方又很忙，常在国外，没有空闲与齐桓公谈论天下大事。竖刁、易牙倒有空闲，却只能与齐桓公谈些酒色歌舞之事。

唉！我朝中虽不缺少忠臣，但像仲父那样明了天下大事的宰辅之臣，却是再也找不出一个来了。齐桓公无奈地在心中叹道。

就在这时，边关守将遣人飞报——晋国公子重耳欲避难齐国，可否纳之？

齐桓公大为兴奋，拍案叫道："我齐国乃是盟主，任何人前来投奔都可收纳。"他当即令公子开方为使，亲至边关将重耳等人迎入临淄。

重耳一行人自从进入齐国，就恍然如在梦中，几乎不敢相信眼前的一切都是真的。先是风餐露宿，饥一顿、饱一顿，困顿得如同乞食的流浪汉一般。不想转眼之间，忽然被人敬若上宾，乘高车、穿华服、食佳肴、宿驿馆，时时还能观赏美女的歌舞。重耳对前来迎接他的公子开方感激不已，差点流出泪来。

"在下不过是听从主公吩咐罢了。公子要谢，应该谢我主公才是。"公子开方说道。他已年近五旬，英伟之气早已衰退，换成了一副娴雅的风度，脸上总是带着微笑。

"盟主应谢，大夫亦是该谢。"重耳拱手道。心想公子开方不愿当太子，而宁可成为齐国大夫。先前我还不信，如今看来，公子开方如此，亦是情理之中。我若日日享此富贵，也不必去当什么太子。

待进入齐国都城临淄，重耳一行人更是神驰目眩，眼睛都不知该放到哪儿去。在重耳等人眼中，晋国都城绛邑阔大雄浑，富丽堂皇，已是天下之最。但是绛邑和临淄比起来，就像是茅舍和王宫相比，寒酸得令人羞于提及。

临淄城池的高大威武自不必说，其繁华富丽更是重耳等人做梦也不曾想到。但见街道两旁俱为瓦屋精舍，涂朱抹翠，色彩缤纷。道上车如流水，人挤如蚁，熙熙攘攘，喧哗之声直入云霄。

每隔不远，就有一处市肆，或专卖米粮，或专卖丝帛，或专卖酒器，或专卖皮货，或专卖牛羊……数都数不过来。市肆中人服饰相貌千奇百怪，天下各处华夷人等俱能见到。街市之间更有许多酒舍女馆，无数华服豪客在其中进进出出。丝竹鼓乐之声隐隐自酒舍女馆中传出，勾人心魄。

载着重耳等人的高车在闹市中行了十余里，方来至巍峨壮观的齐宫之前。衣甲鲜明的禁卫军卒在易牙的率领下，队列森严，以金鼓之乐，将重耳等人迎入。

齐宫正殿台基高大，足有三丈之高，殿柱双人才能合抱，其雕梁画栋，金饰银装，令重耳几乎不敢仰视。就连四角偏殿，也全为巨瓦覆顶，朱泥涂壁，白石为阶。重耳不觉想起了晋国宫室，虽然也算得上高大，却除了正殿外，其余偏殿，俱以茅草结顶，只在屋脊处盖着巨瓦，以防厉风。

齐桓公以招待国宾之礼，于正殿之上大摆豪宴，为重耳接风洗尘。重耳恭恭敬敬地对齐桓公行过大礼，深表感谢之意。见到重耳如此礼敬，齐桓公更是兴奋不已，问："公子出行，是否带有内眷？"

"逃亡之人，自卫尚且不能，哪敢带着家室。"重耳答道。

"哈哈！"齐桓公不禁笑了起来，"寡人可比不了公子，一夜独宿，便难受得像过了一年似的。男人但凡离开了酒、色两件'宝物'，就似夏天的禾苗缺了雨水，没有一点活气。也罢，公子既来到寡人这儿，就像来到家里一样，岂能缺少了美人？"

他说到做到，酒宴散后，立即招来一群宗室之女，择其貌美者嫁给重耳。然后他又赠给重耳府第一区，高车二十乘，骏马八十匹，黄金千镒。见齐桓公如此礼遇重耳，齐国朝臣也纷纷相赠重耳，或送粮米，或送美酒，或送女乐，络绎不绝。

重耳及从者感叹不已，道："闻说齐侯贤而有礼，虽为霸主，亦愿敬重士人。今日亲见之，始信其能号令天下，不仅是为武威，更为仁德矣。"齐桓公听见了重耳等人的话，得意扬扬，乐了好一阵子。

齐桓公年岁愈老，便愈对神仙术士医者之流深感兴趣。公子开方、竖刁、易牙投其所好，千方百计罗致各种方术巫医等怪异之士面见齐桓公，使齐桓公绝无过问朝政的空闲。

其实就算有了空闲，齐桓公也对朝政之事懒于关心，他已成为盟主，又不能去做天子，没有什么"功业"去追求了。既无"功业"可去追求，他又为什么要劳力费神地关心朝政？齐桓公一心一意想着他能成为神仙，可以长生不老，永享富贵。

见到齐桓公如此冷漠朝政，他的一班"忠臣"开始大肆活动起来，渐渐分成了几派人马，互相对垒，欲争高低胜负。

高虎、国懿仲为一派，自命为'正人君子'，与各世家大族出身的朝臣结为朋党，不遗余力地攻击其余一切朝臣为"奸邪小人"，尤其是猛烈攻击竖刁、易牙二人。

竖刁、易牙在地位上无法与高虎、国懿仲相比，却控制着齐桓公，凡是攻击他二人的表章，都被中途截下，根本到不了齐桓公手中。可是高虎、国懿仲又把持着朝政，令竖刁、易牙无法在朝堂上安置亲信，扩充势力。

公子开方自居贤者，既不接近高、国二人，也不靠近竖刁、易牙，一副"冰清玉洁"的雅士之态。许多既不满意高、国二人，又痛恨竖刁、易牙的朝臣纷纷投归到了公子开方的旗下，使他势力大增，谁也不敢忽视。

众人的目光不觉都转到了齐桓公的公子们身上。齐桓公已老，只怕当不了几年国君，那么，谁控制了未来的国君，谁就能立于不败之地。

高、国二人既是"正人君子"，就应名正言顺地支持太子。于是，太子昭成了世家贵族中最欢迎的客人，成天忙于饮宴，不是庆贺高虎的生日，就是赴国懿仲嫁女的喜宴。

竖刁、易牙本是公子无亏一党，只因齐桓公立了太子，才不敢与公子无亏多加来往。此时他二人已百无禁忌，遂成天相约公子无亏至郊外行猎。

公子开方则成了公子潘府上的常客，一有机会便对众人言道："公子潘谦和仁厚，气量广大，将来未可限量。"

公子元年纪虽然不大，志气却是不小，见三位兄长俱有朝臣拥护，好不得意，也不甘寂寞，与公子商人结为一党，奔走于公室子弟府中，宣称："齐国将要发生大乱，非我公室子弟，不能救之。"

齐桓公对宫外之事一无所知，仍日日探寻"神仙"之事。不久，齐桓公便生病了，一种彻骨的冰冷在他全身漫延着，使他的四肢渐渐麻木僵直。

啊，我真的是病了，真的是要死了吗？不，不！我不会病，我不会死！我不是凡人啊，我是堂堂的天下霸主，天必佑我，天必佑我！齐桓公额上汗如雨下，瘫倒在铺着狐皮的芦席上。

易牙命小寺人们将齐桓公扶到榻上，然后飞步奔至宫门，对禁军士卒言道："主公忽患恶疾，厌闻人声。不论何人，没有我的令牌，一概不许入宫，违令者诛灭九族！"

黑夜无尽，永远罩在齐桓公的头上，令他见不到一丝光明。齐桓公直挺挺地躺在榻上，不停地呼喊着。没有一个人答应他，平日恭顺惶恐的寺人宫女们全都无影无踪。

"易牙……易牙! 易牙大夫! 竖刁,竖刁大夫! "齐桓公哀恳地呼喊着他的忠臣们,回答他的只是四壁嗡嗡的回响声,并无半声人语相应。他不似是一个睡在内宫的堂堂国君,倒像是一个卧在荒野之地的落魄游子。

"人呢……寡人怎么看不到一个人,寡人害怕……害怕……呜……呜……"年迈的齐桓公像一个孩子似的哭了起来。

"昭儿……昭儿……郑姬……郑姬,你们,你们都在哪儿……"齐桓公哽咽着呼唤道。

太子昭和郑姬是他最贴近的亲人,他将整个强大的齐国都给了太子昭,太子昭无论如何也不应该抛弃他。但是无论他怎么呼唤,也看不到太子昭和郑姬的身影。齐桓公嗓子喊哑,泪水流干,又饥又渴,昏迷了又醒来,醒来了又昏迷。

寡人不能死,寡人是堂堂的天下霸主。寡人要活下去,要站起来,要去杀,杀尽恶臣逆子,杀尽……齐桓公不停地在心中对自己说着,强吊着最后的一口气,不肯咽下。

他威风四十余年,灭国无数,创下赫赫霸业,怎么能如此不明不白地死在宫中?也不知过了多久,黑暗中忽地有了响动,亮起了一星微弱的烛光。齐桓公惊醒过来,奋力睁大眼睛,向光亮望过去。但见烛光里现出一个白发苍苍的老年宫女,缓缓走到榻前。

"水……水……寡人渴……渴啊。"齐桓公如见救星,呻吟着叫道。

"没有水,什么都没有。"老年宫女摇着头,悲哀地说。

"为什么,为什么是……是这样? "齐桓公问,声音衰微。

"竖刁、易牙将内殿门窗尽行堵塞,不许一人靠近。"老年宫女答道。

"恶臣,果然是这两个恶臣作乱!杀,给寡人杀了这两个恶臣!"巨大的愤怒使齐桓公身上涌出一股热力,声音大了许多。老年宫女眼中泪光闪烁,一句话也说不出来。

"寡人明白一世,到末了……到末了……"齐桓公说不下去了。他不再是拥有三军锐卒的天下盟主,他只是一个垂危的病人,眼前只站着一个年老的宫女。

"你是谁,又怎么能进来呢? "齐桓公凝视着眼前的宫女,心中酸痛。

寡人平生宠妾如云,子女数十,当此危难之时,身边却只有一个年老的宫女。

"主公,你一点都不记得我吗?四十多年了,我可是一刻也没有忘记主公,那是一个春天的早晨,我只有十六岁,正站在一株桃花树下,那桃花开得正红,像血一样红,血一样红……"

"啊,你是晏蛾儿,你是晏蛾儿……"齐桓公陡地说道,眼中滚出了一串泪珠。

几十年来,他被众多的美女簇拥着,早将晏蛾儿忘得干干净净,可在此时此刻,他却无比清晰地记起了和晏蛾儿初次见面的情景。他甚至还记起来了——晏蛾儿曾怀有身孕,却被他冷酷地一脚踢掉,几乎送了性命。在他所宠幸过的美女中,晏蛾儿的境遇最是悲惨。但偏偏是这个他待之最为无情的姬妾,在最后的时刻来到了他的身边。

"主公,你还记得我,还……还没有忘了我。我知道,你决不会忘了我的,你只是被那些妖女迷惑住了。我从来不恨主公,只恨那些妖女,是那些妖女害了我,害了主公。我见那些妖女要害主公,就拼了性命,从水洞里钻了进来。我就是死……也要和主公死在一起。"晏蛾儿哽咽着说道。

"不能死。你不能死!你,你快出去,传寡人之命,让太子进宫,杀,杀了竖刁、易牙!"齐桓公急急说道。

"竖刁、易牙已封闭宫门,里边的人出不去,外边的人进不来。"晏蛾儿说道。

"天啊!天啊!我齐国难道就此完了吗。唉!仲父啊仲父,我就算死了,又有何面目与你相见?"齐桓公愤然大叫数声,口中流出黑血,呜呼哀哉。

"主公!主公!主公!"晏蛾儿连叫数声,见齐桓公不答,猛然一头撞在殿柱上,额碎而亡。

这一天,正是周襄王九年(公元前643年)冬十月初七日。计齐桓公自周庄十二年夏五月即位至此,共有四十三年。

竖刁、易牙得知齐桓公已死,立即会同公子无亏,集禁卒并家兵数千人,围困东宫,意欲杀死太子昭。不料他们却扑了一个空,搜遍东宫,也见不到太子昭的人影。

"这一定是高、国二贼将太子藏了起来。"竖刁说着，就要领着众禁卒向高、国二人的府第扑过去。

"且慢。"易牙连忙拦住竖刁道，"高、国二贼家兵众多，党徒满朝，恐难以将其灭之。为今之计，当先定公子之君位，然后以君令号召三军，扫除逆我之人。"

"嗯，这也有理。公子你看如何？"竖刁转过头问着公子无亏。

自从齐桓公不问朝政之后，竖刁就借口须日日巡查，绝少入宫见齐桓公。他把宫中诸事和监视齐桓公的"重任"，一股脑地推给了易牙。在竖刁眼中，齐桓公已是死虎，不甚要紧，他没有必要在宫中空耗心思。

他的心思只用在两个方面，一是黄金铜钱，二是公子无亏。所有的街市商肆酒舍女馆等处，每向公室交十枚税钱，就必须另提出一枚交给他。齐国公室每日所得税钱数以百万计，竖刁每日所得亦数以十万计。除了捞钱，竖刁每日必去公子无亏府中。未来的国君将是公子无亏，他必须牢牢地将公子无亏置于自己的掌握中。

"就依易牙大夫所言吧。"公子无亏说着，神情又是惭愧又是恼怒。

齐国为盟主之国，数十年来大力倡行礼仪，已俨然号称为"礼仪之邦"。然而无亏身为人子，父死秘不发丧，又兴兵杀弟，抢夺君位，已毫无半点礼仪可言。

君父啊君父，我现在这样，全是你逼成的！我身为长子，又从无失德之处，为何不能立为太子？是你先失了礼法，也怪我不得。我若成了国君，定然会比公子昭强得多，能使我齐国永霸天下。公子昭除了能学着娘们唱歌讨好于你，还能干什么？公子无亏的内心虽然异常激动，但还能保持住表面的镇定。

竖刁、易牙、公子无亏商议已定，立即拥禁卒家兵回转宫中，准备大集朝臣，以武力将公子无亏定为国君。但当他们赶至宫门时，忽见公子开方、公子潘领着千余家兵，急急而至。

"主公去世，乃国中第一要紧之事，你等何敢隐瞒？"公子潘指着竖刁、易牙二人，怒气冲冲地问着。

齐国公子长大成人后，一般都立府而居，无事不得擅入宫中。公子潘在十年前已立府而居,但仍和内宫的母亲保持着密切的往来。宫中有任何事情发生,葛嬴就会立刻派亲信寺人混出宫门,告知公子潘。公子潘知道的事情,公子开方一样能够知道,并会想出种种应对之策。

对于公子开方的指点,公子潘钦佩得五体投地,常得意地对亲信们言道:"吾有开方,胜有兵车百乘,将来必能成为齐国国君。"

只是自从易牙以齐桓公"身患恶疾"为名,封锁内宫之后,葛嬴就无法将消息传出。公子开方预感将有大乱发生,立即召集同党,各率家兵,拥于公子潘府中,以备不测。齐桓公身死之时,葛嬴已买通守门禁卒,把竖刁、易牙、公子无亏将围杀太子的消息传了出来。公子开方闻知,忙让公子潘将此消息告知太子。

公子潘迷惑不解:"我们正好可以借无亏之手除去太子,然后以'大逆'之罪斩杀无亏,一举两得,大夫奈何阻之?"

"太子此时若亡,无亏就会以长子之势,压服高、国诸人,进而迫使邻近诸国承认他为国君,而无亏一旦成为国君,内有征兵之权,可以自重,外有邻国相助,可作依靠,非你我之力能够将其斩杀也。太子得生,高、国诸人必会拼死一搏,邻近之国也不敢轻易承认无亏为君。如此,你我才可从中取利矣。"公子开方说道。

"明白了。无亏难以对付,应当先收拾了他,再去收拾太子。"公子潘说着,派人飞车将消息送给太子。太子大惊,慌忙逃至高虎府中,高虎又劝太子连夜出逃。

国君不喜强臣,强臣亦不喜国君势力强大。齐国的朝政历来为高、国两大世家把持,数百年来享尽荣华富贵,威名赫赫。但是自齐桓公成为霸主,号令天下之后,高、国两大世家在齐国已黯然失色,声势威望弱了许多。高、国两大世家并不希望齐国的国君代代都是霸主。公子无亏造乱,对他们来说,不一定就是坏事。公室子弟们越乱越好,公室乱,国君必弱。国君弱,世家必强。当然,这乱子也不能闹得太大了,把他们也弄得同归于尽。

让太子出逃,是留下一个退步。万一他们斗不过无亏时,就不会因为"窝藏太子"而使双方下不了台。他们是"正人君子",太子若留在齐国,就不得不和无亏硬拼,毫无退路。太子昭没想到高虎如此缺乏"勇气",竟不敢将他堂堂国之储君留在府中,只好听命"连夜出逃"。公子开方派人密切监视着高、国两家的动静,发现了太子昭的出逃。

"太子不在国中,无亏一定要抢登君位,我们决不能让他的图谋得逞。"公子开方说着,当机立断与公子潘领着众家兵赶往宫门。

见到公子潘气势汹汹而至,竖刁和易牙大出意料,一时说不出话来。倒是公子无亏大喝道:"国家大事,自有朝中大臣料理,岂能容你胡言乱语。"

他从小常和公子潘一起玩耍,每当大喝一声,就吓得公子潘哇哇大哭。但是公子潘早已长成三十岁的壮汉,哪里会怕兄长的一声大喝。

"哼!说得好听。既是自有朝中大臣料理,你又在此地干什么?"公子潘冷笑着问。

"公子无亏由我所召,听宣主公临终遗命,故来此处。"易牙醒过神来,大声说道。

"临终遗命?什么遗命,怎么不召所有的公子齐来,独召无亏?"公子潘紧张起来。

"主公临终遗命——公子昭顽劣不孝,不堪为君。公子无亏忠厚仁孝,可继大位。"易牙更大声地说着。

"公子无亏理应继位,自当迎至内宫重地!"竖刁心领神会,理直气壮地说道。

"君命难违,我虽然难当大任,也不能不勉力为之!"公子无亏当仁不让地说着。

"哈哈哈!"公子潘大笑起来,"好一个临终遗命,有何为证?"

"此便是明证!"公子无亏被公子潘的"不敬"所激怒,挥动手中青铜佩剑,直奔公子潘杀来。

公子潘毫不示弱,亦仗剑迎敌。公子开方见己方人少,势不能胜,忙遣心腹家兵奔至公子元府中求援。公子元亦是早有所备,听得公子无亏欲强夺君位,大为不服,立即会同公子商人率领众公室子弟杀向宫门。

竖刁、易牙见众公室子弟齐至,料难取胜,拥公子无亏占据正殿。公子开方和公子潘则占据了右殿,公子元和公子商人顺势占据了左殿。三方人马互相监视,谁也不敢先起战衅。一时间,堂堂齐宫竟成了战场,壁垒森严,戈矛相向。而威震天下的霸主齐桓公,死后居然没有一个儿子至灵前祭吊,任其尸首在榻上腐烂。

见到这等情形,高、国二人暗暗高兴,日日在府中召集群臣痛斥诸公子"大逆不道、禽兽不如",却不采取任何阻止的行动。他们渴望公室子弟们来一场空前血腥的大残杀,最好同归于尽,全都死光。如此,高、国两大世家就可以玩弄齐国于股掌之上。

第二十四章

宋公守信定齐乱 趁机图霸不自量

齐国大乱，宋国却是风平浪静，一片太平景象。宋国朝臣们对这种太平景象不觉有些厌倦起来，希望能发生些什么"大事"，改变刻板的日子。每天在朝堂上议罢国家大事，朝臣们并不能回府享受歌舞酒食之乐，更无闲暇游猎郊外。宋襄公日日都要在朝堂上讲解"仁义大道"，从不厌倦。

方今天下混乱，虽有齐国主盟，亦难禁绝杀伐弑逆之事。此为何故？乃诸侯不明"仁义大道"矣。今欲匡正天下，非大行"仁义大道"不可。

宋襄公的高论已连续在朝堂上讲了七八年，众朝臣随口就能背出。然而宋襄公并不满意，总认为朝臣们还没有将他讲解的"仁义大道"明白透彻。

这日，宋襄公仍按例在议事之后讲解"仁义大道"。开讲之前，宋襄公先让公子目夷诵读先祖所遗书誓。

公子目夷虽已年老，精神却很旺健，嗓音清亮，朗朗念道：

呜呼！古有夏先后方懋厥德，罔有天灾。山川鬼神，亦莫不宁，暨鸟兽鱼鳖咸若。

于其子孙弗率，皇天降灾，假手于我有命，造攻自鸣条，朕哉自豪。

惟我商王，布昭圣武，代虐以宽，兆民允怀。今王嗣厥德，罔不在初，立爱惟亲、立敬惟长，始于家邦，终于四海。

公子目夷所念的是商朝第一位贤臣伊尹教导商王太甲的一段训词。宋襄公非常欣赏这段训词，不厌其烦，反复讲解。

"此段训词是说，夏朝的始祖禹王努力实行仁义大道，因而得到上天庇佑，没有遇到大灾。山川鬼神，都很安宁，就连鸟兽鱼鳖，亦是生育顺畅。到了禹王的后代子孙时，就不遵守先祖定下的仁义大道。所以，上天就降下灾难，借我商朝之手，讨伐暴虐，复行仁义大道。先祖汤王敬天守德，以仁政革除暴虐，使得亿万百姓怀念不已。要承袭先祖的美德，初即位时就当实行，丝毫不得苟且。仁义大道在于立爱，唯有爱于人者，方可称为仁义。立爱须先从亲近的人开始，及于长者，及于朝臣，及于百姓。仁义大道先在家邦中实行，家邦之国仁义大行，复可行于天下者。我宋国今欲复现汤王之大业，必须遵守先祖定下的仁义大道。唯有仁义大道，方可救天下之乱矣。"宋襄公滔滔不绝地说着，愈说愈是兴奋。朝中的众大臣听着，却是昏昏欲睡，又不敢真的睡过去，只得强打精神，硬支撑着听下去。

宋襄公除了太过热心于讲解仁义大道外，在别的方面，还算是一位不错的国君，且又堪称言行一致。他宣称立爱须从亲近的人开始，果真说到做到。

宋襄公做太子时，曾欲让位给庶兄公子目夷。一般来说，有了这种"过节"，兄弟之间纵然十分友爱，也必然会生出嫌疑。良善者，会渐渐疏远；性恶者，甚至会自相残杀。但宋襄公却拜目夷为相国，将朝政处置大权放手交出，毫无猜嫌之意。

他又立公室子弟公孙固为大司马，主掌全国军兵之事。宋襄公庶弟公子荡亦被拜为上大夫，辅佐目夷治理国政。宋国公室之和睦，已成列国罕见的例外，连霸主齐桓公都是羡慕不已。对于朝臣，宋襄公亦是礼敬有加，从未有擅动刑罚、滥施暴虐之事，有功必赏，厚赠禄米。对于百姓，宋襄公常常减征赋税，着意休养民力。

宋襄公登位已有八年，对外谦恭有礼，不随意挑起兵祸，以免劳动士卒。对内不修宫室，不筑别馆，减少了许多劳役之事。这样的一位贤明之君，宋国已多年没有出现。所以宋国朝臣们虽然厌听"仁义大道"，也还忍耐得住，没有谁生出怨言。

唉！主公要是少啰嗦些，就是一位十全十美的国君了。许多朝臣在心里叹道。

公子目夷对于宋襄公讲解"仁义大道"并不厌倦,却感到担忧。他发觉宋襄公的"志气"太大了,总不忘在讲解中提到先祖汤王的功业,并欲发扬光大。莫非主公竟要重现汤王的光辉,王于天下?公子目夷想着,常常想出了一身的冷汗。

宋国虽然不是小国,然而毕竟难和强大的齐、楚、晋、秦相提并论。在目前的国势下,宋襄公志气太大,只会给国家带来灾祸。

好不容易讲解完毕,已到午餐时刻。宋襄公对朝臣们甚是爱护,当即传命膳夫送上佳肴美酒,与众人共为宴乐。这也是令朝臣们头疼的一件尴尬之事。每次宴乐,宋襄公就会令乐女们大唱《商颂》,以赞扬先祖的丰功伟绩,使众朝臣生发出作为殷商之后应有的自豪感。

朝臣们开始时听着,都深感亲切,神情激动,果然有着无比的自豪感,个个壮志凌云,慷慨陈词,誓言不负先祖,强大宋国。但是年复一年地听下来,众朝臣的激情已消磨殆尽,仅是不愿让国君扫兴,这才装出仍对《商颂》诸曲极为欣赏的神情。

在《商颂》诸曲中,宋襄公最喜欢听的是那首叙述殷商起源的《长发》之曲,百闻不厌。只见在舒缓宏壮的钟鼓声中,一队长身玉立的歌女齐声高唱起来:

濬哲维商　　（智慧明哲的国度是殷商）

长发其祥　　（长久不断现瑞祥）

洪水芒芒　　（洪水遍地昏茫茫）

禹敷下土方　　（大禹治理安四方）

外大国是疆　　（都外大国定边疆）

幅陨既长　　（领域宽广且悠长）

有娀方将　　（有娀之女成嫁娘）

帝立子生商　　（身为帝妃而生商）

玄王桓拨　　（玄王仁德治天下）

受小国是达　　（既使小国政令达）

受大国是达　　（亦使大国政令达）

率履不越　　　（俱遵大义行礼法）

遂视既发　　　（各处巡回勤视察）

相士烈烈　　　（商王相士真伟大）

海外有截　　　（四海蛮夷全归化）

帝命不违　　　（天帝之命不可违）

至于汤齐　　　（同德同心归齐一）

汤降不迟　　　（敬贤爱士不迟疑）

圣敬日跻　　　（圣德日日高升起）

昭假迟迟　　　（诚意感天久不息）

上帝是祇　　　（奉敬之心达天帝）

帝命式于九围　（帝命商王九州里）

……

"嗵！嗵！嗵！"朝堂外忽然响起了震耳的鼓声，打断了歌女们的高唱。这是一种示警的鼓声，只有遇到了紧急大事，需要国君立刻接见，方能敲击。朝臣们不觉精神一振，兴奋起来，同时又心生疑惑——宋国能有什么大事，莫非是邻国发兵相侵？

宋襄公也是一怔，随即传命，让击鼓人立刻晋见。但见一人神色憔悴，踉跄走上大殿，哭倒在宋襄公面前。啊，这不是齐国的太子昭吗？他如何成了这般模样？宋国君臣俱是大吃一惊。

"太子殿下何以至此？"宋襄公降座将太子昭扶起，关切地问。太子昭惊魂稍定，哽咽着把齐桓公病重，被竖刁、易牙囚禁内宫，以致暴亡，以及竖刁、易牙为拥立公子无亏，欲诛杀于他，逼得他不得不连夜逃亡的经过叙说了一遍。

宋国君臣愈听愈是心惊，感慨不已。想不到齐侯威风一世，立下亘古未见之霸业，结果竟是如此可悲。这也怪他平日不与臣下讲解仁义大道，以致心腹之人，全然如同禽兽，不明君臣之义。宋襄公在心里说道。

齐侯一亡，天下失其霸主矣。太子昭经此大乱，纵然能够承袭为君，恐也难继其先君霸业,晋侯、秦伯、楚子各有所短,想霸于中原,亦是力所不及。只怕华夏各邦,从此之后又将兵戈大起,永无宁日。公子目夷忧心忡忡地想着。

齐侯死了,我宋国应能有所作为。如此免了主公日日讲解仁义大道,令人厌烦。公子荡心中无忧,反倒有些高兴。

"高、国二卿,俱不足恃。唯有贤公,方能救昭之危难。昭若能归国,一尽父子之情,当永世不忘贤公大恩大德。"太子昭说着,再次哭倒在地。

"太子但请放心,齐国之难,即是宋国之乱,寡人决不会置之不理。"宋襄公说着,令内侍扶太子昭至馆驿中歇息,好生看顾,然后他宣布散朝,单留下公子目夷、公孙固、公子荡商议大事。最初的惊诧感慨过后,宋襄公忽觉眼前大放光明。看来他多年广行德政,以仁义治国的诚心已感动天帝,降下了一个使他复现汤王大业的极好机会。

"昔年齐侯在葵丘大会,曾亲以太子昭嘱托寡人,恳请寡人使太子昭主于社稷,此事想来,历历如在眼前,寡人不敢忘也。今齐国贼臣作乱,居然驱逐太子,大失仁义矣。寡人欲约会天下诸侯,讨平齐乱,使太子昭得以即位,此举若成,一则寡人不为失信,二则宋国可因此名震天下,得以号令诸侯,继齐为霸矣。"宋襄公目视三位亲信大臣说着。

"主公此计大妙,微臣至为钦佩。"公子荡首先叫起好来。

"齐国为天下盟主,主公讨平其乱,确乎可以名震天下。"公孙固看来也赞成宋襄公的举动。

公子目夷却是眉头紧皱,一言不发。

"子鱼,寡人此举,可有不妥之处?"宋襄公问。为表示对目夷敬重,他平日里从不在目夷面前摆出国君的架子,不呼官职,而以其字呼之。

"如果主公为守齐侯之信,起兵平乱,则可。如果主公欲借此图霸,则有许多不妥之处。"公子目夷坦率地说。他感激宋襄公的信任,在朝政大事上从不曲意逢迎,而是据理力争。在许多时候,宋襄公也能听进他的劝谏,从善如流。

"图霸乃光大先祖之伟业,有何不妥之处?"宋襄公问。他的神情中已微露不满之意,看来是不愿"从善如流"了。

"是啊,齐国之乱,乃是天赐良机,我宋国若不趁势而霸,必将悔之无及矣。"公子荡不待公子目夷回答,抢先说道。

"光大祖业,自是后代子孙应尽之务,唯须量力而行。我宋国与齐相比,有许多不及之处,欲图霸业,力所难及。力所不及而强求之,必会招致大祸。"公子目夷说道。

"我宋国与齐相比,只是国小兵少耳。然霸业成,就可号令天下,何愁国小兵少。"宋襄公不以为然地说道。

"兵在精而不在多。我宋国之兵,勇冠天下,图霸必成。"公孙固充满自豪地说着。他向来以武勇自许,盼望着能够领兵征讨四方,立下赫赫战功,威名远扬,令天下诸侯闻风丧胆,俱拜伏于他的车下。但是八九年来,宋国几乎未经过一场大战,使他的武勇毫无显示的机会,徒然感叹岁月的无情流逝。现在宋襄公欲图霸业,必有征战,正是他大显身手之时,使他心中兴奋不已。

"齐之图霸,不仅在于兵威,还首倡尊王攘夷之义,并有管仲、鲍叔牙诸贤臣为辅,且背海临山,尽得地利,又广行商旅,国中豪富,故可霸于天下。"公子目夷说道。

"齐侯首倡尊王,寡人可以首倡仁义。齐侯有管仲,寡人有子鱼。齐侯得地利之险固,寡人得地之通达。齐侯国中豪富,寡人国中积累十年,亦不为贫。故齐侯可霸于天下,寡人亦可霸于天下矣。"宋襄公固执地说道。

"主公,我宋国本为前朝之遗,周室向有猜忌之心,各宗室诸侯亦不甚敬我……"

"正因如此,我宋国更须图霸,使天下诸侯不敢轻视!寡人心意已决,子鱼不必多言。"宋襄公以少见的决然语气打断了公子目夷的话头。

唉!宋国将遭大祸矣。公子目夷在心里叹息着,默然无语。他毕竟是臣下,纵然据理力争,也难以改变国君的决断。而且一旦国君立下决断,他就必须竭尽全力去依从国君,帮助国君实现光大先祖的伟业。否则,他就不是一个遵行"仁义大道"的贤臣,也有负宋襄公的信任。

高、国二位上卿盼望的公室子弟大拼杀始终没有能够杀起来。竖刁、易牙、公子无亏和公子潘、公子开方以及公子元、公子商人只想谋夺君位,并不愿在一场血腥混战中与对手同归于尽。三方人马对耗了两个月尚无结果,整个齐国朝政乱成一团,人心惶惶,盗贼四起,眼看国势就要崩溃。

齐桓公的死讯已传遍天下,而齐国却没有向任何一国派出报丧使者,令列国诸侯大为震惊。高、国二人不觉慌了,他们是"正人君子",再这么坐视下去,名声必将大坏,会引起国人公愤。他们到底是齐国的世家,首先有齐国的存在,才有他们的存在。国势崩溃,他们的"家势"亦是难保。

二人被迫与众公室子弟相商,以长幼之序为借口,让公子无亏主持丧事,收殓先君。依照礼法,只有太子才能主持先君的丧事。高、国二人已是明显地偏向于公子无亏。

高、国二人认为偏向公子无亏至少有两大好处。

首先公子无亏是长子,依照礼法,无嫡立长,储位理应归于长子。如此,会显得他们公平大度,不计私怨,不愧为身居上卿之位。另外,公子开方和竖刁、易牙相比,更令高、国二人感到畏惧。竖刁、易牙是国人皆知的奸党,对付起来要容易许多。公子开方则俨然是一位"贤者",与这等人作对,必然是大费神思。

公子潘、公子开方和公子元、公子商人见高、国二人已偏向公子无亏,自觉势弱,只得暂退一步,同意由公子无亏主持丧事。

当天,众公室子弟与朝臣进入内宫,收殓齐桓公。此时齐桓公的尸身已躺在榻上六十余日,虽是寒冬季节,也已腐烂,尸气熏天,白骨外露,惨不忍睹。众公室子弟和朝臣百感交集、羞愧难当,无不伏地大哭。冬十二月十四日,公子无亏以长公子的身份主持入殓大礼,并于当日在齐桓公的梓棺前即位,成为齐国国君。

依照惯例,各国派驻齐国的使者应立刻入宫,祝贺公子无亏。齐为霸主之国,兵势极强,各国决不会对其有失礼之举。不料除了鲁国之外,天下各国居然都是不知好歹,竟敢拒不入贺,大失"礼仪"。

原来宋襄公和太子昭联名向各国发出帛书,指斥公子无亏为"谋逆"之贼,恳请众诸侯勿忘仁义大道,集兵于宋共讨逆贼。宋襄公还遣公子荡为使者,亲赴王都,请周天子发下讨逆诏书,并赞扬宋国维护礼法的仁义之举。

太子昭既然还活着,又有宋襄公的支持,则齐国的君位不能算是确定。天无二日,国无二君,太子昭和公子无亏之间必将有一番血战。各国诸侯还想等一等,看看太子昭和公子无亏到底谁是最后的胜者。齐国毕竟是第一等的强国,虽然霸主齐桓公已经去世,仍是不可轻视。在这个关键时刻看错了人,贸然入贺,定会在日后遭到报复。

公子无亏闻听宋襄公居然想召集天下诸侯讨伐他,不禁勃然大怒,当即拜竖刁、易牙为大司马,以国君之命征集齐国最精锐的"隐军",准备先下手为强,攻伐宋国。

众"隐军"士卒素闻竖刁、易牙之奸,心生厌恶,迟迟不至都城集结。竖刁、易牙大恐,对公子无亏言道:"'隐军'乃管仲亲手所练,而太子昭又为管仲所亲,众'隐军'若是倒戈投往太子昭,实与我等大为不利,不如将其散置各邑,另征新军。"公子无亏依计而行,发禁军突袭"隐军"所居之乡,强行将其散置各邑。

"隐军"为管仲所教,信守礼法,虽对公子无亏的举动极为愤恨,却也并未反抗。无论如何,公子无亏也是高、国等朝臣承认的国君。臣民军卒,绝不能以武力对抗国君,否则,就是"叛逆",罪该诛灭九族。一支强大的齐国精锐军队,竟如此消散无形。

对于公子无亏的这个举动,无论是高、国二人,还是公子开方等人,都是大为高兴,恨不得大呼公子无亏为"圣贤之君"。他们最担心的,就是公子无亏会凭借身为国君的有利地位,将齐国最精锐的"隐军"士卒牢牢控制在手中。一旦公子无亏拥有了强大的兵威,他们只能暂且居于"忠臣"之位,过着忧心忡忡的日子。不想公子无亏却自弃"利器",解除了敌手的心腹之患。

竖刁、易牙二人倒是很快就征集了新军,足有兵车六百乘,士卒近五万人。只是新军人数虽众,因不习战阵,一时无法出战。

周襄王十年(公元前 642 年)春,宋襄公亲率兵车三百乘,会合卫、曹、邾三国之师,共兵车五百乘,奉太子昭伐齐。公子无亏拜易牙为大将,率新军迎击宋襄公,然后传命临淄紧闭城门,凡是男丁,俱须上城御敌。三月,宋襄公所率四国之众已直抵临淄城郊,与易牙统领的齐军对垒相敌。

太子昭身穿重孝,哭着请求宋襄公立即攻进临淄城中,杀尽"逆贼"。宋襄公有苦难言,只是好言安慰太子昭,却并不下令攻击齐国。

他本想着帛书一出,众诸侯就会从者如云,亲率大军至宋,共同维护仁义大道。然而出乎他的意料,众诸侯并不怎么欣赏他的仁义之举,对他的号召反应冷淡。尤其命他愤怒的是，鲁国不仅不行仁义之举，反而助纣为虐，居然遣使入贺公子无亏。

鲁僖公面对着宋国使者，神色傲然地说道："寡人只知长幼之序，君位理应由长子承袭。"他说出这番话来，就是有意与宋襄公作对，让宋襄公难堪。

鲁僖公之所以如此，一是出于嫉妒，二是出于恐惧。齐、鲁世为婚姻之国，且鲁国又为宗室诸侯之长，可是齐桓公却将太子昭托于宋襄公关照，而不托于他鲁僖公。显然在齐桓公眼中，宋国比鲁国更值得信任。齐桓公既然不把他鲁国放在眼里，他又为什么要去帮助齐桓公喜欢的太子昭？他不仅不帮太子昭，反要去帮助公子无亏。

宋、鲁为近邻之国，兵势不相上下，常常争战不休。鲁僖公很清楚，宋国若能帮助太子昭夺得君位，必将名震天下，声威大增，兵势亦将极为强盛。宋国的强大，自然于他鲁国极为不利。鲁僖公对宋襄公的"仁义之举"深怀戒惧之心，暗暗遣使至交好各国，劝其不要出兵至宋。

除了鲁国，周室的举动亦令宋襄公感到愤怒。周天子对公子荡很热情，亲自接见，并赐宴于朝堂。但是对于公子荡的"天子下诏、讨伐逆贼、赞扬宋公"的请求，周天子却装作不知，闭口不提。

天子下诏，等于是承认宋国有号召天下诸侯的权力，与宋襄公大为有利。当今天子周襄王全是凭着齐桓公之力，才得以登上大位。为了报答齐桓公，周襄王应该发下诏令，使宋襄公能够顺利地帮助太子昭回国即位。可是周襄王却把齐桓公的大恩大德忘在了脑后，仿佛根本不愿让太子昭得到君位，使齐桓公九泉之下，尚不能得以瞑目。公子荡在周室待了半个多月，一事无成，只得垂头丧气地回到了宋国。

"唉！仁义之道不行天下，世上尽是鬼魅。"宋襄公恨恨地长叹了一声。

公子目夷再一次向宋襄公劝谏道："周室对诸侯向来深怀戒心，齐国为太公之后，又首倡尊王大义，屡救王室之乱，可谓功劳至大矣。然数十年间，周室尚不肯赐予齐侯信物。我宋国虽为公爵，却是前朝之遗，周室对我猜疑之心，必更甚于齐国矣。不得周室信任，单凭我宋国之力，图霸难矣。"

"世上何事不难？知难而为，方是大丈夫之气概。"宋襄公虽然愤怒，图霸的雄心却丝毫未减。

没有鲁国的支持，周天子又不肯下诏，响应宋襄公号召的诸侯也就少而又少。到了会兵之日，只有卫、曹、邾三国率师来到了宋国。卫、曹、邾三国与别国诸侯不同，不能不响应宋襄公的号召。当年狄人攻卫，几乎灭了卫国。是齐桓公率兵赶走了狄人，又会同列国帮助卫文公建造都城，并赠送无数财物和牛、羊、鸡、狗及种子，使卫国残民能够安居乐业。没有齐桓公，就没有卫国的存在，对此卫文公从来没有忘记。太子昭是齐桓公亲立的储君，帮助太子昭，正是卫文公对齐桓公的最好报答。而且，当初宋国对卫文公亦是多有帮助，宋襄公之母也是卫国公主。

宋、卫两国一向关系密切，来往甚多，宋襄公与卫文公私交也极是亲密。卫文公亲率兵车百乘，第一个赶到了宋国，使宋襄公感动不已。

曹国紧邻鲁国，与鲁国向来不和，偏偏兵势又不及鲁国。在与鲁国的争战中，曹国往往处在下风。为此，曹国历代国君都与宋国保持着良好的关系，并订有同盟之约。

鲁国攻击曹国，就等于是在攻击宋国，必然会受到宋国军队的干涉。当然，宋国若有任何举动，曹国也必须毫不犹豫地给予支持。但是对于宋襄公拥护太子昭回国承袭君位的举动，曹共公却不愿支持。

齐国的兵势太强，领近各国谁也不能与之抗衡。万一宋襄公的举动失败，曹国就会平添了一个强大的敌国，岂不是自讨苦吃？然而曹共公又绝不能自弃盟约，得罪宋襄公，吃眼前之亏。曹共公想来想去，借口有狄人侵犯边境，只带了五十辆兵车赶往宋国。这样，宋襄公若是胜了，自也少不了他的一份功劳。宋襄公若是败了，则他只带了少许兵车，"罪"不算大，尚能与齐国讲和。

见曹共公只带了五十乘兵车，宋襄公大为失望，却也没说什么。对宋襄公来说，曹共公能够亲身至宋，而没有打发手下大夫领兵，也算是差强人意。

在东方诸小国中，邾国离鲁国最近，好几次险些为鲁国所灭。每一次到了紧要关头，都被宋国解救。到后来，邾国名义上还是能够去王都朝拜天子的诸侯，实际上几乎是宋国的附庸，对宋襄公的号令，不能不从。邾君能够带往宋国的兵车，也只有五十乘而已。

宋国兵势不弱，拥有兵车六七百乘，可是亦因防备鲁国的缘故，顶多能出动三百乘兵车。以五百乘兵车的军力，攻伐齐国这样的第一等强国，未免力不从心。

齐国经过管仲数十年的治理，人口大增，且富有财帛，若倾其国力，征集千乘兵车也并非难事。可是宋襄公已骑在了虎背上，只能将他维护仁义大道的举动进行到底。他自为主将，以公孙固为副，公子荡为先锋，浩浩荡荡杀奔齐国。

虽然外表上宋襄公英勇无比，敢冒以寡敌众的风险，但他心中却是异常谨慎，不愿轻易攻击齐军。与齐国的这场大战，是宋襄公图霸的第一场硬仗，只能打胜，不能打败。

胜了，他则名震天下，狠狠打击了鲁僖公的傲慢，亦给了周天子一个警告，使周室再也不敢轻视他。

败了，他则成为天下诸侯的笑柄，不仅图霸不成，反而会遭到齐、鲁两国的联手攻击，国势危矣。

宋襄公心中虽有无数言语，也难以告知太子昭。他在出征之前，派了无数密使赶往临淄打探消息，对齐国的内乱知道得非常详细。高、国二人，还有公子潘、公子元和公子商人决不会善罢甘休，定然将趁我宋国兵临城下的机会，谋害公子无亏。寡人就这么和齐军耗下去，耗得久了，齐国自会生出内乱。

宋襄公打定了拒不出战的主意，偏又日日巡视军营，做出立刻就要攻击齐军的样子，使齐军主帅易牙更加紧守营门，不敢轻易出战。

易牙之所以不敢出战，正是担心齐国会生出内乱。他统领的齐军不仅仅要对付外敌，还要对付"内贼"。

宋襄公盼望的齐国内乱果然爆发了——高、国二人首先动了手，借口有紧急军情相商，在城楼设伏，乱剑杀死了公子无亏。

公子无亏曾经承诺，如果易牙、竖刁能击败宋襄公，他当拜二人为相国，委以军政大事。这几乎是说明了——竖刁和易牙将取代高、国二位世袭上卿的权位。

高、国二人好不容易盼着管仲死了，"夺回"了失去的权力，岂肯轻易让出？二人来了个"先下手为强"，以遵守先君之命为号召，尽起家兵"诛杀逆贼"。

公子潘、公子元和公子商人亦同时发难，直扑竖刁府中，将竖刁及其全家老幼俱都杀死，一个不留。其府中堆积如山的财帛铜钱被众公子们分了个干干净净。高、国二人闻讯，忙扑进易牙府中，将易牙的全家老幼处死，财物抢掠一空。

竖刁、易牙二人的党徒见势不妙，纷纷逃往城外，大部分为众公子和高、国二老的家兵拦截杀死，但也有几人侥幸逃脱，奔至易牙的大营。

易牙听了党徒们传来的噩耗，惊怒悲痛交加，欲尽起营中军卒回城"平乱"。不料众军卒闻听都城生变，国君已死，亦是大乱起来，不听易牙的号令，擅自散队，急急向家中奔去。

整个齐国大营的军卒似溃堤而出的洪水，横冲直撞，四处乱溢。易牙惊恐之中带着二三心腹，狼狈逃往鲁国。宋襄公大喜，拥着太子昭，直向临淄城中扑去。

高、国二位上卿亲领百官，出城迎接太子昭，并备下羊酒，感谢宋、卫、曹、邾四国平定齐国之乱的大功。宋襄公得意扬扬，与太子昭同乘高车，径自驰入齐宫，先至齐桓公灵前痛哭一场，然后以太子昭为主丧之人，重行入殓大礼。

众公子表面上对太子昭恭敬有加，暗中却尽力扩充家兵，准备再发动一次"诛杀逆贼"的血战。宋襄公严格遵守仁义大道，"不敢"带兵在齐国久留，三日后即班师回国。四国之军刚走，众公子就反了，各出家兵攻打朝堂。

太子昭再一次落荒而逃，追上班师的宋襄公，请求宋襄公为他杀尽众公子。宋襄公大为恼怒，迅速回军。众公子亦出家兵，至城外决战。众家兵虽然勇悍，人数却比四国之军少了许多，且不惯阵战，被打得大败。众公子紧闭城门，惶惶不知如何才好，只得磕头向公子开方"请教"。

公子开方并不赞成众公子的莽撞举动，但是他一时又无法说服这群欲望如火般熊熊燃烧的公子们，此时公子开方虽对众公子极为不满，还是尽力为众公子奔走不迭。毕竟，他和众公子的命运已紧紧连在了一起。

公子开方"摒弃前嫌"，主动拜访高、国二人，请求高、国二人出面，与太子昭讲和。高、国二人一来担心彻底与众公子闹翻了，会落下个同归于尽的结果。二来也不愿公子昭的君位来得太顺，有意留下些隐患，故与公子开方讨价还价一番后，答应出城讲和。

临淄城墙高大坚固，攻打不易。宋襄公听了高、国二人的一番言语后，欣然同意讲和。太子昭心中并不情愿讲和，只是不便拂逆宋襄公，也没有拒绝高、国二人。

夏五月，众公子出城拜倒在太子昭车前，口称死罪。

太子昭下车亲手扶起众公子，折箭为誓——易牙、竖刁、公子无亏身犯大逆之罪，三家党羽例当诛杀，并灭其族人，除此之外，所有人等，一概不予追究。众公子感激涕零，誓言忠于太子昭，永无二心。

当日，百官于朝堂拥太子昭为君，是为孝公。各国使者闻报，纷纷入贺。周天子亦派朝中大夫为使者，至齐入贺。齐孝公仍拜高、国二人为上卿，执掌朝政，又给朝臣各加一级，并赏给财帛等物。

宋襄公这次留在齐国都城五日之后，方班师回国。临行之际，齐孝公大出内府黄金玉璧，献与宋、卫、曹、邾四国君主。

卫、曹、邾三国之君大喜，欲纳厚礼，却听宋襄公说道："寡人为仁义而来，岂能贪此意外之物？"宋襄公不收厚礼，卫、曹、邾三国亦不敢收。列国诸侯闻之，不觉对宋襄公大为钦佩，又派使者至宋，庆贺宋襄公的"平定齐国之功"。

宋襄公兴奋至极，破例没有在朝堂上讲解仁义大道，让朝臣们无拘无束，连着痛饮了三天。半醉之时，宋襄公对公子目夷说道："齐乃霸主之国，然须我宋国，才能平定其乱，此岂非天帝欲我宋国霸于天下？"

公子目夷唯有苦笑，什么话也说不出一句。他知道，平定齐国的大功已如美酒一样使宋襄公沉醉于他的图霸大业中，任何人也休想将其劝醒。

秋八月，齐孝公以诸侯所能享受的最隆重的礼仪，将他的父亲齐桓公葬于临淄城南的牛山。晏蛾儿以死相从齐桓公，大受史官赞扬，得以在齐桓公的陵墓旁立一小坟。

齐孝公又命将长卫姬、少卫姬连同其内侍宫人尽行驱入墓道中陪葬。长卫姬的儿子无亏是"逆贼"，自当遭此厄运。少卫姬的儿子公子元已被赦无罪，却不能挽救母亲的生命。齐孝公说，先君最喜欢的姬妾，就是两位卫国公主,当儿子的不能让父亲在地下感到寂寞。

放屁!先君最喜欢的姬妾就是郑姬,否则,你怎么会当上太子?你口中说不追究我,却在以这种残酷的方式向我报复。我饶不了你!总有一天,我要将你和你的母亲、姬妾、儿子们全都杀了!公子元痛苦地在心中呼喊着,天天在心中呼喊着。

第二十五章

宋公争霸终虚妄 盂地会盟做楚囚

周襄王十一年(公元前 641 年)春,雄心勃勃的宋襄公决心仿效齐桓公,会盟天下诸侯,共同倡行仁义大道。公子目夷无法阻止宋襄公的图霸大业,只好在细处加以劝谏。

"图霸之事,不宜太急,初次会盟,四五国便已足矣。"公子目夷说道。对于公子目夷的这番劝谏,宋襄公倒是从善如流,只向卫、曹、滕、邾、鄫五国国君发出了盟会之约。

宋襄公知道他虽是"名震天下"了,但许多诸侯仍然不会怎么看重宋国,纵然主动邀请,也恐怕难以请动大驾。他要给人一种"令行禁止"的霸主气象,有意挑选了五位决不会拒绝他的弱小之国的国君。

会盟之地定于曹宋边境, 会盟之日定于三月初十。宋襄公带领公子目夷、公孙固、公子荡诸文武大臣,正好在初十之日赶至会盟之地。在宋襄公的料想中,此时五位国君早已站在大道之旁恭迎他的大驾。想当年齐侯首次会盟,连齐国在内,亦不过五位国君耳。寡人今日会盟,却有六国之君,已胜过当年的齐侯。

但大大出乎宋襄公的料想,站在大道旁恭迎他的国君,仅曹共公与邾君二人,卫、滕、鄫三国之君踪影皆无。宋襄公只觉浑身的血液轰地涌到了脸上,仿佛众文武大臣全在嘲笑他。

曹共公非常恭敬地将一封帛书呈给宋襄公,说:"狄人侵卫,使卫侯无法赴会,他让我代向宋公致歉。"

宋襄公的脸色这才舒缓了些,接过帛书,见上面的措辞亦是极为谦恭,十分满意。他递给公子目夷,让他与众文武大臣互相传看,然后问:"滕、郳二君为何不至?"

"这……"曹共公犹疑了一下,才答道,"滕、郳两国地处偏远,或许路上耽误了。"

"寡人早在一月之前就曾告知会盟大事,岂有耽误之理?"宋襄公勃然怒道。曹共公一惊,和郳君对望一眼,垂下头来,不敢再说什么。

"滕、郳二君或有意外之事相阻,主公何妨等上几日。"公子目夷说道。

我宋国乃堂堂公爵之国,岂能等候滕、郳这等弹丸小国?宋襄公心中窝火至极,口中道:"会盟吉日,乃太卜所定,不可轻改。"

"也好,三人成众。今我宋、曹、郳三国,亦可称众。"公子目夷尽量以轻松的语气说着。

宋襄公脸上已变成铁青之色,无论如何也轻松不起来,心里道,刚才寡人还在嘲笑齐侯当年只有五国会盟,却不料寡人今日仅能以三国会盟。大国不服我宋国也还罢了,滕、郳不过是弹丸小邦,如何也敢轻视寡人?弹丸小国都是如此,寡人又怎能光大先祖,图霸天下?

满腹怒气的宋襄公强装笑脸,和惴惴不安的曹、郳二君登上早已准备好的高台,来了一番"歃血为盟",誓言同倡仁义大道,匡正天下。宋襄公"如愿以偿",手执牛耳,做了三国之盟的"盟主"。

会盟之后,理应在馆舍中大摆酒宴,以示庆贺之意。宋襄公毫无当上"盟主"的欢悦心情,借口仁义大道须以俭朴行之,取消了酒宴之乐。

次日,滕君方至,忙不迭地要面见宋襄公请罪——寡人因患头昏之疾,所以来迟,请宋公恕罪。宋襄公拒不与滕君相见,使其别居小室,以兵卒看管,形同囚禁。又过一日,郳君方至,同样是宣称身患疾病,所以来迟。宋襄公对付郳君,一样是使其别居小室之中,以兵卒加以看管。

滕、郳处在齐、鲁、宋三国的夹缝中,对哪一国都不敢得罪。滕、郳二君知道宋、鲁不和,赴宋公之约必会得罪鲁国,但拒不赴约又会得罪宋国,左思右想之下,不约而同地使出了"装病"之计,故意误了会盟之日。

宋是大国,决不会因为等候弹丸小国而推迟会盟之日。这样,滕、郯两国虽然赴会,却未入盟,并不会得罪鲁国。而两位国君虽在"病中",也强撑着赴会,其诚意理应会"感动"宋国,得到宋公的恕罪。宋公素以仁义自许,贤名传于天下,无论如何也不会过于为难两位弹丸小国的国君。

但是两位小国之君却没有想到,今日的宋公和往日的宋公大不相同。往日的宋公只有贤名,缺少威名。今日的宋公因其平定齐国的大功,已赢得赫赫威名。今日的宋公看重其威名已远胜往日的宋公看重其贤名,今日的宋公已无法容忍有谁轻视他的威名。

宋襄公招来公子目夷和公子荡二人,商议如何处置滕、郯两位国君。

"欲霸天下,须辅之以威。今滕、郯二君有意轻视寡人,若不严惩,寡人之威名扫地矣!"宋襄公恨恨地说道。

"立威须在自身之力,不必惩处小国之君。"公子目夷道。

"不然,欲立威于天下,强自身之力,非惩处滕、郯二君不可。尤其是郯君,绝不能轻易放过。"公子荡大声说道。

"惩处小国之君,如何能强自身之力?"公子目夷不解地问。

公子荡得意地一笑,说:"睢水之畔的东夷各族勇悍好战,当日齐侯称霸之时,也未能将其收服。东夷各族极敬睢水之神,又与郯君有仇。依微臣之见,不若杀郯君以祭睢水之神,此来一可震慑各国诸侯,使其不敢轻视宋国。二来可示好东夷之族,使其为我宋国征伐他国,强我自身之力。"

"公子荡此言大谬!"公子目夷惊怒交加,大喝道,"郯国再小,也是一方诸侯。睢水之神就算称之为神,只是一方小神,杀诸侯祭一小神,为周朝王于天下以来从未见过之事,宋国行之,必然震骇人心,名声大坏。到了那时,别说图霸天下,能不能保全宋国自身,亦不可知。"

"不然,公子荡此言,寡人甚觉有理。"宋襄公说着,喜形于色。在他的心中,宋国图霸遇到的最大困难,就是兵力不足。如果他真如公子荡说的那样,可以收服东夷各族,强自身之力,则宋国兵威势必大增,能够与任何强国对抗。何况小小的郯君竟敢如此轻视他这位公爵,实属该死,杀之何惜?

"主公,自古以来,贤君祭祀,连牛马之牲也须慎之又慎,唯大祭之时,方可行之。此乃贤君体谅上天好生之德,不忍多伤牛马。牛马之牲尚须慎之,何况人命，又何况国君之命？睢水之神，小神也，夷人所重，非华夏大邦所宜祭祀也。主公杀鄫君以祭，东夷未必服之。而天下诸侯必对我生畏惧之心，不肯亲近我宋国矣。"公子目夷苦苦劝谏道。

"子鱼好意，寡人心中自知。然不祭睢水之神，东夷诸族何以敬我？不杀鄫君，则天下诸侯将视我宋国为玩物矣。如此，何能图霸？"宋襄公说着，不容公子目夷劝谏，当即下令斩杀鄫君，祭祀睢水之神。

"唉！宋国危矣！宋国危矣！"公子目夷仰天大呼，忧惧至极。

宋襄公装作耳聋，对公子目夷的大呼毫不理睬。将曹、邾两国之君招来，告知他将斩杀鄫君的决断。曹、邾二君吓得面如土色，拜伏在地，不敢仰视。

"哈哈哈！"宋襄公大笑着，亲手扶起曹、邾二君，"二位与寡人情同兄弟，何惧至此？"

宋公性子急躁，口口声声"仁义大道"，却又滥行杀戮，实是可怕。曹、邾二君都在心中想着。

宋襄公在斩杀鄫君的同时，遣使者至东夷各族，召其共同会祭睢水之神。东夷各族对华夏诸邦并不信任，无一首领应召赴宋。宋襄公大失所望，但还是行了祭神大典，并派使者将祭神经过详细告知东夷各族首领，以得其欢心。然而东夷各族对于宋襄公的热心仍是十分冷淡，连回报使者也不曾派出。

"夷狄之族，果然是形同禽兽，毫不知礼！"宋襄公怒气冲冲地说着。滕君闻知鄫君惨遭杀戮，惊恐不已，慌忙使人归国，尽出内府宝物，哀求宋襄公饶恕其罪。

宋襄公杀了鄫君，并未因此收服东夷之族，心中已生悔意，收下滕君的谢罪礼物后，将滕君从"囚室"中放了出来。

哼！上次齐国欲送重礼，被你假仁假义推拒，害得我曹国空劳一场，实是可气。今日你如何不提仁义，拒受滕君之礼？曹共公越想越是生气，心中的恐惧又始终无法消解，不待会终径自离去。

会盟之时，不辞而别是极为失礼之事，亦是对盟主极为轻视。曹国作为宋国最亲密的盟邦，在这个时候不辞而别，不仅是极为失礼，更是对宋国的公然背叛，其"罪"不知比鄫君大出了多少倍。宋襄公先是气得发昏，继而怒不可遏,欲亲率大军,杀奔曹国,生擒了曹共公。

"主公,杀鸡何用牛刀。微臣愿领兵讨伐曹国。"公子荡主动请战。他的"收服东夷"之策失败,唯恐宋襄公见怪,急于立下战功。

公子目夷又劝道:"主公既然图霸,须以宽宏大量示于诸侯,曹君无礼,可遣使责之,不必大动干戈。"

宋襄公哪里肯听,令公子荡率兵三百乘,大举伐曹。曹共公早有准备,并不与宋军接战,死守都城。公子荡想尽办法,也无法攻破曹国都城。转眼之间,宋、曹两军对抗已达三月之久。

宋襄公一怒之下,居然杀了鄫君祭祀小神。这消息很快就传遍了天下,令众诸侯——尤其是与宋国相邻的诸侯们震惊不已。原来宋公并非贤君,只是一个杀人不眨眼的暴虐之君!曹国与宋世代交好,宋公却以大军伐之,竟似是好战成性。

郑文公此时见齐桓公已死,正欲投靠楚国,遂借惧宋之名,亲至郢都朝拜楚成王。楚成王大喜,赐给郑文公楚地所产赤铜三万斤。但是当郑文公欲回国时,楚成王又大为后悔,与郑文公盟誓——此铜决不可铸作兵器。郑文公自然不敢违背誓言,将楚成王所赐之铜铸成了三座巨钟。

见郑国朝楚大得"好处",陈、蔡两国亦先后朝楚。楚成王担心齐国不服,遂与齐国相约,楚、齐、郑、陈、蔡五国于齐地相会,声明各国互不侵犯,永远和好。从表面上看,这是一件大好事,五国没有理由拒绝,欣然赴会,尽欢而散。

宋襄公听得五国相会之事,大为恐慌,忙将公子荡召回国中。公子荡回报,曹国已难以支撑,再围困两个月,他定然能够攻破曹国都城。宋襄公听了,犹疑几天后,还是发下诏令——让公子荡尽快撤军。

楚、齐两国显然已对约会诸侯极感兴趣,虽未明言称霸,但其称霸之心已昭示天下。宋国在诸侯之中虽非弱者,国力却无法与楚、齐相提并论。宋襄公既欲称霸,难免会和楚、齐两国有所冲突,只怕将有恶战在后。他不愿让宋国的兵力在曹国有过多的消耗,以致失了锐气。

公子荡接到诏令,只得放弃了快要到手的"战功",班师回国。曹共公大大松了一口气,同时觉得他不该因为一时之怒,得罪了世代盟邦。曹国众文武大臣唯恐宋军又至,亦纷纷劝其国君向宋国遣使谢罪。

公子荡刚刚回至国都,曹国派来的谢罪使者就紧跟着来了。宋襄公正当"图霸"之际,也不愿轻易失去了曹国这个世代盟国。于是,宋、曹两国再次盟誓,重修旧好,更为亲密。

忙完了曹国之事,宋襄公的心思又用到了图霸大业上,召集心腹重臣,商议如何才能号令诸侯,会盟称霸。

公子荡献计道:"方今有力争霸之国,除我宋国外,尚有楚、齐两国。齐之先君虽然称霸。因近日诸公子之乱,国势大弱,元气尚难恢复,故唯有楚国,为我宋国劲敌。中原诸侯,闻楚国之名,亦是心惊。而楚国未敢称霸,也是畏惧中原诸侯结盟相敌。主公可借此情势,邀楚入盟,以楚国之强,震慑中原诸侯。又可以我中原诸侯之众,威慑楚国。如此,楚与中原诸侯俱在主公的掌握之中,图霸易如反掌耳。"

"不可。借力于人,必屈从于人。况楚国自号为王,连周室都不放在眼中,岂肯受我宋国之邀?"公子目夷摇头道。

"楚国是否愿意受邀,主公遣使一问,就可得知。"公子荡说道。

宋襄公听了公子荡所献之计,已然动心,不顾公子目夷的反对,遣使奉厚礼至楚,转叙其相邀之意。出乎公子目夷的意料,楚成王对宋襄公的邀请居然是欣然应允。楚成王还言道,会盟之事至大,应由大国先行商定,然后具名召集天下诸侯,行"歃血"大礼,共遵仁义大道。

宋襄公闻听楚成王说出"仁义大道"四字,欣喜若狂,认定楚国已许宋国为盟主了,当即指定鹿上之地为宋、齐、楚三国的会商之处。在宋襄公眼中,天下大国只有宋、楚、齐三国。而齐国又须宋国定其君位,因此在实际上,只有宋、楚两国才是真正的大国。

周襄王十三年(公元前 639 年)春,宋襄公、楚成王、齐孝公于鹿上之地相会。宋国早已筑好馆舍,极尽豪华。楚成王、齐孝公住进馆舍,不禁一个摇头冷笑,一个连声叹息。

宋襄公急于求霸,居然不惜筑此豪华之馆,讨好寡人,可见其心甚虚,毫无胆略,不足畏矣。楚成王心中说道。

宋公自毁俭朴之名,当是为了示好楚君,然楚乃蛮夷之国,宋公如此讨好,岂非大失仁义之道? 齐孝公在心中说着。

三位大国之君相见之后,进入馆舍正堂商议召集天下诸侯的大事。宋襄公一心一意想着他是未来的霸主,虽然对楚成王极为恭敬,但在礼仪上,却毫不相让。他是公爵,自然坐在了正堂的主席之上。齐孝公是侯爵,坐上了次席。楚成王虽是自称为王,实为四等子爵,只能陪坐末席。

楚成王心中大怒,脸上并不露出,反而带着微笑。自从十余年前,齐国以强大的兵威逼迫他向周室称臣纳贡之后,楚成王心中就窝了一团闷气,无法吐出。他自知难以在中原与齐国争锋,就全力经营东南之地,扫除心腹之患。

楚成王首先借着周天子让他主盟南方的诏令,恢复了被灭的同盟之国——舒国。然后他整顿兵车战船,想出种种借口,逐步向东南推进。

在楚之东南,能够威胁楚国的诸侯共有弦、道、柏、黄、江、英、桐、徐等国。除徐国外,差不多都是弹丸之国,偏偏对楚国不服,争先与齐结盟。

然而齐国要管的国家太多,仅中原诸侯之事就有些忙不过来。东南诸侯不明白齐国的苦衷,自恃有盟主为援,不甚防备楚国。结果,弦、道、柏、黄诸国先后为楚所灭,江、英、桐诸国也被迫屈服,向楚国称臣纳贡。只有徐国不是弱者,楚国虽然屡屡加以征伐,也无法使其屈服。

但在东南诸国中,徐国离楚都远在千里之外,并不能给楚国带来任何威胁。实际上楚成王已顺利地扫除了后顾之忧,可以集中全力,北上中原,争霸天下。恰在此时,齐桓公病亡,诸公子争位,乱成一团,使齐国元气大伤,再也无力与楚国对抗。

除齐、楚之外,一等强国仅有晋、秦两国,以及新近强大的燕国。可是燕国远离中原,又忙于征服附近的夷狄之族,一时没有争霸天下的能力。晋、秦两国恶战一场后,兵势大损,又互相提防,一时顾不上争霸天下。上天给楚国降下了一个千载难逢的良机——唯有楚国,才可以称霸天下。楚国君臣都是大为兴奋,决心无论如何,也不能错过了这个良机。

不料这时宋国突然冒了出来,倡行仁义大道,召集天下诸侯之兵,共平齐国之乱。在开始的时候,楚国并未将宋国放在眼里,只是严命所臣服的各小国,不得响应宋国的号召。楚国希望齐国的内乱闹得越来越大,最后诸公子相持不下,把一个强大的齐国分裂成了七八个弱小的"齐国",如此方才称心满意。

楚成王根本不相信宋襄公有能力平定齐国之乱，等着看一场"狐狸没打着，反落一身臊"的笑话。宋襄公只是一个满口仁义的腐朽"贤者"，怎么能领兵平乱呢？然而宋襄公却大出楚成王的意料，居然领兵打败了诸公子，平定了齐国之乱，将太子昭扶上了君位。楚成王这才着急起来，宋国并不可怕，但宋国若和齐国联合起来，对楚国来说，就太可怕了。

宋国并非是普通的公爵之国，而是先朝之后，周室在表面上以"宾客"之礼相待，极为礼敬。以宋国的名望，再加上齐国的强大兵威，天下何国能够相敌？楚成王决不能容许宋、齐两国联合起来，但太子昭是依靠宋国才得以登上君位的，势必与宋国联合不可。

正在楚成王忧虑的时候，传来了宋襄公斩杀鄫君的消息。楚成王听了，又惊又喜，立刻遣使入齐，请求与齐相会。他惊的是宋襄公竟然胆气逼人，敢杀诸侯祭祀小神，比他楚王还要凶悍。他喜的是宋襄公的"贤名"已不攻自破，邻近诸国必然会生出戒惧之心，不愿与宋国结盟。他借此请求与齐相会，齐国必然答应。而齐国答应和楚相会，就是意味着将不会与宋国联合。

宋襄公图霸的企图已很明显，未来的敌人一定是楚国。齐国答应和宋国的敌人相会，自然是和宋国疏远的表示。果然，齐国答应了与楚国相会，把宋襄公急得失了主张，竟向未来的敌人发出了入盟的邀请。

诸侯之间约会，分为普通的见面之会和结盟之会。

见面之会上众人也可提出些互不相犯之类的条款，但不祀上天，不敬鬼神，不请王命，并无遵守的义务。

结盟之会则必须经过"歃血"的仪式，祭祀上天鬼神，并恭请王命。"歃血"之盟的参与者必须遵守所发的誓言。否则，定会受到上天的严厉惩罚。

楚成王对宋国主持的结盟之会毫无兴趣，只想借此探知一下宋襄公的虚实，故意在回书上奉承了宋襄公几句，并"热心"地建议先由大国商量一番后，再具名召集天下诸侯。

与宋襄公一见面，楚成王就看出了未来敌人的弱处，心中本来轻松了许多。但宋襄公却自不量力，强占主位，在他面前毫无谦逊之意，令他大为恼火。

今日且不与你计较，过得几天，方教你知道寡人的厉害。楚成王在心里说着。

宋襄公见楚成王虽坐在末席，并未露出不悦之色，心中很是高兴。天下诸侯都说楚君蛮横无礼，看来亦是过苛之说。楚君比许多中原诸侯还要知礼，寡人召之便来。

宋襄公想着，拱手对楚成王和齐孝公施了一礼，道："兹甫以先朝之后，作宾王家，深感历代天子厚恩，无以为报。今天下混乱，大失仁义之道，兹甫虽德力俱是不足，亦愿与列国结盟，共同匡正天下。楚、齐二位贤君，威德闻于海内，诸侯莫不从之。兹甫欲借重二位贤君之威，共同具名召集天下诸侯。不知二位贤君意下如何。"

"宋公贤名久传天下，诸侯自当闻风相从，何须寡人具名？"楚成王笑道。

"齐经离乱之后，威德俱失，不必具名。"齐孝公推辞道。

"二位贤君不必客气。盟会帛书，兹甫早已写好，只待二位贤君具以大名。"宋襄公说着，召内侍奉出帛书，亲手托起，递给楚成王。齐孝公见此情景，心中羞愤交加，几欲立刻站起，拂袖而去。

他名列侯爵，坐于次席，宋襄公无论如何也不该越过他，径自将帛书递给楚成王。宋襄公如此作为，分明是没将他放在眼里。其实他早就对宋襄公大为不满，只是一直克制着没有流露出来。他不仅要承袭父亲留下的君位，更想承袭父亲遗下的霸主称号。

固然，霸主的称号须通过盟会方能争得，并无父子承袭之说。但是，谁也没有说过父亲是霸主，儿子就一定不能是霸主。齐孝公认为，只要宋襄公肯帮助他，他就一定能够成为霸主，享尽父亲昔日的荣光。宋襄公素以仁义自许，是天下闻名的贤者，也应该不负当年齐桓公的嘱托，善始善终，使齐国永远都是霸主之国。不想宋襄公竟是假仁假义，不仅不帮助他齐孝公成为霸主，反而野心勃发，要夺走本属于齐国的霸主称号。宋襄公第一次举行盟会，就有意将齐国排斥在外。

你就算真想成为霸主，也不该将寡人拒之门外啊，没有我齐国，你又岂能称霸？齐孝公在不满之中，欣然参加了楚国主持的列国相会。他有意给宋襄公一个警告，让宋襄公明白，没有齐国相助，宋国根本做不成霸主。

楚国重视齐国,远过重视宋国,若非顾忌齐国,楚国只怕早就兵伐宋国了。宋襄公好像明白了齐孝公的警告,对齐国重视起来,将齐国邀至宋国,商议会盟大事,并且还将齐国的席次定在楚国之上。

齐孝公很是欣慰,想着宋襄公定会知难而退,改推齐国为盟主。可是宋襄公将帛书先递给楚成王的举动,似一记耳光,将齐孝公一厢情愿的"欣慰"击得粉碎。齐孝公清楚地看出,在宋襄公眼中,齐国远远不如楚国。宋襄公名义上是请齐、楚两国共商会盟大事,实际上只愿与楚国商议,齐国不过是可有可无的陪衬之物。

就算你宋国于我齐国有恩,也不该如此轻视我齐国啊。何况我齐国先君对你宋国的恩惠,亦不为少。当年宋国先君的君位,不也是由我齐国会盟诸侯,方得以宁定的吗?如今寡人国中尚未宁定,一旦宁定,非亲率大军伐宋,先废了你这昏君不可。齐孝公恨恨地在心中说着。

楚成王见齐孝公已显出怒意,心中暗喜,也不推辞,接过帛书,见上面已签有宋襄公的大名,便顺势将他的名号签在宋襄公之下,然后很恭敬地将帛书托到齐孝公面前,请齐孝公签上名号。

"寡人之君位,乃宋公定之。宋公之意,即为寡人之意,不必签名。"齐孝公明显地在话中透出了不满之意。

宋襄公见楚成王如此痛快地签了大名,欣喜若狂,哪里听得出齐孝公话中的不满?他当即和楚成王商定,以盂地为会盟之处,秋八月吉日为会盟之日。商议已定,三位大国之君又观歌赏舞,"尽欢而散"。

楚成王回到国中,招来众亲信大臣,商议应对之策。此时屈完已故,楚成王众亲信大臣中除令尹子文外,全是武夫,最著名者为成得臣、斗勃二人。

"宋君想借我楚国之力取霸主之位,不是等于向老虎借其毛皮吗?哈哈哈!"楚成王愈想愈觉得宋襄公愚不可及,忍不住仰天大笑起来。

"我楚国欲霸中原久矣,宋公之谋,倒是给了我国一个天赐良机。"子文笑道。

"不错,寡人正欲借宋君之盟,成我霸主之愿。"楚成王道。

"宋公虽无图霸之力,然其心性甚傲,恐怕不会服我楚国。"子文又道。

"哼!寡人自然有办法压服宋国。"楚成王满脸都是傲然之色。

"宋国地处齐、鲁、郑、陈之间,我楚国欲霸中原,非压服宋国不可。然宋乃殷商之后,自许极高,仅以兵威,恐难使其臣服。主公兵威加之,还须以德相辅。"子文担心地说着。

楚成王自从征服东南诸侯之后,愈加看重兵威,宠信武将,朝中文臣地位卑下,所言之事往往不能上达君听。子文对这种状况深为忧虑,却又无法改变。

近年来楚成王异常固执专横,再也不似当初那样虚怀纳谏,既重武臣,亦不轻视文臣。且随着年岁日高,脾气也暴躁了许多,动不动就以小过残杀大臣,又荒淫好色,连亲近臣下的妻女也不放过。如此下去,主公休说称霸,能得善终,就算大幸。子文常在心中说道。

"令尹不必忧心。人常以威德二字相连,可见有威即是有德。寡人威德齐至,不愁宋君不俯首称臣。"楚成王得意地说着。他已想好了压服宋国的办法,不过这个办法他暂时不想告诉子文。在许多时候,他觉得令尹子文和那宋襄公一样,也有些腐朽不堪。

秋八月,楚、陈、蔡、许、曹、郑六国之君,如期至于盂地。齐孝公借口防备东夷之族,并不赴会。鲁、卫诸国也各有因由,不愿或不能赴会。邾、滕诸国太小,宋襄公嫌其难壮声威,亦拒其赴会。

宋襄公早在十日之前,已率公子目夷、公孙固、公子荡等文武大臣来至盂地。见所来仅有六国,宋襄公有些失望,不过转念一想,六国加上宋,已有七方诸侯,并不算少,可以称为盛大之盟矣。

六国当中,只有许、曹两国与楚不甚亲密。这会盟大礼进行之时,肯定会有意外之事。公子目夷心中想道。他对盟会之事甚是怀疑,尤其是对楚国竟会"屈从"宋国深为忧惧。宋襄公本来不想让他赴会,但在他的坚决请求之下,只好允他赴会。

盟会之地虽在宋国境内,可因为这是不带兵甲的"衣裳之会",宋襄公不允许宋国有一兵一卒出现在盂地。公子目夷放心不下,私与公孙固商议,选精锐士卒三百人,伏在五里之外的野林中,以防不测。公孙固对宋国称霸之举极为赞成,但对楚国亦是深怀戒惧之心,愿意与公子目夷同担"欺君之罪",将三百精锐士卒伏于野林中。

盂地馆舍比鹿上之地更为豪华,并筑有高大的土坛。陈蔡诸国从行者不过百人,独楚成王从行者足有五百人之多。宋襄公认为楚是天下第一大国,从行者多些,不足为奇。公子目夷和公子固心中则顿时紧张起来。

七国国君揖让行礼一番之后,同登高坛,先向虚设的周天子之位行过朝见大礼,然后依次而立。宋襄公仍是占着主位,楚成王占着次位,其余诸侯则按爵位高低排列,七国臣子分班立于坛下。不知是有意还是无意,宋国臣子公子目夷、公孙固等人和曹、许两国臣子立在左方,楚、郑、陈、蔡四国臣子则立于右方,俨然如两军对阵一般。楚国臣子为首者正是成得臣与斗勃二人,这两位武臣俱生得高大魁壮,只是比较起来,斗勃更显得肥胖一些。

不论是公子目夷、公孙固,还是成得臣和斗勃,都凝神屏气,听着高坛上的动静。行过朝见大礼,七国国君就该祭祀天地,歃血为誓,列名载书,进入庄严的大典之中。

依照惯例,此时应首先推出主盟之人,方可行歃血大典。宋襄公屡屡以目示意,希望楚成王首先说话,推举宋国为主盟者。不料楚成王虽是面带微笑,神情谦恭,偏偏不肯说出一句话来。楚成王不说话,陈、蔡、曹、许、郑五国国君亦是一声不吭。

宋襄公急了,陡然间大声说道:"今日天下混乱,仁义之道大失。寡人与众位盟于此地,是欲振作齐侯故业,号召天下,共同维护仁义大道,众位贤君以为如何?"

楚成王仍是面带微笑,不慌不忙地说道:"宋公之言,极是有理。但不知今日主盟者为何人?"宋襄公一愣,心里道,主盟者舍我其谁?你楚王不是早就明白了吗?

"天下混乱,非有力者不能定之。"楚成王又说了一句。

宋襄公慌了,更大声地说道:"盟主之位,当以功论,无功便以爵位定之。"

"哈哈哈!"楚成王大笑起来,"如此说来,这盟主之位,寡人倒是愧领了。"说着,上前一步站在宋襄公之前。

"慢来!"宋襄公复上前一步,又站在楚成王之前,"如何该你领了盟主之位?"

"七国之君中,寡人名列王爵,最为尊崇,自然当领盟主之位。"楚成王傲然说道。

"你乃假王,怎能以此相压寡人?"宋襄公又惊又怒,厉声问道。

"哼!寡人既是假王,你为何不将寡人拿下!"楚成王冷笑起来。

"这……"宋襄公愣住了,他万万没有想到楚成王会说出这么一句话来。

天下只能有一个王——周天子。其余任何人敢于称王,就是对周室的大不敬,罪该万死。宋襄公以仁义自许,理应上前毫不犹豫地拿下楚成王,将其斩首,传送王都,宣示天下,如此,方算是在维护仁义大道。但是宋襄公不仅不拿下楚成王,反欲与其歃血为盟,又怎么能自许仁义呢?

"哈哈哈!"楚成王仰天狂笑起来,大喝道,"你不敢拿下寡人这个假王,寡人可要拿下了你这个假仁假义之人!"他的这一声狂笑,是早在事先与成得臣、斗勃商定的暗语。

"哇呀呀——"成得臣、斗勃大吼起来,猛地脱掉身上的袍服,露出里面披着的铠甲和插在腰带上的短剑。曹、许、陈、蔡、郑诸国臣子吓呆了,个个呆若木鸡,一动也不敢动。

公子目夷和公孙固见情势突变,亦甩脱了身上的袍服,一样露出了里边的铠甲和短剑。啊,原来宋国早有所备!成得臣倒是吃了一惊,但一惊之后,立刻手挥短剑,毫不犹豫地向高坛上疾步跃去。

"休伤我主!"公子目夷、公孙固大喝着,双双跃起,欲拦截成得臣。

"给我待着吧!"斗勃大叫着,抢步挡在了公子目夷、公孙固的身前。那五百楚国的从行者人人都拿出了暗藏的兵刃,蜂拥着向公孙固冲过来。公子目夷和公孙固身边只有十余从人藏有兵刃,无论如何也敌不过楚人。

"快走!"公子目夷和公孙固拥着众宋国臣子,急急向馆舍退去。

"须得救下主公!"公子荡脸色苍白,却不肯后退。

"有臣就有君,无臣则无君!"公子目夷厉喝着,扯着公子荡疾步而退。眼前的突变正在公子目夷的预料之中,馆舍外早停着准备好的驷车。宋国臣子们匆匆登上驷车,向东方的野林疾驰而去。楚国众人似并未将宋国臣子放在眼里,也不追赶,只铁桶般将高坛团团围住。

公子目夷等人驰至野林,尽起埋伏的三百锐卒,向高坛杀回来。就在公子目夷等人呼喝着冲近高坛时，忽听远方雷鸣般轰轰回响，尘头大起，无数兵车如大海上的狂潮，呼啸而至。

"不好，楚国不仅欲执吾君，还欲灭亡吾国！"公子目夷大惊，当机立断，放弃营救宋襄公的打算，迅速向都城睢阳退去。原来楚成王不仅密命成得臣、斗勃二将率五百壮士扮作从者相机"擒拿"宋襄公，还命另一亲信大将斗般率兵车八百乘，士卒七万余人随后跟进。

"哈哈哈！"楚成王又一次仰天大笑起来，指着坛下如潮的楚国兵卒，大吼道，"寡人有此劲旅，足可横扫天下！谁敢说寡人是假王！"

"熊恽！"宋襄公叫着楚成王的名字怒斥道，"你不仅是假王，还背信弃义，盗贼不如！"他的双臂被成得臣紧紧扭住，动弹不得，心中狂怒，全身几欲爆裂开来。楚成王居然如此阴险，会行出劫盟的毒计，是宋襄公做梦也不曾料想到的事情。陈、蔡、曹、许、郑五国国君见此情景，个个惊得浑身乱颤，几欲瘫倒在地，一句话也说不出来。

"你这昏君，到此地步，还敢顶撞寡人，简直是活得不耐烦了！来呀，把他给寡人砍了！将他的脑袋和那个牛头摆在一起，祭祀上天！哼！鄫君是个四等子爵，只配祭祀水神。宋君是个公爵，大约够得上祭祀上天吧！"楚成王盯着宋襄公说道。

啊，他，他竟要杀了我么？宋襄公打了一个寒战，再也说不出话来。他能在会盟之时杀了鄫君，楚成王又为什么不能杀了他？不。寡人不能死，寡人要光大祖业，倡行仁义大道啊！宋襄公绝望地在心中大叫着。

"寡人身有何罪，竟遭毒手？"宋襄公质问着，口气软了许多。他边问还边向陈、蔡、曹、许、郑五国国君望过去，盼着他们能站出来说几句"公道话"。但陈、蔡、曹、许、郑五国国君都低着头，不敢与宋襄公的目光相接。

"你罪恶滔天，数不胜数。齐国新丧，你趁机攻伐，擅行废立大事，目无礼法。鄫君赴会稍迟，你竟大施淫威，将其斩杀，暴虐甚于殷纣。宋本亡国残余，唯有谨守礼法，方可弥补前代之罪。而你却自不量力，图谋称霸，又狂妄自大，在寡人面前毫无逊让之态。此罪如山，你尚不肯认么？"楚成王厉声喝问着。

欲加之罪，何患无辞。宋襄公在心里说着，也只能在心里说着。现在他犹如案上的鱼肉，楚成王想怎么宰割他，就可以怎么宰割他。

"不过，你若知罪，寡人看在汤王的分上，也可饶你不死。"楚成王话锋一转，脸上又浮起了微笑。

"如何……如何才算做知罪？"宋襄公声若蚊鸣，心中屈辱至极。他如此相问，在陈、蔡、曹、许、郑五国国君眼中，已算是"屈服"在楚成王的威胁之下，名望扫地。

"你若遍告天下，从今以后，宋国年年朝贡楚国，便是知罪。"楚成王说道。

"熊恽！你不过是南蛮贱种，竟敢欲我宋国朝贡，简直是痴心妄想！"宋襄公盛怒之中忘了害怕，大声呵斥道。

他本想着，楚国设此劫盟毒计，无非是为了争霸。只要他暂且"委屈"一下，承认楚为"盟主"，楚成王就会放了他。当年周文王为了保全性命，以图大事，不也向纣王"屈服"过吗？他身负光大祖业、倡行仁义大道的重任，为何不能向周文王那样，"屈服"于楚呢？但他没料到，楚成王的胃口竟是如此之大，居然要一口将宋国"吞了"。寡人乃堂堂汤王之后，宁可死于斧钺之下，也决不能臣服于蛮夷之族。宋襄公想着，心一横，再也不愿显出软弱之态。

"你宋国不过是殷纣的孽种而已，暴虐之毒，遗传至今。寡人当为天下主持公道，灭了宋国！"楚成王恼羞成怒，在高坛上暴跳起来。他早已准备好了对付宋襄公的两种策略——先劫盟，逼宋襄公举国臣服于楚。如若宋襄公不从，他就要挥师直捣睢阳，以迅雷不及掩耳之势，一举攻破宋都，另立新君。

如果宋国臣服于楚，则陈、蔡、郑、许、曹诸国之君，势必亦拜服在他楚成王的脚下。如此，他不仅称霸易如反掌，就算是扫灭周室，做一个"真王"，料也不是难事。

楚成王令人将宋襄公押上战车，挥师疾进。陈、蔡、曹、许、郑五国国君，也被楚成王"请"上战车，观看他一举踏灭宋国的壮举。

公子目夷与众大臣逃回都城之后，立即紧闭四门，召集全城丁壮，发下弓弩箭矢，并迅速把无数礌石巨木抬上城头。然后目夷招来公孙固与公子荡，密商道："楚君必以主公胁持我等降服，若不从之，主公危矣。如若从之，则社稷不存。为今之计，吾只得暂摄君位，使楚君无所挟持，或可救得主公。

唯此计不可让众人知之，以免为楚君识破。望二位以国事为重，相助目夷。"公孙固和公子荡想了想，觉得唯有公子目夷的计策可以应付眼前的危急，虽说心里都有些怀疑公子目夷会借此"良机"获取君位，但还是答应相助。于是，在公孙固和公子荡的带头拥戴下，众文武大臣改立公子目夷为君，并告于太庙。

宋国军民闻听国君被劫，楚国大兵将至，俱是心中惶恐，不知所措。此刻又听已立公子目夷为新君，顿时安定下来。公子目夷贤明而又富有谋略，为国人共知。有公子目夷为主，楚兵绝不能打进城来。宋国人毫不怀疑地在心中想着。

当楚国大军逼至城下时，但见睢阳城头旌旗招展，戈矛闪亮，守城丁壮人人衣甲鲜明，士气高昂，毫无慌乱之象。楚成王大出意外，见天色已晚，不敢贸然进攻，先扎下了营寨。

次日，楚成王使大将斗勃至城下传言道："宋君已为楚囚，开城迎降，宋君犹可生还；拒不归降，宋君必死！"宋人回答他的，却是一阵密不透风的箭雨，差点当场射死斗勃。

楚成王吃了一惊，以为是宋人不相信他已"生擒"宋襄公，遂令人将宋襄公装入囚车中，推至城下。

宋人这次倒未射箭，由公孙固答话道："赖上天庇佑，社稷有灵，吾国已立新君。"城下的宋襄公听了，又是羞愧，又是心酸，又是欣慰，眼泪都差点流了出来。

羞愧的是，他以国君之尊，竟成了楚人的囚徒，无疑是给宋国带来了极大的耻辱。

心酸的是，他图霸不成，反倒失了君位，已成天下人的笑柄。

欣慰的是，宋国既然已立新君，就决不会臣服于楚。

公孙固的回答，令楚成王大感意外，只得下令强攻。楚国兵卒们扛着云梯，呼啸着向城头上冲去。宋国兵卒沉着冷静，敌军离得远时，便用弓弩射杀。离得近时，就以礌石击杀。见云梯靠到墙上，就抬起巨木抛过去，拦腰将云梯压断。

楚军猛攻三日，死伤近万，却未占得一丝便宜。宋军越战越勇，日夜击鼓相呼,声震四野。楚成王束手无策,将众将骂得俯伏在地,不敢抬头。

这时,令尹子文遣人送来紧急军情——随国见大王发兵在外,意欲联合汉水之东众诸侯进犯楚境,大王当尽快了断宋国之事,回军震慑。楚成王心中顿时焦躁起来,召集心腹大将商议进退之策。

"随乃腹心之患,倘若反叛,军士忧心家乡,士气必衰,将不战自溃。寡人欲就此退兵,又必为陈、蔡诸国所笑,心实不甘。"楚成王无奈地说着。

"宋君虽然昏庸,臣下却是甚有智谋。围城久攻不克,士气必疲。主公不若将那宋君杀了,以震慑宋人之心,然后退兵。"斗勃说道。

"不可,宋国已立新君,我楚国杀其旧君,毫无益处,徒留恶名耳。"成得臣说道。

"子玉素有谋略,依你之见,寡人该当如何?"楚成王称着成得臣的字问着。

"我楚军出征,决不能空回。今日虽不能攻破宋都,亦应定下盟主尊号。"成得臣答道。

"这……我楚军不能克宋,威名不张,该以何种名目求为盟主?"楚成王又问。

"鲁国素来与宋不和,又惧齐国之威,主公遣人召之,其必不拒。然后以鲁侯赴会的名目,与诸国为盟。主公还可使鲁侯求情,释放宋之旧君。如此,主公既可得盟主之尊号,又可得鲁国为盟,还能让宋国新、旧两君相争,得利厚矣。"成得臣说道。

"子玉此计大妙!"楚成王欣然说道,立即遣使至鲁,请鲁僖公至睢阳城下相会。

鲁僖公因收留易牙,屡遭齐孝公遣使斥责,心中不快。然而齐强鲁弱,鲁僖公不敢过于得罪齐国,只得将易牙押送临淄。齐孝公以车裂之刑处死易牙,却并未因此消解对鲁国的恨意,令鲁僖公日夜惶恐不安。楚成王遣使来请,正中鲁僖公下怀,当即应允,随同楚使来至睢阳城下。当今天下,齐、楚并强,鲁国若能与楚结盟,自然不必害怕齐国。

楚成王急于班师,先将大军转至薄邑,然后筑一土坛,与鲁、郑、陈、蔡、许、曹诸君歃血为盟。陈、蔡诸君早已饱受惊吓,只想尽快回到国中,当即推郑君领头，共同恳请楚成王为盟主，承袭齐桓公的霸业——尊王攘夷，扶助弱小。楚成王推让一番后，不客气地手执牛耳，做了盟主。接着，楚成王为显示其盟主气度，应鲁君之请，放了宋襄公。宋襄公辛辛苦苦一场奔忙，竟落得如此结果，真恨不得地上裂出个洞来，钻进去躲了。盟会事毕，楚军班师，各方诸侯回国，单单把宋襄公丢在了薄邑。

见敌军尽退，薄邑宰长方敢将宋襄公迎入城中，一边好言安慰，一边派人飞驰睢阳，报知"旧君"的下落。公子目夷、公孙固、公子荡等闻知，急忙率兵车百乘，赶至薄邑，迎宋襄公回朝。

宋襄公见了众人，愧从心起，欲以君礼拜见公子目夷，口中道："俘囚之人，无颜归国。新君若念手足之情，望能容我避于卫国。"公子目夷、公孙固、公子荡慌忙跪倒在地，连称死罪。

"臣等有失职守，致使主公陷入贼兵之中，罪莫大焉。为保社稷，臣不得不暂摄君位，以安国人之心。今主公得脱大难，实为上天佑之。主公若再提避往他国，是不赦臣之罪矣。"公子目夷磕头说道。

公孙固、公子荡听公子目夷如此，心中俱是满含愧意，也忙磕头请宋襄公归国安于君位。他二人直到未见宋襄公的前一天，还在疑心公子目夷会就此真的成了新君。

宋襄公见三位腹心大臣仍然拥戴于他，惭愧之中带着感动，也不再推让，登车回国。百官闻讯，纷纷入朝庆贺。众百姓闻知，忍不住叹息道："看来宋国的灾祸还未退尽，日后不知会吃上什么大苦头。"

宋襄公虽然仍旧当上了国君，心下却闷闷不乐，他总觉得有一块大石头压在胸上，怎么也无法推开。每日上朝，他更起劲地讲着仁义大道，不讲到天黑，决不罢休。众大臣们叫苦不迭，都在心里暗暗埋怨——公子目夷真不该把君位"让回"宋襄公。

第二十六章

泓水决战宋军败 礼遇重耳种善因

每年春天，是中原诸侯朝见周天子的时候。在周朝全盛之际，中原各方诸侯一般都会亲自入都，行朝见礼。

楚成王自宋国班师后，大军直逼随国，迫使随君订下新的盟约，让随君年年亲自朝贡楚国，并且贡物加倍。

随君是被迫朝贡楚国，郑国国君郑文公却是主动朝贡楚国。齐国国君看来是无力称霸，晋国国君又以昏暴闻名天下。郑文公思来想去，觉得只能依靠楚国，方可保得郑国的安宁。

宋襄公闻听郑文公居然以中原诸侯的身份去朝见楚国，顿时勃然大怒，立刻征集兵车三百乘，欲征伐郑国。

"郑为宗室诸侯，不朝天子，却媚于蛮夷假王，大失仁义之道，罪恶滔天。寡人代天行罚，师出必胜！"宋襄公在朝堂上慷慨激昂地说着。

郑文公另外还有项大罪，他并没有当众说出。楚成王在高坛上争"霸主"之时，郑文公不该一声不吭，任由楚成王为所欲为。如果郑文公敢于仗义执言，他堂堂宋公怎会做了楚国的"囚徒"？

"楚、郑狼狈为奸，已成一体。伐郑，楚必救之，主公此行，未必能胜。"公子目夷谏道。

"寡人为仁义而战，虽郑、楚联军，何所惧之！"宋襄公大声道。

"楚军势众，恐难抵挡。"公孙固亦谏道。

"你等惧怕楚军,就在国中安坐好了。寡人独自领兵,也无不可。"宋襄公赌气地说着。公孙固和公子目夷对望一眼,苦笑着,再也说不出什么话来。

周襄王十四年(公元前 638 年)夏,宋襄公率兵车三百乘,自为主帅,以公孙固为副帅,公子荡为先锋,大夫乐仆伊、华秀老为左、右大将,攻伐郑国。临行前,宋襄公下诏——上卿公子目夷辅太子王臣监国,凡军国大事,可自为处分。

郑文公闻听宋军大至,忙遣使飞报楚成王,乞求援救。楚成王大怒,对亲信武臣们说道:"宋公本我楚囚,今复不自量力,居然兴兵讨郑,实为狂妄至极。难道宋公不知,郑国对寡人极是恭敬,郑君见了寡人犹如见了父亲一般吗?寡人当亲率大军,救郑国之难。"

成得臣献计道:"救郑不若伐宋。郑国都城坚固,宋军一时难以攻下,久攻不克,其军必疲。我军此时伐宋,其必以疲军回救。我军自可以逸待劳,一鼓破之。"

"妙!"楚成王赞了一声,当即命成得臣为大将,斗勃为副将,领兵车五百乘屯于边境,待时伐宋。接着,楚成王又遣使至郑,令郑文公坚守都城,等待楚国援救。然后,楚成王又亲领兵车三百乘,随后接应成得臣。

宋军在睢阳城的坚守,给楚成王留下了深刻的印象,使他明白,宋君虽然昏庸,宋国臣下和兵卒们却并不容易对付。楚国和宋国争战,丝毫也不敢大意,如同面对着强大的齐、晋之国的军阵。

从夏天到秋天,宋襄公与郑军相持不下,虽是互有攻守,却难分胜败。相较而言,郑军士气低落,到了初冬时节,眼看已支撑不下去。但就在这时,成得臣、斗勃已率六百乘兵车攻入了宋国境内。宋襄公只得回军救援,在泓水与楚军隔河对峙。

"楚军有兵车六百乘,多于我军一倍。此地离睢阳不远,主公何不传命相国,尽起国中兵甲?想我宋国虽小,倾国中之兵,可再得兵车四百乘。如此,我以七百乘对敌六百乘,或可胜敌。"公孙固献计道。宋襄公拒不听从,还派人飞车赶至睢阳,严命公子目夷——不得擅出一兵一卒相援,否则,杀无赦。

公孙固急了:"以寡敌众,有败无胜,主公奈何不明?"

"大司马不是曾对寡人说过,兵在精而不在多,我宋国之兵勇冠天下,图霸必成吗？"宋襄公不满地问。

"这……这……"公孙固有苦难言，不知如何说才好。

最初他对征战之事极感兴趣，和宋襄公一样雄心勃勃，渴望着能够横扫天下，立下赫赫武功。然而他毕竟是一位熟知兵法的大将，几场仗打下来，发昏的头脑已渐渐清醒，认识到仅凭武勇并不能横扫天下。强大的兵威必须建立在强大的国力之上，国若不强，兵威将无法持久，甚至不战自败。宋国兵卒固然勇敢，但宋国的国力，却远不如楚、齐诸强国，要想横扫天下，图谋称霸，势比登天还难。

见公孙固说不出话来，宋襄公得意地笑了，道："我宋军不仅勇敢无敌，且为仁义之师。天下至德莫过于'仁义'二字。有'仁义'二字在，我宋军将无敌于天下矣。"

唉！主公你有"仁义"，为何被楚人凌辱，成为囚徒？公孙固在心里长叹了一声。

冬十月，楚、宋两国约定，于冬十一月一日，在泓水南岸决战。

宋国军队驻于泓水南岸，决战之日，早早在河岸边摆开了阵势。宋襄公、公孙固、公子荡居中，乐仆伊居左，华秀老居右。

在宋襄公的坐车之后，竖有一杆丈八大旗，上面写着斗大的"仁义"二字，数里之外，便能看得清清楚楚。这杆大旗是宋襄公为了对付楚军，特地命军中工匠赶制而成，自言可当兵车三百乘，有了这杆大旗，宋、楚两军，便已"势均力敌"。

楚军驻于泓水北岸，决战之时，须渡水布阵，方可迎敌。泓水并不深广，然时至冬季，楚军渡河并非易事，进行较慢。红日高升之时，方渡过一半，且阵形不整，甚是散乱。

"楚军屯于北岸，偏以南岸为争战之地，意甚轻我。今其半渡，军阵不整，我军趁势攻之，必能获胜。"公孙固忙说道。

宋襄公不高兴了，一指"仁义"大旗，道："寡人乃堂堂华夏之邦，岂能学那蛮夷之人不讲仁义，暗算于人？"

"楚人劫盟，先失仁义。主公以其人之道，还施其人，不为过也。"公子荡亦劝道。现在他宁愿日日在朝堂上听宋襄公讲解仁义大道，也不愿跟随宋襄公图谋光大先祖、霸于天下的伟业。连着几次挫折，已使他明白，图霸决非他想象的那么简单。可是宋襄公好像一点也不明白，仍在摆着"盟主"的气度，希图"霸业"，几乎已到了神志迷糊的境地，在战场上也高谈起仁义来。如此下去，我宋国非要大吃苦头不可。公子荡心中在叫着苦。

"以其人之道，还施其人，则是陷寡人与蛮夷之邦等同也，此言大谬。"宋襄公有些气恼地说着，不再理会公孙固、公子荡二人，传命士卒大唱起商颂中的《殷武》。

宋襄公不仅要使每位朝臣知道仁义大道，更想让宋国的每一个百姓、每一个兵卒，也都知道仁义大道。赞扬宋国先祖辉煌功绩的商颂歌曲不仅日日响彻在宋国的朝堂上，也响彻在宋国的每一座城邑，每一处军营中。

《殷武》是歌颂殷朝杰出的"中兴之王"武丁的光辉功绩。武丁也曾南征荆楚之地的夷人，并获得大胜。此时大唱《殷武》，倒也不失为鼓励士气的一个好办法，故公孙固、公子荡均未阻止。

成千上万的兵卒一齐高声大唱，气势磅礴，雄壮至极：

挞彼殷武　　（电闪击敌是殷武）

奋伐荆楚　　（奋我神威伐荆楚）

深入其阻　　（深入其地破险阻）

裒荆之旅　　（俘敌大胜震寰宇）

有截其所　　（王师到处齐畏惧）

汤孙之绪　　（汤王子孙功业巨）

维女荆楚　　（山险水恶之荆楚）

居国南乡　　（世居中原之南方）

昔有成汤　　（王于天下是成汤）

自彼氐羌　　（昔日远方之氐羌）

莫敢不来享　　（不敢不来贡牛羊）

莫敢不来王　　（不敢不来朝见王）

曰商是常　　（共认君长是殷商）

天命多辟　　（上天之命不可违）

设都禹之绩　（荆楚朝王竞相归）

岁事来辟　（年年来朝知尊卑）

勿予祸适　（殷商决不降大罪）

稼穑匪懈　（安居农耕休懒惰）

天命降临　（上天有眼不可欺）

下民有严　（殷商勤政爱下民）

不僭不滥　（少有差失不滥刑）

不敢怠遑　（从无怠慢政令明）

命于下国　（仁义遍施下国宁）

封建厥福　（福瑞光大共欢庆）

……

　　宋军唱了一遍又是一遍，愈唱精神愈奋，声如海潮咆哮，直似山崩地裂一般，威势惊人。楚军这时已全部渡过了泓水，正在布阵。楚军将士从来没见过这等声势，被宋军的歌声惊得心中发慌，手足无措，有些控制不住兵车的驰动，阵形比半渡之时更为混乱。公孙固和公子荡大喜——这可是攻击楚军的大好时机。二人急忙向宋襄公禀告，请求发出攻击之令。

　　宋襄公正捻着花白的胡须，沉醉在那雄壮的歌声之中。他听了公孙固和公子荡的建议，觉得二人太不识趣，竟因"荒唐之事"打断了他的"雅兴"，心中很是不悦，训斥道："你等贪一时战胜之利，而毁万世之仁义大道，不其愚乎！"

　　见宋襄公竟说他们愚蠢，公孙固和公子荡哭笑不得，心里焦急万分，偏偏说不出什么话来。

　　楚军到底是久经战阵之师，在最初的忙乱过后，已镇定下来，布成了大阵。

　　宋襄公此时倒显出了果断的气概，发下了攻击之令。宋军阵中鼓声大起，虽有威势，却远不及歌声的雄壮。三百乘宋军战车一齐向楚军大阵冲过去，车轮的轰响声有如天边的滚雷。楚军的战鼓同样是轰响如雷，且更为猛烈，已完全压住了宋军的鼓声。楚军不仅兵车比宋军多出了一倍，战鼓亦是多出了一倍。

宋襄公身先士卒,直撞入楚军大阵中。公孙固、公子荡紧紧跟在左右,奋力击杀。两军顿时混战起来,杀声震天,车冲马撞,戈矛相击,一时难解难分。宋襄公站在仁义大旗之下左冲右突,敌军纷纷退避,好不威风。

嗯!楚军怎么如此不堪一击?公孙固心中疑惑,忙举目四望,不禁惊骇得差点从车上摔了下来。原来跟随宋襄公杀进楚阵的兵车仅十余乘,而周围楚军的兵车一层紧连着一层,何止百数。

不好!楚军这是有意放主公深入阵中,然后围而歼之。公孙固大急,立刻传令后退。但已迟了,四面八方的楚军已潮水般漫涌过来。

"宋公快快投降,可免一死!"楚军大将成得臣站在高车之上厉喝着,心中甚是得意。

楚军素来不愿对阵决战,喜欢野战,又爱使用诡谋。成得臣与宋军约定在泓水南岸决战,本来就是一个诡谋,企图一战全歼宋军。他已将楚军分成前后两军,前军二百乘兵车,后军四百乘兵车。前军是诱敌的饵食,后军是歼敌的利剑。楚军竟敢在宋军面前背水列阵,显然是对宋军极大的轻蔑。

宋襄公素来狂妄,怎能容忍楚军的轻蔑?宋襄公必然要趁楚军"半渡"之际,猛烈攻击,充作饵食的前军自然"溃败"后退。宋襄公肯定不会怀疑楚军的"溃败",定是穷追不舍,将军阵拉成一条"长蛇"。早已埋伏好的楚国后军将在此时突然冲出,将宋军这条"长蛇"斩成数截,分而歼之。

不料宋襄公竟不上当,当真抱定"仁义"的念头,不使诡谋。成得臣无奈之下,只好冒险将后军也渡过泓水,与宋军对阵决战。楚军兵力占优势,决战自会取胜,但要全歼宋军,只怕就很难了。泓水两岸地势平坦,宋军战之不利,自会后退,奔进离此不远的睢阳城中。

由于宋军突然高唱歌曲,大出楚军意料,阵势乱了一阵。成得臣当时急出了一头的汗,唯恐宋襄公会趁势发难。幸好宋襄公是位"真君子",没有乘人之危,让成得臣安然布成了大阵。

成得臣自然不会对宋襄公加以感激,相反,他急于生擒宋襄公,立下奇功。既然不能全歼宋军,那么唯有生擒宋襄公,方能算是楚军大胜。当宋襄公直冲过来时,成得臣有意让开一条道路,而将宋襄公身后的兵车尽量堵住。

果然，宋襄公如一头狂怒的笨熊，轻易地撞进了他布好的猎网中。

"住口！我宋国人人只知仁义，不知投降！"宋襄公怒喝着，欲冲向成得臣，却是冲不过去。敌军的战车一辆接一辆疾驰了过来。宋襄公立刻陷在了苦战中。好在他的左右护卫兵卒俱是百中挑一的壮士，勇悍无比，令楚军一时无法接近。

公孙固、公子荡亦拼死冲杀，竭力要保护着宋襄公冲出重围。但楚军又怎肯放过宋襄公，一排军卒倒下，另一排军卒立即补上。一辆战车翻倒，另一辆战车立刻冲上。宋襄公身边的护卫兵卒人人浑身溅满鲜血，渐渐稀少，已难以挡住楚军的猛烈攻击。

一员楚国偏将趁势冲过来，一戈砍在宋襄公的肩膀上。宋襄公痛得大叫一声，扑通栽倒在战车里。公子荡大惊，奋力摆脱几个楚国兵卒的纠缠，扑过来，一矛将那楚国偏将刺死。但同时，公子荡也被随后追上来的楚国兵卒们刺伤了后背。

就在宋襄公面临绝境，眼看就要束手被擒的时刻，东南角上的楚军大乱，乐仆伊和华秀老各带着数十乘兵车猛冲了过来。原来乐仆伊、华秀老二将见仁义大旗陷入楚军重重围困之中，心知国君处境危急，遂合兵一处，拼死撞开楚军重围，与宋襄公、公孙固、公子荡合在了一处。

宋国最精锐的将士几乎全集于宋襄公左右，楚军虽众，也无法阻挡。公孙固指挥众将轮番掩护，向楚军大阵外突围而出。

眼看宋襄公等人就要冲出阵外，成得臣气急败坏，命强弓手都集中起来，向宋襄公等人猛射过去。既然不能生擒宋襄公，成得臣只得"杀心大起"，毫不留情。但听破空之声呼啸而起，无数羽箭飞蝗一般射向了宋襄公等人。

楚国的强弓手俱是大力士，拉的都是非数百斤力气不能使之张开的硬弓，箭上的力道极为强劲，可以穿透数重铠甲。公孙固、公子荡、乐仆伊、华秀老舞动兵器，奋力拨打羽箭，又哪里都能拨打得开！宋襄公的腿股上连挨了两箭，左右护卫兵卒亦是伤亡殆尽。最惨的是公子荡连中十余箭，当场气绝而亡。公孙固、乐仆伊、华秀老也人人带有箭伤，但总算是拥着宋襄公冲出了重围，急急向睢阳奔去。

楚军大胜，将敌军杀伤十之六七，获得辎重器械无算。公子目夷虽然遵命未派出援军，但在城外亦备下百乘兵车接应，使宋国败军安然退进了城中。成得臣见宋军尚有接应之军，亦未穷追，扛着宋襄公丢弃的那面仁义大旗，吹打着得胜鼓乐凯旋。

楚成王大喜，亲至边境迎接成得臣，赐以酒宴。郑文公闻之，亦亲至楚军大营中慰劳楚军，赠以黄金美玉。接着，楚成王又进入郑国都城，居于郑宫，接受郑文公的大礼朝见。楚成王闻听郑国公主貌美，遂令郑文公引出相见。郑文公不敢违抗，只得将两个女儿引出，向楚成王献酒。楚成王大喜，以所俘宋国的辎重一半赠予郑文公，然后将两位郑国公主载入车中，回至郢都，充于后宫。

郑国文武众臣大感屈辱，纷纷议论道："楚君毫无礼仪，迹近禽兽，将来必然不得善终。"中原众诸侯闻之，都大起戒惧之心，虽仍是对楚国十分恭敬，却尽量避免直接与楚成王打交道，更无一人像郑文公那样主动朝见楚王。

宋襄公的伤势极重，回至宫中，就倒在了榻上，再也无法站起。他在朝堂上大讲仁义大道的日子，也一去不复返了。朝政大事已完全由太子王臣执掌。公子目夷如同辅佐宋襄公一样尽心辅佐着太子王臣，每日散朝之后，他还常常会到后宫来看望宋襄公。

"唉！寡人只怕是过不了这个冬天了。"宋襄公对公子目夷叹息着说道。

"冬天已经过去，现在是春天，很快就会到了夏天。天气暖和了，主公的伤就会好起来的。"公子目夷安慰着说道。

"寡人深居宫中，居然不知时光匆匆，已是春天。唉！公子荡不该死啊，都是我害了他。嗯，公子荡的职位给了他儿子吗？他儿子干得怎么样？还有伤亡士卒的家属，现在还在埋怨寡人吗？"宋襄公问着。

"公子荡的儿子干得还不错，和他父亲一样勇敢，就是脾气躁了些，须多加磨炼。伤亡士卒的家属都得到厚恤，并无怨意。"公子目夷答道。

"楚人实是可恶。古人交战，不杀害已经受伤的敌人，不擒获头发斑白的敌人。可是楚人全然不顾……唉！看，寡人又糊涂了。楚人本来是蛮夷之种，又怎么能遵行古人之道呢。"宋襄公苦笑道。

"主公对楚人一战，未尝不可，只是不该……"公子目夷停住了话头。

"到现在你我都不必顾忌。寡人之错,在于不该和楚人真的打了起来。"宋襄公说出了公子目夷没有说出的话。

宋国为公爵之国,被楚君在国内劫持,当众羞辱,实为大耻。无论如何,宋国也须与楚国大战一场,洗刷耻辱。但是楚国兵势强大,宋国与其争战,必败无疑。

宋襄公心中其实什么都明白,早就定好了对楚国的争战之策。他有意只率领三百乘兵车,有意以"维护仁义大道"的名义讨伐郑国。引诱楚国向他进攻。这样,是楚国以强凌弱,欺负了宋国,而非宋国为报复去攻打楚国。

经过"劫盟"的遭遇,宋襄公已对楚国善使诡谋有了切身的感受,料定楚人在争战之中也会使出种种"诡谋"。楚人使"诡谋",他自然应当使出"仁义大道",为此他还特地做了一面"仁义"大旗,要以堂堂正正的"仁义大道"来应对楚人的"诡谋"。

楚军胜,是因诡谋胜,虽胜可耻,必为天下所轻。宋军败,是因坚守仁义大道而败,虽败犹荣,必为天下所重。

宋襄公心中的"隐衷"除了公子目夷之外,并无任何人能够看出。当宋襄公执意只带三百乘兵车伐郑时,公子目夷已经明白了宋襄公的"深意",因而并未强行谏阻。只是公子目夷和宋襄公自己,都没有料到泓水一战,宋军会败得如此之惨。

本来,宋襄公打算与楚军稍一接战,就立即后退,撤回睢阳城中。如此,宋军的损失顶多是五六十乘兵车。宋国的军力是兵车七百余乘,损失五六十乘并未伤筋动骨,仍然是谁也不能加以忽视。可是当两军对垒之际,宋襄公强压在心底的怒气无法控制,陡然迸发出来,竟将早已预定好的"打算"忘在了脑后,驱车直入敌阵,一副与敌军"同归于尽"的英雄气概。结果,不仅是宋襄公身负重伤,差点成了俘虏,宋国的将士伤亡也极为惨重,兵车的损失竟达二百余乘,几乎占了宋军全部兵车的三分之一。宋军的士气亦是大挫,只怕三五年内,无法恢复过来。

宋襄公"虽败犹荣"的如意打算完全破碎了,宋军不仅未被天下所重,反为天下所笑。周围的邻国看到宋国元气大伤,纷纷"乘人之危",企图从宋国捞到些好处。

首先是齐孝公"忘恩负义",居然也想会盟诸侯,继承他父亲的霸业,并"严命"宋君赴会。公子目夷以国君伤重的理由,拒绝了齐孝公的"严令"。

齐孝公恼羞成怒,亲率兵车五百乘,攻打宋国的缗邑。公子目夷一边令缗邑军民坚守,一边命公孙固派出轻车百乘,分作数队,袭扰齐国的运粮士卒。

鲁僖公也趁机在此时攻击宋国的盟邦邾国,企图将邾国一举击灭。公子目夷命乐仆伊领兵车五十乘冒称三百乘,攻伐鲁国,又命华秀老率兵车二百乘,秘密援救邾国。

齐孝公久攻缗邑不下,粮草又接济不上,只得退兵。鲁僖公闻听宋军攻伐本国,慌忙退兵,在半路上被宋、邾联军截击,大败而逃,连头盔都被邾国兵卒抢去,高悬在城楼上。

齐、鲁两国与宋军争战,并未占到丝毫便宜,其余邻国不觉又重新对宋国敬畏起来,一时并不敢轻举妄动。这些消息令宋襄公深感欣慰,又更加惭愧,觉得他和公子目夷相比,实在是相差太远。

"楚国虽强,然所行无道,并不能得天下诸侯之心,难以成霸矣。"公子目夷说道。

"唉!寡人以仁义示于天下,奈何天下人俱不响应?莫非仁义之道,至今已绝,再也不能振起吗?"宋襄公叹道。

"如今周室衰弱,诸侯纷争,完全以力为胜,哪里还有仁义之道。"公子目夷苦笑道。

"如此,子鱼又为何言楚王无道,难以成霸呢?列国既是以力为胜,力强者自然能够成霸,有道无道,似乎无关紧要吧?"宋襄公困惑地问道。

"成霸必须辅以仁义之道,然此为假道,并非真正之仁义大道也。何为假道?盖其非出于本心,只借以服人耳。然其既为假道,人必不服,故须以力压之,此为力强为胜耳。行假道,必有所顾忌,有所不为,如齐桓公,曾扶燕、定鲁、救卫,正是此理。天下诸侯畏齐之强,又知齐有所不为,故皆拜服,使齐得以成为霸主。我宋国以真正的仁义大道行于天下,远胜齐之假道,然国力太弱,不足以威慑诸侯,故难成霸矣。楚国之强,天下无一国可及。然楚王专一恃力强横,不知以假道为辅,纵欲无忌,无所不为。列国对其只有畏惧之心,难以拜服,故楚国亦难成霸矣。"公子目夷道。

宋襄公听了,愣了半晌方说道:"子鱼此言,何不早说。"

我早说,你就肯听么?公子目夷心中问,口中却道:"主公安心养伤要紧,不必想得太多。"

但宋襄公又怎能"不想得太多"呢?他话锋一转,又问到了另一件事上:"听说晋国公子重耳已来至宋国,是吗?"

公子目夷点点头:"是啊,我让他们住在馆驿中呢。"

"子鱼打算如何安置重耳呢?他以贤名闻于天下,曾得到齐桓公的厚礼相待,我们可不能让齐国给比下去了。"宋襄公不觉又动了好胜之心。

"微臣正为这事发愁呢。宋国刚刚经历战乱,留下重耳,恐有不便。微臣欲请主公相召,宛转其辞,厚赐礼物,使其主动离开宋国。只是主公又须静养……"

"不,寡人能够召见重耳。"宋襄公打断了公子目夷的话头说,"如今楚国已为我之仇敌,齐国又忘恩负义。将来宋国在缓急之间可以求助的,只能是晋国。重耳既有贤名,难保其将来不会成为晋国之君,我宋国绝不可对重耳失了礼仪,无论如何寡人也须与重耳一见。"

主公对此倒是看得明白,到底不失为贤君。公子目夷在心里赞道,恭恭敬敬对宋襄公施了一礼,转身出宫,召重耳与宋襄公相见。

重耳、狐毛、狐偃、赵衰、魏犨等人走进宋宫,都有着一种恍若隔世的感觉。重耳并非依礼辞行,堂堂正正自齐国而来。而是不辞而别,负有"逃罪"。

对于重耳来说,他根本不愿离开齐国,做梦也未想到会有"不辞而别"的一天。他所娶的齐国宗室之女美丽又温柔,令他沉醉迷恋,不能有一刻相离。齐国货物充盈,美酒佳肴数不胜数,令重耳大饱口腹之福。齐国又多女乐,重耳亦养有一队,日日听歌观舞,快活有如神仙。静极思动,重耳还可乘坐高车,出城游猎,尽兴而归。他身为国宾,又为宗室之婿,所受礼遇十分尊崇,且又连着得了几处庄园,每年所获利息,比他在晋国做公子时多出了一倍有余。重耳已完全忘了他晋国公子的身份,忘了他那位也曾是非常美丽的季隗夫人,只想做一位齐国的富贵闲人。

除了酒色女乐,以及游猎和庄园的利息外,重耳对任何事物都提不起兴趣。晋国发生了什么变化,他从来不去打听。偶然与晋国来客相逢,也闭口不谈往日之事。齐桓公去世了,他亦很悲伤,但悲伤一阵后,也就无所谓了。五公子互争君位,闹得翻天覆地,他却躲在府中,日日拥着娇妻,沉醉歌舞之中。直到君位已定,他才出府朝贺,又得了新君赐下的黄金宝物,大为得意。

重耳得意之时,正是狐毛、狐偃、赵衰、魏犨等人失意之时。他们千辛万苦,跟着重耳逃亡齐国的唯一目的,就是欲借齐国之力,使重耳回国登上君位。重耳成为强大的晋国之君,他们亦可成为权势赫赫的当朝大臣。不料重耳竟失了"雄心壮志",只想成为一个齐国的富贵闲人。

重耳如果终生是一富贵闲人,那么狐毛、狐偃、魏犨等人,也就终生是富贵闲人身后跟着的几个帮闲。帮闲与强国大臣的身份实在相去太远,令狐、赵、魏诸人深感屈辱,亦不甘心。

狐、赵、魏诸人日日以"雄心壮志"来鼓动重耳,企图使重耳从安享富贵中"清醒"过来,图谋"大业"。重耳哪里肯听,喝令门卒紧闭内府之门,不准狐、赵、魏等人入内。他们在内府门外等待了十余日,也没能见上重耳一面。众人大怒,齐集于府后桑园中,商议今后当何去何从。

"我等来至齐国,转眼已是七年。你们看,我这脸上都起了皱纹,连胡须都白了好几根,再这么待下去,眼看就要老死在齐国,做了异乡之鬼。你们能等下去,我可等不下去。我宁愿回晋国让昏君杀了,也不愿在这里当个不伦不类的'从人',受那门卒的窝囊气。"魏犨首先说道。

"魏兄低声。吾有一计,不知当行不当行?"狐偃说道。

"有屁快放,有计快讲,此时此地,还啰嗦个什么?"魏犨不耐烦地说道。

狐偃笑了一笑,道:"公子其人,素喜苟安。非外力所迫,不足以动其心也。明日我等准备好行装,藏于郊外。然后虚称高上卿邀其游猎,将公子哄至郊外,推上车便走,如何?"

"此计大妙!高上卿执掌朝政,公子不敢得罪,定是一哄就出来也。"先轸叫起好来。

"只是如此离齐,便为'私逃',得罪于齐侯矣。"狐毛犹疑地说道。

"如今这齐侯,比他老子差得太远。宋公对他有着大恩,他不思图报,反趁火打劫,对宋国动起了兵戈。这等昏君,对公子的'大业'毫无帮助,得罪了也无大害。况且，只有得罪了齐侯，方能使得公子死心塌地去图谋'大业'，不再回头啊。"狐偃说道。

"贤弟说得倒也不错，只是我们'逃'出齐国后，又该投奔哪一国呢？"狐毛问。

"宋公以仁义自许，虽有些迂阔，倒也不失为贤君，公子可先投奔宋国。若宋国难以安身，还有楚、秦诸国可去。"狐偃成算在胸，不慌不忙地说道。众人商议已定，分头散去，做着准备，秘密将细软之物预先送至郊外。

狐、赵、魏诸人以为所商之事至密，无人知晓。不料当日晚上，重耳夫人齐姜已知道得清清楚楚。原来，桑园的树上站着十余个采桑女奴，因见狐、赵、魏等人走了进来，怕男女相见，违了礼法，都伏在叶浓处藏着，将狐、赵、魏等人的话都听在了耳中。

狐、赵、魏等人欲劫持公子，自是大罪，众女不敢隐瞒，连忙禀告齐姜。听了众女奴的禀告，齐姜不动声色，好言抚慰一番，嘱其切勿向人泄露。入夜，齐姜唤来管家，令其趁众女奴沉睡之时，全数斩杀。次日，赵衰、魏犨、先轸等人先至郊外，备好车马。狐毛、狐偃兄弟径入内府，报知高上卿欲与公子同猎为乐。

重耳尚沉睡未醒，齐姜并不惊动，密召狐毛、狐偃至偏室中，屏退侍从问："此番出猎，欲往宋国，还是欲往楚、秦之国？"狐毛、狐偃大惊失色，面面相觑，一句话也说不出来。

齐姜正色道："你等之语，我已尽知矣。大丈夫当有所作为，倘日日沉醉酒色之中，与白痴何异？我今日只问你等——公子是否定能得国？"

狐毛、狐偃大出意外，感激不已，一同跪倒在地，道："夷吾昏庸，国人盼望公子归国为君，如久旱之盼甘霖也。小人们誓当竭尽全力，辅佐公子得登大位。"

"公子贪图苟安，只怕难以相从你等之谋。今晚我当设宴，使公子沉醉，你等载之而去，则事必成矣。"齐姜说着，眼圈不觉红了，心中阵阵发酸。

狐、赵、魏等人对重耳的不满，她早已察觉，也明白狐、赵、魏等人是欲奉重耳远奔他国。在奔走列国的行程中，重耳绝不可能将齐姜带上。齐姜若想阻止狐、赵、魏等人的图谋，使丈夫永远留在身边，唯一的办法就是将狐、赵、魏等人全都杀死。但狐、赵、魏等人都是重耳的患难之交,心腹之人,她又怎么可能全都杀死?

若不将狐、赵、魏等人全都杀死,则总有一天,重耳会离开她,奔走列国,图谋"大业"。与其让狐、赵、魏等人将重耳"劫走",不如她主动将重耳"送走"。这样,不论是狐、赵、魏等人,还是重耳,都会对她感激不尽。何况,从她嫁给重耳的第一天起,她就渴望着能够成为晋国的国君夫人。只是,一旦重耳离开了她,会不会沉醉在另一个美女的怀抱里,而将她完全忘了呢?

齐姜想不下去,也不敢想下去。她虽然贵为宗室之女,也只是一个女人而已。女人能够选择的道路并不多,而且一走上了她选择的那条道路,就再也不能回头。

黑沉沉的夜色中,狐毛、狐偃、赵衰等人将大醉中的重耳抬进车中,急速向城外驰去。自从管仲、鲍叔牙去世后,齐国的种种禁令,已渐失效。狐毛、狐偃和赵衰递上黄金,请兵卒们打开城门,消失在城外的荒野中。醉中的重耳已离开了好久,齐姜还站在高高的台阶上,泪水长流。

魏犨、先轸早已在郊外准备好一切,众人共乘着十余辆高车,向西疾行而去。天明时分,众人已行至百里之外,人困马饥。于是暂停下来,略作歇息。

重耳恰在这时醒了过来,口里叫着:"内侍,取水来!好口渴也!"

"公子欲得水喝,须忍耐片刻,至前面村舍中取来也。"狐偃笑道。

"啊!怎么是你?"重耳大吃一惊,霍地坐起身来,发现周围竟是一片野林,枝干曲折狰狞,似是浮在半空中的无数恶鬼。

"公子恕罪。我等不忍晋国败亡,无奈之下,只得将公子从府中'请'出。"狐偃跪下说道。狐毛、赵衰等人也全都跪了下来,磕头乞求恕罪。

"夫人,夫人何在?"重耳浑身冰凉,茫然地问着。

"若无夫人相助,我等何能将公子'请出'?今已离城百里矣。且齐侯已知公子私逃,将发兵来追,公子应从速而行。"狐偃道。

如此说来,我再也见不到夫人了。这帮恶奴为贪求富贵,居然将我劫持,实是可恶!重耳心中急怒交加,猛地从车上跃下来,夺过一名从者手中的长戈,当胸便向狐偃刺去。狐毛、赵衰等人慌忙跳起身,拦住重耳,苦苦哀求,让重耳饶了狐偃。

此时重耳已完全从睡意中清醒过来，知道他既然从齐国"私逃"了出来，要想活下去，有所作为，就离不开身边这帮野心勃勃的从者。他若杀了狐偃，等于是与众从者公然决裂，只怕自身性命亦不可保全。

"唉！我何尝不想挽救晋国，做成一番大事业。只是齐桓公已去世，无外力可借，故此沉溺于酒色之中，以忘心中之忧耳。"重耳言不由衷地说着。

图谋"大业"不知要经受多少风险，吃尽多少苦头才能成功。享了七年的富贵之后，重耳对于任何风险和苦头，都是避之唯恐不及。可是现在既然已躲不过去，重耳只有强打精神，充作众从者们希望中的"英雄豪杰"。

一行人急急赶路，昼夜兼行，没过几天，已至曹国都城。曹共公性好嬉戏，对重耳不甚礼敬。闻说重耳生具异相，不仅有一双重瞳，且身上肋骨也联成整体，被人称为"骈肋"，好奇心顿时大起，在重耳洗澡时，突入浴室观之，然后哄笑而去。

重耳大怒，也不告辞，与众从者愤然离开了曹国都城。曹国大夫僖负羁闻听此事，忙追着将重耳送出十余里地，并奉上白玉作为送别之礼。重耳非常感谢僖负羁的相送，但坚决拒绝了他的礼物。

僖负羁回到朝中叹道："重耳虽在难中，却不忘礼仪，行所当行，止所当止，日后必成气候，吾君偏偏对其轻之，恐遗后患矣。"

离开曹国，行不几日，又至宋国境内。守关之使将重耳等人行踪报知上去，公子目夷立刻遣公孙固至边界相迎，一路上善加照顾，令重耳等人大为感动。

待重耳来至都城，公子目夷又亲自出城迎接，设宴"洗尘"。然后，监国太子王臣又在朝堂上高奏雅乐，以隆重的诸侯之礼与重耳相见，并大宴三日，极尽欢乐。宋国到底是气度非同一般。重耳不禁在心里感叹道。

当他走进宋宫时，心中更自然流出一种异样的亲切感。宋宫和晋国的宫殿十分相似，都是高大宽敞而又简朴。重耳和众从者一时间好像回到了故国，心中感慨不已。

宋襄公股伤未愈，半躺着坐在席上，对走进殿内的重耳满含歉意地说着："寡人有疾，不能全礼，还望公子恕罪。"重耳和众从者拜伏在地，感动至极，都不知说什么才好。

"公子贤而好礼,异日必为晋国之主。寡人不敢受公子大礼,快快请起。"宋襄公连忙说道。重耳和众从者坚持行完大礼,方才站起身来,躬身肃立。

"寡人和公子一见如故,也不必客气。今日宋国新败,又遭齐国之侵,大不如昔矣。公子若欲安居,则宋国虽小,敢不竭诚奉敬?公子若有大志,则宋国三五年之内,尚无力相帮。公子若不能等,须当更求大国,方可如愿矣。寡人视公子为腹心之交,故直言相告,还望公子见谅。"宋襄公恳切地说着。

重耳目中含泪,道:"贤公肺腑之言,重耳岂有不知?后天便是吉日,重耳当亲至宫中辞行。"

"公子旅途劳累,多歇几日,也是无妨。"宋襄公笑道,当即下诏赠重耳高车二十乘、良马八十四、黄金千镒、健仆五十名,并内府宝物十件。

重耳及众从者又一次拜伏在地,感激涕零——宋公厚礼相赠。对重耳的帮助尚在其次,他给予重耳的隆重礼遇,方是对重耳极大的帮助。

宋国虽败于楚,毕竟是公爵之国,又算是周室的"宾客之国"。宋襄公如此礼遇重耳,必然会使重耳名望大增,对其图谋大业甚是有利。而且各诸侯因有先例,见了重耳,必然十分恭敬,就算不敬,也不敢加害。五日后,重耳辞别宋襄公,束装起程。宋襄公闻之,又复赠衣服干粮,遍及重耳从者,使众人俱是心满意足。

自重耳去后,宋襄公伤势急剧恶化,眼看已至弥留之时。公子目夷急忙与太子王臣赶至病榻前,听其遗言——"寡人急于求霸,不听子鱼之言,以致国败身亡,虽死犹恨,无颜见列祖列宗于地下矣。吾儿即位,当以父辈师事子鱼,凡军国大事,俱听子鱼决之。楚国乃我宋之大仇,世世代代休得与其通好!重耳贤而好礼,将来必有大成,吾儿须谦恭敬之,不可怠慢。齐乃大国,亦不可轻易得罪。寡人擅动兵戈,伤及百姓,大失仁义之道。吾儿切勿骄纵,重蹈寡人之失,切记,切记!"宋襄公言毕,瞑目而逝,时当周襄王十五年(公元前637年)夏五月。

太子王臣主丧即位,是为宋成公。他依从父命,仍拜公子目夷为相国,执掌朝政。公子目夷有贤名,各国贤侯闻其主政,不敢怠慢,纷纷遣使吊祭宋襄公,趁势与宋国修好。宋襄公身后的哀荣与齐桓公相比,却也毫不逊色。

春秋战国

胡晓明　胡晓晖　著

② 权力的游戏

长江出版传媒　长江文艺出版社

目 录

第一章

退避三舍承诺重 秦晋相好助明君

重耳离开宋国,与众从者继续西行,渐渐行至郑国境内。在宋国时,重耳从公子目夷口中听到了一个对他极为有利的消息,即晋惠公重病在身,已不能视朝。太子圉唯恐失去君位,连夜从秦国逃回了晋国。

秦穆公本来对太子圉十分看重,将其女儿怀嬴相嫁,欲使晋国世世代代与秦盟好,以扫除秦国的后顾之忧,争霸天下。不料太子圉却忘恩负义,扔下怀嬴,"不辞而别"。秦穆公大怒,整顿兵车,意欲报复,与晋国大战一场。而晋国亦毫不示弱,举国大征兵卒。此事传扬出来,对秦、晋两国俱是不利,故两国君臣对此事守口如瓶,不肯泄露。

公子目夷执掌宋国朝政,对列国之间,尤其是大国之间的来往之事极为重视,不惜以金帛收买详知内情之人,故对各国的隐秘之事了如指掌。他将秦、晋交恶之事告知重耳,是希望重耳能借此良机,回国夺取君位,使宋国增一强援。

晋惠公父子俱同秦穆公有了深仇大恨,已绝无和好的可能。秦穆公若想与晋和好,非得使晋国另立新君不可,而这新君的最佳候选之人,又非他重耳莫属。重耳恨不得胁生双翅,一下子飞至秦国,然后在秦国大军的支持下,夺取君位。这样,他就会少经许多风险,少吃许多苦头。

郑国居于中原冲要之地,欲入秦国,必先经过郑国。重耳心想他只是过境郑国,不会遇到阻拦,不料却在关口为郑国兵卒挡住了。郑国兵卒道:"国君有令，凡晋国私逃之人，不许进入郑国境内，违者杀无赦。"

原来，重耳离开齐国的消息已传至晋国，晋惠公大为惊慌，立即遣使飞驰各国，"请"各国勿纳重耳。郑文公听晋使说明来意，当即发下诏令，让边关拒纳晋国"私逃之人"。

上卿叔詹谏道："重耳贤而好礼，昔齐桓公深敬之。今宋国又以君礼相敬，可见其人实不可轻视，主公奈何拒之？"

"晋国与郑甚是相近，寡人若纳重耳，晋君必怒，若发兵侵之，奈何？"郑文公反问道。

"郑方与楚国盟好，晋伐郑，楚必救之。故微臣料定，晋国不敢来侵。"叔詹道。

"上卿此言谬矣。晋君昏暴，行事不依常理，岂能料定其必不来侵？"郑文公不高兴地说着。

"主公若不能礼敬重耳，必成其仇。不如将其诱至国中斩之，永绝后患。"叔詹献计道。他也担心若是收纳重耳，晋君会不计利害，发兵侵郑。到了那时，郑国势必陷入两难之地：抗拒晋师，力有不及；向楚国求救，则楚君需索无穷，难以应付。上次楚君无礼于郑，使郑国君臣大感屈辱，一直耿耿于怀。

"重耳宋之所敬，却为郑国所杀，必为天下讥矣。多一事不如少一事，寡人不令重耳入国，正是不欲生事矣。"郑文公说着，不再理会叔詹。

叔詹无奈，退回府中，密召家将吕仲、吕叔，命其挑选勇悍家兵十余人，至边境伏杀重耳。

"公子，郑国既然不许入境，我等只有绕道而行。"赵衰道。

"若欲绕道，只能南下楚国，自汉水上游入秦。"狐毛道。

"看来也只有到楚国去一趟了。"重耳懊丧地说着，令众从者改道向南而行。

郑国身为宗室诸侯，却是毫不知礼。有朝一日我当了国君，定要好好教训你等一番。重耳在心中恨恨地说着。重耳等人都带有干粮，虽未进入郑国，却也没有受到饥饿之苦。一行人急急往楚国边关方城赶去，次日已赶至楚、郑边境。

时当黄昏，但见遍地野草随风摇曳起伏，发出一阵阵哗啦啦的响声。

"唉！列国边境之地，往往人烟稀少，荒凉不堪，此乃征战之过也。"重耳感慨地说道。

"当年齐桓公曾在此地与楚君列阵相敌，双方的兵车加起来，大约有两千辆以上，想来实为壮观。"狐毛说道。

"可惜双方没有打起来，不然，那真是一场古今罕见的大战啊。"先轸遗憾地说着。他为晋国世代将门之后，对争战之事极感兴趣。

"嗯，依你等看来，当日齐、楚两国若打了起来，谁胜谁败？"重耳也来了兴致，问。

"齐、楚两国当日势均力敌，真打起来，胜败实是难说。"赵衰道。

"齐、楚两国君臣俱是明白事理之人，不肯弄险，终究是没有打起来。"狐偃道。

"虽说是齐、楚两国势均力敌，最后到底是楚国服了软，愿意朝贡天子。此为何故？"重耳又问。

"因为齐国是霸主，可以号令天下。楚国敢同任何一国相敌，却不敢与天下相敌。其实论起军力，齐国尚比楚国稍逊一筹，因其称为霸主，反倒占了楚国的上风。"赵衰说着，意味深长地看了重耳一眼。

重耳心中一震，想，我欲成为晋国之君，势非凭借外力强夺不可。借外力以得国，臣下只怕对我怀有轻视之心，非立奇功，不足以服众。晋国之强，决不弱于齐、楚，齐能图霸，我又为什么不能图霸？晋国乃唐叔虞之后，亦为宗室之国，更应倡行尊王大义。如果霸业大成，谁还敢轻视于我……

"哇呀呀——"道旁草丛中忽然跃出十余人来，挥动长戈短剑，劈头盖脸向重耳等人杀来。重耳以为是强盗，急令众健仆上前抵挡。这些健仆乃宋襄公所赠，虽为奴仆，不习武技，然个个身强力壮，手执大棍，又足有五十来人，对付十余强盗，应是绰绰有余。魏犨、先轸等精于武技的从者并未出手，只护拥在重耳两旁，袖手观战。

不料众"强盗"竟厉害至极，身手个个不凡，转眼之间，已杀死十余健仆，尤其是两个为首的大汉，左冲右突，倏忽扑至重耳车前，举着长戈，向重耳当胸便刺。魏犨、先轸大惊，忙挥戈反击，二人素以勇力名闻晋国，无人可敌，想着这一戈反击出去，定能将两个"强盗"当场斩杀。

"当!"魏犫一戈刺出,竟被敌手挡在一边。而先轸一戈竟刺了个空,敌手见到来势猛恶,闪身后退,避开了他势在必中的击刺。

"好家伙,你倒是个厉害角色!"魏犫惊中带喜,喜的是他在这荒野中居然碰到了对手,可以痛痛快快地大战一场。

先轸却是只惊不喜,他并不愿意与强敌硬拼,这不合用兵之道。狐毛、狐偃、赵衰、介子推、壶叔等人见"强盗"太凶,忙各挺兵刃,上前助众健仆对敌。他们的武技虽然不能与魏犫、先轸相比,但常常游猎,也练出了几招真实本领,远胜寻常之人。

如此一来,"强盗"们顿时抵挡不住,惨呼声中,已倒下了七八个。那两个为首的"强盗"也在魏犫、先轸的凌厉攻击下左支右绌,狼狈不堪,无奈之下,虚晃一招,向野草中急逃过去。

其余的"强盗"见势不妙,扭头就跑。但此时重耳已看出他们并非普通"强盗",喝令不得放走一个。健仆们武技不如"强盗",奔跑的速度却比"强盗"们快多了。只奔出了百余步,就追上了众"强盗"。

"厮杀只杀半截,算什么好汉!"魏犫不得尽兴,狂怒地吼着,和先轸亦飞步追了上来。

两个为首的"强盗"见无法逃走,对望一眼,倒转戈柄,自刺而亡。剩下的"强盗"纷纷扔了兵刃,跪倒在地磕头求饶。

重耳带着众从者走过来,喝问道:"你等究竟是受何人指使,前来行刺?"众"强盗"们你望望我,我望望你,不敢回答。

"不说,老爷统统宰了你们去喂野狗!"魏犫挥着长戈大吼道。

赵衰则微笑着从怀中掏出几块黄金,放在地上,道:"说了,不杀你们,还赏你们黄金。"

"是,是上卿大人让……让我们来杀公子的。我们都是上卿大人的家兵,那两个自杀的是家将吕仲、吕叔,是我郑国有名的勇士。上卿大人之命我们……我们不敢不听啊。"一个"强盗"终于开口说道。其余的"强盗"也争先开口,将他们上卿大人的名讳都说了出来。

"好一个叔詹,你的厉害我总算是领教了。可惜你侍奉的国君是个昏君,不然,我只怕早已死无葬身之地。"重耳说着,猛一转身,走回到了大道上。

赵衰脸上仍带着微笑，却暗暗对魏犨做了个手势。魏犨会意，长戈连刺，将跪在地上的众"强盗"悉数杀死。

"干得不错。主公有你老魏护驾，可以高枕无忧矣。"赵衰赞了一声，拾起地上的黄金，又塞进怀中。狐毛、狐偃兄弟脸上均露出不悦之色，心想魏犨、赵衰二人，一个太过鲁莽，一个太过阴险，日后在朝中相处，只怕不大方便。荒野中竟会藏着刺客，这使得重耳等人不敢停歇，连夜向楚国疾驰。

"公子！"介子推忽然喊了一声，驱车自后面赶上。

"你有何事？"重耳问，自从那次吃了"肉汤"之后，重耳见了介子推，总觉有些尴尬，能不与其相见时，就尽量不见。而介子推也更加沉默寡言，亦尽量不与众人相见。天长日久，重耳和众从者几乎忘了介子推，好几次在大摆宴席时，竟没有安排介子推的座位。

"公子至楚，倘若楚君不纳，又当如何？"介子推反问道。

"这你不懂，楚乃大国，若不纳我，是向晋国示弱也。楚君自视甚高，怎会向晋国示弱？"重耳笑道。他觉得介子推虽有忠心，才智却是不足，这么浅显的道理都不明白。

"楚君或许不会为难公子。然楚国大臣只怕怀有私心，会对公子不利。"介子推道。重耳一怔，想，楚亦有称霸中原之心，臣下多是武夫，性躁而狭，如若对我忌恨，倒是难以相处。

"秦方恨晋，必善待公子。子推欲扮作流民，先至秦国报信，使秦君遣人至楚相迎，以免公子久留楚国。"介子推见重耳不作声，又说道。

"这倒是好办法，只不过要扮作流民，未免委屈你了。"重耳道。他本来打算一到楚国，就派人至秦国，让秦穆公知道他身在何处。但现在想来，如此安排并不妥当，万一楚君有意为难他，如何能让他将人派往秦国？

"只有扮作流民，才不至于引起郑人怀疑。事不宜迟，子推告辞了。"介子推说走就走，跳下车便没入沉沉的夜色之中。重耳又是一怔，想，这个介子推，脾气倒越来越古怪了。

楚成王闻听重耳来到，极是高兴，命令朝臣：宋公以什么礼节迎接重耳，楚国便以什么礼节迎接重耳。凡宋公送给重耳的礼物，楚国也照样送给，并加上一倍。

楚国处于南蛮之地,向来被中原各诸侯视作夷人,不甚礼敬。虽然近些年兵威大盛,中原各诸侯闻之色变,畏惧不已。但畏惧是一回事,礼敬又是另外一回事。在中原各诸侯眼中,楚国仍是不知礼法的蛮夷之邦。许多中原诸侯发生内乱,公子们被迫逃亡时,很少会逃到楚国来。但是今日,重耳却来到了楚国,这说明楚国在中原诸侯眼中,已与过去有所不同。

重耳是堂堂晋国的公子,非一般自命为华夏之邦的中原诸侯所能相比。放眼天下,当今能与楚国相敌者,也只齐、晋、秦数国而已。可是晋国的公子却要投奔楚国,这令得楚成王大感光彩,如同又打了一个威震敌胆的大胜仗。

重耳对于楚成王给予他的隆重礼遇,又是高兴,又有些畏惧。他并非投奔楚国,而只是借道投奔秦国。可是他无论如何也不敢在楚成王面前露出借道之意,否则,楚成王恼羞成怒之下,轻则会将他囚禁终生,重则会立刻杀了他,将他的脑袋装在漆盒里送给晋惠公。重耳只能以非常谦恭的言辞感谢楚成王,并以父兄之礼拜见楚成王。楚成王更是高兴,在朝堂上大摆酒宴,演奏雅乐,招待重耳及其从者。

楚国的宫殿,比齐国还要高大堂皇,尤其是朝堂正殿,台基高达九丈,重耳及其从者坐在朝堂中,犹如坐在云霄之上,恍恍然几疑身在梦中。殿上的金鼓之乐的宏大,更远远超出重耳的意料。

其中又以编钟最为令人惊叹,晋国也是强盛的大国,但朝堂木架上悬着的编钟不过十余只,重者数十斤,轻者只有数斤,刚好能够奏出五音。而楚国的编钟根本不用木架悬挂,钟架本身亦为青铜所铸,架柱铸成人形,如力士托山一般,威武雄壮,且架上编钟一排排耀人眼目,看上去何止百余?其中大者约有半人高,只怕有千斤之重。

晋国的编钟演奏时为二三美女以小槌敲击,清脆有余,浑厚不足。楚国的编钟演奏时竟需十余赤膊大汉,手抱彩绘大棒,浑身涂朱,边舞边撞击大钟。其间又穿梭四五美女,以细棒撞击小钟。

其音色既清脆又浑厚,清脆时如山间幽溪淙淙流动,又如竹叶垂露,滴落在深潭之中。浑厚时如天际万马奔腾,又如海潮涌进大江,呼啸于云山之间。重耳及其从者听得痴了,不知身在何处。

朝堂上演奏的虽是雅乐，但堂前的歌舞却非雅乐之舞。楚王既称为王，女乐的规模亦完全等同于周天子，亦为八八六十四人。六十四位乐女没有穿着常见的轻纱长袖，而是几乎半裸着身子，腰间系满五彩的羽毛，头上也插着长长的雉尾，舞姿似在模仿着鸟类的动作，做出飞翔、展翅、跳跃、饮水、相戏、睡眠等种种姿态，还唱着歌，全用楚国语调唱出，重耳等人一句也听不懂。

"此乃凤鸟之歌。"楚成王对重耳解释道，脸上全是无法掩饰的得意之色。重耳及其从者的神态，就像是乞食者进了厨房一般。由此可见，楚宫的富丽堂皇已彻底征服了晋国公子。

"楚居南方，以五行推之，南方属火。火为赤色，以太阳为神。太阳实为朱雀，亦称凤鸟，故楚人喜赤色，喜凤鸟，今日观之，果然如此。"重耳从沉醉中醒过神来，有意用一种方士看到异术的语气说道，以此掩饰他的失态。

原来他早知道这是凤鸟之歌，不过初次见到，好奇而已。楚成王有些扫兴地想着。

"楚国地方千里，物产之富，甲于天下。今日一见，果然如此，令重耳羡慕之至。"见楚成王神情不悦，重耳又忙奉承了一句。

"哈哈！"楚成王听了，又高兴起来，道，"公子若留在楚国，则楚国之富，当与公子共享耳。"啊，楚君之意，竟是要留我长住，这便如何是好？重耳心中发慌，一时不知如何回答才好。

"哈哈！"楚成王又是一笑道，"公子胸藏大志，我楚国纵然地方千里，只怕也容不下你。"

"贤君言重了。逃亡之人，能得一安身之地，便是大幸，何来大志？"重耳苦笑着说道。

"寡人说公子胸藏大志，并非随口说说，而是有感而言。"楚成王说道。

"贤君之言，莫测高深，重耳不明。"重耳谦恭地说道。

"寡人一生不肯服人，但放眼天下，却有三人令寡人不得不服。"楚成王笑道。

"但不知这三人是谁？"重耳问着，好奇心大起。他实在是想象不出，目空天下，自称为王的楚君能够"服"于何人？

"一为齐侯小白,二为宋公兹甫,三为晋公子重耳矣。"楚成王毫不迟疑地回答道。

重耳吃了一惊,差点从席上跳了起来——齐侯小白、宋公兹甫俱已身亡,只有他这位晋国公子活在世上。目空天下的楚君怎么能"服"于一个活在世上的人,楚君在此刻说出这句话来,是不是动了杀心?如果楚君此时动了杀心,他重耳只能任人宰割,毫无逃脱的可能。

"怎么,公子不信寡人之言吗?"见重耳不说话,楚成王不悦地问道。

看他的神情,似并未动了杀心。重耳定了定神,道:"齐侯九合诸侯,有大功于天下,贤君服之,尚不出人意料。只是宋公乃楚之'囚'耳,至于重耳,乃一逃亡之臣,朝不保夕,贤君却言服之,纯为取笑耳。"

"寡人虽居于南荒,然平生所逢敌手,唯齐侯小白一人耳。无齐侯小白,则寡人早已为中原之主矣。至于宋公兹甫,虽是国小兵弱,却敢与寡人争霸天下,虽屡受寡人折辱,终不屈服。中原诸侯要是多出几个宋公兹甫这等人物,则我楚国危矣。故齐侯与宋公虽然功业悬殊,寡人均是不能不服。而公子偏能得齐侯与宋公推重,自然有常人难及的妙处,寡人纵然不服,也是难违天意矣。"楚成王笑道。

"贤君说到天意,更是令人莫名其妙。"重耳越听越是心惊。

"公子难道不知,晋君正患重病,不能视朝,大位将虚悬吗?"楚成王笑道。楚国和宋国一样,在列国之中,尤其是大国之中布有密使,各国中不论发生任何事情,楚国君臣很快就能知道。

"晋国自有太子,何谓大位虚悬?"重耳也笑了起来。既然楚成王已知晓晋国之事,他就不必惊慌了。楚成王肯定早已就晋国的情势做出了对付他的办法,面对这种处境,他只能顺其自然,随机应变。

"晋国太子所能倚仗者,唯秦国之势耳。今其失秦国之势,欲得大位,只能自欺耳。以寡人观之,晋国大位,必将归于公子矣。"楚成王说道。他希望重耳能够当上国君,并且愿意出力帮助重耳当上国君。当年齐桓公为什么敢于率领举国之兵伐楚?是齐桓公帮助燕国强大起来,牵制了晋国之兵,解除了后顾之忧。他今后若想继续争霸中原,势必会与齐、晋两国发生冲突。

楚国虽强,然同时对抗齐、晋两国,力量未免不足。楚成王只能采取齐桓公当年用过的方法，"牵制"其中一国，全力攻击另一国。但燕国太远，难以为楚国所用。楚成王必须将齐桓公的办法改变一下，不用外力，而以"恩宠"来"牵制"晋国，让晋国感激之下，为他所用。

"若得蒙天幸，归于故国，则贤君之恩，永不敢忘矣。"重耳欣然说道。楚成王既然说他重耳将得大位，自不会加害于他。

"如果公子果然归于故国，将以何物相报寡人？"楚成王笑问道。

"这可难了。楚有荆山，可产美玉；又有铜山，可产金宝；还有云梦之泽，羽毛齿革之物堆积如山。且人众之多，冠于天下；美女之多，亦冠于天下矣。重耳实在想不出能以什么来报答贤君。"重耳做出一副苦思的样子说道。

"以公子的聪明，怎么会想不出来呢？"楚成王追问道。

"这……"重耳犹疑了一下，说道，"吾若归国，愿与贤君世世交好，永不相战。"

楚成王心中大喜，口中却道："万一不幸楚、晋相战，公子又当如何？"

重耳忙拱手对楚成王深施一礼："重耳绝不敢与楚争战，万一不幸以兵车相会，自当退避三舍。"

"哈哈哈！好一个退避三舍。"楚成王仰天大笑起来，心中极为满意。他认为晋国必将为他的"恩宠"所"牵制"，不会与楚为敌。

楚成王在朝堂宴乐散后，刚回至内宫，就有内侍禀告："大将军成得臣求见。"

"让他进来。"楚成王说着，心中奇怪——这成得臣有什么话不好在朝堂上说，要到内宫来寻寡人？

楚宫中礼仪远不如中原诸侯繁复，成得臣进至内殿，略施一礼，道："大王，臣以为重耳此人不可纵其回国，当杀之以除后患。"

楚成王一惊，问："子玉何出此言？"

"重耳其人，外示谦恭，内藏傲慢，居然大言不惭，说什么与我楚军相敌，当退避三舍。他此言对我楚军甚是轻视，是可忍孰不可忍！其归至国中，必负楚恩，为我楚国大患也！"成得臣带着怒气说道。

"原来如此。"楚成王笑了，"那重耳不过是一句戏言，将军何必计较？"

楚成王好胜，朝中大将也个个争强好胜，成得臣为众将之首，好胜之心亦为众将之首。在成得臣眼中,他统率的楚军天下无敌,又怎么能容人相让呢?

楚成王喜欢争强好胜的将军,只有争强好胜的将军,才会奋勇杀敌,为楚国攻城略地。但将军们大都头脑简单,哪里能明白他们大王心中的远大谋略呢?虽然常常为无人明白他的谋略而遗憾,却又绝不愿意臣下真能明白了他胸中的远大谋略。他是大王,只要他自己心中明白,就已足够。

"臣下看那重耳所言,不似相戏。"成得臣仍然按捺不住心中的杀意。

"寡人说是戏言,就是戏言。"楚成王不高兴了。他新得的两位郑国公主极是娇媚,令他"爱不释手",每当回至内宫,就急欲"把玩"一番。同样,每当这时候,他就讨厌谁在他面前啰嗦个不停。成得臣不敢再说下去,躬身行了一礼,退出内殿。

主公肯定要将重耳留在国中住上一些时日,在这些时日里,我自能找到机会,将重耳刺杀。成得臣在心中说着。他喜欢争强好胜,但并不愿意别人也争强好胜。一个人如果争强好胜,又很聪明,就会极难对付。成得臣认为重耳倒不一定是个争强好胜的人,但重耳的从者却无疑都是争强好胜、极为聪明的人。

国宾馆舍中的侍者长是成得臣的亲信,将偷听到的许多机密话告诉了成得臣。成得臣从而知道,重耳实际上是被从者劫持出来的。敢于劫持主人,其争强好胜之心可想而知。

如果重耳仅仅是个四处流浪的逃亡公子,成得臣并不会将那些敢于劫持主人的从者放在心上。但是重耳偏偏极有可能当上晋国的国君,他的从者自然会成为晋国的文武大臣。

两雄不并立。晋国之强,天下共知,早晚会和楚国大战一场。成得臣绝不愿意和难以对付的人大战一场,他最喜在敌手还未披上坚硬的盔甲之前,抢先动手。这样,他永远都是胜利者。

失败的楚国将军,必须以他的生命为代价,洗去战败的耻辱。成得臣渴望他永远是国君宠信的大将军,就绝不能有任何失败。重耳被杀,他的那些争强好胜的从者自然也难逃一死。

朝宴过后,楚成王和重耳愈加亲密,常常一同乘车外出游猎。郢都地近云梦大泽,楚成王亦最喜欢在泽畔的山冈之下围猎,乐此不疲。泽畔芦苇密布,长草丛生,是埋伏刺客的极佳之处。但就在成得臣准备好一切,欲一举将重耳刺杀的时候,秦国忽派使者至楚,迎请重耳。

秦国近年来与楚国订有盟好之约,两国来往密切,甚是亲近。楚成王无法拒绝秦使的请求,将重耳召至宫中,让重耳来做决断。

"逃亡之人能得贤君庇佑,已是大幸,岂敢再去他国?"重耳道。

楚成王笑道:"寡人并不敢强留公子。所以请公子住了这么多天,是想寻机助公子归国耳。然楚、晋两国相距甚远,中间又多有阻隔,实为不便。秦国与晋为邻,朝发而夕可至矣。且秦君甚是贤明,必能助公子顺利归国。公子请准备好行装,待择定吉日,寡人当亲送出城。"

他既然无法阻止重耳去秦国,只得尽量显出"大方"之意。重耳顺势对楚成王拜谢一番,急急回到馆舍,将好消息告知众从者。众从者大喜,立刻准备行装,修整车辆,并以精料喂养马匹。

成得臣知道了重耳将去秦国的消息,叫苦不迭,没奈何,只得又重新安排刺客,准备在路上截杀重耳。不料重耳辞行之日,楚成王竟然亲命长子商臣为送行之使,陪伴重耳直到秦国。

商臣在国中势力甚大,又为国君长子,将来极有可能会承袭君位。成得臣虽然争强好胜,却并不敢公然得罪长公子。他只能将预先挑选的刺客秘密灭口,然后眼睁睁地看着重耳及其从者兴高采烈地驱车驰往秦国。

秦穆公对待重耳,同样如宋公、楚君一般,以君礼相迎,极其隆重。但是秦穆公自己却并未出面迎接重耳,出城迎接的是中卿由余。

对于晋国,秦穆公已仇恨到了极处,好几次欲发倾国之兵,攻破绛城,将晋惠公父子砍为肉泥。蹇叔和百里奚不知费了多少口舌,方劝得秦穆公平静下来。平静之后,秦穆公也就明白了他的举动太过轻率。

晋国的兵势决不弱于秦国,就算秦国能打几个胜仗,也难以把晋国灭了。秦国不能灭了晋国,必然会遭到晋国无休止的报复,两国争战下去,只能是两败俱伤。秦穆公渴望着他能争霸天下,无论如何也不愿在这个时候与晋国两败俱伤。可是他更不愿咽下心头的恶气,放过"忘恩负义"的晋惠公父子。

"我秦国不能灭了晋国,也非把晋国乱了不可,让晋君父子乱中身亡。"由余说道。

"欲乱晋国,非寻得重耳,方能成事。"百里奚说道。

"重耳素有贤名,我秦国助他为君,必无后患。"蹇叔也说道。

必无后患?哼!恐怕蹇叔把那重耳想得太好了,越是有贤名的人,行出事来越是出人意料,那宋公不就是如此么?秦穆公在心中不以为然地想着。

"行,就让重耳去当晋国国君吧。"秦穆公口中却对蹇叔主张十分赞同。只要能让夷吾父子死无葬身之地,谁当晋君都行。秦穆公在心中说道。恰在这时,介子推赶到了秦国,报知重耳已去了楚国。秦穆公担心重耳为楚国所用,连忙派使者至楚迎请重耳。

介子推扮作流民进入秦国,一路上吃了许多苦头,病倒在馆舍中,无法跟随秦使赴楚。使者走了之后,秦穆公心中郁郁不乐,好多天没去上朝。

一日,由余来至后宫,求见秦穆公,问:"主公是否仍在为晋国之事担忧?"

"是啊,晋国人向来不讲信义,重耳做了国君,恐怕也会和那夷吾一样。"秦穆公答道。

"重耳其人,喜好虚名,故在列国间甚受敬重。主公若以虚名系于其身,可令其不能不守信义。"由余献计道。

"哦,有何虚名,能系于重耳其身?"秦穆公大感兴趣地问。

"主公可与重耳结为婚姻之好,择一公主嫁给重耳,如此,主公既助重耳得国,又为重耳之舅。论公论私,重耳都不能不守信义。"由余说道。

"不行,不行!重耳比寡人还要年长,且又为夫人之兄,怎能娶寡人的公主呢?荒唐,荒唐!"秦穆公连连摇头。

"重耳比主公年长,又为夫人之兄,论起尊卑来,主公大为吃亏,于礼仪上无法压倒重耳。"由余又说道。

"这……"秦穆公犹疑起来。晋国是宗室之国,外表上极重周礼,而周礼又于姻亲尊卑上尤为看重,他若能成为重耳的姻亲之长,自然可对重耳"倚老卖老",多所索求。而重耳碍于周礼虚名,亦不能不对他多加敬重。只是重耳身为秦国夫人的兄长,又"降格"做他的女婿,本身也违反了周礼。而重耳已年过六旬，头发都花白了，秦穆公也不忍将少年的女儿相嫁。

"主公不必以嫡生公主相嫁，将怀嬴嫁给重耳，甚是相合。"由余笑道。

秦穆公听了，先是一愣，接着双眼一亮，不觉脱口叫出一声："妙！"

怀嬴是秦穆公贱妾所生的女儿，从小就不甚得秦穆公喜爱，对其婚姻之事不放在心上，将近二十岁时才嫁给晋国的太子圉。秦穆公厌恶晋惠公，连带着也十分厌恶太子圉，并不愿以嫡女相嫁。太子圉名为国宾，实际上日日困住馆舍中，形同囚禁。怀嬴虽然贵为太子夫人，处境并不比从前好了多少。

太子圉临逃走时，并未隐瞒怀嬴，说："在秦国这么多年，若非夫人善加抚慰，我早就憋闷死了。如今父亲病重，我若不速归，只恐君位难保。只是与夫人恩爱多年，实难割舍。不如夫人和我一齐逃走，诚为两便。"

怀嬴听了，不禁流下泪来，道："夫君贵为一国太子，屈辱至此，早就该逃回国了。只是我奉有父命，名为侍奉夫君，实为监视夫君矣。今若从夫君归国，是为背叛父命，罪莫大焉。夫君休以儿女私情，误了国家大事。我虽难以相从夫君，但决不会将公子之语泄于外人。"夫妻二人抱头痛哭一场后，含泪而别。

秦穆公知道太子圉逃走之后，大怒之下，将怀嬴母女禁锢冷宫，日日派内侍加以斥责，并减其饭食。在秦穆公眼里，怀嬴犯有"大逆"之罪，早该处斩首之刑。只是怀嬴毕竟是晋国太子夫人的身份，他此时斩杀怀嬴，就是与晋国公然"争战"。

在没有策划好"乱晋"的办法之前，秦穆公并不想与晋国争战。而一旦他想好了对付晋惠公父子的办法，立刻就会斩杀怀嬴。但是做父亲的斩杀女儿——虽然只是贱妾所生的女儿，传扬出去也未免不太好听，有损他"贤君"的名望。

由余的"妙计"却轻松地解除了秦穆公的犹疑，不仅不使他担上杀女恶名，且能大得实利。首先，他可在辈分上长出重耳，以周礼虚名"系住"重耳。其次他以婚姻之亲，助重耳夺取君位，可谓"师出有名"。最后，他还可以因此狠狠报复太子圉和怀嬴，大出胸中闷气。

重耳是太子圉的伯父，却"娶"了太子圉的夫人。太子圉知道了，非气个半死不可。怀嬴以青春女子嫁给重耳，日日与老朽之人相伴，亦是对她的最好惩罚。

"主公,此事不宜让二位老上卿知晓,就交给微臣来办吧。"由余见秦穆公已赞同他所献之计,忙又说道。

"嗯,寡人知道了。"秦穆公会意地点了一下头。由余的主意虽妙,然而以侄媳改嫁伯父的事情,在蹇叔和百里奚眼中,未免太过荒唐,只怕难以接受。

"其实我们西方各国,父娶子妇、子娶父妾,原是常有之事。"由余笑道。他之所以要献上这个妙计,并非真的认为"虚名"可系住重耳。列国之间,父子兄弟尚可相残,区区"虚名"又有何用?秦国若想征服晋国,唯一的途径,就是在国力上胜过晋国。想借"婚姻"之事来图谋晋国,只能是一厢情愿的痴人之想。

蹇叔和百里奚两位老上卿非常明白这其中的道理,一致劝说秦穆公以培固国力为主,使用诡谋为辅。秦穆公对此口中应承,心中想的却是应该以诡谋为主才对。培固国力见效太慢,而大行诡谋之道,却可立刻获得眼前之利。

由余在心底里不得不承认蹇叔和百里奚的见识高明,但是又希望秦穆公实行以诡谋制敌的国策。培固国力,论的是经世济民之道,在这方面,由余的才能远远不能和两位老上卿相比。如此,他也就永远位在两位老上卿之下,难以谋取执掌朝政的大权。

由余很清楚,他的才能只有在诡谋中方可大放光彩。秦穆公大行诡谋之道的时刻,也就是他执掌朝政大权的时刻。他应该一步步、小心翼翼地把秦穆公往大行诡道的路上推去。今日他献出妙计,是走出的第一步。这一步走成功了,他等于是掌握了秦国的半个朝政。

秦穆公最大的愿望,就是渴望着东进中原,争霸天下。晋国是秦国东进路上的一只拦路虎,不征服晋国,秦国要想争霸天下,势比登天还难。秦穆公接受由余的妙计,就是意味着他将以诡谋之道来征服晋国。这样,秦国就会和晋国不断地发生冲突,秦穆公也会因此不断需要由余的妙计。而由余也就会因此成为秦穆公心腹之中的心腹,权势无人可比。

"不错,怀嬴改嫁之事,在我秦国人看来,自是不足为奇。"秦穆公对由余所言深有同感。

唉！蹇叔和百里奚到底是中原人，太过古板，且年纪已老，料事甚是不明。今后这晋国的事儿，寡人倒应该多和由余商议才对。由余虽然难称为"贤人"，却有满肚子主意，在许多方面都胜过了两位老上卿。秦穆公既已打定了让重耳做女婿的主意，自然不便出城相迎。

由余盛情款待重耳，亲送至馆舍中，然后把狐毛、狐偃、赵衰等人召至偏室，告以秦穆公欲将怀嬴嫁给重耳之事。狐毛、狐偃、赵衰大出意外，一时不知如何对应。

"主公敬重公子，非婚姻无由示其诚心，还望诸位细思之。"由余笑道。

"此事关系重大，我等须与公子仔细商议，方可回话。"狐毛道。

"也好，我且静候佳音。"由余对众人拱手拖了一礼，退出馆舍。狐毛、狐偃、赵衰连忙赶至馆舍正堂，将由余所说之事告知重耳。

"不行，不行！"听了众人的禀告，重耳连连摇头。

他是天下闻名的贤者，怎么能娶侄媳为夫人呢？此事若传扬开来，中原各诸侯必视他为不知礼法的"禽兽"。何况他的夫人已够多了，季隗、齐姜都对他有着大恩，都在他最危困最消沉的时候帮助过他。

没有季隗、齐姜的深明大义，就没有他的今天。对季隗、齐姜的最好报答，就是他在夺取君位后，将季隗、齐姜封为夫人，共同执掌中宫。但是他若娶了怀嬴，这中宫夫人之位，就只能为怀嬴所有。

从好处说，怀嬴可能是一位"贤妇"，能够容纳季隗、齐姜居于偏宫。若不幸怀嬴是位"悍妇"，必会倚仗娘家之势，轻则将季隗、齐姜打入冷宫，重则会将季隗和齐姜幽杀于暗室之中。

"公子至秦，所为何来？"赵衰见重耳拒绝，心中着急，忙问道。他和狐毛、狐偃等人一听由余的语气，已是明白如果重耳不娶怀嬴，就休想得到秦国的帮助。在赵衰等人心中，重耳根本不该有一丝一毫的犹疑之色。娶了侄媳，便可得到君位，实在是一件大得便宜的妙事。

"我等至秦，是欲借其力，非欲娶其女也。"重耳不高兴地回答道。许多他不愿去做的事情，都在赵衰等人的"逼迫"下被迫做了。今天他可不想再一次受到赵衰等人的"逼迫"，他是主人，赵衰等人只是从者，哪有从者"逼迫"主人的道理？

"公子,古人曰:'欲人从己,己先从人。'公子欲借秦力,又不从秦,力可借乎？"赵衰又问。

重耳默然无语,良久才道:"夺人之妻,神明难佑。"

"怀嬴乃圉所弃,已非其妻,何谓夺之?况公子归国,与圉必成仇敌,仇敌之妻,夺之何妨？成大事者不拘小节,公子奈何不明？"狐偃大声问道。

唉！借人之力,必受制于人。重耳在心中叹了一声,终于答应了迎娶怀嬴。

秦穆公大喜,当即备下重礼,充作嫁资,令由余为媒,主持怀嬴的出嫁事宜。蹇叔、百里奚闻知,欲加以劝谏,已是不及。在同一处馆舍中,怀嬴头披红巾,第二次做了新娘。

她是秦国的公主,性格接近戎夷之族,虽然熟知中原礼仪,也不认为再嫁是"禽兽"之举。但是她知道,父亲把她改嫁给重耳,是对太子圉的羞辱。太子圉还活在世上,她不应再嫁,更不应让太子圉蒙受羞辱。她早已暗藏了一把匕首,准备以死来对抗父亲的昏暴。可是由余的一番话,让她再也无力举起匕首,只得做了重耳的新娘。

由余说,她若不从父命,将连累母亲一同受到斩首之刑。还说,她若嫁给重耳,就能在重耳夺得君位的时候,保全太子圉的性命。在这个世界上,怀嬴最爱的人是母亲和太子圉。母亲身为贱妾,不为主公所宠,在凄寒的冷宫中孤独地度过了青春年华,受尽了折磨。她决不能让母亲受了连累,遭到残酷的斩首之刑。是太子圉给了她从来没有感受过的温暖和关怀,她不能让太子圉被重耳杀死。

馆舍中鼓乐喧天,人声嘈杂,热闹得如同街市一般。秦国朝臣们都知道主公非常"喜欢"重耳,都知道重耳将回国夺取君位。这个时候是向重耳示好,而又不会引起主公猜忌的唯一机会。聪明的秦国朝臣们牢牢抓住了这个机会,纷纷向重耳送上厚礼,令重耳应接不暇。直到午夜,客人才散,重耳脚步跟跄,走进了新房。

怀嬴将侍女遣开,亲自端上水盂,让重耳漱洗。重耳醉眼蒙眬,见烛光下的怀嬴艳丽如花,欲念大炽,哪里顾得上漱洗,口中叫着美人,抱住怀嬴就要往帐中拥去。怀嬴猛推一掌,竟将重耳咕咚一声摔了个四肢朝天。

重耳到底是六十多岁的老人，已难以经受怀嬴的一推之力。怀嬴忙放下水盂，将重耳扶了起来，坐在软席上。

重耳摸着摔痛了的股骨，气哼哼地说道："难怪人们都说秦国是蛮夷之邦，为人妻者，居然敢对丈夫动起手来！"

"我不是要向你动手，只是让你别向我动手。"怀嬴平静地说道。

重耳一愣，过了半晌才说道："你是我的夫人，我怎么不能向你动手？"

"我并不想做你的夫人，是父亲让我做你的夫人的。我不能违背父命，只想求你一件事。你答应了这件事，想把我怎么样，都随你。你不答应这件事，我也没有办法，只能以死谢罪。"怀嬴说道。

"是什么事，你说！"重耳皱起了眉头，心中异常不舒服。

"我想求你，将来你回国之后，一定要赦免太子圉的性命。"怀嬴说。

"这么说来，你竟还是在想着太子圉？"重耳心中泛起了酸意。

"太子圉并未休我，是父亲硬逼我嫁给你的。"怀嬴说。

"好吧，我答应你，不杀太子圉！"重耳说着，站起身，头也不回地走出了新房。

他心中怒气勃发，直恨不得一剑将怀嬴杀了。他身为堂堂的晋国公子，居然要受一个女人的挟持，是可忍孰不可忍！可是他不能忍也得忍下去，他身在秦国，欲借秦国之力，就决不能得罪了怀嬴。

依照惯例，国君出嫁公主，应以宗室之女陪嫁。秦穆公这次挑选的陪嫁之女都很漂亮，且一下子选了四位。重耳本不应该在新婚之夜先到陪嫁之女那里去，但他既然已忍让了怀嬴的"大不敬"，怀嬴也该对他有所忍让……

新出嫁的公主，应由丈夫陪同在三日之后回拜娘家。如果公主嫁的是国君，则次年方可回拜。重耳还未当上国君，又身在秦国，三日后亲自陪同怀嬴入宫，以子婿之礼拜见秦穆公。秦穆公很是高兴，以父辈的身份俨然受礼，然后令穆姬在后宫设宴招待怀嬴。他则在朝堂上大摆雅乐之宴，招待重耳。他完全是以招待国君的礼节来招待重耳。狐毛、狐偃、赵衰等人也享受到了大臣的礼遇，和秦国大臣们分左右列席两旁相陪。

秦穆公一心想争霸中原，乐舞礼仪也尽量仿照中原。婚姻之国的国君相会，应互相吟唱雅乐之歌致意。两位国君若是平辈，则主人先歌，客人后答。

两位国君的辈分若有高低之别，则辈分低者先歌。重耳本来和秦穆公是平辈，该秦穆公先歌。但此时重耳却矮了一辈，不得不先放声而歌：

沔彼流水 （浩浩流水向东归）

朝宗于海 （朝于大海永不悔）

鴥彼飞隼 （高高天空孤鹰飞）

载飞载止 （时飞时停啼声碎）

嗟我兄弟 （叹我兄弟久相违）

邦人诸友 （纵有国人及友辈）

莫肯念乱 （难解我忧消乱危）

谁无父母 （恨无父母心伤悲）

沔彼流水 （浩浩流水向东归）

其流汤汤 （涛声阵阵吼如雷）

鴥彼飞隼 （高高天空孤鹰飞）

载飞载扬 （时飞时停姿雄伟）

念彼不迹 （想他行事素不轨）

载起载行 （肆意主张无所畏）

心之忧矣 （我心忧愁难入睡）

不可弭忘 （难忘国乱神憔悴）

鴥彼飞隼 （高高天空孤鹰飞）

率彼中陵 （羽翼掠过山陵背）

民之讹言 （流言纷纷如犬吠）

宁莫之惩 （不肯惩戒不加罪）

我友敬矣 （我友警惕勿逾规）

谗言其兴 （纵有谗言难相摧）

重耳所唱之歌名为《沔水》，巧妙而又婉转地表达了他的意愿，在颂扬秦穆公的同时，又不致贬损自己。

　　重耳果然不同一般,连所歌之曲也深思熟虑,含意深远。秦国朝臣们在心中大为叹服。

　　狐毛、狐偃、赵衰等人则将目光望向了秦穆公,想从秦穆公的答谢歌曲中探知秦国未来将有什么举动。秦穆公微微而笑,以长者的神情回应着狐毛、狐偃、赵衰等人,缓缓而歌:

六月栖栖　　(六月烽火传边警)

戎车既饬　　(整顿兵车选精兵)

四牡骙骙　　(驾车四马凌空腾)

载是常服　　(日月大旗戎服映)

玁狁孔炽　　(玁狁入侵逞凶横)

我是用急　　(飞驰迎敌车不停)

王于出征　　(奉行王命为出征)

以匡王国　　(救国危亡献忠诚)

比物四骊　　(黑色四马猛如虎)

闲之维则　　(左驰右突有法度)

维此六月　　(在此六月出王都)

既成我服　　(军容整齐披戎服)

我服既成　　(整齐军容披戎服)

于三十里　　(三十里地一停宿)

王于出征　　(奉行王命为出征)

以佐天子　　(辅佐天子将敌逐)

四牡修广　　(驾车四马真高大)

其大有颙　　(高大雄壮将敌踏)

薄伐玁狁　　(讨伐玁狁奋冲杀)

以奏肤公　　(立下大功早还家)

有严有翼　　(杀敌威武众人夸)

共武之服　　(共赴战场同赏罚)

共武之服　　(共赴战场同赏罚)

以定王国 （定我王都安华夏）

……

狐毛、狐偃、赵衰等人听着听着，不觉都现出钦佩之色。

秦穆公所歌之曲名为《六月》，本意为赞颂周宣王时的贤臣尹吉甫出征猃狁凯旋。秦穆公此时歌之，有两重意思，一为期望重耳归国，夺取君位，成为尹吉甫那样的贤臣，拱卫周天子；二为提醒重耳，让重耳别忘了，他能"立功还家"，是秦国给了他"车马"。

"重耳拜谢秦贤伯厚赐！"歌声才停，赵衰便高声说道。重耳立刻离席而起，在君位的台阶下行磕拜大礼。

秦穆公以歌相答，就是公开承担了帮助重耳复国的责任。重耳身为子婿，自当大礼拜谢秦君所"赐"的晋国国君。见重耳当众行以大礼，秦穆公连忙站起，走下了一级台阶。依照周礼，秦穆公的举动是在说，他仍然承认晋国与秦国为平等的国家，他并不敢接受晋国的朝贡，因此在此时也不敢接受重耳的大礼。雅乐之宴结束，秦穆公和重耳等于是结成了"生死与共"的同盟，双方都很满意，从此来往更加亲密，几乎日日饮宴不断。

秦国派出无数探哨，侦察着晋军的动静。绛城中秦国使者也密切注视着晋国的朝政大事，以寻找秦军护送重耳归晋的借口。列国之间，寻找争战的"借口"是最为容易的一件事，秦国使者很快就将争战的"借口"送到了雍城。

第二章

家国未定先争宠 引蛇出洞诛奸贼

太子圉逃回晋国没过多久,晋惠公病重身亡。众大臣拥太子圉即位,是
为怀公。晋惠公临去世前,反复叮嘱儿子:"千万小心重耳,他一定要与你争
夺君位。"

晋怀公即位后发出的第一道诏令,就令晋国众大臣心惊肉跳:

凡与重耳私相通问者,罪同大逆,斩首并抄没全族为奴。凡跟随重
耳出逃者,其在国中亲属须招回之,期以三月,回者官升一级,其亲属亦
升一级。逾期不回,以"叛逆"论罪斩首,其国中亲属亦等同其罪,定斩不
赦。

列国之间,公子逃亡乃是常事,其从者虽然"有罪",并不连累亲属。晋怀
公所下的诏令,大违列国公例,且又太过严酷。跟随重耳的大臣子弟有十数
人,以父子兄弟相论,牵连者虽众,亦只百人而已。若连姻亲之族也算在内,
受牵连者只怕有上千人之众。这上千之人,几乎全是晋国世族,若尽诛杀,朝
中只怕留不下几个人来。

晋惠公留下辅佐儿子的两位大臣郤芮和吕饴甥也觉怀公的诏令过分,
劝其显示"宽厚"之心,刚柔并济。

晋怀公于是又复下诏令:凡跟随重耳出逃者,其亲属若书"重耳"之罪存

于朝廷则不问其罪。

　　郤芮、吕饴甥言道，众人既书重耳之罪，自然不敢私通重耳。众大臣闻知上书即可免"罪"，大松了一口气，纷纷上书朝廷，痛斥重耳。晋怀公大喜，不再关心朝臣和重耳私通之事，日日与心腹商议，要将怀嬴从秦国接回。就在此时，忽然从秦国传来怀嬴改嫁重耳的消息。

　　晋怀公大怒欲狂，立即派禁卒将狐毛、狐偃二人的父亲狐突押至朝堂，逼迫他亲写书信，将两位儿子召回。秦国和重耳的举动，既是对他极大的羞辱，又是公然挑明了要和他大战一场，决出生死胜负。晋怀公已毫不顾忌，不惜一切向重耳展开猛烈的报复。

　　重耳留在国中的亲属只有舅氏狐突。晋怀公要报复重耳，向狐突下手最是"名正言顺"。狐突已有十余年未至朝堂，企图逃过种种险恶风浪，等到儿子们胜利归国。但他终究是无法逃过，到了面临最后抉择的关头。

　　"把你的两个儿子叫回来，寡人便不杀你！"晋怀公勉强压着心头的怒意，缓声说道。

　　如果狐毛、狐偃能够回返晋国，晋怀公倒也能够暂且饶了狐突。狐毛、狐偃足智多谋，离开重耳，等于是断掉了重耳的一只臂膀。

　　狐突冷冷扫视了晋怀公一眼，道："我那两个儿子早在多年以前，就被朝廷书之名简，归于公子重耳之从者。既然相从主人，就该忠诚，不能三心二意，反复无常。主公今日让我召回儿子，不是让我教导儿子们三心二意，反复无常吗？父亲教导儿子三心二意，又怎么能忠心侍奉国君？主公手执生杀大权，要找个错处杀掉臣下，那很容易。只是如此滥施刑罚，恐怕人心尽失，主公亦难保长久。"

　　他自然不想死，但更不想召回儿子。不召回儿子，只是他一个人去死，召回儿子，父子三个谁也不能幸免。没有一个国君会信任仇敌的心腹，曾为国君仇敌的心腹，又不被国君信任，那么等待他的只能是死路一条。或许齐桓公是一个例外，但放眼天下，数百年间也只出现了一个齐桓公。

　　狐突希望晋怀公能明白，杀了他这样的元老重臣，对于新登大位的国君来说，毫无益处。一个企图长久坐稳大位的国君，不应该去做毫无益处的事情。

可惜晋怀公并不认为他是在做毫无益处的事情。他受了重耳沉重的打击,他必须还击,否则,国君的尊严何在?重耳能夺走他的妻子,他为什么不能杀了重耳的舅父?他亲自监刑,命刽子手以巨斧斩下狐突的脑袋,狐氏族人亦全都抄没入官,罚做奴隶。

消息传到秦国,狐毛、狐偃悲痛不已,伏地大哭。重耳亲手扶起狐毛、狐偃,陪着流了一阵眼泪。但他在心底里却是大喜,这正是秦军出征的最佳时机。

周襄王十六年(公元前636年)春正月,秦穆公自为主将,以由余为副,公孙枝、丕豹为左、右将,率兵车四百乘,征伐晋国。

大军西进,不日已抵黄河岸边。由余献计道:"秦、晋历年争战,晋人对秦甚为仇视,不若令重耳发兵先入,主公留驻此地,以为接应。"秦穆公点头同意,分出一半兵车,命重耳率公孙枝、丕豹先行。

渡河之际,重耳见壶叔把先前逃亡时带着的旧衣和破烂器物全搬到了船上,不禁哈哈大笑道:"吾今入国为君,当锦衣玉食,此破烂之物,留之何用?"说着,令众军士将其抛入河中,引得壶叔连叹:"可惜!可惜!"

狐偃见了,心中甚不舒服,心想公子尚未入国,就将过去困苦之事忘于脑后。将来他若为君,是否亦将我等随从之人亦看作"破烂无物",弃之不顾?登船的次序先贱后贵,眼看众从者都上了船,狐偃仍是留在岸边。

"狐偃,你为何不上船呢?"重耳奇怪地问道。

狐偃不答,却跪下来,将一双白璧高高举在头上。重耳更加奇怪,语气顿时尊重了许多:"舅氏此为何意?"

"公子今日渡河,明日即将为晋君矣。晋国良臣如云,自当属于公子所有。狐偃本为庸才,归之何益?故愿留于秦地,做一草民了此残生。临别无物相敬,只此秦伯所赐玉璧尚称名贵,望公子怜而纳之。"狐偃垂头说道。

重耳大吃一惊:"吾正欲与舅氏共享富贵,奈何舅氏竟欲弃吾而去?"

"狐偃有罪,不敢相从公子。"狐偃俯伏在地,说道。

重耳笑了:"舅氏与吾患难相共,只有大功,何来其罪?"

"狐偃趁公子酒醉,强使公子逃离齐国,岂非大罪?"

"无舅氏当日相劫,岂有重耳之今日。吾若能得大位,舅氏之功,实为第一。"

狐偃听到这里,心中大喜,忙收起玉璧,磕了几个头道:"臣感激不尽,愿主公勿忘今日之语。"

听到狐偃已自称为臣,重耳不觉心花怒放,手指河水道:"寡人以河伯为证,誓不忘今日之语。"主从二人俱是兴高采烈,得意扬扬地踏上了大船。

介子推早已病愈,也登上了船,正站在船头上,恰好听到了重耳与狐偃的对话。大伙儿还未进入国中,竟然已争宠谋权起来,实是可厌,亦实是可怕。若论争宠谋权,只怕我十个介子推也顶不上一个狐偃。今后我若和狐偃同在一朝,日子恐怕并不好过。

当日我随从公子出奔,是为国乱之故。以今日之势观之,公子此番归国,必能夺得君位,安定国家。国既安宁,入不入朝做官,也无所谓。以晋国之大,难道还找不到我的安身之处?介子推望着满脸欢喜之色的同伴,心中溢满了悲哀和失望。

重耳率领的秦国大军以势不可当的锐气,接连攻下晋国的令狐、桑泉、臼衰三座城邑。晋怀公不料秦军如此厉害,忙召集众文武大臣商议应对之策。不想来到朝堂上的大臣仅郤芮、吕饴甥、虢射等十数人。

众大臣见晋怀公杀心大起,而重耳已进逼晋国,顿时作鸟兽散。或纷纷逃出都城,或领家兵据守封邑庄园,或干脆投奔重耳。晋怀公手足无措,只得恳求郤芮、吕饴甥二人领兵出战。

小子不听劝谏,以致如此,只怕要连累了我等的老命。郤芮、吕饴甥二人在心中叹着,硬着头皮凑了三百乘兵车,出都迎敌。许多城邑拒不听从君命,使他俩无法征得更多的兵车。

春二月,郤芮、吕饴甥领晋军在庐柳扎下营寨,死守不出。庐柳处于要地,秦军要想兵进绛都,非攻下庐柳不可。

狐偃被重耳封为"功劳第一"的话不仅介子推听见了,赵衰也听见了。

哼!你狐偃功劳第一,我赵衰也绝不是功劳第二。赵衰争胜之心大起,暗暗发誓今后须处处压住狐氏兄弟,让他二人不得出头。

这个念头从前赵衰也曾有过,但是不敢真的去压狐毛、狐偃。狐氏兄弟的父亲狐突势力极大,赵衰并不惧怕狐氏兄弟,但对狐氏兄弟之后的狐突不能不惧。现在狐突已死,赵衰也就对狐氏兄弟毫无畏惧。他以禀告紧急军情为由,单独进入中军大帐中,与重耳相见。

"主公打算怎么对付郤芮、吕饴甥二贼?"赵衰问。狐氏兄弟已居臣位,赵衰等人岂敢落后,一齐改了称呼。

"郤芮、吕饴甥二贼助纣为虐,罪该万死,寡人当亲率大军,踏破敌营,生擒二贼。"重耳满怀豪情地说着。一举夺得三城的赫赫战功,已使他有些得意忘形起来,虽未登上君位,却俨然以寡人自称。

"主公神勇无敌,自可生擒二贼。只是虽能生擒二贼,恐怕亦因此难得君位矣。"赵衰说道。

重耳一怔,问:"此为何故?"

"请问主公,所领何国之兵?"

"秦国之兵。"

"所攻何国之兵?"

"晋国之兵。"

"主公欲为何国之君?"

"晋国之君。"

"主公率秦国之军,攻杀晋国之军,晋人必深恨之。晋人既恨主公,又怎么会服于主公?国人不服,主公又何能安于君位?"赵衰毫不客气地问着。

"这……"重耳倒吸了一口凉气,忙躬身对赵衰行了一礼道,"秦人杀伤晋人甚多,晋人深恨之。寡人借秦军之力谋夺君位,国人不服亦是理所当然,只是不借秦军,寡人又何能得国?"

"借秦军之力,勿使秦军与晋军相战,则可免国人之恨。"

"不与晋军相战,又如何擒得郤芮、吕饴甥二贼?"

"姬圉昏暴,国人不服,郤、吕二贼亦知,主公若赦其前罪,不难使其降归。郤、吕二人若降,其余不足为虑。"

"二贼若降,可免秦、晋争战,自可赦其前罪。"

"主公宽宏大量,举国欢喜,可安坐君位矣。"赵衰笑道。

"郤、吕二贼甚是狡诈,生性多疑,谁能代寡人传命,使二贼降归?"重耳皱着眉头问道。

"臣愿为主公分忧。"赵衰跪倒在地，说出了他早就想说出的一句话。他如果能说动郤芮、吕饴甥二人归降，功劳必能压倒狐偃。

"这……"重耳又迟疑起来，"此举凶险甚大，寡人不放心啊。"

"臣跟随主公数十年，为的就是主公能够归国为君。今日眼看大功告成，岂能容其毁于一旦？休说小小凶险，纵然是赴汤蹈火，微臣也在所不辞。"赵衰坚毅地说着。

重耳大为感动，亲手扶起赵衰说："上天以你相赐，实寡人之大福也。"

郤芮、吕饴甥二人闻听赵衰前来，立刻命兵卒们在中军大帐前放置巨鼎，鼎中注油，鼎下积满柴草，燃烧起来。待赵衰走入军营中，鼎中之油已是滚烫，微微冒起了青烟。

郤芮、吕饴甥二人高坐榻上，两旁数十个大汉手握巨斧侍立。赵衰见此情景，不觉仰天哈哈大笑起来，直笑得郤芮、吕饴甥二人心头狂跳不止。

"你，你笑什么？"郤芮实在忍不住，厉声喝问道。

"我笑你二人智谋深广，连当年的里克都非敌手。不料今日一见，却是如此，未免令人大失所望。"赵衰摇头说道。

"如此便又怎的？"郤芮心中更加发慌，声音不觉弱了许多。他与吕饴甥一听赵衰求见，就知重耳已生招降之心。而他和吕饴甥早在行军的路上，就已商定——情势不对，立刻归降重耳。

晋怀公人心散尽，已不堪扶持，他二人没有必要为其尽忠。此时重耳主动招降，对他们来说，恰是正中下怀，求之不得。可是他们却故作声势，布下巨鼎，欲以此吓倒赵衰。

他二人作为晋惠公当年的心腹之臣，曾献计谋杀重耳，早已为人所知。重耳心中必视他二人为仇，必欲杀之而后快。如果重耳使人一招降，他二人便俯首归降，则必为重耳所轻，纵然"戴罪立功"，只怕仍是难逃一死。他二人要让重耳觉得原来郤芮、吕饴甥竟是忠臣，从前害我，是出于忠心而非私怨。如此，重耳就会敬重他二人，不惜降尊亲至营前招降。他二人既为重耳亲自招降，则重耳必能忘却"旧罪"，绝不会轻易将他二人斩杀。

为了得到重耳敬重，他们必须首先吓倒赵衰，让赵衰"连滚带爬"地逃回秦军大营中，给重耳以强烈的震撼。但是他二人行出这一招来，又非常冒险，极易弄巧成拙,如果赵衰根本不惧鼎中滚油,他二人只有一条路可走:将赵衰扔进滚油之中,然后尽起营中兵车,与秦军决一死战。

因为他们吓不倒赵衰而又归降,则更为重耳轻视。恐怕第一日归降,第二日就会让重耳像杀掉两条野狗一样杀了。他们好歹也做过十余年的大臣,岂能让人当作野狗一般杀了?

可是,真欲与秦军决一死战,二人又实在毫无信心。他们带有三百乘兵车,兵卒两万五千人。从军卒及兵车上看,还比秦军为多。然而,晋军的士气实在太差,还未与秦军交战,已逃走千余人,无论二人怎么严令禁止,也无济于事。

晋国士卒并不畏惧秦国士卒,更不缺乏与秦军拼死一战的勇气。但是晋国士卒毫无兴趣为国君和大臣们而战。在士卒们眼中,国君是昏君,大臣是奸臣。他们打了胜仗,不仅得不到任何好处,反而会受到国君和大臣们更严苛的折磨。

打仗要耗费钱粮,要耗费兵甲。所有这一切,本应由府库支出。晋国百姓每年都要比邻国百姓交出更多的钱粮布绢,充实府库。然而府库总是无法充实,总是空荡荡的亟待填满。

晋惠公命郤芮、吕饴甥等人大造宫室别苑,搜罗美女充于后宫,耗费无算。每当宫室别苑筑成,晋惠公又大赏郤芮、吕饴甥等人,赐下无数黄金宝物。于是,晋国百姓在交出应交的钱粮之外,又须再交"补库"的钱粮。

晋国百姓每年在祭神之时,都要暗暗祷告上苍——昏君奸臣速速死去,勿害下民。昏君果然死去了,但昏君的儿子又承袭了大位。在晋国百姓眼中,昏君的儿子当然也是昏君。何况奸臣们还活在世上,还在祸害百姓。

士卒们从百姓中来,带着百姓们对昏君和奸臣的满腹怨气,又怎么能杀敌制胜呢?不能杀敌,则必然为敌所杀!郤、吕二人非常清楚战败的后果是什么。

当了十数年的大臣,郤、吕二人已是富可敌国,荣华尚未享尽,绝不愿就此结果了身家性命。除了吓倒赵衰之外,实际上已是无路可走。可是赵衰不仅没有被吓倒,反而仰天大笑起来,怎不令他俩心惊肉跳呢?

"哈哈哈!"赵衰又是一阵仰天大笑,然后才说道,"吾主归国,为的是平定内乱，安抚百姓，非为寻仇报复而来，故虽拥虎狼之兵，亦不愿与国人争战。二位大臣见识广博，自然深知吾主之意。奈何如此虚张声势，竟欲以大刑威慑？吾从主公二十余年，生死系于一线，岂惧此区区鼎中沸油？主公以吾为使，是视二位大夫为晋国重臣，有意礼敬。二位大夫为何不辨情势，不明利害，一愚至此？"

郤芮、吕饴甥二人听了，你望望我，我望望你，作声不得。显然，他二人心中的盘算已全在赵衰的意想之中。在这种情势下，他们若还想吓倒赵衰，当真是愚而又愚。何况，赵衰话中已透出他们所想求得的一切，即得到重耳的敬重。虽然重耳并未亲至营前招降，但重耳分明已答应视二位大夫为晋国重臣，有意礼敬。

"公子仁厚贤明，吾等早有所知，亦深为敬服。然吾等因尽忠先君，对公子多有得罪，故不敢轻释兵甲，还望先生原谅。"郤芮的语气软了许多。

"当日之事，乃大家各为其主，不得不如此，主公岂能因此加罪二位大臣。"赵衰说着，大大松了一口气。虽然他早已料定郤、吕二人无争战之勇，并不太难降服。但是郤、吕二人毕竟以生性凶险闻名国中，万一郤、吕二人拼死不降，他只能"枉死"在鼎中，输掉这场以性命做彩注的赌博。

"先生之话，空口无凭，叫人难以置信。"吕饴甥说道。

"二位大臣心存犹疑，也是人之常情，吾愿与二位大臣'歃血为盟'，以神明为证，保主公不罪二位大臣。如何？"赵衰微笑着说道。

郤芮、吕饴甥听了大喜，立刻走下榻来，拱手与赵衰见礼。赵衰是重耳的心腹重臣，与他二人盟誓，等于是重耳在与他二人盟誓一样，必为史官所记。国君对于史官记下的盟誓，向来不敢轻易违背。否则，必将遭受上天的惩罚。有赵衰的"歃血为盟"，胜似重耳亲自招降。

柴草撤了，巨鼎抬下去了，乌牛和白马牵了上来。赵衰、郤芮、吕饴甥三人以乌牛白马之血指天为誓——郤芮、吕饴甥不叛重耳，重耳不罪郤芮、吕饴甥。

春二月十一日，郤芮、吕饴甥将晋国大军退至郇城驻扎。春二月十二日，重耳率众从者进入晋国大营，成为晋军统帅。公孙枝、丕豹率秦国兵卒退至黄河西岸，与秦穆公会同一处，驻于王城。秦兵一退，晋国各地城邑纷纷归降重耳,并遣使赴入军中。春二月十六日,重耳进入曲沃城中,朝拜祖庙。

晋怀公闻听郤芮、吕饴甥临阵倒戈,竟然投降了重耳,大惊之下,与虢射及亲信护卫寺人披逃奔高梁城。高梁是虢射的封邑,晋怀公打算在此暂避一时,然后投奔别国。

重耳早已料到晋怀公会逃奔高梁,密遣刺客伏于道路,杀死了晋怀公和虢射。护卫首领寺人披仗着武技过人,杀开一条血路,逃归绛都,隐藏在亲朋家中。

晋国众文武大臣见晋怀公已逃,又纷纷回到都城,并齐集郊外,迎请重耳入都。重耳在得到晋怀公被刺杀的确切消息后,方自曲沃率兵驰往绛都。众文武大臣以栾枝、士会、舟之桥、羊舌职、荀林父、韩简、先都等为首,俯伏于道路两旁,以拜见国君的大礼参拜重耳。当日,重耳于朝堂即位,是为文公。

晋文公即位后的第一道诏令,就是宣布恢复里克、丕郑父等人的官职,将其族人迎回都中,发返财物,承袭里、丕所遗官位。同时,又命礼官重新祭葬里克、丕郑父等人,礼仪极为隆重。而对晋怀公,则仅派二三寺人草草收拾一下,附葬于晋惠公墓旁。

郤芮、吕饴甥见晋文公厚待里克、丕郑父之族人,心下顿时不安起来。里克、丕郑父等人都是死在晋惠公的诏令之下,而执行诏令的正是郤芮等晋惠公的亲信大臣。

重耳如此,是否要借里克、丕郑父族人之手,置我等于死地?郤芮、吕饴甥二人心中几乎同时冒出了这个可怕的念头。

春三月朔日,郤芮、吕饴甥二人突然赶至寺人披的藏身之处,令寺人披走避不及,只得出来相见。

"重耳正四处捉拿与你,我二人念在故人情分上,特来告知。"郤芮说道。

寺人披身长力壮,虽年近五旬,仍是体格矫健,不输于少年。他最初是晋献公的护卫首领,在晋惠公、晋怀公时也仍然是内宫护卫首领。郤芮、吕饴甥等人欲见国君,总是由寺人披通报。

为了能时时见到国君,郤芮和吕饴甥等人对寺人披甚是礼敬,常以黄金相赠。寺人披知道郤芮、吕饴甥等人执掌朝政,也曲意逢迎,来往甚密。

"多谢二位。只是国君既欲捉拿，我身为小臣，也只能挺身承受。"寺人披说道。他身事三代国君，到头来却落得如此结果，已是万念俱灰。

"老弟此言差矣，大丈夫生于天地之间，岂可束手待毙？"郤芮说道。

"是啊，你曾奉国君之命，两次与重耳不利。重耳恨你入骨，一旦将你擒拿，非大刑处死了你不可。"吕饴甥说道。

"我与重耳不利，乃是奉国君之命。我身为近侍之臣，国君之命，岂敢不听？"寺人披叹道。

他第一次与重耳不利，是奉晋献公之命，率禁卒至蒲城擒杀重耳。那一次，他与仓皇逃跑的重耳狭路相逢，一戈斩下了重耳的半只袖子，差点当场将重耳杀死。他第二次与重耳不利，是奉晋惠公之命，前往犬戎部落中刺杀重耳。那一次他连夜疾行，飞驰至犬戎部落，却见不到重耳的踪影。

"重耳其人阴险狠毒，谁对其略有不敬，便牢记在心，时刻不忘报复，何况刺杀之事？"郤芮说道。

"重耳派人刺杀先君之子，你是亲眼所见，应该比我等更知其人之凶狠。"吕饴甥说道。

寺人披听了，心中一颤，不再说什么，眼前似乎满是鲜血。看来重耳真的是不会饶过我，这次我算是死定了。寺人披痛苦地想着，眼中酸涩起来，他虽然极为灰心，但并不想死。

他不算太老，后面的日子还有很多。他与重耳并无私仇，只是奉命行事，料想重耳并不会杀他。当然，重耳肯定会狠狠惩罚他，让他再也做不成护卫首领，甚至会将他积累多年的家财全部抄没。可是现在看来，他不仅要失去过去得到的一切，连性命也难以保全。

郤芮和吕饴甥对望一眼，脸上都露出了喜色。他们绝不会等待着让人置于死地，要奋起拼搏。重耳已登大位，他们决不能硬拼，只能以刺客暗杀重耳，然后率家兵冲入宫中，另立新君。在他们的谋划中，至关重要的是必须选准刺客，使其一击而中。两个人不约而同地想到了寺人披。

寺人披在宫中侍卫国君数十年，路径极熟，且宫内党羽故旧甚多，尽可利用。而且寺人披本人武技也甚了得，可保刺杀必成。更妙的是二人与寺人披交往甚密，可以互相信任。二人当即四处寻找寺人披。他们的家将交游甚广,很快就找到了寺人披的藏身之处。

"你我同处险地,自当奋起而搏,杀了重耳!"郤芮咬牙切齿地说出了他早就想说出的话。

寺人披一愣,问:"听说重耳已使人设誓不罪你等,为何你又处于险地?"

"重耳乃无信昏君,何事不能为?"吕饴甥说着,急不可待地将他和郤芮的谋划说了出来,"恳请"寺人披充当刺客。

寺人披想了想,一咬牙道:"重耳既是不给我等一条活路,只有与他拼了。"郤芮、吕饴甥大喜,当即与寺人披发下誓言:愿同生共死,诛杀重耳昏君!

"老弟,此处不甚隐秘,你得另寻住所才行。"吕饴甥说道。

"我有一友,亦为重耳死敌,住处隐秘,我当移往其地。"寺人披说道。

"那好。我等身为朝臣,重耳监视甚紧,不好寻你。我等分别之后,不宜相见。大家分头准备,月尾之日同时起事,以宫中火起为号。"郤芮定下了杀死重耳的具体日子。

寺人披之友名为头须,正是当日卷走重耳等人资财,令重耳陷入困境的那个近侍小臣。头须见财起意,逃回晋国后又恐晋惠公当他是重耳一党,将他论律斩首,头须打听得寺人披甚得晋惠公宠信,遂着意结纳,献上无数黄金宝物。

寺人披想法在晋惠公面前替头须说了一通好话,使头须得以安居国中。一来二去,寺人披已和头须成为至交好友,二人常在一起饮酒为乐,无话不谈。

重耳归国为君,令头须大为恐慌,不敢留在都城内,奔至郊外,藏身于桑园中。那桑园是头须新近买来的,除了寺人披这等至交外,无人知晓。寺人披打算住在桑园中,召集党徒,谋刺重耳。头须是重耳的仇敌,应该是寺人披的第一个党徒。

寺人披赶至桑园时,正逢头须大摆宴席,歌乐之声响彻云霄,来往客人多如流水。头须满面笑容,迎来送往,忙得不亦乐乎。

啊,头须这是为何?寺人披大出意外,害怕有人会认出他来,忙躲进路旁树林里,不敢出来。头须有何事值得如此庆贺?他这般张狂,不怕重耳捉拿吗？寺人披百思不得其解。

寺人披一直等到夜深人散，方越墙进入桑园，叩响了头须寝室的房门。头须开门，见是寺人披，亦是吃了一惊，忙请进内室之中。

"你闹什么鬼，这般张狂？"寺人披问出了他憋在心中一整天的话。

"哈哈！"头须忍不住笑了，"我再也不用东躲西藏了，明日就要回至都中。今日特请乡邻饮酒，以此相别耳。"

"你不怕重耳杀你？"

"我已见过主公，得主公亲口相许免我旧罪。"

"你……你竟然见过了重耳，你又怎么敢去见重耳呢？"寺人披睁大了眼睛。

"唉！"头须叹了一口气，"自从得知主公归国，我虽然逃到了这儿，心中总也无法安宁，饭吃不下去，觉也睡不着，见到个陌生人就吓得魂不附体。这么下去，不用主公来杀，我自己就会先把自己给'杀'了。我实在憋不下去，心一横，就进城去见了主公。"

"重耳见了你，是如何说的？"寺人披急切地问道。

"主公发怒，不想见我但并未下令杀我。我这心里啊，就不慌了，就让守宫侍者传话道，'头须虽然罪该万死，只是一个小臣。主公若连一个小臣的罪过都不肯赦，朝中得罪了主公的大臣就会心中不安，晋国只怕又会生出内乱。'嘿！主公听了这话，居然召我进宫，当面赦我之罪，还将赦令写到了书简上，交付史官，以免他日后忘了。"头须得意扬扬地说着。国君将赦令付于史官，意味着他将遵守承诺，永不反悔。头须只是一个小臣，国君根本不必如此郑重其事。可是重耳却偏偏对头须如此重视，实为罕见的宽厚之举。

"这么说来，重耳倒是一位仁义之君。"寺人披喃喃念道。

"唉！我当初就是见主公性子宽厚，怕他成不了大事，这才逃走了。你想啊，如今列国之中，谁心狠谁才能当上国君。主公那么宽厚，只怕永远也别想当上国君。谁知我竟想错了，到头来，国君的位还是让主公坐了。"头须感叹地说着。

"重耳宽厚，为何又夺了他侄儿之妻，还派刺客将他侄儿杀死？"

"这是没有办法的事啊。主公要借秦国之力，不能不娶秦女。天无二日，国无二君，主公既然要归国为君，姬圉就非死不可。你侍奉了三朝国君，怎么就不明白这个道理呢？"头须说道。

"那么你说，重耳能饶了我吗？"寺人披盯着头须问道。

"主公连我都饶了，又怎么会饶不了你？"头须想都没想，脱口说道。

"如此说来，竟是我错了么？"寺人披紧皱眉头，痛苦地说着。

"老兄，我看你好像满腹心事，能不能对我说说？"头须关切地问。

寺人披犹疑了一下，将他和郤芮、吕饴甥发誓刺杀重耳的隐秘之事说了出来。头须跟随重耳多年，熟悉重耳的起居习惯，有头须帮助，寺人披刺杀重耳就有了一大半的把握。但现在，头须显然绝不会帮助寺人披去刺杀重耳。寺人披顿时失去了刺杀重耳的信心，只得诉出心中之事，渴望头须能给他指出一条路来。

"大错，大错！幸亏你先来找我了。不然，你本来无罪，反倒自己弄出大罪来了！"头须听了，惊得大叫起来。

"我两次欲杀重耳，怎说是本来无罪呢？"寺人披问道。

"你职为内廷护卫，奉君命刺杀逃亡，乃是不得不为之，又有何罪？可现在不同了，现在主公并非逃亡，已登位做了国君。臣下谋刺国君，那可是灭九族的大罪啊！"头须着急地说道。他与寺人披素有来往，若寺人披真的做下了灭九族的大罪，他也难逃干系。

"那，那我该怎么办呢？"寺人披茫然失措地问。

"你立刻跟我去见主公，告发郤芮、吕饴甥二贼谋逆。这样你不仅无罪，反而是大大立了一功。"头须毫不犹豫地说道。如果寺人披告发谋逆，头须自是摆脱了干系，且一样是大大立了一功。

"我这么一告，岂不是害了郤、吕二位大夫？"寺人披却犹疑起来。

"是郤、吕二贼先想害你犯下谋逆大罪的啊。你这是在自救，不是在害谁！"头须大声说着。

"也罢，如今也顾不得许多了。"寺人披一跺脚，听从了头须的劝说。听了头须和寺人披的告发，晋文公大吃一惊，一惊之后又是感慨不已。

晋文公一开始并不愿意放过头须，当初因头须卷走钱财，害得他差点饿死在野林间，受尽屈辱，他并不会轻易地忘了过去的一切。他初登大位，事太多，一时还顾不上去找头须这等小臣报复。不想头须竟不用他去找，自动送上门来了。晋文公大喜，立刻要近臣将其擒拿，以"叛主"之罪斩杀。

当时赵衰正在晋文公身边，立刻劝谏道："主公应赦头须之罪。"

晋文公大怒道："头须背主私逃，且卷走财物，此等小人尚不加罪，则将来人臣必不忠于其君。"

赵衰微微一笑说："当日主公并非是'君'，而是一逃亡'罪臣'，头须不从'罪臣'，也说不上不忠其君。夷吾父子居国十数年，党众甚多，与主公有怨者，何止百数？主公若斩头须，夷吾父子党众必惧，惧则易生变乱，与主公大为不利矣。头须获罪于主公，国人尽知。头须尚且不罪，则主人宽厚仁义之名，遍于国中矣。夷吾父子党众纵然谋乱，亦必无人相从，主公得利大矣。赦一无用小臣而得大利，此等妙事，主公奈何不为？"晋文公听了，不觉转怒为喜，当即赦免头须"叛主"之罪，且书于简册，交付史官。

寡人前日赦头须，今日即得"大利"，赵衰之见，实为不凡。晋文公想着，一边传命好生安置头须和寺人披，让其居于密室，勿使人知，一边急宣赵衰进宫。很快，一辆轻车将赵衰送入宫中。

晋宫本来甚是简陋，经过晋惠公十数年经营，亦是雕梁画栋，与豪华的齐宫相差无几。夷吾不重国事，着意宫室，实为本末倒置，难怪子孙不保。今后我赵氏传家，可得牢记此教训，千万不可行本末倒置之事，以保子孙万代不亡。赵衰戒惧地在心中想着，下车走进内殿，拜见晋文公。

"你我名为君臣，实为兄弟，今后就不必多礼了。"晋文公亲切地说着，将寺人披所告郤、吕二人意图谋逆的"毒计"说了出来，"郤、吕二贼实是可恨，寡人宽宏大量，饶了他等死罪，他等却恩将仇报，禽兽不如！"

赵衰想了一想道："此定是主公厚葬里克、丕郑父诸大臣，使郤、吕二贼动了疑心。"

晋文公初登大位，便下诏厚葬里克等人，是狐偃的主张。赵衰听了，当时并未说出什么，此时却不动声色地攻击了狐偃一招。

"郤、吕二贼，性本奸恶，寡人纵不厚葬里克，他们也难向善，必然复叛。"晋文公有些不高兴地说着。厚葬里克，是他下的诏令，赵衰此时所言，竟似有着"责怪"之意。

"二贼谋逆,实属罪该万死,不知主公将如何处置。"赵衰听出晋文公有不悦之意,忙问道。

"自然是立即捉拿,将其满门斩杀!"晋文公怒声道。

"不可,此时捉拿郤、吕二贼,其罪不彰。仅凭寺人披口说之言,不足服众。"赵衰道。

"那么依你之见,寡人该当如何?"晋文公皱着眉头问道。

他以赵衰为使,设誓不罪郤、吕二人,天下共知。今日他若以"谋逆"诛杀郤、吕二人,旁人不知底细,一定以为他是不遵誓言,挟嫌报复。如此,他好不容易才立起的"宽厚仁义"之名,立刻毁于一旦。正是想到这些棘手之事,他才没有立即下令捉拿郤、吕二人,而是急召赵衰入宫。

"主公可令寺人披依然相从郤、吕二人,不动声色……"

"你这么打算,不是以寡人做赌注吗?"晋文公突然打断了赵衰的话头。他一听就明白了赵衰的用意:有意纵容郤、吕二人谋逆,使他俩之罪明于天下,然后再加以斩杀,自是名正言顺。但郤、吕二人一心一意想谋害晋文公,且又俱是狡诈凶狠之辈,稍不小心,便会弄巧成拙,生出险事来。晋文公已稳坐君位,岂肯为了区区虚名,而故行险事?

"臣有万全之策,可保主公平安无事。"赵衰微笑着说道。

"既有万全之策,你且讲来。"晋文公语气缓和下来。

"秦军尚在王城,郤、吕二人纵然贼胆包天,也不敢招惹秦军。主公可称病不朝,趁夜出都,隐身于王城之中。微臣暗伏兵甲,待他俩反迹暴露,即将其擒拿。只是此二人耳目众多,此事除主公与微臣及寺人披外,绝不能令旁人知晓。"赵衰说道。

"此计甚妙,寡人自当依从。"晋文公欣然说道。

当夜,晋文公将白日见到过寺人披的众内侍全都秘密杀死,然后将寺人披送出后宫之门。次日,晋文公在朝堂上显得毫无精神,下朝时竟在台阶上摔了一跤。接着,宫内便传出消息:国君感染寒疾,暂不视朝。郤芮、吕饴甥闻听大喜,以为是天赐良机,加紧收罗私兵,藏于府中。

在一个云满天空的暗夜里,晋文公带着头须和十数亲信护卫,悄然出宫。

第三章

论功行赏坐朝堂 兄弟阋墙王都乱

周襄王十六年(公元前636年)三月的最后一天。正当黄昏时分,晋国宫内忽然黑烟冲天,并有火光闪现。郤芮、吕饴甥知道寺人披已"动了手",心中大喜,立刻率家兵自府中杀出,呐喊着冲向宫城。

宫城的守门禁军似乎正忙于"救火",居然宫门大开,让郤芮、吕饴甥二人轻易地杀了进去。但见宫院正中堆着燃烧的木柴,黑烟兀自滚滚升起。

"上当了!"郤芮、吕饴甥几乎同时大叫起来,扭头就走。但已迟了,只听鼓声大作,宫门轰然关闭,两旁偏殿中拥出无数禁军,盔甲鲜明,兵刃闪亮。

寺人披手握长戈,冲在众禁军的最前面。赵衰站在高台上,手挥佩剑大呼"杀贼"!

郤芮、吕饴甥绝望之下,作困兽之斗,双双扑向寺人披。是寺人披出卖了他们! 二人在临死之前,渴望着先将寺人披杀死。郤芮、吕饴甥虽然颇有智计,武技却远远逊于寺人披。

"哇!"寺人披大喝声中,长戈左挑右击,已将郤芮、吕饴甥二人手中佩剑击落。众禁军一拥而上,将郤芮、吕饴甥二人牢牢按倒在地。家兵见势不妙,纷纷扔了兵刃,跪地求饶。这时,都中各大臣也急急率家兵赶来救火杀贼,亲眼看见了郤、吕二人"逆迹"。

闻听郤、吕二人已束手就擒,晋文公方才自王城返回绛都。直到此时,晋文公方下诏厚葬国舅狐突,并以郤芮、吕饴甥二人之首献于狐突灵前。晋文公亦亲至墓前,痛哭甚哀。

然后大诛反贼,将郤芮、吕饴甥党羽数百人斩首示众,并抄没其家,族人俱罚为奴隶。晋国众文武大臣人人心中震惧,从此知道晋文公不仅有着雨露之恩,更有着雷霆之怒。

大杀之后,又是大赏。晋文公大会朝臣,议定归国之功,分为三等依次封赏。

赵衰、狐偃二人高居一等,俱拜为上大夫,执掌朝政。

狐毛、魏犨、先轸等从亡之臣以及栾枝、士会、舟之侨、羊舌职等迎降之臣列为二等。狐毛、魏犨、先轸等从亡之臣俱拜为中大夫,各有职司。迎降诸臣则升官一级,并多加禄米,赏赐黄金。

胥臣、狐射姑、颠颉等从亡之臣被列于三等,拜为下大夫。

荀林父、韩简、郤步扬、先都等降臣亦被列为三等,官居原职,多加禄米。被列为三等的臣子还有寺人披,他又回到宫中,侍奉他的第四位主人——晋文公。

对于晋文公的封赏,众人大都兴高采烈,十分满意。

当然,也有许多人心中并不满意。被列为第一等的狐偃不满意,当初晋文公亲口说过——吾若能得大位,舅氏之功,实为第一。但现在赵衰却名列在他狐偃的前面。

魏犨、先轸亦不满意,公然在朝堂上口出怨言——我等拼死力保护主公,屡次在刺客手中救下主公,怎么反倒列在了赵衰、狐偃之下?赵衰、狐偃有什么本事,不就只是一张嘴,能说会道吗?

名列三等的荀林父、韩简等文武大臣更不满意,心中均想赵衰等人不就是跟着重耳出去跑了一圈吗?回至国中居然就能名列上大夫,执掌朝政,硬生生压在了我等大臣的头上。

最不满意的是壶叔,他奔到朝堂上,伏地大哭。晋文公也不生气,让壶叔近前跪于国君坐席之下,诉其心中之怨。

"主公,小臣从蒲城出奔那会就跟在主公之后,寸步不离。居则侍奉饮食,出则看管车马。还有那器具衣物,哪样不是小臣操心来的?今日主公人人都赏,为何偏偏把小臣忘了呢?小臣也不是非要讨些什么,只是独不得赏,亲朋未免疑心小臣得罪主公,从此都不敢和小臣来往了。"壶叔哭着说道。

晋文公微微一笑,用朝臣们都能听见的声音朗朗说道:"壶叔啊,你不知书,不识礼,从来没在朝堂上站过,说话不明事理,寡人并不怪你,今日让寡人好好给你讲讲这赏赐的道理。寡人身为国君,有所赏赐,首先须赏于勤劳公事,有益于国者。国中主者,君也,君昏国乱,君贤国安。君何以昏?贪欲无尽,不知仁义大道。君何以贤?谦恭谨慎,不违仁义大道。故引导国君不违仁义大道者,其功至大,应受一等之赏。出谋使计,使国君不辱于诸侯,拼死效力,使国君不伤于贼寇,理财治粟,使国君不疲于国人,此俱为良臣,其功显赫,当受二等之赏。奔走车驾之前,禁卫朝堂之中,严守职分,勤于事务,不辞辛劳,此俱为能臣,其功不没,当受三等之赏。故一等之赏,赏其德也。二等之赏,赏其才也。三等之赏,赏其能也。此乃圣人所定,寡人不敢妄行也。壶叔,寡人何尝不知你车前车后的奔走辛劳。然此之辛劳,仅私于寡人一人,为私功也。寡人身为国君,当先赏有益于国之功,后赏私于寡人之功。有益于国之功,以国之封土爵禄赏之。私于寡人之功,以内府金宝赏之,此礼法所在,寡人丝毫不能逾越。今国赏刚定,未及私者,壶叔你便如何不能稍等,口出怨言?莫非你当日跟随寡人,只是为了贪求封赏,并无丝毫忠心?如此,你眼中哪里还有寡人?寡人只是你行商的铜钱,放出去等着赚回厚利,是也不是?"

见晋文公愈说愈是严厉,壶叔吓得连磕着响头,哽咽着道:"小臣该死,不明事理,错怨了主公,求主公治罪,求主公治罪!"

"你既然知罪,寡人也不怪你,下去吧。"晋文公挥了挥手。壶叔又连磕了几个头,这才诚惶诚恐地退到了朝堂之下。

晋文公目光如电,徐徐自众大臣身上扫过,问:"不知诸位还有没有怨言要在寡人面前诉说?"魏犨、先轸对望了一眼,垂下头,一言不发。荀林父、韩简等人更不敢说什么,头也垂得更低。

"好啦,大家都累了,都下去吧。"晋文公疲乏地说道。

众文武大臣行过礼后,鱼贯退出,只剩下晋文公一个人坐在朝堂上。宫女、寺人们远远地站在台阶下,大气也不敢出一声。

从前晋献公、晋惠公也有独自坐在朝堂上的时候,正是国君将欲大发雷霆之怒的时候。国君一发雷霆之怒,必然会有几个倒霉的宫女寺人死于非命。但晋文公却只默默地坐在朝堂上,并未大发雷霆之怒。晋文公的目光越过高大的梁柱,停留在蓝天飘动的流云上。他的思绪也随着那流云飘动起来,飘向过去,又飘回现在。

为了这国君之位,他失去的实在太多了,他必须有更多的得到,方能补偿。他要称霸,像齐桓公那样号令天下诸侯,这才显得他是一位真正的"大贤之人"。也只有成为霸主,他才能够傲视秦穆公,洗脱以子婿之礼拜见秦穆公的耻辱。

可是,他如何才能成为霸主呢?齐桓公是苦心经营了数十年,方得以登上霸主之位的啊。但他无论如何也不能等上数十年,他必须在数年之内,就成为号令天下的霸主。

既想成为霸主,他暂时还不能与秦国闹翻了。他该杀的杀了,该赏的赏了,国君之位也算是安定了,应该亲往秦国,相谢秦穆公,并迎回怀嬴。想到迎回怀嬴,晋文公忽然打了一个冷战,他想起了怀嬴所说的一句话:将来你回国之后,一定要饶过太子圉的性命。但他进入晋国,下令杀的第一个人就是怀嬴的前夫、他的侄儿太子圉。他迎回了怀嬴,该怎么解释这件事呢?怀嬴知道了这件事,又会如何呢……

头须本来住在都城中,但是后来又回到了郊外的桑园里。晋文公带着他秘密去至秦国军营,又急急返回都城。晋文公回到都城后,就再也不与头须相见,也不许头须进宫。除了他之外,从前晋文公的臣子都得到了赏赐和官职,唯独他什么也没有得到,成为亲朋间的笑柄。他心中不服,虽然他"叛主"在先,可后来也有"说降"寺人披的大功啊。不然,晋文公只怕早就成了寺人披的戈下之鬼。可是晋文公偏偏就忘了他,连一个铜钱也未赏赐。

头须在都城中住不下去,想在郊外桑园里躲上一阵,然后再想法求见寺人披,让寺人披为他说情,使主公多少赏点什么给他,为他挣些脸面。虽然未受赏赐,头须仍然殷富,乘坐着高车缓缓而行。一个背柴而过的人引起了他的注意,他忙让车停下,跳下去,挡在那人身前。

"嗯,你,你不是介子推吗?如何作此装扮?"头须打量着那人,惊异地问着。那人身穿葛衣,背负着一大捆山柴,汗流满面,正是介子推。

"恕在下重负在身,不能全礼。"介子推说着,欲绕过头须而行。

"慢来，你是否犯了什么大罪？"头须忙问着介子推。

他这些天低声下气，挨个去同先前的伙伴们套近乎，企图得到一个再次接近晋文公的机会。虽然他并未达到目的，却也因此知道了许多晋文公逃亡齐国时的"趣事"。其中最有趣的一件事就是晋文公吃不进野菜，像个孩子一样躺在地上不起来，非要吃肉不可。众从者面对晋文公的"耍赖"毫无办法，一筹莫展。最后是介子推割下了大腿上的一块肉，"喂"给了晋文公，这才救了大伙的"急"。

依礼法来论，身体发肤，受之父母，不敢毁伤。介子推如此不惜身体，以解"君饥"，功劳可谓大矣。介子推纵然不能列于一等受赏，也应名列二等，最低也会名列三等弄个下大夫干干，以光宗耀祖。但介子推既然是下大夫，又怎么会亲自背柴呢？唯一的解释只能是介子推犯了大罪，被晋文公赶出了都城。可头须又实在想不明白，像介子推这样的人能犯什么大罪。

"在下衣食自给，无求于君，无求于人，能犯什么罪？"介子推怒声说着，从头须身旁挤过，拐向小道，走进桑林深处。

他在晋文公即位之后，便以探母为由，出居郊外，不复入朝。晋文公的从者大都看不惯介子推的为人，和他并无深交，谁也无心打听他到底为什么不入朝，甚至提也没有人提起。臣下不提起，晋文公也就忘了世上还有介子推这个人。

介子推家中清贫，唯有老母，守着几间茅屋、数十亩薄田度日。跟随晋文公多年，历齐、宋、秦诸慷慨之国，介子推也循例得到些许积蓄，虽不能富，安居奉养老母也还足够。可惜碰上了头须这个贼种，竟使我不能安居。介子推叹息着，回到家中，放下山柴，告知老母，他欲迁居别处。

老母年岁大了，不愿搬迁，说："你跟随主公那么多年，不做官也罢了，为何还要东奔西跑？"

"儿若不迁往他处，主公必会寻来，逼儿做官。"

"做官又有什么不好呢，当初儿跟随主公，不就是想寻个出身，光耀祖宗吗？"

"是啊。儿当初是想做官，只有做官，才能有所作为，干出一番益国富民的事情，光耀祖宗。可是我错了，如今做官不是为了做事，而是为了谋取富贵。官位既和富贵相连，则无数肮脏凶恶险毒之事，不可免矣。儿欲做官，若不学得凶恶险毒，就无法在朝中立足。只是儿既变得凶恶险毒，又怎么算是光耀祖宗呢？"

"唉！我儿说得也是。这些年来，朝中的官儿你杀我，我杀你，毁家灭族的事儿也不知闹出了多少。我儿性子倔强，真要做官，只怕会惹出杀身大祸来。但不知我儿要迁往何处居住？"

"要走就走得远些，绵上之地有我故友，我今前往投之，其必相容。"母子二人商议定了，悄悄雇了几辆牛车，装上家具种粮，向绵上之地行去。

夏五月的一个吉日，晋文公亲率众文武大臣，备下极丰厚的礼物，至黄河西岸犒劳秦军，相谢秦穆公的如海深恩。秦穆公见晋文公谦恭有礼，极为满意，引兵退回雍城。晋文公亦亲至雍城，迎接怀嬴夫人回归绛城。

一路上，怀嬴面无表情，什么话也没有说。晋文公心中隐有"苦衷"，也不敢对怀嬴说出什么话来。行不多日，车驾已过黄河，来至晋国境内，渐渐临近都城。

依照惯例，晋文公须在城外馆驿中住宿一夜，好在次日太阳升起之时，大摆仪仗进入都门。但到了次日，晋文公的车驾却无法按时进入都门。怀嬴在午夜中饮药自尽，留下帛书一封——已嫁晋人，不能言晋君之非。身为秦女，不能怨秦君之昏。

晋文公大为震惊，大为恐惧，又对怀嬴深为敬佩。

他震惊的是，怀嬴不过是一个弱女，竟真的会以死来表明心志。他恐惧的是，如果秦穆公知道怀嬴暴亡的消息，定会恼羞成怒，不知要做出什么对他晋国不利的事来。他敬佩的是，怀嬴明知事理，虽然抱定死志，却不违背礼法。

怀嬴并未当众指斥晋文公失信，给晋文公保全了颜面。怀嬴也不愿在秦国境内自尽，让秦穆公大失颜面。如果怀嬴选择另一种较为暴烈的死法，秦晋两国只怕会因此立刻大战起来。此时晋文公虽然恐惧，总算还有掩饰的余地。

他当即下令，近侍之人，谁也不能将怀嬴暴亡的消息传扬出去，否则诛灭九族。然后，他传诏言夫人偶得风寒之疾，须调养一天，才能入都。为此，他还让一名陪嫁的宗室之女扮作怀嬴,垂下帐幕,只露出手来,请随行的秦国太医诊治,并且还让送行的秦国朝臣在旁观看。

秦国太医并未诊出什么病来,只说夫人偶有不适,一夜便可无碍。如此,次日晋文公大摆仪仗,让假怀嬴坐于车中,进入都门。进入都城后,秦国的送行朝臣及其随从便告辞返国。待秦国朝臣走出三日后,晋文公才宣布怀嬴不幸病重身亡的消息。秦穆公知道后虽然很不舒服,却并无悲痛之意,也无责怪晋文公之言。相反,秦穆公还让犬戎之主送还季隗、叔隗并所生子女。

犬戎之主听说重耳做了国君,顿时将季隗、叔隗及其子女看作"奇货",不肯轻易送出。但秦国又为犬戎宗主之国,犬戎不敢不听秦穆公的诏令。考虑再三之后,犬戎之主只将季隗送到了晋国,而将其子女及叔隗等人扣留下来。在犬戎将季隗送到晋国的同时,齐国也将齐姜送到了晋国。晋文公大喜,将齐姜立为夫人,季隗只能列为姬妾。

季隗对于未能身列夫人,并不太在意,只日日流泪,催促晋文公至犬戎部落接回儿女。但晋文公并不想在此时接回他留在犬戎中的儿女,他在未出奔前,已娶过夫人,只是那夫人已不幸亡故,留下一子一女,子曰欢,女曰伯姬。

晋文公出奔之时,命欢与伯姬藏于民户遂氏家中。晋文公即位为君,遂氏亲送欢与伯姬来至绛都。晋文公厚赏遂氏,封其为下士。他见欢生得相貌堂堂,且很聪明,顿生爱意,有心将其立为太子。在这个时候,他留在犬戎中的两个儿子回到晋国,显然对欢极是不利。

晋国中公子们为争夺储位,惨祸不断,令晋文公深怀戒惧之心。他要让公子欢在宫中立稳脚跟之后,再将留在犬戎部落中的两个儿子接回。

赵衰倒是非常渴望着把留在犬戎部落中的儿子接回,然而国君不接其子,他作为臣下,又怎能先把自己的儿子接回呢?因为思念儿子的缘故,赵衰上朝时就显得精神不足,引起了晋文公的注意。

如今百废待兴,寡人可离不开赵衰的谋划啊。晋文公想着,灵机一动,将女儿伯姬赐予赵衰为妻。他以为赵衰精神不足,是思念叔隗的缘故。而他将女儿嫁给赵衰,除了能解赵衰思妻之苦,还另有许多好处。

首先是他与赵衰的"亲情"更加贴近,也能使赵衰更加敬畏他。

　　本来，赵衰娶的是叔隗，而叔隗又是季隗的姐姐。如此，赵衰在"亲情"上成了晋文公的同辈并且稍居"尊长"之位。然而赵衰一娶伯姬，就成了晋文公的女婿，不仅要对晋文公行臣下礼，还要行子婿之礼，令晋文公"大得便宜"。此外，公子欢也成了赵衰的"内兄"，将来必会得到赵衰的大力帮助。

　　对于晋文公的赐婚，赵衰自是"受宠若惊"，感激涕零。晋文公很是高兴，择定吉日，将伯姬嫁与赵府。依女从夫家之姓的礼法，伯姬便成为赵姬。赵衰的精神又好了起来，日日与晋文公商议国事。晋文公一边举贤任能，修治国政，省刑薄敛，收服人心，征集丁壮，整顿兵车，一边寻找机会，使晋国能够威震诸侯，称霸天下。

　　机会果然来了——周室发生大乱，天子被逐出王都，逃到了郑国。周室使者急赴各国，请求众诸侯发兵勤王，护送天子回朝。

　　这次周室的大乱，祸根仍在于十六年前的那场太子之位的争夺。当时周襄王倚仗齐桓公的强大兵威，顺利地登上了君位，令其弟王子带不敢轻举妄动。周襄王虽无权谋，居然也当了十余年的太平天子。其间王子带也曾暗中挑拨狄夷之族进攻王都，企图在混乱中夺得天子之位。但是狄夷之族又怎是齐桓公的对手，才一出兵进犯，就被齐军迎头痛击，大败而逃，再也不敢侵犯周室。许多大臣都劝周襄王趁此机会除掉王子带，被周襄王断然拒绝。其时惠后已被尊称为惠太后，周襄王抛弃前嫌，对其执礼甚恭。

　　周襄王想以"仁厚孝顺"的贤名赢得天下诸侯的尊敬，以弥补他权谋的不足。王子带是惠太后的爱子，他将其"除掉"，岂不是大为不孝？惠太后见周襄王势大，亦劝爱子多加收敛，暂退一步。

　　"齐侯已老了，活不了多少年，待他死了，你再去夺位不迟。"惠太后反复对爱子说着。王子带碰了几次壁后，对母亲的劝说也不再拒绝，一改过去的傲慢，表面上对周襄王敬重了许多。周襄王大喜，以为他的"仁厚孝顺"感动了惠太后母子，遂对惠太后更加敬重起来。惠太后趁机请求周襄王把富庶的温邑城赐给王子带作为封地。周襄王虽犹疑了一下，还是答应了。

　　王子带心中暗喜，一边在温邑扩充家兵，一边时不时回到王都，与朝臣结交。周、召二公很是担忧，对周襄王劝谏道："依照旧例，王子有了封邑，就不应该常来王都。大王应当下诏，明示王子带不得随意入都。"

周襄王却道："王子带入都，只是为了看望太后，此乃孝顺，寡人怎可阻止？"周、召二公无法可想，只能摇头叹息，也不再加以劝谏。

周襄王九年，齐桓公去世，令周襄王难过了好些天。除了齐桓公，周襄王认为天下诸侯谁也没有资格成为霸主，故对宋襄公会盟天下的举动很是冷淡。可是当楚成王打败宋襄公后，周襄王又后悔他当初没能帮助宋国。

楚国是唯一自称为王的诸侯，对周室早就存有敌意。一个无人可敌的强大楚国的出现，是对周室极大的威胁。周襄王着急起来，连连派使者赶往齐、晋、秦诸国，希望将来能倚仗其中的一国来对抗楚人。

对于周襄王的举动，王子带也着急起来，干脆住在了王都不走。他要阻止周襄王与齐、晋、秦诸国交好的企图。他从来没有把周襄王放在眼里，认为他之所以无法夺得天子之位，并非周襄王有什么本事，而是因为周襄王后边有着齐桓公撑腰。他好不容易才等到齐桓公死了，可不能让周襄王又找了个什么"晋桓公""秦桓公"来撑腰。

恰好在这时，周襄王的夫人去世了，想在齐、晋、秦三国中挑一位公主为继后，借婚姻以固其天子之位。王子带急命其党中大夫颓叔、桃子二人劝阻其事。

"大王，自齐桓公去世后，天下诸侯人人藏有争雄之心，互不相服。大王娶齐女，必得罪晋、秦两国，若娶晋女，又得罪于秦、齐。亲一国而疏两国，害大于利，大王不可不察。"颓叔说道。

周襄王一愣，道："此言有理，方今楚国强盛，我周室万万不可得罪齐、晋、秦诸国。只是我周室与谁联姻方为有利呢？"

"与狄人联姻，最是有利。"桃子献计道，他常常出使狄夷，与狄人多有交往。

"这，这不成，我堂堂周室天子，怎可与狄人结亲呢？"周襄王不高兴地说着。

"周室先祖多与狄夷之族结亲，才得勃兴，王于天下。今周室衰微，非与狄人结亲，不能复振。大王与狄人结亲，至少有三大好处。"颓叔说道。他是当年谋逆的王叔颓的儿子，父死之后受到连累，被罚做官奴。后来襄王即位，以宽厚治国，念他为王室子弟，将其赦免，拜为下士。颓叔大为感激，不敢自居王室子弟,遂以父名为姓。然而多年的官奴日子,已使颓叔心里充满了对周室的仇恨,有意与王子带接近,希望周室再次大乱,使他能够乱中取利。

"哦,有哪三大好处?"周襄王顿时来了兴致。他将颓叔视为宠臣,信任有加,十余年间,已使颓叔从下士升成了中大夫。寡人对颓叔有再造之恩,颓叔必会尽忠于寡人。周襄王常常在心中得意地想着。

"一者,狄人勇悍善战,与其联姻,既可免其袭扰王都,又可利用其力震慑诸侯;二者,狄人只爱财物,不求封地,大王利用其力又可不失其地。大王若向诸侯借力,非封赠其地不可,如今周室领地已是不多,不宜对诸侯封赠其地。"颓叔说道。

"不错,不错。"周襄王连连点头,又问,"还有一个好处是什么?"

"这个好处,该桃子大夫来说了。"颓叔笑着说道。

桃子也笑了起来:"狄君有一女,亦为隗氏,美如珠玉,族中求亲者每日为此伤了性命者,何止百数。"

"这却怪了,求亲为何反倒伤了性命。"周襄王不解地问。

"狄人之俗,求亲男子,须先比武赌胜,胜者方可相求婚嫁。寻常求亲赌胜,不过赌力,力屈者败。因狄女实在太美,狄人不仅赌力,竟是赌命,所以伤命者甚多。"桃子说道。

"如此说来,力弱男子,岂非一辈子不能娶亲?"周襄王问。

"正是。所以狄人凶狠好战,我中原人难以相敌。"桃子说着,又叹了一口气,"唉!听说狄君担心国中勇士都为女儿死了,情急之下,打算将女儿抛进黄河,送与河伯做夫人呢!"

"什么,狄君怎么如此糊涂。嗯,你二人就替寡人去说媒吧。"周襄王情急之下,脱口说道。他后宫中美女甚多,然而都是中原美女,已令他有些厌倦了。颓叔、桃子二人相视而笑,带着厚礼,赶到狄夷部落中,求为婚姻。

听说是与周天子结亲,狄君大喜,当即一口应允。于是周襄王择定吉日,令颓叔、桃子二人为使,迎娶狄女。

上大夫富辰闻知,忙入宫劝谏道:"狄女未习中原礼仪,使其入宫,甚为不便,将来必为隐患。"周襄王不听,让颓叔、桃子二人如期而行,并在宫中大备礼器,盛陈威仪。

吉日已至，狄女乘高车直入宫中，与周襄王行成婚大礼。那狄女果然生得光艳照人，一笑一颦，风情万种。周襄王大悦，不顾许多朝臣反对，当即立狄女为后，称为隗后。

王宫高大壮观，富丽堂皇，又有歌舞之乐，隗后开始甚觉新鲜，日日嬉笑不止。可是没过多少时日，隗后便生出病来，茶饭不思，愁眉紧皱。周襄王急了，亲奉汤药，殷勤问候。

隗后道："臣妾并无大病，只是从小随父游猎，喜奔驰山野之间。如今身在宫中，似鸟儿入笼一般，住得久了，闷也把人闷死了，如何不会生病？"

周襄王听了，笑道："美人何不早说？寡人亦喜游猎，到时让你随行，如何？"隗后大为兴奋，从病榻上一跃而下，扯着周襄王连转了几个圈，把周襄王转得晕头晕脑，差点栽倒在地。

隔了几日，周襄王便率领大臣和众王室子弟，至北邙山会猎。待猎场围定，众大臣和王室子弟纷纷驰车进入猎场中，或以箭射，或以戈刺，各显威风，好不热闹。周襄王和隗后在众多的护卫簇拥下，坐于平坦的高冈观猎。

隗后奇怪地问："臣妾之父，每逢会猎，便当先驰入猎场。大王是中原天子，怎么到了猎场不仅不拿弓箭，反席地而坐呢？"

"这……"周襄王尴尬地一笑，"我中原乃礼仪之邦，天子向来不亲至猎场较射。"

他这话半是真实，半是掩饰，论礼仪天子自然不能同臣下较射。但在猎场上拉弓射箭，并不算得较射，天子亦可驰车纵横其中。可是周襄王的射术极差，十发常有不中，驰入猎场中只能出丑，大损他的天子威仪。但周襄王心中的苦处，又怎么好明白地告诉他心爱的美人呢？

隗后冷哼一声："你们中原啊，什么都好，就是讲礼仪不好，一套套的缚手缚脚，把人都当成了圈中的牲畜。"

周襄王不高兴了，说："有礼仪好，有了礼仪，人才知道尊卑上下，没有礼仪，人无尊卑之分，才是如同牲畜呢！"

"好啦，臣妾不和你争。臣妾也能射箭，要下去玩玩。"隗后转过话头说道。

出嫁之时，隗后受到父母的反复叮嘱——周天子是中原最尊贵的人，我儿与天子结亲，与我狄人大有好处，我儿千万别使性子，得罪了天子。虽然隗后并不喜欢周襄王，觉得周襄王太老，有气无力，像只掉了毛的老狗，看了就令人生厌，但她还是听从父母的叮嘱，尽量不使性子，不和周襄王争吵。

"好，你要下去玩，寡人就陪你下去。"周襄王亦不愿得罪他的美人，连忙说道。众人到了冈下，欲让周襄王和隗后乘坐特制的高大猎车。

"不，臣妾不要这个。"隗后连忙摇着手，边退边说道。

"莫非你要步行射猎？"周襄王惊骇地问。困兽反扑，最是凶猛，步行射猎，非常危险。无论是大臣还是王室子弟，都极少敢于步行射猎。

"臣妾素喜骑射，已早有准备。"隗后笑着，忽然将手指伸向口边，吹出长长的哨音。

王后此举，未免太不庄重。周围旁观的大臣们都忍不住摇起头来。周襄王面红耳赤，正欲斥责隗后，就见山后转出十余匹高大骏马，除了一匹白马空着鞍具之外，其余匹匹马上都坐着一位狄夷打扮的年轻女子。那些女子都是随同隗后陪嫁过来的狄女，个个体壮腰粗，有如男子。

"臣妾得罪了。"隗后不待周襄王明白过来，已脱下身上的王后袍服，向前疾行几步，跃上那匹空着的白马。她在袍内也穿着紧身窄袖的狄夷之服，愈发显得美丽可人。狄女都带有弓箭，且连天子专用的朱漆弓箭也早已准备好了，奉给隗后。

"驾！"隗后手持朱弓，脚踢马腹，往猎场中飞驰而去。

"快，快保护王后！"周襄王急了，大声叫了起来。但隗后骑着马，所行之路非猎车可以行驰，众人如何保护？

"大王休慌，臣能骑马，臣去保护王后。"王子带说着，解下一匹驾车的壮马，骑上去追向隗后。

中原人除了牧奴外，绝少有人会骑马。只有少许年轻的富贵子弟为了好玩，才学着偶尔骑上一骑。王子带也是这样的富贵子弟，虽然他并不年轻，已近四旬。

"幸亏王子带能够骑马。"周襄王擦了擦额上的冷汗，庆幸地说道。颓叔和桃子对望一眼，捂着嘴，强忍着才没有笑出声来。

今日所发生的一切，早在他们的预料之中，却没有引起周襄王丝毫的怀疑。王子带早已和颓叔、桃子定好了谋夺天子之位的办法。

王子带本来被封在甘邑，又得了温邑，势力已经非同小可，然而欲夺天子之位，仍嫌不足，需要借助外力。经过齐桓公的发动，中原诸侯曾盟誓共同拥戴周襄王，如今齐桓公虽死，盟约犹在。他显然无法借助中原诸侯的力量夺取天子之位。

王子带也不愿请求楚、秦等强大之国的帮助。受大国之助必为大国所制，他正是不愿受制于人，才想图谋大位。他要借助的外力仍是狄人，狄人只对财物感兴趣，不会对他的权位加以控制。但是狄人攻打周室连吃败仗，胆气已寒，不愿再次出兵。尽管王子带反复向狄人解释，齐桓公死了，中原没有什么诸侯会发大兵来救周室，可是狄人并不相信他的解释。

这时周襄王正打算寻找强国结亲。王子带闻听，顿时心生一计，令颓叔、桃子力劝周襄王与狄人结亲。王子带与狄人多有交往，对狄人的情形极为熟悉。他这一计，既可令周襄王与中原诸侯疏远，又可逼迫狄人兵伐周室，实为一举两得的绝妙之策。堂堂天子，竟与夷狄之族结亲，中原诸侯自是极不高兴。这样，就算周室受到了狄人侵伐，中原诸侯也会袖手旁观。

至于逼迫狄人兵伐周室，王子带更是易如反掌。狄人的风气不似中原，喜欢男儿，也不甚歧视女儿。狄君对女儿的爱逾性命，容不得他的女儿受到半点委屈。假若周襄王杀了隗后，或者欲杀隗后，狄人立刻就会杀来。

王子带在隗后进入王宫的第一天，就在想法让周襄王杀了隗后。他早已买通了宫中的许多寺人和宫女，对隗后的一举一动都知道得清清楚楚。隗后暗中备下骑马的侍女，周襄王毫无所知，王子带和颓叔、桃子却都知道。三个人一致认为，这是一个极好的机会，决不能放弃。王子带别说能够骑马，就算不会骑马，也会"挺身而出"。

猎场左方的山坡上有一只梅花鹿正在慌乱地奔逃着，隗后纵马驰过去，连射两箭，却射了一个空。隗后第一次使用朱弓，一时难以恰当地掌握好弓上的力道。

"嗖——"一支羽箭从隗后右侧射过来，正中梅花鹿的咽喉。

"是谁，敢夺了我的彩头？"隗后不高兴地转过头，向右看去，这一看，她脸上的怒容立刻换成了笑容，艳丽如三月盛开的桃花。右边来人正是王子带。他手持长弓，一脸谦恭惶恐之意。

"微臣失敬，射了王后的猎物，罪该万死！"王子带在马上行礼道。

"射了一只鹿儿，有什么罪？你们中原人真是多礼。嗯，想不到王子还会骑马，我们比比骑术，好吗？"隗后柔媚地问。

在行拜见太后的大礼时，隗后就见过王子带。当时他刚刚游猎归来，浑身戎装未卸，显得英气勃勃又不失俊逸潇洒。虽然他很快就回避开来，但隗后却久久难忘当时的情景。为什么王子带不是天子呢？隗后在夜深人静之时，常常会不由自主地想着。

今日的王子带一身戎装，和她那天见到时一模一样。对于隗后的提议，王子带自是求之不得，两人打马扬鞭，风一般驰进山谷中。驰着，驰着，隗后猛地勒马停住。王子带也忙停下，不料他的坐骑无鞍，把握不稳身子，竟一头从马背上摔了下来。隗后大吃一惊，慌忙跳下马来，伸手去扶他。

地上野草厚密，王子带并未摔伤，自可站起。但是他却不站起，反趁势握住隗后的双手，不肯松开，且以目示意，不言之情尽在其中。啊，原来他也有意于我，一种巨大的幸福感立刻涌遍了隗后的全身。

"太后之处可以相会。"见侍女们随后驰到，王子带忙低声说了一句。隗后点了点头。两人复跃上马，回转猎场，左驰右射，各有收获，献与周襄王。

见心爱的美人容光焕发，比平日艳丽十倍，周襄王大喜，扎下大帐，开野味盛宴，与众大臣欢乐终宵。回到王宫，王子带借着拜见太后的机会，与隗后男贪女欢，顿成好事。

本来，依照预定的谋划，王子带很快就会让他和隗后的"隐事"泄露出来。这个泄露的方法亦定得极妙，令周襄王大怒欲狂，当时就一剑杀了隗后，而王子带却可以逃脱，说动狄君尽起大军，攻杀周襄王，为爱女报仇。可是过了好久，王子带不仅没有让他和隗后的"隐事"泄露出来，反而买通宫人，让他和隗后来往更加方便。

颓叔和桃子急了，找到王子带问："你到底想不想当天子？"

王子带不答，过了好一会才喃喃说道："我没想到，我会真的喜欢隗后。"

"当了天子，你会寻到一百个比隗后更美的女人。"桃子说。

"不，天下再也找不出一个比隗后更美的女人，我真怕，真怕她会死了。"

王子带说道。

"隗后不死,你就永远当不成天子!"颓叔厉声道。

"当不上天子,你会随时被大王杀了,永远也别想见到什么美人。"桃子也疾言厉色地说着。隗后不死,他们永远都只是中大夫,甚至连中大夫也当不成。而他们做梦都在想着成为上大夫,上卿,甚至比上卿更为富贵。王子带在颓叔、桃子的目光逼视下,终于垂下了头。

周襄王也终于知道了王子带和隗后的"隐事",他果然大怒欲狂,却并未一剑将隗后杀死,只是将隗后幽闭在冷宫。王子带逃至狄人部落,说动狄君尽起大军,浩浩荡荡杀向王都。周襄王急忙率兵迎敌,颓叔、桃子却临阵反戈,使周军大败。在众护卫的拼命保护下,周襄王与简师、左鄢父等十余小臣突围而出,急急逃往郑国。而周、召二公及原伯、毛伯、富辰等尽被狄人俘虏。

王子带大胜,与狄人攻进王都,第一件事,就是先将隗后从冷宫里放了出来。第二件事,便是去见太后,告诉母亲,他要当天子了。惠太后听了,哈哈大笑数声,竟然气绝身亡。他顾不得悲伤,召集朝臣,以太后遗命为名,即位做了天子。

周襄王此时已在汜地安下身来,闻听王子带公然篡位,大怒之下,急派使者奔赴各诸侯国中,请求发兵勤王。

第四章

士甘焚死不公侯　恩威并施定君位

接到天子的勤王诏令,晋文公立即召集众文武大臣,商议是否应该出兵勤王。

"当然应该出兵。"狐偃抢先说道,"当年齐桓公能够号令天下,无非是以尊王威服人心。然尊王之功,莫过于救王室之乱,此次天祸周室,却为我晋国之大幸也。我晋国若不出兵,齐、秦两国必然出兵,则此天降之霸主大业,拱手让于人矣。岂不可惜?"

晋文公连连点头:"是啊,此乃天降之良机,决不能错过。"

"我晋国内乱不断,君位数易,实乃臣民不知礼法,难守仁义大道。主公今日勤王,尊天子而诛王子带,可使国中臣民知君位之尊,安守礼法,乐于仁义大道,功莫大焉。"赵衰肃然说道。他为人本来甚为随和,但自从执掌朝政大权,又做了国君的女婿之后,已变得整日神情庄严,令人望之生畏。

"勤王之事,关系重大,须以太史卜筮,请命上天,方可行之。"栾枝说道。他为朝中大臣之首,早就该循例位列上卿,然先受制于郤芮、吕饴甥诸人,今日又受制于赵衰、狐偃,心里极是不满。但是他永远也不会把心中的不满流露出一丝一毫来。这正是他能够历经数朝大乱,而岿然不倒的"秘术"所在。

"不错。"晋文公又是连连点头,请太史郭偃当众卜筮。他相信上天已将好运罩于他的头顶,不然,他怎么到了六十一岁,还能当上国君呢?这一卦定是吉卦。他充满信心地想着,两眼一眨也不眨地盯着太史郭偃手中的蓍草。

果然是个吉卦,大吉之卦! 太史郭偃所得的是个"大有"之卦。晋文公见之大喜,大有之卦上为乾,下为离。乾为天,为君;离为火,为日。大有之卦故为日丽于天,君命辉煌之相。做国君的,若筮得大有之卦,便是说他有刚健仁厚之德,能够顺应天道,依时行事,国运昌隆通泰。不仅卦象大吉,爻数亦是上上之吉,是为九三。大有之卦的九三爻数意为天子将宴请公侯,小人不能参与。

太史筮得的吉兆,极大地鼓舞了晋文公的信心。周襄王十七年(公元前635年)春二月,晋文公征集兵车六百乘,欲大举东进勤王。大军又分为左右二军:左军以赵衰为主将,魏犨副之;右军以狐偃为主将,颠颉副之。晋文公自领栾枝等大臣随军而行,又命狐毛、先轸等人辅佐公子欢监国,代掌朝政。

大军按序排列,威风凛凛,驰出都门,向东行进。忽然有一辆驷车冲入军阵之中,直向晋文公的坐车驰来。众禁卫兵卒忙上前擒下那辆驷车,将御车者向路边拖去。依照刑律,擅闯军列者,不必执送有司,可立即斩首处决。

"晋君忘恩负义,天必厌之,天必厌之!"那御车者边挣扎着边高声大呼道。

"是谁,竟敢如此放肆? 押了过来!"晋文公大怒,厉声喝道。

天必厌之,就是说老天必将给他以严厉的惩罚。他正获得上天降下之吉兆,忽遇此恶毒的诅咒,只怕会将好运冲走。禁卫兵卒依命将那御车者押了过来。晋文公看了不觉一愣——那人竟是头须。

守宫寺人早在数月之前,就曾禀告过晋文公,头须有紧要之事求见。晋文公听了,冷笑一声,令守宫寺人只要一见到头须,就乱棍打出。他已稳坐君位,再也不需要利用头须来显示"宽厚大量"。何况他不杀头须,也算是"宽厚"到了极处。可是头须居然得寸进尺,妄想谋得官位,实在是毫无羞耻,可厌至极。

"主公,主公! 你且听小人一句话,再杀了小人吧!"头须泪流满面地说着。

"你快讲!"晋文公不耐烦地大吼道,心想不论你讲什么,今日寡人也要将你的狗头砍下来。

"是,是! 主公不该,不该忘恩负义,忘了介子推!"头须大叫着。

介子推！晋文公一愣，说不出话来，他的确是忘了介子推。晋文公的臣下都知道，有许多忌讳之事不能在国君面前提起。其中最重要的忌讳之事有两件：一为怀嬴"暴亡"之事；一为国君曾食过"人肉"之事。谁不慎提起这两件事来，谁就有可能惹上杀身大祸。

"寡人，寡人如何忘了介子推？"晋文公愣了好一会，才问道。

"从行之臣，人人有功，既得高官，又得厚赏，唯独介子推无官无赏，国人不服，俱言主公赏赐不公，有亏圣德。"头须大着胆子说道。

自从见到介子推隐居乡下，头须心中便是大喜，以为他终于找到了再次接近晋文公、图谋官位的大好机会。他深知晋文公喜欢虚名，不能让人说他"忘恩负义"。但他却发现晋文公无意间做了一件"忘恩负义"之事，如果能帮助晋文公改正了"大错"，功莫大焉。论功行赏，晋文公无论如何，也得赏他个官儿当当。他又得意扬扬地驾车回到了都城，并骄傲地告诉亲朋他很快就会名列朝班，成为"官人"。

不料守宫寺人却不肯放他入宫，甚至不容他开口，见了他就以大棍逐出。这期间介子推又忽然"失踪"了，害得他到处打听，才算打听到了介子推的踪迹。然而这时宫门守卫更加森严，他连门边都不能挨近。他再一次成为亲朋间的笑柄，说他想做官都想疯了，白日做起了美梦。头须却不甘心，日日窥伺着能够面见晋文公的机会。今日他终于找到了机会，一个冒着掉脑袋风险的机会。

"无官无赏？"晋文公招来赵衰、狐偃二人问，"介子推是否无官无赏？"赵衰、狐偃在朝中各有分管，赵衰掌官位升迁，狐偃掌赏赐刑罚。

"这……"赵衰和狐偃面面相觑，回答不出。他们都以为，介子推甘愿隐居不出，是晋文公私下里恩赏了厚礼。

"啊，如此说来，介子推果然是无官无赏，难怪国人不服了。"晋文公怒视着赵衰、狐偃二人，心中极不高兴。他以为介子推隐居不朝，是赵衰和狐偃二人"妥为安置"的结果。

"介子推以清高自许，乃是自弃贤君，欲取高名……"

"介子推可以自弃，寡人却不能忘恩负义。"晋文公打断赵衰的话头，下车向头须施了一礼，"若非先生提醒，寡人背负恶名，尚不自知。"

头须慌忙跪倒在地，磕头砰砰有声，哽咽着道："小人一片犬马忠心，欲献与主公，只因难近主公，才以恶言相激，求主公治小人不敬之罪。"

晋文公亲手扶起头须，道："能纠寡人之过，有功无罪。"说着，招来众随行文武大臣，当即拜头须为下大夫，命其引路，亲往介子推隐居之地。众文武大为感动，黑压压跪了一地，齐颂主公贤明，古今罕见。头须亦是喜出望外，亲驾驷车在前引路，往绵上之地行去。他本来只想当个下士，谁知竟连升三级，成了下大夫。

晋文公让赵衰、狐偃留下屯兵城外，然后带着栾枝、魏犫、颠颉等大臣乘轻车北上，寻访介子推。绵上之地离绛都有数百里，晋文公等人虽然乘着轻车，五日后方才赶到。但见山树茂密，岗岭重叠，人烟稀少，哪里寻得见介子推？

好不容易才从几个猎人口中打听到介子推确实住在此处，但究竟是住在哪里，却是谁也说不准。晋文公令护卫禁卒们绕山而呼，连呼了三日，也没听见介子推答应。

"介子推如此执拗，未免对寡人恨之太甚。"晋文公不悦地对随行众臣说道。

"这个鸟人，害得我等空劳一场，实是可恨。主公不必理他，且回去统率大军勤王要紧。"魏犫说道。

"是啊，如今第一要紧之事，是解救王室之乱。"栾枝也说道。

"寡人已亲至此处，不寻到介子推，怎肯甘心？"晋文公犹疑地说着，他并不希望真的找到介子推。头须报个信就当了下大夫，那么介子推找到了，该给他一个什么官职呢？依眼前的情势而论，他非给介子推一个上大夫的官位不可。介子推当了上大夫，就会随时出现在国君身旁，提醒人们——国君曾食过"人肉"，因此才得以活了下来。

"主公，依小人之见，放一把火，就会把介子推逼出来。"头须见晋文公已有归意，连忙说道。如果大伙儿空来一场，就无法显出他的"功劳"。

"放火！"晋文公眼睛一亮，问着众大臣，"寡人急欲与介子推相见，此计是否可行？"

他是公子出身，不仅学文，亦须学习战阵行军破敌之策。春日有风，大火燃起,绝不能避于山林,而应避于水边旷野之中,并迅速清除周围杂草。介子推隐藏在密林之中,大火燃起,定是凶多吉少。晋文公此时似乎已完全忘了他曾学过的避火之理。

"此计甚妙。闻听介子推事母至孝,一见火起,就算他不怕死,也非得把母亲背了出来不可!"魏犨拍掌大叫道。他虽然性子粗疏,然亦为将门之后,一样熟知战阵行军破敌之策。

栾枝等大臣也说除了放火之外,别无良谋可以寻得介子推。于是,众禁卒们站在上风,点起十余火把,乱掷乱抛。风助火势,火借风力,霎时间绵上之地已成为火海,直燃了一日一夜,方才停息下来。众禁卒待火已熄透,方入山中,在一株枯焦的大松树下寻得了两个枯焦的人形,还在人形旁边拾得一个玉杯。

晋文公见到玉杯,不由得放声大哭起来,伤心至极。他见过这玉杯,这是晋国先君赐予介子推先祖的,介子推视其为至宝,随身收藏,很少在人前亮出。魏犨、颠颉、栾枝、头须等人也陪着痛哭一场,然后劝谏晋文公应以国事为重,不可久留此地。

晋文公这才收住哭声,连下诏令:改绵上之地名为介山,厚葬介子推于介山之下,立祠永祀。介山周围之田为祭田,所产专供祭祀介子推之用。焚山之时,正是三月五日。此后每年三月五日不得举火,全国寒食一日。以头须为祭祀大夫,日日为介子推焚香上供,其位子孙世袭,无故不得擅离职守。

魏犨、颠颉、栾枝等人又是拜伏在地,称赞主公圣明,古今罕见。头须却似五雷轰顶,整个人呆若木鸡,连给国君下跪谢恩的大礼都忘了。他千方百计接近晋文公,为的就是入朝做官,光宗耀祖啊。眼看他的谋划已经实现——接近了晋文公,并且做了下大夫。可是晋文公却命他为祭祀大夫,住在这荒山野岭下,形同囚徒,并且为世世代代的囚徒。

"头须大夫如何不说话,莫非不愿听从寡人之命?"晋文公向头须望过来,目光若电。

头须浑身一颤,不由自主地跪倒下来,连连磕头,道:"微臣不敢……不敢不听君命。"

"嗯,寡人知你素来钦佩介子推,定能当好祭祀大夫之职。"晋文公满意地点了点头。

晋文公回到绛都，已是三月十日之后，正好接到哨探报来的紧急军情——秦穆公亲率兵车五百乘，以孟明视、公孙枝为大将，亦将东进勤王。

"主公决不能让秦军东来，不然，霸主之位，将入秦伯之手矣。"赵衰说道。

"秦伯对我晋国实有大恩，寡人如何能阻秦军东进？"晋文公问。

"臣有一策，可阻秦军东进！"狐偃大声说着。自从赵衰名列在他之上后，每当议论起军国大事，他总是要"抢"在赵衰之前出谋献计。

"哦，舅氏有何妙策？"晋文公笑问道。他喜欢大臣们互相不服，争强好胜。

"秦军东进，须从崤山之下经过。崤山周围多戎狄之族，最大者为草戎、丽狄。近来秦君大并戎、狄之族，迫其改牧归田，戎、狄之族甚是不服，对秦君深怀恨意。主公若遣使至戎、狄部落之中，劝其袭扰秦军，其必听之。如此，秦军可阻矣。"狐偃胜算在握地说着。

"此策甚妙，只是秦君若知此事，必迁怒于晋。"晋文公说。

"主公欲霸天下，必得罪于秦，只在早晚耳。"狐偃说道。

"眼前还不宜得罪于秦。主公可遣大臣为使，亲至秦军之中，言主公新立，必建大功，方能定国。出征勤王，实为不得已之举，请秦国暂缓东进，将平定周室之功，让与晋国。"赵衰说道。

"不可。如此卑辞，太伤我晋国之威。"狐偃立刻说道。

"能得实利，言词稍卑，未尝不可。吾观二位爱卿之策，俱为精妙，可并而用之。"晋文公决断地说道。

"主公明断。"狐偃、赵衰二人异口同声地说着，谦恭地对晋文公施了一礼。

晋文公先派胥臣、狐射姑二人为密使，携带金帛，赶往戎、狄部落。然后他又派狐毛为使者，急赴秦国军营。安排已定，晋文公立即挥动大军，向东疾行。

周襄王十七年(公元前635年)春三月十九日，晋文公率晋军进入周室领地之中，扎营于阳樊。王子带闻报大惊，此时狄人已大获财物，满载而归。

王子带留于王都的兵力并不太多。颓叔和桃子也大为恐慌,齐桓公已死,居然还有诸侯来管周室的"家事",这太出乎他们的意料。

王都百姓并不拥戴王子带,闻得晋军前来,人人喜形于色。王子带不敢在王都住下去,携隗后与颓叔、桃子逃到了温邑。晋文公闻知,立即亲率右军,攻至温邑城下,同时又令赵衰统率左军至汜地迎请天子返回王都。

王子带见晋军势大,慌忙领着隗后、颓叔、桃子冲出城来,企图逃往狄人部落。魏犨一车当先,正遇上王子带,立刻挥戈直杀过来。王子带一边奋力抵挡,一边让隗后骑马逃走。隗后惨然一笑,道:"得与王子共死,心愿已足。"边说边引弓射箭,连杀晋军数员偏将。

魏犨大怒,喝令强弓手一齐向隗后射去。顿时,千百支劲力强大的羽箭飞蝗一般射到了隗后身上。隗后甚至连一声惨叫也不及发出,就栽倒在马下。王子带心神大乱,被魏犨一戈刺穿了胸膛。颓叔、桃子也没能逃脱,死于乱军之中。晋军大获全胜,敲击着得胜鼓乐,挑着王子带的首级,驰向王都。

几乎同时,赵衰已将周襄王从汜地迎至王都城下。留守王都的周、召二公根本就不是王子带一党,自是大开城门,毫无据守之意。

四月初三,周襄王在晋军的护拥下,摆开仪仗进入王都。当日,晋文公亦率右军行于王都城下,扎营于郊野。周襄王派周、召二公齐至晋军大营,赐以羊酒,犒赏晋军。

四月初四,晋文公率文武大臣进入王都,拜见天子。周襄王对晋文公自是极为礼敬,因同宗之故,呼其为叔父,并在朝堂上摆下歌舞盛宴。

周襄王以最高的礼遇招待晋文公,赐以蜜汁调配的甜酒,为周室百余年来仅有的一次。就连当年的齐桓公,也并未享此殊荣。面对所受的崇高待遇,晋文公必须显出谦卑恭顺、受宠若惊的样子,方才符合礼法之道。

周襄王以"天子之舞"慰劳诸侯,诸侯应当亲自以歌相答。晋文公要知道天子究竟是以什么歌来慰劳,方能寻出相应的歌曲作为回答。

晋文公暂时顾不得品尝"甜酒"的滋味,细心聆听着乐女们口中唱出的歌词。

原来乐女们唱的是雅乐中的《彤弓》之曲,是周天子欢宴立有大功的诸侯时才会演出的乐舞。在欢宴之后,周天子将以朱弓赐予有功诸侯,表示所赐诸侯拥有代天子征伐叛逆之权。

晋文公听了，大喜之下，又隐隐有些不满之意。天子赐下朱弓，他若召集列国诸侯会盟，便是有了信物，理所当然地成了齐桓公之后的又一位霸主。想当年，齐桓公为了谋得霸主之位，费尽心机，用了数十年的时日，方能成功。而如今他登位不过年余，就可建立大功，一举登上盟主宝座，显然是比齐桓公强得多了。既然他比齐桓公强得多，所得到的赐物也应该比齐桓公贵得多，决不能仅仅只是一张朱弓。想到此，晋文公改变了他对周天子唱以颂歌的想法，另选了一曲能够表达心中不满，从而提醒周天子多加赏赐的雅乐之歌。

当乐女们鱼贯退出之后，晋文公谦恭一番，手抚桐木七弦琴，高声唱道：

渐渐之石
维其高矣
山川悠远
维其劳矣
武人东征
不皇朝矣

渐渐之石
维其卒矣
山川悠远
曷其没矣
武人东征
不皇出矣

有豕白蹢
烝涉波矣
月离于毕
俾滂沱矣

武人东征

不皇他矣

晋文公所歌之曲名为《渐渐之石》,歌意为出征将士感叹道路险阻,辛苦劳顿,但为了王室安定,又不敢不努力行进。周襄王听了,大出意外,好半天作声不得,愁云满面。他听出,晋文公对他预定的赏赐并不满意,怀有怨望之心。

他若想稳坐天子之位,非得与一个强大之国结成极为亲密的"联盟"不可。这个大国又只能是晋国。楚国野心太大,周襄王不敢信任。齐国日渐衰落,不可信任。秦国远在西陲,不能信任。唯有晋国既强大而又十分接近周室,大军出发,几日内便可赶来。且晋君重耳素有贤名,熟知礼仪,宽厚仁爱,令周襄王感到可以对其大加信任。不料今日第一次见面,"宽厚仁爱"的晋文公就对他讨价还价起来。

唉!天下乌鸦一般黑,哪儿真有什么宽厚仁爱的诸侯呢。周襄王在心中感叹不已。

晋文公歌声已停,应该由周襄王亲口加以慰勉。

"叔父之功,高如泰山,寡人不知以何为报?"周襄王不愿多绕圈子,开门见山地问着。

"这……"见周襄王如此毫无顾忌,晋文公倒不知该如何回答。他只想在朝堂大宴上微露怨意,然后由赵衰等人私下里讨价还价,多得些好处。

"叔父但有所求,不妨明言。宗室至亲,原不同于外人,无须忌讳。"周襄王毫不犹豫地说道。

晋文公笑了笑,道:"臣不敢受赐,但得死后能享隧葬,则感恩不尽矣。"隧为地道,所谓隧葬,就是开挖地道,使棺木直接抬着进入其中。隧葬为天子专有之葬,诸侯臣民,绝对不许僭越。诸侯臣民只能穴葬。所谓穴葬,是在平地深挖一穴,将棺木悬吊而下葬之。晋文公的声音并不算高,但朝堂上陪宴的周室大臣和晋国大臣都是听得清清楚楚,也都是大吃一惊。晋侯此语,竟是欲取天子而代之,这怎么可能?赵衰、狐偃在心中疑惑地想着。

"叔父此言差矣,天子之礼,诸侯岂可行之?天子者,天下唯一之尊,礼不二出。叔父素知礼仪,贤名达于天下,总不会认为天下应该有两个天子吧?"周襄王亦是大为震惊,正色说道。在有关王室尊严的礼仪之上,周襄王不愿后退半步。

"大王所言极是,臣重耳知罪。臣之忠心,天下共知,岂容有两个天子存于世上,故亲率大军东征,诛灭叛逆。"晋文公离座向周襄王跪拜谢罪。

周襄王连忙降阶相扶,口称:"叔父乃年长之人,不必如此大礼。"只是他口中如此说着,背上却流下了冷汗。晋文公话中之意再也明显不过——天子若不赏下厚赐,则天下必会出现两个天子。当然,晋文公自己不会去当天子,但他完全可以弄出另一个"王子带"出来做天子。

朝宴散时,周襄王做出一个出乎众人意料的决定,将阳樊、温、原、攒茅四处城邑赠给晋国。诸侯有大功于周室,也能获得天子赏赐的封邑,但最多只能获得一处。一举赐予诸侯四处城邑,已开周室前所未有的先例。晋文公大喜过望,再次拜倒在地,叩谢天子大恩。

齐桓公虽然立下大功,并未得到周室封邑。晋文公之所以对周天子步步相逼,就是欲获得周室的封邑,从而威震天下,压倒当年的齐桓公。在他的预料中,周天子最后将不得不退让一步,赏给他一处封邑。谁知周天子不赏则已,一赏就赏下了四处封邑,怎不令他欣喜若狂呢?

赵衰、狐偃等人亦是大喜。阳樊、温、原、攒茅四邑俱在黄河之北,太行山之南,向北可威胁卫国,向东可威胁曹、陈两国,向南又可威胁郑国,地形对晋国极是有利。且其土地肥沃,人口众多,晋国得此,恰似如虎添翼。周、召二公却是暗暗叫苦不迭,埋怨周襄王太过糊涂,胆小如鼠,竟让晋文公的一番虚声恫吓弄得大失方寸。

自从平王东迁以来,周室自领之地已日渐减少,不说比不上齐、晋、秦诸国,连鲁、宋诸国都比不上。如今倒好,周襄王又忍痛"挥剑"把自己的领地劈去了一大块。更糟的是,周襄王此举开了一个极坏的恶例,即今后任何一位诸侯都可以借立功之名,要挟得到周室的封邑。周室之地毕竟有限,又经得起多少次赏赐呢?

然而周、召二人虽然叫苦不迭,却无法阻止周襄王的决断。天子无戏言!当众说出的赏赐之命,决无更改的可能。周襄王看到了臣下焦急忧虑的神情,却装作没有看见。

他并不认为自己糊涂。阳樊、温、原、攒茅四邑,挨近曹、卫诸国,亦是太行山中狄人南下的必经之地。因须防备外敌,故邑民大多勇武好斗。因其地富庶,四邑又是历代王族支系的食邑之处。而这些王族拥有相当的财力和武勇百姓之后,往往会生出乱子来,并引导狄人南侵。有时曹、卫诸国也趁火打劫,挑拨众王族与周室对抗。周襄王以四邑赠予晋国,既是吃了大亏,也是少了许多麻烦。

晋国得了四邑之地,自然感激周室,会替周室挡住狄人的南侵,亦会阻止曹、卫诸国的趁火打劫。而那些脑后生着反骨的王族,也可因此迁到周室容易控制的城邑之中。

晋文公获得厚赐之后,立即引军渡河,准备接受四处城邑。他以魏犫接受阳樊,以颠颉接受攒茅,以栾枝接受温邑,以赵衰接受原邑。魏、颠、栾、赵四人兴冲冲地赶到四邑之下,却迎头碰到了硬墙上。

四邑百姓拒不开城迎纳晋军,誓死愿做周室之民。晋文公大怒,下令强攻。他亲赴赵衰军中,直至城下督战。

原邑守臣名为贯讳,世为周室之卿,爵封为伯,他一边催促城中百姓上城拒战,一边使人到处传言:晋军已攻破阳樊,将城中百姓全数杀光。百姓们大为恐惧,拼死守城,竟令晋军无法攻上城头。

赵衰道:"欲使原邑降之,必先下阳樊,以阳樊之民破其谣言。"

晋文公忙又转至阳樊,劝说城中百姓归降,并恕其不纳之罪。阳樊守臣苍葛登城而呼道:"礼曰'德以柔中国,刑以威四夷',吾城中百姓俱为王族之后,与周同体。晋君亦为宗室诸侯,奈何以兵威相加?"

晋文公亦大声而呼道:"四邑之地,为天子所赐。为人臣者,怎敢拒受天子之赐?城中百姓既为王族之后,寡人岂敢不敬?寡人当退兵三十里外,听从城中百姓去留,决不妄杀一人。"阳樊百姓闻听,纷纷自城垛后探出身来,见晋军果然后退。

"唉!天意如此,吾难抗矣。"苍葛叹道,下令愿为周室之民者,速备车马,迁往他处。愿为晋民者,自可留在城中。城中百姓倒有一大半愿意迁往他处。苍葛大开城门,将其放出。

"吾食天子之禄久矣,却不能为天子存一城邑,愧见列祖列宗!"苍葛说罢,登上城楼,横剑自刎。晋文公进入城中,厚葬苍葛,又大出军粮,安抚留在邑中的百姓。待安抚已定,晋文公带着一些在原邑城中有着亲朋故人的阳樊之民,回转赵衰军中。

次日,晋文公选军卒中嗓门大者绕城而呼,传令限三日攻城!三日若不能攻破城池,大军立即退回晋国。同时,晋文公又将带来的阳樊之民尽数送入原邑城中。到了第三日,原邑仍未攻下。晋文公当即下令众军整治行装,准备班师。

夜里,忽有数十位原邑军卒百姓缒城而下,至晋军大营中投诚:"城中军民已知晋人并未屠杀阳樊之民,大伙儿商量好了,当于明日午夜开城献纳。"

晋文公笑了,道:"寡人以信义明于天下,既已下令三日攻原邑不下便当退兵,明日自然会班师回晋。尔等百姓不惧兵威,奋勇守城,寡人深为钦佩。尔等可告知城中军民,且安心守城,不必畏惧。"第四日天刚亮,晋军拔营而起,浩浩荡荡向西退去。

原邑军民在城头上相顾而言:"晋君宁肯失城,不肯失信,实为天下至贤之君矣。我等在此贤君治下,又有何惧?"说着,纷纷在城头上竖起降旗,又逼迫原伯贯诒遣人速至晋军请降。

众怒难犯。原伯贯诒虽不愿降晋,到了此时,也只得大开城门,遣使追上晋军,恳请晋军回转原邑。晋文公将大军留在城外,只领着赵衰及数十护卫军卒,驰入城中。原邑百姓夹道拜迎,跪伏于地,就像周天子来到了一样。

"主公智谋深广,微臣难及万一矣。"赵衰钦佩地对晋文公说道。

晋文公心中得意至极,脸上却丝毫不动声色。原伯贯诒自缚跪倒在晋文公车前,磕头请罪。晋文公下车亲释其缚,待以王室大臣之礼,迁其家室于绛都,厚给禄米。阳樊、原邑归晋,攒茅、温邑亦开城迎降,四邑正式并入晋国。晋文公以赵衰为原邑大夫,兼领阳樊。以狐偃为温邑大夫,兼领攒茅。然后高奏得胜鼓乐,回至绛都。

晋军解救王室,安定天子,斩杀王子带的消息迅速传遍了天下。尤其是天子亲赐晋侯四邑之地的隆重礼遇,更令列国诸侯羡慕不已,敬畏之至。众诸侯已毫不怀疑,晋侯必将是继齐桓公之后的又一位天下霸主。

第五章

整肃六师图霸业　杀鸡儆猴立君威

晋文公刚至绛都，各国使者已纷纷而至，齐奉厚礼，入朝祝贺。其中尤以宋国所致礼物最为厚重，为白璧百双。而晋文公的回赠更为厚重，除以相当于白璧百双的明珠骏马相赠外，还另外加上黄金千镒。

天下各国中，唯有秦、齐、楚三国未派使者入贺。秦国不仅未派使者，反而要征集兵车，攻伐晋国。

"寡人当日一念之差，竟使重耳小子名震天下，实为大错矣。"秦穆公懊悔地说道。

当日他听了狐毛之言，将"平定周室"的大功让与晋君时，并未想到晋君会获得如此巨大的声威。前些时日重耳还在四处流浪，犹如丧家之犬。若非寡人相助，他哪里能有今日之威？如今看起来，他已不将秦国放在眼里了，如果不趁他刚刚定周归来，兵将正疲之时一鼓击破之，他必然会反咬寡人一口。秦穆公心中翻来覆去地想着，无法安静下来。

"当日主公决断并不为错。周室离晋近而离秦远，我秦兵若硬行夺晋之功，虽亦可定周，然班师之时，必遭晋人伏击，大受损失。当日未夺晋人之功，今日伐晋，更为不智。如今之计，只有暂且退让一步，培植国力，扫去戎、狄诸族的扰乱，平东进之路，伺机而为。"蹇叔说道。

"是啊，此次我军东进，遭受戎、狄袭扰，若不除此隐患，日后断难向东展我秦国之威。"百里奚道。

　　两位老宰相对秦穆公近日的举动不甚满意。助重耳回国，是为了与晋和好，以免双方之争。秦国在培植国力之时，不宜与强邻争战。只要能与晋国和好相处，便是得利极大。可是秦穆公太贪心了，总是急于征服晋国，对于明明不能获得的东西，偏偏要强求获得。

　　"老相国说得甚是，此时与晋交恶，与我秦国不利。"由余亦不得不附和蹇叔、百里奚。

　　从表面上看，晋国并无得罪秦国之处，伐无罪之国，难以服人。何况晋国新立大功，隐然已是霸主，可以号令天下诸侯。秦国此时伐晋，已不仅是与晋国为敌，亦可以说是在与周室为敌，与天下诸侯为敌。以区区秦国之力，怎么可能与天下诸侯为敌？

　　见由余也不赞成征伐晋国，秦穆公只好强按下心中的怒意，派出使者，带上礼物，到晋国祝贺。秦国使者的到来，使晋文公大大松了一口气。他最担心的事，就是秦穆公妒意大炽，要教训他这位白胡子"晚辈"。无论如何，秦国也算是对他"恩重如山"，与秦军相战，不管谁胜谁败都是对他的贤名大有损害。

　　秦国使者到了晋国，齐、楚两国使者仍是未至晋国。原来是齐、楚两国互相不服，终于大战起来，以致无心遣使入晋。

　　使齐、楚两国打起来的借口是鲁国。齐孝公闻知晋文公平周室之乱，声威大震，心中极不舒服，也想炫耀一下武功，震慑诸侯。鲁国近年专与齐国作对，联合卫、莒、曹等国结盟，不向齐国通好，却与楚国来往密切。齐孝公早就想好好教训一下鲁国。

　　周襄王十八年(公元前634年)春，齐孝公率五百乘兵车，大举伐鲁。鲁僖公大为恐慌，一边派大夫展喜以犒劳之名，求见齐孝公认罪言和，阻止齐军进攻；一边又遣大夫藏孙辰急赴楚国求救。

　　楚国当即以成得臣为大将，率兵车六百乘伐齐，逼迫齐孝公自鲁撤兵。齐孝公惑于展喜的"认罪"，并未驱兵大进，坐等鲁僖公"割地求和"。当他闻知楚兵袭来，匆匆回军时，兵锋已疲。

　　冬十月，齐、楚两国在谷地大战，齐军大败，弃谷地狼狈而逃。这时，齐桓公之子公子雍因惧诸公子内争，顺势投奔楚军。成得臣请得楚成王之命，将公子雍封于谷地胜利而还。楚成王大喜,觉得终于报了当年被迫"服"于齐国的大仇。

此时令尹子文已老,请求楚成王准他回封邑安养晚年。楚成王亦嫌子文暮气太重,缺乏进取之心,当即准其归养,另拜成得臣为令尹,主掌朝政。

齐孝公本欲大显武威,震慑诸侯,却不料打了一个大败仗,反而将笑柄送给了天下诸侯,又气又悔又羞愧,回到宫中便一病不起。周襄王十九年(公元前633年)夏,齐孝公郁闷而亡。公子潘在公子开方的支持下,率家兵攻进朝中,杀死齐孝公诸子,自立为君,是为齐昭公。

高、国二族乐于见到公室内乱,并不阻止齐昭公的"谋逆"之举,反而率百官拜倒在齐昭公脚下,承认其君位。公子元、公子商人见齐昭公大势已成,亦不敢轻举妄动,只得暂时隐忍,居于臣位。

公子开方见他数十年的谋划即将获得成功,大喜之下,多喝了几杯酒,回至府中陡然吐起血来,不过三五日就一命呜呼。卫文公多年以来,一直担心公子开方会借齐国之力谋其君位,此时见公子开方病亡,欣喜之下,不觉连日夜宴不止,结果为风露所欺,发冷发热不止,数日之后,亦是一病身亡。

卫太子姬郑即位,是为成公,依其父遗愿,与鲁、楚交好。卫、曹两国本为宋之盟国,一向与宋国极为友善。宋成公在即位之初,依公子目夷之教,对卫、曹两国甚是礼敬,三国之间有事时互为救援,无事时亦有使者来往不断,亲密如在同一国中。但是好景不长,在周室发生内乱之时,公子目夷病亡,由宋成公亲执朝政。从此,宋、卫、曹三国之间就有了变化。

宋成公认为当初卫、曹两国对他的父亲有所亏欠,致使他的父亲最后被楚人所欺,以致伤重而亡。宋成公希望卫、曹两国能对此表示歉意。但卫、曹两国认为他们在宋襄公之死这件事上毫无责任,当初宋襄公完全是太过狂妄,自讨苦吃,与旁人无关。宋成公见卫、曹两国毫无歉意,心中很不高兴,对待卫、曹二君不似过去那般礼敬。

鲁国趁此时机,大肆拉拢卫、曹两国,欲订鲁、卫、曹三国之盟。卫、曹知道鲁国近来颇受楚国重视,也愿与鲁国结盟,以图间接示好于楚。

临结盟前,卫、曹两国为表示尊重宋国,特地遣使相告。宋成公大怒,告诉来使说,鲁为宋之敌国,卫、曹与鲁结盟,就是背叛宋国,欲与宋国为敌。

卫、曹两国见宋成公出语不逊,亦是大怒,当即与鲁会盟,相约若遇外敌,当互为救援。

宋成公愤恨至极,立刻整顿兵车,欲攻卫、曹两国。卫、曹两国一边征集兵车备战,一边通过鲁国向楚国求援。

楚成王早有伐宋之意,以期彻底征服宋国,称霸中原。卫、曹两国向楚求救,是送给了楚国一个最佳的伐宋借口,楚成王岂能放过?

周襄王十九年(公元前633年)冬,楚成王拜成得臣为大将,亲率兵车六百乘北进中原,征伐宋国。郑、蔡、陈、许为示好楚国,亦各率百乘兵车助战。五国兵卒共千乘战车齐入宋地,围住宋国的缗邑之地。

宋国倾全国之兵,也只七百乘兵车,如何能挡住楚成王率领的千乘兵车?宋成公一边下令国中各城邑严密防守,不许擅自出城迎敌,一边派大司马公孙固飞驰晋国求援。

晋文公见过公孙固后,立即将众文武大臣召进内宫,商议应对之策。楚国地方千里,人众之盛,冠于天下,绝非王子带和狄人能够相比。晋国已获极高的声威,若与楚国争战,非大胜之,不能护其声威。但是与楚国争战,谁也不敢夸口说晋国必胜。然情势至此,除非晋国不救宋国,否则,晋、楚之战必不可免。晋国已被天下诸侯看成了"霸主",若不救宋,同样不能护其声威。

众文武大臣愈想愈觉得是否救宋的决断实难下定,好半天作声不得。议事之时,出现了长久的沉默,这在晋国君臣之间,还是第一次。

终于,先轸忍不住了,第一个说道:"宋国与主公有恩,不救宋国,难服天下。"

"主公欲成霸业,非打败楚国不可。与楚一战,决不可免。晚战不如早战,借救宋之机,我们与楚国大战一场,见个高低胜负,也无不可。"魏犨亦说道。

"是啊,只有打败了楚国,天下诸侯才会真心服我晋国。"栾枝也说道。

"欲败楚国,岂是易事?当年齐桓公集八国之军,也未能与楚国真正一战。如今我晋国能集八国之军吗?"赵衰满含疑问地说道。

"不然。臣以为欲败楚国,并非难事。"狐偃说道。其实,他本来也是要说欲败楚国,并非易事,但这句话既已让赵衰说了,他便无论如何也不肯说了。

"哦,舅氏有何妙策,能胜楚军?"晋文公大感兴趣地问着。在心底里,他极愿与楚军一战，并将其击败。当年齐桓公集八国之兵，并不敢与楚决战，而今日他以一国之兵，就敢与楚争胜，仅此胆气，已远远胜过齐桓公。

"卫、曹两国新附楚国，必然极得楚国看重。主公可让公孙固告知宋公，晋必救宋。但征军尚须时日，宋国应先行抵挡。臣见宋国城池坚固，料能抵挡数月。主公可精选军卒，待楚军已疲，大军迅疾渡过黄河，不先救宋，直入卫、曹，大破卫、曹之兵，既可震慑敌胆，又可壮我军士气。楚军闻知，必救卫、曹，其以疲军，久攻坚城不下，又当我新锐之军，必败无疑！楚军为晋所败，则主公之功业。亦将震古烁今，垂之万世矣！"狐偃愈说愈是兴奋，声音在大殿中嗡嗡回响。

"妙！"晋文公也激动起来，大喝了一声，"就依舅氏之策，出兵救宋，与那楚国决一雌雄！"卫、曹两国因晋文公当年出亡路过时，极不礼貌，晋文公早就存有报复之心。

"楚国军力雄厚，我晋国之军，亦不能过少。"赵衰见晋文公决断已下，亦不反对救宋，只提醒了一句。

"先君在日，立国中之军为上下两军，每军三百乘兵车。今日我晋国之强，更胜往昔，当立三军，以兵车九百乘救宋，军力不可谓少矣。"晋文公说道。

"以九百乘兵车救宋，军力自是不少。只是如此一来，国中未免空虚。若秦国乘虚而攻，则国中危矣。"赵衰担心地说着。

"主公可放心救宋，秦国必不会乘虚攻我晋国。"狐偃断然说道。

"嗯，舅氏如此之说，必有所据吧？"晋文公问。他对秦国也甚不放心，晋国独吞"定周"之功，已引起秦国的妒恨，其使者迟迟才来，便是明证。

"臣请问主公，秦伯是昏君还是明君？"狐偃问。

"秦伯能拜蹇叔、百里奚为相，意欲图霸天下，自然不是昏君。"

"秦伯不是昏君，又有图霸天下之心，则对天下大势，必是了然于胸。方今天下，有力争霸者，只齐、晋、楚、秦四国而已。其中齐国内乱不断，军力已衰，恐怕数十年内，难以复振。故能争霸天下者，实晋、楚、秦三国也。晋、楚争战，不论何方战败，都是为秦除一强敌。今日秦国之意，唯恐晋、楚不能争战，岂有乘虚攻晋、惹火烧身之理？"

"不错,不错。舅氏之言,尽除寡人之疑矣。"晋文公听得连连点头。

次日,晋文公让公孙固立即回国。告知宋成公晋必救宋,请宋成公坚守城池,切勿降楚。紧接着,晋文公发下诏令,大举征集兵车,编为上、中、下三军。

狐偃此次献计大得晋文公欣赏,被拜为上军主将。狐偃却不接受,力陈兄长之才远胜于己,让晋文公拜兄长狐毛为上军主将,他自己甘居副将之位。晋文公无可奈何,只得依从了狐偃。然后,晋文公又拜先轸为中军主将,颠颉为副。赵衰为下军主将,栾枝为副。

赵衰因见狐偃不做主将,亦婉言推辞,力请栾枝为主将。晋文公考虑国中须有重臣镇守,也不再坚持用赵衰为下军主将。依赵衰之言,拜栾枝为下军主将,以胥臣为副。

周襄王二十年(公元前632年)春,晋文公以赵衰辅佐太子,留于国中。以荀林父为国君御者,魏犨为国君护卫,然后亲率三军,誓师东进,兵锋直指卫国。

晋文公采取的战术和他的父亲晋献公一模一样,以借道为名,通过卫国,先伐曹国,待回军之时,再伐卫国。但卫成公并非当年的虞公,一听晋军借道,就坚决拒绝,并严守城池,整军以待。

晋文公一计不成,又生一计,令众军绕道南下,越过郑国进攻曹国。卫成公闻知,不觉松了一口气,防备得不那么紧了。晋文公趁机回军,强渡黄河,直入卫国境内。卫成公大为恐慌,一边急派使者就近入鲁、曹求救,一边传令各处城邑严加防备。但已迟了,晋军以迅雷不及掩耳之势,一举攻克了卫国的五鹿之城。

晋文公又是高兴,又是感慨不已,道:"当年寡人受困,正是此地。非介子推割股之功,寡人难显今日之威矣。"狐毛、狐偃、先轸、颠颉、胥臣等人亦是感慨不已,眼中含泪。

魏犨不耐烦了,喝道:"大丈夫恩怨分明,恩者报之,怨者图之,此刻正是时候也。诸位不急进军,反在这儿唉声叹气,成什么话?"

晋文公精神一振,赞许道:"对,此刻正是报恩报怨之时,大伙儿休要停留。"晋国大军离开五鹿,直扑敛盂。这时鲁僖公已派大夫公子买领兵车三百乘,曹共公亦派大夫负羁领兵车百乘救卫。两国将士畏惧晋国势大,不敢逼近晋军,都将军队远远驻扎在边境上。晋文公却并不轻视鲁、曹两国,欲先回转兵势,击败鲁、曹两国救卫之兵。

狐偃道:"鲁、曹所惧者,是为齐国。主公若与齐侯会盟,则鲁、曹两国之兵,将不战自退。"晋文公欣然听从,即遣狐偃为使,迎请齐昭公至敛盂之地会盟。

狐偃当年在齐国时,与齐昭公来往较密,双方甚是友善。且齐昭公亦惧楚国,欲借晋国之力来压制楚国,故对于会盟之约,立刻答应了下来。

春二月末,晋文公与齐昭公在敛盂之地相会,歃血为盟,尽欢而散。鲁、曹两国闻齐国与晋会盟,大恐,担心齐国会乘虚攻击,慌忙将援军撤回。晋国趁势一鼓作气,将敛盂城邑攻了下来。卫国连失二城,国中大为恐慌。卫成公忙派大夫宁俞亲至晋国军营中请罪,发誓愿与晋国结为盟好之邦。

晋文公冷笑一声,道:"尔等君臣借道与晋尚且不肯,岂愿与晋盟好?此必为虚情假意。尔可归语卫侯,寡人当亲率三军,踏破楚丘,请卫侯早作准备。"

宁俞无法可想,只得回报于卫成公。卫国臣民闻听晋军不许盟好,即将兵临城下,又惊又怒,怨声载道,都怪卫成公不该讨好楚国与鲁结盟,隐然有生出大变之势。卫成公惊惧不已,不敢住在都城,留其弟叔武监国,以宁俞为辅佐。然后携带宫眷护卫,趁夜逃至襄牛。

晋文公闻知,心中大为畅快,立时便要兵发楚丘。狐偃谏道:"楚丘城池坚固,攻打甚是不易。我等为救宋而来,不必在坚城之下虚耗兵力,当趁此威势,转攻曹国。"晋文公听从其计,迅疾发兵赶往曹国,围住曹国都城。曹共公一边闭城死守,一边遣使急赴楚军大营求救。

楚成王道:"此乃晋侯欲疲我兵也,不可中其诡计。"

他急派两位使者,一位赴曹,使其坚守。一位赴鲁,使其速救曹国。晋文公知道消息后,传出话来:鲁若救曹,晋军当先伐鲁国。鲁僖公既怕晋文公真的"先伐鲁国",又怕楚成王指责他"见死不救",左思右想之下,终于想出一条妙计。

鲁僖公突然以"不听君命"的罪名擒拿公子买,将其斩首示众。然后,他派出两位使者，一位赶至晋军大营，说鲁国所以出兵救卫，全是公子买不听君命，擅自主张。今将其斩杀，以示谢罪之意。晋文公听了来使之语，哈哈大笑，下命众军加紧攻城。

另一位使者则赶至楚军大营，说公子买拒不听命救曹，国君不得已，将其斩杀。现正在另选领军之帅，一时难以救曹，乞望大王恕罪。楚成王听了来使之语，连呼荒唐，亦下命众军加紧攻城。

楚成王欲降服宋国之后，再率大军去对付晋文公。然而宋国军卒的防守极为顽强，一个小小的缗邑，竟使楚成王费了数月之时，仍无法将其攻下。

楚军无法攻破缗邑，晋军却一举攻破了曹国都城。曹共公不及逃走，无奈之下，自缚跪拜在晋文公车下。曹国众文武大臣亦俯伏在晋文公车前，黑压压的一大片，人人脸色惨白，个个浑身颤抖。只有负羁闭门不出，且使人告于晋文公："曹虽不礼，实无大罪。贤侯以强凌弱，不能服天下。"

晋文公笑了，坐在高车上，指点着曹共公斥责道："曹为小国，然列于大夫者，竟有三百余人，乘高车，食厚禄，使国人穷苦不堪，无人愿意守城。曹之都城，非晋所破，乃曹之三百大夫奉送也。寡人观曹国之中，只一负羁堪称贤者，却又不得大用。曹国如此昏乱，理应受到上天惩罚。寡人今日来此，正是代天行罚也。"

面对晋文公的指责，曹共公一句话也对答不出，只能自承有罪，该受上天之罚。晋文公下令将曹共公及三百大夫押至军营看管，凡宫室及众大夫府第，一概封闭。宫人及众大夫族人亦不得擅自出入，听候发落。唯独负羁不在此列，凡军卒等人，不许私入其宅，违者斩首。

晋文公的命令，使魏犨和颠颉等人大为不服，口中满是怨言。入夜，魏犨、颠颉二人相聚痛饮，喝得多了，话也说得多了。

"想我魏犨随同主公奔波劳苦数十年，出生入死，斩将破城，谁人能及？可如今却得到了什么？只得了个二等之赏，远远落在那赵衰、狐偃的后面。"

"你好歹还是个二等，我颠颉却只能和他狐家的后辈狐射姑归在一堆儿，实在是太过不公？哼！说什么引导国君不违'仁义大道'，骗鬼去吧。赵衰、狐偃若非和主公有亲，哪里能得一等之赏？主公号称贤君，我看在这上面却也贤不到哪儿去。"

"得不到大赏也还罢了,破了城就该让大伙儿乐上一乐啊。宫里不让抢,是留给主公的,这我没话可说。那些混账大夫的府第为什么要封起来? 他们的老婆女儿理应分给有功将士,财货之物也须拿出来分了,这才不亏大伙卖命一场啊!"

"唉! 都怪主公贪心太大,好处都想自个儿得了啊。"

"主公虽是国君,也不该独吞财货。"

"也许国君并非要独吞财货,而是想以此讨好负羁。"

"讨好负羁,这是什么意思。"

"主公打下曹国,总得给一个人治理吧。负羁是曹国人,由他来治理,最是合适不过。主公不准众人进入曹国大夫府第,是想让曹国人都感激负羁,听从负羁之命。"

"反了,反了! 我等辛辛苦苦打下城池,反便宜了负羁之贼,是何道理?"

"负羁当初曾给主公送过玉璧,深得主公喜欢。"

"一块玉璧,所值几何? 他负羁就想因此跳到我的头上去吗!"魏犨愈说愈怒,不觉大吼起来。

"哼! 负羁若受命治曹,定会被主公拜为上大夫,不跳到你我的头上,又是跳到了谁的头上?"颠颉亦是怒气冲天。

"老爷先宰了那个负羁,看他还往哪儿跳!"魏犨猛地站起了身。

"宰了负羁! 对,宰了负羁!"颠颉借着酒意大叫着。

魏犨、颠颉跌跌撞撞地领了数十军卒,狂呼乱喝着冲至负羁府中,破门而入,逢物便砍,见人就杀。

负羁大怒,挥剑与魏犨搏斗,众家兵也和军卒们厮杀起来。魏犨酒喝多了,有劲使不出,被负羁一剑刺伤了胸膛。颠颉见势不妙,忙跃出府,又招来数百军卒。负羁及其家丁寡不敌众,俱被晋军乱戈刺死。

"杀! 给我杀光了! 烧,给我烧光了!"魏犨捂着胸口,狂怒地吼叫着。

众军卒肆意杀掠一番之后,放起大火,烧得半边天都红透了。晋文公见城中火光大起,忙遣人打听,才知是魏犨、颠颉"造乱",祸及负羁。

"魏、颠二人竟敢违抗寡人军令,实在大胆!"晋文公大怒,令人锁拿魏犨、颠颉,禁锢后营之中,又亲率禁军扑救大火。

众军卒忙乱了大半夜,方才救灭大火。然而不仅是负羁府中烧为白地,半条街也全部被烧为焦炭,百姓伤亡数以百计。负羁家中除其夫人携幼子僖禄藏于水沟中侥幸得免外,其余均被乱军全数杀死。晋文公见此惨景,不禁泪流满面,亲向负羁夫人下拜告罪。

负羁夫人哭倒在地,几致昏绝。晋文公让内侍扶起负羁夫人,当众拜五岁的僖禄为上大夫,厚赐金帛,然后将曹国内宫拨出一座宫院,妥善安置僖禄母子,并将负羁的灵堂设在其中。晋文公又厚恤遭了火灾的百姓,遍赐铜钱粮米及衣物柴炭。

当日,晋文公大集随行文武,议魏、颠二人之罪,拟将其斩首示众。众人慌忙跪地求情,说魏、颠二人酒后失德,非出本心。

"你等谁不饮酒?若人人以为酒后可以放纵,寡人何以治军!"晋文公怒道。他早就知道魏、颠二人满腹怨意,一直要寻个借口整治二人,又没有寻到。今日魏、颠二人送给他的已不仅仅是"借口",还是一个考验他的试金石。他究竟是不是一个宽厚仁爱而又英明果断的"贤君",正在今日之举。

"主公,魏、颠二人有十九年从亡之劳,近又斩将夺城,屡立奇功,礼曰:'刑不上大夫',可赦其一死。"先轸磕头说道。

战胜之国的将军喝醉了酒,杀了个把战败之国的大夫,在列国本是寻常之事,算不上是什么大罪。何况,先轸等人也有十九年从亡之劳,晋文公今日能以"小罪"杀魏犨、颠颉,明日只怕连"小罪"也不用去找,便可杀了他们。兔死狐悲,先轸等人不能不为魏、颠二人拼死求情。

"为君者所以能护社稷治万民,取信天下,唯有令耳。臣不遵君令,谓之不臣。君不能行令于下,谓之不君。不君不臣,岂能治国领军?众位跟随寡人出征,谁无功劳?若俱恃其功劳违命乱行,寡人将何以取信天下?"晋文公声色俱厉地说道。先轸等人不敢再说什么,但脸上都带着不服之意。

"你们都回去吧,好生看顾兵卒,休要再生出什么事来。"晋文公心中烦躁,挥手说道。众人鱼贯退出,只有狐偃留了下来。

"怎么,舅氏也要为那两个莽夫说情吗?"晋文公不悦地问。

"欲取信于天下,非杀大将不足以震慑人心。然魏犨乃我晋国第一猛将,冲锋陷阵,不可缺少此人。今后主公不仅要与楚国争战,恐怕也得与秦国争战,魏犨这等将才不可缺少啊。杀颠颉一人,足可肃整军令,何必并诛二将。"狐偃笑着道。

晋文公心中一动,想了想道:"听说魏犨胸上受伤,躺在后营里不能起来。此等将死之人,留之何用?不如杀之以正军令。"

"主公,让臣先去看一看,魏犨若真的伤重,就将他杀死以正军令。若他还能征战,不妨饶其一命。"

"这……以此行法,恐众人不服。"

"此事君知臣知,旁人何从知晓?"狐偃笑着,心中却在骂着:你这老鬼,在我面前,也作此假态,未免太过分了。

魏犨、颠颉住在后营中,除了不许出帐行走,并未受到多大的苦处。天气陡然闷热起来,魏犨胸上伤势大坏,日日流出黑血,痛得他死去活来,呻吟不断。但当他听到军卒禀告狐大夫前来探望时,立刻从榻上站立起来,亲至帐外相迎。

狐偃大出意外,问:"闻听将军伤势甚重,特来探望。不料将军已行走如常,实为可喜可贺。"

"哈哈哈!"魏犨大笑起来,"些许小伤,怎能奈何我老魏呢?"

他酒醒之后,对其"莽撞"之行,甚是后悔。尤其是听说晋文公已召集众人对他和颠颉议罪时,心中更是惊恐不已。他知道晋文公虽有宽厚之名,但心狠起来,丝毫不会手软。为了肃整军纪,晋文公定会借他和颠颉之头以震慑众将。

魏犨向来只喜"借"他人之头,岂肯甘心把自己的头"借"了出去?可"借"头之人既是国君,他又怎么抗得过去。看来,他无论如何是难逃一死。但狐偃的到来,却使他顿时狂喜起来,知道他有了逃脱一死的希望。

如果晋文公已定他为死罪,众人避嫌犹恐不及,谁肯前来探望他?狐偃是晋文公的亲信之人,到此探望,定是看他是否有用。有用之臣,国君自会留之。

"将军勇猛善战,实为我晋国栋梁之材,只可惜性太急耳,以致违了君令。主公本欲以大刑处置将军,在下冒死相阻,方说动主公,使我晋国之栋梁不致毁坏。"狐偃感慨地说道。

"国舅活命大恩,魏犨誓死不忘,日后必当厚报。"魏犨跪拜下来,连连磕头,砰然有声。

狐偃大喜,将魏犨扶起道:"将军且请安居静养,日后主公定有大用。"

在大臣之中,魏犨是唯一呼他狐偃为"国舅"的人。这一声"国舅"呼出,魏犨已成为狐家的心腹之人。

"请国舅告知主公,臣自知罪该万死。若能得蒙厚恩,存此残躯,自当拼出性命,为主公夺城斩将,使天下诸侯,俱拜伏在主公脚下!"魏犨大声说着,向前连跳三跳之后,又向上跳了三跳。

"将军且请保重,不必如此,不必如此!"狐偃说着,告辞而出。

狐偃没走出多远,帐中的魏犨已仰天摔倒在地,伤口迸裂,血流满胸。帐外军卒都受过魏犨的严厉警告,不得把他的伤情告诉任何人,否则杀无赦。在晋军诸将中,最令军卒们畏惧的就是魏犨。虽然魏犨已倒了下来,却无人敢追上狐偃,诉说他的伤势。

狐偃回到晋文公的住处,不仅说魏犨伤势不重,可以大用,还着实将魏犨敬君悔罪的表现夸奖了一番。

晋文公笑了,道:"警戒众人,杀一个将军就足够了。"隔日,晋文公令荀林父监刑,大集晋国众将和曹国百姓于北郊,斩杀颠颉。

晋文公宣其罪名为主谋放火杀人,擅违君命。接着,晋文公又宣称革除魏犨的爵禄官职,罢为庶人。以大夫舟之侨代行国君护卫之职。魏犨的罪名是与颠颉同行,而不劝阻其狂虐之行。晋文公最后下命道:军中今后不论是谁,若擅违君令,以颠颉之例处置。行刑完毕,晋文公派狐毛、狐偃二人捧颠颉之首,代他至负羁灵前致祭,并以上大夫之礼厚葬负羁。

军中将士见此大为恐惧,纷纷在私下里告诫道:"魏、颠二人跟随主公逃亡十九年,是主公的心腹之人,今日犯法,尚且一除官、一被斩,何况我等疏远而又位卑之人?如若犯法,必不幸免矣。"自此,晋军肃然严整,令行禁止,千军万马如同一人。

曹国百姓也大为感慨,对晋人的仇恨之意少了许多,都说难怪我们曹国守不住城,人家来的是贤君,我们主公却是昏君,哪儿抵挡得住?

在晋国攻破曹国都城后的第二天,楚国终于攻破缗邑,直至宋国都城睢阳,将城四面八方团团围住。宋成公急了,令大夫门尹般趁夜穿越楚军之围,飞驰至晋军大营求救。

晋文公令人将狐偃召进内室,问:"舅氏言寡人攻伐卫、曹,楚必来救,今日楚人不仅不来,反而围宋更急,寡人该当如何?"

狐偃一笑,拱手对晋文公行了一礼,说:"恭喜主公!"

晋文公一愣,想了想,问:"军中并无吉事,喜从何来?"

"楚人不敢救卫、曹两国,在天下诸侯面前大失威信,岂非喜事?"

"可是楚人又偏偏围住宋国不放。寡人为救宋而来,不解宋围,亦是在天下诸侯面前大失威信。"

"楚人不救卫、曹,自是怕我晋国。只要我晋军即刻入宋,楚人自会后退,解宋之围。"

"不会吧,楚人向来强悍,从不服输,岂会轻易退兵?"

"楚人强悍不假,却又狡诈,并不会与强敌硬拼。今主公已与齐盟,主公入宋,齐必遣将相助,以报谷地大败之耻。楚虽强,岂能抵挡晋、齐两国之军?主公欲报宋国昔日之恩,欲救宋国今日之难,欲威震天下,欲得霸主之名,非领军入宋不可!"

"这……楚君亦有恩于寡人,寡人实不愿与楚争战。"晋文公犹疑地说着。他并无制胜的把握,又在心底里无法克服对楚国的畏惧,实在鼓不起主动向楚军挑战的勇气。

"主公,不打败楚军,难成霸业啊。"狐偃有些着急地说道。如果此时晋文公撤军回国,他的一番谋划,不免是虎头蛇尾,必为赵衰所笑。

"那,那还是先礼后兵吧。寡人遣使向那楚君示以大义,让楚军不战而退。"晋文公说道。

"若楚军不退,我晋国大军当立刻进入宋国。"狐偃说道。

"嗯。"晋文公点了一下头,令狐毛写了一封措辞极其委婉的帛书,遣人送至楚军大营中。

楚成王接到帛书,见上面措辞虽是委婉,然"劝"楚国退兵之意,却是十分明显。如今晋、齐已成联盟之势,鲁国又不中用,与晋争战,只怕凶多吉少。楚成王心里嘀咕着,召集众将至中军大帐,议定进退之策。

"我楚国欲霸于中原,非征服宋国不可。纵然不得不和晋军交战,也绝不能后退,退则前功尽弃。"成得臣说道。

"我楚国天下无敌,那晋国岂是对手?"大将斗椒亦昂然说道。

"听说晋国的魏犨武技高强,我倒要和他比试比试一番。"大将斗勃手舞足蹈地说着。

"齐国已败在我楚国手中,若再能打败晋国,则我楚国可王于天下矣。"大将宛春笑道。

见众将俱是主战,楚成王不觉皱起了眉头,不高兴地说道:"依寡人之见,还是暂且别和晋国争战为好。晋侯逃亡在外十九年,经历过无数艰难险恶,熟知人情世故,非一般深居内宫之诸侯可比也。且上天又对其十分照应,让他活到六十多岁,又为他除掉所有的仇敌,助他登上大位。天意不可违,上天的意愿既是偏向晋侯,寡人也只好暂退一步。近来寡人深研兵法,对《军志》上所说的三句话大有领悟,其一曰'允当则归',意为适可而止,不要逼敌太甚。其二曰'知难而退',意为遇到危险的难以料定的敌人,不要与其争战。其三曰'有德不可敌',当日晋侯受宋之恩,今日出兵解宋之围,可谓有德矣。这三句话,正似说着眼前之事,不由寡人不从。"

楚国众将没料到一向好战的国君会说出这番话来,一时呆住了,你望望我,我望望你,都说不出什么话来。最后,众将的目光一齐盯向了成得臣。

在楚国,令尹权势极重,尤其在出征临敌之时,令尹向来为诸军之帅,令出如山,虽国君亦不能更改。此时若成得臣也和楚成王一样不愿与晋争战,楚国大军就只好撤宋之围,转回国中。

就此回军,众将心中又实在不甘。宋为殷商之后,传袭千年,国中宝货极多,一旦攻破宋都,众将必然是大有收获。因此,众将都盼着令尹劝谏国君与晋争战,半步不退。

"主公,临敌而退,兵法大忌。晋军并不可惧,与其争战,未必不能胜之。"成得臣果然不负众望,出言主战。

"我军围宋已疲,只恐不堪与晋军相敌。"楚成王说道。在他的既定谋划里,是竭力避免与晋、齐两国同时争战。如今晋、楚、齐三方的情势变化到如此地步,也出乎楚成王的意料。

当初他厚待逃亡的晋文公,是想布成一个以晋国为友,牵制秦国,压制齐国,使楚国大得其利的局势。但现在来看,晋、齐两国,甚至有可能包括秦国,会联成一个整体,来对付楚国。楚国再怎么强大,也无力同时与晋、齐、秦三国争战。

他之所以要暂退一步,最主要的考虑就是要避免造成晋、齐、秦三国的联盟。三国同盟,犹如是从左、中、右三个方向同时向他狠狠击来了一拳。楚成王要竭力使这种三国同盟无法形成,而代之以楚、晋同盟。

秦国处于极西,齐国处于极东,晋国正好处于中间。与晋国同盟,等于是彻底隔断了秦、齐两国。这样,楚国所面临的威胁,始终是两个分开的"拳头"。两只"拳头"若分开击敌,威力并不太大,对楚国产生不了真正的危险。

他暂退一步后,会竭力挑拨宋国与晋国的关系,待晋、宋结仇之后,他再率兵大举攻击宋国,逼其臣服。只是楚成王心中的全套谋划,并不想在手下这班武臣面前表现出来。他要臣下永远觉得国君莫测高深,威势如山一般沉重,不敢生出"邪念"。

"我军未经大战,并未疲惫,可与晋军一战。"成得臣虽然看出楚成王极不高兴,仍坚持说道。

虽然楚成王欲使臣下莫测高深,有意隐瞒他的联晋抗齐、抗秦之策,但成得臣还是猜出了大概之意。他决不能让楚成王的联晋之策成功,楚成王的联晋之策成功之时,就是他成得臣的脑袋落地之日。

在晋文公逃亡路过楚国时,成得臣屡欲将其刺杀,均未成功。这件事成得臣做得相当隐秘,应该说无人知晓。可是成得臣却认定晋文公重耳知道他的险恶用心,并且说动楚成王,以商臣为护送使者,使他半路截杀重耳的谋划不能成功。

晋文公即位之后,成得臣就多了一块心病,害怕晋文公会向楚成王索要他的脑袋。虽然他贵为令尹,可到底只是一个臣下啊。臣下在国君眼里,究竟价值几何,成得臣最清楚。

假若杀了他可以赢得与晋同盟,从此称霸中原,那么,楚成王会毫不犹豫地痛下杀手,将他的脑袋砍下来。凡是国君,个个都是心狠手辣之辈。这是成得臣的切身感受。

晋文公当然也不例外,无论如何不会放过他的仇敌。他能借秦君之手,除去晋怀公,为什么不能借楚君之手,除去他成得臣?在深深的恐惧中,成得臣觉得他唯有彻底击败晋军,使晋、楚两国成为世代仇敌,方可保得身家性命。

"子玉有心争战,寡人也不愿阻拦。只是若战之不胜,该当如何?"楚成王的话语中满含着威胁。

成得臣的固执求战,亦是大出楚成王的意外。楚国令尹的权势很大,使得历代国君都对令尹防范很紧,每当发觉令尹有抗命的企图,就立即加以诛杀。而令尹一旦发觉自身处于险境,也会毫不犹豫地发动叛乱,以图"死中求生"。

当年楚成王能从其兄手中夺得大位,就是利用了令尹子元的叛乱。子元在帮楚成王夺得君位后,日渐骄傲,把持朝政,为所欲为。楚成王忍无可忍,来了个先下手为强,与亲信大臣斗班合谋,突然发兵将子元杀死,并灭其全家。从此,楚成王对令尹的选择极为谨慎,既重视其能,更重视其忠心。

子文做了数十年的令尹,虽有许多令楚成王不满之处,但其忠心,却使楚成王赞赏不已,他希望子文的继任者成得臣一样是对国君忠心耿耿。对国君忠心,首先须维护国君的权威,绝对听从国君之令。可是现在看来,成得臣却是不那么忠心,居然违抗国君之令。不能再让他把令尹当下去了,回朝后寡人当另选其人。楚成王在心中说着。

"若战之不胜,楚国自有军法,臣甘愿受之。"成得臣毫不退让地说着。

依楚国军法,败军之将,当斩其首级,以警军心。成得臣话已至此,楚成王无法强加阻止,道:"晋人先礼后兵,我楚国亦不可失礼。如果晋人愿意退出卫、曹,我楚国亦可退兵。否则,自可一战。"

"臣遵命!"成得臣心中大喜,与众将拜伏在地。

卫、曹两国已在晋之手中,岂肯轻易退出?楚成王此言,实已允许了成得臣的求战之请。

第六章

重诚守信避三舍 城濮之战败楚军

楚成王借口忽发"宿疾",领左右禁卫之军及二百乘兵车退回楚国的申邑之地。这样,他就避开了与晋文公直接争战,留下了日后和好的余地。同时,他又借此削弱了成得臣的实力,增加了成得臣战胜晋国的难处。在心底里,楚成王并不愿意成得臣能够战胜晋国。成得臣打了胜仗,楚成王另选令尹的谋划就会落空。败者必罚,胜者必赏,是楚国得以强大的"秘诀",任何一代国君都不会轻易违背这个"秘诀"。

楚成王一走,楚、陈、蔡、郑、许五国联军的主帅名副其实地归了成得臣。依照礼法,国君绝不能听令于别国臣子。陈、蔡、郑、许四国之君纷纷托言国中有事,领亲卫禁军而退。只不过四国之君并不敢带走兵车,各命大将率军留于营中,听从成得臣之令。四国大将为陈将辕选、蔡将公子印、郑将石癸、许将百畴。

成得臣见楚成王带走兵车二百乘,心中愤怒,求战益切。他派大将宛春为使,让晋文公首先退出卫、曹两国。

狐偃怒道:"楚人太过无礼,我晋国以国君之尊,请楚人解宋国之围。而楚人却以臣下作答,并欲使我晋军退出卫、曹两国。我晋国只想得到解救一国之功,楚国却想得到恢复两国之功。"

晋文公面带忧色,道:"看来与楚争战,已是不可避免。这两国军民,并未真心臣服,恐怕会借寡人与楚争战之际,趁势造乱。"

"主公是否欲得卫、曹两国？"狐偃问。

"卫、曹两国俱为文王之后，乃宗室一脉，且居于大国之间，寡人欲得而实不可得也。"晋文公坦率地说。

"既不可得，何不复之，使其服我晋国？"狐偃又问。

晋文公想了想，道："不错，卫、曹两国既为宗室之国，理应服我晋国。"

于是，晋文公先以"无礼"之罪，扣下楚将宛春，然后暗中示意卫、曹大族将复其国。卫、曹大族心中俱是欢喜，同时以国君之名遣使告知天下，楚乃蛮夷之邦，无信无礼，不值中原诸侯与其结交。

成得臣闻知大怒，下令进攻晋军，并将五国之兵编为三军，以便指挥。大将斗宜申率楚军兵车百乘及郑、许两国之兵为左军。大将斗勃亦率楚军兵车百乘，领陈、蔡两国之兵为右军。成得臣自率楚军兵车二百乘为中军，以大将斗椒为副。

这时，成得臣的长子成大心亦率宗族亲兵六百人，号为"若敖之卒"，前来军中助战。"若敖之卒"俱是勇悍善战的敢死斗士，个个武技精熟，堪称以一敌十。成得臣大喜，将六百"若敖之卒"用作亲卫之兵，守护中军大旗。

周襄王二十年(公元前 632 年)三月，成得臣发下进军将令。五国之兵离开睢阳，北上迎敌。

齐昭公闻听晋、楚即将大战，立即派上卿国懿仲之子国归父为大将，大夫崔夭为副，领兵车二百乘，依照先前与晋国订下的盟约，前往晋军大营中助战。

秦穆公对晋、楚之争极为关心，虽然怀嬴已去世，但在名义上，晋文公仍是秦国的"女婿"。眼看两国已是不可避免地要大战一场，当即派大将一员，领兵车百乘赶往晋军大营，相助"姻亲"之国。

楚军此时拥有兵车四百乘，另加陈、蔡、郑、许四国之兵，共达八百乘兵车。

晋军本有兵车九百乘，留下二百乘驻守所占的卫、曹之地，实有兵车七百乘，若再加上齐、秦两国助战之兵，共有兵车千乘。

从表面上看，晋军在兵力上大占优势。然而楚军的军制与中原诸国不太相同，每辆兵车所配之卒多达百人，比中原诸国的七十五人多出四分之一。

所以在实际上,晋、楚二军的兵力相差并不算大。

三月底,成得臣率五国之兵已逼近晋军大营,晋军众将纷纷请求出战。不料晋文公不仅不许出战,反而下令全军后退。众将大惑不解,纷纷进言:楚军主帅,臣也,晋军主帅,君也。以君避臣,实为我晋军之耻。晋文公听了,也不生气,只微微一笑,并未解释。

狐偃站出来解释道:"主公昔日在楚,甚得楚君之惠。虽然两国交恶,然楚君之惠,主公不愿忘也。故我晋军后退,实为报答楚君之惠,并非在避那成得臣。"晋军众将听了,人人现出叹服敬佩之意,欣然听从后退之命。

晋文公逃亡列国的经历,已在晋国臣民之间广为流传。众将都知道,国君曾对楚君说过,晋、楚两国若不幸以兵车相会,晋军当退避三舍。这本可算作是一句戏言,晋文公却并未忘记,坚守承诺,当真在两军对阵之时主动后退。列国之间,礼乐崩坏,信义二字早已被众诸侯抛弃。可是晋国国君却在坚守信义,这令晋军兵卒自豪不已,士气大增。

晋军后退,使成得臣战胜晋文公的信心大增,挥军步步进逼。晋军连退三舍,共九十里地,方在城濮之地扎下营寨。成得臣紧跟过来,依地势之险,在晋军对面立下营垒。此时,宋成公和公孙固亦率兵车二百乘,绕道疾驰至晋军大营中。晋军兵力更强,无论从战车上还是从兵卒上看,都明显地超过了楚军。

陈、蔡、郑、许四国兵卒胆怯起来,欲固守不战。成得臣大怒,急遣斗勃至晋军大营挑战。

四月初三,斗勃独乘一车,耀武扬威,驰至晋军大营前,高声道:"楚军主帅告知晋君:楚军将士闲逸已久,想和晋军士卒玩上一玩。晋君若有胆量,就请站在车前的横木上,睁大眼睛看看热闹。我们楚军主帅也会陪着晋君,不敢偷懒,哈哈哈!"大笑声里,斗勃倏地掉转车头,飞也似的驰回楚军大营中。晋文公敢将宛春扣下,恼怒起来,只怕也会用冷箭来对付他这位传话使者。

晋军众将听了大怒,争欲出战。晋文公笑而劝止道:"来而不往非礼也。我晋国亦当派一使者应答。"

楚国令尹派出的传话使者地位很高,是右军主将。晋国国君派出的传话使者地位亦是不低,为下军主将栾枝。

栾枝同样是单车驰至楚军大营之前,高声道:"晋军主帅告知楚国令尹:晋军后退,是敬重当初楚君的恩惠!晋军知礼而退,楚军亦应知礼而止。今日楚军既是不退,那么就请准备好战车,扣上弓弦,我们明日早晨好好戏耍一番吧!"

当夜,晋、楚两军都进入到了紧张的备战状态。晋文公命狐偃与他同宿军帐之中,以随时处理紧急事务。夜色已深,巡营将官的车行声不时传入帐中,分外清晰。

晋文公久久不能入睡,睁大眼睛望着帐顶,心想寡人今年已经六十六岁了,还要在战场上与敌军白刃相搏,也太过劳苦矣!

想着,想着,他仿佛仍在逃亡,乘车日夜不停地行走着,一直行到楚国。楚成王待他甚是礼敬,日日饮宴为乐,观赏歌舞。忽然,楚成王来了兴致,要与他摔跤相戏。他寄人篱下,只得答应,与楚成王扭抱着,在大堂上转来转去。也许是他年岁大了,力不从心,被楚成王仰面摔倒在地。楚成王胖大的身躯压在他的身上,如山一般沉重。他受不住,拼命推着楚成王,又哪里推得开?楚成王受到推拒,发怒了,变成一只巨熊,吼叫着,一口咬开他的脑袋,狂吮着他白花花的脑汁。

"啊——"晋文公吓得惨呼一声,从噩梦中醒了过来。

"主公!主公!主公!……"无数禁卫士卒呼喊着拥进了帐内。

"啊,啊……没什么,没什么!"晋文公愣了愣,挥手让众军卒退了出去。他脸色惨白,额角上沁出了一粒粒豆大的汗珠。

"主公,你别是做了什么噩梦吧?"狐偃套上袍服,笑问道。

"明日,明日这仗不能打了,不能打了。"晋文公喃喃说着。

"军令如山,不容更改!明日怎么能不打呢?"狐偃急问道。

"不吉利,太不吉利。明日决战,只怕……只怕要败。"晋文公的声音竟在微微颤抖。

"好端端地,怎么主公忽然说起不吉利了呢?"狐偃又是着急,又是奇怪地问道。

晋文公定了定神,将他在梦中的情景仔细讲了一遍。

"楚君为熊氏,楚王变成大熊咬开了我的脑袋,不正是预示我晋军当为楚军所败吗？"晋文公心有余悸地说道。

"哈哈哈！大吉，大吉！此乃大大之吉兆也！"狐偃仰天大笑。

"此等噩梦，有什么大吉可言？"晋文公不满地皱起了眉头。这狐偃为了和赵衰争胜，一心想与楚军决战，寡人可不能上了这个当！晋文公在心里说着。

"主公仰面朝天，乃是得天相助，怎么不是吉兆呢！"狐偃正色说道。

"那么楚君压在寡人身上，又作何解？"

"楚君既是压着主公，脸必向地。天胜于地也，主公朝天，楚君朝地，此乃上天明示主公将大胜楚君也。"

"还有，楚君忽然化作巨熊，咬……咬了寡人之首，此又为何解？"

"这……这个……"狐偃心中急转着念头，说道，"楚乃天下领地最广，人众最多之国，偏又蛮横无礼，故化为巨熊也。而其侵犯主公之首，是欲主公怀柔其心。因脑汁为柔，取其柔意也。"狐偃此解，也太勉强。晋文公心中不信，口中并未说出什么。

此刻他的神志已完全清醒过来，知道明日的决战绝不能改期。临战军令忽变，乃是兵家大忌，非万不得已，决不可轻易行之。何况楚军本来就轻视晋军，这一改期，势必使楚军士气大涨，更加不将晋军放在眼中。同时，晋军的士气势将大衰，再也鼓不起战胜强敌的勇气。

"舅氏说得是，看来此梦的确是吉兆。"晋文公只能如此说道。

"既是吉兆，主公就该安睡，明日好统率大军，一举扫除楚国群丑。"狐偃笑道。

"不过，此梦虽吉，意象却凶，明日寡人不宜领军，当另选主帅才是。"晋文公说道。

他虽然经历过许多艰险，但统率千军万马，与强敌对阵交锋的经历却是丝毫也无。晋文公在内心深处，厌恶甚至恐惧冲锋陷阵，血溅战车。

"这个……也行。敌军主帅为臣，我军主帅为君，未免有些不相当。"狐偃说道。他也看出，晋文公并不想亲临战阵。

"是啊，以君敌臣，像什么话？"晋文公连连点头，"那么明日就由舅氏担当主帅大任吧。"

"不,这战阵之事,臣并不精通,难当大任。"狐偃连忙推辞道。

"连舅氏都难当大任,我晋军中又有谁能当此大任?"晋文公笑问道。他知道狐偃说的是真话,也知道晋军中谁能担当主帅大任。但在他此时所率领的众位大臣中,狐偃的地位最高,他只能将主帅大任交给狐偃担当。如果狐偃是位良臣,真心为他晋国谋划,就会推辞主帅之任,另推贤者。只有这样,狐偃才会甘心情愿地听从地位比他低下的主帅发出的将令。

"微臣以为,中军主将先轸足可担当大任。"狐偃毫不迟疑地回答道。

"不错,寡人也是如此认为。"晋文公赞赏地说道。

一般来说,领兵主帅都会兼任三军中的中军主将。晋文公正是看中了先轸精通战阵之法,才将其任命为中军主将。不过此刻晋文公流露赞赏之意并非因为先轸,而是因为狐偃。他赞赏狐偃果然是位良臣,不负他深藏在心中的期望。有了狐偃、赵衰这等良臣,寡人还有什么事不能办到?晋文公满意地想着,不知不觉间把狐偃列在了赵衰之前。

晋军的驻扎之地,原是有莘国的故城。有莘国早已衰落,故城房屋宫舍都成了废墟,唯剩一座城楼,还算完整。黎明时分,晋军及秦、齐、宋三国兵车已整整齐齐地排列在城楼之下。

依照惯例,临战之前,三军须接受主帅检阅,行过誓师仪式。晋文公和众大臣以及秦、齐、宋三国宾客立于城楼上,对军阵仔细观看一番后,都很满意。接下来,就该以白马乌牛之首祭旗誓师,出发杀敌。但出乎众人的意料,晋文公在誓师之前,先行了拜帅仪式。

"敌方主帅为臣,我方主帅亦应为臣。今暂以先轸为帅,破敌制胜!"晋文公声音洪亮地说着,将一柄象征着主帅权力的玉斧递到先轸手中。先轸大喜过望,恭恭敬敬地接过玉斧,向晋文公行了跪拜大礼。

他自军队一驻扎下来,就仔细观察了周围的地形,定下了破敌之策。在行军战阵之事上,晋文公一向是对他言听计从,当然会采纳他的计策。只是如此一来,他只有献策之功,将来封赏之时,所得未免难以令他心满意足。可当了主帅,那就不同了,只要获胜,他就是晋国自立国以来的第一功臣。

晋国虽为强国,又得天子封赏,许为盟主。但若不战胜楚国,这盟主之位,无论如何也坐不安稳。然今日之战胜楚军之后,情势就大不相同,晋国的盟主之位就将稳于泰山。诸侯最大的功业，莫过于当上盟主，称霸天下。一战而定称霸天下之功，此等殊勋，在晋国的史册上，他先轸将是唯一的获得者。

大战在即，先轸接受玉斧之后，立刻发出了一道道主帅之命：

狐毛、狐偃率上军攻楚之左师及郑、许两国之兵。

栾枝、胥臣率下军攻楚之右师及陈、蔡两国之兵。

陈、蔡师弱而又怯战，下军先发动进攻。上军待下军已突入敌阵后，才能发动进攻。

敌中军出战，我上、下二军许退不许进。待我中军大旗挥动，上、下二军须同时反击杀敌。

请宋国大司马公孙固率宋兵伏于故城左侧，见敌军驰来，立即杀出。

……

明令发出之后，先轸又向众将发出一道道暗令。

众将见先轸忽然成为主帅，心中本有不服之意，此时听他指挥若定，条理分明，无不心服，拜而受命。

齐、秦两国之将见先轸没有一令发给他们，心中着急，忍不住上前质问起来：莫非我们齐、秦两国之兵，便不是楚人的对手？

"齐、秦之兵，天下无敌，本帅怎敢轻视？"先轸笑着，授下一道暗令。

齐、秦两国之将大喜，连连向先轸下拜，求恕先前的"不恭之罪"。

最后，先轸又命舟之侨率最精锐的禁卫之军保护晋文公，无论战场发生了任何事情，都不得轻举妄动。晋文公却让舟之侨率一半禁军归入中军，并说颠颉正法之后，中军缺少一员副将，就以舟之侨代行副将之职。寡人有荀林父护卫已是足够。先轸推辞不过，只得应承，命舟之侨护卫中军大旗。

军令已下，众将行过誓师仪式后，纷纷走下城楼，率所部军卒依命而行。宋成公也欲随公孙固走下城楼，被晋文公拦住了。

"这是臣下们的事，你我做国君的，只需站在这里看看热闹就行了。"晋文公笑道。宋成公大为感激，不觉又向晋文公行了一礼。自见到晋文公以来，他已记不清这是第几次向晋文公行礼了。

周襄王二十年(公元前 632 年)四月初四，楚、晋二军在城濮的旷野上摆开了大阵。晋军背倚有莘故城，列阵于北。楚军背靠着一道土冈，列阵于南。

太阳升起的时候,两军一同擂响了战鼓,轰隆隆震得大地都在颤抖。无数野鸟被惊起,呼啦啦满天乱飞。在鼓声擂响的同时,晋、楚两国军队向对方发动了攻击。

晋军上、中二军坚守不动,只下军冲到了阵前。成得臣立在土冈上,在六百"若敖之卒"的护拥下,连挥令旗。楚军左、右两军战车疾驰,冲向敌阵,而中军并不随同进攻。

"今日一战,一定要将重耳那贼擒来!"成得臣充满信心地说着。

"父亲,让我冲过去,先夺了他们的中军大旗!"成大心请战道。他虽然只有十七八岁,血气方刚,而其武勇之名,已传遍楚国。十五岁即从军征战,数年来,所历恶战不下十余场,在每场恶战中都立有斩将夺旗之功。

"现在还不是时候,吾儿且耐心等上一等。"成得臣说着,凝目注视着土冈下的战场。

战车冲起的灰尘弥漫开来,远远望过去,已看不真切双方的军卒。只能凭借大旗的进退来断定双方的攻守之形。

楚军右军主将斗勃以陈、蔡之卒为前队,自率楚国兵卒在后掠阵,并传下严令:敢在阵前后退者,一律斩首。陈、蔡之军并不愿与晋军作战,迫于严令,只得硬着头皮向前猛冲。不想这一硬冲,居然冲动了晋军的阵脚,逼得晋军连连后退。

陈国大将辕选、蔡国大将公子印见状大喜,顿时勇敢无比。二将本来隐在军阵之中,此刻却争先冲至阵前。

楚军的前队立刻混乱起来,而晋军亦停止后退,鼓声大响中,放出一队"猛虎"。陈、蔡两国驾车之马见到"猛虎",吓得惊跳起来,不从御者之命,掉转车头就往回跑。

"不准后退,不准后退!那是假老虎!"辕选急得大叫起来。

"那是马,蒙着虎皮的马!"公子印也大吼着。

自从当年鲁军以虎皮蒙马,大胜宋军之后,天下各国,都学会了此一妙计。只是这虎皮蒙马之计,大多用在突袭和埋伏之中,很少会用在对阵决战中。

"杀啊!"栾枝、胥臣大吼着,挥军向前猛冲,心中对先轸大为佩服。在阵中突出"虎皮蒙马",正是先轸发下的暗令之一。

陈、蔡两国之军阵形已乱,哪里抵挡得住晋军的猛冲?顾不得斗勃的严令,纷纷争着向后退去。

"哪里跑!"栾枝长戈挥处,已将辕选刺死在车中。胥臣亦牢牢咬定公子印,长戈连刺,划伤了公子印的左肩,鲜血长流。

斗勃见势不妙,放过陈、蔡败军,迎住栾枝、胥臣奋力厮杀。楚军勇悍顽强,无奈兵力不及晋军,虽然阵形不乱,亦被逼得连连后退。

见下军已突入敌阵,狐毛、狐偃立刻发动上军,攻向楚国左军。楚国左军主将斗宜申也是在后压阵,而将郑、许两国之兵列为前队。郑国大将石癸、许国大将百畴见陈、蔡两国之军已败,心中发慌,手软脚颤,还未交锋,便掉转战车向后退去。斗宜申急了,一边痛骂郑、许两国之兵,一边带着楚军迎向狐毛、狐偃。只是楚军兵车仅有百乘,而晋军兵车却多达二百乘,楚军虽奋力反击,仍然有些抵挡不住。

成得臣知道陈、蔡、郑、许四国之军战力不强,却没料到他们竟是如此不堪一击,心中顿时焦虑起来。他本想以左、右二军消耗晋军的战力,待晋国的中军出动之后,再奋力一出,利用"若敖之卒"的勇猛突破敌阵,取得大胜。但现在看来,晋军不用出动中军,就可将他的左、右二军打垮。左、右二军若败,他的中军无论如何也支撑不下去。成得臣无奈之下,将所控兵车二百乘中分出一百乘,由两员偏将统领,各率五十乘,驰援左、右二军。

敌对双方中,最强的兵力一般都配备在中军。这样,既可同时照应左右两翼,又便于主帅集中力量,在紧要之时给敌军致命的打击,从而大获全胜。不到万不得已时,主帅不会轻易动用中军之力。楚国中军少了一半兵车,冲击力必然大减,只怕难以给予敌军沉重的打击。

还好,我有"若敖之卒",足可抵上百乘兵车。成得臣在心中说道。

晋国上下两军见敌方中军已动,立即依照预定之计,缓缓向后退去。

"杀啊!"成得臣令旗一挥,向晋国中军大阵指去。

一百辆战车和六百"若敖之卒"大吼着冲向敌军。

"若敖之卒"每三人分为一队,俱是身披犀甲,头戴铜盔,一人持圆面大藤牌,一人持青铜巨斧,一人持丈八长戈。共有二百队,每两队又结成一个小小的方阵。

先轸下令众将紧守阵脚,缓缓后退,只许以强弓硬弩射敌,不许出战,违命者斩!

楚军很快冲近了敌军,却迎头撞上一阵急风暴雨般的乱箭,硬生生被射了回来。待退出羽箭的射程,整顿一番后,楚军又发动了第二次攻击。晋军虽在后退,阵形丝毫不乱,箭如飞蝗,满天射出,再一次击退楚军的攻击。

见到楚军连进连退,晋国中军众将不觉都现出傲然之色,同时对先轸之令也甚为不满。晋军出战兵车共有七百乘,上军二百乘,下军二百乘,中军则拥有三百乘。而楚国中军此刻只有百乘兵车。偏偏是只有百乘兵车的楚军在猛烈进攻,而拥有三百乘兵车的晋军却在步步退守,这使得晋军众将大感屈辱,都不想再退。

尤其是舟之侨,自负勇猛,急欲立功,在楚军第三次攻击时,竟率所属禁军停止放箭,向楚军迎击过去。他的本职为护卫大旗,旗手自是随着他的进退而进退。

晋国众将见中军大旗向前,欢声雷动,一齐向楚军冲杀过去。上、下两军见中军大旗挥动,亦按照事先的约定,停止后退,反击杀敌。楚、晋双方顿时混战起来,车马交错,兵卒白刃相搏,杀声阵阵,直冲云霄。

先轸见状长叹了一声,令人飞驰有莘故城左侧,让公孙固率宋国之兵迅速杀出。他的一番精心谋划,正在步步进行之际,却被舟之侨搅乱了。

先轸不仅想打败楚军,还想彻底全歼楚军甚至生擒成得臣。他只要再退三里路,楚军的尾部就恰好处于有莘故城左侧。此时宋军冲杀出来,正将楚军的退路截住。而同时,晋国的上、中、下三军一齐反击,必将全歼楚军。但是现在,他不得不令宋军提前杀出。如此,宋军只能斩断楚军的腰部,无法兜住楚军的尾部。

楚军善于野战,混斗之中,大占便宜,虽然兵少,却和晋军战了个难解难分。成大心使一杆青铜长戈,左挑右刺,直向晋军纵深中闯来。六百"若敖之卒"紧跟在他的身后,勇不可当。

他们常常是每十队、五个方阵圈住一辆敌军兵车,三个方阵阻挡车下的步卒,两个方阵从左右两方攻击车上的甲士。但见舞藤牌者奋力挡住甲士刺来的长戈，舞大斧者趁势猛砍马足，舞长戈者专刺敌军车上的御者。

"若敖之卒"配合极佳，虽然是数十人联合对敌，却像一个人那样自如灵活。转眼之间，晋军已有十余辆战车被"若敖之卒"砍倒。晋国的中军大阵被硬生生撕开了一个大口子。舟之侨见成大心来得厉害，急率众禁卒上前抵挡。

"来得好!"成大心大吼着，长戈向上一扬，向着舟之侨当胸刺去，却是刺了个空。身手极为灵活的舟之侨早弯腰避了过去。

舟之侨立在战车上，借着战车的前冲之力，还刺过去。依照常理，成大心是步战，无论如何挡不住他这威猛的一击。

两队"若敖之卒"猛冲上来，二人齐举藤牌，挡住舟之侨的长戈，二人齐挥巨斧，砍向驾车的马足，二人齐举长戈，刺向舟之侨的御者。

"噗!"舟之侨神力惊人，长戈刺穿藤牌，却没能将那执牌的"若敖之卒"杀死。

"若敖之卒"身上的厚重犀甲挡住了锋利的戈刃。与此同时，舟之侨所乘的战车摇晃着，竟欲翻倒。原来驾车的壮马倒了两匹，御者也被刺死，战车已失去控制。

"好厉害的南蛮!"舟之侨大叫着，跳下车，与成大心步战相斗。然而步战他却根本不是成大心的对手，三两个回合下来，已是左支右绌，狼狈不堪。这一半是因为他的武勇稍逊对手，另一半则是戈刃上套了个大藤牌，舞动起来甚是吃力。

成大心得势不饶人，长戈连刺，已在舟之侨额上刺出一条血口。舟之侨痛得大叫一声，抛了长戈，扭头就逃。成大心也不追赶，吼声连连，直向晋国中军大旗杀过去。众禁卒虽是勇悍，见主将落荒而逃，不觉气沮神丧，顿时挡不住"若敖之卒"的凶猛攻击，四散溃退。成大心只一戈便刺倒了晋军掌旗官，夺下晋军帅旗，放倒下来。

"晋军主帅已死!晋军主帅已死!"楚军欢呼起来，勇气大增，人人拼死上前。

晋军却是大乱，众将惊惶不已，军卒们亦是胆怯了许多，纷纷后退。先轸大为恐惧，喝令众亲军一齐上前，夺回大旗。但是大旗既已落入楚国掌握之中,岂能轻易夺回?正在危急时刻,忽有两员晋国大将乘着轻车,疾驰入晋国中军大阵中,迎头杀向成大心。

先轸见了大喜,亦驱车亲自上前,从侧翼攻向成大心。那疾驰而来的两员晋国大将一是魏犫,一是寺人披。

原来晋文公在城楼上望见晋军失了帅旗,急遣护卫首领寺人披前来助战。其时魏犫胸伤已有所好转,亦在城楼上观战,见此情景,不顾晋文公的劝说,跟着寺人披杀向了战场。

瞬息之间,成大心已被三员晋国大将包围,而他身边的"若敖之卒"也被先轸的亲兵拼命缠住,难以过来相助。成大心毫无畏惧之色,长戈如灵蛇左盘右旋,令先轸、寺人披、魏犫无法挨近。

三员晋将中,魏犫武技最高,但因伤痛在身,不敢使出全力。斗了几个回合,成大心有意露出破绽,倒拖长戈,回身便走。寺人披急于立功,突驰向前,却见成大心忽地转过身,长戈如毒蛇吐信一般刺出,疾如闪电。

"啊!"寺人披惨叫一声,喉间鲜血狂喷,死于非命。

"哇!"魏犫惊怒交加,忘了伤痛,狂吼声中,奋起平生力气,挥动长戈,向成大心猛刺过去。成大心和魏犫交手几招后,见他武技"平平",并未放在心上,此时虽看魏犫来势猛恶,也只横戈随手一击。

"砰!"两戈相交,暴出一声巨响。成大心双臂如遭雷击,剧震之中,长戈脱手而出,人也踉跄着连退几步。先轸趁势一戈猛刺而出,正中成大心的脚腕。成大心顿时栽倒在地,连爬几次也未爬起。先轸欲借此机会结果了成大心的性命,几队"若敖之卒"已拼死上前,将成大心救回阵中。然而如此一来,"若敖之卒"队形大乱,被晋军的反击逼得连连后退,帅旗也被晋军夺回。

晋军将士立时欢声雷动,士气重新振作起来,不退反进,令楚军大感吃力。先轸到这时方松了一口气,回过头去看魏犫,见魏犫倒在车中,呻吟不止,显然是旧伤复发。

"魏兄……"先轸正欲过去看魏犫,忽听得鼓声大作,公孙固领着二百乘战车,大呼着冲杀过来。先轸大喜,顾不得看望魏犫,让一偏将护送其离开战阵。然后亲至阵前,指挥晋军反击。

宋军屡受楚军欺凌,无不对楚军怀有大恨,此刻以生力军杀到,个个勇猛如虎，即使是凶悍成性的楚军，也难以抵挡。晋军见援兵赶到，益发勇气倍增，势不可当。

啊！宋军至此，还有秦军、齐军，又在哪里呢？成得臣心中大惊，急忙下令退军回营。楚军本已支撑不住，听得一个"退"字，斗志顿失，犹似决堤的洪水，一溃不可收拾。斗椒东突西冲，拼命保持着中军队形不乱，向后狂奔。

"若敖之卒"不仅善于白刃搏斗，箭术亦精。成大心躺在车上，忍痛指挥众"若敖之卒"断后，以准确凌厉的"箭阵"阻挡晋军的追击。晋军连连中箭栽倒，对楚国中军倒也不敢过分逼近。但楚国左右两军却彻底崩溃，散乱不成队形。斗宜申、斗勃俱为流矢所伤，狂奔逃命。

逃过土冈，前面就是楚军大营，沟垒深固，足可抵挡任何追敌。不料楚军刚接近营垒，就听鼓声陡响，营垒后亮出齐、秦两国大旗。紧接着风声急劲，无数羽箭迎头射至，将奔在最前面的楚军射倒了一大片。

楚军慌忙从营侧狼狈而逃，丢下的旗鼓军械，堆积如山。晋军直追出三十里，方收兵回至楚营。齐、秦两国之将亲至营门，以大帅之礼迎接先轸，恭敬至极。

先轸发给他们的暗令，是趁晋、楚两军交战之际，绕道偷袭楚营。楚军兵力不足，营中并未留下多少守卒，轻易地被齐、秦两国之军攻下，立下战功。如此，齐、秦两国之将回至国中，必然大受国君赏赐，加官晋爵。

先轸进入楚营，先下令封存楚军所遗粮草器物，不许擅动，又将违命出战的舟之侨押起来。然后派人飞驰至有莘故城，迎请晋文公和宋成公至楚营检阅胜利之师。晋文公喜极，与宋成公同乘一车，大笑着进入楚营。

寡人居然真的打败了强悍无比的楚军，从此天下无敌矣！当年的齐桓公，哪里比得上寡人一半儿？哼！齐桓公那个霸主，名不副实。寡人这个霸主，才是真正的霸主。晋文公在车上摇摇晃晃，满面红光，犹如喝醉了酒一般。

宋成公也是兴奋至极，想着楚军经此大败，只怕十余年内不敢北上中原，他也就能安安稳稳地做上十年太平国君。

先轸领众将列队站在楚营大帐的空场前，部伍整齐，行列肃然。在左右两旁，还摆放着缴获的楚军战车、旗鼓军械，以及数千垂头丧气的俘虏。晋文公看得连连点头，乘坐高车，在大帐前连转了两圈，方下车进入帐中。

先轸领众将鱼贯进入大帐，向晋文公称贺赞颂，跪行大礼。

"免礼，免礼！大伙儿辛苦了，辛苦了！且乐呵几天，乐呵几天，哈哈哈！"晋文公喜得不知说什么才好。

先轸神色凝重，并未露出喜色，他本来能够得到更辉煌的战果，却不仅未能得到，还几欲"转胜为败"。他上前一步，归还玉斧，并详细禀告了决战经过。

众将在旁听着，越听越是心惊，先轸竟将战场之事记得如此清晰，大出众人意料。

谁杀敌最为勇猛，谁曾后退，谁曾斩杀敌将，谁曾贪功独进……无不尽在先轸的眼中。今后在这家伙的指挥下打仗，可得小心了再小心，众将又是钦佩又是戒惧地在心中想着。

先轸果然是帅才，既有此人，寡人将无忧于征战矣。晋文公在心中满意地想着。

最后，先轸将舟之侨违命出战，致使军中大乱，帅旗为敌所夺的"大罪"禀上，并以"约束不力"之罪自请处分。

晋文公听着，脸上喜色尽褪，大怒道："若非主帅备有伏兵，寡人只怕已做了楚人的俘虏。"他当即令栾枝监刑，将舟之侨斩首，悬于营门示众，还派军使遍告军卒：今后有违主帅之命者，以此为例。他既有心以先轸为代国君征战的主帅，就必须维护主帅的威信，不许任何人胆敢加以轻视。

同时，晋文公又言道："今日之战，先轸为首功，寡人当告知祖庙，永志不忘矣。"

先轸感激不已，拜伏在晋文公面前，发誓当肝脑涂地，以报国君知遇之恩。晋文公亲手扶起先轸，命摆大宴，与众将同乐，共为一醉。宴至中途，正极尽欢乐之时，晋文公忽现忧色，停杯不饮。

狐偃笑道："今日大胜，正应主公梦中吉兆，为何主公又有忧色？莫非主公白日也能做梦？"

晋文公摇了摇头，道："寡人在楚国时，听人常说'子玉最为刚狠，若遇折辱，其必报之'。今子玉大败，辱之甚矣，岂能不报？子玉善兵，我晋国再欲对付他，只怕不太容易。"

狐偃笑道："主公无忧。楚人之法，败将必亡，臣料那成得臣定然难逃一死。"

"但愿如此。"晋文公又笑了，举杯痛饮，连称好酒。

"此酒乃楚君专程贡奉，岂有不好之理。"狐偃说道。

"好一个专程贡奉，哈哈哈！"晋文公仰天大笑起来。

"哈哈哈！哈哈哈……"晋国众将一齐大笑起来。

成得臣带着残兵败将，连夜狂奔，直至楚国境内，方才停歇下来，计点残军。但见陈、蔡、郑、许四国之兵俱已在半道上奔回本国，逃得无影无踪。至于楚军，损失之惨，是成得臣自从军以来仅见的一次，左、右两军几乎全军覆灭，仅剩十余乘兵车。其中军亦损失大半，只剩下八九十乘兵车。"若敖之卒"也损失了三分之一，只余下四百来人。总计一仗下来，楚军的损失达三百余乘战车，数万士卒。

看到眼前疲惫至极、惊魂未定的将士，成得臣不禁悲从心来，号啕大哭："吾本忠心于国，欲大展我楚军之威，使主公霸于中原，光耀'若敖氏'之列祖列宗。却不料误中晋人诡计，一败至斯，有何面目相见故人？"哭着，哭着，成得臣忽地拔出佩剑，就向喉间刺去。斗椒、成大心慌忙抱住成得臣的胳膊，苦苦相劝。

"主帅乃国之令尹，非一般战将可比。且功勋累累，主公必然怜而赦之。"斗椒说道。

"父亲身为令尹，关系重大，非有国君之命，不可妄行啊。"成大心哽咽着劝道。

成得臣默默无言，垂下佩剑，整顿好残军，缓缓向楚成王所驻之地申邑行去。他并不惧死，从他坚持与晋军决战的那一刻起，就将生死置之度外。可是此刻，他又渴望着楚成王能够让他活下来。如此惨败，他实在不甘心，他全身都溢满了强烈的报复欲望。

楚国人众之盛，冠于天下，损失三百余乘兵车，并不算什么。只要楚王一声令下，楚国立即可以征集千乘兵车。他将带着千乘兵车北渡黄河，踏破绛都，生擒晋文公。当然，楚军战败，领军主将必须以死谢罪，这是列国皆知的惯例。但有时候，楚王也会发下赦令，免败军之将一死。成得臣希望楚军的战败会使楚王感到愤怒,因此而赦免他,令他统军报复。但只行了一天路程,楚成王派来的使者就将成得臣的希望击得粉碎。

楚成王的使者只说了一句话:子玉如果回国,该怎样去见失去子弟的楚国父老?成得臣如同酒醉者被兜头泼上一桶冰水,顿时清醒过来,明白了他的必死处境,楚国纵然真能征集千乘兵车,也不可能战胜晋国。

晋文公一战大胜,已成天下霸主,不仅可率晋国之兵,亦能征集齐、宋、曹、卫诸国之兵。楚国可胜晋国,却难战胜天下诸侯。楚成王既不能报复晋国,他成得臣就已失去了任何用处,死之何惜?再说,他成得臣违背国君意愿在先,已使国君生了猜忌之心。楚成王无论如何,也不会让一个受到猜忌的大将统领千乘兵车。

"此天亡我也!"成得臣大呼着,拔剑自刎而死。成大心、斗椒、斗勃、斗宜申俱俯伏在地,失声痛哭。楚成王闻听成得臣已死,放下心来,显得分外宽大,对其余众将并未严加处罚,只贬斗勃为襄城令,斗宜申为商城令,斗椒则是官居原职。

同时,楚成王又厚恤成得臣,奖励成大心从军之勇,拜成大心为中大夫,又拜其弟成嘉为下大夫。成得臣所遗令尹之职,楚成王令大夫叔伯继任。待一切安排妥当,楚成王才闷闷不乐地返回都城。

他希望成得臣战败,却未料到成得臣会败得如此之惨,大大损伤了楚国的声威。成得臣毕竟是楚国名将,纵然不能胜敌,也应该能够从容退兵。这并非子玉无能,而是晋军太过厉害啊。楚国经此一败,只怕数年之内,难以复振,寡人须得好好向子文讨教一番。楚成王想着,立即遣使迎请老令尹子文。不料子文却已去世,其子斗般正守孝在家,悲伤不已。

子文是在成得臣的败报传入都城的那一天去世的。临去世时,子文将其子斗般唤至身边,叮嘱道:"我斗氏之族,还有成氏之族,俱为先王若敖之后,极得主公信任。将来主公任用令尹,必从我斗氏之族中选用。然令尹权势重大,又为主公所忌,须得谨慎小心,方可保全身家性命。以吾观之,主公不是拜你为令尹,就会拜斗椒为令尹。在我斗氏族人中,斗椒最是贪权,且刚勇好杀。万一斗椒当上令尹,你必速速逃之,免使我斗氏灭族,无人祭祀先祖。"斗般拜而受命,亲笔录下父亲遗命,藏于密室中。

　　楚成王闻听子文去世,亦是悲伤不已,亲至灵前行礼,赐以宝物殉葬。楚成王悲伤之时,正是晋文公极乐之日。他在楚营中歇息三日,饱饮了楚国美酒之后,统率大军,浩浩荡荡向王都进发,欲借"献俘"之名,在天子面前炫耀武威。

第七章

晋文公君临天下 烛之武智退秦师

周襄王闻知楚军大败,既兴奋,又有些惶恐。楚国自称王号,从不甘居诸侯之位,已成为天下唯一的敢于公开对抗周室的敌国。这个敌国还愈来愈强大,眼看兵锋已逼近了王都。假若楚军攻进了王都,他这周天子的名号,只怕是无法保住。

如今楚国大败,兵锋必然不敢再犯中原。周襄王也因此得保平安,不必忧虑天子的名号会被"南蛮"夺去。

打败楚国的是晋文公,周襄王必须对其赐以厚赏。但是上次晋文公"安周室"之后,已得到周襄王给予的最高赏赐——一举赐其四邑之地。现在周襄王又能拿什么来赐予晋文公呢?周室的领地已不太多了,绝不能再"赐"予诸侯。

只是周襄王又绝不能对晋文公不加赏赐。晋文公这次所立的大功为"安天下"之功,大于先前的"安周室"之功。此次对晋文公的赏赐也因此要大大超过上次的"安周室"之赏。晋文公显然也明白这一点,直接率领大军"杀"向了王都。如果周襄王的赏赐不合晋文公之意,那么王都之内恐怕难以得到安宁。

周襄王想到这里,心中愈发不安,急忙召集众文武大臣,商议二策——

一、如何阻止晋侯进入王都?

二、究竟给予晋侯何等赏赐？

众文武大臣也是心中发慌，纷纷献计，俱不合周襄王之意。在一片吵嚷声里，唯有宗室大臣上大夫王子虎默默不语。

"王叔有何妙策告知寡人？"周襄王问王子虎。王子虎近来大得周襄王的信任，几近言必听、计必从的地步。许多朝臣对此又是羡慕，又是妒忌，却又说不出什么话来。

王子虎的言语计策远远高于众朝臣，屡次将周襄王从困境中解脱了出来。然而王子虎却丝毫未显出扬扬自得的神情，反而格外小心谨慎，轻易不在朝堂上出言献策。

"大王，臣还未想出应对之策！"见周襄王发问，王子虎纵然不想说话，也不敢不开口回答。

"你怎么还未想出？那你到底在想什么？"周襄王着急地问。

"臣在想，晋侯他到底想干什么？"王子虎平静地回答道。

"晋侯无非是想我周室的土地宝货而已。除此之外，他还能想什么？"周公说道。

"我周室土地所剩已是不多，宝货也……"召公话说半截，又咽了回去。

周公掌管百官，召公所管则主要是周室的财货收支。近年来，周室领地日益狭小，所收赋税也是一年比一年少。且自齐桓公去世后，前往周室纳贡的诸侯亦是大为减少。但周室的支出，却是一年比一年多。因为同宗之国被晋、秦、楚灭了许多，都逃往王都避乱。周襄王依照惯例，将那些亡国之君都封做了大夫。朝中的大夫多了，支出的俸禄也就不得不多起来。弄得召公捉襟见肘，日子过得很不舒服。

尤其是王子带的一场"祸乱"之后，周室府库大受损失，历代积下的宝货亦是所剩无几。只是这等"穷话"，召公又实在不好意思在朝堂上公开说出。

"不然，以吾之见，晋侯此次所想，并非土地宝货。"王子虎说道。

"依王叔之见，晋侯所想为何？"周襄王又问。

"晋侯所想，乃是霸主之位。"王子虎答道。

"霸主？"周襄王一愣道，"寡人上次赐封四邑于晋，就是承认晋侯为天下霸主了啊,他还又怎么想呢?"

"上次大王所赐,乃是霸主之名。此次晋侯所想,乃是霸主之实。"王子虎说。

"霸主之实?晋侯打败楚国,已经是名副其实的天下霸主啊。"周襄王迷惑地说道。

"可晋侯还想以大礼来正式确定他的霸主之位。臣以为,晋侯欲借王都之地,以大王的名义召集天下诸侯,行歃血盟誓之典,使晋侯的威仪传遍天下。"王子虎说道。

"如此,晋侯岂非欲使寡人主盟?"周襄王怒道。

诸侯间会盟,一般是事先互致国书,约好一地,筑土为坛,虚设天子之位拜之,然后方行大典。而现在看来,晋文公却不想依照这一套了。他要以天子之命,直接召集诸侯,并直接让天子立于坛上,主行会盟之典。这样的事例,只有周朝的开国功臣周公旦实行过。那是因为成王年幼,周公旦不得不以此代摄朝政,号令天下,维护周室安宁。

晋文公今日欲行此例,难免有着以周公旦自比的意味。如果晋文公是周公旦,自然也能"代摄朝政",无怪周襄王要勃然大怒了。

"请问大王,晋侯若有意使大王主盟,大王能否推拒?"王子虎问。

"这……"周襄王想了想,懊丧地回答道,"寡人不能。"他若推拒,必将与晋军兵戎相见。然而连楚国都不是晋军的对手,衰朽的周室又如何能抵挡晋军的强大兵威。

"既然不能推拒,大王是否甘心受那晋侯的摆布?"王子虎问。

"寡人乃堂堂天子,怎肯甘心受那晋侯的支使?"周襄王怒道。

"如此,大王只有先行下诏,言晋侯功劳至大,大王将亲至晋军大营慰劳晋侯。这样,晋侯必将择地建造行宫,以待大王,晋军也就失去了进入王都的借口。"王子虎说道。

周襄王听了,如在昏夜中忽然见到灯火,眼前不觉一亮——寡人亲自慰劳晋侯,虽然礼仪仍嫌过重,却是君临臣下,不是"臣凌君上",还算保住了颜面。

他当即连升王子虎三级,拜其为上卿,令其为先行使者。王子虎在践土之地迎面遇上晋军,当即见过晋文公,告知周天子将亲来劳军之意。晋文公大喜,立即扎下营寨,设宴招待王子虎。

他声言进入王都,正是欲借周天子之名,号召天下诸侯,行会盟大典。他自认功劳远远超过齐桓公,会盟的仪式之威,亦应远远超过齐桓公。他不屑于用平等的身份致书各国诸侯,相约会盟。他要借周天子的名义,"命令"各国诸侯齐至会盟。他更不屑于筑土为坛,而欲将会盟的地方直接定在周天子的朝堂上,让周天子成为主盟的证人。可是这样一来,未免对天子不太"恭敬",倘若天子不从,他又该如何?

以他拥有的强大兵威,自然可以赶走不听话的天子,在王族中另挑一位听话的天子。只不过如此行动,必为天下诸侯所诟病,难以在心底里承认他是一位真正的盟主。尤其是齐、秦两大强国,更会借此对他大加指责。晋文公行在路上,兴奋中又总觉得不太踏实,担心周天子会拒绝他进入王都。

王子虎的到来,将晋文公心中多日的隐忧一扫而空。虽然,他将失去领军进入王都耀武扬威的机会,但是赢得了周天子亲自出都劳军的崇高荣誉。当年的齐桓公何曾享受过如此殊荣?周朝自王于天下以来,又有哪一位诸侯享受过如此殊荣?只有他经过了十九年逃亡生涯的晋侯重耳,才能毫无愧色地获此殊荣。既然周天子到了他的军中,那么,他借周天子的名义,"命令"天下诸侯会盟的目的,一样能够达到。唯一的一处小小遗憾,是他不能选择周天子的朝会大堂作为会盟之地。

但是他仍然不会筑土为坛作为会盟之处。周天子是天下最尊贵的人,自然不能住在军营大帐中。晋文公将以最快的速度,建起一座行宫,并在宫中造出一座高大的正殿。会盟之处就定在那正殿上,周天子一样会成为他晋文公的主盟证人。

在欢宴王子虎的酒席上,晋文公急不可耐地连发了两道诏令——

一、令狐偃迅速派出使者,以周天子的名义召集天下诸侯赴会。
二、令先轸率兵卒万人,在十天之内造出一座高大的行宫。

王子虎听得心中一阵怦怦急跳,手中的玉杯也差点掉落在地。

唉！晋侯的气量，大大不如当年的齐桓公矣！齐桓公当年的武力，比之今日的晋侯有过之而无不及。可是齐桓公在屡遭周室的轻视之下，仍然对周室十分敬重，真正不愧为天下霸主，不愧那"尊王攘夷"四字。

晋侯曾得到周室最隆重的礼遇——赐予四座城邑。然而晋侯却对周室毫不敬重，当着我这王室上卿的面，就敢公然盗用周天子的名义，去"号令"天下诸侯。今日晋侯已是如此张狂，明日又会行出甚等事来？王子虎心中七上八下，始终无法安定下来。

酒宴将散，忽有一将来报："郑伯遣大夫行人九前来谢罪，恳请面见主公。"

晋文公一挥手道："让他在营外等候，待寡人和上卿尽兴之后，再让他进来。"

唉！这行人九好歹也是一国大夫，你竟让他在营外等候，也太过轻视郑人。王子虎忍不住又在心中叹道。

"郑国乃堂堂宗室诸侯，居然一直降附南蛮，实是可恶。"晋文公说道。

"如今郑国已知昨日之非，特向贤侯请罪，可喜可贺！"王子虎心中愤怒，口中丝毫不敢失礼，拱手对晋文公说道。

晋文公得意地一笑："郑国请罪，寡人并不喜之，前日所得消息，方是大喜。"

"哦，是何消息？"王子虎显出一副极感兴趣的样子。

"楚国令尹成得臣因被我晋国打败，竟被楚君逼得自刎而死。哈哈！楚国诸将中，成得臣最为勇悍，且智谋深广，余者实不足畏。今楚君自断手足，使我晋国从此永消后患，怎不令人大喜，哈哈！"晋文公酒喝多了，已是得意忘形。

本来，他并不想将这种喜讯让王子虎知晓，以免让王子虎看出他在心里对楚国仍然存有畏惧之意。可是他实在太高兴了，无论如何也控制不住自己。

从前，他只想逃亡，只想安逸，做一个富贵闲人，是他畏惧敌人太多，险阻重重。不想上天对他情有独钟，让他的敌人一个个死去，让他面前的险阻接连消解，将从前他做梦也没有想到的霸主之位拱手奉上。他放眼天下，已觉无敌不可胜之,无事不可为之。

听着晋文公得意的大笑,王子虎也笑了,心中渐渐平静下来。晋文公已不再令他感到惊惧——他已经找到了"保全周室,压制晋国"的方法。

十天之内,先轸圆满完成国君之命,造起了一座高大的行宫。一位接着一位的国君连夜赶到践土之地,以极为恭敬的礼仪与晋文公相见。

晋军在城濮之地大胜楚军的消息已传遍天下,给了列国诸侯极大的震动。从楚国自称王号、兵犯中原以来,还从来没有打过如此惨败的大战。即使当年齐桓公最强盛的时候,也只是在言语上"威服"了楚国,没有令楚国受到任何实际上的损失。

天下诸侯心中已再清楚不过,晋军已无敌于天下,绝对不能得罪。故不仅是齐、宋、鲁、邾、莒等国国君赶来了,连陈、蔡、郑、许等敌国的国君也赶来了,并请求晋侯恕罪。对于过去的敌国国君,晋文公一律让臣下去接待,有意冷落。

只有秦、燕、徐、吴等国国君没有赶来,晋文公也不怪罪,令其驻于王都的使者代其国君参与盟会,只观礼而不署名。观礼是使者的职责所在,秦、燕、徐、吴等国使臣无不欣然应允。

晋文公心里很清楚,纵然他派出再多的使者,也不能令秦、燕、徐、吴等国国君赴会。秦穆公一心图霸,却被晋国抢了先,早憋了一肚子怒气在胸中,无论如何也不会甘居晋文公之下。燕、徐、吴一来地处偏远,二来被夷族所困,也不敢轻易离国。但即使如此,这次会盟的规模也远远超过当年齐桓公的任何一次会盟。

晋文公得意至极,看众诸侯来得差不多了,让王子虎回转王都,"请"天子前来劳军。

五月十二日,周襄王率众文武大臣,驾临践土。晋文公领齐、宋、鲁、陈、郑、蔡、许、卫、邾、莒等国国君以及秦、燕、徐、吴等国使者,出大营三十里,恭迎周襄王。

见晋文公还算"知礼",周襄王放下心来,又见如此众多的诸侯齐来"恭迎",不觉也有些得意扬扬。毕竟,他是天子,诸侯再强,也得以臣礼向他拜见。而且,接受如此众多的诸侯拜见,是他近二十年来的第一次。

待来至行宫,周襄王更加满意了。他本来以为,在如此短促的时日内,晋文公不会造出一座什么出色的行宫来。现在看来,这座行宫已成为他所有行宫中最出色的一座。更妙的是,行宫所在的践土乃是郑国之地。依照惯例,天子行宫所在之地应归天子所有。这样一来,等于是晋文公向周襄王奉送了一块土地。

依照晋文公预定的日程,这一天是晋军行献俘大礼。晋文公所献俘获之物极是丰厚,令众诸侯大开眼界。

首先献上的是一百乘完好无损的楚国战车,每辆战车都以青铜叶片相护,极是坚固,拉车的四匹壮马也都披着楚地特产的犀甲。接着献上的是一千名楚国步军,虽是精神不振,却个个生得魁壮结实。

周襄王大喜过望,依照惯例,献俘之物的本意就是将战利品献与天子。而他现在最缺乏的,正是战车和兵卒,百乘战车足足顶得上一个小国的倾国之力,不可谓少矣。周襄王此行虽嫌"屈辱",却得到了土地、战车和兵卒,收获"极大"。

因此在二日后的"天子之宴"上,周襄王给予晋文公的回报一样极为丰厚。天子之宴设在宫中那高大的正殿上,天子居中,各诸侯及随行大臣按爵位官职高低,排列两旁。

只有晋文公是一个例外。论爵位,他只是一个侯爵。可他却高坐在公爵的宋成公之上。

盛宴开始,经过一番例行的乐舞,便该周襄王显示他的回报。

首先,周襄王当着众位诸侯的面,亲自在竹简上写下策命,封晋文公为盟主,可以代天子征伐,得以称霸天下。在将策命授予晋文公之前,周襄王先赐下了许多信物:

一套祭祀时专乘的辂车以及相应的服饰旗鼓。
一套检阅军队时专乘的戎车和相应的服饰旗鼓。
赤色巨弓一张,赤色的大羽箭一百支。黑色巨弓十张,黑色的大羽箭一千支。
黑黍米酿造的香酒一卣。

以虎贲勇士三百人作为晋侯的左、右羽卫。

最后,周襄王亲自捧着策命,授予晋文公,并大声宣读着策命之词:

命叔父晋侯重耳:安抚四方,征讨不臣,共尊王室。

晋文公接受策命之后,依照礼仪,三次退出正殿,又三次走进正殿,连着向周襄王行了三次跪拜大礼。

嗯,晋侯能够依礼而行,也不愧寡人的一番厚赐。周襄王在心中赞赏地想着。

可接下来发生的事,却使得周襄王从自我安慰中猛醒过来——晋侯只不过是在利用他的天子名号罢了,对他毫无敬重之意。

依照礼法,晋文公接受策命之后,还应献歌,以谢天子。晋文公也的确"献"了歌,但不是他亲自献,而是由先轸领着数百精心挑选的军中勇士,排在正殿的台阶下,齐声高唱。

先轸和士卒们所歌的乃是雅乐中的《天保之曲》,是在朝堂大宴上臣下向国君或天子礼敬时的赞颂之词。这首雅乐之曲主要是在诸侯的朝堂上歌唱,也可以在天子的朝堂上歌唱。

在天子的朝堂上歌唱时,歌唱者必须是诸侯。诸侯虽是独据一方,称为国君,但在天子面前,俱为臣下,必须尽到为臣的礼仪。否则,就是大不敬,当处以鼎烹之刑。

可是现在,晋文公根本无视为臣应守的礼法,在天子行宫的正殿上,命晋国的军卒唱此《天保之曲》。如此一来,歌中所赞颂的人不仅是周天子,也是晋文公。但晋文公只是一个诸侯,怎能与天子享受同等的礼仪?

除非晋文公也是天子。然天无二日,地无二王,天子只能有一个。晋文公身为霸主,却自拟天子,所犯之罪不仅是"大不敬",甚至是"大逆"。周襄王真想大喝一声,令侍卫们将晋文公抓起来,架起大鼎,活活将其煮死,分给众位诸侯食之。

在周朝的威令极盛之时,不止一次以鼎烹之刑震慑过天下诸侯。连号称东方第一大国的齐国,其第五位国君哀公不辰,便被烹死在周天子的朝堂上。然而直到那《天保之曲》唱完,周襄王也未说出一句话来。能够将大国诸侯处以烹刑的威武时日,已永远离开了周室。

愤怒的周襄王将目光向众诸侯扫视过去,希望有那么一位诸侯会挺身而出,痛斥晋文公的"失礼"之举。众诸侯同样没有向周襄王看一眼。众诸侯的目光都停留在晋文公身上,溢满了羡慕、敬畏,讨好之意。

唉!这些诸侯哪里是我周室的臣子,分明是晋侯的奴仆。周襄王悲哀地在心中想着。

依照礼法,晋文公献歌之后,周襄王应赐歌作答。周天子很少会以兵卒的歌声来回答,一般都以优雅的女乐来回答诸侯。此刻,盛装的六十四位歌女依照天子之乐的样式,排成八队,每队八人,已风摆柳枝一般走上了正殿。

"奏《裳裳者华》。"周襄王忽然一挥手,对乐官说道。

乐官听了,不觉一怔。答谢诸侯的歌乐之曲,依照惯例,早在演奏之前,都已定好。此次答谢晋侯的歌乐之曲,定为《出车》,为周天子慰劳远征将士凯旋的专用之乐,极合眼前的场合。歌乐之曲既已定好,就极少发生临时改变的事情。今日周天子偏偏不依常理,改变了预定的歌乐之曲。乐官虽不明白,依然是从令而行。周天子威慑不了诸侯,但在周室之内,却仍是威严无比,臣下绝对不能违抗。

乐女们轻舒长袖,以雅乐特有的缓慢声调唱道:

裳裳者华
其叶湑兮
我觏之子
我心写兮
我心写兮
是以有誉处兮

裳裳者华
芸其黄矣

我觏之子

维其有章矣

维其有章矣

是以有庆矣

裳裳者华

或黄或白

我觏之子

乘其四骆

乘其四骆

六辔沃若

左之左之

君子宜之

右之右之

君子有之

维其有之

是以似之

　　这首《裳裳者华》原本为王都中的一首情歌,描述的是一位女子见到她心上人的情景。后来乐官添上一个"左之左之"的结尾,就变成了一首天子赞美诸侯的雅乐之曲。

　　《出车》威武雄壮,主要赞颂立功的诸侯,立意庄严。《裳裳者华》轻松活泼,可以看作是对任何一位诸侯的赞颂。一般为酒宴上的点缀之曲,并不完全适合作为答谢之曲。

　　周襄王将《出车》之曲改为《裳裳者华》,是对晋文公的一种不满的表示。晋文公听着《裳裳者华》并不生气,只微微笑了一笑。周襄王目前并不是他的敌人,也不配成为他的敌人。周襄王只配用来作为他称霸天下的一种漂亮而壮观的仪式。虽然周襄王心中不满,却不得不充当他晋文公的"霸主仪式"。

　　晋文公此刻的敌人是卫、曹、郑三国国君。这三国当初居然敢对他极不礼貌,甚至欲刺杀于他,是可忍孰不可忍?在未与楚国大战之前,在未得到周襄王的亲口册封之前,他暂时忍下心中的恶气,让大夫们出面,"饶恕"了三国之罪。现在他已经打败了楚国,已经得到了周襄王的亲口册封,就该让卫、曹、郑三国知道他的厉害了。

五月二十八日,在周天子的主持下,晋文公与各国诸侯在行宫的正殿上"歃血为盟",立下誓言:

> 诸侯皆为王臣,当共助王室,不得自相残害。盟主之命,王室所授,诸侯须同心遵守。有违此誓,神必惩之,丧其师,灭其国,亡其子孙。

至此,周襄王的劳军仪式方告结束,率领众文武大臣返回王都。途中,周襄王让王子虎与他同乘一车,密商对付晋文公的计策。

"楚国是头恶熊,晋国则是头饿虎,都想一口吞了周室。在宗室诸侯中,晋国与戎狄之族交往最密,晋侯之母就是戎族。故晋国名为宗室,实为异类,丝毫不知礼仪。"周襄王恨恨地说着。

"熊、虎同存,我周室方有周旋余地,不可使一方独大。"王子虎说。

"上卿是说,我周室可以向楚国示好?"周襄王眼前一亮,忙问道。当初他的父亲周惠王,也曾用过向楚示好来压制齐国的计策。

"不,楚国自称王号,与周室为敌,不可向其示好。但我周室可借用诸侯之力,挑动楚国与晋争霸。"王子虎说。

"借用诸侯之力?是哪一个诸侯?"

"郑伯。"

"郑国既弱,又已归服晋国,侍奉晋国唯恐不周,如何能借其力?"

"晋有二忧于郑,郑有二仇于晋,两国相互猜疑不已,根本难以和好。郑虽弱,挑动楚国之力也还有之。"

"何谓二忧、二仇,还望上卿详细说与寡人知晓。"

"郑伯有一子,名为公子兰,因不受父宠,数年前已逃入晋国。郑伯恐晋侯会助公子兰夺其位,一忧也。郑伯归服于晋,晋侯并未亲口'恕罪',留有后患,二忧也。晋侯当年逃亡时,郑伯闭关不纳,一仇也。闻说郑之上卿叔詹,曾遣刺客截杀晋侯,二仇也。"

"不错,有此二忧二仇,郑、晋永难和好,我周室可借其力也。"周襄王难得地露出了一丝笑意。

天子回都,晋文公亦班师凯旋,威仪盛大,左、右加虎贲羽卫,乘天子所赐辂车,旌旗飘扬,鼓乐不断。赵衰与太子出绛都三十里外,将晋文公迎至城中。城中百姓俱俯伏道路两旁,箪食壶浆,欢迎大军,齐颂"吾主贤明"。晋文公欣然如入云端,飘飘不知身在何处。唯一美中不足的是,魏犨伤势太重,回至国中,狂喷鲜血而亡。晋文公亲至魏犨灵前哭祭,尽复其职,以其子魏颗承袭。

与此同时,狐毛也染上风寒之症,病势沉重。狐偃甚为忧急,每日下朝,必至兄长府中探望。

一日,狐毛说道:"弟之才高我十倍,然锋芒太露,只怕难为主公所容。今日之主公,已非当年之主公。贤弟须牢牢记住,才高主忌,乃千古不移之理。往日为兄尚可掩饰贤弟一二,从今以后,贤弟独对主公,须慎之,慎之!"言毕,瞑目而逝。狐偃悲伤不已,哭报于晋文公。

晋文公流泪道:"寡人得脱大难,复国为君,多赖舅氏之力。今日正共享富贵之时,忽弃寡人而去,宁不悲乎。"赵衰等从亡之臣亦是深表哀痛,亲至狐毛灵前致祭。晋文公下令厚葬狐毛,所遗官职,由其子狐射姑承袭。

大胜之后,国中竟是悲气凝重,令晋文公心里很不舒服。不过,他的不舒服似山谷间的薄雾,太阳一出就已消散得无影无踪。各国使者争相入晋祝贺,且最先来到的使者正是上次迟迟未至的秦国使者。

秦国使者带来了一封秦穆公亲笔所书的帛书,书上的措辞极是恭敬,除了祝贺晋文公大胜楚国,得天子亲口册封外,还对他"因病"未能参与盟会表示歉意。最后,秦穆公提出,今后晋国若有征战,希望别忘了秦国,让秦国的士卒充当盟主的前驱,为盟主冲锋陷阵。

秦穆公向来是在晋文公面前摆出一副恩人加长辈的架子,今日却如此谦恭,称他的"女婿"为盟主,令晋文公心花怒放,不由得放声大笑,笑声震得殿堂嗡嗡回响。晋文公厚赐秦国使者,并亲笔写下回书,答应将来若有征战,一定不会忘了秦国。

赵衰有些疑惑，问："秦国一向对我晋国怀有不轨之谋，今日忽恭顺如此，怕是藏有祸心。主公奈何轻易应允秦国，许秦国同为征战？"

晋文公不以为然，道："如今我晋国兵势之强，天下无敌，秦国虽有祸心，如何敢轻举妄动？秦国请求同为出征，不过是眼红我晋国得利甚多，想分些好处罢了。哈哈哈！"

受了使者之贺，按例该国君论功行赏，大封群臣。晋文公定狐偃有献策之功，名为一等。先轸有率师破敌之功，名为二等，赵衰有护国之功，亦名为二等，其余将官，依次而降，为三、四、五等。

一等赏以封邑，二等赏以黄金美女，三等以下，赏以禄米铜钱等物。众文武俱是大为欢喜，只有先轸心里有些闷闷不乐。哼！我亲临战阵，指挥全军，布阵设伏，乃至白刃与敌相搏，反落在了狐偃之下，也太不公平。只是先轸心中虽是不乐，表面上亦显得十分欢喜，拜谢领赏。

晋文公声威远扬，大大震慑了远在西陲的犬戎之主，他慌忙把晋文公的两个儿子以及叔隗母子送回晋国，并附以厚礼。季隗喜逢亲生儿子，高兴得不知说什么才好。晋文公亦是大为兴奋，日日在内宫欢宴，与众姬妾儿女相聚一堂，大享天伦之乐。

赵衰见到久违的妻儿，也是大为兴奋，但兴奋之下，又十分尴尬。他不知道该怎样安置叔隗，生怕稍一不慎，就得罪了赵姬。叔隗是季隗的姐姐，而季隗又为晋文公的次夫人，如此相论，叔隗似应居于长位。但赵姬是晋文公的亲生女儿，贵为公主，岂肯甘居叔愧之下？

最后还是赵姬解了丈夫的难处。她直入宫中，面见晋文公，自请居于叔隗之下，并说："叔隗既长，又为夫所先娶，论长论先，理应居于尊位。且叔隗之子已长大成人，精通六艺，才智不凡。若其母居于尊位，将来他亦能承袭父业，为我晋国栋梁之材。"

晋文公听了，大为赞赏道："吾女不愧为霸主之女，贤惠远过太任矣，必将名传千古。"

赵衰对赵姬不禁大为感激，虽然将叔隗立于赵姬之上，但对赵姬的敬重，却远远超过叔隗，府中之事，全由赵姬决断。而赵姬每件事都要请示过叔隗，方才实行。叔隗本来对赵姬生有忌畏之心，此时却猜嫌尽消，视赵姬如同姐妹,对其处置之事,俱是赞同,从不反驳。国事大顺,家事亦是大顺,晋文公的全部心力,便用在对付他的敌人上面。

他首先对付的敌人,是卫成公。虽然晋军早已退走,卫成公仍是躲在襄牛城中,不敢回到国都。践土之盟,卫成公自是不敢赴会,由他的弟弟叔武暂摄君位,与大夫元洹参与盟会。

晋文公趁势放出风声,宣称他将帮助叔武夺取君位,结果卫国朝内朝外一片混乱,众大臣自相残杀,最后将叔武射死。一些拥护叔武的大臣奔到晋文公面前,痛诉卫成公杀弟之罪,请求盟主主持公道。

晋文公听了,大为高兴,决定好好摆摆架子,让天下诸侯知道他这个霸主的威风。于是发出盟主之命,请天下诸侯共赴温邑,审判卫成公。

在发出盟主之令的同时,晋文公又派赵衰为使,召请周天子至温邑接受天下诸侯的拜见。晋文公纵然贵为盟主,在周天子面前也只能是臣下的身份。臣下召请国君,大违礼法。晋文公又犯了"不敬"之罪。但在晋国的强大兵威胁迫下,周襄王又不得不忍受屈辱,以"游猎"的名义,来到了黄河北岸的温邑之地。

连天子都不敢"违背"盟主之命,众诸侯自是赴会唯恐不及,就连那被审判者卫成公,也硬着头皮赶到了温邑。

晋文公将馆驿中的大堂作为审判之地,判处卫成公为"昏暴"之君,当斩首示众。因卫成公好歹也算是一方诸侯,应"请示"天子后方可行刑,故先将卫成公的随行大臣斩首,以显"霸主之威"。

卫成公亦是二等诸侯,却被同为二等诸侯的晋文公判为死刑,令前来赴会的诸侯人人胆战心惊,如坐针毡。周襄王也是心惊不已,为了保住天子的颜面,壮着胆子替卫成公求情讨赦。

晋文公并不想一下子就置卫成公于死地,想似猛虎玩弄猎物般好好玩弄卫成公几年,也就大方地依从天子之请,饶了卫成公。在派人"护送"卫成公回国之时,晋文公指使从人下毒,又有意不将卫成公毒死,吓得卫成公晚上睡觉都不敢闭上眼睛。

对付了卫成公,晋文公又不断戏弄被关在晋国军营中的曹共公。一时,他让人告诉曹共公,将立即放他回国为君。一时,他又让人告诉曹共公,要立即将他斩杀,悬首示众。曹共公忽儿大喜,忽儿大恐,几欲发疯。

温邑会盟结束之时,正值冬天,晋文公回绛都的途中受了风寒,生起病来。曹共公趁机买通晋国巫者,言晋文公之病,乃是曹国祖宗因多日未得后代儿孙祭祀,"饥饿难耐",所以作祟于晋文公之身。晋文公半信半疑,最后在曹国众大臣的哭求之下,总算是放了曹共公一条生路,允其回国为君。说来也怪,放了曹共公后,晋文公的病果然立刻好了。

病好了,晋文公又是精神十足,开始盘算着怎样对付郑国。

恰好在这时,郑国自动给晋文公奉上了一个借口,原来郑文公见到晋文公审判卫成公,竟将其处以斩首之刑,心中大恐,回到国中,立即召集群臣言:"郑亦为晋之仇国,其必报复,寡人该当如何?"

郑国最接近王都,朝中大臣和周室亲贵来往甚密。王子虎借机劝说郑国众大臣,言晋不可亲,必依从楚国,方能保得郑国安宁。渐渐地,郑国众大臣都接受了王子虎的看法,存心弃晋依楚。郑文公开口相问,得到的回答自然是立即与楚国重修旧好,以对抗晋国。其实在郑文公的心底,也是倾向与楚国重修旧好,此刻见到众大臣与他心意相合,当即遣使者入楚示好。

晋文公闻知大怒,召集众大臣,道:"郑国公然背盟,寡人若不讨之,何以服天下?"当即征集兵车,并遣人入秦,邀秦国出兵,与晋国同伐郑国。

赵衰道:"郑居中原之腹,且近于周室,地利甚重。主公若与秦国同伐,秦必争之,依臣之见,还是单独用我晋兵为善。"

晋文公笑道:"寡人已应承秦伯从征之请,不可失信。且郑国与晋为邻,离秦国甚远,秦争之何用?"

晋国已成霸主之国,百姓好战之心大起,丁壮纷纷云集都城,远远超过三军之数。晋文公大喜,欲将军卒扩充一倍,编为六军。

狐偃谏道:"依照礼法,诸侯小国可立一军,中国可立二军,大国可立三军。只有天子,方可立为六军。主公今为盟主,不可授人以柄。依臣之见,不若将新军改名为'行'。"

晋文公想了想,同意狐偃之说,将新编三军改为"三行",中行主将为荀林父,右行主将为屠击,左行主将为先蔑。周襄王二十二年(公元前630年)秋,晋、秦两国誓师出征,兵伐郑国。

晋文公自为主帅,以狐偃、先轸为副,领新建的三行之军,共有兵车七百乘。赵衰仍是辅佐太子,留在国中执掌朝政。

秦军的主帅为秦穆公,以由余、孟明视为副,杞子、逢孙、杨孙为将,共有兵车三百乘。九月十三日,晋秦两国大军合围郑国都城——新郑。

晋军驻于函陵,秦军驻于氾南,巡哨之卒日夜据守路口,彻底断绝了新郑与外界的来往。

郑文公大为恐慌。他在闻听晋、秦两军出战之时,已遣使者飞驰楚国求救。但是楚成王并不想与晋国再来一次大战,尤其是不想与晋、秦联军争战,郑国使者除了一番空洞的安慰外,一兵一卒也没有求到。

秦、晋大军还未合围之前,王子虎已秘密赶到郑国,住在好友郑国大夫烛之武家中。

王子虎听烛之武说郑文公发慌,不觉笑了,道:"以吾之见,纵无楚兵相援,郑围亦是可解。"

烛之武忙问:"上卿有何妙策,能解郑围。"

"大夫素以能言闻名于世,若说退秦兵,则郑围必解。"

"说退秦兵,料也不难。只是城外敌军十停中晋军倒占着七停,就算秦军退走,也无损敌军之威啊。"

"秦军若退,则晋军必生退意。到时郑国稍作退让,即可解围。"

"上卿所言,有何为据?"

"楚国败后,天下能与晋国争强者,唯有秦耳。秦又与晋为邻。秦军一退,晋、秦两国必生嫌疑矣。晋侯唯恐秦伯会袭其后背,岂肯将大军久耗坚城之下?"

烛之武眼前一亮,不禁对王子虎深施了一礼,道:"上卿之言,惊醒梦中人矣。"

当日,烛之武进宫面见郑文公,献上他的"退敌之计"。郑文公大喜,自是依允。入夜,烛之武系着绳子,缒城而下,潜入秦国大营。秦穆公和由余尚未入睡,正坐在中军大帐中商议军情,闻听烛之武潜至,立即召见。

烛光下,秦穆公见烛之武满头白发,不禁问道:"大夫高寿几何?"

"外臣今年七十三岁。"烛之武向秦穆公深施一礼,恭敬而从容地回答道。

"啊，您这么大年岁，还在为国奔波，实是可敬。只是郑国眼看就要灭亡，您如此奔波，恐也无用。"秦穆公笑着道。

"天下强国，莫过于秦、晋。如今秦、晋兵威齐至，郑国不愿灭亡，也非得灭亡不可。只是外臣觉得，灭亡郑国，对秦国并不是一件有益的事情。郑国离晋国极近，旦夕可至。而秦国须经山川险阻，士卒疲惫至极后，方可到达郑国。如此，郑国就算灭亡，成为秦国的边邑，秦国也无法守住。而晋国却可与郑国相连，国势几近增加一倍。秦国与晋为邻，晋之国势大增，必是秦之国势大弱。晋国可灭郑国，为什么不可以灭秦呢？今日秦国若肯退兵，使郑国得以保全，则郑国感激之下，将事秦国为父。而中原诸侯，从此以后也会知道，若有秦国相助，就不会受到晋国的欺负。"烛之武说完，又对秦穆公深施了一礼。

"这……"秦穆公沉吟着，让烛之武暂且退下，待明日等候他的回答。

"以爱卿之见，烛之武所言是否有理？"秦穆公问着由余。

"烛之武所言极为有理，只是说错了一句话。"由余笑道。

"他说错了哪一句话？"

"烛之武说郑国若灭，晋国国势会增加一倍，这句话说错了。"

"的确错了。郑国狭小，人众不多。晋若得之，虽能增加国势，哪里又能增加一倍。"

"不，晋若得郑，国势决非增加一倍，至少会是三倍。"

"三倍？"秦穆公一愣，问，"这是从何说起？"

"郑国固然狭小，却南控楚地，东控齐宋，又紧连周室。晋若得之，各国咽喉如在晋之掌中矣。且周室本已畏晋如虎，若处晋国所及之内，必为晋之'藩属'，如此，则晋侯之命，亦是天子之命矣。"

"不，不行。晋国若强至此等地步，岂容秦国存于世上。"秦穆公叫了起来。他之所以从晋出征，是想显示兵威，让天下诸侯明白，强国绝不仅仅是一个晋国，天下诸侯在敬重晋国的时候，也不应忽视了秦国的存在。可现在看起来，他的从晋出征，不仅不能显示兵威，反而会使秦国的存在变得危险起来。

次日,秦穆公不仅答应退兵,还让由余和烛之武歃血为盟,约为"兄弟"之国。歃血为盟的仪式一结束,秦穆公也不向晋国告辞,立即和由余、孟明视带领大军撤围回国,并将杞子、逢孙、杨孙三人留下,率领两千步卒帮助郑国守城。这样,秦国已和郑国成为一个"密不可分"的整体。晋国攻打郑国,就是在攻打秦国,必将遭到秦国的严厉反击。秦穆公知道如此一来,秦、晋两国算是立刻由"甥舅之国"变成了敌国。

然而他又不得不如此,烛之武和由余的一番话,已使他彻底明白,两强相逢,除了生死决战之外,并无任何第二条路可走。他总是想起当初晋文公毕恭毕敬向他献歌《沔水》时的情景,那时晋文公俨然是以秦国的藩臣自居。当他回以《六月》之歌,表示秦国将帮助晋文公夺取君位时,晋文公感激地向他行了跪拜大礼。

他遵守诺言,帮助晋文公夺取了君位,以兵威慑服了晋国的叛臣。可是晋文公却没有遵守诺言,成为秦国的臣属之国。更令秦穆公气恼的是,晋国没有成为秦国的臣属之国也还罢了,却偏偏成了威震天下的霸主之国。就连秦国,也不得不"听从"其盟主之命,大失国威。

天下霸主,原是秦穆公梦寐所求的"大业",却不料先被晋文公抢到了手里。秦穆公痛切地感到晋文公和晋惠公、晋怀公一样,都是喂不熟的白眼狼。而且晋文公还是一个极为狡猾、极为狠毒的白眼狼。秦穆公在晋国的白眼狼那儿上的当太多了,他再也不想上当了!

第八章

晋郑国衰秦出师 王孙预言成谶语

秦国突然撤兵，并且与郑国结盟的消息传来，引起晋军大营一片哗然之声。众将愤怒至极，纷纷向晋文公请战：追上秦军，生擒秦伯，然后再回过头扫灭郑国。

先轸更进言道："主公贵为盟主，天子之下唯一人耳。秦伯背信退兵，是视主公为草芥矣。今若放过秦伯，主公霸主之威，必然大受损害，将难以号令诸侯。秦军所行不远，臣请领一行之军击之。班师之卒，思乡心切，最无斗志，当可一战而胜。"

晋文公对秦穆公的举动亦是愤怒无比，几欲发狂。但他冷静下来一想，也觉不足为奇。秦、晋并为两强，势不相下。今日晋国独盛，秦国岂能相容？他早就该料到这一点，却被霸主的威仪炫耀得晕头晕脑，忘乎所以，以为秦国也只是一个普通的诸侯之国。

其实他的敌人根本不是卫、曹、郑这些势弱之国，他的敌人只能是楚、齐、秦这些强大之国。眼前齐国已衰，楚国已败，晋国的敌人也就只剩下一个——秦国。可是他却糊里糊涂把秦国看成盟好之邦，居然答应与秦国共同征战。

秦国大军不辞而别，还是幸事，若其趁晋不备，发动突袭，则晋国辛辛苦苦争夺的霸业，势将付之流水。不，不是秦军没有突袭晋军，而是秦军兵力不足，未敢发动。若秦军兵力稍强，则早已杀入帐中，割了寡人首级！晋文公想着,背上全是冷汗,并不理会先轸之语,目视狐偃问:"舅氏以为寡人该当如何?"

"秦非一般诸侯可比,纵可一战胜之,于其国势,并未削减。况秦乃晋之婚姻之国,有相助主公得国之恩。楚极无礼,主公尚退避三舍,以报往昔之恩。今日主公不击秦军,亦可尽报往日之恩矣。然从今以后,秦、晋已成敌国,将势不两立。晋国大军,不可久留坚城之下,宜速回国,防备秦军。"狐偃说道。他自兄长狐毛去世后,锋芒减弱了许多,非国君主动相问,很少出谋献策。而且,他的身体也衰弱了许多,无复往日那种勃勃如少年一般的精力。

"嗯,舅氏之言,甚合寡人之意。"晋文公满意地说道。

"依此说来,我等白来一场不成?"先轸不服地问着。

"当然不能白来一场。"晋文公说着,发下主帅之命,三行之军一齐出动,除了秦国帮助防守的北门之外,对其余东、南、西三门发起猛攻。与此同时,晋文公又派出使者进入城中,声言晋军愿意退兵,但郑文公必须答应两个条件:

一、迎接公子兰回国,立为太子。
二、叔詹必须交给晋国。

郑文公见秦兵已退,晋军仍是猛攻不止,更为惊骇惶恐。待听说晋军愿意退兵,不觉喜出望外,对晋人所提的两个条件立刻答应了下来,没有丝毫犹豫。

当初因为太子华谋逆,郑文公震怒之下,要把儿子们全都杀掉。郑国公子们惧怕之下纷纷逃奔到齐、晋、宋、卫诸国,以致郑文公身为堂堂的国君,宫内竟没有一个日后可以承袭君位的儿子。郑文公为此深为后悔,想让儿子们回来,一时又找不到合乎他尊严的借口。逃奔到晋国的公子兰尽管不是他曾经最喜欢的儿子,但也不是他曾经最讨厌的儿子,让其回国成为太子,也无不可。

叔詹是郑国的上卿,如果交由敌国处置,未免对郑国的"尊严"大有损害。但在此兵临城下的情势下,郑文公也顾不得许多了。他让人找来叔詹,流着泪说："晋国蛮横无礼,非索要爱卿不可。寡人宁可国亡,也不能献出爱卿啊。"

叔詹一听,不觉苦笑了起来,知道他该怎么说了。他恭恭敬敬地对郑文公行了大礼,站起身来道："臣下从前劝主公要礼敬重耳,主公却是不听。臣下无奈之下,派刺客去截杀重耳,以除我郑国后患,不幸未能成功。如今重耳已为晋君,自不会将我放过。臣下身为上卿,岂能贪恋性命,而误了国家?如果臣下之死,能挽救郑国的灭亡,那只能是臣下的大幸。"说完之后,叔詹坦然走下朝堂,伏于阶下自刎身亡。郑文公大哭一场后,令人割下叔詹的脑袋,送至晋军大营。

晋文公见到叔詹的脑袋,不禁哈哈大笑,下令撤围退兵。郑文公大大松了一口气,遣大夫石申父、侯宣多二人,随晋军进入绛都,迎回公子兰立为太子。

晋文公回至国中,立即发举国丁壮,大筑河西之城,防备秦国,并改革军制,取消三行,编为"新上""新下"二军,连同原先的三军,共为五军。成为天子之下诸侯之上的一种奇特军制。

楚成王听说秦、晋交恶,心中大喜,立即遣大夫斗章至晋,与晋修好。晋文公亦不愿继续与楚国为敌,遣大夫阳处父出使楚国,恢复了两国间的互相来往。与楚修好,解除了晋国两面对敌的威胁,使晋文公心下宽慰了许多。

河西之城经过整修,大为坚固。只是负责监修之任的狐偃却劳累过度,一病不起,数月之后在府中去世。晋文公大为悲痛,说："治国平乱,寡人有赵衰为助。谋敌制胜,寡人离不开狐偃。今日狐偃一去,待行军战阵之际,寡人又能依靠谁呢?"

大夫胥臣言道："主公且请节哀,臣举一人,亦有狐偃之才,可当大任。"

晋文公来了兴致,问："是为何人?"

"臣巡视国中,宿于冀地,见一农夫锄地,其妻送午饭,双手平端至眉,跪献与夫。其夫亦躬身相接,如待宾客。夫臣子之德中,莫过于恭敬。其人虽在农耕之中,尚不忘于礼仪,何况立于朝堂?对其妻尚相敬如宾,何况事其君。是以臣甚奇之,与其交谈,更觉其上知天文、下知地理,以及列国折冲之道,无不了然在心,实为大才。更为可敬者,其人虽困顿田垅之中,亦不愿投奔他国,欲为我晋国之用。不唯有德有才,更有忠心矣。"胥臣说道。

"不错,此人确为大才。唉,你怎么不早向寡人提起呢?"晋文公惊喜中又带着埋怨之意。

"臣不敢说。"

"这是为何?"

"其人名为郤缺,乃郤芮之子。他见父不明,屡屡相劝,被其父赶出家门,流落冀地,故郤芮谋逆之时,并未参与其事,亦未遭抄没。"胥臣对晋文公行了一礼,方才说道。

"原来他为郤芮之子。嗯,郤芮虽为恶臣,论其才具,却也非同小可。郤缺既为其子,承袭家学,自然本领不弱。"晋文公说道。

"郤缺不唯有才,更有仁德,远过其父矣。"胥臣欣喜地说道。晋文公的话中,并无丝毫怪罪他推举"逆臣之子"的意思。如此,则郤缺必将得到大用。

"尧、舜至贤,亦有丹朱、商均这等劣子。鲧有大罪,亦有大禹这等贤子。故贤与劣之间,父子未必相类。昔时舜杀鲧而能用大禹,今日寡人杀了郤芮,如何不能大用郤缺?"晋文公笑道。

"主公圣明,虽尧、舜不可相比也。"胥臣又是恭恭敬敬地行了一礼。

"尧、舜乃上古圣帝,寡人岂可比之?即以寿数相比,也不可及矣。闻说尧帝寿过百岁,寡人今年已六十八岁,若能活过七十,就已足矣。"晋文公感慨地说道。

"主公仁德高于天厚于地,寿数当远过尧帝。"胥臣连忙说道。晋文公笑了一笑,并未说什么。他当然想活过百岁,但近来身体忽然大坏,连早起视朝都是异常艰难。只是此等之语,他却不便告知臣下。

看来,寡人得好好想一想身后之事了。先君去世后,寡人兄弟之间自相残杀,太过触目惊心。寡人实在不能让儿孙们重蹈覆辙。内争其国必乱,国乱必为外敌所趁,说不定秦人正在等着寡人死了,好来欺负欢儿呢。齐桓公堂堂霸主,却闹到死后无人收尸的惨况,遗恨九泉,可悲可叹。寡人不仅生前所立的功业远超齐桓公,死后的哀荣亦应远远超过齐桓公。晋文公在心里翻来覆去地想着,做出了许多令朝臣莫名其妙的"昏暴"之事。

他的脾气大坏,常常在朝堂上当众羞辱臣下。受到羞辱的臣下都得到了太子欢的安慰,心中对太子欢非常感激,称颂不已。晋文公还将许多公认的良善之臣赶出了朝堂。而郤缺这等"逆臣"之子,晋文公却请进朝堂,拜为大夫。

到后来,晋文公连儿子们都容不下,声言将把儿子们全都捉起来杀掉。结果儿子们在惊恐中四散而逃,其中公子雍逃到了秦国,公子乐逃到了陈国,公子黑臀逃到了王都。

晋文公的"昏暴失常",令列国诸侯大为恐慌,却令秦穆公哈哈大笑:"晋侯忘恩负义,受天所弃,已至昏暴,必将活不长久。"

晋文公果然活不长久,在周襄王二十四年(公元前628年)一病不起。临终之前,晋文公将赵衰、先轸、狐射姑、胥臣、阳处父诸臣召至榻前,嘱咐众人善辅太子,不仅要承袭君位,还要保住霸业。最后,晋文公紧握着太子欢的手,拼出全身力气大叫道:"吾儿千万不可大意,须牢记寡人死后,秦人必将欺负吾儿!吾儿当痛杀秦人,决不可放走一个!决不可放走一个!"言犹未绝,晋文公撒手而逝,双眉尚是紧皱,似有忧色。

太子欢哭拜于地,咬指出血,誓言不忘父亲临终之语。赵衰、先轸、胥臣、狐射姑等人于当日拥立太子欢即位,是为晋襄公。

晋襄公一边治丧,一边连下诏令,召回被其父亲逐出的朝臣,又减免赋税,宽赦罪囚,还派使者至各国报丧,言语谦恭。国中臣民大喜,纷纷言新君宽厚仁爱,更胜于先君。各国诸侯也觉满意,认为晋襄公能够谨守礼法,必不至于仗势欺人。

几乎在晋文公去世的同时,郑文公亦是一病而亡,众文武大臣奉公子兰即位,是为郑穆公。郑穆公久居晋国,又得晋力成为国君,心中自是偏向晋国,对"防守"北门的秦军甚是冷淡。杞子、逢孙、杨孙三人大怒,遣密使驰回秦国,言郑得秦力,方保全国家,今日郑君新立,背秦事晋,实为可恶。秦穆公听了,亦是大怒,召集群臣,欲大举伐郑。

"不可。"蹇叔立刻说道,"郑地远在千里,士卒行至,必然疲惫。以疲军而袭远方之国,岂能胜之?纵能胜之,又如何守之?劳苦士卒而不能使其获胜,士卒必生怨意,士卒若生怨意,国中只怕难得安宁。"

"远征难以胜敌,寡人岂有不知?然郑国都城中有我秦兵,可为接应,里应外合,岂有不胜之理?"秦穆公不高兴地说着。

"千里行军,难以隐藏痕迹,必为郑国所知,将尽逐我驻郑之卒,何能里应外合?况且郑国新丧,乘人之丧而伐之,非礼也。"百里奚说道。

这两个老家伙怎么专与寡人作对?秦穆公不满地想着,将询问的目光转向了由余。

"臣以为若能隐蔽而行,可以征伐郑国。我秦国伐郑,非欲得其地,而是讨其罪也,郑人背盟,秦国若不讨之,何以服天下?郑人失礼在先,秦国后讨之,不为非礼。秦国兵威扬于中原,乃将士多年所盼,只有高兴,何来怨意?"由余说道。

"爱卿所言甚妙,正寡人心中所想也。"秦穆公欣然说道。

"不得郑地,我秦国难道要另立郑君吗?"百里奚迷惑地问。

"那倒不必。我秦国灭郑之后,可将其地送给周天子,以示我秦国尊王之意。"由余笑道,心中极是得意。其实他自上次从郑退兵之时,就已料到今日的伐郑之举。

郑国离晋太近,无论如何,也会屈从于晋而背叛秦国。他和秦穆公已详细商量了征伐郑国的办法,以及灭了郑国之后该如何善后的种种细致之处。这些秘密之事只有他和秦穆公二人知晓,蹇叔与百里奚丝毫不知。虽然他名位上仍低于蹇叔、百里奚二人,但在实际上,已成为秦穆公最宠信的人,言必听计必从。

"晋侯夺天子之地,尚能称为霸主。寡人将一整个郑国奉给天子,还不能争得霸主之位吗?"秦穆公亦是得意地笑了起来。

"郑既服晋,必受晋人庇佑,我军伐之,难免会被晋人攻击,还望主公谨慎啊!"百里奚着急地说道。

"秦、郑之间,险阻重重,晋人若心怀不善,必使我……"

"二位上卿不必多言。秦军之强,晋人早已领教,岂敢心怀不善。就算晋人真的心怀不善,我秦国就敌他不过吗?"秦穆公打断蹇叔的话头,向众武臣望过去。

"嘿!晋军乃手下败将耳,何足惧之!"

"连重耳也是仗了我秦军之势,才能当上国君,他晋国就忘了么?哈哈哈！"

"哼！晋国的国君都被我秦军俘虏过，莫非晋人忘了？"

孟明视、西乞术、白乙丙等武将大声嘲笑起来。众将见晋国称霸天下，晋军威风凛凛，又是羡慕又是嫉妒，心里早窝着一团火，巴望着立刻与晋军大战一场。

"哈哈哈！众位将军果然英雄，不愧为我秦国朝臣。"秦穆公仰天大笑起来。蹇叔、百里奚对望一眼，心中都是忧急如焚，却不知该如何阻止秦穆公的伐郑之举。

周襄王二十四年(公元前628年)冬十二月，秦穆公拜孟明视为大将，西乞术、白乙丙为副将，领精锐兵卒三万人，战车四百乘，兵伐郑国。蹇叔、百里奚无法阻止秦穆公的决断，遂于师出之日，相扶立于大军必经的东城门外，痛哭不止。

"哀哉，哀哉！三万秦国好男儿，竟至埋骨他乡，岂不痛哉！"蹇叔边哭边说道。

"哀哉，哀哉！吾见儿出，不见儿归！痛杀肝肠也！"百里奚哭道。

孟明视、白乙丙见父亲如此，不觉大吃一惊，慌忙奔过来，欲将二位老人拉开。大军出征之时，临师而哭，是犯了"大不敬"之罪，依律当斩。

"吾儿伐郑，必从崤山经过，此地极险，晋军必于此处伏击吾儿。吾儿千万小心，不要将尸骨抛在了那儿啊。"蹇叔拉着白乙丙的手哭道。

"明视儿啊，你蹇叔伯父精于地学，所言决无差错，你可要牢牢记在心里啊。"百里奚说道。

孟明视和白乙丙你望望我，我望望你，哭笑不得。唉！这人老了胆子就变得比兔子还小。两个人在心里嘀咕道。终于，两位老人拗不过孔武有力的儿子，被强行"扶"上高车，回转府中。

蹇叔、百里奚府第相近，二人先至蹇叔府中，等待着秦穆公传来的诏令。两位上卿临师而哭，并口出不祥之语，不能不传到秦穆公耳中。或许秦穆公大为震怒之下，会下诏将二位上卿杀死。

二位上卿虽然官位极高，但毕竟犯了"该死"之罪。秦穆公杀之，理所当然，并不为过。或许秦穆公会顿然醒悟，改变决断，将伐郑大军追回。毕竟，秦穆公是天下皆知的贤君,不会没有"知错即改"的可能。

秦穆公的诏令果然传来了,是由两个小内侍口中传来的——"寡人初见蹇叔,其年已是七十有余,当时若亡,今日墓上之树,定有合抱之粗。"

"哈哈哈!"蹇叔大笑了起来,"主公嫌我活得太久,说我早就该死了!是啊,我已年近九旬,太老了,太老了!不死何为!"

百里奚怎么也笑不出来,哽咽着道:"都是我连累了仁兄,非要将仁兄从鹿鸣村拉了出来啊。"

蹇叔笑道:"这怎么能怪贤弟呢?其实我也不愿老死鹿鸣村啊。能与贤弟同仕秦国,做出一番事业来,已不负平生所愿,死亦足矣。"

"无兄何以有弟?弟愿与兄同死。"百里奚紧抓着蹇叔的手说道。

"贤弟可不能轻生。一者,主公并未嫌你活得太老。二者,明视、乙丙诸后辈还须你来照料啊。吾料秦军必败,只是难以断定诸后辈之生死,万一诸后辈有生还之望,你可不能撒手不管啊。"蹇叔恳切地说道。

"主公他……他太过分了,我拼了老命,也要找他理论一番。"百里奚激愤地说着。

"不用去找。主公的脾气你我还不知道吗?他决不会在这个时候见你。"蹇叔摇着头说道。

"我……我……"百里奚无法说出一句话来,声音都在颤抖。

"你也不要怨恨主公。不论怎么说,主公终究是位贤明之君,他会知道自己错了,也会改其错处。只是主公求霸太过心切,难以静下来仔细想一想。秦国经过你我二人一番治理,根基已固,纵有一时失策,也难撼动国势。以吾之料想,秦国必有霸于天下的那一天。到了那时,秦后辈之人,决不会忘了你我二人的!"蹇叔坦然而又满带着信心地说着。

数日后,蹇叔在府中逝世,朝中传言纷纷,说是老相国酒喝多了,大醉而死。秦穆公十分哀痛,亲至灵前哭祭,以上卿之礼,厚葬蹇叔。百里奚参加葬礼之后,回至府中便病倒在榻,不能上朝理事。平日秦国朝政赋税,诉讼裁决,乃至粮草接济之事,都由蹇叔、百里奚照管,此时少了二人理事,朝中竟是一片混乱。

秦穆公急了,亲自赶到百里奚府中,探望病情。

"那天寡人只是说了一句气话，没料到老上卿就……就，唉! 千错万错都是寡人的错。求您看在明视的分上，到朝上去看看吧，明视他们的粮草接济，可不能断了啊。"秦穆公说道，一副痛心疾首的样子，眼圈红红，似有泪珠流动。

哼! 君无戏言，你难道就不知道? 对秦穆公的"认错"，百里奚并不感动，只淡淡地说道:"由余本领远远超过微臣，主公可将朝政交付与他。"他对由余鼓励秦穆公伐郑的主张极为不满，一直想找个机会，当面训斥由余，却总也找不到。由余似是早有所料，也称病在府，竭力躲着百里奚。

"唉!"秦穆公苦笑了一下道，"由余甚有计谋，可使其乱人之国，而不可使其治国也。乱人之国，寡人听由余之谋。若论治国安民，寡人只能倚仗老爱卿了。"见秦穆公如此说，百里奚心中才稍感宽慰，觉得秦穆公虽然渐渐昏暴起来，还算是有着知人之明。

"微臣已过八十，近于望九，真正是太老了啊。朝中之事，纵然想管，也是有心无力。主公若是信得过微臣，请将朝政付与子车氏三兄弟，子车奄息、子车仲行、子车针虎三人文武双全，谨慎恭顺，德行才学人所共知，国人呼为'三良'。这些年来，微臣与蹇叔多得三良之助，方可使朝政不乱。"百里奚说道。

子车氏三兄弟出身微贱，虽有大才，俱列于下士，为朝官中最低之位，蹇叔、百里奚屡欲升迁三兄弟，秦穆公都未应允。其实秦穆公也早知"车氏三良"之才，所以未用，是不想把"恩宠"之功让与蹇叔和百里奚二人。朝臣无论大小，都是国君的"资财"，唯有国君才能对其显示雨露之恩与雷霆之怒。

蹇叔、百里奚若推举的是一般朝臣，秦穆公早就答应了下来。似"车氏三良"这等大才，秦穆公就不肯轻易升迁。等两位老上卿都去世了，寡人再大用三良，其必怀感激之心，将为寡人尽死力矣。秦穆公心中常想着。如今蹇叔已去世，百里奚也是难以上朝，秦穆公已到了不得不大用三良的时候。从百里奚府中回到朝堂上，秦穆公立即发下诏令:拜子车氏三兄弟为上大夫，执掌朝政。

由下士到上大夫，连升了六级，子车氏三兄弟深感主公天恩浩荡，入宫拜谢时，俱是哽咽不已，誓言以死相报君恩。子车奄息长于筹算，心细如发，主管赋税及百官之事。子车仲行严明果断，主管诉讼之事。子车针虎精力过人，主管边关进出以及接济粮草之事。而各国来往，藩属拜迎之事，则归由余掌管。不过十余日，朝堂上已是一片肃然气象，无丝毫乱意。

孟明视、西乞术、白乙丙率军一路疾行，很快就接近了王都洛邑。依照礼法，诸侯之军，经过王都，必事先禀告，并卸甲步行，缓缓而过。孟明视觉得秦国既然想争霸天下，不能不对周天子表示敬意。于是他改变趁夜悄悄自王都城外走过的想法，遣使禀告周天子，言秦军将从北门而过，请周室大夫登城观军。周襄王不明白秦军为什么忽然到了都城之下，慌忙传令紧闭四门，让王子虎等人上城"观军"。

但见秦军疾如狂风一般从北城门外掠过，好不威猛。当每一辆战车接近城门时，车上甲士就脱下头盔，跳下车行走几步，复又跃上车去，急速前行。孟明视不想耽误行军，以此来表示"卸甲步行"之礼。

秦军东行，必为灭郑之故。郑国正值国丧，只怕无备，恐会吃了大亏。不论是晋是秦，灭了郑国俱是于我周室不利啊。王子虎正忧心忡忡地想着，耳边忽然传来嬉笑之声。

他转过头看时，见嬉笑者乃是上大夫王孙满。王孙满很年轻，不过十余岁，所以能名列上大夫，全是承袭父辈所遗之故。对于这种倚仗先辈之功，"窃居"高位的贵族子弟，王子虎一向看不上眼，当下训斥道："尔不过一童子耳，如何在众人面前嬉笑失礼。"

"吾所笑者，秦军耳，非是不敬众位大人。"王孙满回答着，并无惧色。

"秦军壮健骁勇，登车如履平地，有什么可笑？"王子虎问。

"礼者，诸侯之军过王都之门，须卸甲步行。今日秦军仅脱下头盔，跃于车下复又跃上，是明知礼而不守之。明知礼而不守，军中易于生乱。且秦军行速虽快，车乘却不整齐，后车常超于前车。车乘不整，其军令必不严矣。易生乱而令不严，虽其士卒骁勇，又有何为？以吾观之，此次秦军恐难归国中矣。"王孙满笑道。

王子虎听了，大为诧异，不觉上上下下仔细打量了王孙满一番。想不到，他小小的年纪竟有此等见识，日后必为大才。今后我不仅不能轻视于他，还应多多与他结交才对。

"吾家新得良弓一张,上大夫明日肯至寒舍一观乎?"王子虎向王孙满行了一礼,问。王孙满连忙还礼,慨然应允,并无丝毫拘束之态。王子虎很是高兴,不待秦军过完,就与众人告辞,先行告退,匆匆赶回府中。

周室居天下之中,行商贸易甚是便利,朝中有许多大臣喜于行商,从中赚得厚利。王子虎一样喜欢行商,与各国巨商交往甚密。此刻他府中就住着一位郑国贩牛的商人,名曰弦高。

王都中多贵人,贵人多喜食肉,贩牛获利颇丰。弦高每个月都要来到王都,将所贩的肥牛交给王子虎,让王子虎也能均分其利。王子虎想让弦高乘上小车,飞驰回国,报知秦军将伐郑国的消息。此去郑都才二百余里,秦军数日间就可赶至,纵有弦高报信,只怕也来不及了。王子虎在心中忧愁地想着。

秦军经过王都,宿营于滑国,次日清晨,秦军正欲拔营出发,忽然有哨探相报,说郑国使者弦高求见大帅。

孟明视大吃一惊,莫非郑国已知道秦军来袭,故此预派使者求见?他当即传命,让那弦高至中军帐内相见。

弦高年约四旬,穿着中大夫服色,坦然走进帐内。他先世原为郑国大族,后来家境日衰,不得不当了贩牛的商人。他自幼就想着立功边疆,治国安民,列于朝堂,光宗耀祖。可惜他只是一个贩牛的商人,虽然结交了不少显贵,但众人只愿与他言利,不愿听他言政,更无人愿意将他引见给国君,让他能够名列朝班。

当他听王子虎说秦军将伐郑国时,心中大急,一边派随从飞驰回国报信,一边向王子虎借了套官服,带着十二头肥牛,追赶秦军。秦军行速甚快,他本来追赶不上,但经过一夜行走,到底是赶了上来。

弦高与王子虎等人结交甚久,礼仪熟练,当下拱手对孟明视行了一礼,道:"吾君闻听上国之军将至,心中惶恐,故遣在下冒昧前来,以四张牛皮、十二头肥牛犒劳上国之军。敝国虽不甚富,但还另外备下厚礼,待上国之军临于城下时,自当奉送。"

啊,弦高如此说,分明是在暗示郑国已有准备,正严阵以待。孟明视恭恭敬敬地与弦高周旋一番,并将弦高送出营外。

见孟明视居然相信了他这个冒充的使者,弦高大大地松了一口气,偷着擦去了额角上的汗水。秦军既已相信了我,就算仍欲伐郑,也不会急速行军,我郑国可免灭亡之祸矣。弦高心里想着。乘着小车,向郑国疾驰回去。

弦高刚走,孟明视立即将西乞术、白乙丙二人招来,商议应对之策。

"唉!我等行军千里,就是想对郑国来个出其不意,一鼓破之。今其有备,则难以见功。若兴师围城,大军远在千里,国中粮草必然接济不上。"白乙丙说。

"以此看来,我等岂不是白白辛苦一场?"孟明视懊丧地说着。

"不,决不能白白辛苦!"西乞术叫道。

"是啊,我秦军出征,向来不肯空回。士卒们闻听郑国美女宝物甚多,这才不辞辛苦,千里行军。如今若不伐郑,必至空手而回,恐怕士卒们会不听军令,闹起事来。"白乙丙皱着眉头说道。孟明视听了,心中不觉一凛,大军屯于别国,若然闹事,只怕无法弹压。

"事已至此,我等不若顺手将这滑国灭了,也算不是空劳一场。"西乞术献计道。

孟明视大喜,道:"不错,我军驻于滑国边境,其尚不觉,若击灭之,举手之劳也。况且滑乃郑之属国,灭滑也算是给了郑国一个警告。"

"这……无故灭人之国,何以服诸侯?"白乙丙犹疑地说。

"列国之中,多少都有几件尴尬之事,哪里找不到一个借口。"西乞术笑道。秦国三员大将商议已定,立即转过兵锋,杀奔滑国都城。

滑乃弹丸小国,做梦也没料到千里之外的秦国会兴师动众,来攻其都城,仓促之下,根本不及抵抗。滑君连库中金宝也不及收拾,只带着夫人公子勉强逃得性命,投往郑国。秦军不费吹灰之力,进入滑国都城,大肆劫掠,金宝美女满载车中,上上下下,俱是心满意足。

孟明视令军卒押上未及逃走的滑国臣子,询问滑君近日有无尴尬之事。那臣子答道,滑君近日将父妾收入后宫,国中百姓颇多议论。孟明视听了,很是高兴,令军吏写一表章,言滑君无道,荒淫贪暴,居然收纳父妾,大违礼法。然后让人将表章和滑国臣子一并送往王都,以示秦国尊重王室,替王室处置了无道昏君。表章写好,孟明视下令众军驻于滑国都城,且快乐几日,再班师凯旋。

孟明视等人快乐，杞子、逢孙、杨孙三人却大吃了苦头。郑穆公接到弦高随从的密报，立即遣人至北门察看秦国驻防士卒的动静。果然，秦国士卒正在整顿车马，擦拭戈矛，完全处于临敌之态。郑穆公大怒，一边召集军卒包围北门，一边派人告知秦国士卒，尔等久居敝国，想必已生思乡之念。敝国粮米牛羊几为尔等食尽，无可奉送，尔等且去城外，猎些野物带着路上吃吧。

杞子、逢孙、杨孙一听，就知机密泄露，他们在郑国待不下去。就这样"无功"回到秦国，三人又怕受到惩罚，结果带着部众，分头而逃。杞子逃到了齐国，逢孙、杨孙逃到了宋国。

有少许士卒不愿投奔他国，离开大队，往西而逃，正好与驻在滑国的秦国大军会合。孟明视收罗下众士卒，并不加以怪罪，令其随军西返。差不多住了整整一个月后，秦国大军才离开滑国，胜利归来。来时秦军轻装行进，极为迅速，归时秦军上下都携带着丰厚的战利品，迟缓如同蜗牛。

郑穆公闻听秦军西退，这才放下心来，召见弦高，慰劳一番后，厚赏黄金百镒。弦高哭笑不得，磕拜谢恩之后，走出朝堂仰天长叹——吾有报国大志，岂在于区区黄金？

周襄公二十五年(公元前627年)夏四月十四日，孟明视、西乞术、白乙丙率领西返大军，行至崤山。

在回返秦国的路途中，崤山一带最是险绝，尤其是南陵、北陵两座山头间一段三十五里长的道路，更令人望而生畏，停步不前。其地上有高坡，下有深渊，只中间一条道路可行。这条道路又异常狭窄，只容一车通过，稍有阻塞就难前行。

来时经过这条路时，秦军轻装而行，锐气正盛，倒不觉得如何辛苦。归来时秦国战车上都装满财物和美女，兵卒亦思乡心切，你挤我拥，以致道路时常阻塞，好半天行不了一里路。

孟明视、白乙丙二人愈行愈是心惊，不觉都想起了蹇叔的话：晋军必于崤山伏击吾儿。吾儿千万小心，不要将尸骨抛在了那儿啊。

"不行！这样走下去简直不成个军阵，若遇敌军伏击，哪里还能争战？"孟明视急了，传命众军暂停前进，整顿行列，士卒不得与辎重同行，弓须上弦，甲须披挂，戈须在握……但军列早已混乱不堪，孟明视的命令不仅约束不了众军卒,反而使得众军卒都埋怨起来,疑心将官们要借此独吞辎重车上载着的财物。

正在秦军大乱之时,高坡上忽然鼓声大作,草丛间竖起无数面大旗。孟明视举目看去,见那大旗上都绣着一个斗大的"晋"字。

第九章

穆公恸哭失三军 笙箫合奏许芳心

"啊！果然是晋军在此埋伏！"孟明视大惊，慌忙传令布阵迎敌。但在险绝的山道上如何布阵迎敌？况且秦军已乱，军令不畅，无法达于士卒。

只听得轰轰巨响，无数滚木山石自高坡上砸下。更听得弓弦劲急，漫天羽箭如飞鸦齐射而至。崤山道中顿时变作了黄泉地府，处处都是惨呼之声，血光冲天而起。转眼之间，秦军已死伤过半，剩下的士卒惊怖地叫着，东躲西藏，将许多人都挤下了黑沉沉的深渊。

"杀啊——"晋军大呼着，从高坡直冲而下，势不可当。

秦军的锐气被彻底摧垮，根本无力抵抗，俱被生擒。孟明视、西乞术、白乙丙三员大将亦成了晋军的俘虏。

秦军袭伐郑国，耀武王都北门时，早有晋国使者将消息飞驰报与绛都。晋国君臣俱是大怒，在朝堂聚会相议，定出秦国三大罪状——

一、晋乃霸主之国，秦欲征伐，不相禀告，是为"大不敬"。

二、郑国先君新丧，趁丧而伐无罪之国，是为"大违礼法"。

三、扬威王都，欲以兵威侵凌天子，是为"不尊王室"。

"先君临终，还不忘告知寡人，秦人必欺寡人，寡人当痛杀秦人，决不可放走一个！"晋襄公在朝堂上大声说着。

"先君在日,秦人已背信弃义,为我晋国之敌矣。秦人归国,必从崤山经过,我军于此设伏,定能大败秦军,一个也不让他们跑掉。"先轸满怀必胜信心地说着。

晋襄公大喜,自为主帅,拜先轸为中军主将,有代国君指挥行军战阵之权,并择定吉日,领兵于崤山设伏。

依照礼法,正在服丧期间的晋襄公把丧服染成黑色,以避不吉。晋军夜行昼伏,隐于崤山数天,而山外之人犹恍然不觉。晋、秦并为强国,晋能胜秦,又是一件震动列国的大事。且两军交战,一方纵然大败,也只伤亡过半而已。而秦为晋之劲敌,却一战竟至全军覆灭,更是骇人听闻。

列国纷纷传言,晋国新君不仅宽厚仁爱胜于先君,其武勇刚毅,亦是远远超过先君。众诸侯争先入贺晋国,称颂晋襄公,以霸主之礼拜见晋襄公。晋襄公得意扬扬,大赏群臣,以先轸为首功,拜为上卿,与赵衰同列。

先轸闻晋襄公之赏,喜不自胜,日日排宴,庆贺不已。

赵衰不禁叹道:"先轸不知谦让,有大将之才,无大将之度,恐不长久。"

大赏之后,自是大罚。晋军上下俱是有功,无人可罚。只是有赏无罚,晋襄公觉得难显其"霸主"之威。于是召集众臣,在朝堂上商议处置秦国俘虏的办法。

"先君深恨秦人无义,当以孟明视、西乞术、白乙丙三人敬献祖庙,然后送至先君灵前,斩首致祭。"先轸带着满口酒气,大声说着。

"不可。秦、晋乃婚姻之国,秦虽无礼,晋不可无义。秦、晋两军争战甚多,秦军胜之,并未斩我之大将。我军胜之,亦不可斩秦之大将。"一位大臣说着。

先轸转过头看时,见出言者乃为新拜之上大夫郤缺,不禁大怒,厉喝道:"你乃逆臣之后,贼心犹未改之,何敢言朝廷大事,还不给我滚了下去!"喝声中,竟欲抬腿向郤缺踢去。他想,我等出生入死,跟着先君逃亡十九年,返国之时,尚未得到上大夫之位。你一个逆臣之后,仅凭先君临死前的一句昏话,就当了上大夫,真是岂有此理?

见先轸踢来,郤缺并不躲闪,忍痛挨了一腿,厉声道:"郤缺名列朝臣,自当言朝廷之事。上卿虽然位高,岂能不容朝臣出言?夫朝臣者,乃国之朝臣也,非上卿之私臣。上卿辱及朝臣,即是辱于国也。况朝臣进退,唯有主上决之。上卿不待主公之命,竟欲斥退朝臣,是何居心?"

"这……"先轸一愣,酒意略醒,慌忙跪在晋襄公面前,"臣有失礼仪,该死,该死,然郤缺之言……"

"好啦,好啦,你们别争啦。明日再议,明日再议。"晋襄公扫兴地说着,退朝进入内宫,依照惯例,向季隗问候。

晋文公后宫有夫人名分者,大都已经去世,唯剩季隗一人。季隗此时名为国母,晋襄公虽然非其亲生,亦应日日行晨昏问安之礼。见到晋襄公面带不悦之色,季隗不禁奇怪地问:"吾儿大胜强敌,为何反倒不高兴?"

晋襄公将先轸和郤缺在朝堂上争吵的情形讲了一遍,道:"先轸目无寡人,实为可恨。若先君在日,他岂敢如此?"

在晋文公出亡之后,季隗甚得秦人看顾,对秦国一向深有好感,此时趁机进言道:"先轸之言,太过分了。昔日秦君擒了惠公,礼而归之。我晋国乃霸主之国,难道反而比不上秦君大度吗?再说,败军之将,例必斩首。楚将成得臣一败,即伏剑自尽。秦国军法,料也与楚国相差不多吧。"

晋襄公听得连连点头:"不错,寡人乃是霸主,哪能比不上秦君大度呢?"他当即发下诏令,释放秦国三将,纵其归国。

次日,先轸上朝,又劝晋襄公斩杀秦国三将。

"国母恳情,求放秦国三将,寡人已遵令从之。"晋襄公心虚地说着。不知为什么,他见了先轸,便不由自主地生出惧意。

先轸听了,勃然大怒,急火攻心中"呸"地一口唾沫吐在晋襄公脸上,大叫道:"武将们拼了性命,冒死擒住敌人,主公却听从妇人之言,轻易地放走了仇敌。主公莫非忘了先君之言,当痛杀秦人,决不可放走一个吗!主公如此昏昧不明,晋国离灭亡的日子,只怕是不远了!"

听先轸提起父亲的遗言,晋襄公心中大震,顾不得擦去脸上的唾沫,连忙向先轸认错,并派大将阳处父追回秦国三将。过了几日,阳处父垂头丧气地回到都城,禀告道:"秦国早在黄河边上派有接应之人,等微臣追上去,孟明视他们已上了船,还留下一句话,说三年后再来报答晋国国君的不杀之恩。"

先轸听了,怒道:"孟明视之语,分明是图报复之语也。"

"国之强弱存亡,不在于敌将之生死。而在于我等为人臣子者是否尽心国事,培固国势。若晋国国势固如山陵,谁能撼动?"郤缺说道。

"不错,不错!郤大夫所言,实为至理。"赵衰连连点头。

"至理个……"先轸又是大怒,本欲大骂"至理个屁",话到口边,又把那个"屁"字硬生生咽回了肚中。

赵衰可绝不是郤缺,能对其"无礼"。许多年来,赵衰一直是晋襄公的"辅佐之师",且与晋襄公有婚姻之亲。晋国的大事,往往非由赵衰点头不能决断。赵衰之子赵盾、赵同、赵婴等俱拜为大夫,其侄赵穿及族人亦是满布朝中。赵氏已成晋国第一大族,声威显赫,人莫敢犯。

啊,我连赵衰都不敢得罪,为何对国君无礼之至,竟以唾沫相污?朝堂之上,无礼于君,论律当斩,我这不是犯了死罪吗? 先轸愈想愈是心惊,偷眼往上看时,见晋襄公高坐国君之位上,双眉紧锁,深有忧色。嗯,主公向来宽厚,哪能将我这无礼之举放在心上。先轸自我安慰着。只是他心底里仿佛从此系上了一块石头,沉甸甸地坠得难受,怎么也解不下来。

秦军在崤山遇伏,全军覆灭的消息传至国中,整个雍城顿时陷入一片哭声之中。悲伤的浓云重重压在城头,尽日不去,哭得最伤心的人是秦穆公。此一仗将他最精锐的将士伤亡殆尽,只怕数年之内,秦军的元气难以恢复。

由余自囚在家,上书请求秦穆公治罪。秦穆公当着众臣的面,将由余所上之书烧了,说:"罪止寡人一身,与爱卿何干?"由余羞愧交加,自请至黄河岸边守候,接应有可能从晋地逃回的将士,并果然接到了孟明视、西乞术、白乙丙三将。

秦穆公闻听三将生还,悲痛中又生出大喜之意。他穿上素服,以示对阵亡将士的哀悼,然后亲至郊外,迎接三位将军。孟明视、西乞术、白乙丙三将见了秦穆公,俱是哭倒在地,请求主公以国法处置。

秦穆公扶起三位将军,哭道:"寡人不听蹇叔之劝,而使众将身受奇耻大辱,实为寡人之罪也。"哭罢,召集众军,仍以三将为军中之帅,倍加礼敬。三将感激流涕,磕头出血,誓言不负君恩,必报丧师大仇。

拜谢之后,三将各自回府。孟明视闻听父亲病重,衣不及换,慌忙奔至后堂,跪在父亲的病榻前,乞求父亲恕他不孝之罪。

百里奚欣慰地笑了笑,道:"为父留此一口气,就是为了见吾儿一面。主公容吾儿不死,实为明君。吾儿不可不报主公此天高地厚之恩。吾儿勇而耐劳,是其长处,然吾儿轻敌浮躁,又实为其短处也。诗云'战战兢兢、如临深渊、如履薄冰',吾儿须牢牢记取。唉!行军征战之事,关系千万人身家性命,吾儿一定要慎之,慎之啊。"

孟明视含泪说道:"儿当牢记父亲教导,决不轻敌浮躁。"

"从军士卒,伤亡太多。吾儿得以生还,切不可忘了众枉死的军卒啊。吾死之后,吾儿当尽舍家财,厚恤阵亡军卒家属,切不可贪恋财物,致使怨气凝结。"百里奚叮嘱道。

"父亲大人乃国之梁柱,怎可言……言……言此不吉之语。"孟明视哽咽着说道。

"人生难免一死,但求死得其所,便已足矣。"百里奚愈说声音愈是微弱。和儿子的一番对话,已耗尽了他最后的力气。

百里奚之死,令秦穆公大为悲伤,亦亲至灵前哭祭,并停朝数日,以示对百里奚的哀悼之意。待百里奚下葬之后,秦穆公拜由余、公孙枝为上卿,分列左、右庶长。秦穆公又升迁孟明视、西乞术、白乙丙三人为中卿,主掌军务。

孟明视遵听父言,尽散家财,厚恤阵亡士卒。并日日与西乞术、白乙丙操练军卒,习练战阵之法。秦国军卒们大为感动,用心习练战阵,一扫往日只爱野战、军令不整的陋习。秦穆公见孟明视等不忘战败之耻,心下甚是欣慰。因静极思动,遂令子车奄息护驾,前往岐山行猎。

车马刚已布好,正欲出行之时,忽有一小车直驰入队列之中。秦穆公抬头看时,见小车中立着一位少女,明眸皓齿,美艳如花。

"弄玉,你不好好在宫中待着,出来作甚?"秦穆公板着脸,做出一副极不高兴的样子。

弄玉是秦穆公最小的女儿,不仅美丽,且自幼聪明绝顶,尤善音乐,筝笛琴瑟,无一不精。其中又最爱吹奏玉笙,音若百鸟和鸣,令人听之心旷神怡。

秦穆公对弄玉爱若掌上明珠,每当坐朝之后,必听弄玉吹笙一曲,方能安歇。有时候出城游猎,他也将弄玉带在身边,以免寂寞。但是近来,他既很少听弄玉吹笙,游猎时亦很少带上弄玉。

"君父,女儿犯了什么错,你这么不理会女儿?"弄玉噘着嘴,边说边跳下小车,跃到秦穆公的高车上。每次弄玉跟随秦穆公出外游猎,都是与秦穆公同乘一车。

"你是寡人的命根子,有什么错?有错的只是寡人。"秦穆公笑笑,并未将女儿赶下车去。他觉得有许多话该对女儿说说,让女儿跟着走一趟也无不可。

车驾出行,自北门而出,往岐山驰去。一路上山青水碧,草木繁盛,时时现出平整的田野。几只黄鹂鸟从高车旁飞掠而过,融入碧蓝的天空。

"外面真好玩。我可不喜欢待在宫里,君父今后要多带女儿出来才是。不然,只怕女儿闷死了,没人吹曲子给您听呢?"弄玉快活地说道。

"唉!这次是我们父女最后一次同乘游猎,实在是让寡人……"秦穆公伤感地说出了半句话。

弄玉一惊,忙问:"君父为什么会这样说呢?"

秦穆公慈爱地一笑:"傻孩子,你都十六岁了,早该出嫁啦。你成了别人家的夫人,怎么还能跟随父亲同乘游猎呢。"

"君父,女儿……女儿……不嫁,不嫁!"弄玉垂下头,眼中满是泪水。

"傻孩子,女儿大了就出嫁,乃是天经地义的道理,你怎么就不明白呢。唉!这些话,论理该你娘对你说的。可谁让寡人自幼把你当男孩子养,太娇惯你了呢。嗯,今后你到了夫家,可不能任性,要做位贤惠夫人啊。"秦穆公感慨地说着。

"不,我不嫁!"弄玉说着,眼中的泪滴像断线的珍珠一样,扑簌簌掉落下来。

"看,刚才还在说你任性呢,你就又成了这个样子。"秦穆公不高兴地说着。

"不……不是女儿不听话,是女儿舍不得离开君父。"弄玉好不容易才止住泪水,低声说道。

"寡人也舍不得你啊。论理呢,你是寡人最喜欢的女儿,应该嫁给一位大国的国君才对。可是大国的国君没有一个是好东西,那重耳伯侄二人就是个例子。寡人想来想去,还是把你留在都城为好。虽然这样你只能做一个大臣夫人,却可以常常进宫来看望寡人,让寡人听你吹吹曲儿。"秦穆公笑着道。

"君父想……想把女儿嫁给哪位大臣?"弄玉脸红红地问着,声音低如蚊鸣。

"寡人的爱女,自然不能嫁给一般的大臣。寡人早想好了,白乙丙的夫人去世了,你就嫁给白乙丙为夫人。"秦穆公说道。

"什么,君父竟然要把女儿嫁给……嫁给一个老头子吗?"弄玉又惊又怒地问道。

"白乙丙也不算太老,离五十岁还差一点嘛。他的父亲蹇叔活了九十岁。白乙丙看上去比他父亲壮实多了,活上个八九十岁也不是难事。你一定能做上几十年的正室夫人,享尽荣华富贵。唉!你不知道,寡人说话太重,让蹇叔……总之,寡人对不起蹇叔,就该对他儿子好点。"秦穆公耐心地说道。

"君父要……要对蹇叔的儿子好,也……也不该害了女儿啊。"弄玉气愤地说道。

"寡人怎么会害了自己的命根子呢?你听寡人好好跟你说说。寡人老了,只怕活不了几年。这大好的基业就要留给太子。可太子他仁厚有余,刚勇不足,只怕……只怕守不住寡人辛辛苦苦挣下的这个大好基业啊,寡人得为太子留下几个好辅臣。这辅臣的好与不好,关系实在太大。齐桓公称霸天下,威风凛凛,古今少见,死后却无人收尸,儿子们自相残杀,把个费了千辛万苦挣得的霸业抛入流水,下场好不凄惨。寡人辛苦一生,可不想到头来落了个齐桓公的下场。重耳不是个好东西,却给儿子留下了好辅臣。这好辅臣就是赵衰呀,有了赵衰的辅佐,重耳死后,晋国不仅没有大乱,反而把我秦国打得大败,霸业更加稳固。赵衰为什么这样尽心尽力地辅佐晋国的新君?一来他是个忠臣,二来他是重耳的女婿,有贤内助帮着他呢。当初重耳的女儿赵姬下嫁时,赵衰都快六十岁,可比白乙丙老多了。赵姬能嫁赵衰,寡人的女儿为什么不能嫁给白乙丙呢?弄玉,太子一向对你爱护有加,你就不能帮帮太子吗?孟明视、白乙丙就是寡人留给太子的辅臣,寡人必须让他二人对太子尽心尽力。可寡人死了之后,又怎么能让孟明视、白乙丙尽心尽力呢?这就要靠寡人的乖女儿弄玉了。你那么聪明,远远超过晋国的赵姬,一定会让孟明视、白乙丙尽心尽力辅佐太子,使我秦国基业永固,进而争霸天下。"秦穆公恳切地说着。

不,我不嫁给白乙丙!我不学赵姬!我是弄玉,不是赵姬!弄玉在心中叫着,也只能在心中叫着。她知道,父亲是国君,君无戏言,说出的话不可能改变。她嫁给白乙丙,看来亦是命中注定,不可能改变。

岐山在周室勃兴的年代就辟有猎场,供周室贵族游猎。后来周室东迁洛邑,这岐山猎场,也就遗于秦国了。往日每到猎场,秦穆公总要亲自射猎一番,显示武技。今日因见女儿不愿嫁给白乙丙,秦穆公心中烦恼,并未射猎,只坐于土坡之上,观看众护卫在坡下的围猎之态。

弄玉低头坐在父亲身旁,眉眼之间犹有泪痕。忽然,坡上的溪流边停下一对丹顶鹤,低头吸水,模样甚是惹人怜爱。见仙鹤只在四五十步外,秦穆公顿时来了射猎的兴致,令护卫们拿来弓箭,扣弦欲射。

弄玉对仙鹤之类的鸟儿甚是喜欢,此刻虽在忧伤之中,也不觉对那仙鹤关心起来,暗暗在心里叫着,鹤儿快飞起来啊,君父的箭法那么准,射出去你们就活不了啦。唉,你们真可怜,就像我一样,逃不脱上天降下的灾难。

仙鹤们自然感受不到弄玉的关心,仍是悠闲地在溪边吸着水。就在秦穆公张弓对准仙鹤将要射出羽箭的时刻,山崖上陡地响起一声玉箫的脆鸣,回应在山谷之间。

"哗啦啦——"仙鹤展翅而起,飞到了碧蓝的天空上。

"嗖——"秦穆公的羽箭射了个空,擦着仙鹤的爪底掠过。

"哈哈!仙鹤飞走了,飞走了!"弄玉忘情地大笑起来。

秦穆公却是恼羞成怒,把长弓往地下一抛,喝令众护卫把山崖上吹箫的人抓下来。众护卫如狼似虎般答应一声,向山崖上疾奔过去。不一会,众护卫已押着一个年在二十上下、身穿葛袍、相貌清雅的少年人走了过来。弄玉看着那少年人,心中一动,脸上不觉飞起两朵红云。她在良宵之夜,常常会梦见一个少年与她携手相行在花前月下。那梦中的少年和这眼前的少年,几乎生得一模一样。

秦穆公见来人仪表不俗,怒气消了许多,问:"你为何人?如何不避寡人行猎,突发异音?"

少年人并无惊惧惶恐之意,从容地向秦穆公行了一礼,道:"草民姓萧史氏,排行十三,人称十三郎。只因性爱山野,故在此崖结庐,每当风清日朗之时,吹箫自娱,久之群鸟识音,闻箫竞相飞舞,故草民实非擅发异音也。无礼之处,还望主公恕罪。"

"哦,原来你是萧史氏家的人,难怪,难怪!"秦穆公若有所思地感叹着。

"刚才你说,吹箫之时,群鸟竞相飞舞,真能这样吗?如果真能这样,你不妨吹奏一曲,让寡人开开眼界?"秦穆公感叹过后,又饶有兴致地问着。他对音乐甚为欣赏,有时也会拿起玉箫吹奏一曲。

萧史氏虽然本性清高,但面对着国君之令,自是不好拒绝,当下又向秦穆公深施一礼,从腰间解下一支青碧的玉箫,迎风吹奏起来。但听得箫音由轻到重,由低到高,忽然婉转如幽谷清溪,忽然浑厚如岭上松涛,忽然清脆如花间滴露,忽然凝重似古潭龙吟。令人听之恍恍然超于尘世之外,浑不知身在何处。

待箫声停歇,众人如从梦中醒来时,见空中无数仙鹤飞翔,松枝上亦有无数黄鹂、山雀跳跃不止,草地还有五彩灿烂的锦鸡成双成对旋身而舞。

"先生之箫声,已入神仙之境,人间哪能及之?"秦穆公又是感叹不已。

"君父,他的箫吹得好,我的笙就吹得不好吗?"弄玉突然说道。

秦穆公一愣,随即哈哈大笑起来:"你的笙也吹得好,且吹来让这位先生指教一二。"

他知道女儿一时接受不了即将嫁给白乙丙的事实,心情未免郁闷难舒。更知道弄玉素来任性好强,只怕郁闷之下,会做出些意想不到的事情来。秦宫中曾有公主因不满国君定下的婚姻,自尽身亡。他希望女儿快乐起来,忘掉心中的郁闷。而吹奏玉笙,无疑最能使他的女儿快乐起来。

弄玉立刻站起身,捧着她那支永不离身的碧玉笙,迎着萧史十三郎吹奏起来。萧史十三郎没料到会有这种场面出现,顿时面红耳赤,局促起来。只是随着悠悠的笙声,萧史十三郎又渐渐恢复了从容之态。弄玉的笙声虽不及他的箫声那般能令百鸟飞舞,却也别有幽雅之意,如万枝翠竹中有清风徐徐吹入,使人神情怡然,浑身通泰舒适。

一曲既毕,弄玉执笙而前,盈盈向萧史十三郎行了一礼。萧史十三郎又是手足无措,慌忙还礼不迭。

"哈哈!"秦穆公得意地一笑,"小女虽居深宫之中,亦对音乐素有研习,还望先生不吝赐教,多多指点。"他希望萧史十三郎能多说好话,让弄玉乐而忘忧。

"公主之笙技,可谓至品。若再加磨炼,当能登至极品矣。"萧史十三郎说道。

秦穆公不禁皱起了眉头,萧史十三郎说的虽是好话,却不似他想象的那般好,只怕难以令弄玉乐而忘忧。不想弄玉闻听此语,却是笑生双靥,又向萧史十三郎行了一礼,道:"歌乐一体,有乐岂可无歌,先生能歌一曲否?"

萧史十三郎不敢仰视,低声道:"草民并不善歌。"

"你不善歌,我倒会唱呢。"弄玉笑道。

"吾儿不可无礼。"秦穆公沉下脸,训斥着女儿。堂堂的秦国公主,在野地里当众而歌,传扬出去,那些中原诸侯未免又要说秦国人是夷狄之族,不知礼法。

"君父,您就让我唱一个歌儿,只唱一个嘛。说不定往后女儿再也不能到这儿来了,您就让女儿'无礼'一回吧。"弄玉楚楚可怜地说着。

秦穆公心软了:"好吧,你就唱一个歌儿,只唱一个。"

其实只唱半个歌儿就足够了。弄玉凄苦地想着,缓缓唱道:

乃生男子

载寝之床

载衣之裳

载弄之璋

其泣喤喤

朱芾斯皇

室家君王

乃生女子

载寝之地

载衣之裼

载弄之瓦

无非无仪

唯酒食是议

无父母贻罹

"你……你竟唱的是这等之曲,气……气死寡人了。"秦穆公大怒,几步跃上前去拉着弄玉,头也不回地向山坡下走去。

弄玉的歌声中满含着怨意,使他无法忍受。尤其令他恼恨的是,弄玉居然是当众诉出怨意,丝毫不顾及父亲身为国君的尊严。众护卫以及随行臣子慌忙跟着秦穆公走下山坡,空旷的山坡上,只留下萧史十三郎一个站在青翠的野草上。

秦穆公不知道,女儿歌声中的怨意不仅是唱给他听的,更是唱给那手持玉箫的萧史十三郎听的。山坡下已见不到围猎的秦军士卒,萧史十三郎仍然站在山坡上徘徊着。他精通六艺,自然明白弄玉所唱之曲所含的怨意。弄玉所唱之曲,乃是雅乐中的《斯干》,为贵族们庆祝宫室落成的颂歌。歌曲很长,弄玉只唱了最后两段。她歌唱此曲,无疑是在怨恨父亲因她是女儿,而对她不甚宠爱。

唉,子女不怨其父,礼也。秦国公主生长深宫,怎么能如此不知礼法,当众诉其怨意?何况,看上去国君并非不宠爱她啊。岐山之下,谁都知晓,国君最宠爱一位叫作弄玉的公主,年年游猎,都要带上弄玉公主。

今日我看到的就是弄玉吧,她当真如同众人形容的那般美丽。不,众人形容的,哪里及得上她的十分之一。弄玉公主不仅美丽,还善于吹笙,又吹得如此之好,真是难得。

唉!她是高贵的公主,如同天上的仙女,能望见她一眼,已是万幸,我还在这儿胡思乱想些什么。萧史十三郎叹了一口气,走向崖顶的茅庐。

茅庐外站着一个青衣童子,看见萧史十三郎,高兴地迎了上来说:"我还以为少爷给那些护卫们抓去了,正想下山去禀告老爷呢。"

"我又没有犯律条,抓我做什么?"萧史十三郎笑道,走进茅庐。

茅庐不大,正中有一席一案,案上高高堆着数十卷竹简。萧史十三郎坐在席上,展开竹简看着。那些竹简是上古所传之书,名曰《三坟》《五典》《八索》《九丘》,记载的全为上古之事,最是古奥难懂。但史官之家的子弟,却非要读通这些书不可。

虽然萧史氏不再是史官了,但其子弟一样须读通这些古书。子弟们若不能读通《三坟》《五典》之类的古书,就不配进入祖庙祭祀。

萧史十三郎是萧史氏中最聪慧的子弟之一,早早就学通了六艺,却一直未能读通《三坟》《五典》之类的古书,没有能够进入祖庙行祭祀大礼,成为家族的羞耻。他的父亲一怒之下,把儿子赶上了山崖的茅庐,宣称儿子若不能读通《三坟》《五典》《八索》《九丘》,就不准儿子回家。

萧史十三郎在山崖上已整整待了三个多月,学业的进步却并不太大。他无法集中心思,专意于案上的古书。他的爱好太多,尤其是对玉箫和星象的爱好,已到了痴迷的境地。白天,他徘徊在青山翠谷之间,吹奏玉箫,逗引百鸟飞舞。夜晚,他端坐在高岩之上,观测满天星斗,目驰神迷。

童子小七,本是父亲派来照顾兼带着监视他的"使者",但早已被他的诚心相待所感动,成了与他"狼狈为奸"、逃避学业的同党。只是夏日易过,到了冬天,他将无法在山上待下去,非回到山下的庄园不可。到时候他又该如何应付父亲呢?萧史十三郎想起来就头疼。

为了冬天的来到,他只得在案前坐下,诵读比星象还要艰深的《三坟》《五典》《八索》《九丘》。可是他竟然比任何时候都要烦躁,一个字也看不进去。他再一次走出茅庐,立在崖头,举箫欲吹,又放了下来。

国君已经生了怒气,听到箫声,只怕会再一次将他抓起来。而且这一次绝不会是善抓,说不定一怒之下,要斩了他的首级。萧史十三郎在崖头徘徊到黄昏,走进茅庐,吃了些小米粥,又立在了崖头上。紫色的暮霭渐渐浓重起来,一轮金钩似的弯月挂在了高高的松枝上。

童子小七和照看门户的大黑犬玩了一会,渐觉无聊,走到萧史十三郎身边,问:"少爷,你天天看这些星星,看不厌吗?"

萧史十三郎一笑,反问道:"你天天和大黑在一块玩,怎么玩不厌呢?"

"大黑能照看门户,有了它,豺狼都不敢挨近我们。你这星星都在天上,挨也挨不着,有什么用？"

"星象的用处极大,知道星象的运行,就可推算四时节气,不误农事。还能以星象判定方位,不致迷失道路。又可对应山川,测定吉凶,用处多得很,说也说不完。"

"真的,星星还有这么多用处吗？只是星星这么多,又怎么去认呢？"

"要学会认识星象,也不太难。星象以东、南、西、北,分为四象,是为东方苍龙、南方朱雀、西方白虎、北方玄武。四象中每一象又分为七宿,共有二十八宿。东方苍龙的七宿分别是角、亢、氐、房、心、尾、箕,角宿有两颗星,看起来像是一只羊角,故名之曰角。亢宿有四颗星……"

"汪,汪,汪……"大黑犬忽然吼叫起来,打断了萧史十三郎的话头。

小七转过身来,惊骇地瞪大了眼睛,失声叫道:"妖、妖、妖精……"萧史十三郎也是目瞪口呆,惊得说不出一句话来。

茅舍前的石阶上,缓步走上来一位姿容绝美的少女。萧史十三郎如同身在梦中,想开口相问,又不敢问。他怕开口一问,就会从梦中醒来。如此美丽的梦幻,他只想永沉其中。

"汪,汪,汪！"大黑犬叫得更凶猛了,几欲扑到少女的身上。

"大黑,走开,快走开！"小七走过去,拉开了大黑犬。他并未感到身在梦中,见"妖精"对付不了大黑犬,本领似乎不怎么厉害,胆子顿时大了许多,喝道,"你是何方妖精,敢来迷惑我家少爷?快快招来,不然,我可不客气了。"小七说着,已奔进茅庐,端出了一架黑漆硬弩。这种硬弩威力极大,能同时射出三支喂有剧毒的弩箭,是萧史十三郎用来防备猛兽所用的利器。

"小七,快,快放下!公主,是公主……草民拜见公主!"萧史十三郎从"梦中"醒来,语无伦次地说着,跪倒在少女面前。是公主?小七一愣,慌忙放下硬弩,跪倒下来。

"十三郎,你快起来吧。从今天起,我再也不是公主了。"弄玉走上前一步,将萧史十三郎从地上扶了起来。

"您……您不是公主,这是怎么回事？"萧史十三郎困惑地问。

"公主不能私逃,可是我……可是我偏偏逃到你这儿来了。"弄玉垂下头,心中百感交集,兴奋、羞涩、悲伤、恐惧……一齐在她的言语中显现了出来。

"你,你是私逃?"萧史十三郎耳边似巨雷轰轰震响着,心中如潮水乱涌,又是惊喜,又是惊惧……

公主私逃到他这儿来,其中以身相许的含义不言自明。能够得到如此高贵美丽的公主以身相许,他萧史十三郎纵然是身遭万死,此生也不为虚度。但国君岂能容忍女儿私逃?只怕会发倾国之兵,布下天罗地网,来搜捕逃走的女儿。一旦弄玉和他萧史十三郎被擒获,将会面临人世间最残酷的刑罚……

"快,小七,我们走,离开这儿,离得远远的,永远也不回来!"萧史十三郎立刻把弄玉拉进茅庐,以最快的速度收拾必需的物品。他决不能让国君擒到弄玉,他要尽自己一生的力量和智慧来报答弄玉。

小七明白眼前发生的一切后,兴奋至极。他是一个奴隶,但和萧史十三郎在一起的时候,却从来没有感受到他是一个奴隶。他愿意永远和萧史十三郎在一起,再也不回到山下的庄园里。

很快,萧史十三郎背着包袱,扶着弄玉走下了山崖。在他们的身后,小七领着大黑犬,也背着一个包袱,手里还端着硬弩,边走边警惕地四下看着。

"十三郎,我们这是在往哪里走?"弄玉柔声问着。巨大的幸福感溢满了她的全身,使她对昏黑的山谷毫无惧意。

"我们是在向西,西方有座昆仑山,昆仑山下有一瑶池,瑶池岸边水草丰满,林果遍地。有无数快乐美丽的人们生活在瑶池四周,他们之间没有官长,没有奴隶,只有一个首领叫作西王母。在那里,男子放牧牛羊,女子采摘林果,一样受到敬重,并没有什么弄璋弄瓦的分别。"萧史十三郎回答道。还有话他没有说出来,西方不仅是有着瑶池,更有着险不可攀的大雪山,更有着难以逾越的大沙漠。但纵然前面是火海刀山,也不能阻挡住他的脚步。

秦穆公到次日天明,才发觉他的"命根子"不见了。又忙乱了一整天后,他才察觉女儿是和那萧史十三郎私逃了。他暴怒欲狂,立即派出强兵猛将,封锁通往东方的道路。萧史十三郎精通六艺,在东方的中原诸侯国中,至少能谋得一个下大夫的官职。

秦穆公也派人封锁了通往北方和南方的道路。北方是白狄之族,对六艺毫无兴趣,只爱跑马射箭。南方是蜀国蛮夷,不识文字,只识弓弩之物。秦穆公估计萧史十三郎最大的可能是逃往东方。他派人守住北方和南方,只是防备万一而已。至于西方,秦穆公并未派出什么人去看守。

萧史十三郎并非普通的草民,而是出身于熟知史籍的世家大族里。熟知史籍的人必然熟知天文地理,明白秦国的西方乃是绝地,横隔着无边无际的大沙漠,休说是人,就算是小鸟,也不能飞过去一只。萧史十三郎除非是想自寻死路,才会向西方逃去。

可是,无论在通往东方的道路上,还是在通往北方、南方的道路上,都没有发现萧史十三郎和弄玉的踪迹。秦穆公又在国中大力搜索,每一处城邑、每一座庄园、每一处村落都搜索遍了,仍是连萧史十三郎和弄玉的影子也没有见到。

绝望之中,秦穆公派出敢死军卒,深入西方的大沙漠,搜寻萧史十三郎和弄玉。十队敢死军卒乘着骆驼,分十处走进了大沙漠里。三个月后,只有五队敢死军卒活着回来,但仍然是什么也没有发现。

秦穆公病倒了,茶饭不思,整日说着胡话,脾气暴躁如雷,几乎每天都要杀死身旁的内侍和宫女。对于国事,亦不闻不问。又隔了月余,国中忽然大起传言,纷纷道那萧史十三郎原是上界神仙,为太华山主,因敬慕秦君,爱其贤女,故乘青龙下界,以丹凤招引弄玉,同登上天。

秦穆公听到这等传言,半信半疑,招来由余、公孙枝、孟明视、白乙丙诸人相问。众大臣异口同声恭贺主公"招"得"仙婿",还说此乃上天降下大吉之兆,主秦国当霸有天下。

见众人都深信不疑,秦穆公心中渐觉安慰,连发诏令,在太华山顶造神庙一座,主神为弄玉,配神为萧史十三郎。遣文武大臣告祭于天,封弄玉为太华山神女,萧史十三郎为太华山神使。将居于岐山之下的萧史氏家族全部迁往太华山,作为祭祀太华山神女的祭户,须日日以酒果祭祀之。

萧史十三郎和弄玉乘龙凤登于天界的传说令秦人羡慕不已,太华山神庙成为无数人向往的圣地。从此之后,谁家找了个好女婿,亲朋同往祝贺时,都会称赞那好女婿为"乘龙佳婿"。

心中宽慰,秦穆公的病也就不治自愈,又关心起国事来。由余等人又是称贺不已,言晋国屡遭挫折,霸主之威已弱了许多,实乃秦国之福也。

晋国遭到的最大挫折是大将先轸战死。其实,先轸本不会战死的,因他曾面唾国君,心中总是不舒服,在与狄人的一场大战中有意不穿盔甲,被狄人乱箭射死。此外,蔡国、许国背叛了践土之盟,又投奔了楚国。晋襄公大怒,拜阳处父为大将,率战车六百乘讨伐蔡、许两国。楚成王亦拜斗勃为大将,以成大心为副,领六百乘战车救援蔡、许两国。

"晋、楚争战,于我秦国大为有利。"由余高兴地说道。秦穆公亦很高兴,遣密使急赴蔡、许两国观战,以便详细了解晋、楚两军的战力。

第十章

三良活殉霸业危　平齐服楚振晋威

周襄王二十五年(公元前 627 年)冬,晋、楚两军隔泜水对峙,已有月余。

阳处父欲攻,又怕不胜,欲退,又惧楚兵趁势掩杀。他左思右想,忽然想出一条妙计来,先令全军作好攻击的准备,套上战车,披上铠甲,然后使人至楚营挑战——我晋人听说,有文德的人不愿侵犯顺理之事,有武勇的人不肯躲避仇敌。楚人若想争战,我晋人愿后退三十里,让出战场,双方决一雌雄。如果楚人不想渡河,那么亦请后退三十里,让我晋人到彼岸决战。晋、楚乃天下大国,如此耗而不战,不免为天下所笑。

斗勃听了怒道:"阳处父竟敢轻视我么?"立时就要下令渡河。

成大心连忙阻止道:"晋人如此,实为诱敌之计,欲趁半渡时突袭我军。不如我楚军先退,让其渡河,然后一鼓而大破之,岂不美哉?"

"不错,晋人一向无信用可言,自不会像宋人那么老实。"斗勃点了点头,下令全军后退三十里,等待晋军渡河决战。

阳处父见楚军后退,大喜,宣示三军曰:"楚人惧我霸主之兵,已鼠窜而逃。今天寒地冻,不宜追敌,且回国中,来年再大破楚兵。"遂拔营北归。一路上高奏得胜鼓乐。斗勃、成大心率军等了一整天,见晋军不至,使巡哨之卒探听时,晋军已走得无影无踪。

楚军为救蔡、许而来,晋军退走,蔡、许之围自解,斗勃亦下令班师回国。楚国太子商臣告其父曰:"今诸侯传言纷纷,晋又大胜于楚,使我楚国威风扫地矣。儿臣听军中偏将言道,斗勃退师,实为私受阳处父黄金千镒,故纵敌兵耳。"

楚成王听之,大为震怒,立即遣使赐剑与斗勃,迫其自杀。成大心见斗勃冤死,悲愤交加,闯入内宫,向楚成王哭诉退兵真情。楚成王懊悔至极,传命商臣擒拿诬告斗勃的偏将,但商臣擒来的却是一个"畏罪自杀"的死人。

啊,这诬告之人分明就是太子啊。当初寡人曾问过斗勃,商臣可否立为太子?斗勃言商臣刚狠有余,仁厚不足,不可立为太子。寡人未听斗勃之言,仍是立了商臣为太子。想必商臣知道了斗勃之语,故记恨在心,伺机报之。唉!如此阴险之人,怎么可以立为太子呢?寡人真是瞎了眼啊。楚成王心中恨恨地想着,不觉存了废弃商臣之心,想另立公子职为太子。

晋、楚两军"大战"的详情,秦穆公了如指掌,不禁哈哈大笑,道:"晋军怯敌至此,已无复往日之锐气矣。"

"听说阳处父班师之后,还大受赏赐,晋君之昏,由此可知矣。"由余亦笑道。秦穆公争雄之心大起,日日检阅士卒,再也不行游猎之事。

周襄王二十六年(公元前626年)冬,楚国太子商臣突然发动兵变,率家兵驱散禁卒,包围了王宫。商臣亲执青铜宝剑,率十余亲卫之卒直入父亲的寝殿。

楚成王正在饮酒,忽见商臣恶狠狠扑进殿中,大吃一惊,喝问:"你等执兵前来,意欲何为?"

"大王在位四十七年,已经快活够了,该歇歇啦。"商臣冷笑着,挥剑上前,寒光闪处,早将两个内侍刺倒,血流满地。其余内侍惊骇地惨叫着,四散奔逃。

楚成王浑身一颤,复又一挺,摔下手中玉杯,厉声吼道:"商臣,你想谋杀寡人吗!"

商臣一笑,道:"儿子岂敢谋杀父亲。父亲年纪大了,因病而亡,也是常理。"

"唉!"楚成王忽然叹了一口气,道,"你是太子,寡人之位早晚都是你的,你又何必一急至此。"

"哼!"商臣盯着宝剑上的鲜血,冷冷说道,"我不是太子,太子是公子职。

大王自以为行事隐秘,却不料左右俱已为我所用。新太子立,旧太子死,列国通例。大王既不容我存在世上,我又怎能不急呢?"

楚成王又是浑身一颤,道:"事已至此,寡人只能听天由命。寡人一生,别无所好,唯喜食熊掌而已。吾儿若不想日后难见列祖列宗,请命庖人烹熊掌一对,等其熟后而食之。如此,寡人虽死,亦无恨矣。"

"哈哈哈!"商臣大笑起来,"大王到了此时,尚欺我商臣无知么?熊掌难熟,待熊掌烹好,大王的援兵也就到了。大王当日杀兄夺位,能安居王位四十七年,从不在列祖列宗灵位面前有半丝愧意,我商臣又有什么难见列祖列宗之处?"

楚成王听了,大呼道:"老天!你若不佑寡人,如何让寡人安坐四十七年的王位?你若庇佑寡人,如何让寡人落到眼前的结果?老天!你只是个瞎眼老天罢了!"呼毕,楚成王解下腰带,当着儿子商臣的面,悬梁自尽。

楚成王死后,商臣即位,是为楚穆王,并遣使者至各国报丧,言楚成王年老,偶患恶疾,遂至病亡。同时,楚穆王又大肆杀戮,立威朝廷,先后将公子职、子文之子斗般、商公斗宜申、大夫仲归等人杀死。又大封拥护他的朝臣,封师傅潘崇为太师,掌管宫中禁卫,封斗椒为令尹,执掌朝政……

楚成王暴死的消息传到秦国,使秦穆公深以为忧,召集群臣说道:"楚国乱矣,非十数年,不能平之。晋国无南顾之患,得以专力对付我秦国,奈何?"

"我大军尚未练成,不能与晋大战,然可时时袭扰,使其兵疲,然后一鼓破之。"孟明视献计道。秦穆公深以为然,让由余、公孙枝镇守雍城,专意练兵。

孟明视、白乙丙、西乞术三员大将则统率边邑之兵,不停地在晋国边境袭扰生事。

晋襄公大怒,拜先轸之子先且居为中军主将,在周襄王二十七年(公元前625年)的春天和冬天,连着对秦国发动了两次猛烈的反攻。孟明视似完全变成了另外一个人,已无半丝浮躁之气,面对晋军的强大攻势,既不惊慌,也不骄狂,只守不攻,坚持以少量军卒与敌周旋。

春天的一仗,晋军似是大胜,深入秦地数百里,然其损失甚大,阵亡两员大将,折了士卒近万,最后不得不退回国中。冬天,晋国大显其霸主之威,会合宋、陈、郑三国之兵,再次侵入秦国。这一次,晋襄公发下誓愿,不攻破秦国城池,誓不回军。晋军在付出重大代价后,终于攻取了秦国的汪、彭衙两座城邑,然后吹打着得胜鼓乐凯旋。

秦军连着两次败于晋国,使许多秦国朝臣大为不满,纷纷上奏:"孟明视已被晋军吓破了胆,不堪与晋军为敌,请主公当机立断,另选良将。"

秦穆公笑道:"众位切莫性急,孟明视自有破敌良策。"他不仅没有因秦军之败处罚孟明视,还屡次亲至军中,安慰众将士。秦军众将士感激涕零,无不誓言拼死报国,愿与晋军再次决战。

本已臣服于秦国的犬戎、骊戎诸西戎之族,见秦国屡战屡败,不觉又生出反心,暗中输诚晋国,愿做内应,助晋攻秦。晋襄公大喜,欲再次征兵伐秦,却被赵衰阻止。

"吾军虽屡战屡胜,而国库为之一空,且士卒损伤众多,已生厌战之意。秦军虽屡战屡败,然其损伤不众,且勤修国政,上上下下,俱怀报仇雪耻之心,一旦大军会集,将势不可当。我晋国不唯不能出征,且应力避与秦决战,紧守城池。"赵衰深怀忧虑地说着。

晋襄公听了,悚然说道:"上卿之言,实为至理,寡人岂敢不从。"

晋军不敢再次征伐秦国,而秦国却已做好了征伐晋国的准备。

周襄王二十八年(公元前 624 年)的夏天,孟明视挑出最精锐的士卒,编为三军,左右两军各有兵车一百五十辆。中军兵车二百辆,共五百辆兵车,四万余士卒。

士卒选定,孟明视请秦穆公监军,誓师伐晋,如果这次不能大胜晋国,臣将死于战场,决不回返!秦穆公欣然应允,拜孟明视为主将,白乙丙、西乞术为副,自为监军,随行督战。

"秦国屡败于晋,不仅失威于中原,连西戎诸族,也起了叛心。此次若不能胜,则国势去矣!寡人亦无面目回国矣!"秦穆公一样抱定了必胜之心。

临行前,秦穆公大出府库财帛,尽赏与众军卒的家眷,免其后顾之忧。秦国上上下下,报仇雪耻之心大为高涨,百姓们俱都叮嘱军中子弟勿以家室为念,当奋力杀敌!

誓师之后,秦军大举东进,以势不可当的锋锐兵势,连战连胜,不仅收回了被晋国攻占的汪、彭衙二邑,还袭破晋军重兵据守的浦津关,直抵黄河渡口。晋军没料到秦军的来势如此凌厉迅猛,许多渡船排列在河岸上,不及带走。秦军顺利地渡过黄河,进入晋国的腹心之地。

渡河完毕,孟明视召集三军将士,道:"我秦军此次出征,有进无退!吾意当尽焚此舟,众将士以为如何?"

将士们轰然回答道:"有进无退,有进无退!焚舟,焚舟!"

秦穆公亦赞叹道:"孟明视不愧为我秦国第一勇士矣!"

孟明视焚烧渡般之后,大军不停,一举攻下晋国重镇王官城。此地向来是晋军攻击秦国的大本营,城内粮草堆积如山,器械兵甲不可胜数。秦军所获极丰。败报传至绛都,晋襄公大为恐慌,欲发倾国之兵与秦军对抗。

赵衰又劝道:"晋国虚耗过甚,难经大战,纵能胜秦,国势恐无力复振,且暂避秦军锋芒,坚守不出。久之,秦军兵疲,自会退去。"

秦军耀武扬威,直抵绛都,日日在城外百般骂战。晋人似乎都变成了聋子,对秦人的辱骂毫不理睬。

"哈哈哈!晋人都变成了兔子,没有一个人敢出来与寡人较量。"秦穆公大笑着,胸中久存的压抑之气一扫而空。

孟明视禀告道:"我秦军兵临晋国都城,足可扬威天下。不如趁此兵发崤山,收埋三年前阵亡的军卒,洗去旧日耻辱。"

秦穆公点头应允。他心里很清楚,晋为大国,可以胜之,难以灭之。大军久留坚城之下,必有所失。

孟明视传下将令:三军向南而进,自茅津渡河,屯于崤山。秦军在晋国境内来来去去,毫不受阻,如同进出无人之国。

时过三年,秦军阵亡士卒的尸首已化为白骨,散落于山崖之下,绝壁之上。风吹来草木呜咽,令人惨不忍睹。秦军众将士含泪收拾尸骨,葬入高坡,立起大坟。秦穆公穿上素服,命人宰白马乌牛为祭,并亲至坟前,洒酒相敬,痛哭失声。孟明视、白乙丙、西乞术三员大将亦哭倒在地,悲伤不已。秦军三军将士无不大放悲声,惊起满山雀鸟,哗啦啦遮满了整个天空,投下纷乱而又阴沉沉的暗影。

大祭之礼行毕,秦军高奏凯歌,班师回国。秦国百姓扶老携幼,争出家门,慰劳军卒,欢庆胜利。中原诸侯闻听秦国大败晋军,震惊之下,纷纷遣使西行,争相与秦国结好。西戎诸族见秦国兵威更胜往昔,不禁暗自庆幸,得亏当初并未真的反了,不然,只怕会有灭族大祸。后怕之余,西戎诸族首领亦争相入雍城庆贺,并献上厚礼。秦穆公以盛宴款待诸族首领,嘱其各安本境,做秦国的顺民。众西戎诸族首领俱俯伏在地,誓言永不叛秦。

对于秦国的大胜,周襄王亦是兴奋不已,在朝堂上对众大臣说道:"晋国恃其强盛,屡屡欺我周室。今秦国复强,足可与晋相敌。寡人有意发出策命,封秦伯为盟主。诸位以为如何?"

王子虎上前一步,奏道:"晋为霸主,毕竟有功于周室。今日秦虽胜晋,难以明指其有功于周室,贸然封之,天下诸侯必不服也。况且霸主不两立,亦不应两封。晋地又近我周室,也不可轻易得罪。以臣之见,可遣使贺秦,以收服西戎诸族之名,赐以金鼓信物。如此,我周室既可得秦之欢心,亦不招致晋国之怨也。"

"爱卿之言,实为有理。"周襄王赞赏地点了点头,当即拜王子虎为使,持金鼓信物赐予秦伯。

秦穆公见周襄王赐下金鼓信物,不禁喜出望外——金鼓者,征战之物也。秦得周天子所赐金鼓,自是有了代天子征战的杀伐之权。有此杀伐之权,虽无周天子的正式策命,秦国亦可称之为霸主,并由史官将其盛事录下,传之千秋万世。

"哈哈哈!寡人做了霸主,寡人做了霸主!"秦穆公不禁仰天大笑不止。

他以最隆重的礼仪招待王子虎,并欲亲赴王都,叩谢天恩。无奈他近来身体日衰,难以远行,只得让公孙枝代他东赴洛邑,拜谢天子之赐。

公孙枝也老了,去了一趟洛邑,回来就病倒在榻,不能理事。秦穆公亲去探望公孙枝,厚加赏赐,公孙枝借机恳求回归封邑养老。秦穆公想了一会,终于答应了公孙枝的恳求。

由余见公孙枝回归封邑,也上表陈情,告老归养。他看出秦穆公已不似先前那么喜爱"奇谋",对他愈来愈冷淡。若他不见机而退,继续赖在朝中,恐怕落不下什么好结果。果然,秦穆公立刻准了由余的表章,并未露出丝毫的挽留之意。

公孙枝、由余告老归养之后,秦穆公立即降下诏令,拜孟明视、白乙丙为上卿,领左、右庶长之职,执掌朝政。拜西乞术为大司马,巡视边关,防备晋军偷袭。待一切大事安排妥当,秦穆公就很少上朝,日日在后宫享受歌舞宴乐。

好在孟明视、白乙丙、西乞术都很尽职,不敢有丝毫大意。且又有子车奄息、子车仲行、子车针虎三兄弟治理百姓,秦国虽是处在"无君"之中,也未生大乱。

瞬息之间,时光不觉过去了数年。一个春天的正午时分,秦穆公坐在高台上晒太阳,渐渐进入了梦乡。

他看到了一条青龙,还看到了一只丹凤。青龙上坐着萧史十三郎,丹凤上坐着弄玉,龙凤相戏,盘旋在五彩的云端里。

"弄玉,弄玉!"秦穆公呼喊着,向高高的天空伸出了双手。萧史十三郎和弄玉只顾在云端里追逐嬉笑着,根本没有向地上的高台望上一眼。

"弄玉,弄玉! 你怎么就不理会寡人呢?"秦穆公呼喊着,泪流满面,"弄玉,你是寡人的命根子啊。自从你走了,寡人做什么都没了心思。弄玉,虽然你做了神女,也还是寡人的乖女儿啊,怎么就不理会寡人呢? 弄玉,你下来,你下来啊。让寡人好好看看你,好好看看你啊。"

弄玉仍是不回答,手捧玉笙,幽幽吹奏起来。萧史十三郎也将玉箫吹来相合。箫笙之音相合,清雅至极,人间难得一闻。无数仙鹤、白鹭、黄鹂、紫燕、兰鹊、杜鹃、孔雀……飞到弄玉和萧史十三郎身边,翩翩起舞。更有七彩的花瓣自云端里飘洒下来,使人神醉目眩。秦穆公的神志异常清醒,对美丽的鸟雀和鲜花视而不见。他只看得见丹凤上的弄玉。

"弄玉,你还是不理寡人,还是不理寡人啊。你心里还在怨恨寡人,怨寡人因你是女儿,就不看重你。弄玉,你错怪寡人了啊。当初你一出生,寡人就喜欢得不得了。生了男儿是弄璋,生了女儿是弄瓦,众人都这么说,连内侍们也这么说。寡人一听就生了气,说寡人的女儿偏不弄瓦,偏要弄璋,就将你的名儿叫作了弄玉。如果你不是女儿,寡人一定会让你当太子的,可是天下并没有女儿当太子的呀。寡人正是太看重了你,才让你嫁给白乙丙。寡人其实是将整个秦国的兴亡重任放在了你的肩上,可是你到底太小,不明白寡人的一片苦心。如今寡人活不了多久,这大好的基业就要丢给太子,也不知道太子他是否承受得住。唉!寡人也想不了那么多,一切听天由命吧……"秦穆公正滔滔不绝地说着,忽然停了下来。

他惊骇地发现,天空中陡地涌满了乌云,黑压压地直向弄玉和萧史十三郎逼过来。乌云里怪影重重,似隐藏着数不清的狰狞恶鬼。

"啊——"秦穆公大叫,从梦中惊醒过来,只觉浑身冷汗淋漓,寒意彻骨。内侍和宫女们慌忙拥过来,见秦穆公脸色惨白,已无法从席上站起。

"太子……叫太子来。"秦穆公衰弱地说着。众内侍和宫女们一边将秦穆公扶进内殿,躺在榻上,一边急急传令,请太子立刻入宫。太子匆匆奔进内殿,跪倒在秦穆公的榻前。随同太子前来的还有孟明视和白乙丙两位辅臣。

"百里……百里孟明视,蹇白乙丙,你等须用心……用心辅佐太子,勿使太子受晋人之欺,勿使太子失了霸主之业……"秦穆公艰难却又异常清晰地说着。孟明视和白乙丙磕头流血,誓言当肝脑涂地,倾全力辅佐太子,以报答主公的知遇之恩。

"弄玉欲迎寡人,为鬼卒所阻。寡人要带着勇士能臣,去解救弄玉。二位上卿,寡人已留给吾儿,子车氏三兄弟,吾儿就……就给了寡人吧。"秦穆公喃喃说道。

"儿臣遵命,儿臣……遵命。"太子泪如泉涌,不停地磕着头应道。秦穆公听了,露出笑意,渐渐闭上了眼睛。

太子即位,是为康公。他一边向各国报丧,一边大办葬礼。此时正值周襄王三十一年(公元前621年)春二月。计秦穆公在位三十九年,享年六十九岁。

太子遵从父亲遗命,挑选了一百七十七人殉葬,子车奄息、子车仲行、子车针虎亦名列其中。子车氏三兄弟以宽厚之政治民,极得百姓爱戴,国中人人呼其为"三良",当子车氏三兄弟竟被太子活活送进坟墓,为秦穆公殉葬的消息传开时,国中一片痛哭之声,都城许多人都在家中案上摆放着"三良"的灵位,以最贵重的供品祭祀。

一日,有个白发苍苍的人走在雍城的大街上,敲着两片竹板,边敲边高声吟唱,音韵凄苦:

交交黄鸟 （黄鸟飞来飞去兮）

止于棘 （落于刺枣之枝兮）

谁从穆公 （谁人殉葬秦穆公）

子车奄息 （良人子车名奄息）

维此奄息 （悲哉，悲哉！子车奄息）

百夫之特 （百人之才难相及）

临其穴 （阴风惨惨吹墓地）

惴惴其栗 （我心哀哀身战栗）

彼苍者天 （苍天啊苍天我问你）

歼我良人 （杀我良人是何理）

如可赎兮 （如若能赎其命兮）

人百其身 （身临百死又何惜）

　　老盲人的歌声，一下子吸引了无数百姓。许多人拿着竹板，或敲着锣鼓，吹着竹箫，跟在老盲人身后。甚至一些守城的兵卒，也加入了其中。众人一边走，一边奏着悲伤的哀乐，随着老盲人的歌声一起合唱。

　　歌声如怒潮滚滚压向朝堂，压向内宫。惊慌失措的秦康公连忙召集众大臣，紧急商议该如何对付愤怒的百姓。

　　一部分大臣主张立刻派出禁军，将那些胆敢怨恨先君、毁谤朝廷的奸民全都杀了。殉葬之风，乃是列国通例，列国能行之，秦国为何不能行之？况且百姓们只应老老实实地去做百姓，怎敢如此放肆地攻击朝廷呢？

　　另一部分大臣则主张静观其变，老百姓只要不造大乱，最好不要去管。听这歌声，怕是大半座城的百姓都走到了街上。难道真能把这些百姓都杀了吗？国家没了百姓，大臣们又靠谁来养活。还是让百姓们出出怨气，怨气一出，也就好了。大事化小，小事化无了。

　　孟明视、白乙丙二位辅政大臣也赞同静观其变的策略，劝秦康公不到万不得已的时刻，千万不要擅动杀心。秦康公这才做出了决断说："寡人也不愿以'三良'殉葬，只是先君之命难违，难违啊……"

　　于是，老盲人吟唱的《黄鸟》之曲不仅传遍了秦国，也传遍了整个中原。

到后来,列国诸侯的殉葬,使用活人就不似从前那么多了。如果哪个诸侯仍在大肆以活人殉葬,国中必然到处传唱《黄鸟》之歌。

秦穆公以子车氏三良殉葬,大失民心,虽无大乱发生,国中小乱却是不断,孟明视、白乙丙又不擅长民治,忙得焦头烂额,尚难以使国中安宁,以致再也没有力量发出强大的兵势,东出中原,争霸天下。

秦国不得安宁,晋国也陷在了一片混乱之中。在秦穆公去世后,没过多久,晋国的重臣如赵衰、栾枝、先且居、胥臣等人接连病亡。接着,晋襄公也身患重病,眼看就不行了。

晋襄公立七岁的儿子夷皋为太子,拜赵氏长子赵盾、狐氏长子狐射姑为上卿,执掌朝政,又拜阳处父为太傅,拜先轸之子先都为大司马,共同辅佐太子。晋襄公刚将最重大的几件事办完,就病重而亡。

晋襄公一死,赵氏、狐氏立即为争掌朝政内斗起来。赵盾拉拢了阳处父,要废了夷皋,另立逃亡在秦国的公子雍为君。狐射姑则拉拢了先都,企图另立逃亡在陈国的公子乐为君。

赵盾抢先下手,派心腹刺客公孙杵臼、程婴暗杀了公子乐。狐射姑大怒,亦派刺客暗杀了阳处父。不料那刺客却被禁军士卒当场抓住,供出了指使他行凶的主人。狐射姑见势不妙,慌忙逃到了狄人国中。赵盾心中大喜,一边派大夫士会去秦国迎接公子雍,一边显出宽宏大量的样子,将狐射姑的家属送到了狄人国里。

襄公夫人眼见儿子君位不保,情急之下,亲自到赵盾府中跪地哀求,并许愿将晋国新得的富足之地晋阳封给赵氏,永为食邑。赵盾顿时改变了主意,召集群臣,立太子夷皋为君,是为晋灵公。

这时秦康公已同意晋国的请求,派白乙丙带着二百乘战车,护送公子雍归国,已渡过黄河,行至晋国境内。赵盾潜发大军,突然对秦军发动突袭,将毫无防备的秦军杀得大败,于乱军中杀死公子雍。士会大怒,痛骂赵盾背信弃义,投奔秦国,做了秦国的大夫。

先都等大臣亦对赵盾出尔反尔的举动大为不满,想联合起来把赵盾赶走。赵盾又是抢先下手,令公孙杵臼、程婴率家兵将先都等五位大臣抓起来,加上谋害国君的罪名,全都杀死。晋国朝臣们再也不敢对赵盾生出"异心",

甚至见了公孙杵臼和程婴二人,就吓得浑身发抖。

赵盾在朝堂上说一不二,成了国君之上的"国君"。只是赵盾"压服"了朝臣,却使晋国在诸侯之间名声扫地,郑、陈诸国公然背叛晋国,投靠楚国。

周襄王在做了三十三年夹缝中的天子后,一病身亡。其子王臣即位,是为周倾王。

周倾王元年(公元前618年),赵盾召集宋、卫、许诸国大举伐郑,想一举恢复晋国霸主的声威。宋、卫、许诸国故意迟迟不出兵,使赵盾空劳了一场。赵盾愤怒至极,欲发倾国之兵,征伐宋、卫、许诸国,却听边卒来报,秦军已杀至黄河岸边。秦康公不愿受晋人的欺负,在士会的引导下,发兵报复。

晋、秦两国陷入混战之中,难以解脱。春天,晋国打胜了,夺了秦国的一座城邑。秋天,秦国打胜了,夺了晋国的两座城邑。虽说是两国势均力敌,不过折算起来,晋国更为"吃亏"一些,损失总是多过秦国。

楚穆王暴虐、齐昭公昏庸,国中俱是内乱不断,难以号令诸侯。郑、卫、鲁、宋、陈、蔡、曹、许诸国亦是祸乱不断,互相攻战不休。晋、秦、齐、楚同时衰落,中原无人称霸,周天子的日子好过了许多。只是周室赋税愈来愈少,一天穷似一天,最后闹到周襄王的葬礼都进行不下去。周倾王无奈之下,厚起脸皮,派出使者至各诸侯国中索要黄金,大失天子威仪。

各诸侯国虽多少给了些金子,却又摆出"财主"模样,对周天子讥嘲不休。周倾王羞愤交加,只当了六年的天子,遗恨而终。

周室众大臣奉太子姬班即位,是为周匡王。一般来说,天子去世后,应立即遣使至各诸侯报丧。各诸侯亦应立即遣使至周室吊丧,并祝贺新王即位,献上一份厚礼。周倾王因负气而死,没来得及指定辅佐之臣。众周室大臣为争夺辅佐之臣的权位,斗得不亦乐乎,居然忘了向各诸侯遣使报丧。各诸侯恼恨周室的无礼,自然没有一个人前往周室。周倾王的葬礼成为周室历代天子中最冷清的葬礼之一,周匡王的即位典礼亦成为周室历代天子中最冷清的典礼之一。

赵盾见天下混乱不堪,觉得晋国应该显示一番霸主之威,才不负列国诸侯的厚望。为此,他不得不收敛起往日的威严,变得宽厚了许多,虚心向众同僚请教。

晋国众臣纷纷献计，言欲恢复晋国霸主之威，须完成四件大事——和秦、定周、平齐、服楚。此四件大事完成，晋国声威定当大胜往昔。

所谓和秦，就是与秦休战，订立和好之盟。只有与秦休战，晋国才能集中力量，威慑中原，做好定周、平齐、服楚三件大事。

定周，就是排解周室内争，帮助天子定下辅佐之臣。

平齐，就是摆平齐国的内乱，使齐国不再生出谋逆之事。

服楚，就是制服楚国，把臣服楚国的各中原诸侯，重新收归在晋国的"保护"之下。

对于众大臣所出的妙策，赵盾甚是欣赏，积极行动。

首先，他以诈术将士会骗回国中，然后又利用士会与秦国和谈。士会虽对赵盾极为不满，但毕竟是晋国之人，愿意帮助晋国。秦国亦不想与晋国久战下去，且秦康公对士会甚有好感，遂与晋国结盟，相约不再敌对。

赵盾的第一件大事办得很成功，立刻将大军从西边调往东边，威胁周室。在晋国的强大兵威下，周匡王不得不主动邀请赵盾来排解臣下的争吵。周室臣子分为两派，一派是周公阅为首，一派是上卿王孙苏为首，都想夺得辅佐之臣的地位，好独掌朝政大权。周公阅和王孙苏闻听赵盾要来排解，忙遣密使至晋，送上黄金和玉璧，恳求赵盾"多多提携"。

赵盾收下两份厚礼，派人对周匡王说周公阅和王孙苏都是良善之臣，俱可担当大任，请天子册封之。周匡王松了一口气，立即册封周公阅和王孙苏同为辅佐之臣。周公阅和王孙苏倒憋了一口气，却也不敢多说什么，委屈地接受了册封，共同辅佐天子。

赵盾的第二件大事，又办成功了。于是征集八百乘兵车，东伐齐国。

齐国又发生了"谋逆"之事。国中混乱不堪。齐昭公病死，由太子舍继位，但不到三个月，即被公子商人和公子元合谋杀死。公子商人本来只是公子元的"副手"，然而随着年龄的增长，他表现出的狠辣手段远远超过了公子元，令公子元不得不甘拜下风。

杀死太子舍后，公子商人很是谦恭，一再请求公子元继位为君。公子元坚辞不受，道："在贤弟治下，我能安安稳稳度过一生，心里想起来就很满足，已无他求。如果贤弟对我不放心，赐我一个全尸，我也绝无怨意。"公子商人到了此时,也就"只好"登上君位,是为齐懿公。

赵盾亲率八百乘兵车,渡河东进,很快就逼近了齐国。齐懿公派使者携带黄金千镒、玉璧百双,传话给赵盾道:"如果晋国承认寡人的君位,寡人愿意服从晋国的号令。如果晋国非要仗势欺人,管我齐国的家务事。那么,寡人也能凑够千乘兵车,愿与晋军决一死战。"赵盾想了想,收下齐懿公送来的厚礼,承认了齐懿公的君位。

如此,赵盾又办成了第三件大事。现在,他只要办成最后一件事,就成了恢复晋国盟主威仪的大功臣。

赵盾得意地将大军驻扎在新城,并发下盟主诏令——请宋公、齐侯、鲁侯、陈侯、卫侯、蔡侯、郑伯、曹伯、楚子、邾子、许男赴新城参加晋国上卿赵盾主持的盟会,以期共尊王室,维护礼法。他这道诏令以爵位排列,将楚国压得极低,仅以四等诸侯的名义和小小的邾国排在一起。

赵盾之所以轻视楚国,是因为楚国亦是混乱不堪。楚穆王已去世,由年轻的太子熊侣继位,是为楚庄王。楚庄王很年轻,自然不能亲执朝政,国家大事俱由太师潘崇和令尹斗椒两位辅佐之臣治理。

潘崇和斗椒从当上辅佐之臣的第一天起,就各不相让。潘崇说东,斗椒偏偏说西,反过来,斗椒说东的时候,潘崇又偏偏说西,弄得楚国众大臣无所适从,整日似无头苍蝇一样团团乱转。

斗椒为扩充势力,尽力将其族人安置于朝堂之上,以致斗氏大臣几乎占了朝中的一半。潘崇则全力扩充禁卫之军,借征战之名,四处搜罗勇士。公子燮为王族中功勋最著者,屡欲谋取令尹之位,俱未成功,心中满是恨意,此刻见国中混乱,遂趁机招纳党羽,图谋杀死楚庄王,夺取大位。斗椒耳目众多,早已察觉公子燮的不轨之谋,却故作不晓,还令族人上大夫斗克参与其中,有意利用公子燮的谋逆来打击潘崇。

和斗椒相比,潘崇所立军功甚少,这在极端重视军功的楚国中,难免为人所轻。潘崇急于立下军功,将精锐的禁卒全都带出王宫,出外镇压反叛。

公子燮乘虚发动叛乱,攻进了王宫。潘崇听到郢都发生内乱,慌忙退军。斗椒亦尽出家兵,讨伐贼人。公子燮见势不妙,挟持着楚庄王逃离郢都,欲投奔晋国,却迎头遇上潘崇,被众军卒乱箭射死。

而斗椒则趁乱向潘崇发动攻击，生擒潘崇，救下了楚庄王。然后，斗椒以"失职致乱"的罪名将潘崇斩杀，悬首示众。斗椒又恐斗克泄露机密，寻了个机会，以"从逆"之罪杀了斗克。如此，楚国的朝政大权，尽归斗椒之手。

楚庄王对斗椒的"救驾"之功大为感激，回到王宫后就再也不上朝了，成天在后宫与姬妾们嬉笑为乐，沉醉于声色酒宴之中。赵盾的诏令直接送到了斗椒手中，楚庄王根本不知其事。

"我楚国早已称王，列国谁不知晓？晋国竟以子爵视我楚国，欺人太甚！"斗椒大怒，将诏令掷于地上，命人以乱棍把传送诏令的使者打出朝堂。但是斗椒虽然愤怒，却并未派出强大的楚军，北上与赵盾较量一番。斗椒此刻对楚国之外发生的任何事情，都不感兴趣。他唯一感兴趣的，是楚国的王位。

斗氏亦为楚国王族，并非不能当上楚王。可是楚国的强大氏族，亦非只有斗氏一支。斗椒必须把他所有的对手全都杀死，才可夺得楚王之位。只有在夺到了楚王之位后，他才会大举兴兵中原，争霸天下。

郑、陈等投奔楚国的中原诸侯见斗椒不敢对抗晋国，顿时回过头来，重新归在晋国旗下。赵盾大为得意，与鲁、宋、郑、陈、许、曹、卫等国国君在新城行过"歃血之盟"，然后凯旋。

一年之内，我已做下四件大事，令天下诸侯无不拜伏在地。自晋国开国以来，还有谁人的功劳大过于我？赵盾傲然地想着，看着那坐在君位上的晋灵公，怎么也看不顺眼。

中原诸侯纷纷倒向晋国，令楚国大臣们又是愤怒，又是忧愁，觉得在这危急的时候，楚庄王日夜沉醉酒色，不至朝堂理事，实在是太不像话。许多大臣挺身而出，直入后宫，或疾言厉色，或委婉恳切，苦苦劝谏楚庄王。这些大臣中还有许多斗氏族人，包括斗椒的从弟斗旗。

斗椒对大臣们的劝谏，既不阻止，也不反对。倒是楚庄王发了怒，令内侍制一巨大的令牌，悬于宫门，用朱漆写道：楚国平安，寡人不欲多事，有敢沽名劝谏者，杀无赦！大臣们见楚庄王如此，大失所望，私下里议论道：我楚国不幸，出了昏王！

斗椒听了大喜，私下里遣人至郑、卫、陈、蔡诸国，买来女乐，送入内宫。他觉得楚庄王还昏得不够，楚庄王应该昏得人人都欲逐之而后快，才能令他称心如意。

楚庄王见了斗椒送来的众多美貌女乐，喜得手舞足蹈，道："有令尹代劳,寡人不用听朝,可以安居无忧,日日享受神仙之乐也。"

一日,上大夫伍举缓步行至宫门,请求入见楚庄王。守宫门的禁卒首领名叫养由基,生得虎背熊腰,豹头环眼,声若响雷,极是威猛。

"老家伙,你是来送死的吗?"养由基盯着胡须花白的伍举,厉声道。

伍举吓得浑身一哆嗦,赔笑道:"我今年才六十岁,还没活出些滋味,哪儿敢去送死呢?"

"那么你一定是瞎了眼,没看见这块'宝贝'。"养由基向那巨大的令牌一指。

伍举眯缝着眼,道:"我这眼神是有些不济了,可这'宝贝'上的字儿也还认得下,将军放心,我并非想去劝谏大王,只是想和大王说说话儿。"

"只是说说话儿?"养由基想了想道,"那就便宜了你这老家伙,进去吧。"

"多谢将军,多谢将军!"伍举连连拱手,走进宫门。这老家伙,原来是个马屁精。我只是个小校,他却叫我将军。养由基想着,连连摇着头。

第十一章

隐忍蓄势待时机 一飞冲天九州惊

伍举由一个小内侍引着，向后宫的正殿走去。远远地就闻得鼓乐之声，还夹杂着无数女子的嬉笑尖叫之声。待走到正殿上，伍举更是大吃一惊——但见楚庄王甩了王冠，脱了王袍，头上贴了两根长长的雉尾，几乎全裸着身子，只在腰间围着兽皮，正爬在大殿正中，四肢着地，如头大黑熊一般到处乱拱着。一大群美女也半裸着身子，身上披满野花和树叶，脸上涂满红、黑、白三色泥土，看上去似妖精一般。

鼓乐声中，"大黑熊"嗷嗷叫着，张牙舞爪地乱扑乱抓。"妖精"们在"大黑熊"身边左躲右闪，尖叫嬉笑不止。伍举硬着头皮，心惊胆战地从众"妖精"中穿过，跪倒在"大黑熊"面前，磕头道："老臣伍举，拜见大王。"

"大黑熊"坐倒在地，直愣愣地盯着伍举，问："老家伙，你不怕死吗？"

伍举笑道："老臣怕死，也不敢死。老臣求见大王，只是有个谜语无法解开，特来求教大王。"

"哦，谜语？哈哈！寡人最喜欢猜谜语了，快说来寡人听听。"楚庄王腾地跳起身，坐在高高的王位上，并挥手将"妖精"们轰到了殿下。

伍举恭恭敬敬向楚庄王说道："近日郢都百姓纷纷传言高山上有只鸟，三年不飞亦不鸣，不知大王知此鸟为何也？"

楚庄王听了，似笑非笑地反问道："这就是谜语？"

"正是。不唯老臣不知此鸟，我楚国上上下下，俱不知此鸟为何。"伍举答道。

楚庄王冷哼一声,道:"寡人倒知道此鸟为何。"

伍举连忙又行了磕头大礼,道:"臣下愚钝,求大王教之。"

楚庄王盯着伍举,一字一句地说道:"此鸟并非凡鸟,乃是凤鸟,为百禽之王。三年不飞,一飞冲天;三年不鸣,一鸣惊人!"

"大王圣明,大王圣明!见识远远过于老臣矣。"伍举再次行了大礼,然后倒退着,缓缓退出大殿。

宫门外停着两辆驷车,一辆为上大夫伍举的乘车,一辆为中大夫苏从的乘车。伍举和苏从交往甚密,为多年挚友,各有一个雅号在朝臣之间广为流传。伍举被人称为"伍慢",慢到有年府中失火,尚在同僚家中饮酒不止。同僚劝其速归家中探视,伍举答曰:"吾非水神,难与火神相敌,归之何用?"苏从则被人称为"苏急",急到当年迎亲时,错将别人家的新娘子迎到了他的洞房中,险些为此掉了脑袋。

今日伍举和苏从同至宫门,伍举独进,留苏从于外。见伍举好半天没出来,苏从急脾气发作,正欲闯进宫门,伍举已一步三摇,慢慢地踱了出来。

苏从忙奔上前去,急急问道:"吾兄可见到大王,大王又有何言?"

伍举笑了一笑,道:"且回府中饮酒,慢慢听愚兄道来。"苏从虽急,却拗不过伍举,只得登于车上,驰至伍举府中,进入后堂坐下。

"大王是否虚心纳谏,听从了吾兄之劝?"刚坐下,苏从就忙不迭地问道。

"且待酒来再说吧。此酒可非同一般,乃是内子入宫,受樊夫人所赐的宫藏佳酿啊。"伍举说道。

樊夫人乃楚庄王正宫夫人,与楚庄王甚有同好,喜歌舞酒食之乐,常召大臣夫人们入宫赴宴,赐以酒食。

"唉! 我楚国不幸啊,大王是个昏王,后宫的夫人也是昏夫人。"苏从叹道。

"大王并非昏王,而是我楚国少见的贤明之君。"伍举正色说道。

"你怎么知道大王并非昏王?"苏从瞪大了眼睛。

"因为大王不是'凡鸟',三年不飞,一飞冲天;三年不鸣,一鸣惊人!吾弟且耐心等上三年吧,哈哈哈!"伍举得意地大笑起来。

夜已深沉，楚庄王的寝殿之中，仍是灯火辉煌。殿中的人并不多，仅楚庄王和两位绝色美女，以及几个小内侍和宫女。楚庄王和白天全然不同，虽仍未戴着王冠，穿着王袍，却是衣着整洁，显得英气勃勃。

两位美女中，一位身穿红衣，丰满白皙，像一枚放在艳红丝绸上的玉璧。另一位美女穿着绿衣，秀美轻盈，宛若江畔临风拂动的一枝芙蓉。穿红衣者，为楚庄王的夫人樊姬。穿绿衣者，是楚庄王最宠爱的姬妾许姬。

楚庄王手持小鼓，微闭双目，轻轻拍击着。樊姬则以纤纤十指弹着一张锦瑟。小鼓为楚地特产的鲛皮鼓，其音清脆而又凝咽，似空谷中坠下的山石。锦瑟似琴，弦却多至二十五根，弹起来若江水滔滔，无边无际漫涌而至，又似长风不息，吹动了云梦泽边的万顷芦苇，令人不禁生出地老天荒的感慨之意。

随着鼓乐之声，许姬拂动绿云般的长袖，翩翩起舞。她的舞姿轻灵快捷，像一只在荒草之中忽隐忽现的野鹿，又像一个在月光之下独自徘徊的精灵，带着些凄冷孤独，又满含着热烈的企盼。随着舞姿的展开，许姬又轻声唱了起来。她的舞姿和中原之舞大不相同，歌声亦和中原之歌有着明显的区别。中原之歌缓而优雅，许姬之歌音韵跳跃不定，却也不失为优美动听：

> 今有人
>
> 山之阿
>
> 被服薜荔带女萝
>
> 既含睇
>
> 又宜笑
>
> 子恋慕予善窈窕
>
> 乘赤豹
>
> 从文狸
>
> 辛夷车驾结桂旗
>
> 被石兰
>
> 带杜衡
>
> 折芳拔荃遗所思

处幽室

终不见

天路险艰绝后来

表独立

山之上

云何容容而在下

杳冥冥

羌昼晦

东风飘飘神灵雨

风瑟瑟

木搜搜

思念公子徒以忧

　　楚人极敬神灵,无山不有山神,无水不有水神。山神有男有女,有老有少。祭祀神灵时,楚人必以鼓瑟相伴而和歌之。楚人相信,他们所唱的歌曲神灵必能听见。而神灵听到了人们的歌声,也必然会赐福于人们。故楚国上下,无人不会神灵之歌。许姬所唱的,正是一首神灵之歌,名之曰《山鬼》。

　　山鬼亦是山神,获得天帝正式册封的山神,方能称之为神。未被册封,不敢称神,故以山鬼称之。天帝重男轻女,未被册封之神多为女神。

　　许姬所唱的这位山鬼,就是一位女神。和天帝的喜好相反,楚人喜欢女神多过男神。被正式册封的男山神数不胜数,而人们歌唱的山神,却一直是这位未受册封的女山神。

　　女山神非常美丽,独居在荒山,心情格外寂寞,多愁善感。她住在幽深的山谷里,身上披着薜荔香草制成的衣裳,腰里系着女萝做成的衣带。她正在等着情人的到来,心中快乐无比。她的情人是楚王宫中年轻的太子,英俊高大,威武勇敢。女山神幸福地回想着太子的多情,时不时眼波流转,嫣然而笑,还自言自语地说道:"太子爱我,是因为我心地善良,姿容美丽啊。"

　　可是太子却迟迟未至,她有些焦急,就骑着红色的豹子,牵着身上有着美丽花纹的狸猫,在山谷中徘徊起来。她边徘徊边用辛夷的枝条编结成一辆漂亮的小车,预备她的心上人乘坐。她还用幽香的桂花束为旌旗,插在车上。她又以石兰、杜衡等香美的花草制成衣裳、飘带,以送给她日夜思念的心上人。

她等了许久,仍不见楚国太子的到来,不禁心潮起伏——太子啊,你为什么没有来到呢?莫非是嫌我所住之地太过幽深,难见天日?莫非是山路艰险,你难以行走?女山神乘着赤豹,行到高高的山顶上,俯首下看,却只看到云海漫漫,而望不到她心上人的踪影。

乌云来了,天色沉凝,白昼就像是夜晚一样昏暗。东风飘飘,山雨潇潇,满带着女山神的思念,落入楚王宫中。风吹草木,沙沙作响,好像是太子的脚步声。但不论女山神如何苦苦思念,年轻的太子依然没有来到,空旷的山野间徒然留下她的忧愁。

……

许姬唱着,眼圈红红,樊姬弹着,眼中泪光闪烁。楚庄王手中的鲛皮小鼓,也摇得愈来愈缓。他,还有许姬、樊姬,都知道楚王宫中的太子为什么不能和女山神相会。

传说与山神相会的那位太子名叫熊康,是楚国最有作为的国君之一熊渠的太子。熊渠最大的功绩,是灭掉了鄂国,夺取了鄂国境内的铜山。铜山对楚国的强大起了极其巨大的作用,天下各诸侯国的铜矿没有一座能与铜山相比。有了铜山,楚国从一个极端缺铜的诸侯国一跃成了产铜最多的诸侯国。铜加锡,就成为青铜,做成的兵刃极为锋利,可穿透重甲。拥有锋锐青铜兵器的楚国开始令中原诸侯闻之色变,不敢轻易冒犯。

在攻打鄂国的战斗中,太子熊康身先士卒、一车当先,杀得敌军落花流水,闭城不出。敌军惧怕英勇无敌的熊康,假借投降布下埋伏,企图杀死熊康。就在熊康陷入埋伏的危险时刻,女山神现身相救,不仅使熊康脱离险境,还因此攻破了鄂国都城。

熊康感激之下,成了女山神倾心爱慕的情人。女山神给了熊康一面神奇的鲛皮小鼓,熊康拍打着小鼓,就能走进幽深的山谷,和美丽的女山神相会。

熊渠渐渐老了,不理政事,将朝政大权交与令尹掌管。令尹贪横暴虐,以熊渠的名义做了许多坏事,害得百姓怨声载道。太子熊康对令尹的所作所为极为愤怒,准备在父王面前揭穿令尹的奸臣面目。令尹恐慌之下,生出毒计,以黄金美女买通宫中禁卫,偷走了熊康的鲛皮小鼓。又以女巫扮作女山神,等候在城外的高山下。

熊康虽然丢失了小鼓,可仍是走出了都城,他担心女山神见不到他心中着急,会生出怨意,把他看成了薄情郎。他已深深爱上了女山神,决不愿意心爱的人误解了他。他和女山神多次相会,自信走熟了道路,不用小鼓,也能见到心爱的人。可是他没有料到山下会藏着女巫。

女巫以险恶的巫术,将太子引到了另一条路上,使太子一直走到了敌人的营垒中。成千上万的敌人蜂拥而上,要杀死他们最为恐惧的楚国太子。熊康奋起神威,挥动青铜宝剑,杀死敌人无数,血透重衣。但是敌人实在太多,太子最终精疲力竭,自刎而亡。

女山神不知道太子的悲惨命运,或许是不愿知道。她日复一日,年复一年,站在高高的山顶,凝望着楚宫,一直将她自己望成了一块山石,还在望着……

"咕咚!"楚庄王手中的小鼓掉了下来,将樊姬和许姬吓了一跳。

"寡人不能让令尹害死,不能!"楚庄王忽地站起身来,大声吼道。

"大王是楚国最贤明的大王,谁也不能伤害大王。"樊姬安慰地说道。

"可是,令尹借公子燮的手,差一点就害死了寡人。"楚庄王每当想起他被乱军挟持的情景,就不寒而栗。

当时公子燮绝望之下,挥动长戈就向楚庄王胸口刺去。幸亏养由基及时一箭射来,正中公子燮的胸口。说起来公子燮是众军卒乱箭射死,其实最致命的一箭,是养由基射出的。但养由基却不敢将他的大功上报,以得到厚赏。

楚国的令尹斗椒精于箭术,自负神射无双,容不得谁人比他的箭法更高。养由基作为禁军小校,常随楚庄王出城行猎。一次,楚庄王和斗椒并车追赶一只梅花鹿,追着追着,草丛中忽地蹿起一头花斑大豹,直向车上的楚庄王扑来。斗椒握弓在手,偏偏不射。养由基急了,忙一箭射出,正中花斑大豹的咽喉。

从人都为养由基的箭法叫起好来。斗椒却沉下脸,说养由基惊动王驾,罪该斩首。楚庄王连忙替养由基求情,不惜向斗椒屈身行礼,这才使得养由基侥幸活了下来。养由基恨透了斗椒,成为楚庄王的腹心,竭尽全力守护宫院。

"令尹这么横行霸道,大王何不想法除了他?"许姬问,她的歌舞美貌在楚庄王的后宫首屈一指,但对国事却不太明白。她认为,楚庄王是国君,而令尹再厉害也只是个臣子,君要臣死,臣不得不死,这是列国通例。楚庄王只需发出一道诏令,就可杀了令尹。

"美人,你不明白,令尹斗椒是'若敖氏'之后,族势强大,轻易动他不得。"楚庄王坐下来说道,他的心中已渐渐恢复了平静。

依照礼法,他不应该将国家大事讲给后宫的美人们听。不过楚国并非中原的"礼仪之邦",对礼法看得并不太重。再说,楚庄王已不上朝了,他对国事满腹的忧虑,除了向后宫美人们倾诉,又能去告诉谁呢?何况,樊姬和许姬并非普通的美人,而是自幼就侍奉在楚庄王身边,与楚庄王患难与共,情爱深厚,可以互托肺腑。

"臣妾也常听人说起'若敖氏',这'若敖氏'到底是个什么来历呢?"许姬问。

"唉!说起来,'若敖氏'也是王族的别支呢。"楚庄王叹了一口气,将"若敖氏"的来历和兴盛经过详细讲述了起来。

"若敖氏"的始祖为楚武王的祖父熊仪。熊仪当了二十七年的国君,子孙众多,但无太大的功绩,死后没有谥号。依照楚国的惯例,国君死后而没有谥号的,称之为"敖"。熊仪死后葬在一个叫若的地方,后代即称其为"若敖"。

国君之位由嫡子传袭,别子须另立氏号。若敖的别子众多,所立氏号有斗、成、叔伯,等等。斗氏、成氏,还有叔伯氏,都被人们统称为"若敖氏",其中又以斗氏势力最大。

楚武王时,斗氏家族中出了一个叫作斗伯比的人,依附母家居在郧国。郧君的女儿相貌美丽,斗伯比也年少英俊,二人遂相结私情,生下了一个儿子。郧君夫人害怕女儿的私情传开,惹人耻笑,令人将斗伯比的儿子抛到沼泽之中。过了没多久,郧国的猎人纷纷传言,沼泽中来了一只母老虎,日日喂奶给那个被人丢弃的孩子吃。

依照郧国的风俗,受到老虎庇佑的孩子必有大福,凡人不能伤害。郧君夫人恐惧之下,将女儿的私情告诉了郧君,并请求郧君允许女儿和斗伯比成婚,收回孩子。郧君虽对女儿伤风败俗的举动大为震怒,但最后还是答应了夫人的请求。那个被母老虎救下的孩子就是子文,长大后成为楚国历代令尹中极为出色的一个。在子文的辅佐下,楚成王成功地阻止了齐桓公南下的企图,并击败了宋襄公,使楚国向东南扩地千里,国势空前强大。

子文不仅政绩卓著,德望亦是极佳,曾屡次捐赠资财报效楚国王室,以解国忧。他还是一员能征惯战的大将,拥有讨火弦国、征服随国的辉煌武功。楚成王亦因此对斗氏家族极为看重,朝中要职,几乎全为斗氏家族的人担任。

子文为令尹,执掌朝政,子文之弟子良为大司马,主掌军令。子文的子侄族人如斗般、斗椒、斗勃、斗宜申等人都被拜为上大夫,入朝为大臣,出朝为大将,其威风显赫,压倒了楚国所有的家族。

在斗氏的带动提携下,"若敖氏"的另外两个分支——成氏和叔伯氏也兴盛起来。成氏的成得臣、成大心父子,叔伯氏的叔伯贾父子,都担当过楚国的令尹和大司马之职,也曾是极为显赫的人物。"若敖氏"还组成了战力极强的族兵——"若敖之卒"。

随着斗氏的强大,许多斗氏子弟都生出了勃勃野心,妄图灭了王族,取而代之。子文也看到了这一点,曾叮嘱他的儿子斗般要小心谨慎,注意避开野心最大的斗椒。

斗椒是子良的儿子,以武勇闻名楚国,深得楚穆王的信任。斗般欲收敛斗氏过大的势力,引起了斗椒的忌恨,以恶言陷害,使得楚穆王杀死了斗般。斗般一死,斗椒自然成了斗氏家族的首领,将整个斗氏的势力变成了他斗椒个人的势力。

"要除掉斗椒,并不太难,要除掉整个'若敖氏',就太难了。"楚庄王最后忧心忡忡地说道。

"大王也不一定要和整个'若敖氏'作对,成氏、叔伯氏近来对斗椒越来越是不满,尤其是叔伯贾的夫人,好几次说斗椒有偏心,只肯照顾斗氏。叔伯贾当了十年的工正,从未升迁,而斗椒的从弟斗旗几年间就从下大夫升成了上大夫,成了大司马。"樊姬说道。

她常常召大臣夫人们入宫饮宴,并非因为喜好酒食之乐。从那些大臣夫人口中,她能得知许多事情,从而对朝政了如指掌。她能够知道的事情,楚庄王自然也能够知道。

"不错,应该把成氏、叔伯氏和斗氏分开,尽量使成氏、叔伯氏成为斗氏的敌人。"楚庄王赞赏地说着。

"斗氏之中,也不一定全都是斗椒的死党。"樊姬又说道。

"是啊,比如斗般的儿子斗克黄,就从来不赞成斗椒的作为。"

"至于斗氏之外的朝臣,不赞成斗椒作为的就更多了。伍举和苏从二人甚至想把大王'拉'到朝堂上去呢。"

"有伍举和苏从这等忠臣,寡人要对付令尹,又多了些把握,只是眼前还不是寡人临朝的时候啊。"

"那么到底什么时候大王才能够临朝亲政呢?"

"等到斗椒不能阻止寡人行动的那个时候。夫人要多注意那些斗氏之外的朝臣,看看他们谁与斗椒来往得最密切。寡人临朝之时,暂且不会触动斗氏,但一定要削去斗氏的羽翼。"楚庄王握紧双拳说道。

周匡王二年(公元前611年)春,天降暴雨,汉江、长江俱是泛滥成灾。大水过后,房倒屋塌、田园毁坏,又有瘟疫流行,夺去了无数人的生命。楚国上上下下陷入一片恐慌之中,处处是女巫狂跳的身影,处处是百姓们俯伏在神灵前磕头的情景。

楚庄王秘密送出无数黄金宝物,通过养由基之手,转到了众女巫的手中。于是,楚国的女巫们众口一词地宣称:楚国大王不理朝政,致使上天震怒,降下大灾。

伍举、苏从诸大臣趁机纷纷跪倒在宫门前,恳求大王亲临朝政,以解天怒,拯救万民。许多"若敖氏"族人被大势所迫,亦不得不随众跪倒在宫门前。到了最后,斗椒也不得不做出样子,亲至内宫,"恳求"楚庄王亲临朝政。楚庄王在"无可奈何"之下,终于答应自明日开始亲临朝政。

伍举、苏从诸大臣欣喜若狂,不禁欢呼起来。斗椒却是暗暗冷笑,心里道,谅你一个昏王,纵然亲临朝政,又能有什么作为?不料次日楚庄王的作为,却令斗椒大出意外,也令众文武大臣大吃一惊。

楚庄王在朝堂正中安放了一座巨大的铜鼎,鼎下燃着熊熊大火,鼎中是微微冒着青烟的滚油。楚庄王除了王冠、王袍,只穿着素服,神情肃然地端坐在君位上。

"寡人身为万民之主,上不能敬事列祖列宗,勤于祭祀。下不能安抚百姓,谨修朝政。致使天帝震怒,祸我楚国,实乃寡人之罪。从今日起,百姓一日不安,寡人一日不除此素服,永远斋戒。"楚庄王朗声说道。

素服斋戒,就不能饮酒,不能食肉,甚至不能亲近女色。一个日日沉迷于酒色中的"昏王",居然宣称"永远斋戒",众朝臣目瞪口呆,都疑心是自己的耳朵听错了。

"刘须!"楚庄王不容众大臣清醒过来,陡地厉喝一声。

一个肥胖如猪的大臣哆嗦了一下,好半天才答应了一声:"臣在。"跪倒在君位之前。

"汉江之堤,归你掌管。朝廷每年征收治堤之赋百万,尽归你用。可你又在堤上用了几个铜钱?百姓的血汗,都让你换了良田华屋,女乐妖姬,致使江堤溃败,祸我百姓!此等贼人,寡人留之何用!"楚庄王怒喝,抬起手猛地一挥。

几个早已准备好的魁壮内侍立刻抓起刘须,丢进巨鼎之中。只听得一声长长的惨叫之后,肥胖的刘须已在巨鼎中变成了一根焦黑的"枯枝"。众大臣心中怦怦乱跳,脸色苍白,气都喘不过来。斗椒亦是愣住了:怪呀,这昏王一天到晚不是泡在酒坛子里,就是睡在美人窝里,怎么会知道刘须的事儿呢?

"屈申!"楚王又是一声大喝。但听得"咕咚"一声,朝班中倒下了一个粗蠢如水牛般的大臣。他正是屈申,听得楚庄王的一声大喝,竟吓瘫了。刘须是掌管汉江之堤的大臣,屈申则是掌管长江之堤的大臣。

"屈申,你和那刘须,俱为贪尽百姓血汗的贼人,且一块做了伴吧!"楚庄王喝道。

众内侍抓起屈申,刚要将其抛至巨鼎中,斗椒忽然叫了一声:"且慢!"

刘须、屈申都算是斗椒的心腹之人,平日对斗椒极为"孝顺",因此都得到了一个好处无穷的"肥缺"。斗椒怎么能眼睁睁地看着他的心腹就这样被扔进了巨鼎中呢?若是他对心腹们的生死不管不问,谁又愿意成为他的心腹？

"令尹有何事相奏？"楚庄王问着，神情很是恭敬。

"微臣……微臣……"斗椒忽然说不出话来。他这时才想起，他早已和斗氏众臣商议好了，杀掉刘须、屈申，以平民愤。此次大灾，汉江、长江大堤溃败，是最直接的原因。

斗椒对江堤之事一向不甚关心，楚国有云梦大泽，暴雨落下，俱泻于泽中，江、汉二水少有泛滥成灾的时候。无奈此次暴雨实在太大，江堤又根本没有加固过，致使酿成数十年少见的大灾。

百姓们怒火冲天，许多地方都出现了劫掠府库的叛贼。无数人都在叫喊着：杀到郢都去，活煮了刘须、屈申二贼。斗椒一边派人镇压，一边不得不准备寻找几个"替死鬼"，稍减国人的怨意。"替死鬼"的最合适人选，自然是民愤最大的刘须、屈申二人。

刘、屈二人虽然算是斗椒的心腹，却无甚大用。他二人能得亲近斗椒，无非是善于逢迎拍马罢了。斗椒很清楚，只要他还执掌着朝政大权，身边永远也不会缺少逢迎拍马之徒。少了刘、屈二人，对他并无什么损害。

"微臣以为……以为应当祭过上天之后，方可处置罪人。"斗椒好不容易才憋出了一句话来，他绝不能在这个时候阻止楚庄王对屈申的处置。

楚国上上下下都知道国君是"昏王"，朝政实际掌握在令尹手中。是令尹而非国君任用了祸国害民的刘须、屈申二贼。人们痛恨刘、屈二贼的同时亦是异常痛恨令尹。斗椒正是为了转移人们的愤怒，才欲"忍痛"杀掉刘、屈二人。此刻他阻止楚庄王处置罪人，无疑是抢着将人们的痛恨引向自身。斗椒身怀远大的志向，又怎么能让国人对他痛恨不休呢？

"此等污浊之人，不配祭祀上天！"楚庄王说着，手臂又是一挥。已吓得半死的屈申被丢进巨鼎，和刘须做了一对"枯枝"伴儿。

"斗旗！"楚庄王又喝了一声。

"臣臣臣臣……臣在！"斗旗是一员猛将，见过血肉横飞的杀戮战场，自称胆如其姓，如斗一般大，此刻虽是惊得脸色苍白，却也没有瘫倒在地。

啊！熊侣竟敢欺到我斗氏头上吗？斗椒亦是大惊失色。斗旗当了多年的大司马，所行"歹事"数不胜数，若是依法处置，早该抛进油鼎中烹为"枯枝"。

但斗旗是斗椒的头号大将，楚庄王烹了斗旗，无疑是斩断了斗椒的左膀右臂。斗椒万万不能让楚庄王断了他的臂膀，哪怕因此和楚庄王当场闹翻了，也在所不惜。他如同一头遇到敌手的饿虎，双目凶光闪烁，恶狠狠地盯着楚庄王，等待着搏杀的时刻。

楚庄王看着斗旗，神情忽然变了，满带着笑意，发下一道诏令：斗旗从军甚久，劳苦功高，着进位太师，统领禁军，防卫内宫。斗旗和斗椒又是大感意外，一时手足无措，不知如何应答。

太师之职高于大司马，且又执掌禁军，可以直接监控国君，地位极为重要。自从潘崇死后，斗椒一直想让斗氏族人接掌太师之职，又一时找不到合适的人，就暂将太师之位虚悬着。不料此刻楚庄王竟会将太师之位主动"奉上"，令斗椒无法猜到楚庄王心中打的是什么主意。

"斗旗为何不应，莫非寡人封赏太低，不足以酬大司马之功？"楚庄王问着，声音里已透出不满之意。

"这……这……"斗旗惶恐地望着斗椒。斗椒忙点了一下头，示意斗旗接下太师之职。他担心斗旗不接太师之职，楚庄王会顺势将这个重要职位给了别人，到那时，他再出头阻止就显得太"无理"了。见到斗椒示意之后，斗旗才跪下来叩谢大王的封赏之恩。

楚庄王待斗旗谢恩，立刻发下了第二道诏令：工正叔伯贾勤劳王事，功绩卓著，着升迁为大司马，主掌军令。

上当了！楚庄王的诏令刚一发出，斗椒就在心中大呼起来。叔伯贾虽也是"若敖氏"中之人，却一向与斗椒面和心不和，楚庄王发此诏令，显然是要分斗椒的兵权。依楚国的律令，令尹有调动军兵之权，但须加上大司马的令符，方才有效。可是此刻，斗椒想要阻止楚庄王的诏令，却已迟了。

楚庄王任用斗氏之臣为太师，他斗椒并不阻止，却偏偏要阻止楚庄王任用叔伯贾，岂非自露其不臣之心，引起众人猜疑惊惧？此刻还不是他斗椒谋夺大位的时候，过早地引起众人的猜疑和惊惧，与他斗椒大为不利。

今日这熊侣既杀刘、屈，立威于朝，又树恩于叔伯贾，显尽其生杀予夺的君王之权，必令朝臣畏服，使我多年经营才获得的威信大受损伤，好不厉害！想不到这小子年纪轻轻，竟有如此手段，瞒得我好苦啊。他哪里是昏王，分明是一只装睡的老虎,时时刻刻都在谋划着算计我,我却不知。

斗椒心中一时涌上千万个念头,又是懊悔,又是惊惧,又是仇恨,连什么时候朝会散了,什么时候回到了府中,尚是恍恍然不知不觉。

楚庄王这久已准备的突然一击,几乎把斗椒打昏了头。但斗椒很快就清醒过来,并迅速做出了反击。斗椒称病在府,再也不上朝了。许多斗氏大臣亦是"感染"时症,不至朝堂。从前楚国是有令尹"无"国君,如今却反了过来,变成有国君"无"令尹了。

朝中顿时秩序大乱,把亲临朝政的楚庄王弄了个手忙脚乱,狼狈不堪。斗椒暗暗发笑,心中道:熊侣,且让你也瞧瞧我的厉害!他心里很清楚,经此大灾,楚国的国势已是衰弱了许多,周围各国及夷狄之族必定会争相入侵。那时候国中必将混乱至极,人心浮动,势欲崩溃。楚庄王连朝中的些许小事都理断不清,如何能处置国中面临的大乱?恐怕到头来还是得请他斗椒出面收拾。他当然会出面收拾,却有一个绝不可少的条件——楚庄王必须回到内宫,仍然去做一个日夜沉醉酒色的昏王。

斗椒的料想十分准确,楚庄王刚刚将朝政理出头绪,边关的告急信使便纷纷而至。崤山、伊川一带的戎族最先发动了攻击,已南下至阜山。郑、宋诸侯亦有南下侵楚之意,已在征集兵车。最危险的是庸国竟发举国之兵攻入楚国。长江以南的百濮之族,亦纷纷攻入楚国境内,四处劫掠。

楚国国内又正在闹着饥荒,许多地方都饿死了人。强大的楚国四面受敌,内忧外患齐至,面临着自立国以来少见的危机。

斗椒得意扬扬,想着楚庄王立刻就要恭请他去上朝了。可是斗椒再一次看错了楚庄王,再一次受到了沉重的打击。年轻的楚庄王充分显示了他的英明果断和超人的智慧。他召集大臣们连着议论了三天,将众人所出的主意整理发挥一番,定出五条应急之策:

一、关闭方城的北门,防备中原诸侯南下,并在城头上虚张旗帜,城下以牛车拖着柴枝来往奔驰,造出滚滚尘雾,显示大军会集的情景。

二、授予伍举、苏从二人抚民重任,有开启府库,救济百姓之权。各地官吏必须绝对听从其令,对于违抗者,二人可先斩后奏。

三、以善于辞令的屈荡为使者,急赴秦国,说动秦国攻袭庸国。

四、集倾国之兵,全力迎击庸国之兵,在最快的时间里击败庸兵,震慑戎族和百濮之族。

五、大司马叔伯贾留守郢都,楚庄王亲为主帅,领军出征,以振奋国人之心。

中原各大国中,晋、齐、鲁诸国都是忙于治内,一时无力南侵楚国。宋、郑、陈诸国有心伐楚,报复往日所受的欺凌,却又从心底里惧怕楚国,不敢轻举妄动。后来宋、郑、陈诸国又从哨探口中得知楚国正集大兵于方城,就更不敢发兵南下。如此,楚国仅以"疑兵之计",便解除了中原诸国南下的威胁。

伍举、苏从二人一个性缓,一个性急,倒也配合默契,行事格外顺利。伍举主要担当抚民重任,耐心劝慰流民安居,宣扬大王的威德。苏从则以雷厉风行之势大开府库,取出存粮和钱物救济众百姓。有几处城邑官吏拒不打开府库,被苏从拖到街头,当众斩杀,使别处城邑的官吏大为震惊,再也不敢拦阻伍举、苏从二人开启府库的举动。府库的实数粮米钱物大大多于各地官吏的上报之数,不仅可供安抚百姓之用,还有节余送至军中充作粮饷。

屈荡的使命也完成得极为出色,秦国不仅答应出兵攻袭庸国,还建议趁此机会灭了庸国,使秦楚两国国境更紧密地连在一起。秦国想借此机会和楚国结盟,共同对抗强大的晋国。楚庄王大喜,信心倍增,以乐伯、戢黎为先锋,与庸国之军大战七次,先败后胜,大军直至上庸城下。与此同时,秦军自后背向庸国发动猛攻,使庸君无法调来援兵解救上庸。而巴国也借此良机,出动大军,从侧翼向庸国发动了攻击。

在楚、秦、巴三国猛烈攻击下,立国千年的庸国终于灭亡,其土地和大部分人众归楚国所有。巴国掠得了小部分人众,秦国则得到了庸国府库中的财物。庸为大国,楚庄王首次出征就能将其击灭,在国中和诸侯间威名大震。戎族、百濮之族闻听庸国灭亡,惊惧之下,不等楚兵来攻,已纷纷退出楚境。

在伍举、苏从的抚慰救济下,众百姓渐渐安居下来,并对楚庄王的威德称颂不已。叔伯贾感念楚庄王的知遇之恩,日夜乘车在郢都街头巡守,使郢都始终保持着肃然气象,没有生出任何乱事。

楚庄王胜利回到郢都之日,万民空巷,争相挤至道旁,叩拜楚国年轻威武而又宽厚爱民的贤明大王。借着酬赏功劳的名义,楚庄王将伍举、苏从、屈荡、乐伯、戢黎等人俱升至高位,掌握了治民、赋税、出使、练军之权,大大削弱了斗氏众臣的权势。

楚国面临的危难到头来大大帮助了楚庄王,使他牢牢地坐稳了王位。斗椒气得手脚冰凉,真的病倒了,躺在榻上动弹不得。楚庄王浑似不知斗椒的所作所为,亲至斗椒府第中探望,并称赞斗氏为楚国立下的大功,希望斗椒早日康复,继承其先辈的遗愿,为楚国称霸中原尽心尽力,光宗耀祖。但是楚庄王的探望,却使得斗椒的"病势"更加沉重,直到过了大半年,才重新登上了朝堂,复任令尹之职。

楚庄王知道,他虽然暂时坐稳了王位,但欲去掉斗氏众臣,仍是力有不及。他必须再建奇功,使他的威势如山一般沉重,方可压垮斗氏之臣。楚国以武功立国,国君的奇功,必须在征战之中方可建立。楚庄王似一头沼泽中隐藏的猛虎,紧紧盯着北方的中原之地,寻找扑向猎物的最佳时机。

斗椒同样"隐伏"下来,表面上安静了许多,对楚庄王极为恭顺。他一样在寻找最佳时机,不动则已,动之必置楚庄王于死地。终于,楚庄王等到了他一直盼望着的最佳时机——宋、齐、鲁、晋四国先后发生了弑君之祸,国势大衰。

第十二章

太史公直言求信 楚庄王中原问鼎

宋昭公年少登位,不喜上朝理政,日日与宠臣公孙孔叔、公孙钟离等人游猎为乐,大失人心。渐渐地,国中朝政为其祖母襄公夫人王姬所执掌。

王姬为周襄王之女,出身高贵,年轻时亦端庄有礼,不失王室公主的风范。待其渐入老年,又执掌朝政后,王姬突地性情大变,羞耻全无,淫荡至极,日日将些貌美年少的贵族子弟留宿后宫。

在年少的贵族子弟当中,王姬最喜欢的人是宋昭公的庶弟公子鲍。可是公子鲍却不愿与祖母辈的王姬私通,急得王姬连连许愿,言公子鲍若顺从她,黄金任要,美女任挑。

公子鲍不要黄金,也不要美女,只要宋国的君位。王姬虽是淫荡,却不糊涂,说:"公子鲍若想当上国君,就必须显得他比国君贤明十倍。"

于是,公子鲍尽散家财,周济国中贫民,又尊老敬贤,国中年满七十者,俱送财帛供养之。凡国中有一技之长者,亦收至门下,厚加款待。对于国中的公卿大夫,更是广为结交,隔上三五天便有厚礼奉上。

没过多久,宋国中到处都在称赞公子鲍,甚至编为歌曲吟唱。而朝中文武大臣,也俱是对公子鲍赞不绝口,称其为宋国少见的贤公子。只是公子鲍的家财很快就花光了,再也无法将贤人做下去。王姬见时候到了,立刻敞开宫中府库,任由公子鲍搬取黄金财物。公子鲍在感激之下,夜夜宿于宫中,使王姬大为满意。

王姬的亲信上大夫华元趁机大力推举公子鲍,说公子鲍才德无双,可当右师重任。宋国的左、右宰相被称为左、右师,权力极大,为百官之首。宋襄公临终之时,指定左师为公子目夷的世袭职位,使左师实际上成为虚衔,权力都集于右师之手。宋昭公只对游猎感兴趣,恨不得将内宫搬到猎场上去,至于谁当右师,他并不怎么关心,见华元说公子鲍能当右师,就封公子鲍当了右师。

"唉!此等蠢物,留之何用。"王姬叹了一口气,招来亲信武臣卫伯,命其刺杀宋昭公。

卫伯没有费什么大力,就将宋昭公杀死在猎场上。王姬亲临朝堂,与众臣立公子鲍为君,是为宋文公。

宋国大臣公然"弑君",把礼法抛到九霄云外,大大激怒了霸主之国。赵盾以荀林父为大将,合卫、陈、郑诸国之兵,共有兵车六百乘,大举讨伐宋国。

宋文公效法齐懿公,尽出府库黄金玉璧,送与荀林父。荀林父将黄金玉璧分为三份,一份奉上晋国公室,一份奉上赵盾,一份自己留下,然后宣称宋昭公乃是"昏君",为宋国乱民所杀,宋国大臣并无"弑君之罪"。卫、陈、郑三国国君见荀林父如此反复无常,心中极为不满,却也不敢说什么。荀林父在宋国边境上耀武扬威,吃腻了宋国犒赏的牛羊后才班师。

晋国虽然退兵,宋文公的日子仍然不太好过。一方面,他得应付王姬无穷无尽的需求,另一方面,他又面临着诸公子的强烈嫉妒。诸公子觉得宋文公的君位来得太容易、太无耻。宋文公刚镇压了这一个公子的叛乱,立刻又冒出了另一个公子的叛乱,宋国整日陷在腥风血雨中,人人惶恐不安。

宋国混乱不休,齐国亦是国无宁日。齐懿公自即位之后,日益专横暴虐,在国中为所欲为,以致百姓恨之入骨,人人咒其早死。

齐懿公当年做公子时,曾经为了一块田地,和大夫丙原争斗了一场。二人最后相持不下,闹到了朝堂上,齐桓公让管仲"断案",管仲判定公子商人无理,把田地断给了丙原。待齐懿公做了国君后,立下诏令把丙原的田地全部没收。齐懿公还怪罪当年管仲"断案"不公,把管仲儿子的田地夺走了一半。管仲之子惊惧不已,隐名变姓,携家逃到了楚国。

夺了田地,齐懿公仍不解恨,把已死多年的丙原从坟墓里挖出来,砍掉一条腿,悬于城门示众。齐懿公又把丙原之子丙戎叫进内宫,问:"寡人砍了丙原的腿,你恨不恨寡人?"

丙戎磕头不止,提着父亲的名讳回答道:"丙原这个老混蛋竟敢得罪主公,早该大卸八块了,如今主公只砍掉丙原一条腿,实在是宽宏大量。当年的桓公,也远远不及主公仁厚啊。"

齐懿公听了大喜,把没收的田地又回赐给丙戎,并把丙戎视为亲信,留在身边听用。无论是行军征战,还是出城游猎,丙戎总是不离齐懿公左右。

一日,丙戎对齐懿公说道:"大夫庸职好福气啊,娶了个老婆像天仙一样美丽,齐国没有一个女人比得上。"齐懿公极是贪色,听了丙戎的话,立刻以夫人的名义召庸职之妻入宫。庸职不敢不听君令,让宫中派来的高车载走了美丽的妻子。

齐懿公一见庸职之妻,身子顿时软倒了半截,立即令丙戎传诏,说夫人离不开庸职之妻,着赐黄金百镒,请庸职另选佳妻。庸职听到丙戎的传诏,如雷轰顶,痴痴地说不出一句话来。

丙戎回至宫中复命时,齐懿公问:"庸职说了些什么?"

"庸职他欢喜无比,硬要留下微臣喝酒。他说身为大夫,不能立功,实在是愧居朝堂。今日能以妻室供奉内宫,总算是对主公尽了一点心意。"丙戎恭恭敬敬地回答道。

"啊,庸职竟是如此忠于寡人,真是大大的贤臣。"齐懿公赞赏地说道。

"是啊,如今像庸职这样的忠臣实在少见。庸职不仅忠心,御车的技艺又最是精熟,乘坐庸职所御的车,又快又舒服。"丙戎说道。

"那就让庸职专给寡人御车吧。"齐懿公倒也不肯放过贤才,立刻说道。

周匡王四年(公元前609年)夏天,天气奇热,齐懿公带了些宫女、寺人,来到临淄城西门外的申池避暑。因为申池就在都城之畔,齐懿公并未带上多少禁卒,只让丙戎和庸职二人充做护卫。

申池方圆足有一里,波光荡漾,清澈见底。池畔有苍翠的竹林,爽气宜人。齐懿公痛痛快快地在池中洗了澡,走进竹林,躺在内侍们铺好的凉席上,不一会就响起了呼噜声。

齐懿公睡了,丙戎和庸职闲着无事,也脱了衣服,跳入池中嬉戏起来。丙戎往庸职头上猛地撩了一把水,然后向远处游去。庸职不愿"吃亏",在后边紧追不舍。看看离齐懿公睡觉的地方远了,丙戎折下一根伸到水边的竹枝,倏地转过身,向庸职头上打去。庸职躲避不及,头上重重挨了一下,痛彻心扉。

"原是大家闹着玩的,你为何下此重手?莫非有意欺负于我?"庸职大怒道。

丙戎冷哼一声,道:"别人抢了你老婆,你也不生气?我打你一下,你为何不能忍了?"

庸职心中大跳起来,眼睛一眨也不眨地盯着丙戎。丙戎回视着庸职,神情坦然,并无丝毫慌乱之色。

"哼!父为子之天,你能忍下老父受辱之耻,我又怎么不能忍下夺妻之恨?"庸职也冷哼了一声。

"受辱之耻,我无一日能够忘却,但恨身孤力单,不能报之。"丙戎正色说道。

"你若有心,我愿拼死助之,诛杀凶人!"庸职咬牙说道。

丙戎、庸职二人咬指出血,指天发誓,共杀仇敌。誓毕,丙戎、庸职二人游上岸,穿上衣服提着佩剑,直扑向竹林,双剑齐下,将齐懿公刺死在凉席上。众内侍大骇,四散奔逃。丙戎、庸职二人乘车疾驰入城,先将庸职之妻从宫中带出,然后会同两家老小,乘着十余辆高车,从容不迫地逃往别国。

大臣们闻国君被弑,齐集高、国二位上卿府中,请二位上卿下令封锁道路,捉拿凶犯。

高、国二位上卿却说:"主公施刑于亡灵,致使上天震怒,降下大祸。丙、庸只是上天借用之人耳,算不上凶犯,就让他们逃走吧。"众大臣听了,俱是默默不语。其实他们知道国君被弑的消息后,心中的狂喜远远多过了震惊。

只是齐国乃礼仪之邦,国君毕竟是君,臣下不应公然对其暴死露出幸灾乐祸之意。国不可一日无君,齐众臣商议之后,立公子元为君,是为齐惠公。

齐惠公即位之后,减免赋税,宽简朝政,似是一位贤君。但没过多久,齐惠公就开始了残酷的报复,无端地将许多大臣处以车裂、油烹大刑,其家属也全都抄没,入官为奴。那些大臣有奸恶之辈,亦有公认的良善之人。他们有着一项共同的大罪——俱为齐孝公时的执政大臣,俱未阻止齐孝公以长卫姬、少卫姬殉葬齐桓公的暴虐之举。齐惠公的大举报复,使朝臣人人自危,每日都有大臣逃奔别国,致使朝政混乱不堪,无人理事。

见到卫、齐两国的大臣弑君并无任何风险,鲁国大臣们不觉也手痒起来。在齐懿公暴死之前,鲁文公病亡,由太子姬恶继位。

鲁国执政大臣为仲氏、叔孙氏、季孙氏三家,其中仲氏权力最大。仲氏不喜太子姬恶,欲另立鲁文公庶子公子接为君。遂密派使者至齐,言齐若允许公子接继位,鲁国情愿年年奉送厚礼。

齐惠公初登君位,有心以收服鲁国为"镇国之功",欣然应允仲氏所请,并且将女儿嫁给公子接。仲氏有了外援,立刻将太子姬恶与其嫡弟姬视杀死,另立公子接为君,是为鲁宣公。

鲁宣公登位之后,立娶齐国公主为正室夫人,又将朝政大权拱手让给仲氏,日日在后宫饮酒为乐,不再上朝。从此,鲁国臣下之权大过了国君之权,国势一日比一日衰弱,为众诸侯所轻视。有鲁国大臣不服仲氏,私逃至晋国,请赵盾以盟主之令会合诸侯,讨伐仲氏的"弑君"大罪。赵盾只是将鲁国大臣好言安慰一番,却闭口不提讨伐之事。

这时的晋灵公已长大成人,渐渐不愿待在后宫里,总想到朝堂上管管事儿,摆摆国君的威风。赵盾恭恭敬敬地劝着晋灵公:"国君生下来就是为了享乐的,臣子生下来就是为了给国君效劳的。如果国君日日在朝堂上劳累,那就是当臣子的耻辱啊。国君日日在后宫快乐,那才是做臣子的尽了忠心啊。"

晋灵公不高兴了,道:"后宫就那么几间破屋子,几个丑婆子,有什么快乐可言。"

赵盾道:"主公是国君,想要什么,就能要到什么。"

"那好,我要高大的殿堂,墙壁上画满五彩的画儿,还要美人,每座殿堂里都要住着美人。"晋灵公瞪着眼睛说着。

于是晋国的赋税陡地增加了一倍,无数民间女子被迫和父母分离,没入幽深的内宫。百姓们怨愤交加,纷纷痛骂晋灵公为昏君,不得好死。晋灵公却哈哈大笑,在新造的五彩辉煌的大殿中左拥右抱,好不快乐。

　　内宫中不仅多了五彩辉煌的大殿,还多了一座高台。站在高台上,可以清楚地看见宫墙外来来往往的百姓。晋灵公不时和美人们登上高台,观看宫墙外的热闹情景。百姓们看见了台上的美人,亦觉稀奇,纷纷拥至宫墙旁边。

　　晋灵公大怒,道:"寡人的美人,岂是下贱百姓能够观看的?"当即取过弹弓,将一枚枚铜丸冰雹般射向宫墙外的人群。

　　他少年时整日闲居后宫,以打鸟为乐,弹弓之技练得精熟。众百姓不是被铜弹丸打中了眼珠,就是让铜弹丸打掉了门牙,一个个哭爹喊娘,抱头而逃。

　　晋灵公乐得哈哈大笑,次日一大早,就带着美人们登上高台,希望百姓们再来观看稀奇。这样,他就能再一次显示"神弹绝技",大过其瘾。然而百姓们岂肯再来充当"活靶"?宫墙外竟是见不到一个人影。晋灵公大为扫兴,只得下了高台,仍是饮酒为乐。

　　美酒须以佳肴相配,晋灵公最爱吃的佳肴,是炖得烂熟的熊掌。偏偏那日他开宴开得太早,熊掌还未完全炖烂。晋灵公大发脾气,令内侍将炖熊掌的庖人大卸八块地砍了。

　　晋灵公的种种不端之行,早有内侍密报与赵盾知晓。赵盾立即带领众文武大臣,直入内宫。刚进宫门,就见一群宫女抬着一只大竹筐迎面走来,筐中装着大卸八块的庖人。

　　"唉!主公视人命如草芥,实在是令人担心啊。"赵盾叹道。

　　众文武大臣亦是极为不满,拥着赵盾,进入内殿,跪下劝谏。晋灵公见了如此"威势",心中害怕,连忙说:"寡人知错,寡人再也不乱杀人了。"

　　上大夫士会拱手说道:"人谁无过,过而能改,善莫大焉。主公已非少年,不应日日嬉乐,长居后宫。主公应勤于视朝,亲理政务,方是为君之道。"

　　晋灵公连连点头:"寡人在后宫也待厌了,明日就上朝去。"

　　众文武大臣见晋灵公虚心纳谏,心下高兴,退出内宫后纷纷言道:"主公能听大臣之劝,将来一定会大有作为。"

　　只有赵盾紧锁双眉,一副愁苦不堪的样子。士会见了,心中奇怪,问:"上卿有何心事,可否告知?"

　　"唉!也不知为什么,我这眼皮总是跳个不停,莫不是有凶事应在我的身上？"赵盾又长长地叹了一口气。

果然有凶事应在了赵盾身上。次日天刚亮，就有人看见赵盾的心腹公孙杵臼和程婴抬着一具死尸，走出了赵府。人们好奇地围上来相问，公孙杵臼和程婴痛哭流涕地回答道："此人乃刺客也，受了昏君之命，前来刺杀上卿。"

刺客潜入府中，正是半夜时分，见上卿依然端坐室中，处理公务，不禁又是敬佩，又是惭愧，道："上卿如此忠勤，实在是晋国百姓的福分，杀害这么一位良善忠勤的上卿，是害了晋国的老百姓啊。可不杀上卿，我又违了君命，是为不忠！"说着，刺客就在室外的老槐树上撞死了。

人们听了，无不大骂昏君无道，称赞刺客仁义，颂扬赵盾忠勤。朝臣们听了，心中俱是惊疑不定，想见赵盾问个明白，又是不敢。赵盾脸色沉重，似青铜铸成的一样，令人望之生畏。

正在内宫抱着美人的晋灵公听了，跳脚大骂："寡人何曾派刺客去杀过赵盾，是谁这么胡言乱语，诬陷寡人？快传赵盾进宫，寡人要问个明白！"

赵盾在公孙杵臼和程婴的护卫下昂然进入内宫，却又很快地"逃"了出来。公孙杵臼和程婴边逃边大呼昏君无道，告知路人，昏君竟放出巨犬，欲咬杀上卿！昏君还埋伏刺客，欲将上卿大卸八块。

赵盾什么话也不说，回至府中，带上家小连夜逃至河东。赵盾之侄赵穿大怒，振臂呼曰："上卿忠勤良善，举国所知，而昏君欲赶尽杀绝，是可忍孰不可忍！"当即率领家兵数百，攻入内宫，将晋灵公砍为肉泥。

晋国顿时陷入无君之地，众大臣只得连夜派人将赵盾迎回，主持大事。赵盾回至绛都，即穿上丧服，跪于晋灵公棺木前，号哭不已，几至昏绝。晋国百姓大为不解，互相问道："主公乃是昏君，屡欲刺杀上卿，为何上卿见其身亡不仅不高兴，反似死了爹一样难受？"

有人答道："上卿是忠臣嘛，忠臣见主公死了，都像是死了爹一样难受。"

大哭之后，赵盾与众大臣商议立君之事，决定将当年逃至周室的公子黑臀迎回为君。君毕竟是君，纵然昏暴，臣下也不该杀之。臣下杀君，不论出于什么理由，都是犯了大罪。赵盾为了显示公平，命赵穿为使，至周室迎回公子黑臀。这样，赵穿就能够以"迎君"之功赎回"弑君"之罪，不必受到任何处罚。

公子黑臀乃是晋文公最小的儿子，生下来屁股上就有一大块黑斑，经久不消,故名之曰:黑臀。赵盾告诉朝臣们,公子黑臀屁股上的黑斑非同小可,乃是神人用手摸过的。所以公子黑臀能够当上国君,并非人力所致,实为上天注定。

周匡王六年(公元前607年)十月,公子黑臀即位,是为晋成公。他即位所行的第一件事,就是将其女儿嫁给赵盾的儿子赵朔。然后,晋成公深居内宫,轻易不至朝堂,国政俱听赵盾主之。

赵盾将其弟赵同、赵括、赵婴俱升至卿位,授以治民、出使、收取赋税等大权,又以儿子赵朔、侄子赵穿等掌管征战之事,统领三军。一切安排妥当,赵盾心中很是舒服,也就不那么"忠勤"了,常常行至各处转转。

一日转来转去,转到了史馆里。太史董狐正在观看史书,见赵盾行至,忙站起行礼。

"罢了!"赵盾谦和地摆了摆手,问,"朝中大事,俱由太史记之,可否容吾一观?"

"上卿执掌国政,自可观之。"董狐恭恭敬敬地将一卷竹简递给赵盾。

赵盾翻开竹简,就见一行黑字醒目地写着——秋九月乙丑,赵盾弑其君于宫。

"啊,太史错矣!"赵盾惊呼道,"秋九月乙丑日,吾在河东,离绛都二百余里,安知弑君之事?"

"上卿虽离都城,未出国界。朝中大权,仍由上卿掌管,弑君之事,上卿岂能不知?"董狐反问道。

"这……就算如此,吾亦未曾亲手弑君。太史如此记载,是为诬陷矣。"赵盾脸色苍白地说着。

"弑君非同一般仇杀,须记其主谋之人。"董狐平静地回答道。

"什么,你……你说吾乃弑君之主谋?"赵盾的声音都变了调。

"上卿若非弑君之主谋,凶手仍在,何不绳之以国法?"董狐又问道。

赵盾愣住了,半晌之后,斥退从人,低声问:"这史册可否改写?"

"所以立史,为求信也。无信非史,吾不能改写。"董狐正色说道。

"赵氏为晋国第一大族,黄金美女多不胜数,太史可任意取之。"

"吾身为太史,自有俸禄,并无他求。"

"赵氏可弑君,岂不能杀一太史?"

"上有天帝、下有良心。有此二者,吾何所畏惧!"赵盾盯着董狐,盯得眼里直欲喷出火来。董狐坦然相对,无丝毫畏惧之意。

过了良久,赵盾又问:"那么,太史可否添上一字,言'弑其君于宫'为'弑其昏君于宫'?"

"主公并未执政,有君之名,无君之实。一切政事,俱出上卿之手。主公既然未行君权,何来贤昏之别?上卿之请,恕难从命。"董狐拱手说道。

"唉!如此看来,太史之权,竟是重于卿相!"赵盾长叹一声,懊丧地走出了史馆。他真想令公孙杵臼和程婴手执利刃,趁黑夜偷入史馆,刺杀董狐。公孙杵臼和程婴已干过多起此等"秘事",从未失手。只是董狐能作此想,旁人也必然能作此想。既然人人都看穿了他赵盾,那么杀了董狐,除了徒增恶名外,他什么也得不到。

赵盾回至家中,就病倒在榻,不能上朝理事。赵穿、赵朔、赵同、赵括、赵婴等并无治国才能,只凭意气用事,晋国上下俱是不服,国中混乱不堪。

宋、齐、鲁、晋接连发生的弑君之事,使周匡王心惊肉跳,不觉吓出病来,竟至身亡。周太子姬瑜即位,是为定王,周公阅和上卿王孙苏又为了辅佐之臣的地位争斗起来,闹得堂堂的天子之都亦是人心惶惶。

整个中原的大乱,使楚庄王兴奋不已,立刻率领大军,急速北上,欲扬威天下,立下奇功。在中原诸侯中,最令楚庄王钦佩的人是齐桓公小白和晋文公重耳。此二人都曾称霸天下,威风凛凛,不愧为当世英主。只是齐桓公用了许多年才得以称霸,不及晋文公来得快捷。

晋文公何以能快速称霸?乃是以兵威直接加于周天子,首先威服了周天子。周天子好比是羊群中的头羊,引着宋、鲁、郑、卫等肥羊、瘦羊。制服了头羊,还愁制服不了那些跟在后面的肥羊、瘦羊吗?

齐桓公、晋文公倾其毕生之力,不过是想受到周室册封,成为盟主,称霸天下。寡人已是号称为王,岂在意于一个小小的盟主之号?天无二日,地无二王,上天既然许楚国称王,就不该留下另一个周王存于世上。天下只能有一个王——楚王!寡人要一举宰了周天子这只头羊,然后挨个收拾所有的肥羊、瘦羊。

当然,兵不厌诈,楚庄王并未将兵锋直接对准周天子,而是声称讨伐戎人,以报五年之前戎族"趁火打劫"的大仇。

周定王元年(公元前606年),楚庄王亲率战车六百乘,以迅雷不及掩耳之势,杀入洛水、伊川之间,将居住在其中的陆浑之戎杀得大败,纷纷逃进深山。

陆浑之戎原居于瓜洲的陆浑之地,故名为陆浑之戎,后来受到日益强大的秦国压迫,不得已迁于洛水、伊川一带,离洛邑极近,给了周室极大的威胁,也给了附近的楚、郑、许、蔡等国极大的麻烦。楚庄王打败陆浑之戎后并未乘胜追击,而是带领大军沿着洛水顺流而下,直逼洛邑。乐伯、戢黎作为先锋,直抵洛邑南城外扎下营寨。楚庄王的大军则屯于洛水旁的开阔地带。

一时之间,楚军欲攻打洛邑的消息四处传扬。洛邑百姓恐慌至极,纷纷向北门外逃去。而这时四面城门已经关闭,想逃也逃不出去。周室君臣的恐慌,更甚于百姓,害怕楚军会立刻攻城,早早就关上了城门,再也不肯打开。

周公阅和王孙苏暂且和好,召集众大臣,齐至朝堂,商议对付楚军的办法。众人议论不休,最后认定须派一大臣亲至楚营,探听楚军究竟意欲何为,方可再作主张。但该派谁去呢?众人都犯了难。

楚人历来强横无礼,若是心怀不善,就会加害于周室大臣。从前遇到此类危难之事,王子虎自会挺身而出。只是王子虎已去世好多年了,周室众大臣不到危难时刻,甚至记不起朝中曾有王子虎这个人。

"大王,臣愿出城,面见楚君。"上大夫王孙满出班说道。

众大臣听了,都是大为诧异。王孙满其人曾经大有名气,二十年前他还是小孩子时,就曾预言过秦军伐郑的失败。当时王子虎逢人就赞,日后能使周室免于危难的人,非王孙满莫属。可是二十年来,王孙满的所作所为和任何一位浪荡公子毫无区别,日日斗鸡走马,听歌观舞,游猎不休,从来不肯干一件正经事。故虽有王子虎的大力推举,但在襄王、倾王、匡王三朝,王孙满并未受到重用。且王孙满甚是骄傲,除了王子虎外,对别的大臣都不甚理睬。大臣们亦是看王孙满不惯,从来不肯称赞王孙满一声。

王子虎去世后,王孙满干脆称病不朝,完全成了一个富贵闲人。不料今日在周室面临危险的时刻,王孙满却来到了朝堂上,像当年的王子虎一样挺身而出。周定王正在发愁,见王孙满主动愿去楚营,当即大喜,欲传诏立刻升王孙满为下卿,赏黄金百镒。

王孙满一笑,道:"臣寸功未立,不敢受封,只求大王给臣下几件宝物?"

"什么宝物?"周定王连忙问道。

"太庙中一块祭肉,内府中赤色巨弓一张,赤色羽箭十支。"王孙满答道。

"这……这都是天子信物,大夫得之有何用处?"周定王迷惑地问。

"楚君此来,无非有两种用心,一是欲吞灭周室。二是欲扬其兵威,震慑诸侯。其若定欲吞灭周室,则臣不能生还,当为大王尽忠矣。明日太阳升起之时,臣下出城,若太阳落下,臣尚未归,楚国便是企图吞灭周室,大王当速遣使者,令天下诸侯勤王。如若楚国只欲扬其兵威,则臣下当顺势利导,使其归服周室。楚为天下大国,我周室当授其信物,许其主盟南方。楚受周室信物,便是周室臣子。臣子岂能以兵威加于君上?故楚兵必退。授楚信物,不仅能令其退兵,且可借其兵势,西拒秦国、北拒晋国、东拒齐国。"王孙满回答道。

"先王也曾授楚信物。只要能令楚人退兵,寡人又何惜内府之物。"周定王高兴地说着。

唉!授楚信物,乃不得已之策,全因周室势弱之故。天子不知省醒,只以苟安为得计,又是一个庸常之主矣!王孙满在心中悲哀地叹息着。

次日太阳初升,王孙满带着祭肉弓箭,领着几个从人,赶着数十头牛羊,走向楚军大营。楚庄王听说周室派来了使者,立即下令全体军卒出营,弓上弦,人带甲,布成大阵,然后才在阵前与王孙满相见。

王孙满虽已三十余岁,由于平日善加保养,看起来如同少年人一样。这令楚庄王顿生好感。他亦是年少的国君,与年少之人相见,心中觉得爽快许多。

王孙满一开始并未出示天子信物,只以劳军之名,送上牛羊。楚庄王有心"威服"王孙满,与其同乘高车,检阅楚军大阵。随着楚庄王坐车的缓缓而行,众军卒齐声大呼,声如轰轰巨雷,远远传出十数里外,令洛邑城头上的周室兵卒闻之心惊胆战。

而与楚庄王同乘一车的王孙满却是面带微笑,并无丝毫的惊慌之意。好像他面对的并非强横无礼的楚军,而是堂堂正正的王者之师。

楚庄王心中暗暗佩服,问:"以大夫观之,我楚军之威,谁人可敌?"

王孙满笑道:"方今天下,无人可敌楚军之威。贤君之志,亦可与当年的齐桓公、晋文公相比。"

楚庄王听了前半句话,心中大喜,听了后半句话,又有些不高兴:"齐桓公、晋文公胸无大志,如何能与寡人相比?"

"贤君如何以为齐桓公、晋文公胸无大志?"王孙满反问道。

"夫天下者,非一人之天下也。齐桓公、晋文公胸无天下,岂能称之有志?"

"齐桓公曾经想登泰山封禅,晋文公曾经请求隧葬,怎能说他们胸无天下呢?"

楚庄王一愣,为之语塞。只有天子才能登泰山封禅,只有天子才能使用隧葬之礼。齐桓公、晋文公欲行天子所行之事,明显是企望着天子之位。过了一会,他才说道:"原来齐桓公、晋文公也曾经想王于天下,可是他们又为什么没有王于天下?"

"齐桓公、晋文公不能王于天下,乃是为势所限也。周天子身为天下共主,已历数百年矣。诸侯欲代周室,是逆人人所知之常理而行,必招致天下人人怨怒,代周室易,服天下人人之怨怒,则难矣!"王孙满感慨地说道。

楚庄王大为不服,道:"周天子所以能惑于人心,不过是仗着有九只铜鼎而已,听说九鼎乃王室镇国之宝,有了九鼎,国运就会昌盛不衰。寡人倒想知道,这九鼎形状到底有多大,轻重如何?不知大夫是否愿意告知?"

王孙满听了,心中一沉,问:"贤君欲知鼎之轻重,是为何故?"

楚庄王哈哈一笑,道:"我楚国别无他物,青铜却不算少。得知鼎之轻重,寡人也可依样铸成九鼎啊。我楚国历年征战不休,仅折断了的戟戈刃口,就足够铸成九鼎了。"

王孙满正色道:"贤君错矣!鼎非镇国之宝,乃仁德所附之物。九鼎乃大禹之时,四方诸侯感念大禹的仁德,聚天下之力所铸,故九鼎实为天下九州百姓敬慕之心也。君王观此九鼎,就不敢妄行失德昏乱之事。后来夏桀昏乱,鼎不附德,遂移于殷商。纣王暴虐,鼎又移于周室。故天子所恃者,不在于九鼎而在于仁德。仁德存,鼎虽至轻,也无人可以移动。仁德亡,鼎虽至重,也可移之而去。今周室虽弱，仁德犹在，所以鼎之轻重，诸侯不能相问。"

"鼎之轻重，诸侯不能相问。"楚庄王喃喃念着，心中剧震。

齐桓公、晋文公不能王于天下，并非畏惧周室，而是畏惧天下的人心啊。周室如今只有百里之地，以齐桓公、晋文公的兵力，可以轻易灭之。然得此百里之地，失却天下人心，成为列国共敌，必将穷于应付，力难独撑。

齐桓公、晋文公看清了这其中的关节所在，不得已后退一步，求为盟主，以"尊王"的名义多得实惠。今天我楚国的兵力，也只比当年的齐桓公、晋文公稍强而已。齐桓公、晋文公不能办到的事情，寡人就一定能办到吗？

唉！天下诸侯，并不是像一群羊儿那么容易对付。纵然寡人灭了周室这只头羊，也难宰了其余的肥羊、瘦羊。如果天下诸侯俱是起兵勤王，寡人久耗在外，斗椒必反。那时寡人前后受敌，只怕连郢都也回不去了……

楚庄王愈想愈是为他的轻率决断感到后怕，只是嘴上依然不肯服输，说道："大夫说周室并未失去仁德，有何为凭？"

"仁德者，非谦恭者不能行之。周室虽贵为天下共主，然从不妄行，唯以谦恭谨慎相待天下诸侯，凡有功于周室，莫不厚加礼遇，赐以信物。所以齐、晋、秦诸国虽强，无不对天子仁德感念难忘。一旦周室遇到危难，俱是争相出兵相救。若周室已失仁德，何能令诸侯如此？"王孙满反问道。

不错！晋、齐、秦三国决不会容我楚国独得天下。不论他们国中闹得多么凶，一听我楚国欲灭周室，定然是立刻发兵前来。楚庄王心中想着，道："仁德者，须以公平待人，为何齐、晋、秦三国俱有信物，我楚国独无？"

王孙满笑道："周室怎敢对楚国不公呢？贤君之祖，就曾接受过天子赠送的祭肉啊。"

楚庄王摇头道："这个不算。诸侯得到祭肉，只能主盟，而无征伐之权。何况祭肉又不能保存，难以传之子孙。寡人所说的信物，是指弓箭金鼓之物。"

楚君如此言说，已是自居诸侯之位矣。王孙满心中大喜，却是不动声色，淡然说道："诸侯有武功于周室者，方可得到弓箭金鼓之类信物，贤君有武功于周室吗？"

"寡人大败陆浑之戎，可否算是有功于周室？"楚庄王问。

"不瞒贤君，在下出城之日，已从天子手中取得信物，藏在从者之车。若贤君为拥戴周室而来,在下自当以信物授予贤君。若贤君是为亡周而来,则在下当死于楚军阵前,以明周室不屈之志!"王孙满肃然说道。

楚庄王又是一愣,呆了半晌,方才叹道:"周室有大夫这等忠良之臣,诸侯何敢轻易问鼎?寡人实在是太冒失了。"他当即下令解散军阵,大排仪仗,以最隆重的礼节欢迎王孙满进入中军大帐,并依照周室之礼,接受了天子所赐的祭肉和弓箭等信物。

有了周室所授的弓箭之物,寡人就是有了天子承认的征伐之权,将来与晋、齐、秦诸国争战,亦是师出有名矣!楚庄王很高兴,亲自将王孙满送到了洛邑城下。王孙满在太阳落下之前,圆满地完成了他的使命。

有了征伐之权,就可称为霸主,楚国诸将亦是大为高兴,纷纷向楚庄王行跪拜大礼,以示祝贺之意。唉!原来我楚国将士,竟也以为周室为天下共主,以得到天子所赐的霸主称号为荣。楚庄王在高兴之余,又带着深深的遗憾之意。

忽然,一辆轻车飞驰而至,给楚庄王带来了一个极坏的消息:令尹斗椒谋逆,杀害了留守郢都的大司马叔伯贾,尽起郢都之兵,往北而来,欲将楚庄王截杀在国门之外。

楚庄王大怒,立即拔营回军,在皋浒之地与斗椒的叛军相遇。双方隔着一条浅浅的小河,摆开了决战的阵势。

第十三章

楚庄王大度绝缨 孙叔教富民强兵

斗椒带领的兵卒并不多,只有二百乘战车和三千"若敖之卒"。

楚国号称双千乘之国。虽然楚庄王带了六百乘兵车出征,但斗椒若在国中同样征集六百乘兵车,亦不是难事。可是斗椒已等不得了,只带领着留守郢都的二百乘战车和三千"若敖之卒",就急急向北杀来。

楚庄王的刚勇果断、机智善谋远远超乎斗椒的预料。斗椒明白,如果在国中和楚庄王相斗,他永远没有取胜的希望。他唯一的机会,就是利用楚庄王远征的时刻发动叛乱,将楚庄王挡在国境之外击灭之。这样,楚庄王就无法利用身为国君的优势,发动楚国其他的家族共同对付斗氏。

斗椒并不认为他所率的兵力太少,难以与楚庄王相敌。虽然他只有二百乘兵车,但其所率的三千"若敖之卒",却足可抵上三百乘兵车。如此,他和楚庄王的军力已是相差不大。只是楚庄王的行动太快,斗椒没能将他的敌人挡在国境之外,只能算是挡在了国都之外。

我必须以快刀斩乱麻之势,立刻将熊侣杀死!否则,国中别的强大之族定会乘虚袭我后路。斗椒焦急中一车当先,挽动强弓,拉满弦,嗖地一箭向楚庄王的旗手射过去。只听一声凄厉的惨叫响起,楚庄王的掌旗官连人带旗从车上倒栽下来。楚庄王一方的将士顿时现出惊惧之色,许多兵卒都在后退。

斗椒勇悍善战的威名久传军中,尤其是他百发百中的神射之技,更令得每一个军卒都是钦佩得五体投地。有一次,斗椒曾连发三箭,将百步之外的三片杨树叶射了下来。杨柳之叶乃至柔之物，竟能被强弓发出的利箭从百步之外射下，其箭术已到了神乎其神的境地。此刻这位神射大将又在大发神威，众军卒岂敢与其争锋？

楚庄王惊怒之下，急派军使传令：谁敢后退，立斩无赦！但兵卒们仍是纷纷后退，眼看军阵就要崩溃。

"斗椒！你休得猖狂，有吾'箭神'在此，管教你今日难逃一死！"两军阵前陡然响起了雷鸣般的大喝声。

但见一辆战车已驰出大阵，直向斗椒冲过去。车上站着一个高大魁壮的军校，有人识得，脱口呼出："是养由基！"

见一个小校就敢如此"狂妄"，斗椒大怒，喝令左右不许放箭，看他以神射来收拾"狂小子"。眼见养由基已驰车进入河水中，斗椒轻舒猿臂，就要拉开了弓弦。

却听"嗖"的大响中，战车上的养由基已抢先射出一箭。他怎能射得如此之快，好像连手臂都未抬起？斗椒心中一闪念间，忙晃身向左一躲，却躲了一个空。原来养由基只是虚拉了一下弓弦，并未真的将箭射出。好一个小校，竟敢戏弄于我！斗椒震怒中猛地一挺身，再次拉开了弓弦。

"嗖！"弓弦大响声中，养由基又是抢先射出一箭。斗椒这次稍微犹疑了一下，待听到利箭飞掠才有的破空之声，再欲躲闪时，已是迟了。

"噗！"长长的羽箭刺进了斗椒的咽喉。

"扑通！"斗椒连一声惨呼也不及发出，直挺挺地摔倒在战车之中。他一生以神射闻名于世，射杀过无数敌军，却没料到自己有一天也会命丧在利箭之下。

见养由基一箭射倒了斗椒，楚庄王狂喜之下，亲自猛击战鼓，大呼杀敌。楚庄王一方的军卒士气大振，呐喊着，排山倒海般冲向对岸。

斗椒一方的军卒见主将已死，顿时斗志全失，或四散而逃，或跪地投降。就连"若敖之卒"中的成氏等族，亦是抛了戈矛，束手归降。"若敖之卒"中的斗氏族人尚在奋力抵抗，只是已丝毫不能挽回灭亡的命运，一个个被包围起来，死于乱戈之下。楚庄王全歼乱军，乘胜直入郢都，将叛乱的斗氏众臣全部擒获，并依律处死斗氏全族。

　　叛乱发生时,子文之孙、斗般之子斗克黄已逃往别国,后来见斗氏败亡,又复入国中。

　　斗克黄左右俱言:"斗氏犯灭族大罪,主人入国,难逃一死矣。"

　　斗克黄不听,道:"吾身为楚臣,岂可私离朝廷,出逃为避乱也。乱平,自当归朝。"

　　楚庄王听了,叹道:"斗克黄不愧为子文之后。斗椒有罪,子文何罪,寡人不能使功臣无后矣。"于是下诏赦免斗克黄一家不死,并改斗克黄之名曰斗生,使其居于箴尹之位。

　　诛杀罪臣之后,就该大赏功臣。养由基成了楚庄王封赏的第一功臣,被拜为上大夫,赐号"箭神",专掌训练军卒的射箭之技。其余功臣,论其官位高低、依次升赏,人人俱是大为欢喜。

　　楚庄王大为感慨,道:"寡人数年来为求民安,不饮美酒,不闻鼓乐之声,苦之甚矣!今当破戒,与诸位痛饮一醉耳。"众大臣齐称巨患已除,百姓已安,大王英明,自当开怀畅饮。楚庄王心中大喜,在朝堂上摆下盛宴,与众文武大臣同乐。

　　在宏大辉煌的编钟鼓乐声中,楚庄王愈喝愈兴奋,到了日落时分,尚未尽兴,乃命众内侍燃亮巨烛,欲作长夜之饮。有些年长的大臣已支撑不住,喝得东倒西歪,醉态毕露。楚庄王唯恐有人告退,将心爱的许姬唤出,挨个给众大臣敬酒。

　　见了肤如白玉、脸如春花、艳似神女一般的许姬,喧闹不止的朝堂一下子安静了许多。许姬轻盈而行,纤纤素手捧着青铜酒樽,将每一位大臣面前的玉杯都注得满满的。

　　大臣们见许姬来到身前,都慌忙站起行礼。有几个大臣在手足无措中带翻了木案,引得楚庄王哈哈大笑。

　　忽然,一阵疾风吹上朝堂,将巨烛全数吹灭。朝堂顿时一片昏黑。楚庄王忙命取火燃烛。有个大臣趁此机会,一把捏住了许姬的手腕,欲施轻薄。许姬也不作声,反手一把将那人的帽缨扯了下来。那人大惊,慌忙退后。许姬摸黑走到楚庄王身边,将帽缨递给楚庄王,诉说那人的无礼举动,让楚庄王在烛光燃亮之后,重重处罚那人。

楚庄王听了，却高声叫道："寡人欲与诸位尽欢，请诸位尽除帽缨，不除缨者寡人不喜！"众大臣莫名其妙，但还是遵命把帽缨除了下来。

巨烛重新燃亮起来，朝堂中明如白昼，照见每一位大臣都是没有帽缨。众人互相看着，大觉滑稽，一齐哈哈笑了起来，果然是尽欢而散。

楚庄王回到后宫，许姬不高兴地问："男女大防，庶民都是知晓，何况大臣？大王不罪无礼之人，何以治国？"

楚庄王笑了，说："若论无礼，先是寡人无礼，怪不上臣下。"

许姬奇怪起来："怎么反倒是大王无礼呢？"

楚庄王道："礼曰'君臣饮酒，但卜其昼，不卜其夜'，是说国君和大臣饮酒不能过分，不能夜以继日地喝。可是寡人偏偏让大臣们从白天一直喝到夜晚，所以说是寡人无礼在先。何况酒醉之后，谁不失态？你又这么美丽，男人们动了邪心，也在常理之中嘛，哈哈哈！"说着，他又是大笑起来，向许姬猛扑过去，却扑了个空，差点栽倒在地。许姬已似轻风一样奔进了内殿之中。

彻底解除了内患，使楚庄王兴奋不已，欲大显霸主之威，再次北上中原。不想楚国却连年遇到灾害，老天不是下雨太多，就是下雨太少，使田地都渐渐荒芜，粮食怎么也收不进国库。

没有粮食，楚国纵然兵力强大，也无法远征中原。楚庄王心中忧急，日日与众臣议论，欲解除粮荒之苦。有天楚庄王和朝臣议论到了半夜，方才回至寝宫。

夫人樊姬并未入睡，一直等着楚庄王，问："国君劳苦，是臣下之辱矣。但不知今日朝中主政者是为何人？"

"自斗椒死后，寡人并未使人居于令尹之位，今暂以虞丘辅政，代行令尹之权。"楚庄王答道。

"虞丘其人如何？"

"其人仁厚谦恭，素有忠勤之名，办理朝务，常至深夜。"

"以臣妾观之，虞丘其人有忠勤之名，而无大臣之风，居于高位，力所难及。"

"这是为何？"

"虞丘既行令尹之权，就该使大王无忧。今不能使大王无忧，是其才力不足也。才力不足，就该荐贤自代。虞丘虽勤于政务，劳至深夜，却未闻进一贤才于君前。故其人虽然忠勤，却无大臣之风。"樊姬说道。

"不错，不错，夫人见识，远高于寡人矣。"楚庄王叹服地说着。

次日朝会过后，楚庄王留下虞丘，告以樊姬之言。虞丘面红耳赤，跪地谢罪，说："非臣不能进贤。我楚国有一大贤，臣下屡欲推举，又是不敢。"

"贤才是何人，你又为何不敢推举？"楚庄王奇怪地问。

"臣欲推举之人，是叔伯贾之子孙叔敖也。"虞丘答道。

楚庄王不觉沉默了下来，他痛恨"若敖氏"，除了几乎将斗氏之族杀光外，对成氏和叔伯氏也甚是厌恶，缺乏信任。叔伯贾为斗椒所杀，亦是死于国事，但楚庄王却无任何哀伤之意，也没有对叔伯贾的家眷加以厚恤。楚庄王升迁的大臣中，没有一个是成氏或叔伯氏。

成氏和叔伯氏之中的大臣哪怕只是犯了小错，也会受到严厉的处罚，轻则会被革职，重则会被夺去封邑田地，降为庶民。楚庄王如此明显地排斥成氏和叔伯氏，虞丘自是不敢贸然推举孙叔敖。

"孙叔敖真是大贤吗？"沉默了良久之后，楚庄王问。

"以臣观之，孙叔敖确乎可称大贤。"虞丘说着，详细讲起了孙叔敖的种种"贤迹"。

孙叔敖名叔伯敖，字孙叔，因其聪慧，人人喜爱，都称其为孙叔敖。斗椒乱平，许多人都劝孙叔敖入朝哭求大王厚恤，承袭其父所遗高官，孙叔敖却是不听，说："朝廷之官，唯有才德者方能居之，以父死之故索求官职，吾所耻也。况且吾父职为大司马，不能防乱，虽身死于国，亦难掩其失职之过。大王不罪吾父，已是天恩。吾岂能挟父死以求高位？此不唯不忠，亦为不孝也。"

孙叔敖不仅不入朝为官，反而将其父的公田府第奉还王室，将其家室远远迁至期思之地，开垦荒地，躬耕求食，甘愿做一庶民。

期思乃楚新得之地，垦荒之民甚多，常为争夺田地互相攻杀。孙叔敖见此情景甚是忧虑，将百姓之中年长望重者聚于一处，订下盟约，共同遵守，凡有争执者，俱以盟约处置。因盟约所定极为公平，争执者不得不服。渐渐地，百姓之中的争执少了，众人同心协力，耕种田地。

因孙叔敖处事公平，许多远方的百姓有了争执，也常常来到期思之地，请求公断。孙叔敖还请精于农事的老者授人耕田之法，使期思之地年年丰产，成为楚国唯一一处有余粮输出的地方。

"孙叔敖有见识，不贪富贵，安于农耕，又能和众，且处事公平，其德其才，臣远远不及矣。"虞丘最后说道。

楚庄王听了，又是默然无语，回至后宫，长吁短叹不止。樊姬怪而问之，楚庄王答道："虞丘今日推举了一位贤者，是叔伯贾之子孙叔敖，寡人欲用为令尹，又怕日后叔伯氏掌了大权，会如同斗氏那般生出野心，后患无穷。"

"以臣妾观之，孙叔敖纵然掌了大权，也不会为患楚国。"樊姬道。

"人心险恶，夫人怎能预料？"楚庄王不以为然地问。

"俗语云'观人善恶，自幼观之'，臣妾以此预料耳。"

"哦，夫人是说'两头蛇'的故事么？"

"正是。我楚国习俗，不论是谁，只要一见到'两头蛇'，非死不可。唯一解救之法，是将另一人引至'两头蛇'出现之处。这样，另一人就会代替那个见到'两头蛇'的人去死。孙叔敖年幼时见到了'两头蛇'，不仅没有移祸于人，反而挺勇敢地打死了'两头蛇'，把'两头蛇'埋了起来，说：'宁愿我死了，也不能让两头蛇再去害别人。'当时臣妾听了这个故事，立刻就讲给了大王听，让大王留心孙叔敖，待他长大，就召进朝中做官。"

"孙叔敖见了'两头蛇'，并未死去，定是有天帝保佑。"

"天帝特意留下孙叔敖，是为了赠予大王啊。"樊姬笑着道。

"天帝待寡人何其厚也，既已赠送寡人如此贤惠的夫人，又要赠给寡人贤良之臣。哈哈哈！"楚庄王得意地笑着，当即传诏，准备护卫车驾，北上游猎。

楚庄王借着游猎的名义，突然来到了期思之地。他要亲自看看，孙叔敖到底是不是如同传闻中的那样仁厚贤德。

楚庄王的高车似风一般驰进孙叔敖所住的村子中，却并未见到孙叔敖。不仅没有见到孙叔敖，连一个青壮的男人也见不到，静悄悄的村子中只有妇人、老人和小孩子留在家中。

奇怪，眼下正是农闲之时，孙叔敖到哪儿去了？楚庄王令人寻来一个老人相问。老人回答说，孙叔敖正领着村里的男人在后山培修陂塘。随从们欲去后山将孙叔敖传来,被楚庄王阻止。他跳下车,带着三五护卫,跟着引路的老人,向山上走去。

拐过几道山弯,眼前顿时现出一片热闹的情景。楚庄王不想让人发现,招呼从人隐在山树后面,仔细观看着。但见在一处高高的土堤下,数十青壮男子或挖土,或担土,或培土,忙而不乱,有条不紊,边劳作边哼唱着歌曲:

女曰鸡鸣

士曰昧旦

子兴视夜

明星有烂

将翱将翔

弋凫与雁

弋言加之

与子宜之

宜言饮酒

与子偕老

琴瑟在御

莫不静好

……

楚庄王知道这首欢乐的歌曲出自郑国,名为《女曰鸡鸣》。曲中赞颂丈夫勤劳,妻子贤惠,和和美美,快快乐乐。期思之地并非楚国旧地,所歌之曲多来自中原。楚庄王有时游猎归来,也会让许姬唱唱《女曰鸡鸣》。

只是近来楚庄王什么歌曲也听不进去,宫中已经许久没有响起钟鼓之乐。宫外的楚国百姓们并没有忘记歌唱,唱的都是悲歌、哀歌、怨歌。悲水旱二灾的无情,哀家人饥饿,不得饱食,怨恨老天的不公——怎么专和楚人作对?可期思之地同样居着楚人,唱的却是欢乐之歌。

此刻孙叔敖穿着麻衣窄衫,双袖挽得高高的,正在干着最吃力的挖土活儿,浑身都让汗水湿透了。不时有人向孙叔敖问着什么,孙叔敖很耐心地解答着，边答边干着活儿。问事的人从神态上看，对孙叔敖都是十分恭敬。

孙叔敖是大司马的儿子，生于富贵之家，却能和农人一般做着粗活，在我楚国只怕再也找不出第二个人来。他如此乐于贫贱，绝非野心勃勃之徒。他能得到农人的这般恭敬，仁厚贤德不问可知矣。楚庄王感慨着，心里已下了决断——孙叔敖就是楚国的令尹。

孙叔敖能让这个小村的人唱出欢乐之歌，也能让整个楚国的人唱出欢乐之歌。楚庄王在心中说着，猛地自山树后现出身来，大步走向孙叔敖。

时值深夜，楚宫朝堂上仍是烛火辉煌，亮如白昼。楚庄王和孙叔敖昼夜不歇谈论着政事。

从前，楚庄王和虞丘等人谈论政事，也会谈到深夜，但愈谈愈觉朝政之事如同乱麻一样，心中烦忧。今日楚庄王和孙叔敖谈论政事，却愈谈愈兴奋，许多往日难以明白的事情，和孙叔敖一谈，竟是豁然明悟。明亮的烛光下，孙叔敖神情谦恭，双眼却透出异样的光彩。楚庄王拜他为令尹，他只是略加推辞，便慨然应允。

数百年来，楚国一直被中原诸国视作蛮夷之邦，备受轻视。楚国人愤然不服，一心想北进中原，称霸天下。在这种强烈的北进心态下，楚国一代比一代强盛，已成为中原诸侯最畏惧的敌人。但是楚国从来没有真正威服中原，仍被困在江、汉之间。许多贵族子弟都在苦学六艺，渴望能够为楚国北进中原的大业立下辉煌的功勋，光宗耀祖。孙叔敖亦是这些贵族子弟中的一个，且更为发愤努力。

叔伯氏既受到斗氏的拉拢，又受到斗氏的排挤，被迫陷在杀机四伏的权位之争中，时而荣耀无比，时而饱受屈辱，使孙叔敖自幼就看透了世情冷暖，朝政险恶。然而孙叔敖若想建功立业，光大楚国，又非参与朝政不可。孙叔敖下定了决心——要么永远不入朝为官，要么就是执掌朝政，获得国君的完全信任，可以放手做出一番大事业来。

他远离郢都，将一生所学从眼前的小村子做起。只要他做得好，自不会被贤君忽视。也只有贤君，才会对他加以信任。如果他做得很好，而无人推举他入朝，那么朝中不是有昏君当政，便是有奸臣弄权。在这样的情势下，他宁愿老死乡里，也不会进入朝廷，重蹈父亲惨死的覆辙。

虽说如此,可在他的内心深处,仍是不甘老死乡里。孙叔敖渴望楚国的国君是一位贤君,能够"发现"他这位"大贤之人",授予他治国重任。仿佛是他的苦心感动了神灵,楚国的国君果然是一位非同寻常的贤君。亲至荒僻的乡里恭迎一位农人为令尹,这在楚国的史册上,还从未有过。士当为知己而死! 从见到楚庄王的那一刻起,孙叔敖就在心中暗暗发下了誓言。

"一言而蔽之,我楚国欲北上中原,霸于天下,须牢牢把握八个字——富民强兵,以德辅霸!"孙叔敖说出了他久藏在心中的一句话。

"富民强兵,以德辅霸?"楚庄王不觉重复了一句,道,"此八个字意为何解,还请令尹详细道来。"

"我楚国号称双千乘之国,但每次出车,从未真正出过双千乘之兵,是为何故?"孙叔敖并未直接解说,先问道。

"这……双千乘之兵,所费浩大,府库难以供给。"

"宋国、鲁国、郑国皆是国土狭小,三国人众不及我楚国人众一半,然三国之兵车相加,却可与我楚国相等,是为何故?"孙叔敖又问道。

"这……"楚庄王回答不出,他几乎从来没有想到过这上面去。

"此乃我楚国小民贫穷之故耳。"孙叔敖回答了他自己提出的问题。

"我楚国有铜山,有云梦之泽,物产丰富,天下闻名,怎么会穷呢?"楚庄王皱起了眉头。

"铜山为国所有,云梦之泽乃世家大族游猎之地,其利俱为大族所得,与民无涉。故楚国宫室豪富,天下闻名。楚国世家大族亦是以多有黄金美玉名闻天下。而楚国小民百姓之贫,也是天下闻名。"孙叔敖一改谦恭之色,言辞锋利起来。

"令尹此言,莫非是欲寡人尽散国财以解民贫?"楚庄王问着,神情间有些不高兴。

"纵然大王尽散国财,也只能收一时之效,难解民贫。"孙叔敖说道。

"依令尹之见,如何才能解民之贫?"

"只一法即可解——治水!"

"治水?"

"对,治水。民以食为天,食足方可称富。欲民食足,非广垦田地不可。欲广垦田地,非治水不可。否则,田地虽广,水多为涝,水少为旱,民不可得食矣。"

"妙!"楚庄王兴奋地大叫了一声,"我楚国近年之患,正在于雨水不均也。治水当可解除大患。"

"一朝治水,百年受益,小民当永记大王之恩。只是治水工程甚大,所需民力甚众,望大王节省劳役,少兴宫宛,非不得已时,不可征战。"孙叔敖说道。

"行。寡人且忍耐几年,让中原诸侯养肥了,再去宰杀!"楚庄王大方地说道。

"臣下之父当过多年工正,臣下对治水之工,略有所知,当尽力……"

"治水之工,往后再说,令尹且说说这强兵之法吧。楚兵之强,天下皆知,然依令尹看来,似乎并非如此。"楚庄王有些性急地打断了孙叔敖的话头。

"大王所说之强,与臣下所说之强不同。大王以兵之悍勇为强,臣下以兵之意气为强。论兵之悍勇,莫过于狄人,然狄人虽勇,却屡败于中原诸侯,何也?乃狄人徒凭血气之勇,无有意气矣。意气者,由心而生之锐气也。锐气何能生之,感于家国,感于君恩也。故强兵之法,莫过于培养意气。兵卒意气充盈,自会肃然听命,效死报恩,再委以能征惯战之将统之,则天下无敌矣。"孙叔敖说道。

"如何才能培养兵卒之意气?"楚庄王大感兴趣地问道。

"兵卒来之于民,欲得兵卒之意气,先须富民。民贫生怨,怨重则国乱。民富气盛,君王以意导之,则成意气矣。且国之府库所积,禄米所求,无不来之于民。故无论治国,无论强兵,富民是根本大计,根本若固,枝叶自茂矣。"孙叔敖说道。

"富民强兵四个字,寡人已是明白。这以德辅霸,又为何解?"

"霸业欲成,必以德辅之。德者,仁也,信也。唯天下诸侯视楚为仁德之国,才会诚心服之。从前我楚国太重兵威,轻视仁德,使天下诸侯畏楚如虎矣。虎者,食人之兽也,诸侯恐我楚国食之,故宁可投往晋、齐诸国,不愿服我楚国,虽一时惧我楚国兵强,伪为服之,终将叛矣。今楚国有征伐之权,正可大行仁德,收服中原诸侯。"

"这仁德又如何行之？"

"中原诸侯但有昏暴弑逆之事，我楚国当兴兵讨之，灭其国又复其国，则天下诸侯，都知我楚国仁德有信矣。"

"灭国本为占其地，以强我楚国。若复其国，楚国何能强之？"

"楚国之敌，实非中原诸侯，而为晋、齐诸强大之国也。中原诸侯惧楚之威，必与晋、齐为盟，共同抗我楚国，于我楚国大为不利矣。若中原诸侯服我楚国，则晋、齐势孤力单，必为楚败。"

"寡人明白了，所以施仁德，乃是使中原诸侯视我楚国为友，视晋、齐为敌。如此，楚国自可一鼓而灭晋、齐诸国，晋、齐若灭，则中原自在我楚国掌中矣。"楚庄王大喜，拍案说道。

"正是。当年周室文、武二王能称之为圣，在于目光远大，不贪一时之利，不夺眼前之地，专以仁德收服人心。待人心尽归周室，牧野一战，即灭殷纣，王于天下矣。故圣人者，不贪一时之利，而得万世久远之利，不夺眼前之地，而得天下之地。大王贤明，自我楚国立国以来，无君可及矣。若大王心怀仁德，不唯霸业可成，且王于天下，亦非难事。如此，则大王之功，当可与尧、舜、禹、汤、文、武并美，光耀万世。"孙叔敖说着，拱手向楚庄王深施了一礼。

"哈哈哈，寡人若能成文、武大业，令尹实为第一功臣也！"楚庄王忍不住大笑起来。

楚庄王、孙叔敖正当盛年，精力旺健，一旦决策已定，便雷厉风行地依策实行。君臣二人首先将精力用在治水上，大修塘堰水渠，整治农田，加固河堤。

只数年间，楚国到处都是陂塘水渠，且农田平整，河堤坚固。其中最大的一处治水工程，乃是期思之地的期思陂。孙叔敖亲临工地，率数万之民，开挖大渠，将期思之水导入雩娄之野。这条称为期思陂的大渠灌溉田地达百余万亩，每亩地的产量也大为提高，使农人收益极大。期思之地，已渐渐成为楚国最富庶的地方。

虽然老天仍是不佑楚国，时而降下暴雨，时而滴水不落，但楚国仍是年年丰收，府库之粮堆积如山。百姓亦因粮足之故，稍有节余，可以添置衣物器具,人人欢喜不已,齐颂大王圣明。粮多,楚国贵族收益也是增多,对楚庄王、孙叔敖所行之政亦是满意,朝内朝外安宁无事。

朝中的大臣比往日忙碌得多了,大感劳累,却也未出怨言。因为孙叔敖比任何人都更为劳累,天不亮就来至朝中,到深夜尚不休息。

孙叔敖又以俭朴闻名,虽然贵为令尹,所乘之车也只是寻常的旧车。楚人喜宴宾客,高官贵族府第中三日一小宴,五日一大宴,长年不断,而孙叔敖却极少在府中大宴宾客。夏日孙叔敖只穿着庶人百姓们常穿的葛布衣衫,冬天则以毛皮中最寻常的羊皮暖身。楚庄王欲以治水之功赏赐孙叔敖食邑之地,被孙叔敖坚决拒绝。楚庄王无奈,只得多赏孙叔敖黄金铜钱,孙叔敖则悄悄将黄金铜钱散入贫寒族人之中。楚国百姓都说道:"楚国得神灵庇佑,去一子文,来一孙叔敖。且孙叔敖之廉,又远过于子文,实乃吾等小民之福。"

不仅小民感到有福,连楚庄王亦是大感有福。自从孙叔敖执掌朝政以后,楚庄王毫无忧虑,轻松了许多,全力整顿楚国之军。

楚庄王将楚国的兵制分为三军两广,三军兵车由三百乘至九百乘组成,看临战之需,或多或少。两广为楚庄王的禁卫之军,全部由王族中精心挑选的壮士组成,每广各有兵车十五乘,虽是兵员不多,但其悍勇,比之当年的"若敖之卒"有过之而无不及。

楚庄王详细考察众大臣之能,反复思谋之后,方命虞丘为中军主将,公子婴齐为左军主将,公子侧为右军主将。又命养由基为右广主将,屈荡为左广主将。时时检阅,演练战阵。

楚国的连年丰收,令士卒解除了后顾之忧,士气空前高涨,纷纷请求出征,报效大王之恩。楚庄王心中大为振奋,虽是恨不得立刻兵发中原,却又强行忍住了勃勃难平的征战之念。

他已是有了征伐之权的"霸主",征战必须"师出有名"。中原诸侯似是在"盼着"楚庄王出征,竟"比赛"着大行弑君之事。

继宋、齐、鲁、晋之后,郑国执掌朝政的两位大臣公子宋和公子归生亦将国君郑灵公杀死在宫中。公子宋和公子归生弑君的缘由,倒也简单,仅仅是为了一只甲鱼。

有一天,郑国渔人捕到了一只百余斤重的大甲鱼,不敢自食,献与国君。郑灵公言甲鱼乃是大补之物,当与臣下共同品尝,遂召群臣入朝。

在甲鱼汤还未炖好之前,君臣在朝堂上坐着无事,闲聊起来。公子宋说他早知道会有好东西吃,因为他右手食指常常会自动弹跳起来,每次跳起来,他就会吃到好东西。

郑灵公却笑道:"这次你那指头只怕不一定灵了。"

公子宋不以为然,道:"甲鱼汤人人有份,怎么会少了我的?"

过了一会,甲鱼汤炖熟了,由内侍们装在一只只小铜鼎中,端到众大臣面前的木案上。另有宫女们将一只盛满甲鱼汤的小金鼎放在了郑灵公面前。

郑灵公趁公子宋没注意,悄悄在内侍耳边说了几句。内侍们分发甲鱼汤以职位的高低为序,从低往高,按序端上,端到最后,只剩下了一只小鼎,却有公子宋和公子归生两位大臣尚未得到甲鱼汤。

"归生年长,这一鼎甲鱼汤就让归生享用了吧。"郑灵公说着,哈哈大笑起来。

满朝大臣,人人都能喝上甲鱼汤,唯独公子宋却不能喝上,那一跳就使主人有好东西吃的指头这次竟是大大地失了灵。公子宋脸上忽红忽白,又恼又羞,忽然间跳起身来,奔到郑灵公面前,伸手往小金鼎中捞了一块甲鱼肉,仰头吞下去,大叫着:"我吃到了好东西,我的手指头说灵就灵!"他大叫着,也不向郑灵公行礼,扭头就往朝堂外跑去。

公子宋的举动实为不大敬,论律该当斩首。他身为辅政大臣,自然深知其理,之所以急着奔下朝堂,正是害怕郑灵公盛怒之下,当场就杀了他。郑灵公果然大怒,立传诏令,欲使禁军斩杀公子宋。公子归生忙和众大臣跪下求情,说公子宋乃是羞臊之下,一时行出糊涂之举,并非失礼。

郑灵公见众人如此,只得强按怒气,饶了公子宋。但公子宋却"饶"不了郑灵公,他心里很清楚,君臣之间只要是生出了嫌疑,就没有好结果,不是君杀掉臣,便是臣弑了君。与其被君所杀,不如抢先下手,将昏君宰了!公子宋想着,立即与公子归生商议,谋杀郑灵公。

公子归生素与郑灵公之弟公子坚交好,于是顺水推舟,突发家兵,杀死郑灵公,立公子坚为君,是为郑襄公。郑灵公之子逃至晋国,哭倒在晋国朝廷上,请求晋国发下霸主之令,讨伐乱臣贼子。可是晋国正因赵盾病重,朝臣们俱是心怀争夺上卿之位的念头,无心理会郑国之乱。

没过多久,赵盾病重身亡,朝臣们和"群赵"争斗不休,最后赵氏众臣终于落在了下风,没能争到上卿之位。郤缺和荀林父二人被晋成公拜为上卿,执掌国政。到了这时,晋国君臣才有了"空闲",发动大军讨伐郑国。不料大军才行至半途,晋成公忽得暴疾而亡。晋国众大臣慌忙撤回大军,为立君之事又是来了一番争吵。最后是太子姬孺得以为君,是为晋景公。

晋国立了新君,陈国也立了新君,大夫夏征舒杀了陈灵公,立陈灵公之子太子午为君,是为陈成公。

夏征舒许多年前就想杀了陈灵公,一直忍着,终于是忍不下去了。他的父亲夏御叔很早就死了,留下年幼的儿子和美貌的妻子夏姬。陈灵公好色荒淫,与大夫孔宁、仪行父同时私通于夏姬,毫不避讳。君臣三人甚至公然在朝堂上亮出夏姬的内衣,互相炫耀。

大夫泄治劝谏了陈灵公几次,不仅没有能制止陈灵公的荒淫举动,反而被孔宁和仪行父杀死。对于孔宁和仪行父擅杀大臣的恶行,陈灵公竟是赞赏不已。后来夏征舒长大成人了,袭了父亲的官位。而陈灵公、孔宁、仪行父三人仍是随便出入夏姬的卧室,就似没有看到夏征舒一样。夏征舒恨得几欲咬碎了牙齿,一腔怒火无处可发,日日出城射猎,将每一头野兽都看成了陈灵公。

一日,夏征舒回来得早了些,正看见陈灵公、孔宁、仪行父三人坐在正堂中喝着酒,嘴里胡言乱语,说个不停。陈灵公说夏征舒身材魁梧,很像仪行父,定是仪行父的私生子;仪行父和孔宁则找出种种"证据",证明夏征舒的父亲其实是陈灵公。

夏征舒大怒欲狂,立即领着家兵杀上了正堂。孔宁、仪行父见势不妙,抱头鼠窜。陈灵公企图仗着国君之威吓倒夏征舒,结果被夏征舒一箭射死。孔宁、仪行父连家也不敢回,昼夜兼程,逃到了楚国。

虽然夏征舒杀死的陈灵公是一个昏君,但昏君亦是国君,不能为臣下所弑。夏征舒惧怕诸侯问罪,将陈成公并国中黄金美玉送入晋国,让陈成公以外臣的身份拜见晋君,以求获得晋国的"原谅"。

在夏征舒的料想中,只要晋国不伐陈国,就无人来管陈国的闲事。晋国对夏征舒的"孝敬"很是满意,果然不提"弑君"二字,承认了陈成公的君位。

郑国、陈国接连发生"弑君"之事,身为霸主的晋国却不闻不问,自是给了楚国一个最好的"出征之名"。

第十四章

楚王行道尊大义 春秋由此风云散

周定王九年(公元前 598 年)冬,楚庄王遣使至周室及各诸侯国中,宣示郑、陈两国臣子"弑君大罪",尽起三军两广,率师北伐。经过数年严格演练,楚军锐气大盛,部伍肃整,军纪严明,一路上毫无扰民之事发生。

楚庄王首先兵伐陈国,声明只罪夏征舒一人,不及其余。夏征舒年岁不大,在国中并无声望,贵族高官们面对楚军的强大攻势,根本不加抵抗。楚军如同风卷残云一般,未经过一场硬仗,就攻破了陈国都城,生擒了夏征舒。

楚庄王以最残酷的"车裂之刑"杀了夏征舒,然后把夏征舒的母亲夏姬赐给了年老的楚国大将屈襄。最后,楚庄王宣布将陈国并入楚国,成为楚国的陈邑之地。

灭国并地,本是楚国的一贯作为,中原诸侯并不感到意外。但是没过几天,楚庄王的举动却令中原诸侯大感意外,几乎无法相信。

楚庄王居然遣使向周天子谢罪,说他是代天子征讨"叛逆",不该灭人之国。他并且立即改正了错误,恢复了陈国,甚至同意由晋国返回的陈成公继续居于君位,并不另立他人。

这楚国怎么啦? 方今天下,能有灭人之国又复人之国的国君吗? 只有当年的齐桓公、晋文公,才有此仁厚之德啊! 齐桓公、晋文公都是礼仪之邦的国君,又为霸主,能行此德,自不为奇。楚国乃"蛮夷之邦",楚君乃虎狼之君,岂能行此仁德? 不论是周天子,还是中原诸侯,心中都溢满了疑惑。

　　只是虽然心存疑惑,周天子也不得不下诏称赞楚庄王,让天下的诸侯以楚庄王为楷模,常怀仁德之心,敬天爱民。天下诸侯中除了晋国外,亦是纷纷遣使入楚,表示敬慕钦佩之意。楚庄王大受鼓舞,次年春天,又率大军包围了郑国都城。公子归生闻听楚军围城,惊吓之下,忽发暴疾而亡。郑襄公大急,一边遣使向晋国求救,一边尽发城中丁壮,上城据守。

　　晋国离郑国很近,渡过黄河,两日之内便可到达郑国之都新郑城,可是晋国迟迟未发救兵。楚国并非公认的霸主之国,却挺身而出,主持正义,讨伐"弑君"之罪。晋国乃公认的霸主之国,反倒要去救援犯有"弑君"大罪的郑国君臣,未免太过颠倒是非,难服天下诸侯。但是不救郑国,则郑国必然会被楚国攻灭。如此,楚国等于是打到了晋国的家门口,会给晋国带来极大的威胁。晋国君臣左右为难,一直下不了出兵的决心。

　　楚国兵卒大胜陈国之后,高涨的锐气不可抵挡。众将士毫不停歇,一口气连攻了十七天,硬是把坚固的新郑城打塌了一个大缺口。郑国军民眼看城池不保,即将如同牲畜一样任人宰割,无不失声痛哭。那哭声汇合起来,犹似千万冤鬼在一齐呼号,凄惨至极,令人闻之如身临地狱一般。

　　楚庄王听到哭声,立刻下令兵退十里,不再攻城,并派人向城中喊话——楚王仁厚为怀,决不会伤害郑国百姓!只要郑国交出"弑君"元凶,楚国自会退兵,决不食言!

　　但是郑国又怎么能相信"蛮夷之邦"的话呢?众人见楚兵后退,立刻止住哭声,趁机抢修城墙,把打塌的大缺口牢牢补住。

　　楚庄王只得再次围城强攻,一口气攻了三个月,终于攻破了郑国城门。楚军列队入城,队伍肃然,毫无掳掠之事,令战栗着躲在屋门后的郑国百姓又是惊奇,又是庆幸,又是感激……

　　列国争战,对拒不投降的城邑向来是攻破之后,即大行杀掠。郑国百姓已断定难免遭受大劫,有许多人都将柴草架在屋中,准备全家自焚而死。

　　郑襄公眼见城破,无处可逃,无奈之下赤着上身,牵着一只羊,迎着楚军队列跪倒在大街上。楚庄王令人扶起郑襄公,带至车前问话。郑襄公流着泪说道:"罪人失德,不能尽心侍奉大国,使君王震怒,亲临罪人之国,罪人知过矣。今罪人生死存亡,唯君王之命是决,罪人不敢有丝毫怨言。若君王以仁德为念,使郑国列祖列宗有一丝香火可以延续,则郑国子子孙孙,当永念君王之恩,永为藩属矣。"

楚国众大臣都言道,郑国乃力屈而降,今日赦之,明日必反,不如灭之,永绝后患。况且士卒们攻打新郑死伤不少,心中怨气甚重,须尽取郑国府库以慰之。

楚庄王却道:"寡人本为伐罪而来,并非贪人土地府库。为人君者,不可失信。郑伯既已服罪,何须深究?"说罢,传命众军立即出城,兵退三十里外扎下营寨。

郑国百姓没料到楚庄王当真是"仁厚为怀",纷纷言道,我们被困如此之久,晋国却不来相救,哪里有半点霸主的样子?看来如今楚国倒有着霸主的气度,我们若不归服楚国,只怕是天地难容!

郑襄公顺应百姓之请,杀了"弑君"的元凶公子宋,砍下公子宋的脑袋,又把公子归生从棺材里揪出来,亦砍下脑袋。然后,郑襄公带着两个元凶的脑袋和府库中的黄金玉璧,亲至楚营,表示归服楚国之意。楚庄王大喜,与郑襄公歃血为盟,相约为兄弟之国,互为救援。

不料就在这个时刻,晋国的"救郑"大军浩浩荡荡渡过了黄河,直向楚军扑来。晋国君臣到底不愿丢失了郑国,终于发出了救援大军。

虽说晋军实在来得太迟,威势却是不小。以上卿荀林父为主帅,中卿士会副之。下卿赵朔、赵括、赵同为上、中、下三军主将,上大夫荀首、韩厥为行军司马,执掌军法,共有兵车七百乘。上卿郤缺辅佐晋景公留镇国中,接济粮草,防备秦国。

在晋国君臣眼中,楚国围攻郑国数月之久,士卒必然是疲惫不堪,军粮也难以为继,见到晋国大军到来,定是不敢迎敌,会自动退回楚国境内。如此,晋军就可大肆宣扬楚军畏惧晋军,望风而逃。晋军已大受损伤的威名将复振于天下,使中原各诸侯不敢轻易地归顺楚国。

楚庄王见到晋军大至,立即下令全军北上迎敌,扎营于管地。见楚军不退反进,晋军大出意外,忙在敖山扎下营寨。

晋军的正副主帅荀林父和士会畏惧楚国的强大兵势,不愿与楚军交战,打算与楚军和谈——只要楚军愿意退兵回国,晋军也立刻退兵。至于郑国归服楚国的"大罪",晋军只好含糊着"饶恕"了。但是晋国的大将赵朔、赵括、赵同却偏要与晋军大战一场。

"群赵"对于荀林父"抢"走了本属赵氏的上卿之位憋了一肚子气,一心想大败楚军,显示显示"群赵"的厉害,让荀林父乖乖把上卿之位交出来。

可是荀林父毕竟是主帅,"群赵"倒也不敢公然违背主帅的和谈之命。不仅不敢违背,"群赵"还主动要求担当和谈使者。荀林父见"群赵"如此听话,心里很高兴,当即拜赵朔为和谈使者。

赵朔为赵盾嫡子,又为晋国先君的女婿,且居于卿位,身份可谓不低。派出这样一位有身份的人担当和谈使者,能够充分显示晋军主帅的诚意。

依照惯例,和谈使者应该身着礼服,不带兵刃。然而赵朔却是全副武装,身披重甲,手执长戈,驾着战车如飞行驰。他的两位叔父赵括、赵同,则各领着十乘战车,远远跟在后边。

赵朔刚驰至楚国大营之前,迎头就碰上了巡查军营的楚庄王。每逢安下营寨,楚庄王就手执长戈,乘着插有王旗的高车,亲自巡查军营,这已经成了他不可改变的习惯。

看到楚庄王的旗帜,赵朔大喜,当即大喝一声:"前面可是楚君!"

楚庄王让御者停下车,举目前望,道:"寡人正是楚君,来者何人?"他的声音里带着掩饰不住的忧愁之意。郢都昨日有使者急至,言留守郢都的孙叔敖身患重病,已是卧榻不起。

孙叔敖还让使者传言——楚已服郑,不必疲劳士卒,与晋大战。若能和之,则尽量和之。不能和,则鼓三军之气,速战而胜。楚国远离国都,粮道太长,利于速战不利持久。

唉!孙叔敖身在病中,尚且如此关心国事,实乃难得之臣。楚庄王在心中感叹着,十分忧虑,害怕孙叔敖这一病就无法痊愈。他早已看出,孙叔敖身体太弱,难经大病。

如今楚国霸业初成,正当大力经营中原,以威德慑服天下之际,楚庄王比任何时候都急需孙叔敖这等贤臣的辅佐。只是孙叔敖这样的贤臣可遇而不可求,一旦失去,就很难再次寻得。

见果然是楚庄王,赵朔心中更喜,当即从弓袋中抽出长弓,搭上箭,嗖地向楚庄王射去,边射边大叫道:"楚蛮听着!爷爷乃晋国大将赵朔是也,爷爷今日前来,当将尔等楚国蛮子蛮孙斩尽杀绝也!"

赵朔箭法并不高强,射出的羽箭从楚庄王头顶飞掠而过。他虽未射中楚庄王,却如火种引发了干柴一样引发了楚庄王心中的怒火。

楚国之强,丝毫不弱于晋国,而晋国将军却如此放肆,当面辱骂楚国之君。赵朔的极端无礼,纵然是一个弱小之国的弱小之君也无法忍受,何况楚国乃是天下闻名的大国,何况楚庄王乃是自视极高的霸主之君。楚庄王怒吼一声,当即驱车向赵朔猛冲过去。赵朔并不抵挡,转过车身就逃。

"杀,杀了赵贼!"楚庄王厉喝着,挥动长戈,向赵朔追去。

瞬息之间,楚庄王已追出十数里,驰至一片野树林前。突地喊杀声大起,树林中冲出二十辆兵车,分左右向楚庄王包抄过来。

啊,原来晋人还有埋伏!楚庄王从狂怒中清醒过来。他只带着一辆从车,总共不过两乘战车,而敌军却有二十余乘战车。楚庄王立即下令后退,却已迟了,二十余乘晋国战车已将楚庄王团团围住。

"哈哈哈!吾赵氏将生擒楚君,获震动天下之奇功也!"赵朔狂笑起来。

"休得伤我大王!"一声大喝紧接着赵朔的狂笑响了起来。但见一员楚国将军飞车驰至,手中长戈疾如电闪,勇不可当,一下子就刺死了几辆晋国战车上的御者。

失去控制的晋国战车乱奔着,使包围圈露出了一个大缺口。楚庄王趁势自那缺口中逃出。楚将奋起神威,单车断后,令晋军不敢逼近。赵朔又急又恼,连忙喝令放箭,却听得远处如雷鸣般轰轰大响,无数楚军战车已飞驰而至。

"不好,快走!"赵括、赵同脸色大变,立即掉转战车,掩护着赵朔向晋国大营逃去。

赵朔领的是和谈之命,但他却自作主张充当了挑战的使者。只有这样,他才能打消荀林父的和谈念头,挑起晋、楚间的大战。赵括、赵同埋伏在野树林里,是为了防备万一,接应赵朔。

"群赵"虽然没有生擒楚君、获震动天下之奇功,却也达到了激怒楚国将士的目的。楚庄王轻身追敌的举动被军卒们立刻报知众将,惊得众将慌忙赶来救应。

"唉！今日寡人太冒失了，若非唐狡，将成晋囚矣。"楚庄王感激地对那位把他从晋军包围中救出的将军说道。这唐狡不过是朝中一普通大夫，寡人并未对其特别宠信，他却为何如此舍生忘死，拼命杀敌？楚庄王心里很有些奇怪。

唐狡素来行动迟缓，并非贪功之人，如何这次相救大王，倒是快若疾风，跑到了大伙儿的前面？楚国众将心中也满是疑惑。

这其中的原因只有唐狡自己才知道——他就是当年在朝堂大宴上被许姬扯下帽缨的那个人，从那以后，他一直怀着悔过之心，欲拼死报答楚庄王的不罪之恩。今日救下楚庄王，使他数年来惶惑不安的心中轻松了许多。

晋军的无礼举动大大激怒了楚军将士，楚庄王亲自击鼓，率领全部楚军，呐喊着向晋军大营冲去，势若汹涌的海潮，咆哮奔腾，不可阻挡。

赵朔等人逃回晋军大营后，对荀林父说，楚君无礼，不仅不准和谈，还要杀死使者，若非赵朔跑得快，早被楚人砍掉了脑袋，请主帅速速下令，全军出击，让楚军见识见识我霸主之军的厉害。

荀林父犹疑不决，正在与众人商议时，楚军已呼啸着杀至。晋军仓促应战，许多士卒连甲都未及披上，就匆匆上了战场。

楚军的强悍，天下闻名，而晋军的武勇，亦是令天下诸侯望而生畏。晋楚两军在荒野的沙场上拼死相搏，直杀得黄尘蔽天，日色无光，血流满地，鬼哭狼嚎。终于楚军的勇锐之气压倒了晋军的骄横之气，晋军全线崩溃，直向黄河岸边逃去。

楚军乘胜追杀，箭如飞蝗般射向狼狈而逃的晋军。赵朔、赵括都中箭受伤，在左右军卒的拼死保护下，侥幸逃得了性命。只有赵同逃得最快，总算是没有挨着楚人的利箭。

天色渐渐昏暗，楚庄王见已获大胜，遂下令停止追击。

楚庄王的命令晋军将士当然不知，他们仍是狂奔不止，只恨爹娘当初为何不让他们生出四条腿来。晋军作战武勇，逃跑也极是"武勇"，人人争先，半步也不肯退让，很快就逃到了黄河岸边。

岸边有晋军备下的船只，众军卒个个"奋勇上前"，抢先登船。船少人多，先上船的不准后来者上,后来者扑进水里,抓住船舷,拼命往上挤。有几只船竟被挤翻了,船上的人"扑通扑通"下饺子一样掉进了浑浊的黄河里。

赵朔的那只船也被许多兵卒抓住了船舷,摇晃不休。赵朔大急,喝令左右快抽出剑来,砍掉那些兵卒的手指头。左右立刻动起手来,嚓嚓嚓极是麻利,眨眼间船舱中就掉满了血淋淋的手指头。

没了手指头,兵卒们自然无法抓住船舷,赵朔的那只船也就平稳了许多。其他船上的人见了,也照样学起来,照样得了满舱的手指头,有人看了不舒服,捧起手指头往船外扔去,捧了一捧还有一捧。黄河岸边,船上船下,处处都是惨呼声和痛哭声,响彻了整个夜空,将恐惧深深地植入每一个侥幸活下来的晋军士卒心中。

晋军在大哭,楚军在大笑,众兵卒搭起营帐,点起巨烛,开怀畅饮,敲着鼓,吹着笙,放声高歌,跳起舞来。楚庄王也在大笑,感慨地说道:"楚自城濮败于晋国,社稷蒙羞,已有数十年,至今日方才雪之,寡人可告慰列祖列宗在天之灵矣。"众将齐颂大王圣明武勇,可与尧、舜、禹、汤比美。

只是在这欢乐的时刻,郢都忽然驰来信使,带来了楚庄王最不愿意听到的消息——令尹孙叔敖病重身亡。楚庄王怔住了,愣愣地望着信使,陡地心痛如绞,哇地喷出血来。众将慌了,连忙扶住楚庄王,要请医者前来诊治。

"退兵,退……退兵!"楚庄王摆着手,费了许多力气才说出一句话来。

楚军退回了郢都,晋军也回到了绛都。

晋军出绛都时有精兵五万余人,战车七百乘。回来时却只剩下两万余浑身血污、东倒西歪、站也站不稳的士卒。兵车不易渡河,全被抛弃,一辆也没能带回绛都。唯有众领军大将倒是一个不少,都爬着跪倒在朝堂上。晋军称霸数十年来,惨败到了如此地步,还是第一次。

晋景公大为震怒,欲依军律,将荀林父和"群赵"全都斩首,偏被众大臣劝阻,最后只将荀林父和"群赵"的俸禄削了半年了事。阵亡士卒的家属们见此情景更是怨恨不已,再也不愿让亲人们出征杀敌。素以武勇闻名的晋军兵卒们从此厌战之心大起,士气低落至极。

中原诸侯亦是大失所望,纷纷言道,晋国主上昏庸不明,臣下浮躁无能,霸业如何能维持下去?倒是楚国兵势强盛,且又以仁德待人,堪称霸主之国。

渐渐地,列国使者到晋国来的愈来愈少,到楚国去的愈来愈多。

从前楚国令尹去世,葬礼极是隆重,百官吊祭,国君亲临。至于陪葬物品更是堆积如山,数不胜数,且陵墓雄壮,石雕玉砌,耗费极大。可是孙叔敖的葬礼却简朴得如同一个百姓,既无百官吊祭,又无国君亲临,至于陪葬之物,仅几个土鼎土罐而已,陵墓低矮得只以黄土培之。

楚庄王大军刚进至郢都城门时,孙叔敖的家仆就递上了主人的临终遗表:

> 臣蒙大王不弃,于草野而拔至朝廷,担当辅佐之任,已数年矣。臣愧无能,不能倾尽心力,立功社稷,实为有负大王重托。今臣当永别,无以相报君恩,唯有数言,愿大王明察。一者,富民强兵,以德辅霸之策,大王切勿轻弃。二者,我楚国劲敌,仍为晋也,大王若然胜之,当更谨慎,防其报复。三者,我楚国丧葬之费,为天下之冠,长此下去,物力尽归尘土,虽国富亦为贫矣。臣请革新丧仪,从简而治,以臣为例,百官无与祭,大王无与临。臣力尽矣,无复多言,大王若怜臣早死,记取臣言,则臣之死,实为至幸矣!

楚庄王看了孙叔敖的遗表,仰天大叫:"哀哉,哀哉!上天何其忍也!竟夺我贤臣!"大叫声里,楚庄王脸色惨白,摇摇欲坠,回至宫中,亦病倒在榻上。他遵守孙叔敖的遗言,没有亲临主祭,也没有让百官前往令尹府中相吊。

孙叔敖家人不多,只一妻一子,子名安。楚庄王欲拜孙叔安为上大夫,并厚赐其财物。孙叔安不受,言其无才,不应虚耗禄米。又言葬父俭朴,本为倡导节省财物之故,若受厚赐,是违其父志。

楚庄王无可奈何,只得收回赐物。他将孙叔敖所上遗表放进玉匣中,与象征着国君权位的青铜宝剑置于一处,日日观看。令尹府是公产,孙叔安在父亲的葬礼行过之后,搬出都城,隐居郊外,躬耕奉养母亲。

隔了数月,楚庄王病愈,临朝理政,以公子婴齐素有智谋,遂拜为令尹,辅佐国君,执掌朝政。只是公子婴齐的智谋多显于征战及列国折冲交往之上,治民之才远逊于孙叔敖。楚庄王不得不多任其劳,常常深夜才回至宫中。

樊姬、许姬见楚庄王日渐消瘦，心中忧虑，反复相劝，让楚庄王多将政事付与朝臣。楚庄王却不听从，说："寡人若不能使楚国霸于中原，怎么对得起孙叔敖的在天之灵？"

楚庄王见长子熊审已经成年，遂立为太子，使其勤学六艺，并随朝听政，以知整军治民之法。

晋国经过几年的休整，军力已恢复过来。晋国众臣将先前的惨败归罪于郑国身上，纷纷劝晋景公讨伐归服楚国的郑国。

周定王十二年（公元前 595 年）夏，晋景公亲率三军，兵伐郑国。郑襄公不敢与晋国为敌，一边紧守城池，一边派使者入楚求救。楚庄王立即大会群臣，商议对付晋国的方法。

上大夫伍举说："郑国已归服楚国，楚若不救，必失郑国，大王应速发三军，前往救应。"

令尹公子婴齐道："郑已服于楚，则我楚国救郑，所得仍是郑国之服耳。夫大国出兵，必有所获。救郑无所获，不宜行之。"

"那么依令尹之见，我楚国就眼睁睁看着晋国伐郑吗？"伍举不服地问。

"当然不能，我楚国当立即出兵，但不是去救郑，而是去征伐宋国。"令尹公子婴齐说道。

"征伐宋国？"楚庄王不觉重复了一句。

在中原诸侯中，宋国从来不服楚国，成为楚国最难对付的一个诸侯。不论哪一代宋君，继位之后都遵守着宋襄公当年的遗愿——永不与楚和好。楚庄王早就想兵伐宋国，只是一直没有找到出兵的机会。

"中原诸侯事晋之坚者，无过于宋。晋国一向对宋国极为看重，我楚国兵伐宋国，晋必救之。晋先伐郑，又救宋，军力必疲，我楚军可一鼓破之。晋军破，宋人自是胆寒，必归顺于楚。宋人归顺于楚，则中原其余诸侯，不值一扫，我楚国势将霸于中原矣。故兵伐宋国，可救郑，可服宋，可称霸中原，所获极大。"公子婴齐眉飞色舞地说着。

"妙！此计大妙！"楚庄王叫起好来，却又皱起了眉头道，"只是宋国眼前没什么错处，我楚国未免是师出无名。"

"想找宋国的错处，最是容易不过。大王可派一使者至齐，穿越宋国而不借道。宋人恨楚，必关押楚使，则我楚国师出有名矣。"公子婴齐笑道。

依照礼法，一国使者经过另一国时，必须行借道之礼，方可通行。否则，就是对经过之国极大的不尊敬。但霸主之国可以例外，派出的使者无须行借道之礼。楚庄王得到过天子的弓箭，应该算是霸主。然而楚国的霸主之位，宋国并不承认，绝不会容忍楚国使者不行借道之礼，而擅自经过。

楚庄王依从公子婴齐之计，派大夫申舟出使齐国，经过宋国而不借道。宋人果然大怒，竟然将申舟抓起来杀了。楚庄王震怒至极，他绝没想到宋人会如此痛恨楚国，敢把楚国使臣杀死。在他的料想中，宋人顶多会将楚国使者关押起来，加以羞辱。震怒中的楚庄王留公子婴齐镇守郢都，亲率三军，征伐宋国。

周定王十二年(公元前 595 年)秋九月，楚国大军四面包围了宋国都城睢阳。宋国君臣并不惊慌，倚仗着城墙高大，尽起城中丁壮拒守，同时派人向晋国求救。

晋景公心中惧怕与楚交战，闻听楚国出兵，以为是救郑，已率军退回国中。此时见楚军兵围宋国，晋景公心中顿时没了主张，忙召集众臣问计。

上大夫宗伯言道："楚军先至宋国，处于以逸待劳之地，我晋国兵卒已疲，若往宋国，必难胜楚。宋国距楚千里，楚军难以持久。主公不须出兵，只遣一使去宋，告其君臣曰'晋军将至'。宋人闻知，定然坚守不降。睢阳城池之固，天下闻名。楚军攻之不下，数月之后，当自动退军。"

"此计甚妙。"晋景公点头称赞，当即派中大夫解扬前往宋国。

不料解扬在经过郑国时，被郑人擒住，搜出了晋君写给宋君的救援帛书，郑人为了向楚国示好，遂将解扬献给了楚军。楚军连日猛攻，均是失利而返。楚庄王正在忧急之时，一见到解扬，立刻计上心来，许以高官厚赐，让解扬告知宋人——晋国不发救兵，宋人宜尽早投降！

解扬一口答应，登上楚军的楼车，大呼道："吾乃晋国使者解扬，吾君将发大兵救宋！宋人勿降！宋人勿降！"

楚庄王大怒，令人将解扬捆绑起来，说："你亲口相许，听命寡人，却又背之。寡人不失信，你自失信，今斩你之首，非寡人之过也！"

解扬仰天大笑,说:"臣下能不辱使命,即是守信。吾身为晋臣,岂肯为了楚国的高官厚赐而背弃晋君?吾许楚君,乃借此完成晋君的使命耳。能够不辱君命,臣下虽死,亦是大幸也,又何所惧之?哈哈哈!"

楚庄王听了,又是钦佩,又是喜爱,感慨地说道:"忠臣不辱君命,不惧死,所说的就是你解扬吧。晋国有此忠臣,难怪会霸于中原数十年。可惜寡人无福,不能为你之君也。"他说着,亲自给解扬松绑,派人将解扬礼送出大营。

楚国有君如此,我晋国永无宁日矣。解扬亦是在心中感慨不已。

宋人听了解扬的话,勇气大增,守城之志更坚。楚军用尽种种攻城之术,也无法攻入城中,反而损失了许多军卒。

楚庄王恼怒至极,恨恨说道:"寡人若不服宋,誓不返国。"楚军绕着睢阳城,筑起高高的土垒,长久围困,绝不放松。宋人日夜苦盼晋军来救,却总也见不到晋军的踪影。

从周定王十二年(公元前595年)秋九月,一直到周定王十三年(公元前594年)夏五月,楚、宋两国彼此相拒已有九月,谁也不肯轻易服输。列国之间征战,极少有大军长围一处达九月之久。

长久地维持着一支大军的粮草供应,耗费之重,无国可以承受。何况军卒久在国外,国内田地无人耕种,势必荒芜,酿成来年国中大饥。故大军久围敌方城池不下,一般都会自动撤回。

楚、宋两国的对抗震惊了天下列国,众诸侯百感交集,心中又是畏惧,又是钦佩,又是不满。

所畏惧者,乃是楚国的国力之强,已远远超过众诸侯的预料。楚国居然能如此长久地供应着千里之外的大军,则各诸侯国虽有坚固的城池,亦不足恃。

所钦佩者,乃是宋国面临如此强大的敌军,却坚守不降,不愧为公爵之国。

所不满者,乃是晋国身为霸主,竟眼睁睁地看着结盟之国被围,不去相救,实在是太过冷酷。

列国不知,楚、宋两国,已俱是精疲力竭,到了支撑不下去的境地。楚国的府库存粮虽多,但经过伐陈、伐郑等几次征战,已是用支一半。九个月的围宋之役,又将另一半存粮耗尽。且楚军离国太远,远送粮草的丁壮,倍于围城的军卒,已使楚国许多田地无人耕种,引起举国不满。

公子婴齐已数次请求楚庄王退兵,言大王若久耗国外,只恐国中会生出大乱。但若如此退兵,楚国的威德何能显出?楚庄王心中忧如火焚,日日登上楼车,向城头上张望。

城上的宋兵面黄肌瘦,不时突然扔掉弓箭,号啕大哭。但一见了攻城的楚兵,立刻又凶猛如虎,拼死抵抗,不将楚军打退,决不罢手。楚庄王心中诧异,伏于楼车的垛口后,仔细观察着睢阳城中的动静。

残阳如血,睢阳城上城下笼罩在一片昏黄的暮霭中,沉寂中隐隐透出令人恐惧的血腥之气。楼车离城墙较近,只三四十步远,经常被守城兵卒抛来的石块火把击中,到处都是破裂之痕和焦黑的火灼印迹。左右侍卫担心宋军会对楼车发动突袭,纷纷劝楚庄王走下楼车,楚庄王拒不听从。

忽然,一员宋军大将出现在城头上。

"那将是谁?"楚庄王低声问着楼车上的守卫兵卒。

"是宋国上大夫华元。"守卫兵卒们熟知敌情,立刻回答道。

听说宋国朝政,全由华元把持,此人定有担当。楚庄王心中一动,忽然大声叫道:"寡人乃楚王也,对面将军可是宋大夫华元?"

那宋将一惊,随即答道:"吾正是宋大夫华元。"

"贵国宁折不屈,寡人深为叹服,只是不知贵国还能支撑几日?"楚庄王问。

那华元除非是个呆子,才会告诉敌人能守几日,大王此问,不亦愚乎。左右侍卫觉得好笑,又不敢笑。不料那华元惨然一笑,竟老老实实地回答道:"我宋国存粮已尽,柴草俱无,此时正互相交换着把儿子杀了吃,把死人尸骨劈了当柴烧,若论支撑,一日也支撑不下去。"

楚庄王大惊失色:"啊,贵国到了如此地步,尚……尚不肯与楚盟好吗?"

"我宋国人向来不服强暴,宁可站着死,决不跪着生!大伙早横下了一条心,吃完了儿子,就吃老婆,吃完了老婆,就一齐出城,与楚军拼个同归于尽!哼,你楚国可以灭我宋国,但要让我宋国投降,做梦去吧!"华元仇恨地说着。

楚庄王听了,心中发颤,脸色苍白道:"罢,罢,罢!两国交兵,害民如此,天帝知晓,必降大灾。你宋国也用不着投降,我楚国明日便退兵回去,所剩粮草,当尽遗贵国。请大夫速速告知城中百姓,再也别……别吃儿子,再也别吃儿子了。"

"这……贤君当真要退兵回去?"华元大出意料,语气一下子软了许多。

"征战之事,不仅害宋国之民,亦害我楚国之民。你宋国支撑不下去,我楚国也支撑不下去。寡人退兵,不仅是为你宋国之民,更是为了我楚国之民啊。"楚庄王声音凝重地说道。

"城下之盟,宋国所耻,如果楚军能够退兵一舍之外,我宋国愿与楚国共结盟好。"华元感动之下,立刻说道。楚君明于道理,心怀仁德,比晋君强得多了。弃晋事楚,于我宋国更为有利。华元在心中想道。

听了华元的话,楚庄王心中大大松了一口气,次日天刚亮,即传命拔营后退,至三十里外安营扎寨。宋国君臣也守信出城,至楚营中订立盟约,承认楚国为霸主之国。楚庄王将营中存粮留下一半,然后凯旋。至此,在长达九个月的楚、宋对抗中,最终是楚国获得了胜利。而宋国也保全了体面,虽败犹荣。

最大的失败者是晋国,天下诸侯对晋国的所作所为失望至极,纷纷请求与楚国结盟。世世代代被视为"蛮夷"的楚人终于获得了中原人的尊敬,大出了胸中郁积数百年的闷气。楚国上上下下,一片欢腾,令尹公子婴齐亲自奔走各国,欲召开一个诸侯结盟大会,正式确立楚国中原霸主的地位。楚庄王亦是大为高兴,在朝堂上与群臣欢宴不休。

宫中有一优人,姓孟,尤善于逗笑,被称为优孟。朝堂上每逢欢宴,优孟必至席前扮作种种滑稽动作,说出种种可笑之语,逗得众人哈哈大笑。但是今日优孟来至席前,既无滑稽的动作,又无可笑的言语。楚庄王怪而问之,优孟说他不想说话,只想唱歌。

楚庄王从未听过优孟唱歌,好奇心大起,连声说:"你唱,你快唱与寡人听听!"

优孟神色肃然,咳了两声之后,哑着嗓子唱了起来:

当官不可当贪官

当官定要当贪官

当官理应当清官

当官不可当清官

为何不可当贪官

贪官卑污是坏官

为何定要当贪官

贪官高车肥马子子孙孙都当官

当官理应当清官

清官廉洁是好官

当官不可当清官

清官无车无马子子孙孙难当官

人言大王喜清官

清官偏偏是穷官

穷来穷去无清官

人人争当坏贪官

……

"住口！"楚庄王断喝一声，满脸怒色，"你乃一优人，也敢嘲讽寡人吗？"

优孟扑通一声，跪倒在朝堂上："小人怎敢嘲讽大王？小人只是……只是在市上遇见了卖柴的孙叔安，心中难过——孙叔敖乃是人人称赞的清官，可是他的儿子却要靠着卖柴来养活自己。百姓们不知道理，都在埋怨大王不爱功臣之后……"

"什么，孙叔安竟在卖柴吗？你，你快把他给寡人带上朝来。"楚庄王再一次打断了优孟的话头，着急地说道。

优孟看来早有准备，很快就将孙叔安带上了朝堂。孙叔安穿着缀满补丁的葛衣，满脸涨得通红，拘谨地对楚庄王行了一礼，口中讷讷地说不出话来。

"啊，你，你怎么穷成了这个样子？"楚庄王无法相信他看到的人竟是楚国的令尹之子。

"我……我害了一场大病,误了时令,田地无收,只好……只好卖柴……"孙叔安的声音低得像蚊子叫一样。

"怎么,你竟要靠种田才能养活自己吗?令尹每年仅禄米就可得到一万斗,难道就没有留下一点节余给你吗?"楚庄王疑惑地问。

"先父在日,常以禄米周济穷户,并无节余。"孙叔安答道。

"令尹按例可收各邑送来的钱财,莫非你父亲并未收取?"

"先父并未收取。"

"这又是为何?"

"先父常言:官位愈高,愈须谦恭;权力愈大,愈须收敛私心;俸禄愈厚,愈须远离钱财。"

"啊,原来令尹廉洁,一至于斯,寡人错矣。寡人以为令尹多少有些节余,谁知……寡人错矣,寡人错矣!孙叔令尹是寡人的第一功臣,无孙叔令尹,哪有寡人的今天。可寡人却让孙叔令尹的儿子忍饥挨饿,满朝大臣,竟无一人向寡人言及孙叔令尹身后的清贫,连一个优人都不如……寡人错矣……"楚庄王说着,说不下去,泪流满面。

优孟和孙叔安眼圈红红,想说什么,又什么话也没有说出。朝堂两边的文武大臣们都垂着头,大气也不敢呼出一声。

楚庄王走下王座,执着孙叔安的手说:"今日你就不要回去了,留在朝中,寡人拜你为上大夫。"

"我……我不能当官,先父说我太老实,当了官连命都难保住。"孙叔安连忙推辞道。

楚庄王一怔,随即长叹了一声:"孙叔敖到底是孙叔敖,什么都想到了。不错,太老实了,确乎做不成官,那么寡人就封你一块地好了。楚国地广数千里,不论你要哪一块地,寡人都可满足于你。"

"我……我要寝丘之地。"孙叔安说道。

"寝丘之地素以贫瘠闻名,你怎么偏偏选中了这个地方?"楚庄王奇怪地问。

"先父说我太老实,有了好地也保不住。"孙叔安憨厚地回答着。

"既是你父亲这么说,寡人也只好依从于你。唉!"楚庄王叹息着,下诏将寝丘之地封与孙叔安,并赐给奴隶三百户,为其耕种田地。

朝宴之后,楚庄王又一次病倒了,而且病势沉重。公子婴齐谋划的中原诸侯与楚国结盟的大会只得推后。周定王十六年(公元前591年)的秋天,楚庄王的病势突然转危,太子熊审慌忙奔至楚庄王榻前,跪下听取遗言。

可是楚庄王已说不出话来,手指颤动着指向榻边的玉匣——他想说,匣中二宝,吾子一刻也不可忘记,一刻也不可忘记!太子熊审泪流满面,磕着头说:"父王放心,匣中之物,儿臣一刻也不会忘记。"楚庄王脸上浮起微笑,手指无力地垂了下来。

楚庄王在位共二十三年,诛灭叛臣,问鼎周室,任用孙叔敖,击败晋国,降服陈、郑、宋等中原诸侯,使楚国成为公认的霸主之国。

依照礼法,楚庄王去世的当天,太子熊审即于灵前登上王位,是为楚共王。在登上王位的时候,楚共王佩上了象征着国君权威的青铜宝剑。但他从匣中拿出青铜宝剑之时,却扔掉了孙叔敖亲笔所书的遗表。楚共王认为,只有国君的权威,才是至宝。孙叔敖的那个遗表,怎么能和国君的权威相提并论?

周定王十八年(公元前589年),齐、鲁两国发生争战。鲁国向晋求救,晋、鲁联合卫国进攻齐国,曾经也是霸主之国的齐国被迫向楚国求救。楚共王亲率三军,攻击鲁国。晋、卫两国慌忙退兵。鲁国求降,并将太子送到楚国,作为人质。楚国的威名一时间如中天的太阳,放射出万丈光芒。

冬天,公子婴齐谋划的诸侯结盟大会在齐国的蜀地顺利召开。共有楚、齐、秦、宋、鲁、陈、蔡、郑、卫、曹、许、薛、邾等十余国参与了结盟大会。楚共王手执牛耳,代父楚庄王主盟,成为霸主。唯有晋国没有参与盟会。楚共王大怒,指天发誓,欲与晋国决战,彻底击败晋国,独霸中原。

十四年后,楚共王不顾正是春耕农忙时节,发兵与晋在鄢陵决战。结果楚军大败,楚共王被敌军射伤了眼睛,连夜逃回郢都。晋国声威大振,复霸于中原。从此,晋楚两国将广阔的中原大地作为战场,展开了近百年的争霸大战,互不相上下。

百年之后,晋、楚同时衰落下来。赵、魏、韩三大家族瓜分晋国,成为赵、魏、韩三国。吴国、越国崛起东南,成为楚国强大的敌人,使楚国再也无力争霸中原。齐国大族田氏弑其国君自代,改姜氏之齐国为田氏之齐国。秦国自秦穆公以"三良"殉葬,大失人心之后,一直困处华山之西,无法进入中原。直到秦孝公任用商鞅变法,方才重新强大起来。北方默默无闻的燕国终于解除了戎族的威胁,将兵锋转向了中原。

第十五章

九州宝鼎镇华夏 王朝更替各兴衰

周威烈王二十三年(公元前 403 年)春正月,王城洛邑。

清晨,乌云沉沉,厉风不停地呼啸着。整齐宽阔的大道纵横交错,将王城画成一个个方格,似巨网一般罩在大地上。大道两旁栽种着高大的松柏,苍翠挺拔,随风发出一阵阵瑟瑟的声响。松柏之后,层层屋顶若隐若现,或高或低,高者青瓦覆盖,低者茅草遮掩。高屋所居者,是王室宗族、卿士大夫、富商巨贾;低屋所居者,是衰微之族、贫寒贱民。

王城正中,是周天子的王宫,宫中殿阁重重,分成前后两部分,前部中间是为朝会诸使大臣们的朝堂,左边是祭祀王室祖先的宗庙,右边是祭祀土地的社稷之坛。后部又分为六寝六宫,是周天子和众多后宫姬妾们的起居之地。

一声洪大而又沉闷的钟鸣声自王宫中传出,回响在整座王城上空。钟鸣声连响了九下,方才停止,王城新的一天开始了。

随着钟鸣声,一辆辆高大的驷车(四马所拉之车)隆隆从街巷中驰了出来。无数只雀鸟被车行声惊起,呼啦啦飞过王宫的重重殿阁,飞过王室宗族、卿士大夫、富商巨贾的华贵高屋,飞过贫寒贱民的灰黑茅屋,一直飞到了生满衰草的朽败城墙上。

众多的驷车行至王宫前停下来,王室宗族、卿士大夫们走下高车,依身份尊卑、官爵高低,鱼贯进入王宫,先进入朝堂中对周威烈王行过朝见大礼,然后在太祝(主管祭祀仪式的官员)的引导下,恭敬地跟在周威烈王身后,神情肃然地步入宗庙大堂中。

每年今日,是周王室祭祀祖先大典的举行之时。在周王室所有的祭祀大典中,对宗庙的祭祀最为肃穆庄重,任何一代天子都不敢有丝毫忽视。

宗庙大堂的神台正中,供奉着天帝的神位,紧挨着天帝的神位是为周室始祖后稷。周室子孙代代相传,后稷原名"弃",是天帝的儿子,周室后代,亦为天帝的后代。

天帝和后稷一样,都是周室的祖先,故历代周王,俱号为"天子"。周王即是至高无上的上天,上天即是至尊至贵的周王,上天和周王已合为一体。后稷之下,是公刘、太王、文王、武王、成王、康王等周室历代著名贤王的神位。

神位之下的祭台上,排列着闻名天下的九座三足青铜宝鼎,鼎形庄严凝重,鼎身刻满日月龙凤山川鸟兽星辰云雷水泽草木等花纹,象征着天地万物尽在其中。九座青铜宝鼎是周王室代代相传的至宝,是周天子震慑天下的"神器"。

传说上古圣王大禹治水有功,天下归心,获得万方诸侯的拥戴,共同采集铜矿,费千万人之力,铸造了九座青铜宝鼎,代表天下九州献给了大禹。

大禹以九座青铜宝鼎盛满九州诸侯所献的各种贡品,祭祀至高无上的天帝,表示他的权力来自天帝,他是在代替天帝统治人间,他将因此永远受到天帝的保佑。从此,九鼎成为人间君王的至宝。

九座宝鼎既已归于周天子,丰厚的贡品也就深藏在了周天子的府库之中,供周王室用来赏赐臣下,尽情享用。当然,周王室在享用贡品之前,绝不会忘了向天帝行以隆重的祭祀大典,感谢天帝赐给的福禄。在祭祀大典举行之时,每座青铜宝鼎中会象征性地放进各种相应的贡品,以显示周王室对天帝的孝顺恭敬之意。

在周王室兴盛的武王、成王、康王时代,天下诸侯朝贡的贡品一车车不断地从四面八方驶向洛邑,九鼎中的贡品总是装得满满的,一样不缺。康王之后,周王室的功德日渐衰落,许多诸侯拒不朝见周天子,鼎中的贡品也因此少了许多。

到了周幽王时,因烽火戏诸侯,失信天下,游牧之族的犬戎等部落蜂拥而至,攻破了周王室的国都镐京。堂堂的周天子亦被犬戎杀死,"宗周"竟至覆灭。周平王姬宜臼失去了面对危难的勇气,彻底丢弃了祖宗的兴盛之地,将洛邑当作了周王室的唯一都城,以致天下诸侯更加不把周天子放在眼中。

自周平王之后,史称"东周",与此相对,周平王之前,则称为"西周"。从此以后,每逢到了祭祀祖先的大典举行之时,九鼎中就见不到什么贡品了。天帝和周王室列祖列宗所能享受的"贡品",只是周土室献上的"祭肉"等物。

九州诸侯十之八九已不再朝见周天子,更不听从周天子的号令,互相间攻城略地、杀戮不休,弱肉强食、犯上作乱之事层出不穷,礼崩乐坏,混乱不堪。

众夷狄之族乘机从北方的草原大举南下,四处攻掠中原各诸侯国。渐渐地,大片中原的农耕之地变成了夷狄之族的游牧草场,无数中原百姓流离失所,无处可栖,或在哀号中饿死草野,或铤而走险,沦为"盗贼"。直到周庄王时,齐桓公即位图霸,任用管仲、鲍叔牙,以"尊王攘夷"号召天下,才使得周王室的衰落有所"改观"。

周王室虽然日渐衰弱,九座宝鼎却依然庄重地立于周王室的宗庙中。可是九座宝鼎究竟能在周王室的宗庙中存留多久呢? 每一代周天子都在心中想着这个不愿去想,又不能不去想,而且谁也不敢深想下去的疑问。

周威烈王自继位以来,一样受着这个疑问的折磨,偏偏又不能将这个疑问说出。每逢到了宗庙的祭祀之日,周威烈王心中就沉甸甸地压着一块巨石匍匐在天帝祖宗的神位之下,也不敢向九座宝鼎多望上一眼。

九座宝鼎中黑沉沉的,空无一物,已空了两百年。九鼎为"天授神器",只有九州诸侯进献的贡品,方可放在其中。长此下去,天帝还会佑我"成周"吗? 周威烈王跪倒在天帝祖宗的神位下,不由自主地在心中问着自己,觉得那块压着他的"巨石"更加沉重,他几乎喘不过气来。周威烈王身后的王室宗族、卿士大夫们亦跪倒了下来,行着叩拜大礼。

跪在最前面的是周天子和左右辅臣周、召二公,其后众人凡为王室宗族者,依着与周天子血统的远近,按次排列。众王叔、王子排在前面,离周天子血统稍远者,纵然辈分极高,也得排在后面。凡为朝中臣子者,则依着上卿、中卿、下卿、上大夫、中大夫、下大夫、上士、中士、下士九级官爵按次排列,上卿最前,下士最后。

天上的乌云更低地压了下来,厉风亦愈来愈强劲,刮得屋顶的青瓦呼呼作响。

"唰——"一道耀眼的闪电突破乌云,直射向周王室的宗庙。"轰——"紧接着一声闷雷,在庙堂上空炸开。

"唰——唰——唰……"一道道闪电宛若苍龙一般翻滚在乌云之间,将整个王城映照得格外明亮。"轰——轰——轰……"一声比一声更响的闷雷不停地回荡在庙堂上空,震得跪伏于庙堂之中的众人耳中嗡嗡乱响,心中发慌。

周威烈王似乎感到大地在隐隐颤抖,他不由自主地抬起头,仰望着那从来不敢有勇气看一眼的九座巨鼎。

"唰——"一道长长的闪电巨龙摆尾般扫在了庙堂的屋顶。"轰——"一阵阵滚雷的轰鸣声中,陡然爆发出一声震天动地的巨响。闪电中,壮观威严的周王室宗庙似被蒙上了一层凄然惨白之色。

雷鸣声中,数百年来一直稳稳静立在神位之下、祭台之上气势凛然的九座宝鼎突然晃动起来。

"啊——"周威烈王惊骇地大叫了起来。

九座宝鼎是夏、商、周三代相传的"天授神器",负有"天命",雷击怎可令其震动呢?

莫非是天帝久久不能享受九鼎中的贡品,已厌倦了周室,不再庇佑周室?

莫非是天帝已收回了九鼎所负的"天命",不再承认周王室为其子孙?

莫非是周王室的列祖列宗痛恨后代儿孙的昏庸无能,降下了雷霆之怒?

莫非是有大灾大难欲降于周王室,天帝怜其子孙,预先显示了凶兆?

……

"轰——轰——轰……"巨雷依然一声更比一声猛烈地击下,击在周威烈王的心上。

他脸色惨白,匍匐在地,浑身颤抖不止。众王室宗族、卿士大夫同样是脸色惨白,在雷击声中匍匐在地,浑身颤抖不止。

周王室宗庙遭到雷击，九鼎震动的消息迅速传遍了天下，众诸侯或惊骇，或狂喜，或忧愁，或兴奋，俱对此异常之事极为重视。无数智者、隐士、巫者、术士等，纷纷走进众诸侯的内宫，向众诸侯讲着九鼎震动所显示出的上天预兆，每一个诸侯都听到了他最愿意听到的话。

桃花盛开，禾苗青翠，三五成群的紫燕穿飞在庭院的梁柱之间，引得幼童们追逐不已。山谷间野鹿出没，河岸上大雁飞起飞落，道旁的田埂不时有狡兔探头探脑。蝴蝶如随风飘散的五彩花瓣，在碧蓝的天空中纷纷扬扬，忽上忽下。

往年每逢此大好时光，洛邑郊外的大道上车流如水，人声鼎沸，若闹市一般。王城中的王室宗族、卿士大夫、富商巨贾竞相乘坐着华丽的高车，携着艳如春花的美姬，在家仆们的前呼后拥之下驰至山野水岸，借着游猎之名寻欢作乐，流连数日不归。但今年此时，洛邑郊外却是异乎寻常的安静，见不到一辆游猎的高车。

郊外行驶的是一辆辆站立着甲士的兵车，来往巡视道路驱散"闲杂人等"。此为周王室郊迎"宾客"前所举行的清道仪式，三百年来，周王室是第一次行此仪式。

依照礼法，"普天之下，莫非王土，率土之滨，莫非王臣"，天下所有的人都是周天子的臣下，没有谁真正会成为周王室的"宾客"。所谓"宾客"，只是周王室对臣下的一种极为尊崇的礼遇。周朝立国已数百年，享受过此等尊崇礼遇的"宾客"却是屈指可数，不足十人。

第一个享受此"宾客"礼遇的人是宋国的第一代国君宋微子。

周武王灭亡商朝，获得九鼎之后，大封功臣和从征诸侯，共分封了一千八百国。分封诸侯共有五等爵位，是为公、侯、伯、子、男。公、侯爵位封地百里见方，伯爵位封地七十里见方，子、男爵位封地五十里见方。所封之地不及五十里，则附于诸侯，称为附庸。

周武王的军师姜太公功劳最大，第一个受封，国号曰齐，是为侯爵。武王之弟周公旦亦为侯爵，国号曰鲁。召公受封于燕，是为伯爵。其他王室子弟分别被封于管、蔡、曹、卫等地，或为侯爵，或为伯爵，俱占据要地，以藩卫王室。

异姓功臣除姜太公外,还有楚(子爵)、许(男爵)、薛(侯爵)、邾(子爵)等数百国。

武王又尊崇先代圣王的功德,封尧帝的后代为蓟君(侯爵),封舜帝的后代为陈君(侯爵),封禹帝的后代为杞君(伯爵)。

武王还封商纣之子武庚为商朝遗民之主,承续商朝列祖列宗的祭祀。以其同母嫡弟管叔、蔡叔辅佐武庚,监视商朝遗民,并善待商王室的贤者微子等人。但是商朝遗民并不感念武王的宽厚仁德,时刻都在伺机反扑,以图夺回失去的九鼎。

武王去世后,成王继位,因其年幼,由周公旦代理朝政,行使天子的权威。周公独掌大权引起了管叔、蔡叔的强烈不满,他们联合怀着报复之心的商朝遗民,发动叛乱。周公闻知,迅速率兵征讨,杀死武庚和管叔,将蔡叔流放。

只是商朝遗民仍然不服,他们的战斗力虽不如周人,却善于贸易,财力雄厚。周公深为忧虑,和另一辅政大臣召公商议之后,决定实施三条对策来控制商朝遗民。

首先,周、召二公将商朝都城朝歌划入卫国,由卫国国君康叔治理。康叔为周公的幼弟,一向对周公十分敬重,严格遵守着周公的教导治理国事。

商朝遗民众多,仅仅一个卫国,并不能将他们完全控制起来。周、召二公又将商人兴盛的亳地封为宋国,将一半商朝遗民驱赶进宋国,由天下公认的贤者微子治理。周公并以成王之命,赐微子为公爵。

成王的分封之命对微子极为推重,虽然要求微子服从周王室,却称微子受封是"作宾于王家,与国咸休,永世无穷"。把微子看作"宾客",而非臣下,给予了最高的礼遇。周公、召公希望借着微子的贤者声望,彻底收服商朝遗民,永远消除后患。

最后,周公、召公又将商朝遗民中财力雄厚的大族移于洛邑,由周王室直接控制。

三条对策的实施,使周王室终于将最难对付的商朝遗民控制了起来,消除了周王室的腹心之患,其中封微子为宋国之君的对策起了最大的作用。

微子为商纣王之兄,在商朝遗民心中有着极为崇高的威望。当初周公以成王之命封微子为公爵,曾遭到周王室许多功勋大臣的强烈反对,认为微子若成为国君,必然会率领商朝遗民反叛,恢复商王室天下之主的地位。周公不顾众人反对,说微子既然是贤者,必会知道天命难违,逆天行事,将死无葬身之地,遂使微子接受王命,成为宋国的第一代国君,承袭商室祭祀,号为"宋微子"。宋微子对周公的信任十分感激,即位之后,勤于政事,多方安慰商朝遗民,宣示"天命"难违,使商人渐渐消除了对周人的怨恨。

周王室对宋微子的忠心大为赞赏,对宋微子的敬重远远超过一般的诸侯。每当宋微子朝见之时,周王室就要派出甲士清道,对宋微子行以"郊迎宾客"的大礼。

在宋微子之后,被周王室给予"宾客"礼遇的臣下,是为周公姬旦。

周公在成王年幼时,独掌朝政大权,引起了许多人的妒恨,造了无数谣言攻击周公。成王亲政之后,一度听信谣言,欲杀死周公,致使周公被迫逃到了楚地。后来成王终于明白了真相,又是惭愧又是懊悔,亲书诏令将周公从楚地迎回。周公回到王都之日,成王派出甲士出城清道,对周公行以"郊迎宾客"的大礼。

经过这番风波,周公更加小心谨慎,与召公倾力辅佐成王,并创制礼仪,教化天下。成王对周公、召公的功绩推崇备至,把周公、召公作为周天子左右辅臣的名号,代代相传。

第三个被周王室给予"宾客"礼遇的臣下,是齐国第一代国君太公姜尚。

姜太公曾经侍奉过商纣,因见其暴虐无道,弃而投奔周室,在渭河上"直钩垂钓",使周文王闻之大奇,终于"愿者上钩",拜其为军师。姜太公感激周文王的知遇之恩,倾其所学,为周文王出谋划策,并帮助周文王制订了长远而缜密的夺取商室天下的"宏图大略"。

周文王去世后,姜太公继续辅佐周武王,承袭文王的遗志,东伐商纣,一举夺得九鼎,成为天下之主。周武王感激姜太公所立的大功,将天下最富庶的齐地封给姜太公。他来到齐国后勤修政事,简化礼仪,大兴渔盐之利,很快使齐国成为天下最富强的诸侯之国。

后来成王即位,管叔、蔡叔勾结殷商遗民反叛,而江淮间的各夷族部落也纷纷起兵响应叛乱。成王紧急派出使者,诏令姜太公出兵镇压江淮夷族,说："东至海、西至河、南至穆陵、北至无棣，五侯九伯，实得征之。"从此，齐国获得了代周天子征伐东方叛逆诸侯的权力，成为天下诸侯闻之色变的强国。

姜太公接到成王诏令后，率领齐国之兵迅速平定了江淮各夷族部落的叛乱，有力地维护了周王室的声威。然后，姜太公以百岁的高龄亲自前往都城朝见成王，回复王命。成王对于功高德重的姜太公"不敢"以臣下待之，特别派出甲士出城清道，行以"郊迎宾客"的大礼。

第四个被周王室给予"宾客"礼遇的臣下，是周厉王时的辅政大臣召公虎。

周王室自极盛的武王、成王、康王之后，渐渐衰落下来，康王后的昭王、穆王、共王、懿王、孝王、夷王都是庸常之主，无甚作为。而夷王之子厉王即位后，竟成了一个人人怨恨的暴君。国人不堪厉王的暴虐，拿起武器，冲进王宫，要杀了厉王。惊恐中的厉王翻墙而逃，奔到彘地避难，太子姬静则逃到辅政大臣召公虎家中躲了起来。

愤怒的国人包围了召公虎的府第，逼迫他交出太子。召公虎无奈，以自己的儿子冒充太子，交给了国人，国人当即杀死了召公虎的儿子。

国人的暴乱终于平定下来，厉王却不敢回到王都，而依照礼法，先王未去世，太子不能继位。一时间，堂堂的周王室竟没有天子主政，成为九州诸侯嘲笑的话柄。周室众朝臣商议之下，请出召公、周公两位辅政大臣共同管理军国大事，号为"共和执政"。

十四年后，厉王死于彘地，"共和执政"结束，太子姬静即位，是为周宣王。召公、周公退居臣位，辅佐宣王修明政事，以礼治国，仁德爱民，省敛财用，国势日渐强盛。久不朝见周天子的各方诸侯又满载着贡品来到了王都，行以"朝见大礼"，史官美称为"周室中兴"。

召公虎作为"周室中兴"的第一功臣，深得周宣王敬重。有一年淮夷"叛乱"，召公虎出征平叛，在胜利返回王都之时，周宣王派出甲士出城清道，对召公虎行以"郊迎宾客"的大礼。

在召公虎之后，"周室中兴"的名臣上大夫尹吉甫也曾受到过周王室给予"宾客"礼遇。他文武双全，曾采集各国歌曲，编为"国风"，又集历代公卿所作之歌，加上周王室的祭礼之歌，集为"小雅""大雅""周颂"，总称为《诗》，成为王室子弟的必学之书。

在周王室都城的西北方,住着以游牧为生的戎狄之族,常常南下劫掠,给周王室带来了极大的威胁。为此,尹吉甫奉命出征,大败众戎狄之族,长追千余里,获得空前的胜利,使周王室声威大震。周宣王大喜,在尹吉甫凯旋之日,派出甲士出城清道,行以"郊迎宾客"的大礼。

对于尹吉甫所获得的"宾客"礼遇,众朝臣多有微词,认为周宣王对尹吉甫过于"敬重",有"失礼"之嫌。尹吉甫不过是一个上大夫,怎么可以和宋微子、周公、姜太公、召公虎这样尊贵的人相提并论呢? 还有人认为,大臣得到过分的"礼遇",将给王室带来难以避免的巨大灾祸。果然,在宣王去世后,继位的幽王就遇到了巨大的灾祸,以致"宗周"覆灭。

到了幽王之子平王即位之时,天下诸侯再也不朝见天子了,互相间攻杀不已,烽火遍地。周平王对诸侯间攻杀不闻不问,"龟缩"在洛邑王城之中,做了五十一年的"太平天子"。

五十一年中,众诸侯弱肉强食,肆意兼并,周初分封的一千八百国到了这时只剩下了二三百国。其中最强大者,为齐、楚、秦、晋四国,位于周王室都城的东、南、西、北四方。天下之事,已为这些雄踞一方的诸侯控制,周天子的至尊之位形同虚设。

其中楚国更是公然自称为王,根本不将周王室看作天下共主,甚至有意向周王室挑战,把江汉间十余个周王室的同宗之国灭掉,并且屡屡北伐中原,向周王室炫耀兵威。周平王对楚国的狂妄之举束手无策,只好整日以酒色自娱,安享"太平天子"之福。

介于齐、楚、秦、晋四个强大的诸侯国之间的宋、鲁、郑、卫等国也非弱者,不断出兵攻伐邻近的弱小诸侯。

宋、鲁、郑、卫等国一向与周王室的关系十分密切。鲁国号称"宗室诸侯之首"。宋国是前朝王族的后代,身份高贵,与周室世代通婚。郑国的开国之君郑桓公为周宣王的嫡弟,是周平王的叔祖父,在所有的诸侯中,血统与周天子最为接近。卫国是卫康叔的后代,在宗室诸侯中的名望仅次于鲁国。然而这四国中,就有三国对周天子极是无礼。

宋国竟将王室之女立为侧室姬妾,而把陈国之女立为正室夫人,犯了

"大不敬"之罪；鲁国作为"宗室诸侯之首"，却数十年不来王都行"朝见大礼"，亦是犯了"不敬"之罪；郑国紧挨洛邑，每逢天旱，就到王室田地抢割禾谷，其罪更甚于宋、鲁两国。只有卫国对周天子还算敬重，其国君卫武公姬和曾率兵勤王，护送周平王从丰镐迁到洛邑，并留在周室朝廷中担任上卿之职，辅佐周平王管理国政。

周王室积存的财物被戎狄之族抢掠一空，初至洛邑时连臣下的俸禄也发不出来。卫武公慷慨大方，将卫国公室历年所积的黄金拿出了许多，解了周王室的困窘。周平王大为感动，有意对卫武公大加礼敬，想让他成为天下诸侯仿效的榜样。

周平王先将卫武公由侯爵升为公爵，又派出甲士出城清道，对卫武公行以"郊迎宾客"的大礼。但是天下诸侯却对卫武公所受的礼遇不屑一顾，说卫武公所得到的一切，都是用黄金买来的。周平王弄巧成拙，不仅没有使王室的威望增加，反而使众诸侯更加不将王室放在眼里。

周平王去世后，因太子姬泄早死，朝臣们共同拥立太孙姬林继位，是为周桓王。他不愿和他的祖父一样"龟缩"在宫中，意图有所作为，即位之后便整顿兵甲车马、积存粮草，想狠狠教训几个胆敢欺侮王室的诸侯，重振周天子的"威严"。

这一年又是大旱，周王室所属的田地因为挨近黄河，不仅没有减产，还比往年长得更好。邻近的郑国看得眼红，由其国君郑庄公亲率兵卒冲进周室的领地，抢割王田中的禾谷。

周桓王大怒，倾其军力，发兵车五百乘讨伐郑国。郑庄公毫不示弱，亦出兵车五百乘相敌。两军交战的结果是周室大败，周桓王肩上也被利箭射中，险些丢了性命。天下诸侯见周天子如此不堪一击，更加胆大妄为，以下犯上，弑君杀子等等恶事层出不穷。周桓王悲愤交加，却再也不敢去教训谁了，郁郁而终。太子姬佗即位，是为周庄王。

此时礼崩乐坏，诸侯目无天子，而周室臣下，也开始目无天子起来。周王室的历代周公都是天下公认的贤者，深得九州诸侯的敬重，成为朝廷柱石。而周庄王这一代的周公黑肩却是例外，他野心勃勃，竟然图谋杀死周庄王，另立年幼的王子，以便独掌朝政。逆谋败露后，周公黑肩被愤怒的周庄王以

"车裂"酷刑杀死。只是周庄王虽能处死逆臣，但对"大不敬"的诸侯却仍是无可奈何。周庄王在悲愤中郁郁而亡，由太子姬胡继位，是为周僖王。

这时齐桓公已即位数年，拜管仲为相，励精图治，欲争霸天下。管仲认为齐国欲霸天下，须先收服人心，当"尊王攘夷"以取得"挟天子以令诸侯"的有利地位。齐桓公完全采纳了管仲的建议，只是一时找不到"尊王"的机会。

周僖王即位，给齐桓公带来了一个"尊王"的最佳"借口"，他立即派出使者入周相贺，并请求周天子依礼法准许他会合诸侯，"歃血为盟"，宣誓效忠周王室，恢复向周王室献贡品。

一个强大的诸侯居然对衰弱的王室如此"礼敬"，几乎是自九鼎铸成后从未有过的奇事。周僖王惊喜万分，立刻依允了齐桓公的请求，并发出诏令称赞齐桓公为至贤之君。然而在心底里，周僖王又对齐桓公的举动充满了疑惧，并未给予齐桓公太高的礼遇。

齐桓公得到了"天子之命"，渐渐收服了众多诸侯，成为号令天下的"霸主"。

在齐桓公之后，又有宋襄公、晋文公、秦穆公、楚庄王接连称霸，俱是宣称"尊王"，而周僖王之后的周惠王、周襄王、周倾王、周匡王、周定王也都是对称霸的诸侯充满了疑惧之心，总是与"霸主"们保持着相当的距离，不敢对"霸主"行以"郊迎宾客"的大礼。

其实霸主们并非真心"尊王"。齐桓公虽然为"五霸"之首，却不愿自低身份去朝见周天子，给周天子一个对他行以"郊迎宾客"大礼的机会。宋襄公争霸失败，一样没有到王都去朝见周天子。晋文公倒是朝见过几次周天子，却只有一次勉强到了周王室的朝堂，算是行了"朝见之礼"，而且晋文公又施巧计，逼迫周天子以"巡视"的名义，反过来"朝见"了晋文公一次。因而晋文公的"朝见"不仅没有给周王室带来荣誉，反而带来了耻辱。对于晋文公，周天子恨犹不及，自然不肯对其行以"郊迎宾客"的大礼。秦穆公称霸时，已经衰老，无力"朝见"周天子。而楚庄王自称为王，根本不屑去"朝见"周天子。

在"五霸"之后，齐国、秦国衰弱下来，楚、晋两国最强，展开了近百年的"争霸"大战。周王室处于晋、楚两大强国之间，受尽了欺侮，甚至周天子的王位，也须依靠晋国来安定。周定王之后，经过简王、灵王的传袭，还算安宁，但到灵王之子景王即位后,周王室的王位承袭就发生了危机。

景王太子早死,有势力的儿子共有三人,为王子猛、王子朝、王子匄。三人各有党徒,相持不下。景王去世后,三人为争夺王位,爆发了一场血腥混战,先是王子猛获胜,袭位为王,是为周悼王。紧接着王子朝反扑成功,杀死了他。

晋国看到有机可乘,就出兵帮助王子匄攻打王子朝,经过长达四年的厮杀,王子匄终于攻进王城洛邑,赶走了王子朝,即位为周敬王。周敬王的王位是晋国为他争得的,故对晋国言听计从,使楚国在争霸中常常处于违抗"王命"的不利地位。

楚国人大怒,指使王子朝的党徒发动叛乱,将周敬王逐出了王都。但是晋国人势大,又将周敬王送回了王都,并杀尽王子朝的党徒,严密控制了周王室。这时,地处东南的吴、越兴盛起来,不断地向楚国发动猛烈的进攻。楚国忙于应付吴、越,对北方的晋国无力对抗,困守在边邑城池中不敢出来。

晋国乘机以"周天子"的名义会合了宋、蔡、齐、鲁、卫、陈、郑、许等十八国诸侯,大举攻伐楚国。不料兵出之后,一连下了十几天的大雨,许多兵卒不等交战,就生病躺下了。晋国见此情景,不敢冒险发动攻击,灰溜溜地解散了十八国联军,退兵回国,威信大失。

楚国刚刚松了一口气,不料吴王阖闾以伍子胥、孙武为大将,发倾国之兵攻进了楚国。楚国措手不及,竟致大败,楚昭王连夜逃出都城,奔至随国避乱。吴王阖闾挥兵长驱直入,一举攻陷了楚国郢都,威震天下。以楚国之强大,居然遭此惨败,大大出乎周天子和中原诸侯的意料。

吴国一向自称为"蛮夷",从来不服周天子的号令,继楚国之后,为天下诸侯中又一称王者。假若吴国称霸天下,定然不会容忍周王室存于世上。周天子每当想到此事,心中就忧如火焚,偏偏又是束手无策。好在秦国出兵救楚,打败了吴国,而越国又从后面偷袭,更令吴国连遭重创,使其一时无力争霸中原。周敬王这才放下心来,又过了十余年"太平天子"的日子。

但吴王夫差继位之后,又打败了越国。越国君主勾践听从大夫范蠡、文种之言,献上美女西施,成为吴王的附属之国,暗地里却又千方百计谋求报复。

周敬王三十八年(公元前 482 年),吴王夫差率领国中最精锐的士卒三万六千人,北上中原,在黄池之地召集天下诸侯会盟,企图称霸天下。越王勾践乘机发倾国之兵攻入吴国,大败留守的吴军,杀死吴国太子姬友。吴王夫差闻听越王勾践"反叛",又惊又怕,勉强和中原众诸侯订下一个盟约,算是当上了"霸主",然后匆匆回军,结果被以逸待劳的越王勾践打得一败涂地,军卒死伤殆尽。

又过了九年,越王勾践再次对吴国发动了攻击,夺回美女西施,迫使吴王夫差自杀,一举灭掉了吴国。紧接着,越王勾践率兵渡过长江、淮河,直至齐国境内,召集天下诸侯会盟。天下诸侯慑于越国的声威,不得不赶到齐国的舒州之地,"歃血为盟",推举越王勾践做了霸主。此时周敬王已去世,其子周元王在位。

越王勾践成为"霸主"后,居然也知道"尊王",派遣使者押着一车贡品来到了洛邑。周元王连忙派出周公为使,"赐给"宗庙中的祭肉,表示周工室承认越王的"霸主"地位。中原的强大诸侯晋国、齐国、宋国、鲁国等等借此纷纷向越王表示祝贺,竭力向越国示好。楚国亦派出使者与越国结好,并请求和越国成为世代婚姻之国。

而越国大夫范蠡却在这时候悄悄离开了越王,那位曾送给夫差的越国美女西施也忽然失去了踪影。越王勾践知道了这件事后很不高兴,对大夫文种怎么也看不顺眼。

过了几年,越王勾践终于找到了一个机会,迫使文种自刎而死。失去了范蠡和文种的越国政事日渐昏乱,军力也衰弱了许多,不能再威胁中原诸侯了。

楚国、晋国一样急剧衰弱,国中内乱不断,臣下的势力愈来愈强,使国君的日子很不好过,成天陷在惊恐之中。这期间,楚国大臣白公胜发动了一场叛乱,杀死了众多楚国宗室大臣,连楚王也差点被杀死了。后来白公胜之乱虽被平定,楚国的元气却已大伤。而晋国的大臣们为争夺田地城邑,互相间大肆攻杀,混战不已。晋国国君眼睁睁地看着臣下杀来杀去,却是毫无办法。最后,晋国的大臣杀得只剩下了势力不相上下的三大家族——魏、赵、韩,方才停止了争斗。除了楚国、晋国,鲁国、宋国、卫国、齐国也是内乱不断,其中闹得最凶的是齐国,大臣田恒竟杀了齐简公,灭了另外几家大族鲍氏、高氏、国氏,独掌了齐国大权。

诸侯间内乱不休,正是周王室修明政事、提高威望的大好时机。但是周王室却并没有把握住这个时机,反而和各诸侯国一样,不断生出内乱。

周元王在位八年后去世,太子姬介即位,是为周贞定王。周贞定王在位二十八年后去世,其子姬去疾即位,是为哀王。哀王登上天子之位仅三个月,就被其弟姬叔杀死。姬叔即位,是为周思王,思王当上天子仅五个月又被其弟姬嵬杀死。姬嵬自立为王,是为周考王。

在短短的一年内,就死了三位周天子,其中两位都是被杀而死,这是自周武王夺取九鼎以来,周王室发生的最凶恶残酷的内乱,使周王室名誉扫地,令人觉得以"礼法"自诩的周王室和诸侯们毫无分别。

周考王的弟弟见兄长们靠着武力强夺,都当了周天子,不禁也跃跃欲试起来。

周考王大为惊骇,和弟弟姬揭反复"谈判",终于商量出了一个"共享天下"的主意来。

周考王划出周王室直属之地洛水以南的三十六个城邑分给姬揭,并让姬揭世世代代承袭周王室的辅政大臣周公之职,掌管周王室的朝政大事。

周王室的直属之地此时已很狭小,姬揭得到的封地几乎占了周室所属之地的一半。姬揭觉得他占有如此多的城邑,又据有周公之职,已成为不是周天子的"周天子",心中很是满意,终于安宁下来。姬揭所居之地被时人称为"西周",姬揭亦成为"西周"的第一代国君,是为西周桓公。

周考王在位十五年后去世,儿子姬午即位,是为周威烈王。周威烈王名为天子,在朝政大事上却做不得主,要听西周公的指点,才能做出决断。

周王室宗庙遭到雷击,九鼎震动的消息传遍天下时,最感兴趣的是魏、赵、韩三国诸侯。其实依"礼法"来论,魏、赵、韩并不能算是诸侯,只能算是晋国的三大家臣。

要成为诸侯,依"礼法"必须经过周天子册封。然而在最初之时,魏、赵、韩三家忙于兼并小国,需要打着晋国的旗号遮掩其行动,倒也并未想着去向周天子请求封号。数十年后,魏、赵、韩三家的国势已扩展到了极致,一时无法再从武力上得到好处。于是,三家都将目光注视到了周王室那里,想在"礼法"上有所收获。

恰在这时,周王室九鼎震动,被魏、赵、韩三家视为大吉之兆,立即派出使者,向天子请求封号,正式成为诸侯。这样,魏、赵、韩三家就可避免"不义"之名,宣称其土地并非夺自晋国公室,而是由周天子册封所得。

为了表示对周天子的"敬重",魏、赵、韩三家都派出地位最高的臣下作为使者。周威烈王闻知,急召西周公商议对策。

西周公道:"魏、赵、韩三家尽得晋国之地,自立有余,今日请求册封,使天下犹知有天子之尊,实为我周室之幸也。大王当以'郊迎宾客'之礼,迎接魏、赵、韩三家使者,以结好于魏、赵、韩三家,则天下诸侯畏三家而敬周室,必能让周室九鼎长安于宗庙矣。"

周威烈王想了好一会,长叹数声后,采纳了西周公所献之策,以"郊迎宾客"的大礼,迎接魏、赵、韩三家使者。于是,魏相国李悝、赵相国公仲连、韩相国侠累,竟成了自宋微子、周公、姜太公、召公虎、尹吉甫、卫武公之后,破例享受周王室"宾客"礼遇的三位臣下的臣下。

严格论起来,李悝、公仲连、侠累甚至连臣下的臣下也算不上。因为魏、赵、韩三国之君在未被册封之前,不能算是周天子的臣下,只能算是晋国国君的家臣。李悝、公连仲、侠累只能算是诸侯家臣的臣下。依照礼法,李悝、公连仲、侠累这等身份"卑贱"的人连见天子之面的资格都没有,岂可享受周王室"郊迎宾客"的大礼?

唉!王道衰败,王道衰败啊!礼崩乐坏,礼崩乐坏啊!九鼎震动,正在于此啊!众王室宗族、卿士大夫只要来到了朝堂上,无不双眉紧锁,仰天哀叹不已。但众王室宗族、卿士大夫回到其府第后,又无不沉醉于美色歌舞之中,琴瑟声整日悠悠不绝。

在哀叹声里,在琴瑟声里,周王室以"郊迎宾客"的大礼将李悝、公连仲、侠累从郊外迎至朝堂,命内史(主掌诸侯大夫的册命及爵禄废置之事)写下策命,宣示天下:赐魏国之主魏斯、赵国之主赵籍、韩国之主韩虔俱列为侯爵。

三国闻之大喜,以王命遍告国中,并大摆宴乐,以示庆贺。从此,魏、赵、韩三国"名正言顺"地成为诸侯。魏斯是为魏文侯,赵籍是为赵烈侯,韩虔是为韩景侯。

周初分封的一千八百国至周平王时已减为二三百国,到了此时,则只剩下了二十来国,其中大国有八,为楚、越、赵、齐、秦、燕、魏、韩。在大国的夹缝中,尚有宋、鲁、郑、卫、莒、蔡等十余个小国。其大者国土方才百里,小者国土只数十里。这些小国其实都已成了大国的附庸,勉强苟延残喘着,随时都会遭到灭亡的命运。

大国之中,越国地处偏僻,虽然一度称霸,却因部众过于散乱,纷争四起,已失去往昔的威力,仅可自保。真正可称雄于天下者,实为秦、楚、韩、魏、赵、燕、齐七国。

"七雄"中,又以从晋国分裂出的魏、赵、韩三国兵卒最为强悍,因而魏、赵、韩三国的国君也最有"争雄"天下的野心,无不招贤纳士,励精图治,渴望扫灭其余六国,一统天下。

第十六章

魏文侯敬儒尊法　西门豹铁腕治邺

金秋时节,禾穗低垂,饱满的籽粒引诱着天上的雀鸟不断飞来啄食。魏国都城安邑郊外的田垄上,到处都是挥着长竿驱赶雀鸟的农人,然而雀鸟太多,赶起了一群又落下一群,忙得农人们个个满头大汗。

一辆骈车(二马所拉之车)自安邑城中驰出,从大道拐向了田垄间的歧道,缓缓而行。车上共有四人,一位驾车的御者,一位四旬上下的中年人,一位鬓发斑白的老者,一位三旬上下的壮士。

中年人衣裳华丽,面相和善中透出威严,坐在车中左方的尊位上。老者和壮士都坐在车中右方的陪乘之位上,神情恭敬,显然是中年人的从属。

骈车是常见的坐车,一般朝中官位较低者,大多乘坐骈车。凡在朝中做官者,多少在郊外有些田地,每当秋熟之时,一些朝官就乘车巡视属于他的田产,估算他当年应得的收入。

中年人乘坐的骈车并未引起众农人的注意,人们仍是不停地挥着长竿,驱赶着雀鸟。

"这样驱赶雀鸟,也太费人力。倘若此时敌国来攻,农人都须出战,谁来挥竿驱雀呢?"中年人看着歧道两旁的农田,面带忧色地说着。

"雀鸟不除,农人心忧田中禾穗,就算出战,必然难以尽力死战。"老者说道。

"主公,您看那边……"那壮士话说半句,忽觉不对,连忙停住了话头。

主公,是对国君的尊称。原来中年人正是魏文侯,老者是相国李悝,壮士是将军公叔痤。

魏国的始祖,是周王室的同姓功臣毕公高,武王伐纣后,毕公高因功受封于毕地,后代遂以毕为姓。过了数代,毕国被废,毕氏子孙四散流落,成为平民百姓。毕氏子孙中有个叫作毕万的,投奔到了晋国,做了晋献公的大臣,以勇猛善战闻名国中。

晋献公在位之时,大肆扩张,不断吞并周围各国,连年发动战争。其中在一场大战里竟同时攻灭了耿、霍、魏三国。在这场大战中,毕万立有大功,被晋献公封于魏地,称为魏邑大夫。

晋献公宠幸美女骊姬,欲立骊姬之子为太子,对前任夫人所生的诸公子们恨之入骨,欲杀之而后快。太子申生惧而自杀,诸公子纷纷逃亡他乡,一些大臣之子也跟着公子们逃出了晋国。毕万之子魏武子(即魏犨)跟随公子重耳四处逃亡,始终是重耳最信任的心腹之一。

十九年后,重耳回到国中,在秦国的帮助下,夺得国君之位,是为晋文公。魏武子作为晋文公的心腹之臣,不仅承袭了魏邑大夫的官职,封地又增加了许多。到了魏武子的儿子魏悼子时,又得了霍邑之地。魏悼子生子魏绛,又取得了安邑之地。魏绛之后,魏嬴、魏献子、魏侈、魏桓子代代相传,势力更大,成为晋国最大的家族之一。

晋国各大家族为夺取土地,持续了长达数十年的残酷拼杀,最后只剩下了智、魏、赵、韩四家。魏、赵、韩三家又联合起来攻灭智家,除瓜分智家土地外,又将晋国公室之地划成三份,各得一份,仅仅留下绛、曲沃二邑给晋国公室,勉强保留了晋国的虚名。

魏文侯是魏桓子的孙子,自幼喜谈治国兵战农耕祭祀等大事,爱与贤士结交。他即位之后,更是派其嫡弟魏成子为使者,到齐、鲁等"礼仪之邦"寻访贤者,不惜以千金厚礼罗致国中。魏成子不负其兄所托,寻来了一位名闻天下的大贤,姓卜名商,字子夏。

子夏来到魏国时,年已九旬。他对魏文侯说:"老朽之人,不堪为国君驱使。请赐房舍一区,让老朽教导魏国子弟吧。"魏文侯答应了子夏,让其以儒家的"仁义"大道教导魏国子弟。魏文侯自己也对子夏执以"弟子"之礼,常常亲至子夏授课之处,听其讲解"仁义"大道。数年之后,子夏病逝,魏文侯十分悲伤,以国君之师的礼仪,将子夏隆重安葬。

子夏的弟子李克、段于木诸人,俱被魏文侯拜为上大夫,参与朝政。孔子另一弟子子贡的学生田子方,亦被魏文侯拜为上大夫,敬之如师,常向其请教军国大事。

不过魏文侯最信任的人,却不是众孔门弟子,而是讲究"法术"的李悝、翟璜二人。

讲究"法术"者,推崇立"法"治国,一切依"法"行事,在"法"的面前,大夫和庶民同等,谁也不得逆"法"行事。所谓"法"者,是国君依当时情势所制定的种种策令,有时并不合于世代相传的"礼法"。因为对"法"的推崇,讲究"法术"的人就被称为法家,李悝即为天下知名的法家。

儒家和法家正相反,认为治国须依先王传下的"礼仪"行事,对先王之道不可轻易更改。

儒家和法家常常互相攻击,水火不容。各国或以儒家为尊用礼立国,或以法家为贵依法治国,但是在魏国,由于魏文侯既推崇儒家的"礼仪",又讲求"法术",显得他并不过于偏爱一方,居然使朝中的儒法二家相安无事,这在列国间很是少见。

李悝极重农事,认为农事乃国之根本,农人不安,则国中必乱,将危及社稷。为此,李悝针对魏国地少人多的情势,制订了"尽地力"之法,鼓励农人精耕细作,增产者奖之,减产者罚之。几年下来,大见成效,使魏国粮食产量大增,谷价为诸国最低。

粮食大增,国中税收亦是大增,魏国的国力亦强大起来,成为天下公认的强国。魏文侯大喜,拜李悝为相国,大力推行"以法治国"。不料自李悝当上相国后,国中税收竟是年年减少,国用日益不足。魏文侯、李悝心中都感到奇怪,想道:国中连年丰收,怎么反而穷了下来呢? 这年大熟之时,魏文侯特地约上李悝,出城察访民情,探知"国穷"的根由。

魏文侯不愿惊动臣下,只乘了一辆骈车,扮作一个低等的普通朝官,悄然出城。为防有什么意外发生,魏文侯还把将军公叔痤带在身边,充作护卫。公叔痤为魏国最勇猛的将军,深受魏文侯的喜爱。他这般跟着魏文侯"微服出行"还是第一次,忘了须隐瞒魏文侯的身份,一张口说话,就习惯性地叫出了"主公"二字。

魏文侯见公叔痤失言,并未责怪,微微一笑,顺着公叔痤的目光向右前方望过去。但见右前方的一大片田地中,四面各站着一人,手横长竿,一动不动,雀鸟们见那片田地四面都站着人,不敢落下,俱是绕飞而过。

奇怪,这么呆站着不累吗?魏文侯想着,抬手遮着阳光,定睛细看,才发觉那四人原来是草扎的假人。

"哈哈!以草代人,倒是个好主意。"魏文侯笑着,随即又皱起眉头道,"既然草扎的假人一样可以惊飞雀鸟,旁人为何不用,偏要如此耗力奔走,岂非太愚?"

"这其中必有缘故,我们何不过去问问?"李悝说道。魏文侯点了点头,让御者把车停在田头的一株柳树下,然后走下车来,和李悝、公叔痤来到了那片扎着草人的田地旁。

田头放着一只水罐,一位老者正弯腰持镰收割着禾谷,浑身都是汗水。魏文侯更加奇怪,想依我魏国的惯例,过两日才会开镰收割,这老者怎么提前了呢?

"老丈,请起来歇歇吧,我们老爷有话问您。"李悝十分恭敬地说着,拱手对老者行了一礼。老者看见魏文侯是个"官人",不敢拒绝,走上田头,拘谨地向魏文侯施了一礼,垂手侧立。

"请问老丈,这'草人惊雀'的办法甚是省力,旁人何不行之?"魏文侯和颜悦色地问道。

"回老爷的话,非是众人不愿以草人驱赶雀鸟,而是有巫者言道,草人能吸生人魂魄,谁家立草人一个,就会死去家中一子,故人人不敢在田头上立起草人。"老者答道。

"荒唐,巫者害人不浅。嗯,你为何不怕巫者之言,扎了草人呢?"魏文侯又问。

老者凄然苦笑了一下,答道:"小人只有一子,前年从军已死于王事。草人纵然能吸生人魂魄,小人也无所惧了。况且这几年日子越过越艰难,死了倒会少受苦处。"

魏文侯听了，大吃一惊，心想近几年朝中大臣日日称赞寡人的"仁德"，说什么万民乐业，俱是对寡人的厚恩感激不已，谁知这老丈却说他苦得生不如死。倘若国中的百姓都如这老丈一样，寡人岂非成了暴君？臣民百姓，又怎么会拥戴一个暴君呢？国君虽然握有生杀予夺的大权，但若失去了臣民的拥戴，必然难保长久啊。

"老丈，主公近年大施仁德，其'尽地力'之法使民得粮甚多，人人称颂，怎么老丈反倒说日子越过越艰难呢？"李悝看到魏文侯惊诧的神情，心中有些发慌，连忙问道。

"尽地力"之法，是他平生的得意之策。他曾对魏文侯言道，"尽地力"之法行五十年后，魏国必得天下。

所谓"尽地力"之法，就是核定地亩之数，算出每亩地平常年分的产量，然后以此产量为基准，规定每增产一斗，农人之税就减十分之一，增产两斗，农人之税就减十分之二，依此类推。如果减产，则罚之，每减产一斗，加税十分之二，也依此类推。

"主公的'尽地力'之法，确实有许多好处。从前有好些地都因休耕闲着，少收了许多粮食。其实只要勤于耕耘，下足草肥，地力就可保养，不必休耕。这个道理人人知道，但在主公的'尽地力'之法未出之前，却人人依旧休耕田地。'尽地力'之法实行之后，增产就可多得，故人人想尽办法多产粮食，自然勤于耕耘，不肯休耕去养地力。只是粮食多了，价也贱了，百姓实际得到的反不如从前。主公收税，一半收粮，另一半要收铜钱。从前每石粮食可卖七十个铜钱，如今只能卖二十五个铜钱。这样算来，如今差不多要卖三石粮食，才能得到从前一石粮食的铜钱。田主见粮贱钱贵，收租都不收粮食，要收铜钱。唉！我这田地是自家的，日子虽艰难，也还过得。但乡邻间一大半人都是租人田地过活的，日子就难上加难了。这个'尽地力'之法还有一个不好的地方，就是赏罚全以粮食来定。这样，谁家不种粮食，就得受罚。这罚又太重，谁都受不了。大伙儿只好都种粮食了。可百姓过日子，也不能全靠粮食啊，还须种麻、种大豆、种桑、种菜蔬瓜果，如今粮价贱了，大豆、麻、菜蔬瓜果倒贵得吓人。商人们见有利可图，纷纷低价买进粮食，高价卖出大豆、麻、菜蔬瓜果，大赚铜钱，听说洛邑城中的大财主白圭就是靠着贩卖魏国粮食发的大财。大伙儿都说,主公的'尽地力'之法,不是为农人立下的,倒是为那些奸狡的商人立下的。"老者虽然拘谨,却并不胆怯,对着"官人"激愤地说着。

李悝、魏文侯听了,面面相觑,一时说不出话来。他们都没有想到,本来是为了"富民强国",这才立下了"尽地力"之法,谁知到头来得到最大好处的人,既非百姓,也非国君,竟是商贾之人。

洛邑城的白圭,李悝和魏文侯也听说过,传说他本是一个贱民,因善于贸易,十几年间所积之钱多至亿万,连周天子也须向其"借钱"使用。为此,周天子还赏了白圭一个大夫的名号。李悝和魏文侯从来没有想过,那白圭的铜钱,竟有许多是从魏国赚去的。

过了半晌,李悝才又问道:"老丈,还未到收获之时,您怎么就割起了禾谷呢?"

老者抬头看了看天,答道:"近日闷热过甚,恐有暴雨,若不先行收获,只怕是数月辛苦,毁于一旦。乡邻们为求多得粮食,不愿早收——这也是'尽地力'之法在作怪呢。先人们常言'收获如寇盗之至',和老天抢粮食,就要像强盗来了那般着急才对呢!"

"不错,不错,'收获如寇盗之至'实为至理。今日听了老丈的一番话,使寡……使我明白了许多道理。"魏文侯感慨地说着,忽然拱手向老者深施了一礼。

依照"礼法",官人绝不会向百姓行礼。老者见魏文侯如此举动,顿时手足无措,慌忙匍匐在地。魏文侯解下腰间的一块佩玉,让公叔痤递给老者,然后转身而去。李悝、公叔痤跟在魏文侯身后,默然无语。

老者从地上站起,望着手中的佩玉,满脸困惑,恍如梦中一般。那块佩玉晶光灿然,纹理极美,售于市中,至少可得到一万枚铜钱,顶得四百石粮食。

魏文侯和李悝、公叔痤又乘车走了几处乡邑,探访了几家百姓,了解到的事情和老者所说的相差无几。在路上,魏文侯还看见一群狱卒押着几个逃往他国的农人从车前走过。依照魏国的律法,农人弃田逃往他国,罪属不赦,一旦抓获,立即斩首示众。农人们竟不顾杀头之刑,逃往他国,显然确实在魏国难以生活下去,要另寻乐土。

"唉!寡人一向自视为贤君,深得万民拥戴。今日若非私访民间,只怕仍是身在梦中矣。"魏文侯叹道。

"主公仁德爱民,当今少有,原是大贤之君。国人困苦,实是微臣立法不当所致,以致连累主公蒙受国人之怨。微臣罪该万死,罪该万死!"李悝惶恐地说道。

魏文侯摇了摇头道:"这是寡人失察之过,爱卿何罪之有?爱卿'尽地力'之法,使我魏国粮食丰足,士卒给养不愁,实为大功。只是粮足反而民贫,这是寡人没有想到之处。看来那'尽地力'之法,须得大为修改才对。还有,这奸商谋利过甚,须多加压抑。"

"主公明察秋毫,至为圣明。粮价关乎国运,须由国中府库掌控才对。不然,长此下去,国运就会操于商贾之手,实为可惧。"李悝拱手对魏文侯说道。

"不错,农人为国之根本,商人为国之末梢,商人得势,国运必衰。"魏文侯肃然说道。

魏文侯回至朝堂,立即和李悝、翟璜等"法家"之臣反复商议,修订新"尽地力"之法,并同时制定了"平籴法",诏令国中立刻行之。其新的"尽地力"之法除重申增产者奖、减产者罚外,还另加上了数策:

一、准百姓除粮食外,可栽种大豆、麻、桑等物,折价计入粮食产量中。

二、收获须"如寇盗之至",晚于季节收割者,遇天灾其税赋之额并不削减。

三、房舍周围之田,可种蔬菜瓜果,依家口多寡计其亩数,免收税赋。

四、田主收租,田中所产为何物,即收取何物,不得强令租户以铜钱交租。

李悝上"平籴法"时,对魏文侯道:"粮价过贱,农人必是入不敷出,困苦不堪。粮价太高,则城邑中贫民难以忍受,必将逃往他国。'平籴法'就在于控制粮价,使商人无利可图,不致危及国运。粮价为官府控制,遇荒年则可抚农人及城邑中贫民,不致生乱,可谓有百利而无一害。"

"平籴法"的具体实施，是将年成分为好年、坏年，其好年、坏年又分为上、中、下三等。好年成由官府按好年成的粮价买进粮食，存于仓库。到了坏年成时，官府又大量卖出粮食，这样粮价不仅不涨，反而比平时稍低，以使城邑贫民不至饥饿。

在诏令"尽地力"之法和"平籴法"的同时，魏文侯又宣示国中：

一、新"尽地力"之法宣示前的逃亡百姓，若能返回故乡，一律不追究其罪。

二、巫者之流妖言惑众，妨碍农事，各城邑官吏当尽行驱逐，或迫其务农。

新"尽地力"之法的实施，"平籴法"的宣示，使魏国百姓大悦。秋收之后，魏文侯又免收了国中一半的税赋，百姓的收入比往年增加了许多，更是兴高采烈。

魏文侯又"微服私访"了一回，这时他听到的，都是百姓们对"主公"的称颂之词。魏文侯很高兴，带着公叔痤巡视军营，训练士卒，准备向南方的楚国发动攻击。

楚国为南方大国，地域广大，为天下之最。魏国和赵、韩同为晋国的后继，和楚国世代为敌，一日不灭楚国，心中一日难安。就在魏文侯准备征伐楚国时，却听到李悝禀告，邺邑县令出缺，须派人继任。

邺邑处于赵、韩两国之间，距离魏国黄河以南的"伐楚前线"很近。失去邺邑，魏国都城就和伐楚的"前线"之地断为两截，将处于非常不利的境地。因此，魏文侯对邺邑十分重视，总是派出朝廷大臣充任县令，治理邺邑。

偏偏邺邑是魏国最难治理的地方，邑中百姓日益减少，朝廷税赋怎么也收不上来。大臣们都视邺邑为险恶之地，宁肯弃官归田，也不愿出任邺邑县令。

朝中臣子，到底谁能担当邺邑县令的重任呢？魏文侯想来想去，想不出个所以然来。他令寺人传诏，速宣上大夫翟璜入宫议事。

翟璜在魏国大臣中素以知人著称，对每一位朝臣的能力、专长、脾气、爱好等，都是了如指掌。魏文侯每次有重大的委任之事，必会宣召翟璜入宫商议，听取翟璜的建议。

魏国的宫殿高大庄重，气势雄浑，却又十分朴素，墙上没有彩画，柱上没有雕以云水盘龙，屏风案几也只是普通的柏木制成，没有过多地嵌上金银美玉。朝堂旁有一间素室，原是魏文侯举行祭祀大典前斋戒沐浴的地方。后来魏文侯召见心腹大臣，也往往在素室中进行。素室中没有华丽的高榻，仅有一席，一张案几。魏文侯和翟璜相对坐在席上，亲切随意，不似一对君臣，倒像是一对熟识的朋友。

翟璜年过五旬，高鼻深目，胡须卷成一圈圈苑在嘴唇周围，体格十分魁壮。他的祖先是夷狄之族，到他的祖父那一辈才定居魏地。狄人的后代一向在魏国被人轻视，很少会做到上大夫的高官，只有翟璜是个例外。翟璜对魏文侯的知遇之恩非常感激，国君但有所问，必是知无不言，言无不尽，毫无保留。

"邺邑乃我魏国重地，请问大夫，何人可担当此重任？"魏文侯问道。

"西门豹可担此重任。"翟璜想了一想，回答道。

"西门豹？"魏文侯听了，不觉皱起眉头。西门豹官居中大夫，性格刚强，武勇好斗，魏文侯每次出征，常以西门豹为先锋大将。对于魏文侯来说，西门豹只适合于做一个冲锋陷阵的将军，并不适合做一个管理民政、收取税赋的县令。

"微臣听说邺地豪强横行，吏卒不守法令，良善受欺，故百姓日益减少，有损主公圣明。西门豹忠直刚强，虽性格急躁，然不畏豪族，可保主公法令畅通无阻。"翟璜说道。

"不错，治理邺邑的要紧之处，就在于法令畅通。"魏文侯被说服了，点头称是。

次日，魏文侯发下诏令，任命西门豹为邺邑县令，并在素室中召见西门豹。

"大夫此去邺邑，定能成就一番功业，在列国间美名远扬。"魏文侯鼓励着说道。

西门豹年纪在四旬上下，五短身材，臂粗腿壮，显得十分结实。在列国之间,立功扬名之途有三:一为掌控朝中大权,左右朝廷决策;二为充任领兵主帅,攻占城邑;三为独当一面,为大县的县令或者郡太守,使一方百姓安宁富足,万民称颂。

各诸侯国君,无不以"功名"来激励臣下,并以拥有众多"功名"大臣而骄傲。各诸侯国的大臣,亦是争相"立功扬名"。西门豹亦不例外,早就在盼着有一个"立功扬名"的机会。魏文侯不愧为圣明之主,果然给了他这样的一个机会,这使西门豹十分高兴。

"主公,敢问立功扬名,可有什么好的'法术'吗?"西门豹兴奋之中,脱口问道。

"当然有。"魏文侯神情肃然起来,"你做县令,是为一方民之主宰,切不可率性妄为。任何时候,都要想着你是民之父母,要像爱惜你自己的儿子那样爱惜百姓。朝中百官的俸禄、士卒们的粮草甲仗、祖先的祭祀费用,无一不是来自百姓。没有百姓,就没有朝廷。还有,你为一方主宰,治理属下时,切不可只听吏卒们的言语,你须得走访乡邑,对年长的贤良之士以礼相待,听取他们所说的真心话。这样,你才有可能知道许多事物的真实面目,不至于为假言欺骗。你要记着,许多事物的真实面目都不易分辨,深色的狗尾草幼小时似禾苗,白骨往往被人当作象牙,有亮光的石头则常常被人当作了美玉,这些都要仔细分辨啊。"

"是。微臣当牢记主公之言,不敢疏忽。"西门豹弯下腰来,对魏文侯深深施了一礼。从这些话中,他感受到了邺邑在国君心目中的地位,也感受到了所担负的责任有多么重大。

数十日后,西门豹乘坐驷车,带着十余从属,来到邺邑。邺邑城外是一条宽阔的大河,水色青碧,名为漳水。河岸两旁田地众多,桑林成片。好一处肥美之地!车上西门豹正赞叹着,忽然皱起了眉头。他看见肥沃的田地中生满野草,桑林中枯藤遍地,荆棘丛生,时有野兔出没其间,显得荒凉冷寂。再向远处看时,见一村落土墙倾塌,屋顶裸露,巷中不见人迹,毫无生气。

奇怪,此等肥美之地,怎么如此荒凉?西门豹满是疑惑,想起了朝中同僚们对他所说的话——邺邑是魏国最难收取赋税的县邑,为令者不能收足赋税,轻则降职,重则夺官,你西门大夫本以武勇著名,当在征战中立功,何苦要做这个吃力不讨好的县令呢？哼！不是吃力的事情，我还看不上眼呢。当时西门豹听了同僚的话，轻蔑地冷笑道。

驷车到了离城十里时停了下来，道旁的路亭中站着拜迎长官的御史(为县令的秘书并兼掌监察之事)、廷橼(县吏首领)、三老(县下不设乡，由三老管理)、里正(百家为里，设里正管辖)等人，个个衣服鲜亮，红光满面。西门豹接受众人拜迎，心中的疑惑更重——邺邑田地荒芜，赋税难收，应该是至穷之地，怎么这些小小的属官们个个看上去像发了大财呢？

到了县衙中，西门豹立即招来御史、廷橼，询问田地荒芜、人烟稀少的缘故。

御史说："此地临近漳水，常有水患，民不堪其苦，俱移往他乡，故此田地荒芜，人烟稀少。"

廷橼说："此地民风甚恶，人人不喜耕种，田地虽广，收成却是不多，所收赋税也就少了。"

西门豹露出愁苦之色："如此，本官岂非是有负王命？将来必遭贬谪矣。"

御史道："大人不必忧愁，小人近来已有了收拢民心之法，可以使百姓免逃他乡。"

廷橼也说道："是啊，大人只要依此法而行，定可不负王命。"

西门豹大喜："有何妙法，二位快快道来。若真能收拢民心，本官定当上奏朝廷，为二位请功。"

御史和廷橼互相看了一眼之后，由御史先说道："百姓之所以移往他乡，是畏惧水患也。凡水患之起，多由河伯兴之。古者有俗，挑一美女，使嫁河伯，再以巫者祝之，则水患自然消灭。水患消，百姓必归之。百姓归，则田地不荒，赋税可收矣。"

放屁，水患岂能借巫者之力消灭！西门豹心中大怒，几欲拍案而起，又强忍住了没有当场发火。他想起了魏文侯的话——切不可率性而为。

"这……"西门豹面露难色，"主公已宣示国中，巫者之流妨碍农事，各城邑官吏当尽行驱逐。如今本官不仅不逐巫者，反倒要让巫者公然行祝祭河伯之礼，岂非是违抗主公诏令？"

廷橼道："大人让巫者祝祭河伯，乃是招回流民，增加朝廷税赋，正是尽忠于主公，不算违令。况且邺邑远离都城，些许小事，主公哪能得知呢？"

"你等所言，也是有理。"西门豹含糊地点了点头，让御史、廷椽退了下去。

接下来几日，西门豹查验了文书、户籍、武库、粮仓，又走访了城邑中众"商富良善"的人家，找了几个"贤良之士"谈话，听到的言语和御史、廷椽等人所说的大同小异。众人都称赞请巫者祝祭河伯是个收拢人心的好主意，县令大人爱民如子，应当听从这个主意。西门豹亦表示赞同这个主意，将请巫者祝祭河伯的一应之事，俱交由御史办理。

御史等人喜形于色，忙着办理"收拢人心"的大事时，西门豹却带着从属西门乙、西门丙二人，悄悄驾了一辆单马拉着的车子，从县衙后门出来，驰向城郊。大夫官职不低，家奴众多。西门豹的从属，是从他的众多家奴中挑选出的，个个魁壮有力。

西门豹穿着商人的衣服，神情凝重，坐在车上久久不发一言。西门乙御车，西门丙陪乘，二人素为西门豹信任，却不明白西门豹为何要作此装扮。西门乙言语不多，而西门丙只要有话就憋不住，一定要问个明白。

"老爷是堂堂县令，作此装扮，也太有辱身份了。"西门丙道。

"我向来痛恨那些投机取巧的商人，作此装扮，实在是无可奈何。这御史、廷椽，还有众'良善''贤士'们的话，我听着总觉得不对。可到底是什么地方不对呢，却不明白。也许只有从那些贫穷人家的口中，才会知道些真话。只是我这老爷的仪仗一摆出来，那些贫民们吓也吓坏了，哪敢说出真话。我这模样，也不像个普通人，若想瞒了身份，只有扮成商人。"西门豹苦笑着说道。他心里想，还是从军征战来得痛快，做县令弯弯绕绕的事儿太多了。

城邑之郊村子人烟稍多些，西门豹借口讨水喝，在一个村口停下车来。村口土墙根下，坐着四五个衣衫破旧、面色苍黄的老者。西门豹拿着装水的葫芦瓢，在墙根前蹲下身，边喝边问着一个老者："贵地土地肥美，又没听说打过什么恶仗，怎么荒了这许多田地呢？其中定有缘故吧？"

"也没什么缘故，只是大伙儿命不好，摊上了这块恶地。"老者有气无力地回答道。

"此地近水，可得灌溉之利，应是福地，怎么能说是恶地呢？"西门豹不解地问。

"近水可得灌溉,也易遭受水淹。为了怕水淹,大伙儿连年凑钱给河伯娶媳妇。河伯娶了媳妇,好像安定了些,有几个年头没闹大水了。只是河伯得了媳妇,快快活活过上了舒服日子,倒把百姓们弄苦了,许多人受不住,都搬到了他乡去。"老者说道。

"连年凑钱给河伯娶媳妇?这么说,百姓们是受不了河伯娶媳妇的费用?"

"正是。河伯娶媳妇得收三四百万铜钱呢,差不多每户都要交上五六百个铜钱,相当于二十石粮食。老汉我一家子田地不多,每年的余粮只有五十石,只够换些粗布海盐。这一交了河伯娶媳妇的铜钱,一家子要么穿不上衣服,要么吃不上盐,日子实在难过。"

"不对吧,朝中大夫家娶媳妇,也不过花费四五十万铜钱,怎么一个河伯娶媳妇,倒要花这么多铜钱呢?"

"其实河伯哪里用得了三四百万铜钱,顶多花费二三十万铜钱就够了。"

"那剩下的铜钱哪里去了?"

"还能到哪里去呢,都让那帮操办河伯娶媳妇的人给分了。"

"分了?岂有此理,你们就如此忍气吞声,任人欺负吗?"

"唉!操办河伯娶媳妇的人,都是御史、廷椽、三老、里正这等官家的人,我们若不忍气吞声,就会大祸临头。我是没地方可去,若有地方投奔,早就离开了这等恶地。"

"原来如此。这等官家之人,实是可恶。嗯,这河伯娶媳妇的仪式,究竟是如何一回事呢?"

"给河伯娶媳妇,可马虎不得。主持仪式的巫者,是县里最有名气的一个大女巫,手下的女弟子就有五六十个,出门一大群人前呼后拥,威风比县令大人差不到哪里去。每年春天耕种之时,大女巫就和众弟子们挨户挑选河伯的媳妇。谁家的女儿生得好看些,就会被挑中。有父母不忍心女儿嫁给了河伯,就得拿出许多财物来买通女巫。家里实在穷的,也就只好让女儿做了河伯的媳妇。为了这个,许多人家因女儿稍有姿色,怕被挑去做了河伯媳妇,全家都移到了他乡。唉!走的人多了,摊到每个人头上的铜钱,也就更多了。"

"挑选出了河伯的媳妇，又怎么样嫁出去呢？"

"选出了河伯的媳妇，就先在河边上做好斋戒的房子，然后让那准备嫁给河伯的女孩儿住进去，沐浴斋戒，穿上绣着花的丝绸衣服，坐在红色帷帐里。女巫们还让大伙儿宰了牛羊，备了酒饭，供送亲的人们享用。可惜那酒饭只有官家的人才吃得上，没有穷百姓的分儿。到了正日子里，女巫在河边摆上祭台，放上青牛白羊的头和五谷，跳着舞，唱着歌祝颂河伯。祝颂完了，就把穿了花衣服的女孩抬出来，让她坐上苇草编的床席，顺水漂着。唉！那床席上插满了花儿，倒是挺好看的，可漂在水上不一会儿就沉了下去，看着人心里怪不好受的。"老者叹息着说道。西门豹听了，默然无语，将葫芦瓢还给村人，命西门乙驾车，速回城中。

隔了几日，西门豹问御史和廷椽："河伯娶媳妇，本官意欲观礼，不知可否？"

御史和廷椽心中大喜，连声答应："大人乃一县之主，若能观礼，是河伯之幸也。"

西门豹笑道："河伯娶妇，可惠及邑中百姓，本官岂敢不加礼敬？"

春日临近，倏忽已至"河伯娶妇"的吉期，西门豹大排仪仗，率从属诸人来至漳河岸边。河岸上人山人海，约有数千之众，热闹如市。看见县令仪仗到了，众人都是下拜行礼。御史、廷椽、三老、里正等人亦争先恐后奔到西门豹面前，行以大礼。

西门豹挥手让众人免礼，下车行至河岸祭台之旁。只见一女巫年约六旬，披头散发，浑身挂满香草，一手摇铃，一手摇鼓，正边舞边唱，仿佛没有看见西门豹一样，祭台周围，还垂手侍立着数十年轻女巫弟子，衣裳华丽，相貌也还周正，只是带着些妖气。

御史对西门豹解释道："大巫正施法告知河伯，新妇已备好嫁妆，即将出行，河伯须备车驾在水下迎之。施法之时，难以行礼，还望县令大人不要降罪。"

西门豹笑道："大巫神通广大，可与河伯这等神灵谈话，本官岂敢怪之？"他说着，肃然立在祭台旁，面朝河水，神情极是恭敬。众人见西门豹如此，更是不敢喧哗，河岸旁只听得见女巫的歌唱和水拍沙岸之声。

过了一会，大女巫停止了舞蹈歌唱，在三老、里正等人的陪同之下，向西门豹行以大礼。西门豹对大女巫十分敬重，居然弯腰回了一礼，问道："河伯乃是关乎百姓祸福的大神，其新妇须得端庄有礼，本官意欲观之，不知可否？"

大女巫见县令大人以这等客气的言语和她说话，得意至极，忙让女徒们把新妇领来。很快，几个女弟子就将新妇从斋房里扶了出来，行至西门豹之前。西门豹定睛看着新妇，见她只是一个十五六岁的少女，虽有姿色，却是面容苍白，目光呆滞，恍若一个毫无生气的蜡人。其身材又过于瘦削，一望就知是穷苦人家的女儿。

"唉！"西门豹不觉叹了一口气，转过头对御史说道，"你等行事，怎么如此马虎。本官看这女孩儿尚未成人，容貌也只是中等，怎么可以侍奉河伯这等尊贵的神灵呢？"

"这……"御史万万没有想到西门豹会说出这样的话来，一时张口结舌，回答不出。

"大巫既可与河伯相谈，就烦请告知河伯一声，今日这新妇实在不算美女，难以侍奉河伯。本官当另选美色，在下一个吉日送上。"西门豹不再理会御史，十分恭敬地对大女巫说着。他说话的时候，眼珠不易察觉地向身旁侍立的西门乙、西门丙斜了一下。两人立刻大步走上前，抓小鸡一样将大女巫抓起来，扔向滚滚流动的漳河。

大女巫还没明白过来发生了什么事，就扑通一声栽进了河水里。但见她一双鸡爪般的手指在水面上抓了几抓，就沉到了河底，咕噜咕噜冒上了一大串水泡。河岸的数千人见到这等情景，犹似头顶响起了一声霹雳，给震呆了。御史、廷椽、三老、里正和众女弟子脸色苍白，目光下垂，再也不敢向河水看上一眼。西门豹仍是肃然而立，神情恭敬地望着东流而去的河水。

微风轻吹，几只紫燕在河面上飞过来飞过去，姿态轻盈美妙，煞是好看。过了好一会，西门豹忽然长叹了一声："唉！大巫年迈之人，行动不便，这么久尚未回话，未免等得大伙儿心焦了。来呀，让大巫的弟子去催催她。"

西门乙、西门丙答应一声，如狼似虎般扑向众女弟子，抓起一个，扔进河水中。但听得惨叫声里，河面上溅起了高高的水花。待水花落定，那女弟子也沉进了河底。

"奇怪，本官只是让女弟子去催一下师傅，她怎么就喊成了这个样子呢？"西门豹又转头问着御史。御史更加说不出话来，苍白的脸上已透出青色，双腿发颤，额上沁出豆大的汗珠。西门豹不等御史回答，又自言自语道，"一个女弟子怕不中用，再让两个女弟子去看看吧。"

西门乙、西门丙立刻又抓起两个女弟子，扑通扑通扔进了河水里。这时候，廷椽、三老、里正等人和御史一样，都是双腿发颤，几乎瘫倒在地。众百姓惊骇中交头接耳地议论起来，嗡嗡嗡的声音就似无数只野蜂在河岸上飞舞。西门豹则依然是肃然而立，神情恭敬地面对着河水。

又过了好一会，西门豹皱起了眉头，说："这些女弟子都挺年轻，怎么也没回来？莫不是生得有些姿色，让河伯留下了。嗯，看来女人到底是女人，办不了事。这样吧，烦请三老和里正去向河伯禀告一声，诸位都是一心爱民的'良善之士'，河伯定然不会为难。"

西门豹话音刚落，西门乙、西门丙就将三老和里正抓起来，连连向河中扔去。众百姓虽然仍是惊骇不已，许多人却露出了笑意，几个年轻胆大的人还高声叫了起来："扔得好，扔得好！这帮只知贪钱的恶人，全都该扔到河里去！"一些年老的人听了，慌忙斥责着众年轻人，不准年轻人高声大叫。

西门豹还是肃然而立，恭恭敬敬地望着河水，似是在等待着河伯的回话。等了一会，西门豹转过头望着御史和廷椽，说："看来河伯嫌三老和里正的身份太低，不肯放他们回来。如此，只好请你们二位去……"

扑通！扑通！御史和廷椽不待西门豹话说完，就已跪倒在西门豹面前，不停地磕着头。

西门豹大为奇怪，伸手去扶御史和廷椽："二位如此大礼，是为何意？"

御史和廷椽怎么也不肯站起来，连声哀求："县令大人饶命！县令大人饶命啊！"

西门豹惊讶地问："二位何出此言啊？"

"这……这……这人一到了水中，就……就是没有了性命啊！"御史带着哭腔说道。

"什么，你说的是什么？大声点，我听不见！"西门豹皱着眉头，提高声音问道。

"这……这人一到了水中,就是没有了性命!"御史无奈,只好扯着嗓子大声回答道。

"哦,这人一到了水中,竟没有了性命吗?"西门豹似是大为吃惊,逼视着廷椽问。

"正是,水深流急,人没其中,必然失了性命。"廷椽硬着头皮大声说道。

西门豹陡然变脸,厉声喝问道:"你等明知人没水中,必失性命,为何还是逼迫百姓的女儿充作新妇,去嫁给河伯?这等害人性命的勾当,是朝廷命官所为之事吗?"

御史、廷椽磕头不止,说:"此等勾当,都是大女巫和三老、里正为贪图钱财,欺哄百姓而做出来的,某等受其愚弄,有失察之罪。求县令大人饶命,饶命啊!"

"原来如此。"西门豹冷笑一声,转过身,面对着河岸上的数千百姓,大声道,"你们都听到了吗,'河伯娶妇'原是大女巫和三老、里正为贪图钱财做下的害民之事。天下河流处处,本是上天用来抚育下民的,岂有'河伯娶妇'这等谬事。行此谬事,下害万民,上欺天帝,不能祈福,只会带来灾祸。从今而后,谁若再提'河伯娶妇'之事,本官当依'谋财害命'之罪,将其斩首示众!"

众百姓听了,纷纷跪倒在地,许多人都赞颂县令贤明仁德,做了一件除害安民的大好事。而另有一些百姓却是默默无语,现出忧愁疑惧之色。

西门豹当即让"新妇"的父母将女儿领回家,遣散众女弟子,令其终身不得为巫。然后,西门豹当众让御史和廷椽做出承诺,将三老、里正等人私贪的钱财退回百姓。众百姓又是称赞不已,欢呼之声就似滚滚东流的漳河水,一浪高过一浪。但仍有一些年长的百姓默默无语,呆愣愣地望着那清碧的河水。

数日之后,邺邑城中驰出一辆辆高车,将四乡公认的德高望重的长者载进县衙的正堂上,参加县令大人摆下的"敬贤"之宴。宴会上,西门豹亲自把盏,向长者们敬酒,祝长者们"福如东海,寿比南山"。同时西门豹详细询问着邺邑的风俗人情,田地肥瘦,河川山丘的方位走向等等事情。长者们对西门豹的"敬贤"之举深为感激,俱是争相回答,唯恐有所遗缺。这场"敬贤"之宴,直到红日偏西方才结束。西门豹亲将众长者送出县衙,目送其登车远去。

众长者去得远了,西门豹还久久站在县衙之前,神情凝重。西门乙、西门丙也只好站着,看着天色渐渐昏暗下来。

"老爷,天快黑了,该回衙了。"西门乙忍不住说道。

"小乙,你说,我把那帮混蛋甩进了河里,是不是一件大好事?"西门豹问道。

"当然是一件大好事。那帮混蛋还想欺骗老爷呢。明明是他们借着'河伯娶妇'诈人钱财,害人性命,逼得百姓四处逃亡,却偏偏说他们是在'消弭水患',安抚百姓。老爷若非私出察访,只怕就要被这帮混蛋们瞒过了。依我看啊,把他们抛进了河里,实在是太便宜他们了。应该将他们扔进大鼎中,烧起大火,活活煮死了这帮混蛋。"西门乙愤愤说着,他还有一句话没有说出口来——御史、廷椽是那帮混蛋的头儿,老爷实在不该饶了他们。

"既然是一件大好事,可那日为何还有许多百姓面带惧色呢?他们惧的是什么?"西门豹又问。

"这……这个……小人们不明白。"西门乙只好老老实实地回答道。

"我当时也不明白。今日和众长者相谈一番,方才明白。原来这'河伯娶妇'的习俗在此地风行已有数百年之久。只不过当时'河伯娶妇'所费甚少,百姓并无怨言。后来三老、里正和大女巫贪索钱财,百姓不堪其扰,故纷纷逃亡。然百姓虽恨三老、里正、大女巫贪索钱财,却对河伯敬畏如故。我沉三老、里正和大女巫,这些百姓固然心中欢喜,却又担心河伯会因此发怒降下水患,故又生出畏惧之意。"西门豹说道。

"这些没见过世面的百姓天生胆小,老爷不必去理会他们。"西门乙说道。

"本官身为县令,怎么能对百姓的忧愁不加理会呢?百姓忧愁河伯发怒,就难以安居。百姓难以安居,就会荒疏了田地。田地荒疏,则朝廷的赋税就难收起。朝廷缺少赋税,又何能强国呢?国势不强,必为外人所欺。故身为县令者,第一要务便是应使百姓安居。欲使百姓安居,就应竭力消除百姓的忧愁。"西门豹正色说道。

"那么,老爷该如何清除百姓心中的忧愁呢?"西门乙敬佩地望着西门豹,问道。

西门豹笑了:"我本来是个将官,原以为兵法只对治军有用。不想治理民事,兵法一样有用。如今百姓的忧愁,就是我这个县令的'敌军',百姓为何忧愁呢？是为水患。故水患实为敌军之'帅'也,只要我灭了水患这个敌军之'帅',则百姓们心中的忧愁,自然是消解无迹。"

"小人听说,灭水患之事最是耗费民力,往往劳而无功。"西门丙说。

"正是。"西门豹点头道,"邺邑穷困,只怕担不起消灭水患的费用。只是不灭水患,百姓心中的忧愁又难以消解。"

"小人倒有一个计较,可帮老爷筹来消灭水患的费用。"西门乙说道。

"哦,你有什么计较,快快说来。"西门豹大感兴趣地问道。

"小人前日到御史、廷椽家中传送文书,见其屋宇华美,可与主公的后宫相比。想这二人在邺邑中为官多年,纵容三老、里正和大女巫为非作歹,所得的'孝敬'当是不少。老爷宽宏大量,饶了这二人的性命,二人就该感恩戴德,献出铜钱来,帮老爷灭了水患。"西门乙说道。

"这……"西门豹犹疑起来。西门乙所献的"计较",他不是没有想过,却总感到难以下手。

邺邑是大县,深受朝廷重视,御史、廷椽虽是县令的属官,也须由朝廷委派。此二人俱是十余年前由魏文侯下诏委派的,一个有着上士之衔,一个有着下士之衔。虽然上士、下士的官秩很低,但到底是朝廷命官,县令未经请命,不得任意处置。正因为如此,西门豹明知御史、廷椽和三老、里正、大女巫互为勾结,却还是饶了二人的性命。

御史、廷椽可以安居官位十余年,显然其身后有着朝中权臣的庇护。西门豹虽是武将,常常外出征战,然而对朝中的险恶,也是素有所知。他不愿为了惩罚御史和廷椽二人得罪了朝中权臣,给他日后带来无穷无尽的后患。可是现在看来,他不得不"惩罚"御史和廷椽了。否则,他将无法消灭百姓们畏惧的水患。如果不消灭水患,百姓将无法安居,他也就有负国君的重托,更无从"立功扬名"。

"也罢,'杀敌一万,自损八千'。要想治理好邺邑,就得如战场上一样,把身家性命豁出去了。"西门豹一横心,转过身疾入县衙,拿过竹简,写下文书,连夜召见御史、廷椽二人。御史、廷椽心中发慌，不敢不从，赶至县衙，对西门豹行过参见之礼后，垂手侍立一旁。

西门豹并不多说什么，直截了当向御史、廷椽二人各"借"铜钱三百万。这个数目，是他在估算了御史、廷椽二人十余年所贪的各种"厚利"之后，方才定下来的。听到西门豹张口就要"借"三百万，御史、廷椽二人如雷击顶，半天说不出话来。

见二人不说话，西门豹怒目圆睁，向身侧木架上的青铜宝剑望了过去。在寻常之时，县令处死属官这样的大事，必须向朝廷请命之后，方可行之。但诸侯国之间，常常会发生意外战争或灾祸，有时地当要冲的县令面临紧急之事，必须当机立断，先行处置，再向朝廷请命。县令处死属官，一样可以借口有紧急之事发生，不得不先行处置。

这种发生在紧急之时的处置之权，须得到各国国君的认可，并给予县令信物，以示国君的信任之意。各国的信物不尽相同，魏国国君给予县令的信物，是一柄越国出产的青铜宝剑。

看见西门豹的目光望向了青铜宝剑，御史和廷椽顿时想起了西门豹在河岸上将三老、里正和大小女巫抛进河中的情景，不觉双腿又颤抖起来，扑通！扑通！跪倒在地。

二人面若死灰，连连磕头，"心甘情愿"地各向西门豹"借出"三百万铜钱。

"哈哈哈，二位深明大义，实为朝廷贤臣矣，请起，请起！"西门豹走上前，扶起二人。

御史、廷椽二人脸上强笑着，心里却把西门豹恨到了骨子里，暗暗发誓：我等拼着花完了家中剩下的二百万铜钱，也非要结果了你这"杀神"的性命不可！

第十七章

王霸之道交相用　秦国励士袭魏都

春忙刚过，西门豹便大征丁壮，修整河坝，开挖渠道，欲一举消除水患。百姓们很累，纷纷叫苦，邺邑众贤者也劝西门豹"缓行"治水之举。西门豹拒不听从道："消除水患这等大事，须万众一心，奋力而成。这就如同打仗一样，一鼓作气，勇猛无前，方能大胜，若是稍有缓和，则众人势必畏难气馁，犹如长堤崩塌，将不可收拾。如今众人虽说怨我给他们带来了辛苦，但百年之后，众人的子孙后代定会想到我留下的好处。"

见西门豹的态度如此坚决，众贤者才没有说什么。靠着水沉大女巫立下的"县令之威"，也靠着从御史、廷椽那里"借来"的六百万铜钱，西门豹软硬兼施，逼着百姓夜以继日地劳作。整整劳苦了一个盛夏，居然修整好了数百里的长堤，并开挖了三条渠道，百姓们怨气冲天，说西门豹哪里是一只"豹"，分明是一头比老虎还要凶恶的猛兽，非要把邺邑百姓一口"吞了"不可。

御史、廷椽大喜，密使家人携着财物，拜见朝官，攻击西门豹希图大功，不恤民力，败坏了国君的"仁厚爱民"之德。于是，攻击西门豹的奏章很快就堆满了魏文侯面前的案几。魏文侯仔细看了那些奏章，也不说什么，令近侍将奏章全都锁进一只密匣中。

邺邑百姓对西门豹的"怨恨"只保持了几个月，便消失得无影无踪，剩下的全是感激。正当秋收之时，上天忽然连降暴雨，昏天黑地地落了两天三夜，河水暴涨。邺邑百姓们惊恐万状，纷纷收拾行装，准备木盆、陶缸等物，欲逃往他乡。

从前让"河伯"娶了美貌的媳妇，遇到这等暴雨，也会堤坝崩塌，田地毁损。而今年西门豹却硬把"河伯"的媳妇截了下来，这"河伯"狂怒之下，岂会饶了众人？不料雨过天晴之后，堤坝却是安然无恙，邺邑众百姓除了让雨水泡塌了几间土屋外，没有受到任何损失。众百姓不仅逃过了一场注定难逃的大灾，还获得了一个往年少见的丰收。

待到来年春天，上天又一口气数十日不下雨，旱得土地上都冒出了青烟。可是这一年因多了三条渠道，情形和往年大不相同。滚滚的漳河水顺着渠道流到了干裂的田地上，就像蜜糖流到了农人们的心头上，喜得众人整日笑个不停。

天旱日光充足，只要有水，庄稼会比平常年景长得更好，定然能获得又一个丰收年。唯一的不足之处，是三道水渠的水量嫌少了些，远离渠道的田地，并未得到充分的浇灌。但就算如此，这些远离渠道的田地也多少会有所收获，不致减收过大。

邺邑百姓这才对西门豹心悦诚服，不用县令大人催逼，主动请求多多开挖水渠。西门豹因势利导，率领众丁壮再次"劳苦"了一个夏季，一鼓作气，开挖了九条水渠。这九条水渠加上先前的三条，共有十二条水渠之多，旱时引水，涝时排水，使邺邑的绝大部分田地都成了旱涝保收的"风水宝地"，百姓们欣喜若狂，渠成之日，家家摆宴，人人大醉。

到了秋收之时，邺邑所产的粮食，比往年多出了一倍有余。粮食多了，又无"河伯娶妇"的费用，百姓们的日子好过了许多，不用吏卒下乡去催收，主动把应缴纳的钱粮送进了官府。

流亡在外的邺邑之人闻听家乡风俗大变，出了贤明县令，纷纷返回邺邑。数十年来，邺邑的赋税首次增收，所得大大超过了当初朝廷规定的份额。西门豹这才松了一口气，亲书奏章，将他在邺邑中的所作所为详细禀报给魏文侯。

魏文侯看了西门豹的奏章，十分高兴，特将翟璜召入内殿，赏赐宴乐，感谢他的举荐之功。翟璜也很高兴，手捧金爵连连向魏文侯称贺，说魏文侯又得了一个治理地方城邑的贤能之臣。君臣二人直饮至天色昏暗，方尽欢而散。

次日，魏文侯在朝会之时，下诏曰："中大夫西门豹爱民如子，以仁德治理城邑，百姓悦服，不负寡人所托。今当升为上大夫之列，并赏赐黄金百斤。"

在魏国，每斤黄金可值铜钱一万枚，黄金百斤就是铜钱百万，赏赐可谓丰厚。上大夫的官衔极高，论资格可以当上宰相和一军主将。一个县令若拥有上大夫的官衔，其权势已非寻常的朝中大臣能够相提并论。翟璜亦因举荐之功，升为下卿，并被赐以食邑五百户，黄金二百斤。

见到魏文侯如此赏识西门豹，朝中许多大臣似乎忘了他们曾猛烈攻击过西门豹，纷纷颂扬主公知人善任，西门豹堪称贤能之臣，居然把众人视为险地的邺邑治理成了魏国的乐土。

魏文侯可没有忘记朝臣们曾对西门豹说过什么话，他亲派使者，将朝廷的赏赐和升迁诏令送至邺邑，同时，使者也把那只装满了攻击西门豹奏章的密匣交给了西门豹。那些奏章除了末尾的署名被裁掉了外，一切都原封未动。

接到魏文侯的密匣，西门豹感激涕零，连上奏章，誓言不负主公厚恩，无论众人如何毁谤，他也要为朝廷治理好邺邑，使邺邑成为天下百姓向往的乐土。

看到西门豹奏章的同时，魏文侯又得到了两个对他来说十分有利的好消息。

第一个好消息是，周威烈王自九鼎震动后，神情一直恍惚不定，常常在白日里自言自语，如同邪魔附体一般。这样过了年余，周威烈王终于病倒在榻，以致亡故。因为在周威烈王做天子的时候，曾"威"服过魏、赵、韩三大诸侯，故臣下上谥号曰：威烈。其太子姬骄承袭王位，是为周安王。

魏文侯一向对周王室的"家事"极感兴趣，派有使者长住洛邑城中，随时向他禀告。他知道，姬骄一向懦弱胆怯，遇事毫无主张，完全听从臣下的摆布。而经过魏文侯多年的努力，周王室的臣下至少有一半在实际上成了他的"臣下"，对他降下的"旨意"不敢有丝毫违抗。这样，他几乎可以任意摆布周天子，借周天子的名义大行于魏国有利的事情。

第二个好消息是，楚国国君忽然暴亡，由其嫡子熊疑即位，是为楚悼王。

楚国对外宣称,国君是患时症不幸病亡。但魏文侯却深知内情——楚国国君并非是患时症病亡,而是在出巡之时,被"盗贼"群起攻杀而亡。

在楚国中,魏文侯一样派有使者,随时以"密书"向他禀告楚国中发生的事情。国君出巡之时,都带有精锐的护卫军卒,寻常盗贼根本不可能接近。楚国的"盗贼"居然能攻杀国君,就绝不会是寻常的盗贼,一定是权臣在造反。这个时候,正是攻击楚国的最好机会。

魏文侯兴奋得整夜难以入睡,次日几乎误了例行的宗庙祭祀之礼。这一日的祭祀之礼并不非常重要,是魏国公室一位先君的忌日祭礼。许多诸侯遇到了这样的寻常祭礼,一般不会亲至,顶多是派出宗室大臣代行其礼。但是魏文侯不论寻常的祭礼,还是重大的祭礼,只要人在都中,必会亲行大礼。魏文侯这般看重祭礼,与其说是"孝敬"祖先,不如说是对朝中众大儒的"尊敬"。

儒者最重祭祀之礼,议论一位诸侯的贤与不贤,首先看他是不是认真行以祭祀礼仪。魏文侯愿意众大儒把他看作贤明的诸侯,从而竭尽心智,忠于魏国,教化百姓。

祭祀大礼行过之后,魏文侯和众大臣依照惯例,在宗庙大堂中按次序跪坐席上,神情肃然地听着乐工们演奏庄重的大雅之乐,以祝颂冥冥中的上苍神灵。大雅之乐以编钟、石磬、玉笙、桐木琴、犀鼓、土埙等上百种的乐器演奏,随着悠扬舒缓的乐声,三十二位乐女挥着长袖,边舞边歌。

在各诸侯国中,宗庙乐舞都以八八六十四位乐女的队形进行。只有魏国是个例外,宗庙乐舞的女乐队形只及别国的一半,这又是魏文侯"尊敬"大儒们的一种表示。

八八六十四位女乐本来只是周天子才能享用的"天子之礼",诸侯国不能享用。然而自礼崩乐坏之后,周天子的一切威仪都被诸侯们僭用,"天子之礼"实已成为"诸侯之乐"。

儒者极重礼仪,认为天下大乱的根由,就在于礼仪沦丧,欲使天下安定,必先复礼仪。只有克制一己私欲,恢复礼仪大道的诸侯,才能称得上真正的贤明之君。魏文侯非常愿意做一个"克己复礼"的贤明之君,即位之时,就将女乐队减为三十二人。众儒者对魏文侯的贤明之举十分敬佩,无不以成为魏文侯的臣下为荣。

此时三十二位女乐唱的是一曲宗庙大堂上经常回响的大雅之曲——《皇矣》。

> 皇矣上帝
>
> 临下有赫
>
> 监视四方
>
> 求民之莫
>
> 维此二国
>
> 其政不获
>
> 维彼四国
>
> 爰究爰度
>
> 上帝耆之
>
> 憎其式廓
>
> 乃眷西顾
>
> 此维与宅

《皇矣》之曲,是颂扬周室贤王周文王仁德达于上天之帝,四方归服。

在众儒者眼中,周文王、周武王、周公是完备"礼法"的三位圣人,天下诸侯应以圣人传下的"礼法"治国安民。

魏文侯亦是对周文王、周武王、周公三位圣人十分敬重,但他的敬重却和众儒者的敬重大不相同,他敬重的不是三位圣人传下了"礼法",而是三位圣人的雄才大略。

周文王、周武王、周公三位圣人父子同心,经过数十年的艰苦经营,以一个偏处西方的小国灭亡了强大的商朝,成为天下之主。如今魏国之强,远远超过当初的周室。寡人为什么不能像那三位圣人一样,以文德武功收服天下,据有九鼎,立下万世仰慕的宏伟大业呢?

魏文侯想着,对在宗庙大堂上演奏的大雅之乐十分重视,每次都是凝神静听。只是今日他因未得安睡,精神不济,听着,听着,忽然忍不住打了一个哈欠，大失庄重。歌舞完毕，众大臣向魏文侯行礼告退，唯有上大夫田子方留了下来。

"主公，臣下有话禀告。"上大夫田子方跪下来说着，行以叩拜大礼。

"夫子有何教导，但讲不妨。"魏文侯十分恭敬地对田子方说着，站起来拱手行了一礼后，方才坐下。

"臣观主公，似乎不甚耐听雅乐。常言道，'上行之下必效之'。主公不耐雅乐，则国中雅乐之声恐绝迹矣。雅乐绝迹，国必衰亡。"田子方神情凝重地说着。

魏文侯笑了一笑，道："夫子所教，寡人定当牢记在心。寡人每次端坐在宗庙中听着雅乐之时，就不忘提醒自己，切莫露出了厌倦之意。不想今日还是露出了倦意，实为大错。"

儒者极重君臣上下尊卑之礼，田子方作为臣下，本来不该说出这等"不敬"之言。但是田子方又不能不说出这等"不敬"之言，近些时来，他心中已对魏文侯生出了不满之意。魏文侯太看重那帮"法家"了，用了李悝为相，还把翟璜升为卿位，西门豹也升了上大夫。

田子方曾上奏章攻击过西门豹。他倒并非是受了邺邑御史、廷椽的铜钱，才攻击西门豹的。他是看不惯西门豹的治民手段，认为西门豹不以"礼法"教民，好使诈术，又以"严法"逼迫百姓，所行非是"仁德"正道，长久下去，必将诱使国君迷信法家之"术"，而忽视了儒家"大道"。

然而就是西门豹这样的以诈术治民的"法家"，居然和他同列为上大夫了。田子方想让魏文侯明白他的不满之意，有意借题发挥。魏文侯是贤君，受了"刺"后，应该明白他须得安抚"儒家"众臣，不能偏心。

对于田子方话中的"刺儿"，魏文侯听了很不舒服，但他丝毫没露出不悦之意，反倒连连点头。

这实在是寡人的过错。田子方是寡人之师，寡人升了翟璜为卿，就不该忘了田子方啊。魏文侯望着田子方的背影，有些懊悔地在心中想着。

过了几日，魏文侯在朝堂上连下了三道诏令。以田子方能直言谏君之过，拜田子方为下卿；以太子击为国之储君，不宜久在外邑，将其从中山之地调回朝中；以李克仁德爱民，贤能忠直，拜其为中山县令。

中山之地与魏国并不相连，中间隔着赵国，这样中山就极易为叛臣割据。为此，魏文侯觉得派任何一个大臣去镇守中山之地，都不能令他放心。最后，无奈中的魏文侯将太子派到了中山之地。太子一去就是数年，令魏文侯思念不已。

魏文侯很喜欢太子，认为太子武勇仁德俱全，定可完成魏国一统天下的大任。许多时候，魏文侯有意无意地对太子说——寡人为周文王，汝为周武王矣。让将来能够一统天下的"周武王"充当中山之地的长官，实在是大材小用。魏文侯早就有意将太子调回朝中，当他打算征伐楚国时，这种心情就更加急迫。

征伐楚国这样的强敌，非发倾国之兵不可。如此庞大的军队，要么是国君自为主帅，要么是太子充当主帅。大军在外，国中空虚，亦须国君或太子镇守。总之，征伐楚国的战事一起，国君和太子都有重任在身，缺一不可。只是该由谁去治理中山之地，魏文侯一时拿不定主意。田子方的"直言劝谏"，使魏文侯豁然大悟——以儒者镇守中山，最为合适。

他最担心的事是臣下据有了中山之地，会自立为君。儒者素以忠君自诩，应该不会反叛。当然，儒者拘于"礼法"，缺少"权术"，独当一面治理重地，只怕会有所失误。但太子已治理中山多年，镇服了中山百姓，儒者纵有所失误，也不会闹出大乱来。何况，任命一个儒者治理中山之地，可以显得他看重"儒家"超过了"法家"，能收服众儒者之心。魏文侯对他的决断很是得意，觉得他和圣人周文王相比，毫不逊色。

太子击正当二十六七的少壮之时，身材魁梧高大，素以武勇名闻天下。他在十四五岁时，就已从军征战，在西方斩杀过秦国悍将，在东方擒获过齐国猛将。他在接到回返朝廷的诏令后，立即清点府库，准备好交割事宜。待到李克来到中山后，他只用一日的时间就办完了平时须得三日才能办完的事情，然后带着左右亲随，返归安邑。

魏国和韩国、赵国互相订有同盟之约，誓言以兄弟相待。太子击很容易地穿过赵国，进入魏国。在赵国时，太子击不张旗帜，不奏鼓乐，悄然疾行。但一到了魏国境内，太子击就令从者大张旗帜，并高奏鼓乐。太子击乘坐四匹纯白骏马拉着的高车，头戴金冠，身披锦袍，昂然而立。一路上，国人纷纷围观,称赞太子击英俊威武,列国之间,无人可比。太子击很是得意,有意缓缓而行,直走了十余日,方才来到国都安邑城外。

都城中豪门众多,乘坐高车的贵人们在城门间进进出出,有如流水一般。所有的贵人见了太子击,无不停下高车,恭敬地弯腰侍立道旁,直到太子击的车队过去之后,才敢行进。但是有一辆高车见到了太子击的车队,却并未停下,而是径直冲了过来。

一国之中,除了国君,就以太子为尊。因此除了国君,任何人见了太子,都应该行以"回避"之礼,否则就是犯了"大不敬"之罪,论律当处以斩首大刑。那辆径直冲过来的高车并无随从仪仗,显然绝不会是国君的坐车。

是谁,竟敢在本太子面前如此张狂?太子击心中大怒,正欲喝令从者上前阻止,高车已经驰得很近了,太子击清晰地看到了车中的乘者,原来是新被国君拜为下卿的大儒田子方。

太子击慌忙喝令御者停车,不待所乘的高车停稳,就跳下来,恭恭敬敬地侍立道旁。田子方几乎是唯一可不对太子击行以"回避"之礼的臣下,因为他被国君尊之为师。他的身份已不仅仅是代表着自己,还代表着至高无上的国君。对田子方敬重,就是对国君敬重,对田子方不敬重,则是对国君不敬重。太子击又怎么敢对国君不敬重呢?

田子方看到太子击侍立道旁,依照"礼法"应该立即停车,下来对太子击行以拜见大礼。他虽然名为国君之师,毕竟还是臣下。臣下见太子,绝不可失礼,何况他又是以"守礼"闻名的大儒。不料田子方就像是没有看见太子击一样,驱车从太子击身前扬长而过。马蹄踏起的灰尘随风扑过来,落在了太子击华丽的金冠和锦袍上。

太子击愤怒至极,喝令从者拦住田子方,牵着马索,将田子方的高车拉到他面前。田子方仍是昂然高坐在车上,并不下来对太子击行以拜见之礼。

太子击冷笑一声,问:"夫子如此骄傲,凭的是什么,是富贵,还是贫贱?"

田子方未成为国君之师时,是个"贫贱"之人,常常要靠着借人粮米,才能勉强度日。太子击是在"教训"田子方:你本是个穷愁潦倒的贫贱之人,全靠了国君"敬贤爱才",才得以位居卿位,出入乘坐高车,大富大贵。你所得的一切都是国君赐给的。国君能赐给你富贵,也能让你失去一切,重新沦落到

"贫贱"的境地。

田子方微微而笑,答道:"自古以来,只有听说因贫贱而骄傲的,从来没有听说富贵可以用来骄傲。微臣骄傲,自然是因为贫贱,哪里敢因为富贵呢?"

太子击听了,大为不服:"贫贱之人,日为衣食所困,有什么可以骄傲的?"

田子方从容答道:"贫贱之人,上无片瓦,下无立锥之地,只有所得,并无所失,为什么不可以骄傲呢?昔者伊尹只是一个陪嫁的奴隶,可谓贫贱之至矣,然而因为他的骄傲,被商汤拜为宰相,结果灭亡夏桀,立下了千古流芳的功业。齐国开国之君姜太公年至八十,却无隔夜之粮可食,贫贱亦为至矣。然而他却日日垂钓渭水之上,骄傲到了对周文王的车驾视而不见。周文王因为姜太公的骄傲,拜其为军师,结果姜太公辅佐武王伐纣,获得九鼎,成为天下共主,其功业足可与伊尹相辉映。故贫贱之人,骄傲为其所宜也。"

太子击愈听愈是心惊,神情也愈来愈谦恭。他深知国君志向远大,向来以周文王自诩。国君是"周文王",那么他这位太子,就是"周武王"了。周文王、周武王都是圣人,心胸阔大,爱才若渴,对贤士敬之若父,且谦虚守礼,绝无"骄傲"之态。但是他自进入国中,却一路上大张旗帜,高奏鼓乐,其"骄傲"之态,人人皆知。他这样骄傲,毫无谦虚守礼的姿态,怎么能和周武王那样的圣人相比呢?

国君立他为太子,就是希望他能成为"周武王",如果他所行之事根本不似"周武王",那么国君定会大失所望,就要另寻合适的人来充当"周武王"了。田子方看上去是在故意"羞辱"太子,其实是在劝谏太子:切不可因为一时虚荣,失去了国君的宠信。贤者到底是贤者,一眼就能看到我行事的错处。太子击心中不觉对田子方充满了感激。

"夫子的教训,小子定当牢记在心。"太子击弯下腰来,对田子方行了一礼。

田子方连忙下车,对太子击行以拜见大礼:"微臣妄言无礼,还望太子恕罪。"

"夫子一片苦心,小子岂有不知。"太子击笑着,将田子方扶上高车,目送田子方远远驰去,这才重新上到车上,向宫中驰去。一路上,太子击下令卷起旗帜,收起鼓乐。到了宫中,太子击又脱下金冠,换上布冠,脱下锦袍,换上褐袍。然后,太子击才走上内堂,对国君魏文侯行以朝见大礼,并磕头请罪。

魏文侯大感惊讶,问:"我儿为国辛劳,立有大功,怎么反要请罪呢?"他早已知道了太子一路上耀武扬威的情形,心中大为不满,并想好了教训太子的言辞。不料太子一进到朝堂中,就向他磕头请罪,令他满腹的教训无法说出。

"儿臣愚妄,离开了父侯这几年,只知忙于政事,不知修养圣人之德,以致把父侯的殷殷教诲全忘在了脑后。想当初儿臣治理中山之地时,国人都说儿臣太过年少,难当重任。儿臣憋了一口气,不敢有丝毫松懈,依着父侯的教导,以爱民为本,尊敬贤者,抑止豪强,总算不负父侯厚望,使中山百姓人人乐于安居其地,做魏国之民。儿臣自以为立下了大功,一心要在国人面前夸耀,以舒往日所受的憋屈。故一至国中,就狂态尽露,全无圣人的谦恭之德,辜负了父侯对儿臣的殷切教导,实是罪该万死,罪该万死!"太子击惶恐地说着。

"你能知错,便是大有圣人之德,寡人心中甚慰。"魏文侯见太子如此惶恐,心中很是高兴。

"儿臣为邪念所误,岂能知错。儿臣所以明白了过来,全是田夫子所教也。"太子击说着,将他遇到田子方的情形详细说了一遍,并再次磕头请罪。他知道,国君素以明察秋毫自诩,他受田子方"教导"之事,绝不能够瞒过国君。

"原来如此。"魏文侯点了点头,心里赞道,田子方到底是个贤者,虽然有时让人讨厌,可是知道好歹,明白他什么时候该做些什么事,倒不负寡人对他的一番敬重。

想着,他让太子击站起身来,正色说道:"田夫子所言,实为至理,贫贱者尚可骄傲,富贵者绝不能骄傲。富贵者若是骄傲,就会失去他本来所有的一切。昔者夏桀、商纣贵为天子,可谓富贵至极矣,然而一旦骄傲,拒谏妄行,竟至国灭身丧,实是可畏,可畏啊!"

"当年晋国众卿中,智伯势力最大,本可独占晋国,因其骄傲妄行,结果兵败身亡,使晋国为我魏、韩、赵三家共享,成为一方诸侯。"太子击说道。

"是啊,方今天下大乱,人心险恶,国君稍有不慎,则为强臣所制。我们魏家和韩家、赵家能够三分晋国,别的强臣又为什么不能瓜分我魏家呢。只是国君若想有所作为,非任用强臣不可。国君若想既有所作为,又能避免为强臣所制,首先就须谦恭谨慎,爱民敬贤,虚心纳谏,以圣人的道德获取国人的拥戴。如果国人都诚心拥戴国君,强臣纵有二心,也不敢轻举妄动。其次,不可令强臣久居重地,掌握大权,要随时调换他们的官职,不给他们结党固势的机会。另外,还得尊敬大儒。儒者喜好空谈,死守先王之法,用他们执掌朝政,国势必衰。用他们征讨敌国,定是损兵折将。故此对儒者可敬之如师,不可使其掌控军国大事。儒者以忠孝立身,看重上下尊卑的等级,有他们在朝中,可以对强臣加以威慑,使强臣不敢任意妄为。"魏文侯说着,忽然停下了话头,神情肃然。原来有几位大臣已进至宫门,踏上了朝堂前高高的台阶。

来者中没有一个是儒者,全是执掌着军国大事的强臣。走在最前面的一个,是魏文侯的嫡弟魏成子,他执掌着魏国兵权,正在日夜操练军卒。

魏文侯敬慕周文王,对其"亲亲"的"礼法"深为佩服,善待公室子弟,并委以重任。许多时候,魏文侯出巡各邑,就以魏成子为监国,代国君处置朝中大事。魏文侯的举动,曾引起了许多臣下的忧虑,也使邻近各国惊讶不已。

自礼崩乐坏以来,公室子弟常常相互残杀,列国国君最害怕、最不敢加以信任的人,就是公室子弟。而公室子弟一旦掌握朝政大权,又必然会谋夺国君之位,不将国君置于死地,绝不罢休。似魏文侯这般对其嫡弟重用者,列国间已是极为少见。

在最初的时候,魏国臣子们都担心国中会生出大乱,致使被敌国乘势攻击。魏国的敌国则大为兴奋,摩拳擦掌,整顿兵甲,时刻准备着趁乱攻击魏国。不料魏文侯兄弟始终十分亲密,同心协力,令其敌国大失所望,也令国中臣民敬佩得五体投地。国人纷纷言道,国君兄弟和睦,敌国必不敢侵我魏国,我魏国将强于天下矣。果然,二十年来,魏国势力大增,已成为天下最强大的诸侯国。韩、赵两国也甘愿居于魏国之下,每年对魏文侯行以朝见之礼。

魏国国势愈强,魏文侯兄弟愈是亲密,魏文侯特赐其弟魏成在名字后加上"子"的称号,就如同当年魏国列祖列宗获得的称号一样。魏文侯还给予魏成子特别的礼遇,允许他可以不经过通报,直入内宫奏事。魏成子对于所得到的礼遇,既不加以炫耀,也不刻意回避,从容对之。

平日无事时,他绝不"直入内宫",但若真的遇到了紧急大事,他则会毫不犹疑地行使"直入内宫"的权力,让魏文侯在最快的时刻里得知消息,从而及时做出决断。今日魏成子又是未经通报,直入内宫。跟在魏成子身后的大臣共有三人,是相国李悝,下卿翟璜,将军公叔痤。

依照"礼法",魏成子在直入内宫奏事时,可以将与此事相关的大臣带进宫来。不过,魏成子往日在直入内宫奏事时,总是单独进来,似今日这般还是第一次,一定是发生了非常紧急的事情。魏文侯想着,心里不觉有些沉甸甸起来。他绝不愿意在遇到伐楚良机时出现了别的事情。天下七雄并立,魏、韩、赵三国虽说兵势较强,但若别的大国没有出现内乱,他们很难凭武力得到什么。

只要不是关于魏国存亡的事情,寡人尽可不必理会。魏文侯在心中说着。他无论如何也不能放弃这个千载难逢的伐楚良机。

魏成子和李悝、翟璜、公叔痤向国君和太子行过大礼后,首先禀告的是魏成子:"主公,秦国国君亲率战车千乘,甲士十万,渡过黄河,直逼安邑。"

魏文侯大吃一惊:"什么,秦国竟然派出了大军攻击寡人么?"

"正是,秦国趁我无备,偃旗夜行,离都城不过五十里了。"李悝紧接着说道。

"事在紧急,微臣未请君命,已令邻近各邑速派兵卒护卫都城。"公叔痤说道。

"这……这到底是怎么一回事?"魏文侯仍是无法相信他听到的消息。

在晋国还没有被分为魏、韩、赵三国之前,一直把西方的强邻秦国看作心腹之患。

秦国偏处西陲,若想称雄中原,只有先击败挡在东方要路上的晋国。于是秦、晋两国经常爆发惨烈的大战,数百年来不曾停止,两国结怨极深。

在秦晋数百年的大战中,晋国胜仗居多,秦国常常吃亏,被堵在西陲不能出头。秦国只是在秦穆公时一度占过上风,曾经耀武扬威地攻入晋国,一路上晋人龟缩城邑之内,避而不战,使秦军如入无人之境。可惜自秦穆公以后,秦国的势力始终敌不过晋国,到后来甚至被迫向晋国朝贡。

晋国一分为三,曾经使秦国欣喜若狂,以为东进中原的机会终于来到了。秦国积极整顿军备,大力征兵,向原属晋国的韩、魏两国发动了猛烈的攻击。

魏、韩、赵三国在最初之时,只有魏、韩两国的边境与秦国相连,其中魏国的边境与秦国相连最多,隔着黄河互相对峙。面对秦国的进攻,魏国以防守为主,并派使者携带重金,到秦国相邻的各戎族中活动,挑动各戎族向秦国攻伐劫掠,袭扰秦国后方,减轻魏国所受的压力。当时魏国一心稳定国内,并尽力向周围小国扩充,不愿和秦国发生大战。

秦国地处西陲,和众戎族交相杂居,常和戎族发生冲突,相互攻杀。在秦穆公时,秦国号称"霸主",兵力强盛,一度征服了众戎族,迫使许多游牧的戎族定居下来,成为农耕之民。后来秦国衰弱下来,戎族纷纷反叛,成为秦国的腹心之患。众戎族中,较大者共有大荔戎、绵诸戎、月氏戎、乌孙戎、义渠戎等十余部族。

在这些戎族中,最厉害的是大荔戎、义渠戎两大部族。数百年来,大荔、义渠深受中原华夏农耕之族的影响,在保持游牧的同时,大部分人都定居下来,修筑城邑,耕种田地。实际上,似大荔、义渠这样的部族,除了语言习俗外,已和立国一方的诸侯无甚分别。

大荔、义渠对秦国的强大极为害怕,听了魏国使者的挑动,立刻向秦国大举进攻。秦国被迫放弃对魏国的进攻,回过头来,对大荔、义渠等部族大力征伐。经过数十年的苦战,秦国才攻灭了大荔,将其地改为秦国城邑,紧接着,秦国又征服了绵诸、月氏、乌孙等部族,唯有义渠仍然在与秦国为敌。但是义渠所受到的打击极为沉重,其首领都被秦国俘去,一时无力对秦国发动新的攻击。此时,魏国亦是国中安定,国土也扩至极限,难以再向中原诸侯夺取土地。秦、魏之间的大战已不可避免,各国大为兴奋,盼望着秦、魏能够两败俱伤,一同衰弱下来,以便从中得到些便宜。

周威烈王十三年(公元前413年),魏国首先发动了进攻,魏文侯亲率大军十余万,战车千乘,渡过黄河,直捣秦国腹地。秦国急忙发兵抵抗,结果在郑地被魏军打得大败,伤亡兵卒数万。次年,魏文侯以太子击为大将,再次大败秦军,攻占了秦国的繁庞。又过了数年,魏文侯拜客卿吴起为大将,连续不断地向秦国发动了猛攻。秦国连战连败,死伤惨重,被魏国一口气攻占了临晋、元里、郃阳等城。魏国所夺之地因在黄河之西,遂设置西河郡,派大臣担任郡守治理。

秦国自成为诸侯以来,从来没有经受过如此惨败,举国震骇,畏魏如虎。不论是秦国百姓,还是秦国大臣,再也无人愿意和魏国打仗,整个秦国陷入一片恐怖之中。失去了反扑能力的秦国只好沿着洛水修筑长城,坚守不出,无论魏军怎么辱骂,也不出战。

魏国的大胜,震动了天下。列国公认魏国为天下第一强国,无不对魏国心存畏惧。魏文侯也很得意,对臣下们说,秦国经此惨败,大伤元气,五十年内,绝难恢复。于是,魏国也沿着洛水修筑长城,不再对秦国发动攻击。魏文侯认为,魏国的主要敌人是楚国和齐国,他若是在秦国上消耗太大,必然会被楚、齐乘虚攻击。不料想仅仅几年之后,秦君就率大军攻进了魏国,且兵锋直指魏国都城。秦国的这般举动,魏文侯做梦也不会想到。

不只是魏文侯没有料到秦国的举动,魏成子、李悝、公叔痤一样是没有料到。他们只知秦军已攻进了国境,并从吏卒们口中得知,秦军正向都城杀来。但秦军究竟是如何杀进来的,他们却一无所知。

对于魏文侯的惊问,魏成子、李悝、公叔痤三人面面相觑,无法回答。

"秦军定是从太华山之南的韩国境内穿过,然后北上渡过黄河,如此才能直逼我魏国都城。唉!秦军的这一招,早就有人料到了,可惜……"翟璜叹息着,停下了话头。

当初魏文侯说,秦国大伤元气,五十年内绝难恢复。臣下们听了几乎是齐声应和,并说五十年后魏国将"霸有天下",秦国那时就算恢复了元气,也只好对魏国俯首称臣。臣下们当中只有客卿吴起反对魏文侯的说法,并说十年之内,秦国必会反扑。

魏文侯很不高兴,问吴起:"秦军向来善于野战,不长于攻坚。如今我魏国已筑长城,以秦之残兵败将,能用什么'法术'反扑,敢攻我魏国?"

吴起道:"兵者,诡道也。秦军或可使出奇计,从韩国穿过,北上渡河,直逼安邑。"

"哈哈哈！"魏文侯听了吴起的话，不觉失声笑道，"贤卿之言谬矣。秦国敌我魏国，已是力所难支，如何又会去招惹韩国呢？贤卿素称知兵，实不该如此妄言。"众大臣们也纷纷附和魏文侯之言，嘲笑吴起徒有虚名，只会以妄言惑众。

见众人对他所说的话不以为然，吴起只低叹了几声，没有再多说什么。如今秦国果然杀入魏国境内来了，令翟璜一下子想起了吴起说过的话。

魏文侯想着，立即站起身，发出诏令："自太子以下，都城中所有能拿动长戈的男子，俱须披甲待命。国都城门立刻关闭，禁止城中臣民出城。"又命田子方领着众儒家子弟代国君祭祀社稷，以求天地神灵庇佑魏国。

发出诏令之后，魏文侯披上犀甲，出宫登上了城墙。太子击、魏成子、李悝、翟璜、公叔痤等亦是披甲执戈，跟随在魏文侯身后。客卿吴起等朝中大臣也匆匆披甲执戈，登上了城墙。

秦国位于西方，秦军自当从西而来。魏文侯和众大臣，俱站立在西城门的城楼上。魏文侯的左边站着太子击，右边依照惯例，站着的人应该是魏成子或李悝。但此刻站在魏文侯右边的人，既非魏成子，也非李悝，而是客卿吴起。

第十八章

杀妻求将败齐师　吴起献计夭秦国

吴起并不是魏国人，而是卫国人，本为富家子弟，年轻时爱好交游，喜谈功名，自诩为姜太公、管仲一类的"王霸之才"，不惜花费重金，托人游说国君，希望能进入朝中做官。然而吴起家室虽富，却非名门之后，身份不够高贵，为朝中大臣所轻，谁也不肯举荐他。吴起黄金铜钱花了无数，到头来却是一无所得，大怒之下，远走齐国、郑国，甚至越国，以求得到列国国君的赏识，从而大展其才。只是他数年奔走下来，仍是毫无所获。

这时，吴起的家财差不多消耗殆尽，成为朋友邻居的笑柄。邻居中有一人原先非常穷困，后来得到吴起的资助，购得货物四处贸易，没过几年便大发横财，成为巨富。吴起过惯了挥金如土的日子，不耐贫穷，只得上门向那巨富告借，说他做了大官之后，定会将借得的铜钱加倍奉还。巨富听了仰天大笑，手指着吴起的鼻子说道："你也不撒泡尿照一照，就你这副败家子的模样，还能做上大官吗？我的铜钱就算借给囚徒，也不会借给你这个败家子。看在往日的情分上，我可以让你当个驾车的御者，赏你一口饭吃。"

吴起听了，心中怒火大炽，狂吼一声："匹夫无礼！"拔出剑来，砍下了巨富的脑袋。

杀了人，吴起在家乡待不下去，连夜逃亡。临行时，吴起对母亲说："儿一定会在外国做上大官。这样，卫国就不能将儿治罪了，儿也就可以回来给母亲尽孝。"

吴起向东逃到了齐国境内，这是他第二次来到齐国。第一次他腰里揣满了黄金，尚且找不到做官的门路，这一次，他成了杀人的逃犯，还能做上齐国的大官吗？愁苦绝望的吴起徘徊在齐国都城的大街上，觉得以天地之大，竟是没有了他的容身之处。正在这时，吴起看到一辆高车驰过，上面乘坐的一人是正在齐国讲学的大儒曾子。

当初吴起来到齐国时，有人劝他去拜见曾子，说曾子名望极大，一个人如果得到曾子的推荐，一定会受到国君重视，从而做上高官。吴起却说道，如今是乱世，只有"王霸之术"才能得到国君的看重。儒家好谈仁义，讲究克己复礼，实在是不合时宜。因此，吴起虽然屡次在道路上遇见曾子，并没有上前拜见。后来吴起阅历渐多，见到大儒们在列国俱是受到敬重，不少人因此做上了高官，心中不由得十分后悔。这时吴起见到曾子后，心中顿时一亮，立即改换名姓，投到曾子门下，成为儒家弟子。

吴起博闻强记，文辞流利，领悟力强，深受曾子喜欢，将他视为最得意的弟子之一。当时齐国田氏执掌大权，听闻吴起为曾子的得意弟子，遂将族人之女嫁给了吴起。田氏族人之女并不中吴起之意，但吴起想着成了田氏之婿，就有希望在齐国做上高官，遂高高兴兴地答应下来，并对田氏之女甚是礼敬，受到田氏族人的赞赏。

一日，忽有吴起的亲戚从卫国赶来，告知吴起，他的母亲已因病去世了。吴起听了，号啕大哭一场，拔出佩剑，向着空中一阵乱砍，然后坐下，捧着竹简诵读文章，就像什么事也没有发生。曾子大为惊讶，招来吴起，问他为何不回到卫国奔丧。

吴起不便说他是杀了人的逃犯，只说道："吾曾对母发誓，不为卿相，誓不返国。"曾子听了大怒，说："儒者最讲孝道。父母，天也。为人子者，岂可对父母发誓？父母丧，必守孝三年。尔为儒者弟子，竟敢如此蔑视孝道，拒不赴丧，非是我儒家弟子也。"

吴起长叹一声道："吾本不喜儒家，只为功名之故，勉从夫子门下，实是有愧。"说罢，吴起对曾子深施一礼，然后携带妻子，投奔鲁国，径直拜见鲁相国公仪休。公仪休见吴起为田氏之婿，不敢怠慢，立即接见，交谈之下，觉得吴起满腹谋略，实为难得的大才，遂荐于国君鲁穆公。鲁穆公素来对公仪休言听计从,便拜吴起为下大夫。

在普通人眼中,下大夫已算是高官了。但在吴起眼中,下大夫只是豆粒大的一个小官,微不足道,根本不能使他大展雄才,一鸣惊人,震动天下。不过,下大夫好歹也是一个官儿,能够接近国君,吴起并不推辞,白日上朝办理公事,夜晚苦读兵书。数年下来,他已将前代兵书读得滚瓜烂熟,说起来头头是道,常常与鲁穆公和公仪休谈论兵战之术,使鲁穆公和公仪休对他十分敬佩。渐渐地,吴起熟知兵法的名声在鲁国广为人知,许多大臣争相与吴起交往。

一些大臣料知吴起必受重用,纷纷以田产、黄金等等作为礼物,送给吴起。吴起大为得意,对众人所赠的礼物来者不拒,全部收受,然后倾其所得广置美貌姬妾。有时为了得到一个称心的美女,吴起不惜花费百斤黄金。于是,吴起在熟知兵法的名声之外,又有了好色的名声。

齐国的田氏急于夺取君位,又恐鲁国从中作梗,便发大军攻入鲁国,想在夺取齐国君位之前,先将鲁国彻底征服。齐国强大,鲁国弱小,两军才一交战,鲁国就已大败。公仪休忙请鲁穆公拜吴起为大将。鲁穆公却迟迟不能做出决断,他对公仪休说:"吴起熟知兵法,本是大将之才。可他又是田氏之婿,倘若临阵投敌,则吾鲁国休矣。"

吴起见鲁军战败,心中着急,主动拜见公仪休,请求做领军大将,抵抗齐军。公仪休将鲁穆公的犹疑告诉了吴起。吴起沉默半晌,一言未发,转身退出了相府。次日一早,吴起拎着一个木匣,再次来到相府,将木匣交到了公仪休手中。

公仪休在疑惑中打开木匣,不觉惊骇地狂叫起来,差点昏倒在地上。那木匣中赫然装着一个血淋淋的人头,正是吴起之妻,齐国田氏族人之女。鲁穆公听了这等惨事,亦是惊骇不已,只好拜吴起为大将,令他率领鲁军拒敌。

吴起到了军中之后,就像换了另一个人,不近美色,不近美酒,日日与士卒同在一起,士卒们穿什么,他穿什么,士卒们吃什么,他也吃什么,士卒们在什么地方睡,他也一样在什么地方睡。白天行军之时,吴起从不乘车,而是和士卒一样步行,见到士卒负荷过重,他就将士兵们扛着的军器移到自己肩上扛着。晚上宿营时他总要到各处巡查一遍,方才睡下。

一天，吴起巡查之时，见到一个士卒背上生了脓疮，若不及早排除脓汁，必会危及生命。脓汁的排除，只能依靠旁人用口吸出。在家中，或许有亲人愿意为病患者吸出脓汁，但在军营中，却无人愿意为那士卒吸出脓汁。吴起见到这种情况，立刻毫不犹豫地俯下身，为那士卒吸出了脓汁。

身为主将，竟然肯为一个小卒吸出脓汁，众军卒们别说没有听过，就是想也不敢去想。主将在军中就似国君一般，士卒们平日望都不敢向主将望上一眼。但是吴起却不同于士卒们常见的主将，在士卒们眼中，吴起不是主将，而是他们的父亲。鲁军士卒们心情激动，以儿子般的热切心肠，渴望着在战场上奋力杀敌，报答主将。

齐军连战连胜，根本不把鲁军放在眼里。不料鲁军在吴起的统领下，由懦弱如羊忽然变得凶猛如虎，人人拼死上前，绝不后退。齐军大败，尸横遍野，狼狈而逃。吴起毫不松懈，率领士卒猛追，一口气将齐军赶回了国中。齐军逃回国后紧闭边邑之门，竟是不敢出战。此一战齐国折损数万精兵、千乘战车，为百余年未有之大败。列国见鲁军以弱胜强，不禁大为佩服，纷纷遣使与鲁国通好，将鲁国视同大国。

齐国的田氏遭此大败，只得将夺取君位的图谋暂缓实行，"甘居"臣下之位。鲁国的大胜，使吴起名声大震，传遍天下。鲁穆公论功行赏，拜吴起为上大夫。齐国田氏恨透了吴起，派人携带千斤黄金，到鲁国四处活动，散布流言。于是，鲁穆公耳边几乎天天听到攻击吴起的言辞。

一个大臣说，吴起原是卫国的无赖、杀人罪犯，用此等人为大臣必为上天不喜。

另一个大臣说，吴起本是儒家子弟，却不守孝道，拒不为母服丧，灭绝人伦。

第三个大臣说，吴起残忍毒辣，为了功名富贵可以杀死爱妻，难保日后不会危害公室。

……

鲁穆公听得多了，不觉对吴起生了疑心，渐渐疏远吴起，甚至不许吴起上朝议事。

吴起叹道："大丈夫行事不拘小节。妻者，私也。国者，公也。吾公而忘私，反受国君猜疑,难成大事矣。"说罢,连夜乘车驰出鲁国,向西疾行,投奔魏国。魏文侯正在广招贤才,天下人凡有一技之长者,俱可上书自荐,由朝廷量才任用。

吴起一到魏国就上书自荐。魏文侯看到吴起的自荐书后,立即招来翟璜,问:"依你之见,吴起是何等样人,吾魏国可否大用?"

翟璜答道:"吴起此人,贪图功名,喜好女色,不能算是贤臣。但其用兵之道,天下无人可及。这样的人,我魏国纵不任用,也绝不可使其投往他国。"

魏文侯皱起了眉头说:"这么说来,寡人若是不用吴起,就应该将他杀死。"

翟璜拱手施了一礼道:"正是。吴起,猛虎也,驱虎不成,则必被虎伤。"

魏文侯听了,微微一笑道:"方今天下诸侯,俱是豺狼,寡人正需猛虎驱使。"

吴起上书后的第三天,就受到了魏文侯的接见。吴起大为兴奋,朝见魏文侯时穿着一袭儒袍,手捧他精心所写的兵书六卷说:"微臣以此六卷兵书,可为主公霸有天下。"

魏文侯对那些兵书看也不看一眼道:"寡人以仁义治国,不喜兵战之事。"

吴起立刻说道:"微臣苦学多年,自信可以通过外在的迹象来推测人们隐藏于内心的愿望,根据过去来观察将来。主公既有招贤之心,为何面对贤才时,口中所说和心中所想大不一样呢?如今主公派人按四时节候之宜,斩杀各种兽类,剥其皮,涂上赤漆,画上图案,遮护车门,掩饰车壁,所为何来?此等之车乘坐不便,也不适合游猎,只能用来与敌作战。古有承桑氏之君,只知讲求仁义,不知武备,结果国灭身亡,而有扈氏之君恃众好勇,不讲仁义,一样是社稷沦丧。贤明的国君有鉴如此,故在以仁义治国的同时,一定不忘兵战之事。微臣观天下诸侯之中,唯有主公可称贤明之君,故不远千里而来,以求尽平生所学,报效主公。奈何主公心有疑意,不愿以真情相待微臣,此为何故?"

在魏文侯遇到的众多贤才中,几乎没有一个人像吴起这般言辞锋利,竟使得他一时无法回答,脸上红涨,过了好一会才反问道:"听说贤卿有大功于鲁，为何不留在鲁国呢？"

吴起大声答道："人生苦短，倏忽而过。微臣不愿安居富贵，无所作为，辜负此生。鲁国，小国也。鲁君，庸君也。身留小国侍奉庸君，何能有所作为？魏国，大国也。主公，明君也。微臣侍奉主公，可以大有作为，立不世奇功，名传千秋万代！"听了吴起的这番话，魏文侯心中舒服了许多，立即传命摆下宴乐，招待"大贤"光临魏国。

宴乐举行之时，魏文侯的夫人亲自捧起金爵，向吴起敬献美酒，这种"礼遇"是诸侯对贤者最为尊重的表示。吴起大为感动，誓言不惜肝脑涂地，以报答主公的知遇之恩。"礼遇"过后，魏文侯拜吴起为客卿，参与朝中机密，尤其是参与兵战机密。

客卿不是一个正式的官职，一般是国君用来安置别国投奔来的太子上卿等身份高贵之人的"专设之位"。吴起虽然名震天下，论官位只是一个上大夫，以此官位而被魏文侯尊为客卿，对吴起来说，是一种极大的荣耀。

吴起不负魏文侯的敬贤之意，主动请求充当魏国大将，越过黄河攻击秦国，连获大胜，再一次震动了天下。只是在魏国获得大胜后，吴起和魏文侯之间却发生了争执。魏文侯将楚国、齐国视为争霸天下的劲敌，不愿为秦国多耗国力。吴起认为秦国才是魏国的真正劲敌，魏国欲争霸天下，必须先灭了秦国。

秦国偏处西陲，和戎族杂居，岂可称为劲敌，吴起如此，多半是欲久掌兵权。魏文侯心生疑虑，立下决断，解除了吴起的兵权，将精锐士卒从河西调回，交由乐羊去攻打中山。对于吴起，魏文侯仍然十分礼敬，除继续尊其为客卿外，还赏赐黄金百斤，美女十名，让吴起可以尽情享受。每隔上几天，魏文侯还会将吴起召进内宫，谈论兵书战策。但是对于具体的朝政军务之事，魏文侯却从来不和吴起谈论。此刻秦军兵临城下，魏文侯不得不将吴起置于身右，以便随时从吴起口中获得应对之策。魏文侯这时虽对吴起有了疑心，却对翟璜曾经说过的一句话毫无怀疑——若论用兵之道，天下无人可及吴起。

魏国君臣登上城楼后不过半个时辰，就听得天边车声隆隆，如滚雷般一阵阵压了过来。紧接着黄尘大起，如决堤的大河之水，呼啸翻腾着向安邑城漫涌而来，威势极是惊人。黄尘中，无数戈矛闪耀着夺目的白光，犹似密林一般。更有千百面大旗迎风招展,旗上都绣着斗大的"秦"字。城楼上的魏国君臣都是见过大阵仗的人,但看到了秦军的这种威势,几乎人人都是大惊失色。秦军屡遭惨败,为何士气如此激昂?军阵如此严整?武器如此众多?

安邑虽为都城,精兵却是不多。秦军俱是锐卒,若大举攻城,只怕是危险至极。秦军屡战屡败,怨气极深,如果攻破都城,必是大肆杀掠,安邑城中,将人人难逃厄运。

……

魏国君臣们想着,背上都冒出了冷汗,许多人的双腿禁不住颤抖起来。

"主公,快,快下诏,让都中百姓上城拒敌!"公叔痤忍不住大声叫了起来。

魏文侯强自镇定,尽量以平静的声音问着吴起:"贤卿,以你之见,寡人该当如何?"

吴起一笑:"秦军不过虚张声势耳,并不会攻城。主公不必诏令百姓上城,以致反被敌军所轻。"

魏文侯点点头:"寡人料想秦军也只是虚张声势,公叔将军未免太过慌张。"其实,魏文侯在询问吴起之前,并没有料想到秦军是虚张声势,而是以为秦军立刻就要攻城。

公叔痤受了魏文侯的"教训",心中很不舒服,问着吴起:"依客卿大人说来,秦军攻入我魏国境内,莫非只是为了游玩一番?"

"秦军当然不是为了来游玩的。秦军屡败,士气低落,国势不振,四面戎族争相攻击,日子十分难过。为了摆脱困境,秦国君臣不惜倾其精锐之卒,冒险突入我魏国境内,以图振作士气,威慑戎族。但是秦国又惧我魏国兵强,并不敢真的与我魏国接战。吾料其绕我安邑一周后,定会立刻依原路回返。这样,秦国就可向国人宣示——已'大败'我魏国,使我魏军躲入城中,不敢接战。秦人闻之,必然举国振奋。而戎族闻之,必然心生惧意,不敢轻易攻击秦国。秦国此举,实为兵法上之'励士'之法也。吾书兵法六卷,其中第六卷专论励士之法。公叔将军身为大将,当熟读吾之兵书,应该知道此'励士'之法,奈何一见秦军,竟慌张至此,实在是有失大将风范。"吴起旁若无人地说道。

"你……你……"公叔痤大怒,却又说不出什么反驳之言。吴起的六卷兵书极受魏文侯重视,曾令人抄录了百余部,赐给朝中大臣们研习。公叔痤也得了一部,但是对吴起的兵书一字未看。他对吴起十分不满,认为吴起并无真实本领,不过是生了一张利口,嘴上会说而已。他身为将军世家之后,在战场上出生入死,不知经过了多少苦战,官位也只是个上大夫。而吴起就凭着一张嘴,来到魏国就居于客卿高位,并被拜为大将。他本来以为吴起一上战场,就会大败而逃,出尽丑态。不料吴起却是屡战屡胜,占尽了风光,使得他相形之下,大为失色,令他在对吴起的不满中,又多出了几分嫉妒之意。

"据贤卿说来,秦军会依原路返回,难道他们不怕韩国军卒截杀吗?"魏文侯问道。太子击、魏成子、李悝、翟璜等人的目光都望向了吴起。魏文侯的疑问,也是他们心中的疑问。

"这个……"吴起向城楼上的众大臣们环视了一眼,露出欲言又止的神态。

"敌军不会攻城,众位且请回到朝堂去吧。"魏文侯知道吴起有机密话讲,忙说道。除了吴起本人和太子击、魏成子、李悝、翟璜、公叔痤几位臣下外,众人都从城楼上走了下去。这几位臣下,可说是魏文侯的"腹心之臣",凡军国大事,魏文侯都会和这几位臣下商议。

吴起却仍未说话,目光直视公叔痤,意思是公叔痤也应该走下城楼。他一向认为,欲立功名,须先立威,使国中人人敬畏。如此,一旦他领了国君的出征之命,就可便宜行事,言出法随,谁也不敢和他作对。但是公叔痤却对他毫无敬畏之心,使他无法忍受。为此,他必须多给公叔痤几次"教训"。见到吴起如此,魏文侯只得说道:"公叔将军,你且代寡人到各处城门巡视一番吧。"

魏文侯的话虽然说得委婉,对公叔痤来说,仍是奇耻大辱——吴起仅仅一句话,就可以将他从国君身边赶走。这件事必会传扬出去,将使他在朝中抬不起头来。

"微臣遵命!"公叔痤咬着牙说道,狠狠地看了一眼吴起,走下了城楼。

"主公,微臣以为秦国返回之时,绝不会遇到韩国军卒的截杀。"吴起这才说道。

"这是为什么?"魏文侯问着,心中不觉大跳了一下。

"魏、韩、赵并称三晋,其中以我魏国最强。韩、赵在表面上对我魏国甚是恭敬,甚至对我魏国行以朝见之礼。但在心底里,韩、赵两国对我魏国极不服气,绝不愿甘居我魏国之下。我魏国愈强,韩、赵两国则愈是妒忌。只是就眼前情势而论,韩、赵两国又有不得不求于我魏国之处。韩国所求者有三:一求我魏国为其西拒秦国,保其后路安稳;二求我魏国南下击楚,震慑其所临强敌;三求我魏国助其伐郑,夺取郑国土地。赵国所求者亦是有三,赵国虽然不与秦、楚相连,却在西北方有着戎族威胁,东北方面临燕国的攻击,东南方又会受到齐国的攻击。赵国一求我魏国从西河郡北上助其攻击戎族;二求我魏国为其阻挡燕国南下,当初赵国之所以愿意我魏国越过其境攻击中山之地,就是诱我魏国直接与燕国对抗;三求我魏国东伐齐国,使其能夺取东南之地。因为有求于我魏国,韩、赵不敢公然做出弱我魏国的举动。因为妒忌我魏国,韩、赵必然会在暗中做出弱我魏国的举动。韩、赵愿意看到魏国强于秦国,却不愿意看到魏国灭亡秦国。韩、赵想让秦国拖住我魏国,使我魏国虽强,但又处处受制,终究不能称雄于天下,完成'王霸大业'。秦国君臣并非愚者,亦是明白此理。故此次秦国偷越韩国境内,定是在事先和韩国有所勾结,得到了韩国的默许。否则,秦国绝不敢冒险而来。既然韩国和秦国有所勾结,其军卒怎么会截杀秦军呢?秦军偷越其境,韩国不可能毫无知觉,可是韩国却并未派人告知我魏国,此即为韩、秦有所勾结的明证。当然,秦军返回之后,韩国立即会派人前来'谢罪',以免得罪了我魏国。"吴起说着,声音洪亮清晰,透出一种逼人的锐气。

魏文侯和太子击、魏成子、李悝、翟璜等人听了吴起之言,互相间不觉对望了几眼。他们也都知道韩、赵两国在心中对魏国不服气,但都未想到韩国会去勾结秦国。魏国兵势极强,又居于韩、赵两国的"腹心之中",随时能给韩、赵两国以致命的打击。在这种情势下,韩国怎敢冒险勾结秦军呢?

"微臣听说,韩侯已重病在身,不能理政。韩国的朝政大事,俱由相国侠累执掌。侠累其人,喜结险恶之徒,心性亦是好弄险使气。韩侯或者不敢勾结秦军,侠累则什么险事也敢做出。主公今后对侠累其人,倒要多加防备。"见众人有不信之意,吴起又说道。

"贤卿所言,确乎有理。"魏文侯听吴起如此说,心中的疑惑顿时消散。他一样在韩、赵两国派有密使,对于韩侯病重,朝政由相国侠累执掌的情况了如指掌。

侠累好大的狗胆,寡人饶不了他。魏文侯在心中恨恨地想着,忽听城头上众人欢声如潮。他忙和众臣走近楼口,向下探望,见秦军已掉转战车,纷纷退走。

"贤卿料敌如神,寡人不胜钦佩。"魏文侯转过身来,赞许地对吴起说道。

"请主公多派疑兵,尾追秦军,只摇旗呐喊,不与秦军接战,使秦军知我有备,不敢在我魏国过多停留,以免惊扰我魏国百姓。"吴起建议道,对国君的赞许并未表示谦恭辞让之意。在魏国,也只有吴起从来在国君面前毫无谦恭之态。魏文侯对吴起的建议完全赞同,当即令魏成子率领"疑兵"大张旗帜,追击秦军。

几乎是在魏成子领命走下城楼的同时,城门守将奔上来禀告道——韩国使者求见。魏文侯对吴起笑道:"看来又是不出贤卿所料。"果然,韩国使者呈上了"谢罪"之书。

韩侯在"谢罪"之书中言道,楚国近日在韩国边境集中大军,意欲攻击韩国。为此韩国不得不将秦、韩边境之兵调往楚、韩境。谁知秦国竟然乘虚而入,偷越国境攻进了魏国。等到韩国发觉了秦军的意图,已不及堵截。韩国上下知道了这件事后都是惶惑不安,韩侯已紧急调回楚、韩边境兵卒,准备从后面袭杀秦军。

秦军已经返回,哪里等得到你韩国兵卒从后袭杀?魏文侯心里冷笑着,口中却道:"请贵使转告韩侯,秦军不过是跳梁小丑,不值一提。我魏国大军将立刻进攻秦国,让秦军知道我魏国绝不可欺。贵国须防备楚军,不必急于调回兵卒。"

"主公真欲发大兵进攻秦国吗?"待韩国使者退出后,李悝疑惑地问道。他知道,魏文侯正在整顿兵车,修造甲仗,准备南下进攻楚国。如果魏文侯此时发大兵进攻秦国,则南下伐楚的预定谋划就会落空,而魏文侯并不是一个喜欢改变预定谋划的人。

对于李悝的疑问,魏文侯并没有回答,只是将目光移向了吴起。李悝见此,知道魏文侯有重大的军机之事和吴起商量,知趣地向魏文侯行了一礼,退下城楼,翟璜亦是告退。太子击也欲行礼告退时,被魏文侯留了下来。高大而又空阔的城门楼上，只立着魏文侯、太子击、吴起三人，一同望着城外。秦军虽已退去，但是自天际吹来了一阵阵的西风，黄尘依旧是漫天飞舞，迷迷茫茫。

夕阳西下，漫天黄尘已变成了一片红雾，将安邑城笼罩在沉郁的血色中。魏文侯耐心地在城楼上站立着，想让吴起首先说话，可吴起始终沉默不语。

"贤卿，寡人绝不能让秦国的'励士之法'得逞。"终于是魏文侯先开口了。

"主公打算如何破秦国的'励士之法'呢？"吴起问道。

"寡人愿拜贤卿为西河郡太守，以西河之兵攻击秦国。"魏文侯坦率地说道。他其实是一直在等着吴起主动请战，他料定功名心极强的吴起一定会向他请战。谁知他的料想却落了空，素喜谈兵的吴起好像对攻击秦国毫无兴趣。

"主公，微臣投奔魏国，是想做下姜太公兴周灭商那般的宏伟大业。以西河之兵攻秦，可胜之，不可灭之。此等之事，公叔痤、西门豹足可任之，主公又何必驱使微臣呢。微臣既不能为主公所用，羞立朝堂之中，请主公允臣归隐深山。"吴起拱手说道。他早已料定了魏文侯会说出什么话来，心中也早想好了应对之语。

魏文侯听了吴起的话，心中大吃一惊。他当然明白，吴起这样的人绝不会归隐深山，吴起若是离开了魏国的朝堂，所"归隐"的地方不是楚国便是齐国，甚至是秦国。如果真是那样，则楚、齐、秦任何一国，都可以借着吴起的"奇谋"，将魏国置于死地。

哼！你吴起若真敢归隐，寡人就要将你的人头留下。魏文侯心里想着，口中说道："寡人不能让贤明大展其才实是惭愧。贤卿究竟如何才能立下姜太公那般的宏伟大业，还望对寡人详细讲来，以使寡人改过，助贤卿尽展高才。"

"主公，我魏国欲得天下，获取周室九鼎，必先灭掉秦国，才能及其余。"吴起道。

"此为何故？"魏文侯忙问道，他对吴起太过直爽的言辞很不习惯。尽管他无时无刻不在想着扫灭列国，获取周室九鼎，但他却绝少说出这样的话来。

"秦国地势险固，实为天下之最，四面高山环绕，中间是一平原。高山可作城池，平原物产丰富。其四面高山中，只有向东一面称得上有强敌对峙。故秦国只需派出二万甲士，就足可抵挡中原各诸侯之国百万大军的攻击。然有一利必有一弊，秦国北、西、南三面都是荒凉之地，只宜戎族居住。秦国欲成为真正的天下大国，非向东扩充不可。秦国东面的第一强敌就是我魏国。故秦国与我魏国，已成天生的对头。秦国一日不灭魏国，一日不能向东扩充其势。我魏国一日不灭秦国，一日不能消除后患。后患不除，何能与楚、齐诸强争于中原呢？故我魏国当前的第一要务，就是灭亡秦国。"吴起慷慨说道。

"秦国是我魏国后患，寡人何尝不知，然秦国并非弱小之国啊！昔者以晋之强大，数百年不能使其灭亡。吴国强盛之时，曾一举攻下楚国都城，却偏偏败在秦军手下。贤卿也说过，秦国地势的险固为天下之最，攻击如此险固的大国，损伤必大。或许我魏国能够灭亡秦国。但秦国灭亡之后，恐怕我魏国耗损之巨，数十年难以恢复。而且我魏国灭亡了秦国，必然会使齐、楚大为恐慌，争相攻击我魏国。如此，魏国危矣。"魏文侯说道。

"不然，如今我魏国已占西河之地，使秦国的险固地势已崩其一角，我魏国借此一角长驱直入，必能灭亡秦国。若主公稍有迟疑，秦国必倾其全力夺回西河之地。一旦秦国夺回了西河之地，则我魏国欲亡秦国，将难如登天矣。"吴起毫不退让地说道。

"那么，依贤卿之见，我魏国灭亡秦国之后，又该如何呢？"魏文侯问道。

"灭亡秦国之后，则我魏国占尽地利，二十年内，必能一统天下。"吴起傲然说道。

魏文侯父子听了吴起之言，心中怦然而动，二十年内一统天下，实在是太有吸引力了。尤其是对魏文侯来说，他正身当壮年，体格强壮，若无意外之事，应该能够活至二十年以上。这样在他这一代，就可以夺取周室九鼎，一统天下，立下千秋功业。

"秦国之外，还有齐、楚、韩、赵、燕、鲁、宋诸国，俱是不可小视，贤卿有何谋划，敢说'二十年内，必能一统天下'呢？"魏文侯强压着心中的激动，平静地问道。

"灭秦之后,主公可将秦地之北拿出数城赠予赵,又可将秦地之南拿出数城赠予韩,则赵、韩必会更加亲近魏国。魏、赵、韩三国亲近,则齐、楚不敢轻易与我魏国为敌。然后主公以大军攻入巴蜀,控制长江上游。最后主公可率赵、韩两国之军,兵分三路,一路南下方城,一路斜出武关,一路自长江上游浮船而下。此三路大军楚国万难抵挡,必为我魏国所灭。楚国灭,则齐国势难保全;齐国亡,则天下无人可敌魏国,将望风归服矣。主公若依微臣之策,顶多十五年内可一统天下,就算有了什么意外之事,也绝不会迟于二十年。"吴起回答道。

"这……"魏文侯沉吟了一会,又问道,"除了此策,贤卿难道别无他计吗?"

"没有。"吴起很干脆地回答道。

"你呢?"魏文侯望着太子击问道,太子击摇了摇头。

"寡人倒是另有一计。"魏文侯说道,"秦兵悍勇,身陷绝境时无不拼死力战,寡人不愿将秦人逼入绝境。楚兵之勇,亦是不弱于秦。然楚兵能胜不能败,胜则个个争先,败则溃不成军。寡人想以贤卿镇守西河,使秦人不敢东犯,消我魏国后顾之忧。然后寡人亲领国中锐卒,会合赵、韩之军,南下攻楚,一举攻灭楚国。楚灭之后,我魏国大军则可南从武关,北从西河,两面夹击秦国,必能一战灭秦。楚、秦灭,则齐国亦可灭,天下归于一统矣。"

听了魏文侯的话,吴起的眉头不觉皱了起来,道:"楚国东有齐国,西有秦国,若是力不能支,定会向齐、秦两国求救。就算微臣能抵挡住秦国,谁能挡住齐国呢?"

"齐国田氏急欲夺得君位,一时很难顾得上楚国。"魏文侯道。

"田氏族人中智者甚多,不会弃楚国不救,以坐视我魏国独自强大。"吴起道。

"就算齐国愿意救楚,也不会派出太多的军卒。何况楚君为盗所杀,新君刚刚继位,国中混乱不堪。我魏、赵、韩三国定会在齐国援军到来之前,灭亡楚国。"魏文侯坚定地说。

吴起见魏文侯如此坚持己见,不由得沉默了下来。魏文侯毕竟是一国之君,对臣下有着生杀予夺的大权,吴起不愿也不能一直和国君硬顶下去。

"贤卿,寡人之计如何?是否合于兵法?"魏文侯又问道。

"敌国乱,则以兵伐之。主公之计,当然合于兵法。"吴起不能再沉默下去,只好回答了一句。

"寡人之计合于兵法,自然可灭敌国。"魏文侯满怀信心地说道。

"未必如此。若想灭亡楚国这等强敌,所行之计仅仅合于兵法远远不够。昔者孙武子为吴王军师,所行之处无不合于兵法,然而终究未能灭亡楚国。"吴起明知魏文侯听了这话不高兴,还是说了。

"若有贤卿为我魏国防守西河,则寡人之计,必能成功。"魏文侯道。

吴起拱手向魏文侯施了一礼:"微臣说过,西河郡太守之职公叔痤、西门豹足可任之。"

"不,西河郡太守一职,非贤卿不能任之。唯有贤卿防守西河,才能使寡人无后顾之忧,才能使寡人可以全力攻楚。贤卿为西河太守,即是我魏国之'姜太公'也,即可立下'兴周灭商'之大业也。"魏文侯说着竟然弯下腰来,对着吴起恭恭敬敬施了一礼。

"啊……微臣死罪,死罪!"吴起慌忙跪下来,向魏文侯行以磕头大礼。国君至高无上,绝不应该向臣下施礼。国君一旦向臣下施礼,就是对臣下提出了最后的要求。吴起在这个时候已无法拒绝魏文侯的要求,除非他真的欲"归隐深山"。但是他绝不愿意就此"归隐",而且他心里很明白,魏文侯也绝不会容许他"归隐"。

他口称"死罪",既是向国君表示了惶恐之意,也是表示他答应了国君的要求。魏文侯见吴起跪下,心中大喜,立刻上前一步,扶起吴起道:"贤卿愿解寡人之忧,实乃魏国之福,实乃天下之福也。中国大地数百年之战祸,亦将息矣!"

"微臣受主公之托,防守西河,应是魏国之臣。"吴起站起来说道。

虽然"客卿"的官职非常荣耀,但毕竟有着一层"客人"的意味,权威不算太大,难以令吴起满意。吴起身任太守,独当一面,最需要的就是拥有绝对的权威,可以便宜行事,甚至先斩后奏。

"如此,委屈贤卿了。"魏文侯笑道。吴起所说的,正是他想听到的。在魏国独当一面的大臣,绝不应该带着"客人"的身份。

次日,魏文侯在朝堂上拜吴起为西河郡太守,攻击秦国,其官衔由"客卿"转为"下卿",正式成为魏国臣子。吴起当日即乘车驰往西河赴任,太子击率相国以下大臣送至城外十里。送行之礼毕后,众大臣各回府第,太子击则驰进宫中,至内宫向母亲行过拜见大礼。

他昨日就该行此大礼,因秦兵突至而耽误了。他的母亲是魏文侯的正室夫人,居于内宫正殿。太子击行礼之时,魏文侯亦在正殿之内。夫人几年不与儿子相见,有满腹的话语要诉说,但是见到国君在场,却默默退到了后面。

"击儿,吴起的兵书你都背熟了吗?"魏文侯问。在太子击前往中山时,他送给太子的"礼物"就是吴起的兵书。

魏文侯当时对儿子说过,一旦儿子返回朝廷时,他要亲自考问其"学业"。

"儿臣都背熟了。"太子击恭恭敬敬地回答道。他已不知经过了多少次父亲的"考问",每一次"考问"都能顺利通过。

"那好,你就将其要紧之处给寡人讲讲吧。"魏文侯说道。

"吴起的兵书,共有六卷,一曰'图国',二曰'料敌',三曰'治兵',四曰'论将',五曰'应变',六曰'励士'。图国即为谋人之国,凡兵战之事,其所图者,最终为敌人之国也。欲谋人之国,必先治己之国。己国治,方可求敌国灭。治国之道,莫过于尊贤,务必'使贤者居上,不肖者处下',其国方可大治。国家大治之后,就可灭敌之国。欲灭敌国,须先料敌,最重要的是对其政事、赋税、民心之类料知无误。不知敌,则不能胜敌。知敌之后就可寻出敌人破绽,从而击败敌人。欲败敌军,须强于敌军。强军之道,在一'治'字耳。治军须严守军纪,赏罚分明。更要教士卒学战,精于搏杀之技,精于行止之法。军强之后,就须选将。为将者,须'德、才、智、能'具备,文武双全,知晓天文地理,能够'施令而下不犯,所在寇不敢敌'。战场之上千变万化,故领军者须有'应变'之能,不应死守兵法。应变之能就在于能够随时了解敌军之势,随时根据敌军之势的不同做出相应的攻击。军强将猛,尚不足以制胜。欲稳操胜券,领军者还须深知'励士之法',必须爱兵如子,能与士卒同甘共苦,不忘抚恤慰问士卒的家属,以求'发号布令而人乐同,兴师动众而人乐战,交兵接刃而人乐死'。"太子击流畅地回答道。

"不错。"魏文侯赞赏地点了一下头，又问，"吴起的兵法，和孙子的《十三篇》相比，孰高孰低？"

"这……"太子击不觉沉吟起来。

孙子名武，自称为齐国田氏之后，因祖上征伐有功，齐景公赐姓孙氏，食邑封于乐安。孙武因家族与朝中权贵发生冲突，避难逃往吴国，受到吴王阖闾的重用，将其拜为军师。

吴国偏处东南，素为中原诸侯轻视。但其军队经过孙武的训练后，兵锋之锐竟是天下无敌。吴军长驱数千里，攻破了强楚的都城，几乎灭亡了楚国，使天下震惊，无不对吴国畏之如虎。

孙武的威名亦是因此震动天下，人人视其为"兵神"。但孙武却在此时悄然"归隐"，不知所终。他在归隐之前，曾将其治军心得写成兵法，献给吴王。这部兵法很快就传遍了天下，被人称之为《孙子兵法》，其兵法共有十三篇，故亦被人称为《十三篇》。

孙武名震天下的伐楚之战到魏文侯时已过百年。百年来，无数人以研究《十三篇》而成为名士，并广招学生，游说于列国之间，这些人被称为"兵家"，广受列国诸侯敬重。

列国将军，无不熟读《十三篇》，列国君主，亦将《十三篇》列为子弟们的必读之书。太子击自是将《十三篇》读得烂熟，但是从未将《十三篇》和吴起的兵书相比过。他并不怎么喜欢诵读兵书，所以将《十三篇》和吴起的兵书背得头头是道，仅仅是为了应付父亲的考问。

太子击认为自己文武兼备，才能丝毫不在孙子和吴起之下，用不着过多地研究旁人的兵法。但作为太子，首先应做的事是确保太子之位，待当了国君后便大展其才，扫平天下。

见太子击答不上来，魏文侯叹了一口气，道："读书最忌死记硬背，须得融会贯通才是。吴起这人就善于读书，吾观其兵法，得益于《十三篇》甚多。如《十三篇》中之'谋攻'曰'知彼知己，百战不殆'，就由吴起生发成'料敌'一卷。《十三篇》人称已尽兵家之法，后人无可出其右。然以寡人观之，吴起的兵法却在多处胜于《十三篇》。吴起之兵法首论'图国'，不就兵论兵，而从大处着眼,一下子抓住了兵法的要害所在——治兵必先治国,国若不安,兵势再强,也难以持久。当年吴国的兵卒由孙子亲自训练,其兵势之强,天下无国可敌。然吴人不图治国,不修内政,其兵势虽强,却不能灭人之国,反被越国所灭。当年越国并无孙子这等'兵神',所以能灭吴国,是其君臣人人奋力于治国也。此外,吴起的'励士之法'亦是胜于孙子。孙子虽然也说须'视卒如爱子',却过于看重将帅,只知'励帅',不知'励士'。其实,士卒若不勇于杀敌,将帅本领再大,只怕也难获得胜利。当然,从全书来看,孙、吴兵法可谓各有所长。学习者研读之时,绝不可偏废。击儿啊,你要像吴起那样读书才行,切不可只知死记硬背。"

"是,儿臣当牢记父侯的教诲。"太子击垂下头,拱手说道。

我是未来的国君,并不是未来的将军,似吴起那般研读兵法,倒也不必。孙子、吴起再厉害,也只能供国君驱使而已。我真正要学到手的,是父侯驱使吴起这等"猛虎"的本领。其实驱使吴起这等"猛虎"也不难,高官、厚赏,再加上美女就足够了。太子击在心中不停地反驳着父亲的话,在他未成为国君之前,也只能这样反驳着父亲。

"但愿你能真的牢记。"魏文侯说着,话锋一转问,"击儿,昨日吴起在城楼上说的话你还记得吗?"

"儿臣记得。"

"那好,你就说说,吴起的平天下之策和寡人的平天下之计,孰高孰低?"

"当然是父侯的平天下之计高于吴起的平天下之策,吴起之策,太过冒险,近乎赌徒孤注一掷。父侯之计,循序渐进,先求立于不败,后求破敌,可稳操胜券。"太子击口中虽这样说,其实心中却在想,父侯太过于求稳,其计远不如吴起之策矣。

"击儿,你错了。吴起之策,比寡人之计高出甚多。"魏文侯摇着头说道。

"那……那么父侯为何……为何不纳吴起之策呢?"太子击疑惑地问。

"唉!"魏文侯长长叹了一口气道,"非是寡人不纳吴起之策,而是不能纳其策也。"

"这……儿臣不解?"

"击儿,秦国地势的险固,确为天下之最。我魏国之中除了吴起外,包括寡人在内,谁也不能灭了秦国。所以寡人如果采纳吴起之策,非得派吴起为大将不可。吴起此人,本领极大,野心也极大。他若领兵灭了秦国,占了天下最险固的地势,岂肯甘当魏国之臣?只怕他立刻就会反过头来,灭了我魏国。所以寡人虽极欲平定天下,也不敢采纳吴起之策。"

"吴起深受父侯厚恩,也会……也会有反心吗?"

"吴起不是一个奸邪之人,然其功名心太重,为了功名,他连爱妻也可杀死,还有何事不可做出?有些人并非天生就有反心,而是情势所激,不反也得反了。身为国君者,最要紧的,就是不能让吴起这样大有本领的人处在能够生出反心的情势下。"

太子击默然无语。父亲的话给了他极大的震动,使他的心中一时波澜起伏——是啊,强臣生出反心,吞灭主上之国的例子,实在太多。小国不去说他,仅就大国而言,强大的晋国不是被魏、赵、韩三大家臣吞灭了吗?这魏氏家臣就是我魏国之祖啊。还有强大的齐国,眼看就被田氏吞灭了。而田氏先祖本是逃难之人,得到齐君的庇护,方才保全了性命。

我魏氏可吞灭晋国,吴起他若占了秦国的险固之地,又为什么不可以吞灭魏国呢?可是身为国君,若不任用强臣,国势必弱,一样会被强者所欺,以致宗庙不保。要成为一个既能大有作为,又善于驱使强臣的国君,只怕不会是我想的那般容易……

"击儿,吴起说得不错,欲谋人之国,必先治己之国。寡人这次将你从中山召回朝中,就是要让你熟习治国之术。一旦吴起击败秦军,寡人立即就带领锐卒会合韩、赵之军,南下伐楚。魏成子、翟璜将随寡人南征,朝中之事,你要多向李悝请教。"魏文侯说道。

"是!"太子击答道。

"好啦。你母亲有话相告,且往后堂去吧。"魏文侯微笑着说道,眼中露出少见的慈爱之意。只有在这个时候,他才会以父亲,而非国君的目光注视着太子击。

太子击走到了后堂,魏文侯仍是坐在正殿里,翻看着臣下所上的各种奏章。这些奏章俱是写在木简上,以线串起,每天在案几上堆成小山一样,重达百余斤。魏文侯对任何一份奏章都会仔细审阅,常常看到半夜,尚不肯安歇。

只是今天他看着奏章,怎么也看不下去,心中反反复复地想着两个字——吴起。

似吴起这等智谋高深之士, 是否看出了寡人有意不采纳他的平天下之策? 如果他看出了,又该如何? 是否愿意出力攻击秦国? 他若不尽力攻击秦国,寡人又该如何?

第十九章

嬴菌献策复国势 吴起设伏占先机

秦军自魏国都城返回后，休整数日，立即杀奔西河而来。西河之地在秦简公眼里，是秦国的生死之地。拥有西河，秦国不仅能够生存，还可东出争霸中原。失去西河，则秦国迟早会被敌国灭亡。

列国行军，平常每日只行一舍之地。遇到战事，则日行二舍，顶多会日行三舍之地。但这日秦军的行进速度，已达四舍，可谓疾似闪电。可是高坐在战车上的秦简公，却仍嫌行进的速度太慢，不断传令让士卒快行。

秦国一直是西方的大国，但自秦穆公后，国势已日渐衰弱，尤其是近百余年来，内乱不休，宗室间互相残杀，国君之位常被公子们以武力夺来夺去，谁也难保大位长久。朝中的权臣乘势坐大，每逢对国君不满，就勾结逃亡在外的公子，袭杀国君。

秦简公的父亲秦怀公本是逃亡在晋国的一位宗室公子，后来大臣们杀死国君，将秦怀公迎入都城，立为国君。但秦怀公仅仅当了四年的国君，就遭到权臣们的攻击，被迫自杀。

秦怀公的太子早死，众大臣就立太子的儿子为国君，是为秦灵公。秦灵公即位之后，他的叔父们不敢待在国中，纷纷逃到邻国，秦简公亦逃到了晋国。此时晋国已被魏、赵、韩三家瓜分，只剩下曲沃和绛城二邑。晋国虽然只存有空名，养活几位邻国的公子还是绰绰有余。秦简公身居晋国，暗中却和国中的权臣保持着密切的来往，准备从侄儿手中夺取君位。

秦灵公当政之时,正逢魏文侯大力治理国政,广求贤才,其国力日益强盛。秦、魏两国连年在边境上展开大战,结果是秦国遭到惨败,丧失了许多城邑。秦国上上下下,俱是埋怨国君无能,大臣们也开始密谋用何种手段废掉国君,秦灵公惊惧之中,暴病而亡。秦简公乘势从晋国杀回来,在众大臣的支持下,向秦灵公的儿子们发动猛攻。秦灵公的儿子们力不能敌,除了公子连一人逃走了外,其余众人全都被秦简公杀死。公子连逃难的地方,仍是空有其名的晋国。

秦简公夺得君位之后,为了树立威信,不断地向魏国发动了进攻,以图夺回失地。不料他不仅没有夺回失地,反而遭到了空前的惨败,将整个西河之地"奉送"给了魏国,国境线由河水退到了洛水,使秦国遇到了前所未有的生存危机。

洛水远不如河水险固,魏国军队可以轻易突破。直捣秦国的腹地,灭亡秦国。秦国连遭惨败,士卒伤亡极大,每一处城邑都传出痛哭之声,人人都对国君怨恨不已。许多青壮男子为逃避打仗,纷纷入山为盗,劫掠商旅,甚至攻杀官吏。府库中应收的赋税亦是大减,以致朝中大臣们的俸禄也常常发不出来。正在秦简公焦头烂额、不知所措的时候,宗室大臣嬴菌上书请求改革国政。秦简公素知嬴菌大有才能,只因他是灵公的亲信,故一直对其敬而远之。但现在秦国已到了生死存亡的关头,秦简公无奈中只有抛弃猜疑之心,连夜召见嬴菌。

嬴菌年约四旬,相貌堂堂,善于言辞,因此常常被国君拜为使者,出访各国。使者非常受人敬重,但并不执掌朝中实权。故秦简公虽对嬴菌有猜疑之心,倒也没有将嬴菌置于死地,仍是经常让嬴菌出使各国。

"大夫有何妙策,使我秦国脱出困境?"秦简公一见到嬴菌,就立刻问道。

嬴菌不答,先反问道:"我秦国连败于魏国,是为何故?"

"这……"秦简公犹疑了一下,才回答道,"是魏国兵强将猛,我秦国难以抵挡。"

"非也。"嬴菌摇了一下头,"我秦国兵将的勇猛,向来是名闻天下,绝不输于魏国。"

"是魏国有了吴起这等厉害之人。"

"非也。吴起未伐我秦国之前,我秦国已不敌魏国。"

"那么,是寡人的仁德,不及魏侯了。"秦简公一向自视甚高,绝少在臣下面前说出这样的话。

"非也。主公的仁德,丝毫不弱于魏侯。"

"寡人实不知我秦国为何连败于魏国,还望大夫教之。"秦简公微笑着,谦恭地说道。嬴菌的话,使他放下了心,至少大臣们尚没有视他为"昏暴"之君,欲废了他的君位。如果大臣们心怀叵测,嬴菌就绝不会用这种语气和他说话。

"我秦国之所以连败于魏国,只因一字。"嬴菌说道。

"是哪个字?"秦简公问。

"变!"嬴菌大声答道。

"变?"秦简公疑惑地重复着,又问道,"这'变'字何解?"

"变者,变革国政也。当年穆公称霸,就在于变。可惜自穆公之后,我秦国因循守旧,毫无变意,而列国争相变革,致使我秦国日益衰弱,为人所轻矣。"嬴菌感慨地说。

"寡人也听说列国多有变革之事。寡人亦愿变革,只是不知该从何处着手。"秦简公皱着眉说道。他在晋国避乱时,对魏、韩、赵三国的国政极为关心,所得甚多。在他最初回到国中时,也曾想依照着魏、韩、赵三国之法变革国政,但因众大臣反对,又加上和魏国争战不休,以致没有实施任何变革之策。

"变革国政,应先变革田亩之制,废除'井田'之法,改以'租禾'之法。"嬴菌说道。

所谓"井田",是周室立国后的田地分配之法,周室有"国人"和"野人"之分。国人住在都城周围的乡邑中,有着向公室缴纳军赋的义务,并在征战时充当甲士,为国君作战。国君欲行大事,事先须召集国人,征询国人们的意见,然后才会有所行动。在乡邑之外,有许多村落,村落中住着"野人",野人多是俘虏或是犯了罪的国人组成的,因居于草野之地,故被称为野人。村落中的首领称作父老,负责监视管理众野人。野人男者耕田,女者织布,所得全部上交公室。野人不参加征战,无权对朝政提出意见。

名义上,周天子是天下共主,所有的田地都属于周天子。实际上,田地又有公田、私田两种分别。公田成百上千亩连成一片,所产之物用来祭祖、聚餐、救济贫弱国人和奉养国君,又称为籍田。私田划成整齐的小块,似"井"字,故称为"井田"。私田由国人自己耕种,所得除上交军赋的一部分外,其余部分用来奉养自身。一般来说,国人每家可得田地一百亩。私田虽归国人自己耕种,其实仍非私有,国人到了六十岁,就须将私田退回公室,由公室重新分配。

周室号称农耕之族,最重农耕之事,依照当年周公所定的礼法,须人人参加农耕之事,连周天子也不得例外。每年到了春耕之时,周天子手握长锄,带头下地耕种。周天子之后,是公卿百官,公卿百官之后是国人,国人之后是野人。

周天子象征性地将锄头挥舞两三下,就算是行了农耕之事,然后乘坐高车,回至内宫。公卿百官们停留的时刻稍多些,会真的向田地里挖上几锄,然后亦是乘车回其府第。国人们停留的时刻又多些,会挖上数十锄,然后就站在田头,监视野人耕种。野人们才是真正的耕种者,他们耕完了公田,又须到国人们的私田上耕作,终日不得歇息。许多国人们并不关心公田,逼着野人们尽快耕完公田,然后到私田上仔细耕作。

公田虽大,成千亩地连成一片,但其收成很低,往往不及一块百亩的私田。周天子的田地耕种之法如此,各大小诸侯的田地耕种之法,也是如此。

普通国人的私田每家只有百亩,而公卿百官和宗室贵族们的私田,却多至万亩。周天子往往将整个乡邑的收入都赐给立了功的公卿百官或贵族们,称为食邑。国人参加征战,立有功劳,私田亦会增加。

渐渐地,国人们有了贫富分别,贫者为了增加收入,不得不开垦私田。富者为了更富,亦是大力开垦私田。这些新开垦的私田自然不用上交军赋,收入全归开垦者所得。

野人们为了改变困境,也偷着开垦私田。这些私田又不用退回公室,成为开垦者代代相传的私有之财。

周天子和大小诸侯们对开垦私田的行为异常恐惧,视其为不守礼法的"大逆"举动,严下诏令:百官公卿敢开垦私田者,削夺其官爵。国人敢开垦私田者,没收其财产,将其全家贬为野人。野人敢开垦私田者,将其全家贬为奴隶。

奴隶是身份最低贱的人,甚至不被视为人,而被视作会说话的畜牲。野人的身份虽低,尚可保持着家室,尚有一处栖身的草舍,尚被称之为"人"。奴隶则什么也没有,一切都属于主人,像牛马一样被主人役使,像牛马一样被卖来卖去。为了防止奴隶逃跑,有时主人们会用枷锁套在奴隶身上,用皮鞭驱赶着奴隶。

平日,奴隶们分男女关在不同的石室中。春季时,主人会挑出奴隶中壮实的男女,让他们配对,以生下小奴隶,增加主人的财产。壮年奴隶最值钱,幼年者次之,老年者最贱。

奴隶们一般不从事农耕,主要是充当各种工匠,以及放牧牛羊。年轻貌美的女奴则被训练成歌舞乐女,成为主人们寻欢作乐的工具。后来国人中有了富者,将其买得的奴隶用来耕种私田,获利甚多。

这种耕种田地的奴隶一般都有家室,待遇稍好。许多公卿百官家的奴隶都逃到乡邑,情愿充作国人们的农耕之奴。对于这种不花钱的农奴,国人们大力欢迎,并多方庇护。公卿百官都住在城邑里,到乡邑中去抓获逃奴不甚方便,以致所拥有的奴隶愈来愈少,大受损失。公卿百官们把逃奴日多的原因也归于私田的开垦。因此,公卿百官们虽也拥有许多私田,却大都坚决支持禁止开垦私田的诏令。但是国人和野人们,却是坚决反对禁止开垦私田的诏令,甚至不惜为此造反。

在开始禁止开垦私田时,周天子和大小诸侯们曾一度占得上风,夺得国人和野人们的许多田地。只是随着礼法日渐崩坏,禁止开垦私田的诏令愈来愈难实行。各国争战不休,耗费巨大,急需军赋补充。许多诸侯国被迫允许私田的存在,征收私田之赋,以充军用。晋国、齐国、楚国,甚至遥远的吴国都允许私田的存在。

由于私田可以代代传袭,便于积累,许多人因此愈来愈富,私田也愈来愈多。另一部分人却愈来愈穷,以致失去了田地,只好租种别人的私田。

富者国人居多,也有野人。穷者自然是野人居多,却也有少许国人。愈到后来,国人与野人的分别愈是模糊,倒是富者和穷者的分别,越来越明显了。

各诸侯国为了更多地扩充军卒，也不甚分别国人野人，凡是奴隶之外的丁壮,统统充作军卒。于是,各国私田无不繁茂,而公田却长满了野草,渐成荒地,消于无形。公田本是公室收入的主要来源,公田荒废之后,公室的收入除了市税外,就只能在私田上打主意了。

"井田"之制在大多数诸侯国中已自然崩溃,所有的田地都成了可以父子相传的私田。原有的军赋之法已不能实行,各诸侯国纷纷采取了按亩征收赋税的新方法。最先实行这种新方法的是宗室之首的鲁国,始于鲁宣公十五年(公元前594年),称为"初税亩"。史官们对这种新方法极为厌恶,称其败坏礼法,是为了剥夺国人的财富。但这种新方法却使公室所得的收入成倍提高,各诸侯国争相仿效。"初税亩"的实行,使私田正式被公室承认。为了多得收获,各国百姓大力垦荒,田地之数成倍增加,各种物产也成倍增加,贸易、百工之业,亦是繁盛无比。

秦国地处西陲,又被晋国封闭,中原各诸侯国的新法,往往无法在其国中实行。在天下各大国中,秦国唯一保留着"井田"之制。然而私田盛行之风,秦国却不能避免,以致公室的收入一年比一年减少。

最拥护"井田"制的,是秦国的执政大臣,其实,拥有私田最多者,也是这些执政大臣。保留着"井田"制,私田就不合于法,因而也就不用交出任何赋税,使执政大臣们得利极多。秦国国君势弱,而执政大臣势强,国君并不能以开垦私田之罪处置大臣们。

历代秦国国君,也想废除"井田"之法,改行列国通行的按亩征收赋税的方法。只是每次国君才提出废除"井田"就被大臣们顶了回来,总是无法实行。此刻秦简公听嬴菌又提起了废除"井田"不觉犹疑起来:"废除'井田'当然好,只是我秦国大臣俱不赞成。恐怕寡人变革国政不成,反倒……反倒会惹出不测之祸。"

"不然。如今秦国已危在旦夕,国亡臣子亦亡。大臣们不会在这个时候反对变革国政。"嬴菌说道。

秦简公听了,默然无语,隔了一会忽又问道:"若非国势如此,大夫会给寡人上书吗?"

"不会。"嬴菌坦然说道,"微臣心许先君,对主公不甚诚敬。然国势已危,我秦国君臣若仍是像从前那样互相猜疑，则必亡于魏国。微臣身为秦国宗室，岂能坐视秦国灭亡？"

"那么，大夫现在能否忠于寡人？"秦简公逼视着嬴菌，一字一句地问道。

"秦国到了如此危难境地，臣还敢不忠于主公吗？"嬴菌反问道。

"好，你问得好！你说，如果有臣子在此时此刻，还怀有叵测之心，寡人该当如何？"秦简公又问道。

"应该立刻将那臣子处以车裂之刑，并诛灭他的全族。"嬴菌毫不犹豫地回答道。

"好！"秦简公又是大赞了一声，忽地从席上站起，对着嬴菌施了一礼道，"这秦国的变革大事，寡人就交给你了。寡人只管治军，别的一概不问。"他说到做到，次日即拜嬴菌为左庶长，执掌朝政。自己则住进了军营中，日夜操练士卒，研习兵法，不多问朝政之事。

嬴菌执掌大权后，先没有急着进行田亩之制的变革，而是连着做了三件秦国上上下下都十分称赞的事情，既稳定了朝中的乱象，又笼络了民心。

首先，嬴菌将他的全部家产拿出来，抚慰阵亡军卒的家属，并宣布野人曾从军者，升其籍为国人；国人曾从军者，免其三年应纳之赋；阵亡者，免其家属应纳之赋十年。

接着，嬴菌又宣布，盗贼凡自首者，可免其死罪，发往洛水岸边修筑城堡、烽火台，以抵挡魏国的攻击；凡修筑时出力多者，如军功论赏。

最后，嬴菌宣布，国中卿士百官及吏卒等人，出行之时，俱可佩戴剑戈自卫。秦国与中原相距较远，剑戈等利器不易获得，故剑戈等利器都收在武库中，私人不得佩戴。因此，即使是卿士百官出猎之时，也只能带着弓箭和大棒及石斧、石戈等粗笨武器，唯有国君行猎之时，才可以携带剑戈等利器。近来因秦国盗贼大起，卿士百官和吏卒们由于缺少利器，常被盗贼们杀死。大臣们不止一次上书，奏请允许百官自置利器，都被秦简公拒绝。

嬴菌在得到了国中上上下下的拥护后，才开始改革国政，效法中原各国，废除"井田"之制，按国中田亩的实数收取赋税。其赋税之额为"什一"之税，即田中所产的禾物，每十石中须上交公室一石。秦国的这种变革，被国人称之为"初租禾"。

在面临着魏国的强大威胁下，秦国众大臣虽然不愿实行"初租禾"之法，却也不敢公然反对。"初租禾"的实行，使开垦私田成为合法的举动，吸引了大量贫困的百姓。山林中的盗贼纷纷自首，以求在修筑城堡中立下军功，得到赏钱，然后购买农具回到家乡开垦私田。一些中原之地的奴隶闻听秦国荒地甚多，亦争相逃到秦国，开垦私田。不过五六年间，秦国的田地已扩充了数倍，洛水沿岸也筑起了坚固的城堡。

田地多了数倍，公室所收的赋税，同样是增多了数倍，秦简公大喜，派人从楚国购来犀甲，从越国购来剑戈，从韩国购来强弩，大力装备军队，意欲反击魏国。秦简公试探性地向魏国攻击了一下，结果秦军一遇敌兵，就狂奔而逃，溃不成军。周围的戎夷之族见秦军如此不堪一击，纷纷袭扰秦国的城邑，劫掠百姓，威胁秦国的后方。秦简公大感头疼，只得又召见嬴菌，商谈本不属于嬴菌过问的军机之事。

嬴菌道："我秦军非不勇悍，只是屡败于魏，畏魏如虎。当今急务，是为激励士气，消除士卒的畏魏之心。"

"如何才能让我秦国士卒不怕魏军呢？"秦简公问。

"微臣当年出使韩国时，和侠累私交甚好。如今侠累已执掌韩国朝政，有决断之权。微臣可派密使与侠累相谋，请侠累调开秦、韩边境的军卒，让我秦国从其国境穿过，直扑魏国都城。魏国锐卒俱在边境，必然不敢与我大军对抗。如此，我秦国大军在魏国境内直进直出，如入无人之境，士气定会大振，国威亦是扬于天下矣。"嬴菌献上了一计。

"妙！"秦简公听了大为高兴，立即让嬴菌派密使到韩国去见侠累，他则亲率战车千乘，甲士十万，悄悄移到韩国边境。待到侠累果真将边境军卒调开了，他立刻挥军直扑魏国。

魏国万万没有料到秦军会突然从韩国境内杀至，果然不敢接战，紧闭城门。秦简公在魏国都城下耀武扬威一番后，立即回军，稍作休整后，就杀奔西河而来。在秦简公的料想中，魏国的都城受到威胁后，必然会将西河军卒调回。他则趁西河空虚之时，率大军猛攻，一举夺回这块关系着秦国存亡的要地。

秦简公熟知兵法，明白"知彼知己，百战不殆"的道理，在西河之地派有许多密探以随时了解西河之地的情势。而西河之地传出的消息,对秦国极是有利:西河的锐卒已尽行东去,所剩唯本地之兵,且多为迁移的罪徒,战力不强。

在西河诸城中,临晋邑最为重要,其城原为大荔戎族之都,地控四方,形势险峻。如果攻占了临晋邑,就可控制要路,进一步攻占整个西河之地。

临晋邑离洛水很近,渡过洛水就攻到了临晋邑城下。秦简公率领大军行至洛水岸边时,天色已是昏暗,依照列国行军惯例,到了这时就应该扎营安歇。秦简公想取得突袭的威势,命士卒日行四舍之地,使士卒们倍感疲倦,也该扎营安歇了。但是秦简公却亲自擂着战鼓,命令士卒强渡洛水,直扑临晋邑。正当天旱之时,洛水很浅,天气又不算寒冷,士卒们可以很容易地涉水而过。见到国君亲擂战鼓,秦国军卒们顿时士气大振,忘了疲倦,呐喊着向对岸扑去。

魏国在洛水对岸筑有长城,只是由于魏国强而秦国弱,魏国人对秦国不太看重,所筑的城墙既不高大,也不怎么坚固。秦国军卒没有费什么力气,就攻上了城头。城上的魏军很少,对百倍于己的秦军无法抵挡,纷纷向远处的临晋邑逃去。

秦简公站在高车上,心里很是得意,对侍立在身边的左将军司马敌、右将军公子方说道:"寡人今日所用之战法,即为孙子之'攻其无备,出其不意'也。"

司马敌拱手说道:"主公料敌如神,当年的孙武岂能及之。主公所言,未免太过谦让。"

公子方说道:"大军班师之后,非歇息数月不可。主公只歇息数日,便挥军直捣西河,若非治军有方,焉能如此。即令孙武复生,也远远不及主公。"

秦简公笑道:"连二位将军都不能料到寡人会攻击西河,魏人何能料知?孙子的兵法,自有其深妙之处。二位俱是统军大将,切莫看低了孙子的《十三篇》。"

"嗵——嗵——嗵……"洛水对岸忽然鼓声大作,似天上滚雷般地压向秦军。

秦简公、司马敌、公子方听了大惊:啊,如此鼓声,听上去竟似有上千面战鼓在一齐敲响。军阵中每百人才有一面战鼓。千面战鼓,就是有十万以上的大军啊。魏军的西河之卒不过四五万人,且又分散在各城邑中,何来十万大军呢?

鼓声中,无数面大旗在昏暗的暮色中迎风飘扬,上写着一个斗大的"吴"字。

"啊!是吴老虎来了!吴老虎带着几十万人杀来了!"

"我们中了吴老虎的埋伏,快跑!"

"快跑!快跑!吴老虎来了!"

……

秦军士卒们惊骇地叫着,掉转头,不顾监阵官的威胁,掉头就往回跑。

近年来,秦军几次和吴起率领的魏军大战,每次都是伤亡惨重。吴起已成为秦军士卒眼中的"杀神",以致秦军士卒不敢直呼吴起之名,都以"吴老虎"呼之。

此刻正当秦军大胜之时,突然听到震耳欲聋的战鼓声,突然见到数不清的大旗,突然听到吴老虎来了,军卒们深藏在心底的恐惧一下子涌了出来,连兵器都难以握住,全身上下只剩下一个"快逃"的念头。有少数军卒并不畏惧敌军,不想逃,但在众多逃跑的军卒"挟持"下,也不得不跟着向后逃去。

秦军只有一半军卒渡过了洛水,前面往后逃,后面却在往前攻,一片混乱。

嗖——嗖——嗖……追击的魏军射来密集的羽箭,若狂风暴雨一般。后面逃得稍慢的秦军士卒纷纷被羽箭射中,惨呼着栽倒在地,使秦军更加恐惧,队形也更加混乱。

秦简公、司马敌、公子方拼命喝止,企图阻止军卒后退,整顿混乱的军阵。无奈士卒们根本不听号令,很快就让魏军夺回了洛水对岸的长城,居高临下,射杀着河谷中的秦军。

嗖——一支羽箭带着厉啸,擦着秦简公的耳边掠过,惊得秦简公差点栽下了高车。

"主公,您快……快走吧,微臣断后!"司马敌见势不妙,连忙说道。

"老天,老天!你为何偏偏要生下吴起这等人来?"秦简公仰天大呼着,不肯后退。

公子方强逼御者转过车身,拥着秦简公向后逃去,司马敌则凭借着洛水西岸的秦国长城,抵挡魏军的攻击。秦国长城高大而坚固,本来不易攻破。无奈秦国士卒已无心恋战,对于魏军的攻击丝毫不加抵抗,致使魏军轻而易举地冲过洛水,登上了秦国长城。

天色已完全黑了下来,依照列国通例,交战双方应该罢兵休战,各自安下营寨。但是魏军却点起火把,竟在黑夜里也向着秦军发动了猛烈的攻击。秦军只有逃,身强力壮者逃在前面,体弱者落在后面,被魏军砍瓜切菜一般杀倒在地。许多秦国士卒在暗夜中看不清道路,摔倒在地,竟被同伴们踩成肉泥。秦军狂逃一夜,直到逃进渭河南岸的郑邑城时,才停止下来。

郑邑是秦军的驻防重地,在城外的河岸边摆着许多渡船,只是秦军很少练过黑夜过渡,致使秦军在渡过渭河时,许多兵卒都掉到了河中,溺毙在水里。大将司马敌也被乱箭射中,死在了渭河北岸上。

魏军没有渡船,追到渭河岸边停了下来,排成整齐的战阵,列在高高的河堤上。此时天已大亮,魏军的阵容清楚地呈现出来,其战车不过三百乘,士卒也只两万余人。

在军阵最中间的一辆高大的战车上,站立着身披犀甲、手执短戈的吴起。他左边的一辆战车上,站着一位年约五旬的老者,名为魏行,是西河郡御史。他右边的一辆战车上,站着一位三旬上下的壮汉,是临晋县令,名为吕当。

列国大臣门客甚多,吴起也不例外,手下门客多至三百余人。旁人招收门客,最喜欢的是相貌堂堂,言辞华丽,文能诵诗,武能射箭的"贤士"。而吴起招收门客,只要有一技之长,不管他是杀猪的屠夫也好,卖酒的店家也罢,甚至杀人的强盗亦可,都欣然纳入府中,并待如上宾,使其乘高车、穿华服、享美食。众门客对吴起无不心怀感激之情,吴起凡有所命,则全力而为,纵然拼了性命,也在所不辞。

秦简公在西河派有许多密探,却不知这些密探的动静早为吴起所知晓。吴起素以灭秦为己任,对西河之地十分注重,早遣有门客常居西河各邑,刺探秦国动静。他的门客对秦国密探的行踪了如指掌,有的还和秦国密探结成了"生死之交"。秦简公从密探那儿得到的消息,吴起一样能够得到,有些消息还是吴起有意让秦简公知道的。

吴起自视甚高,从来不在任何人面前议论孙子的《十三篇》,好像对孙子十分轻视。但在私下里,吴起却不知把孙子的《十三篇》看了多少遍,已可倒背如流。孙子极端重视使用间谍,特别在《十三篇》中列出了《用间篇》,反复讲述了各种用间的方法,并说为将者不知用间,是"不仁之至也,非人之将也,非主之佐也,非胜之主也"。

吴起对孙子的用间方法非常赞同,其招收门客的主要用意,就是找来许多适合做间谍的人。不过,吴起在众人面前,却绝少提及使用间谍的方法,似乎他并不赞同使用间谍。许多人只知道吴起料敌如神,却不明白吴起是如何料敌如神的,只好称赞吴起是天生奇才,凡人永远不可与其相比,也永远学不到他的兵法。

秦简公的大军才开始向西河行进,吴起就已料知到了敌军的意图,并做了相应的布置。他将能搜罗到的战鼓全都收入军中,每面鼓指派两名壮汉同时擂击。又将兵库中的旗帜全都拿出来,令臂力雄壮者充当旗手,然后征集了三万军卒、战车三百乘。

西河郡地广人稀,吴起也只能征集到三万军卒。凭着地势的险固,这三万军卒立于城头上,秦军将无法越过洛水。但吴起却只派极少一部分军卒防守洛水岸边的长城,并且下令:如果秦军攻击,守城的士卒不必多加抵抗,可以弃墙而"逃"。

魏行是宗室弟子,身份尊贵,亦通兵法,对吴起的布置很是不解,问:"秦军气势汹汹,以十万锐卒直扑而来。我军兵少,宜于凭险固守,太守大人奈何自弃坚城呢?"

对于魏行的疑问,吴起只是一笑,并不回答。他知道魏行为什么会担任西河郡御史这样的官职。因为他会将他吴起的一举一动,都及时禀告给国君。吴起想通过魏行之口,让魏文侯充分了解他神出鬼没的兵法,从而改变主意,由南下攻楚改为西征灭秦,实现他平定天下,立下姜太公那般功业的宏愿。

"大人,秦军攻破长城之后,士气必然大振,只怕我军更难抵挡。"吕当也担心地说道。

"县令大人但放宽心,本太守自有破敌之道。"吴起胜券在握地说。他虽是刚刚到任,但其威名众人无不知晓,魏、吕二人对其布置也不敢再说什么。

他将三万士卒中数千老弱者留在临邑城中,其余人马埋伏在城外的野林间。通过对秦军行进速度的计算,吴起断定秦军会在黄昏时发动攻击,又传令士卒多带火把。果然,秦军在黄昏发动了攻击,并"攻破"了魏国长城,一下子冲进了魏军的埋伏之地。魏军的大鼓其实只有四五百面,但因是两人同击,听上去就似是上千面大鼓同时响起。

吴起对魏行、吕当二人说:"我魏军大鼓一响,秦军定会大败。"魏行、吕当二人口中诺诺,心中却是发慌,心想野战之中,两万军卒绝对打不过十万军卒,魏军必败无疑。不料魏军战鼓一响,秦军果是大败,且死伤惨重,竟退到了渭河之南。此刻在高高的河堤上,望着对岸的郑邑城,魏行、吕当二人对吴起佩服得五体投地。

"大人仅以两万士卒,破敌十万,并一夜追敌百里,虽古之名将,亦不及也。"魏行赞道。

"御史过誉了,本太守所统之军,应为三万。"吴起微笑着说道。

"大人用兵,实为神矣,敌尚未至,就能料敌必败,使吾辈如在梦中一般。"吕当赞道。

"用兵在于知兵,不仅知己兵,还须知敌兵。能知兵,即能料敌必败。"吴起说道。

"平日两国对垒,互有攻守,知兵不难。但假如突遇强敌,立刻就要与敌决战,该如何知兵呢?"魏行大感兴趣地问。

"这也不难。将来如果你们遇到了这等事情,先须镇定,不能自乱阵脚。首先,你们应将军队屯于险固之地,然后派出一位勇敢的偏将,带着少许轻锐之卒,向敌人挑战。不求打胜,只求打败,在后退中引诱敌人追击,从而观察敌将的指挥能力和敌卒的战斗能力。若敌军进退有序,旗鼓不乱,敌卒见到我军丢弃的军械视而不见,那么,敌将就是一位深知兵法、大有谋略的厉害人物。对于这样的敌将,不可轻易与之对敌。应故示我军之弱,坚壁不战,等待敌方将士松懈麻痹,缺乏戒备之后,可乘虚偷袭,一举击败强敌。若敌军在追击时吵吵闹闹，互相争道，队形不整，旗鼓混乱，见到我军丢弃的军械就抢，那么，敌将就是不知兵法，纵然率领的兵卒众多，也可向其大举进攻。"吴起说道。

"大人所论，实在高妙。看来秦君就是这样不知兵法的敌将。"魏行说道。

"不然，秦君熟知兵法，只是不知活用。其偷越韩境，直逼我魏国都城，已获'励士'之功，实不宜再贪大功，夺我西河之地。贪功之人，其心必躁，心躁之人，必铤而走险。故吾料其必行'攻其无备'之策，当在黄昏之时渡水强攻，吾弃守长城，是使其骄也。骄兵难守军纪，阵形必乱。半渡之军，首尾不能相应。秦军阵形既乱，又不能首尾相应，故我伏兵一出，其必大败。可惜有此渭河相阻，否则，吾今日定生擒秦君。"吴起说道。

"假若大人是为秦君，该当如何？"魏行又问道。

"吾若为秦君，渡过洛水之后，绝不会纵军追敌。因为这样军阵会被拉成一线，易被敌军伏兵攻击。若在平野之地，也还无妨，但在渡河之时，军阵绝不能拉成一线，为将者必须牢牢记住这个道理。所以渡河之时，敌军纵然大败而逃，也不要去追击。渡河之时，应先派最精锐的军卒在河对岸上结成坚固的阵势，然后大队军卒依次渡河，相互照应。"吴起说道。

"大人所论，实为至理，平野之地，军阵拉一线，是为'长蛇阵'，击首则尾应，击尾则首应，击中则首尾皆应。若在渡河之时，军阵拉成了一线，则首尾皆不能相应，必败无疑。"吕当说道。

"今日秦军大败，军心必散，大人何不顺河西进，直入秦都？"魏行问道。

"秦军虽败，秦国百姓尚有忠君之心，我军逼之太甚，其国中必群起而攻，使我军片刻难得安宁。不过，我军若有锐卒十五万，就可趁此良机，一举灭亡秦国。可惜，我现在顶多能统领三万军卒，可大胜秦军，却不可灭亡秦国。"吴起感慨地说道。

他的这句话，是说给魏行听的，魏国拥有军卒三十万人，只要分出一半给他吴起统领，就可使他建立大功。可是魏文侯偏偏只让他统领西河本地之卒，使他如被无形绳索捆住了手脚，无法尽展其才。

听吴起如此说着，魏行、吕当二人都是默然无语，不敢应声。吴起的话中，明显地露出了对国君的怨意。依照礼法，臣下不论遇到了任何事情，都不能对国君露出怨意。如今虽说礼崩乐坏，但国君对于臣下不守礼法的举动，却是绝对不能容忍。当然，如果臣下的权势大过了国君，就算不守礼法，国君也是无可奈何。

红日高高升起，滚滚东流的渭河波光闪烁，和魏军明亮的盔甲兵器交相辉映。渭河两岸的田野上空无数雀鸟飞翔着，在大地上投下斑斑点点的暗影。

"如此大好河山，却不能为我魏国所得，可恨，可恨！"吴起仰天长叹着，下令退兵。魏军高奏得胜鼓乐，押着成群的俘虏，摆着严整的队形，缓缓向西河行进。

吴起在西河大胜秦军的消息传到安邑后，魏文侯顿时松了一大口气，一边派魏成子为使者，携带牛羊美酒、黄金铜钱至西河犒赏军卒，一边派人约会韩、赵两国之军伐楚。

对于魏文侯的伐楚之举，韩、赵两国十分赞同，依约各出十万锐卒，相从魏军。魏文侯亲率军卒二十万人，战车两千乘，以公叔痤为大将，南下渡过黄河。太子击则镇守国中，负责征发壮丁输送粮草，随时增兵支援前线，并代国君处理朝政之事。

韩国、赵国军卒都是由相国亲自充当大将。魏文侯自居中路，以赵国军队为左路、韩国军队为右路，三军齐发，向处于中原腹地的郑国发动了猛攻。

郑国是楚国的从属之国，攻击郑国，楚必救。魏、赵、韩三国军队将因此处于以逸待劳的有利地位。楚国视郑国为其北方屏障，绝不愿郑国被魏、赵、韩三军攻破。楚悼王不顾国中混乱，征集了三十万大军、三千乘战车，星夜北上，抵抗魏、赵、韩三国联军。

自从周平王东迁以来，各诸侯之国数百年来争战不休，军制已是有了很大的变化。

最初各国交战，充作军卒的主要是国人，野人和奴隶并不参战，顶多会为军队做些背粮推车的劳役之事。各诸侯国中，国人和野人、奴隶相比，不占多数。因此，各诸侯国交战的规模并不太大，一场大战中，双方往往只有百辆战车参战，军卒也只数万人。

最先改革军制的，是齐桓公时的相国管仲。但管仲的改革，只是为了建立一套时常保持训练的军户制度。那些军户依然是国人，故以齐国的人众之盛，管仲也只能建起十五乡的军户，大约可得锐卒三万人。后来齐桓公率领八国之军伐楚，所有的兵车加起来，也只一千六百乘、军卒十余万人。然而这一千六百乘战车的军力，在当时已是震惊了天下，列国无不畏服。齐桓公亦因此迫使楚国向周天子纳贡，成为五霸之首。

到了后来，因"井田"之制崩溃，国人、野人的分别已渐渐不甚分明了。田地几乎都成了私田，田地多者，就算是野人，也能受人敬重，无田地者，休说是国人，纵然是公卿百官的后代，一样被人轻视，只得依靠租人田地耕种度日。各诸侯国征兵也不论什么国人、野人，凡有户籍，十五岁以上、六十岁以下的男子，俱须编入战阵中。如此，各诸侯国的兵力大增，一场普通的战役，就可出兵十万，战车千乘。遇到大的决战，双方的兵卒相加，往往有数十万，甚至近百万之多。

此时魏、赵、韩三国与楚决战，双方的兵卒加起来，就已接近百万。其中魏、赵、韩三国兵卒相加，共有四十万人，战车四千乘。楚军兵卒三十万，战车三千乘，其同盟者郑国则可收罗十余万兵卒，千余乘战车。双方兵势大致相当，难分高低。

这等百万军卒的大战列国间轻易不会爆发，因为双方差不多都发出了倾国之兵，一旦被击败，轻则十数年乃至数十年难以恢复元气，重则会有亡国之祸。天下各诸侯对魏、赵、韩三国与楚国的大战极为关注，纷纷派出使者，前往观战。洛邑地近郑国，周天子唯恐双方的大战会连累周室，也派出了使者，对双方都加以犒劳。见到天下诸侯如此关注，双方更加谨慎，各自扎下营垒，按兵不动。

吴起对双方的决战却不太关心，他根本不相信双方的决战会真正打起来。他曾当着魏行、吕当二人的面，毫无顾忌地说道："主公不是喜欢冒险的狂躁之人，赵、韩两国不愿出力死战，楚君也不是愚妄之辈。双方采取的谋略，不过是坐等敌方出现破绽，乘机攻袭，但是在这等要紧关头，只怕谁也不会露出破绽。"

吴起关注的仍是秦国的情势，他希望秦军的大败会使秦国生出大乱，甚至四分五裂。这样，他纵然只能率领三万兵卒，也可灭亡秦国了。

秦国果然有了大乱的兆头出现。秦简公败进郑邑城后,计点残军,只剩下五万士卒,不觉又急又忧又悲又恨,仰天大叫一声,口中鲜血狂喷,栽倒在地。大将公子方忙把秦简公抬到车中,星夜护送至国都。秦简公回到宫城中,已说不出话来,危在旦夕。

吴起精神大振,立即派出许多门客,深入秦国都城,随时将紧要消息向他禀告。近百年来,秦国几乎每逢国君之位承袭时,就会发生大乱,国人互相攻杀不休。秦国已衰弱至极,若再次发生大乱,吴起必能乘虚而入,直取秦国都城。

第二十章

魏楚相战皆无功　来历诡异陶朱公

周安王二年(公元前 400 年)，秦简公死，由其长子即位，是为秦惠公。

嬴菌执掌朝政，一边为秦简公发丧，一边征发全国丁壮，沿秦、魏边境布防。同时，嬴菌多派使者，携带黄金宝物，与各戎族首领和好，又大开府库，救济国中贫民并免征赋税。朝中百官各升一级，因从军征战者，各升两级。对于从前因内乱被罚为奴隶的大臣之后，全都释放，由朝廷赐给铜钱，使其购买农具，开垦荒地。嬴菌的种种举措，使秦国上下相安，边境稳固，国中十分平静。吴起盼望的大乱，居然没有发生，使他准备好的进攻谋划落了一个空。

这期间，魏、赵、韩三国大军和楚、郑两国的大军继续对峙，不战不和。数十万大军在外，每日的消耗极大，对峙双方都觉承受不起，生出了退兵之念。郑国不仅要承受本国军卒的消耗，还要拿出牛羊美酒来随时犒劳楚军，府库所积几乎被花光了。郑国相国驷子阳一心想尽早结束双方的对峙，秘密派出使者求见魏文侯以及韩、赵的相国，许诺在楚国退兵后，一定归服魏、赵、韩三国。为了使楚国退兵，魏、韩、赵三国大军应尽早离开郑国。

魏文侯认为只要坚持对峙下去，楚国境内必会生出大乱，三国联军终究可以大获全胜，因此对于郑国的提议拒不接受。可是韩、赵两国却不愿继续与楚军对峙，尤其是赵国，借口北方的燕国有侵赵之意，一再劝魏文侯见好就收，退兵回国。魏文侯不可能单凭魏国之军与楚国对峙，只好忍痛答应退兵。

处于双方对峙中,谁先退兵,谁就会被看作败者。魏文侯岂肯让人看作了败者?虽然退兵,却并不向国中退回去,而是移师向东,宣称要绕开郑国,直接攻击楚国。楚悼王不明魏文侯的意图,以为魏文侯真的要直接攻击楚国,急忙移营堵截魏、赵、韩三国之军。魏文侯见到楚军的行军队列较乱,心生一计,有意露出怯战之态,引诱楚军逼近,然后突然向楚军发动了攻击。

双方又对峙了数十天,终于在乘丘爆发了战斗。楚悼王虽是仓促应战,却不慌乱,指挥得宜,令魏文侯占不到丝毫便宜。韩、赵两国军队虚张声势,并不尽力攻敌,魏文侯怕孤军深入,不敢全力进攻。

楚军离开郑国腹地,在军力上已不如敌军,不敢恋战,见敌军的攻击力不强,遂收束军卒,缓缓后退,魏、韩、赵三国之军也就顺势缓缓而攻。双方的喊杀声、鼓角声惊天动地,传出数十里外,但双方士卒却远隔一箭之地,别说见不到白刃格斗,就算以弩箭相射,也不能伤及敌方。八十余万人的一场大战,各自伤亡的士卒居然不过千余人,令观战的各国使者大为失望。各国的使者在心里都盼望着魏、赵、韩三国和楚国恶战一场,两败俱伤。

虽然双方都只受到了轻微的损失,但从表面上看,魏、赵、韩三国是在"进攻",楚国是在"败退",因此,魏、赵、韩三国算是打了胜仗,遂高奏得胜鼓乐,班师回国。楚悼王亦是宣称他获得了大胜——楚为救郑而来,敌军解围而退,自然是楚国"大胜"。魏文侯和楚悼王都各自在国都中大摆宴乐,庆贺胜利,赏赐有功将士。

吴起在西河不能进攻秦国,心中本已烦闷不安,待听到魏国"大胜"的消息后,心中更是郁结难消,似堵着一块巨石。他先传府中乐女在后堂歌舞,想以此来纾解心中的郁结,但那些娇媚的乐女,反倒又让他生出了一种难言的厌恶之意。吴起不待一曲听完,就将乐女们轰出了后堂,然后传令他最信任的三位门客尹仲、东郭狼、赵阳生来到后堂上。

尹仲是洛邑人,先世为周天子的大夫,到他这一代已衰落不堪,田地典卖殆尽,唯剩残屋数间。尹仲虽然家贫,却好学不倦,博览群书。尹仲对当时儒家、法家、兵家等派的文章俱熟记于心,尤精于周史官老聃创立的道家之学,并常常加以发挥解说。吴起是公认的兵家,但他对兵家之外的各派学说亦是极感兴趣,常和尹仲谈论各派学说,直到深夜,兀自不休。吴起不止一次对人说,尹仲不是他的门客,而是他的"师者"。

东郭狼是齐国人,是吴起在齐国时的"贫贱之交"。东郭狼出身于商贾世家,常年在列国间贸易,结交遍天下。列国间上至公卿大夫,下至赌徒侠客,乃至贩夫走卒,都与东郭狼熟识。东郭狼勇于任事,胆大心细,又能保守秘密,吴起的许多机密大事,都直接交给东郭狼去办理。吴起常对众人说,东郭狼不是他的门客,而是他的"朋友"。

赵阳生是赵国人,自称是赵国宗室的后代,极善兵法,对兵阵之事到了入迷的境地。吴起对赵阳生十分欣赏,常常让赵阳生代他训练军卒。而赵阳生也不负吴起的厚望,在军营一待就是日夜不休,一直将军卒训练到了吴起满意的地步,方才回到太守府内。吴起对军营中众将说道,将来能得吾兵法奥妙者,必是赵阳生。

吴起对礼法之事甚是随意,尹仲、东郭狼、赵阳生走进后堂,只是对吴起拱手一揖,算是行过拜见之礼,然后以年龄长幼,坐于席上。东郭狼年在四旬,坐于上首;尹仲年约三旬,位居其次;赵阳生才二十余岁,坐于末位。

"尹夫子,道家讲究无为,不知是否有兵战之论?"吴起对尹仲拱手施了一礼后才问道。在太守府的众多门客中,尹仲最受吴起礼敬。吴起对旁人十分随意,对尹仲却不敢失了礼仪。他每次和尹仲谈论一番,就可得到许多收益,见识上也深了一层。

"道家自称其为'众妙之门',无为而无所不为,兵战之论,自然有之。"尹仲答道。

"请尹夫子详尽道来。"吴起大感兴趣地说道。

"道家贵乎以柔克刚,老子著有《道》《德》二经,共五千言,包罗万象,其中也有几章专论兵战之道。"尹仲徐徐说道。博学是他赖以立身扬名的法宝,他既以此炫耀,又不愿轻易示人,以致许多门客在吴起面前攻击他是"故弄玄虚,并无实学"。吴起听了众门客之语,只是一笑,仍然对尹仲礼敬有加。

"道家的兵战之法,在下很少听说,还望夫子教之。"赵阳生恭恭敬敬地对尹仲行着礼说道。吴起若痛恨一个人,赵阳生便对那人痛恨百倍。吴起若恭敬一个人,赵阳生一样对那人恭敬百倍。

听了赵阳生的话,尹仲很是得意,不觉向东郭狼看了一眼。在吴起的众多门客中,东郭狼最受众人敬重,从来没有人对吴起说过东郭狼的坏话。东郭狼对众门客非常亲近,常在一起饮酒赌博,直至通宵不眠。但对尹仲,东郭狼却十分冷淡,见了尹仲也不甚恭敬,几乎从不先向尹仲行礼,使尹仲心中很不舒服。

见尹仲的目光扫了过来,东郭狼只好抬手行了一礼,道:"请夫子教之。"尹仲被吴起尊之为"师",向其请教时必先行礼。东郭狼作为门客,此时不得不向尹仲行上一礼。

尹仲这才清了清嗓子,不缓不急地说着:"老子在《德》经中言道,'善为士者不武,善战者不怒,善胜敌者弗与,善用人者为之下。是谓不争之德,是谓用人之力,是谓配天,古之极也。'意思是说:善于为将者不轻易动武,善战的人不会被敌人激怒,常打胜仗的人不与敌人硬拼,善于用人者对贤才十分谦逊。如此,就是合于天道,就是古圣人也不能超过的德行。"

吴起听了,若有所思道:"老子的这几句话,与兵法之道极为相合,甚是有理。"

"看来老子其人,亦是精于兵法。不知老子的《德》经中,还有多少兵战之论?"赵阳生问。

"老子的《德》经中其实处处含有兵法,明确谈及兵战之论者,也不止一章,老子在《德》经中言道,'用兵有言曰:吾不敢为主,而为客;吾不敢进寸,而退尺。是谓行无行,攘无臂,执无兵,扔无敌。祸莫大于轻敌,轻敌几丧吾宝。故抗兵相若,则哀者胜矣。'意思是说:兵家常言,我方不敢攻击敌方,先取守势;我方不愿前进一寸,而宁愿后退一尺。布阵像是没有布阵一样,拿着武器像是没有拿着武器一样,攻击敌方像是没有攻击一样,祸事大者,莫过于轻敌,轻敌就会丧失我道家之宝。因此在两军对垒、兵力相当的情势下,那处于守势,军心哀痛悲愤的一方,必能获得胜利。"尹仲答道。

"夫子说'几丧吾宝',这'宝'又指什么?"吴起问道。

"老子曰:'天下皆谓我道大,似不肖。夫唯大,故似不肖。若肖,久矣其细也夫!我有三宝,持而保之。一曰慈,二曰俭,三曰不敢为天下先。慈,故能勇;俭,故能广;不敢为天下先,故能成器长。今舍慈且勇,舍俭且广,舍后且先,死矣!夫慈,以战则胜,以守则固。天将救之,以慈卫之。'此章的意思是说,天下人人都说我的道至大,至大到不能以任何事物来形容。正因为不能以任何事物来形容,我的道才成为至大。假若我可以用别的事物来形容,就不为至大,而是十分渺小。我永远珍惜和保持着这三件用以立身的法宝。它们一是'慈',二是'俭',三是'不敢为天下先'。心中有'慈',其人必勇;行事崇'俭',所得必广;能做到'不敢为天下先',就能成为天下人的首领。如果舍去'慈',只论武勇,舍去'俭',只贪图其广,舍去退让,只求争先,那么其人必会灭亡。'慈'之宝,用于战斗,必获大胜,用于防守,城池必固。天若使谁长久,必定让他心存'慈'念。"尹仲带着炫耀之意,侃侃而谈。

"老子的这些言论,确有至理,但只适合衰弱之国以图自保,不合于进取之国。打仗固然要心存慈念,但只可对己之士卒慈,不可对敌之士卒慈。对敌慈,即是对己不慈也。攻敌灭国,耗费巨大,若一味求俭,势将无所作为。至于不敢为天下先,在此乱世更显其谬也。不敢为天下先,当年周室何能消灭商纣,王于天下?不敢为天下先,齐桓公何能倡议'尊王攘夷',成为五霸之首?不敢为天下先,魏、韩、赵三家何能瓜分晋室,名列诸侯?故道家之论,合于理而不合于时也。"吴起言辞锋利,神态上却甚是温和。

"是啊!道家之论,专以柔弱之道教人,说弱能胜强。其实自古以来就是强者为王,善争者胜。弱而不争,就只能坐等灭亡了。"赵阳生附和道。

"道家之论,有许多不诚之处。道家处处教人不争,教人谦逊。其文章中却处处有争,争说其道为天下至道,为'众妙之门',旁人之道俱是小道,不值一提。又夸其为天下至大,没有任何事物可以形容,傲态毕露。人若沉溺道家之论中,必成无用之废人。"东郭狼说道。

"哈哈,东郭兄心直口快,虽是说得不甚中听,却也有其道理,尹夫子休要见怪啊!"吴起大笑着说道。

尹仲面红耳赤道:"吾并非道家,只是熟读道家之言耳。东郭兄论道家之短,并非论吾之短,吾何能见怪呢?"只是他口中如此说着,心中已是大怒,对东郭狼恨之入骨。

"道家自有其短,但若说沉溺于道家之中,就会成为废人,未免太过。其实天下任何一派的文章,都有其短,都不可死记,而要活用。比如老子曾说'若抗兵相若,则哀者胜矣'。秦君所率之兵,即为哀者之兵,但是他却败在了我魏军手下。楚君新立,国势甚乱,所率之兵亦为哀者之兵,却能阻止我魏军南下,获得了大胜。"吴起说道。

魏国大胜楚兵,国中各郡县俱须悬彩击鼓,并大摆宴乐,以示庆贺之意。吴起却下令西河各县不得悬彩击鼓,更不得大摆宴乐。表面上,吴起说西河须防备强敌,不得浪费资财;私下里,吴起却对众门客说道,主公倾国中之兵,又领韩、赵两国劲卒,而不能得楚国一寸土地,徒自虚耗国力,分明是大败,何来"大胜"?

吴起的直言不讳,令众门客十分惶恐。如果有人将吴起的言语密奏给国君,就会惹来杀身大祸。吴起若被朝廷杀死,他们这些门客的下场,只怕也是不妙。因此,众门客只要听吴起说起"主公南下伐楚"之事就不敢搭腔。此刻听吴起又说起了"主公伐楚"之事,尹仲、东郭狼、赵阳生亦是默然无语。吴起见众人不语,也不再说什么了,抬起手,向众人虚施一礼,意为"送客"。尹仲、赵阳生见状连忙行礼,退出后堂,东郭狼却依然端坐席上。

"东郭兄,你有什么事吗?"吴起问。

"小人想辞别大人,回齐国重操商贾故业。"东郭狼异常恭敬地说道。

吴起吃了一惊:"什么,东郭兄想走?莫非在下做了什么对不起东郭兄的事吗?"

"非也。大人对小人之恩,可比泰山之高。"

"那你为什么要走?"

"小人不甘混迹于商贾之中,日逐什一之利,是欲建大功于当时,名垂万世,故抛家弃业,追随大人。原以为大人乃当今豪杰,胸藏绝世奇才,虽千折不渝其志。谁知今日初遇挫折,大人即心性浮躁,不思进取,令小人大为失望。小人为功名而来,大人不求功名,小人又何必要留在此处。"

"原来如此。"吴起苦笑了一下,"东郭兄良言苦口,小弟诚心感谢。心性浮躁,小弟或许有之。若说不思进取,则小弟不敢领教。小弟生于世上,即为功名而来,无功名,则无小弟矣。"他在单独与东郭狼在一起时,屡次说二人相互间应以兄弟相称,以示亲密之意。

"既然大人仍有进取之心,如何不见大人有所作为?"东郭狼问道。虽然吴起称他为"兄",他却从来没有称吴起为"弟",时刻不忘他是"门客"的身份。

　　"非是小弟无所作为，而是一时无从作为。主公一心想威服楚国，但是楚国的土地人众俱为天下之最，岂能轻易威服？主公南征受挫，威信大失，更将日夜图谋楚国，以挽其威名。如此，小弟西征秦国，从而进取天下之策，将愈难实行矣。"吴起感慨地说道。

　　"大人在西河握有数万雄兵，难道不能直捣秦国腹地，建立大功吗？"东郭狼问道。

　　"不能。"

　　"为何不能？"

　　"秦国屡败，且新君刚立，原有可乘之机。无奈秦国执政大臣嬴菌大有才能，临乱不惊，沉着应对，又改革弊政，使国力大增。更可怕的是，嬴菌能收服秦国上下之心，使万众有若一人。秦国兵败君亡，屡受魏国压制，人人怀有哀痛悲愤之心。秦国之兵，即老子所言之'哀兵'也。哀兵若有明白兵法的将领统领，必能无敌于天下，而嬴菌正是一个明白兵法的人。现在不是议论小弟能不能直捣秦国腹地的时候，而是应议论小弟该如何才能守住西河之地。"

　　"如此说来，大人心性浮躁，无从作为，全是因为有了嬴菌这一个人？"

　　"也可以这么说。有嬴菌此人，则秦国必会强盛，秦国强盛，魏国则危矣。"

　　"难道大人没有想过将嬴菌从秦国赶出去吗？嬴菌去，秦国必乱。秦国乱，大人功业可成矣。"

　　"小弟当然想过，只是无从下手耳。嬴菌在秦国独掌大权，势力超过国君，且又大得国人之心，要想把嬴菌从秦国赶走，难啊！"吴起摇头叹道。

　　"小人倒有一计，可以为大人除了嬴菌。"东郭狼说道。

　　"东郭兄请讲。"

　　"欲除嬴菌，上佳之策，莫过于派遣敢死之士，刺杀嬴菌。"

　　"什么，你是让我派刺客去谋杀嬴菌么？"吴起大吃一惊，几疑他是听错了。他以兵家自诩，愿意与敌斗智斗勇，以战阵决胜负。而用刺客谋敌，他认为是"邪道"，不屑使用。东郭狼是他以兄弟相称的心腹之人，应该了解他的脾气，不应出此"邪道"之计。

"大人,成大事者,不拘小节。只要能灭敌建功,任何计策都可使出。"东郭狼说道。

"以刺客成大事,天下人必会轻视,非为将之道也。"吴起摇着头说道。

"大人智谋高于小人万倍,为何在这等事上反倒执迷如此呢?天下人只会看你功业能否大成,绝不会计较你用何等手段取得功业。成大功者,英雄也。不成大功,纵然你武勇盖世,智谋无双,也会被人轻视。古今此等事例众多,大人难道听说得少了吗?"东郭狼说道。

吴起听了,心中不觉一动,却未作声。

"大人以为当年楚国的伍子胥和吴王阖闾,是否为英雄人物?"东郭狼又问道。

伍子胥是楚国名臣伍举的后代,伍子胥的父亲伍奢官居太子太傅,两个儿子伍尚、伍子胥俱为太子的从属之官。

楚国欲与秦国交好,以对抗强敌晋国。国君楚平王派大臣费无极为使,为太子迎娶秦国公主,秦国欣然应允。费无极回至国中之后,便在楚平王面前竭力称赞秦女的美丽,说是天下无双。楚平王听了大为动心,竟将为太子娶的秦国公主留在了王宫里,另以旁人冒充公主嫁给了太子。

做下了这件事后,楚平王看着太子心里就不舒服,将太子远远赶到了边境守城。没过几年,楚平王又对太子动了杀心,对太子及太子一党大肆诛杀。太子和伍子胥侥幸逃走了,伍子胥的父亲伍奢和兄长伍尚却被楚平王以酷刑杀死。

伍子胥和楚国太子先逃到宋国,又逃到郑国。楚国太子企图夺取郑国,以郑国之力来攻击父亲,反被郑国人先下手杀死。伍子胥又一次侥幸逃脱,投奔到了吴国公子光的门下。

公子光将伍子胥视为心腹,借助伍子胥的谋略,收买刺客专诸,以鱼肠剑杀死其国君吴王僚,夺得大位,号为阖闾。吴王僚之子庆忌逃亡到边境上,训练死士,欲回国为其父报仇。吴王阖闾将庆忌视为心腹之患,再次收买刺客,得到勇士要离,然后设下苦肉之计,砍断要离的左臂,杀死要离的妻子,使要离得到了庆忌的信任,最终杀死了庆忌。消除了心腹之患后,吴王阖闾和伍子胥广招贤才,治理国政,使偏处东南的小小吴国竟成为天下第一等的强国。

周敬王十四年(公元前 506 年),伍子胥统率吴国大军大破楚国之兵,攻占了楚国郢都。此时楚平王已死,伍子胥挖开楚平王的坟墓,将楚平王的尸身痛打三百鞭,报了父兄大仇。

吴国虽然因为秦国和越国的前后夹击,被迫退出楚国,但其兵威却震动了天下。数十年后,吴王阖闾之孙吴王夫差仅凭三万六千精锐士卒,就已威服中原诸侯,成为霸主。伍子胥和吴王阖闾纵横天下的时代离吴起成名时已有百年,但其事迹仍在列国间广为流传。

吴起对伍子胥和吴王阖闾十分钦佩,常对众门客言道,伍子胥和吴王阖闾弃愚忠之小节,成兴一国、灭一国之大业,立功当代,名传后世,实为英雄矣。大丈夫存身天地之间,就应该像伍子胥和吴王阖闾那样,能忍受常人不能忍受的耻辱,能行出常人不能行出的奇事。唯有如此,方可纵横列国之间,成就一番大业。

东郭狼的问话,其实是在告诉吴起——伍子胥和吴王阖闾能成大事,刺客在其中起了最重大的作用。若没有专诸刺吴王僚,没有要离刺庆忌,伍子胥和吴王阖闾根本做不成后来的伐楚之事。伍子胥和吴王阖闾收买刺客成就大事,并未遭后人轻视,反被视为英雄。吴起只要能立下大功,纵然使出了刺客手段,一样会被后人视为英雄,名传万世。

“不错,要做成大事,就须不拘小节。只是要刺杀嬴菌这等执政大臣,非寻常之刺客可以充任。专诸和要离在刺杀大功告成的同时,亦被碎尸万段。刺杀嬴菌,纵然成功,刺客也是必死无疑,如今还能找到专诸、要离这样置生死于度外的刺客吗?”吴起问。

他在东郭狼提及伍子胥和吴王阖闾时,就已下了收买刺客的决心。一旦嬴菌突然死去,秦国必是大乱,我趁乱灭秦,可以减少许多士卒的伤亡。刺杀嬴菌虽有“无德”之嫌,然而多活士卒,却是莫大之德。吴起在心中对自己说道。

“只要心诚,然后多加黄金,专诸、要离这样的刺客,并不难寻。”东郭狼毫不犹豫地说道。

“好!”吴起赞了一声,站起来拱手对东郭狼行了一礼,“黄金小弟并不缺少,任由东郭兄取用。至于心诚,就在于东郭兄了,望东郭兄能速成其事。"

东郭狼连忙离座,伏下身行以大礼,道:"小人定不负大人所托,将立刻回到齐国,寻找刺客。"齐国的繁富为天下之最,各国身怀奇技、有所图谋之人,无不集于齐国。

正当东郭狼准备前往齐国之时,韩景侯病重而亡,由其子韩取继位,是为韩烈侯。魏文侯特拜吴起为使,前往韩国祭吊旧君,祝贺新君。魏、韩两国边境与秦相连,魏文侯以吴起为使者,是想警告韩国君臣——魏国将天下闻名的猛将吴起任为西河太守,不仅是为了对付秦国,必要时也可对付韩国。韩国若想继续得到魏国的庇护,就绝不能生出"二心",暗中与秦国勾结。

出使韩国是一件大事, 吴起离不开东郭狼为他处理一些迎往送来的交际之礼。东郭狼直到从韩国返回西河之后,才有了空闲,收拾行装,秘密从西河驰往齐国。

在周平王东迁之时,天下诸侯的城邑还不太大,最大的城邑不过周长三百丈,人众三千家。一般的城邑只有数百家,最小的城邑甚至只有十余家。后来随着列国间混战不休,城邑日益重要,也日益扩大。许多城邑周长已过千丈,人众万余户,城中积存着数年的粮草。对于这样的城邑,敌军往往围攻数年,不能攻克。

城中设有"市",为四方居民贸易货物之处。各国都设有市吏,收取税金。在一些诸侯国中,市税的收入差不多已占了国库的一半,使国君对城邑更加看重。列国间相互传言——宁可丢百里之地,不可失一座城邑。列国间论功行赏,亦由"夺地三百里"改为"拔城三座"之类的奖词。

在列国的城邑中,最大最繁富者,莫过于齐国都城临淄。据说,临淄城中共有居民七万余户,每户仅成年男子,就有三人以上。若有敌国攻击,齐君一声号令,就可召集二十余万带甲士卒,上城杀敌。

在临淄城,最令天下商贾向往的地方是两类处所:一为酒家,二为女闾。齐国所酿之酒,甘美芳香,为天下之最,令人饮至烂醉,不肯停杯。女闾是当年管仲所设,屋中盛陈美女,凡商贾人等只要付出黄金铜钱,就可进入女闾中寻欢作乐。齐女之美,素来名闻天下,许多商贾之人,都将齐国的女闾当作了家室,不肯回到家乡。东郭狼的祖先本是晋国人,据说因迷恋齐国的女闾,遂留在临淄,成为齐国之民。如此,临淄城的人口一年多于一年,终于成为天下的第一大城。

临淄城中最繁华的大街是庄街,宽可容纳六辆高车并驰,在庄街附近有着齐国最大的一个市区——岳市。岳市四周围以高墙,开有四门,每门都有市吏把守。日升时开门,日落时关门。岳市中货物最为丰富,别处市中难以买到的货物,岳市中都能见到。因此每到黎明之时,岳市门外就有人排着长队,等待入市购物。

庄街和岳市之间,居住着齐国最大的商贾。齐国最大的商贾,也就是天下最大的商贾,庄岳之间已成为天下首富的代称。列国之间,商贾们闻听"在下家居庄岳之间"一语,无不露出羡慕之意。

东郭狼的家,就是居住在"庄岳之间"。东郭狼家中尚有妻儿,数年未见。但东郭狼一到齐国,并未急着回到家中,而是驱车直向一处名为"上葛门"的女间驰去。

女间的主人最初为齐国阵亡将士的妻子,官府使之监管间中美女,收取财物。后来一些豪富之徒见女间谋利甚厚,纷纷买通官府,亦经营女间,从中获利,这些豪富之徒自然不会将他们的姓氏作为女间的名号。

在临淄城中,名为"上葛门"的女间至少有十数处,每一处都将"上葛门"几字写得十分醒目。当年五霸之首的齐桓公有一宠姬名为"葛嬴",出身于一处叫"葛门"的女间中,极得齐桓公宠爱,后来还生下了一位公子,并在数十年后成为齐国的国君。

"葛门"中出了一位如此了得的人物,自觉荣耀无比,尽管所处之地并无第二家"葛门",其主人还是在其名号上加了一个"上"字。这个"上"字不是指的方位,而是说"葛门"中曾有国君光顾,其地位应在各处"女间"之上。"上葛门"改了名之后,广为人知,富豪及贵族子弟争先恐后来至"上葛门"中。在"上葛门"光顾一遭后,众人自觉和国君差不多了,逢人就说,国君乐过的,吾也乐过。如此众口相传,到后来外国有富豪来至临淄,亦指名进入"上葛门"中快乐。

"上葛门"日进斗金,大发横财,看得别的女间眼红,也纷纷挂了"上葛门"的招牌。一时间,临淄城中竟出现了上百处"上葛门",弄得众富豪晕头晕脑,分不出哪处是真,哪处是假。各女闾主人也为此打斗起来,直至闹上了官府。官府大怒,说"上葛门"这等名号是对国君的大不敬,令吏卒们将所有"上葛门"的主人痛打三百鞭,另外还加罚铜钱百万,以致"上葛门"女闾在齐国绝迹了数十年。

数十年后,临淄城中又出现了挂着"上葛门"名号的女闾。这次的"上葛门"并不太多,只有十数处。官府对"上葛门"女闾的出现装作不知,并不过问,也难以过问——众"上葛门"的主人都有权臣大豪为其庇护,日益衰弱的齐国公室惹不起那些人。到后来,齐国的大权已被田氏掌控,国君只剩下一个空名,毫无威信可言。众"上葛门"明目张胆地宣称其为国君"乐过"的宝地,并且只有他这一家才是真正的宝地,其余者都是假冒。众"上葛门"甚至在屏风上画着当年齐桓公在女闾中享乐的种种情景。

齐国人无不以进过"上葛门"为荣,而"上葛门"的身价也扶摇直上,入门即须一掷万钱,唯有巨富豪门可以承受。于是,"上葛门"渐渐成了齐国巨富豪门的聚会之处,寻常之人已不能进入其中。

在所有的"上葛门"中,地处"庄岳之间"的这一处"上葛门"名声最大。齐国最著名的巨富豪门田氏、陶朱氏、端木氏、郭氏等无不常在此处"上葛门"中相聚。此处"上葛门"的主人名义上是一位姓葛的寡妇,实际上的主人却是陶朱氏。

陶朱氏是齐国最新发迹的巨富,其身份来历十分隐秘,有着许多奇异的传说。其中最奇异的一种传说,说陶朱氏本为越王勾践的谋臣范蠡。

越王勾践的祖先,是大禹的后代,夏朝天子少康的庶子,受封于会稽。传说大禹葬在会稽,因此,越国的职责主要是看守供奉大禹的陵墓。周朝立国之初,大封天下诸侯,却没有给众越族以相应的地位。除了奉祀大禹祭祀的越国被承认为诸侯之外,其余越族并未得到任何封赐。

相隔着具区大泽,越国和吴国互相敌对,数百年来常常发生大战。后来吴国称王,广招中原贤才,任用楚国人伍子胥改革政事,国势很快强大起来。越国大为恐惧,亦学着吴国广招中原贤才,其中最著名的一人也是楚国人,名为范蠡。

在范蠡的谋划下,越国改革政事,训练士卒,亦是一天比一天强大起来。

吴国自是不愿看到越国强大。吴王阖闾趁着越王勾践初即位的机会,向越国发动了猛烈的进攻。越王勾践以范蠡所献奇计,大败吴军,射伤了吴王阖闾。

吴王阖闾年岁大了,受不住箭伤,回到国中便气绝而亡。临死前,对他的孙儿夫差言道:"越国一日不灭,吴国一日不宁!尔须牢牢记之!"并嘱伍子胥辅佐夫差即位为王。夫差即位之后,日夜操练兵马,欲灭亡越国,为祖父报仇。

越王勾践听说夫差正在练兵,意图先下手为强,在吴国发兵之前打败吴军。范蠡劝谏道:"吴国强而越国弱,以弱兵主动去袭击强兵,有败无胜。主公应先图强,待国势强过吴国之后,再去攻击吴军,必能稳操胜券。此时则不宜出兵也。"

越王勾践拒不听从范蠡的劝谏,发倾国之兵攻击吴国,结果被吴军打得大败,伤亡惨重。吴王夫差乘机大举反攻,杀入越国境内,连夺城池。到了最后,越国只剩下五千残兵,逃到了会稽山上。勾践后悔万端,恳求范蠡挽救越国,以使大禹的祭祀得到保留。范蠡让勾践拿出后宫的数十名美女和黄金宝物,买通了夫差的宠臣太宰伯嚭,终于使吴王夫差听信了伯嚭之言,允许越国作为吴国的附庸存在下去。

夫差虽然没有灭亡越国,但在最初之时却对越国保持着相当的警惕,随时派人监视越国的动静,并将越国的名臣范蠡、文种等人留在吴国,作为人质。越王勾践则千方百计地讨好夫差,做出谦卑恭顺的样子,年年朝见夫差,并亲自充当夫差的御者,为夫差牵马驾车,做出种种只有奴隶才会做出的事情。

夫差对越王的表现很是满意,认为他的威德已经彻底征服了越国,遂将范蠡、文种等人放回了越国,对越国的举动也不那么在意了。他将全部精力都用在了整顿兵车、修造军器、训练士卒等"武事"上,一心想北伐中原,争当天下霸主。

勾践、范蠡、文种君臣齐心,广招贤才,大力倡导农耕,赈济贫者,吊慰死者,鼓励生育,与百姓同甘共苦,渐渐地,国力复又强盛起来。为了继续麻痹吴国,范蠡在民间寻到一位叫作西施的美女,献给吴王。夫差见了西施,顿时如痴如醉,别说对越国毫不在意,就算是本国的政事,也懒得理会了,成天除了训练士卒,就是和西施待在一起饮酒作乐。

伍子胥对夫差的举动深感忧虑,日日劝谏,让夫差注意越国,最好先下手彻底灭亡了越国。不料他不仅没能劝动夫差,反而惹出了夫差的怒意,竟迫令伍子胥自杀了。临死前,伍子胥让家人把他的眼珠挖出来,悬挂在吴国都城的东门上,说:"灭吴者,必为越国。吾当看着越兵从此门而入矣!"四年后,伍子胥果然"看到"越兵攻入了吴国。当时,吴王夫差带领着国中最精锐的三万六千士卒,千里远征,越过长江,渡过淮河,连败中原诸侯,迫使中原诸侯承认吴国为霸主。越国抓住吴国空虚的良机,大举进攻吴国,杀死了留守的吴国太子。

吴王夫差闻听败报大惊,急忙率兵回撤。士卒们知道家乡被敌人攻陷后,无不心慌,加上连续行军,已是疲惫不堪,回到国中和越军才一接战,就全军溃败,不可收拾。越军的损伤亦不小,勾践、范蠡、文种等人遂假意与吴国言和。几年之后,越军做好了充分准备,再次向吴国发动了猛攻,一口气连攻了三年,终于杀死夫差,灭亡了吴国。越国灭亡吴国后,又北上中原,展示其兵威,使中原诸侯不得不尊越国为霸主。

勾践得意扬扬,大肆封赏功臣,日夜宴乐,并将吴王后宫的美女收为己有。吴国的美女几乎都到了越王的后宫,偏偏那位本来出自越国的西施却怎么也寻不见。不仅西施失踪了,连为越国称霸立下大功的范蠡也不见了踪影。这时在齐国荒凉的海边突然出现了一位巨富,自称叫作"鸱夷子皮",带着数千贫民开垦荒地,修筑城邑,常常拿出数以万计的铜钱购买粮食牛马,很快就名声大震。

齐国的大臣们根据传闻,推测那叫作"鸱夷子皮"的人就是范蠡,那位貌若仙子的夫人就是西施。范蠡和西施盗得吴宫珍宝,隐姓埋名来到了齐国。后来,这传闻连齐国的国君都听说了,居然因此派出使者,来到了荒凉的海边。

使者对"鸱夷子皮"说:"如果你真是越国的范蠡,国君将请你入朝,拜为相国。如果你不是范蠡,如此聚众垦荒,实有不测之谋,国君将以'谋反'之罪,将你斩首。"

"鸱夷子皮"先拿出黄金十斤赠给使者,然后道:"草民自当拜见国君,请使者先行,草民随后就到。"

使者得了黄金,欣然应允。但使者回到朝廷后,左等右等,也没等到那位叫作"鸱夷子皮"的人前来拜见国君。使者心中发慌,只得再次来到海边,却已不见那位"鸱夷子皮"的踪影。齐国国君大怒,斩杀使者,将使者的家财抄没入官,子女罚做奴隶。"鸱夷子皮"在齐国消失了,宋国的陶邑却出现了一位叫作陶朱公的巨富。

陶邑在宋国北部边境,居于赵、魏、齐、鲁等国之间,是多条大道的交汇之处。许多富商大贾看准了陶邑是一处贸易的好地方,纷纷将家室迁至此地,陶邑成了宋国最富庶的城邑,官府所收的税金,竟占宋国国库收入的一半。

赵、魏、齐等大国对陶邑都是垂涎三尺,亦都曾发兵向陶邑进攻,企图夺占陶邑。但宋国岂肯轻易丢弃陶邑?宋君曾说,宁可国都被敌人攻占,也不能让陶邑被敌人攻占。各大国无不在陶邑城遇到了宋国倾国之兵的抵抗,竟是谁也无法得手。

大国对陶邑的攻击,不仅没有使陶邑衰落,反而使陶邑更加繁富。因为每一次大军兵临城下,周围百余里的货物都会被军队抢夺。在大军退后,各种货物奇缺,给商贾们带来了赚钱的大好机会,陶邑因此已经成为天下屈指可数的大邑之一。

陶朱公和家人在陶邑造了成百间的大库房,囤积各种货物,贱卖货物赚取什一之利,很快就积累了数以亿计的钱财,成为陶邑首富。陶邑城中的商贾们都互相传说——陶朱公就是齐国的"鸱夷子皮",也就是越国的范蠡。陶朱公听众人这么说,只是笑了一笑,既不否认,也不承认。只是陶朱公的身边没有了那位如同仙子般的美貌夫人,众人猜测了许久,也没能猜出个所以然来。陶朱公的名声太响,以致陶朱氏家族的历代主人,都被称为"陶朱公"。

东郭狼驱车驰往"上葛门",并非是要在其中大享"国君之乐",而是要见到"陶朱公"。这一代的"陶朱公",据说是第六代"陶朱公",很年轻,只是一个二十余岁的少年。

历代陶朱公都是挥金如土、贪恋酒色的浪荡子弟,依照常理,他们拥有的黄金就算是堆积如山,也会很快花完。然而历代陶朱公的黄金花得快,来得却更快。下一代的陶朱公总是比上一代的陶朱公更富，黄金越积越多，以致都无处可放。

在齐国的巨商中，陶朱氏排在田氏之后，端木氏、郭氏之前，名列第二。但在实际上，陶朱氏的财力大大超过田氏，早已是齐国的首富。众人之所以把田氏列在陶朱氏之前，不是因为田氏的财力大过了陶朱氏，而是因为田氏的权势大过了陶朱氏。

东郭氏世代经商，论财力和名望虽无法和陶朱氏相比，却也相当可观，号称为千金之家。因此，东郭氏也能够时常到"上葛门"来参与巨富的聚会。东郭狼亦因此和第五代陶朱公相交甚好，成为密友，得知了"陶朱公"的许多不为外人所知的"隐事"。

他直接让所乘的高车驰至"上葛门"的后门，跳下车，大步向门口走去。"上葛门"的前门金碧辉煌，华丽无比，后门却很简朴，以粗大的青石砌成门楼，用厚重的柏木板作为门扇。门很高大，半掩着，一个守门的人也见不到。但当东郭狼走进木门后，突然自暗处伸出两柄长剑，锋利的剑刃直指东郭狼的胸口。两柄长剑都是出自越国的铁剑，锋利更胜于寻常的青铜宝剑。

第二十一章

巨贾密谋分天下 义利相争显分歧

东郭狼看着指向胸前的铁剑,微微而笑,从腰间摸出一块佩玉,高高举起。那块佩玉通体洁白,唯有最中间有一鲜红的斑点,宛如雀形,极是醒目。

周人重礼,以青铜铸作鼎、彝、尊、爵等器具作为宗庙祭祀的饮食之器,称为礼器。除礼器外,还有礼物。礼物主要是指各种玉器,各诸侯迎来送往,上贡天子,下赐家臣,嫁娶婚丧,乃至私赠表记,无不以玉器作为最尊贵的礼品。

玉器的种类极多,主要有琥、璧、圭、玦等种类。据说玉也有五德:光泽、透明、温润、缜密、美丽,可比喻为君子的光明正大、谦恭有礼、忠直诚朴、仪表堂堂。因此,身为君子者,必佩美玉。

礼法曰:"君子无故,玉不去身。"凡是有身份的男子,不佩玉,就不能出门。商人没有什么身份,不在君子之列,虽然可以佩玉,也只能佩低劣的粗玉。

巨商们虽然只能佩毫无光彩的粗玉,然而其密室中所藏的美玉绝不少于任何一个国君。陶朱公为巨富之中的巨富,所藏的珍贵美玉多如天上的繁星。其中最珍贵的一块美玉,名为"雪丹",在洁白如雪的玉体上,染有几处赤若丹霞的斑点。

传说这块美玉是上古贤王尧帝从昆仑山得来的,得玉之日,恰逢尧帝生子,尧帝因此名其子曰丹朱。尧帝希望儿子是玉中之丹,能够光耀父亲的事业。待儿子长大后,尧帝又赐其"雪丹"美玉。

只是丹朱并没有成为父亲希望的君子,整日只知游猎嬉戏,不修善德,不亲附百姓,无人拥戴。尧帝无奈,只得另访贤者,将帝位传给了虞舜。丹朱失了帝位,也失去了"雪丹"美玉。玉者,君子之德也。君子无德,玉不附身。"雪丹"美玉从此流落天下,从一位君子传到了另一位君子手中,直到传到了商人陶朱公之手。

"雪丹"美玉似乎有灵,也知道商人并非君子,有一天突然从玉架上摔下来,碎成了十余小块。小块之玉无法置于架上欣赏,陶朱公只好将破碎的"雪丹"研磨成了十余方佩玉。巧的是,每块佩玉上都有一处鲜红的斑点,与任何寻常的佩玉都不相同。

陶朱公的"家业"极大,遍及天下各诸侯国中。陶朱公经常须派人巡查各处"家业"。巡查之人必须拥有极大的权威,才能履行其职责。各处"家业"的执掌者若是犯了"家法",巡查之人不须上报,即可处置,轻则将其逐出,重则将其置于死地。

众"家业"执掌者见了陶朱公派出的巡查之人,无不畏之如虎。但是陶朱公的各处"家业"太多,执掌"家业"者有许多人根本不认识陶朱公派出的巡查之人,这就给一些胆大妄为的人造成了机会,想法伪造了陶朱公的信符,冒充陶朱公派出的巡查之人,至陶朱公的各处"家业"中诈取财物,使陶朱公大受损失。

为此,陶朱公将"雪丹"制成的佩玉当作了巡查之人的信物,各处"家业"执掌者见了"雪丹"佩玉,就必须像是见到了陶朱公本人一样礼敬,不得有丝毫怠慢。渐渐地,"雪丹"佩玉成了陶朱公的化身,只要谁持有"雪丹"佩玉,谁就可以在陶朱公势力所及的地方随意出入,要风得风,要雨得雨,决无阻碍。

数十年来,持有"雪丹"佩玉的人几乎都是陶朱公的本族或姻亲,只有一个人例外,这个人就是东郭狼。东郭狼和陶朱公虽为密友,却无任何亲戚关系,但也拥有一块"雪丹"佩玉。只有持着"雪丹"佩玉的人才知道,近两代陶朱公从来不会在府中居住,几乎每日都住在"上葛门"的后楼上。要见到陶朱公,只能来到"上葛门"中。

从"上葛门"的前门,绝对走不到后楼上来,欲走到"上葛门"的后楼,必须从后门进入。"上葛门"的后门看似无人,却至少在暗处隐藏着两位可力敌数人的持剑勇士。依照齐国的刑律,百姓不得持有铁剑这等利器,否则,即是"谋逆",当处以斩首大刑。陶朱公虽是巨富,势力极大,但毕竟只是一个百姓,"不敢"公然让手下人握着利器,"上葛门"的勇士们就只好隐伏在暗处。

看见了东郭狼手中高举的"雪丹"佩玉,两位持剑勇士立刻收回利器,闪开身影。东郭狼大步向内院走去,又连着穿过了五道门户,每处门户都有两位持剑勇士把守。每一处的持剑勇士见了东郭狼手中的"雪丹"玉佩,都是连忙回避,远远退开。

门户之后,是一座高楼。上古之楼,即为高台上所建之屋,只有诸侯贵族才能建楼。百姓建楼,则是坏了"礼法",当处以斩首大刑。但后来有许多"百姓"的财富远远超过了贵族,又想建楼,又怕违了"礼法",遂想出一法,在屋上又建起一层屋来。这种屋上之屋并没有建在高台上,不算是违了"礼法",然其高大,又可称之为楼。

陶朱公所居的"上葛门"后楼,就是这种楼上之楼。依照"礼法",百姓所居之屋,一座不可大于三间。陶朱公所居之楼,亦只三间,但其梁柱粗大,间隔开阔,比寻常的五间之屋还要宽敞。第六代陶朱公穿着天下最华贵的云纹丝织锦袍,在楼上的正厅和东郭狼相见。

"仲父,晚辈有礼了。"年轻的第六代陶朱公虽然只是一个商人,其神态之优雅从容、彬彬有礼,丝毫不输于那些学过"六艺"的贵族子弟。

"贤侄免礼。"东郭狼拱了拱手,感慨地说道,"我差不多有十年未到此楼了。"他边说着,边仔细打量着厅中的陈设,发觉与十年前相比,厅中有了许多变化。

厅正中是一架巨大的屏风,以越国深山中所生的香木制成,由鲁国工匠加以雕饰,再请楚国漆工涂漆,最后请洛邑的画工来画上五彩花纹。屏风正中端端正正地嵌着一双价值百斤黄金的珍贵玉璧。在玉璧左右,又各悬着三件宝物,是为三尺见方的巨大龟甲、泛出彩光的南海贝壳、径寸大小的一串明珠。屏风下铺着一张席子,席上所垫的是北海出产的银白狐皮。银狐珍贵难得,每张可值黄金十斤。而那席上的狐皮甚大,至少为十张连缀而成。席上有一案,纯用青玉制成,通体晶莹透亮,闪烁着异样的光彩。在案上,摆放着四枚精致的、形状各不相同的铜铸钱币。

一枚名之曰"布",形状极似一种锄形农具"镈",布为"镈"的假借字,故此类铜钱币称之为"布"。"布"的重量以"釿"为单位,有半釿、一釿、二釿三种。流行最多的是半之"布",百姓直呼为"铜钱"。

二枚名之曰"刀",形状似屠夫所用之刀,故名之曰"刀"。"刀"的重量以"货"为单位,有一货、五货、十货等多种,流行最多的是五货之"刀"。

三枚名之曰"钱",形状极似一种铲形农具。钱字和"铲"字通用。"钱"本为方形,后来成为圆形,内有圆孔,最后又变为方孔。"钱"的重量以"两面三刀"为单位,有一两、半两两种。流行最多的是半两之"钱"。

四枚名之曰"贝",形状似贝壳一般,为楚国的常用铜币。相对而言,"贝"的重量最轻,每二至三个才及得上一枚半两铜钱。

列国之间,黄金玉璧虽也充作货币流行,但只是在富人及诸侯贵族间流行而已,常人日用的货币,主要是铜钱,尤其是一货之"刀",半之"布",半两之"钱"流通遍及天下。青玉案上四枚不同形状的铜铸钱币异常光亮,闪耀夺目。

陶朱公请东郭狼在席上的尊位处坐下,然后他在青玉案右侧的主位处坐下来,问:"仲父,你十年未至此楼,今日一见,似有所感,不知可否告知小侄?"

"我今日至此,感触确实很多。当年我到这里拜见你父亲时,这屏风上只有一双玉璧,席上也没有这么名贵的狐皮。案上也没有这些铜钱,而是放着《书》《诗》《易》《礼》诸多典籍。"东郭狼说道。

"是的,小侄在屏风上多挂了几件宝物。这可不是寻常之宝,此一对大龟甲,乃是商朝开创之主汤留下的。龟甲在商汤之时,如同黄金一样,是贸易之时不可缺少之物。不过,寻常龟甲易得,此等三尺见方的巨大龟甲却是千年难遇的宝物,虽有百斤黄金,也难购得。那海贝、珍珠亦是极难得到之物,价值在百斤黄金之上。"陶朱公淡淡地说着,话音中却含着一种无法掩饰的夸耀之意。

"你父亲难道没有说过,这世上有许多东西,价值远非黄金可比?"东郭狼问。

"当然说过。父亲有一次拿着一柄青铜宝剑,说那柄剑才是世上最贵重的东西。"

"你父亲说得很对。那柄青铜宝剑不是寻常的宝剑,是五霸之首齐桓公所佩的宝剑,是国君权威的象征。这世上最贵重的东西,就是国君的权威。"

"当初我也认为父亲的话不错,觉得国君的权威是世上最贵重的东西。国君拥有生杀予夺之权,世上还有什么能比得上'生杀予夺'几个字震骇人心呢? 只是现在,我不这么认为了。我想来想去,觉得还是黄金铜钱最贵重。有了黄金铜钱,就是有了一切。"

"错了,大错! 黄金铜钱并不能买来一切。如果黄金铜钱能买来一切,你就不会独坐在楼上了。"

"小侄喜欢安静,只愿独坐在楼上,把玩这几枚铜钱。"

"不,似你般年少的人,绝不会甘心独坐在楼上。似你这般年少的人,会带着最美丽的女子,乘坐着最华贵的高车,在成百上千的健仆护拥下,纵横飞驰在淄河岸上。"

"我的内室中藏有齐国最美丽的女子,我的库房中停有齐国最华贵的高车。"

"但是你不敢驾驶最华贵的高车载上那最美丽的女子,飞驰在淄河岸上。"

"这……"陶朱公欲言又止。

"如果你以最华贵的高车载着最美丽的女子飞驰在淄河岸上,一定会引起田氏的妒忌。在齐国,田氏就是国君。田氏定会夺走你的高车,抢走你的美女。"东郭狼厉声道。

"是的,国君既有'生杀予夺'之权,就能够夺走我的高车,抢走我的美女。但是只要我不招摇,田氏绝不会领人杀进我所居住的房舍,强行夺走我的一切。我陶朱公所交的市税,占了临淄城中的一半。灭了我陶朱公,齐国的田氏也难支撑长久。何况陶朱公的'家业'遍于天下,各地亦有分支族人。陶朱公会用黄金购买天下的敢死之士,刺杀田氏。"

"你所说的田氏,是为明智之人。可惜掌有'生杀予夺'之权的国君们,大多并不是明智之人。一旦你遇上的国君是一个昏暴之主,偏又看中了你的高车美女,你又当如何?"

"那我就只好远避他处了,陶朱公迁移他处,也不止一次了。"陶朱公微微垂下头说道。东郭狼的目光一直如利剑一样逼视着他,使他有些受不住。

"天下处处都是国君,他处、此处又有什么分别?"东郭狼略带嘲讽地说道。

"但是拥有了国君的权威又能怎么样呢?齐桓公是五霸之首,最后却饿死在内宫里。晋文公是五霸中最有福泽者,但他的后代儿孙却受尽了魏、赵、韩三大家臣的欺负。现在倒好,家臣也做了诸侯,真正的诸侯倒要去朝拜家臣。国君虽是拥有生杀予夺之权,所受的辛苦惊恐远远多过我这个商人。小侄宁愿做一个商人,不愿成为国君。"

"你真是这么想的吗?"东郭狼心中不觉大跳了几下,紧盯着陶朱公问道。

"小侄真是这么想的。所以,小侄这些年来,一直不愿与仲父相见。"陶朱公坦然说道。

"你如此年轻,怎么就似老朽之人一样心如死灰呢?"东郭狼迷惑地问。

"小侄虽然年少,却也做了陶朱家十年的主人,经历过的事情并不算少。陶朱家的事儿,小侄管着已觉吃力,实在没有雄心做什么大事了。"陶朱公悠然说道。

"如此说来,贤侄并不想遵守当年的诺言了?"东郭狼咬了咬牙,重重说道。

陶朱公一时默然无语,东郭狼也不再说什么了,两个人都回忆起了十年前的情景。

十年前,东郭狼匆匆自鲁国赶到临淄,与卧病在"上葛门"后楼上的第五代陶朱公作最后的诀别。

第五代陶朱公不仅仅是东郭狼的密友,还是东郭狼的救命恩人。东郭狼正当年轻气盛之时,就已执掌了一个富有千金的家族,不禁雄心大起,连做了几笔大生意,赚了数百斤黄金,一时间在商人们之间名声大响,但是东郭狼却也因此得罪了齐国名义上的第一巨富田氏。

东郭狼有一笔生意是贩卖海盐,将越国购来的海盐转运到了郑、卫一带,获得了一笔厚利。田氏倚仗着同族的权势,一向独霸海盐的贩卖之利,不容别人插手。不过认真论起来,东郭狼并未触犯田氏,因为田氏独霸的是齐国出产的海盐,而东郭狼贩卖的却是越国出产的海盐,然而田氏却不论此理,蛮横地声称,凡是住在齐国的商人,就不能贩卖海盐,谁贩卖海盐,谁就是和田氏作对。

田氏公开宣扬,将以"谋逆"大罪诛杀东郭氏全族,并派人日夜监视东郭氏,防止东郭氏逃跑。就在这危急时刻,陶朱公挺身而出,不惜屈膝向田氏行以叩拜大礼,并愿以身家性命为东郭狼担保,求田氏大发"仁慈"之心,放过东郭氏。

陶朱公曾经向田氏主动出让过许多获利丰厚的生意,甚得田氏的好感。且陶朱公财力之深厚,势力之庞大,远非一般巨商可比。田氏见陶朱公如此恭敬,只得当真大发了一番仁慈之心,"饶"了东郭氏,却又要东郭氏赔偿一千斤黄金。

陶朱公立刻一口答应下来,并且代东郭氏"赔偿"了一千斤黄金。这一切直到数年之后,东郭狼才知道了,在此之前,东郭氏一直不明白——为什么要将他全族诛杀的田氏忽然"仁慈"起来了,不再报复他呢?

那天,东郭狼在大道上遇到了田氏,由于闪避稍慢,差点和田氏撞在一起。田氏大怒,喝骂道:"不知死活的贱种,难道还想赔我一千斤黄金吗?哼!这次你若撞到了老爷的车上,纵然有陶朱公为你说情,纵然你再拿得出一千斤黄金,老爷也饶不了你!"东郭狼听了,如雷击顶,呆了半晌之后,驱车狂驰,直奔向陶朱公的府中。

见到第五代陶朱公后,东郭狼跪下来,行以大礼道:"从此以后,我这一生就全由恩公驱使。"

陶朱公扶起东郭狼说:"你我同为商贾一脉,理应互相照顾,患难与共。"

东郭狼叹道:"我素性太刚,不宜商贾之道,今后何去何从,还望恩公指点。"

陶朱公道:"你胆大心细,谋算得当,正是商贾之奇才也。不幸你生在此虎狼之世,误触了田氏,今后若想在商贾这一行干下去,确乎千难万难。商贾素为世间所轻,要另觅出路,难上加难。我齐国巨富端木氏的祖父,原是卫国商贾,不甘居于卑贱之位,拜孔子为师,并出资让孔子周游列国,使孔子名如日月,辉耀至今。而端木氏亦名列大夫,昂然出入各国,与众诸侯分庭抗礼,实为商贾中之俊杰也。惜乎其子孙不能发扬祖父之宏愿,贪图小利,又沦于商贾之列,其今在齐国虽为巨富,却只能屈从田氏淫威,庸庸度日罢了。"

陶朱公所说的端木氏祖父,乃是孔子最有名望的弟子之一,名为端木赐,字子贡,善于辞令,曾游说各诸侯国之间,被卫、齐、吴、鲁诸国敬为圣人,屡息兵祸,是商贾之人最引以为豪的人物。

东郭狼激动起来,说:"子贡能做到的事情,我也一定能够做到。我会立刻拜大贤为师,做上一国大夫。到了那时,我会尽所有的一切,报答恩公。"这并不是他见到陶朱公之后才有的想法,从他得罪了田氏的那一天起,他就有了这样的打算。

"好,有志气!"陶朱公大为赞赏道,"你也不必寻什么大贤。如今的世道,唯强者才能立身。你拜为师者的人,应该强悍过人,而又极有能力,将来甚至有可能称霸一方。"

东郭狼眼睛一亮,说:"大贤曾子的弟子吴起与我相交甚厚,其人深知兵法,明晓天下大势,胆魄之大,世间无双。若有机会此人必会趁时而起,称霸一方,做下一番惊人的大事业来。"

"吴起此人,我也听说过,确为世所难及的大才,连田氏都欲网罗在门下。但吴起既有大才,岂肯甘居田氏门下?他也不会真心做曾子的弟子。你可在他困窘之时,全力帮助他,这样,吴起将来称霸一方时,你的前途将无可限量。"陶朱公鼓励道。

于是,东郭狼毅然放弃了商贾之业,甘居于吴起的从属之位,以其黄金全力帮助吴起。有东郭狼的黄金作为后盾,吴起毫不犹豫地离开了曾子,离开了田氏把持的齐国,投奔到了鲁国,然后杀妻求将,以弱小的鲁军一举击败了强大的齐军,名震天下。

但就在这时,第五代陶朱公却重病缠身,眼看就要离开人世。东郭狼站在陶朱公面前时,他已是奄奄一息,勉强可以说出话来:"如今天下非比往日之天下,商贾仅靠贸易,不能立身。齐国田氏残忍狠毒,自成势以来,齐国之大族高氏、国氏、栾氏、晏氏、鲍氏无不被田氏诛杀殆尽。眼前田氏尚未成为正式的诸侯,对我等商贾大族还有利用之心,故并未对商贾大族加以诛杀。然而田氏一旦公然名列诸侯,必然不能容忍我商贾大族,定会大加诛杀。我商贾大族欲立身于世,非得执掌权柄,自成一方之主不可。晋国可以三分,齐国何尝不可分为多方诸侯。今日吴起名震天下,他日必可霸于一方。希望东郭兄能够借吴起之势,与我陶朱公里应外合,瓜分齐国。我陶朱公并不想独占齐国,能成齐国一方之主,心愿已足矣。"

东郭狼跪下来,指天发誓道:"我定当拼此一生之力,使陶朱氏成为一方之主,报答恩公。"第五代陶朱公听了,很是满意,将儿子唤来,令儿子将东郭狼呼为"仲父",行以父礼。

陶朱公对儿子说道:"吾死之后,尔当以东郭兄为父也。田氏,饿虎也,可敬之,不可深交。尔当以吾陶朱公之资财,全力助成东郭兄之大业。东郭兄但有所行之事,尔不得拒之。"

儿子听了,亦是跪倒在地,指天发誓:"绝不会忘了父亲遗言,定当实现父亲的遗愿。"

第五代陶朱公脸上浮起了笑意,又将陶朱公家族权威的象征——"雪丹"佩玉赠给了东郭狼一枚,使东郭狼在紧急之时,可以随时调动陶朱公的力量,并能随时见到陶朱公本人。"雪丹"佩玉陶朱公向来不会给予外人,甚至外人连看都不能看到"雪丹"佩玉。此刻陶朱公将"雪丹"佩玉赠给东郭狼,是将东郭狼当作了家人一般。东郭狼感激中再一次跪倒在地,向第五代陶朱公行以叩拜大礼。

东郭狼有了"雪丹"佩玉,就可以利用陶朱公潜藏的庞大势力,做出许多人无法做到的事情,这对他的"大业",也有着极大的帮助。也正是凭着"雪丹"佩玉,东郭狼完成了几件在吴起看来无法完成的难事,使他获得吴起的信任,甚至在某些方面,吴起已经离不开他的帮助。因此,他理所当然地成了吴起心腹中的心腹。吴起的"谋夺天下"之策,自然也受到了他的全力支持。

在他看来,吴起为魏国"谋夺"了天下,绝不会甘居臣位,定会成为一代新朝的开创者,如同周朝的武王一样。如果吴起是"周武王",他这位第一心腹自然是"周公""姜太公"之类的开国功臣,不仅可以名传千古,还可以裂土分封,成为一方诸侯。到了那时,他替陶朱公美言几句,自然能使陶朱公的梦想成为现实。每当想到他的将来会是一方诸侯,东郭狼就兴奋得夜不能寐。

他比吴起更狂热地谋划着"平天下"的大业,积极主动地为吴起的"大业"四处奔走,不辞劳苦。为此,吴起常感动地拉着他的手说,我有了你这位朋友,是上天的赐福啊。但是东郭狼在得到吴起信任的同时,却似乎在渐渐失去陶朱公家的信任。

第六代陶朱公执掌家业时,年岁尚小,由几位管家辅佐,共同管理着陶朱公的家业。几位管家对主人极为忠心,亦对东郭狼这位陶朱氏家的"仲父"十分敬重。

东郭狼很忙,有了大事,需要陶朱公帮助时,只来得及和几位管家见上一面。他没有多余的时间去"拜见"第六代陶朱公,第六代陶朱公也从来没有主动提出过拜见"仲父"。转眼之间,陶朱公主人年满了二十岁,正式成为陶朱公家业的执掌者。

这个时候,东郭狼正和吴起在魏国忙于鼓动魏文侯"夺取天下",没有去"拜见"陶朱公。他觉得他是陶朱公家的"仲父",他的"大业"也是陶朱公的"大业",他要求陶朱公做什么,陶朱公就应该毫不犹豫地立刻办到,不能有任何迟疑。但他最近几次让陶朱公所办的事,虽也办成了,却都拖了一段时日,远不如过去痛快。

东郭狼这次回到故乡,既是为了寻找刺客,也是想面见陶朱公本人,以释心头之疑。他不明白,陶朱公为什么会对他这个"仲父"有了疏远之意。

"唉!"年轻的陶朱公重重地叹了一口气,使两人从追忆中回到了现在。

"仲父,儒家最看重的,是一个'礼'字。法家最看重的,是一个'法'字。老子的门徒,最看重'道'字。孙武的门徒,离不开'兵'字。我商贾之家,最看重是一个什么字?"陶朱公问。

"商贾之家,最重一个'利'字。"东郭狼皱着眉头,不高兴道。

"是啊,商贾存身之道,莫过于一个'利'字。有利可图,则行之;无利可图,则避之。而父亲大人身为商贾,却去追逐国君的权威,显然是误入歧途了。"陶朱公说道。

"住口!你居然论及父亲的是非,岂是为人之子所该说的?"东郭狼大怒道。

"如果我是儒家子弟，或是卿士大夫家的子弟，自然不该论及先父的不是。可我只是一个商人家的子弟，议论先父几句，也算不了什么。"陶朱公淡然说道，毫无激动之意。

"你……"东郭狼猛地站起身，又坐了下来，竭力压抑着心中的怒气道，"你父亲曾对我说过，如今天下非比往日之天下，商贾仅靠贸易，不能立身。"

"小侄说过，父亲不守商贾图利的本分，是误入歧途。"陶朱公微笑着道。

"痴儿！利者，有至大至小之分也。商贾之利，至小也。国君之利，至大也。弃大利而惑于小利，实非智者。尔为陶朱氏之主人，何愚至此，何痴至此！"东郭狼痛心疾首地说道。

陶朱公依然是面带微笑："仲父别忘了，我陶朱公正是惑于小利，才有今日啊。"

东郭狼再也说不出话来，心中冰凉。这个逆种，竟然说父亲"误入歧途"了。看来他已是铁了心，要背弃当初的诺言了。如此，我就难以得到陶朱公家族的帮助了，对将来的"大业"恐有不利啊。唉！这也怪我，当初我太注重吴起，忽视了这逆子，谁知这逆子竟是反了……

"仲父，虽然小侄认为父亲是误入歧途，可也不想违背当初对父亲的承诺。仲父的'大业'，小侄仍会全力帮助。不过，小侄素来懒散，眼里只看得见一个'利'字，仲父的'大业'到底是怎么回事，小侄也弄不明白，所以仲父需要什么，不必告知我。计管家是我陶朱氏的元老，仲父有什么事，就告诉他吧。"年轻的陶朱公说着，拍了一下手。一位年约六旬、须发斑白的老者应声从屏风后走出来，恭恭敬敬地对东郭狼行了一礼。

东郭狼认识这位姓计的管家，他在陶朱公的大管家中，名列第五，专管传递消息之类的隐秘之事。我身为"仲父"，居然只能和陶朱氏名列第五的管家打交道了。东郭狼苦涩地想着，站起身来，拿出"雪丹"碧玉，递给陶朱公："贤侄，这是你家的宝物，还给你吧。"

他既然不能再见到陶朱公本人，拿着这块"雪丹"佩玉，已是无甚意义。年轻的陶朱公并不推让，接过"雪丹"佩玉，站起身深深施了一礼。他这一礼，是为"送客"之意。

第二十二章

心诚礼重寻刺客　墨者身份堪称奇

东郭狼恍恍惚惚,不知到底是怎么走出"上葛门"的,也不知道又要走向哪里。陶朱公的全力辅助,使他对"大业"的实现充满了信心,可以毫无顾忌地在吴起面前表现他的能力。但是现在,陶朱公突然从他背后消失了,使他满腹的豪气似破裂的鱼泡一般——再也鼓不起来。他直到登上坐车,才发觉计管家跟在身后。

"东郭老爷,您有什么吩咐,尽管告诉小人。这份差事,是小人主动讨来的。"计管家说道。东郭狼听了,不觉一愣。计管家的话,不像是一个陶朱公管家应说的话。陶朱公的管家,都是自最低贱的奴隶提拔上来的,对主人无不绝对忠诚。一个对陶朱公绝对忠诚的管家,绝不会透露出任何不满主人的言语。

"计管家,陶朱公为何会背弃先人诺言？"东郭狼过了好一会才回过神来。

"这不是我能回答的事情。我想,过不了多久,您就会明白一切的。我只想告诉您,老主人的话是对的。您不要因为少主人,就自失了主张。老主人把那么大的一件事托付给您,是相信唯有您才能办成这件大事。"计管家说着,眼中隐隐透出晶莹的光亮来。

东郭狼胸中一热,豪气陡升。难道缺了陶朱公的黄金铜钱,我当真什么事也不能办成吗?他立即请计管家同乘一车,向其家中驰去。到了家里,他顾不得已是数年未和妻儿相见,匆匆说了几句话后,就领着计管家直奔后院的密室之中。

这间密室,还是他行商贸易之时,用来存放"质""剂"等要紧物品的地方。"质""剂"又称为"券",一般为竹木制成,"券"之长者为"质",短者就叫作"剂"。行商贸易,买卖双方会将各自应承担的义务刻写在"质""剂"上,落上名款,然后将"质""剂"剖分为二,买主执右半边,卖主执左半边。一旦发生了争执,闹到了官府里,断定谁是谁非的主要依据,就是这种东西。密室中门窗很小,陈设也十分简单,仅有一案、一席,再加上一个曾用来存放"质""剂"的木匣。

"计管家,请坐。"东郭狼向计管家施了一礼。计管家连忙回礼,却并未坐下。

东郭狼也就站着,直截了当地说道:"我想请计管家帮我寻找一个刺客,不知计管家是否可以寻到?"

"这要看寻什么样的刺客了。有的刺客,只要拿出一斤黄金来,就可寻到。"

"如果是那种刺客,我就根本不需要请您帮忙了。"东郭狼说道。

"东郭老爷要的是什么样的刺客?"

"百年之前,曾出现过专诸、要离那样的刺客。我现在需要的,就是那样的刺客。"

"专诸、要离那样的刺客,百年之前就很不容易找到,现在就更难寻找了。"

"你只告诉我,这样的刺客还找不找得到?"

"找得到,但您至少必须有三样东西。"

"哪三样?"

"一千斤黄金。可以让刺客满足他平生无法满足的欲望,并解除他的后顾之忧。三年的时间。可以让刺客失去任何拖延行动的理由,使他不得不主动向您请命。最后,您要忍受刺客给予的任何屈辱,不能露出丝毫的厌恶之意,让刺客感到他是为知己而死。"

"我拿得出一千斤黄金,可是我没有三年的时间,也不能忍受任何屈辱。"

"三样东西，你缺少两样，这就很难找到专诸和要离那样的刺客了。"

"但是我必须找到。只有找到了专诸、要离那样的刺客，我才能办成陶朱公老主人期望我办成的大事。"东郭狼注视着计管家说道，心里隐隐有些刺痛。如果陶朱氏年轻的主人仍然支持他，那么，他即使三样东西中没有一样，也能很快找到专诸、要离那样的刺客。似陶朱公这样的巨富，有着许多人难以料想的能力。

陶朱公这样的巨富，最擅长的本领就是储藏。储藏黄金，储藏奇货，也储藏奇人。似专诸、要离这样极难寻找的刺客，亦算是奇人，应在陶朱公储藏之列。但管家只是一个奴隶出身的管家，没有主人的旨意，他绝不敢动主人储藏的东西。

"东郭老爷，三天之后，小人会再来拜见您。"计管家沉默了好一会，才回答道。

三天之后，计管家果然来到了东郭狼的府中，二人仍然是在密室相见。

"有一个人，如果做刺客可以和专诸、要离相提并论。"计管家说道。

"是一个什么样的人？"东郭狼心中大喜，脸上的神情却显得十分平静。

"此人名叫聂政，本为魏国人，家居轵邑，今年三十一岁。此人好结交朋友，因打抱不平，在家乡伤了人命，才举家逃到了齐国。"计管家说道。

"我需要怎么做，才能使他为我所用？"

"聂政是个孝子，父亲早逝，唯有一母一姊。其姊远嫁在卫国濮阳，其母患有风瘫之症，病卧已有三年。他的妻子在去年病死了，有两个儿子，一个十五，一个十三。我听说魏侯的太医吕卢最善治风瘫之症，两三个月内可使病卧之人站立起来。东郭老爷可一边与聂政结交，一边想法'借'来吕太医。如果东郭老爷能使聂政之母病愈，则聂政必视东郭老爷为恩人，纵然为东郭老爷赴汤蹈火，也在所不辞。"

"把吕太医'借'来不是一件容易的事情，我想先看看聂政此人，再作决断。"

"聂政现在齐国充作屠牛之工，东郭老爷要见到他很容易，小人愿意领路。"

"好。我要立刻见到聂政。"

齐国的庄岳之间所居者大多是富人,富人喜肉食,故庄岳之间有许多屠宰之坊。操纵屠宰之业的商贾们在巨富如林的庄岳之间只能算是小康之家,田氏、端木氏、东郭氏等巨富从来不与这等小康商贾打交道,只有陶朱公,才会愿意和这些小康商贾们结交。

当然,陶朱氏的主人绝不会自低"身份",亲自和这些小康商贾们结交。只有像计管家这样在陶朱氏中排名并不怎么靠前的"家奴首领",才会认识这些小康商贾。计管家认识这些小康商贾的目的,一是探听陶朱公感兴趣的各种消息,二是发现可能值得陶朱公储藏的奇人。陶朱公向来认为,卑贱之处一样隐伏有世间难寻的奇人。

计管家只负责打听,并把打听到的一切告诉给主人。至于主人到底看中了哪位"奇人",是否要加以储藏,则不属于计管家的职责范围,计管家不知道,也不应该知道。

东郭狼一提出寻找专诸、要离那样的刺客,他立刻就想到了聂政,但他却不敢立刻答应下来。计管家用了三天的时间,去打听他不该打听的一件事——陶朱公是否准备"储藏"聂政。他毕竟是陶朱公的管家,须绝对忠于陶朱公。如果陶朱公准备"储藏"聂政,他就不会把聂政推荐给东郭狼,宁愿多费力气,另寻他人。打听不该打听的事,是犯了小错,做了不该去做的事,则是犯了"大罪"。对于计管家来说,在维护陶朱公的前提下,小错可犯,"大罪"绝不能犯。

计管家和东郭狼分乘着两辆骈车,来到了一处名号为"柳乙"的屠牛作坊前。屠牛作坊的主人见到计管家很热情,称计管家为"计老爷",对其行以大礼。陶朱公的管家在外结交时一般不会露出真正的身份,总是以某处货行主人的身份出现。计管家此刻的身份,是"岳"市上八处牛肉铺的总主人。肉铺的主人向来是屠宰坊的"衣食父母",柳乙主人见了计管家,自是不敢有丝毫的怠慢。

计管家对柳乙主人说道,东郭狼乃是一家新开张牛肉铺的主人,闻听此处牛肉甚佳,特来拜见。柳乙主人听了大喜,立刻又对东郭狼施以大礼,东郭狼连忙还礼,乘势提出要进坊中看看牛肉的货色如何,以便决定是否专门购买柳乙的牛肉。柳乙主人更是高兴,当即将东郭狼引进了屠宰坊中。

东郭狼一走进坊中,不等计管家介绍,就猜出了谁是聂政。屠宰坊中的屠牛之工共有十余人,年老者已过五旬,年轻者不过二十上下,三旬左右者共有四人。四人中有一人的臂力特别大,所用的宰具比旁人大出许多,其身手极为敏捷,砍、削、剁、挑的动作一丝不苟,不会浪费掉任何一处牛肉,屠案旁留下的牛骨光滑得似专门请人用小刀刮过一番。旁的屠工见了东郭狼进来,都不自觉地抬起头张望着,唯有此人仍然专心致志地砍削着牛肉,连头都没有抬起一下。

好!力大心细,且又能专注一事,正是一个刺客必具的性格。东郭狼在心里赞道。果然,在从柳乙走出之后,计管家告诉东郭狼,那臂力雄强之人,正是聂政。

"此人身处卑贱之中,却有着君子风度,实为难得。"东郭狼称赞道。

"卑贱之人若有君子风度,则其人绝不会甘于平庸,可以做出大事。"计管家说道。他看得出,东郭狼对聂政很满意,这使他的心中大感安慰,话也多了。

回到府中,东郭狼立即写下一封密书,遣心腹从人飞速驰回西河,呈上吴起。在密书中,他告诉吴起,专诸、要离那样的刺客已经找到了,唯须经过一番结交,方可收服刺客之心。为了更快地收服刺客,他急需"借用"吕太医。吴起是独挡一方强敌的重臣,极受魏文侯的重视,他若出面为东郭狼"借"来吕太医,虽也有些为难,但还是可以办到。

西河之地离临淄有数千里,乘坐驷马驾着的高车,来回一次也得两个月,再加上一些不可避免的耽误,吕太医来到临淄,应当是三个月之后。东郭狼决心用这三个月的时间和聂政结交成知心朋友。

首先,他花钱在"岳"市上买了一家牛肉铺,暂时充当起了须日日买进卖出的小商贾。然后,他多出了些铜钱,让"柳乙"主人日日派聂政将新鲜牛肉送到他的铺子里来,这样,他就天天有了和聂政结交的机会。

东郭狼使出他数十年在经商和担当门客首领时积累的结交本领,自然而然、不露痕迹地和聂政成了"知心朋友"。到了三个月后,他已经和聂政称兄道弟了。但是三个月后,他盼望的吕太医却没有来到,只等来了吴起派人专递的一封密书。

吴起在密书中说，魏国相国李悝突然患了风瘫之疾，吕太医只能在医好了李悝之后，才有可能来到临淄。吴起让东郭狼不要着急，继续与刺客结交，估计吕太医两个月内即可治愈李悝。东郭狼看了密书，无可奈何地叹了一口气，只得继续充当肉铺主人。

随着和聂政的深入交往，东郭狼发现聂政有着两处令他迷惑不解的地方：一是聂政并不缺少铜钱，根本不用充作屠工；二是聂政有时行踪诡秘，举止不似一个屠工。

聂政每天的工钱，是十五个"一货"的刀币。这些铜钱，可在市上购得半石小米。似聂政这等正当壮年的男子，每月食小米一石半就足够了。一般的上等屠夫，每日的工钱是十至十二个铜钱，聂政的技艺特别出色，工钱也就高于旁人。聂政每月都能拿到四百个以上的铜钱，奉养家人足够有余。但东郭狼发觉，聂政每月的花费，竟在四千个铜钱以上，远远超出了他所挣得的工钱。齐国人向来以豪奢闻名天下，但一个屠工每月用去四千个铜钱，却极是少见。

聂政常去女闾，而且从不固定一处，每月要换四五个地方。那些女闾虽不是最上等的地方，但也绝非低等之处，聂政每月在这上面要花去两千个铜钱。除了女闾，聂政最常去的地方就是药铺，给母亲买些上等好药。在这上面，聂政每月要花费一千个铜钱。另外，聂政还让两个儿子跟着一位儒士学习诗书。为儿子购买书简，赠送儒士礼物，这方面也要花去聂政的五百个铜钱。剩下的五百个铜钱，聂政则全用来作为衣食之费。说起来他是个屠工，所食之精致绝不低于一个屠宰作坊的主人。

一个真正的屠工，既不会似聂政这样肆意花费，更不会像聂政这样让儿子去跟着儒士学念诗书。聂政的这些隐秘之事，是东郭狼悄悄派人跟踪聂政探查出来的。跟踪的人还探查出聂政每逢初一、十五两日，必然会到城外的野林中去，整夜不回。野林中有强人出没，东郭狼派去跟踪的人不敢靠近，因此无法探查明白聂政在野林中干了些什么事。总之，聂政的种种举动，表明他绝不是一个真正的屠工，或者是绝不甘心做一个真正的屠工。

这种情形使东郭狼又喜又忧。喜者，聂政其人所行之事正像计管家说的那样不会甘于平庸,可以做出大事。忧者,聂政有这么多隐秘之事,却没有告诉他这个"知心朋友",显然对他还缺乏信任。聂政既不信任他,又怎么会为他充当必死的刺客呢?

还有,聂政每个月的花费如此巨大,铜钱都是从哪里来的呢?

这些铜钱是他自己谋得的,还是旁人送给的?

他自己如何能谋得这么多铜钱?若是旁人送的,这人又是谁?又为什么会送给他?

聂政既然有了如此多的铜钱,为何还要做一个屠工?

聂政到野林中去干了些什么事呢?

东郭狼心中的疑问一个接一个,使他无法安宁下来。

聂政关系着他的"大业"成功与否,他必须对聂政的所有秘事都了解得清清楚楚,但是该用什么办法来知道聂政的隐秘呢?

东郭狼采用了两种方法。一是让手下人继续跟踪聂政,并跟踪所有和聂政有交往的人;二是他亲自出去,主动逼迫聂政开口。

在一个月圆之夜,东郭狼有意等在城外,和急匆匆赶路的聂政"不期而遇"。十五的月亮明如白昼,聂政能够清晰地看见东郭狼。可是聂政就似根本没有看见东郭狼,低下头,疾步从东郭狼身边走过。对一个可以称兄道弟的"知心朋友"如此视而不见,实在是一种极端无礼的举动。

尽管是礼崩乐坏的时代,朋友间发生了这等无礼的举动,就须绝交。当然,若有一方主动道歉,并对他的无礼举动加以解释,朋友间的友情还可以维持下去。东郭狼通过对聂政数月的了解,断定他不会轻易抛弃朋友间的友情。他有意与聂政"不期而遇",是一种连环之计。如果聂政在路上"看见"了他,和他行礼,势必会立刻透露其诡秘的行踪。如果聂政没有在路上"看见"他,则会在次日向他道歉。那么他在聂政道歉的时候,一样能够知道许多他极想知道的事情。

果然,次日聂政在送来新鲜牛肉的时候,同时给东郭狼送上了一根荆杖。聂政跪在东郭狼面前,双手托着荆杖,高高举在头顶上,口称"东郭兄恕罪"。他所行之礼,是道歉之礼中最重的一种礼仪。荆杖象征着责罚之权,东郭狼可以拿起荆杖,将聂政狠狠责打一顿,以"惩罚"聂政的无礼举动。

东郭狼拿起了荆杖,一折两段,摔在地上,然后扶起聂政说:"你我兄弟,还来这一套干什么?"

聂政面带愧色道:"东郭兄,小弟并非无礼之人,实有难言之隐,日后自会奉告。"

东郭狼笑道:"愚兄与贤弟结交,正是羡慕贤弟乃世间少有之堂堂正正之人。岂会因些许小事,将贤弟看成了无礼之人?世间之人,谁无隐事?贤弟何必如此自责?"

聂政大为感动,欲说什么,又强忍住了,向东郭狼行了一礼,躬身退出了牛肉铺。东郭狼什么也没有追问,耐心等待着聂政的"日后自会奉告"。

十余日后,聂政拉着东郭狼,走出岳市,说是要请东郭狼畅饮美酒。那畅饮美酒的地方,大大出乎东郭狼的意料之外,居然是名扬齐国的第一女间,庄岳之间的"上葛门"。那"上葛门"的入门之价极其昂贵,根本不收铜钱,只收黄金。任何一位客人若想到庄岳之间的"上葛门"来享乐,入门就得拿出一斤黄金。这一斤黄金,换成铜钱就是一万余枚,一个上好的屠工得整整苦干三年,才能挣得这么多铜钱。

东郭狼当年也曾来过这"上葛门"几次,每次拿出一斤黄金时,心中都会跳动一下。但是聂政这位宰牛的屠工走进"上葛门"时,却毫不犹豫地抛出了两斤黄金,眼睛连眨都没有眨一下。东郭狼的心直往下沉着,沉向无穷无尽的黑暗深渊:一个随手就能拿出两斤黄金的宰牛屠工,会成为他苦苦寻找的刺客吗?

进入"上葛门"中,是一个大院,花木繁盛,一间间精致的小舍藏在花木丛中,若隐若现。每间小室以屏风隔成两部分,屏风前是客人与客人的密谈之处,屏风后是客人与美人的欢乐之处。来到此处的客人,几乎都是身当"大事"的尊贵之人,欢乐尚在其次,密谈则是其真实之意。东郭狼当年的那笔惹下大祸的贩盐生意,就是在这密室中谈成的。在聂政面前,东郭狼就似第一次来到这精致的小舍中,四处"好奇"地打量着。

"东郭兄,你是不是奇怪,我一个卑贱的屠工,怎么会来这种地方?"聂政将一只注满美酒的黄金觚高高举起来,笑问道。

"何止是奇怪,愚兄做梦也没有想到贤弟会到这里来。"东郭狼感慨地说。

"哈哈哈!"聂政陡然大笑起来,一仰头,饮尽觚中的美酒,然后直瞪瞪地望着东郭狼,大声道,"你说,我为什么不能到这里来?"

东郭狼惊骇地望着聂政,不知该如何回答。聂政今日的神情,看上去太异常。

"为什么呢?就因为我是一个卑贱的人,这世上的一切,都是为那些高贵的人准备的。我们这些低贱的人,根本不是人,是牛马、是猪羊!任那些高贵的人驱使,任那些高贵的人剥皮喝血!我凭什么是一个卑贱的人?我有勇力,我的智计也绝不低于那些高贵的人。可我偏偏是一个卑贱的人,生下来就是一个卑贱的人!我每日里做牛做马,流血流汗,又能得到什么呢?不,我不是为了做牛做马来到世上的,这种牛马日子,我一天也过不下去,过不下去!"聂政大声说着,又在觚中注满美酒,又是一饮而尽。

"贤弟切莫高声,此地……"

"此地是高贵的人才能来的地方,是不是?"聂政猛地打断了东郭狼的话头,"高贵的人为什么能到这里来,只因为他们生下来便是高贵的人。不论他们多么愚蠢,多么无用,也是高贵的人。我最看不起的,就是他们这种人。我最钦佩的人是跖,你知道跖这个人吗?"

东郭狼当然知道,跖是数十年前的一个大盗,手下有锐卒九千人,横行天下,所过之处,就连一些稍弱之国的国君都不敢对抗,龟缩在城邑中,祈祷天帝赶快让跖离开。但是此时此刻,东郭狼却不敢搭腔。

"如果我早生几十年,一定会去投奔跖。跖最恨的就是那些高贵的人,见了就杀,把他们的子孙都杀得干干净净,哈哈!杀,天下高贵的人都该杀了,杀了!"聂政大笑着说道。

"贤弟,隔墙有耳啊。"东郭狼坐卧不宁,脸色发白,声音都有些变了。

聂政一愣,默然无语,半晌过后,声音才低了下来:"小弟今日太……太不知礼了,小弟什么都不怕,什么都不在乎。可兄长却是有家室的人,小弟不能连累了兄长。"

"其实贤弟也有家室啊。生来低贱之人,也可以改变命运。据愚兄所知,似贤弟这等人,至少有三条路可走:一者,可投军,在战场厮杀,立了军功,挣得官爵;二者,可充作公卿门客,一旦为主人立下大功,一样可得到高官;三者,可积下铜钱作为贸易之资,由小渐大,由贫至富,成为巨商大贾。"东郭狼说道。

聂政冷哼了一声,道:"多谢兄长的好主意,可这三条路,我一条也走不通。"

"这是为何?"

"我等低贱之人,投军时只能充当一个小卒,仍是将军们任意驱使的牛马。就算侥幸立功,官爵也只会得到豆粒大的一个,再也难往上升。至于充当公卿门客,我这等屠牛的粗汉只能名列于最下一级,混口饭吃可以,要凭此得到高官,实在是痴心妄想。商贾之徒,低买高卖,囤积居奇,上须勾连官府,下须暗通强盗,赚的都是黑心之钱,就算我想入此道,也难黑了心肝。"

"那么,贤弟究竟想做什么?"

"小弟不甘心就这么一辈子做了牛马,宁愿轰轰烈烈过一时,不愿平平庸庸活一生。"

"那么……那么贤弟想怎么轰轰烈烈过一时呢?"东郭狼急切地问道,心中大跳起来。

"你说,专诸、要离都是些什么样的人?"聂政不答,却反问道。

"专诸、要离都是大英雄,舍生就义,报国安民,其名可流传千秋万代。"东郭狼说道,心中跳得更急。

"哈哈!"聂政又是一笑,"专诸、要离是大英雄不错,至于他们充当刺客,若说是'舍生就义,报国安民',则是狗屁!"

"贤弟何出此言?"东郭狼惊问道。

"我且问你,专诸、要离是何等身份之人?"聂政又问道。

"专诸为宰猪的屠工,要离为一教练军卒的剑士,身份不高。"东郭狼答道。

"哈哈,专诸是我的同行,只不过我宰牛他宰猪而已。要离是专门教人使剑的,使剑干什么?是为了杀人。要离其实也算是我的同行,同行与同行相知,专诸和要离若不去充当刺客,就会平平庸庸似牛马一般虚过一生。而当了刺客,他们就可以轰轰烈烈过一时了。他们都是低贱的人,可他们杀的,却是国君和公子这等高贵的人。哈哈哈！杀得好，杀得好！专诸、要离不愧是大英雄。"聂政大笑着，又举起注满了美酒的黄金觚，一饮而尽。

"贤弟，那天你夜行城外，是要到什么地方去？"东郭狼忙岔开话头问道。聂政的话，太骇人听闻，若让人告到官府去，定会被安上一个"谋逆"的罪名，处以斩首大刑。虽然在这"上葛门"中，都是些只知道黄金美女的人，但万一有谁留心听到了聂政的话，祸事只怕立刻就会降临下来。

东郭狼是大有身份的人，并不惧怕这样的"祸事"，却担心这"祸事"带来的麻烦。他已看出，聂政神情异常，一定是担当了一件非常大的事情。这件大事给聂政带来了极沉重的压力，使他有些承受不了，以致言语举动失常。似聂政这样的屠工又能担当什么大事呢？聂政一定是受了谁人之托，做了刺客，准备去刺杀某个极难刺杀的人。聂政的黄金铜钱，一定是指使的那个人给他的。他大把花钱，进出女闾之中，是为了在最后的时刻享尽人生快乐。东郭狼想着，急切地要在聂政口中知道那个收买他的人是谁？

东郭狼认为，聂政每逢初一、十五到野林中去，就是为了见那个人，从那个人的手中得到黄金铜钱。他只要从聂政口中知道那个人是谁，就会和计管家发动一切势力，将那个人杀死，把聂政"抢夺"下来。他已越来越认定，聂政是一个非常出色的刺客，能够完成别的刺客无法完成的任务。

听到东郭狼的问话，聂政又是一愣，摇了摇头，叹了口气："唉！我这个样子，吓坏了你吧。我今天是怎么啦，居然控制不住自己了。本来我到了齐国之后，就已不打算结交任何朋友了。我身在柳乙中，一是手中非要拿着利刃砍杀，心里才会舒坦；二是想隐身市中，免得多交了朋友，可最后我还是交了你这个朋友。我这种人，太难忍受寂寞了，无法真正'隐'起身来。既是朋友，我就不能什么都瞒着你。来，来！你喝了这一觚，我告诉你那天是怎么回事。"

"不错！是朋友就不能有事瞒着。"东郭狼说着，举起黄金觚，一饮而尽。

"东郭兄，你知道什么叫作'墨者'吗？"聂政看着东郭狼饮完美酒，问道。

"'墨者'，我好像听人说过，但究竟是怎么回事，却不明白。"东郭狼答道。他说的并不是真话。对于"墨者"是怎么回事，他作为吴起府中的门客首领，已经知道得相当详细。吴起欲谋天下，自然须对天下之事了如指掌。而吴起对天下事的了解，许多方面又是从东郭狼口中得到的。

"墨者"是近十余年来在宋、齐、鲁诸国出现的一个学说派别,又被称为"墨家"。和儒家、法家、道家、兵家多出自高贵之人不同,墨家中的绝大多数都是普通百姓出身的低贱之人。墨家的首领,即是一位出身工匠世家的人,精通木石工艺,姓墨名翟,为宋国人,创立墨家时,才四十岁左右。墨翟的父祖经营木石之业,赚了些铜钱,家境稍宽,使墨翟自幼能够熟读诗书,背诵各家文章。墨翟父亲的愿望是想让儿子学得满腹治国谋略,从而被国君看中,一跃成为朝中的大夫,改变墨氏家族因为是工匠而遭人轻视的处境。墨翟不负父亲的期望,果然学到了满腹的治国谋略,得到了宋国许多知名贤士的称赞,但是墨翟却并未因此受到宋国国君的器重,仍然是一个普通的百姓。宋国国君极重视卿士大夫的出身,非是名门望族之后,不得入朝为官。

墨翟愤而远游鲁、卫、齐、滕诸国,却仍然没有做上一个受人敬重的大夫,这次倒并非全是因为他出身低贱。列国间争战不休,兵祸连年,使各诸侯深怀忧惧,无不四处寻找能够富国强兵的贤士。只要是真有富国强兵的计谋,哪怕贤士出身低贱,国君也会将其拜为大夫。然而,各诸侯见了墨翟之后,虽是承认他大有才学,却不认为他的治国谋略有任何实效,因此对墨翟十分冷淡。

墨翟熟读孔子、老子、管子、孙子诸先贤之书,获益甚多,却不盲从,而是另创新说。墨翟认为天下之所以大乱,乃至盗贼横行,并非是"礼崩乐坏",上下尊卑失序,而是因为民有三患。所谓民有三患,是"饥者不得食""寒者不得衣""劳者不得息"。不消除民之三患,则天下永远不可安定,国虽富、兵虽强,也一样难保长久。可是,天下的国君都不重视消除三患,只重视"三务",即"国家之富""人众之多""刑政之治"。

墨翟认为,不重视消除三患,而求三务,实在是舍本逐末,愚不可及。怎样才能消除三患呢?墨翟想出了一策,并认为此策是天之大道,天下人俱须行之。这一策只有六个字——兼相爱,交相利。

兼相爱,即父亲不能私爱其子,兄长不能私爱其弟;子不能私爱其父,弟不能私爱其兄。父亲应视天下人为其子,儿子应视天下人为其父;兄长应视天下人为其弟,弟应视天下人为其兄。如此"兼相爱",则可行"交相利"了。有力者以力助人,有财者以财助人,有知识者以知识助人,将各人私得之利化为天下之利。做到了"兼相爱,交相利",则民之三患可消,饥者得食、寒者得衣、劳者得息,最后达到"乱者得治",天下太平。

墨翟还认为,要使人们能够"兼相爱,交相利",就须除灭人之贪欲恶念,并且还具体地提出了除灭人之贪欲恶念的办法——节用、节葬、非乐、非攻。

节用为不可浪费。衣能暖身,食可饱腹就足够了,彩锦狐裘、山珍海味等物俱须抛弃。屋宇宫舍,亦应简约,能遮风雨就行。还有舟车之具,以简便为宜,能不使用时,尽量不用。至于雕梁画栋,彩船高车,都是引诱贪念之物,应加以禁绝。

节葬为泯灭私情。儒家倡导厚葬,守孝三年,实为浪费物力之自私之举。太过强调孝道,则众人的"兼相爱"之心必然淡薄,实为大害。

非乐为制止淫欲。乐为礼仪而定,却往往被众人以妖声淫语染之。歌舞音乐对人毫无实用之处,只会引诱人们生出淫念,应予禁止。礼仪强调上下尊卑,有碍人们"兼相爱"之心,亦应禁止。

非攻为制止贪念。恶由贪生。列国之间攻伐不断,全由贪心引发,欲贪人之地,贪人之邑,贪人之黄金美女。要想除灭贪念,必须制止攻伐之事。

墨翟的"兼相爱,交相利"之策,无法得到列国诸侯的认可,他只得回到宋国,广招门徒,讲解其学说。墨翟坚信,他的"兼相爱,交相利"之策是天之大道,国君之所以冷遇他,是不明白他所讲的道理。他的"天之大道"不能上达国君,就应该下达百姓。如果百姓们都拥护他的"天之大道",国君也就不得不实行他的天之大道了。

墨翟所收的弟子,绝大多数和他一样,是世代工匠之家的子弟,出身卑贱。众弟子对其师十分尊敬,呼为"墨子",四处宣扬墨子为当今圣人,可救治天下之乱。渐渐地,墨子的弟子愈来愈多,鲁国、卫国、郑国、齐国都有许多人投到了墨子门下。墨子的名气也愈来愈大,列国皆知,其门徒也被人们称为"墨者"。

东郭狼和吴起曾不止一次说起过墨子。

吴起说:"墨子之术听上去,确乎有着圣人气象,可惜所论太偏,难成气候。"

东郭狼问："墨子之术,偏在何处?"

吴起道:"父私爱其子,子私爱其父,虽禽兽不能免之,何况人类?墨子欲人'兼相爱',不通人道,岂非为偏?人既不能'兼相爱',就无法'交相利',故其术难行于世矣。"

东郭狼又问:"墨子其术既是难行于世,为何又有如此多的人拥护墨子呢?"

吴起道:"信墨子之徒,俱为下民。下民不安于贫,自然喜欢'交相利',故墨子之术,惑人甚多。贫者无甚资财,故墨子之节用、节葬、非乐、非攻诸说,更能深入人心矣。"

东郭狼道:"天下诸侯连年争战不休,下民怨声载道,墨子的非攻之说,正应于时。"

吴起道:"非攻之说合于人心,却逆于天下大势。如今周室衰至极,列国争雄。王霸大业,恰似一只野鹿,奔行原野之上,任由列国竞相追逐,谁都想抢在别人之前追到手。如此逐鹿之势既成,天下攻战之事岂可休止?"

东郭狼见吴起对"墨家"甚是轻视,也就不再对吴起多谈"墨家"之事,但他自己还是对"墨家"之事十分关心,有人对他说起宋国,他必打听一番墨子的近况。可是他却没有想到,聂政会忽然对他说起了"墨者"。在这之前,他从未听聂政谈论过任何有关墨家的事情。

"不瞒东郭兄,我就是一个'墨者'。"聂政正色地对东郭狼说道。

"你?"东郭狼大出意料,眼里尽是疑惑之色。

聂政苦笑了:"我这个样子,不像是'墨者'对吧?'墨者'非乐,可是我却乐到了女闾里。"

"不错,墨者素来堂堂正正,不似贤弟这样夜行城外,行踪诡秘。"东郭狼的心中又跳了起来,心想莫非指使聂政的人,就是墨家中的人物。

"东郭兄有所不知。普通信奉墨家的人,并不算是'墨者','墨者'是一个不为外人所明白的特别称号。墨家中有'社',凡入'社'中,才是真正的'墨者',小弟就是入了'社'中的墨者。墨家的'社'每月初一、十五两日会在夜间秘密聚众练武,听讲'天之大道'。此事极为隐秘,不能为外人所知。故那天见了兄长,甚是不敬,还请兄长恕罪。"聂政说着,拱手向东郭狼施了一礼。

　　"墨家的'社'是怎么回事?为何入了'社'中,才是真正的墨者?你们又为何要在夜间秘密聚结练武?"东郭狼顾不得还礼,急切地问道。聂政的这番话,是他真正做梦也没有想到的。在他的料想中,墨家不过是以其治国之术谋取权位的一群"书呆子"罢了。哪知这些"书呆子"竟会秘密聚结,还要练武?练武是为了杀人,墨家如此,是要杀谁?东郭狼无法忽视这等重大的消息。

　　"唉!"聂政叹了一口气,"东郭兄,你就别问了,小弟只能告诉你这么多。墨家的事,你知道得多了没有好处。本来我对墨家的'兼相爱,交相利'的天下大道极为信服,这才入了墨家。墨家见我有勇力,也对我另眼相看,让我做了'墨者'。可是真正地入了墨家,我也受不了。墨家的人要救天下,先须自苦,把自己折磨得不成样子。我这个人哪儿能苦自己呢?我在心里早已不是个'墨者'了,墨家的人也查出了我的不端之举,要整治我。可是他们迟了,整治不了我啦。东郭兄,我的这些话,你可千万别对人说,不然,让墨家的人知道了,饶不了你。嗯,你愣着干什么,喝啊,喝!"

　　东郭狼端起黄金觚,却一口也喝不下去。聂政的话,使他堕入了迷雾之中。听聂政的语气,他竟得罪了墨家,要受到墨家的整治。如此,墨家绝不可能是指使聂政的人。墨家以节用号召天下,也绝不会拿出黄金铜钱来收买聂政。那么,收买聂政的人又是谁呢?

　　"贤弟,愚兄还有一事不明,你手中的黄金,又是从何而来呢?"东郭狼问道。

　　在此时此刻,他绝不能将疑问闷在心中。

　　"东郭兄不必问,你要不了多久,就会明白一切的。人啊,不知道是什么东西。我痛恨高贵的人,却盼着自己的儿子成为高贵的人,让他们跟着儒士去念诗书。我最看不起高贵的人,却又想尝尝高贵的人过的什么日子,一直尝到'上葛门'来了。哈哈,这些高贵的人,也不过如此。他们乐过的,我也乐过!哈哈哈!"聂政狂笑着,猛地将黄金觚往地下一扔,从席上跳起来,大叫道,"花花娘们,还不滚进来!"

　　两个正当妙龄、穿着长袖锦袍的美女走进了小舍,眼中带着惊恐之色。在"上葛门"的客人中,似聂政这般狂呼乱吼,迹近疯狂的人很少有过。

"哈哈哈!"聂政狂笑着,似抓小鸡一样把一个美女抓起来,扛在肩上,对东郭狼说道,"那一个,就是你的了。"边说边踉跄着走到了屏风后面。

东郭狼呆若木鸡一般坐在席上,他身边站着的那个美女浑身颤抖着,似风中的一片孤叶。

第二十三章

东郭痛失要离才 垂柳故事示信任

聂政陡然失去了踪影。那天,东郭狼和聂政在"上葛门"欢乐一宵后,回到家中,立刻召来了计管家。他想让计管家带着一群"凶人"把聂政"抓起来",藏到一个隐秘的地方去。

"聂政一定是答应了给谁充当刺客,并且将立即开始行动。"东郭狼说道。在这种情势下,他只能出此险棋,先把聂政控制在手中。

"东郭老爷此计甚妙。收买聂政的人定会因此现出身来,我们可以把他除掉。然后,东郭老爷再从小人手中救出聂政。这样,聂政就是东郭老爷的人了。"计管家说道。

"为了陶朱公老主人的大业,只有这么办了。"东郭狼说着,露出无奈的神情。他的计策是聂政这等人最痛恨的"歹谋",若聂政知道了真相,只怕会对他大动杀心。东郭狼已暗暗下了决心,一旦事成,就把参与此事的人全都杀了灭口。然而就在计管家带人去擒拿聂政时,聂政的全家已不知去向。

"小人听聂政邻居说,前天聂政的母亲去世了。聂政大哭了一场,却不通知邻人,也不办丧事,就这么全家不见了。邻居们议论纷纷,说聂政一家只怕是给鬼拿去了。"计管家说道。

"聂政是个孝子,只有母亲去世了,他才会开始行动。他会到哪里去呢?他没有办丧事,一定是护送母亲的遗体回了故乡。使父母魂归故土,是为大孝之举。"东郭狼说道。

"那小人立刻到聂政的家乡去访查。"计管家主动请求道。

"也只有你去,我才放心。"东郭狼拍了拍计管家的肩头,感激地说道。

待计管家走后,他立即写了一封密书,让心腹之人送到西河,说吕太医不必去"借"了。写完了密书,东郭狼整天待在家中,焦急不安地等着计管家的消息。寻找刺客这件事,是他自从投到吴起门下后,办得最为艰难的一件事。

这件事若不能办成,吴起定会将我看低许多,对我日后大大不利。东郭狼懊悔地想着。他应该先探知了陶朱公的态度之后,才决定是否接下这件寻找刺客的大事。可是他太自信了,他根本没有想到,年轻的陶朱公会不认他这个"仲父"。小畜生啊小畜生,有一天,我会让你知道,我为什么会成为你的"仲父"!东郭狼恨恨地在心中说着。

一个月后,计管家派人飞驰至东郭狼府中,带来了东郭狼急欲知道的一切。计管家给东郭狼写有密书,说他出临淄城五日,就追上了聂政的家人,但聂政却并未护送其母的灵车,所有的丧葬礼仪,都由他的两个儿子代为行之。计管家一行扮作客商,与聂政的两个儿子同行,意欲探出聂政的下落。然而直至到了轵邑,计管家也无法探出聂政的下落,但是探出了收买聂政的人是谁。

那人原来是一个富商,姓严名仲,是卫国濮阳人。聂政所需的丧葬费用,全是严仲供给的。严仲还亲至聂政母亲的灵车前哭灵,行以孝子之礼。聂政的两个儿子,亦将严仲呼为"仲父",以父礼拜见。计管家让东郭狼速查严仲的仇人是谁,以便寻找聂政。

东郭狼见到密书上的严仲二字大惊失色,立刻在原书上写下四个大字——速杀严仲!他让送信人乘着轻车,日夜不停,以最快的速度赶回轵邑。同时,他带着十余亲信随从,亦是乘坐着驰速最快的轻车,日夜不停,向着韩国都城疾驰。东郭狼根本不用去查,就知道严仲的仇人是谁。

魏、赵、韩号称"三晋",相互之间关系密切。吴起身为魏国重臣,对赵、韩两国的情形十分关注,时常向东郭狼问起赵、韩两国的事情。为此,东郭狼对赵、韩两国情形的了解,甚至超过了对魏国的了解。尤其是对两国公室和执政大臣的种种"隐情",更是知道得极为详细。

他早就知道,韩国执掌朝政的相国侠累有一个大仇人,名叫严仲。侠累先世虽为宗室贵族,到他这一代,已衰微不堪,只能靠着行商贸易为生。侠累没有本钱,也不能做什么大生意。韩国的都城平阳铁业繁茂,砌炉化铁的作坊多达数十处,铁价比别处低。侠累常常驱着一辆牛车,载了平阳出产的生铁,贩至郑、卫之地,售出后又买进当地出产的彩锦等物,转回韩国卖出。买卖有赚有赔,侠累并不十分精通此道,总是赔多赚少,渐渐陷入窘境。侠累的生意虽不顺利,但他却坦然处之,每当有了空闲,就会拿出家传的诗书典籍诵读。同伴们讥笑侠累,说他身为商贾,不务正业,倒去学那些穷酸的儒士,活该赔钱。

卫国专营彩锦的富商严仲见到侠累如此,暗暗称奇,有意和侠累结交,主动"借"出铜钱接济侠累。天长日久,二人遂成好友,以兄弟相呼,誓言同甘共苦。后来,严仲又拿出二百斤黄金,送给侠累,并为侠累置办了一辆高车,让侠累乘坐着前往各国游历。

数年之间,侠累遍访各国公卿大夫,谈论治国之道,一时名声大起,被视为贤者。韩国国君闻之,备上一份厚礼,将侠累"请"入朝堂,拜为下大夫,以示其尊贤之意。

侠累不精通做生意,常常赔钱,但对做官却甚是精通,数十年来一帆风顺,直至做到了相国。严仲看得眼热,忙去拜望"贤弟",说经商之人,虽多有黄金,却总是受人轻视,希望"贤弟"给国君推荐一下,让愚兄也在朝中过过官瘾,威风几天。

侠累对严仲热情接待,然而不肯推荐严仲做官,说是朝中风波难料,做官甚是凶险。严仲不惧凶险,非要做官不可。侠累心中着急,就推说公务繁忙,不再与严仲相见。严仲大为恼恨,舍出了一大半家财,凑了八百斤黄金,买通韩国国君的左右,把他当作"贤士"推荐给了国君。国君又招来侠累,询问严仲是否真的是一位贤士。

侠累说:"严仲不过是一商贾,有何贤可言?他是以黄金买通了主公的左右,欲借主公的官爵做本钱,从韩国百姓身上大赚一笔厚利,使天下人都以为主公喜好贪官。"

国君听了大怒道:"寡人纵然无德,也不至于昏庸到了喜好贪官。"于是当即下诏,左右之人私受严仲黄金者,处以斩首大刑。卫国人严仲实乃奸商,欲坏韩国朝政,令有司将其速速驱离出境,严仲若抗命不遵,当诛杀之!严仲被迫连夜逃亡,到了卫国之后就失了踪迹。韩国人为此议论纷纷,猜测侠累是害怕严仲会报复他,因此派人杀了严仲,也有人猜测严仲是躲了起来。东郭狼对此极感兴趣,曾派人去卫国探查过严仲的下落,终于弄清了严仲的生死。

严仲果然是躲了起来,并派人拿着黄金,四处寻找刺客,准备刺杀侠累,以解心头之恨。但是好几年过去了,也没有听说严仲找到了刺客。渐渐地,人们对侠累和严仲之间的仇怨之事少了兴趣,闲谈起来,很少有人提及。

东郭狼根本没有想到收买聂政的人会是严仲。东郭狼以为,只有来历不凡的"大人物",才可能收买聂政这样的刺客。严仲只是一个富商,虽有黄金,却算不上什么大人物,但偏偏是严仲收买了聂政。聂政在母亲去世后,一定是去了韩国,谋刺相国侠累。东郭狼盼望着他能在韩国阻止聂政的刺杀举动,把聂政这位举世难寻的刺客"夺"到手中。尽管东郭狼已经有一个多月不知聂政的下落,但他也不是毫无机会。

刺杀一国的相国,并不容易,尤其是刺杀侠累这样执掌国政的相国,更是千难万难。侠累所居的府第,高墙重重,门户数不胜数,护卫士卒如云,武艺高强的门客数以百计。侠累出行之时,前后护拥的披甲兵卒更是有千人之多,一层层将侠累围在中间。

谋刺侠累这样的大人物,必须一击而中,绝没有第二次出击的机会。聂政不一定能在这月余的时间里找到"一击而中"的机会。事实上,如果东郭狼赶到了平阳城中,聂政就永远不可能找到"一击而中"的机会。东郭狼可以直接见到侠累,告知侠累如何避开被刺的命运。

临淄与平阳相隔两千余里,常人行走,就算风雨无阻,也需一个月才能走到。但是东郭狼一行人只用了九天的时间,就赶到了平阳城中,可谓神速。然而还是迟了。东郭狼一行人刚踏进平阳城,就见人人神情惊骇,纷纷言道——相国侠累被刺客杀死了!

东郭狼听了,一阵天昏地暗,身子摇摇晃晃,差点从车上摔倒下来。过了好一会,他才回过神来,下了车,走进道旁的一家酒肆里,请主人详细讲解刺客之事。在风尘仆仆的客人面前,酒肆主人带着炫耀地谈起了相国被刺这件事。

这事就发生在东郭狼等人赶到平阳城的前一天。那天,侠累依照惯例,至各处府库巡视,最后来到了平阳大市的府库中。平阳大市上的商贾数以千计,每日为韩国公室上交数以十万计的铜钱。由于铜钱太多,韩国就在市中修了一座府库,就近储存铜钱。存到了一定的数量后,才会将铜钱转运他处府库,如此,可节省掉许多费用,也给商人带来了方便。

许多大商人因上交的铜钱太多,须自己备车送到官家的府库中。从前府库太远,商人们送交税钱很不方便,有时甚至会遭到强盗的抢劫。

建在市中的府库因为只起转运的作用,并不太大,进入大门就是管事的厅堂。从大门到厅堂上,相距仅十余丈。而在别的府库中,从大门到厅堂上,中间至少还有三道小门,相距百丈之远。侠累进入大市的府库后,就坐在厅堂上,听管事府吏向他禀告市税之事。

在大门处和厅堂的台阶上,共布下了两道护卫仪仗,由近百名锐卒手持利器组成。若是在别处,护卫仪仗至少可布下六道,排下三百名以上的锐卒。但在这狭窄的大市府库中,无法排下更多的兵卒。除了那百名锐卒外,护卫相国的上千名兵卒只好散立在府库外的市街上,互相嬉戏笑骂着。

府库大门外是许多店铺,挨次排列,每两排店铺之间有着窄窄的小巷。相国大人前来巡视,事先须"市街清静",故所有的店铺都关了门,并无一个闲人敢逗留在市街上。

突然,一个大汉手持宽刃铁剑,如离弦之箭一般从小巷里飞奔了出来。市街上的众多军卒们还没来得及明白发生了什么事,那大汉已奔至府库大门前。

"停下!"大门处的护卫锐卒们大喝着,一齐举起手中兵器,向大汉击刺过来。

"挡我者死,避我者生!"大汉暴喝声中,铁剑幻起一片白光,闪电般向前刺出。但听得惨呼之声大起,锐卒们竟在一瞬间被刺倒了十余人。侥幸未伤者大骇,纷纷后退。

大汉丝毫不停,在如雷的暴喝声里,飞掠而起,几步就跃到了厅堂的台阶上。台阶上站着的锐卒都是侠累最亲信的护卫,面临大汉骇人的威势并不惧怕,反倒争先向大汉攻击过来。大汉毫不顾及自身,铁剑直指敌手的要害,每一次的攻击都像是要与敌手同归于尽。

"啊!啊!啊……"锐卒们惨呼着,一个接一个被大汉刺倒,血流满地。大汉身上亦被刺伤了数十处,整个人已成了血人,但他向前飞掠的速度仍如闪电一样迅猛。铁壁般排着的锐卒被大汉硬生生冲开了一个缺口,直冲进了厅堂里。

侠累一开始并不明白发生了什么事情,待他明白了,从坐席上站起来,欲向厅后逃走时,已是迟了。血人一样的大汉冲到了他的面前,将血淋淋的铁剑刺进了他的腹中。侠累大叫一声,当即气绝身亡。

大汉抽出铁剑,却仍不停手,倒转剑刃,刺瞎自己的双眼,刺破自己的鼻、耳、嘴、唇,然后刺开自己的腹部,肚肠尽出,狂笑三声后,轰然倒地而死。

听着酒肆主人的讲解叙说,东郭狼一行人如痴如醉,浑不知身在何处。如此惊心动魄的行刺壮举,如此勇猛刚烈的刺客,已是近百年没有见到过。

过了好久,东郭狼才恍若从梦中惊醒过来,长长地叹了一口气,心中百感交集——聂政能够刺杀韩国相国,就一定能够刺杀秦国相国。可惜,可惜啊!

刺杀了秦国相国,就能改变天下大势,聂政亦可因此成为名垂万世的大英雄。刺杀了韩国相国,于天下大势毫无影响。聂政或许仍会被人们视为大英雄,可他只是一个为人报私仇的英雄而已。聂政啊聂政,可惜了你世间难寻的刺客手段啊!

你为什么不能为我所用呢?为我所用,你纵然死了,也决没有人说你是个为人报私仇的糊涂刺客。你一定会被人称为舍生就义、报国安民的大仁大忠之人。

你就绝不会被人称为大刺客,而是大侠客了!唉!你到底只是一屠牛的人,愚蠢透顶。

同是一死,你怎么就不能仔细算计算计,怎样去死,才能得到更多的好处呢?你这么愚蠢透顶地一死,是坏了我的"大业"啊,我在你身上花了那么多功夫,却是……

东郭狼想不下去了，站起来，辞别酒肆主人，向坐车走过去，只觉双腿沉重如铅一般。他曾对吴起夸口说，只要心诚，然后多加黄金，专诸、要离这样的刺客，并不难寻。可是他费了这么多时日，却并没有寻到专诸、要离这样的刺客。或者说，寻到了又丢失了。他不缺少黄金，那么寻找刺客失败的原因，只能是他缺少"心诚"了。吴起对一个缺少"心诚"的人，还会称之为"兄"，敬之为"友"，看作心腹吗？

东郭狼和众随从穿过平阳，向西行去。平阳离临淄极远，离西河却是很近，不足三百里。东郭狼并不想在此时此刻回到西河，但他离西河已这样近了，没有理由不回去"交差"。

堂堂的执政相国竟在青天白日被刺客杀死，极大地震撼了韩国朝廷。韩国的众多朝官惊慌失措，恐惧异常，出门时居然似上战场一样披着犀甲。而许多的韩国百姓却是拍手称快，都说刺客杀得好，可惜只杀了一个相国。那些肥胖如猪、不知贪了百姓多少铜钱的卿士大夫们，个个都该让刺客杀了。百姓们的议论使韩国的朝官更加恐慌，忙上奏章，请求国君加以镇压。

侠累一向大权独揽，韩国国君韩烈侯对侠累之死，心中的高兴远远多于震怒。但韩烈侯也惧怕百姓会借机行事，连下诏令：相府的护卫军卒不能保护主人，当以军法全部斩首，其家属子女罚做官府奴隶；警戒京城的官吏不能防止刺客，是为失职，全部削夺其官职爵禄，罪重者斩首；为防止刺客，须大力扩充宫中护卫，并由国君直接掌控京城驻防军卒；百姓不得在酒肆市街上议论朝政，违者以"谋逆"论罪，处以斩首大刑；多派兵卒在各官衙、府库、路口等处巡查，见了可疑人等，立即锁拿。

韩烈侯的诏令，除了镇压百姓、防止生乱外，主要是借此清除侠累的党徒，并加强国君的权威。不过在表面上，韩烈侯对侠累却是十分敬重，除对其家属厚加抚恤外，还亲自参加侠累的葬礼，以示哀伤之意。同时把刺客的尸首悬在街市上，追查刺客的来历。但是刺客已自毁其貌，无人能认出他究竟是谁，更无法道出他的来历。韩烈侯悬出赏格，宣称若有人知道刺客的来历，就赏给他一百斤黄金。可是过了许久，也没有人前来领赏，告知刺客的来历。一天，平阳城的街市上忽然来了一位中年女子，跪伏在尸首旁，痛哭不已。

守着尸首的吏卒大为惊讶，问："夫人为何如此悲痛，莫非你认识刺客？"

中年女子悲痛欲绝,哽咽着,过了好一会才回答道:"刺客是我的弟弟,姓聂名政,为轵邑人。"

这时许多百姓已围了过来,听了中年女子的话,大惊失色,纷纷言道:"国君出了重赏,要知道刺客的来历,是为了诛杀刺客的全族男女。夫人难道不知'一人谋逆,诛灭九族'的刑法吗?我们已知道了大英雄的名字,夫人快快逃走吧!"人们劝说着,给中年女子让开一条路来,又有意将吏卒团团围住,使他们无法动弹。

中年女子道:"我感谢大家的好意。如果怕死,我就不会来了。我弟弟做了刺客,是为了报答严仲的大恩。当初我弟弟得罪了豪门,被人追杀,东躲西藏,走投无路。是严仲救了弟弟,并和弟弟结成生死之交。严仲奉养着我们姐弟的母亲,使我嫁给了一个好人家,对我们姐弟恩重如山。大丈夫生在世上,就应该有怨报怨,有恩报恩。我弟弟向来只知大义,为了大义不惜生命。他自毁容颜,是怕连累了严仲和我啊。如今严仲也死了,我已没有了顾虑。我认了弟弟,虽然会被官家杀死,可是弟弟到底不会埋没英名了。我纵然身死,也心甘情愿。"她说着,再一次哭倒在尸首上,竟至气绝而亡。这件奇事将整个平阳城都惊动了,无数的百姓都拥到了街市上,差点引发大乱。

韩烈侯慌忙派出甲士,驱散百姓,费了整整一天的工夫,才将百姓们赶回家中。虽然知道了刺客的来历,但韩烈侯慑于百姓的威力,并未诛杀聂氏全族。他以聂政实为"义士"为名,宣称不再追聂政之罪。对于聂政的主使者严仲,韩烈侯却不肯轻易放过,派出使者前往卫国,勒令卫国国君交出严仲。

卫国是一个小国,绝对不敢违抗韩国国君之命,连忙让人陪着韩国使者去捉拿严仲。可是严仲正像聂政的姐姐说的那样,已经死了,据说是被强盗杀死的。韩烈侯大为扫兴,只得作罢。待侠累丧期过后,韩烈侯拜韩山坚为相国,辅佐他治理国事。韩山坚是韩国的宗室子弟,与韩烈侯私交甚密,凡朝中之事,一切依韩烈侯之言为是,使韩烈侯很是满意,称赞韩山坚实为贤相,是少见的"大贤之才"。

韩国发生的事,惊动了天下各国,无论是国君大臣,还是百姓,都对此议论纷纷。国君大臣无不多置卫士,对刺客严加防范。而百姓们无不对刺客的壮举大加称赞,希望这样的刺客多出几个来,杀死一些昏暴凶恶的大臣,为百姓出一口怨气。

　　天下各国的刺客果然多了起来，他们杀死的大多是昏暴凶恶的大臣，但也杀了一些公认的正直大臣。魏国的邺邑县令西门豹是天下公认的正直大臣，却也死在了刺客手中。杀死西门豹的刺客不是一个人，而是数十人。他们借着西门豹巡查水渠时，埋伏在水渠对岸的密林中，用利弩偷袭，把带着毒药的弩箭射进了西门豹的胸膛。然后又凭着水渠的阻隔，逃得无影无踪。邺邑百姓大哗，纷纷传言是御史和廷椽收买刺客，暗害了西门豹。魏文侯闻之，大为震怒，立即令中山令李克改任邺邑县令，并擒拿刺客。

　　李克来到邺邑后，立刻传命御史和廷椽到县衙中商议大事，暗中却密藏壮士，准备一举擒获御史和廷椽，但是御史和廷椽却早已带着全家逃得影踪全无，据说是逃到了赵国。那些以毒箭射杀西门豹的刺客，据说也逃到了赵国。

　　赵国是魏国的"兄弟之国"，绝不能私藏魏国的罪犯。魏国派出使者，请求赵国将邺邑县御史、廷椽及刺客擒拿后送交李克处置。然而赵国君臣却坚决否认邺邑的御史、廷椽或刺客逃进了其国境中。赵国君臣甚至指责魏国是有意造出此类骇人听闻的谣言，借以损害赵国的威望。魏文侯不想因为这件事和赵国闹翻，只好派出使臣，向赵国表示歉意。

　　正当魏国的使者来到赵国时，中山的"百姓"忽然造反了，赶走了魏国的镇守兵卒，寻来中山国公室的子弟拥其为君，居然把灭亡的中山国又恢复了过来。中山之地的丢失，无疑是对魏国沉重的打击，依照常理，魏国应立即派出大兵，讨平中山之乱。可是魏国却迟迟没有发出大军，令列国大出意料，不由得对魏国的朝政格外关注起来。

　　魏国一事未了，又生一事，其执政大臣相国李悝病重而亡，空出了一个极为重要的位置。列国中相国的权威很大，仅次于国君，往往直接影响着朝政之策的制定。各大国俱是派出密使，前往安邑城中，探听魏国的大臣中谁将继任相国之位。

　　密使们探听的结果使各大国深感忧虑，从种种迹象上判断，魏国的相国之位不是由翟璜继任，就是由吴起继任。翟璜素喜谋人之国，吴起更是偏爱征战，此二人不论是谁当上了相国，必将向敌国大动干戈。各大国中，有的已是魏国的敌人,有的正在成为魏国的敌人,最终无一国不会不成为魏国的敌人。翟璜身在都城,几乎日日被魏文侯召入内宫密商大事,看样子翟璜将会当上相国。但魏文侯又亲派太子为使者,前往西河迎接吴起入都,似乎又是要把相国之位授予吴起。

太子击来到西河之后,吴起立刻召来了三位心腹门客,商议应对之策。东郭狼、尹仲、赵阳生三人仍然依照惯常的次序,在后堂上与吴起相对而坐。尹仲、赵阳生二人神采奕奕,言词激昂,得意之情无法掩饰。东郭狼正好相反,虽然勉强露出了欢笑之意,却是面色如土,内心的沮丧表露无遗。

东郭狼无功返回西河后,吴起仍然对他十分敬重,呼之为兄,称之为友。可是,吴起却从来没有问起过东郭狼——你那位专诸、要离一样的刺客到哪里去了?吴起更没有将东郭狼单独留下来,询问“机密大事”。吴起如此忽视刺客之事,其实是对他东郭狼的忽视,表示不再信任他东郭狼了。

东郭狼已失去了陶朱公的帮助,若再失去了吴起的信任,则什么都会失去。他盼望着吴起能单独召见他,给他一个请罪的机会,挽回吴起的信任。然而他回到西河差不多已半年了,却从未被吴起单独召见,这与他从前每隔三五天就要被吴起单独召见一次的情况形成了鲜明对比,他心中沉甸甸的,似压着一块巨石。

东郭狼还发现,他以前的许多职责,已被尹仲和赵阳生接替,他在太守府中一下子清闲了许多。门客中谁有机密之事,也不再向他禀告,不是去找尹仲,就是去找赵阳生。他这位太守府中的第一号门客,实际上已成了“最无用”的门客。列国公卿,向来不会白养无用的门客,吴起将怎么打发我呢?这半年来,东郭狼几乎每日都在想着,脑袋都想痛了。

列国公卿对“无用”的门客有着几种不同的打发方法,最上等的方法,是推荐那门客入朝做个小官儿。次者是赏赐一些黄金宝物,让其另寻出路。最坏的方法是将那门客杀死,一了百了。门客知道主人的许多秘密,将其杀掉会使主人感到放心。越是做过主人的心腹门客,越有可能在失宠后遭到被杀的命运。东郭狼对此知道得非常清楚,好几次想悄悄逃走,又强行控制住了自己,仍留在吴起身旁。他不知道自己该逃向何处,逃走了又该去干什么。

“西河许多人都说,太子亲来迎我入朝,是主公欲让我继任相国,诸位对此传言有何见解？"吴起的目光在三人身上徐徐掠过，最后停留在尹仲身上。

尹仲在洛邑时，曾和许多"好学"之人有过交往，这些"好学"之人后来大多数和尹仲一样，成为列国公卿的门客。洛邑邻近魏、韩，"好学"之人也大多在魏、韩两国充当公卿门客。因此，尹仲对魏、韩两国公卿的隐秘之事所知甚多。但他只会在吴起面前高谈天下各家文章，很少谈及"隐秘之事"。不过，吴起若主动相问，他也会说上几件"隐秘之事"。

"在下以为，主公以太子迎大人入都，只怕是另有深意。"尹仲面带忧色地说道。

"另有深意？"吴起不觉皱起了眉头，"尹夫子是说，主公让我入都，不一定是为了相国之事。"

"正是。在下听说……"尹仲话说半截，忽然停了下来，向东郭狼看了一眼。似乎他说的是一件极为重大的事情，东郭狼这等"清闲门客"不应听到。好一个势利小人，居然立刻就以这么样的狗眼来看我了。东郭狼心中怒火冲天，却又不敢发作。

"诸位乃吾之师友，有话尽可直言。"吴起微笑着说道。

"是。"尹仲脸上有些发热，放低了声音道，"在下听说，主公突患重病，已有不起之迹。"

"什么，主公竟是患了重病，我等怎么丝毫不知？"赵阳生吃惊地说道。

不错，主公若非身患重病，力有不及，就绝不会坐视中山之地丢失。东郭狼在心中想着，毫无惊诧之意，只有悲哀之意。本来这样的消息他早就应该知道，以前有许多人会将此类的"隐秘之事"争相告知给他。可是现在，却很少有谁理会他了。

"也许主公真的是重病在身。不然，我魏国朝政怎么会变得如此混乱呢？中山之地丢了且不去说它，西门豹身为朝廷大臣，无端被害，居然不了了之。"吴起说道。

"主公此时所想，已不是寻常的朝政之事，而是大位的承袭之事。"尹仲说道。

"尹夫子是说，主公让我入都，是想当面嘱我辅佐太子？"吴起说着，兴奋起来。名列辅佐大臣，就有可能控制朝政。吴起此刻梦寐所求之事，就是控制魏国的朝政，就能以魏国强大的国力来实现其"平定天下"的大业了。

"正是。主公以太子亲迎大人，已是将大人视为辅政大臣矣。"尹仲说道。他一样的非常兴奋，如果吴起控制了魏国朝政，势必在朝中广植亲信。到了那时，他就不只是一个门客了，而是能够光耀祖宗的朝廷大臣。

"如果主公真欲以大人为辅佐大臣，大人是否答应？"东郭狼陡然问道。他发现了一个可以显示他的见识远远高于尹仲和赵阳生的机会。

"此乃千载难逢之良机，吾当然会应承主公之请。"吴起毫不犹疑地回答道。

"如此，则大人危矣！"东郭狼立刻说道。

吴起一怔，心中忽有所动，凝目注视着东郭狼："依你之见，吾危在何处？"

"凡为大臣者，功高震主者都为主上所忌，此乃列国通例。昔者范蠡使越王勾践灭亡吴国，成为一代霸主。然其功成之日，立即隐遁，所为何者？惧其为勾践所忌，将有杀身大祸也。范蠡隐，得以保全性命。越国另一功臣文种未隐则终为勾践所杀。今日魏国之中，若论军功，大人当为第一也。功高震主，正是大人的'危处'也。"东郭狼肃然说道。

吴起听了，默然不语，目光又向尹仲和赵阳生二人望来。

"东郭兄之言，莫非是说，主公对大人有了杀心么？"尹仲问道，眼中全是疑惑之意。

"正是。让大人入都，只需派一使者即可，何必要让太子亲自来？所以如此，是主公欲使大人不能拒绝，非立刻入都不可。"东郭狼回答道。

"东郭兄之言，也太过骇人听闻。如今魏国正当兵势大盛之时，岂可自斩大将？若因此使将士不服，军心离散，列国乘机来袭，岂非有亡国之祸？"赵阳生说道。他和尹仲一样，认为吴起入都会得到辅政大臣的权位，掌控魏国的朝政。如此，他就有可能充当统兵大将。他苦学兵法，为的就是当上大将，领着强悍的魏国兵卒横扫天下，立下名传千古的大功。

"主公若在平时，断断不会自斩大将，然此刻乃非常之时也。列国国君不论多么贤明，首先想到的就是牢牢保住其国君之位，主公也不例外。纵然他明知自斩大将会危害军心，但若为了保住其国君之位，将不得不忍痛为之。"

东郭狼说。

尹仲、赵阳生对望一眼，不再说什么了。他二人在心中，不得不认为东郭狼所说的确有道理。列国国君，无不对立有大功的将军深怀戒心，其中又以魏、赵、韩三国为最。

"大人，东郭兄所言极是有理。入都之事，望大人深思而后行之。"沉默了一会，尹仲开口说道。作为门客，他虽然极想让主人入都掌控朝政，但最重要的还是确保主人的生命。只有主人安然无事，他们这些门客才能有所作为。

"是啊，大人不该贸然入都，应先派人打听到了主公的确切消息后，再作决断。"赵阳生也说道。

吴起摇了摇头："天威难测。主公，天也。主公心里到底是怎么想的，只怕谁也打听不出来。"

"那么，大人就先称病，暂不入朝。"尹仲道。

"不可。为人臣子者，岂可不听君命。"吴起道。

"这……大人该如何应对呢？"赵阳生有些着急地问道。

"吾身为朝廷大臣，自应听从君命，明日一早，吾将随太子入都。"吴起断然说道。

"这……"尹仲、赵阳生、东郭狼三人大出意外，面面相觑，想说什么，又觉无话可说。

"西河重地，不可大意。你们三人中，至少要两人留在西河。剩下的一人，当随吾入都。你们谁愿跟随？"吴起问道，目光如剑一样扫向三位门客。

"小人愿意跟随！"尹仲、赵阳生、东郭狼三人几乎是同时回答道。然而三人回答的语气却有微妙的差别——尹仲柔弱犹疑，赵阳生高亢尖锐，东郭狼沉稳凝重。

吴起入都，若真是撞上了杀身大祸，跟随之人绝无幸免的可能。如果得不到吴起的信任，我这一辈子就永无出头之日，不如借这个机会拼死一搏，碰碰运气。东郭狼在心中想着。

"好吧，请东郭兄回去准备一下，明日随吾入都。"吴起迅速做出了决断。

西风呼啸，已是深秋时节。尘沙被风卷起，遍山遍野尽成枯黄之色，天空中亦是浑黄一片。黄河岸边的大道上，行走着一队军卒，共有数千人，拥着十余辆高车。最前面的一辆,坐着魏国太子击。中间是护卫兵车,最后一辆上则坐着吴起和东郭狼二人。

这种行列,若让深通"礼法"的人看见了,定是大感奇怪:太子之尊,仅次于国君,怎么能走在前面,居于"前导之卒"的位置呢?吴起身为臣下,又怎么能让太子居前"前导",而不"谦退"呢?东郭狼只是一个门客,怎么能和主人公然同乘一车,全然不顾上下尊卑呢?

太子击委屈做了"前导",心中却是十分高兴,如果不是身后有许多兵卒跟随着,几欲放声高歌。

尹仲得到的消息非常准确,魏文侯的确是重病在身,并且已到了不可治愈的境地。

太子击为此又是悲伤,又是忧虑,又是兴奋,真可谓百感交集。列国之间,太子之位最是难保,尤其是贤明之君的太子,更是难以保全。魏文侯是列国公认的贤明之君,却并未似别的贤明之君那样对太子百般苛求,而是对太子击十分信任,从来没有露出改变"储位"的迹象。

太子击对慈父的爱护自是十分感激。作为儿子,他盼望父亲能够长命百岁,永不衰老。然而他又不是普通人家的儿子,他是"储君",是未来的一国之主。天下没有一位太子不盼着他能尽早结束"储君"的名号,登上大位。可是只有当国君去世之后,太子才能真正登上大位。太子击的心中,其实是在盼望着国君尽早去世。

国君是太子的父亲,为人子者,尽孝犹恐不及,怎么能盼着父亲尽早去世呢?太子们常常不自觉地想到了这个"难题",内心承受着常人不能想象的重负。当然,心中有些"重负"的太子,都是贤明的太子。太子击是一个贤明的太子,又是一个被国君满怀着期望的太子,心中的"重负"更甚于寻常的贤明太子。

魏文侯的病重,使太子击即将面临他一生的重大关头。这个关头若稍有不慎,处置失当,只怕不仅不能承袭大位,反倒会遭到杀身大祸。太子击由于受到父亲的宠爱,地位稳固,绝不会受到兄弟辈的威胁。但是,他却总感到了叔父魏成子的威胁。魏成子的贤名传遍天下,列国莫不闻之。尽管魏成子从来没有露出过"反迹",太子击还是放心不下,为此深为忧虑。除了悲伤忧虑,太子击心中又充满了无法压抑的兴奋。在朝政大事上，在攻战兵伐的谋略上，他有着许多与父亲不同的想法。然而，他却从来没有在父亲面前表露过自己的想法。总是父亲怎么说，他就怎么回答。

他是一个贤明的太子，贤明的太子绝不会违背国君的旨意。他将自己的想法深深藏在心里，只待登上了大位，便依照自己的想法来治理魏国。似乎是想在临去世前再一次"锻炼"太子的能力，魏文侯给太子下了一道密旨：前往西河迎请吴起入都。能将吴起迎请入都为上策，如果吴起拒不入都，则立即斩杀！

太子击并不愿斩杀吴起，他很快就要登上大位，对能征善战的吴起有着很大的期望。

他一来到西河，就对吴起表现出了十分"谦恭"的敬贤之意，亲自到太守府中去"拜见"他，而不是先让吴起来拜见自己。果然，他的敬贤之意打动了吴起，使吴起欣然入都。太子击得意之下，愈发"谦恭"，在前往安邑的路途上，自愿为吴起充当了"前导"。

身为国君，只要放下那些虚礼，敬贤很容易。其实，国君的本事不在于怎样敬贤，而在于怎样用贤。父侯善于敬贤，却不善于用贤，未免本末倒置。太子击在心中想着。

回头向后张望一下，见高车中的吴起和东郭狼正在谈着什么。他很想知道是什么事，只是他和吴起隔得太远，无法听到。其实，不仅是太子击无法听到吴起和东郭狼在说些什么，就是吴起和东郭狼所乘高车前后的军卒，也不能听清吴起和东郭狼在说什么。风声、车轮的轰响声淹没了一切。只有吴起的御车家奴才听得清主人的说话声。但御车家奴是夷族之人，所知的中原之语甚是有限，根本听不明白吴起和东郭狼所说的是什么事。

吴起和东郭狼正在说的，是一个关于垂柳的故事，故事发生在周室消灭商纣，王于天下之后，正当周武王去世，周成王初立之时。

成王年幼，不能亲理朝政，由周公代掌大权，长驻都城。周公于是令长子伯禽代替他去治理封地——鲁国。伯禽用了五年的时间，将鲁国治理成了人人称赞的"礼仪之邦"。伯禽为此很是高兴，乘坐华丽的高车，带着盛大的仪仗，向天子行了朝见之礼，并借此当着天下诸侯的面宣讲他如何在鲁国革除旧俗,倡行礼仪,终至大成。

不料伯禽"治国大成"的功绩不仅未被周公赞扬,反而挨了周公的一通厉声斥责。伯禽不明白他到底错在何处,以为是他的治理之道不合周室礼法。但他回到国中,仔细检查了一番他的治国之道,却并未发现有任何不合周室礼法的地方。

第二年,理直气壮的伯禽在行朝见天子的大礼时再一次宣讲了他的治国功绩。可是这一次,他受到了周公更严厉的斥责,甚至让人拿着鞭子将伯禽赶出了朝堂。

伯禽不服,在第三次行朝见天子的大礼时,仍是宣讲了他以礼法治国的功绩。这一次,周公竟是大怒,居然让吏卒们拿着大棍,把伯禽打出了朝堂。身为一方诸侯,当众受此大辱,伯禽实在受不了,扔下从人,跑到都城之外失声痛哭。

一位老者见到伯禽身穿诸侯之服,却在郊野独行痛哭,大为好奇,遂上前询问。伯禽好不容易才止住哭声,将他所受的委屈一五一十地告诉了老者。老者沉默了一会,问:"贤侯受此委屈,打算怎么办呢?"

伯禽道:"父亲如此待我,显然是嫌弃我了,不愿让我治理鲁国。我也不知道该怎么办,大约只好学当年的太伯,远远避到江海交汇的荒野之地。"

老者叹道:"儿子远逃,置父亲于何地?你竟然有了这等不孝的念头,真该挨打了。"

伯禽辩解道:"非是我不想尽孝,而是父亲不允我尽孝啊。儿子不得父亲的信任,除了远远走开还有什么办法呢?"

老者说:"你真是不懂周公的苦心啊。他当众打你,正是因为信任你。"

伯禽糊涂了:"父亲当众责打身为诸侯的儿子,竟是因为信任儿子,我不明白。"

老者笑了,抬手往远处一指,道:"那渭河岸边,有一位千年端坐不动的贤者,你一见到他,什么都会明白的。"

这世上怎么还会有千年端坐不动的贤者呢?伯禽心中大为疑惑,告别老者,向渭河岸边行去。

渭河岸边空无一人,在高高的河堤上,生着一株数人方能合抱的垂柳。

伯禽愣愣地看着那株苍老的柳树,看了好久,心中陡然如被雷击,一下子明白了,这株老柳树,就是那位"千年端坐不动的贤者",并正在告诉他身为"贤者"的道理。

依照周室的礼法来论,"贤者"首先须具备谦虚的品质,才能真正称得上"贤者"。何谓"谦虚",眼前的垂柳给了伯禽明显的启示——必须像垂柳一样,永远保持着低垂恭敬的姿态。不可似别的什么树干那样高昂着枝叶,显出夸耀飞扬的神情。

伯禽心中的委屈不翼而飞,高高兴兴地回到了鲁国,根本没有再去检查他的治国之道,他已非常清楚他错在了何处:在天子的朝堂上他丝毫没有显出一个贤明国君应有的谦虚之意,一举一动,都与周室的礼法相违背。身为国君,他所行之事全然不合"礼仪",却在众多的诸侯面前宣扬鲁国已被他治理成了"礼仪之邦",岂非荒谬至极?他一而再,再而三地重复错误,父亲却仍然让他居于国君之位,不是对他的信任,又是什么?

第四次行朝见大礼,伯禽只乘着一辆旧车,带着少得不能再少的仪仗,在朝堂上与各国诸侯相见之时,多行礼,少说话,一副诚惶诚恐的样子。他在向天子禀告其国政治理的情形时,一再磕头请罪,说他没有将鲁国治理成"礼仪之邦",实在是愧为一方诸侯,请求天子对他严加处罚,以显王室之威。周公非常高兴,在代天子致答词时,盛赞伯禽克己守礼,实为贤君,并重赏伯禽。

从此,"垂柳"的故事就成了周室贵族津津乐道的一段佳话,代代相传。吴起不知听人讲过多少次"垂柳"的故事。但由他将这故事讲给别人听,却是第一次。东郭狼也似第一次听到"垂柳"故事时那样,津津有味地听着,心中不停地想——此时此刻,吴起给我说起了这个老掉牙的故事,是想告诉我什么呢?

"东郭兄,'谦虚'乃礼仪之首,一句话就可以说明白,周公为什么不说,而让伯禽苦思了三年呢?"吴起问。

"周公为深谋远虑的大贤之人,他不愿明白告知伯禽该怎么'谦虚',是想让伯禽自己去体验这层道理。如此,伯禽才会真心实意'谦虚'起来。否则,伯禽只会在表面上听从周公的话,心里却不以为然,就很难真心'谦虚',成为一个真正的贤君。"东郭狼答道。

"不错,周公冷遇伯禽,甚至棍打伯禽,正是爱护伯禽,期望伯禽成为真正的贤君啊。伯禽如果仔细想一想,不用老者指点,也应该明白这个道理。"吴起深有感触地说道。

东郭狼心中一阵大跳,顿时明白了吴起话中的意思——吴起这半年多不理会他,冷遇他,其实是在爱护他,对他有着更大的期望。

"大人,我……我实在是愧对大人,我回来后……就想给大人请罪……"

"东郭兄不必说了。本来,你回来后我就想与你好好谈一谈的。可是……"吴起打断东郭狼的话头,犹疑了一下才又说道,"可是,我又想,反正我没有什么事让你去做,暂时让你安闲一些时日,养养身体也不错,就一直没有和你多谈什么。"

"不,我可以为大人做很多事。只要大人给我两三年的时日,我一定能够为大人找到一个专诸、要离那样的刺客。"东郭狼神情激动地说道,眼中泪光闪烁。吴起的话表明,他仍然是吴起府中的第一门客,这使得他心上压着的"巨石"已消于无形。

"不必,现在去寻刺客已是迟了。其实,刺客只有在非常的情势下,才有效果。当秦国新君初立、国势不稳时,刺杀其执政大臣,才能使其国中生出大乱。而现在秦国的国势已经稳固,新君已经得到臣下的拥戴,刺杀其执政大臣不仅不能使秦国生出大乱,反倒使其国势更强。韩国的例子就是这样,其相国被刺,反使国君的权威增强了许多,对其国力的强大带来了意想不到的好处。"吴起摇着头说道。

"原来是这样。大人既然不需要刺客,小人自然是闲了起来。可小人不知,心里还有些埋怨大人,以为大人是责怪小人办事不力,因此才冷淡小人。"东郭狼惭愧地说道。

"你能寻到聂政这样的人为刺客,着实不容易。你之所以失手,一来是我没能及时将吕太医'借'出来;二是陶朱公有意与你为难。"吴起微笑着说道。

啊,吴起原来早知道我与陶朱公的交往,可是……可是我却一直将此事瞒着吴起!东郭狼犹如陡遭雷击,脸色惨白,欲说什么,竟是一句话也说不出来。他身为门客,却将许多重大的事情瞒着主人,实为一种极端不忠的表现。

列国的公卿大夫，最不能够容忍的事情之一，就是门客对主人的不忠。门客对主人不忠，就会泄露主人的许多隐秘之事，给主人带来杀身灭族的大祸。因此，对于不忠的门客，主人向来是立即斩杀，毫不手软。

"陶朱公的计管家是我的生死之交，他这次为了刺客之事也出了大力，甚至亲自动手，杀了那个讨厌的严仲，我真不知道该怎样感谢他。"吴起又说道。

啊，难怪计管家会这样，原来他……如此说来，我所做的一切，吴起早就知道，可是他却从不说破。东郭狼又是惊骇，又是疑惑，心中不知是个什么滋味。

"东郭兄，其实我让你安闲一些时日，也不仅仅是不要你去寻找刺客，还想让你原来管的事儿，由尹仲和赵阳生去担当，看看他们到底担不担得起来。"吴起说道。他仍是面带着微笑，声调轻松，好似根本没有看到东郭狼惨白的脸色。

"大人！小人……小人罪该万死……罪该万死！"东郭狼挣扎着说出了一句话。

吴起不高兴了："你这说的是什么话？虽然名义上我们一个是朝廷太守，一个是门客，实际上却是兄弟啊。你为了办事方便，有些细微之处不告诉我，也在情理之中啊。若真说有罪，倒应该是我有罪。我明知你是好兄弟，却还是对你试探了一番。"

"大人……"东郭狼又是说不出话来。他不明白，吴起说的"试探"是怎么回事。

"东郭兄，我欲立下平定天下的大功，仅仅倚仗兵法，远远不够。魏国是天下最强大的诸侯国，我如果能够执掌魏国朝政，十年之内，定能平定天下。反之，则今生今世，我也难立大功。可是要执掌魏国的朝政，谈何容易。似我这样的臣下，正是主公最为猜忌的人啊。为此，我只能徐徐图之。首先，我须对朝政之事了如指掌，方可有所作为。怎样才能对朝政了如指掌呢？唯一的办法，是朝廷大臣中有我最相信的人。这个人我想来想去，只能是你。可是在朝廷中，险恶甚多，决非你做门客时所能想到的。你必须有着常人难有的忍受之力，这才能够做得大事。我这几个月冷遇你，正是要试探一下你的忍受之力,看你是不是会似那伯禽一样,要远远逃到荒野之地去。结果东郭兄到底是东郭兄,还是留在了我的府中。哈哈!"吴起说着,笑了起来。

"小人的确想离开大人,只是想着大人的知遇之恩还未报答,又不敢离开。"东郭狼惊魂稍定,背上全是冷汗,对吴起不觉多出了一种前所未有的敬畏之感。

"现在我总算知道了东郭兄的忍受之力,远远超过常人。你原来管的那些事儿,尹仲、赵阳生也可担当得起。这样,我就可以放心推荐你到朝廷去做大臣了。"吴起满意地说道。

做朝廷大臣,自然远远胜过了做一个门客。任何一个门客听了主人的这番话,都会喜形于色。然而东郭狼听了吴起的这番话,却是满脸忧色。他之所忧,是想着吴起正处于嫌疑之时,"谦虚"犹恐不足,怎么能不知进退,反倒推荐门客去做大臣呢?

"东郭兄放心,主公对我虽有猜忌,但绝不会轻易向我下手。毕竟,像我这样能打仗的将军,天下找不出几个来。"吴起看出了东郭狼心中的忧虑,笑着安慰道。话虽如此,他心中对魏文侯到底会不会"下手",实无把握。

吴起觉得世上最难预料的事情,就是国君对他的臣下怀着什么样的"心机"。而像魏文侯这样的贤明之君,则更加难以预料。吴起面临的是一条布满杀机的险路,但他还是毫不犹豫地走上了这条路。他要立下千古大功,就必须甘冒风险,明知是"死路",也硬要闯成活路。不仅他明白自己踏上的是一条险路,东郭狼也明白,可东郭狼还是愿意和他同行。

吴起对东郭狼说了一条又一条他并未"冷遇"兄弟的理由,其实最重要的是他没有说出的一条——东郭狼甘愿跟随着他同走在这一条险路上。

第二十四章

非常时期谨臣道 翟璜巨诱试吴起

吴起进入都城后,不及歇息一下,就立刻被召进内宫去拜见魏文侯。他跟在几个魁壮的寺人身后,穿过一重又一重、似乎永远也走不完的宫门,终于来到了内殿,站在了魏文侯的病榻前。虽然心里早有所知,但见到了魏文侯的样子,吴起还是大吃了一惊,无法相信眼前看到的人竟是一位正当盛年的大国之君。

魏文侯骨瘦如柴,脸色蜡黄,五官痛苦地抽搐着,扭曲得不似人样。想起了他初见魏文侯时所受的隆重礼遇,吴起心中一酸,跪倒在地,行着大礼,哽咽道:"微臣西河……西河太守吴起,拜见主公,祝主公万寿无疆,万寿……"他无法祝颂下去了,魏文侯已到了这个样子,怎么还能"万寿无疆"呢?

"是……是吴爱卿,嗯,免礼,免礼。"魏文侯艰难地说道,眼睛一眨也不眨地盯着吴起,心中一阵阵如针刺般疼痛。他痛恨吴起,他所得的"恶疾",是吴起"刺激"出来的。为了堵住吴起的那张利口,显示他作为国君的"深远谋略",他亲率大军南征楚国,本来以为兵出必胜,却不料打了一个大败仗。但为了国君的颜面,他偏偏要将一场大败仗说成是大胜仗,举国欢庆。可是魏文侯却无法欺骗自己,更无法将一场大败仗看成是大胜仗。

他发出倾国之兵,几乎耗尽了国库,至少想达到击溃楚军、夺取楚地的目的。当然,最好的结果是他能够全歼楚军,灭亡郑国,率军直逼郢都。且郑国之地他只要分给赵、韩两国一部分,则赵、韩两国得到厚利之余,更愿意听从他的号令,跟随他攻击楚国。

但楚国不仅没有因为魏、赵、韩三国的大举攻伐发生内乱,国中的情势反而为此安定了下来,楚国国君亦借此巩固了他的权威,得到了楚国将领的拥护。

面对着楚国君臣同心、士气高昂的状态,魏文侯不敢轻举妄动,大军久屯不进。魏国国力雄厚,魏文侯企图以巨大的消耗拖垮楚国,使楚军不战自乱。但楚国的国土之广,百姓之众,是天下之最,虽然内乱不断,也能够和魏国对耗下去。

韩国和赵国却不愿这么耗下去,担心如此一来,会得不偿失,国力大受损伤。两国找出种种借口,逼迫魏文侯迅速做出决断——要么退兵,要么立即与楚军决战。

魏文侯见"耗"不下去,又得到郑国口头上"臣服"的保证后,终于向楚国发动了进攻。

他似乎是获得了大胜,因为楚国是在"败退",但实际上,楚国只是在退,并没有败。

楚国的"退",理由十分充足,楚兵为救郑国而来,将魏、赵、韩三国大军"赶出了"郑国国境,即为大胜,即可顺势而退了。楚军之退,是合于兵法的"明智"之举。

而后来郑国的表现,又充分证明了楚国的"大胜"。

郑国在魏、赵、韩三国大军退出其国境后,立刻变脸,不仅拒不"臣服"魏国,反而借着韩国国君新立的机会,竟然发兵攻打韩国,夺取了韩国边境的土地。郑国只是一个弱小之国,居然敢于攻打公认的大国,实在是大扫了魏文侯的颜面。

魏文侯自视极高,胸怀平定天下之志,一心要成为周文王那样千古传颂的贤王。朝中大臣和天下诸侯亦公认他是贤明的国君,文武兼备,举世无双。但是伐楚之战的失利,已将他的名望葬送得干干净净,使他成为天下诸侯的笑柄。现在就连臣下也居然认为他不如吴起了——吴起只以西河一郡之兵,就彻底击败了秦国的倾国之兵。那么他呢? 他作为国君,又是如何?

他统领着魏国所有最精锐的军卒,又号令着赵、韩两国的大军,却丝毫不能奈何楚国的军卒,甚至连小小的郑国也不能降服。和吴起相比,他这个国君实在是太窝囊了,怎么看也不像是个贤明之君。

这都是吴起害了寡人,若非为了阻止吴起的那个"平天下之策",寡人何至于会急着攻打楚国,落到了眼前这样的下场。自从吴起来到了魏国,寡人的日子就不好过了。寡人当初为什么要收留这个吴起,为什么不把他宰了,将他的人头送给鲁国。吴起是鲁国的叛臣,寡人代替鲁君处置了叛臣,天下人会更加称赞寡人贤明。这个吴起,不仅不感激寡人的活命之恩,反倒处处争强好胜,当众贬低寡人。

魏文侯愈想愈怒,几次欲立刻令人召回吴起,把吴起的脑袋砍下来。他还想把那帮不识好歹,将吴起看得比国君还要有本事的朝臣们都杀了。但魏文侯虽是如此想着,到底还是没有真的派出使者召回吴起,更没滥杀朝臣。

他在清醒的时候,心里也很清楚:所有的失策其实是他自己造成的,怪不上吴起。就算没有吴起的"平天下之策",他也要去攻击楚国,从而实现他平定天下的宏愿。他之所以痛恨吴起,其实是妒忌之心在作怪。吴起立下的功劳太过辉煌,其光芒大大盖过了他这天下闻名的贤明之君,令他一听到众人称赞吴起,心里就不舒服。可他终究是一个贤明之君,为了"大业"能够实现,还是容忍了吴起。

魏文侯病倒的消息虽然极为秘密,连许多魏国大臣都不知晓,但还是被赵国察觉到了。于是,种种对魏国极为不利的事情,一件接一件地冒了出来。先是紧挨着赵国边境的邺邑县令西门豹被刺客杀死了,紧接着又是中山之地的百姓反了,居然使灭亡的中山国又重现于天下,极大地损害了魏国的威望。以魏国之强,竟不能臣服一个灭亡了近十年的弱小之国,无疑是一件令人难以相信的荒谬之事。这件荒谬之事的出现,明显地告知了天下诸侯——魏国正在衰弱。

魏文侯知道了这些不利的消息,又气又急,病情不觉更加重了,渐至危境。偏偏在这时,魏国执掌国政的相国李悝又病重身亡,再次给了魏文侯沉重的一击。

魏文侯对于李悝,并不似面对着吴起时那样会生出强烈的妒忌之心。李悝长于治国,却不怎么精通兵法,难以立下军功,名声在列国间远不及吴起响亮,但是李悝立法教民,使魏国的国力大为增强,其功业毫不弱于吴起。更难得的是李悝善于管理朝政细务,使魏文侯不需事必躬亲,从而将他的全部精力用在平定天下的"大业"上。如今李悝病故,魏文侯又到哪里去找这么称职的相国呢?

正当盛年的魏文侯在一连串的打击下,不得不想到了他的"身后"之事。他竭尽一生之力,并未圆满地完成其成为"周文王"的心愿。他不愿身后的儿子重蹈覆辙,要拼出最后的心智,为儿子选好几位辅佐大臣,使儿子能继承父志,完成他未能完成的心愿。他首先想到的辅佐大臣,就是吴起。尽管他妒忌吴起,却又不能不承认,儿子若想完成父亲未能完成的心愿,就不能离开吴起的辅佐。可是,吴起这等谋略超人、魄力和胆气更是世间罕见的强悍之臣,又极易生出反心。他若真的生出了反心,无疑会成为国君最危险的敌人。

魏文侯断定吴起也知道他的病情,明白魏国到了君位承袭的要紧时刻。如果吴起藏有反心,就会在这个时刻对国君怀有疑惧之情,不敢来到都城。为此,魏文侯反复告诉儿子——吴起如果拒不入都,就应立即将其斩杀,切勿犹疑。

魏文侯虽是这么说着,心中却又盼着吴起最好是并无反心,立刻就来到都城。他的这个心愿倒是没有落空,吴起果然是听从君命,来到都城,跪在了他的面前。见到吴起,魏文侯心里深藏的妒恨之意不觉又涌了上来,几乎难以自制。

虽然听到魏文侯让他"免礼",吴起还是跪在地上,并未像往日那样站起身来。

"主忧臣辱。主公忧心国事,以致如此,实是臣下不能为主公分忧所致。臣下罪该万死。"吴起说着,眼中一片晶莹闪动,透出真诚的悲哀之情。

见到吴起如此动情,魏文侯有些出乎意料,一时默然无语,许多想好了的话都难以说出。

"主公,臣曾求学齐国,多识齐国良医,愿出使齐国,为主公寻之。"吴起说道。

"寡人之疾,神医也难治好,爱卿不必费心了。唉!寡人病重,相国又已去世,国中乱矣。此乃寡人无德,得罪了上天,以致国运日渐衰弱。"魏文侯叹道。

"主公贤明,列国皆知。我魏国之强,天下无人可敌,纵有一时小挫,亦无大害。且国中臣民安宁,毫无乱象,主公不必为此过于忧心。"吴起安慰地说道。

"唉!"魏文侯又叹了一口气道,"中山乃我魏国之地,却已入他人之手,此不为乱象,何为乱象?常言道'家贫须有贤妻,方可免于饥寒,国乱须有贤相,方可免于灾难'。寡人一心想选出贤相,以安定朝廷。爱卿可否告知寡人,朝中大臣,何人可做相国?"

"微臣只知兵法,不善知人。择相这等大事,实不知该如何告知主公。"吴起答道。

"寡人心里倒有两个人,不知合适不合适。"魏文侯说着,心里很是满意。吴起没有在话中透露出丝毫的"自荐"之意,看来心中的确是没有什么非分之想。

对于魏文侯所说的两个人,吴起并没有去问。在此时此刻,他必须小心翼翼地回答好每一句话,不能使魏文侯生出丝毫的疑心。

"这两个人,一个是成子,一个是翟璜,你看谁更适合当相国?"魏文侯问。

"微臣听人说过,外臣不参与内事。微臣久已不在朝廷,不敢回答主公的问话。"吴起答道。

"寡人让你说,你……你就说……"魏文侯身上的"恶疾"似又发作起来,痛得他说话的声音都在颤抖。

吴起不敢再次拒绝,只好回答道:"相国为百官之首,权柄极重,不仅才能谋略须高于众臣,仁德更须众人难及。"

"怎样才可知道他……他的仁德众人难及呢?"魏文侯又问道。

"应该看他平时接近的是什么人,富贵荣华时交往的是什么人,执掌权柄时敬重的是什么人,遇到困境时他又会做些什么事情。从这些方面去观察,就可知道他的仁德。"吴起答道。

魏文侯听后,沉默了好一会,对吴起说道:"寡人明白了,你回去吧。"

吴起恭恭敬敬地对魏文侯行了一番大礼后,方才缓步退出内宫,回到他在安邑城的府第中。似他这样镇守一方重地的大臣,没有国君的旨意,不能回原来的职守之地。

次日,魏文侯传出旨意:拜魏成子为相国,辅佐国君管理国政。听了魏文侯的旨意,众朝臣大出意外。本来,众人都以为相国之职不是属于吴起,就是属于翟璜。谁知魏文侯竟让他的嫡弟魏成子做了相国,这似乎不合魏文侯作为贤明之君应该做出的决断。贤明之君重"贤"而不重"亲"。魏成子虽也算是"贤者",但若使其居于相国之职,他的"贤"名还低了一些。

魏国的朝臣不明白魏文侯为什么会选择魏成子为相国,一时议论纷纷。虽然不明白,众朝臣还是争先恐后地来到了魏成子府中,向魏成子表示祝贺。吴起和翟璜,亦在祝贺的众朝臣行列之中。吴起久在西河,与翟璜已经有两三年没有相见了。从前吴起在安邑城做"客卿"时,常和翟璜互相宴请,饮酒为乐。今日翟璜见到吴起,立刻邀请"老朋友"到他的府中饮宴。吴起欣然应允,乘车来到翟璜的府中,在后堂分宾主坐于铺锦芦席上。

翟璜和吴起一样,喜好声色之乐,在后堂里藏有许多来自郑、卫两国的美女。郑、卫两国的美女向来以能歌善舞闻名天下。吴起是卫国人,喜听家乡之音,翟璜每次宴请吴起,必使卫国美女在席前歌舞一番。此次也不例外,在精美的酒食送到玉案上的同时,两位卫国美女轻舒长袖,在一队乐女的伴奏下,边舞边唱起来。

只是两位美女所唱之歌,却不似往日那样全是"香艳"之意,有些出乎吴起的意外。她们所唱之歌,名为《淇奥》,是卫国百姓对其国君的赞颂之词:

瞻彼淇奥

绿竹猗猗

有匪君子

如切如磋

如琢如磨

瑟兮伺兮

赫兮咺兮

有匪君子

终不可谖兮

瞻彼淇奥
绿竹青青
有匪君子
充耳琇莹
会弁如星
瑟兮伺兮
赫兮咺兮
有匪君子
终不可谖兮

瞻彼淇奥
绿竹如箦
有匪君子
如金如锡
如圭如璧
宽兮绰兮
猗重较兮
善戏谑兮
不为虐兮

歌曲中的君子指的是卫国自立国以来最有声望的国君卫武公。

卫武公即位之初,正当周平王东迁,诸侯们拒绝朝见周天子的时候。

周平王的东迁,避开了戎族的威胁,但由于他放弃了祖宗的发祥之地,使得王室的威信丧失殆尽。尤其是鲁、郑、曹等宗室之国,对周平王极端蔑视,做出了许多无礼的举动。天下甚至传言纷纷,说宗室诸侯们要联合起来,将周平王从天子之位上轰下来。

就在周平王惶惶不安的时刻,卫武公挺身而出,以宗室诸侯的身份,亲率兵卒万人,战车百乘,远行千里,护卫周平王从渭河之畔安全地来到了洛邑城中。卫武公还拿出卫国公室所藏的黄金宝物,献给周天子,使处在"穷困"窘态中的周天子能够对随行的王室子弟和臣下们酬赏一番,安定了王室内部。

将周平王护送到了洛邑后,卫武公并未回国,而是以宗室国君之尊,充作周室朝臣,辅佐周平王处理国事,以其行动破解了流传天下的谣言,使周平王稳居天子之位。周平王对卫武公的"守礼"之举极为感动,把卫武公视作当年为周室立下极大功劳的周公和姜太公,并以周室敬重周公和姜太公的礼仪来敬重卫武公。

卫国和鲁国一样,都是侯爵,比郑、曹等伯爵之国要高出一等。周平王先下诏将卫武公升为公爵,然后又对卫武公施以"郊迎宾客"的大礼,有意将卫武公置于各宗室诸侯之上,以此来鼓励天下诸侯效法卫武公的"守礼"之举。但各宗室诸侯根本不为所动,反而说周平王贪图黄金,将公爵"卖"给了卫武公。各诸侯国的史官记事时,仍将卫国记作侯国,不承认周天子对卫国的"晋升"诏令。列国诸侯们还说卫武公是个奸邪小人,坏了周室的"礼法",人人可将其诛杀。

然而卫武公在国内却大受赞扬,不论是朝廷众臣,还是百姓野人,都对卫武公大加称颂,以致编出了《淇奥》这首歌曲,流传一代又一代,广为天下所知。

开始时,这首《淇奥》之曲可在朝堂上歌唱,也可在臣下的后宫上歌唱,甚至青年男女在山野间幽会时,还将这首《淇奥》之曲当作了情歌来唱。可是到了后来,这首《淇奥》之曲就成了卫国公室歌颂祖先的庙堂之曲,只能在宗庙中和朝堂上歌唱。臣下和百姓不得在私下里唱这首《淇奥》之曲。否则,就是不守礼法,罪该斩首。

吴起是卫国人,从小就会唱许多卫国歌曲,却不会唱这首《淇奥》,连听都未听人唱过。他是在长大之后,苦学《诗》《书》等做官之人必须诵读的书册时,才知道了卫国还有《淇奥》这样的歌曲,并对歌曲中赞颂的卫武公十分钦佩——卫武公虽为国君,却是心胸豁达,率性而为,丝毫不顾旁人的议论,和他的脾气甚是相合。但是吴起仍很少听到《淇奥》之曲,直到他在鲁国做了大臣,可以置买歌女时,才听到了这首《淇奥》之曲,并且百听不厌,到了魏国后,仍是常令歌女们唱此《淇奥》之曲。

翟璜很喜欢听卫国歌曲,但喜欢的只是那些被列国视为"淫邪"的香艳之曲,绝不会去听《淇奥》这样正经的歌曲,更不会让乐女们唱给客人听,可是他今天却让乐女们将这首《淇奥》之曲唱给了吴起听。

翟璜让人唱此《淇奥》之曲,是知我喜欢此曲,投我所好,还是另有深意?吴起想着。

"太守大人,贵国的乐曲真可谓天下之冠矣。"翟璜让乐女们暂且退下,转头对吴起说道。

"翟兄,你是知道的,我向来不喜欢别人说话拐弯抹角,有什么事,你就直说吧。"吴起道。

"吴兄,你知道吗?主公南下伐楚时,我曾上过密计。"翟璜改口用一种亲密的语气说道。

"既是密计,我又何从知道呢?"吴起笑道。

"我对主公说,伐楚难胜,不若借伐楚攻郑之名,突发大军,灭了卫国。"翟璜道。

"好计!"吴起脱口赞道,"天下诸侯,都以为主公将与楚国大战,绝不会想到主公会突然兵伐卫国。主公若依此计,定能一举灭亡卫国。卫虽弱小,其地可控宋、鲁、齐三国,亦为要紧之处。"

"主公也说此乃好计,但主公却并未采纳,以致伐楚无功而返。"

"此为何故?"

"我想让主公将卫国灭亡之后,以其地作为吴兄的封地,让吴兄成为卫国之主。"

"啊,翟兄怎么能……能如此说呢?我乃魏国臣子,岂可……岂可成为卫国之主?"

"由臣子而为一国之主者,先例甚多,吴兄何必如此作态。"翟璜望着面露惊慌之色的吴起微笑道。

"唉!你这么一说,主公自然不愿灭亡卫国了。翟兄啊,你这打的是什么主意呢?不仅让主公失了功劳,只怕还使主公对我起了疑心。"吴起叹着,埋怨地说道。

"吴兄,你先别怨我。说真心话,你愿不愿意成为一国之主?"翟璜紧盯着吴起问道。

"这……"吴起迟疑了一下道,"这是不可能的事,一位国君无论怎么宽厚,也绝不会将他的臣子封为一国之主。翟兄乃是智谋之士,为何不明此理?"

"如果我当了魏国的相国,你就可以成为一国之主。"翟璜压低了声音说道。吴起顿时明白了翟璜今日请他饮宴的用意——翟璜想"收服"他,让他帮助自己得到相位,为此已明白地向吴起出示了"收服"的代价。如果吴起能够帮助他得到相位,他将使吴起成为一国之主。这个代价可谓极高,翟璜必须完全掌握了魏国的朝政,才可以实现他对吴起许下的诺言。翟璜这样做的结果,极有可能被国君视为叛臣加以诛杀。但是只要吴起和翟璜联起手来,要完全掌握魏国的朝政,也并非不能做到。

翟璜的提议,对吴起来说,几乎是无法拒绝的——由臣下而为一国之主,是天下无数胸怀大志者梦寐以求的"大业",往往需要十几代人的苦苦奋斗,方能成功。更多胸怀大志者苦苦奋斗的结果,是全族男女老少被人斩杀,血流成河。而吴起却只要帮助翟璜当上相国,就可以实现十几代人才能实现的"大业"。

卫国之地虽然不大,但居于冲要之处,城邑富庶,只要有一个雄才大略的国君善加治理,不难迅速强大起来。吴起正是这样一个雄才大略的国君,他的天生大才将会在治理卫国中发挥得淋漓尽致,他所创立的功业将远远超过卫武公。卫国的百姓,定会将他的功业编为歌曲,就像那《淇奥》之曲一样,代代流传。

吴起只觉浑身血液沸腾起来,脸色涨红,一颗心怦怦不停地大跳着,声音就似战鼓一样在他耳旁敲击着,他真想大叫一声——好!翟兄,我定会助你当上相国!但他又在竭力提醒着自己不能答应翟璜,绝不能答应翟璜。

翟璜其人,野心勃勃,他想当上相国,自在情理之中,但他对我如此明白地显示野心,却不合情理。我与翟璜并非是生死之交,此等骇人听闻之事,他不该贸然向我说出。就算他有此心,也只能先向我暗示一番,与我结成生死之交后，才能透露出来。

难道，翟璜不怕我将他的这等不臣之心告知国君，置他于死地吗？他和我同居高位，我若有所图谋，正可借机将他除掉，他这样聪明的人，怎么会想不到这上面来呢？嗯，也许他的确说的是真话，常言道，利令智昏。眼见厚利即可获得，谁不愿铤而走险呢？不，不！就算翟璜说的是真心话，我也不能答应他，此时乃非常之时，我必须小心……

"吴兄，你在想什么，怎么不吭声呢？"翟璜略显焦急的话语打断了吴起的思索。

"在下想起了主公病榻上说的话——'国乱须有贤相，才可免于灾难'。"吴起缓缓说道，他已在心里做出了决断，不去理会翟璜，一切依照他所预想的谋划行事。

"吴兄莫非是在说，吾不如魏成子之'贤'？"翟璜不高兴地问道。

"在下以为，翟兄的确不如魏成子之'贤'。"吴起坦然说道。

"吾怎么会不如魏成子呢？主公心忧邺邑，吾推举西门豹守之。主公攻伐中山，吾推举乐羊为将。就是吴兄你，若非吾全力推举，又何能成为大将？"翟璜带着怒意说道。

"魏成子所推举的人，如子夏、田子方等，主公俱以师友视之，岂是在下这等庸臣所能相比？何况，当此国忧之时，你竟口出'不臣'之言，心藏险恶，又岂可与魏成子相比？"吴起也发怒了，大声说道，震得屋瓦嗡嗡回响。

翟璜脸色大变，手抬起来，指着吴起欲大声喝骂，忽然似想起了什么，脸上浮起笑意来，仰天打了个哈哈道："我不过是说了几句戏言，吴兄怎么当了真呢？"

吴起沉下脸，道："此是何时，翟兄居然还能说出戏言，实是令人心中生寒。"

翟璜拱手向吴起行了一礼道："吴兄休怪，小弟是见魏成子做了相国，心有不服，这才……唉！小弟已位高至此，难免会对相位生出期望之心……可是……唉！"他说话的语气，柔软了许多，连声叹息，露出吴起从未见到过的懊丧神情。

"其实论翟兄之才，亦当居于相国之位。但主公既已许魏成子为相国，翟兄实在不宜多加议论。在下能有今日,全是翟兄的推举之力,此恩在下永不敢忘。"吴起的语气也柔软了下来,并且暗示他绝不会告发翟璜的"不臣"言语。

翟璜露出笑意,又招来歌女,与吴起边欣赏着歌曲,边痛喝美酒,尽欢而散。在翟璜亲将吴起送出后堂身子消失于门外时,从后堂高大的屏风后走出了一个人,他就是即将登上君位的太子击。

第二十五章

大业未竟文侯逝 以退为进吴起归

夜风一阵阵从高大的殿堂间掠过，发出呜咽之声，似无数幽灵在时断时续地哭泣着。后宫的内殿上，烛光明亮如昼。太子击跪倒在父亲的病榻前，详细地叙说着吴起和翟璜在饮宴中谈论的事情。

魏文侯大睁着眼睛，静静地听着。他的脸色多出了少见的红润，精神似乎好了许多。但是太子击已从太医口中知道了，父亲这是"回光返照"，为即将去世的前兆。

"击儿，你说说，吴起所讲的，是不是真心话？"魏文侯问道。

"儿臣以为，吴起所言是真心话。翟璜也和儿臣一样，认为吴起说的是真心话。"

"不，吴起说的，只有一半是真心话，他不是不想成为一国之主，只是不想成为卫国之主。"

"依父侯之见，吴起莫非是想……想造反，做我们魏国之主？"

"倒也不是如此。吴起真想造反，就不会来到都城了，吴起想做的是秦国之主。他精通兵法，深知地利的重要，秦国的地利为天下之最。吴起若是成为秦国之主，必可称霸天下，甚至会首先灭了我魏国。他的志向之大，非……非常人可比。"

"既是如此，父侯何不下诏杀了吴起，永绝后患！"太子击有些不情愿地问。

他刚才对父亲说的话，并不完全真实。翟璜也说过，吴起的话只有一半是出于真心，吴起胸怀大志，一个弱小之国的国君之位，并不能满足他的欲望。可是太子击却并不敢将翟璜的话完全说出来，他害怕父亲会因此杀了吴起。父亲即将去世，不仅是君位应该由儿子承袭，他所有的一切，包括朝中的大臣，都应由儿子承袭。大臣们和府库中的黄金玉璧一样，最好能够原封不动地落到儿子手中，任由儿子处置。

"吴起这个人，绝不是贤臣，也绝不会成为忠臣。不过，他又不同于奸邪之臣。总之，吴起此人本领极大，也极危险，是头猛虎。驱虎不成，必为虎伤。只是如今天下混战，唯力强者方能胜之。我魏国要想平定天下，非得有吴起这样的猛虎驱使不可。所以，寡人对吴起试探了一次又一次，不肯轻易杀了他。如今看来，吴起这头猛虎还未露出凶心，还可驱使。可是日后……"魏文侯忽然说不下去了。日后魏国究竟会是怎么样，他只怕再也看不到了。

"父侯放心，儿臣这些年来，也跟随父侯学了些驱使猛虎的本领。"太子击忙说道。

"寡人放心，寡人……放心。"魏文侯勉强露出笑意，继续说道，"你呀，什么都好，就是太年轻了，性子急躁了些。今后你遇事要多想一想，切勿轻易做出决断。"

"父侯的话，儿臣一定会牢记在心。遇到大事，儿臣在做出决断之前，定会和大臣们商议一番。"太子击说着，心中却想，为君者，遇到大事，就应该独下决断，方可震慑臣下。

"为君者虽为一国之主，智力毕竟有限，多听臣下之言，可集众人之智计于一身，大有好处，只是不可使臣下因此有了揽权的机会。对大臣们应分而治之，均用各派，务求平衡。比如，儒者讲礼仪，多无实学，可使其坐而论道，专讲教化，不执实事，虽敬而不重。对法术一派，则可使其多执实事，重而不敬。对善兵法者，可使其为将，不可使其掌控军卒。掌控军卒的臣下，一定要是你最信任而又无甚大才的人。总之，身为国君者，绝不可让臣下独揽权柄。"魏文侯说道。

"是，儿臣记下了。"太子击恭恭敬敬地说道。这类的话，他已不知听父亲说过多少次了。

"成子是你的叔父,一向小心翼翼,做了很多事情,没有功劳,也有苦劳啊。寡人本来对成子期许甚大,想让他成为周公那样的人,辅佐你平定天下,只是成子他……他无心成为周公。唉!成子为寡人做了许多事情,寡人无以报答,就让他做了相国。你放心,成子是一个极知进退的人,不会让你为难。寡人倒有些担心你为难成子,宗室相残,对国运危害最大啊。"魏文侯带着些不满之意说道。

他早已察觉,太子和魏成子之间有些常人难以发现的"不和"。这"不和"并非是魏成子有什么错,而是太子故意造成的,魏文侯对此很不高兴,却又有些无可奈何。他知道,太子之所以如此,是担心魏成子威胁他的"储位"。事实上,魏成子是国君嫡弟,又为朝中大臣,党徒门客亦是众多,从表面看起来,的确对太子的"储位"威胁甚大。但魏成子很少执掌实权,与他亲近的人都是"坐而论道"的儒者,名声虽大,势力却是有限。

魏文侯认为太子应该看得出来,他的"储位"根本不会受到威胁,因此根本不必与魏成子闹出什么"不和"的事情来,以致使宗室之间相互起了猜疑之心。可是做太子的,一向对"储位"之事极为看重,魏文侯没有办法让儿子相信魏成子对他并无威胁之意。

"儿臣绝不会为难叔父,儿臣会让叔父永居相位。"太子击言不由衷地说道。

魏文侯苦笑了一下:"成子绝不会永居相位,等到你执掌朝政后,他就会辞去相位。"

成子若真是这样知趣,我也用不着为难他了。太子击想着,问:"朝中大臣,有哪些人可居相位?"

"这要看情势而定,国家平安无事,可用儒者为相。欲改革政事,可用法家为相。如果国势危急,则须谋略之士为相。总之,为君者用人之道,就在于顺应情势,不必拘束。"

"那么,吴起这等深通兵法的人,可不可以用作相国?"

"如果你确能'驱使猛虎',又需要灭亡一个大国,不妨暂且拜吴起为相。一旦你灭了那个大国,就应该立刻解除吴起的相位,多给他黄金美女。"

"儿臣明白了,这就像当年父侯使乐羊灭中山一样,中山一灭,即解除了乐羊的权柄。”

“不错。除了吴起，我魏国最知兵法的臣下就是公叔痤了。公叔痤其人，忠心远过于吴起，可惜气量太小，只怕难成大事。嗯，他的夫人死了，你过些时可挑一位庶生的公主嫁给他。公叔痤不是猛虎，却可以成为一只好的‘猎犬’，你要驱使猛虎，就离不开一只好的‘猎犬’。”

“是。我一定会依照着父侯说的去做。”太子击回答道。他和父亲一样，对公叔痤非常信任，却又嫌其“本领”小了些，难成大事。魏文侯后宫的妾生了好几位“公主”，有的已经成人，有的尚在幼年，太子击都曾见过几次。公主不会威胁太子的“储位”，庶生公主更是绝无危害太子“储位”的可能。因此，太子击对几位庶妹倒无歧视之意，反而甚是关心，常常赠以厚礼，在后宫赢得了一片赞颂之声。

“国中之事，尚不足虑。寡人最担心的，是赵、韩两国。唉！寡人尽了平生之力，方才‘收服’赵、韩，不料到头来，寡人未败于敌手，倒败给了赵、韩两国。”魏文侯恨恨地说道。

“父侯放心，儿臣定当亲率大军，痛击赵、韩两国，让他们知道知道我魏国的厉害！”太子击说着，声音里透出一种难以掩饰的兴奋之意。

中山之地的丢失和西门豹的被刺，明显是赵国从背后射向魏国的两支冷箭。当初是赵国主动请求魏国征伐中山国的，以图使魏国直接和赵国北方的强邻燕国对抗。赵国君臣想“借”魏国强大的兵势，灭亡燕国，永远解除其后顾之忧，并夺取大片的土地。

可是魏文侯只对南征楚国感兴趣，并不愿发兵越过赵国去攻灭燕国。魏国占有中山之地，又大力治理邺邑，从北、南两方对赵国形成了夹击之势。一旦赵国“背叛”了魏国，就会受到致命的打击，陷入非常被动的危险境地。赵国君臣自是对这种情势极端不满，千方百计要破除魏国的夹击之势。

魏国伐楚之后，因为消耗巨大，给了赵国一个“趁火打劫”的好机会。当然，魏国毕竟是赵国的同盟之国，赵国不会也不敢明目张胆地“打劫”，而是在精心策划下射出了两支冷箭——先让“刺客”杀死了既有武勇又善治民的邺邑县令西门豹，然后又发动中山之地的“百姓”起来造反，逐走了魏国人，从而“不动声色”地破除了赵国面临的险境。

魏文侯和太子击很清楚赵国做了些什么事情，太子击当时就曾请求领兵"教训"赵国。魏文侯坚决阻止了太子击"教训"赵国的企图，并且忍气吞声，向赵国派出了道歉使者。

"不，不到万不得已，你千万不可攻击赵、韩两国。魏、赵、韩三国同盟，天下无敌。反之，魏、赵、韩三国若互相攻击，则是自取灭亡。寡人伐楚失败，正是赵、韩两国不能与我同心协力之故。

"唉！当初寡人去取中山之地，实是失策之举。我魏国得了中山，赵国无论如何也放心不下。现在中山丢了，是祸事，也是好事，可免去赵国的疑心了。其实赵、韩两国也明白，不与魏国同盟，他们就会腹背受敌，处境极为不利。所以，对有些事，我魏国纵然难以忍受，也只得忍受下来。身为国君者，眼光要放远些，要看到大利，别只想着眼前小利。当然，对赵、韩两国，还要多些防备之心，别让他们暗害于你。"魏文侯叮嘱道。

"是，儿臣明白。"太子击说道。

"击儿，你还记得，吴起曾告诉过寡人的平天下之策吗？"魏文侯问道。

"儿臣记得。"

"你还记得，寡人为什么没有采纳吴起的平天下之策吗？"

"儿臣记得。"

"你记得就好。寡人还是那句话，吴起之策虽是上佳之策，却绝不能采纳。你登大位之后，吴起定会以此策迷惑于你。你切莫受其迷惑，切莫受其迷惑啊。"

"是，儿臣定当牢记父侯之嘱。"

"我魏国欲平定天下，必须得到中原之地。"

"儿臣明白。儿臣当承袭父侯之志，南征楚国，夺取中原之地。"

"'欲谋人之国，必先治己之国'，此乃至理。国中不治，你切勿擅兴兵战之事。"

"儿臣明白。"

"百姓乃国之本也。农耕之事，又为百姓之本。朝廷所行之策，切勿扰民，切勿有害农耕。"

"儿臣明白。"

"为君者,不可荒淫酒色,不可听信妇人之言。要友爱兄弟,善待宗室,尊老敬贤。"

"儿臣明白。"

"为君者,切不可偏听偏信,对臣下之言,要善加体察。为君者……咳!咳……"魏文侯忽然剧烈地咳嗽起来,无法将话说完。他脸上的红润之色已迅速消失,眼中神采黯淡。

"太医,太医何在!"太子击慌忙从地上站起,扑到父亲身边,一迭声地大叫道。

几位太医闻声连忙奔过来,或持针石,或倾药囊,或欲诊脉,乱成一团。但是不论他们怎么忙乱,也无法使魏文侯的眼中神采重现。魏文侯的眼中已昏黑一片,看不见任何东西,兀自大睁着。他不甘心就此闭上双眼,不甘心!他还有太多的话要告诉儿子,他还有太多太多的愿望要儿子去实现……可是他再也说不出一句话来,他的生命无法承担那太多愿望的重压,已轰然崩塌。周安王六年(公元前 396 年),魏文侯病亡,其子魏击即位,是为魏武侯。

在魏文侯的丧礼举行完毕之后,相国魏成子再三求去,终于得到魏武侯的准许。为酬赏魏成子的"退隐"之功,魏武侯赐其黄金千斤,加封其食邑一千户。接着,魏武侯又连连发下诏令:

拜田子方为相国,辅佐国君执掌朝政,赐其黄金百斤,将其官秩由下卿升至中卿。

吴起、翟璜留任原职,各赐黄金百斤,其官秩亦从下卿之位升至中卿。

拜公叔痤为大司马,掌管国中军卒训练之事,赐其黄金百斤,官秩升为下卿。

此外,魏武侯又将许多"新人"拜为朝臣,其中有些人还是门客出身。这些门客出身的朝臣中, 最引人注目的是吴起的门客东郭狼和翟璜的门客王错。

魏武侯称东郭狼和王错都是天下知名的"贤者",将二人的官秩定为中大夫。中大夫即可视为大臣,能够参与朝廷的机密之事。东郭狼和王错名列大臣,无疑是扩充了吴起和翟璜二人在朝中的势力,使二人更明显地处于对立的情势中。这种对立的局势使天下各国很高兴——吴起、翟璜若是忙于内斗,就不会"谋人之国"了。

赵、韩、燕、卫、宋、鲁、郑等国纷纷派出相国为使,携带厚礼祝贺魏武侯。齐国实际上的国君田和则亲自乘坐高车,带着黄金玉璧赶到魏国,向魏武侯表示祝贺之意。楚国虽然和魏国是敌国,但也派出了一位上大夫充作祝贺使者。身份最高的使者是周天子派来的西周公,他身兼"双职",既是周天子的辅佐大臣——周公,又是一位诸侯国的国君——西周公。

论礼法,西周公的身份比魏武侯高贵得多,原不应自贬身份,"败坏礼法"充作使者。但西周公却有着无法说出的苦衷,不得不来到魏国。西周公近日睡梦不宁,饮食难进,心中发慌,听人说起"韩国"二字就脸色苍白。

韩烈侯近些年来,对周室异常恭敬,不断地向周天子敬献黄金美女。周天子大喜,欲下诏称赞韩烈侯,却被西周公阻止。西周公说,韩烈侯这是黄鼠狼给鸡送礼,没安着好心。周天子很不高兴,虽然没有下诏,但已对西周公十分冷淡。西周公大急,他知道韩国的国土几乎将整个周王室的领地圈在其内。在天下诸侯中,韩国对周室的威胁最大,早晨出兵,黄昏时就可包围洛邑。韩国居于如此有利的地位,自然是对周室有所图谋。而韩国要想实现其图谋,首先须控制周室朝政。韩国欲控制周室朝政,又须首先将他这位不听韩国之命的西周公赶出洛邑。

西周公虽然身份极高贵,但若真和韩国较量起来,则是必输无疑。韩烈侯只需派出一员偏将,就可将他置于死地。西周公不甘束手待毙,急欲寻找一个大国作为靠山,和韩国对抗到底。

天下大国甚多,楚、齐、赵诸国的国势绝不弱于韩国,可以充作西周公的靠山。周天子虽然只剩下了一个空名,但到底是拥有九鼎的天下共主,论礼法可以号令天下。众诸侯都知道,周天子的权柄实际上握在西周公手中,谁若成为西周公的靠山,就等于是成了周天子的靠山。而成了周天子的靠山,就可以借着周天子的名义来"号令天下"。如果西周公去向楚、齐、赵表示求助之意,楚、齐、赵诸国一定会高兴至极。

但西周公想来想去,觉得唯有魏国才可以成为他的靠山。楚、齐、赵诸国离周室的领地远了些, 发生了紧急之事难以及时照应。魏国不仅离周室较近,且兵势之强为天下第一,能够震慑韩国。为此,西周公不惜屈尊亲自充当使者,当面向魏武侯表示祝贺之意。

对于周天子派来了如此高贵的使者,魏武侯极为高兴,隐隐然已自认为是"天下霸主"。当年齐桓公、晋文公称霸天下时,周天子曾派出周公作为使者,表示祝贺礼敬之意。如今魏武侯即位为君,周天子居然也派出了周公为使者,以当年祝贺"霸主"的礼仪来祝贺他。

魏武侯给予了西周公极高的礼遇,当众以"臣下"之礼拜见代表周天子的西周公,并单独为西周公摆下了一场豪华的宴乐。西周公乘机向魏武侯表达了他的求助之意。魏武侯听了更是喜出望外,当即一口允诺,他绝不会让韩国对西周公有任何"无礼"的举动。西周公这才大大松了一口气,不止一次地当着各国使者之面,盛赞魏武侯为贤明之君。

各国使者迅速将西周公和魏武侯"互相礼敬"的情形禀告给了国君。各国国君闻知,不由得生出了警惕之心——魏武侯的举动,似要"称霸天下"。"称霸"就意味着攻伐征战之事要多了起来,各国须得整顿兵车甲仗,对魏国多加防备。

在天下各诸侯国中,只有三国没有派出使者向登上国君大位的魏武侯表示祝贺。三国为秦国、越国、中山国,秦国是魏国的仇敌,不愿派出使者。中山国刚刚复国,害怕刺激魏国,不敢派出使者。越国几乎已和中原诸侯断绝了来往,"忘了"派出使者。虽然少了三国使者,魏武侯即位时收到的祝贺之礼,仍是远远多于一位诸侯的应收之礼。魏国强大的国力和兵势,在魏武侯的即位礼仪中得到了充分的体现。

魏武侯亦是充分领受到了身为国君的威严,兴奋之下,又一次对臣下大加赏赐。

这一次,在同级官位中,吴起和东郭狼受到的赏赐最为丰厚。东郭狼和王错的官秩同为中大夫,所管的事务则大不相同。东郭狼职掌"典客",主要事务是接待各国使者,探听各国消息;王错职掌"谒者",主要事务是传达国君旨意。

"典客"和"谒者"都是接近国君的官职,秩位虽然不算太高,却握有实权。此次各国使者纷纷前来祝贺魏武侯,给了东郭狼一个"立功扬名"的极好机会。东郭狼虽然是初入朝廷,但对"典客"之事办理得井然有序,游刃有余,深得魏武侯的赞赏。

"祝贺"之事完毕后,魏武侯论功行赏,自是对东郭狼的赏赐格外丰厚。吴起作为东郭狼的推荐者,亦因推荐之功,得到了最多的赏赐。东郭狼的"名声"一下子大了许多,各国留驻魏都的使者,无不争相与他交好。

可是"立功扬名"后的东郭狼却闷闷不乐,常常一个人待在国君赐给他的高大府第中闭门不出,独自徘徊在后院的石阶上,直到深夜尚不安歇。东郭狼终于明白了——第六代陶朱公为什么会收走他的"雪丹"佩玉。

齐国事实上的国君田和来到魏国时,带着一位列国使者大感意外的臣下,他就是齐国的巨富第六代陶朱公。

陶朱公的富名列国尽知,然而历代陶朱公都是深居不出,没有一人愿意入朝做官。天下人甚至传说陶朱公的祖先曾立过重誓,子子孙孙不得入仕为官。但是这一代的陶朱公偏偏出来做了齐国朝廷之官,且官位不低,被拜为上大夫。列国使者虽对陶朱公做了齐国大臣之事感到意外,却也并未放在心上。富商们的钱财多了,就想求"贵",买一个高官摆摆威风,也是常情,不足为奇。

可是东郭狼却不能不将此事放在心上,他将"雪丹"佩玉还给陶朱公之时,就已和陶朱公生出了"猜忌之心"。如果陶朱公永远只是一个富商,那么陶朱公纵然对他有所"猜忌"也无甚大害,然而陶朱公偏偏做了齐国的大臣。这么一来,陶朱公也许会对身为魏国大臣的东郭狼放心不下,怕东郭狼会利用其魏国"典客"的有利地位,生出事端向他报复。陶朱公定会先下手为强,利用他的势力将东郭狼赶出魏国,甚至会对东郭狼痛下杀手,永绝后患。东郭狼和陶朱公打过多年的交道,深知陶朱公若想置他于死地,并非是一件难事。

能够将他从陶朱公的"死亡威胁"下解救出来的唯一一个人,就是吴起。陶朱公身边的计管家是吴起的人,吴起应该对陶朱公的举动知道得很清楚,应该主动想出办法来,解救他的"好兄弟"东郭狼。但是数十天过去了,吴起却没有任何举动。

吴起还未返回西河,若是有所举动,必然会召见东郭狼。没有吴起的召见,东郭狼不敢主动去吴起府中"拜望"。有时在朝廷上议事时,他见到了吴起,也不敢向吴起暗示什么,这是吴起给他定下的"规矩"。吴起说,门客出身的大臣和往日的主人来往多了,会引起国君的猜疑,于他要谋的"大事"甚是不利。

吴起为什么不见我? 莫非他和陶朱公有什么交易? 为了讨好陶朱公,他就将我抛出来不理了……不,不会是这样。如果是这样,那天在车上吴起就不会对我说出许多心腹之言了。可是吴起为什么不理会我呢? 为什么……东郭狼焦急地在石阶上徘徊着,想着。

日影渐斜,深紫色的暮霭从天际浮起,缓缓移入千家万户的庭院中。看来,东郭狼又要度过一个难以安眠的夜晚了。

"老爷,老爷! 太守大人到,太守……大人到。"一个年老的家仆气喘吁吁地奔了过来,禀告道。魏国的太守不止吴起一人,只是没有一个太守的名望可以和吴起相比。在魏国,太守已成了吴起的专称。

"啊,快,快! 快请! "东郭狼似从梦中惊醒一般,慌忙向前院奔过去。吴起已大步走进了院门,他的从者都留在院外,并没有依照惯例跟进来。

"大人,小人……"东郭狼一时手足无措,不知该怎么说才好。

"东郭兄,我有要紧的事与你相谈。"吴起不待东郭狼行礼,已拉着东郭狼向后院行去。天色已暗,老家仆点燃蜡烛后悄然退了下去,宽阔的后堂上只坐着吴起、东郭狼二人。

"东郭兄,还记得那天在车上我对你说的话吗? "吴起神情凝重地问道。

"记得。大人欲图大事,就须执掌魏国朝政。欲执掌魏国朝政,必先对朝政……"

"你记得就好。"吴起打断了东郭狼的话头,"我本想对执掌朝政之事徐徐图之,但现在却有了一个机会,如果利用得好,我就提前执掌魏国的朝政大权。"

"什么机会? "东郭狼紧张地问。不知为什么,他立刻就想到了陶朱公。

果然,吴起提到了陶朱公:"齐国的陶朱公投靠了田氏,急欲立功,为田氏献上了一计——联魏伐楚! 陶朱公为此和翟璜结成了生死之交,他的计策得到了翟璜的全力支持。"

"啊,这么说来,此计必能成功。"东郭狼又惊又喜地说道。

他惊的是，陶朱公的本领之大，出乎他的意料，居然能和翟璜结成生死之交。翟璜的权势在李悝去世、魏成子"退隐"之后，已无人可及，连吴起也不得不对其敬畏三分。若是陶朱公通过翟璜来置东郭狼于死地，几乎是易如反掌。

东郭狼喜的是，陶朱公既然和翟璜结成了生死之交，就成了吴起的敌人。如此，吴起就会对东郭狼加以庇护，不会让陶朱公的图谋轻易得逞。

"不能让此计成功。如果此计成功，翟璜就会当上相国。他这个人，善识天下英雄，有知人之能，却无容人之量。他第一天当上相国，第二天就会将我逐出魏国。"吴起道。

"大人如何才能阻止此计呢？"东郭狼问。吴起在朝廷中的势力明显弱于翟璜，要想强行阻止翟璜赞同的计策，绝无可能。

"你知道吗？计管家被人杀死了。"吴起并未回答东郭狼，转过话题问道。

"什么，计管家被人杀了吗？谁杀的？"东郭狼吃了一惊。

"据说是强盗杀的。"

"撒谎！强盗怎么敢杀陶朱公的管家，又怎么杀得了陶朱公的管家？"

"不错，是陶朱公在撒谎。我已查明了，计管家是田氏家兵杀死的。田氏之所以会对计管家下手，是得到了陶朱公的默许，因为陶朱公怀疑计管家背叛了他。"

"计管家他……"

"计管家与我有来往，但并未背叛陶朱公。计管家只是为老主人尽忠，竭力想让新主人依照着老主人的谋划行事。老主人认为田氏不可亲近，可是新主人偏偏想在老虎身上谋皮，竟然违背父训，投靠了田氏。计管家百般劝谏，新主人就是不听，最后恼羞成怒，就默许田氏杀了计管家。唉！计管家这么一死，我对齐国的事情，就不那么看得明白了。"

"陶朱公为眼前小利所惑，只看到田氏的势力，却没有看到田氏的凶险，实是可叹。"

"其实，陶朱公潜藏的势力太大，早为田氏所忌。田氏此次有意把陶朱公拉进朝廷，恐怕是为了日后能彻底地灭了陶朱公。计管家正是看出了这一点，才会与我结交。"

"陶朱公的老主人也看到了这一点，才……唉！"东郭狼叹了一口气，停住了话头。他对陶朱公老主人的感激之情已淡漠了许多。陶朱公老主人欺骗了他，不仅在他身上下了"赌注"，还通过计管家直接与吴起结交，却又不将这等情形告诉他。

"似陶朱公这等身在齐国的巨富，唯有和齐国之外的强大势力结交，才能避免受到田氏的危害。陶朱公的新主人到底太年轻了，还不明白这其中的道理。"

"田氏急于杀死计管家，是想借此削弱大人的势力吧？"东郭狼问道。

"何止是削弱，田氏更想杀死的人其实是我。我杀了田氏送的老婆，又大败田氏，让田氏在天下人面前丢了大丑。以田氏的凶恶，又岂肯善罢甘休。"吴起冷笑着道。

"田氏乃凶恶小人，毫无智谋，虽有毒计，岂能奈何大人？"东郭狼笑道。

"你也别太看轻了田氏，他若是毫无智谋，就不能把我从鲁国赶到了魏国来。"

"大人来到魏国，却立下了更大的战功，威震天下，高居卿位，只怕是田氏无法想到的。"

"或许因此之故，田氏更加急欲置我于死地。他害怕我执掌了魏国朝政，就会攻伐齐国，灭亡田氏。故此，他不仅千方百计把陶朱公拉进了齐国朝廷，还不惜屈尊亲自充当使者，前来祝贺主公，以得到主公的欢心。说起来，田氏是送了一个机会给我，但这个机会却满含着杀机，稍有不慎，我吴起的脑袋就会被人送到田氏的宗庙祭台上。"吴起道。

"大人也太看重田氏了……"

"我是不得不看重田氏。所以，田氏的'联魏伐楚'之计，我们必须阻止。"吴起厉声道。

东郭狼默然无语。他明白，吴起之所以说了这么一番话，是对他有着不满之意。他的那句"大人如何才能阻止此计"的问话，显得有些不相信吴起的"本领"，缺乏必胜的信心。

"这些天来，我反复思谋着对付田氏诡计的办法，已经有了一个主意。"吴起见东郭狼不说话，觉得他的语气过于严厉，换了种柔和的声音说道。

"大人胸藏万种奇谋,天下无人可及。"东郭狼拱手向吴起施了一礼,恭恭敬敬地说道。吴起的话,已解开了他心中的疑团——原来,吴起并不是不理会他,而是在"思谋主意"。

"我所学的奇谋,是用来征战破敌,平定天下的。我从来没想到要与翟璜互斗心机,他毕竟对我有推荐之恩。可是……唉!不谈他了。"吴起叹了一口气道,"齐国并不与楚国相连,田氏使出'联魏伐楚'之计,一是要借此陷害我,二是想以'伐楚'之名,攻占卫国、鲁国、宋国之地。我们可以抓住齐国攻击卫、鲁、宋这个要害之处,破了齐国的'联魏伐楚'之计。主公近日受了西周公的请求,欲派你去韩国,劝说韩侯不要为难西周公。你可借此机会泄露齐国的'联魏伐楚'之计,并要让韩侯相信这个计策于韩国甚是不利,韩使如果相信了你的话,一定会破坏这个计策。然后,你设法到卫、鲁、宋三国去一趟,劝卫、鲁、宋三国与韩国结盟,以求自固。如果卫、鲁、宋三国与韩国成了盟国,那么齐国攻击卫、鲁、宋时,韩国就会发兵救援,并且会请求魏国同时出兵助战。我魏国是韩国的兄弟之国,无法拒绝韩国的请求。如此,齐国的'联魏伐楚'之计就无法得逞,翟璜也会因此被主公疏远。到了最后,魏国必将和齐国有一场大战。而讨伐齐国这等大国,主公定会拜我为大将。我既然身为大将,要获得执掌朝政的大权,也就不太难了。"

"妙!大人此计,可谓环环相连,百无一失矣。"东郭狼忍不住高声赞道。

"要想此计成功,相连的每一环都不能疏忽。主公初登大位,将会巡视各处,我只怕会陪同主公巡视。这都城中的事情,你要多留心些。计管家死了,你缺少了一个好帮手,办起事来甚是不便。嗯,我把赵阳生送来做你的'门客',帮你行事,如何?"吴起问。

"这……这太好了,就怕赵阳生不肯。"东郭狼大喜,忙又对吴起施了一礼。他原来在太守府所管的事都由赵阳生接了过去,使他的消息一下子闭塞了许多,手下也缺少了能干的随从。如果赵阳生能成为他的"门客",则他的"能力"又会和从前一样强大。尽管赵阳生做他东郭狼的"门客"只会是挂个虚名,可从表面上看,毕竟是自贬身份,生性好强的赵阳生会甘居从前同等身份的东郭狼之下吗?

"赵阳生一向钦佩东郭兄,此次他乃自请'投入'东郭兄门下也。"吴起笑着道。

原来赵阳生是自请做我的门客。哼！恐怕他自请是假，与我争功倒是真的。东郭狼心中想着，口中却对赵阳生大加称赞："好！阳生老弟年龄虽小，却有大将气度，佩服，佩服！"

魏武侯依照祖宗遗训，在先君的葬礼进行完毕并接受了列国祝贺之后，率领大臣出巡，亲自观察民情，了解地势形胜，抚慰边郡士卒，以安国人。翟璜、吴起、公叔痤、王错等大臣俱随同出行。相国田子方则留在都城中，暂行监国之权。

数日后，魏国君臣已来至黄河岸边，过河就是魏国最重要的边塞之地——西河郡。魏武侯先没有忙着过河，而是与众大臣同乘着一只大船，顺流缓缓漂行，观赏两岸风景。但见两岸峭壁如城墙一般耸立着，高达数十丈，直入云天。风吹来，河谷中呼啸声大起，犹如千百支羽箭一齐射出。河中不时突出一处石矶，河水扑上去，激起如雪般的洁白浪峰，并发出轰轰的雷鸣之声。峭壁上生满野草，有猿猴出没其中，见了大船，发出长长的鸣叫声，令人心惊。

"壮哉！壮哉！此河山之险固，可为我魏国之天生壁垒矣！"魏武侯高声赞道。

王错应声道："主公此言极是。当初晋国之所以强大，称霸天下，正是善于利用河山的险固，西拒秦国，南伐楚国。如果主公也能善于利用此险固的河山，拒秦伐楚，则必能称霸于天下，所建功业，当远远超过晋国历代贤君矣。"他年约四旬，身材瘦削，偏偏喜穿宽大的袍服，衣袖空荡荡的，鼓得似船帆一般。

"此天予魏国之地利，寡人岂能不加利用，哈哈哈！"魏武侯高兴地说道。

"主公，王错身为近臣，媚君误国，罪在不赦。臣请立斩王错，以正国法！"吴起陡然大声说道，令满船大臣吃了一惊。

翟璜和吴起在朝中各植私党，意欲争夺相位，众大臣都是心如明镜。此二人必有一番争斗，我等当远避为上。众大臣心中想着，对吴起和翟璜二人俱是敬而远之。

众大臣想，翟璜和吴起身为天下闻名的"贤者"，定会以暗斗为主，少有明争。谁知今日王错才开口说了一句话,就受到了吴起的猛烈攻击,竟欲将他置于死地。这等当众攻击,已是赤裸裸的"明争"了。

王错是翟璜的亲信啊,当众攻击王错,就是当众攻击翟璜,吴起智谋过人,怎么如此沉不住气呢?主公向来心高气傲,不喜臣下危言犯上,吴起这番话对主公亦有不敬,岂非自寻晦气?众大臣你望望我,我望望你,俱是微微摇头——他们实在不明白,吴起怎么会有如此"愚笨"的明争之举。

你们才是一帮愚笨的庸臣呢,我若执掌朝政,定会将你们通通赶出朝堂。吴起从众人的神情上已看出众人所想的是什么,不由得在心中轻蔑地说道。

他是有意这么盛气凌人地攻击王错,在魏武侯面前显示出和翟璜的明争之意。这样,他就是在向魏武侯和众大臣明白地宣示他已不能和翟璜同朝共事。一旦翟璜犯了过错,无法执掌朝政,魏武侯欲让吴起取而代之,就必须先将翟璜逐出朝廷。朝中少了翟璜,吴起才可能大权独揽,借魏国强大的国力和兵势来完成他平定天下的大业。

"吴起,你说王错媚君误国,有何为凭?"魏武侯听了吴起的话,怒气冲冲喝问道。他喜欢吴起的勇猛,更喜欢驱使吴起这头"猛虎"扑向敌国。可是他和他父亲一样,有时又对吴起十分忌恨。

魏武侯对吴起不惧君威,直言抗上的脾气很不满意,认为驱使吴起这头"猛虎"应和农夫驱使牛马耕地一样,适当的时候就该抽打几鞭子,让牛马知道,不论"他们"的能力有多么大,也只是被主人驱使的"牲畜"而已。吴起此时对主公的"不敬"言语,正好给了魏武侯一个"抽鞭子"的借口。

"主公所说的言语,乃危国之道也。王错身为近臣,不知劝谏主公,反而曲意逢迎,不是媚君误国,又是什么?"吴起面对怒形于色的魏武侯,丝毫不惧,大声回答道。

魏武侯听了更怒:"寡人的言语,如何成了'危国'之道,倒要吴太守好好指教一番了。"

吴起"当仁不让",毫不客气地指教起来:"河山的险固,并不以作为称霸天下的依靠。昔日三苗氏所居住的地方,左有彭蠡之波涛,右有洞庭之大泽,岷山在其北,衡山在其南,四方俱有险固之地。然而三苗氏不仅没有以此霸有天下,反为大禹所败,被流于荒野之地。此为何故?乃三苗氏不能勤修政事也。夏桀所居之地,左靠天井关的北坡,右倚天溪的北岸,一样有着险固之地,却为商汤所败,以致社稷沦亡。商纣所居之地,左有孟门之险,右有漳水之波。黄河似玉带一样绕南而过,太行山如屏障一样居于其北。但如此险固的地利,并未挽救商纣的灭亡,所为何故,乃商纣荒淫无道,不修善政也!今日王错只知逢迎主公,不劝主公勤修政事,反让主公沉溺地利之险固,实是心地邪恶,欲导主公荒废政事。臣虽愚鲁,然一片忠君之心犹存,不忍见到奸邪小人败坏朝纲。若因此有失礼之处,求主公治臣死罪!"

"你……你……"魏武侯愤怒至极,偏偏找不出反驳吴起的话来,气得两眼几乎冒出了火星。他已准备好了的"鞭子",竟是无法抽向吴起。

"主公,吴太守之言虽然过激,却甚是有理,望主公纳之。"翟璜对魏武侯施了一礼,缓缓说道。他脸上满含笑意,丝毫不见怒色,似乎吴起攻击的王错,并非是他的亲信。

和众人所想的不同,翟璜从来没有认为他是在和吴起争夺相位。翟璜认为,相位本来就是他的。魏国的先君、新君都曾当面暗示过他——魏成子也好,田子方也好,都是为了给外人看才立的相国,他们很快就会自动"退隐"的,魏国真正的相国是他翟璜。如今魏成子已"退隐",田子方要不了多久也会"退隐"。魏国的国君遇到了重大的事情,只会与他翟璜商议,而不会去和相国田子方商议,更不会和吴起商议。甚至国君、太子会和他联合起来做圈套,"试探"吴起是否忠心,能不能留下来。他那时若多说几句坏话,吴起的脑袋都会被国君砍下来,哪里能和他争夺相位?

还有,国君已和他一起秘密与田氏达成了双方联合伐楚的计谋,显示出对他的信任已到了无以复加的地步,所有这些都表明,吴起根本不能与他相比。他实际上已成了魏国的相国,还和吴起争个什么呢?翟璜现在唯一需要的,就是在朝廷大臣们面前充分显示他的"相国"风度,收服人心。他素有知人之名,却又被许多人讥为无容人之量。他必须打破人们对他的成见,使人们知道,他不仅知人,更能容人,甚至连吴起这样的"死对头"也能容忍。

"翟爱卿爱才如命,每遇贤者,必荐于朝廷。今日见寡人欲罪吴起,又善加劝谏,实为圣人矣!寡人何幸,竟能得此良臣,使寡人可以师之、友之矣。"

魏武侯说着,竟站起身来向翟璜深施了一礼。

翟璜、吴起同样居于中卿之秩位,在魏武侯的随行大臣中,地位最高。魏武侯作为国君,至少在表面上应该对翟璜、吴起一视同仁,礼敬相当。但是此刻,魏武侯对翟璜的礼敬却是大大超过了吴起,竟将翟璜称为"圣人",视为"师友"。魏武侯还是用"礼敬"这根鞭子,当众狠狠抽向了吴起。

"微臣何德何能,敢当主公之礼?死罪,死罪!"翟璜慌忙跪下来,向魏武侯施以大礼。众大臣亦是跟着跪倒在地,行礼不迭。只有吴起仍坐于原处,没有随众行礼。魏武侯只是向翟璜"礼敬",并未向他吴起"礼敬"。从礼法上论,吴起也不必似翟璜那样"惶恐",跪地口称"死罪"。但是众大臣都拜倒在国君面前,他吴起偏偏不拜,无论如何,也是一种不敬的举动。

"众位请起,请起!"魏武侯恼怒地瞪了吴起一眼,上前两步,亲手把翟璜扶了起来。

"主公,吴太守直言敢谏,虽古之圣人,亦不可及也。"翟璜又对魏武侯施了一礼。

魏武侯看了看吴起,强把心中怒气压下去,在脸上堆出笑来,居然也向吴起拱手行了一礼道:"寡人今天实在幸运,听到了'圣人'的高论。这西河之地,有'圣人'据守,寡人大可放心了。"他将圣人二字说得很重,让每一位臣下都能从他的语气中听出嘲讽之意。

"对岸即为臣之职守之地,臣请即日返回西河,以不负主公厚望。"吴起跪下来,边行着大礼边说道。

"这……"魏武侯一怔,想了想道,"也好,你今天就回西河去吧,寡人送你过河。"

依照预定的出巡路线,魏武侯至少要在国中行走一个月以上。在这一个月中,吴起应随侍于他的左右。此刻他让吴起返回西河,无疑是对吴起疏远的表示。在魏武侯的本意中,他并不想疏远吴起。他已经和田氏定下了联合伐楚的密计,即将大举征兵,吴起精通兵法,不必急于让他返回西河,应立刻和他详细商量伐楚方略。但他现在又不便对吴起说出伐楚之事,吴起一向反对伐楚,主张伐秦。魏武侯想等他出巡回朝之后,一切都布置得差不多了,再和吴起商讨伐楚之事。到了那时,吴起就算反对伐楚,也是迟了,将不得不听从君命,献出他的满腹谋略。

可是今日听了吴起的一番"直谏",魏武侯心里已改变了想法,不愿吴起随侍左右,也不愿和吴起商量伐楚方略。吴起恃才自傲,"不识抬举"的程度远远超出了魏武侯的想象。如果魏武侯继续让吴起随侍左右,则一路上吴起不知又会说出多少令他恼怒的"直言"来,而他又不能真把吴起怎么样。毕竟,他想和父亲一样,让天下人公认为是贤明的国君,而贤明的国君,就应该"虚心纳谏"。他不仅不能以"直言"怪罪吴起,反而须对吴起大加赏赐。吴起若因"直言"受到赏赐,只怕更是骄傲得连自己都不知道自己是谁,岂肯听从君命,老老实实地献出他的谋略?

如此,他只有将吴起"赶回"西河去,一路上耳边才会清静,才可从容去谋划伐楚方略。

哼! 寡人就不信,离了吴起,魏国便不能大胜楚国,平定天下? 寡人十几岁就能统兵大败秦军,论起兵法来,岂会输于吴起? 魏武侯悻悻地想着。

"微臣岂敢让主公相送?死罪,死罪!"吴起如同翟璜一般"惶恐"地说着,心中大喜。他今日的种种"不敬"举动,就是要让魏武侯疏远他,把他"赶回"西河去。如此,朝廷将来有任何"失策"之举,都和他吴起毫无关系,使他日后可以进退自如,能与魏武侯"讨价还价",从而争取到他一直在想着争取的一切。

春秋战国

胡晓明　胡晓晖　著

③ 天下终归一

长江出版传媒　长江文艺出版社

目 录

第一章

交相战三强争霸 君臣斗列国大乱

魏武侯出巡回到朝廷后，发出的第一道诏令，就是将其庶妹公主荣嫁给公叔痤。论礼法，公主的出嫁仪式，须等先君的三年丧期满了之后才能进行。但是在此"礼崩乐坏"之时，天下诸侯所行之事，几乎没有一件完全合于礼法。

然而魏国的相国田子方却非要让魏武侯所行之事完全合于礼法。他是名闻天下的大儒，如果坐视国君违背礼法，则必将声誉扫地，无法得到天下诸侯的礼敬。田子方知道国君是在耍弄权术，设了一个陷阱——逼他以"弃官"之举来劝谏国君。可是他既然身为大儒，纵然十分留恋相国的权位，也只好向陷阱跳下去。

田子方在朝堂上当着众大臣的面，痛哭流涕，劝谏魏武侯遵守礼法，暂缓举行公主的出嫁仪式。魏武侯对田子方的"忠谏"称赞不已，赐其黄金百斤，但是并没有收回诏令。君无戏言，公主出嫁的诏令既已发出，就不宜收回。魏武侯"耐心"地对田子方解释了一番。田子方无奈，只好自责不能尽臣下之力，匡正国君的过失，请求辞去相国之位。

魏武侯挽留了几次，见田子方去意"坚决"，也就不再强留，又加赐田子方黄金二百斤、食邑二百户。然后，魏武侯在朝堂上大摆宴乐，恭送田子方"退隐"。宴会上，众朝臣争先向田子方敬酒，田子方俱是站起答谢，谦恭有礼。翟璜亦向田子方敬酒，田子方却视而不见，坐在案后连眼皮也没有抬起一下。

田子方认为,他之所以失去了相国之位,是因为翟璜这等"法家"的陷害。"法家"欲独霸魏国朝堂,要将以他为首领的"儒家"全都从朝堂中赶出去。田子方绝不甘心让翟璜的图谋得逞,他虽然"退隐"了,但还有许多"儒家"臣子居于朝堂之位。

在这些"儒家"臣子中,最著名的人是邺邑县令李克。田子方在决定"退隐"时,曾派出门客赶到李克那里去,让李克多和吴起一派的人交往,联合吴起对付翟璜。吴起是"兵家",所作所为亦是"扰乱礼法",素为田子方这等大儒轻视。若非是为了对付翟璜,田子方无论如何也不会容忍"儒家"之人去接近"兵家"。

翟璜面对田子方的冷遇只是一笑,并未放在心上。他从来认为,"儒家"之人除了极个别外,都是腐朽不堪的"学究",毫无智计,根本不能对他做出什么危害之举。

田子方"退隐"后,魏武侯立即拜中卿翟璜为相国,辅佐国君治理政事。翟璜知道,魏武侯最愿意做的事情就是攻伐敌国,夺取敌国的城池土地,威震天下。国君欲行攻伐之事,必然重用武将。翟璜希望国君任用的武将是公叔痤,而非吴起。他要借着主持公主出嫁礼仪的机会,将公叔痤收服为"心腹之人"。在翟璜主持公主出嫁礼仪的时候,魏武侯将东郭狼作为密使,派到了韩国。

东郭狼在招待各国使者时表现出的"结交"才能,深得魏武侯欣赏,认为东郭狼有着充当"密使"的"天才",他应该知人善任,充分发挥东郭狼的才能,让东郭狼成为他的"心腹之臣"。这样,东郭狼就不完全是吴起的"党徒"了。作为一个国君,应该使臣下的"党徒"越来越少才对。魏武侯对他的贤明决断很感满意,觉得以智计来论,臣下没有一个比得上他。

东郭狼到韩国去,主要是向韩烈侯传达魏武侯的暗示——韩国不应对周室怀有过分的企图。周室是天下共主,对周室怀有过分的企图,必会招致天下诸侯的共同攻击。

对于东郭狼的举动,魏武侯没有让翟璜知道。他觉得国君不能什么事都告诉臣下,哪怕那是一个最值得国君信任的臣下。这样,国君就常能在臣下面前保持一种莫测之威。臣下感到国君有"莫测之威",就不敢轻举妄动,生出臣下不该生出的一些念头来。

东郭狼来到韩国后,向韩烈侯说出了他该说的话——魏武侯让他说出的话;也同时说出了他作为臣下本不该说出的话——吴起让他说出的话。韩烈侯对于东郭狼说出的那些不该说出的话非常感激,以"客卿"之礼相待。

半个月后,东郭狼带着韩烈侯亲笔书写的一封帛书,回到了安邑。韩烈侯在帛书上对魏武侯十分恭敬,以近乎臣下的语气,向魏武侯表示他一定听从贤明的魏国国君的劝告,绝不为难西周公。在帛书的末尾,韩烈侯还说魏、韩乃是兄弟之国,魏乃"长兄",希望对韩国这位小弟多加照应。

看到韩烈侯如此恭维,魏武侯不由得心花怒放,称赞东郭狼为魏国立了大功,赏赐东郭狼黄金百斤。东郭狼乘机请求——他想把身在齐国的家眷接到魏国来,以免后顾之忧,魏武侯对东郭狼的请求自然是立刻答应了下来。次日,东郭狼即整顿行装,乘坐高车,带着"门客"赵阳生等人,向齐国驰去。

从魏国到齐国去,必从卫国、鲁国经过。东郭狼、赵阳生二人进入卫国境内后,悄悄改换了行装,扮作客商,秘密拜访了许多卫国臣子。到了鲁国,东郭狼秘密拜访的人就更多了。他还让赵阳生顺便去宋国拜访了许多人,最后才来到了齐国。

东郭狼在齐国停留的时间不长,也没有拜访任何人,带了家眷,即向魏国驰回。回来的路上,东郭狼虽然也从鲁、卫两国经过,却没有停下来。卫、鲁、宋诸国的君臣也没有人对东郭狼加以挽留,他们都很忙,忙于秘密交往,互相传递着一个骇人听闻的消息——魏、齐两国欲借伐楚之名,灭了卫、鲁、宋三国。

卫、鲁、宋三国俱为弱小之邦,国力无法和魏、齐两国相比,只能结盟对敌。但三国就算结成了联盟,欲和魏、齐对抗,力量还是不足。三个弱小之邦必须和一个大国结盟,才能和魏齐两国对抗。可是究竟和哪一国结盟呢?三国都犯了难。

天下的大国共有魏、韩、赵、齐、楚、燕、秦七国,俱是兵精将猛,令小国闻之生惧。

"七雄"中,魏、韩、赵号称"三晋",是同盟之国,卫、鲁、宋三国既然与魏国为敌,就不可能和韩、赵结盟。而燕、秦两国距卫、鲁、宋甚是遥远,且兵势难敌"三晋",也不可能成为卫、鲁、宋的盟国。如此,除了齐国,天下各大国中,就只有楚国可成为卫、鲁、宋三个弱小之邦的盟国。只是,卫、鲁、宋又极不愿与楚国结盟。

楚国兵势强盛,"三晋"联军攻击,也不能将其轻易击败,本应是卫、鲁、宋天然的盟国。但楚国历代国君,都极欲攻占卫、鲁、宋三国,以图控制中原要地,进而称霸天下。故数百年来,楚国不知对卫、鲁、宋三国发动了多少次攻击。尤其是宋国,因国境与楚国相连,遭到了楚国数次残酷的围攻,几次陷入亡国的境地。所以,卫、鲁两国还有"饮鸩止渴",暂时与楚国结盟的打算,而宋国则坚决反对。

正当卫、鲁、宋三国为了与楚国结盟之事争执不下时,韩国相国韩山坚秘密来到了卫、鲁、宋三国。韩山坚坦白地向卫、鲁、宋三国说,韩国反对魏、齐联军伐楚。因为齐国不会真心伐楚,而是借伐楚为名,欲攻占卫、鲁、宋三国之地。齐国攻占了卫、鲁、宋三国,边界就接近了韩国,势必使韩国陷入西有秦、南有楚、东有齐的不利境地。不过,韩国是魏国的"兄弟之国",不好直接反对魏国,因此欲与卫、鲁、宋结成秘密联盟,对抗齐国。

卫、鲁、宋三国之君听了韩山坚的一番话,不觉大喜过望,当即与韩山坚举行仪式,结成秘密联盟。

在韩山坚奔忙于卫、鲁、宋三国时,东郭狼已回到了魏国,又一次受到了国君的赏赐。魏武侯这次的赏赐,是特地给予东郭狼妻儿的荣耀,以示他对东郭狼的赏识之意。

国君赏识东郭狼,大臣们也都"赏识"起东郭狼来了,纷纷给东郭狼送上厚礼,祝贺东郭狼全家团圆。就连许多驻守边地的太守和县令,也送来了贺礼。其中有一份贺礼为邺邑县令李克所送,礼物之丰厚远远超过了一个县令的应送之数。东郭狼对这份意外的厚礼特别关注,派赵阳生专程去往邺邑,表达他的感谢之意。

卫、鲁、宋三国之间忽然使者来往繁忙,引起了齐国的注意,齐国派出许多密探到卫、鲁、宋三国打听消息,结果发觉卫、鲁、宋三国居然和韩国已秘密结盟,要对付齐国。

齐国事实上的国君田和大吃一惊,疑心已答应和他"联军伐楚"的魏武侯是在耍什么诡计,要借"伐楚"之名暗中坑害齐国,遂抢先征发大军,号称"伐楚",兵锋直指鲁国。

鲁国是齐国伐楚的必经之道,齐国请求鲁君"借道",允许齐国军队通过鲁国。鲁君自然知道,齐国军队一旦进入鲁国境内,所借的就不是"道",而是"城池"了。他一边征调军卒拒守,一边紧急派出使者,向卫、宋、韩三国求救。卫、宋、韩三国早有准备,立即各派大军,星夜驰援鲁国。

韩烈侯在派出大军的同时,还遣使飞驰安邑,说齐国攻击鲁国,意欲打通威胁韩国的通道,韩国不得不起兵自卫,请魏国依照同盟之义,发兵帮助韩国。同时,田和的密使也来到了安邑,请魏武侯履行诺言,发兵"共伐楚国"。

面对着韩、齐两国请求发兵的使者,魏武侯陷入了尴尬之境,不知如何回答。他无奈之下,只好将翟璜召进内宫询问:"寡人该当如何,是答应韩国,还是答应齐国?"

翟璜道:"当初田和曾与主公相约,待主公的伐楚方略定好之后,双方同时发兵。如今齐国不与主公商议,突然出兵伐楚,不遵诺言在先,主公不用去理会他。"

魏武侯急了:"不理会齐国,则何谈'共伐楚国'?我魏国虽能得到韩、赵相助,要想大胜楚国,亦难成功。唯有我三晋联合齐国,方可一举踏平楚国啊。"

"如果齐国真欲伐楚,主公自当应约发兵。然以臣观之,齐国并无伐楚之心。"翟璜说道。他对魏、齐两国联合伐楚的举动并不热心。不过,因为魏武侯对这件事十分热心,他也就不得不显得十分热心。他虽有智谋,对兵战之道却不甚精通,如果国君的"攻伐"之事太多,就容易显出他这个相国的"短处"来,对他甚是不利。

"不错。齐国并不想真心伐楚,他不过是借伐楚之名夺取鲁国之地,寡人早知田和用意不善。可是,只要齐国愿意向天下人大肆宣扬伐楚,则楚国必将心生恐慌,就算面临强敌来攻,兵卒亦不敢全然发出,须留出一部分驻守鲁、宋边境,以防齐国偷袭。如此,寡人伐楚之时,就多出了几分胜算。谁知田和他不与寡人商议，居然在这个时候出兵了。结果没引起楚国恐慌，倒让韩国恐慌起来了。韩国与魏国是兄弟之国，寡人又不能不……唉！"魏武侯说不下去了，长长地叹了一口气，心中不觉对齐国生出了恨意，痛恨齐国将他的谋划扰乱了。

"田和其人，心地素来险恶，令人难测。以臣想来，田和此举是在逼迫主公依他预定的谋划行事。如果主公听从其请，发兵'攻楚'，则势必得罪韩国。而得罪了韩国，主公的伐楚之谋，就更须依靠齐国了。天下人不明其中的曲直，恐怕都会以为主公是在听从田和的号令。这样，田和就名震天下，可以公然自称齐侯了。"翟璜皱着眉头说道，似是在用心思索，其实却在想着以合适的词语激怒魏武侯。

田和虽说已完全控制了齐国，但在名义上，还是姜姓"齐侯"的臣下。对于自己实为国君，名为臣下的处境，田和很不满意，早就在谋划着向魏、赵、韩三国"学习"将其名义上的国君一脚踢开，让周天子发布诏令，正式册封他为齐侯。只是他的名声不太好，不能似魏文侯那般被公认为贤明之君。且齐国又偏处东海之滨，难以像魏、赵、韩那样可以直接威胁周室，故一直不敢向周天子请求封侯。

万一周天子不买田氏的账，拒不封田氏为齐侯，则田氏在国中的威望必会受损，成为众人的笑柄。为此，田氏在请求周天子封侯之前，必须做出些大事来名震天下，使周天子不敢不封他为齐侯。

翟璜以田氏欲"名震天下"，因而想"号令魏侯"的话来激怒魏武侯，是一种非常合适的词语。果然，魏武侯大怒起来："这田和算是什么东西，居然敢号令寡人！"

"田和当然不敢号令主公，所以才会出此诡谋，让天下人以为他在号令主公。"

"寡人绝不能让田和的诡计得逞。哼！寡人倒要看看，这田和会怎么样'名震天下'。"

"那么，主公是不会发兵了。"

"不，寡人要发兵。不过，不是发兵攻楚，而是发兵救鲁！"

"主公圣明，发兵救鲁，既可显示我魏国'扶助弱小'之邦的大义，又可示好韩国。"翟璜心中大喜,立刻说道。他知道,魏国"发兵救鲁",就会使魏武侯"南征楚国"的谋划落空。当然,魏武侯不会轻易放弃"南征楚国"的图谋。只是,他再一次完成"南征楚国"的谋划至少需要数年时日。翟璜亦因此可当上数年太平相国,大力巩固他的权势。

周安王八年(公元前394年),魏武侯拜公叔痤为大将,率战军千乘,劲卒十万援救鲁国。魏武侯的举动,大大出乎田和的意料,恐慌之下,连忙率军退回了齐国。魏、韩、卫、鲁、宋五国并未和齐国交战,便已大胜,皆是兴高采烈,在国中大肆庆祝。魏武侯论功行赏,赐公叔痤黄金百斤、食邑一百户,并赐出征兵卒每人一千个铜钱。

这一番出兵"救鲁",将魏武侯储存的伐楚军资几乎用去了一半,令魏武侯大感心痛。但他并没有因此放弃"伐楚"的决心,他在赏赐有功将士们的同时,派密使携带重礼,去见田和,解释道——魏国并不想救鲁,之所以出兵,只是做做样子给韩国看的,希望齐国能够谅解。魏、齐两国联合伐楚,好处甚多,不应轻易放弃。只是魏、齐两国出兵之时,应事先商定。在未商定之前,一方不宜先行出兵,以免生出误会。

田和听了魏国使者的话,不由得在心里冷笑了一声,哼!误会,这次若非我随机应变,只怕就要命丧在魏国手中了。我已上了一次大当,岂肯再去上当。

"是啊,这次是我齐国冒失了,错在齐国。"田和满脸笑意,谦恭地对魏国使者说着,并让魏国使者转告魏武侯:魏、齐两国当依前约,商定方略之后立即联合出兵伐楚。

在魏国使者高高兴兴返回后,田和立即派陶朱公为使者,秘密赶往楚国。他要和楚王定下密约——联合出兵,共伐魏国。

魏击小儿,你竟敢戏弄于我,不让你知道知道我的厉害,你只怕都不认得自己是个什么东西了。田和恨恨地在心中想着,招来心腹谋臣,开始谋划着伐魏方略。

魏武侯绝没有想到田和会"联楚伐魏",听了使者的禀告,心中大为高兴,将国事托给翟璜,他自己集中全力去训练士卒,积累军资,以承袭先君遗志——南征楚国,夺取中原之地。

经过一年多的准备,魏武侯认为"伐楚"时机已到,遂派使者请田和出兵。田和的"联楚伐魏"方略还未定好,不便公然得罪魏国。他一边与魏国使者虚为周旋,一边派人飞驰楚国,详细告知了魏武侯的伐楚路线,让楚国预作准备。

魏武侯久等齐国出兵,不见回音,心下焦躁,又害怕失去"先机",便尽起国中大军,直逼郑国边境——他仍然采用了"三晋"惯用的方略,攻击郑国,迫使楚国救郑。楚国对魏武侯的攻伐战略了如指掌,并不心慌,从容派出大军、不救郑国,却向韩国杀来——楚国此举意在调动魏国救韩,使魏军疲惫,从而击败魏军。

魏武侯此次攻伐楚国,除了约请齐国出兵外,也依照旧例,让韩、赵两国出兵相助。韩、赵两国对于伐楚之事,虽不反对,也不积极,勉强各凑了十万军卒,战车千乘,向郑国边境进发。然而正当韩国大军接近郑国时,楚国大军二十余万却自韩国的南部边境攻入,杀了韩国一个措手不及,连连攻陷城邑。

韩国慌忙将大军由东向南调回,并向魏、赵两国求救,让魏、赵两国之军星夜驰援。魏、赵两国只得挥军向西南方的楚、韩边境驰来,与楚国展开了一场混战。

韩、赵、魏三国大军加起来,近四十万,几乎比楚军多了一倍,但双方混战的结果,却是不分上下,各自折损了数万军卒。楚军算是被韩、赵、魏三国逐退,而魏、赵两国之军同样疲惫不堪,返回了各自的国中。

不料当魏、赵两国之军返回国中后,楚国又发大军二十万,再次攻进了韩国境内。原来楚国因此次与"三晋"对抗,共征发了四十万军卒,分为两部分,早就准备对韩国发动两次猛攻。

在"三晋"中,韩国的国境直接和楚国相连,给楚国带来的威胁最大。楚国决心抓住这次机会,倾其全部国力,给韩国以沉重的打击,让韩国从此以后不敢轻视楚国。韩国一边抵抗,一边再次派出使者,飞驰魏、赵两国求援。魏、赵两国无奈,只得各自再征集了十万军卒,仓促驰往韩国,与楚军大战。

韩国人众虽不算多,但举国的丁壮征集起来,亦能得到军卒二十万,再加上魏、赵两国援军,兵力仍是多出楚军一倍。然而,此一战"三晋"却连个

"平手"也没有得到。

楚军士气旺盛,勇猛无比,"三晋"军卒则士气低落,怯于接战。双方你来我往,连战了五场,楚军三场大胜,两场小败,在夺得了韩国的负黍城后,胜利班师回国。"三晋"之军不敢追击,互相埋怨一番后,各自清点残军,退回原处。魏国前后共计伤亡军卒三万余人,声威大受损害,且积累几年的军资又是耗费一空。

就在魏国君臣沮丧、百姓怨意大起之时,忽又传来捷报——吴起率西河三万之卒,大败秦军十万锐卒于注城。

秦国在其执政大臣嬴菌的治理下,经过五六年的休养生息,国力已比从前更为强盛。嬴菌虽不算是精于兵法,却极想找到一个机会狠狠打击一下魏国,振奋秦国兵卒的士气。

秦国屡败于魏国,许多领军将官一听人说起魏国,就手软脚颤,面露惧色。这种情形使嬴菌深感忧虑,害怕因此有一天魏国会以倾国之兵来攻击秦国。

列国间争战不休,向来是欺软怕硬,越对敌人害怕,就越会遭到敌人的攻击。嬴菌必须在魏国大举进攻之前,找到一个消除秦国将官害怕魏国的方法。他想来想去,觉得办法只有一个——主动向魏军进攻,并打败魏军。

但是魏国却让吴起担当西河太守,如同一道不可逾越的天堑,挡住了秦军。秦军无论是将官、士卒,还是普通百姓,都称吴起为吴老虎,视其为不可战胜的天神!嬴菌想让秦国士卒去主动进攻吴起,几乎是一件无法办到的事情,任何一位秦国人都会把进攻吴起的举动看成是疯子的举动。

我就不信,吴起真是不可战胜的天神!嬴菌在心中说着,时刻注意着魏国的动静,寻找着进攻吴起的机会。

他果然寻到了机会——魏军在韩国境内被楚军打败,损伤甚多,正在秘密调动西河军卒连夜驰援韩国。嬴菌闻报大喜,又有些不放心,一边紧急征调军卒,一边派心腹门客去西河探听消息。很快,心腹门客回禀道——西河军卒的确被调往了韩国,至少调走了三万人。

西河军卒只有五万余人,走了三万,剩下两万。这两万扣除各地城邑关塞的驻守士卒外，吴起能用来作战的不到一万人，而嬴菌已征集了十万军卒。难道我以十万锐卒，还不能打败吴起的一万士卒吗？嬴菌充满信心地向吴起发动了进攻。

不料嬴菌在攻至注城时，突然受到了四万多魏国军卒的伏击，全军顿时崩溃，大败而逃。幸好嬴菌吸取了当年秦简公惨败的教训，从一开始就不敢冒险疾进，而是将十万锐卒分成前、中、后三军，前军三万人，中军也是三万人，后军为四万人，依次前进，每一军相隔着一舍之地，这样，秦军虽是大败，损失并不过于惨重。

嬴菌大败而回，声望在秦国朝廷大跌，一些不满他的大臣们甚至打算联合起来，要将他轰出朝廷。嬴菌得知消息后，立刻先下手为强，毫不犹疑地将那些不满他的大臣们抓起来，安上"谋反"的罪名，全都斩首，以血腥之威保住了权位。

他斩杀的大臣中，有两人是太子的师傅。太子亲自向他求情，却遭到了他的严词拒绝。太子慑于嬴菌的权威，口中不敢说什么，心中却在发誓将来一定要杀死嬴菌。

清除了对头，嬴菌又将"谎报军情"的门客全都斩首，并厚恤伤亡士卒，以安军心。但是不论嬴菌怎么安慰，秦国军卒心中还是充满了怨意——左庶长已经"疯了"，居然自不量力，让士兵们去喂吴老虎的"虎口"。这样的"疯子"，国君为什么不把他宰了？

军卒们的怨言，自然传到了嬴菌耳中，他听了之后，只苦笑了一下，并未说什么。嬴菌太忙了，已顾不上军卒们的怨言。首先，他大发丁壮，加紧修筑洛水沿岸的长城，使其更高更厚，以防止吴起乘胜攻入秦国境内。同时，他又派出使者，携带厚礼，献与楚国，和楚国结成联盟，以共同对付"三晋"，尤其是对付魏国。最后，他还在内宫广布耳目，监视国君的一举一动，唯恐国君会当真如军卒们说的那样把他宰了。嬴菌独掌朝政，已经引起了国君秦惠公的不满，只不过君臣二人还未公开闹翻。

待一切都安排好了，嬴菌才痛定思痛，仔细回想着他大败的经过。这是嬴菌的习惯，他若是有一件事做得不满意，就必定要找出其中的教训，以免重蹈覆辙。

他想来想去，觉得他此次进攻魏国，除了一件事外，什么都没有做错。那唯一做错的事，就是他不该听信了众心腹门客谎报的军情。可是，众心腹门客为什么会向他谎报军情呢？嬴菌怎么想也不明白。

其实，嬴菌的众心腹门客并没有"谎报军情"，吴起的确让三万西河军卒渡过了黄河，向韩国行去。黄河沿岸无数的百姓，都亲眼见到过大队军卒渡河的情景。只不过，嬴菌的那些心腹门客并不知道，三万西河军卒来到韩国边境后，就停了下来，然后借着夜色的掩护，急速向北行去，一夜竟行出四舍之地，比平常的行军速度快出一倍。魏军这时所选的行军路线，都是荒野之地，除了少许飞禽之外，极少会被谁发现其踪迹。天亮时，魏军就停下来，隐于野，若有渔猎之人进入野林中，立刻全部杀死。到了夜晚，魏军又会急速前进。连行几夜后，魏军已神不知鬼不觉地从黄河上游绕回了西河，在注城附近的山谷间布下了埋伏。

吴起早就从种种迹象上判断，嬴菌正在寻找着一次向他攻击的机会，他也正在寻找着攻击秦军的机会。因此，就借着魏国在韩国战败的时机，"送给"了嬴菌一个"机会"。

吴起在西河的大胜，和魏武侯在韩国的败仗形成了鲜明的对比。朝中大臣纷纷上表攻击相国翟璜无能，致使魏军连败，应"辞职谢罪"。在这些表章中，郧邑县令李克对翟璜的攻击最为严厉，称翟璜只知树立私党，独揽朝中大权，毫无尽忠奉公之心。主公应将翟璜这等祸国贼人斩首，以谢国人。

大臣们在攻击翟璜的同时，又对吴起大加赞颂，称吴起文武双全，实为国之栋梁，让其居于一郡太守之位，是大材小用。主公宜速将吴起召到朝廷，委以重任。

魏武侯自从"伐楚"回军之后，就不再上朝，整天待在后宫中，谁也不见。大臣们攻击翟璜的表章，送到后宫又被魏武侯退了回来，退到了翟璜的案上。翟璜望着那些堆积如山的表章，不觉心惊肉跳，饮食无味，睡梦不宁。他没有想到，魏武侯仅仅隔了年余，就又兴起了伐楚之举。他更没有想到，魏武侯的伐楚之举会碰得头破血流，引起举国震惊，群臣交相攻击。此次伐楚，乃是国君亲自率领，战败之罪，主要应由国君承担。但是，臣下怎么能罪及国君呢? 承担战败之罪的只应是他翟璜,必须是他翟璜。可是他翟璜能承担战败之罪吗? 不能,如果他承担了战败之罪,就须放弃相国之位。

翟璜绝不愿放弃相国之位,他还梦想着至少当上四五年的太平相国,并在朝中多植党羽。这样,就算他"功成退隐"了,也可影响朝政,使国君不敢轻视他,必须对他加以礼敬。如果他现在"退隐"是为"因罪退隐",国君对他避之犹恐不及,岂肯加以礼敬。何况,他在朝中的党羽尚不算多,没有形成强大的势力。万一他的对头继任相国,和他算起"旧账"来了,只怕谁也不敢出头为他说一句话,使他只能任人宰割。

不,我翟璜岂能任人宰割? 他在心里叫着,决心硬抗下去,绝不上表"请求"辞去相位。无论如何,这次伐楚失败,是国君之罪,众人明着攻击的是我,实际上攻击的是国君。国君年少气盛,定然不会容忍这些攻击继续下去,定然会对我加以庇护。

但是翟璜又想错了,数十天过去了,魏武侯竟没有说出一句庇护他的话来。依照常理,朝廷"混乱"至此,国君应该立即召见相国。但是魏武侯自兵败回到都城后,一次也没有召见翟璜,使翟璜无法明白他最想明白的事情——魏武侯是否还将他视作了相国? 无奈之下,翟璜只有天天去宫门求见国君,却又天天被国君拒之门外。

就在他绝望之际,魏武侯又狠狠打了他一棒——将朝臣们的表章退给了他这位相国。魏武侯此举,是在告诉崔璜——他身为相国,必须对众朝臣的表章做出回答。可是他又该做出怎样的回答呢? 他是要为自己辩护? 还是要老老实实地承担罪责。翟璜想来想去,觉得他没有别的路可走,只能"代替"国君承担战败之罪。他极不情愿地写了一道表章,将他自己痛骂了一通,请求国君对他严加处罚。

在他的表章送进内宫后,只隔了一天,魏武侯就派来了传旨内侍,宣召翟璜入宫。翟璜跟在传旨内侍身后,双腿沉重如铅,每迈动一下,都是异常吃力。

他已经认了"罪",必须接受国君的处罚,只是他又无法预知将受到什么样的处罚。依他所认之"罪",轻者,国君会免了他的相国之位。重者,会对他处以斩首大刑。当然,国君也可运用他至高无上的权威,赦免了翟璜之罪,让他继续担任相国。

　　唉！难怪无数人宁愿冒着灭族的大祸，也要取得国君之位。国君之权，实在令人不可仰视，即使我身为相国，亦须听由国君"生杀予夺"。翟璜在心中悲哀地叹息着。

第二章

强臣君前索权柄 里应外合占大梁

翟璜在后宫的内殿见到了魏武侯，内殿的陈设依然是那么庄重、简朴、威严，一切如旧，但主人却换了一位。"新主人"坐在一张巨大的屏风下面。那屏风厚重结实，并无华丽的雕饰花纹，也没有悬挂着晶莹灿烂的玉璧。屏风上只画着一只猛虎，正睁目扬爪，欲扑向猎物。屏风下的铺锦芦席上放着一架铜足木案，案上放着一卷摊开的竹简。魏武侯伏在案后，正仔细看着竹简，头也不抬，似乎并未发现翟璜走进了内殿。

"微臣翟璜，拜见主公！"翟璜跪倒在木案之前，高声说着，行以大礼。

"翟爱卿免礼，请坐！"魏武侯这才抬起头来，声音柔和地说着，示意翟璜在他身侧坐下。臣下能得以和国君同坐一席上，是一种十分难得的荣耀。臣下得到此荣耀者，无不兴奋至极。但翟璜得到了这样的荣耀，不仅毫无兴奋之意，反而浑身冰凉，心哀若死。

魏武侯只是称翟璜为"爱卿"，没有将他称为"相国"。这说明，魏武侯不打算赦免他的"战败之罪"。此刻魏武侯"礼敬"他，不过是对他的一种安抚罢了。翟璜自是不敢拒绝魏武侯的安抚，战战兢兢地在国君身边坐了下来，听候国君的发落。

"翟爱卿，你常看吴起的兵书吗？"魏武侯问。

"微臣不常看吴起的兵书。"翟璜老老实实地回答着。他这才发现，木案上的那卷竹简，正是吴起所著的兵法。

"爱卿为何不看吴起的兵书？"

"微臣以为，吴起并不会将他真正的本领写在书简上，让天下人都知其术。微臣以为，欲知吴起之术，应观其为人处世、如何行事。只有这样，才能了解吴起真正的本领在何处。"

"爱卿不愧有知人之名，所言极是有理，不过，吴起的兵书也有真本领隐于其中。可惜，寡人以前也和爱卿一样，不常看吴起之书，以致并没有从兵书上看到他的真本领。"

"是，是。吴起的兵书中，的确有真本领，有真本领。"翟璜随口应着，心中大跳起来——主公为何如此称赞吴起，莫非是听信了众朝臣之言，要将吴起召至朝中，委以重任？

"以翟爱卿观之，寡人和吴起相比，谁更精通兵法？"魏武侯又问道。

"这……"翟璜迟疑了一下，才回答道，"吴起知兵，天下闻名，自是……自是更为精通兵法。"翟璜知道，他如此说，魏武侯会不高兴。但他不如此说，魏武侯会更不高兴。魏武侯最厌恶的事情，就是臣下当着他的面说假话。可是，没有一个臣下真正敢在国君面前说出真话，也不知道什么话在国君眼里才是"真话"。

翟璜除了"知人"外，最大的一个本领就是知道他该在什么时候说出什么样的"真话"。如果魏武侯此次"伐楚"大胜，那么"主公比吴起更精通兵法"就是真话。但魏武侯"伐楚"偏偏失败了，翟璜的真话就只能是"吴起更为精通兵法"。

"唉！"魏武侯长叹了一声道，"寡人在兵法上不如吴起，不如吴起啊。可是，寡人却不自知，一直以为寡人比吴起更精通兵法。先君曾让寡人多看吴起的兵书，寡人却未听从。如今，寡人竟败在了楚人手中，被天下诸侯所轻，实是……实是有负先君厚望。"魏武侯说着，眼中晶莹闪动。

"主公兵败，实乃微臣之罪。求主公治臣死罪，治臣死罪！"翟璜连忙俯伏在席上，磕头说道。

"唉！寡人亲领大军出征，兵败之事，罪在寡人，与你何干？"魏武侯说着，扶起翟璜。

"微臣本为狄人之后，得先君拔于草野之中，充作大臣。又得主公委以重任,拜为相国,此天高地厚之恩,微臣永不敢忘,纵然肝脑涂地,也难以报答。"翟璜说着,眼中亦是泪光闪动。

"寡人知道,你是我魏国的忠直之臣,我魏国离不开你这样的大贤啊。寡人这么多天来,一直想着要找出一个办法,把你……把你留……"魏武侯说不下去了。他身为国君,有着对臣下的"生杀予夺"之权,要把翟璜留在朝中,其实很容易,但是他偏偏不能留下翟璜。

"主公,微臣心中明白。主公一向宽厚仁爱,怎么会……怎么会丢弃微臣呢?"翟璜哽咽着道。

"翟爱卿,你也知道,先君伐楚,并未得胜。如今寡人又败于楚人之手,这对我魏国极是不利。"

"微臣知道。我魏国名望已经大损,赵、韩两国,又蠢蠢欲动,欲害我魏国。"

"若赵、韩两国不听我魏国的号令,则先君'平定天下'的大业将付之东流矣。"

"微臣知道。我魏国的名望不能再受损伤了,我魏国必须再次出兵,击败楚国。"

"可是在我魏国中,只有一个人可以打败楚国。"魏武侯无可奈何地说出了他最不愿意说出的一句话。

"微臣知道,这个人就是吴起。"翟璜一样是说出了他最不愿意说出的一句话。

魏武侯若想让吴起打败楚国,就必须将吴起召至朝廷,委以重任。然而,吴起与他翟璜不和,是人所共知。吴起与翟璜,只能有一个人留在朝廷中。

"爱卿你知道……你知道就好……"魏武侯说着,心中似堵着什么,异常难受。他眼前似又出现了吴起在船上高谈阔论,"指教"国君时的情景。这一次吴起从西河来到朝廷,又该如何指教他这位国君呢?

周安王十年(公元前 392 年)夏五月,魏武侯下诏,准许翟璜"退隐",改拜邺邑县令李克为相国。同时,魏武侯将吴起从西河召至朝廷,以破秦之功将其官秩升为上卿。

魏武侯的诏令,既可说在众人的预料之中,又大出众人的意料。翟璜的

"退隐"，在众人的预料之中，邺邑县令李克被拜为相国则是出乎众人的意料。李克有着上大夫的秩位，又为天下知名的大儒，且政绩显著，被拜为相国，也无不可。但是国君又怎么安置吴起呢？在众人的料想中，相国之位应为吴起所有。

吴起已升为上卿，秩位高出李克三等，总不能居于李克之下吧。然而在魏国的朝廷中，官位最高者即为相国。吴起若是在朝中为官，只能居于李克之下。吴起的高傲众人皆知，他连翟璜之下都不屑为之，岂肯居于李克之下？

众朝臣想不出国君会怎么安置吴起。吴起自己也想不出国君该如何安置他。他虽然身在西河，消息却极为灵通，朝廷发生了什么事，他立刻就会知道。翟璜的"退隐"，使他欣喜若狂，以为他梦寐以求的一切就要得到了。他将立刻执掌魏国大权，统领所有的魏国军卒，横扫天下，立下姜太公也难与他相比的功业。谁知，魏武侯又突然打了他一闷棍，居然将一个不通兵法的儒者拜为相国。尽管魏武侯派出盛大的仪仗将他迎回了朝廷，尽管魏武侯将他升为了上卿，他的心中仍是如坠着铅块一样难受——国君仍然对他大为猜忌，仍然不愿对他真正加以重用。

依照惯例，他被国君升为上卿，应该入宫拜谢。吴起带着满腹怨愤，强作笑颜，走进了高大的宫门。魏武侯在礼仪上对吴起十分敬重，将吴起请入内殿，与吴起同坐一席之上，还招来美女，歌舞为乐。

魏武侯是贤君，对女色不甚热衷，极少与大臣在内殿上一同观赏女乐。吴起和魏武侯同赏女乐，亦是第一次。这等不寻常的举动引起了吴起的注意，他不由得仔细地听着美女们的歌唱，以从中察知魏武侯的用意。

美女共有十二位，穿着艳丽的薄纱长裙，媚态尽露。但所歌之曲，却非妖艳之曲，而是堂堂正正的大雅之曲——《大明》。此曲原是周室祭祀天帝所用，也可在天子大会臣下时歌唱，它叙述了周文王、周武王德行高尚，因而受到上天的庇佑，终于完成了兴周灭商的大业，光照后世。对于《大明》之曲，吴起亦不陌生。他今日凝神而听，发觉美女们并未完全唱出。

《大明》之曲很长，美女们唱来唱去的只是最后两段：

殷商之旅

其会如林

矢于牧野

维予侯兴

上帝临女

无贰尔心

牧野洋洋

檀车煌煌

驷騵彭彭

维师尚父

时维鹰扬

凉彼武王

肆伐大商

会朝清明

反复唱了几遍后，美女们退了下去，宽大的后殿中只剩下了吴起、魏武侯和几个近侍寺人。

"闻说爱卿常在后堂欣赏女乐之歌，不知是否听过此曲？"魏武侯笑问道。

"此类之曲不宜女乐歌唱，微臣倒未听过。"吴起强压着心中的愤恨，淡然说道。

他一听这两段《大明》之曲，就明白了魏武侯心中的盘算。他在暗示吴起——他受命于天，就像是当年的周武王一样，将要做出"兴周灭商"的大业，光照后世。吴起作为臣下，应对他魏武侯绝对忠诚，毫无二心。否则，就是违背"天命"，将会受到上天的严厉惩罚。要做成"兴周灭商"那样的大业，离不开征战杀伐，离不开兵策谋略之事。周武公在尚父姜太公的辅佐下，才得以完成"奋勇伐商"的壮举，使天下清明。如今他魏武侯若想"一统天下"，亦是离不开"尚父姜太公"那样深通兵法的"大贤"之才辅佐，吴起就是当今的"尚父姜太公"。魏武侯会像当年的周武王一样，把吴起尊为"尚父"，并授以"军师"的名号，使吴起能够大展其才，出谋划策，教导他魏武侯百战百胜，灭亡敌国。

主公啊主公,你好聪明,居然想出以"军师"的称号来安置我。如此,你既能牢牢掌握大权,又可驱使我为你出谋划策,完全为你所控制。不,我绝不能要了"军师"这个称号。我只有完全掌握了魏国的朝政大权,才可以依照我自己的设想去"平定天下"。主公啊主公,你的主意虽妙,可惜用不到我的身上来。吴起在心中想着,真想站起身来,拂袖而去。他已受够了国君的猜忌,几乎无法再忍受下去。但他终究是没有站起来,仍旧端坐在席上,神情肃然。

"爱卿今日听了此曲,有何感受?"魏武侯紧盯着吴起问道。

吴起是一个极为聪明的人,不会听不出国君的暗示之意。如果吴起接受了国君的暗示,就会对女乐们所歌的《大明》之曲大加赞赏。魏武侯也就将立即发下诏令,举行隆重的仪式,拜吴起为"军师"。然后征发国中军卒,大举伐楚。

拜吴起为"军师",是魏武侯几夜未能安睡才想出的妙计。他绝不愿拜吴起为相国,因为他深知,吴起一旦当上相国,绝不会做一个平平庸庸、唯国君之命是从的"太平相国",吴起定会独掌朝政,为所欲为。如此,他的国君之位就会时刻面临着倾覆的危险。可是,他若想承袭父志征服楚国,一统天下,又无法离开吴起的满腹谋略。他若想得到吴起的真心辅佐,就必须对吴起极为"礼敬",让吴起感到满意。他先将吴起升为上卿,然后才又暗示——他会以尊敬父亲一样的"尚父"之礼,来尊敬吴起这位"军师"。

"主公,臣也有一曲,想献与主公,不知主公愿不愿听?"吴起不仅没有回答,还反问了一句。

"啊,爱卿……爱卿且……且唱吧。"魏武侯心中顿时冰凉起来,吴起如此神情,分明是不愿接受国君的暗示。

吴起微微一笑,放开歌喉高唱起来:

> 黄鸟黄鸟
>
> 无集于穀
>
> 无啄我粟
>
> 此邦之人

不我肯穀

言旋言归

复我邦族

吴起所歌者，乃小雅之曲，名为《黄鸟》，诉说贤士身居异乡，受到冷遇，思归故国。《黄鸟》这首小雅之曲原有三段，但吴起只唱出了一段。他认为，这一段就足以使国君明白他歌中的含义。

魏武侯当然明白：吴起是在说，魏国人"纷纷闹闹"，只知似黄鸟一样啄食"官位利禄"，根本不明白吴起平定天下的"善道"。吴起深感厌倦，想回返故国。

"吴爱卿，你是要弃了我魏国的上卿之位，另投他国吗？"魏武侯急了，谦恭有礼的"贤君风度"尽失，大声喝问道。他宁可将吴起杀死，也不愿让吴起离开魏国。吴起是"猛虎"，将"猛虎"放出了笼子，他必会反咬旧日的主人。

"微臣来到魏国，已十余年矣。这十余年中，微臣衣不解带，日夜奔波，拼此血肉之躯，誓死报效君上大恩。赖上天庇佑魏国，微臣总算是略有功劳，使强秦不敢越西河一步。只是臣已老矣，筋骨无复壮年之强，纵有报君之心，无报君之力矣。微臣少年即离故乡，甚为思念。今微臣已是无用之人，求主公恩准微臣回到故乡，老死林野之间。"吴起说着，拱手向魏武侯施了一礼。

"爱卿言重了，言重了。爱卿乃我魏国柱石之臣，我魏国一日不可离开，怎么会是无用之人呢？爱卿之功，可比日月，寡人永不敢忘。爱卿年尚不满五旬，岂可称老？回归故乡之言，爱卿再也休提。爱卿乃先君旧臣，贤名传于天下，寡人一向敬慕。爱卿但有所求，寡人无不应允。"魏武侯忙说道。

魏武侯从吴起话中已听出，国君的任何威胁都对他毫无作用。他早已准备好了一切，甚至不惜与国君公然决裂。可是，魏武侯却没有勇气与吴起公然决裂。他比什么时候都渴望打败楚国，以报战败之耻。他清楚地知道，离开了吴起，他永远不可能打败楚国。

"主公所言，可是真心？"吴起盯着魏武侯问道。他听出，魏武侯已是"软"了下来，"不敢"和他吴起对抗到底，他即将获得大胜。

"君无戏言，寡人岂会以假意相待贤卿？"魏武侯痛苦地说着，心中似有利箭穿过。身为堂堂的大国之君,竟然要对臣下说出这样的"软话"来,是他永生难忘的奇耻大辱。

"微臣虽已年老,智计尚存。若主公授以相国权柄,使微臣能够无所顾忌,尽我魏国之人力物力,则十年之内,天下可定矣。"吴起毫不迟疑地说出了他最想说出的话。这一句话,他也只有此刻才可以说出来。臣下公然向国君索要权柄,定会引起国君的忌恨,甚至立刻会被国君杀死。然而此刻魏武侯欲灭敌国,建立大功,对吴起的"索要权柄",虽同样是心中忌恨,却不敢加以拒绝。只是他又不肯轻易向吴起"屈服",一时默然无语。

"非是臣下贪恋权位。自古行大事者,必有大权相济,方能成功。当年齐之鲍叔牙荐管仲于桓公时曾言:'贱不能临贵,贫不能役富,疏不能制亲',即为此理也。今魏国朝堂中多有亲贵,臣下若非有大权相济,何能号令天下?当年齐桓公纳鲍叔牙之言,拜管仲为相,并敬以父兄之礼,终成霸主,贤君之名,直传于今朝矣。"吴起又说道。

"寡人虽然无德,亦愿学齐桓公敬贤之意。不过,李克初居相位,寡人不宜立即令其去位,寡人即将伐楚,愿拜爱卿为将。待爱卿立下大功,寡人定当将朝政之事交由爱卿执掌,绝不食言。"魏武侯强作慷慨之态,说出了他最不愿意说出的一句话。

"主公如此恩遇臣下,臣下虽肝脑涂地,也难以报答。"吴起俯伏在席上,行以大礼。这个结果,并不是吴起满意的一个结果。但他身为臣下,居然"逼迫"国君做出了承诺,也算是获得"大胜"了。吴起知道在他的实力不太充足的情势下,只能"饶过"国君,不宜穷追。他的实力最充足的时刻,将是他伐楚大胜的时刻,到了那时,他绝不"饶过"国君。

周安王十一年(公元前391年)秋,魏国再次征发军卒二十万,战车二千乘,大举伐楚。此次仍是魏武侯亲自充做主帅,而以吴起为左将军,公叔痤为右将军。

吴起在接受左将军的名号前,曾与东郭狼、赵阳生密商了一夜。当他赶到军营中,接受左将军令符时,东郭狼、赵阳生也带着许多精心挑选的武勇门客,扮作商旅之人,悄悄出了安邑都城。

魏国征集军卒向来快速,二十万大军数日间就集中了起来。临出征前,魏武侯派出三位密使,分别前往齐、赵、韩三国,详细告知了伐楚方略,约定两月之后,魏、齐、赵、韩四国大军齐集郑国,引诱楚军前来救援,与其决战。

赵、韩两国先后两次随同魏国伐楚,不仅没占到什么便宜,反而大受损失,因此对魏国的约请出兵,不愿应承。只是赵、韩两国看到魏武侯此次竟把虎将吴起"请"了出来,又不敢断然拒绝魏国的约请,故只在口头上应承了下来,实际上却并未准备出兵。

齐国的田和见到大仇人吴起做了伐楚的左将军,心中旧恨顿时迸发了出来。他立刻征集了十万士卒、千乘兵车,准备"明为伐楚,暗为伐魏",从背后给魏国以致命的打击。他同时派出了两位使者,一位驰向安邑,一位驰向郢都,使魏武侯和楚悼王非常满意。

"田和此次发兵十万,实是我魏国的强援。"魏武侯兴奋地对吴起说着。吴起微微一笑,并未说什么。此次伐楚,事先他已与魏武侯商定——魏武侯只是名义上的领军大将,有关此次伐楚战役的一切事务,俱由吴起裁决。吴起对田和会有什么举动,早已了然于胸,并且布置好了对付之策。一月之后,吴起下令魏国大军渡过黄河,直向楚国最北的重镇大梁城扑去。

大梁城及其周围的大片土地极其肥沃,人口众多,原是陈、许、宋、卫等国所属之地,后被楚国侵夺,陈、许诸国甚至被楚灭亡,使楚国的边境接近了黄河。楚国以大梁之地作为与"三晋"对抗的"前沿阵地",将大梁城建成了列国间最坚固的城邑,城墙高大宽厚,河池深广险要,且驻有重兵,备有最精良的防守器械。楚国的大梁城给了"三晋"及宋、鲁、卫、齐等国极大的威胁,无不欲除之而后快。"三晋"和宋、鲁、卫、齐诸国都曾对大梁城发动过猛攻,也都在大梁城下碰得头破血流。后来魏国伐楚必先伐郑国,最重要的目的之一,就是不想与大梁城中的楚军硬拼。将楚军从坚城中引诱出来,在原野上加以围歼,然后乘机攻破大梁城,这已成为"三晋"和宋、鲁、卫、齐等国对付楚国的常用战法,屡屡试之,却屡屡不能成功。

楚国不论遇到了多么危急的时刻,也绝不轻易调动大梁城的守军。面对魏国大军对郑国的猛攻,楚国从来都是征集其"后方"的军卒疾驰救援。数十年来,大梁城巍然屹立在中原腹地,没有任何一国的军卒敢轻易向其发动攻击。但是吴起却偏偏不依众人的常识行事,竟将二十万魏国大军引到了大梁城下。

吴起在大军出发的同时，一样派出了三位密使，分别派到了齐、赵、韩三国。三位密使携带着不同的密书。韩国接到的密书是——速起倾国之军，南攻楚国，夺回失地。赵国接到的密书是——速起倾国之军，东攻齐国，趁其不备，夺城占地。齐国接到的密书是——不必应约赴郑，可将大军"借道"宋国，直接攻楚。

三国对待密书的态度，也不相同。韩国立即发下了征军诏令，准备南下攻楚。向楚国夺取城邑，扩大国土，是韩国最愿意做的一件事。赵国也立即发下了征军诏令，却"不敢"准备攻齐，尽管赵国很想向东扩展，却又担心齐国过于强大，难以战胜。齐国执掌国政的田和则一把火烧了密书，急匆匆率军向魏国杀来。魏国突然提前一个月向楚国发动了进攻，大大出乎田和的意料。他担心魏国会取得胜利，使他失去了伐魏的良机，只得也提前向魏国杀去。

田和在伐魏之前，还不忘派出使者飞驰郢都，告知楚王——魏军提前发动了进攻。但田和并不知道魏军没有依照原先的进军方略进攻郑国，而是攻向了大梁城。楚悼王慌忙率领大军四十万、战车四千乘，急急向郑国驰来。

不仅是田和对魏军的提前攻击感到意外，魏武侯和公叔痤也是大感意外。更让魏武侯和公叔痤意外中加上意外的是——吴起下令，大军扎营于大梁城下，士卒们全都解除甲衣，睡卧帐中休息。

士卒们休息了，吴起却没有休息，带着数百护卫士卒，和魏武侯、公叔痤一同绕城巡视。但见大梁城的城墙足有五丈高，比寻常城邑的城墙整整高出二丈，若挨近城下仰望，将头上的顶盔望掉了，才看得见那一座座坚固的城堞以及城堞间闪亮的戈矛弓盾。

大梁城下的护城河池，亦有五丈之宽，同样远远超过了寻常的护城河池。护城河池外是宽阔平坦的野地，一望无边。城下有什么动静，城上可以看得清清楚楚。

吴起和魏武侯、公叔痤分乘着三辆战车，并驾齐驱，相互间几乎挨在一起。魏武侯和公叔痤望着那高入云天的城墙，面现忧虑之色。吴起也常向城头上望去，神情却是十分坦然，似乎这坚固的大梁城并不是他即将进攻的敌国城邑。

"临战之时,变更约定,孤军深入敌境,实为兵法大忌啊。"魏武侯忍不住说道。若不是事先被迫交出了"决断"之权,他绝不会允许吴起行此冒险之举。

"变更约定,是为使敌不明;孤军深入,是为出敌不意。"吴起解释道。

"使敌不明,出敌不意,原也合于兵法。可是左将军兵临城下,却不趁敌尚未准备周全,奋勇而攻,一举破城,反倒屯兵不前,白日令士卒高卧帐内,是为何故?"公叔痤问道。吴起强掌军中大权,给公叔痤带来了极大的恐慌。公叔痤贵为公主之夫,又职为大司马,掌控国中军卒,正当青云直上的时刻。

翟璜"退隐"之时,尽管朝廷内外传言纷纷,说吴起即将入朝担当相国重任,公叔痤却不以为然,私下里对众心腹门客说道:"吴起此人,功高震主,绝不会被拜为相国。"

众心腹门客纷纷问:"以大司马之见,朝中哪位大臣可担当相国重任?"

公叔痤笑而不答,心里说道,不管是论功、论亲、论贵、论资历,国君都应该拜我为相国。

果然,国君并没有拜吴起为相国,但也没有拜他公叔痤为相国,而是拜了无名小辈李克为相国。公叔痤大为失望,却也不怎么忧愁。李克怎么能和他公叔痤相比呢?他只需稍稍使点劲儿,就可以将李克从相位上"赶"下来。赶走了李克,朝中还有何人敢和他争夺相国之位?不料魏武侯把吴起从西河召到了朝廷,拜以上卿高位,又授以军中大权。显然,魏武侯仍是欲拜吴起为相国,只是让李克暂摄其位罢了。

我素来与吴起不和,在国君和众人面前说了吴起的许多坏话,吴起岂能忘怀?吴起若是做了相国,我纵然有公主撑腰,只怕也敌他不过,定会被他置于死地。不,我绝不能让吴起做了相国,绝不能!公叔痤暗暗在心中发誓。

"为将者,须爱兵如子。我魏国军卒连日疾行,甚是劳苦,若不令军卒们多加歇息,此等坚城,岂易攻下?"吴起微笑着对公叔痤说道。他对于公叔痤,倒有着收服之心。毕竟,公叔痤是一员熟知兵法的战将,他当了相国之后,对公叔痤这样的战将收服得越多越好。当然,他和公叔痤几乎是公开的"仇敌",要将其收服,只怕要大大花费一番心力。

"此等坚城,士卒们就算无甚劳苦,只怕也非一朝一夕所能攻下。"魏武侯又说道。

"是啊,大军久屯坚城之下,兵锋必疲。一旦敌方援军大至,与城内军卒内外夹击,则我军进退不得,势必陷入危地。左将军深通兵法,何不料及此处?"公叔痤道。

"我魏国大军,绝不会久屯此坚城之下。"吴起望着高大的城墙,充满信心地说道。

次日黎明时分,魏军即向大梁城发动了猛攻。二十万大军从四面八方扛着攻城用的云梯等器械,随着震耳欲聋的战鼓声,如海潮一般向城池漫涌过来。

列国的各类攻战中,对坚城的攻击最令将军们畏惧,其伤亡士卒之多,往往数倍甚至十数倍于敌。而且似大梁城这样的坚城,往往付出巨大的代价,也无法攻克。要想攻克大梁城这样的坚城,最好的办法,是实行长久的围困,把敌军活活困死。但实行这种长久的围困,必须有一个前提——攻方的优势远远大过了守方,并且守方是孤立无援。否则,攻方就是犯了"大军久屯坚城之下"的兵法大忌。因此,列国攻战杀伐时非到万不得已,一般不会向坚城发动攻击。就算万一向坚城发动了攻击,也不会大军尽出,四面八方地向敌人猛攻过去。不然,只怕几天攻下来,军中的士卒就已伤亡殆尽。可是,吴起此时却偏偏向大梁城四面八方地发动了攻击。大梁城的守军见到敌方如此凶猛,大为惊慌,把所有的军卒都调到了城头上。守城的楚军惊慌,攻城的魏军主将魏武侯和右将军公叔痤却比楚军更为惊慌。

攻击一开始,吴起就将魏武侯和公叔痤请上营中搭建的木楼,登高观战。木楼本为瞭望敌情所建,紧挨营门,与大梁城北城门相距只五百余步。如此逼近敌方的城池安下营垒,亦是不合兵法,为将者极少有人犯此大错。

天已大亮,木楼上的魏武侯、公叔痤清晰地看到了双方争战的情景。但见高大的城头上密密麻麻的尽是楚军兵卒,将羽箭、飞石、檑木等狂风暴雨一般射下来、砸下来、抛下来,无休无止。城墙边、河池畔到处都是魏军的尸首,鲜血遍地。然而更多的魏军却踩着云梯,跳跃着越过河池,攀向城头,毫无畏惧之意。楚国军卒见状,更猛烈反击着,抛出一块块百余斤的巨石,砸断一架架靠在城墙上的云梯。有些抛得远的巨石,连魏军架在河池上的云梯也砸断了。

楚军又连连发射出威力强大的弩箭,呜呜的弩箭破空之声犹似厉鬼的尖啸。攻城的军卒,最怕的就是弩箭,听到那呜呜的破空之声就不由自主地东躲西藏,攻城队形顿时大乱。有些胆小的魏军士卒甚至抱头往军营中退回来。但是魏军士卒们退了几步后,又转过身,硬着头皮向高耸入云的城头上冲去。军营外站着一排魁壮的大汉,人人手持巨斧,军卒们若敢退回,立刻会被大汉们以巨斧斩杀。

楚军的弩箭杀伤力极大,几乎每一支弩箭射出,就能射倒一个魏国军卒。时时有些弩箭怪啸着从木楼旁掠过,看上去几乎会射中观战的魏武侯和公叔痤。

其实,在魏武侯和公叔痤之前,还站着几位身披犀甲、手持圆盾的护卫士卒,弩箭并不能真的射到他们身上。但他们听着怪啸声连连在耳边响起,心中却忍不住似擂鼓一样怦怦大跳起来。

"这……这样攻下去,怎么能行?快,快下令让士卒撤……撤回来。"魏武侯脸色苍白地说着。

"士卒受损过大,必伤军心,军心伤,将不战自溃。"公叔痤强作镇静地说着。

君臣二人虽说都常领兵出战,可如此激烈的攻城之战,却是第一次见到。

"主公放心,我魏国军卒虽有损伤,绝不至于损伤到军心崩溃的地步。"吴起道。

"此时损伤当然不大。可这么一直攻下去,损伤就难说有多大了。"公叔痤说。

"右将军多虑了,以我魏军之强大,岂会对此小小的大梁城一直攻下去?"吴起微笑着说道。他的心中也有些紧张,直到此刻,才露出了从容的笑意。

"左将军未免太过轻敌,此等坚固之城,岂可……"公叔痤话说半句,就说不下去了。

城头上的楚军忽然大乱起来。一队身穿黑衣、手握长剑的大汉出现在城头上,砍瓜切菜一般杀向众楚军士卒,勇猛无比。众楚军士卒措手不及,被大汉们杀得乱奔乱跑。城下的魏军士卒乘机如潮水一般涌向了城头,在城墙上竖起了魏国大旗。

"哈哈,攻上去了!哈哈,攻上去了,攻上去了!"魏武侯狂喜地大叫起来。作为魏国国君,他无比清楚大梁城的重要。魏国若是夺取了大梁城,就可实现数代国君的梦想——获得中原之地,以此立足,平定天下。这一梦想,即使是魏国最贤明的国君魏文侯也无力实现,却由他魏武侯实现了。

魏军士卒攻上城头,迅速打开了城门,成千上万的魏军士卒乘势冲进了大梁城内。楚军守将见大势已去,只得带着少数军卒官吏从南门突出重围,逃向宋国。丢弃了如此重要的城邑,守将就算逃回了国内,也绝无活命的可能。守将唯一的出路,就是逃向他国。

"快,快!寡人要进城,要进城!"魏武侯得意忘形地大叫着。公叔痤见此情景,却是心中冰凉,脸上无法挤出一丝笑容,只觉他正站在万丈悬崖的边缘上。这吴起好厉害,居然能将此等坚城攻破,又立下了无人可及的赫赫战功。如此一来,我势将无法阻止吴起夺得相国大位。不,不!我一定要阻止吴起当上相国。

大梁城内街道宽阔,里坊众多,市面繁华,不论是城郭之广,还是人口之众,都超过了魏国都城安邑。吴起统领下的魏军法纪森严,各自安顿在城内的原楚军营垒中,并不敢随意劫掠。魏武侯乘坐高车,在吴起、公叔痤等将领的护拥下,于城内各处巡视了一圈,又仔细查看了存储极为丰厚的粮仓、武库、钱库等处,然后踏进了大梁城的官衙大堂,高坐其上,接受众将官的大礼参拜,并按例论功行赏。

首先向魏武侯行以参拜大礼的,并不是军中的将官,而是一身黑衣的东郭狼。

"楚军强悍耐战,非出其不意,不可胜之。微臣明言伐郑,实攻大梁,使楚军无备,虽有坚城可恃,而布置已乱矣。微臣令士卒四面围攻,是欲其一心防外,而无余力顾内。大梁这等坚城,若无内应,纵挥军百万攻之,也难袭破。微臣使东郭狼召集死士数百人,扮作商贾,先期进入大梁城中隐伏下来,只待楚军一乱,即杀上城头,与城外大军里应外合。此等奇谋之成功所在,唯一'密'字耳。为守此'密'字,微臣事先没有奏知主公,请主公治臣死罪!"在东郭狼行礼的同时,吴起跪倒在地,恭恭敬敬地向国君"请罪"。

"哈哈!寡人已将军中的决断之权交由爱卿,一切军机大事俱可由爱卿便宜处置,爱卿何罪之有,何罪之有?哈哈哈!"魏武侯大笑着离座将吴起、东郭狼二人扶起。

魏武侯宣称——攻破大梁之功,吴起为第一、东郭狼第二,赐黄金五百斤,升为上大夫。公叔痤第三,赐黄金三百斤。其余将官,都是依其功劳大小,官职高低,各得厚赏。令众人感到奇怪的是,功劳第一的吴起,好像什么赏赐也没有得到。

赏赐宣布过后,魏武侯大摆宴乐,让大梁城中楚国美女歌唱楚歌,以庆贺胜利。大梁城的楚军守将及官吏们落荒而逃,其府中姬妾和歌舞女乐都成了魏武侯的"战利品"。当然,魏武侯也不会独吞了这些"战利品",大摆宴乐之时,就是将"战利品"分赐众将之日。最好的"战利品"魏武侯已令随行寺人装入车中,押回安邑城的后宫。

真正在宴乐上展示的"战利品",都是魏武侯眼中的次等"物品"。但这些次等"物品"已足以激起魏国众将的兴趣,人人睁大了眼睛,寻找着自己想获得的"物品",以伺机向魏武侯索取。

充作"战利品"的楚国美女共有六十八名,和大堂上魏军众将官的人数差不多。美女穿着华丽的裙服,艳光四射,只是眉宇之间往往会透出难以掩饰的悲伤恐惧,她们共分成两队,一队席地而坐,弹拨吹奏琴、瑟、箫、笙等乐器,一队站立着边舞边唱。

楚国女乐歌唱,和中原之地有许多不同之处,歌唱时常常由一人领唱,众人相和。那领唱的楚国美女身材颀长,相貌端庄,举手投足间显示出一种寻常女乐少见的雍容风度,其歌喉高亢明亮,声音犹如仙鹤飞翔高天之上,在云间长鸣。

壮士出征兮别故乡
妻女相送兮各心伤

边塞烽烟兮苍茫茫

报国忘家兮忠吾王

手持金戈兮透寒光

身披犀甲兮不可当

旌旗蔽日兮陷敌方

敌如云涌兮逞凶狂

壮士孤勇兮阵中亡

阵中亡兮阵中亡

犹持戈兮死不降

死不降兮死不降

壮士忠勇兮奋刚强

奋刚强兮奋刚强

身为鬼卒兮终不忘

终不忘兮终不忘

报仇杀敌兮楚威扬

"停下,停下!给寡人停下来!"魏武侯暴怒地大吼着,几乎从席上跳了起来。

楚歌风味全然不同于中原。楚国美女的歌喉唱着独特的楚音,使魏国众将大感新鲜,正听得摇头晃脑,沉醉其中,却突然被国君喝断,不禁使众将大感困惑。大堂上一片寂静,停止了奏乐,停止了歌舞,楚国美女们脸色惨白,身子微微颤抖着。唯有那领唱的楚国美女毫无惧色,冷冷地盯着魏武侯,就似盯着一头疯狂的困兽。

魏武侯更加愤怒,手指着那领唱美女,吼道:"把她拖出去,给寡人砍了,砍了!"

楚国美女的歌以楚音唱出,魏国将军们只能听其音调,无法听懂歌中的词意。魏武侯却能听懂楚音。歌乐美女,不过是似黄金宝贝一样的"物品",天生属于战胜者所有。但楚国的歌乐美女居然不甘属于战胜者,居然借着歌舞诅咒战胜者,居然要"报仇杀敌"……在胜利的宴会上遭到敌人的诅咒,是一件极为不祥的噩兆,魏武侯不能不大为震怒。堂下侍立的护卫军卒听到国君的吼叫,立刻冲上来,扭住那领唱的楚国美女,就要拖出去。

"且慢!"吴起叫了一声,军卒们立刻停了下来。在魏国的军卒中,吴起的声威无人可及,向来是言出法随,谁也不敢违抗。

"主公。"吴起向魏武侯拱手行了一礼,笑道,"此女虽有死罪,然不过为一歌女耳,杀之恐污主公斧钺。微臣向来喜听楚音,此女歌喉甚妙,就请主公赐给微臣吧。"

"这……"魏武侯一愣,随即笑了笑,"好吧,此女就赐给爱卿。"吴起素来有着好色之名,此时"索赐"楚女,虽显得有些突然,倒也不令魏武侯感到意外。

"众位将军,你们挑中了谁,就将她带回去吧。"魏武侯挥手说着,他再也没有兴致与众将饮宴为乐了。魏国众将大喜,轰然答应着,一齐跳将起来,饿虎扑羊般向堂上的众美女扑过去。堂上顿时狂笑声、尖叫声响成一片,混乱不堪。

"主公,主公!"混乱中,谒者王错跌跌撞撞地奔到堂上,跪倒在魏武侯面前。他的职责不仅是传达国君的诏令,也须将各处官吏禀告的事情及时告知国君。

"何事惊慌?"魏武侯不满地问道。

"楚王亲率大军……亲率大军四十万,杀……杀奔而来……"王错气喘吁吁地说着。

"此事有何惊慌,竟至你大失臣子礼仪。"魏武侯听了,更为不满。

臣下见君,应以小碎步行走上前,似王错这等跌跌撞撞而行,是犯了"失仪"之罪。如果因为有重大之事,急需禀告,王错如此"失仪",还可原谅。偏偏王错禀告之事,并不如何重大——魏军攻进了楚国境内,楚王自会率大军迎击,这原是意料中的事。魏军此时已占据大梁坚城,大得地利,又可以逸待劳,并不用惧怕楚军。

"主公,还有齐……齐国的田和,带着十万大军,渡过济水,攻……攻入了我魏国东境。"王错磕头说着。自从翟璜"退隐"之后,王错在朝中失了靠山,常常受到国君的训斥。这使得王错大为惊慌,唯恐做错了事,以致常常在国君面前"大显其劳",但往往弄巧成拙,反使得国君更加讨厌他。今日他得了重大的消息,有意狂奔过来,以显其忠勤王事,结果却被国君斥为"失仪"。

"啊,你说什么,齐国……齐国的田和竟敢率军杀进我魏国么?"魏武侯震惊至极,无法相信他听到的禀告。

"是,是!刚才边邑传来火急文书,说他们……他们亲眼看见齐军攻了进来。"王错答道。

"那……那赵军、韩军出动了没有?"魏武侯急问道。

"没有,微臣派人在郑国边境上日日探望,也未见到赵、韩两国之军!"王错大声答道。

吴起临战之时变更约定,许多将军都不赞同,认为此举会得罪赵、韩两国。如果赵、韩两国因此拒不随同魏国伐楚,则势必使魏军陷入孤军深入的险境。现在,赵、韩两国之军果然毫无动静,使王错觉得他抓住了一个打击吴起的机会。

王错痛恨吴起,吴起不仅当众斥责他为"奸邪小人",还赶走了他的靠山翟璜,使他在朝中几无立足之地。只是他与吴起相比,势力相差悬殊,根本不敢在国君面前指名攻击吴起。他唯一能做的,就是像现在这样,大声"提醒"国君——是吴起使魏军陷入险境!

"这……赵、韩之军不至?齐军又……又断了我魏军的后路,这便如何是好?"魏武侯望着吴起问道,眼中全是惊慌之意。在他的想象中,魏军已经陷入了危险的境地,即将面临灭顶之灾。

魏国的精锐军卒大部分已进入了楚国境内,少部分则须留在西河与北地防备时刻图谋报复的秦军和强悍的狄夷之人。齐军攻入魏国一路上定是毫无抵挡,将轻而易举地截断魏国大军的归路。困守在大梁城的魏军若无赵、韩两国救援,无论如何也挡不住楚国四十万大军的反扑。若是魏军离开大梁城,回救本国,则楚军势必紧追不放,与齐军形成前后夹击之势,一样使魏军难逃覆灭的厄运。如此庞大的一支魏国精锐军队的覆灭,等于是整个魏国也灭亡了。想到那噩梦一般的可怕后果,魏武侯连表面上的国君威仪也无法保持。

"主公不必惊慌。此事已在微臣的预料之中,微臣担保十日之内,楚军、齐军定会大败而退,我魏国必将威震天下,列国拜服。"吴起神色傲然地说着,怒视了王错一眼。

啊,吴起他真是早有预料吗？十日之内,他真能令楚军、齐军大败而退吗？他用兵素喜弄险,这次也能如过去一样化"弄险"为"大胜"吗？万一他真的"弄出险"来了,寡人该当如何……魏武侯背上沁出了冷汗,只觉头晕目眩,眼中望见的景象都模糊起来。

第三章

楚女坚贞持正气 吴起拒婚触杀机

一弯银钩般的月牙挂在树梢,夜风吹过,只见树叶抖动,听不到树叶的沙沙声响。到处都是狂乱的鼓乐声,到处都是放肆的大笑声,掩盖了天地间一切自然的声音。大梁城的官衙内院,成了魏国将军们欢乐的天堂。

吴起住在官衙的一处小院内,看上去相当豪华,有着玉砌台阶,朱漆门扉。身为左将军的他,也理所当然地应该住在这样豪华的小院内,享受胜利者应该享受的欢乐。

吴起令人将那白天冒犯了魏武侯的领唱美女带进了内室, 领唱美女一进来,他就让随侍的从者全都退了出去,然后两眼一眨也不眨地盯着那楚国美女。烛光下那美女看上去比白天更加动人,她面对着吴起的目光,冷然相对,既无惧意,也无任何忧愁悲伤之意。

"你不是一个歌女。"吴起说道。他是用楚音说的,吴起出身富豪之家,曾遍游列国,对各国言语都能说上几句。

"我只是一个歌女。"那楚国美女说道。

"你不是的,刚才我查过大梁城官府的乐籍,那上面倒也有着你的名字。你姓贰,原是楚国贰城大夫的女儿。三个月前,贰城大夫以谋反罪被楚王处死,你也因此由大夫家的小姐变成了官府的歌女,被楚王当作礼物赐给了大梁城的守将。"吴起说道。

"所以,我还是一个歌女。"那楚国美女现出诧异之色,但仍然很平静地说着。

"但是你不甘心做一个歌女,纵然你已沉沦到了最卑贱的处境,却仍然保持着楚国大夫之女的高贵品质。楚王杀了你的父亲,你依然忠心于楚国,不惜以一个弱女之躯,对抗敌国的国君。你这样的人,在今天的中原各国中,已很少见到了。"吴起感慨地说道。

"楚国和我一样的人很多,你们魏国人杀不完的。"

"可是我并不想杀你。"

"你最好把我杀了。否则,我会寻找报仇的机会。"

"你为什么要向魏国报仇?是楚王杀死了你的父亲,而不是魏国人杀死了你的父亲。"

"我父亲并未谋反,是奸臣陷害他的。"

"所以,你就想杀死敌国的大将,洗刷你父亲蒙受的耻辱。你对抗敌国之君,也是因为这个道理。"

"是这样,也不是这样。我父亲告诉过我,楚国人应当生是楚国人,死为楚国鬼。就算没有父亲被屈杀这件事,我也一样会向你们魏国人报仇。因为你们魏国人攻占了楚国的土地,杀了楚国的百姓。"

"贰姬小姐,"吴起忽然以很尊重的语气说道,"你父亲是否告诉过你,贰城邑曾经是什么地方吗?"贰姬一怔,摇了摇头。

"我告诉你,贰城邑本是贰国的都城,楚国发大兵灭了贰国,杀尽城中的壮男,将贰国的女子掳至楚国,赐给杀人有功的将军,成为将军们府中所藏的歌舞乐女。"吴起道。

贰姬听着,身子一颤,欲说什么,却并未说出什么来,眼中晶莹,仿佛有泪光闪动。

"几百年来,天下就这么杀来杀去,也不知灭了多少国,杀了多少人。唯一能使这种互相屠杀停下来的办法,就是我魏国灭亡了所有的诸侯,使天下归于一统。"吴起傲然说道。

贰姬仍是默然无语。

"怎么,你不相信我魏国能灭了所有的诸侯吗?"吴起有些不高兴地问道。

"我不知道。你说的，我也听不懂。我只知道，我生是楚国人，死为楚国鬼。"贰姬说道。

"你应该懂得，你不是一个寻常的女子。能灭了天下诸侯的是魏国，而魏国的朝政将由我吴起执掌。所以，天下一统这等名传千秋的功业，只能由我吴起来完成。"吴起大声说道。

"这和我有什么关系呢。我只是一个歌女，楚国的歌女。"贰姬冷冷说道。

"和你大有关系。似你这样的女子，我从来没有见到过。我想让你留下来，不是做一个歌女，而是做我后堂中的女主人。我的后堂上并不缺少美女，却缺少你这样可以与我共'大事'的奇异女子。我灭掉的第一个诸侯，将是楚王。你如果答应我，我会让你的家族恢复往日的荣耀，并使贰城永远成为你家族的封地。"吴起逼视着贰姬说道。

"如果你灭了楚国，就是我必须杀死的仇敌，我又怎么会留在你身边呢？"贰姬反问道。

"唉！你如果真想杀我，就应该假装顺从我，取得我的信任，然后你趁我毫无防备之际，突出杀手，将我置于死地，如此方能成功。可是你……你不过是激我发怒，杀了你罢了。"吴起叹道。他脸上的傲然之色已变成懊丧之色——他能威震天下，却不能压服一个弱女。

"我一开始就说过，你最好把我杀了。"贰姬说着。

"人生而惧死。你正当如花年华，为何却要自寻死路？"吴起困惑地问道。

"做一个楚国的歌女，我还可以活下去。做一个敌国的歌女，对我来说，是生不如死。"贰姬答道。

吴起想了想，现出肃然之意，道："我不明白，你只是一个女子，怎么会有这种男人们也很少会有的想法呢？你既然固执如此，我也不敢将你留下来了。大业未成，我可不愿将性命交于你手。这样吧，你暂且留下，待我大破楚军之后，就送你回楚国去。"

"你会送我回楚国？"贰姬大感意外，难以相信她听到的话竟是真的。

"当然会送你回楚国。我行事向来只问当行不当行，别的什么也不在乎。不过，你回到楚国也没有什么用。要不了多久，楚国就将在这个世上消失了。"吴起说道。

"不。"贰姬摇着头，坚定地说，"在这个世上，谁也不能灭了楚国，你也不能！"

"那你就好好看着吧。也许，我还会见到你的。"吴起说着，陡地站起身，头也不回地走到了屋外。

鼓乐声、狂笑声更嘈杂地涌到了吴起的耳中，使吴起听了心中烦乱如堵着一团乱麻。我这是怎么啦，怎么在这个歌女身上费了这么大的劲儿，留又不留她，杀又不杀她。我怎么会说出把她送回楚国去呢？她只不过是一个女子，低贱的女子罢了。我想让她怎么样，她就应该怎么样。可是，唉！我居然让她……让她"降服"了……不对，天下有谁能降服我？楚国都会被我所灭，她一个小小的歌女又有什么厉害……不，我不应该在那歌女身上多想，我是谁，她又是谁呢？她怎么值得我多费神思？吴起强自镇静纷乱的心绪，转过身，绕着廊柱，向另一间内室走去。那一间内室里，有着比贰姬更美丽的歌乐女子，并且对他百依百顺，能够让他尽情欢乐。

"大人！"赵阳生忽然急匆匆奔了过来，脸上浮满了无法掩饰的兴奋之色。

"怎么，有消息了？"吴起精神大振。

"我刚才接到的消息，楚军行至榆关，正当日中，却下令安营，不敢前进。"赵阳生说。

"好。这说明韩国已行动起来了。"吴起大喜，又问，"齐军有何行动？"

"齐军也停在我魏国东境，不敢前进。依此来看，赵国也行动起来了。"赵阳生答道。

"好。我们应该立刻大军尽出，向楚军发动攻击。"吴起说着，走出小院，向大堂上奔去。

过了一会，大堂上响起了嗵嗵的巨鼓声，惊动了正沉醉在欢乐中的魏国众将。他们听出，那是召集将军会合的令鼓声。闻令不至，按军法应处以斩首大刑。将军们只得推开身边的美女，忙着披上盔甲，向着大堂上急奔过去，唯恐落在了后面。

月牙已沉，天地间一片黑暗。大梁城外陡然间火光大作，先是星星点点，后来成团成片，最后延展成一条火的"大河"。火的"大河"向着西南方向不停流动着,映红了半个天空,威势犹似火神降临人间。

二十万魏国军卒几乎人人都持着一支火把, 以比平日更快的行进速度行走着。如此庞大的一支军队持着火把夜行,在列国间甚是罕见,在魏国也很少见到。

对魏武侯和公叔痤来说,这样举火夜行,更是破天荒的第一次。君臣二人对吴起突然发出的"夜行"之令,本来是坚决反对,不愿随行的。但到了最后,君臣二人还是随军夜行起来。二十万大军尽行出发后,大梁城几乎已成"空城",魏武侯和公叔痤并不敢待在"空城"中。

魏武侯和公叔痤曾要求留下五万军卒,遭到了吴起的坚决拒绝。有着决断之权的吴起说:二十万大军须在明日黄昏之时赶到榆关,并且立即向楚军发动攻击。大梁城已为魏国所有,用不着留下重兵驻守。

吴起只留下了一千五百名带伤士卒看守大梁城, 并让那些士卒在城墙上多张旗帜,以震慑城内的楚国居民。魏武侯和公叔痤坐在疾驰的战车中,就像行走在即将解冻的冰河上,胆战心惊。

榆关离大梁城有五舍之地,依平日的行军速度,至少需要两天的时间。魏国的二十万大军用了半夜加一个白天的时间,在黄昏时已赶到了榆关。楚军依着一条长长的土丘,立下营垒,帐幕相连,直至天际。

依照征战惯例,黄昏时两军不宜交战,然而魏军却大呼着向楚军营垒冲杀过来。楚军大出意外,仓促接战,尚未排定阵势,魏军已杀到近前。双方顿时短兵相接,混战起来。

开始时,魏军大占上风,连连进逼,几乎杀进了楚军的营垒。然而楚军毕竟兵力大大超过了魏军,在最初的混乱过后,迅速稳住了队形,依托着营垒顽强抵抗,使魏军无法前进一步。但很快,天黑了下来,楚国士卒们看不到将军的大旗,不知将军向他们下达了什么命令。楚军士卒们也无法得知邻近的同伴处在什么样的情势下,互相间失了照应,庞大的楚军又陷入了一片混乱中。

"楚王死了! 楚王死了! "

"楚王被我魏军杀死了! "

"楚王的大旗被魏军夺过来了! "

……

魏军士卒突然齐声欢呼起来，巨大的声浪若海潮一般在天际滚滚回响着，压向楚军。欢呼声中，魏军大阵中火把齐燃，照得两军阵前犹如白昼一般。但见画着龙凤图形的楚王大旗赫然出现在魏军阵中。楚军见此，顿时军心崩溃，再也无心恋战，争先恐后地向营垒外逃出，将军们无法约束。

"混账！混账！本王在此，本王在此！"楚王站在高高的战车上，声嘶力竭地呼喊着。只是他的声音在海潮般的魏军大呼中已弱不可闻，除了他身边的人，谁也听不见。楚王也喊不下去了，魏军的前锋愈杀愈近，离他不过百余步远，几支羽箭甚至已呼啸着从他耳边穿过。他只得随着溃败的士卒狼狈而逃，不然，他就真的会被敌军杀死了。

魏军大获全胜，直追出十数里外，方才收兵。楚军的粮草器械俱丢弃在营垒中，堆积如山。魏军士卒们打着火把四处搜寻"战利品"，人人兴高采烈。魏武侯被吴起迎进楚王丢弃的中军大帐，接受众将报功讨赏的大礼参拜。

真的打胜了？就这么胜了？魏武侯坐上了尊位，尚是恍若梦中一般。他不知道将军们是什么时候行完了礼的，也不知道他对将军们说了些什么话。他大喜若狂，但心中的狂喜又似被什么东西沉重地压着，无法迸发出来。到后来，所有的人都退了出去，烛光辉煌的大帐中只剩下了他和吴起两个人。

"吴爱卿，我魏军只有二十万，你怎么敢去攻击四十万楚军呢？"魏武侯忽然问道。

"因为我有必胜的谋算。为大将者，谋定而后动，无往而不胜。"吴起答道。

"愿闻其详。"魏武侯神情谦恭地说道。

"我军首战即胜，夺大梁城，士气大盛。楚军欲救郑国，中途闻变改道，军心已是受惊。待其行至榆关，又闻国境不宁，将心亦惊。故其屯于此地，难定进退。我军少于楚军，彼必料我坚守大梁，不敢主动出击。然我魏国之军却突然而至，出其意料。况趁夜大战，楚军之卒虽众，难得其利。微臣又早备下楚王大旗，适时出示，丧其士卒争战之念。敌军上下心惊，进退难定，又出其意料，失其兵众之利，丧其争战之念，纵微臣愿其不败，亦不得耳。"吴起说着，神情傲然。

"吴爱卿刚才说，楚军闻其'国境不宁，将心亦惊'，此为何故？"魏武侯问。

"韩国已派大军攻入楚国境内,将断楚军后路,楚军众将焉不惊心?"吴起笑道。

"啊,韩国真会派大军进攻楚国吗?韩国一向对我魏国心怀妒意,怎么会帮我魏国?"

"韩国并不是在帮我魏国,而是在乘机夺楚国之地,获得他们早就想得到的一切。"

"可是,从前寡人让韩国随同伐楚,他们怎么不大情愿呢?"

"他们只想得到一切,却不愿失去任何东西。所以,我魏国不能对韩赵两国有依靠之心,要造成一种大势,逼迫韩国不得不出兵,且出兵又能得利。这样,韩、赵两国才会'帮'我魏国。"

"寡人明白了。我魏军夺取大梁城,就是造成了逼迫韩国的大势。"

"主公圣明,非臣下所及。"吴起拱手向魏武侯施了一礼。

错了,错了!是寡人远远不及你啊。唉!上天既然让寡人做了一个大国之君,又为什么让寡人的才智不及臣下呢?魏武侯在心里叹着,又问:"那么,田和侵我魏国,爱卿也定是早有应对之策。"

"微臣曾派使者告知赵侯应速伐齐国,夺占齐国之地。"吴起微笑着答道。

"妙!赵国一直想夺取齐国之地,定会趁此刻齐国空虚之际,大举攻向齐国。如此,田和绝不敢待在我魏国境内。"

"如果我魏国败了,赵国不一定会攻击齐国。现在我魏国大胜,赵国就一定会攻击齐国。"

"韩、赵两国就是这等势利,专做趁火打劫、欺软怕硬之事,实是可恼。"

"要想韩、赵这等势利之徒永远臣服我魏国,就必须使我魏国永远保持强大。而欲使我魏国永远强大,就必须上下同心、法纪严明、赏罚守信,敬贤者、远奸臣。"

"爱卿所言甚是,所言甚是。"魏武侯连连点着头,心中十分明白吴起在提醒他"守信敬贤",不可自弃诺言。唉!欲驱使猛虎,必饲以精肉。看来,我只好让吴起担当相国重任了。

魏军在吴起的率领下,以迅雷不及掩耳之势攻入楚境,夺大梁坚城,大败四十万楚军于榆关,又南下会合韩国军队,乘胜猛攻,一直攻到楚国北境最坚固的防守阵地——方城,才停止了进攻,转而夺取方城以北的各处楚国城邑。

虽然坚固的方城挡住了魏、韩两国大军,但楚国所受的损失,仍是极为惨重,为百余年来从未有过的大败。楚国苦心经营了数百年,才把势力扩展到黄河岸边,却在一场大战中又退回了方城。方城以北的大片富庶土地,无数繁华城邑,尽归于魏、韩两国。其中魏国获利最大,不仅夺取了中原最为坚固的大梁城,还夺取了另外两座极重要的城邑——襄陵、安陵。

襄陵在大梁城东南,距宋国都城睢阳城不过百余里,轻装的战车从襄陵出发,一日可至睢阳,给了宋国极大的威胁,将使宋国不得不臣服魏国。安陵在大梁城南约二百里处,西控郑国,东控楚国的陈、蔡两大县邑,既有利于魏国逼迫郑国,又将楚国北攻的道路封锁得严严实实,使楚国难以逾越。而大梁、襄陵、安陵之间的数百里土地人口,尽落于魏国手中,使魏国牢牢占据了中原之地。此一仗所获之利,比魏国数十年所获的总和还要多。

韩国的所得也极为丰厚,除了尽复所有的失地,还攻取了一直梦想攻取的楚国鲁阳之地。鲁阳之地紧挨着方城,韩国据有此地,就可监视楚军的举动,使楚军不敢轻易攻击韩国。

赵国的所得一样十分丰厚,君臣俱是极为满意。在魏、韩两国之军将楚军赶进方城时,赵军也杀进了齐国境内,并设下埋伏,将田和带领的回援之军打得大败,乘势渡过黄河,在黄河之南夺取了齐国的百余里地,获得了黄城、刚平两处极为重要的城邑。黄城、刚平紧挨卫国边境,使赵国随时可以攻取弱小的卫国,夺取土地人口。且齐国因失了黄城、刚平二邑,就无法依靠黄河天堑来防备赵国,时刻处在赵国的威胁下,势必不敢对赵国轻举妄动。

“三晋”联合,大胜楚、齐两大强国,震惊了天下,各国纷纷派出使者,争相表示祝贺。尤其是郑、卫、宋三小国,其国君甚至亲自来到“三晋”,示其臣服之意。“三晋”的威名,空前显赫。“三晋”中的魏国,更是显赫中的显赫,但最显赫的,还是魏国左将军吴起。

魏武侯以最隆重的礼仪,仿照周天子在都城郊外行以“迎接贵宾”之仪,将吴起迎入都城。相国李克亦很知趣,在魏国大军胜利返回安邑时,上表请求"退隐"。在魏国,几乎没有一个人会怀疑——吴起将是魏国相国。

魏国的大胜,并不能令所有的魏国人感到高兴。相反,许多人为此忧愁得日夜难安。公叔痤即为其中的一人,自回到都城后就称病在家,不上朝,也不见任何客人。他曾暗暗发誓一定要阻止吴起得到相国之位,然而他又想不出任何办法来加以阻止。看来,他只能眼睁睁让吴起登上相国大位,然后尽揽朝政大权,最后把他公叔痤赶出朝廷。

不,我不能让吴起把我赶出朝廷。公叔痤徘徊在后堂上,心里一遍又一遍念着。但他也只能这么念着,却不知道他该如何行事,才能避免被吴起赶出朝廷。

一个家臣匆匆奔到后堂,跪下来禀告道:"老爷,谒者王错王大人求见!"

"去,去! 不见,我不见! 谁也不见! "公叔痤烦躁地大吼着,狠狠地踢了那家臣一脚。

自从他"病"了,来看他的朝臣络绎不绝。他对家臣们叮嘱过,除了少数"心腹人"外,其余的不得放进来,也不必向他禀告。王错并不是他的"心腹人",且已在国君面前失宠,他根本没有必要去见。

家臣忍痛磕头道:"王大人一定要见老爷,他说老爷病势沉重,若非经他医治,性命定然难保。"

"放屁,我何曾病……"公叔痤话说半头,又陡然停了下来,改口道,"快,快请! 请他进来! "他的确"有病",并且"病势沉重"。他也一直在寻找"医病"的高手,又未寻到。

王错在家臣的引导下,昂然直入后堂。公叔痤十分敬重地以平礼相见,而王错也坦然受之。好,他神情如此,定是有备而来。公叔痤高兴地想着,拱手相问:"谒者大人有何指教? "

"在下与大司马'同病相怜',故冒昧前来,所言有不当之处,还请大司马见谅。"

"好说,好说。我也不必瞒你,我已是'重病在身',非'良医'不能治愈。"

"其实我也不是'良医',真正的'良医'只有一人。"

"这'良医'是谁? "

"主公。"

"主公？"

"对,唯有主公,才可医大司马之'病'。"

"可正是主公,才使我'病势沉重'啊。"

"主公能使大司马'病势沉重',自然可以使大司马'不治而愈'。"

"这,恕我愚钝,请谒者大人详细讲来？"公叔痤更加恭敬地对王错行了一礼。他心里更有底了——王错心中一定是有着一个非常巧妙而有效的"好主意"。

"在下对大司马一向钦佩,情愿弃了官职,投在大司马名下做一门客。"王错先不"详细讲来",却跪倒在地,对公叔痤竟然行起了磕头大礼。他的靠山翟璜已经"退隐"了,他必须寻找一座新的靠山。公叔痤正是他心目中一座最合适的靠山。见到王错忽然对他如此恭敬,公叔痤大喜,忙离座将王错扶了起来。

"谒者大人乃国中之大贤,谁人不知？从此以后,你我当不分彼此,亲如兄弟矣。"公叔痤说着,令家臣拿来一只精致的三寸大小的玉虎,送给了王错。这种玉虎,是公叔痤特制的标记。持有这种玉虎的人,就是公叔痤的"心腹",可以随意出入公叔痤府中,而不必经过家臣的通报。王错自然知道这种玉虎意味着什么,心中亦是大喜,当即收了下来,藏于怀中。

"大司马,小人已探得内宫传出的消息,主公想把他的庶妹公主笙嫁给吴起。"王错说出了公叔痤最关心的话。

"啊,主公这……这是为何？"公叔痤大吃一惊——如果吴起也成了公主的丈夫,他就会在国君眼中分量大减,也就更无法阻止吴起当上相国。

"这可是给了大司马一个千载难逢的好机会啊。"王错得意地说道。

"这是大大的坏消息,谒者大人怎么反说是好机会呢？"公叔痤不满地问道。

"请问大司马,主公为何要将公主笙嫁给吴起？"

"这……这是因为主公对那吴起有着猜忌之心,想以结亲来收服吴起。"

"请问大司马,如果吴起拒不听从主公之命,主公心中又会如何想呢？"

"主公猜忌吴起之心,只怕因此会更重……妙,妙!吴起拒不听从主公之命,就不一定能当上相国……不过,吴起此人智谋极深,岂会在此时拒不听从主公之命?"

"吴起此人,固然是智谋极深,却也有一致命的弱处,大司马可以加以利用。"

"是什么弱处?"

"恃才自傲。吴起自诩他是经天纬地之大才,任何人也不放在眼里,更受不得任何人的一点闲气。"

"受不得闲气?"公叔痤眼中一亮,心中忽有所悟。

"小人有一计献上。"王错以极低的声音,对公叔痤说了几句。

"好,好!我有王兄相助,实乃天降大福也。哈哈哈!"公叔痤听了,不觉大笑起来。

次日,公叔痤自称曾在病中受过吴起的"厚赐",特在大司马府中备下宴乐,邀请吴起前来以当面表示谢意。公叔痤称病之时,吴起依照惯例,去大司马府"探问"过,虽未见到公叔痤,但留下了一份礼物。那礼物也只是些干肉果品之类极常见的东西,原不值得公叔痤当面表示谢意。不过,吴起即将拜相,身份和从前大不相同,公叔痤借此机会"讨好"吴起,也在情理之中。吴起有心"收服"公叔痤,对其邀请亦是欣然答应。

公叔痤在后堂上摆下宴乐,请吴起坐在尊位上,然后招来一队郑国歌舞乐女,在堂上歌舞起来。吴起有着好色之名,喜听女乐,公叔痤此举,自是投其所好,着意结纳。可此时这一队女队所唱的虽是郑国之乐,却并非是"淫声",而是连孔子听了也会说此曲"清正无邪"的《缁衣》之歌。

缁衣之宜兮

敝予又改为兮

适子之馆兮

还予授子之粲兮

缁衣之席兮

敝予又改造兮

适予之馆兮

还予授子之粲兮

《缁衣》是叙说歌者见到了一位君子,并对君子极其仰慕,愿为君子改衣,愿去客馆看望君子,甚至愿为君子备饭。公叔痤此时让郑国女乐们唱出《缁衣》之歌,用意自然是十分明显——他这位大司马就是歌者,对吴起这位君子极其仰慕,愿意像歌者伺候君子一样伺候吴起。听了公叔痤这等"谦恭"的表示,吴起大为高兴,正想说什么,忽见女乐的队形大乱。

"公叔痤,你这个骗子!色鬼!我饶不了你!"一声女人的大吼在后堂上炸响开来。众女乐尖声叫着,四散而逃。但见一个年约二十岁的少妇手挥着扫帚,乱扑乱打,直向公叔痤冲过来。

吴起愣住了,他一生见识极广,什么样的情景都见过,就是没有见过这样的情景。一个女子居然敢在宴客的大堂上如此撒野,是对客人极大的羞辱。主人若不下跪请罪,客人就该拔剑杀死主人。公叔痤身为大司马,是朝廷重臣,应该熟知礼法,绝不能容许这样的事情发生,但是这样羞辱客人的事情偏偏发生了。

"公主,公主,吴上卿在此,你休得无礼,休得无礼!"公叔痤慌忙站起身,拦住少妇。

少妇将扫帚劈头盖脸砸向公叔痤,口中喝骂道:"好你个贱种,娶了我这金枝玉叶的公主还不满足吗?居然欺骗我,让我到宫里去,好让你留在家里与这些小妖精快活。哼!什么上卿、下卿的,不都是我魏国的臣下吗?是臣下就得老老实实,休想在我公主面前摆什么臭架子。你瞪着眼干什么,说的就是你!"那少妇喝骂着,扫帚竟指向了吴起,"你身为臣下,怎么见了本公主竟不跪下行礼?你这贱种,莫非是想造反吗?"

吴起大怒欲狂,却又不便发作,强按着满腹怒气,站起身来,对那少妇理也不理,只向公叔痤拱了拱手:"对不起,在下告辞了。大司马盛意,在下自会记在心里。"

说罢,吴起头也不回,大步向堂下走去。公叔痤慌了,忙甩开那少妇,向吴起追过来。少妇却并未追向公叔痤,仍是拿着扫帚在堂上乱舞乱骂,尖锐的声音直刺吴起的耳鼓。

公叔痤在后堂的大门外追上了吴起,连连拱手"求饶":"上卿大人恕罪,上卿大人恕罪!"

"到底是怎么回事?你这位公主夫人如何成了街市上的泼妇?"吴起停下来,问道。

"唉!别提了。"公叔痤愁容满面,"公主身份高贵,又正当青春年少,嫁了我这满脸胡须的半老之人,心里自然不痛快。再说,先君虽然尊崇儒家,却并不如何注重'礼法',将后宫的那帮公主惯得……不说了。这些话,也不是做臣子该说的。总之,自从我娶了公主,这日子就是过得……过得,怎么说呢。就像是'诗'中所言——如临深渊,如履薄冰,从前我最喜观赏女乐,但府中有了公主,这女乐就看不成了。公主又不准我与别的姬妾相见……看看,说不说了,我怎么又说起来了呢。唉!今日我想好好宴请大人,特地哄公主进宫去探视她的母亲,好避开她。谁知……谁知又走漏了消息,让她打回来了。唉!这一回若不是让你撞破了,我也不会给你说这些话了。公主生长深宫之内,不知世事,竟敢冒犯上卿大人,还请上卿大人恕罪,恕罪啊。"

"罢了,罢了!公主如此厉害,倒是让我大开眼界了。此事你也是无可奈何,何罪之有?今日虽未尽兴,可是大司马的一片心意,我已是心领了。改日我定当回请大司马,以谢大司马美意。"吴起拱手说道。

公叔痤直把吴起送到了府外,才转回来,仍是走到了后堂上。刚才那泼妇一样的公主已端坐在席上,神情娴雅高贵,和吴起见到的那个少妇判若两人。

"公主受累了,受累了!在下这厢有礼。"公叔痤笑嘻嘻地弯下腰来,对公主行了一礼。

"为了你,我可是出了大丑,坏了名声。你就这么行上一礼,就完事了吗?"公主问。

"你说吧,你要什么,我就给你什么。谁让你是金枝玉叶的公主呢。"公叔痤笑道。

"好。这话可是你说的。我要的东西也不多,只有三样:一、今后除了宴客,你不能在私下里听赏女乐,要远远离开那些小妖精;二、你年岁不小了,精力有限,要多保重身子,今后除了我这儿,不能到任何姬妾房里去;三、这大司马府中,一切家务之事,应先向我禀告,我说该怎么办,就怎么办,谁不听我的,就是犯了家法,罪该砍头。"公主逼视着公叔痤,厉声说道。

"这……"公叔痤大吃一惊,"你是公主,怎么能像街市上的泼妇一样,说出这样的话来呢?"

"这么说,你是不想答应我了。好,你不答应也就算了。我身子不舒服,要回宫里去住几天。主公疼我,知道我不舒服,定会来看我的。我会告诉主公——我本来身子好好的,因为大司马逼我在吴起面前撒疯,坏我公室的名声,我不敢不听他的,这才……"

"好了,好了!我答应你,全都答应你!"公叔痤不等公主说完,连忙大叫起来。

公主笑了:"我知道你就会答应的。唉!我真傻,一直不知道,原来当一个泼妇比当一个公主更快活。"

乖乖,她原来早就存有此心,难怪会把假的当成了真的。公叔痤一脸懊丧,在心中叫苦不迭。

过了几日,魏武侯下诏,让吴起进宫议事。吴起高兴地乘坐着华丽的驷车,直向宫城驰去。他知道,魏武侯将会告诉他拜相的仪式如何举行,而他要告诉魏武侯,他并不在意拜相的仪式,他只在意如何尽快地使魏国完成"一统天下的大业"。他已在心里做好了一个完整的谋划,依照他的谋划,"大业"可望提前完成。

魏武侯没有在庄重的前殿召见吴起,而是在内殿与吴起相见,并赐其同席而坐。他先赞颂了一番吴起的"大功",然后话锋一转,问:"听说吴爱卿府中尚无正妻,是吗?"

吴起一怔,默然点了一下头。这类话题,是吴起最忌讳的话题,很少有人在他面前提及。

"吴爱卿名满天下,家中怎么可以没有正妻呢?寡人有一妹,名唤笙,正当妙龄。寡人对此妹甚是疼爱,一心要使她有个好归宿。然寡人遍观国中,只有吴爱卿可使她中意。"魏武侯笑道。

他以国君之尊,这么向吴起说起"亲事",是吴起极大的荣耀,吴起应该立刻拜倒下来行以大礼。但是吴起却没有拜倒在地，他直愣愣地跪坐在席上，像是木头人一样。

国君竟要将公主嫁给我，明显是对我猜疑之心未除，欲以此"收服"我。如果我拒绝国君，他的猜疑之心势必更重，对我日后甚是不利。可是，我能答应主公吗？不，我不能答应主公。后宫的公主，自视金枝玉叶，根本不将臣下放在眼里。如果我娶了公主，势必会生出许多闲气，甚至将因此更加得罪了主公。不，我不能娶了公主……

"吴爱卿，你怎么不说话呢？"魏武侯问着，声音里透出了明显的不悦之意。

"这个……微臣年已衰老，恐怕有负公主。微臣对主公的厚爱，永不敢忘……"

"爱卿正当大有可为之时，何谓年老？寡人是一片好心，爱卿休得推托。"魏武侯打断吴起的话头说道。国君向臣下"求亲"，竟被臣下当面拒绝，使魏武侯大感羞辱，心中已生出恼意。

我宁肯现在得罪主公，也不能使日后有了无穷无尽的麻烦。吴起心里一横，拜倒在地，行以大礼，道："微臣对主公之命，实不能从。求主公治罪，治臣死罪！"

"罢了，罢了！此事以后再议，爱卿请回去吧。"魏武侯摆了摆手，板着脸说着。对上卿这样秩位极高的大臣，国君如此"斥退"，是一种甚不礼敬的表示。吴起满腹的谋划无法说出，只得连连向魏武侯行礼，倒行着"惶恐"地退到殿外。

魏武侯直愣愣地看着吴起消失在殿外，一动不动，过了好久，才大喊一声："来人！"

几个近侍寺人应声奔了进来。

"传大司马进宫。"魏武侯的声音森冷凝重，似是一头猛兽在幽暗的山谷间低吼着。

公叔痤来到宫城内殿时，天色已经昏暗，大殿上熊熊燃烧着数十支蜡烛。蜡烛旁，站着四个近侍，一动不动，如同四根烛架一般。魏武侯脸色阴沉，按着腰间佩剑，在内殿中这头走到那头，那头走到这头，一刻不停。

"臣公叔痤拜见主公。"公叔痤惶恐地跪倒在魏武侯脚下,行以大礼。

魏武侯停下来,盯着公叔痤:"你告诉寡人,一个立有大功,又急于谋取相国之位的臣下,愿不愿意迎娶公主。"

"除非这个臣下疯了,他才会不愿意迎娶公主。"公叔痤恭恭敬敬地回答着。

"吴起是疯子吗?"魏武侯问。

"如果吴起是疯子,那么天下所有的人都会是疯子。"公叔痤强压着心头的狂喜说道。

魏武侯的问话说明——他的计策已经大获成功,使吴起不敢迎娶公主。这样,在魏国的朝廷上,身居高位而又娶了公主的臣下,就只会是他一个人。更重要的是,吴起已因此失去了魏武侯的信任,再也不可能当上魏国的相国。

"吴起不是一个疯子,家中又没有正妻,却为何拒不迎娶公主?"魏武侯又问道。

"这……臣下不知。吴起不是一个寻常的人,心机也非寻常人所能猜透。"公叔痤道。

"不错。吴起是一个不寻常的人,有着不寻常的心机。哈哈,不寻常,不寻常啊。哈哈哈!"魏武侯大笑着,刷地抽出了佩剑,仔细端详着剑上的错金花纹。那花纹隐隐似一头猛虎,伸展着四爪,扑向一条盘绕在云中的长龙。在魏武侯的眼中,猛虎就是吴起,他就是长龙。此刻,猛虎正在扑向长龙。

"主公,您……您……"公叔痤惊骇地望着魏武侯,话都说不利索了。他从来没看见过国君的这种神态——吴起不是疯子,国君倒像是一个疯子。

"大司马,你知道吗?先君临去世前,曾让寡人以这柄剑杀了吴起,杀了吴起!"魏武侯红着眼睛说道。

"这……臣下不知。"公叔痤战战兢兢地说着。他的确不知,当初知道这件事的臣子只有一个人——翟璜。

"大司马,你知道吗?先君为什么要让寡人杀了吴起,为什么?"魏武侯问着。

"臣下不知。"公叔痤不敢正视魏武侯的目光,垂着头答道。

"是的,你不知道,你不知道。唉!你不知道。"魏武侯仰天长叹了一声。

吴起是猛虎,先君怕寡人不能驱使猛虎,反被虎伤,这才想让寡人杀了吴起。唉!寡人自不量力,居然自以为能驱使吴起这头猛虎。寡人错矣!寡人错矣!魏武侯在心里回答着他自己提出的问题,也只能在心里回答着。

"我魏国自立国以来,有最大的两次胜仗,威震天下。你说,是哪两大胜仗?"魏武侯又问道。

"是夺取西河之地,夺取大梁坚城两大胜仗。"

"我魏国如何能获此两大胜仗。"

"夺取西河之地,乃先君贤明,将士用命,一鼓而破强敌。夺取大梁坚城,乃主公宽厚仁慈,善待将士,故人人奋勇杀敌,以报主公。"

"错了,错了!"

"这……臣下错在何处?"

"夺取西河之地,夺取大梁坚城,功在吴起,功在吴起,你知道吗?"

"这个……吴起当然有功。可是,若非先君和主公贤明,拜吴起为将,吴起何能立此大功?"

魏武侯不觉冷笑了:"寡人若是拜你为将,你能夺取大梁坚城,并大破楚军吗?"

"臣下……臣下不能。"公叔痤面红耳赤,声音微弱得如同蚊鸣一般。

"如今我魏国已大胜楚国,若再发倾国之兵,交由吴起统领,可否灭亡楚国?"魏武侯问。

"也许……也许可以灭亡楚国。"公叔痤迟疑地回答道。

"不是也许,是一定!吴起一定能灭亡楚国。灭亡了楚国,我魏国就能一统天下了。"魏武侯大声道。

"臣倒不这样以为。"公叔痤壮着胆子说道。魏武侯要如此称赞吴起,不觉又使他感到心慌起来。

"哦,你是怎么以为的,且讲给寡人听听。"魏武侯一边拂拭着佩剑,一边问道。

"臣下以为,楚国灭亡了,我魏国只怕也灭亡了。"公叔痤抬起头来,大声说着。

"我魏国也灭亡了？亡于何人之手。"

"亡于吴起之手。"

"不错。寡人若拜吴起为相国，他一定能够灭亡楚国。可是他太不寻常了，他不迎娶公主。他的志向太大了，他若娶了公主，就会对他的志向有所妨碍。他的志向是什么？就是灭亡了楚国，也灭亡了我魏国。寡人不能拜吴起为相，不能！只是，寡人若不拜吴起为相，吴起就会另投他国。吴起投了他国，第一个要灭亡的，就会是我魏国。你说，寡人该怎么办，寡人该怎么办！"魏武侯大叫着，将寒光闪闪的佩剑迎空一挥。

"杀！杀了吴起！只有杀了吴起，才会永绝后患！"公叔痤毫不迟疑地说道。吴起一天不死，他就一天不得安睡。他必须牢牢抓住这个大好机会，将吴起置于死地。

"好！"魏武侯大叫一声，"砰"地将佩剑扔到了公叔痤面前，"你去给我杀死吴起，杀死东郭狼，杀死他所有的门客，所有的家臣，一个也不得放过！"

"是！"公叔痤咬着牙，捧起了魏武侯扔下的佩剑，眼中迸出临敌决战时才会出现的光芒。他拥有了国君授予的佩剑，就可以调动都城所有的军卒，杀死吴起及其党徒。

一阵幽风陡地吹进了内殿。烛光剧烈地晃动着，几乎被吹灭，复又燃亮。蜡烛旁的四个近侍仍然一动也不动地如同烛架般站着。只是其中有一人的脸色忽然惨白起来，似初春难以融化的残雪一样惨白。

第四章

惶惶乎吴起入楚 巍巍乎楚王明志

深夜,宁静的街头上忽然出现了一辆飞驰的朱漆驷车,直向上卿吴起的府中驰来。街上时有巡哨的军卒一队队走过。在深夜的都城中,百姓不得擅自出门,更不得驾车疾驰,敢违令者格杀勿论。但是那飞驰的朱漆驷车,却无军卒上前阻拦。只有上大夫才能驾着朱漆驷车行驰,夜行的禁令,并不能管到上大夫这等朝廷大臣头上。

驷车行至吴起府前,尚未停稳,就见上大夫东郭狼跳了下来,向府内急急行去。东郭狼是少数可以不经通报,直接进入吴起府内的"客人"。吴起并未安睡,正和众门客在后堂上观赏歌舞,饮宴为乐。见到东郭狼突然而至,吴起不觉一怔——东郭狼已经是上大夫了,身为朝廷大臣,不宜常到他这里来。如果东郭狼突然来了,一定是有大事发生。何况东郭狼又是深夜而至,是有着非同寻常之事向他禀告。吴起让宴乐继续进行,后在侧室与东郭狼相见。

"大人,主公……主公要对大人下毒手了,大人快……快拿个主意。"东郭狼脸色惨白地说着。

"什么,你说什么?"吴起疑心是他听错了。

白日国君还在和他谈论"亲事",怎么晚上就会对他下毒手呢? 当然,他拒绝了国君所提的亲事,国君可能会不高兴,但也不至于立刻向他下毒手啊。

"主公把佩剑给了公叔痤,让公叔痤调动都城的禁卫军卒,杀了大人。这话,是内宫的近侍寺人赵乙亲口……亲口告诉我的。"东郭狼说着,声音都在颤抖。

"是赵乙说的？"吴起眼中仍有疑色。

他知道赵乙这个人。东郭狼尽管当了大臣,但其"本来职事"之一,却是随时向吴起告知朝廷中的各种消息, 这些消息必须真实、快速而又十分有用。为此,东郭狼不惜大费心力,买通了一些宫内的寺人,甚至买通了国君身边的近侍赵乙。

赵乙的父母为仇家所杀,致使他少年时被迫进宫做了寺人,饱受屈辱,赵乙发誓要杀死他的仇人。但是他虽然成了国君身边的近侍寺人,却无法报仇。魏国内宫对寺人定下的规矩极严,寺人绝不能对宫外的事情表示任何兴趣,否则,就会被视为"不忠",将处以大刑。入了内宫的寺人,就像进了另一个世界,必须忘掉他们所来的那个世界。

赵乙亲眼见到,一个寺人仅仅提到了父亲的名字,就被投入虎圈中,让饿虎活活咬死。作为君王身边的寺人,更须严守规矩。赵乙别说为父母报仇,连父母的名字也不敢在人前提起。可是,东郭狼却悄无声息地杀死了赵乙的仇人,并且设法让赵乙亲眼看到了他的仇人惨死的过程。

赵乙寻到一个机会,当面向东郭狼下跪,发誓纵然赴汤蹈火,也要报了东郭狼的大恩。但是东郭狼却没有让赵乙做任何事,甚至极少和赵乙相见,因为吴起不赞成东郭狼和赵乙来往。

当东郭狼兴冲冲向吴起禀告他收服赵乙的"功劳"时,却被吴起迎头泼了一桶冷水——近侍寺人俱为国君的心腹之人, 若被发觉, 必然受国君猜忌,得不偿失。东郭狼听了,也觉得有理,遂尽量不和赵乙来往。

吴起听"国君要下毒手"的消息是赵乙告诉的,一时疑心这是国君布下的圈套,以此考验他是否忠诚。从前,国君也曾对他有过各种各样的"考验",他都顺利通过了。

"是……是赵乙说的。赵乙说完后,立即自刎而死,我……我拦也拦不住。"东郭狼颤声道。

"什么,赵乙竟自刎了！"吴起大惊,霎时间心中念头百转——如果赵乙是负有国君之命,故意泄露消息试探于我,就绝不会自刎而死。赵乙定是私自出宫,无法回去,又要让东郭狼没有疑心,这才不得不自刎而死。何况,主公年轻气躁,也不可能想出这等老谋深算的"试探"之计来。啊,主公既是年轻气躁,就有可能对我生出杀心。我怎么没想到这……这上面来呢?

"大人,只怕天一亮,公叔痤就要动手了,大人快拿个主意吧!"东郭狼焦急地说着。

"我错了,是我错了。我从来没有想到主公会在这个时候对我下毒手。当初,先君会想着除掉我,是因为先君就要死了,再也不能去建功立业,所想的事情,只是怎样使他的儿子稳坐君位,不受到任何臣下的威胁。而主公正当年轻,急欲建立大功。我已经为主公打败了楚国,即将为主公灭亡楚国,主公又怎么会对我下毒手呢?如果主公杀了我,谁为他灭亡楚国,谁为他一统天下?"吴起痛苦地说着,像是在问着东郭狼,又像是在问着自己。

"大人,此刻离天亮已经没有几个时辰了。大人,您要拿出决断啊。"东郭狼催促道。

"东郭兄,依你看,我当如何?"吴起咬了咬牙,问道。他又一次到了人生的十字路口,必须做出他无法回避的决断。

"以小人之见,我们已给昏君奸臣逼到了绝路上,不如反了!先杀了公叔痤,然后入宫杀了昏君,另立贤者为君。"东郭狼恨声说道,这是他在来吴起府中之前已想到的"决断"。他已经当上了上大夫,可转眼之间,一切又将化为乌有,使他将魏武侯和公叔痤恨到了骨子里。他绝不甘心就这么失去一切,他要把已得到的一切牢牢抓在手里。

"另立新君,列国间不乏先例,倒不失为一个好主意。可惜,只剩下几个时辰就要天亮了。这几个时辰内,我们没有办法召集足够的勇士,能够杀入宫城。"

"难道,我们就这样坐以待毙不成?"

"不,我们绝不能坐以待毙。"

"那……那我们该当如何?"

"以眼前的情势来看,我们只有一条路可走。"

"哪一条路?"

"逃！"

"逃？"

"对。逃！敌不可胜之，又不可与其相持，唯有退避，方为上策。"吴起说着，心中阵阵刺痛。这一逃，他在魏国十数年辛辛苦苦才创下的大好基业，就将葬送得干干净净。老天！你待我为何如此不公？我吴起想干出一番大业，并无谋君贪权之心，却如何如此饱受猜忌屡陷杀机之中？吴起仰望着满天星斗，在心中大呼着。

"逃，怎么逃？"东郭狼问。他实在不甘心就这么逃走，但是连吴起都没有杀入宫城的制胜把握，他也就失去了再提"反了"的勇气，倒更急于"逃"了。

"只有轻装而逃，否则就会被公叔痤追上。"吴起沉重地说着。

"轻装而逃？"东郭狼听了吴起的话，不觉打了一个寒战——这意味着，东郭狼和吴起都不能将后堂的姬妾子女和黄金宝物带走，只能带着有限的护卫亲随逃走。

"我们逃走了，家眷尚有一线生机。若是逃不了，家眷必死无疑。"吴起双眼潮红地说着。虽然他只有几个庶生子女，但到底与他血脉相连，今日却要忍痛丢弃，令他心如万箭穿过。

"大人说得是，如果我们本身都不能逃走，一切就完了。"东郭狼咬了咬牙，说道。

"不仅是家眷，门客也不能多带。就算是尹仲和赵阳生二人，也只能带走一个。你说，带谁走为好呢？"吴起问。

"带赵阳生走，他有勇力。尹仲太过文弱，带他走，他只怕也走不动。"东郭狼回答道。

"也好。尹仲大有贤名，主公或许不会要了他的性命。"吴起说着，大步走出了侧室。既然他已决定要逃，那么逃走得越快越好，一刻也不能耽误。

吴起和东郭狼招来赵阳生，悄悄从门客中挑选了六名勇悍的死士，分乘着三辆驷车从后门出府，向城外疾驰而去。尹仲和其他的门客对吴起的举动丝毫不觉，仍是在后堂上畅饮美酒，与众歌舞乐女调笑不休。

吴起、东郭狼、赵阳生各乘一辆驷车，由两名勇士护卫，其中一名驾车，一名手持长戈。东郭狼在前，吴起居中，赵阳生在后。三辆驷车很快就驰近了东城门。

高大的城门旁立着一只巨大的青铜烛架，有一人多高，顶端生出十余分支，每一分支上都插着手臂粗的蜡烛，燃着尺余长的火苗，照得城门旁犹如白昼一般。烛架旁，立着一员守门将官和十余军卒。

都城的警戒一向十分森严，城门这等重要之地更是由精心挑选的忠勇将士看守，以杜绝有可能出现的徇私舞弊。此刻，守城将官见到飞驰而至的驷车，立刻上前拦住。不论是百姓，还是大臣，俱不能夜出城门，除非他们有国君亲授的令符。

"吾等奉主公之命，有机密大事，须立刻出城。"东郭狼对将官说道。

"上大夫既有主公之命，就该出示主公令符。"将官说道。

"吾等当然有主公的令符。"东郭狼说着，右手悄悄在身旁的持戈勇士腰上拍了一下。

"唰——"那勇士的长戈犹如闪电一般突然刺出，正中那将官的咽喉。那将官竟连惨叫也不及发出一声，就沉重地摔倒在地。与此同时，吴起、赵阳生车上的持戈勇士似猛虎一样跃下来，扑向那十余军卒。这些勇士个个身怀绝技而又力大无比，长戈使出，百数十人也难抵挡。只一瞬间，那十余军卒就被两位勇士全数刺死，仅仅来得及发出了几声惨叫。两位勇士毫不停歇，迅速移开重达数百斤的城门横闩，打开了城门。驾车的勇士急挥长鞭。三辆驷车带着劲风，呼啸着冲出了城门。两位勇士纵身一跃，就跳进了飞驰的驷车中。

惨叫声引来了街头上巡哨的军卒，但他们除了大开的城门和十余具血淋淋的尸首，什么也没有看见。巡哨的军卒们慌忙回至营中，向其将官禀告。将官认为这是一件"强盗"出逃时引起的恶事，并不如何看重，天亮时才去向大司马公叔痤禀告，但他一时怎么也见不到公叔痤。

公叔痤秘密调集了最精锐的宫城禁卒，亲自统领，在天刚亮时就已包围了吴起和东郭狼的府第。他们毫不费力地擒获了吴起和东郭狼几乎所有的门客和家臣，还将吴起和东郭狼的家眷尽数擒拿，却偏偏没有抓到他们最想抓到的人——吴起。

公叔痤大惊失色，如果他抓不到吴起，怎么交回国君授给他的佩剑呢？依照列国惯例，国君授予臣下佩剑，臣下就必须完成国君给予的使命。否则，就须横剑自刎。就在这时,那将官找到了公叔痤,向公叔痤禀告了"强盗"出逃,杀死守门军卒的恶事。

公叔痤一听,就知道出逃的"强盗"正是吴起。他立刻把那将官抓起来,妄以"私通吴起"之罪,关进大狱,接着派出十数路精锐军卒,出城追擒吴起。然后,公叔痤才战战兢兢地捧着国君的佩剑,进宫交命"请罪"。

听罢公叔痤的禀告,魏武侯跌坐在席上,半晌说不出话来,脸上毫无血色。陡然,他跳了起来,狂吼道:"杀,杀,杀! 全都给寡人杀了,全都杀了!"繁华的安邑城中,一时间腥风血雨,人人战栗。

"私通吴起"的将官被杀死,所有被吴起赏识的将官军卒也被杀死。吴起的家眷不论长幼,全都被杀死,东郭狼的家眷同样不论长幼,全都被杀死。吴起、东郭狼二人的门客连同他们的家眷,一样被推上刑场,全都杀死。连国君内宫的无数寺人、宫女,也被杀死。赵乙的尸首在东郭狼的府中被发现,使魏武侯怀疑他身边所有的近侍和宫女,都可能"私通吴起",引起了他对内宫的"血洗"之举。

这一次的大肆杀戮,使数千人命归地府,阴森的血腥之气连日不散,压得安邑城中的人连大气都不敢喘。数十年来,魏国君臣以"仁政"治国,素称宽厚,还从未发生这般残酷的杀戮。魏武侯在大肆杀戮的同时,还遣出使者,日夜飞驰,晓谕各处关塞:吴起、东郭狼犯有"大逆"之罪,不论何人见之,俱可格杀。杀死吴起者,赏黄金一万斤,封食邑一千户。杀死东郭狼者,赏黄金一千斤,封食邑一百户。但魏武侯心里很清楚,吴起既然逃出了戒备极严的都城,就一定可以逃出魏国。在魏国的四面,是秦、赵、韩、楚诸大国,吴起不论逃到了任何一国,都会被人收留。

千军易得,一将难求。而像吴起这样的大将,平日求也无处可求。不论吴起到了哪一国,哪一国就会成为魏武侯最可怕的强敌。吴起会逃到哪一国去呢? 魏武侯在战栗中想着。

此时,吴起逃到了楚国。在天下各大国中,他也只有逃到楚国去,才能有所作为。他绝不会仅仅为了逃命而逃,那梦寐以求的"大业"在他心中唤醒了更强烈的冲动,也要让魏武侯知道——他吴起究竟是怎样的一个人。从魏国到楚国,有几条路可通。吴起选择了一条最快捷也是最危险的路径。他南下由陕邑渡过黄河,进入韩国境内,然后横越险峻的崤山,插入秦国的商邑南部,由楚国西北最重要的关塞——武关进入楚国。

武关一带原为秦国所有,关塞亦为秦国所建,后来秦国势力大衰,遂被楚国夺去。由武关进入楚国的这一条路少有人烟,没有多少驻守的官府军卒。可是这一条路却多有盗贼,专好劫杀路人。且荒山野谷中毒虫猛兽也是极多,使行路之人防不胜防。吴起一行人进入武关时,个个神情憔悴,满身伤痕,狼狈不堪。楚悼王闻听吴起逃到了楚国,大喜之下,立即派出上大夫景寿为使者,至边境迎接吴起。

楚国除王族之外,最有势力的氏族是为昭、景、屈三家。列国间常常传言,楚国朝廷上的大臣,是昭四景三屈二半。意思是楚国朝廷的十个人中有四个姓昭三个姓景两个半姓屈,还有半个,算是别的姓氏。昭、景、屈三大姓的子弟往往刚及成年,就能做上大夫这等地位尊崇的大臣。景寿就很年轻,看上去只有二十余岁。他礼仪娴熟,对客人十分殷勤周到,先让吴起等人在客馆舒服地歇息了几天,换了冠服车马,这才向楚国的都城行驰而来。吴起出逃时,仅三乘驷车、九个人。而此刻,楚国派来护送吴起的各种车辆竟达百余乘,从者千余人。吴起等人回想逃亡之时,恍若噩梦一般。

浩浩荡荡的车队沿着丹水岸边的大道,自西北向东南行去。大道右边为波涛起伏的丹水,左边为高山悬崖,地势极险,偶有开阔处,也是遍地深密的野草,望之令人生畏。那大道也不甚宽,刚好可容三辆驷车并行,而列国间的大道,一般都可容纳六辆驷车并行。楚国的护送车队,俱是两辆并驰,只在大道上留出了数尺空地。

景寿和吴起并驾而行,边行边问:"上卿自武关而来,一路上定是遇到了许多凶险之事?"

吴起苦笑了一下:"其实本无凶险,在这条路上,我们并没有遇到官府盘查,也未受到毒虫猛兽的伤害,倒是数次被强盗围住了。有一次,我们遇到了一股上千的盗贼,险些难以脱身。"

景寿点点头,道:"不错,秦国人、韩国人素喜为盗,致使这条路上少有商旅,使武关几乎没什么赋税可收。"

不对,我们遇到的盗贼,大多是楚国人,连那一群上千的盗贼,也是楚国人。吴起在心里说着,也只能在心里说着。列国间,向来都是自诩国中安泰,少有盗贼。

"武关是秦人南攻贵国的必经之地,须重兵驻守。只是以吾观之,武关之内,似乎并无多少军卒。"吴起转过话题说道。

"这就要感谢上卿了。上卿在西河杀得秦人闻风丧胆,使秦人自顾不暇,哪有余力来攻我楚国呢?故我楚国不必在此关驻以重兵。"景寿笑道。

唉!此人身为楚国大臣,却是华而不实。忌讳国人为盗,尚是情有可原。不知此武关须驻重兵,实是无知之言。此武关不仅为防备秦人而设,实为楚国西北门户,若韩国知此武关空虚,派一支奇兵突入你楚国该如何应付?吴起在心里叹道。

从景寿身上,吴起感到他在楚国若想实现大业,势必和在魏国时一样艰难,甚至会重蹈功败垂成的覆辙。不,我绝不能重蹈覆辙,楚国或许是我最后的一个机会,我必须牢牢掌握住这个机会,绝不放松。离开魏国这么多天了,不知魏国人会将我的家眷怎么样了……唉!我怎么又想到了这上面,生杀之权操在魏国人手中,我想也无用。

"上卿名震天下,今日来到我楚国中,大王必当重用。上卿到时请别忘了提携在下一二啊,哈哈!"景寿看来非常愉快,笑声不断。

初次相见,你就透露请托之意,未免太失大臣风度。吴起心中鄙夷地想着,口中却不能不加以应付:"在下乃逃难之人,若蒙大王不弃,加以收留,已是天高地厚之恩,岂敢有所奢望?在下倒应该请上大夫多多提携才是。"

"哈哈哈!上卿太过谦了,天下谁不知你是百战百胜的名将,得你一人,胜得十万甲士,大王对你岂止是不弃……"

景寿忽然说不下去了。车队正行在一处开阔地带,道旁的野草中陡地蹿出了百余人,直向车队扑来。那百余人衣衫不整,满脸尘土,手中俱是持着长戈短剑,在日光下闪烁着夺目的寒光。

"是强盗!"景寿惊呼着,面如死灰。

百余强盗直向车队中间的吴起冲来,势若疾风。车队的护卫甲士虽有千余人,却排成了一条长线。围绕在吴起和景寿身边的护卫甲士并不多,仅有十数人,无论如何也挡不住强盗的攻击,只有躲避,但又无法躲避。道路狭窄,驷车不能急速前驰后退,更不能向右侧的丹水退去。危急中,忽有八位壮汉挡在了吴起的车前。八位壮汉是东郭狼、赵阳生和随同吴起出逃的六名勇士,他们都坐在紧邻吴起的车上,见到强盗,立刻飞身跃至。

"哇呀呀——"强盗们怪叫着,戈剑齐举,向八位壮汉猛击过来。

八位壮汉手持长戈,更凌厉地反击着。但见火光四进,兵刃的交相撞击声响成一片,惨呼声亦是连连响起,鲜血飞溅。四五个强盗栽倒在地,而八位壮汉中有一半身上也现出了血迹,现出不支之态。眼看强盗们就要撞破八位壮汉的阻拦,杀到吴起车旁。吴起本来是十分镇定,对众强盗"视而不见",此刻却不由得神色大变,抽出了腰间佩剑。

幸而大队的护卫甲士从前后两边呼啸着杀至,对众强盗形成了包围之势。众强盗这才放弃了对吴起的攻击,飞身后退,就像来时一样迅疾,眨眼间就消失在野草丛中。

"啊,没想到……没想到秦国、韩国的强盗都跑到了我楚国境内。"景寿惊魂稍定,强笑着说道,又问,"上卿受惊了,没伤到什么吧?若是上卿受了伤,在下只有自刎相谢了。"

"多谢上大夫,我倒没伤着什么。"吴起拱手向景寿行了一礼,心头疑云重重——来者绝不是一般的强盗。他们行动快捷,勇悍过人,其攻击队列和久在军中的士卒一模一样。

强盗只有百余人,如何敢向如此庞大的车队下手?何况强盗们直接向我冲来,目的极是明显,就在于杀死我,而不是要抢劫什么。且强盗们又哪有如此精良的兵刃呢?他们不是强盗,是刺客!是受了谁的指使,有意埋伏在此,专向我下毒手的刺客。这指使的人是谁?他一定知道我必须从此经过。而能知道我从此经过的人,定是楚国大臣。

这个大臣是谁?景寿是否也参与了其中,如果景寿也参与了其中,那么我与他同行,就是极其危险了。不,看来景寿没有参与其中。否则,刺客们就不会采用这种手段攻击我。景寿是迎客使者,客人被刺死,景寿也难逃死罪。那想对我下毒手的楚国大臣,竟是连景寿的性命也不顾了。景寿是上大夫,在楚国朝廷中权势不弱,敢将景寿置于死地的人,其权势定在景寿之上。这个楚国大臣究竟是谁,为何定要将我杀死!

吴起心中的疑云并未在神情上显露出来，他跳下车，走到受伤的勇士旁，亲手为其裹伤。景寿见了，不觉目瞪口呆，他无法相信，一个身为上卿的尊贵之人，怎么能给卑贱的随从行此"医者"之劳呢？

楚国的众护卫甲士也看得呆了，似吴起这等尊贵之人，他们平日远远见了，就须屈身行以大礼，不敢仰视。在楚国，别说是上卿，就算是一个下大夫，也不会对寻常的随从多看一眼，更休说是行"医者"之劳了。其实，这种向卑贱者行"医者之劳"的举动，对吴起来说，已是极为寻常的事情。受伤的勇士也不以吴起的举动为怪，坦然受之。

吴起行完"医者之劳"后，回到车上向景寿问道："此等险恶路程，还有多远才能走完？"

"唉！这等险恶路程至少还有三天才能走完，早知如此，在下就会选择从水路行走。水路上行走虽然麻烦，却不会受到强盗的惊扰。"景寿叹了一口气，话锋一转，"不过，上卿也不用担心，前面的邓邑太守是我叔父，我可以让他多派护卫。"

景寿说着，边下令让车队继续前进，边让亲信随从飞驰邓邑"借兵"。邓邑太守十分慷慨，立即"借出"五千士卒和战车五十乘，加入到护送"贵客"的行列中。在多出了五千士卒之后，景寿的迎客车队再也没有遇到盗贼袭击，顺利地行至郢都。

楚悼王模仿周天子的"迎宾"仪式，以隆重的礼仪，在郊外布下了万余人的迎宾行列。随同楚悼王迎接吴起的，还有楚国朝廷中势力最大的五位朝臣。

一位是太师兼令尹昭忠。在楚国，太师和令尹是最有权力的两个官职。太师名义上是楚王的"老师"，有辅导楚王"勤政爱民"的责任，且又执掌内宫禁军，虽然并不具体管理朝政事务，却可以通过楚王来影响朝政。令尹则是朝臣之首，其职掌相当于列国的相国。凡朝中军政大事，无不须先禀告令尹，然后才上达楚王，其权势在许多时候，都大过了太师。如此重要的两个官职，却由昭忠一人担任，可见昭忠在楚国的权势之大，已是无人可比。

第二位是大司马昭雄。大司马主掌军卒的征集、调动、训练，权势亦是不弱。

第三位是左徒屈宜臼。左徒为令尹的副职,负责法令的实行并处理朝中日常事务,甚有实权。

第四位是上柱国景黄。上柱国为军中主帅,主掌与敌国交战,平日不常设置。上柱国这类官职,无战事时,权势不算很大。战事一起,则直接掌握着许多人的生死处置,权势一下子会大得令人生畏。

第五位是典客景冉。典客主掌各国往来礼仪,与列国贵人多有交往,楚王每遇列国相争之事,必召典客询问。故典客可以常与楚王相见,权势自是令人羡慕。

郊迎礼仪行罢,楚悼王与吴起同乘一车,进入郢都。郢都街道宽阔,屋宇相连,重重无尽,其繁华与中原的都邑比,毫不逊色。吴起无心观赏道旁的街景,暗暗打量着楚国君臣,估计他在楚国将会得到一种什么样的"机遇"。

楚悼王年约四旬,相貌威严,眉宇间常常透出一种无法掩饰的忧虑。看楚王的神情,他对国政之事,甚是不满。但凡国君不满国政,必愿大行变革之举。嗯,只要楚王愿行变革之事,我在楚国就大有作为。吴起在心中满意地想着。

昭忠年在五旬上下,身形矮瘦,对吴起十分"礼敬",热情得旁人见了都觉得过分。此人所作所为,显然是为了让楚王看的。我到楚国,只怕会削弱昭忠的权势,而昭忠偏偏对我如此热情,由此观之,其人必是伪而凶险,将是我最厉害的对头。吴起在心中警惕地想着。

昭雄年在三旬左右,身材魁梧,见了吴起,十分冷淡,处处露出"不敬"之态。其人缺少心机,且又粗鲁无礼,倒是不难对付。吴起在心中轻松地想着。

屈宜臼、景黄、景冉三人年纪都在六旬以上,白发苍苍,仪态庄重。三人见了吴起,俱是不卑不亢,既显出了"礼敬"之意,又保持着他们身为大臣的自尊。此三人一副正人君子模样,只怕都是老谋深算之辈,不易对付。吴起忧虑地在心中想着。

吴起心中念头百转,不知不觉间已来到楚国的内宫,登上了金碧辉煌的朝堂。楚悼王在朝堂中摆下了盛大的宴会,请吴起坐上王座旁的尊位,欣赏楚国乐舞。自昭忠以下,楚国大臣都坐在陪客的位置上,众星拱月一般围绕着楚悼王和吴起。

吴起刚坐下来,就被殿堂前的一排气势不凡的编钟吸引住了,目不转睛地看着。周室对音乐极为看重,视为敬天祭祖的必备之器。音乐的好坏,直接关系着与神灵祖先交流的畅通与否。且音乐又可教化人心,使人克己守礼,不生邪念。故周公治天下时,"礼乐"并称,且特意对音乐加以详尽的研究,制定了天子、诸侯、庶人等种种级别森严的"乐律标准",谁若越过这些"标准",就会受到斩首的处罚。

楚国编钟的架柱高有丈余,共为三根,每根都铸成威猛的勇士,头戴金盔,腰悬长剑。架梁也有三根,长达五丈,方形黑漆,分上中下横跨在架柱上。下梁最粗,径阔二尺,由三位"勇士"用双手托在腰间。中梁径阔一尺二寸,压在三位"勇士"肩上。上梁径阔六寸,被三位"勇士"顶在头上。闪光的黑漆架梁上绘着鲜明的红、黄二色图案,做龙飞凤舞之状。架梁的两头,都套着精致的青铜饰首,上面刻满云水花草等美丽的纹线。编钟亦分成大中小三种,悬挂在上中下三根彩绘木梁上,闪烁着夺目的光华。最庞大的编钟,悬在下梁上,共十余只,每只高有五尺,阔有三尺,看上去似有千斤之重。中等的编钟,悬在中梁上,共三十余只,每只高有二尺余,阔有尺余,看上去也在百斤上下。上梁悬挂的编钟,也是十余只,每只高尺余,阔六寸,虽形态最小,亦有十余斤重。

编钟不论大小,都刻有精细的花纹和许多铭文,既华丽,又显出了庄重之意。整架编钟浑然一体,气象宏大,却又层次分明,条理清晰,令人观之,不能不赞叹为神工所为。

我在齐、鲁、魏诸国多年,从未见到如此高妙的铸铜之技,楚国的工艺精湛,可称为诸国之首矣。楚国既能铸造这么宏大的编钟,国力之雄厚,不问可知。吴起在心中感慨地说着。

吴起正想着,就见一队女乐走上了朝堂,翩翩舞动起来。女乐共有八八六十四人,又是只有天子才能享受的"天子之舞"。随着女乐的舞动,堂前跪坐的乐工们奏起了悦耳的音乐。六位身高体壮的大汉则举着长长的大棒,敲击着编钟。大棒一头粗一头细,细者点打小钟,粗者击打巨钟。顿时,凝重浑厚而又清雅明亮的钟声在整个朝堂上回响起来。

其他的乐器,如琴、笙、箫、竽、瑟等,全都黯然失色,成为编钟的衬托。音乐声中,六十四位乐女亮开歌喉,以婉转的楚音唱着楚国歌曲。

吴起凝神听着,他能听懂楚音,乐女们所唱之曲的歌词每一字他都听得清清楚楚——

凤兮凤兮
高山之巅
三年不飞兮
一飞冲天

凤兮凤兮
高山之巅
三年不鸣兮
一鸣惊人

凤兮凤兮
何三年不飞兮
凤兮凤兮
何三年不鸣兮

凤兮凤兮
三年不飞
在高山之巅
凤兮凤兮
三年不鸣
在高山之巅

高山之巅兮
多云烟
多云烟兮

路漫漫

路漫漫兮

不胜寒

不胜寒兮

在高山之巅

东天日出兮

云烟散

云烟散兮

路可见

路可见兮

身可暖

身可暖兮

一飞冲天

身可暖兮

一鸣惊人

乐女们所唱之歌,不似寻常的楚国歌曲那样音韵跳跃,忽急忽缓,其音韵悠长舒缓,倒像是中原的雅曲一般。一曲歌罢,乐女们缓缓退至堂前停了下来。吴起犹自凝目注视着众乐女,仿佛仍沉浸在歌曲声中。

"寡人闻上卿善听楚音,可知此为我楚国何等之歌?"楚悼王见吴起听得出神,笑问道。

吴起拱手行了一礼,道:"外臣听说,楚国之歌名闻天下者有三,一为《九歌》,是为祭神之曲,乃大禹所传,列国皆失,唯楚国存之。二为《阳春白雪》,乃天帝使素女传至人间,列国亦是皆失,唯楚国存之。三为《下里巴人》,乃民间之曲,凡楚国之人,皆能歌之。此歌清雅悠深,当为《阳春白雪》之曲。外臣听说《阳春白雪》之曲辞歌数百,其中有一《凤鸟》的辞歌。外臣适才所听之歌,当是《凤鸟》。"

吴起还有一句话没有说出来——大王之意,外臣已明了在心。《凤鸟》之

曲,是楚国自立国以来最有作为的国君楚庄王即位后才流传开来的。楚庄王
的时代,是楚国强盛到顶点的时代,令楚国人无限怀念。《凤鸟》之曲,是楚国
人怀念楚庄王时代的歌曲之一,此类歌曲甚是古雅,号为《阳春白雪》,在百
姓中间流传不广,但在宫廷和贵族之中却是广为流传,人人能够吟唱。

此时此刻,楚悼王让乐女们唱出这支《凤鸟》之曲,是在告诉吴起——他
本来不是一只凡鸟,也不想做一只凡鸟,他是立在高山之巅的一只凤鸟。他
愿意像祖先楚庄王那样,虽是三年不飞不鸣,却能够一飞冲天,一鸣惊人。只
是他孤立在高山之巅,放眼望过去,尽是云烟迷漫,见不到出路。致使他身在
高处,不胜寒意侵袭,无力可飞,无力可鸣,也不知该飞向何处,怎样去鸣?他
期待着吴起能够像东天的一轮红日,出现在楚国的朝堂上。这样,就会云烟
消散,出路倏然可见。那袭人的寒意,也不翼而飞。他这只高山之巅的凤鸟,
也就能顺利地实现一飞冲天、一鸣惊人的宏愿。

虽然吴起没有明白说出,他已知道“大王之意”。可楚悼王还是从吴起的
神情上明白了——他的这支《凤鸟》之曲,完全达到了预期的目的,这使得楚
悼王十分高兴。

“《阳春白雪》上卿已听到了,不知是否愿听我楚国之《下里巴人》?”楚悼
王兴致勃勃地问道。

一般来说,《下里巴人》这类低俗之曲,不宜在庄严的朝堂上歌唱。楚悼
王却不顾常情,想让吴起在朝堂上听《下里巴人》之曲,实在是有些“得意忘
形”了。楚国的众大臣,都露出了不悦之色,尤其是大司马昭雄,更是双拳紧
握,目视吴起,公开显出了愤怒之意。

吴起本来想对楚悼王说,他听了《凤鸟》之曲已是深感大王美意,不必再
听《下里巴人》了。但见到楚国大臣的这种情形却又改变了主意,拱手对楚悼
王说道:“古人云,听下民之歌,可知下民之俗,外臣既已来到楚国,当然愿意
听到《下里巴人》这等下民之歌。”

愤怒之下更易露出真情,吴起想借机对这些楚国大臣加以更深的观察。
听了楚悼王有意让他欣赏的《凤鸟》之歌,吴起就已明白,楚国朝堂上的大
臣,十有八九会成为他的敌人。这些大臣,正是使楚悼王无力可飞,无力可鸣
的“云烟”。吴起作为“东天之日”,必须将这些“云烟”尽数驱散。可是这些大

臣又岂会心甘情愿地被吴起驱散？吴起和这些大臣之间，势必有一场艰苦的"决战"。

"好，身为大臣者原应多听下民之歌，对民间疾苦多加关怀。"楚悼王高兴地说着，语气中俨然已将吴起视作了楚国大臣，并隐隐透出了对吴起的"重托"之意。

《下里巴人》之歌既是民间俗曲，自然不宜用"天子之乐"来伴奏，只两三支笙竽吹奏着，伴着六位乐女在朝堂上边舞边唱——

江水流

汉水流

江汉之畔有孙叔

江水去

汉水去

江汉之畔孙叔呼

去为何

呼为何

遍地两头蛇

不可住

不可住，移他处

期思之地结茅庐

江水流

汉水流

江汉之畔有孙叔

江水回

汉水回

江汉之畔孙叔呼

回为何

呼为何

高天有凤鸟

可安居

可安居,为乐土

江汉之畔皆歌舞

江水流

汉水流

江汉之畔有孙叔

晨持锄

暮持圭

朝堂之上孙叔呼

孙叔呼

江水之神服

汉水之神服

吴起听着,神色凝重。楚国大臣们听着,人人坐立不安,神情纷乱,有人怒气冲冲,有人横眉立目,有人面带愧色,有人面带忧愁。只有楚悼王镇定自若,神色不乱。乐女们唱的,是《下里巴人》众多辞歌中最著名者之一,名曰《有孙叔》。歌中所唱的"孙叔",是楚庄王时代著名的大贤孙叔敖。

《有孙叔》这支歌曲一唱出来,朝堂上的众楚国大臣就明白了国君在歌中透露出的"深意"——楚悼王已将吴起视为孙叔敖,竟是欲拜吴起为令尹,让吴起执掌楚国的朝政大权。但是吴起又怎么能与孙叔敖相比呢?

孙叔敖以"仁德"名闻天下,且又是楚国世族之后,父祖俱为朝中大臣。吴起固然也是名动天下,但只是以知兵善战名闻天下,并无什么"仁德"可言。更重要的是,吴起不是楚国人。楚国历代著名的令尹都是楚国的大族后代,绝少有一个他国人会成为楚国的令尹。让一个别国来的"逃亡之臣"成为楚国令尹,是对所有楚国大臣的羞辱。

只是,国君为朝中至尊,如果坚持要让吴起为令尹,谁也无法阻挡。不过,楚国众大臣亦非"无能"之辈,明着不能阻拦,暗地里定会使出种种手段,迫使国君收回成命。若是国君拒不向朝中大臣屈服,必然会生出大乱。

昭忠是楚国权势最大的臣下,可看上去他并未完全控制朝政。怒气冲冲者、横眉立目者多半是他一党。他们在朝中获利最多,唯恐有所失去,会拼命与我作对。

面带愧色和忧愁者,自然不会是昭忠一党。他们对楚国朝政亦是不满,又怕发生大乱。如果我做得好些,他们会帮我,反之,他们就会帮昭忠了。不,他们占了朝中一半,我绝不能让他们去帮昭忠,他们若帮昭忠,我在楚国就难有任何作为。

要让他们帮我,首先须得到他们的信任。可我并非是楚国人,与他们素无交往,只有"智谋"之名,而无"仁德"之名,只怕很难得到他们的信任,这该如何是好呢?吴起一边观察着众楚国大臣,一边在心中思索着。

《有孙叔》这支《下里巴人》之歌唱完了,乐女们又一次缓缓退到了堂前。

"上卿听了这《下里巴人》之歌,对我楚国的民俗当有所知了。"楚悼王笑道。

吴起站起身,谦恭地对楚悼王行了一礼,道:"外臣一向对楚国风物民俗极为倾慕,今日蒙大王天高地厚之恩,使外臣既听到了《阳春白雪》,又听到了《下里巴人》……"

"吴起!"昭雄突然叫了一声,打断了吴起的话头,"你当然倾慕我楚国风物,所以才会领着魏国大军夺去了我楚国的大梁城,还杀死了我楚国数十万勇士。"

吴起一怔,随即转过身来,向昭雄行了一礼:"司马大人是在责我身为臣下,不该为国君竭尽心智,做好一个臣下应该做好的事情吗?"

"你……"昭雄倒憋了一口气,愤愤说道,"你既然是为国君竭尽心智,为何国君要将你的家眷……"

"昭雄不得无礼!"楚悼王怒喝一声,打断了昭雄的话头。

"臣下……臣下知罪了。"昭雄不服气地说着,勉强向楚悼王行了一礼,算是"认错"。他这么在国君面前直呼"宾客"的名讳,是一种不合大臣身份的无礼举动。

国君将我的家眷……他此话何意?莫非是……吴起心中不觉大跳了几

下。

"上卿大人。"左徒屈宜臼站起身来,恭恭敬敬地向吴起施了一礼问道,"大人既然对我楚国风物民俗十分倾慕,想必也知道这《下里巴人》之曲的来历吧?"

楚国众大臣听了,都是大感兴趣,目不转睛地望着吴起。虽然楚国人人都知道,《下里巴人》乃是民间之曲,但若细问其来历,则许多人都会答不上来。连楚国人自己都对《下里巴人》来历不甚明了,吴起恐怕更难回答,要当众出丑了。

吴起微微一笑,从容答道:"里者,民之所居也。下者,地下也。下里,列国往往以为是贱民所居之处,误也。下里实为民之死者归葬处也。《下里巴人》之曲实分为二,为《下里》《巴人》,《下里》之曲,起于为死者送葬,往往歌颂死者生前之德,以示亲族哀悼之意。《巴人》乃巴国之人所歌之曲也。巴国君臣暴虐,民不堪其苦,闻楚国大王贤明,纷纷投奔。巴人感谢楚王之恩德,怀故乡之亲人,其歌婉转低回,又高亢悠长,深为楚人所喜,将其曲与《下里》相合,成为《下里巴人》,遂广为流传,天下知名。"听到吴起回答得如此详细,楚国大臣不觉面面相觑,说不出一句话来。他们中的大多数人对《下里巴人》这等贱民之曲其实还不如吴起知道得清楚。

"不错,不错啊!上卿对我楚国风物民俗果然甚是熟悉,寡人深为佩服。哈哈!"楚悼王高兴地大笑起来。他对吴起的那句"闻楚国大王贤明,纷纷投奔"之语极为满意。其实,楚国与巴国乃数百年的敌国,双方经常发生残酷的攻掠杀伐之事。楚国境内的巴人,主动投来者甚少,被楚人俘虏来的,倒是占了绝大多数。

"在楚国,不唯《下里巴人》之曲由悼念逝者而来,即《阳春白雪》,也是如此。"见楚悼王高兴,吴起又说道,"《阳春白雪》亦可分为二部,为《阳春》《白雪》。《阳春》之曲本为楚国宗室诸族特有的葬歌。楚国宗室,乃天神之后,归葬歌曲,自然由天神所传之乐配之。《白雪》之曲,乃颂扬古圣人之歌也。楚国宗室所逝者,多有可称为圣人的仁德长者,故《阳春》《白雪》到后来已合为一体了,成为朝堂雅曲。适才那支《有孙叔》之歌,其实更宜用《阳春白雪》之乐配之。因孙叔令尹本为楚国宗室诸族的后代,其仁德之隆,比之古圣人,毫不逊色。今楚国百姓却以《下里巴人》之乐配之,赞颂孙叔令尹,实为楚国宗室诸族之荣耀也。列国之间,百姓如此怀念宗室诸族之逝者极为少见。由此观之,楚国宗室诸族,贤者多矣。吴起乃一逃亡之臣,今日能与楚国宗室诸贤同为宴乐,实为莫大荣幸,此全是大王不弃外臣卑贱,所赐厚恩也。"吴起说着,又向楚悼王深施了一礼,然后转过身,对朝堂上的楚国众臣也深施了一礼。

朝堂上的楚国大臣绝大部分是昭、景、屈三姓,而昭、景、屈三姓俱为楚国宗室诸族的分支。吴起的一番话,既表明了他对楚国的倾慕之心决非虚言,又对楚国宗室诸族表示了他的敬仰之情,使许多楚国大臣顿时对吴起生出了好感。楚国众大臣纷纷站起身,对吴起拱手回礼。就连屈宜臼、昭忠等人也不得不随众回礼。只有大司马昭雄仍是阴沉着脸,端坐不动,眼中透出毫不掩饰的敌意。

楚悼王见到朝臣们和吴起互相礼敬,大为高兴,令乐工们奏起郑卫之曲,乐女们唱着郑卫之歌。楚国经过数百年与中原各国的交往,习俗已和中原各国渐为接近,在朝堂上欢乐之时,亦喜郑卫的"淫邪"之曲。当下楚国君臣和吴起尽情欢乐,直到天近黄昏时,宴乐方才结束。

"初次相见,寡人不能不略备薄礼,以示诚敬。"在吴起告辞之时,楚悼王笑道。

"谢大王!"吴起拜倒在地,行以大礼。

依惯例,楚悼王这时候应将他的"薄礼"赐予吴起,但奇怪的是,楚悼王并没拿出礼物。

"寡人之礼,已送至馆舍。"楚悼王说道。

这是一种什么礼物呢?楚王为何不能当面对我提及?吴起心中浮起了疑云。

第五章

贰姬念恩生情愫 鲁班墨翟论攻守

各国都城中设有招待国宾使者的馆舍,在馆舍的后堂上,吴起见到了楚悼王送给他的"薄礼"。那"薄礼"是二十名艳丽的楚国美女,对于楚悼王会送给他美女,吴起本来并不感到惊讶,他本有好色之名,楚悼王若欲对他大用,自会投他所好。可是,吴起见到了众美女后,仍大感惊讶。因为在楚国的那二十名美女中,他见到了一个非常熟悉的人——曾经冒犯了魏国国君的贰姬。

他在大梁城见到的贰姬是歌女装扮,此刻见到的贰姬,却是世族小姐的装扮。吴起似乎明白了,楚王为何不当面向他赐以"薄礼"。歌舞乐女是官府的女奴,自然可以当作"礼物"赐予吴起。但若将楚国世族家的小姐也当作了"礼物"赐予吴起,则楚国大臣们心里未免会不舒服。不过吴起仍然不明白——贰姬怎么会变成这样的一种装扮呢?依照常例,贰姬的父亲已被楚王依照谋反之罪处死,就算遇到大赦,也不会赦免贰姬这样的罪臣之女。

"贱妾见过上卿。"贰姬向吴起盈盈一拜,其余的十九位美女则是跪下行以大礼。

"楚王恢复了你家族的荣誉?"吴起盯着贰姬问道。

"是。大王将贱妾的族兄过继给了父亲,以承袭父亲的爵位。"贰姬答道。

"楚王是不是得到我投奔他的消息之后,才恢复了你家族的荣誉?"吴起又问。

他在大梁城中曾对贰姬说过，待他大破楚军之后，就将贰姬送回楚国。后来他果然在榆关大破楚军，也守诺派人将贰姬送回了楚国。听到吴起的问话，贰姬并未回答，而是摆了摆手，让那十九位美女退到了堂下。华丽的大堂上，明亮的烛光下，只站着吴起和贰姬。这种情景，和吴起在大梁城见到贰姬的情景甚为相似，使吴起一时有恍然若梦的感觉。

"是的，大王知道你投奔楚国后，立即将我召到内宫，当面向我赔罪，说他错听了奸臣之言，错杀了我父亲。第二天，大王就恢复了我们家族的荣誉。"贰姬这才答道。

吴起嘴角露出了一丝冷笑："如果我未投奔楚国，楚王会恢复你家族的荣誉吗？"

"不会。"贰姬坦然答道，"我被你送回楚国后，大王立刻召见了我，问了你的许多事情，可就是不提我父亲被冤杀的事情。我仍然只是官府中的一个歌女，让人当作礼物送来送去，但是你投奔到楚国后变了，你又一次救了我。上一次你救了我，我不感谢你。这一次你救了我，我……我诚心地感谢你。"贰姬哽咽着说道，双眼潮红，跪下来对吴起行以大礼。

吴起挥了一下手，神情冷漠地说："你起来吧，无论上一次和这一次，都不是我有心要救你。尤其是这一次，我连想都没有想到过你，你根本不用感谢我。"

贰姬站起了身，凝望着吴起道："我之所以能够屈辱地活到现在，就是盼望着有一天能恢复家族的荣誉。可是，仅仅依靠我自己，永远也不会等到这一天。"

"你太缺少耐心了，许多时候，只要等待那么一刻，你就会得到你希望得到的一切。"

"可是我已经等不下去了，我只想死。"

"幸亏你没有死。不然，今天的一切你就看不到了。"

"那是因为有了你。没有你，我永远也不会见到今天的一切。"

"错了。不是因为我，是上天。你真正应该感谢的，不是我，是上天。"

"是上天？"

"对，是上天。我们每个人的命运，都掌握在上天手里。是上天让我遇到了你,所以才会有今天的一切。"

"不。"贰姬摇了摇头,"我不感谢上天,我只感谢你。我要永远留在你身边,陪伴着你。"

不,你不能留在我身边,我也不想让你陪伴着我,吴起在心中说道。这一句,他也只能在心中说着。贰姬是楚王送给他的礼物,他不能拒绝。

"你怎么不说话?你在想什么?"贰姬用一种很亲密的语气说着,她的身份决非那些寻常的歌舞乐女可比。尽管她从前也是一位歌女,但她现在的身份,却是楚国世家大族的女儿。实际上,楚悼王是赐她成了吴起后堂的女主人。

"我在想,我在想……唉……"吴起不知道该说什么,沉重地叹了一口气。

"你在想……想留在魏国中的家眷吗?"贰姬说着,眼中的泪水夺眶而出。啊,她怎么会这样……吴起心中陡地一阵刺痛,想起了昭雄曾说过的半句话——为何国君要将你的家眷……当时,他就已隐隐明白发生了什么事,却又不敢真切地想明白。当时他要拼出全力,去对付楚国满朝大臣的嫉妒敌视之意。现在他有时间去想了,他从来就敢于面对一切,这也是他最令对手们感到畏惧的地方。

"不用去想了,我没有家眷。"吴起以连他自己都感到惊异的平静语气说着。

"啊,你……你早知道了。"贰姬垂着头说着,她不敢面对吴起的面容。

吴起的脸上,见不到一丝悲痛之意。他的心肠,真是如铁石做成的吗?贰姬困惑地想着。

"是的。我早就知道了,从我决定逃出魏国的那一刻起,我就知道将会发生些什么?"吴起说道。

"那……那你为什么会逃出魏国呢?"

"因为魏国的国君疑心我要谋反。"

"不,你绝不会是一个谋反的人。你如果是一个会谋反的人,就……就不会……不会一心要使魏国灭了楚国。"

"那么,你的父亲会是一个谋反的人吗?"

"这……"贰姬无法回答。他的父亲绝不是一个谋反的人，但是被国君以谋反罪处死。

"你真不该跟在我身边。我身边的女人，没有一个有好下场，不是让我杀了，就是让别人杀了。你或许应该回到贰城去，回到你的家族中去。"吴起低沉地说着。

"难道……"贰姬惊疑地问，"难道传言是真的，上卿杀了……杀了自己的夫人。"

"是的，我把田氏送给我的夫人杀了！"吴起脸色如铁，将"田氏"二字说得很重。

田氏为齐国事实上的国君，楚王也是国君。田氏送了一位夫人给吴起，楚王也送了一位贰姬给吴起。吴起不愿再一次感受到心中的刺痛，这对他全力投入"大业"并没有利处。他想以这句话"吓走"贰姬，这样，他就能在不得罪楚王的情况下甩掉一个不必要背上的负担。

"你的夫人一定是……是背叛了你。"贰姬脸色苍白地说着。

"是我背叛了夫人。我本来应该尽忠田氏，但是我却决心统率鲁军，杀向田氏。"

"为什么，为什么你会这样？"

"因为田氏只想让我充作一条咬人的狗，永远都是一条狗。可我不想成为田氏的一条狗，我想做的事，是灭国夺地的大事，我想让数百年争战不休的天下归于一统。在我之前，没有任何一个人能做成这等大事，只有我能做到。你明白吗？只有我能做到！这是上天给予我的使命，是上天注定要让我来做成这等大事！我绝不会放弃这个使命，也绝不会逆天而行。为了做成大事，纵然付出任何代价，我也在所不惜！"

"这么说，并不是你喜欢楚国，才会投奔到楚国来，而是楚国能帮你完成大业？"

"是的。能帮我做成大事的，除了魏国外，只有楚、齐、秦、韩、赵五国。燕国太偏远，我难以投奔。楚、齐、秦、韩、赵五国中，韩、赵为三晋之中的诸侯，与魏国连得太紧，难以为我所用。秦国有权臣执政，我难建大功。齐国与我有私仇，又难以容我。所以，并非是我愿意投奔楚国，而是我只能投奔楚国。"吴起回答道。他不明白,他为什么会对贰姬说出这样的话来。贰姬只是楚王赐给他的一个人,他不应该对贰姬说出这等话来,今日他好像不能控制自己的心神了。

"难道,楚国没有任何值得你喜欢的……喜欢的事情吗?"贰姬又问道。她本想说——难道,楚国没有任何值得你喜欢的人吗?但她却没有说出。

"当然,楚国有着许多我喜欢的事物。比如,楚国国土最大,楚国的国力最为雄厚,楚国的士卒之多,戈矛之锋利,天下无双。这些,对我欲做成大事极为有利。"吴起答道。

不,这不是我想听到的回答!贰姬差点呼喊出来。她努力镇定了一下心神,问道:"记得你在送我回楚国之前,曾对我说过——你还会见到我的。你记得这句话吗?"

是的,我那会说过这句话。我是想以魏国相国的身份,率领大军进入郢都后再见到你。可是现在,我却是以"逃臣"的身份见到了你,这算怎么回事呢?吴起不愿再想下去,道:"我还有事,今晚就不到后堂来了。"说罢,转身向前堂走去。

贰姬怔怔地站立在堂中,看着吴起的背影渐渐消失,不觉泪流满面。

在馆舍的前堂上,吴起见到东郭狼、赵阳生二人。二人神情哀伤,眼圈赤红,似是痛哭过一场。

"是在下无能,害了二位,害了……害了……"吴起哽咽着,说不下去,弯腰向二人行了一礼。他从东郭狼、赵阳生的神情上知道——二人已经证实魏国发生了什么事情。东郭狼、赵阳生二人连忙跪倒下来,向吴起还以大礼。

"这……这怎么能怪大人呢?当初若无大人当机立断,只怕小人自身亦是难保。魏君太……太毒辣了,竟然做得这么绝,把我等的家眷全部害了。还……还……"赵阳生说着,说不下去了。

"刚才小人听馆舍的长吏说,魏君不仅是害小人们的家眷,害了大人所有门客的家眷,还滥杀无辜,把许多不相干的人也杀了。"东郭狼虽然亦是悲痛,说话时却已显得十分镇定。他从楚王对吴起的隆重礼遇上看出——吴起在楚国必定会大有作为,他也就仍会大有所得,将从楚国这儿补回在魏国所失的一切,甚至更多。

"魏君他错了。如果他不做得这么绝,将来我或许不会将魏国定为第一个受到楚国攻击的中原诸侯。可是现在,我第一天执掌了楚国大权,第二天就会攻击魏国。"吴起双手握拳,恨恨地说着。

"看今日楚王的意思,他是要拜大人为令尹了。"东郭狼探寻地问着。

"不错,楚王胸怀大志,对朝中众臣甚是不满,急欲用我执政。不过,现在我还不能答应楚王。楚国向来被中原视为蛮夷,对中原人极为不敬。让一个中原逃臣来当楚国的令尹,许多楚人定是难以接受。故为今之计,我们先须退让一步。"吴起道。

"退让?"赵阳生听着,大感意外,"怎么退让?"他和东郭狼一样,渴望着在楚国这里补回失去的一切。

"就像在魏国一样,先做一个'西河太守',立下战功,再入朝执政。"吴起答道。

"这……这恐怕太担风险了。"赵阳生想起了在魏国时"功败垂成"的恶例,浑身不寒而栗。

"楚国和魏国不一样。在魏国,昏君奸臣,同是我们的对头。而在楚国,国君却需要我们来对付奸臣。在楚国,我们不会遇到魏国那样的风险。"吴起说道。不过,我们倒会遇到另一种风险,吴起在心里说道。

"既然楚王需要我们,我们……我们又何必后退一步呢?"赵阳生问。

"尹仲曾讲解过老子的一句话,叫作'哀兵必胜',我们退后一步,会赢得楚国许多明智大臣的拥护。如果我们不退,则必会和楚国权臣大起冲突。"吴起道。

难道你们不知道,我们还未进入楚国,就遭到了楚国权臣的刺杀吗?这句话到了口边,又被吴起强压下去了。他看出,经过了一番惨重的打击,东郭狼和赵阳生的斗志已大为衰落。他在此时此刻,绝不能把强盗即是刺客的真相告知二人。

"大人所言,确为至理。"东郭狼点头说道。他想起了朝堂上昭雄、屈宜臼等人对吴起或无礼或刁难的情景。他们初至楚国,若立即和权臣们发生冲突,只怕难占上风。

赵阳生见东郭狼也赞成吴起"暂退一步",心里虽不以为然,却并未说什么。

次日,楚悼王在内殿单独召见吴起,开口便道:"寡人自即位以来,就欲效法先祖,一飞冲天。然楚国积弊甚多,许多大臣贪恋权位,又不做实事,使寡人空有满腹壮志,却难以实现。寡人欲革除旧弊,又千头万绪,无从下手。今寡人得到上卿,实为久旱逢甘霖矣。寡人愿将楚国令尹之位托于上卿,不知上卿意下如何?"

吴起拜倒在地,行以大礼道:"大王如此信任微臣,实乃天高地厚之恩。微臣虽粉身碎骨,亦难报答万一。然微臣本非楚人,欲执楚国之政,为大王解忧除难,须威信俱全才行。如今微臣在楚国并无威信,突然接受令尹大位,恐怕难以使人心服。"

楚悼王笑道:"上卿曾大败我楚国之军,威名在我楚国可谓人人皆知之。至于'信'字,寡人深知上卿对此极为看重。贰姬不过是一个歌女,而上卿却能对她信守诺言,何况军国大事呢?这令尹之位,上卿就不要推辞了。"

"微臣身为魏将,曾对楚军多有冒犯,使楚国父老对微臣甚为怨恨。微臣愿先为楚国城邑之守,替楚国立下战功,消除楚国父老之怨,才敢接受大王厚恩。"吴起说完,再次行以大礼。

"这……"楚悼王大感意外,想了想终于点头答道,"上卿欲先立功,寡人倒也不好拦阻,就依了你吧。"

出乎楚国众大臣的意料,也出乎列国的意料,楚悼王并未拜吴起为楚国令尹,而是让吴起以上卿之衔充任宛郡太守。

吴起投奔楚国,给列国带来了极大的震动。各强大的诸侯为此纷纷改变国策,将楚国当作了最危险的敌人。虽然吴起只被楚悼王拜为宛郡太守,没有全面执掌楚国大权,各国还是不敢掉以轻心。宛郡是楚国最重要的边防城邑,为其北攻中原的必经之地。楚国以知兵名闻天下的吴起驻守宛郡,其北攻中原之意,不言自明。魏武侯认为吴起充任楚国的宛郡太守,是欲借楚国之兵报仇,惊骇之下,将国中精兵大量调至大梁城防守,同时又拜公叔痤为相国,辅佐国君掌控军机大事。

秦国左庶长嬴菌见吴起投奔楚国,乘机尽起国中精兵,向西河之地发动了猛攻。魏武侯以公叔痤为帅,起兵十万,在武下与秦军展开决战。结果魏军大败，军卒伤亡多达六万以上，而秦军虽胜，亦是伤亡惨重，与敌相当，以致无法扩大战果，乘胜夺回至关重要的西河之地。

看到魏军失败，齐国的田和乘机派出使者，要求与魏国摒弃前嫌，重新盟好。因为吴起投奔楚国，已使得田和的"联楚伐魏"之策无法实现。魏国败于秦兵之后，正恐楚国会借机北攻，对于田氏提出的重新盟好求之不得，当即答应。

周安王十五年（公元前387年），魏武侯、田和、卫君、赵太子章，还有韩国太子，齐集浊泽会盟，誓言当亲如兄弟，共抗楚国。赵、韩两国君臣对吴起投奔楚国深感忧惧，其国君本欲亲赴会盟之地，却不料都染上时症，一时无法医好，只得派太子代行盟誓之礼。对于赵、韩两国，田和一样是"尽弃前嫌"，以礼相待，主动表示"友好"之意。

魏武侯对田和的善意大为感激，遂和赵、韩两国联名上书，请周天子正式封田和为侯。控制着周室朝政的西周公自然不敢拒绝"三晋"的请求，于是，由周天子亲下诏命，正式允许田和为齐国国君，封为侯爵，使田和多年的梦想成为现实。田和大喜，拿出万斤黄金、玉璧百双，重谢"三晋"，然后将齐国名义上的国君齐康公放逐在荒凉的海岛上，并把他身边所有的女子杀死，以断绝姜氏的后嗣。

对于齐国和"三晋"的会盟，楚悼王极是恼怒，亲派使者询问吴起——可否攻击齐国和"三晋"。

吴起给楚悼王写了一封回书，道："'三晋'和齐国勾结，并不足畏，大王不必过于担心。只要微臣镇守宛郡，'三晋'和齐国之军绝不敢妄自南下。大王应趁此良机，南征扬越蛮夷，建立功业，以威慑朝臣，使革除旧弊的行动能顺利实行。"楚悼王依言而行，立即征集二十万大军，南征扬越。

现在有吴起把守楚国北方的大门，楚悼王自可放心地南下扫荡扬越。扬越之族虽众，却分散成数十部落，无法集中强大的军力与楚国对抗，被楚悼王统领的大军杀得大败，纷纷逃进了深山野林。吴起听了捷报，又给楚悼王上书一封，建议楚悼王选择扬越平坦要冲之处广筑城池，发罪徒贱民据城防守。如此，既可永绝扬越之患，又可扩充楚国土地。楚悼王对吴起所提的建议完全接纳，一一实行。

楚悼王一战讨灭扬越,筑城数十,扩地千余里,在国中威信大增。朝臣们见了他,比往日恭敬了许多,绝不敢似往日那样,当着他的面常常大声争吵不休。楚悼王很是得意,再次遣使询问吴起——可否攻击齐国和"三晋"?

吴起回答道,欲攻齐国和"三晋",须先西联秦国,使秦国袭扰"三晋"侧背,然后大王方可北伐中原。楚悼王听了,立即派上大夫景寿为使者,携带厚礼,前往秦国商议会盟之事。

景寿来到秦国,受到了秦国执政大臣嬴菌的热情接待,但正当景寿欲详谈两国结盟之事时,秦国国君忽得急症去世,秦国上下顿时乱成一团,谁也无心来理会景寿。景寿发觉秦国太子与嬴菌不和,互相仇恨,双方在朝中的势力不相上下,眼看就要爆发一场残酷的内斗。景寿不敢在秦国待下去,也不告辞,连夜奔回楚国,向楚悼王禀告了秦国的混乱情形。

见到"联秦"之策无法实行,楚悼王本来非常懊恼,却又得到了一个极好的消息,顿时转恼为喜,高兴得连夜派使者急赴宛郡,宣召吴起入都,商议大事。

原来,"三晋"也和秦国一样发生了内乱。赵国国君、韩国国君病重不治,相继去世。赵国太子赵章即位,是为赵敬侯。韩国太子几乎在同时即位,是为韩文侯。赵敬侯年轻时出使魏国,曾在行猎时和当时身为太子的魏武侯为争夺猎物起过冲突,双方俱是怀恨在心。赵国的公子朝久怀谋夺君位之心,乘机和魏武侯结好,私下里来往极为密切。赵敬侯对公子朝的举动恼恨至极,即位的当天,就发兵捉拿公子朝,却又走漏了风声,让公子朝逃到了魏国。赵敬侯派使者要求魏武侯交出公子朝,魏武侯偏偏不交,致使魏、赵两国几乎到了公开决裂的地步。而韩文侯素来对相国韩山坚不满,欲废其相位。不料韩山坚背后有魏武侯的支持,韩文侯对他竟是奈何不得。这使得韩文侯心里很不是滋味,对魏武侯有了强烈的不满之意。"三晋"自立国以来,还从来没有像现在这样"不和"。

敌国"不和",正是攻击它的大好时机。何况与"三晋"结盟的齐国,也是内乱不断。齐国的田和已正式即位为君,改姜氏齐国为田氏齐国,称为太公。然而齐国毕竟被姜氏治理了数百年,宗族极盛,虽然田和曾诛杀了许多姜氏宗族,也未能杀尽。此时田氏公然代替姜氏,不能不激起姜氏的激烈反抗。田和对于姜氏的反抗,自然是严厉镇压,毫不手软。齐国上下因此陷在腥风血雨之中,一时无法安宁。吴起亦认为此时正是攻击敌国的大好时机,星夜自宛郡驰至郢都。

楚悼王将吴起召进内殿,问:"寡人可立即征集大军四十万,欲北伐魏国,可否?"

吴起摇了摇头,道:"不可。"

楚悼王一愣,又问:"为何不可?"

吴起答道:"'三晋'内斗欲起,我楚国此时兵伐魏国,是止其内斗,促其'和好'也。此举于我楚国甚是不利。"

"然则寡人该当如何?"

"莫若伐宋?"

"伐宋?"

"对。伐宋!灭其国,据其地,东可威胁齐国,西可截断魏国后路,与我楚国极是有利。"

"灭宋好处甚多,寡人亦知。只是宋国城池坚固,极难攻克,使我楚国屡次无功而返。"

"这个大王不必忧虑,微臣寻得一位奇才,可破宋国城池之固。"吴起说道。

"此奇才是谁?"楚悼王大感兴趣地问。

"此人姓公输,名班,因是鲁国人,故又称为鲁班。"吴起答道。

"啊!原来是鲁班,寡人早知其大名矣,不知上卿是否将此人带至郢都?"楚悼王急切地问。

鲁班为天下知名的工匠,精通木石器械之术,又极其聪慧,发明了许多工具。他名声之大,使鲁国国君也不敢小视,特赐其"大匠"的名号,并让其享受上大夫的礼遇。一个卑贱的功匠竟然受到了上大夫的礼遇,使许多人妒忌欲狂,编造了许多关于鲁班的谣言。其中一个最奇怪的谣言,是说鲁班不尽孝道,欲以木人代他伺候其母,结果"丢弃"了母亲。

鲁国是天下知名的"礼仪之邦",最重孝道,此类谣言,自是对鲁班的名誉损害极大。但更令人奇怪的是,此类谣言流传越多,鲁班的名声反倒越大,以致被列国尊为"神工"。列国国君曾暗派使者,欲将鲁班"请进"其朝廷之中,大加任用,却都以失败告终。这些国君当中,也包括楚悼王这样的大国之君。

"微臣已将鲁班带到馆舍中,随时可以听宣入宫,拜见大王。"吴起不慌不忙地回答着楚悼王急切的询问,微微露出了得意之色。他一到宛郡,即定下了攻宋之策,并派赵阳生为使者,求见鲁君,告知楚将攻宋,然后借宋国之道,讨伐齐国。

鲁国一直受到齐国的强大威胁,与宋国也是面和心不和,对楚国的伐宋之举大加赞赏。但当赵阳生请求鲁君出兵、夹攻宋国时,鲁君却又犹疑不决,面现难色。赵阳生退而求其次,请鲁君将"神工"鲁班"借给"楚国一年,以破宋国坚城。鲁君不好意思再犹疑下去了,只得答应了赵阳生的请求。

听说鲁班已来到了郢都的馆舍中,楚悼王大喜,立即传命召见。鲁班年约六旬,须发却是乌黑如漆,看上去毫无衰老之态。他的身后跟着十余人,推着一辆样子极为古怪的"奇车"。

楚悼王十分谦恭,以最"尊敬"的礼仪在宫门外迎接鲁班。鲁班虽是一个工匠,倒也熟知礼仪,当即跪倒在地,浑身做出颤抖的样子,以表示他"受宠若惊",不敢担当楚王给予的"大礼"。

楚悼王亲手扶起鲁班,赐其在客位上坐下,一番寒暄后,直截了当地问道:"寡人欲攻宋国,无奈宋国城池坚固,难见功效。大夫号为'神工',可否为寡人解除烦忧。"

鲁班笑道:"外臣已备下一种新奇器械,可解大王之忧。"说着,向殿外的那辆"奇车"一指。

楚悼王定睛看过去,见那"奇车"与寻常之车大不相同,极高几近三丈,如同一间四方的大屋。车轮共有三对,比寻常之车多出了两对。车顶斜着立有两梯,中施转轴相连。在车壁上还开有小窗口,整个车厢外壁又蒙有生牛皮。

"此乃'云梯车'也。车顶为活板,随时都能开启。车厢内还有一梯,可从车底直升至车顶。此车不用牛马拖拉,临战之时,用十数军卒藏身其内,推车前行,抵敌城下。卒藏车中,不易为敌所伤,可保战力不损。若敌城墙只及三丈,则士卒可从车底爬梯升于车顶,一跃即至敌方城墙之上。若敌城墙过高,可将车顶之梯竖起,沿梯而攻。车有三丈,梯亦有三丈,如此,六丈之城也能攻进其中矣。且梯备有二,一梯坏,另一梯则继而起之,使敌防不胜防。"鲁班向楚悼王解释道。

"妙!妙!妙啊!"楚悼王看着那"云梯车"不由得欣喜地大叫起来。

一般的城墙,不过三丈来高,最高者也只五丈。宋国城池素称坚固高大,也无超过五丈者,而云梯车却能攻击六丈高的城墙,可谓攻城武器中威力最大者。且士卒攻城,往往背负着竹木所制的云梯,在敌方如雨的箭矢礌石下向前冲锋,往往不等冲到城边,就已伤亡过半,根本无法攻上敌方的城墙。云梯车却能以车壁掩护士卒,令敌军无法伤害。楚国有此利器,何惧宋国的坚城!大喜之下的楚悼王当即赏给鲁班百斤黄金,让鲁班为楚国大造攻城利器——云梯车。

鲁班高兴地回到馆舍中,还未坐下,就听门卒来报,说有人自称墨翟,自宋国来,欲见大夫。

"什么,是墨子?啊,快请,快请!"鲁班先是一愣,随即连声说道。

在天下工匠出身的人当中,最著名的就是他鲁班和宋国的墨翟。鲁班曾经借着墨翟到鲁国"讲学传道"的机会,和墨翟见过一面,并暗中和墨翟较量了一番"工匠"的技艺。较量的结果,使鲁班对墨翟大为钦佩,也大为妒忌。

鲁班发觉,墨翟在"工匠技艺"上毫不逊色,凡是他能做到的,墨翟必能做到。可是墨翟能做到的,他鲁班却不能做到。墨翟有着满腹学问,被人尊称为"子",弟子遍天下,是列国公认的"大贤之人"。而他鲁班虽亦被人尊称为"大夫",其实只是一个工匠。尽管他不是一个寻常工匠,而是人人惊异的"神工",但工匠终究只是工匠,谁也不会因此称他为"鲁子",更不会说他是一个"贤者"。

由于自惭形秽,鲁班就很少和墨翟见面了。鲁班想不明白,墨翟怎么会在此时此刻,要急急从宋国赶来和他相见。宋、鲁国界相连,俱为小邦,墨翟若有心和鲁班相见,在鲁国会更为方便。

鲁班满怀疑虑,将墨翟迎至堂上,分宾主坐下。但见墨翟年在六旬上下,和鲁班相当,只是身子瘦弱,须发如霜似雪,且又风尘满面,显得异常疲惫。

"夫子一路上定是受了许多苦楚。"鲁班略带幸灾乐祸之意地说。他知道,墨翟以"节用"之道自我约束,出门不论多远,也必是步行,从不乘车。宋国离郢都有千里之遥,墨翟这么一路上走来,其中"苦楚",可想而知。

"幸好在下带着几个力大的弟子,一路上轮换背着我,虽是连行了十日,也不甚苦。"墨翟笑道。

什么,这老家伙仅靠着步行,十日就来到了郢都吗?鲁班心中大为吃惊。不过,他也做过几年大夫了,学会了喜怒不形于色,在外表上,倒没有露出什么惊讶之意。

"夫子这么急着到楚国来,有何事指教在下?"鲁班拱手问道。

墨翟神情肃然道:"在下于赵国传道时,受一匹夫羞辱,愿借大夫之手杀之。"

"什么,你,你是让我杀人么?"鲁班大吃一惊,疑心是他听错了。墨翟的弟子中勇士如云,别说是一个"匹夫",就算是一个大夫,也不敢轻易得罪他啊。何况,墨翟就算真要杀人,也自有弟子效劳,哪里用得上他鲁班这个老头子呢?

"对!在下正是想请大夫杀人。"墨翟仍是神情肃然,毫无相戏之意。

"夫子言重了。在下只是一个工匠,只知器械之事,不知杀人。"鲁班说着,怒形于色。

墨翟微微一笑,又道:"如果大夫愿替在下报仇杀人,在下愿奉送十斤黄金。"

鲁班更怒,大声道:"我虽然只是一个工匠,也知'仁义'二字。你想用十斤黄金,就收买我去杀人,那是看错了人。"

墨翟听了,对着鲁班连拜了两拜,道:"既然大夫知道'仁义'二字,却为何要帮楚国制造云梯车进攻宋国呢?楚国强而宋国弱,以强凌弱,可称为'仁'吗?宋国无罪,楚攻之无名。出师无名,可称为'义'吗?大夫心知'仁义',所行之事,却毫无'仁义'可言。大夫不愿为在下杀一匹夫,却愿为楚王制造云梯车,残杀宋国无数百姓,此为何故?"

楚国攻宋,于我鲁国大为有利,我身为鲁人,所行之事,与鲁有利,便是"仁义"。鲁班在心里说着,也只能在心里说着。他深知,若论言辞之利,他十个鲁班，也不及一个墨翟。

"大夫为何不语？"墨翟问道。

"夫子所言，大有道理。在下除了钦佩之外，还有什么话可讲呢？"鲁班苦笑了一下，说道。

墨翟高兴起来，又拱手对鲁班行了一礼道："如此，大夫可以不必为楚国制造云梯车了。"

鲁班摇了摇头："为人须严守承诺，在下已答应了为楚王制造云梯车，又怎么能半途而废呢？"

"既是如此，大夫可否将在下引见给楚王？在下自会劝止楚王？在下自会劝止楚王攻宋。"墨翟说道。

"这个……可以。"鲁班犹疑了一下答道。

次日，在楚宫的内殿上，墨翟由鲁班引导着，见到了楚悼王和吴起。吴起和墨翟行过礼后，就一反常态，很少说话，坐在一旁，默默注视着墨翟。

墨翟并未对吴起多看一眼，只是面对着楚悼王侃侃而谈："外臣有一事，想求教于大王。"

"夫子请讲。"楚悼王很恭敬地对墨翟行了一礼，说道。

"今有一人，舍其华车不要，却去偷盗邻家的旧车；舍其锦绣之服不穿，却去偷盗邻家的短褐破衣；舍其鱼肉不食，却去偷盗邻家的米糠野菜。此为何故？"墨翟问。

楚悼王笑了："世上真有这么愚蠢的人么？如果真有此人，那么这人一定是有了'偷盗之疾'了。"

墨翟也笑了，道："楚国之地，广有五千里；宋国之地，不会超过五百里，两相比较，犹如华车和旧车一般；楚有云梦大浑，犀牛麋鹿遍地，江汉二水中鱼虾龟鳖更是数不胜数。宋国地狭，顶多在田边有几只野兔罢了。两相比较，如同鱼肉和野菜一般；楚国山林密布，到处是高十余丈的松柏樟梓等木，而宋国连一棵合抱粗的树木也见不到，两相比较，就像是锦绣之服和短褐破衣一般。大王乃至圣至明之贤君，奈何却似那身患'偷盗之疾'的愚蠢之徒一样，竟欲攻伐宋国，行此得不偿失之事呢？"

什么，你这匹夫，竟敢指寡人为"偷盗"吗？楚悼王心中大怒，欲令武士们立刻把墨翟推到殿台下面,将其碎尸万段。可是,楚悼王到底把心中怒气压了下去,并未当场发作。毕竟,他是自诩为圣明的贤君,就不能杀死天下公认的大贤。

"夫子所言,甚是有理。不过寡人已经让鲁班做好了云梯车,必然能够攻下宋国。"楚悼王冷冷说道。

"大夫,你认为仅凭云梯车,就可以攻下宋国吗?"墨翟转头问着鲁班。

"天下的攻城利器中,没有超过云梯车的。有了云梯车,一定可以攻下宋国。"鲁班傲然道。

"天下之事,一物降一物。有矛必有盾,有羽箭,就有犀甲。有了云梯车,难道就没有制服它的器械吗?"墨翟说着,对着鲁班伸出双手,连连比划,做出了许多奇怪的动作。

楚悼王和吴起看着墨翟的动作,都是莫名其妙。而鲁班看着,却是脸色大变。墨翟的动作,是工匠行的一种秘密手语,只有技艺极高的工匠,才能懂此手语。

鲁班从墨翟的动作上,看到了一种新的守城器械——那也像是一辆车子,但轮子只有两对。车上用巨木架成门形,然后在门的横梁上吊下一支极大的"长戈",柄粗尺余,长数丈,刃宽三尺。此车可安置在城头上,当敌人的云梯车驰近时,数十名军卒就握住"长戈"的柄,向外猛冲猛撞,其力道之大,足可将云梯车撞得粉碎。

老天啊,你怎么能让墨翟造出这种器械呢?鲁班又是忌妒又是悲哀地想着。

"我鲁班能造的攻城器械,也不只是一种云梯车。"鲁班红着眼睛说道,他绝不甘心给墨翟比了下去。

鲁班抬起手来,对着墨翟就是一通比划,墨翟立刻回击,也抬手比划了一通。两个人你来我往,似战阵中敌对的双方,比比划划地"争斗"了十余回合,终于是鲁班首先停了下来。

"请问大夫,你的攻城机械完了吗?"墨翟笑问道。鲁班只是从鼻孔里哼了一声,并不回答。

"可是在下的守城机械,还没有完呢!"墨翟说着,再次抬起手,连着比划了好几下。

鲁班脸色苍白,咬了咬牙,对墨翟说道:"你别得意,我找到了一种对付你的方法。"

墨翟又是一笑,道:"大夫的方法,我知道得很清楚。大夫既然不说出来,我也懒得说出。"

楚悼王听着,感到奇怪,问:"夫子和神工有何言语,竟不能说出呢?"

墨翟道:"公输大夫的攻城器械,不能胜过在下的守城器械,故生出杀心,欲借大王之手,取在下的项上人头。公输大夫以为,大王杀了在下,就可破解在下的守城器械,就能够使楚军攻下宋国了。可惜,这等妙计使出已是迟了。在下来到楚国时,弟子禽滑釐等三百余人已持各种守城器械,登入宋城矣。在下今日被大王杀死,固是死得其所矣。然在下虽死,其志自有弟子承袭,当奋力守御,使楚军不能灭宋。"楚悼王听了,作声不得,转头向吴起望过去,却见吴起半闭双目,仍是一言不发。

"这个……这个,寡人怎么会杀夫子呢,哈哈哈!"楚悼王干笑着,不知说什么才好。

"在下死不足惜,只求大王勿攻宋国。"墨翟站起身来,恭恭敬敬地对着楚悼王行了一礼。

"这个……"楚悼王又向吴起望了过去。

"夫子之言差矣,我楚国素怀仁义之心,并无攻宋之意。"吴起也站起身来,恭恭敬敬地对着墨翟行了一礼。楚悼王和鲁班听了,都是一怔,却并未说出什么话来。

第六章

革除旧弊振国势　功败垂成楚君薨

墨翟满意地回到了宋国，鲁班带着迷惑和怅惘之意也回到了鲁国。楚悼王却没有让吴起回到宛郡，将其留在内殿中，日夜密商军国大计。

"宋国既然有墨翟其人，我楚国就无法实行借宋道以攻齐的计策了。"吴起道。

"墨翟其人，徒以大言欺世，以寡人看来，并不可怕。"楚悼王不以为然地说道。他对吴起仅仅因为宋国有了墨翟这个"大贤"就改变了攻宋之策，心中甚是不满。

"在这世上，最可怕的就是墨翟这等'贤者'。他们生在世上，一不求官，二不求财，三不贪色，也无功名之心。他们求的是自认的天道，并不惜为这种天道抛弃一切。墨翟的天道是'非攻''非乐''节用''节葬''兼相爱''交相利'，最易迷惑下民。我闻墨翟在宋国中，犹如圣人一般。他只要登高一呼，就有万人响应。这样的人，若起而抵抗我楚军，则国中无论老幼，人人俱会成为敢死之士，谁也不可将其打败。"吴起说道。

楚悼王皱起了眉头，道："上卿所言，亦是有理。据说我楚国的百姓中，亦有许多人受墨翟之惑，自称墨家子弟，还有些武勇之士也入了墨家的什么'社'中，行踪诡秘。"

"什么，墨家的势力竟到达了楚国境内？不，不能让墨家的势力在楚国存在下去。大王要革除弊政，势必使许多人心怀不满，若其中有些人利用了墨家之势,对大王极是不利,大王应早下决断,驱除楚国的墨家势力。"吴起说道。

楚悼王听了,暗自心惊道:"若非上卿提醒,寡人倒轻视了这些墨家之徒。"

"既然不能攻宋,大王就该先行整顿朝政,革除旧弊,增强国力,然后直入中原,先灭魏国,再扫除齐国,然后西破秦国,一统天下。"吴起大声道。不知为什么,自从见到了墨翟之后,他心中就浮起了一种难以抑制的急躁之气。

"好!"楚悼王大赞了一声道,"寡人早就在盼着这一天。你说这国政之事,该如何整顿,革除旧弊,又须先从何处入手。寡人总觉头绪繁多,竟是无可措手。"

"欲整顿朝政,革除旧弊,先须寻出'病处'。我楚国为何要整顿朝政,革除旧弊?正因为'病处'甚多,病症甚是沉重。以微臣观之,楚国'病处',最重之处有三。"

"是哪三处?"

"一曰财富不均。二曰吏治败坏。三曰兵卒不养。"

"何为财富不均?"

"楚国物产之盛,为列国之冠。而国贫、公室贫、民贫,宗室之臣却占楚国财富十之七八。"

"何为吏治败坏?"

"楚国朝廷官员之多,亦为天下之冠,盖请托之风太盛也。凡有财货献与当朝大臣者,俱可为官。凡大臣之亲朋子弟,一经请托当权者,亦可为官。此等之人为官,要么贪酷成性,大肆搜刮民财;要么仗父兄之势横行街市,使民生怨,实为我楚国大害也。"

"何为兵卒不养?"

"楚国之法,兵卒出自郡县,战则征集,不战则散归,除了边塞都城之外,无常备之兵。如今列国非比从前,凡战事一起,双方对阵之卒,常达数十万之众。故国中不养常备士卒,势必兵无战力,难经大阵。故楚国虽众,却往往不能胜敌。"

"以上卿观之,此三处病症,当如何医之?"

"当以病症轻重,依次医之。财富不均之病,对我楚国危害最大,须先医之。"

"不错,上卿请道其详。"

"先贤老子曰:'天之道,损有余而补不足',此言实为至理。楚国官爵太多太滥,往往一人立功封爵,即得百里肥沃之地,且世代相袭。致使楚国财富,俱落于此等世袭官爵子弟之手。故楚国官爵有余,而国用不足,民用不足。大王应消除多余官爵,收其财富,补国用之不足,补民用之不足。列国之间封爵多用封君之法,土地人民俱为国家所有,被封者只食其封邑之税,不能管理军民事务。大王应以此封君之法,代替过去的官爵封赏。且封君之位,只可传之三代,然后由朝廷收回。如此,大王可使国家强盛矣。此外,楚国熟地甚少,荒地太多,民多聚于熟地,而远避荒地。大王应使百姓多开荒地,凡开荒地,免其三年赋税。如此,可减楚国荒地之有余,而补熟地之不足。臣以为数年之后,楚国赋税收入定可增加一倍以上,使楚国虽经连年征战,而国用不穷。"吴起拱手对楚悼王行了一礼,说出了他早就想说出的话。

"上卿之言,正是寡人苦思而未得之计矣。"楚悼王大喜着说道,对吴起回了一礼。

"财富不均之病除,吏治败坏之病,亦可迎刃而解。国家财富充足,就可选用忠勇壮士、养常备之卒。如此,三病尽除矣。"吴起说着,亦是十分高兴。君命如天,只要楚王大力支持他,则他梦寐以求的大业,就可以在楚国实现。

"好,明日寡人就拜上卿为令尹,医我楚国之病!"楚悼王大声说着。

"明日微臣须回到宛郡,破敌立功之后,方能入朝。微臣走后,望大王抓住时机,以迅雷不及掩耳之势,驱除国中的墨家势力。"吴起带些惆怅之意地说。本来他想灭亡宋国,大败齐国,立下震动楚国的大功,在楚国的朝廷上建立起强大的威信。但现在看来,他只能立下不大的功劳,勉强给他当上楚国的令尹找到些"理由"。

在吴起回到宛郡后,楚悼王立即严令——凡楚国境内官吏百姓,俱不得信奉墨家之道。有入"墨社"之人,必须到官府自首,否则,必杀无赦。楚国信奉墨家的百姓甚多,入"墨社"者亦不少,闻楚王之命,顿时心生怨意,拒不从命。楚悼王毫不手软,大开杀戒,将信奉墨家的百姓成百上千地处以斩首大刑。许多信奉墨家的人被吓住了,纷纷赶到官府"自首",发誓不再信奉墨家。但一些入了"墨社"的勇悍之人,却拒不自首,四处逃亡,躲避官府追杀。

一天,楚国太师兼令尹昭忠、大司马昭雄正在云梦大泽之畔围猎,忽见远处山道上奔来了一个大汉,身后有十余官府士卒紧紧追赶着。那大汉本欲逃入泽中,却见前面出现了数百围猎的官府之人,只得停下脚步,转身与追击者搏斗。那大汉浑身血迹斑斑,显然伤处甚多,但其勇猛,竟是昭忠、昭雄所未见。大汉赤手空拳硬夺下追击者的一支短戈,接连杀死了五六个士卒,才力屈被擒。

"好一个勇士,壮哉!"昭雄不觉赞出声来。昭忠见了,心中一动,立刻令人把士卒们和那被擒的大汉带到面前来。

"此乃何人?"昭忠指着大汉,向士卒首领问道。

士卒首领跪倒在地,磕头答道:"回令尹大人的话,此人乃'墨社'首领孟胜,为朝廷要犯,十分凶恶。"

昭忠笑了,点头道:"你擒得此等要犯,功劳自是不小,应该重重有赏。"说着,他向左右亲随护卫做了一个手势。

这是一个杀人的手势。昭忠的随身护卫们立刻一拥而上,将士卒们全都杀死,单单留下了目瞪口呆的孟胜。

"孟壮士,老夫素喜墨家之言,不忍壮士无辜被杀。"昭忠对孟胜说道。

"多谢……多谢令尹相救。"孟胜跪倒在昭忠面前,感激的泪水夺眶而出。

"大王的禁墨之命,吾并不赞成。只是大王受吴起这等奸臣之惑,一时难以改变对墨家的态度,吾虽身为令尹,也无可奈何。"昭忠十分亲切地对孟胜说着。

"令尹大恩,小人永不敢忘,但有所使,纵然赴汤蹈火,也绝不回避。"孟胜磕头答道。昭忠听了,极是满意,令人将孟胜扶进车中,外面盖上猎物掩饰,回至郢都。在途中,昭忠和昭雄同乘一车,密商大计。

"这一次,大王定是要让吴起做令尹,以便他革除旧弊。"昭忠恨恨地说道。

在吴起来到楚国之前,楚悼王曾多次召见昭忠,欲革除旧弊,富国强兵。但昭忠对革除旧弊丝毫不感兴趣,明里附和楚悼王,暗地里却加以抗拒。他对昭雄说,我等已位极人臣,富可敌国,能保住眼前之位,便可永享荣华。大王革除旧弊,必会生乱,国中乱生,首当其冲者,便是我等。昭雄等人亦有同感,遂合力对抗楚悼王,使楚悼王的革除旧弊之策无法实行。

当吴起投奔楚国的消息传来时,昭忠立刻感到了威胁,当即和昭雄密商,收买敢死之卒,扮作强盗截杀吴起。却不料这等绝密的刺杀,竟未成功。昭忠无奈之下,和昭雄约定,一旦楚悼王拜吴起为令尹,就立刻发动兵变,杀死吴起,另立新君。

君命如天。昭忠公然兵变,无疑将是冒着极大的风险,稍有不慎,则难逃"诛灭九族"的下场。不到万不得已之时,昭忠绝不敢冒此大险。

楚悼王并没有拜吴起为令尹,使昭忠大大松了一口气,也就没有提及"兵变"之事。但是近来,昭忠却是异常后悔,觉得他做错了一件事——他应该在吴起初至楚国时,不论吴起是否会被拜为令尹,立即发动兵变攻杀之。当时楚国众臣还将吴起视为外人,视为给楚国带来了战败耻辱的敌人。他杀死一个外人,一个敌人,绝不会受到国中大臣和百姓的指责。可是现在,楚国人却已将吴起视为自己人。尤其是当楚王听了吴起之计,南征扬越取得大胜后,吴起更被楚国人视为大贤,连楚国的朝臣们也纷纷称赞吴起为楚国的柱石之臣。在这种情势下,昭忠若起兵攻杀吴起,就会被国中臣民指为叛逆,人人可得而诛之。

"是啊,我听内宫的吕内侍说,大王已经在准备夺令尹大人的印符了。"昭雄半带着忧虑半带着炫耀地说道。

吕内侍是楚悼王最宠信的内官,常在楚悼王身边伺候,权势甚大。列国间通行的规矩是——内宫寺人绝不能与外臣结交,否则,杀无赦。吕内侍是一个非常守规矩的寺人,从不和外廷大臣来往,只有昭雄是一个例外。

吕内侍本是田氏追杀的齐国宗室之后,为昭雄出使临淄时所救,并把他送到楚宫做了寺人。为此,吕内侍成了昭雄的心腹之交。后宫不论发生了什么事,昭雄都能很快地知道。当然,昭雄和吕内侍的这种交往非常秘密,只有昭忠等极少数人知晓。

"我的令尹印符保不住,你的大司马印符就能保住吗?"昭忠盯着昭雄问道。

"我这个大司马之位,是几代祖宗积功挣得来的,谁敢夺去?"昭雄瞪着眼珠说道。

"吴起就敢夺去。"昭忠冷冷说着。

"吴起……吴起……"昭雄说了半天,也说不出一句话来。他知道,昭忠所说的话,绝不是虚声恫吓。吴起有楚悼王撑腰,夺他大司马的印符,易如反掌。

"我们绝不能坐以待毙,楚国的朝廷,向来是我们姓昭的说了算。吴起这个逃臣,居然想执掌我楚国的朝政大权,那是做梦!"昭忠恨恨地说道。

"如果大王非要让吴起执掌楚国朝政,我们该怎么办呢?"昭雄问道。

"我有软硬两个办法。软者,发动所有的朝臣攻击吴起,拒不执行吴起所定的法令,把吴起赶出楚国。若是这个软办法不行,我们就要来硬的了。"昭忠说道。

他并未说硬办法是什么,但昭雄一听,就明白了,并且不自觉地回头向藏着孟胜的猎车看了几眼——昭忠的硬办法,离不开孟胜这样的壮士。

吴起回到宛邑,立刻出兵五万,突然攻入韩国境内,接连攻下韩国数座城邑。韩国大为惊恐,一边向魏、赵、齐等国求援,一边发倾国之兵,抵抗吴起。

吴起大败韩军之后,并未乘胜追击,而是退回宛郡,向朝廷上报大捷。楚悼王闻报大喜,连下诏令,大肆表彰吴起之功,赐下千斤黄金,百双玉璧。楚国举国上下欢欣鼓舞,互相庆祝——楚国又一次打败了中原诸侯,威名远扬。魏、赵、齐诸国见吴起退回,也不再派出援军,只遣使者安慰了韩国一番。

借着吴起威名在楚国四处传扬的机会,楚悼王下诏——征吴起入朝,拜为令尹。昭忠虽然失去了兼任的令尹之职,但仍保留了太师的官位,并得到了楚悼王的许多赏赐。昭忠上表,感谢楚悼王的恩宠,却又宣称他身体多病,不再入朝议政。

昭雄、屈宜臼等人也上表给楚王,表示他们不赞成吴起成为楚国令尹。因为吴起并非楚国宗室,不可能忠于楚国。

上大夫景寿、典客景冉等朝臣却上表给楚王,说吴起有功于国,拜为令尹,实为大王的贤明之举。

楚悼王当即免除了昭雄和屈宜臼的职务,令其在家闲居,不得议论朝政。接着,又升景寿为大司马,景冉为左徒。二人所遗之职,分别由东郭狼和赵阳生继任。

在楚国的朝廷上,一下子出现了三位外国人出任大臣,是楚国数百年未见之奇事。但对于这种"奇事",朝廷上却再也无人议论,楚国大臣们并不愿意像昭雄和屈宜臼那样丢掉官职。

压服了众大臣,楚悼王很是得意,当即派出高车,以最隆重的礼仪,将吴起迎至郢都,正式拜为令尹。吴起、东郭狼、赵阳生极为振奋,雷厉风行地展开了革除旧弊的举动。

首先,朝廷收回了众宗室大臣的世袭爵位和封地,俱以"君"号改封。昭忠被封为城阳君,食邑万户。昭雄被封为巨阳君,屈宜臼被封为棠溪君,食邑俱为五千户。其余各宗室大臣也都受封为君,食邑多者三千户,最少者只有二百户。

从表面上看,昭忠等人的改封不仅未受到损失,所得甚至比从前还要多些。比如昭忠从前的封地只有六千余户,而新得的食邑却有万户。但是,在从前的封地上,昭忠就似一个小小的国君一般,对他的六千户"子民"掌握着生杀予夺的大权。六千户"子民"不仅要供给他财税,还须为他充当家兵,并随时为他服劳役,修筑华丽的府宅。实际上,六千户"子民"已成为他的私家奴隶。做了封君之后,就大大不同,昭忠只能对那一万户食邑的财税有着享用之权,其他的权力则全都失去了。食邑由朝廷派来的官吏管理,食邑之民的生杀予夺之权,全都为朝廷拥有。食邑之民既不会为昭忠充当家兵,更不会为昭忠去服无偿的劳役。食邑之民只会充当朝廷的士卒,并依照律令为朝廷去服劳役。

朝廷的改封,无疑是废了昭忠这些小小的"国君",使他们的权势受到了极大的削弱。而朝廷的改封,还有一个最厉害的地方:

一是封君不能待在都城里,必须住在他所受封的食邑中。

二是封君不可世袭，其位仅可传袭三代，每代袭位之时，食邑就须减半。

城阳、巨阳、棠溪三地都处在楚国北方的边地，其繁华富足和郢都相比，无疑是天壤之别。在昭忠、昭雄、屈宜臼等人看来，让他们离开都城，定居食邑，就是对他们的流放。

楚国的宗室大臣们群情激愤，纷纷来到昭忠的太师府中，请求他领头抗拒大王的诏令。昭忠却板起面孔，呵斥道："王者，天也，尔等想反了天么？"他不仅没有抗拒国君的诏令，反而带头离开郢都，前往封邑之地。

见到昭忠如此，其他的宗室大臣顿时泄了气，只得在咒骂声中去往他们绝不愿去的封邑。他们所咒骂的，自然不是楚悼王，而是吴起。这些咒骂之声，昭雄听得很仔细，并详细地告知了昭忠。

"现在软办法不行了。朝中居然还有那么多人听吴起的，真是怪事。软办法不行，就得来硬的，我已和六七十家宗室大臣透了点风，他们都愿意和吴起拼了。六七十家宗室大臣的家兵凑起来，不是一个小数目，能干出一番大事。"昭雄说道。

"不，现在不能干！"昭忠断然否定道。

"为什么？"

"为什么？你还没看出来吗？大王放手让吴起'革除旧弊'，正是要将我等激怒，最好激出反叛来。"

"大王这是……"

"大王这是要将我等斩尽杀绝，他早就磨好剑了，只等我们把脖子伸出去。"

"啊……"

"大王看着宗室强盛，心里早就不舒坦。他经常自比庄王，就是想学庄王把斗氏之族杀绝了那样，杀绝了我们昭氏。"

"不错，你这么说，我也想起来了。大王在朝堂上特别喜欢听《凤鸟》之曲，正是对我昭氏有了杀心。"

"连你都看出来了，景氏、屈氏中的聪明人如何看不出来。他们现在顺着大王,由着吴起折腾,为的是什么?当真是'革除旧弊'吗?狗屁,他们只是想借大王和吴起之手,把我们昭氏赶出朝廷罢了。"

"这景氏、屈氏好歹毒,日后老子饶不了他们!"昭雄握着拳,恨恨地说着。

"要想日后我们能翻过身来,眼前这时候就得受点委屈。"昭忠说道。

"这委屈得受到哪一天才是尽头呢?"昭雄问。

"不会让你等得太久,只要有了一个机会,我们立刻就能翻身。"昭忠说道。

"这个机会是什么?"昭雄又问。

昭忠却并未回答,只是说:"这个机会一定会来到的。"但是在他的心底,却想着——也许这个机会真的来了,我已埋骨在城阳之地,无法目睹吴起的下场。

昭忠心目中的机会是——楚悼王死去的那一天。吴起的背后是楚悼王,没有楚悼王撑腰,吴起这个外国来的逃臣一天也不可能在楚国的朝堂上待下去。可是,楚悼王正当壮年,比他昭忠要年轻许多,只怕数十年内也不会死去。

数十年的时间,足以让吴起在楚国扎下如山一般稳固的势力。到了那时,他昭忠纵然不死,但真能翻过身来吗?

天啊,天啊!大王弃宗室而用逃臣,已非楚王!天应速降奇祸,加于大王之身!昭忠恨恨地在心中呼喊着。

昭忠凶恶的祈祷居然灵验了,楚悼王"革除弊政"不过三年多的时间,忽然在夜间暴病而亡,死时身边没有一个大臣,只有几个妖艳无比的姬妾。

楚悼王和他的先辈楚庄王一样,既有着称霸天下的雄心壮志,又极好酒色。在开始"革除弊政"时,楚悼王遇到了许多麻烦,一时无暇顾及酒色。但随着后来朝政的顺利,遂放胆大行酒色之乐。对于楚悼王的这种举动,吴起不仅不加劝止,反而多方罗致美女,满足楚悼王。楚悼王沉溺酒色之中,就会对朝政之事不甚过问,使吴起更能放胆"革除弊政"。

吴起开始大举"革除弊政"时遇到的麻烦比他想象的更多,不仅是楚国的宗室贵族明里暗里与他对抗,楚国的许多百姓也对他大为不满。因为吴起要让熟地上多余的楚国百姓迁到荒地去，对拒不从命者，一律处以斩首大刑。百姓们留恋故土，许多人宁可让吴起杀了，也不愿搬到荒地去。吴起怎么会容忍百姓拒不执行他的法令呢？于是就真的斩掉了许多百姓的脑袋。百姓们忍无可忍，纷纷结社自保，抗拒朝廷，使楚国陷入一片混乱中。

魏、赵、韩、齐、秦诸国见楚国内乱，不觉松了一口气，开始去做他们一直想做又没有机会去做的事情。

魏武侯在国中征集了十万精锐军卒，战车千乘，武装护送公子朝进入赵国，欲强行将赵敬侯赶下君位，以公子朝取而代之。如此，赵国将来定会对魏国百依百顺。本来，魏武侯出兵之前还邀请过韩文侯，想让韩文侯一同和他前往赵国"主持公道"。韩文侯开始时答应得很痛快，事到临头却又称忽生疾病，拒不从行。

魏武侯心里对此很不高兴，但也没有看得如何重要。他认为，仅凭他魏国之兵，就足可完成把公子朝推上君位的大事。韩文侯不来，倒免了与他争功。不料，他刚接近赵国的重城邯郸，就中了埋伏，伤亡军卒近万，被迫退回国中。赵敬侯乘势将国都由中牟迁至邯郸，远离亲魏的赵国众多宗室之臣。魏武侯偷鸡不成蚀把米，又气又恨，又觉无颜面见臣下，装病躲在内宫，一连数月不去朝堂，一应国事，都委与公叔痤等大臣管理。

魏武侯"病"倒了，韩文侯却是"病"好了。韩文侯亲率十万大军，突袭宋、郑两国，获得大胜，夺取了十余城邑、百里土地，一时间在列国威名大震，好不得意。

见到"三晋"不和，秦国权臣嬴菌悄悄将东部边境的军卒调回都城，发动兵变，将国君杀死，同时斩杀了拥护国君的数十位大臣。然后，他派人到晋国迎回先君秦灵公的儿子公子连，立之为君，是为秦献公。为了笼络人心，秦献公登上君位后，发出的第一道诏令，就是永远废止活人殉葬的习俗，并宣称，有敢违令者，当以杀人罪论。

齐侯田和见到"三晋"不和，心中大喜，根本不理会当初订下的盟约，突然发兵二十万，大举进攻魏国，想把魏国东部的土地城邑全部夺去，使齐国控制中原要地。魏国面对齐国的偷袭，猝不及防，节节败退。不料齐国正在得意扬扬之时，赵、韩两国同时出兵，猛攻齐军的侧翼，大败齐军，将田和逐回了临淄。田和一番辛辛苦苦的谋划,又成了泡影,恼恨之下,竟至呜呼哀哉,一病而亡。其子田午即位,是为田齐桓公。

齐国的进攻,使"三晋"又"和好"如兄弟一般,互相来往密切。秦献公见此深感忧虑,一边大力修整兵甲,一边将都城由泾阳迁至栎阳,离西河更近,以期加强对"三晋"的防备。同时秦献公又采嬴菌之计,遣使至赵,给赵国大臣赠送千斤黄金,让赵国大臣们劝其国君进攻卫国,夺取卫国之地。

近来卫国已完全投靠魏国,几乎成了魏国的附庸之国。赵国进攻卫国,就等于是进攻魏国。如此,魏、赵两国势必会大战一番。魏、赵既然发生了大战,"三晋"的"和好"当然不复存在,秦国面临的威胁自是减轻了许多。

卫国地处中原要地,赵国若想南下扩张,势必灭亡卫国不可,故大臣们的攻卫之策,正合赵敬侯的心意。于是,赵敬侯突发十万大军,包围了卫国都城濮阳。卫国慌忙向魏武侯求救。魏武侯毫不犹疑,亲率大军十万,驰援卫国。

周安王十九年(公元前 383 年),赵、魏两国在濮阳爆发了大战。大战的结果,是魏军大胜,赵国大败,损失军卒两万以上,只得退回国中。魏武侯大出了一口闷气,得势不饶人,次年又联合卫国,一口气攻下了赵国的刚平、黄城二邑,且兵临赵国旧都中牟城下,逼赵决战。赵国不敢决战,据城死守,守了近一年的时间再也守不下去,急派使者向韩国求救。

韩国一心想看到魏、赵两国两败俱伤,口头上宣称救赵,实际上按兵不动。赵国又气又急,被迫向"三晋"的死对头楚国派去了求救的使者。向楚国求救,是犯了"三晋"大忌,赵国就算因此保全,也失去了和魏国、韩国再度"和好"的机会。但在此危急关头,赵敬侯什么也顾不得了。

此时吴起已经压服了楚国的混乱,其治国之策取得了明显的效果,每年公室府库的财税增加了一倍还多,使吴起为楚国建起了一支十万人的精锐常备军队。但是,这支精锐军队却不由吴起统领,而是由楚国太子熊臧统领。

熊臧对统领军队无甚兴趣,只知日日行猎为乐,常常在云梦大泽中数日不归。吴起对熊臧很不满意,一心想对他创建的这支精锐常备军亲加训练,又苦无机会。

赵国的求救使者,给了吴起统领常备军队的一个最好机会。吴起立即向楚悼王上奏,请求亲率大军,救赵伐魏,威震中原。楚悼王欣然答应,当即拜吴起为主帅,除发常备军十万外,又另征宛郡、息县、陈县、蔡县诸地之卒二十万,一同北伐。

楚国的国政之事,楚悼王仍是懒得过问,令太子熊臧代行君令,处理日常之事。吴起很高兴,他料定经过此番征战,楚国军队就会完全控制在他的手中。他也只有完全控制了楚国军队,才能实现其"一统天下"的大业。或许是因为高兴,临行之前,吴起忽然走进了他很少走进的后堂。

吴起做了楚国令尹,又购得了几队郑、卫美女,置于前堂,用来宴客自娱。对于楚国美女贰姬,吴起让她住在后堂中,敬而远之,并常常令人打听贰姬的动静。

监视者禀告道:"贰姬足不出户,和楚国贵族夫人们绝无来往。有时受到了大臣夫人们的邀请,也婉言谢绝。贰姬在后堂中常常自舞自歌,歌声哀婉,听之令人心伤。"吴起听了,不觉对贰姬生出了几许愧意,总想到后堂上去看望贰姬,却又总是拿不定主意。这天他终于走进了后堂,但仍未见到贰姬。

吴起刚走近后堂低垂的帘幕旁,就听到了帘幕内传出的歌声——

君不行兮君不行
留中洲
留中洲兮是为谁
乘桂舟兮乘桂舟
吾宜修
吾宜修兮水安流
望夫君兮望夫君
吹参差
吹参差兮有所思
洞庭波兮洞庭波
无停息
无停息兮是为何
……

　　吴起听到歌声,心中顿觉酸甜苦辣一齐涌上,不知是个什么滋味,失去了和贰姬相见的勇气。他默然转过身,就像来时一样,悄然走了出去。

　　贰姬所唱之歌,是传说中大禹留下的《九歌》。《九歌》是楚人对于九位至尊之神的祭祀之歌,他们分别是"东皇太一""云中君""湘君""湘夫人""大司命""少司命""东君""河伯""山鬼"。贰姬唱的是《九歌》中的一段,名为《湘君》,是祭祀湘君时所唱的歌曲。

　　楚人对云梦大泽极为敬重,认为湘水实为云梦之摄,故湘水之神,亦是洞庭之神、云梦之神。因此,楚人对湘水之神亦是极为敬重,不仅敬重湘水男神,更敬重湘水女神。湘水男神就是湘君,湘水女神是为湘夫人,楚人将他们视为一对夫妻,大加赞颂。后来,那赞颂之词又渐渐变成男神女神间的一种情歌,在《九歌》之曲中流传最广。

　　湘君之歌,即是以湘夫人的语气唱出的情歌,诉说湘夫人与湘君约好相会,至期湘夫人来到了约会之地,而湘君却未来到,于是湘夫人便有了怨意——

　　湘君你怎么还不来到呢?是留在了湘水中间的沙洲上吧,留在了那里又是为什么呢?

　　我乘着桂树做的小舟,装扮得如此美丽,还让水流平稳,所做的一切都是为了你。

　　我想尽快见到你,边想边吹着参差,好让纷乱的心绪平定下来。

　　洞庭湖上起了波涛,毫不停息,这似乎是一个不祥之兆,却又是一个什么样的不祥之兆呢……

　　贰姬所唱的,只是《湘君》之歌的开始一段。但这开始的一段,吴起听了已是承受不住。湘君和湘夫人是一对恩爱的神仙伴侣,虽然有时也会互相埋怨,也只是一时误会而已。贰姬歌唱湘君,显然是在认为,她受到的冷遇,只是因为吴起的一时误会。一旦这些误会消除,吴起和她就会成为湘君、湘夫人那样的一对恩爱伴侣。

　　可是吴起心中却很清楚——他和贰姬永远也不会成为湘君、湘夫人那样的恩爱伴侣。

吴起率领三十万大军,犹如猛虎一般从方城杀出,向魏国黄河以南的城邑横扫过去。

魏武侯一直不敢对楚国失去警惕,在黄河以南的土地上驻屯有二十万士卒,并以大梁城为中心,以襄陵、安陵为左、右翼,布成了一个盾形的坚固防线。而且,魏武侯还命公叔痤常年坐镇大梁城中,以相国之尊担当防备楚国的重任。但是在吴起的猛烈打击下,公叔痤竟龟缩在大梁城中,根本不敢应战。

吴起顺利地攻下了安陵、襄陵,然后绕过大梁城,直抵黄河岸边,准备渡河向围攻中牟的魏军发动攻击。

随同吴起出征的东郭狼很奇怪,问:"令尹大人为什么不先攻下大梁城呢?防守大梁的公叔痤还有十万军卒,倘若派精兵从后面向我们偷袭,岂不危险?"

吴起笑道:"大梁城池高大,纵有百万大军,一时也难攻下,上次我率魏兵能够攻下,是使出了奇计。今日公叔痤镇守此城,闻我来攻,定是小心万端,不会容我使出奇计。大军久困坚城之下,是最危险的一件事。故此我绕开大梁城,直扑魏君后背。公叔痤此人,用兵谨慎有余,胆气不足,我军势众,他怕受到埋伏,定然不敢从后面偷袭。"

东郭狼道:"公叔痤不敢从后偷袭,令尹定可一举击败魏君。魏君败,则魏国可灭,魏国灭,大人之伟业,亦可成矣。"他的心中,透出一种难言的痛快感来。如果令尹擒获了魏君,我定当将其杀死,为妻儿报仇!

可是,正当吴起欲挥大军渡河之时,却接到了赵阳生派人送来的十万火急的消息——楚王已死!

吴起听了,如雷轰顶,身子一晃,差点栽倒在地。他在楚国进行的事业,没有楚悼王的大力支持,他什么事也办不成。现在楚悼王突然死了,他的脚下就似陡然出现万丈深渊。他绝不能就这么听任命运把他摔下了万丈深渊,他必须拯救自己。

吴起立即招来东郭狼,令他代为主帅,扎营于黄河岸边,不必急着向魏军进攻。然后吴起杀死传送消息的人,以免楚王去世的消息为众人所知,致使军心生乱,接着率十余亲随,连夜赶回郢都,准备控制朝臣,尤其是要控制太子。

临行前，吴起反复叮嘱东郭狼——切勿慌张，在黄河岸边扎营三五日后，若无魏军袭扰，就须缓缓而退，以免为敌所乘。但是，一旦退到了楚国边境，就应连夜疾行，以最快的速度赶回郢都。若有魏军袭扰，就坚决出击，将其全歼，然后乘胜迅速退回楚国。

东郭狼一一答应，同时也含蓄地提醒道——令尹大人应对太子多加小心。

太子熊臧年少气盛，对吴起并不如何敬重，常常说吴起"革除旧弊"的举动做得太过分了，需要匡正。吴起亦对太子不满，想着他在楚国权势稳固之后，就废了熊臧，以消除后患。可是不等他的权势稳固，楚悼王却突然死了。楚悼王一死，太子就当登上大位。太子登上了大位，能继续让他吴起执掌朝政吗？

他不会让我执掌朝政的，他绝不会！我与太子之间，势必有一场生死搏杀。这一次，我绝不能重蹈被魏君追杀的覆辙，绝不能！吴起心中急如火焚，一路上不住地催促御者加快驰速，他要以太子想不到的快速回到朝堂上。

首先，我须控制大王的遗体。楚俗最重葬仪，没有祭过大王的遗体，太子便不能登上王位。楚俗十三日之内，不祭王体。今使者赶至此地，已用去六日，加王死一日，共七日。这样，我必须在六天之内赶回郢都，才有希望啊。

唉！幸亏楚俗如此，不然，太子若从中原之俗，君死立刻行即位大典，我就危险了。

控制了大王的遗体，我就让赵阳生率敢死之卒牢牢守住内宫，并将众大臣诱入，使众大臣只能为我所用。然后，我就和太子虚为周旋，尽量拖住他，不让他行即位大礼。待东郭狼率三十万大军撤回国中，我就立即和太子明言，要么，仍是让我执掌朝政；要么，太子就自动退位。哼！楚国王室子弟众多，想登上大位的人，可不止一个两个……

吴起焦急地想着，日夜不停，果然在六日之内，赶回了郢都，并且立即直赴王宫。同时，他派人让赵阳生速带敢死士卒，进入王宫护卫。赵阳生官位不算太高，无权带领士卒进入内宫。吴起作为令尹，却拥有这样的权力。

进入都城时，吴起心头上也曾掠过一丝疑惑——赵阳生应该在城门外迎候他才对,但是,他居然没有看见赵阳生。不过,那一丝疑惑,仅仅是在吴起心中一掠而过。吴起以为,在这等紧要关头,赵阳生格外谨慎,怕在城门外迎接他太过惹人注目,也是理所当然。他本来须先至赵阳生府中,然后再驰向王宫。只是吴起担心太子会抢先一步进入王宫,使他陷入被动。他在疾驰向王宫的路上,不仅派人去往赵阳生府中,也派人前往太子宫,打听太子正在干什么,并随时向他禀告。

吴起进入郢都时,已至半夜,大道上异常寂静,只听得车轮的轰响声犹如雷鸣。天一亮,太子就要入宫继位,我该用什么言语拒绝他呢……吴起仰望着天上灿烂的明星,心绪纷乱。

疾驰的高车很快就接近了楚国的宫门。星光下,吴起看到宫门上垂着惨白的丧旗,守宫的禁卒,也穿着麻布丧服。哀哉,哀哉!上天为何如此无情,偏偏对吾君不加庇佑。吴起不禁悲从心来,在吴起接触过的几位国君中,楚悼王并不能算是最为贤明,在许多方面,楚悼王无法和魏文侯相比。但是,楚悼王却是对吴起最为信任的一个国君,对吴起几乎是言必听计必从。从今以后,吴起不可能再次遇到像楚悼王这样对他完全信任的国君。

吴起权势极大,出入宫门几乎从不下车。守宫禁卒见到吴起半夜而至,并未露出惊诧之意,依照往例,在吴起的高车驰近宫门时,主动推开了宫门,只是几位禁卒推门之时,双手都在颤抖。可惜,心绪纷乱的吴起并没有注意到禁卒们这个细微的不正常的举动。

吴起直入宫门,到了高大的朝堂前才停下来,步行登上台阶。依楚国成例,楚王去世,未经祭礼之前,应停放在朝堂上。十余亲随紧紧跟在吴起的身后,他们作为从者,在吴起入宫时,早已跳下了车,步行奔跑着随在吴起车后。依照礼法规定,臣下不得携带寸兵入宫,否则是为"大逆",就当诛灭九族。但是,这十余亲随,却个个都带着锋利的铁剑。

这是个不寻常的时刻。吴起在不寻常的时刻,从来不以寻常的规矩行事。

不好!吴起只走了几步,突然停了下来,脸色大变。

楚王的遗体前,应有巫者日夜歌之。可是,吴起却没有听到巫者的歌声。朝堂周围出奇的安静,完全看不到有寺人值夜巡视。大王的遗体在此,怎么没有值夜的人呢？莫不是……

　　吴起不敢想下去了,对着随从一招手,立即转身向堂下走去,欲登车离开王宫。但已迟了——

　　嗖——嗖——嗖……

　　无数支闪着寒光的利箭向吴起射了过来。

第七章

大业未竟吴起亡 不期而遇东郭狼

吴起的亲随,都是身经百战的勇士,闻听箭啸之声,立刻拔出铁剑,护拥在吴起周围。虽然反应奇快,他们也被密不透风的箭雨射中了大半,惨呼着摔倒在地。剩下的四五个亲随拼命舞动着铁剑,阻挡着箭雨,却又哪里阻挡得住!

"哇——"怪叫声里,数百家兵装束的大汉一边拉弓射箭,一边从两旁的偏屋中奔了出来。

啊!竟是那帮宗室贵族反了!吴起心中冰凉,绝望中转身向殿堂上奔去。他以为,楚国的宗室贵族们已被他压服,已被他赶出了郢都,翻不起什么大浪来了。他在楚国的敌人只有一个——楚国太子。而楚国太子又是一个平庸的人,并无谋略,他只要抢占了先机,就可轻易地战胜敌人。

他忽略了楚国失势的宗室贵族。他只看到了宗室贵族们的"服从",却没有看到宗室贵族们胸中的怨恨已似火山一般,随时都会爆发。他只看到宗室贵族们离开了郢都,却没有想到,宗室贵族们树大根深,仍和郢都有着千丝万缕的联系。

楚悼王刚死,立刻就有寺人飞驰至城阳,禀告给了昭忠,而两天之后,同样的消息才落到了吴起的手中。而两天的时间,足够让昭忠定下一个拼死相搏的险恶之计。

昭忠坐镇在城阳,令昭雄率领从众贵族护卫中精心挑选的家兵偷袭王宫,布下埋伏,袭杀吴起。昭忠料定,吴起为抢占先机,必然是离开大军,连夜驰回郢都,并立刻进入王宫。昭雄抢在吴起进入郢都的前一天,成功地袭占了王宫,并封锁了内外消息。同时,昭雄还分出另外一部分家兵,包围了赵阳生的府第,也包围了太子府。如果吴起先至赵阳生府中,或许就发现了昭雄的埋伏。可是吴起偏偏没有先至赵阳生府中,而是如昭忠所料——一入郢都,就立刻进入王宫。

啊!啊!啊……惨呼声一声接一声响起。吴起身后的亲随,全都被乱箭射死。

嗖——嗖——嗖……家兵们仍在疯狂地拉弓射箭。

吴起的身子连连摇晃,几欲摔倒。失去了随从的掩护,他的身上一刹那间便被十余支利箭射中。他的眼前金星乱迸,一片昏黑,但他仍顽强地向前奔跑着,奔跑着。他已经奔进了朝堂,奔到了停放着楚悼王尸体的御榻前。

"哪里跑!"昭雄怒吼着,拉开满弓,向着吴起的后背射出了致命的一箭。

"啊——"吴起长长地惨呼一声,扑倒在楚悼王的尸体上。他的眼前如陡地炸开一团火光,火光中,贰姬正满含着幽怨地望着他。

吴起刚欲向那团火光扑过去,却不料火光竟是倏然而灭,吴起犹如一头栽进了万丈深渊,眼前是无尽的黑暗,黑暗……

嗖——昭雄又是一箭射向吴起,他对吴起的满腔毒怨全都凝到了箭镞上。家兵们亦是不停地射着箭,锋利的箭镞射到了吴起身上,也射在了楚悼王的尸体上。

"停下,停下!"一个宗族贵族忽然大叫起来。

"你喊什么?"昭雄转过头,不满地问。

"大王,大王让……让我们射中了!"那贵族脸色惨白,恐惧地说着。

啊!我怎么忘了,大王的遗体也在这儿呀!昭雄望着浑身插满箭矢的楚悼王尸体,愣住了。他做过楚国的大司马,自是熟知楚国律令,且能背诵:丽兵于王尸者,罪同谋逆,诛灭九族!

"丽兵王尸",是说将兵刃加于王尸之上。箭射王尸,正是"丽兵于王尸"。

"杀!杀了太子!杀了一切与我们作对的人!"昭雄愣了片刻,陡地大吼起来。吼叫声中,昭雄拔出佩剑,狠狠一挥。吴起的那颗令列国国君闻之色变的头颅,随剑滚落在地。

昭雄等人所行之事,已经是形同谋逆,任何一位太子都不会容忍,何况现在的这位太子亲近景氏诸族,对昭氏诸族并无好感,一定会抓住这件事对昭氏大加杀戮。与其被杀,不如先杀了太子,然后另立王族中亲近昭氏者为君,昭雄在心中说着。

整个郢都顿时陷入一片混乱之中,处处是血腥厮杀,火光冲天而起。赵阳生的府第被攻破,赵阳生和府中男女老幼全都被杀死,府中房舍亦被大火焚烧。和吴起亲近的大臣如景寿、景冉等人的府第同样被攻破,同样遭到了残杀。吴起的府第,自然也被攻破。

吴起身为楚国令尹,府中家兵门客甚多,本来不易攻破,但当进攻的昭氏家兵高高挑起吴起的人头时,吴起府中的家兵门客大多如鸟兽一般,四散而逃。只有少数家兵和门客进行了顽强的抵抗,直至战死。

昭氏家兵们冲过前堂,冲向后堂。后堂中,历来是大臣们收藏美女和黄金玉璧的地方。

昭氏家兵们发疯一样冲着,陡地停了下来。他们再也无法向前冲出一步。后堂上已燃起了大火,在大火中,似隐隐传来了歌唱之声。那歌声每一个楚国人都非常熟悉——

> 君不行兮君不行
> 留中洲
> 留中洲兮是为谁
> 乘桂舟兮乘桂舟
> 吾宜修
> 吾宜修兮水安流
> ……

昭雄攻破了许多边方,却一直无法攻破他最想攻破的地方——太子府。太子府中的护卫军卒之多,超过了昭雄的想象,竟达数千人,大大多出了王宫的护卫军卒。熊臧府中多出了这么多护卫军卒,倒并非是他有先见之明,预作了准备,而是他太过喜欢游猎,多方罗致壮士收入府内。昭雄远离郢都,对此等细节并不知道。

昭雄久攻不下,反被太子一个反击杀得大败。都城中的众多景氏大臣也参与了对昭雄的反击,最终将昭雄和众多党徒生擒。楚国太子顺利地进入王宫,登上大位,高坐于朝堂上,接受众朝臣的拜见,是为楚肃王。

楚肃王即位之后,连连发出诏令——令尹吴起私带持兵家奴入宫,图谋逆事,将其尸首车裂,抛入市中警示国人。

城阳君昭忠、巨阳君昭雄、棠溪君屈宜臼等人结党谋叛,"丽兵王尸""攻击储君",实属罪大恶极,应将此等"逆贼"处以极刑,并诛灭其族人。

速派使者赶往出征大军中,夺取东郭狼的令符,并将东郭狼押至郢都治罪。

……

楚肃王的诏令,迅速传遍了天下,再一次震惊了天下各国。

在楚国大军兵临黄河岸边时,魏武侯惊恐万状,连忙解了中牟之围,和卫君各自率领军卒飞速后退,以求避入坚城之中,抵挡吴起的攻击。

赵国乘势反攻,不仅夺回了丢失的刚平、黄城二邑,还夺取了魏国的棘蒲城。这个时候,楚军本应渡河直入魏国的心腹之地。但楚军却按兵不动,甚至缓缓后退。魏武侯大惑不解,派出无数机警的探使,打听楚国境内究竟出了何事?

楚悼王去世,吴起死于内乱的消息,魏武侯在列国国君中最先获得。魏武侯欣喜若狂,立即率兵渡河扑向楚军的后背,同时又令公叔痤尽起大梁城中的军卒,出城来攻。

魏国两路大军逼近楚军时,郢都来的使者也驰进了楚军大营。东郭狼闻听吴起惨死,仰天大哭数声,扔下象征兵权的令符,率数十亲随,若旋风一样乘车驰出楚营,不知所终。使者害怕将东郭狼当场"逼反",对于东郭狼的"出逃",并不敢加以阻拦。

东郭狼第一天出逃,魏国两路大军第二天就发动了进攻。失去了主帅的楚军完全处于被动防守的境地,人数上虽比敌军占优,却连连败退,一直败回了方城,将吴起夺得的城池尽数丢弃。所幸魏军并不敢过于紧逼,楚军虽败,损失尚不太重,可以凭借方城将敌人挡在国门之外。

楚军遭到失败,新登大位的楚肃王却不甚在意,连日大宴群臣,庆贺"平叛之功"。原来,不仅是昭忠没有直接进入郢都,屈宜臼也没有直接进入郢都。二人都凭借着封邑高大的城墙,抵抗着楚肃王派来擒获他们治罪的军卒。楚国军卒比较容易地攻破了棠溪邑,擒住了"逆贼"屈宜臼。但是,楚国军卒进攻城阳时,却遇到了不小的麻烦,攻了半个多月,才将城池攻下。孟胜率领着数百信奉墨家的壮士拼命抵抗,一直到全部战死在城头上。楚国军卒虽然攻下了城阳,却没能擒住城阳君昭忠。在孟胜率领众墨家子弟拼死抵抗时,昭忠装扮成贱民,趁黑夜拉着绳子从城头上滑下来,在几个亲随的帮助下顺着山道,悄悄逃向东方的宋国。

楚肃王将擒获的昭雄、屈宜臼等七十余宗室贵族全都处以车裂酷刑,还将七十余位宗室贵族的封邑及家财全部收归王室。他大感富足,心中十分高兴,因此对于逃走了东郭狼、昭忠等要犯也不甚在意,并未派人追杀。对于朝政之事,楚肃王也不怎么感兴趣,全都委于臣下,然后日日带领近侍诸臣出都游猎为乐。

渐渐地,吴起草除的楚国"旧弊"复又盛行,楚国丰盈的国库也日益消损。吴起之死,楚君之昏,使魏武侯仿佛又看到了建立"周武王"大业的希望。他经常住在大梁城中,谋划着灭亡楚国。可是,秦献公却接连向魏国的西河之地发动了猛攻,齐国也常常从东方攻击魏国。

魏武侯穷于应付,时而西征,时而东讨,忙得不亦乐乎。他不愧熟知兵法,成功地击败了秦、齐两国的进攻,十战中总有九战获胜。但他却不能给予秦、齐两国以沉重的打击,彻底解除秦、齐两国的威胁。他灭亡楚国,建立周武王那般功业的希望,完全成了一种遥不可及的梦想。

"三晋"的联盟已完全破灭,虽然魏、赵、韩三国有时仍会联军对敌,但相互之间的关系,和寻常的诸侯国毫无二致。且"三晋"之间,互相敌对的时候,远远多过了联军对敌的时候。"三晋"对攻伐大国失去了信心,专一对付小国。

赵国对复国的中山越看越不顺眼,不断地寻找借口,派兵进攻中山国。韩国只要一抓住机会,就会向郑国发动猛攻,夺取郑国城池。魏国对仅仅"臣服"的卫国很不满意,不断地逼迫卫国割让土地,并常常向宋国发动攻击,伺机夺取宋国的城邑。宋国的都城睢阳离魏国的大梁城太近,君臣深感威胁,被迫迁都彭城。在"三晋"之中,韩国取得的成果最大,使魏、赵两国大为羡慕,大为嫉妒。

周安王二十六年(公元前 376 年),韩文侯病死,由其太子即位,是为韩哀侯。这一年,周天子也去世了,太子即位,是为周烈王。同时,墨家的开创者墨翟,亦在此年去世。

年轻的韩哀侯雄心勃勃,初登大位,就做出了一件令列国震惊的大事。他突发大兵,竟然灭亡了晋国。虽然晋国早就只剩下了一个空名,仅有曲沃、绛城二邑,百里土地。但晋国毕竟曾是魏、赵、韩三家的主人,又是周朝的宗室之国,且有过称霸百余年的赫赫之功。故魏、赵、韩三家有时虽很讨厌晋国这个旧主,却从来没有想过将其灭亡。

韩哀侯敢于想先辈不敢想之事,更敢于行先辈不敢行之事,并且理直气壮——田氏能灭了旧日主人,寡人为何不能灭了晋国?原来,在这之前,姜氏齐国最后一任国君齐康公已死在荒凉的海岛上。由于田氏杀死了齐康公身边所有的女子,齐康公并没有后代留下,姜姓祭祀,亦是彻底断绝。周天子对姜太公祭祀的断绝装聋作哑,并未因此对田氏有任何指责。田氏能灭亡姜姓齐国,他自然能灭亡姬姓晋国。

韩哀侯狂妄,却不自大,灭亡了晋国并不独吞,与魏、赵两国合分了旧主的百里土地。之后,韩哀侯又发倾国之兵,灭亡了郑国,再一次震惊了列国。

郑国地处中原要冲,邻近周室,数百年来一直处在大国的威胁下,无数次面临覆灭的命运,也无数次逃过了大难。当年称霸天下的晋国、楚国,无不想占有郑国,但费尽了力气,也无法成功。然韩哀侯却一举攻灭了郑国,夺取了数十城邑和数百里肥沃土地。韩国的国土一下子大出了许多,人口也多出了三分之一,且获得郑邑坚城。郑邑经过数百年的经营,其坚固和大梁城相比,毫不逊色。韩哀侯对郑邑极为满意,毫不迟疑地将都城迁到了郑邑。

灭掉了郑国,使韩国把周王室的领地完全包围了起来,处于极有利的地位。郑国的灭亡,使宋、卫、鲁等小国惊慌失措,争先向韩国派出使者,以示"结好"之意。一时间,韩国俨然成了"三晋"之首,使魏武侯心中酸酸的,不知是个什么滋味。

不过,魏武侯只难过了一阵子,就大为开心,直乐得在宫中仰天大笑不止。韩国权臣韩山坚突然发难,杀死了韩哀侯,另立宗室公子韩若山为君,是为韩懿侯。同时,魏武侯的另一死对头赵敬侯也去世了,由其子赵种继位,是为赵成侯。赵国的诸公子对赵成侯当上国君很不服气,互相勾结,与赵成侯为敌,使赵国混乱不堪。

秦国连遭天灾,国力减弱,被迫对魏国采取守势,不再进攻西河。魏武侯见周围诸国都处于弱势,不觉雄心再起,正欲大动干戈一番,却突患心痛之疾,竟至不治而亡,这一年正是周烈王六年(公元前370年)。

魏武侯在位共二十六年,却并未立下太子,只是对其子公子䓨和公子缓甚是信任,俱命其执掌兵权。魏武侯一死,公子䓨和公子缓为争夺国君之位,立刻爆发了大战。

公子䓨得到了公叔痤的支持,大占上风。公子缓在魏国无法待下去,只好逃到了赵国。赵成侯刚刚镇压了国内众公子的叛乱,急欲建功立威,遂联合韩懿侯,发兵二十万,武装护送公子缓回国抢夺君位,并在油泽之地大败魏军,包围了公子䓨。

赵成侯极为高兴,将韩懿侯请到大营中道:"明日我赵、韩联军,将生擒公子䓨。寡人之意,不若杀了公子䓨,然后立公子缓为君,将魏国一分为三,留一份给公子缓,其余由我赵国和贵国各得一份,如何?"

韩懿侯听了,默然半晌之后,才答道:"以寡人之见,强分魏地,恐魏国臣民不服,到时不得其地,反受其害。不若把魏国一分为二,公子䓨和公子缓一人一份。这样,就会出现两个魏国,他们互相争斗,必将日益衰弱,最终变成宋、卫、鲁那样的小国,永远也不会危害我们韩、赵两国。寡人认为这样方是有利之举。"

赵成侯听了,大为不快道:"寡人认为,还是把魏国分成三份为好。"

韩懿侯不再说什么了,回到营中,连夜带领韩国军队后撤。公子䓨乘势大举反击,击溃了赵国之军,把公子缓逐出国境。于是,公子䓨即位为君,是为魏惠王。这年,楚肃王熊臧也去世了,因无子,其弟熊良夫继位,是为楚宣王。

魏惠王开始之时,并未称王,仍然自称为侯。但是他却完全继承了父祖的遗愿,一心想"王于天下",建立绝世大功。魏惠王认为父亲犯了一个不可挽回的大错——将治军奇才吴起拱手送给了楚国,为此,魏惠王派出了许多心腹臣子,四处寻找"贤才",企图再找到一个吴起那样的奇才。只是八九年过去了,魏惠王仍然没有找到他心目中的吴起。

这八九年间,列国混战不休,乱成一团。周烈王只当了七年天子,就呜呼哀哉,由其弟姬扁继位,是为周显王。

周显王刚当上天子,就遇到了一件麻烦事——西周公死了,两个儿子公子朝和公子根为继承周公之位,率领家兵互相攻杀起来。周显王身为天子,对此却是毫无办法。

韩、赵两国乘虚而入,率领大军进至周室领地,"非常公平"地把周室领地一分为二,成为东周国、西周国,西周国仍领原有之地,而周室的其余领地,包括王都洛邑城在内,全归于东周。这样一来,堂堂周天子名为天下之主,实际上除了一个王宫外,竟是寸土全无。周天子唯一多出来的,就是辅臣周公。历代周天子只有一个周公辅佐,而从此以后,周天子就会有两个周公辅佐了——西周公、东周公。

周天子当然不想寸土全无,更不想被两个周公管着,可是他却不敢说出一个"不"字,反倒对韩、赵两国大加称赞,说韩、赵乃是"忠顺"诸侯,解了天子的"危难"。

韩懿侯和赵成侯得意扬扬,回至国中连日大宴朝臣,以示庆贺。魏惠王听说了这件事后大为懊恼,后悔他怎么没有去当一个"忠顺"诸侯。

魏惠王心高气傲,欲以兵威扬于天下,却连连受挫,其中在石口一战中,遭到前所未有的惨败,被秦军杀死军卒六万余人,丢掉了西河重要城邑之一——庞城。韩、赵两国见魏国大败,也挥军攻了过来,想占些便宜。魏惠王大怒,倾全国之军反攻,结果大败韩赵联军,生擒了赵国主帅乐样,韩懿侯也几乎做了魏国的俘虏。韩懿侯没占到便宜,反而受了惊吓,回至国中,一病而亡,由太子继位,是为韩昭侯。没过多久,秦献公和其辅臣嬴菌先后去世,献公太子继位,是为秦孝公。魏惠王总觉得安邑城被秦、赵三面包围,作为都城很不安全,在和众大臣商议之后,将都城迁到了大梁城。列国因此将魏国又称为梁国,魏惠王又称为梁惠王。

迁都大梁后,他更急切地派人寻找"贤者",并对天下兵书广为搜罗。别国国君下朝之后,最喜观赏歌舞女乐。魏惠王下朝后最喜欢做的事情,就是观看兵书,常常看至深夜,亦不觉疲倦。

一日,他看着兵书,忽然大叫起来,连呼——怪哉,怪哉。他看的是平日最喜欢看的《吴起兵法》。《吴起兵法》本来只有六卷,仅数千言,但他现在所看到的《吴起兵法》却有四十八卷,达数万言之多,且观其语气,又不似伪造。

魏惠王忙唤来近侍寺人,问:"此《吴起兵法》,乃何人所献?"

近侍寺人答道:"此兵书乃相国大人所献。"

是公叔痤?魏惠王心里咯噔了一下,他嫌公叔痤年岁已老,有心让公叔痤"退隐",只是尚未向朝臣们透露其意。

"传相国进宫。"魏惠王对寺人挥了一下手。

公叔痤很快就来到了内宫。他的胡须已经全白,行动间脚步微颤,老态毕露。魏惠王看上去似对相国十分敬重,免其叩拜之礼,令其对面坐下。

"此兵书是否为吴起所作?"魏惠王开口便问。

"微臣和吴起同朝多年,熟知其语,此兵书断非伪作。"公叔痤答道。

"然而此兵书却和通常的《吴起兵法》大不相同,此为何故?"魏惠王问。

"这个,微臣也想不明白。"

"那么,这部兵书你又从哪里得来的呢?"

"微臣有一门客,姓公孙,名鞅,原是卫国宗室之后,虽然年少,却交游甚广,识见不凡。这部兵书,就是公孙鞅得来送与微臣的。微臣不敢私藏,特地献给主公。"

"那公孙鞅是从何处得来这部兵书的呢?"

"公孙鞅有一好友,叫作庞涓,是鬼谷子的弟子。公孙鞅至庞涓家中探访,得此兵书,亲笔抄下了一部。"

"鬼谷子?寡人听说近年出现了一位奇人,隐居阳城的鬼谷中,上知天文、下知地理,心罗万机,号为鬼谷子。那庞涓之师,是否即是此人?"

"主公圣明,庞涓之师,正是此人。"

"寡人闻听鬼谷子可称贤者,特意派人礼请鬼谷子入朝,却怎生也请不来,是为何故?寡人所下之礼有黄金千斤、玉璧十双,难道轻了么?"魏惠王又问道。

"这个,微臣……微臣实在不知。"公叔痤畏畏缩缩地回答着,垂下了头。他知道,由于魏国连吃了几次大败仗,使他几乎失去了国君的信任,将要被迫"退隐"。虽然他已当了二十多年的相国,但还没有将"瘾"过足,还想再当上二十年的相国。

"鬼谷子既能传出四十八卷的《吴起兵法》,其才定然非同小可,寡人当亲自去见他,以示诚意。"魏惠王兴奋地说着。

"这……"公叔痤沉吟了一下,才说道,"鬼谷子所居的阳城,在韩国境内,主公前去,只怕有些不便。"

"寡人自有主张,相国无须多虑。"魏惠王有些不耐烦地说道。

"是。"公叔痤又连忙垂下头,不敢多说什么。

每年春天,常有洛邑、郑邑等地的贵公子前来阳城一带的秀美山谷中踏青游玩,布围行猎,一直热闹到夏天,才渐渐散去。魏惠王扮作一个郑邑来的贵公子,领着十余乘高车,百余从人,驰进了鬼谷。

鬼谷其地幽深曲折,怪峰林立,中有一溪,顺着谷底蜿蜒流动,清澈透明。一条小道随着溪流,或高或低,直入山谷深处,狭窄险陡,车马无法通行。魏惠王只得下车,在向导的指引下,深一脚浅一步地行走着。百余从者紧紧跟随在魏惠王身后,警惕地四处张望。而紧挨着魏惠王的,却是两个白须老者,一为相国公叔痤,一为大司马王错。

自从吴起离开了魏国,公叔痤和王错就由"同党"变成了冤家,互相攻击不休,企图独得国君的宠信。在魏武侯当政之时,公叔痤大占上风,一度把王错赶到了韩国。但自从魏惠王即位之后,王错的势力又强盛起来,回国做了大司马。魏惠王有时会在苦闷中,对后宫姬妾发着牢骚,说以我魏国之大,竟只有半个贤者。这"半个贤者",就是指王错。

见魏惠王要易装赶往鬼谷,公叔痤和王错为表忠心,争先请求相随。魏惠王虽嫌公叔痤和王错年岁稍大,但想了想后,还是答应了二人。他认为,魏国眼前最有智谋的人,只能是公叔痤和王错。他可以让这二人"考问"鬼谷子一番,看看鬼谷子到底有多么深厚的智谋,值不值得他亲自访求。

　　魏惠王一行人走了十数里地，身上都累出了汗，呼呼直喘粗气，也没有走到鬼谷子的隐居地。魏惠王正想传命歇息，忽听山谷中响起阵阵嬉笑之声，清脆悦耳。他不觉精神一振，放眼望处，见前面现出一块平坦之地，有四个少年人正在其中嬉戏玩乐。其中两个少年人稍长，约莫十七岁，另外两个少年看上去只有十二三岁。四个少年人分成两组，一组穿着青衣，一组穿着绿衣，每组出一大一小二人搭配。平地上放着数十块岩石，堆成七八处形状不同的石堆，四个少年在石堆中穿来穿去，似是在做一种"捉迷藏"的游戏，但细细观看，又不怎么像。何况，此等年龄的少年，一般也不会去玩那种小儿常玩的游戏。

　　魏惠王和公叔痤、王错看着少年们的游戏，不觉看呆了。那百余从者却看得莫名其妙，不知道三位"大人物"为何如此看中此小儿游戏。

　　"这是军阵，军阵！"公叔痤忽然激动地大叫起来。

　　"对，是军阵。两个军阵，一个是'天阵'，一个是'地阵'！"王错也大叫了起来。

　　"不对，是四个军阵！"魏惠王亦是大叫道。

　　"是四个军阵，哪四个军阵？"公叔痤和王错一怔之后，几乎同时问道。

　　"乃是'天阵''地阵''风阵''云阵'耳。这四位少年以军阵相戏，先堆石立营，列为'天阵''地阵'。然后青衣少年据'天阵'，以'风阵'之法攻敌；绿衣少年则据'地阵'，以'云阵'之法相抗。"魏惠王得意地说道。

　　他发觉自己在兵法上的见识，已远远胜过了公叔痤和王错二人，不愧为圣明之君。

　　"主公通晓兵法，远胜微臣矣。"公叔痤向魏惠王行了一礼。

　　"主公日理万机，尚夜读兵书，通晓战阵之法，臣下见军阵而不识，愧为大司马矣。"王错亦躬身向魏惠王行了一礼。

　　其实，二人早就看出了平地上实有四个"军阵"，偏偏不加说破，有意让魏惠王大显其"圣明之君"的才识。二人深知，魏惠王口中虽在感叹国中没有智谋深广的"大贤"，却又不容国中之臣比他更有见识。倘若臣下当众显得比魏惠王知道的事情还多，定会惹得魏惠王极不高兴。

　　魏惠王听着二位大臣的奉承，更是得意，指点着前面的平地道："此等少年,仅以石堆就能显出'天阵''地阵',实是非同小可。且又以四人而能排出'风阵''云阵'相搏,更是不同凡俗。嗯,穿绿衣的这两个少年看来更胜一筹,已大占上风。"

"此深谷之中,何来此等少年?"公叔痤装出一副疑惑的样子,问道。

"是啊,这些少年小小年纪,怎么能如此精通兵阵之法呢?"王错一样是满脸疑惑。

"此等少年,定是鬼谷子之徒。徒已如此,其师不问可知矣!"魏惠王感慨而又兴奋地说着,大步向那四位少年走去。他觉得他终于找到了一个像吴起那样的奇才。正在这时,天上忽然响起了几声鹤鸣,四位少年身形一晃,竟失去了踪影。

魏惠王吃了一惊,忙领着众人走到那平坦之地,四面寻找,却什么也寻找不到。小道至此已是尽头,前面无路可行,有的只是怪石狰狞,云松龙盘虎踞。魏惠王等人彷徨无措,不知如何是好,陡地又听见琴声悠悠响起,在谷间回荡,若深潭滴泉,沁人肺腑,令人神爽目明,顿忘行路之疲,只觉身轻欲飞。

众人循着琴声寻去,但见右侧十数丈外有一巨石突起,其上平坦如台。一位身穿玄衣的白发老者坐在巨石之上,膝间横卧一张七弦古琴。他的身旁还侍立着四位少年,正是令魏惠王大感兴趣、以军阵相戏的那四位少年。

那玄衣老者似并未看见魏惠王等人,仰首望着天空上飞行的几只白鹤,抚琴而歌:

> 鹤飞鸣兮鹤飞鸣
>
> 入云霄
>
> 入云霄兮落九泉
>
> 鱼潜洲兮鱼潜洲
>
> 避波涛
>
> 避波涛兮乐逍遥
>
> 彼有园兮彼有园
>
> 雀有巢
>
> 雀有巢兮闹吵吵

吾在山兮吾在山

山有石

山有石兮可攻瑶

山中鹤兮山王鹤

野性骄

野性骄兮嘲圣尧

……

魏惠王听着那玄衣老者的琴歌,不觉听得呆了,痴痴地站着,说不出一句话来。他听出,玄衣老者所歌,实是小雅之曲中的《鹤鸣》之歌。不过,玄衣老者将《鹤鸣》之曲这首中原雅乐改成了楚国之曲,歌词也改变了许多,听上去有些别扭,但《鹤鸣》之曲的本意,玄衣老者并未改动。

《鹤鸣》之曲本来是赞扬天子园林之美的一首小雅之乐,说天子园中美木众多,禽鸟数不胜数。但到了后来,这首雅乐又成了"贤者"拒绝入朝的托词。"贤者"们说,国君园中(暗指朝廷)有的是美木禽鸟,甚至连其中的一块山石,也可以用来研磨玉石。国君的园中既然养了这么多美木禽鸟,又要我等山中的野鹤作甚?玄衣老者改为楚乐的《鹤鸣》之歌,将其中的拒绝入朝之意说得更加明显。他甚至连上古最圣明的贤君尧帝都不放在眼里,要加以嘲笑。

这老者如此骄狂,莫非就是那鬼谷子?魏惠王心中想着,上前几步,拱手向那玄衣老者施了一礼,刚欲说什么,忽听天上又响起了几声鹤鸣,那玄衣老者和四位少年亦随着鹤鸣声隐于石后,不见踪影。

这老者弄的是什么玄虚?魏惠王大为不悦,转过头,想让公叔痤去寻那玄衣老者。不料他一看到公叔痤,惊得差点叫了起来。但见公叔痤脸色惨白,浑身颤抖,犹如白日见鬼一般,魏惠王从来没有见到公叔痤现出这等惊恐的样子。

"相国怎么啦?"魏惠王忍不住问道。

"啊!我……我……这……这……"公叔痤竟是说不出一句完整的话来。

"大司马,你们看见什么啦?"魏惠王又问王错。他发觉王错的神情也有些不对,虽然不像公叔痤那么惊骇,但身子亦在微微颤抖。

"没……没看见什么。微臣除了那玄衣老者,没看见什么。"王错定了定神,回答着。只有他和公叔痤二人才明白自己为何忽然间现出惊恐之色。

那玄衣老者一出现,二人就觉得极其面熟,细看之下,更无疑心。二人几乎要脱口呼出——这玄衣老者,不就是东郭狼吗?

东郭狼在楚国失去踪迹后,公叔痤心里总不舒服,曾派门客秘密查访过。他是吴起、东郭狼的死敌,非常担心东郭狼绝望之余,会大起报复之心,对过去的仇人肆意报复。可是他派出的门客查访了好几年,也没有查出东郭狼的下落。公叔痤渐渐放下心来,以为东郭狼定已死于非命,不会对他造成任何威胁。不然,似东郭狼这等功名心极重的人,怎么会长久地悄无声息呢?公叔痤做梦也没有想到,东郭狼会成为"鬼谷子",并如此突然地出现在他面前。

王错对东郭狼忽然变成了"鬼谷子",亦是大为恐惧。他并不是怕东郭狼会对他加以报复,他主要是怕东郭狼会受到魏惠王的重用。东郭狼挟"鬼谷子"的名声,若入魏国朝中,必然能够获取权柄。而似东郭狼这等厉害之人掌了魏国大权,就绝不会容忍他王错继续待在朝中。

"这玄衣老者,定是鬼谷子。二位爱卿当为寡人请出此大才也。"魏惠王道。

"主公,依……依微臣之见,这'鬼谷子'徒有虚名,并无才能。"公叔痤镇定下来,说道。他绝不能让魏惠王把鬼谷子请进了魏国朝廷。

"相国此言谬矣。鬼谷子若无大才,岂能唱出此《鹤鸣》之歌。"魏惠王不高兴地说道。

"这……这……"公叔痤发觉他急中出错,说了一句"无理"之言,他亲手将鬼谷子所传的四十八卷《吴起兵法》献给了国君,怎么能在国君面前说鬼谷子"并无才能"呢?

"主公,微臣以为,鬼谷子其人大有才能,只是难为主公所用。"王错说道。

"这是为何?"魏惠王问

"因为鬼谷子乃大王仇家。"王错平静地回答道,他已完全恢复了平常的神态。

"这鬼谷子与寡人素不相识,何谓有仇?"魏惠王惊诧地问。

"此人与先君有仇,与先君有仇,即是与主公有仇。"

"鬼谷子与先君有仇?如此说来,莫非大司马早就认识此人?"

"微臣认识。"

"他是谁?"

"他曾做过魏国的上大夫,姓东郭,名狼,是吴起手下最信任的人。后来吴起在楚国被杀,此人自军中逃走,下落不明。"王错恭敬地回答着。如果只有他一人识破了鬼谷子的"本来面目",他绝不会在国君面前说出来。因为这样一来,既有可能阻止鬼谷子进入魏国朝廷,更有可能无法阻止鬼谷子的入朝。毕竟,魏惠王对吴起太过"尊崇",而东郭狼又与吴起的关系极为密切。魏惠王或许会看在吴起的分上,对东郭狼另眼相看。

可是现在,至少有公叔痤看穿了鬼谷子的"本来面目"。世上的秘事,但凡有两个人知道,就有泄露的可能。假若公叔痤先在国君面前讲出了鬼谷子的"本来面目",则国君必会视他王错不忠,反之亦然。这样,他抢先讲出鬼谷子的"本来面目",不仅可以借此表示臣下应有的诚信之意,更可对公叔痤狠狠打击一下。

"原来他是东郭狼,难怪,难怪!"魏惠王感慨道。只有东郭狼这样的人,才可传出一部四十八卷的《吴起兵法》。吴起逃离魏国时,魏惠王尚是一个幼童,对东郭狼其人并无什么印象。但魏惠王即位之后,曾深入研究过吴起的事迹,对东郭狼也有相当的了解。

"公叔相国,你难道没有认出鬼谷子其实是东郭狼吗?"魏惠王问道,他在话语中已透出明显的不满之意。

"这个……这个微臣老眼昏花,虽觉此鬼谷子有些面熟,却认他不出。"公叔痤狼狈地答道。

撒谎!这老家伙,身为相国,竟然对寡人不忠,实是可恶!魏惠王心中大怒,外表上却不动声色道:"相国的确老了,只怕连朝臣们的奏章,也难看清了。"

"不,不!微臣不老,微臣还能看清奏章,微臣只是对远处的物事看不大清楚。"公叔痤忙说道,他听出魏惠王是在说他不适合担当相国重任。

魏惠王并不理会公叔痤,继续问王错:"如此说来,鬼谷子是有意向寡人唱那《鹤鸣》之曲的?"

"正是。微臣能认出鬼谷子,鬼谷子自然也能认出微臣,也就能猜出主公的身份了。他亦知魏为仇国,不可前往,遂故意弹唱《鹤鸣》以作清高,拒绝主公。所以,就算主公不去计较往日仇怨,将鬼谷子尊以大贤,鬼谷子也绝不敢进入魏国一步。"王错答道。

"假若寡人是秦国之君、齐国之君,鬼谷子也会唱出《鹤鸣》之歌吗?"魏惠王又问。

"不会,绝不会!"王错立刻说道。

魏惠王不再说什么了,脸色阴沉,转过身,疾步向山谷外行去,令公叔痤和王错气喘吁吁地无法跟上。

来时众人行得慢,去时众人就行得快多了。大半个时辰后,众人走出了山谷。魏惠王悄悄在王错耳边说了几句话,留下王错和六十余位从者,然后带着公叔痤和剩下的四十多个从者,向魏国境内疾驰而去。一路上,魏惠王很不高兴,自己不说话,也不让从人说话。

主公和王错说的是什么呢?公叔痤在心中不停地嘀咕着。他的心中一阵阵发冷,背上却冒出了许多汗珠。我身为相国,主公却将隐秘之事交由王错,并且不向我透露半句,此为何故?难道主公要让王错来取代我的相位吗?

其实,魏惠王对王错说的话很简单,他让王错将从人分为两队,一队扮作强盗,去杀死鬼谷子,并吓唬其弟子;另一队则扮作游猎之人,奋勇打退"强盗","救出"其弟子。鬼谷子既然不能为魏国所用,就绝不能为齐国或者秦国所用,必须杀死。鬼谷弟子们还年轻,容易将其收服,应该归于魏国,成为魏国国君的爪牙。

第八章

庞涓荣归激卫鞅　孝公尚贤求大治

十余天后,王错匆匆回到了大梁城,魏惠王在内殿召见他,以歌舞宴乐加以慰劳。王错却不敢领受国君赐予他的厚爱,跪伏在魏惠王脚下,连连磕头,浑身颤抖不止。

魏惠王脸色大变,斥退歌舞女乐后问:"怎么,你没有将那件事办成吗?"

"微臣罪该万死,辜负了大王的期望。"

"混账,那些从者都是身经百战的勇士,你带着他们,竟连一个老头子也杀不死吗?"

"不是微臣杀不死他,是他……是他不容微臣找到,就跑了。微臣追寻了他几天,也未追到。"

"什么,他竟跑了?是跑到了秦国,还是跑到了齐国?"

"他既没有跑到秦国,也没有跑到齐国,而是跑到了楚国西南的蛮荒山中,并誓言不入中原一步。"

"你是怎么知道这些的?"

"微臣寻到了鬼谷子的一个弟子,从他的口中,得知了一些鬼谷子的事情。"

"哦,鬼谷子竟没有带着他的弟子跑吗?"

"鬼谷子的确要带着他的弟子们逃走,但其中有一弟子仰慕主公圣明,没有跟着逃走。"

"好,好！这个弟子现在何处？"魏惠王听了大为高兴,忙问道。

"此人现在宫门之外。"王错磕头答道。

"立即传他进来。"魏惠王命令道。

很快,一个身穿绿衣、十七八岁的少年走进了内殿,向魏惠王屈身行以大礼。他年纪轻轻,就熟知礼仪,实是难得。魏惠王在心里赞着,向两旁挥了挥手。这是他的一个习惯动作,意思是除了他想见的人,其余的内外诸臣全都应该退下。殿上的内侍寺人立刻退了下去,王错稍微犹豫了一下,也退了下去。华丽的内殿上只剩下了魏惠王和那绿衣少年。

"你坐下吧,不要慌,寡人有好多话要问你。嗯,你姓甚名谁？"魏惠王亲切地问着。

"草民姓庞名涓,乃是酸枣邑人氏。"庞涓回答道。

"好,酸枣邑属我魏国,你亦是我魏国人也。"魏惠王很高兴地说着。

"草民身为魏国人,不敢忘了大王恩德,所以不愿随师南下,留了下来。"

"你是怎么遇到鬼谷子的？"

"草民父亲以经商为业,常来往于洛邑大梁之间,一日在道中忽遇鬼谷子,他说草民聪慧过人,将来必成大器,硬要收草民为徒。草民的父亲见鬼谷子气度不凡,遂依允了他,让他把草民带进了鬼谷。草民进鬼谷时才十二岁,离今已六年了。"

"鬼谷子共有几个弟子？"

"共有四个。年龄最大的一人名叫孙膑,为齐国人,长草民半岁;草民年龄次长;年龄又次者名公孙衍,十三岁;年龄最小的一人姓张名仪。公孙衍和张仪都是魏国人,鬼谷子常言天下各国中,唯有魏国人才最盛,天下的才能之士中,十有五六是魏国人。"

"哈哈哈！鬼谷子此人,倒也有些眼光。嗯,你知道鬼谷子的来历吗？比如,他过去究竟是什么样的一个人,他的真实姓名又是什么？这些你都知道吗？"

"草民不知。鬼谷子从不说他的过去,也不让我们这些弟子问他的过去。"

"鬼谷子是怎么教导你们这些弟子的？"

"平日鬼谷子要么弹琴唱歌，要么是埋头书写，很少理会我们，我们每日砍柴煮饭，汲水浣衣，把鬼谷子伺候得舒舒服服的。他高兴了，就会让我们到他的洞室中去看古今奇书，那些奇书有数十卷之多。我们看了后，就请教鬼谷子，让鬼谷子给我们讲解，如果书中有兵阵算数之类，鬼谷子还会给我们演练一番。"

"你们自己也常演练军阵吧？"

"常常演练。只是人少，有时会以树木岩石来代替阵中军卒。"

"你们常演的是什么军阵？"

"常演的是姜太公所传的'八极大阵'。"

"何谓'八极大阵'？"

"八极大阵者，是为天、地、风、云、龙、虎、鸟、蛇此八极阵势之合称也。"

"此八极大阵，有何讲究？"

"凡为将者，对八极大阵不可不知。天阵，堂堂正正，以圆形相列，首尾环顾。地阵，奥妙无穷，以方形相列，坚若城池。风阵，凌厉迅猛，以轻车相列，来去快捷。云阵，隐秘莫测，高车中夹藏锐卒，忽缓忽疾，攻敌不备。龙阵，威猛庄严，以强弓利弩为先导，步步紧逼敌阵。虎阵，锐不可当，以敢死之士冲击敌阵，白刃相搏。鸟阵，忽闪难寻，以轻锐之卒散列百十分队，若飞鸟归林一般，扑杀敌卒，搅乱敌方的阵形。蛇阵，灵动无比，以长线之形相列，击首则尾应，击尾则首应，击中则首尾皆应。此八极大阵之法，乃当年姜太公所遗，历代前贤又多加增减，已甚是完美。为将者欲破敌立功，非熟知此八极大阵不可。"

"八极大阵玄奥深妙，为将者很难全通，你能通晓多少？"

"草民对八极大阵极感兴趣，每种阵势都曾下过一番功夫，虽不敢说全都精通，但俱是略知一二。"

"好，好！你小小年纪，居然能对八极大阵全都通晓，实是难得。"魏惠王兴奋地说道。

"此全是鬼谷子所教，草民并无才能。"庞涓谦恭地说着。

"嗯，鬼谷子大有才能，可惜他却跑到了蛮荒之地。嗯，你知道鬼谷子为什么会跑了吗？"魏惠王问。

"这……"庞涓露出为难之色，"草民不敢说。"

"有寡人做主，你只管大胆讲来。"魏惠王道。

"是。鬼谷子跑了，全是因为相国大人之故。"

"这是为何？"

"鬼谷子说，当年吴起奔楚，实是因为相国大人陷害所致。鬼谷子还说，相国大人心地险恶，难以容他。鬼谷子欲远避至洞庭西方的山野，草民自思身为魏人，不必远行楚国的蛮荒之地，且又慕大王之贤明，遂私自留下，宁愿叛师，不肯叛君。"庞涓说着，拜伏在地，向着魏惠王连连磕头。

"这话可是真的？"魏惠王盯着庞涓，两眼射出的寒光犹似利剑一般。

"草民不敢妄言。草民与相国大人的门客公孙鞅自幼交好，对相国大人也甚是敬重。相国大人曾让公孙鞅向草民索取兵书，草民不敢拒绝，曾抄录了鬼谷子亲写的一部《吴起兵法》献给相国大人。草民本不愿说出鬼谷子南逃之故，只是又想着君者，天也。草民身为魏国之人，岂可欺瞒君上。"庞涓挺起身，迎着魏惠王的目光说道。

"原来如此。"魏惠王点了点头，暗想，此人所言与公叔痤告诉寡人的甚是相合，可称为忠诚矣。

"草民久离家乡，甚是想念父母，欲回故乡，还望大王恩准。"庞涓说着，再次对魏惠王行以大礼。

"你有这等孝心，寡人甚是喜欢。不过，你先留下几天，再回故乡不迟。"魏惠王笑道。

列国之间，士民百姓最重之事就是荣返故里。魏惠王决心让庞涓来一番荣返故里，使其在家乡父老面前显尽风光。这样，庞涓就会对国君感激涕零，倾其心智，报答国君厚恩。

周显王九年（公元前360年）夏，魏惠王连着发出了几道令朝臣们震惊的诏令。

首先，魏惠王以公叔痤年老为由，免除了他的相国之位，而以大司马王错继任相国。在魏国，近数十年来每一位相国都是自请"退隐"，很少有谁被国君公然罢免。公叔痤当了二十余年的相国，又为公主之夫，无论如何，也不应该受到国君的无情冷遇。公叔痤羞愤交加，大病一场后，呜呼哀哉。公叔痤的众多门客,也"树倒猢狲散",各自另寻衣食之主。

魏惠王罢免公叔痤,任命王错的诏令已是令人吃惊,而他拜年少的庞涓为大司马,则是令众人大为震骇,几乎无法相信。大司马权势之重,在朝中仅次于相国,历来为宗室之臣和皇帝的心腹之人所把持,无权无势无大有来历的人,做梦也不会梦见他做上了大司马。

庞涓名望之低,人们闻所未闻,其年龄之幼,更被人视若儿童。但就是这样一个名望低微、出自商人之后的小小少年,一跃成了魏国的大司马。同时,他还被授予上大夫的官爵,并得到了五百户的食邑,黄金百斤。除此之外,魏惠王又派高车百乘,护送庞涓荣归故里,拜见父母,尽其孝顺之心。

整个魏国为此几欲疯狂,人人都在奔走打听——庞涓那小子,如何得来这般的惊天富贵?于是,鬼谷子的大名一下子传遍了魏国。稍微有些家财的百姓都拉着他们年少的儿子,四处寻找鬼谷子,却无法找到。

在庞涓乘着高车、前往家乡的那一天,大梁城的街巷几乎为之一空,人人争着来到道旁,观望年轻大司马的风采。这时,却有一位年龄比庞涓大出几岁的少年人,正跪倒在空无一人的荒僻小巷,面对着一片倒塌的房屋,放声大哭。此人正是自幼与庞涓交好的公孙鞅。

公孙鞅曾立下宏愿——成为上大夫,荣归故里,光耀父母。但是他的这个宏愿好像永远也不可能实现。

公孙鞅的父亲是卫国宗室之后,却家贫如洗,无奈之下,只得移居魏国,经商度日。公孙鞅的父亲没什么本钱,常和庞涓的父亲这等小商贩合伙贸易。公孙鞅亦因此和庞涓相识,结为密友。后来,公孙鞅因勤于读书,学识深广,被公叔痤看中,请到府中做了门客。公孙鞅抓住这个机会,千方百计讨好公叔痤,终于被公叔痤视为心腹,欲上表朝廷,为公孙鞅谋个官位。但就在这时,上天仿佛有意和公孙鞅作对,种种不测之祸接连而至。

先是其父在外经商时遇盗被杀,然后其母及弟妹所居之屋遇暴雨崩塌,全家除了公孙鞅一人之外,俱是死于非命。最后公叔痤忽然得罪国君,丢了相位,一病而亡。庞涓荣耀无比的时刻,正是他公孙鞅走投无路的时刻。

公叔痤死了,他作为其心腹门客,已不可能在魏国待下去了。否则,他必然会被王错置于死地。公孙鞅痛哭一场后,悄然出城,径自向西行去。公叔痤临去世时,曾为公孙鞅写了一封荐书,让公孙鞅到秦国去投奔右庶长景监。这景监原是楚国大臣,因反对吴起在楚国"革除旧弊",投到了魏国,与公叔痤相交甚好。后来景监又奔到了秦国,屡次领兵征伐魏国,但他在私下里却仍和公叔痤保持着密切的交往。

王错不愧为"半个贤者",当上相国之后,并不似公叔痤那般碌碌无为,而是连着做出了好几件大事。首先他亲自督率十余万丁壮,引黄河之水,把大梁城周围的田地修整为旱涝保收的上等良田,使魏国的粮米每年多收五分之一以上。然后,他又挖出了一条环形大沟,连通邻近的河水,将整个大梁城围在其中,使大梁多了一道防敌的屏障,给大梁城中的王室子弟和公卿大臣以及富贾百姓带来了明显的安定感。因此王错亦连连受到国君的称赞并得到了丰厚的赏赐。

粮食多了,魏惠王的胆气也大了许多,接连向邻国发动了攻击。每次攻击,魏惠王都是自为主帅,而以庞涓为先锋大将。庞涓果然是精通战阵之法,谋略甚多,连战连胜,大败韩、宋、鲁等国之军,逼迫韩昭侯不得不以臣下之礼拜见魏惠王。韩昭侯屈服了,宋公、鲁侯、卫侯自然不敢落在后面,纷纷亲赴大梁朝见魏惠王。魏惠王得意扬扬,与王错、庞涓商议,准备发倾国之兵,一举攻灭齐国。

田齐桓公已去世,其子齐威王继立,不理朝政,日夜在后宫饮酒为乐,致使国中盗贼四起,一片混乱。此时此刻,正是灭亡齐国的大好时机。如果魏国能够一举攻灭齐国,势将震动天下,就可挟其不可战胜之威,扫平诸侯。但就在这时,却传来了紧急军情——秦孝公亲率大军二十万,包围了魏国旧都安邑城。魏惠王大怒,和庞涓领大军十八万,急速西进,解安邑之围。

双方在安邑城下展开了一场大战,连战了十余日,方才分出胜败。秦军的阵势不及魏军严密,最终支撑不住,败回了国中。魏军虽然获胜,却也精疲力竭,耗费巨大,一时难以去"攻灭齐国"。

这个秦国也太可恶了,寡人早晚有一天要把它收拾了。魏惠王恼恨地在心中想着。

魏惠王恼恨秦国,而秦孝公更是对魏国恨之入骨。他三十余岁,正当壮年,精力旺盛,一心想使秦国强大起来,夺回西河之地。可是他当上国君四五年了,对魏国连续发动了几次猛攻,却每次都没能取得胜利,气得他暴跳如雷,却又无可奈何。

都是这帮臣下无能,害了寡人,秦孝公常常在心中想着。他自登上君位的那一天起,就下了求贤令,宣称凡是贤者,谁荐之入朝,谁就可以得到百斤黄金。然而他的黄金花了不少,却没有得到一个令他满意的贤者。为此,秦孝公常常在朝廷上大发感慨,弄得朝臣们面红耳赤,垂着头,一句话也不敢说出。

这天,秦孝公在朝堂又感慨了起来。

"你们看,"秦孝公抬手向殿外的天空上一指道,"又过去了一队鸿雁。鸿雁为什么可以在天上飞来飞去?"

大臣们照例是垂着头,不敢多说一句。

"告诉你们,鸿雁能在天上飞来飞去,是因为它们有着一双翅膀,没有翅膀,这鸿雁就飞不起来。"秦孝公说道。

臣下们听了,不由觉得面面相觑,心中均想,凡是天上飞着的鸟儿,都有翅膀,这是小儿也明白的道理呀。主公今日说出此等话来,不知是在想着什么,我等可得小心伺候。

"寡人虽说读书不多,也知道些古今之事。"秦孝公继续说道,"昔者齐桓公曾言道:'吾得仲父,犹飞鸿之有羽翼也。'齐桓公能够称霸天下,正是靠着管仲这个'翅膀'啊。今日寡人心有壮志,却无羽翼,难以奋飞,难以奋飞啊!"

秦国大臣们听了,头低得几乎到了地上,连大气都不敢呼出一声。唯有右庶长景监硬着头皮禀告道:"主公,臣下有一门客,姓公孙名鞅,刚从魏国来此,其人虽然年轻,学识之广,智谋之深,万人不能及之,可称大贤。"

秦孝公曾经不止一次当众指责景监,说他不能推荐贤者,实在是愧居右庶长之位。景监知道,如果他再不推举一个让国君满意的贤者,只怕难保其位。公孙鞅自魏国投奔到他的门下,使他很是高兴,觉得可以应付秦孝公一下了。他认为公孙鞅言辞锋利,巧于应对,却无什么真实才干,这样的人既可以讨秦孝公的喜欢,又不至于在受到秦孝公的重用之后,对他的地位产生威胁。

"哦,公孙鞅竟有万人不及的才能么?嗯,你明日带他进宫,让寡人见见。"秦孝公有些不相信地说着,挥了挥手,宣布退朝。

次日,景监领着公孙鞅,来到内殿,拜见秦孝公。秦孝公见公孙鞅才二十余岁,清瘦白净,一副文弱书生的模样,全无半点智谋之士的气度,不禁大为失望。

"公孙夫子,请问你有何才学,能令人称为'贤者'?"秦孝公一开口,就带着轻视之意。

"草民深知尧舜禹汤诸上古圣君之道,尤精仁义道德之术。"公孙鞅恭恭敬敬地回答道。

"尧舜禹汤?仁义道德?哈哈哈!"秦孝公忽然仰天大笑起来。

"主公,人君治国,必口称尧舜禹汤,仁义道德。奈何主公一听草民此言,就仰天大笑,有不屑之意呢?"公孙鞅惶惑地问道。

"罢,罢,罢!尧舜禹汤,仁义道德合于古事,不合今事。如今诸侯争战,个个如狼似虎一般,只论杀伐攻掠,哪里会讲什么仁义道德?"秦孝公摆着手说道。

"主公差矣,当年齐桓公称霸天下,言必称尊王攘夷,其仁义道德人人敬慕,何尝只是杀伐攻掠呢?今主公不论仁义道德,而欲求霸业,岂不谬乎?"公孙鞅睁大着眼睛,认真地说道。

"齐桓公讲仁义道德,都是假的。况且齐桓公已死了多少年呢?连他的儿孙们都绝了种,好好的一个齐国也早就变成了外姓人的私产。"秦孝公不耐烦地说着。

"齐桓公抑止强横扶助弱小,北救燕卫,南征荆楚,功绩载入史册,人所共见,主公怎么能说他的仁义道德是假的呢?"公孙鞅正色道。

"寡人说是假的,就是假的!"秦孝公瞪着眼睛,吼叫起来。

"草民以为,齐桓公之仁义道德,绝非是假。"公孙鞅坚持说道。

"你……你竟敢和寡人作对吗?"秦孝公大怒。

"齐桓公的仁义道德,当然是假的。"景监慌忙说着,并连连向公孙鞅使着眼色,让公孙鞅向秦孝公磕头认罪。

公孙鞅却似没有看到景监的眼色,说道:"草民闻听主公求贤若渴,故不远千里,前来投奔,谁知今日一见,却让草民大为失望。"

"你为何失望？"秦孝公怒问道。

"草民以为，主公胸怀大志，有平定天下之心。谁知今日一见，主公竟连齐桓公的霸主之志都不及。"

"齐桓公算什么，寡人如何不及他？"

"齐桓公知道'挟天子以令诸侯'，借'尊王'之名称霸天下，而主公却只知杀伐攻掠，怎么能比上齐桓公呢？"

"可恼，可恼！你不过是一迂腐书生，竟敢轻视寡人！"

"草民只是以情理而论，并不敢轻视主公。"公孙鞅拱手对秦孝公行了一礼。

"哼！你如此张狂，还说不敢，寡人……寡人……你们都给寡人退了下去吧！"秦孝公气哼哼地说着，差点要让侍卫们把公孙鞅拖出去砍了脑袋。

"公孙夫子，你年纪轻轻，怎么如此迂腐，竟在主公面前大谈仁义道德呢？我不是对你说过吗，主公性躁，急于强兵富国，只爱智谋之术。你要给主公多谈智谋之术，少谈什么仁义道德。唉！你怎么就不明白呢？"回到府中，景监埋怨地说道。公孙鞅听了，只是一笑，并未多说什么。

次日景监临上朝时，公孙鞅拿出一封书简，道："请大人把这封书简递给主公，吾料三日之内，主公必以高车迎吾进宫。"

真会是这样吗？景监半信半疑地接过书简，在朝见之时呈给了秦孝公。只隔了一日，内宫中就疾驰出一辆高车，来到了景监的府前。

"主公有令，宣公孙夫子即刻进宫！"卸车的内侍寺人高声喝道。公孙鞅高冠玉带，气宇轩昂地登上了高车。这小子看来有些道道呢，我可别把他看低了，景监望着渐渐远去的高车，在心里想着。

秦孝公正焦急地在内殿中等待着公孙鞅，他特意在内殿中召见，以示亲近信任之意。他无法掩饰内心的兴奋，又竭力想做出一副平静的样子。在秦孝公身前的案几上，摆放着公孙鞅所写的书简，那书简上写着：

　　欲成圣贤之君，比美文武，名传万古，须遵尧舜禹汤之道，大行仁义道德。

欲成有为之君，一统天下，传国万代，须遵狼虫虎豹之道，厉行变法革新。

当公孙鞅一进入内殿，秦孝公立刻屏除左右，说道："公孙夫子，寡人今日让你来，是要听你好好讲解这两句话。"秦孝公认为，他终于等到了他一直想等的"贤者"。

公孙鞅拱手对秦孝公行了一礼道："草民前日对主公多有冒犯，还望主公恕罪。"

秦孝公皱起了眉头，一摆手说："前日之事，寡人早忘了，你快给寡人讲解吧。"

"是。"公孙鞅又向秦孝公行了一礼，然后问，"文王、武王可否称为贤君？主公是否愿做文王、武王？"

秦孝公瞪着眼珠答道："文王、武王当然是贤君，可寡人不愿去做这样的贤君。"

"这是为何？"

"寡人知道周室得天下靠的是仁义道德。这仁义道德可不是从文王才开始的，在文王的祖宗那儿，就开始了，一代一代又一代，弄了几百年的仁义道德，才收服了天下。唉！寡人不是不想做文王、武王那样的贤君啊，是寡人等不及，等不及呀。寡人想立刻打败魏国，夺回西河之地，做一个有为之君。"

"好！主公圣明，虽文王、武王亦不及也。"

"你这话寡人倒不明白了，寡人虽非昏恶之君，要和文王、武王相比，还是比不上啊。"

"草民说主公圣明，是指主公的见识非凡，纵然文王、武王，也不能相比。"

"啊，这个……还请公孙夫子详细道来。"

"古今不同，道亦不同。古时可行仁义道德，今时不可行也。今人若想做文王、武王那样的圣君，必然身败名裂，家破国亡。许多人不明此理，总以古时之事对照今时，实为大谬。而主公却对古今分别明了于心，其见识之深广，寻常之君岂能相及？"

"夫子过誉了,寡人其实对古今分别也不甚明了,还望夫子教之。"

"古者国众族多,道路不畅,交往不便,故天子不以征伐服天下,而以教化服天下。周初有国一千八百,蛮族无数。若大行征伐,何时方能征服天下?且国小力微,亦不敢轻易犯上,所以古时可用仁义道德治天下。如今历数百年兼并不休,礼崩乐坏,人心不古,难以教化矣。且强国已并之为七,弱国只有十余,任何一个大国都有吞灭天下之志。方今之势,犹如狼虫虎豹共处一室,只有奋起搏杀,才能消灭敌国,保存自己。故草民妄言曰:欲成有为之君,须遵狼虫虎豹之道,变法革新。"

"好,痛快!寡人心里也是这么想的,别说如今不能实行仁义道德,齐桓公那会也不行。齐桓公讲仁义道德不假,却讲得自己没落得个好结果,到头来连齐国社稷都成了姓田的家产。当初齐桓公若不讲仁义道德,不让田完入境,说不定儿孙们还能保住祖宗的基业呢。如今的诸侯,就是狼虫虎豹,只是不知这狼虫虎豹之道,究竟是怎么回事。"

"狼虫虎豹之道,一言而蔽之:灭敌存己。唯有存己,才能灭敌;只有灭敌,方能存己。"

"妙!夫子请道其详。"

"存己之道在于治民,治民之要,莫过于三:使民服,得民力,获民利。使民服者,君命朝下,民悉从之,无一人敢违。儒者服民,往往以仁义道德教之,民不听从。其实,民者,小人也,何知大义?小人所虑,无非生死。若以厉法行之,犯罪者俱以大刑处置,民必服之。得民力者,征军诏下,举国从之,人人奋勇杀敌。小人所爱,一为财帛,二为官爵。只要主公大行奖励,使小人征战可得财帛官爵,则不难得民力矣。获民利者,在于抑止商贾,奖励耕织。商贾低买高卖,剥民之利以肥己,于国甚是有害,须加以限制。秦国之俗,在于户大,往往一家数代同堂,于耕织甚为不利,须加改变,使民竭力生利。生产既多,则国家亦可多得其利。主公若得此治民之术,存己之道成矣。存己之道成,则可灭敌。秦国占形胜之利,只要能夺回西河,击败魏国,一统天下犹如探囊取物一般。"

"好,好!夫子所论,正是寡人存之于心而未能说出之理。哈哈哈!寡人总算是得到了一个真正的贤者。"秦孝公大笑着,抬起手来,响亮地拍了几下。一队侍立在殿阶之上的乐女闻声走了进来，或坐或立，围绕着公孙鞅。公孙鞅面红耳赤，一时不知所措。

"哈哈哈！"秦孝公更大声地笑了起来。

公孙鞅带着醉意，回到了景监府中。但见府门大开，数十鼓乐家奴站立府门两旁，高奏迎宾之乐。景监身穿华服，在门外躬身而立。公孙鞅怔住了，立在门外，不敢入内。此等盛大仪式，是用来迎接上卿贵客的。公孙鞅现在只是一个草民，怎么能担当这等盛大仪式呢？可是，景监又分明在向他公孙鞅行礼。

"夫子光临，实乃在下之幸也。"景监行完礼后，抢上一步，扶着公孙鞅走进府内。

公孙鞅一时如在梦中，恍恍然随着景监登上高大的后堂，坐在华丽的锦席上。一位正当妙龄、艳丽无比的美女拖着薄纱长裙，在众乐女的伴奏下，缓缓登上了后堂。公孙鞅呆住了，心中怦怦大跳，这位美女正是他近些时夜夜在梦中见到的美女。美女名叫蜀姬，身材娇小玲珑，据说是蜀君献给秦君的礼物，秦君又赐给了景监。公孙鞅由魏国入秦、拜见景监时，蜀姬正侍立在旁，使公孙鞅一见倾心，再也难忘。

能得到蜀姬这样的美人陪伴终生，才不负大丈夫立身于世啊，公孙鞅常在心中想着。但他只不过是景监的一个门客，怎么能指望得到蜀姬呢？公孙鞅为此苦恼不已。我必须获得国君的重用！只有获得了国君的重用，我才有可能得到蜀姬啊。公孙鞅在心中暗暗发誓，精心研究秦国政令的得失，揣摩秦君心中所想为何。他等待着一个能够打动国君之心、平步青云的机会。

这个机会终于让他等到了。国君已对他动心了，将对他委以重任。从前看上去高不可攀的地方现在竟是举足可登，连从前他只能暗恋的蜀姬，也如此逼近地出现在他身前，使他一时难以相信一切都是真的。

"公孙夫子单身一人，甚是寂寞。在下有心将此女奉上，不知公孙夫子可否中意？"景监指着蜀姬，笑嘻嘻地说着。

"啊！"公孙鞅狂喜中几乎从席上跳了起来，他慌忙行礼，口中道，"大人如此美意，小人怎敢担当？"

　　景监连忙拱手回礼:"在下日后还须公孙夫子多多关照,多多关照啊。哈哈哈!"

　　"啊,哈哈哈!"公孙鞅也大笑起来,恍恍然中觉得他一下子长高了数十丈。肥胖的景监在公孙鞅眼中,竟似蚂蚁一般渺小了。

第九章

徙木立信立法威 君臣对策论大势

次日,秦孝公在朝堂上大会群臣,当众拜公孙鞅为左庶长,并宣称要大举变法革新。

在秦国,左庶长相当于列国的相国之位,官居群臣之首。公孙鞅年纪轻轻,不过是个门客出身,居然一跃成了左庶长,许多朝臣心中都是不服,怒视着公孙鞅。公孙鞅也未料到秦孝公对他重用至此,心中激动无比,望着秦孝公的一双眼睛里全是感恩之意。

秦孝公左右环视了一番,高声说道:"继承先君之位,必须光耀祖宗,为社稷增色,方是为君之道。严守法令,勤于政事,努力彰明国君的德行威仪,是做臣子的应尽之责。如今寡人欲变法革新,强国富民,正是不忘为君之道。只不过国人习于旧俗,难以改变,恐怕要对寡人大加议论,此事令寡人甚是忧虑。"

他说出这番话来,是期望众大臣齐声赞同他的变法革新,解除他的"忧虑"。不料秦孝公说出这番话后,众大臣俱是低头不语,竟无一人应声而起。

啊,这帮臣子,居然敢对寡人如此不敬,实是可恶!秦孝公心中大怒。

这时,公孙鞅站了起来慨然说道:"古人言道:'行动之时犹疑不决,不会成功;做事之时犹疑不决,难成其事。'主公应尽快下定变法革新的决心,不必去忧虑旁人的议论。况且具有雄才大略的圣君,本来就会被庸俗小人嘲笑。常言道:'愚者对眼前之事尚看不明白,智者却能观察到未露出苗头的事情。所以,行大事不必先和小人商议。'古人还说:'具有至德之人不盲从众人,能成大功之人不将谋略告知众人。'法者,用以爱民也。今法不足爱民,主公变之,即为大圣之君也;俗者,便利国人也。今秦国之俗不足以便利国人,主公革之,更为至德之圣君也。总之,只要是利国便民,主公就不必疑惑。"

"好,左庶长此言,说得好!"秦孝公大声喝起彩来。

"不好,不好!"有一个人更大声地说着。

是谁,竟敢如此藐视寡人?秦孝公愤怒地转过头,向那人望去,满腔的怒火却如同迎头遇上了一盆冰水,一下子弱了许多。那人原是大司马甘龙,号称秦国第一勇将,曾屡次在战场救过秦孝公的性命,深得秦孝公的宠信。

"怎么,大司马不赞成寡人的变法革新吗?"秦孝公温和地问。

"微臣不敢赞成。"甘龙倔头倔脑地说着,"微臣听说:'圣人不去改变国人的礼俗,方能治好国家;智者不变法度,方能使百姓安宁。'不变礼俗,国中无乱,自然可以治好国家。不变法度,官民有例可循,自然安宁。今日公孙鞅心怀不善,欲乱我秦国,故迷惑主公,以种种谬论掩其不善。微臣愿主公不受其惑,立即将公孙鞅斩杀,永绝后患。"

公孙鞅听了,冷笑一声说道:"大司马此言,乃庸俗小人之言也。庸俗小人只知安守旧俗,不学无术,只以为他听到的那点事情为至理。这类人做了朝臣,只可守法,而不能与之论法。夏、商、周三代的礼制不同,但都能王于天下,齐桓公等五位霸主所立法度不同,一样能号令诸侯。所以,智者创立法度,愚者只能受制于法度。有德之人改变礼制,无德之人受制于礼制。国君议论大事,不必和庸俗小人同朝议论,以免受其惑。"

好,说得好!秦孝公在心里暗暗赞着,他对公孙鞅锋利的言辞十分欣赏。

"你……你才是庸俗小人,你不过是景监门下的一条狗,竟敢在……"

"住口!"秦孝公猛地打断了甘龙的话头,"你如此咆哮朝堂,成何体统!"

"微臣……"甘龙说不下去,低下头来。"咆哮朝堂"是一项大罪,论律应该斩首。他如果再多说一句,惹得秦孝公恼羞成怒,只怕会当真定他一个"咆哮朝堂"的大罪。

"嗯,众位还有什么话可说吗?"秦孝公目光如剑,逼视着臣下。朝臣们大多如甘龙一样垂着头,只有上大夫杜挚毫无畏惧之意,坦然面对着秦孝公的目光。

"杜大夫也不赞成寡人的'变法革新'吗?"秦孝公不高兴地问着,声音听上去十分阴沉。杜挚并不是秦孝公喜欢的一个臣下,秦孝公曾想找个理由将杜挚赶出朝堂,却一直没有将那个理由找到。杜挚勤于政事,廉洁奉公,一向被国人颂为良臣。

听了秦孝公的问话,杜挚站起身拱手行了一礼,从容道:"主公,微臣听人说过:'如果利益不超过一百倍,就不要轻易改变法度;如果功效不超过十倍,就不要轻易改变器具。变法革新,不是一件容易的事,弄不好,会祸乱国家,还请主公多听众人的议论,不要急着做出决定。"

秦孝公听了,也不回答,只是将目光望向了公孙鞅。公孙鞅先拱手向秦孝公施了一礼,这才说道:"上古圣王,所以称之为圣,就是因为他们不拘泥于古法。上古圣王,常常根据时势的不同,来制定礼法,从来没有一位圣人死守礼法而不加改变的。商汤、周武王能够一统天下,正是因为他们不死守礼法而兴盛起来的。商纣、夏桀不肯改变旧法,反倒灭亡了。变法革新,能够一统天下。还有什么利益会超过一统天下?不图变法,就会灭亡,天下还有什么祸乱,能超过灭亡?"

"好!"秦孝公大叫起来,跳起身,解下腰间的佩剑,交给公孙鞅,厉声道,"从今以后,秦国的一切大事就由左庶长做主。谁敢对抗左庶长,就是对抗寡人!"朝臣们听了,个个脸色大变,俯伏于地,望也不敢向公孙鞅多望一眼。

公孙鞅执掌了秦国朝政后,发出的第一道命令,就让国人莫测高深,议论纷纷。他命人在南城门竖了一根五尺高、直径六寸的木柱,旁边悬着赏牌,上写:凡国中之人,不论何等身份,只要能将此木扛至北城门,立赏黄金一斤。

赏牌刚刚悬起,南城门就围上了许多人,待过了大半个时辰,南城门已是挤得人山人海一般。但是人虽众多,却没有谁上前去扛起那根木柱。

众人只是盯着赏牌,七嘴八舌说个不停。一个人道:"这根木柱又不沉重,朝廷何至于发下一斤黄金的厚赏?我看其中定然有诈,谁扛了木柱,谁就倒了大霉。"另一个人道:"一斤黄金,可值一万个铜钱呀,若拿去买粮食,可买三百三十多石啊,能让我一家人吃好几年呢。唉!我真想得到这一斤黄金啊。"第三个人说道:"你就知道吃,官府的黄金是这么容易拿的吗?我替官府做工,一天累死累活,只拿六个铜钱。若想得到一斤黄金,得做四五年的牛马才成呢。哼!你扛这么一根木头,就想得到一斤黄金,做梦去吧。"第四个人说道:"官府不想拿出黄金来,又悬出这个赏牌干什么?这不是拿我们寻开心吗?"第五个人说道:"近来人心大坏,盗贼甚多。当贼的人,多有贪心,朝廷想出这个办法,是要杀尽有贪心的人。谁去扛木柱,谁就是有贪心的人。"

……

众人议论纷纷,谁也不敢去扛那根木柱,却又谁也不愿意轻易地离开。一斤黄金,实在是太诱惑人了。

到了中午,忽然来了一个吏使,将赏牌上的黄金一斤,改写成了黄金五斤。什么,扛一根木柱,就可以得五斤黄金吗?整个都城的人差不多全拥到了南城门,但仍是没有一个人敢去扛那根木柱。这时,忽然有个衣衫褴褛的乞丐钻到了木柱前,一把搂起来,就扛到了肩上。众人都愣住了,傻乎乎地看着那个乞丐。

那乞丐咧嘴一笑,说:"反正这些时也讨不到什么东西,快饿死了。左右是死,我为什么不碰碰运气呢?"说着,他扛着木柱,摇摇晃晃向北城门走过去。众人连忙让出道来,跟在乞丐身后,一边跟着,一边嘀咕,认为乞丐必死无疑。

到了北城门口,当真有一个官儿捧着五斤黄金,送给了乞丐,并大言道:"左庶长大人令出必行,绝不改悔。此人听从左庶长之令,当得厚赏!"

众人"轰"地炸开了,有的傻愣愣站着不动,有的抱头大叫"冤枉",说那厚赏本应该是他所得,有的到处乱跑,逢人便说——真给金子,左庶长说话算话,真给金子……还有许多人拉着那乞丐,不停地向乞丐叫着老爷,要给乞丐酒肉吃喝,要给乞丐穿着绸缎。一时,左庶长"真给金子、乞丐发财"的传闻像风一样迅速地传向四面八方。

第二天,众人不约而同地又来到了南城门,看见挂赏牌的地方悬出了许多写满字迹的竹简。几位穿着红袍的官吏站立在旁,大声宣布:这是左庶长定下的变法革新条令,今后秦国的官民人等,俱须依此条令行事,敢不遵行者,当处以斩首大刑。

官吏们并且还大声念着那些条令：

一、实行户籍连坐之法。国中百姓每十家编作一什，由什长统领。各户名册须交官府保存，以备查验。凡查验出有隐瞒行为，犯者立即杀头，什长则罚铜钱一万。每一什中若有"奸人"，同什各户须立即报告官府，告者可得重赏，不去者与奸人同罪，当处以腰斩大刑。若一户犯法，其余九户不告官府，则同罪处罚。

二、实行册券之法。凡国人出门在外，必须领官府所发册券，方能行路。无册券行路，即为盗贼。客舍收留路人住宿，须验其册券，无册券不得留其住宿，若留之，当与盗贼同罪，处以腰斩大刑。

三、实行重刑之法。以前盗马者罚钱十万，今判为斩首。以前盗牛者罚为官奴，今判为腰斩。盗人一钱之物，即罚做苦刑一年。盗人十钱之物，全家罚做官奴。

四、实行奖励军功之法。将秦国的爵位分为二十等，由低至高，是为一级公士、二级上造、三级簪袅、四级不更。此四级相当于列国士子之位。五级为大夫、六级为官大夫、七级为公大夫、八级为公乘、九级为五大夫。此五级相当于列国的大夫之位。十级为左庶长、十一级为右庶长、十二级为左更、十三级为中更、十四级为右更、十五级为少上造、十六级为大上造、十七级为驷车庶长、十八级为大庶长。此九级相当于列国的卿位。十九级为关内侯、二十级为列侯。此二级相当于诸侯，国家须裂土分封。国中官民百姓，非立功者不得封爵，公室宗族亦不得例外。奴隶斩杀敌人首级一颗，可赎其身为民。百姓斩杀敌人首级一颗，可得爵位一级。斩敌首级多者，依次论功封爵，虽身为奴隶，积功多者，亦可位列于大夫之爵。臣民之田宅奴隶妻妾多少，亦依爵位而定。无爵者不得多占田地，不得多使奴隶，不得多娶妻妾。其多者收归国家，赏与有爵之人。

五、抑止商贾、奖励农桑。凡耕织勤劳，多收粟帛者，免其税赋一年。凡行商亏本家贫者，罚做官奴。凡行商致富者，重收其税。

六、除了国家刑法政令及农桑医药之书和秦史外，其余各学派如儒、墨、老子、兵家诸书，俱不得在民间私藏，更不得私自诵读，违者处以斩首大刑。

　　七、不务正业、游手好闲、私斗生事之徒，一律驱至边地，垦荒主食，敢不从命者，亦处以斩首大刑。逞口舌之利，游说朝政之徒，同样驱至边地，违者斩首。

　　……

　　众人听了"变法革新"的条令，面面相觑，都觉太过厉害，但当着官吏之面，又不敢议论。那每一道条令中，都透着森冷的杀气。众人心里害怕，回到家中议论，也紧闭着大门。

　　甲说——这连坐之法，太也无理，旁人犯法，与我何干？今后我们全家都要变成小人，得随时探访左右邻舍有无犯法之事。不然，大祸从天落下，我们还不知道呢。

　　乙说——我家亲戚，远在岐山，今后若去探问，还要到官府去领册券，也太麻烦了。

　　丙说——我家小子，好吃懒做，常在外面小偷小摸。如今官府实行重刑，我那小子，只怕活不长了。唉！最怕的是他若盗了十钱之物，岂不要连累我全家为奴，这便如何是好呢？

　　丁说——这奖励军功之法，倒也公平。我是个罪囚出身，若无此法，终生不得出头。我今日就投军去，多砍些敌人首级，弄个大夫做做，也好光宗耀祖。

　　戊说——我是穷苦读书人，以教人学念《诗》《书》为业，今日官府不准民间藏书诵读，这不是断了我一家人的活路吗？看来我只好带着全家人逃往中原了。

　　己说——我无田无地，靠贩卖度日，本小利微，家无隔夜之粮，依新法来论，凡行商家贫者俱须收为官奴，我全家岂非也要沦为奴隶？天啊，我身犯何罪，竟至全家为奴？

　　庚说——老爷天生不喜种田，不愿做工，整日东游西逛，白吃白喝惯了。如今官府竟视老爷为不务正业之徒，居然要把老爷赶到边地去受苦，岂有此理，老爷命贱；拼了这一百多斤，也不去边地，看这新得志的左庶长怎么对付老爷。

辛说——我秦国的爵位，全让这公孙鞅弄乱了，闹出了什么二十级。从前左庶长就算是高官了，如今这左庶长之上还有十级。唉！我等公室弟子，原来仅凭出身，就可做官。如今依这新法，非要杀敌、立功，才能做官了。唉！这敌人就那么好杀吗？也许我没杀死敌人，反倒让敌人取了项上首级，岂不冤哉？公孙鞅啊公孙鞅，你与我公室子弟有何仇恨，要如此整治我等？惹急了，我等全都反了，看你公孙鞅怎么办？

……

众人的议论，被甘龙、杜挚等人搜集起来，公布于朝堂之上，言新法甚是不便，百姓怨言如沸，主公若不收回新法，恐怕要激起大变，危害宗族社稷。秦孝公对甘龙、杜挚等人的言论并不理会，只是让公孙鞅"善加处治"。

公孙鞅毫不犹豫，立刻罢免了甘龙、杜挚的官职，将其赶出朝廷。同时，公孙鞅又选拔了数千执法甚严的吏卒，分派全国，监督新法的实行，对于违令者，立杀无赦。立时，秦国大地陷在了血腥之中，数月之间，因违新法而被斩首的官吏百姓已过万人。如此一来，秦国上上下下，都怕极了公孙鞅，谁也不敢对新法说半个不字。

秦孝公见新法实行顺利，很是高兴，赐给公孙鞅高大的府第一座，美女百名，奴隶千人。公孙鞅大为得意，每日乘坐高车，带着如云的侍从，出入府第。

一日，公孙鞅下朝归来，在半路上被景监拦住，请进其后堂中，宴饮为乐。饮至兴处，景监忽然屏退左右，对公孙鞅说道："吾有肺腑之言，欲告知大人。"

公孙鞅微微一笑，道："请讲。"

景监道："吾为楚人，素喜老子之言，今日且为大人背诵几句：'天下皆知美之为美，斯恶已；天下皆知善之为善，斯不善已。故有无相生，难易相成，长短相形，高下相倾，音声相和，前后相随。是以圣人处无为之事，行不言之教。万物作焉而不辞，生而不有，为而不恃，功成而弗居，是以不去。'这几句话，在下抄在素绢上，张于榻壁，夜夜观看，不敢有忘，不知大人以为如何？"

哼！你居然敢教训起我了！公孙鞅心中大怒，却不形之于色："这几句话，倒也有理。"

老子这几句话的意思是：如果天下的人都知道美好的事物是美好的，就一定会显出丑恶来；如果天下的人都知道善良的事物是善良的，就一定会显出不善来；所以有无是在对立中互相生成，难易是在对立中互为转化，长短是在对立中互相形成，高下是在对立中互为依存，音声是在对立中互相和谐，前后在对立中互相区别。因而，圣人处于无所作为之地，施行不用言词形容的教化。万物兴盛而不推辞，又不将生成的万物据为己有，更不因有所施为而望报答，事情成功却不自以为有功。而正因为圣人不居功自傲，所以圣人的功绩永存于世。

景监此时诵出老子的这几句话，是在规劝公孙鞅——什么是美，什么是善，天下人都有统一的看法，逆此看法行事，必被众人视为大恶、大不善。天下的事物，都是在对立中自然转化，用不着人力去勉强改变。新法生成，自有其生成的道理，不一定就是你的功劳，你千万不可居功自傲，以致到头来没有立足之地。至高的圣人行事，看起来像是无所作为一样。至高的圣人教化百姓，了无痕迹。你应该放大气量，成为一个圣人啊。

显然，景监是担心公孙鞅做得过头了，会遭到众人的猛烈反击，将惹下大祸。公孙鞅是他景监推荐的，公孙鞅惹下了大祸，就等于是他景监惹下了大祸。

"老子之言，句句都是至理。啊，大人，请啊，请！"景监见公孙鞅"听从"了他的规劝，心中十分高兴，连忙招来乐女献舞，并奉起注满美酒的金爵，向公孙鞅行礼。

"请，请！"公孙鞅亦是奉着金爵，向景监回了一礼，神情看上去十分谦恭。

次日，公孙鞅当着众朝臣之面，猛烈斥责景监，说景监反对新法，为臣不忠，并请秦孝公削去景监的一切官职，将其发往边地。秦孝公听了，立即下诏将景监赶出了朝廷。景监如雷击顶，整个人几欲瘫倒在地，让禁卒拖下朝堂时，口中竟也说不出一句话来。

公孙鞅的举动，实在太出乎他的意料，令他做梦也想不出来。朝臣们见公孙鞅如此举动，也是大出意外，他们都以为景监是公孙鞅的恩人，公孙鞅掌了朝政大权，就该好好报答景监才是，怎么公孙鞅反倒向景监下了毒手呢？

啊，公孙鞅连他的恩人都敢这样对付了，何况我等！朝臣们心中都生出了一种难以形容的畏惧。他们和公孙鞅的目光稍一接触，就忍不住浑身一阵阵颤抖。秦孝公看着公孙鞅，满脸笑意，称赞公孙鞅大有忠心，赐其黄金百斤。

公孙鞅得意扬扬，载着百斤黄金驰入府中，招来他最宠爱的蜀姬，让她在后堂上歌舞郑、卫之乐。公孙鞅坐在食案之后，一边畅饮美酒，一边观赏蜀姬歌舞。

"啪！"公孙鞅忽然将酒爵扔到地上，怒喝道，"贱人，你这是在为谁流泪！"蜀姬跪倒在食案前，连连磕头请求恕罪。她的眼中，果然满是泪痕。

"你还没有回答我呢！"公孙鞅怒道。

"贱妾是……是在为大人流泪。"蜀姬哽咽着说道。

"撒谎！"公孙鞅更加愤怒了，"你分明是在为旧主景监流泪，你一定知道景监被我赶出了朝廷。"

"贱妾身已属于大人，早已忘了旧主是谁，怎么会为旧主流泪呢？"蜀姬争辩道。

"这么说，你倒真是为我流泪了？"公孙鞅冷笑了起来。

"贱妾真的是在为大人流泪。贱妾虽然深居府中，也知道秦国许多人都在……都在诅咒大人，还说……还说要杀了大人。贱妾听了，心里为大人感到……感到害怕啊。"蜀姬说道。

"哈哈哈！"公孙鞅仰天大笑了起来，道，"天下人都咒我死也不要紧，只要一个不咒我死就行了。"

"那……那个人是谁？"蜀姬忍不住问道。

"主公。"公孙鞅傲然说道，"只要主公信任我，在秦国谁也不能把我怎么样。我要做的唯一一件事，就是讨得主公的欢心。主公最喜欢臣下对他尽忠，我连景监都赶出了朝廷，忠心还有何人可比？除了主公，秦国臣子百姓不过如草芥一般，我想怎么拨弄，就可以怎么拨弄。"

蜀姬听了俯伏在地，不敢抬头。公孙鞅见了，又哈哈大笑起来："怎么，你也怕我吗？乖宝贝，你不用怕，你是我最喜欢的玩意儿，一天也离不了呢。哈哈哈！"

公孙鞅的变法革新，一年内就取得了明显的成效。

首先，百姓勤于务农，粮食明显增加了，各处官府大仓都装得满满的。其次，国中没有游手好闲、私相斗殴的人了，盗贼也几乎绝迹，铜钱掉在了地上也无人去捡。还有，许多贫者，尤其是官奴，争相让官府编入军籍，随时准备出征。

不过，公孙鞅的变法，也带来了一个坏处——成群结队的秦国人逃向了中原的韩、赵、魏诸国。这些人中以商贾、读书人居多，甚至一些宗室子弟，也逃到了中原列国。秦孝公对此等情形，又是高兴，又有些忧虑，将公孙鞅召入内宫，加以询问。

"我秦国人众不及中原诸国，今相率逃亡，实是可虑，爱卿有何策可解？"秦孝公问。

"逃亡之人虽众，却都是商贾和读书汉，此等人一不会种田，二不会做工，三不能打仗，实属无用之辈，逃了与我秦国并无大害，主公不必忧虑。"公孙鞅答道。

"爱卿此言，也是有理。然国有圣君，民不逃亡，天下至理。今日秦民争相逃亡，列国只怕会嘲笑我秦国君昏臣暴了。"秦孝公对公孙鞅的回答并不满意，皱着眉头说道。

"主公可令官奴为守关之吏，擒一逃亡者，即赏其赎身为民，擒一家逃亡者，即赏其全家赎身为民。"公孙鞅献计道。自秦国实行新法以来，百姓犯法成为官奴者猛增，其数量之多，让官府无法承受。公孙鞅之计，既能阻止逃亡，又能减少官奴，可谓一举两得。

"此计甚妙。"秦孝公赞了一声，话锋一转又问道，"如今我秦国粮草足备，士卒锐气极盛，是否可以攻伐中原各国？"

"不可。"公孙鞅连忙说道。

"为何不可？"

"一者，国中百姓尚不习惯新法，人心不稳，若逢战事，必然生乱。二者，中原诸国，未起大争，兵势甚强，不易将其击败。"

"如此,寡人须等多久才可攻伐中原?"

"依臣看来,须得三年。"

"为何须得三年?"

"一者,三年后国中百姓皆已习惯新法,人心已定。二者,三年内中原诸国必然会大起争端,我秦国当有可乘之机。"

"哦,爱卿为何能料定三年之内中原诸国必会大起争端呢?"秦孝公大感兴趣地问着。

"魏君常存霸有天下之志,赵国不死灭卫之心,齐君自视为大国之主,此三国必将爆发一场大战,使我秦国可乘势攻伐。"公孙鞅谦恭地回答道。

"爱卿熟知列国情形,可否给寡人说说,好让寡人心里有底。"秦孝公说道。

"是。"公孙鞅答应一声,详细地给秦孝公解说起各国情形,以及秦国的应对方略。

他首先由秦国的邻国说起。秦国的邻国主要有楚、韩、魏、蜀诸国,其中对秦国威胁最大的是魏国。因此他亦从魏国先说起,道:"魏君心有大略,熟知兵法,而才却不足,是一个非常厉害的敌人,但并不可怕。其相国王错虽有才能,亦善治国,但胸无远略,且气度狭小,不能容人,只怕难以长居其位。其大司马庞涓为鬼谷弟子,极精兵法,但不善于治国,对政事茫然无知,虽可强兵,不能强国,终将无所作为。对于魏国,秦国应藏其锋芒,与其示好,待其兵卒大损、国力削弱之时,立即给予猛击。"

公孙鞅第二个说的是韩国,道:"韩国权相专权多年,与国君争斗不已,国力大衰,原不足论。但此时韩国权相已死,韩君欲大有作为,四处寻访贤者,得了京邑人申不害,拜其为相国,大力整顿朝政,欲富国强兵……"

秦孝公听到了这里,忽然打断了公孙鞅的话头,问道:"听说申不害精于李子之学,尤其精于李子的《法经》。爱卿亦是深通李子之学,不知申不害和爱卿相比,谁的才学更胜一筹?"

公孙鞅听到秦孝公如此说,不觉脸上一红,陡然间竟是想不出话来回答。他从少年之时,即对李悝之学下过极大的功夫,对于李悝传下的那部《法经》,他也是倒背如流。他在秦国实行的变法之举,亦从《法经》中得益甚多。但是他从不愿在人前提起李悝，好像那些变法之举，全是他想出来的。不料许多人还是从李悝的《法经》中看出了公孙鞅的"来历"。秦孝公其实也早从《法经》上看出了公孙鞅的"来历"，只不过到今天才在"无意"中说了出来。

"微臣才学，和申不害相比，各有专长，不相上下。"公孙鞅到底是公孙鞅，心中虽然发慌，却很快就镇定了下来，以若无其事的轻松语气回答道。

"嗯，各有专长？不知申不害和爱卿的专长到底有何分别？"秦孝公又问道。

"申不害之长，在于术。微臣之长，在于势。"公孙鞅不愿多谈此类话题，简单地回答道。

"势为何？术又为何？"秦孝公却是穷追不舍。

"势者，求固国本，立法为先，臣民俱是依法行事，法成而国势大张。术者，以名责实，求臣民百姓各安其职，互不逾规。"公孙鞅的回答仍然很简单。

胡说！公孙鞅固然大有其才，却也心藏奸诈，不可真心信任。秦孝公在心里说着。他对列国形势及君臣动向极为留意，在各国都派有密使，所知绝不少于公孙鞅。对申不害其人，秦孝公极是欣赏，对其所谈之"术"，更是十分佩服。

申不害所谈之"术"，主要是指国君任用、监督、考核臣下的整套方法。申不害告诉其国君韩昭侯："术者，藏之于胸中，以偶众端，而潜御群臣者也。故法莫如显，而术欲不见。去听、去视、去智，示以无为，藏于无事，乃无不知也。"这段话的意思是：做国君的，要利用"术"这个手段来控制群臣。要装作听不见、看不明的糊涂样子，要隐藏好欲望、智慧，使臣下无法猜到国君的爱好和意图，从而无法讨好取巧，也就无从隐瞒其"奸"。这样国君反而可以听到一切，看到一切了。国君做到了这一步，就可以"独视""独听"，从而"独断"了。

秦孝公认为，做国君就应该如申不害所说的那样——独视、独听、独断。他此刻就在"独视"，并从"独视"中看出了公孙鞅企图独掌大权，愚弄他这位国君。秦孝公当然不会让公孙鞅的"阴谋"得逞，不过，他也绝不会因此疏远乃至驱逐公孙鞅。他深知公孙鞅的变法举措虽然来自李悝的《法经》，但亦经过公孙鞅的大力改造，使其适合秦国的情势。并且公孙鞅行事果断、料事必中,确乎具有旁人不及的治国大才。秦孝公若想富国强兵,一举击败中原各国,就不能不把公孙鞅留在朝中,并加以重用。

"唉!申不害才学与爱卿不相上下,恐怕会使韩国强盛起来,成为我秦国大敌。"秦孝公叹了一口气,忧愁地说着。

"主公过虑了。休说申不害才学与微臣不相上下,就算申不害才学大大高于微臣,他也不能使韩国强盛起来,更不能使韩国成为我秦国大敌。"公孙鞅微笑着说道。

"这是为何?"秦孝公问。

强国之本在于立法,以术治国,是舍本求末,必无大成。公孙鞅心中如此说道,口中答出的却全然不同:"强国下依能臣,上恃明君。申不害可称能臣,比微臣要高出一筹。只是韩君却难称明君,与主公相比,若腐草中的萤火虫与太阳相比,相差太远。主公实乃明君之中的明君,所以,微臣虽不及申不害,而可使秦国强盛;申不害才学高出微臣,可他永远不能使韩国强盛。"

"哈哈哈!爱卿此言,寡人愧不敢当,愧不敢当!"秦孝公大笑起来,心中十分舒服,心想公孙鞅虽然心藏奸诈,对寡人倒也知道敬畏,不敢自露狂态。

"对付韩国,主公应以威临之,而不轻易攻击,若攻之,必重创其军,使韩国畏我秦国,不敢过于亲近魏国,更不敢乘虚袭我秦国。如此,主公可专意攻魏,魏败,韩国不足论也。"公孙鞅说道。

"好,此策甚妙!"秦孝公赞了一声。

公孙鞅乘机将话题转到了楚国,道:"楚国地方千里,兵甲之众,为天下之最,若强盛起来,纵然灭亡了秦国,也不是难事。幸而楚国君臣昏庸,只知日夜淫乐,不知兵甲为何物,以致国势衰弱。但楚国万一出现了能臣明君,要恢复其强盛,也并非没有可能。所以,秦国应乘机突发大兵,夺取武关之地,控制险要。然后以重礼与楚国和好,诱使楚国北攻韩、魏,使楚国始终处于衰弱之势,不能威胁秦国。"

秦孝公对此策同样极是赞同,他早就想从楚国手中夺回武关,控制秦国的东南门户。

公孙鞅又说起了蜀国:"蜀地四面环山,利于防守。秦国应在强盛之后,想法灭亡蜀国。灭亡了蜀国,就可进一步灭亡巴国。控制了巴蜀,就是控制了长江。将来秦国大军顺江而下,可直取楚国的郢都。总之,灭亡巴蜀,获利极大。"

秦孝公听了,却叹了一声道:"寡人何尝不想灭了蜀国,只是秦蜀之间,隔着无数险恶的高山,仅有羊肠小道可通,大军无法越过。要灭蜀国,难啊,难啊!"

公孙鞅道:"蜀国之人最善在山间修路,将来我秦国可诱以重利,让蜀人开通山道。"

秦孝公大喜,道:"此计最妙,蜀君贪利,必可诱之。明日寡人就派使者到蜀国去。"

公孙鞅忙道:"不必,秦国眼前国势不强,纵然蜀道开通,也难灭亡蜀国。"

秦孝公想了一想,苦笑道:"也罢,蜀国就让寡人的儿子们去灭亡好了。不过,寡人在位之时,一定要夺回西河之地。"

公孙鞅神情凝重地说道:"秦国强盛之后,若不能夺回西河之地,愿主公斩微臣之首,以谢国人。"

秦孝公一怔,半天未说出话来。

秦国百姓逐渐习惯了新法,虽然仍是满腹怨言,却极少会铤而走险,和官府对抗,这使秦国看上去,显得十分安宁。于是,秦孝公和公孙鞅开始全力对付中原各国。

首先,秦孝公不惜自低身份,主动请求和魏国结好,并称赞魏惠王为大贤之君,可为天下霸主。魏惠王大为得意,在彤邑筑坛,与秦孝公会盟,结为兄弟之国。中原各小国见秦国都"拜服"了魏国,惊恐中又一次亲赴大梁城,朝见魏惠王。魏惠王大喜中早将对秦国的仇恨忘到了九霄云外,自以为解除了后顾之忧,又在国中大肆征集士卒,整顿兵车,准备实现其一举攻灭齐国的宏愿。

齐国朝臣闻知,无不忧虑,纷纷相邀前往内宫,欲劝谏国君上朝理政。但内宫外却站立着数十披甲勇士,手持长戈,声言:国君有令,凡朝中大臣,敢入内宫劝谏者,即是沽名钓誉之徒,意欲祸乱朝纲,危害社稷,当立杀无赦。众朝臣听了,面面相觑,俱是悄然而返。

魏惠王时刻关注着齐国的情形，见到齐国国君如此昏庸，不觉心花怒放，常在朝堂上忍不住对臣下们说道：上天要把齐国送给寡人了，寡人可不敢不要啊。

在齐国的朝臣中，有一个人和魏惠王一样高兴，他就是齐国上卿——第六代陶朱公。

第十章

齐威王假意拜相 下大夫妙计诛逆

第六代陶朱公已很老了,白发苍苍,满脸都是又深又密的皱纹,但他的精神却是充溢如少年人一般,眼中闪出精烁之光,似刀剑一般锋利。他虽然身为上卿,但是不肯住在豪华的府宅中,还是和从前一样,住在庄岳之间的那处名为"上葛门"的女闾里,深居简出,极少出现在众人面前。和从前唯一不同的地方在于,"上葛门"的客人已只剩下了一个——第六代陶朱公。除了陶朱公本人和他的亲信门客从人之外,任何人也不能走近"上葛门"一步。

陶朱公和从前一样,喜欢待在"上葛门"的后楼上,坐在铺着狐皮的坐席上,把玩着青玉案上放置的各种铜钱。和从前稍为有些不同的是,他把玩铜钱时,要人给他讲着故事。

讲故事的人名叫赵良,是中山国人,年约四旬,自幼熟读各国史书,旁及儒、法、墨、道、兵诸家之书,智谋过人,素为陶朱公所喜,成为给陶朱公讲故事讲得最多的人。

赵良此刻讲的,是田氏如何在齐国发迹的故事。

田氏的第一代祖先姓陈名完,原是陈厉公的儿子,据说陈完出生时,周太史恰好路过陈国,被陈厉公请去为陈完预卜未来的命运。周太史卜出的卦先是"观",后又变成"否"。

周太史道,从卦形上看,是为"观国之光,利用宾于王"。是说此子将要拥有一个国家,不过,不是拥有陈国,而是另一个国家,不是应在陈完自己,而是应在陈完的子孙身上。

陈厉公听了这话很是喜欢,对陈完格外宠爱,有心将君位传给陈完。但是陈完长大时,陈厉公却因为淫乱被蔡国人杀死,由其侄子庄公即位。陈完没能继承君位,只是靠着惯例,以宗族公子的身份当上了陈国大夫。后来陈庄公去世,由其弟杵臼即位,是为宣公,立嫡子御寇为太子。陈完和御寇十分友善,常常一同出城行猎,一同饮宴作乐。过了十数年,陈宣公认为太子意欲谋反,将御寇杀死。陈完惧怕受到连累,逃到了齐国。

齐桓公闻知陈完是个贤者,欲拜陈完为卿,被陈完坚决拒绝。陈完说,逃臣蒙贤君收留,已是天高地厚之恩,岂敢希图侥幸,妄得高位?齐桓公无奈,只得将陈完"降级使用",拜陈完为中大夫,官职为工正,主掌官府的工匠之事。

陈完为了感激齐桓公的收留之恩,遂改姓为田,表示他已完全放弃了陈国公子的身份,愿意世世代代成为齐国臣子。齐桓公因此更加尊重陈完,常常将陈完召进内宫,赐以宴乐,以示亲近。

齐国当时最有权势的大族为高、国二氏,闻听陈完受到国君亲近,争相和陈完结好。陈完的正妻在逃亡时去世,国氏抓住机会,抢先一步,将女儿嫁给了陈完。有了国氏为依托,改姓为田的陈完家族渐渐在齐国强大起来。

到了第四代田文时,田氏的势力和高氏、国氏已不相上下,成为名扬列国的望族。田文的孙子名叫田乞,一边经营田产,一边四处行商,获利极多。田乞是齐景公的大夫,向百姓收购粮食时常用小斗,而向百姓借贷时,又用大斗,使齐国百姓受益甚多。渐渐地,齐国百姓都称赞田乞是大贤之人,许多勇武之人和智谋之士,都争相投入田乞门下。

相国晏婴认为田乞收买民心,是包藏着歹谋,屡次劝齐景公杀死田乞。但齐景公却不听从,他认为齐国高氏、国氏诸族势力比田氏更大,想利用田氏来和高氏、国氏诸族抗衡。齐景公去世后,由其子姜荼继位,遗命国惠子和高昭子为辅政大臣。

国惠子是国氏首领,高昭子是高氏首领,国、高两大家族控制了朝政,大谋私利,引起了朝臣们和另一大族鲍氏的强烈不满。田乞乘机联合鲍氏,发动众朝臣一举攻杀了国惠子和高昭子,并灭其全族,废了姜荼,立了齐景公的另一个儿子为君,是为齐悼公。国、高二氏是周天子遣往齐国的监国世族,在齐国威风了数百年,连国君都不能将其灭亡,但田乞却能将其灭亡,从而震惊了整个齐国。齐悼公完全是因为田乞之力,才当上了国君,对田乞自是十分敬重,将其拜为相国,并拱手交出了朝政大权。

四年后,田乞去世,由其子田常继位为相,继续执掌齐国的朝政大权。这时,齐国除了田氏外,尚有鲍氏、晏氏、监氏三大家族,他们不满田氏独掌朝政,联合起来,把齐悼公杀死,另立其子姜壬为君,是为齐简公。田氏不甘处在下风,寻了一个机会,又杀死了齐简公,立简公之弟为君,是为齐平公,重新夺得了朝政大权。

鲍氏、晏氏、监氏三大家族对田氏恨之入骨,密召勇士,准备随时刺杀田氏首领田常。田常亦想诛灭鲍、晏、监三大家族,却不信任勇士。田常认为,只要有黄金,什么样的勇士都可以收买。他曾收买了鲍、晏、监三家的许多勇士,也相信他手下的勇士一样会被鲍、晏、监三家收买,田常相信的是儿子,他要靠自己的儿子来诛灭鲍、晏、监三家。田常在后室筑了许多精美的房舍,选了数百位年轻女子住进去,作为他的姬妾。这些女子不一定非常美丽,却个个身高在七尺以上,肤色红润,丰满壮实,看上去像男子一样有力。许多人都怀疑,田常怎么消受得了这些女子。

田常又在前堂造了许多精美的房舍,精心挑选了百余位门客住进去。那些门客才学武功并不算高,却个个生得颀长伟岸,仪表堂堂。

前堂和后堂有门可通,田常既不关闭那道门,也不派人看守,似乎忘了男女有别的礼法。于是两三年后,那些年轻的姬妾竟为田常生了数百个子女,其中有两百多个是儿子。

田常对于他一下有了两百多个儿子极为满意,特地摆下大宴,将前堂中的门客请进宴席中,以示庆贺之意。众门客喝下美酒,忽然间脸色大变,一个个捂着肚子乱滚乱叫。田常听着众门客的哀号,快乐至极,大笑不止。门客们都死了,田常的儿子们倒很壮实地活了下来,个个生得高大有力。

田常不让这些儿子们读书,请了些武艺高强的军卒,成天教他们习武,训练他们杀敌的本领。他天天要教训儿子们:"父者,天也。儿子要绝对听从父亲的教导,不得有违。纵然父亲要让儿子们去死,儿子们也应立刻遵命自刿,绝不能有丝毫的迟疑。"

田常还说:"父仇不共戴天,做儿子的一定要拼了性命,去给父亲报仇。这样的儿子,才算是好儿子。"

众子听了,齐声大呼:"报仇! 报仇! 为父报仇! "

田常大喜,赏给了众儿子许多酒肉美食,让儿子们吃了,更有力气去练习杀人之技。数十年后,田常的两百多个儿子都长成了少年,人人练就了一套高强的杀敌本领。

田常选准一个机会,突然对鲍、晏、监三家发动了猛攻,他的儿子们在这场血腥杀戮中起了决定性的作用。鲍、晏、监三家勇士如云,几次杀得田氏连连败退。每当这时,田常的儿子们就奋勇冲到前面,不顾性命地与敌狠斗,扭转了败势。经过一番惨烈的厮杀,田常终于取得大胜,彻底诛灭了鲍氏、晏氏、监氏全族。不过,田常的儿子们也付出了巨大的代价,两百余人中,只有七十余人活了下来。且活下来的又个个带有重伤,许多人终身残疾。

灭了鲍、晏、监三家,田氏完全掌握了齐国大权,姜姓国君已成为田氏的傀儡。后来,田常那活下的七十多个儿子也不明不白地相继死去,令齐国人议论纷纷。田氏对齐人的议论甚是惧怕,虽然早已掌握大权,却也不立即夺取君位。又过了数十年,田氏的首领已是田常的曾孙田和,这才夺取了齐国君位,变姜氏齐国为田氏齐国。

田和正式成为齐侯之后,仅过了两年就去世了。田氏宗族为争夺君位继承之权,又爆发了一场惨烈的大战,族人几乎死了一半,才分出了胜败。最后是田和之子田午取得了胜利,继位为君,是为田齐桓公。然而田午虽然夺得了君位,国力却因内争不断,大为削弱,连遭魏、赵、燕诸强国的攻击,甚至鲁、卫等小国也乘机发动攻击,收复被齐国强占的城邑。

田午疲于应战,连战连败,在国中威信大失,郁郁而终。他死后,其子齐威王即位,整日待在后宫中,沉湎酒色,不理朝政,拒听大臣的劝谏。

……

赵良的故事讲完了,陶朱公手摸着几枚铜钱,久久未发一言,陷入了沉思中。

"大人,田氏能够成功,全在于手段果敢,抢占先机。"赵良小心翼翼地说道。几天来,赵良一直在劝说陶朱公发动突袭,杀死齐威王,另立幼君,以夺取朝政大权。但是,陶朱公对赵良的主意并不赞成,听得多了,还十分不高兴。

陶朱公认为:"齐君是个昏君,他待在君位上,和一个无知的孩童差不多,就眼前的情势持续下去,要不了几年,我就会完全控制齐国朝政,又何必去担当弑君的恶名呢?"

赵良争辩说:"齐君正当血气方刚之时,若得良臣诱导,不一定就是昏君。"

陶朱公冷笑着问:"齐国朝廷中,谁是良臣?谁能把一个昏君诱导好了?"

赵良回答不出。

陶朱公经过十几年的苦心经营,将朝廷中稍有才能的人,全都赶了出去。可是,赵良心中还是不踏实,一有机会,就劝说陶朱公速下决断,杀死齐威王。

"赵夫子,老夫心中最怕的人有三个,你知道这三个人是谁吗?"陶朱公不理会赵良的劝说,问道。

赵良一怔,摇了摇头:"小人不知。"

陶朱公笑了笑,说道:"这三个人是田和、吴起、东郭狼。"

"田和死了,吴起也死了,东郭狼下落不明,多半也是死了。"赵良说着,心中冒出一阵寒意。陶朱公在世上已无人可惧,则必然骄狂自负,忘乎所以,最终将身败名裂,没有好下场。我跟着这样的一个狂人,也太危险了,今后我须得找个机会另寻出路才是。

"不错,他们都死了。嗯,赵夫子,你知道不知道,我为什么惧怕他们?"陶朱公又问。

"不知道。"

"他们三人,都想要了我的脑袋,也都有能力要了我的脑袋。但他们都死了,我却活着。"

"陶朱公财势虽大,却非朝廷贵族,素不参政,怎么会惹人生出杀心呢?"

"匹夫无罪,怀璧其罪啊。田氏贪心太大,知我陶朱氏广有钱财,有心图谋,硬逼着我出来做官,以便寻个借口诛灭我陶朱氏。吾父欲备下一条后路,和吴起、东郭狼结为生死之交,想借吴起、东郭狼之势自固。后来吴起、东郭狼之势未成,而田氏却已知我父之谋,大怒之下,竟欲对我陶朱氏下手了。吾父惊惧之下,一病而亡。吾无奈之下,只得与田氏虚与委蛇,做了齐国大夫。吴起、东郭狼见吾做了齐国大夫,视吾为背叛盟约之人,欲杀吾而后快。而田氏首领田和之阴险狡诈,为天下之最。吾数次陷入田和的杀机中,又侥幸逃脱,实为天助我也。"陶朱公感慨地说道。

他说的这几句话中有真有假。田氏固然欲贪陶朱氏的钱财,但也没有硬逼陶朱公出来做官。陶朱氏的产业遍布天下,若田氏逼迫太甚,自可逃奔他国。田氏很清楚这一点,对陶朱公的拉拢远远多于逼迫,陶朱公出来做官,完全是出自他的心愿。田氏能夺姜氏的齐国,那么,陶朱氏又为什么不能夺了田氏的齐国呢?

"天予不取,反为祸也。今日天欲使齐国落于陶朱氏之手,陶朱氏切不可迟疑。"赵良说道。

"夫子美意,老夫领受了。"陶朱公笑着,拱手向赵良行了一礼,显出送客之意。

对于怎样使田氏齐国落于陶朱氏之手,他早就谋划好了,用不着赵良来指教,这谋划他自然不会告诉赵良。在众人眼中,赵良是他最亲信的门客,但在他的眼中,赵良只不过是善于说故事罢了。他需要常听赵良的故事,为的是从赵良的故事中吸取谋略。田氏的故事,他从赵良口中听了好多次,每听一次,就增加了他战胜田氏的信心。

齐威王的禁令使朝臣不能进入齐国内宫,但齐国的名厨、名匠、名巫、名乐工等人俱可随意进出内宫。凡在吃喝玩乐、鬼怪神仙诸事上有一技之长者,都被齐威王视为"大贤"之人。齐威王特意在内宫置了一处精舍,供养诸"大贤",因精舍位于内殿之右,被称为右室。

一日,齐国下大夫邹忌携着一张七弦琴,来到了内宫禁门之外,请求守宫甲士让他进去。

守宫甲士道:"国君有令,凡朝中臣子,一概不许入内,违令者杀无赦!"

邹忌笑道:"吾今日非以臣子身份晋见主公,而是以善琴者求见主公也,烦请诸位通报。"

　　守宫甲士听了,觉得奇怪,但还是入内通报。不一会,内宫就传出寺人的高呼声:"传善琴者邹忌上殿!"邹忌得意扬扬,迈着方步,缓缓踱进宫门,向着高大的内殿走了进去。

　　齐威王坐在绣着龙戏云水花纹的彩席上,左手搂着郑国的美女,右手拥着卫国的美女。他年约四旬,方面大耳,仰首向天,根本没有向走上殿的邹忌看上一眼。

　　"善琴者臣邹忌,拜见主公。"邹忌俯伏在地,高声说着。

　　"罢了!"齐威王眼珠一翻,道,"你不是善琴吗?快弹个曲儿寡人听听。弹得好,寡人赏你一百斤黄金、十个美女。弹得不好,寡人就砍了你的脑袋,送去喂狗。"

　　邹忌不慌不忙地坐起身来,将琴横置膝上,道:"微臣最善琴歌,须边弹边唱。"

　　"那更好了,寡人最喜欢听的就是琴歌,你弹唱得好了,寡人的赏金加倍。"齐威王道。

　　邹忌轻抚琴弦,高声唱了起来:

　　　　北方之野
　　　　冉冉明月
　　　　照我鹿台
　　　　光华烨烨
　　　　美姬如云
　　　　笑生双靥

　　　　北方之野
　　　　冉冉明月
　　　　照我酒池
　　　　光华烨烨
　　　　壮士如云
　　　　勇强刚烈

北方之野

冉冉明月

照我肉林

光华烨烨

臣子如去

丁当玉玦

……

　　"住口!"齐威王听着,大吼了一声,推开身边的美女,怒视着邹忌,"你好大的胆,竟敢在寡人面前唱此亡国之曲!"

　　邹忌弹唱的琴曲,名为《北方之野》,相传为商纣时的著名乐工师延所创。纣王非常喜欢这首琴曲,让他所宠幸的美女妲己弹唱此曲,百听不厌。曲中所唱的鹿台、酒池、肉林,都是纣王与妲己享乐淫荡的地方。纣王常在鹿台上观看美女的歌舞,又令壮士在酒池中尽兴而喝,还令臣子裸体在肉林中奔跑,以供他取乐。

　　辅佐周武王的姜太公听说了这事,就说:《北方之野》乃是靡靡之乐,君王听之,必亡其国。且'北'字含有败意,'野'字含有亡意,我大周之兵,可伐商纣矣。"于是,周兵大举伐纣,在牧野之地击败商纣。纣王被迫登上鹿台,举火自焚。创作《北方之野》琴曲的师延,慌忙向东逃去,因被周兵追得紧了,跳进濮水自尽了。从此,《北方之野》这首琴曲就失传了,无人能够弹唱。

　　数百年后,卫灵公去晋国与晋平公相会,渡过濮水时,忽听水中传来了琴歌之声。卫灵公很喜欢那种曲调,让随行的乐工师涓记录下来,带到晋国,当作"礼物"献给了晋平公。晋平公大喜,说:"这等乐曲柔媚入骨,动人心弦,可谓天下第一佳曲也。"

　　晋平公的乐工师旷是当时天下最著名的乐工,连孔子都向他请教过乐理。他当时一听,就指出此曲乃为商纣时的靡靡之乐《北方之野》,国君不可听之,听了其国必亡。卫灵公心中害怕,回到国中,就不敢再听《北方之野》这首琴曲,且将师涓杀死,投入濮水之中。晋平公却对师旷的话不以为然,日日听那《北方之野》，从不厌倦。

《北方之野》这首靡靡之乐也就从晋国宫廷中传到了各国，许多国君都如晋平公一样爱听此曲。国君的臣下都引用师旷之言加以劝谏，但国君却视为迂腐之论，不加理睬。不料数十年后，晋国内乱连连发生，终被魏、赵、韩三大家族瓜分。而卫国虽然弱小，却在众多强国的夹缝中生存了下来，成为令人难解的奇迹。众人这才相信，《北方之野》的确是亡国之乐，不可弹唱。

几乎在各国宫廷之中，《北方之野》都成了禁乐，若有乐工不慎弹奏了起来，立刻会遭到杀身之祸。但在民间，尤其是在女间等场合，《北方之野》却成了最受人们欢迎的乐曲。邹忌自称为善琴者，能弹唱《北方之野》并不让齐威王感到意外，但他居然敢在内殿中弹唱此曲，这让齐威王不能不大为震怒。

邹忌见到齐威王发怒，不仅不惧，反而很是惊诧道："微臣听主公喜爱音乐，特意学了此《北方之野》献与主公，怎么主公不赏微臣，还如此斥责微臣呢？"

齐威王更怒，道："寡人虽爱音乐，却不想做一个亡国之君，你胆敢以此亡国之乐在寡人面前弹唱，还不知罪吗？"

邹忌笑了，道："原来主公不愿做亡国之君啊。"

"难道你以为寡人愿做亡国之君吗？"齐威王怒问。

"不仅微臣以为主公愿做亡国之君，满朝公卿大夫，无不以为主公愿做亡国之君，故纷纷另寻出路。就连微臣也情愿做一乐工，在主公这儿骗得黄金，好远走高飞。"邹忌坦然说道。

齐威王听了，愣了半晌，忽然哈哈大笑起来道："原来你到寡人这儿来，只是为了骗得黄金。好，好！看在你尚且老实的分上，寡人就赐你百斤黄金。"说着，齐威王令寺人抬上百斤黄金，将邹忌这位新进内宫的"大贤"送进了右室中。邹忌没想到齐威王如此对待他，一时愣住了，欲说什么，却又一句话也说不出来，连谢恩都忘记了。

齐威王几乎每天都要把右室中的大贤召进内殿，讲论吃喝玩乐等有趣之事。唯独邹忌却从没有受到过齐威王的召见，一连十数日待在右室中，几乎要发疯了。

邹忌的先世，原是公室马奴，后来因为养马有功，被赐为上士，入朝做了一个小官。从此,邹氏世世代代在朝中为官,算是齐国的望族之一,却又从来没有做上大官。邹氏族人总是摇摆在上士和下大夫之间,连中大夫的官位都从未得到。久而久之,邹氏之族在齐国就得了一个绰号"下大夫",人们说起邹氏来,从来不说邹家怎么怎么了,只说"下大夫"家怎么怎么了。那些世代都出高官的齐国世族,说起邹家来,无不带着嘲笑之意,说下大夫家能出几个下大夫,已是天大的运气了。

许多邹氏子弟对此大为不服,苦学礼、乐、射、御、书、数六艺,欲在朝廷中大显本领,获得国君宠信,从而得到高官,一举洗脱"下大夫"的耻辱。邹忌亦是这些子弟中的一人,且自负本领比谁都要高强,不料他在朝中已立足近二十年,却一直当着下大夫,怎么也升不上去。

邹忌不甘心永远居于下大夫之位,仔细观察着朝局,反复权衡利害,终于想出了一条以"善琴者"的身份进见齐威王,并以"亡国之乐"激怒齐威王,从而获得齐威王的宠信,一步登天的"奇计"。当然,这个奇计也有极大的危险,如果齐威王不中他的"计",他就会惹下杀身大祸,灭族之灾。

不冒奇险,又怎么成得了大事呢?邹忌在心中鼓励着自己,毅然走进了齐威王的内宫。他果然见到了齐威王,果然激怒了齐威王,果然差点惹下了杀身大祸,但是他却没有得到齐威王的宠信。齐威王当真把他当作了一个"善琴者",送进右室养了起来,然后就不理会他了,任他自生自灭。

我冒此奇险,就是为了得到这个结果吗?不,我绝不能就这么待在右室中!邹忌想着,心一横大步走出右室,直向齐威王所居的后殿闯过去。奇怪的是,右室门外的守卫者对邹忌的擅自行动并未加以阻止。

邹忌正行着,忽听道旁一间小殿中隐隐传出了琴声。邹忌停下来,凝神听了片刻,陡地转过身,向小殿走过去。小殿的两扇门紧紧关闭着,门外却无守卫的禁卒。邹忌走近殿门,咬了咬牙,猛地推开两扇门,走进了小殿。小殿空荡荡的,只在正中的席上坐着一人弹着七弦琴,正是齐威王。

邹忌拜倒在地,行着大礼:"主公琴音大吉,当可称霸天下矣!"

齐威王大怒,跳起身来,抽出腰间佩剑,指着邹忌,喝道:"胆大匹夫,竟敢欺君,该当何罪!"

邹忌抬起头,道:"微臣并未欺君。"

"你不经通报,私入殿中,难道不是欺君?你并没有见到寡人弹琴,就妄称寡人琴音大吉,欺君之罪更显也。"

"微臣身为齐臣,闻主公琴音大吉,恐主公不知,放过吉兆,故急入相告,不及通报。主公以此罪臣,臣心服矣。然臣之罪在于忠心太过,不在于欺君也。臣善琴,闻微音即可辨其吉凶,不必当面观人弹琴,臣实无欺君之罪。"

"你好一张利口,说得寡人也疑惑起来了。好,就算你闻微音可辨吉凶,那你就给寡人说说,此琴音大吉,吉在何处?说不出来,寡人仍要定你一个欺君之罪。"

"主公弹琴时,大弦浑厚而又柔和,若春风拂临,象征国君贤明仁厚,可比上古圣王。小弦明亮而又清晰,若皎月当空,象征国相智谋深广,可比上古名相。主公控弦松紧适宜,从容不迫,可比政令通达,国将大治。琴音和谐,大弦小弦相辅相成,紧密相连而又互不干扰,可比国人上下齐心,尽忠主公。此不为大吉,何为大吉?"

齐威王听了,半晌不语,两眼一眨也不眨地盯着邹忌,直盯得邹忌毛骨悚然,浑身都冒出了冷汗。

"邹大夫,你给寡人说说,如今齐国的国势,可否称为大吉?"齐威王忽然问道,他的语气已是大变,对邹忌十分敬重起来。

邹忌精神大振,抬起头答道:"如今齐国的国势,不是大吉,而为大凶!"

齐威王双眉一挑:"何为大凶,还请大夫详细道来。"

"如今齐国,百官荒淫,民不聊生。权臣伺机欲篡国柄,强敌欲大肆侵伐,凶险之至矣!"邹忌答道。

"百官如何荒淫?民不聊生又是为何?权臣是谁?强敌又是指谁?"齐威王连声问道。

邹忌心中一阵发慌,知道他的回答若是不合国君的心意,将死无葬身之地。那位权臣的势力太大,看上去又甚得国君宠信,他无论如何也得罪不起。可是国君的逼问已到了这种地步,他不能不豁出去了。

"百官荒淫,是心中没有主公,只有权臣,百官升迁,必须由权臣认可。此权臣即为上卿陶朱公。陶朱公世代商贾,性极贪利而又阴险狡诈,百官若想升迁,非得送给权臣黄金玉璧不可。百官的黄金玉璧从何而来?无非是盘剥百姓、滥加税赋而已。故民不聊生，心中俱是对主公怨恨不已。而权臣陶朱公却大建粮仓，预备青黄不接之时，开仓济民，收买人心。一旦国人为陶朱公所惑，则陶朱公一声号令，必是万众响应。到了那时，陶朱公就不会容忍主公安居内宫了。敌国为魏，陶朱公明知魏国大集兵卒，欲攻伐齐国，却不禀告主公，他认为魏军入境，民心更乱之时，有助于他篡夺国权。主公若不断然奋起，诛杀权臣，则恐田氏之齐国，将变成陶朱氏之齐国矣。"邹忌激动地说着。

齐威王听了邹忌的"危言"，居然是不动声色，淡然问道："以大夫之见，寡人如何才能诛杀权臣？"

邹忌心中一惊，啊，主公竟能如此镇定，其心智定是远在常人之上，我可得小心应对。他定了定神，尽量以平静的语气说着："主公身为国君，处于独尊之位，若有心诛杀权臣，只要所谋得当，也不太难。微臣有一计献上主公。主公可遣使告知陶朱公两件事：一、主公欲大修宫室，广陈美女，只因内库空虚，请陶朱公相助十万斤黄金。二、主公欲安享国君之乐，请陶朱公推荐一位贤士担当相国重任，代主公管理国政。此二事于陶朱公大为有利，陶朱公必然不会拒绝。我齐国十数年未设相国之职，理应隆重其事，大行拜相仪式。这个仪式，陶朱公非现身不可。主公可埋伏十数勇士，突出诛杀陶朱公，然后迅速扫灭陶朱公余党，亲理朝政，减赋税，开粮仓，选廉吏，进贤士，远小人，爱护士卒，则我齐国必将化大凶为大吉，霸于天下矣。"邹忌磕头说道。

"好，好！大夫实乃大贤之才也！"齐威王陡地大赞起来，将邹忌吓了一跳。

"大夫请上坐，请上坐！"齐威王站起身，亲手扶起邹忌，把邹忌按在身旁的尊位上。

邹忌诚惶诚恐："主公，微臣乃一小臣，怎敢……怎敢……当此厚爱。"

"哈哈哈！"齐威王大笑起来道，"寡人密遣使者，欲在国中寻找管仲之才，以辅佐寡人除去权奸，偏偏苦寻不得。却不料大才就在寡人身边，此乃天助寡人也。"

"啊，主公圣明，原来早已知道权奸是谁。"邹忌连忙对齐威王行着大礼。

"唉！我田氏当初因贪得陶朱公的黄金，结果养成大患。其实，寡人刚登大位之时，就欲除去陶朱公。只是陶朱公大势已成，寡人恐杀虎不成，反被虎伤,故有意沉溺酒色,不理朝政,以使陶朱公轻视寡人。实际上,寡人已收得许多忠勇壮士,欲杀陶朱公,又找不出个好办法。这陶朱公狡诈多疑,极少上朝,所居之地也极是隐秘,万一寡人出手落空,让陶朱公跑了,必会留下无穷后患。可是寡人若再不下手,则国势已危。正当寡人彷徨无计之时,上天送大夫来至寡人内宫,解除了寡人的心头大患。"齐威王感慨地说道。

"主公胸藏大志,微臣却愚妄不知,多出不敬之言,还望主公恕罪。"邹忌倒身下拜,心中大喜。他那冒着奇险使出的一步登天之计,已是大获成功。

"大夫忠直多智,不惜冒死劝谏寡人,何罪之有?"齐威王笑着,抬起手拍了两下。但见殿柱之后,忽然转出两位身佩长剑的壮士来,一位长身玉立,面白无须,约莫二十岁。一位身腰魁壮,长须过胸,年在四旬上下。二位壮士看也没有向邹忌多看一眼,躬身向国君行礼之后,就站在齐威王左右,傲然而立。

齐威王向着年轻的壮士一指:"此人和大夫之名相同,叫作田忌,为宗室子弟,勇壮有力,熟知兵法。"又向另一个壮士一指,"此人段干,名朋,乃我齐国即墨之人,是为侠义之士,名满天下。今屈身侍从寡人,欲斩权奸之首,报效故国矣。"

"今日得见二位,实乃在下之幸也。"邹忌连忙拱手行礼,心中又喜又惊。喜者,齐威王早有准备,诛杀陶朱公更多了一分把握。惊者,今后田忌、段干朋必然会成为齐威王的宠信之臣,只怕会和他争夺权柄,成为他极难对付的两个劲敌。田忌、段干朋见到邹忌行礼,连忙还礼,口中也客气了几句,神情不卑不亢。

"此人名叫邹忌,是个大贤之才,为今日之管仲矣。你们多日想不出如何诛杀陶朱公,这位邹大夫只眼睛一眨,就想出了一条妙计。哈哈哈!"齐威王指着邹忌,得意地说着。田忌、段干朋见国君如此推重邹忌,只好又向邹忌行了一礼,但眼中均露出不以为然之色。

齐威王依着邹忌定下的"妙计",派内侍寺人来到陶朱公府中,告知了邹忌所说的两件事。陶朱公听了,大为高兴,立即招来众位心腹,商议大事。

"昏君到此时此刻,尚欲大修宫室,广陈美女,是自取灭亡也。"陶朱公说道。

"是啊。昏君为了要得到黄金,不惜拿出相国之位来交换。我陶朱氏应该顺势答应昏君,取了相国之位。若相国之位落于我陶朱氏之手,收拾起昏君来易如反掌。"陶朱氏家族的大管家宁宏说道。他年约六旬,数十年一直是陶朱公最信任的人。他除了当陶朱氏的大管家,在朝中还挂了一个上大夫的官衔。相国之位极为重要,陶朱公若得了此位,一定会让他最亲信的人坐上去。这样,他就极有可能当上齐国的相国。

赵良坐在宁宏的下首,他紧皱着眉头道:"我前些年曾和行猎的主公偶然相遇,观其言行,明智多谋而又善断,不似一个昏君。一个不似昏君的人忽然做出了昏君的举动,只怕是包藏着什么歹谋。"

"昏君自即位以来,所作所为,哪一件不是昏君的举动?赵夫子却言昏君明智多谋,岂不是颠倒黑白,故作惊人之语吗?"宁宏不悦地反驳道。

"酒色最是误人,昏君纵然明智,长久沉溺酒色之中,也会磨尽其明,消尽其智。"陶朱公说道。

赵良不作声了,他隐隐感到国君是在"包藏歹谋",却又说不出国君究竟是有何歹谋,难以服人。

陶朱公完全接受了齐威王的请求,只是说他一时拿不出十万斤黄金,顶多能拿出五万斤黄金。齐威王看来是急于修造宫室,也就答应了只要五万斤黄金。当一车车黄金送到了齐威王的内宫时,齐威王立即下了一道诏令——拜上卿陶朱公为相国,并择定吉日,行拜相大礼。这道诏令一出,使许多人大感意外。

在众朝臣们的印象中,陶朱公就像是一条隐于云雾中的神龙,高高在上却又从不露出他的真面目,让凡尘之人仰首而望,莫测高深。似陶朱公这样的"高人",不应该担当相国重任。相国权势虽重,却须日理万机,天天和朝臣打交道,根本没有神龙的莫测高深之感。

最感意外的人,是陶朱公的大管家宁宏。他本来以为,这相国之位一定是属于他的。在他眼中,相国之位其实也是一个管家的职位,而陶朱公天生是主人,不适合去充当"管家"。

只有赵良不感到意外,他几乎天天给陶朱公讲故事,其中陶朱公最喜欢听的,就是田氏身为相国、谋取君位的故事。陶朱公最想做的,就是重复田氏所做的"大事"。田氏能当相国,他陶朱公又为何不能当相国呢?

吉日到了,陶朱公乘坐着华丽的高车,穿着缀满碧玉的朝服,在五百从者的护卫下,来到了高大的朝堂下。那五百从者,都是陶朱公重金收买的敢死之士,由陶朱公的二管家陶朱豹统领着。陶朱豹是陶朱公的族侄,生得如同一只活生生的豹子,浑身上下都透着杀气,令人一望就胆战心惊。他外面穿着一件锦袍,里面却披着铁甲,腰中藏着长剑。那些敢死之士的装扮和陶朱豹一模一样,都是外穿便装,内藏凶器。

有了这五百从者护卫,陶朱公心里胆气顿壮,消除了他对朝堂的畏惧之心。从前,陶朱公经常在朝堂看见田和杀死不满田氏的朝臣。每次看见朝臣被杀之后,陶朱公就要连着做几天几夜的噩梦,在梦中他被手持利剑的田和追得无处可逃。田和去世后,陶朱公势力渐大,以年迈多病为由,很少到朝堂上来了。

哼!从今以后,老夫可得让你们姓田的上了朝堂就心惊胆战了。陶朱公心中恨恨地想着。

高车驰至朝堂外停了下来,陶朱公缓缓下车,由宁宏扶着,慢慢踏上了朝堂的台阶。依照礼法,臣下的从者绝不能挨近朝堂,在朝堂大门外就得停下来,但今日是国君拜陶朱公为相,为了显示对陶朱公的恩宠,特别允许陶朱公的从者来到了朝堂之下,但陶朱公的从者,也只能立在朝堂之下,再也不能前进一步。

立在朝堂下的人还有赵良。作为门客,赵良本来不必跟随,可是他心里总有着一个结,遂主动要求跟随。陶朱公见到赵良如此忠心,也愉快地答应了下来。

唉!有此五百敢死之士,就该冲上朝堂,杀了国君,夺取权柄,何必要弄出拜相这一套呢?赵良环顾着身后肃然而立的众多从者,在心里叹道,伸头向朝堂上望去。他要看看,齐威王是不是在朝堂上多布置了禁卫甲士。一般来说,在朝堂台阶上站立的甲士共有一百二十八人,分成两排,每排六十四人。遇到特别情况时,甲士会增加一倍。今日举行拜相大礼,应该算是特别的情况,守护朝堂的禁卫甲士可以加倍。但赵良粗粗一看,就发现禁卫甲士并未加倍,还是那一百二十八个人。

也许主公当真是个昏君，并无什么歹谋。陶朱公商贾出身，行事先图保本，然后再取大利，不肯弄险。此等人虽无强大的魄力，但对付一个昏君还是绰绰有余。赵良想着，心里轻松了许多。

陶朱公向来细心，一样发现台阶上依旧是一百二十八个甲士，心里一样轻松了许多。朝中文武百官早就站立在了朝堂两侧，见到陶朱公走进来，纷纷躬身行礼，以示祝贺之意。

陶朱公得意地微笑着，脸上现出谦恭之意，边行边拱手向众人回礼。他慢慢走到了齐威王的座位之下，看到在齐威王身侧的案几上，摆放着一枚精致的玉符，心中不由得大跳起来。那玉符正是齐国相国的令符，谁拥有那枚玉符，谁就是齐国相国。

陶朱公跪下来，准备向齐威王行以大礼，行过大礼之后，齐威王就会亲手把玉符交给陶朱公。但陶朱公却没有向齐威王行以大礼，他的脸色陡然间变得异常惨白，一句话几乎冲口而出——国君果有歹谋！

他从齐威王身后的两位寺人身上，发现了"歹谋"。

那两位寺人分明是假扮的！寺人无须，而齐威王身右的一个寺人，腮上却有着青黑的须根，分明是刚刚割下胡须留下的痕迹。而齐威王身左的那个年轻寺人虽然无须，陶朱公却看着极是熟悉，似是在祭祀太庙时见过的公室子弟，依照礼法，公室子弟绝不能成为寺人。

国君埋伏刺客，要杀了我！陶朱公念头一闪，猛地从地上站起了身。臣下见了国君，跪而不礼，是为"大不敬"，论律该当斩首。

齐威王见陶朱公站起了身，立刻大喝道："大胆陶朱公，竟敢君前无礼，给我拿下！"

几乎在齐威王大喝的同时，他身旁的两个近侍寺人突地从衣中抽出佩剑，向陶朱公猛扑过去。国君的近侍寺人，手中不得持有寸兵，否则，即为谋逆，当诛灭其族。但此刻国君两个近侍寺人手中所持的，又何止是寸兵。

满朝文武百官被这突然发生的变故惊呆了，愣愣的如同一群木俑。

陶朱公站起来后，立刻转身向朝堂外奔去，边奔边大叫着："豹儿救——啊！"他口中尚未说出一个"我"字，就发出了一声长长的惨叫，扑通栽倒在地，身首异处。

两个近侍寺人为田忌、段干朋所扮，身手极快，一跃之间，双剑已刺中了陶朱公。田忌的一剑，刺中了陶朱公的后背，却不能刺入——陶朱公衣内穿着护心犀甲，虽利剑不能透过。段干朋的一剑，刺中了陶朱公的脖颈，当即刺断了陶朱公的脖颈，鲜血流了一地。

宁宏身为上大夫，进入朝堂后就排入文官队列中，变故陡生时，也是呆愣住了，但他很快就清醒过来，狂呼着："有人刺杀主人！"拼命向朝堂外奔去。

"哪里跑！"田忌没能刺死陶朱公，急欲立功，大喝声里，掷出了手中长剑。长剑带着厉啸之声，插进了宁宏的后背。

"啊——"宁宏惨呼声中，倒在了地上。他的衣内，并未同主人一样穿着护心犀甲。

朝臣们见宁宏也被杀死，人人如雷击顶，顿时大乱起来，拥成一团，欲向朝堂外逃出去。但他们逃到了朝堂殿门处，却再也不能逃出一步，因为数十位手持长戈的禁卫甲士已牢牢封住了殿门。

"众位大臣不必惊慌，今日只杀权奸，不问其余。归位者是为忠臣，主公有赏，乱奔者是为奸党，必杀无赦！"田忌从宁宏背上拔出了剑，厉声大叫着。朝臣们听了，面如死灰，只得回到他们原来站的位置上，垂着头，大气也不敢呼出一声。齐威王安然高坐在国君之位上，冷冷望着众朝臣，默然不发一言，凝神听着朝堂外的动静。

朝堂外已成杀戮战场，兵刃撞击声，羽箭呼啸声，惨呼声混成一团，如海潮一般一浪浪向朝堂上扑来。朝臣们听着那杀戮之声，不觉浑身颤抖，双腿发软，几欲瘫倒。

在陶朱公的那声惨叫发出的同时，朝堂大门外突然涌进来成千的玄衣大汉，或持长戈，或持劲弩，由下大夫邹忌指挥着，从后面杀向陶朱公的五百从者。那些从者虽然都是敢死之士，但仓促之下，根本没有还手的余地，且所携带的短兵刃无法和玄衣大汉们的武器相比，很快就被杀死了一大半。剩下的一小半是从者中武艺最强、胆气最壮的人，玄衣大汉们一时无法制服他们。

"杀！杀了昏君！"陶朱豹大吼着，领着十余最为勇悍的敢死之士，向朝堂上冲来。他很清楚，"昏君"早已布下埋伏，他要脱身，难于登天。他唯一的活路，是冲到朝堂上，擒住"昏君"作为人质。朝堂台阶上的禁卫甲士见陶朱豹冲来，争相上前阻拦。"挡我者死！"陶朱豹狂吼着，手中长剑猛劈猛刺。甲士们惨呼中，一个接一个倒在了陶朱豹脚下，众甲士大骇，纷纷后退。

"杀！杀了昏君！"赵良也冲到了朝堂台阶上，跟在陶朱豹身后，挥着一柄短剑大叫着。

"休得猖狂！"田忌和段干朋一前一后，飞身拦在了陶朱豹身前。

"哇——"陶朱豹怪叫着，迎头一剑劈向田忌。

田忌见其来势猛恶，慌忙举剑一挡，但听得"当"的一声大响，手中剑竟脱手而飞。

段干朋见田忌危急，忙抢上一步，横剑向陶朱豹腰上削来。陶朱豹不避不闪，挺剑向段干朋胸上刺去。不好，这家伙腰上有甲，我伤不了他！段干朋心中一惊，忙向后退去，却稍迟了一点，胸上被剑锋刺破，痛叫声里，滚倒在台阶上。

陶朱豹乘势狠狠一剑劈向段干朋，田忌手中无剑，禁卫甲士退得远远的，无法相救，眼看段干朋就要死于非命。

"啊——"朝堂台阶上响起了一声狼嗥般的惨呼。

扑通！陶朱豹高大的身躯倒了下来，脖子上被刺开了一个大血洞，血水涌泉一般流出。

段干朋、田忌几乎无法相信眼前看到的一切——刺死陶朱豹的人，竟是赵良。头领一死，陶朱氏的众多从者斗志顿失，纷纷抛下兵刃，跪地乞求饶命。

下大夫邹忌昂然走入朝堂，拜倒在齐威王脚下，高声道："贼臣陶朱公意欲谋逆，从者私携兵甲，竟敢冒犯主公。今赖上天庇佑，主公洪福，已平此逆乱，杀死元凶。"

"哈哈，杀得好！凡杀贼者，人人有功，寡人当加以重赏！"齐威王大笑着，目光向众朝臣扫去。

"主公圣明，诛杀贼臣，大快人心！愿主公万寿无疆，万寿无疆！"众朝臣跪倒在地，齐声称颂。

　　"哈哈哈！请起，众位爱卿请起。今日是寡人拜相的吉日，众位也应向相国大人道贺才是。"齐威王说着，把案几上的玉符拿起来，托在手掌中。

　　邹忌再次拜倒在地，行着大礼。啊！"下大夫"竟成了齐国相国吗？众朝臣再次大吃了一惊，比见到陶朱公身死时还要吃惊。

第十一章

淳于髡隐语问政　齐威王烹奸立威

齐威王拜邹忌为相后,又拜田忌为大司马,执掌兵权,另拜段干朋为大司寇,捕捉盗贼。那位临阵反戈的赵良亦受到重赏,被拜为中大夫。同时,齐威王在全国范围内大举搜捕陶朱氏之余党,并将陶朱氏在齐国的资财全都夺为公室所有。

齐威王"大发横财",获得堆积如山的粮仓百余座,黄金数十万斤,绢布百余万匹,铜钱数不胜数。获得了如此雄厚的资财,齐威王立即发下诏令,免除国人一年的赋税,并征集士卒驻守边境,厚加给养。一时间,齐国百姓欢欣鼓舞,人人称颂国君贤明,士卒亦是斗志昂扬,主动加固城池,修整兵器,严阵待敌。魏惠王本欲大举攻击齐国,闻听齐国发生了如此变故,一时倒也不敢轻举妄动。

在齐国都城临淄西边的稷门外,有一座宫殿模样的院落,是齐威王的父亲建造的。他喜爱文士,招徕四方博学之士,住进此宫中著书立说,议论政事。此宫因在稷门之外,故名之曰"稷下学宫",宫中的博学之士,亦被称为"稷下博士"。

稷下学宫最著名的"博士"有三人,第一人姓孟名轲,邹国人,年约四旬,在齐、鲁一带极有名望;第二人姓淳于,名髡,乃临淄人氏,精于管仲之学,人称其有王霸之才,甚是自负,年龄和孟轲相当;第三人姓宋名荣,宋国人,年约五旬,精于老子的道家之学。其时稷下学宫中道家势力最大,除宋荣之外,还有尹文、田骈、环渊、接子等人，但论起名气来，还是宋荣为最。

孟轲、淳于髡、宋荣经历大不相同，学术亦不同，但尚能互相礼敬，算是好友。

孟轲的先世原为鲁国公族孟孙氏的后代，出身高贵。后来孟孙氏渐渐衰落，子孙四散，流落到了齐、邹、滕、薛诸国。孟轲年幼丧父，家境贫寒，全靠母亲织布为生。孟母出身世家，熟知礼法，虽然贫寒，并不因此放纵儿子，对孟轲的教导极为严格。

孟轲的家紧邻墓地，常常能看到操办得十分热闹的葬礼，年幼的孟轲见了觉得好玩，常和同伴们模仿丧礼玩乐。孟母发现这件事后，认为所住之地无益于儿子的成长，遂将家室迁到了街市之旁，远离墓地。街市上商贾云集，你卖我买，热闹远胜墓地，孟轲看得入迷，日日扮着商人的模样游戏。孟母见了大为忧愁，再一次搬家。这一次，孟家搬到了邹国都城的学宫旁边。孟轲见了学宫中的那些学生，大感兴趣，日日学着学生们背书、写字、礼让进退等动作。孟母这才放下心来，拿出平日所积的铜钱，买下竹简刀笔，亲自教导孟轲读书。

孟轲年幼，缺少耐心，读长了书就寻找各种借口，溜到外面去玩，整日不归。孟母很生气，拿起刀，割断了正在织着的一匹绢布，对儿子说："要你读书，是希望你能做成一番大事，光耀先祖。如今你读书不努力，就像这匹断布一样，只会成为无用的废料。"孟轲听了，大受震动，从此不再贪玩，努力诵读诗书，学业大进。

孟轲长成少年之后，已学完了母亲能教给他的一切，欲再进步，非出门求学不可。

孟母问儿子："如今学派众多，各家俱有所长，亦有所短，不知吾儿愿学哪一家？"

孟轲肃然答道："儿愿学孔子之道，孔学以仁义大道立世，有长无短，可济世救民。"

孟母听了，十分高兴，说："孔子人称圣贤，吾儿愿学孔子，是愿为圣贤也。"

于是孟轲来到鲁国，欲寻当世最著名的大儒——孔子嫡孙子思，拜之为师。不料他来到鲁国后，子思早已去世。孟轲只好拜子思的门人为师，苦学了十数年，精通了子思之学。

一次，鲁国儒者聚会，讲解《易》《书》《诗》《礼》《春秋》五部儒家经典，这样的聚会，鲁儒已举行了数十年。讲解完之后，就由前辈儒者来评出个一、二、三等。

孟轲第一次参加讲解，就一鸣惊人，在《诗》《书》《春秋》三项讲解上名列第一，众儒者大为吃惊，几乎将孟轲视为神人。因为在数十年的儒者讲解评比中，许多人尽了全力，也只能得到一项第一，从没有人得过两项第一，更别说一举拿下三项第一了。从此，孟轲被儒门弟子尊称为孟子。

齐为大国，孟子希望在此一展胸中抱负，遂欣然而来。不料他来到齐国后，齐国不断生出变乱，无从让他施展儒家的仁义大道，使他大为失望。

淳于髡的出身远不如孟子高贵，先世不过是朝廷的工匠，被人视为官奴。淳于髡幼年时家境稍宽，父亲见他聪明，于是付出了许多辛苦得来的铜钱，让他随儒者读书。可惜淳于髡的父亲劳累过度，不等淳于髡长大成人，就去世了。兄嫂认为淳于髡读书是在败家，不准他到老师那儿去，并逼迫他在家学习工匠技艺。淳于髡只爱读书，不喜学习工匠技艺，被愤怒的兄嫂赶出了家门，流浪在街头上。走投无路的他几乎饿死在街头，最后不得不充当了齐国人轻视的"赘婿"，以苟延性命。

所谓"赘婿"，乃是富家的女奴长大了，主人为多得劳佣，将其认作"义女"，招婿上门。这种女婿必须终生在富家劳役，而富家却以"家人"为托词，不必付给这种女婿一个铜钱。在齐国，只有贫穷至极又实在无路可走的男子，才会忍受耻辱，去充当那种实为家奴的"赘婿"。

淳于髡投奔的富家，乃是田氏宗族，其人极喜读书，一日在庭院中诵读，忽遇一字不识，无法读下去，恰好淳于髡从旁经过，代"岳丈"读了出来。"岳丈"大奇，和淳于髡交谈之下，发现他年纪轻轻，居然是满腹诗书。"岳丈"很是高兴，立即将淳于髡由仆役"提升"成了门客，日日与其讲论文章。富家藏书极多，淳于髡勤加研读，对各家之书，都是倒背如流，尤其对于记录管仲治国之术的《管子》一书，更是烂熟于胸。后来田齐桓公创建"稷下学宫"，广招贤才，淳于髡自我推荐，被田齐桓公许为王霸之才。可惜，田齐桓公虽然将淳于髡留在了学宫,却因忙于宗族争斗,并未重用淳于髡。

宋荣的出身和孟子甚是相近,先世为宋国大族。不过宋荣的家境远远优于孟子,宋荣的祖辈虽然未做高官,却广有田地,家奴众多。宋荣自幼衣食不愁,却甚是苦恼。

他的父亲日夜督促他勤学诗书,长大了好做上高官。而宋荣开始并不怎么喜欢读书,为此着实挨了几顿痛打。后来宋荣读书读出了兴致,反倒一日不可无书,但其父亲却仍对宋荣不满。其父曰:当今虎狼之世,国君最喜欢法家之术,爱好管仲、孙武之术,奈何小子偏爱道家之书,日日讲论无为之道,能有什么出息?小子若仍读道家之书,即非我宋氏子孙也。

宋荣不听父亲之言,私逃至齐国,求见田齐桓公,言以道术治国,必可平定天下。

田齐桓公听了宋荣讲论的道术,笑道:"贤士之语,实为至妙,可惜寡人愚钝,难以领悟矣。"他虽拒绝以宋荣的道术治国,却尊宋荣为大贤之士,让其安居在稷下学宫中。

稷下学宫的博士依其才能,分为上、中、下三等,上者食上大夫之禄,中者食上士之禄,下者食下士之禄。孟子、淳于髡、宋荣俱名列上等,得到的俸禄十分丰厚,不仅可以养家,还招有众多的弟子。其中孟子弟子最多,有百人之众,淳于髡其次,有弟子五十余人,宋荣最少,也有弟子二十余人。孟子、淳于髡、宋荣常在讲学之余,召弟子围坐在学宫正堂上,评论时事。

孟子、淳于髡、宋荣虽称好友,但因所学不同,常常为一件事争得面红耳赤,相持不下。这天,为了辩论平步青云、一夜之间成为相国的"下大夫"邹忌其人到底是贤是奸,三人又争了起来。

孟子认为邹忌是"奸人",其论据有三:一、邹忌曾在稷下学宫待过,却学术不纯,一会称誉仁义之道,一会又夸奖王霸之学,是非不明,专好媚上,其心不正。二、邹忌不以仁义大道劝说国君,却出险恶之谋,以利害之说邀得君宠,其心不善。三、邹忌执政之初,不劝谏主公大兴礼仪,教化百姓,只以小恩小惠收买人心,毫无远大之图,其心不智。如此不正、不善、不智之人,必是"奸人"。

淳于髡认为邹忌是"贤者",其论据也有三条:一、国君荒淫酒色,拒不纳谏,朝臣束手无策,而邹忌却挺身而出,冒险入宫劝谏国君,非有大忠之心,难以为之。二、邹忌明知权臣势力强大,却能想出奇谋,亲率勇士诛杀权臣,使国君得以复其权柄,非有大勇之心,难以为之。三、邹忌初登相位,即可使民心归服,士卒用命,国中安宁,以致强邻不敢入侵,政绩显著,非有大智之心,难以为之。如此大忠、大勇、大智之人,必是"贤者"。

宋荣则认为孟子和淳于髡之言皆有不是,邹忌既不是一个"奸人",也不是一个"贤者"。

宋荣说,邹忌只是一个"有为者"罢了,人生在世,莫不以有所作为当作立身之本,邹忌所作所行之事,只是为了显示其"有为"而已,既非不正、不善、不智,也非大忠、大勇、大智。其实,"无为"才是天地间至为高深的大道。以"有所作为"当作立身之本,大错矣!以"无为"当作立身之本,才是正途。"有为"则人人欲念大炽,争端百起,万恶俱至。"无为"则天下清净、民心不乱。所以,真正的圣人绝不可"有为",而应示天下以"无为"之道。"无为"之道成,则天下大治矣。

三个人争来争去,谁也说服不了谁。最后淳于髡道,其实也不用去争,贤者能纳人言,奸人拒纳良言。我等各以所学,告于邹忌,其能纳之,则为贤者,其拒纳之,则为奸人,立可判之矣。

孟子冷笑了,说:"道不同,不相与谋。吾之仁义大道,邹忌岂能知之?"

宋荣也是微微一笑,道:"邹忌执迷于'有为'之中,哪里听得进圣人的'无为'大道呢?"

淳于髡大为不快,道:"儒者好为自尊,空谈仁义,目无旁人,难成大事。道家之徒只喜清谈,不做实事,无益于国。你们是大圣人,自然不屑去见邹忌。那么,我这小人且去邹忌那里走上一遭。"说着,起身离座,带着众弟子直往大门外走去。

唉!淳于夫子气量太浅,难成宗师矣!孟子叹了一口气。宋荣仍是微微而笑,什么话也没有说。

齐国相府坐落在繁华的大街上,邹忌故友甚多,闻其富贵,纷纷前来拜见,门前终日热闹得如同集市一般。淳于髡出了学宫之门,径直往相府而来。他不屑与众多拜见者同列,离相府大门百步之遥,就停下了脚步,令弟子前去通报。但见那弟子去了半晌，也不见回来。

莫非邹忌果是"奸人"，做了相国，就目无故人了？淳于髡心中大为恼怒，正欲转身而去，却见其弟子如飞一样奔来，口中叫道："相国……相国要排仪仗拜迎……"

话犹未落，相府正门已轰然大开，鼓乐声随即响起，无数侍役高举大旗，排列大门两旁。邹忌身着朝服，神情谦恭地迎着淳于髡走来，远远就弯腰下拜。

淳于髡慌忙迎上去，弯腰还礼，口中道："相国如此大礼，在下如何担当得起？"

依照礼法，相国只有在和卿位以上的高官相会之时，才可摆出仪仗拜迎。当然，若是天下公认的"大贤之人"，虽无官位，相国也可摆出仪仗拜迎。淳于髡虽然食用上大夫之禄，却并无实授官位，邹忌如此大礼相迎，自是将他看做了天下公认的"大贤之人"。

啊，我的眼力不错，邹忌果然是一位贤者。淳于髡心中十分高兴，先前的不快早已丢到了九霄云外。

"在下当日在学宫中，多受夫子教导。夫子于在下有师者之恩，在下岂敢忘之。"邹忌非常恭敬地说着，将淳于髡请进相府大堂上，坐于尊位。他心里很清楚，淳于髡不是田忌、段干朋等人，绝不会对他的权位产生任何危害。对于不会对他的权位产生威胁而又确有才学的人，邹忌自是愿意显示他的敬贤诚意。

宾主落座，客气了几句之后，淳于髡拱手道："在下有几句话，想请教相国大人。"

邹忌连忙回礼，道："能得夫子教诲，实是在下之幸也。"

淳于髡道："有人行走在高山之上，忽得至宝，若能藏之周全，则大吉。藏不周全，则大凶。"

邹忌立刻道："身在君侧，如行高山之上，身居相位，如得至宝。在下当善藏其宝，不妄自骄狂，不自显其能，恭谨侍奉君上，则可除凶得吉，有所作为矣。"

淳于髡又说道："用猪油涂在车轴上，为的是使其转动灵活，但轴孔为方,仍是无法转动。"

邹忌一样是立刻答道:"国政运转,犹如车轴,要使其转动灵活,上下通达,必须使政令行走之道流畅无阻。否则,虽有贤君良臣,难使国中大治矣。"

淳于髡道:"用胶来粘连弓干,是为了使其牢固,但往往不能使其细缝完全相合。"

邹忌道:"治国大事,必须顺乎万民意愿。顺乎民意,就可以像胶粘弓干一样,使国势牢固。不过,万民各有所欲,犹似弓上的细缝一样,难以处处顾及。因此,治国应细心体察民情,分出缓急松紧之事,循序渐进,不可自乱法度。"

淳于髡道:"白狐皮做的袍子破了,虽不能穿,也不应该用黄狗皮去补。"

邹忌道:"白狐者,君子也。黄狗者,小人也。在下当牢记夫子的教导,谨慎地选择君子立于朝堂,绝不容小人夹杂其间,以免乱了朝纲,使国政毁于一旦。"

淳于髡道:"高车若不善加保养,难以载重。琴瑟若不随时调校,难以奏准五音。"

邹忌道:"谨受夫子指教。在下当奏知主公,对于功高名重的臣下,要善加抚慰,以礼敬之,使臣下能够承担国家重任。同时,又要修治刑律,善加督察,随时清除奸人。"

淳于髡听了忽然站起身来,向邹忌深深行了一礼,然后转过身,急急向大门外走去。邹忌对于淳于髡的异常举动,也不为怪,只是回了一礼,端坐不动,并未站起相送。

二人相对于见面之时,都是大为"失礼",引得淳于髡的众弟子心中惶惑不安,以为是老师出言不慎,得罪了相国大人,只怕会惹下祸事。到了大门外,一个弟子终于忍不住心头的疑惑,问道:"夫子和相国初见,彬彬有礼。奈何分别之时,却如此匆匆?"

淳于髡停下脚步,笑道:"吾见相国,是试他能否纳言,既已试之,又留在相府干什么?相国交谈之下,已知吾心,故不以俗礼别之,此正是吾辈本来面目,尔等如何怪之?"

弟子松了一口气,又问:"夫子只和相国说了五句话,就试出他能否纳言了吗？"

淳于髡却是叹了一口气，道："今日我自作聪明，有意用隐语向他进言，谁知他竟如此聪明，想都不用想，我话音刚落，他就立刻回应，如同山谷的回音一样快捷。这五句话虽是不多，却为我毕生所学的精华。今日相国得了我这五句话，齐国必将大治矣。"

邹忌和淳于髡对答一番后，立即乘车到内宫，将淳于髡的五句话告诉了齐威王。

齐威王听了甚是高兴，道："淳于夫子的这五句话，倒是至理之言，以此治国，必能霸于天下。"

邹忌道："这五句话中，最要紧的是督察百官，看看里边是不是混有奸恶小人。"

齐威王道："不错，小人最能误国，切不可让他们在朝廷待下去。"

邹忌道："臣下和主公可暗中询问朝臣和左右人等，打听谁是君子，谁是小人。"

齐威王点头称是。于是，邹忌和齐威王在和人谈话时，总不忘问及谁贤谁奸。朝臣们都对邹忌说，若论贤者，莫过于阿城大夫。若论奸人，莫过于即墨大夫。邹忌反复询问，得到的结果仍是如此。齐威王问及左右近侍，得到的回答亦是一样——阿城大夫贤，即墨大夫奸。

"众人都说阿城大夫贤，即墨大夫恶，看来寡人应该重赏阿城大夫，重罚即墨大夫了。"齐威王对邹忌说道。

邹忌想了想，说："众人之言，或有道理，但依微臣想来，主公还须察访一番。察访之人，可选内宫位卑而忠厚之侍臣，暗中前往阿城和即墨，不可令人知晓。"

齐威王听从邹忌之说，避开左右近侍，密遣了几位年老忠厚的寺人前往阿城和即墨。过了月余，几位寺人回到内宫，将所见所闻仔细告知了齐威王。齐威王听了，立即派使者将阿城和即墨大夫召入都城，并在朝堂上接受二位大夫的朝见。

齐国不设郡县，而设有五都，除临淄外，尚有高唐、平陆、即墨和宫城，亦称之为都,设大夫治理。其他重要的城邑,也设有大夫治理。凡设有大夫的都、城,俱是驻有常备之兵。因此,各都、城的大夫极有权势,地位也甚高,相当于朝中掌有实权的上大夫。齐国国君一向对各都、城的大夫非常重视,精心挑选。

每年的岁首、岁中,各都、城大夫就要来到临淄,朝见国君,自述其政绩。国君依其政绩大小和声望,或赏或罚。各都、城大夫依惯例只有两次朝见国君的机会,但国中若发生了重大之事,国君可随时将众都、城大夫召至朝廷,似齐威王这般在没有大事发生时,就召来都、城大夫朝见的事,很少发生。

众朝臣得知消息后,议论纷纷,说这次阿城大夫定会得到重赏,即墨大夫可就要倒霉了。待来至朝堂上,众人更是吃了一惊:在朝堂正中,架着一只大鼎,鼎下柴草燃得正旺,鼎中沸水咕噜噜不停地响着。

啊!主公这次发了怒,竟要以烹刑对付即墨大夫了。众人心里想着,不觉都向即墨大夫望了过去,但见即墨大夫神情肃然,毫无惊慌之色,似乎根本不知大祸就要临头。众人又向阿城大夫看去,只见阿城大夫神情飞扬,脸上就似贴上了一层黄金,好像已经听到了国君的封赏诏令。这即墨大夫死到临头,尚不自知,实在愚蠢,众人暗自摇着头。

齐威王高坐在君位上,待臣下们行礼之后,立宣即墨大夫上前,说道:"自从爱卿做了即墨大夫之后,寡人不论是在朝堂上还是在内宫里,日日都听到人们说爱卿的坏话,言爱卿不通人情,不敬主上,滥施刑法,虐杀良民,实为大奸。寡人不肯偏听,特地派人前往即墨察访。寡人之使来到即墨,见到良田处处,禾谷黄熟,百姓富饶,路无盗贼,无人不称大夫为贤臣,此皆为大夫治理之功也。大夫勤于政事,廉洁自守,无有余财买通朝臣和寡人左右,致使大贤之臣几乎被寡人误为大奸之臣,此实乃寡人之过也。今日寡人在爱卿俸禄之外,另加以万户食邑,以补寡人不能明察之过,亦为奖励爱卿治民之功也。"众朝臣听了,无不大惊,犹如跌进了冷窟之中,浑身冰凉。有几个人连双腿都在不停地颤抖。阿城大夫更是面无人色,额上全是冷汗,几乎瘫倒在朝堂上。即墨大夫却仍是神色如常,跪下谢恩之后,退到文官行列中,仿佛那万户食邑是赏给了别人,与他毫不相干。

齐威王又宣阿城大夫上前,说道:"自从你做了阿城大夫,寡人不论是在朝堂上还是在内宫里,日日都听到人们称赞你,说你顺乎人情,忠心主上,宽厚仁爱,勤于政事,百姓在你的治理下安居乐业。寡人听了很是高兴,只是为了不肯偏信,这才派人到阿城去察访。寡人之使来到阿城,见到田地荒芜,禾谷不生。百姓面有菜色,苦不堪言。且处处盗贼横生,商旅不通。你不仅不改过自新,爱护百姓,反倒加重税赋,索勒下民钱财送至朝廷,买通寡人左右和众多朝臣,日日为你美言。若我齐国之官,人人似你,不等敌国兵至也要灭亡了。似你这等大奸之人,若不加罪,天理难容!"齐威王愈说愈怒,大喝一声,"来人,把这大奸之人给寡人煮了!"朝堂上侍立的护卫甲士如雷般答应一声,如狼似虎般冲上前,将那吓得如同死猪一样的阿城大夫抬起来,扔进了沸腾的青铜大鼎中。

"啊——"阿城大夫发出了一声凄厉的惨叫,若利剑一般刺进了众朝臣和齐威王左右近侍的耳中。齐威王的双眼,也若利剑一样,在众朝臣和左右近侍身上扫来扫去。扑通!扑通!扑通!十多个朝臣怎么也站不住,瘫倒在地上。

"主公……主公饶命,主公饶命啊!"齐威王的左右近侍跪倒在地,拼命磕着响头。那十多个朝臣和齐威王的左右近侍,是得到阿城大夫好处最多的人,也是说阿城大夫好话最多的人。

齐威王见到众人的丑态,冷笑道:"你们也知道怕死啊。既然知道怕死,又为何当初要那么贪财呢?难道寡人给你们的俸禄还少了吗?寡人深居内宫,全凭你等作为耳目,以明国事。可你们却颠倒是非,私受贿赂,欺骗寡人。如此奸恶之臣,死有余辜!来呀,把这等奸恶之人通通煮了!"武士们一拥而上,将这些奸人扛起,一个接一个地扔进鼎中,朝臣们全部跪倒在地,拼命地向齐威王磕着头。

齐威王大发神威,烹死众多奸恶之臣的举动,震惊了齐国的上上下下。一时间,各级官吏都是战战兢兢,再也不敢荒疏政事,更不敢收受贿赂,徇私枉法。一些作恶过多的官吏害怕受到处罚,纷纷逃向外国,就连朝官也几乎少了一半。借此机会,齐威王下诏大选贤才,充实朝廷。为此还定下赏格,凡推举一位贤才入朝者,可得百斤黄金。邹忌推举的贤才最多,竟有二十人之多。

　　齐威王对邹忌一次推举如此众多贤才,心中不觉生出疑问,但见过了那二十多人后,又不得不承认,无论从哪一方面说,这二十多人俱可称为贤才。其中有邹忌的亲信之人公孙干,也有邹忌的仇人田盼,更多的是"稷下学宫"中公认的贤者。

　　孟子、淳于髡、宋荣名气太大,邹忌不敢推举,推举的都是他们的弟子。其中淳于髡的弟子最多,有六七人,最著名者为黔夫、刁勃二人;宋荣的弟子次之,有三四人,著名者为杜赫;孟子的弟子最少,只有一人,名曰张丐。

　　田忌、段干朋也各推举了几位贤者,田忌推举的人当中,著名者为种首。段干朋推举的人,最著名者为匡章。

　　众贤士有老有少,最老者为公孙干,已七十多岁了,最少者为匡章,才二十余岁。贤士官位最高者做到了上大夫,最低也做到了上士,人人感激君恩,勤于政事,使齐国朝政出现了前所未有的清明气象,国中大治,钱粮丰足,百姓欢欣,兵卒士气高昂。

　　齐国的大治,引起了邻国的恐惧,而最感到恐惧的是魏国。

第十二章

魏司马嫉贤妒能 齐孙宾逃出生天

魏国人人羡慕的年轻大司马庞涓陷入了深深的苦恼中，竟至"卧病在榻"，数十日未出府门一步。庞涓的富贵更胜往昔，虽然仍只是居于大司马之职，却娶了国君的女儿，与国君有了翁婿之亲，食邑增至万户，官爵亦升至卿位，府中所藏黄金宝物，不计其数。他得到了如此惊天富贵，自应拼出全力报效国君。但他偏偏无力报效国君，国君最想攻下齐国，但他绞尽心力，想出了无数办法，也找不到齐国的破绽。他似是猛虎，而齐国却如同一只刺猬，他纵然有着锋利的牙齿，也无从下口。

魏惠王对于庞涓，依然非常宠信，但对于庞涓久久不能想出破齐之策，言语中已露出不满之意。魏国众朝臣更是幸灾乐祸，一些人见了庞涓就问："大司马何日出兵攻灭齐国？我等贺礼已经备足，早就想送至尊府啊。"庞涓大为头痛，只得称病不朝。但这么长久"称病"下去，也不是良法。庞涓忧心如焚，日夜在后堂上转悠，要想出破齐良策，可一时间想不出来。

这日，庞涓正在内堂中苦思破齐之策，忽然门吏来报——有一人名为孙宾，求见主人。庞涓听了大喜，连忙说道："此乃吾之故交，快快有请，以上宾之礼迎之！"

司马府大开中门，鼓乐齐鸣，将孙宾迎到了府中的大堂上。孙宾身穿葛衣，气度娴雅，眉宇间隐隐透出悲伤之色。见了庞涓，躬身行以大礼，说道："草民孙宾，见过司马大人。"

庞涓慌忙扶住，道："吾兄如此，岂不是陷小弟于无礼之中吗？"

"国家法度，草民不敢不遵。"孙宾拱手说道。

庞涓不高兴了："此乃私宅，你我只应以兄弟相称，不必论什么大司马和草民。"说着，请孙宾坐于尊位。孙宾也就不再推辞，二人坐定，开始各叙别后之情。

"唉！当初小弟因留恋故国，遂私离鬼谷夫子，心实愧之，但不知鬼谷夫子如今怎么样了？"庞涓问。

孙宾眼圈赤红，答道："鬼谷夫子居于南荒，水土不服，已于三月前去世了。"

"啊！"庞涓大惊，不觉悲从心来，泪流满面，"若无鬼谷夫子，岂有小弟今日的富贵。小弟本欲报效主公之后，即南下寻师，报答师恩，以谢私逃之罪。谁知……谁知……"庞涓说不下去了，连忙唤来管家庞乙，令其准备丧服，安置灵位，以供他祭灵之用。

孙宾大为感动，连忙阻止道："鬼谷夫子乃世外高人，最忌凡俗之礼。当日贤弟离开鬼谷，夫子并未有一言相怪。夫子临终时，嘱我等将其停于石洞中，不加棺木，不行俗礼。唉！说起来鬼谷夫子脾气虽怪，教给我等的却是真实本领。夫子不欲我等埋没荒山之中，嘱我等其辞世之后，立即下山，各投明主，成就一番大事，不负了他的一番教导。"

庞涓听了，这才打消了行祭灵大礼的念头，问："吾兄今欲投向何处？张仪、公孙衍二位贤弟又在何方？"

孙宾现出茫然之色，道："愚兄身为齐人，自然想回到齐国。只是愚兄年幼丧父，全靠长兄抚养成人，不幸长兄在三年前去世了，如今在齐国已是没有至亲。愚兄听说贤弟在魏国甚是得意，故特来相投，欲在魏国寻个出路。张仪、公孙衍二人有至亲在楚国令尹昭阳门下，想在楚国有所作为。吾观昭阳其人，不可称为贤者，当时曾劝张仪、公孙衍二人不要留在楚国，不若来投奔贤弟，可惜张仪、公孙衍二人却不肯听从愚兄之言。"

庞涓点头道："楚国君臣昏庸，吾兄大才，必不见容。我魏国主公有心招纳天下贤才，明日小弟即推举吾兄，必能得到主公大用。从今以后，吾兄弟当患难与共，富贵同享。"

孙宾大为感动,站起来深施一礼,道:"贤弟如此美意,愚兄永不敢忘。"

庞涓笑道:"你我兄弟,还论此俗套作甚。你一路劳顿,腹中想是饥饿了吧?"

孙宾不好意思地笑了一下:"愚兄盘费不慎为贼所盗,已有两日未吃一顿饱饭。"

庞涓吃了一惊,责怪道:"吾兄怎不早说。"当即唤来家仆,大摆宴席。

二人边吃边谈,不觉将话题转到了兵法上面,孙宾叹了一口气,说:"贤弟在我等鬼谷弟子中,最为聪明,可惜离开夫子太早,未能学得更为高深之谋。不然,以贤弟之才,足可成就与姜太公、周公比美的大功。"

庞涓听了,心中不觉大跳了一下,问:"难道八极大阵,还不是兵法中的高深之谋吗?"

孙宾摇了摇头道:"八极大阵,只是寻常的军阵之术,熟知此术,可为大将,不可成为孙武、吴起那样的兵圣之才。鬼谷夫子道,古今兵法,莫过于'奇正之道',熟知用兵的'奇正之道',即可成为孙、吴那样的兵圣。"

"这……这'奇正之道',是何等兵法,小弟闻所未闻也。"庞涓说话的声音都有些发颤。

孙宾腹中饥饿,只知品尝美味,没有注意到庞涓的神情变化,随口答道:"这'奇正之道',即黄帝所传之《握奇经》也。孙武、吴起之兵法,多从《握奇经》中得来。只是《握奇经》古奥难解,非有大智慧之人,不能读通。愚兄向来蠢笨,无法读通《握奇经》,鬼谷夫子不厌其烦,亲加注解。兵有正奇之分,以军阵而战,是为正兵;视时机而动,突出精锐之卒,是为奇兵。奇正不可有一定之分,或正或奇,或奇或正,或正变为奇,或奇变为正。总之是玄妙无比,非是愚兄这张笨口可以说得出来。"

庞涓听得热血沸腾。他也知《握奇经》乃兵法之祖,曾经下过大力气去研读,却始终无法读通,却不料鬼谷夫子竟有注解之文,他当即问道:"鬼谷夫子注解过的《握奇经》,吾兄可带在身边?"

孙宾面露遗憾之色,说道:"鬼谷夫子临终前几天,心情大坏,几乎疯狂,把平生所著之书全都烧了。唉!他烧了注解过的《握奇经》也罢了,连他最得意的《鬼谷三卷》也烧了,实是可惜。"

"什么,还有《鬼谷三卷》,这是一本什么书?"庞涓更加惊奇地问道。

"《鬼谷三卷》乃鬼谷夫子平生所得之精华。上卷名为'捭阖',讲的是纵横游说之术;中卷名为'飞钳',讲的是君臣权谋之术;下卷名为'阴符',讲的是养身克敌之术。鬼谷夫子曾言道,谁能精通此《鬼谷三卷》,若取富贵,易如反掌,若平天下,也不为难。"孙宾答道。

"这《鬼谷三卷》,吾兄想必也精熟于胸了?"庞涓热切地问道。

"愚兄虽然也能背诵此《鬼谷三卷》,但还不太明白此中之意。当日鬼谷夫子曾言道,能得《鬼谷三卷》精华最多者,当为张仪,次为公孙衍,愚兄最差,今生难明《鬼谷三卷》之精华。"孙宾答道。

"哈哈!"庞涓古怪地一笑道,"吾兄过谦了。嗯,吾兄既是能够背诵《鬼谷三卷》,能不能给小弟背上一段,让小弟开开眼界,试试小弟能否明白其中精华?"

"这有何难?且听愚兄背上一段。"孙宾放下手中的玉箸,高言背诵起来,"粤若稽古,圣人之在天地间也,为众生之先。观阴阳之开阖以命物,知存亡之门户,筹策万类之始终,达人心之理……故圣人才在天下也,自古之今,其道一也。变化无穷,各有所归……捭阖之道,以阴阳试之……由此言之,无所不出,无所不入,无所不可。可以说人,可以说家,可以说国,可以说天下……此天地阴阳之道,而说人之法也。为万事之先,是谓圆方之门户。"

庞涓听孙宾念着,听得痴了。孙宾早已停止了背诵,他却恍然不知,仍是一副倾听的样子。

"此乃《鬼谷三卷》上卷之第一篇也,贤弟以为如何?"孙宾问道。

庞涓这才恍然从梦中醒来,连声道:"妙,妙!当真是至为玄妙之文,只可惜小弟尚听不明白其中的精华之处。"

"贤弟之聪明远过张仪,怎么不明白其中的精华呢?贤弟太过谦了。"孙宾说道。

庞涓面带愧色:"小弟自入魏国朝廷,日日忙于政事,少读文章,对学问之事,已大不如从前了。"

"原来如此。难怪古人言道,富贵可消磨意志呢!"孙宾感慨地说道。

"正是如此。"庞涓笑道,"不过,富贵虽然可以消磨人的意志,好处却也甚多。"

"当然,当然。"孙宾也笑了,"富贵若无好处,为何人人喜欢?即是愚兄,也想倚仗贤弟谋取富贵呢。"

"吾兄精通《握奇经》,又熟读《鬼谷三卷》,取富贵易如反掌也。哈哈!"庞涓大笑起来。

"哈哈哈!"孙宾不觉也大笑了起来。

夜深人静,庞涓仍徘徊在后堂上,口中不停地念着:"《握奇经》《鬼谷三卷》……"

白日和孙宾相见的种种情景,又浮现在他的眼前,使他心中似烧着一团火,异常难受。他并非听不明白孙宾所背诵的文章,而是一听就非常明白,知道了其中的精华。从孙宾的口中,他得知了《鬼谷三卷》第一篇所讲的内容:

鬼谷子说,从古代的史实中可以知道,圣人在天地间负有特殊的使命,是众人的引导者。圣人观察天地阴阳二气的开合变化,从而明白了生死存亡的道理,知道了万物始终的来历,从而领悟了人类内心的微妙转折……因此,从古到今,圣人遵循的大道是相同的,然而事物变化万端,具体到每个人身上,又有不同的归宿……捭阖之道,无论如何变化,离不开对阴阳二气的体察试探……据此游说天下,没有什么地方不能随意出入,没有什么人不可以说服,小到百姓家人,大到朝臣诸侯,俱可说而服之……总之,天地间的阴阳二气变化之道,即是捭阖之道,它是解决万事的必由途径。掌握了它,就是拥有了各种无往而不胜的方圆手段。

他深为鬼谷子的文章所折服,相信精通了《鬼谷三卷》,就是拥有了平定天下的手段,掌握了鬼谷子所注的《握奇经》,就可领兵纵横天下,无往而不胜。但他只听了《鬼谷三卷》中的一篇文章,还不知道阴阳二气是如何变化的,还有无数的疑团不明白。精通《鬼谷三卷》、掌握了《握奇经》的人不是他庞涓,而是孙宾。

这就是说,孙宾已拥有了平定天下的手段,并且可以领兵纵横天下,战无不胜。天下既有了孙宾此人,他庞涓便不值一提。不!庞涓在心中痛苦地大叫起来。我庞涓怎么不值一提呢?我身为国君至亲,官至大司马,掌握着天下最精锐的兵卒,怎么能不值一提呢?我要为国君立下不世奇功,灭亡齐国,平定天下,让后人一提起来,就会将我与姜太公、周公相提并论,名传万世,永垂不朽。

可是有了孙宾此人,我还能平定天下吗?不,不!孙宾又算什么,当初我等四位弟子当中,孙宾是最愚笨的一人。唉!一步错,步步错,当初我真不该贪恋富贵,过早地离开了鬼谷夫子。如果我不离开鬼谷夫子,则《鬼谷三卷》和《握奇经》这等奇书吾亦尽收腹中矣。现在我该怎么办呢?若孙宾本领寻常,我自可将他荐与主公。如今看来,孙宾本领远远超过了我。我若荐他入朝,则今后在魏国之中,绝无我的立足之地。

不,不!我绝不能将孙宾推荐入朝,须将他送出国境,让他另投别国。

不行,我若不将孙宾推荐入朝,必与他结下仇怨,他若到了别国,定会处处与我作对。

以孙宾的本领,若是与我作对,我肯定会吃大亏。就算他不与我作对,在别国也能建立大功,名望肯定要大大超过我。不,我绝不能让孙宾到外国去。那么,我又该怎么办呢?

杀,杀了孙宾!只有杀了他,才能永绝后患!庞涓想着,猛一转身,大步向堂外走去。孙宾被他安置在后堂附近的客室中,此刻早已沉睡在梦乡中,他若杀之,易如反掌。庞涓刚走到堂外,又猛地停下了脚步,心中叫道:不,我现在还不能杀死孙宾。

我用了这么多天的心智,不能想出破齐良策,是胸中谋略太少了啊。我若能精通《鬼谷三卷》和《握奇经》,则必能想出破齐之策,而《鬼谷三卷》和《握奇经》却俱在孙宾心中。

不,先不忙着杀了孙宾,待诱着他为我写出了《鬼谷三卷》和《握奇经》后,再杀他也不迟。

庞涓冷笑了起来,招来管家庞乙,下令道:"府中不许泄露孙宾到来的消息,违令者,杀无赦!"

次日,庞涓叮嘱孙宾安坐府中,不要到处乱走,他这就入宫,向国君推荐孙宾,并对孙宾预为祝贺,说以孙宾这等大贤之才,所得富贵绝不会低于他。孙宾感激不已,安坐于客室中,隔窗观赏院中的花木,等待庞涓带回的好消息。

傍晚时分,庞涓才回到府中,满脸懊恼之色,见了孙宾,话未说,就长长地叹了一声。

"主公求贤若渴,只是……只是……"庞涓说不下去,满脸惭愧之色,垂着头,不敢正视孙宾。

"哦,原来主公不信贤弟之言……"

"非也。"庞涓打断了孙宾的话头,"主公对于小弟,可谓言听计从,否则主公也不会将一国兵卒交给小弟统领。且小弟自入朝以来,已推荐了五位贤才,每位贤才都被拜为大夫。"

"那……"孙宾眼中满是困惑之意。

"唉!"庞涓又是叹了一口气道,"主公贤明仁厚,什么都好,唯有一处不好,就是对齐国的仇恨太深,做梦都想灭了齐国。这也难怪,听说主公做太子时出使齐国,受过齐国国君的羞辱,差一点被齐君杀死,因此对齐国恨之入骨,对齐国人也深有成见。往日主公还肯任用齐国来的贤才,近日因为连着有两位齐国来的臣子叛逃,使主公大为愤怒,听人推荐齐国人就……就大发脾气。虽然小弟是主公最宠信的臣下,可也因为……唉,不说也罢!"

"这么说来,因为推荐愚兄,贤弟也受了主公的气?"孙宾问道。

"也不算受气,不过是让主公骂了几句,说起来小弟还是第一次挨主公的骂呢!"庞涓说道。

"是愚兄连累贤弟了。"孙宾向着庞涓深施了一礼道,"看来天意不欲吾出仕魏国,故生此事端。贤弟大恩,愚兄永不敢忘,容日后相报,明日愚兄就当离开魏国了。"

"什么,你要走?"庞涓不高兴了,"你这样一走,岂不让天下人提起来,是我有意慢待了你?"

孙宾连忙摇头道:"愚兄决无怪罪贤弟之意,只是天不佑吾,使愚兄难和贤弟相聚。"

"你听我说,主公本是贤君,不会埋没贤才。近日只是因事所激,一时不明罢了。顶多过得三五个月,主公就会明白过来。到了那时,小弟定会让主公亲以高车迎你入朝。你我兄弟同在一朝,互相帮衬,定能做出一番大事。如若到了别国,孤身一人,势单力薄,定会受到权臣之欺,空负了平生所学。小弟府中房舍还算宽敞，日日也有美酒可饮，且能观赏郑、卫歌舞，吾兄安居下来，绝不致有寂寞之感。"庞涓大声说道。

"那……那么愚兄只好领承贤弟美意了。"孙宾犹疑了一下，回答道。

庞涓大喜，立即唤来庞乙，在府中后花园腾出一处清净房舍，安置孙宾住进去，并选了两个侍女伺候孙宾。

孙宾见那房舍雕梁画栋，极是精致，两位侍女亦是美艳可人，心中感激得不知说什么才好，连连向庞涓行礼道："愚兄至此，如身在天堂矣。"

"哈哈哈！吾兄且安居此处，大享天堂之乐吧。"庞涓大笑起来。

孙宾在"天堂"中住了下来，开始时十分高兴，成日畅饮美酒，和娇艳的侍女调笑。但仅过了月余，孙宾就感到异常厌烦，整日闷闷不乐。他久居山野，喜欢开阔，可庞涓却让他闲住在房舍中，不得出门一步。庞涓说国君憎恨齐人，若知齐人藏在小弟府中，定会发怒，因此吾兄千万不可擅出房舍。

孙宾喜谈谋略，但与他对话的只有两个侍女，而两个侍女又对谋略之事全然不通。庞涓倒是精通谋略，却又极少和孙宾见面。庞涓太忙，日夜都在操练军阵。终于有一天庞涓得了空闲，来到后花园中看望孙宾。

"贤弟此处，当真如天堂一般，愚兄感激不尽。只是……只是愚兄足不能出户，言无人对谈，使愚兄大感憋闷，几乎疯癫。唉！愚兄天生贱命，难享富贵啊。"孙宾叹道。

"惭愧，惭愧，这都是小弟无能，连累吾兄了。"庞涓连连行礼，满脸内疚之意。

"嗯，贤弟日夜练兵，莫不是要领兵出征了？"孙宾不愿让庞涓难堪，转过话头问道。

"正是。主公攻齐心切，即将拜小弟为帅，大举征伐齐国。"庞涓面带愁容地回答道。

孙宾吃了一惊："此时齐国君臣贤能，上下同心，魏国若贸然攻伐，只怕难占上风。"

"小弟亦以此言劝说主公，奈何主公不听，反以为小弟贪生怕死，不肯为国尽力。"庞涓道。

"人臣劝谏主上，若不能晓之以理，便应动之以利。齐为大国，兵卒强劲，伐之不胜,他国必趁火打劫,攻掠魏国。所以魏国若定欲征伐,必须征之即胜,威慑天下。吾观魏之邻国,齐、秦内政修明,士卒精锐,俱不可征。韩国势弱,魏国可胁其为盟,将韩国之兵代为强援,故韩国亦不可征。楚国君臣昏庸,不修政事,原可征伐,但楚国太大,一时难以将其彻底击灭,若陷入长久耗战中,齐、秦两国必攻魏之侧背,于魏国大为不利。故楚国不可冒险攻伐。以吾观之,魏之可攻,唯有赵国。赵君昏暴,士卒怨气甚重,战力不强。赵君屡欲夺取卫国,魏若先示其虚,赵必攻卫。到了那时,贤弟就可借救卫之名,一举击破赵军,威震天下。如此,则魏国可得大利矣!"孙宾滔滔不绝地说着。

妙!庞涓心里忍不住大赞了一声,暗想,孙宾此策,定可说动主公收回攻齐之令。唉!我怎么就想不出这番妙语来呢?看来,孙宾之才的确远在我上,实是令人可畏。庞涓想着,道:"吾兄若在朝廷之上,定可说动主公。看来,小弟就算拼了性命,也要将吾兄推举入朝。唉,小弟该用什么言语打动主公呢?"庞涓苦思着,在孙宾面前来回踱着步。

"贤弟就不要为难了。愚兄……"

"你别说,小弟已想出了一个办法。"庞涓打断孙宾的话头,兴奋地说着,但随即又皱起了眉头,"这个办法虽好, 一定可以打动主公, 只是又有些不妥。"

"怎么不妥?"孙宾忙问道。

"主公素喜奇书,尤喜兵法谋略之类的奇书。吾兄若将鬼谷夫子注解过的《握奇经》和《鬼谷三卷》抄录下来,由小弟呈送主公,主公定是十分喜欢,必会召见吾兄。那时吾兄再畅谈所学,指明天下大势,则主公必会拜吾兄为卿相矣。只是《握奇经》和《鬼谷三卷》乃是吾兄心中所藏秘书,轻易示之于人,恐有后患。唉!小弟也太笨,除此之外,竟想不出别的妙法。"庞涓遗憾地说着。

"原来如此。贤弟不必为难,吾一身所学,乃鬼谷夫子所教,并非祖辈私传之学,示之于人,也无不可。况且吾欲身为魏臣,所学必奉于主公,先将鬼谷子诸书献与主公,正在理中。贤弟可速速备下刀笔竹简,愚兄今日便写。"孙宾高兴地回答道。

"啊,吾兄当真……当真要写?"庞涓激动起来,几乎不相信他听到的话语竟是真的。

"愚兄当然要写。"孙宾不解地说着,他不明白庞涓为何会这般激动。

"啊,好,好!来人啊,快摆酒宴,我要和吾兄痛饮一醉。"庞涓强压着心中的狂喜,大声说道。

十余天过去了,孙宾只写出了半部鬼谷夫子注解过的《握奇经》。他的心中似堵着一块石头,压得慌,使他无法快速地将《握奇经》写下去。孙宾无法明白,他的心中为什么会这般发堵?一定有什么地方不对?这不对是什么?是什么?是什么……孙宾反复在心中问着自己,怎么也问不出个结果。他烦躁地推开面前的书简,起身走到了房舍外面。自从他开始写鬼谷子的奇书以来,两位侍女对他"管得"宽松多了,见他出了房舍,也不再阻拦。不过,孙宾若走出花园,仍会受到侍女们的坚决劝阻。

正是秋日,花园中树木凋零,枝叶残落,一片衰败景象,令孙宾看了,心中更不舒服。孙宾转过身,正欲向房舍中走回来,忽听园门处有人大声吵嚷起来:"谁让你们进来的,难道你们没听过司马大人的命令吗?谁敢进园,就砍了谁的脑袋!"这是侍女的声音。

"你是什么东西,竟敢来管我?又不是我要到花园来,是小主人要进花园来的。公主说过,小主人想到哪儿去,就可以到哪儿去!"另一个女子的声音尖利地说着。

"你想死,你就进来。哼!你又算什么东西,不就是陪嫁过来的老宫女吗,丑得像猪一样,还这么凶……"

"算了,算了!你们都别吵了!"又一个侍女的声音响了起来,"并不是我们不要你进来,而是主人怕泄露了消息啊,主人说过,绝不能让任何外人知道孙宾住在这里……"

"哼!孙宾又不是贼,如何怕外人知道了?前些天齐国真的来了几个强盗,主人还大摆宴席请他们玩乐呢,说他们是勇士,根本不怕外面的人知道了,为何……"

啊,府中原来还有齐国人!孙宾如雷击顶,脑中嗡嗡作响,踉踉跄跄地回到了房舍中。

他的耳边,不停地响着庞涓曾经说过的一句话——国君憎恨齐人,若知齐人藏在小弟府中,定会发怒,因此吾兄不可擅出房舍。可是庞涓却公然收留了齐国来的强盗,他难道不怕国君会因此发怒了吗?

庞涓自然不怕,因为他说的全是谎言,魏君素称明智,岂会如此偏执,专和齐人作对? 鬼谷夫子无事不晓,最喜议论各国国君,他只说魏君有骄狂之病,从来没有说过魏君憎恨齐人。是庞涓在骗我,骗我! 孙宾一下子明白了——他的心中"石头"正在此处。庞涓对他实在太热情,这热情又偏偏显得不像是真的。

从前在鬼谷的时候,庞涓虽然也是和他称兄道弟,但从未显得像现在这般热情。孙宾也未料到庞涓会如此热情, 他本来只想让庞涓看在同学之谊上,能够将他引荐给魏国国君。可是庞涓却"热情"地将他关进了后花园的"天堂"中,不让他离开一步。

庞涓为什么要骗我,为什么? 孙宾像是从天堂跌进了地狱里,痛苦地想着。他直愣愣地盯着房舍的墙壁,仿佛又看见了庞涓听说他要写出奇书后的激动神情。

当他听说我要写书,为何会是这般神情? 啊,他定是要取得鬼谷夫子的奇书,这才骗了我。可是,他要取得奇书,也不至于想出这样的计谋来骗我啊? 难道,他竟是要杀了我吗? 孙宾心中剧震,浑身犹如泼上了冰水,僵硬如木。他一定是想杀了我,想杀了我!

庞涓啊庞涓,我孙宾与你有何怨何仇,你竟如此歹毒,要害了我的性命? 孙宾啊孙宾,你瞎了眼啊,居然把虎狼看作手足,陷入了虎口尚茫然不知。如今我该如何逃脱虎口, 该如何逃脱虎口……孙宾双眼呆直, 心中若滚油煎熬。

"咦,你今日怎么痴呆呆的,像街上的疯魔人呢?"一个侍女走进来,奇怪地问着。

啊,疯魔人!孙宾心中猛地一震——常人失去了心智,就会疯魔。人一旦疯魔,就是毫无用处,不能写出奇书,更不能受到国君的重用。我若是一个疯魔人,庞涓还会杀了我吗? 也许他仍会杀了我,但也许他会因此放过我。疯魔,只有疯魔,我才能寻到一线生机。孙宾心中痛苦万分,忍不住仰天狂叫了一声。

"啊!"侍女惊骇地后退了一步,"你,你今天是怎么啦,像是疯魔了。"不,不!我今天还不能疯魔,今天这些女子有失语之举,我若疯魔,必为庞涓所疑。孙宾想着,强自镇定下来,尽量保持着平常的神情,伏在案几之前,写着奇书。

又过了十余日,孙宾差不多已将鬼谷子注解过的《握奇经》全部写了出来。庞涓心中很是喜欢,几乎日日要来到后花园中,与孙宾欢宴为乐,再也不去"训练士卒"了。这日孙宾吃酒吃得多了,醉倒在地,由侍女扶到榻上。半夜里,孙宾猛然醒了过来,狂吼狂叫,竟是疯癫起来。他推倒屏风,打翻烛架,在房舍中放起火来。侍女惊骇地逃到园外,大叫救火。众家仆慌忙赶进花园时,火已大起。

孙宾在火旁拍手大笑道:"吾乃祝融,今临下界,当烧尽你等楚国之民。"他边笑着,边欲往火堆里走去。众家仆忙将他拖出房舍,一边救火,一边飞报庞涓。

庞涓闻报大惊,慌忙披衣赶至花园,见好端端一处房舍,已烧得乌焦,不堪入目。幸而火头已被众人扑灭,尚未烧至园外。

"放了我!你们这等楚贼,盗了我的盘费,还不知足,又要谋了我的性命吗?"孙宾大喊大叫着,四五个家仆按着他,都有些按不住,忙累得一头大汗,直求旁人相帮。

怪了,孙宾怎么陡然间变成了这个样子?庞涓惊骇中走到孙宾跟前,仔细端详着。但见孙宾披头散发,双眼发直,脸上满是黑烟,就似画中的鬼怪一般。

"孙宾吾兄,你怎么成了这个样子呢?我是庞涓啊。你有什么委屈,尽可对小弟直言。小弟府中,即是吾兄府中。吾兄但有所需,小弟无不答应。"庞涓让人放开孙宾,温言说道。

孙宾"嗷"的一声大叫,跳起数尺高,吼着:"吾乃祝融也,要烧死了你这等楚国盗贼!"接着,孙宾又伏倒在地,向着庞涓连连磕头,"鬼谷夫子,救救弟子吧。鬼谷夫子,楚国盗贼要杀了弟子啊!鬼谷夫子!鬼谷夫子……"孙宾叫着,爬到庞涓脚下,抱着庞涓的双腿使劲摇晃着。

啊,看孙宾这样子,竟真的是疯魔了!庞涓甩开孙宾,令人将孙宾牵入后室中严加看管,然后招来庞乙和伺候孙宾的侍女,严加询问——今日是否有异常之事?庞乙磕头道,今日府内并无任何异常之事,侍女们亦说并无异常之事。庞涓又问近日之内有无异常之事,庞乙和侍女们依然答道没有。

那这孙宾怎会疯魔了呢?庞涓紧皱眉头,令人去房舍中搜寻孙宾所写的奇书。众人搜了半天,只搜出了几块烧成焦炭的残简。

坏了,奇书竟也被烧毁了,这便如何是好?孙宾已成疯癫,怕再也写不出奇书来。不对,不对,这孙宾身负绝学,正欲大展抱负,论情论理,都不会疯了。庞涓想着,唤过庞乙,悄悄在其耳旁叮嘱了一番。天大亮后,庞乙领着十多个魁壮家仆冲进内室,将孙宾吊起来,挥鞭猛抽。

"你这个疯子,害得我们好苦!"庞乙边抽边骂道,"主人竟说我等慢待了你,把你逼疯了。今日主人已发下话来,要将我等送往边塞,充作抵死的军卒。我等活不了,你也别想活着!"众家仆疯狂地鞭打着孙宾,不一会就打得孙宾血肉模糊,昏死过去又醒了过来。

孙宾痛不欲生,几次差点脱口呼出:"吾非疯魔,快唤庞涓来,吾与尔等说情。"但每次话到口边,孙宾都强忍着没有说出。这是庞涓的毒谋,我绝不可上当!庞涓若是连家仆慢待了我便要大怒,又岂会让这些家仆如此折磨我?家仆们有多大的胆子,敢背着主人如此痛打他的宾客?

"好你个疯子,骨头倒也硬得狠,今日不来点厉害的,怎么出了我等心中的怨气!"庞乙红着眼睛吼道,吩咐家仆们以利刃剔去孙宾的双腿膝盖骨,让其终生成为废人。

列国刑律之中,有"膑刑"之法,即剔去犯人的膝盖骨。庞乙只是司马府中的管家,不是朝廷命官,论礼法绝不能以此酷刑对付主人的宾客,否则,若是经人告发,不仅庞乙会被处以斩首大刑,还会连累庞涓受到处罚。但庞乙似是"豁出去了",竟然对主人的宾客动了"膑刑"。当利刃刺进孙宾的膝盖时,他大叫一声:"痛杀吾祝融也!"便昏死了过去。

"什么,孙宾到了这种地步,还是满嘴乱说吗?"庞涓听了庞乙的禀告,皱着眉说道。

"以小人之见,孙宾的确疯了。否则,他绝不会在'膑刑'之下,依然满口疯话。"庞乙说道。

"不，不！这孙宾满腹谋略，见识又远非常人可比。他就这么疯了，我实难相信，也实在不甘心。好在他已成了废人，也不怕他跑了，你派几个人，每天悄悄盯着他，有什么动静就告诉我。还有，孙宾这件事儿，不能让府外的任何人知道了。"庞涓说道。

"是。"庞乙躬身答道。

孙宾受了大刑，在后室中躺了两个月，创口总算好了。可是他再也站不起来了，只能爬着走路。后室是司马府中的密室之一，供庞涓和心腹家臣们在此商议机密之事，孙宾被圈在一个石院中，仅有一处小门可以通向外面。那扇小门每天都是大开着，无人看守。孙宾虽然常常从室中爬出来，却没有爬出过院门，仿佛他已不明白那院门是做什么用的。院门十步的一处房舍中，有个家仆躲在窗后，两眼一眨也不眨地盯着那院门。孙宾每天爬在石院中大呼小叫，满口神仙之言。每天都有一个家仆送给孙宾饭食，孙宾见了就破口大骂，抓起地上的土石就没头没脑向那家仆打过去。

家仆心中厌恶，远远就扔下饭食。孙宾连带地上的土石，抓起饭食便往口中塞去。有时又对那饭食看也不看一眼。有次家仆恶作剧，把马粪装在食罐里扔给孙宾，而孙宾居然也吃进了肚里。庞涓听了家仆们的禀告，心中暗道，看这孙宾的样子，真像是疯了一般。

不，不可大意。庞涓心中告诫着自己，但到底松懈了下来，由一天听家仆的一次禀告，变成了三五天才听一次家仆的禀告。后来，庞涓竟是没有工夫去听家仆的禀告了。

魏惠王又在催促庞涓攻击齐国，庞涓以利打动魏惠王，几乎将孙宾告诉过他的话原封不动地告诉了魏惠王，让魏惠王放弃齐国，专心攻赵，进而平定天下。魏惠王听了，若从梦中惊醒，连夸庞涓见识高明，说庞涓不愧为鬼谷弟子。

魏国君臣秘密将大军集中在魏、赵边境，只待赵国侵卫，就以"救卫"之名，大举攻赵。过了没多久，赵国果然以举国之兵伐卫，卫君急忙向魏国求救。魏惠王立即兵分两路，一路救卫，一路直入赵国。救卫的那路大军，由魏惠王亲自统领，直入赵国的那一路大军，则由庞涓统领。

庞涓临出征前，秘遣心腹门客张龙、王虎二人，前去刺杀张仪、公孙衍二人。鬼谷弟子有他一人纵横天下就足够了,用不着旁人来凑热闹。庞涓还叮嘱府中总管庞乙,不要放松了看管孙宾。庞乙口中答应,心中却并不如何在意,想着孙宾不过是个疯子,又成了残废,就算放他出府,他还不知道怎么爬出去呢。庞乙不将孙宾放在心中,那暗中监视孙宾的家仆,也早就烦了,整日里难得向孙宾望上一眼。

时至冬日,寒风凛冽,庞乙每到夜间,就要喝酒御寒,常常喝得烂醉如泥。家仆们也乘机偷懒起来,该巡夜的不巡夜了,该打更的不打更了,躲在房中赌博为乐。

一个寒冷的深夜,孙宾悄悄从石院中爬了出来。几个月来,孙宾日日在石院中爬行,臂力已练得异常强健,能一口气爬出百余步,才稍微停歇一下。

他先爬到了花园门旁, 在一块不引人注目的碎石下挖出了几块晶莹的佩玉。这些佩玉,都是他在"天堂"时所穿衣服的饰物。临发疯的前一天,他悄悄从衣上摘下这些佩玉,埋在此地,以备他逃出"虎口"所用。挖出了佩玉后,他又奋力爬到司马府后墙的狗洞前, 挤破了双肩,才勉强从狗洞里钻了出去。孙宾小心翼翼地躲过巡夜的兵卒后从司马府一直爬到了大梁城的东市大门外。

此时天也蒙蒙亮了,一些做生意的商贩赶着装满货物的牛车,纷纷向东市赶来。大梁城的乞丐也活跃起来,三五成群,拦住商贩们乞讨铜钱。这时候商贩急于走进市中,往往表现得十分"慷慨",抓出大把的铜钱,就向乞丐们掷去。孙宾的模样令任何人见了,都不会怀疑他是一个乞丐。

他像乞丐一样,拦住了一个身穿齐国服饰、赶着一辆装满铁器牛车的老年商贾。

"老伯,小侄是庄岳之间的弟子,因遭人陷害,成为罪人。今日侥幸逃出,求老伯救小侄一命。小侄将永不敢忘老伯大恩,必有厚报。"孙宾用齐国口音说着,将一枚佩玉送到老年商贾眼前。

庄岳之间?那老年商贾一听,眼中顿时明亮起来。那是齐国巨富们居住的地方, 许多人家的资财都在千斤黄金以上, 寻常商贾若能得到巨富们的"厚报",将终生受用不穷。孙宾的外形虽然狼狈,但言语有礼,有着常人难以模仿的大家子弟气度。尤其是他手中的那块佩玉,价值万钱,比他的全部货物所值还多,更能说明他的身份。

商贾重利,只要有厚利可图,连性命都可豁了出去,搭救一个"罪人",自是不在话下。老年商贾当机立断,接过佩玉,以低价抛出货物,让孙宾换上衣衫,躺在牛车中。然后,老年商贾又以碰上盗贼,"路引"(通行证)丢失为由,花了百余铜钱,为孙宾补了一份"路引"。太阳高升之时,孙宾已乘着牛车,出了大梁城,日夜向齐国行去。

直到次日,庞乙等人才发觉孙宾逃了,顿时惊慌失措,闭门搜了一日一夜,也未搜出孙宾的踪影。庞乙等人大恐,害怕庞涓回来后会降下罪来,遂互相发誓,共同欺瞒主人——孙宾已得暴疾而亡,他们担心其尸留在府中不吉,就拖到城外的荒野之中埋了。

大梁城地处中原腹地,离齐国不算太远,孙宾在牛车上待了十余日,已到了临淄城中。

一路上,孙宾已从老者口中得知了齐国的许多详情,他尤其注意打听齐国新晋高官的情形。老年商贾虽然奇怪,还是一五一十地告诉了孙宾。

孙宾听了,很是高兴,让老年商贾将他送入大司寇段干朋府中。当年鬼谷子隐居深山中,极少见人,但有时也会和两三来客相见,段干朋就是那两三来客之一。

第十三章

卞氏三献和氏璧　田忌赛马荐孙膑

魏惠王和庞涓率领的魏国军队连战连胜,不仅解了卫国之围,还顺势攻下了赵国的十余座城池。赵国君臣大为恐慌,急忙派出使者,星夜赶往齐、秦、楚三国求救。

齐、秦、楚三国对待赵国使者的态度,截然不同。齐国是立即召见了赵国使者;秦国是隔了数日后,才召见了赵国使者,却又对赵国使者的求救装作没有听见,顾左右而言他;楚国则干脆拒不接见赵国使者。

齐威王召见了赵国使者后,立即令田忌率十万大军救赵,魏军见此,被迫撤回攻赵大军,准备与齐军决战。田忌没有必胜的把握,不等交战,就退回了齐国。魏惠王、庞涓又率大军再次进攻赵国。赵国君臣无奈,被迫求和,情愿割地入朝。魏军连日作战,十分疲惫,魏惠王、庞涓估计一时无法灭亡赵国,也就答应了赵国的求和之请。

魏国的强大兵威,又一次震惊了天下各国,除了齐、楚等极少数大国外,各国纷纷派遣使者入贺。秦国也派左庶长公孙鞅为使者,除了向魏国献上丰厚的礼物外,还竭力称颂魏惠王,说魏惠王之功,虽上古尧舜,亦不能及,魏惠王此时还称为诸侯,实在是太“委屈”了。魏惠王应该如周天子一样,王于天下,才可与其功绩相称。

秦国这般称颂魏国,是前所未有的盛事,魏惠王极为高兴,当即大会朝臣,商议是否接受秦国的劝进。相国王错大加反对,说:“秦国乃我魏国世仇,今日忽欲尊我魏国为王，必是包藏祸心，主公千万不要上当。公孙鞅乃秦国之能臣，异日必为我魏国大害。主公可借此以妄言之罪，将其斩杀，以除后患。"

魏惠王听了，大觉扫兴，目光向庞涓扫了过来。庞涓心中亦认为魏国称王，不是一件有利的事情，但他又不愿拂逆魏惠王的心意，遂说道："昔者周文王称王，天下诸侯归心，到了周武王这一代，就得了天下。我魏国强大了数代，却没有得到天下，极有可能是国君没有称王的原因，不称王，就难以得到上天的庇佑。至于秦国行劝进之意，是由此讨好我魏国，以使我魏国不加兵于秦，其惧祸之心，显而易见。两国相交，不斩来使，乃是通例，杀了公孙鞅，对我魏国的名望损害极大，不可贸然行之。"

魏惠王听了，大喜道："庞爱卿所言，正是寡人心中所想。寡人非是妄自尊大，定欲称王。无奈非有王号，祭祀不能直达天帝，致使不易得到上天庇佑，大功难成。"

王错坚持道："称王之事，极为重大，主公不可不小心为之。"

"这……"魏惠王又向庞涓望了过去。

"相国大人所言，亦是有理。如今赵国败，韩国服，齐国畏我，楚国昏庸，俱不足虑。只是不知秦国今后打算如何？其惧祸之心虽是易见，但秦国素爱行险，也是常有。故主公只需探得秦国今后有何打算，就可决断是否能够称王。"庞涓说道。

"不错。"魏惠王点点头，向朝臣们望去，"众位爱卿，谁能为寡人探出秦国今后有何打算？"

上大夫公子卬上前说道："微臣与公孙鞅有过交往，曾有恩于他，愿去馆舍一探。"

"好，你就去一趟吧。"魏惠王说道。

次日，公子卬兴冲冲地面见魏惠王，告知他探得的消息——秦国受到蜀国的袭扰，伤亡甚众，国力大受损伤。秦国君臣十分恼怒，欲发倾国之力，攻灭蜀国，但又担心攻蜀之时，会受到魏国的攻击，这才想出了"劝进"之计，欲尊魏君为王，以结好魏国。

魏惠王听了，连叫了几声："妙，妙！蜀国多山，秦国非以十数年之力，不能灭之。寡人既无秦国后患，可专心于齐、楚矣。此时此刻，乃天意使寡人称王也！"于是，魏惠王尽出内宫所藏黄金，广修宫室，建造高达九丈的祭天之台，公然称王。

从前，诸侯中只有处于南蛮之地的楚国、吴国、越国称王，中原诸侯向来自称"严守礼法""尊王攘夷"，从来不敢公然为王。如今魏国称王，无疑是给众诸侯当头劈了一个焦雷。周天子更是惊恐万状，以为魏国就要灭亡周室了，和东、西两位周公一齐下达了征军诏令。但周天子和东、西两位周公搜罗俱尽，也只凑出了两万士卒，三百乘兵车。只是仅以两万士卒、三百乘战车的微弱兵力，又如何能够抵挡强大的魏国呢？

魏国称王，其从属和亲善诸国自应送礼祝贺，秦国再次以公孙鞅为使，第一个祝贺魏国称王。卫、鲁、宋、邹等弱小之国见到秦国这样的大国竟也入贺魏国，生怕落在了后面，紧跟着入贺。其中卫、鲁两国是国君亲自入贺，宋、邹等国则遣相国、太子等亲贵之臣作为入贺使者。可是齐、楚、燕诸大国却根本没有理会魏国，半个使者也未派出。就连韩、赵两个被魏国"收服"的诸侯，也未派出使者。魏惠王大怒，和亲信大臣商议，欲遣大军攻击韩、赵，被众大臣苦苦劝止。众大臣都言道大王新加尊号，正当邀上天福佑之时，不可擅动刀兵，以致让凶戾之气坏了吉兆。大王应向上天示以谦逊之意，遣使朝拜周天子，消除众诸侯的疑惧之意。魏惠王也感到了诸大国强烈的敌视之意，担心会受到诸国的联合攻伐，遂采纳了众大臣的建议，遣相国王错为使，代他朝拜周天子，以示其并无夺取天下的雄心壮志。

周天子见魏国尚且不忘"臣下"之礼，顿时放下心来，立即撤归兵卒，对王错厚加招待，又搜罗后宫，寻出了几件玉器，遣东、西周公为使，"赏给"魏惠王，奖励魏惠王的"尊王"之举。对于魏惠王擅自称王，目无天子这等滔天大罪，周天子视而不见，一字未提。魏惠王见到周天子如此"亲善魏国"，心中高兴，厚赐两位周公，同时对臣下和列国使者大赐礼物。他的礼物，绝不是区区几件玉器。

王错、庞涓、公子印和卫、鲁两国国君，都得到了黄金千斤、美女百人的重礼；公孙鞅得到的是黄金五百斤的重礼；宋、邹诸国使者和魏国上大夫以上的臣下，都得到了黄金一百斤的重礼；魏国中大夫以下的官吏，也大得厚礼,从黄金五十斤到铜钱一万,各有不等。

魏惠王还下令,凡国中百姓,俱免税赋一年,百姓中男子年满七十者,赏美酒一坛。年满八十者,美酒之外,再加彩锦一匹。如果年过百岁,则除美酒、彩锦之外,另赏铜钱一千枚。魏国上上下下,俱是欢天喜地,无不称贺大王万寿无疆!而秦国使者左庶长公孙鞅,更是高兴无比。

公孙鞅高兴的,当然不仅仅是得到了五百斤黄金——而是魏国中了他的"计谋"。秦国虽然竭尽全力地讨好魏国,却总未见到魏国和齐国大战一场,互相削弱,使秦国有机可乘。相反,魏国的兵势倒是愈来愈强,齐国也大修国政,国势一天比一天强盛。

秦孝公和公孙鞅心中着急,苦思之下,终于想出了一个尊魏君为王的妙计。魏君公然称王,必会激怒齐、楚、韩、赵诸国,中原定会爆发出一场大混战。这场大混战打得越激烈,各方的伤亡越惨重,对秦国越有利。

公孙鞅开始时还非常担心,认为魏国能臣甚多,不一定会中了他的计谋。谁知他的计谋施展出来,竟是异乎寻常的顺利,不仅大获成功,还使他赚得了五百斤黄金。他回到秦国后,又得到了秦孝公的称赞,并同样得到了五百斤黄金的重赏。

在魏国的一片欢天喜地中,有两个人却是闷闷不乐,在人前强装笑脸,甚是难受。一个人是相国王错,他发觉国君已愈来愈对他不满,他很难保住相国之位了。另一个人是大司马庞涓,他对家仆们所言"孙宾已死"的消息总有些不大相信,担心孙宾会随时在哪一个大国出现了,专与他为敌,这使他大为忧愁。

这天,他又派出心腹门客赵五,前往楚国监视和接应张龙、王虎二人。赵五还未来到楚国,张龙、王虎二人已向张仪、公孙衍二人下了杀手。

刺杀张仪、公孙衍,对于张龙、王虎二人来说,本不是一件非常难的事情。张龙、王虎二人到了楚国后,经过一番仔细观察,定下了刺杀张仪、公孙衍的详细谋划。

楚国令尹喜好游猎,经常带着众多的门客前往云梦泽畔行猎。而云梦泽畔的地形异常复杂,芦苇遍野,树林密布。张龙、王虎二人可事先埋伏在猎场中,突然杀出,得手即退。张仪、公孙衍并不是如何重要的门客,楚国令尹也不至于为此全力搜捕凶手,这样,张龙、王虎二人就可以安然逃回魏国,得到庞涓的厚赏。不料,张龙、王虎二人的谋划定好了以后,楚国令尹昭阳却生了病,一直未出城游猎。张龙、王虎二人武技高强,却并不敢潜入令尹府中刺杀张仪、公孙衍。身陷令尹府中,就算能够得手,也是不易逃脱。张龙、王虎二人只能等着,一直等了几个月。

这时正当暮春,昭阳已然病愈,迫不及待地携着众多的勇士、美人、门客,前往云梦泽畔游猎。张龙、王虎二人闻听大喜,立刻藏于昭阳常去的猎场之中,不想他们又失算了。昭阳这次去了一个新开辟的猎场,离张、王二人的藏身之地足有四十里。

张、王二人气急败坏,慌忙奔往那新辟的猎场,赶到时已是落霞满天,天色昏茫。围猎已经结束,楚国令尹正在高坡之上烧烤野味,与众勇士、门客和美人们饮宴为乐。昭阳新近得到一个美女,极善歌唱,昭阳每当饮宴之时,必让此美女歌唱助兴。此时那美女立在众人围成的圈子中,迎着昭阳迷醉的目光,放声高歌:

　　荆山之中兮

　　凤鸟鸣

　　凤可鸣兮

　　瑞光生

　　瑞光生兮

　　人不明

　　人不明兮人不明

　　和氏独醒

　　和氏独醒兮

　　入山行

　　入山行兮入山行

　　得奇珍

　　荆山之中兮

凤鸟鸣

凤鸟鸣兮

人不明

人不明兮

和氏独醒

和氏独醒兮

得奇珍

……

　　美女正唱着,忽然起了一阵阴风,竟下起雨来。昭阳大为扫兴,忙和众人移入帐中。

　　昭阳游猎,有时十余日不返都城,带着军帐宿于野外。他所居的军帐极是阔大,可容数百人在其中宴乐,此时天色昏暗,帐中点起了无数巨烛,明如白昼。

　　宴乐在继续进行,昭阳却怎么也提不起精神来。他把突然刮来的阴风视为噩兆,这噩兆该应验在哪件事上呢?昭阳在心中想着,怎么也想不明白,愈想心中愈烦。其亲信门客见昭阳不乐,争相说着有趣之事,想让昭阳高兴起来,讨其欢心。

　　一个门客言道:"刚才美人之歌,名为《和氏璧》。吾等久闻'和氏璧'之大名,却无缘一见。听说大王已将'和氏璧'赐予令尹大人,不知大人是否带在身边,能不能让小人们一饱眼福。"昭阳听了,哈哈大笑,立刻命贴身勇士拿出"和氏璧",让众人传看,大饱眼福。

　　"和氏璧"有着一段不凡的曲折来历,在列国间广为流传。

　　传说数百年前,楚厉王在位之时,荆山有彩凤出现,夜中又见瑞光。众人以为山中有黄金宝物,争相进入,搜遍山野,俱是空手而回。唯有一个名叫卞和的采玉工没有空手而回,抱着一块丑似鬼脸的石头回到了家中。家人邻舍见了,俱是嘲笑不已,问这块丑石莫非就是黄金宝物?

　　卞和正色道:"此石虽非黄金宝物,却胜似黄金宝物,乃是最最上等之美玉也。"

家人邻舍先是笑弯了腰,后来就疑惑地望着卞和,一个个神情怪异,窃窃私语:卞和定是疯癫了,不然,他怎么把一块丑石头当成了美玉呢?卞和长叹道,小雀儿哪里识得凤凰呢?遂抱着丑石直入王宫,说是有美玉献上。楚厉王见了大怒,说:"大胆卞和,你竟敢把一块丑石拿来欺骗寡人吗?"卞和磕头道,此物实非凡品,却不幸生在荒野中,故外表看上去是丑石,内中却是极品美玉。楚厉王半信半疑,叫来内宫最有名气的玉器工匠,察看这丑石到底是不是美玉。

那玉器工匠一见了卞和,就怀疑卞和是来抢饭碗的,不由得又是嫉妒又是害怕,装模作样地把丑石端详了一番,说道:"此为丑石,绝非美玉。"楚厉王怒吼了起来:"一个贱民就敢欺骗寡人,这不是反了天吗? 来人,砍了他的腿,把他轰出去!"宫中武士不由分说,将卞和的左腿砍了下来,然后将卞和扔到了宫门外。

家人以为卞和疯癫了,虽然悲伤,也没怪罪卞和,将卞和背回家中,让卞和安心养伤。卞和痛得死去活来,却紧紧抱着那块丑石,仰天大呼着:"这是美玉,这是美玉啊!"后来楚厉王去世,楚武王即位,卞和跛着一条腿,又拿了丑石入宫献上。楚武王也是叫来玉器工匠察看,那玉器工匠也是说道:"此为丑石,绝非美玉。"楚武王和厉王一样大怒起来,让武士把卞和剩下的一条右腿也砍了下来。

家人这次虽也把卞和背回了家中,却都很生气,要把卞和的那块丑石扔进长江里。卞和却死死抱着丑石,家人无法夺去,只得作罢,逢人就叹:家门不幸,家门不幸啊。

楚武王去世后,楚文王即位,卞和又要入宫献玉,家人竭力阻拦,使双腿残废的卞和无法成行。卞和抱着那块丑石,爬到荆山之下,号啕大哭,一连哭了三天三夜,不肯回家。众人劝道:你连受了两次重刑,也该醒醒啦。大王的赏赐虽然丰厚,哪能用块丑石换回来呢?你就扔了这块丑石,死了讨赏的心,别哭啦。卞和痛哭道,我并非是为了得不到大王的赏赐而哭啊,我哭的是天下的人都瞎了眼啊,竟把美玉当成了丑石。我已老了,就要死了,难道这块天底下最珍贵的美玉,就这么永远埋没了吗?

卞和的话,不知怎么从荆山脚下传到了王宫里。楚文王大奇,立宣卞和入宫。这一次，楚文王没有让玉器工匠先下定论，而是让玉器工匠剖开丑石再说。丑石剖开了，楚文王和满朝大臣不由得又惊又喜。那丑石之中，果然是天下无双的美玉。从各种不同的方位去看那美玉，都能看到耀目的光彩，并可从光彩中看到瑞气升腾，凤鸟飞舞。凤鸟是楚人最崇拜的吉物，美玉中现出凤鸟之姿，无疑是预示着楚国大吉。

楚文王大喜，立即招来国中最著名的工匠，小心翼翼地将那美玉琢磨成玉璧。因玉璧为卞和所献，故名之曰"和氏璧"。卞和亦得到重赏，并可终生享用上大夫的食禄。从此"和氏璧"就成为楚国王宫中的至宝，轻易不示于人。

四百余年过去了，楚国的王位已传到了楚宣王，"和氏璧"仍是深藏宫中。楚宣王对黄金玉璧并不怎么看重。他喜欢的是宝剑，每逢听到哪里有宝剑，就要千方百计地弄到手。

而天下最著名的宝剑出在越国，尤其是越王世代相传的佩剑，更是名扬九州。传说那柄宝剑为天下第一铸剑名师欧冶子所制，插在鞘中常作龙吟之声。当年越王勾践，就是有了"龙吟"宝剑，才得以获得上天之助，灭亡了吴国，成为天下霸主。楚宣王做梦都想得到"龙吟"宝剑，屡次派军攻打越国，却屡次被越人击败。

越国虽然极为衰弱，而楚国将军士卒更是腐朽不堪。且楚军远道来袭，未战先疲，自不是越人的对手。后来越王去世，诸子争位，国中一片混乱，楚国将军昭阳乘机攻破了越国王都，夺取了"龙吟"宝剑。从此，越族大乱，分成了百余支，四散至江湖山野之中，越国之名虽存，实已灭亡。楚国虽获大胜，并未获得中原列国的重视，仍将楚国看作昏庸之国，但在楚国之内，却是举国欢喜若狂，将昭阳视作了大英雄。

昭阳得意扬扬，将夺取的"龙吟"宝剑献给国君。楚宣王狂喜之下，立即拜昭阳为令尹，并赏给昭阳"和氏璧"，以表彰他立下的大功。

昭阳和楚宣王不同，最喜欢的宝物就是玉璧。喜出望外的昭阳将"和氏璧"装在锦袋中，日日贴身放着，睡前醒后，总要拿出来把玩一番。每当出行之时，昭阳就令贴身勇士带着"和氏璧"，寸步不离左右。"和氏璧"为瑞兆的象征，列国术士听了这个消息，纷纷言道：昭氏乃楚国第一大族，昭氏得到"和氏璧"，其族必然大兴，将会像齐国的田氏代替姜氏一样代替熊氏。

于是，天下的勇士和智谋之人，争相投入昭阳门下。张仪和公孙衍虽然年轻，却也深信术士之言，亦投入昭阳门下。只是他们名望太微，在门客之中不仅列在最下一等，平日里也很少见到昭阳。只有当昭阳大开盛宴、与全体门客"同乐"之时，张仪、公孙衍才能够见到昭阳，却也难以近前说话。

张仪、公孙衍年轻而又自傲，得罪了不少上等门客，被众上等门客斥为"无行之徒"。今日昭阳遇到噩兆，忽然想起"和氏璧"为瑞兆之物，可以用来压制噩兆。故门客一提要"一饱眼福"，昭阳立刻顺势"豪爽"起来，令众人传看"和氏璧"，以其光影逐退噩兆。

众人见了，都大为惊叹，却又不敢多看，忙传给下首之人，越传越离昭阳远了。昭阳心中着急，正欲传命收回"和氏璧"，却突听得呼啸声大起，一阵猛烈的旋风吹过来，竟将大帐吹塌了一角，压在烛架上，烛火烧到帐上，顿时燃起了大火。帐中一下子乱了，美人的惊叫，勇士的狂吼，门客的逃窜，弄得昭阳晕头晕脑，双手乱挥，双脚乱跳。众人好不容易才扑灭了大火，撑起大帐，重新安坐了下来。但昭阳却又惊呼起来："'和氏璧'呢？'和氏璧'在谁人手中？"

昭阳暴跳如雷，喝令众勇士们在每一个门客身上仔细搜索。当众对门客搜身，是一种极其无礼的举动，将会极大地损害主人的名望，但昭阳已顾不得了，他心中此刻只有一件东西——"和氏璧"。但是搜遍了所有门客的身上，也没有找到"和氏璧"。

"有贼人，有贼人！快，快给我捉拿贼人！"昭阳声嘶力竭地吼叫着，命令一部分勇士看住帐内的门客，其余的勇士都散开来在野地里四处捉拿贼人。

此时天已黑透，勇士们举着火把四处搜索，忽见一丛灌木后跳出两个人，向野林中奔去。那两个人正是张龙、王虎，两人本想潜伏到半夜后，寻到张仪、公孙衍住宿的帐中，偷施杀手。不想忽然有许多勇士向他二人潜伏的地方奔了过来，边奔边呼喊着"捉拿贼人"。两人不知勇士们并未发现他们，只是随口呼喊，还以为是他们的行踪暴露了，恐慌中跃身而逃。只要他们逃进了野树林里，就可借着黑夜安然脱身。但勇士们久经行猎，追捕之事最是拿手,岂能让他们逃脱了。

嗖——嗖——嗖……勇士们射出了羽箭。

张龙、王虎惨叫着,腿上中箭,先后倒在了地上。两人唯恐受到苦刑,拔剑自杀。勇士们将两具死尸带回了大帐中,昭阳令人仔细搜索其身,仍未搜出"和氏璧"。

"啊,这人不是魏国有名的剑客张龙吗?"一个门客惊呼起来。

"原来贼人来自魏国?"昭阳眉头紧锁,喝令将魏国来的门客全部押起来仔细审问。昭阳认为,偷盗"和氏璧"这等极其贵重的宝物,贼人们定是仔细谋划过,并且有同党作为内应。魏国是天下闻名的强国,魏国来的门客,多少有些与众不同,或富有家财,或与各国公卿都有交往,或名望甚大,几乎都是昭阳门下的上等门客,甚得昭阳的欢心。

审问的结果,差不多所有魏国来的门客都被排除了嫌疑,单单剩下了张仪、公孙衍二人。张仪、公孙衍二人直接由南荒之地来到郢都,算不上是魏国来的门客,但推荐二人的那人却是魏国来的。且二人又确为魏国之人,故也被看作魏国来的门客。

昭阳盯着张仪、公孙衍,见二人俱是眉清目秀的英俊少年,公孙衍稍高些,张仪稍矮些。公孙衍是方脸,张仪是圆脸。公孙衍眉毛长而细,张仪眉毛粗而短。眉粗而短,正是贼相!昭阳忽地想起了术士说过的一句话,立刻指着张仪吼道:"他就是贼人!"

众勇士立刻将张仪按倒在地,抢起皮鞭,狠狠抽打着张仪,让张仪招认他是如何与贼人勾结的,又如何盗了"和氏璧",将"和氏璧"藏在了何处?张仪大呼冤枉,昭阳听了只是冷笑,让勇士们用力抽打张仪,直打得他浑身血肉模糊,死了过去又醒来,醒来又死了过去。可是无论勇士们怎么抽打,张仪也不招认。眼看张仪声音愈来愈弱,要被勇士们活活打死了。

公孙衍看不下去,挺身说道:"令尹大人今日若将张仪鞭打致死,则吾恐天下人绝不会说令尹大人打死的只是一个贼人,而会说令尹大人打死的是一个门客。如此,天下英雄将不敢踏入楚国一步。"

昭阳听了,望了望众门客,见人人都带着恐惧之色,这才懊丧地说了一声:"罢了,便宜了这个贼种。"

张仪侥幸捡得一条性命,再也无法待在楚国,连夜和公孙衍商议,要另投他国。二人认为天下的强国中,齐、魏两国人才济济,难以让他们出头。燕、赵、韩三国又和楚国一样,君臣昏庸,他们难以有所作为。二人想来想去,只有秦国可去。

"秦国虽有卫鞅其人,但以吾观之,他行事太刚,是其病也,恐难长久。"张仪说道。

"不错,太刚易折。我们到了秦国,不可投入卫鞅门下。"公孙衍点头说道。

"这一次,我们可得仔细些。当初以为昭阳身负吉兆,我们可以在他这儿有作为,谁知他竟是这般凶暴愚蠢,险些害了我的性命。唉!还是孙宾师兄大有眼力,早就看出在昭阳这儿没有什么出头之日。但不知孙宾在魏国可有什么收获,怎么一直没听到他的消息呢?"张仪叹道。

"从前在鬼谷中,庞涓就常讥刺孙宾愚笨,只怕不会善待孙宾,定是压着他难以出头。"公孙衍说道。

"庞涓师兄确实聪明过人,数年间便已名震天下,不愧为鬼谷弟子矣。"张仪羡慕地说道。

"我等所学,远过庞涓,将来所获,亦将远超庞涓矣。"公孙衍满怀信心地说道。

二人选了一个吉日,来到秦国,欲投秦国名臣公子虔的门下,充作门客。公子虔乃是宗室子弟,精通六艺,对于儒、法、兵、道、墨诸家学说亦是极感兴趣,博学多才之名,远扬于列国之间。秦孝公闻听公子虔的贤名,拜其为太子之师,官爵高至右更,名义上比公孙鞅还要高出四级。

张仪、公孙衍这次没有找人推荐,自报为鬼谷弟子,直接面见公子虔。公子虔不似昭阳那般不学无术,连鬼谷子是何人也弄不清楚。他素来关心中原之事,早就听说了鬼谷子的大名,当即大摆宴乐,对两位年轻的鬼谷弟子很是"礼敬"。

张仪、公孙衍大为感动,尽展胸中所学,献给公子虔。公子虔听了连呼:"奇才!奇才!"将张仪、公孙衍拜为上等门客,日日与其纵谈天下大事。张仪、公孙衍的日子好过了许多,各自娶了亲,安下家来,等待着大显身手的机会。

张龙、王虎行刺失败的消息使庞涓大为懊恼，正欲再遣刺客，却接到了魏惠王的诏令，让庞涓立即率领十万大军，进攻赵国，将赵国彻底灭亡。原来，魏惠王亲自派出了两位使者，前往赵、韩两国，逼迫两国之君承认他的王号，遣使入贺。韩国君臣迫于魏惠王施加的巨大压力，只得屈服，遣相国为使，祝贺魏君"荣升"王位，但赵国君臣却不低头，对魏惠王的使者说——赵国只知天下有一个王，那就是洛邑城中的周天子。魏惠王听了使者的禀报，气得发昏，不顾众大臣的劝说，下了征伐赵国的诏令。

从前，魏惠王最喜征战之事，每逢大的出征，都会亲率三军，自为主帅。如今魏惠王已非普通诸侯，俨然是位王者，自是不便担当主帅，因此庞涓便做了伐赵大军的主帅。宋、卫两国急欲讨好魏国，主动派出大将，各率三万兵卒，助攻赵国。庞涓威风凛凛，统领着三国大军，共十六万兵卒，如泰山压顶一般攻进了赵国境内。

赵国大惊，又一次派遣使者火速赶往齐国，面见齐威王，请求援救。但齐威王却到了海滨，与众多方术之士登高拜祭，乞求海上神仙赐福齐国。心急如焚的赵国使者只好待在馆舍中，等待着齐威王返回临淄。魏国攻赵、赵向齐国求救的消息，引起了齐国大臣的极大关注。相国邹忌和公孙干连日密商对策，想借此机会，狠狠打击田忌。

"赵国若亡，于我齐国极是不利，无论如何，也须救赵。但若救赵，主公必以田忌为大将，若田忌救赵获胜，则又于我不利，此中当如何取舍，实是令人为难。"邹忌说道。

"此次魏国攻赵，乃当初田忌畏敌如虎，不敢与魏军交战，致使魏军战力未损之故。相国大人可嘱一二大臣，以此在主公面前攻击田忌。而相国大人却挺身而出，力荐田忌可做大将，从而逼迫田忌立下战之必胜的军令状。这样，田忌若救赵获胜，则相国有力荐之功，田忌纵有战胜之功，亦不能凌驾于相国之上；若田忌战败，则以军令状为据，可迫主公将其斩杀。如此，相国大人可进可退，立于不败之地。"公孙干说道。

"妙，妙计！我有公孙夫子，何惧田忌匹夫！"邹忌高兴得拍手大叫起来。

大司马田忌和大司寇段干朋亦是连日相会，商议救赵之事。

"这一次主公定会派我领军救赵,与魏军大战一场。可是不瞒老兄,小弟对兵法之事,不大精通,只怕不是庞涓的对手。战败了,我丢了性命事小,伤了齐国的元气事大啊。"田忌忧愁地说道。

段干朋说道:"大司马如此尽忠国事,天必佑之,将为大司马降一奇人,助大司马破敌立功。"

田忌有些不高兴了,说:"此是何时,大司寇倒有闲心戏耍小弟。"

段干朋正色道:"愚兄所言并无戏耍之意。"

田忌心中一震:"莫非真有奇人?"

"真有。"

"此人是谁?"

"乃庞涓师兄,鬼谷弟子孙宾。"

"孙宾?他与庞涓相比,本领如何?"

"此人精通兵法,论其本领,远胜庞涓百倍。"

"啊,既有此人,大司寇何不给小弟引见呢?"

"唉!非是愚兄不愿引见孙宾,而是他已成残废,不愿轻易见人。"段干朋叹着,将孙宾如何与庞涓同师学艺,孙宾如何投奔庞涓,又如何遭庞涓陷害的经过,详细讲了一遍。

"想不到庞涓身为魏国的大司马,名震天下,竟是这等奸恶小人。"田忌说着,忽地皱起了眉头,"孙宾果有大才,只怕不会为庞涓所欺,他的本领恐也有限。"

"俗语说'暗箭难防'。庞涓暗中加害,孙宾怎能预知?且孙宾还是发觉了庞涓的歹谋,在已成废人的情势下,单身逃了出来,这事若在你我二人身上,能否逃脱?"段干朋问。

"这……只怕不能。"田忌想了想,只得承认道。

"听说主公常和大司马比赛车马赌胜,大司马屡赌屡输,可有此事?"段干朋转过话头问道。

"有这事。"田忌点头答道。

"匡章常到赛场观战,曾将其中情形仔细讲给了我听,我又讲给了孙宾听,孙宾说他可以使大司马胜过主公。"段干朋说道。

田忌大喜："孙宾若能使我获胜,我定当将他荐给主公,让他成为我齐国大将。"

"唉!孙宾身残之后,已无功名之心,他若能得到'稷下博士'这个称号,心中就已十分满足了。"段干朋叹道。

十余日后,齐威王从海滨返回,众大臣出城三十里,跪拜迎接。齐威王连忙回礼,将众大臣一一扶起。田忌借着齐威王扶他之际,说道:"臣有妙法,可赢大王的车马。"

齐威王对赌赛车马已到了入迷的境地,听了田忌之言,不觉好胜之心大起,回至都中,不急着上朝理事,先到了赛场之上,要与田忌"一决高低",让他输得心服口服。

赌赛之法,是双方各出四匹马拉着的高车三辆,依先后次序,放马奔驰,由起始到终点,共奔驰一千丈,谁的车马先到终点,谁为胜者。比赛共三场,胜两场即为赢家,可尽得彩注。这种赌赛,要马好、车好、御者也好,方可获胜。

田忌最喜赌赛车马,寻遍国中,找到了极为出色的好马、好车和好御者,与旁人赌赛,十战十胜。但他与齐威王赌赛时,十战十输。每一次赌赛,他的车马仅比齐威王的车马落后数尺。可就是这数尺的差距,使田忌输掉许多黄金,令他心中大为不服。

平日赌赛,田忌和齐威王下注,总是十斤黄金,这次田忌一下子把赌注提高了十倍,为一百斤黄金。齐威王哈哈大笑:"大司马今日只怕连老本都要输光,回去难见夫人了。"

田忌道:"主公休要得意,今日一战,微臣要把先前输出去的,全都收了回来,到时主公可别心疼起黄金来了。"

齐威王一挥手:"废话少说,且看你我的车马,谁是胜者。"

赌赛开始了,齐威王和田忌的车马在赛场上飞驰起来。田忌的车马明显逊于齐威王的车马,到了终点时,竟和齐威王的车马差了三四丈的距离,乐得齐威王又是哈哈大笑。

田忌输掉了第一场,丝毫不慌地说:"还有两场未赛呢!"

第二场,竟是齐威王输了,虽然齐威王的车马仅仅落后了半个车身,但毕竟是输了。

第三场，又是齐威王输了，一样是输了半个车身。

齐威王大为惊异，问："大司马往日与寡人赌赛，从未赢过，今日怎么偏偏赢了呢？"

田忌笑道："主公与臣赌赛，第一场出战的是最好的车马，第二场出战的稍次一些，第三场出战的又次一些。今日臣与主公赌赛，却以最次的车马与主公最好的车马相战，所以第一场仍是臣输了。但第二场，臣却以最好的车马与主公稍次的车马相战，第三场，臣以稍次的车马与主公最次的车马相战，故后面两场，都是臣赢了。"

"妙，妙！难得大司马肯用心计，竟想出了如此妙策。"齐威王大为叹服。

"主公有所不知，此等妙策，并非臣下想出来的。"田忌说道。

"哦，此妙策乃何人所出？"齐威王问。

"乃鬼谷弟子孙宾也。"田忌说着，将他的经历给齐威王详细叙述了一遍。

齐威王大喜道："此等奇才，大司马何不荐于朝廷？"

田忌叹了一声："孙宾身有残疾，不愿入朝为官。"

齐威王皱起了眉头："这如何是好？"

"主公可拜孙宾为'稷下博士'，以使孙宾能够为我齐国所用。"田忌献上一策。

"好。"齐威王当即答应了下来。

齐威王回到内宫，立即让内侍给田忌送去二百斤黄金，一百斤为田忌赢得的彩注，另一百斤则为酬谢田忌的荐贤之功。然后齐威王发下诏令——拜孙宾为稷下学宫博士，位列上等，授上大夫爵禄，同时还赐给孙宾府第一座，黄金百斤。

孙宾上表谢恩，将其"宾"改为受过"膑刑"的"膑"字，一来表示他身为残废之人，不可立于朝堂；二来他要牢记所受的奇耻大辱，激励自己振作起来，以其才智洗脱耻辱。

齐威王在回到宫中的第三天后，才上朝接见赵国使者。这时赵国已连遭大败，庞涓率领的三国大军直抵赵国都城邯郸，将邯郸城牢牢围住。

赵国已是危在旦夕，赵国国君担心做了魏军俘虏，在魏军包围邯郸之前，已逃到齐、赵边境，一日派出十余使者，向齐威王求救，以致赵国使者见了齐威王，就大放悲声，磕头流血。齐威王安慰赵使一番后，立即将心腹大臣们召进内殿，商议是否应该援救赵国。

第十四章

围魏救赵定大计 齐魏议和释庞涓

齐国大臣们几乎人人主张救赵,但到底怎样救赵,却有不同的看法。一些大臣认为,应该以大军直入邯郸,击破魏军,护送赵君还都,如此方尽显我大齐国威。

段干朋道:"魏军强大,天下皆知,我齐国之军直入邯郸,是以疲惫之师击强大之敌军,势难胜之。就算得胜,其功不显,不足以震慑天下。救赵莫若击魏,如今魏军精锐在外,国中必然空虚。我齐国之军当直逼大梁城下,使魏军不得不回军救其国都。如此,则疲惫之师当为魏军,我军以逸待劳,定可击败魏军。这样一来,我齐国就可扬威敌国,足可震慑天下矣。"

"妙!此为避实击虚,攻敌所必救,乃上上之策也。这一妙策,可称为'围魏救赵',日后史官记之,定可传之千古。"齐威王听了,极是高兴。

邹忌道:"此策虽妙,然不能与敌速战速决,只恐齐军兵临大梁时,邯郸已被攻破。"

"此策的妙处,正在于让魏军攻破邯郸。魏国乃虎狼之邦,赵国也绝非善类。此战赵军倚仗邯郸城墙高大,并未受到太大的损失,过得两三年,其军势必可再度强盛,到时恐怕又会成为我齐国大害。邯郸破,赵国并不会因此灭亡,但其军势必大受损伤,十数年内难以恢复。此'围魏救赵'之策,既可打击魏国,又可削弱赵国,实为一举两得也。"段干朋说道。

"妙!魏、赵两国,皆是齐之旧敌,魏、赵俱弱,于我齐国大是有利。大司寇以刚勇闻名天下,不料对兵法之道,亦是精通。"齐威王又是称赞不已。

"臣非精于兵法,此'围魏救赵'之策,乃孙膑夫子教于臣也。"段干朋道。

"唉!孙夫子果是大才,可惜他偏偏不肯入朝为官。"齐威王叹了一口气。

救赵方略商议好了,就该挑选领军大将,与魏军决战。依例,自是由大司马田忌担当领军大将,但有几位大臣却猛烈攻击田忌,道:"田忌畏敌如虎,不敢与魏军交战,不堪成为齐国大将。"

邹忌挺身说道:"大司马虽有小过,仍是我齐国难得的将才,臣以为非大司马不可击破魏军,愿主公勿以小过之故轻视大司马,立拜大司马为领军大将。"

几位大臣说,相国一定要使田忌为将,当须写下担保之状,一旦田忌战败,唯相国是问。

田忌听了大怒,道:"吾领军破敌,何须相国担保?吾愿立下军令状,不破魏军,当以吾首谢国人。"几位大臣听了,当即让田忌写下军令状来。齐威王见了,连忙阻止。国君让臣下出征之前写下军令状,是对臣下一种不信任的表现,齐威王自然不愿让田忌感到他失去了国君的信任。田忌极为好胜,话已出口,岂肯收回?到了最后,田忌到底是写下了军令状——誓言大破魏军,否则,甘愿身受大刑。齐威王见田忌如此勇敢,心中大喜,次日大会朝臣,当众拜田忌为领军大将,征伐魏国。

依照惯例,领军大将对于军中将官,可自行任命,只需告知国君就可。田忌拜稷下博士孙膑为军师,拜中大夫种首为左军主将,拜上大夫黔夫为中军主将,拜下大夫匡章为右军主将,挑选出精锐军卒八万人、战车千乘,直入魏国境内。田忌对孙膑极为恭敬,让孙膑与他同乘一车,言必听,计必从。孙膑也不客气,充当了齐军事实上的"主帅",指挥齐国大军向魏国重镇平陵城急速前进。

平陵地处魏、宋、卫三国的交界之处,人口众多,城池坚固。魏、宋、卫三国攻赵的粮草辎重,都先集于平陵城中,然后再往赵国输送。齐军若攻下了平陵,就是截断了魏、宋、卫三国大军粮道,可使三国大军不战自败,从表面上看去,非常符合兵法,为高明之举。但田忌却着急起来,道:"平陵坚固,非十天半月,难以攻下。我齐国之军远途袭敌,不宜久屯坚城之下。否则,庞涓回头攻来,我们进退两难,非大败不可。再说,我们出征之时,就宣称直攻大梁,怎么军师又忽然改变了主意呢?"

孙膑并不回答,却反问道:"依大将军之见,我们直攻大梁,庞涓就会立刻回师救援吗?"

"当然。大梁乃魏之国都,若被我齐国大军围困,庞涓非得回师救援不可。"

"大将军此言差矣。我齐国大军围困大梁,庞涓不仅不会回救,反而要仰天大笑了。"

"此为何故?"

"大梁城池坚固,为天下之最,城中粮草箭矢,可供数年之需。我齐国大军就算围住了大梁,又岂能攻下。平陵小城,尚不可久屯其下,大梁城就更不可久屯其下。庞涓见了我军围困大梁,根本不会回援。他定是等着攻下邯郸,将军卒好好休养一番后,再从我们后面袭来,与大梁城中的守军里应外合,陷我齐军于死地。"

"这……这倒也有理。那么,当初军师为何又要让我宣称直攻大梁呢?"

"此乃震慑魏君之计也。魏君向来狂妄自大,闻听我齐国之军将攻大梁,定是大为震怒,将逼迫庞涓回师灭我。可是,庞涓以'将在外,君命有所不受'为由,不一定会回师攻我。然庞涓虽精通兵法,胸中多有谋略,却有一致命弱处,我军攻击平陵,正是引发庞涓的弱处,使他的一举一动,全然为我所制,最终将为我所擒。"

"庞涓有何弱处?"

"贪!庞涓其人,贪名、贪利,更贪功。我军攻击平陵,实为兵法大忌,庞涓势必对我十分轻视,觉得一举可以击灭我军。这样,他就会不顾兵卒疲惫,急速回师攻我。"

"啊,原来兵法之道,深奥如此,忌愧为大将,竟茫然不知。"田忌感叹地说道。

"以将军大才,久经战阵,必能深通兵法。"孙膑说道。

"有军师指教,就算我丝毫不知兵法,出征几次下来,也要成为名将了。"田忌笑道。

平陵城四十里外有一地方,名曰环涂,是一个十字路口,四条通往魏、赵、宋、卫的大道在此交汇,地位极为重要。环涂附近有横邑、卷邑两座坚固的小城,驻有万余魏国士卒,守护着此交通要道。齐国大军欲攻平陵,必先攻下环涂要道。孙膑不急于进攻,在离环涂三十里处停了下来。

田忌有些疑惑地问:"兵贵神速,军师何不急攻环涂?"

孙膑笑道:"环涂小敌,何劳我大军全力去攻。"说罢,孙膑将八万军卒分为八队,挑选稍弱者组成两队,命种首、黔夫二人统领,进攻环涂。

田忌大惊:"环涂加平陵魏军,共有三万余人,今日我以两万弱卒去攻,定是大败。"

孙膑道:"我齐军之败,即是胜也。"

田忌摇头道:"军师此语,令人难解。"

种首、黔夫二人领弱军攻敌,心中不快,但迫于军令,又不敢不听。二人出发之前,孙膑当面嘱道:"此行你二人以弱攻强,若然落败,吾并不相怪。但你二人必须大张旗鼓,大造声势,使敌疑我全军来攻。若不能做到这一点,即按军令以战败罪论,若能做到这一点,即是立了大功。"种首、黔夫二人依嘱而行,大张旗鼓、大造声势,向环涂猛攻过去。

环涂守军一边紧急派人赶往朝廷和庞涓的大营求救,一边会合平陵守军迎击齐军。齐军声势虽然浩大,却不料竟是不堪一击,被打得大败,军卒四散溃逃。环涂、平陵的魏军大获全胜,夺取的齐军甲仗旗鼓辎重之物堆积如山。

魏惠王和庞涓刚接到环涂守军的求救文书,紧跟着又接到了环涂守军的捷报。魏惠王莫名其妙,自言自语道:"齐军虽弱,岂能如此不堪一击,其中定有诡计。"

庞涓听了捷报,在大帐中仰天大笑不止,对众将说道:"齐军自作聪明,明攻大梁,暗袭平陵,以诱我解邯郸之围,回军救援。却不想我尚未回军,他就已经大败了。"

众将道:"齐军经此大败,定然已逃回国中了。"

庞涓摇头道:"不然。齐军为救赵攻我魏国,赵国之围一天不解,齐军一日不会离我魏国。环涂之战,齐军未必会全力攻击,他们经此一败,定会收拾残余之卒,做出进攻大梁的样子,以震怒主公,迫我解赵国之围。此等诡计,早在我的意料之中。"

众将道:"齐国如此可恶, 我等不若回军灭之, 然后再灭赵国, 永绝后患。"

庞涓道:"齐军跳梁小丑,不值我大军全数回攻。况且大军行速不疾,等返至大梁,齐军早已逃回临淄去了。且等齐军兵至大梁城下,不易回逃,再作道理。"

种首、黔夫大败而回,孙膑不仅不罪,反而记为首功,大加表彰。然后,孙膑又令种首、黔夫带领本部残余军卒抛弃辎重,乘轻车向大梁城急速前进,一路上仍是大张旗鼓,大造声势,装出全军攻击的模样,但又要露出破绽来,为敌人所知。

种首、黔夫得了首功,心中很是高兴,遵命而行,以轻车日夜兼行,驰向大梁。田忌、孙膑、匡章率领最精锐的六万大军,偃旗息鼓,在种首、黔夫后面缓缓而行。很快,种首、黔夫就率军逼近了大梁城郊,二人将战车连成一条长线,绕着大梁城飞驰,尘雾冲天而起。二人又多张旗帜,多立军鼓,令军卒在尘雾中来回奔跑,摇旗擂鼓。

见到齐军如此威势,大梁城中一片混乱,人人惊慌失措,说齐国大司马田忌率领数十万大军杀来了,要踏平大梁城,生擒魏惠王。魏惠王听了这等传言,心中大怒,一边派出禁卒巡视街道,不准传谣惑众,一边封锁城门,命守军上城御敌,同时派使者急赴邯郸城外的大营中,让庞涓拨出部分军卒回救大梁。

魏惠王让使者告知庞涓——齐军攻平陵,假也;攻大梁,真也。

庞涓听了,心中叹道,主公虽知兵法,却不甚精。齐军攻平陵是假,攻大梁一样是假。齐军只有一件事是真的,就是逼我回军,解赵国之围,我可不能上了齐人的当。他当即下令,留下两万精兵,会同宋、卫之军,继续猛攻邯郸。然后带着八万大军,回师救援大梁。行军之前,他还派出了许多探卒,打探齐军的情形。

在庞涓回师之时,田忌、孙膑、匡章率领的齐军已行至桂陵。孙膑见其地左右高而中间低,甚是满意,将六万齐军分作两部,埋伏在左右高地上。

庞涓率军一路南行,不断接到探卒的禀告:

齐军尽弃辎重,只以轻车行军。

齐军看上去并不太多,像是在虚张声势。

齐军只围绕大梁城摇旗擂鼓,并不攻城。

……

庞涓听了,又是仰天大笑不止,对众将说道:"齐军只待我大军回至魏境,就将逃窜耳。"

他当即下令,留下四万士卒看护辎重,缓缓而行,以迷惑齐军,使齐军不致"望风而逃",然后带领四万轻装的精锐士卒,乘坐轻车,日夜兼程,向大梁城疾驰而来。

此时庞涓已不仅仅是"救援"大梁,而是要彻底击灭齐军,生擒齐国大将田忌。如此,齐国将一蹶不振,再难攻击魏国,而赵国失去救援,必亡无疑。经过一场大战,便灭一强国、弱一强国,此等绝世之功,虽孙武、吴起再世,也难取得。庞涓心中越想越得意,几次忍不住笑出声来,催促士卒加快行军速度。很快,庞涓的轻锐之军已行至桂陵之地。此刻正当黄昏,庞涓下令暂歇,埋锅造饭,桂陵之地离大梁不过数十里,轻锐之军两个时辰内即可赶到。

庞涓想让他的轻锐之军好好休息一夜,明日即向大梁城外的齐军发动进攻,一举获取大功。军卒们纷纷跳下战车,脱掉笨重的衣甲,寻找一处较好的住宿之地。庞涓仍是站在高车上举目四望。这是他的习惯,每到一地,必观察地形,牢记在心,以备来日加以利用。

他熟知兵法,对孙武所说的"夫地形者,兵之助也。料敌制胜,计险扼远近,上将之道也"这句话十分赞同,也曾多次利用险地布下埋伏,大胜敌军。

庞涓望着望着,忽然脸色大变,惊呼道:"此乃绝地,不宜作为宿营之地!"

他当即下令,立刻整军列队,速离绝地。

但已迟了——

咚!咚!咚咚咚咚咚咚……鼓声大作,若千万个炸雷一齐在魏军头顶上炸开。

唰唰唰唰……无数羽箭若狂风暴雨一样扫向魏军。

轰隆!轰隆!轰隆……数以百计的战车自高地上飞驰而下,势若山崩,锐不可当。

杀啊……成千成万的齐军手持长戈弯弓,若狂泻的山洪,漫天漫地涌向魏军。

魏军仓促之间,甲不及披,戈不及持,甚至连弓弦都不及张开,就纷纷栽倒了下来,血肉横飞。魏军战力虽强,但陡然间遇到如此猛烈的进攻,也无法抵挡,兵卒们不顾主将号令,四散而逃。只是四面八方全是齐军,魏军逃无可逃,乱成一团,自相践踏,反将道路堵得死死的。庞涓站在车上,声嘶力竭地指挥众军卒原地结阵自保,却无一人听从他的号令。

"天亡我也,天亡我也!"庞涓脸色惨白,欲举剑自刎,偏被左右亲随紧紧抱住了胳膊。

前后不过一个时辰,四万精锐的魏军全数覆灭,名震天下的魏国大司马在他平生遇到的第一个大败仗里束手就擒,做了齐国的俘虏。

齐国军卒们押着庞涓,走进了齐军大帐里。但见烛光之下,主将席位上高坐二人。庞涓抬头见了那二人,顿时大骇,脱口呼出:"啊,鬼! 鬼……"

那二人一为田忌,一为孙膑。列国之间出征,除设有主将外,一般还设有监军,极少设有军师。故庞涓只顾打听齐军主将的情形,却忘了去问齐军的军师是谁。他做梦也没有想到,孙膑竟会在此时此刻以此种身份出现在他面前。

"不错,我曾经是一个鬼,疯鬼。"孙膑望着庞涓,冷冷说道。他真想命令军卒们立刻将庞涓按倒在他面前,先将庞涓用皮鞭抽个半死,然后再以利刃剐下庞涓的膝盖。但他强忍着,并未发出任何"将令"。庞涓浑身颤抖,不敢与孙膑的目光对视,心里叫道,完了,完了! 这回我算是死定了!

"来呀! 把这个奸恶小人给我押了下去,砍下他的狗头!"田忌大声发出了将令。

众军卒轰然答应一声,拖着庞涓就往帐外走去。

"且慢!"孙膑忽然喝了一声。

众军卒停下了脚步。

"将他押在后营,好生看管。"孙膑说道。

众军卒遵命将庞涓带往后营,田忌奇怪地问着:"军师不想报仇雪恨?"

"我将'宾'字改名为'膑',便是立下了报仇之愿,何尝不想报仇呢?但现在杀了庞涓,于我齐国无益。留下他一命,倒是有些益处。"孙膑答道。

"有何益处?"田忌问。

"依大将军看来,我军获得大胜之后,能否攻下大梁?"孙膑不答,反问道。

"这个……这个恐是不易。"

"我齐国为救赵而来,就应时刻不忘'救赵',能救赵国,方可称为全胜,方可显我齐国之威,方可立信天下。如今我军虽获大胜,但恐邯郸亦被魏军攻下。魏君得到邯郸,就可掩桂陵之败,不致恼羞成怒。这时我齐国可乘机与魏国和谈,让魏国把邯郸归还赵国,使我齐国成'救赵'大功。我齐国亦放归庞涓,以示结好之意。否则,齐、魏必将大战。在这个时候,魏君不可能冒着再次战败的危险,与我齐国对抗。他定会同意归还邯郸,双方罢兵休战。这样,我们才算是完成了'救赵'之功。"

"妙!孙子曰'不战而屈人之兵,善之善也',军师此策,亦为不战而屈人之兵矣。孙子是我齐国人,军师亦为齐人,不知孙子是否为军师之祖?"

"孙子乃田氏之后,与大将军同宗。吾乃燕国孙氏之后,与孙子虽是同姓,却不同宗。不过,论起兵法来,孙子堪称兵家之祖。吾之所学,尽为兵家,说孙子为吾祖,亦无不可。"

"哈哈!军师倒是胸襟阔大。其实依我看来,军师所学,已不弱当年的孙子了。今日我倒要好好请教军师一番——如果我们杀了庞涓,又当如何?"

"庞涓乃魏国大司马,与魏君有翁婿之亲,极得魏君宠信。我们若杀死庞涓,是明示与魏国死战到底。魏君自视极高,又通兵法,必将庞涓之死视为奇耻大辱,将率倾国之军,与我齐国拼死一战。实话说,从总体上看,齐国无论财力、军力都不如魏国雄厚。且魏国还能号令韩、宋、鲁、卫诸国,一旦拼死而战,我齐国纵然获胜,亦是损伤惨重,国势大衰,得不偿失。"

"不错,我们不可学那庞涓贪心太大,应该见好就收。"田忌若有所悟地说道。

魏军四万精兵全部被歼,主帅庞涓被擒的消息,极大地震惊了魏惠王。

"此乃寡人之过也,若寡人亲率大军伐赵,当不致有此败绩矣。"魏惠王懊悔地说着,下令征集全国丁壮,准备与齐军决一死战,又派使者入韩,请韩国发兵助魏攻齐。这时,忽又传来捷报,魏军已攻下赵国都城邯郸,赵国举国恐慌,百姓四处逃亡。

"邯郸攻破,我魏国军威不失矣。"魏惠王大喜,随即又忧愁起来。

魏军精锐被歼,纵然得到了赵国国都,又如何守住呢?齐国仿佛被魏军攻破邯郸的声势所慑,虽然获得大胜,却主动派出了使者,要与魏国休战结好。

齐国使者提出的结好条件为:

一、魏军退出邯郸,让赵君回其国都。

二、齐军放归庞涓以及所俘万余魏军士卒及甲仗战车等物。

三、齐、魏罢兵休战,结盟和好。

魏惠王欲不答应齐国使者,又恐与齐决战,没有必胜的把握,欲答应齐国使者,心中又有所不甘,犹豫了许久,和朝臣又商议了一番,向齐国提出:魏国伐赵,实为救卫。赵国国君若愿与卫国结盟,誓言永远不侵卫国,魏国便可答应齐国的条件。卫国已成魏之附庸,赵国与卫结盟,是自低身份,等于是在向魏惠王称臣。如此,魏惠王脸上就是大有光彩,足可掩盖桂陵大败的耻辱。

齐国有意"弱赵",对魏惠王提出的这个挽回面子的条件一口答应了下来。赵君不愿答应,却又因受制于人,不得已答应下来。于是,魏、齐、赵、卫诸国在魏、赵边境的漳河之畔,举行了盟会大典。魏国将邯郸还给了赵国,齐国将庞涓等战俘还给了魏国。魏、齐两国"歃血为盟",对天发誓——今后当为兄弟之国,永不互相攻击。赵、卫两国亦是"歃血为盟",结成了兄弟之国。一场大混战结束了,中原大地暂时变得安宁起来了。

从表面上看,魏、齐两国似是打了一个平手。

魏国宣称"伐赵救卫"并且达到了目的,救了卫国,迫使赵国居于"臣下之位"。齐国宣称"围魏救赵",一样达到了目的,救了赵国。但是列国君臣,却都看出,魏国明显地处于下风,实际是打了一个大败仗。

魏国"伐赵救卫"是假,实际上是要借此灭亡赵国,将魏国的国势扩充为天下第一强国。齐国"围魏救赵"一样是假,实际上是要借此削弱魏、赵两国,以有利于齐国国势的扩张。

魏国的所谋全然破灭,空耗了巨大的军力物力,而齐国却达到了出征的目的。魏国所救的,只是一个附庸小国,齐国所救的,却是一个天下闻名的强国,魏国的"功绩"无法和齐国的"功绩"相提并论。

齐国虽在进攻平陵时打了败仗,但并未损失一员将官,魏国在桂陵的大败,却连领军主帅都成了俘虏。魏军天下无敌的"神威",已在桂陵之战中被击得粉碎。相反,齐国军卒的威名却震动了天下,田忌、孙膑已经被列国君臣看作不可战胜的当世名将。

魏国上上下下,亦是大感耻辱,纷纷上表,攻击庞涓战败误国,当处斩首大刑。攻击最猛烈的人,是相国王错,言道:"庞涓大言好战,若不斩杀,日后必会祸害魏国。"

魏惠王却对庞涓曲意维护,道:"庞涓虽有桂陵惨败之罪,亦有邯郸大胜之功。昔者楚国令尹成得臣与晋文公在城濮决战,结果楚军大败,楚成王以战败之罪,杀了成得臣。晋文公闻言大喜,说从此以后晋不惧楚矣。胜败乃兵家常事,岂可因一时之败,自斩大将,重蹈楚成王之覆辙?"

魏惠王不仅不罪庞涓,反而对他多方安抚,赐以黄金美玉,仍然让他居于大司马之位。庞涓感激涕零,磕头流血,对天发誓,他若不能报答君恩,大破齐军,将万箭穿身而亡。王错见此,仰天叹道:庞涓性狭,必不容老夫立于朝中。叹毕,即上表请求"退隐"。魏惠王立即应允了王错的"退隐",并宣称,暂时不设相国,以待有大功于国者。

这样,大司马就成了魏国最高的官职,庞涓的权势一下子大了许多,却不敢似往日那般狂态毕露,变得谨慎谦虚了许多,埋头操练士卒,演习战阵之法,等待着一个与齐军决战的机会,以报桂陵战败之仇。

魏、齐大战的消息传到了秦国,喜得秦孝公在朝堂上跳了下来,当即要率领大军,夺取西河之地。

秦孝公道:"寡人等了这么多年,未立军功,上朝见了众位臣下,心中实是有愧啊。"

公孙鞅笑道:"主公欲立军功,也不甚难。臣观楚国君臣,我们可趁其不备,借道韩国,绕其侧背袭之,定可夺回武关重地。"

秦孝公听了,连声称妙,当即派出使者,携带千斤黄金入韩,请求韩国借道。韩国世代与楚国为敌,闻听秦国与楚国交恶,自是大喜,且又有黄金可得,立刻就答应了秦国使者的要求。秦孝公与公孙鞅率领大军十万,悄悄越过韩国,从侧背向武关发动了猛烈的攻击。

楚国守军措手不及,被打得大败,弃关而逃。楚宣王大怒,拜令尹昭阳为主帅,发兵十五万,战车千乘,欲重新将武关夺回。武关地形险固,极利防守,却不利于进攻,楚军在数量上虽占优势,却连战连败,无法将武关夺回。气急败坏的昭阳迁怒韩国,挥军向韩国攻去。韩国早有准备,迎头就是一顿痛击,将昭阳打得晕头转向。昭阳见韩国难攻,情急之下,又攻向了魏国。魏国缺少防备,竟被昭阳攻下了边境上的两座小城。庞涓急忙率军与楚决战,昭阳却已退回了国中。以大军攻夺小城,得不偿失,庞涓也只好退回了国中。

昭阳虽然没有夺回武关,却将魏国的两座城池攻了下来,自觉不失"名将"威名,得意扬扬地上表请功。楚宣王居然以"大胜魏国"之功赐给昭阳千斤黄金、万户食邑的厚赏。

魏惠王大怒,心中不恨楚国,却将韩国恨到了骨子里。韩国已"臣服"魏国,似秦国借道这等大事,应该禀告给魏国知晓。但韩国却根本没有理会魏国,看来,寡人应该灭了韩国,才是正理。魏惠王恼恨地想着,令庞涓秘密在韩、魏边界建造营垒,驻守重兵。

秦孝公夺取了武关后十分兴奋,对朝臣大加赏赐,又在朝堂上盛陈宴乐,君臣共庆胜利。得意忘形的秦孝公喝多了美酒,从席上蹦了起来,拔出腰间佩剑,一边挥舞佩剑,做出战斗的动作,一边放开嗓子,唱起了秦国士卒最爱听的一首歌曲,名曰《无衣》:

岂曰无衣
与子同袍
王于兴师

修我戈矛

与子同仇

岂曰无衣

与子同泽

王于兴师

修我矛戟

与子偕作

岂曰无衣

与子同裳

王于兴师

修我甲兵

与子同行

　　《无衣》之曲相传为秦国国君秦哀公所作。当年楚国的伍子胥为报父兄大仇，逃往吴国，借得吴兵，一举攻破了郢都，意欲灭亡楚国。楚国大臣申包胥为救国难，奔至秦国，求发救兵。秦哀公不愿与强大的吴兵作战，拒不接见申包胥。申包胥跪在朝堂上，痛哭不已，一连哭了七天七夜，眼中、口中都哭出血来了。秦哀公大为感动，终于答应发兵救楚国之难。

　　秦国大军临出发前，秦哀公为鼓舞士气，作《无衣》之曲歌之，勉励众将士同心协力，有衣共穿，互相友爱，听从王命，勇敢杀敌。后来，秦军大败吴兵，胜利回师，《无衣》之曲因此传遍国中。秦孝公此时大胜楚国回来，唱此《无衣》之曲，倒也与眼前之景相合。

　　依照礼法，国君在朝堂上唱了歌曲，臣下也应唱歌作答。于是众大臣们一个接一个地唱了起来。秦国大臣们对中原歌曲不怎么喜欢，唱的都是秦国歌曲。右更公子虔也兴致勃勃地唱了起来，他唱的是近日秦国十分流行的一首歌曲，名曰《权舆》：

於我乎

夏屋渠渠

今也每食无余

於嗟乎

不承权舆

於我乎

每食四簋

今也每食不饱

於嗟乎

不承权舆

这首《权舆》是没落贵族的自怨自嘲之作,意思是:我呀,过去每餐多丰盛,今日却毫无所余,难以和当初相比呀!我呀,过去每餐有四盆菜,如今却吃也吃不饱,难以和当初相比呀!《权舆》之歌和朝堂的欢乐气氛有些不太相合,但谁也没有在意,仍是举爵痛饮,狂欢大笑。

"公子虔有欺君大罪,论律当斩首示众!"公孙鞅陡然大喝了一声。这一声犹如晴天打下了个霹雳,震得众人浑身一颤,顿时鸦雀无声。众人循声望去,但见公孙鞅脸色铁青,已跪在了秦孝公面前。

"主公自实行新法以来,国家商富,万民安乐,无不称颂主公圣明,远过历代贤王。今日公子虔却颠倒黑白,居然怨恨主公,在朝堂上诽谤新法,说是今不如昔。主公若不斩杀公子虔,众臣恐从今以后,人心将思昔贬今,拒听君命,使新法毁于一旦!"公孙鞅大声说着。

他早就对公子虔有着强烈的不满,在秦国的众多臣子中,公子虔是唯一敢蔑视公孙鞅,不将公孙鞅放在眼中的人。公子虔甚至根本不理睬公孙鞅制定的新法,照样诵读儒家的诗书,并以此教导太子。另外,公子虔又广招门客,日日和门客讲论墨子、老子、兵家诸书,并放肆地对朝政加以评说。公孙鞅为此曾屡次在秦孝公面前攻击公子虔,请求秦孝公允许他将公子虔逐出朝廷。公子虔身为太子之师,地位尊崇,没有秦孝公的允许,公孙鞅不敢擅自处置。

秦孝公听了,总是安慰道:公子虔大有才气,性格执拗,左庶长就不要和他一般见识了。且公子虔虽在朝中,只有管教太子之权,并不干预朝政,对左庶长无甚阻碍。

公孙鞅无法赶走公子虔,退而求其次,让秦孝公下诏,尽逐公子虔的门客,将其全数赶出秦国。

秦孝公哈哈一笑,说公子虔喜欢热闹,就让他和门客在一块瞎聊,也免得生出事来。嗯,凡是公子虔的门客,都不得入朝做官,这样总行了吧。公孙鞅听着,倒憋了一口气,心中异常不舒服,时刻都在寻找公子虔的错处,准备加以攻击。今日,他终于找到了公子虔的一个大错,立刻便揪住不放。

"主公。"公子虔亦跪在了秦孝公面前,"真正欺君的罪人,是为公孙鞅。行新法本为富民强国,扬我秦室仁德。如今公孙鞅借新法之名,盘剥下民,陷害良善,使主公处于不仁不义之地,实为大奸。公孙鞅以邪术迷惑君上,无非是以此独揽朝政,危害社稷。"

"公子虔诬主公不仁不义,才是真正的大奸。自立新法以来,我秦国府库丰足,兵力强盛,方有今日大胜。新法乃主公所立,公子虔却诬新法盘剥下民,陷害良善,是对主公大不敬也!"公孙鞅厉声道。

大不敬之罪等同谋逆,臣下犯此大罪者,应将其"五马分尸",诛灭九族。朝堂上众臣见公孙鞅以此大罪指斥公子虔,无不骇然变色,大气也不敢呼出一声。

公子虔却是毫无惧色,道:"臣非诬新法。臣以为,除弊革新,虽圣贤亦不废之。新法之立,原无不可。臣所恨者,乃借新法之名,盘剥下民之财以邀君宠,固其权位也。今府库丰足,下民却饥寒交迫,苦不堪言。长此下去,虽国中府库之财堆如山积,也难阻挡民怨。倘若意外之事忽生,则国中必将大乱,不可收拾。臣请主公立将公孙鞅逐出朝廷,废除新法之苛。"

"主公,公子虔他⋯⋯"

"罢了,罢了!"秦孝公大感扫兴,猛地打断了公孙鞅的话头,"今日乃寡人宴乐之时,并非议论政事。你们都不要争了,谁争,谁就是对寡人大不敬!"

公孙鞅和公子虔仇恨地互相看了一眼,垂下头,不敢再说什么,各自回到了席位上。鼓乐声大作，一队美女在朝堂上舞着长袖，唱起了秦国歌曲。秦孝公高举装满美酒的金爵，与众臣下同为欢乐。众臣下也忙不迭地举起金爵，争相表示其欢乐之意。然而在心底里，众臣下却是惶惑不安，感到朝中即将有一场巨大的"风暴"来临。

第十五章

劓鼻之刑辱嬴虔　邹忌用谋荐田婴

朝堂上盛大的宴乐过去三日之后，公孙鞅忽然上了一表，言其身患心痛之疾，意欲"退隐"，乞求秦孝公恩准。秦孝公大惊，急忙乘车驰往公孙鞅府中，探视其"心痛之疾"。

在公孙鞅的治理下，秦国已逐渐强盛起来，并且按着预定的谋划一步步向着"威服天下诸侯"的大业稳步前进，而这一切谋划的"领军主帅"，正是公孙鞅。如果此时"领军主帅"突然甩了大印，秦国的政事将陷入一片混乱，所谋也将毁于一旦。

秦孝公刚走进左庶长府中，就见公孙鞅慌忙迎上前来，跪地行以大礼，但见公孙鞅脸上布满愁意，却无丝毫病容。

好你个公孙鞅，又在寡人面前耍起奸来了。秦孝公心中恨恨说着，脸上却满带着笑容，扶起公孙鞅道："爱卿之疾怎么样了？寡人心中甚是不安，只怕是朝政之事累着你了。"

公孙鞅眼圈红了："臣之疾，乃是心疾也。非药石可医，唯大王能够医之。"

秦孝公大奇，道："寡人非医，何能医爱卿之病？"

公孙鞅将秦孝公迎于内堂，跪地言道："微臣乃草野之人，蒙主公不弃，委以国政，待如上卿，此恩虽天地之至大，亦不能及也。微臣感主上大恩，欲肝脑涂地，竭尽心智报答。今幸有所成，而妒者之毁俱至，微臣一口难辩众人之舌,且连累主公受辱,罪莫大焉。微臣心痛,是痛我秦国新法尚未尽备,就欲夭折,使微臣的报国之志,亦不能尽于主公矣。"

什么,新法尚未尽备?秦孝公心中一惊,忙离座再次把公孙鞅扶了起来。

"唉!前日寡人酒醉,使爱卿受了委屈,实为寡人之过也。"秦孝公说着,向公孙鞅行了一礼。

公孙鞅再次跪下来,连连磕头:"微臣岂敢担当主公之礼,死罪,死罪啊!"

"寡人今日改过,总不算晚吧。寡人明日下诏,从此以后,不许公子虔入朝议政。"秦孝公说道。

公孙鞅心中大喜,脸上仍是满带愁意:"微臣与公子虔并无私仇,只是公子虔恃其为宗室亲贵,又有贤者之名,肆意毁谤新法,若久在朝中,必会生出乱事。"

秦孝公点点头,道:"这些寡人早已知晓,所以一直未让公子虔参与朝政之事。不过,爱卿也不必将公子虔放在心上,他不过多看了几部书,自认有才,喜好发狂而已。"

公孙鞅道:"公子虔发狂不足惧之,恐有人借其名望,迷惑百姓,扰乱新法。"

"这个更不须虑。国中凡有诬蔑新法者,即是诬蔑寡人,爱卿可论律治罪,寡人绝不干预。"秦孝公道。

"新法之事,可富国强兵,原是人人称赞之善举。然百姓习于旧法,不免对新法有所不适,自会生出怨言。且奸民因新法而不得逞其奸,更是对新法恨之入骨。故新法之行,所用之人不当,不能成功;用人得当而又任之不专,不得成功;任而专之又惑于众人之言,有所疑虑,亦不能成功。"公孙鞅说道。

秦孝公笑道:"寡人早就说过,秦国的一切大事,当由左庶长做主。谁敢对抗左庶长,就是对抗寡人。明日在朝堂上,寡人当再度宣示此诏。嗯,寡人的这服药,医得了你的'心痛之疾'吗?"

公孙鞅匍匐在地:"主公之恩,可昭日月,微臣虽粉身碎骨,也难报万一矣。"

秦孝公只虚抬了抬手,道:"爱卿请起。闻说爱卿的新法尚未尽备,不知那未尽之处为何？"

公孙鞅站起来，恭恭敬敬地说道："前些年所行新法，不过为戈上之刃，取其锋利，易于见效，易于破旧也。然戈缺其柄，难成大器矣。今日微臣已拟出六条律令，可为新法之柄。主公持此大器，当可雄视天下，成其大业！"

"好！"秦孝公大赞一声，"还请爱卿详细道来。"

公孙鞅详细叙述起来：

第一条，实行"开阡陌封疆"，使田地可以买卖。

"阡陌"是一亩田地的田界，"封疆"是一项田地的田界。秦国实行古法，全国的田地，俱为国君所有，百姓每户依人口多少，由国家授给田地，并向国家缴纳赋税。每隔数年，由国家重新分配一次。百姓不得私开"阡陌封疆"，否则，当以盗贼之罪论处。百姓被束缚在"阡陌封疆"之中，终年劳作，却不得饱暖，对农耕之事极是厌倦，时有逃亡发生。

秦国对于逃亡的百姓，历来是残酷镇压，擒获逃亡者，立即斩首示众。有些百姓偷偷开垦私田，由于不交赋税，渐渐变富。众人竞相仿效，争开私田，而对其所受的"阡陌封疆"内的田地，则不甚出力。赋税之额，为田地出产的十分之一以上。百姓对田地不甚出力，所产大减，而国家所收的赋税，亦是大减。

秦国君臣对"私田"大为头疼，屡次禁止，屡次失败。其原因在于各公室贵族亦竞相开垦私田，从中获其厚利。而百姓为逃避官府追究，往往将"私田"附在公室贵族名下。秦国对私田越是禁止，私田反倒越多，最终在献公之时不得不承认了私田的存在。

国家承认了私田，就可以从中收取赋税，能大得其利。但因"阡陌封疆"的存在，私田之数总被隐瞒，无法查清，反而收不到什么赋税。且富者多买田地，租税尽归私人之手，于国家极为不利。

"开阡陌封疆"实际上是把所有的田地都变成了私田，国家见田即收其税，使私田无从隐瞒，国家大得其利。当然，这种田地之税，比过去的赋税要轻了许多。如此，百姓所得，亦是多于往昔，无不愿意在田地上多出其力，以尽量多得出产。

第二条，全国实行县制，由国君直接管理。

功臣封地削除，改授食邑，功臣只得食邑之利，不能拥有所封食邑的军政之权。秦国之地共划为四十一县，每县设县令、县丞、县尉各一人。县令为一县之长，总管一切。县丞执掌民政之事，县尉主掌军务之事。县令、县丞、县尉之下再置小吏数人，分掌细务之事。如此，则全国归于一统，可使国君权威遍及朝廷内外，政令通达，国力当大为增强。

第三条，迁都咸阳，广修宫殿，君临天下。

咸阳之地靠近渭河，形势险固，物产丰富，交通便利。立都于此，可更加方便地发布政令，征集军队，有利于东征中原。

第四条，统一度量衡，使赋税的收取更加便利，少有争端。

给每县发给一枚标准"禾石"，每石的重量，以此为标准。同时发给标准的"方升""长尺"，以此作为容量和长度的标准。国家须常派大臣巡视各县，检查度量衡之器是否符合标准。符合者赏，不符合者罚。如果与标准相差过大，则处以大刑。

第五条，除田地之税外，国家还须按户收取"口赋"，以补"田税"之不足。凡男子成年后，必须与父母分家，另立门户，缴纳"口赋"，家有二男而不分者，赋税加倍。

第六条，秦国百姓，多有戎狄之族，喜父子兄弟同室居住，全族亦同聚一处而居，此不利于开垦荒田，多立门户。国家当下令禁止父子兄弟同室居住，族人过十户者，必须另迁他处。

"好，好!"秦孝公听了，连声称赞，喜形于色。公孙鞅所说的六条中，有两条他早就想加以实行。

一为迁都。秦孝公觉得咸阳之地，才是君临天下者应居之地，早就在暗中准备迁都，曾派内侍带着太卜前往咸阳踏勘适合建造宫殿的"风水宝地"。

二为统一度量衡之器。秦孝公喜好财物，常到宫中清点所藏粮食布等物，每次都因为各种度量衡的不同而换算不休，弄得他多次乘兴而去，败兴而归。

至于其余的四条，秦孝公也认为是富国强兵、扩大君权的上上之策，应立即实行。

次日，秦孝公大会群臣，宣布实行第二次变法，并重申秦国大事，俱由左庶长做主。此外,秦孝公还下了一道诏令:公子虔擅议朝政,罚其交纳黄金百斤,非宣不得入朝。

在得到了秦孝公的大力支持后,公孙鞅雷厉风行地实行了第二次变法。这一次,反对公孙鞅的人更多了。

"开封疆"这一条,于国有利,于民亦是有利,反对的人并不多,但实行县制,使原先的功臣贵族在封邑失去了许多特权,引起了他们极大的不满。而迁都咸阳,又使许多留恋故地的人们生出了怨意。统一度量衡之器开始时众人俱不习惯,经常出错,遭到了官府的严厉处罚,使人们心中恨意大起。加收"口赋",强令分家,更是令全国上下不论贫富,俱都强烈反对。迫令戎狄之族改变风俗,则激发了戎狄之族本来就对秦国朝廷非常痛恨的情绪,一时间处处都可见到违反的戎狄之族。

对于反对新法的人,公孙鞅不问青红皂白,一律处以斩首的大刑,并悬其首级示众。

公孙鞅在朝中道:"凡行新法,必须立威,不立威则难以服众。立威的最好办法,就是杀头。"对于公孙鞅的言语,众朝臣自是齐声称赞,并无一人敢加以反驳。于是,秦国上上下下,再度陷入了血腥之中。

公孙鞅大为忙碌,每日除忙于新法之事,还要亲至刑场,监视众吏卒行刑。他发觉每日吏卒斩杀犯人,到了三百之数便停了下来。公孙鞅心中奇怪,问:"此为何故?"

吏卒曰:"杀人若过三百,必惊动鬼神,降下大灾。"

公孙鞅勃然大怒,厉声道:"难道那无行无迹的鬼神,竟比我的政令还要厉害吗?"

众吏卒匍匐在地,不敢回答。

公孙鞅当即将众吏卒以"违令"之罪全数斩杀,然后另换了吏卒,继续行刑。那一日,刑场上一下子被杀死了七百人,鲜血流进渭河,将渭水都染成了赤色。秦国人见公孙鞅如此刚狠好杀,满腹的怨恨之意,再也不敢说出口来,甚至睡梦里见到了公孙鞅,也惊骇得大叫"救命",醒来后汗流满面,浑身发抖。

戎狄之族的群起反抗,也很快被秦国强大的兵威镇压了下去,没有酿成大乱。公孙鞅甚是得意,常常乘车出巡各县,察看新法的实施情形。沿途官吏闻听公孙鞅到来,早早就跪在城郊的大道上,恭迎左庶长的大驾。

一日,公孙鞅巡至旧都栎阳,忽见城外一大片田地依然是阡陌纵横,并未依新法开垦。公孙鞅立即招来栎阳县令,问:"此田为何人之田,怎敢不依新法?"

栎阳县令磕头答道:"此乃太子食邑之田也,太子不许开阡陌,卑职亦无可奈何。"

公孙鞅怒道:"太子虽贵,岂能贵于朝廷法令?尔身为一县之长,不能令新法实行,要尔何用?"他当即传令,免除栎阳县令之职,由下属代司其职,然后驰回咸阳。

哼!这定是公子虔不服,唆使太子与我为难。这一次,我可不能放过你。公孙鞅回到咸阳后,立入内宫面见国君,禀告太子犯法之事,请求处置。秦孝公面露难色,略带怒意地说道:"难道,寡人就因此事杀了太子吗?"

"太子贵为储君,自然不可加刑。"公孙鞅见秦孝公不悦,立刻说道。他深知,秦孝公对太子极是宠爱,好几次他有意攻击太子,都惹得秦孝公极不高兴。

"可是,我秦国之法又绝不可废,这便如何是好?"秦孝公怒意顿消,问道。

"太子年少,难知政事,其不遵法令,罪在其师,当治其师之罪。"公孙鞅答道。

"当治其何罪?"

"治其教唆太子,对抗朝令之罪。"

"啊!"秦孝公大吃一惊,"若以此论罪,公子虔当处以斩首大刑,其家人子女,亦当罚做官奴。"

"正是。"公孙鞅神色俨然地说着。

"不可,不可。"秦孝公连连摇头。

"为何不可?"

"公子虔乃是天下知名的大贤,寡人岂可自斩贤才?况且太子年少,其犯法之由,不一定出自公子虔之教。"

"如此,岂非当治太子之罪?"

"不,不!这更是不可。嗯,爱卿看在寡人分上,且饶了那公子虔一命吧。"

"这……"公孙鞅为难地想了想道,"国法绝不可废,公子虔死罪可免,活罪难饶。"

"只要不杀公子虔,爱卿自可依法行令。"秦孝公松了一口气,生怕公孙鞅反悔,连忙说道。

公孙鞅听了,立即大会朝臣,议定公子虔"失职"之罪,将公子虔处以劓鼻之刑,并在脸上刺上"罪囚"二字。这种刑罚,平日专用于盗贼身上,极少用在公子虔这等宗室贵族身上。公子虔身受这等刑罚,视作奇耻大辱,独坐于内室,欲拔剑自杀。就在公子虔举起佩剑的时候,张仪和公孙衍急急走进内室,拉住了公子虔的胳膊。

"大人此举,正中公孙鞅奸计也。公孙鞅行此酷刑,正是欲迫使大人蒙羞自尽。"张仪说道。

"公孙鞅闻听大人自尽,当仰天大笑,以为永绝后患,可以为所欲为了。"公孙衍说道。

公子虔听了,双手颤抖,那柄佩剑再也无法刺下去了。

听到公子虔安然受刑,公孙鞅大觉扫兴,只得按下满腔杀意,另寻除掉公子虔的机会。但公子虔自受刑之后,即不出大门一步,令公孙鞅无法寻到他的任何错处。

太子见到老师受刑,大感愤怒,入宫求见,欲攻击公孙鞅,话未出口,就被秦孝公痛骂一顿,赶出了宫门。公孙鞅闻听此事,大感振奋,勤于政事,日夜监督新法的实行。几年之内,秦国赋税户人就增加了两倍,从而得以大量购置战车甲仗,其武器之精良,远远超过中原列国。

这时,传来了魏国尽起国中精兵,由魏惠王亲自统率,向韩国大举进攻的消息。公孙鞅大喜,告于秦孝公,魏伐韩国,齐必救之,中原将大乱矣。魏国不论胜败,经此大乱后,国力定是大弱,我秦国可乘虚夺取西河之地矣。秦孝公亦是大喜,当即征集精兵十万,和公孙鞅共同统领,隐伏于秦、魏边境,伺机进攻。

周显王二十七年(公元前342年)秋,魏惠王以韩国国君不亲至大梁"朝贡"为由,突然发动二十万大军,自为主帅,由庞涓和太子申充作左右将,向韩国展开了猛烈的进攻。韩昭侯亦发动倾国之兵,与魏军对抗,不料却是连战连败,一下子被魏国夺占了十余座城邑。

韩国君臣惊恐之下,连忙派出使者,向齐国求救。魏国乘胜追击,将韩昭侯所率领的韩国大军围困在南梁城中,日夜猛攻。南梁城墙高大坚固,魏军连日猛攻,无法攻下,遂在南梁城四面扎下营垒,作长久围困的打算,想以此逼迫韩昭侯献城投降,吞并整个韩国。

韩昭侯岂肯投降,一边亲上城墙巡视,鼓舞士气,一边焦急地盼望着求救使者早日返回。齐威王见了韩国的求救使者后,立即大会群臣,商议应对之策。相国邹忌道:"魏虎狼之国也,韩亦为虎狼之国。两国相攻,于我齐国大是有利,我齐国不必救韩,只需坐观两虎相斗,然后拣其伤重者攻之,所获定多。"

大司马田忌道:"相国之言差矣。魏强韩弱,我齐国若坐观其斗,则韩国必为魏国所灭。若魏国兼有韩国土地人众,其国势之强大,恐非我齐国所能相敌。"

齐威王连连点头:"大司马说得是。魏国乃我齐国之仇,若任其得势,自是于我齐国不利。"

邹忌听了脸色顿变但很快又镇静下来道:"大司马精通兵法,主公何不拜其为帅,立即领兵救援韩国?"

"不。"田忌道,"此时救韩,尚嫌太早。韩侯并非庸君,非到万不得已时,不会降魏。我去得早了是与魏硬拼,势必损伤极大,得不偿失。我齐国可明许救韩,暗中并不立刻发兵。待韩、魏二军疲惫至极时,再去救援,则用力甚少,即可大胜矣。"

齐威王听了,连声称妙,当即依照田忌之言,召见韩国使者,答应救援韩国。同时,齐威王下诏,在国中大肆征集丁壮,宣称将出兵救韩。韩国使者大喜,立即赶回国中,潜入南梁城内,向韩昭侯报告了大好消息。韩昭侯精神振奋,率领城中军卒大开城门,杀向魏军大营,意欲借此小胜一场,一来鼓励士气,二来也好在齐国人面前壮壮声威,显示韩国并非不堪一击。

魏惠王得知齐国欲救韩国,就料定韩昭侯会出城反攻,早作了准备。韩昭侯竭尽全力无法攻入魏军营垒,反被魏军一个反冲打得大败。韩昭侯不服气,连着出城猛攻了五次,每次都无一例外打了败仗,损伤惨重,而魏国军卒却损伤甚少。到了此时,韩昭侯方不得不承认在率军征战这件事上,他的本领远远不如魏惠王。他只得龟缩城内,死守不出,盼着齐国大军早日来到,解了南梁之围。

魏惠王岂容韩昭侯安然等到救兵,再次对南梁城发动了强攻。谁知韩昭侯不善攻敌,倒善守城,把南梁城守得铁桶一般,魏军攻城时伤亡惨重,仍是无法占到半点便宜。消息传到齐国,有人大笑,有人却是愁眉紧锁。

大笑的人是孙膑,他对田忌说道:"只数年间,大司马就深通兵法,可喜可贺。"

田忌拱手道:"在下日日受到夫子的指教,若无丝毫长进岂非蠢如木牛?"

愁眉紧锁的人是邹忌,他对公孙干言道:"田忌有孙膑相助,此番出战,必能得胜。如此,田忌之功,终将胜过吾矣,不知夫子有何妙计解吾之困?"

公孙干笑道:"田忌所恃者,孙膑耳。只要除了孙膑此人,对付田忌,易如反掌。主公素喜公子婴,相国大人可言于主公,让公子婴作为监军,随田忌出征,主公必喜而从之。然后相国大人可使人传言,主公不信田忌,欲以公子婴代之。孙膑感田忌知遇之恩,必为田忌出谋脱困。田忌从,则是反贼,田忌不从,孙膑要么会与田忌疏远,要么会惧祸远走。不论是哪种结果,都与相国大人有利。"

邹忌听了,忧愁顿消,喜道:"若对付了田忌,吾当与夫子共掌齐国朝政矣。"

韩昭侯苦苦支撑,日夜盼望着齐军到来,偏偏齐军迟迟不至,使韩昭侯忧心如焚。他不断地派出使者,也不断地接到好消息——齐军正在整列队形,立刻就要出发。但是齐军却总在原地不动,竟未出国境一步。

转眼之间,已至来年春天,南梁城中粮草日渐减少,箭矢礌石也几乎用尽,不论是军卒还是百姓,俱人心惶惶,每日都有人逃至城外,投降魏军。韩昭侯大急,遣使者告知齐威王若齐国再不发兵,韩国将被迫投降魏国。齐威王不敢再拖下去,立即拜田忌为主帅,领精兵十万,速至南梁救援。

邹忌乘机对齐威王言道,此等大战,数年难得一见,何不以公子婴为监军,让他增长见识?公子婴是齐威王最喜欢的儿子,可惜为庶母所生,不是嫡子,不然早就被立为太子了。为此齐威王心中很不舒服,总想把公子婴拜为朝中高官,却苦于找不到让他立功的机会。依照礼法,宗室公子必是众人公认的大贤或立有大功,方可拜为高官。当然,如果国君不想成一个"贤君",自是不必理会这一套,但齐威王偏偏想成为一个"贤君"。

邹忌的一番话,使齐威王猛醒过来——这是一个让公子婴立功的大好机会。他当即下了一道诏令:以公子婴为监军,与大司马田忌同掌军机。

国君的诏令使田忌大感意外,却也不觉有什么不对。他仍然将孙膑拜为军师,又选种首、黔夫、匡章为三军主将,行过誓师仪式之后,即向南梁驰去。

当晚歇营之时,孙膑密请田忌来至帐中,问道:"公子婴为监军,是否为相国所荐?"

"不仅公子婴为监军是相国所荐,即吾为主帅,亦是相国所荐。"田忌笑道。

"我在国中已有多年,每听人言,相国与大司马甚是不和,此事可是真的?"孙膑问。

"当然是真的。相国虽有才能,却不是诚心之人,专好媚上,我看他不惯,对他缺少礼敬,他也因此对我怀恨在心。"

"既是如此,他为何要推举大司马为帅?"

"他的推举,未必出于真心。主公一向对我信任,他就算不推举我,主公一样会拜我为帅。他本是个奸猾之人,最善顺水推舟,借此推举我,不过是待我胜敌归来时,好向主公争功讨赏罢了。"

"相国此人,甚有智谋,恐非大司马想得这么简单。"

"军师多虑了。吾深得主公信任,相国纵有奸谋,也难得逞。"

"主公既是信任大司马,就不必派公子婴为监军了。吾今日听军中有人窃窃私语,道主公有意以公子婴代替大司马。此传言不论是真是假,都于大司马极为不利。"

"主公乃贤明之君,岂能为传言所误?这等小事,军师不必多加操心。倒是军机大事,军师要好好指教在下才是。这次进军,是否和上次一样直攻大梁？"

唉！这田忌得志太顺，不知人心险恶，将来必会遭陷害。孙膑在心里叹着，道："兵随势变。此次与上次不同，自不可用同一谋略。上次邯郸被魏军攻破，尚无碍大局。此次南梁若被攻破，则韩国已入魏国手中，大势去矣。故此次用兵，当疾驰南梁，速解韩国之围，方为上策。"见到田忌不愿说起传言之事，孙膑也不再说了。临战之时，主帅最忌分心，孙膑深通兵法，自是不愿让田忌"分心"。

"不错，今日只行了二舍之地，走得太慢，明日当行三舍之地。"田忌说道。

次日，齐军的行军速度明显加快了。不料才行了五日，魏国大军已迎头杀了过来。魏惠王对齐军是否救韩的消息，比韩昭侯还要关心，派出最精明的探使在临淄打探着齐军的消息。齐威王拜田忌为帅的诏令刚下，魏国探使便乘着千里马日夜奔驰，很快就将齐军将要出征救韩的消息禀告给了魏惠王。

魏惠王立即招来庞涓商议对策，道："南梁旦夕可下，绝不能让齐军靠近南梁，使寡人前功尽弃。"

庞涓道："将齐军挡在边境，最是有利。微臣愿领一支人马，速往边境，全歼齐军，以报主公大恩，雪桂陵大败之耻。"

魏惠王点头道："寡人要督攻南梁，这阻挡齐军的重任，非爱卿不能承担。"

魏惠王将大军一分为二，自领十万士卒继续围攻南梁。另分出十万士卒，以庞涓为主帅，太子申为监军，日夜兼行，速至齐、魏边境，阻挡齐军。

临行之前，魏惠王叮嘱道："此行不必与齐军硬拼，只需挡住齐军，便是大胜。"

庞涓倒也不忘魏惠王的叮嘱，在边境与齐军相遇时，虽然做出了欲与齐军拼杀的气势，却又牢牢守住营寨，只挡着齐军的去路，并不向齐军挑战。

孙膑道："魏军之强，天下没有一国的士卒可与其相比，诸位将军应紧守营寨，万勿出战。"

众将同声答应，但公子婴却厉声说道："军师之言差矣，天下最强的士卒,莫过于我齐国的士卒。我齐军为救韩国而来,岂能困守此处,坐视韩国之危?"

孙膑不高兴了,皱着眉头问道:"若依监军大人之言,我齐军该当如何?"

"若依本监军之计,当立即拔营前进,奋力攻破魏军营垒!"公子婴大声说着。他深得君宠,一向认为自己武勇无敌且智谋过人,根本未将孙膑和田忌放在眼中。

"监军之计,原也不差。只是我齐国将军,一向惧怕魏军,恐无人愿充先锋,前往敌营挑战。"孙膑道。

公子婴大怒:"本监军视魏军为鼠兔耳,岂会惧怕。"说着,转身向田忌请命,愿充先锋,前往敌营挑战。田忌沉吟不语,目光不觉向孙膑扫了过来,他也不赞成紧守营寨,与魏军对耗下去。

孙膑冷笑道:"监军未经大战,怎是魏军敌手? 如此言语,只是自吹自擂耳。"

公子婴恼了,呼地站了起来叫道:"本监军愿立下军令状,若不能胜敌,情愿受军法处置。"

孙膑仍是冷笑着:"此乃军中,不得戏言。"

公子婴怒道:"本监军岂会与你戏言,快拿刀笔来,本监军当面与军师立下军令状。"

军卒依言奉上刀笔,公子婴当着众人之面,在竹简制成的军令状上刻下了他的名字。孙膑收下军令状,顿时现出恭敬的神情,说:"监军以尊贵之身,亲为先锋,胆气之壮,令人佩服!"

田忌见孙膑同意出战,当即发下将令,以公子婴为先锋,种首、黔夫为左右翼,匡章为后队,田忌、孙膑自领中军,拔营前进,直向魏军冲杀过去。魏军却不出战,只在营垒后以羽箭暴风雨般射向齐军,迫使齐军后退。公子婴领着本部军卒连冲三次,三次都败下阵来,气得他眼中欲冒出火来。

"杀,杀过去!"公子婴大吼着,率领齐军第四次向敌方的营垒冲了过去。这时齐军已显得十分疲惫,队形不整,兵卒们的呐喊声也弱了许多。魏军突然大开营门,以精锐的铁甲士卒为先锋,向着齐国军卒猛烈反冲过来。

公子婴拼命搏战,却无法挡住魏军的反攻,只得败退下来。魏军乘机追击,将齐军的左右两翼击败,杀得齐军倒退了三十余里,这才得胜回返。这一仗,齐军伤亡了数千军卒,甲仗辎重丢弃了无数,人人面带沮丧之色。

孙膑传令安下营寨后,立宣公子婴进入中军大帐,令行刑军卒依军法将其斩首。田忌大惊,求情道:"今日一战,监军非不尽力,实为敌军太强,以致败退。"

孙膑冷哼一声,盯着公子婴说道:"魏军乃鼠兔耳,岂是我齐军之敌?今日之败,定为监军怯敌之故。"公子婴面红耳赤,垂着头,一声不语。

"你等怎么还不行刑?莫非欲抗吾之军法么?"孙膑怒声对行刑军卒喝道。众行刑军卒听了,只得一拥而上,将公子婴推向帐外。

第十六章

孙膑减灶布疑阵　卫鞅背信赚西河

田忌见孙膑真欲斩杀公子婴，不觉慌了，忙拱手向孙膑深施一礼，道："监军初经战阵，原不应充作先锋，今日之败，罪不在先锋，在于本帅，望军师法外施恩，宽恕监军。"众将见主帅如此，纷纷跪倒下来，齐声为公子婴求情。

孙膑这才唤回公子婴，道："依照军法，你必死无疑。吾今日饶你，非是不遵军法，而是主帅代你承担罪责也。"说着，他叫来军中书吏，记下：某日田忌领兵出战，大败而回。这样一来，田忌日后若有大功，也难以得到朝廷的赏赐了。公子婴此时此刻仍然呆立在帐中，脸色紫涨，没有向为他代受罪责的田忌看上一眼。

"白日敌胜，防备定然疏忽，吾当乘虚劫其大营。"孙膑说着，让众将赶紧分头准备。转眼之间，大帐中只剩下了孙膑和田忌二人。

"军师当真要去劫营？"田忌问道。

"此为虚语，乃是让众将加紧准备，不敢疏忽耳。我军为救韩而来，岂能在此虚耗？今夜魏军得胜，必是惧我反扑，谨防我军劫营，少有哨探在外，难知我军动静。我军可借此良机，绕开其营，直驰南梁。"孙膑说道。

"啊，如此一来，魏军必在吾军之后紧追不放。兵在敌国，遭受大军尾追，是兵法大忌啊。"田忌说道。

"吾军若不如此，又何能救南梁之围呢？救人之难，如同救火，耽误不得。"孙膑道。

田忌想了想,道:"也只好如此。"

当夜,齐军离开营垒,向魏军扑去,才行出数里,孙膑就令大军绕道而行,避开敌营。直到次日中午,庞涓方从哨探口中知道齐军已绕营而过,顿时大急,忙率军自后追向齐军。

齐军自半夜而行,直走到次日黄昏,方才停了下来,计算行程,居然行了四舍之地,等于平日两天的路程。但同时,许多老弱军卒没能跟上大队,点上一点,竟少了三千余人。

田忌又喜又忧,对孙膑道:"吾军行速甚是快捷,敌军难以追及。只是掉队的士卒太多,实为不祥。"

孙膑却只淡淡一笑,传令士卒们宿营时多挖炊灶,每队士卒须多挖出三分之一炊灶。田忌迷惑地问着:"多挖如此之多土灶,则我军似有十五万人,莫非军师想以此虚张声势,吓退敌军?"

孙膑点头道:"不错,这正是虚张声势之计。"

田忌听了连连摇头:"庞涓深通兵法,恐怕不会被你的虚张声势吓倒了。"只是他话虽如此,却也未动用主帅的权威阻止孙膑,任孙膑自行其是。孙膑定是胸中藏有奇计,田忌在心中想。

次日一早,孙膑先唤来几个老弱之卒,密嘱一番,然后率大军前行,一日又行了四舍之地。这日,孙膑并未传令士卒多挖土灶,只是让大家快吃快睡,好好歇息。天明行军之时,孙膑唤来数百健壮军卒,又是密嘱一番,方率军前行。

当晚宿营之时,孙膑令军卒少挖了一半的土灶,让疲惫不堪的军卒轮流烧火煮饭。众军卒莫名其妙,却又不敢不遵军师的命令。这一顿饭,比平日多费了许多时间,令士卒们大有怨言。

庞涓率军追到次日半夜,方追至齐军前一天的宿营之地,一数灶头,不禁大吃一惊。齐军竟有十五万人吗?嗯,他若是兵卒不众,也不敢冒险直入我魏国境内啊,唉!齐军如此众多,要想战而胜之,只怕不易。庞涓心中想着,却不敢流露出忧愁之意。

这时,军卒们来报,捉住了齐军掉队的老弱军兵千余人,请主帅发落。庞涓心中这才有些高兴了,心想齐军掉队之卒知道后有追军,不一定都敢行在这条路上，我们擒住了千余，则实际上的掉队之卒当数倍于此。齐军如此急于行军，其兵必疲，疲兵虽众，不难胜矣。他当即传令，将敌卒押往后营，今日暂歇半夜，明日一早，疾行追敌。

次日，庞涓追至齐军的宿营地，一数灶头，估算齐军居然只剩下十万人了。怪事，怪事！齐军何少至此，庞涓满腹疑惑。此时，军卒们又报，捉住了敌军三千多老弱之卒，其中有数十齐国兵卒，请求面见魏军主帅。

庞涓令人将那些军卒带上，问："你等欲见本帅，有什么话说吗？"

众齐国军卒磕头答道："我等非是掉队之卒，而是不愿与魏为敌，想逃归家乡，求大帅放了我们。"

庞涓问道："你等既是逃卒，为何不走小路，偏行大道，以致为我军所擒？"

众军卒答道："健壮之卒，多从小路逃走，我等疲惫至极，行走不动，只好顺大道慢慢走着。"

庞涓仔细观察了众军卒一会儿，道："你等疲惫至极，倒也不假，只是为何要做逃卒呢？"

军卒答道："我军不能战胜大帅，只知拼命行路，早晚必将大败。蝼蚁尚且贪生，我等又何必留在军中送死呢？"说着，连连向庞涓磕头。

庞涓问："逃卒归国，亦是死罪，你等怕留在军中送死，就不怕回到国中被处死吗？"

众军卒道："法不责众，大伙都跑回国了，也就没什么死罪之说了。"

"哈哈哈！好一个法不责众。"庞涓大笑起来，挥手让人把众齐国军卒押至后营。他当然不会将众齐国军卒放了，报功之时，一个战俘，往往顶得上三颗敌军首级。

"大司马，齐军已经胆寒，可用轻锐之卒速速追上，将其击灭。本监军愿为前部，大司马在后接应。"太子申见到这种情景很是高兴，献上了一计，并主动请战。

庞涓摇摇头："孙膑诡计多端，我等非探听清楚，不可轻举妄动。"

太子申有些着急："齐军速度太快，若行至南梁，与韩军里应外合，则大王危矣。"

庞涓道："太子不必忧虑，本帅绝不会让齐军赶到南梁城下去惊动大王。"

次日，庞涓出发时，另分了几队精锐士卒从小路前进，大军依旧顺大道追击。当晚赶到了齐军的宿营之地，太子申和庞涓同时令人清点齐军留下的灶头。这一清点，太子申和庞涓乐得同时仰天大笑——齐军跑了一半，只剩下五万人了。

"齐军士气衰落，正是攻击的良机。"太子申说道。

庞涓一时未说什么，他在等待从小路上前进的士卒。过了大半个时辰，从小路前进的士卒来到了大营，他们押上了数百个健壮的齐国军卒。

好，齐军的壮健士卒果然也在逃跑。庞涓心中大喜，让人把齐国士卒押到跟前，问："你等身强力壮，为何也成了掉队之卒？"

众齐国士卒答道："我等不愿与魏军交战，并非是掉队之卒。"

"你等为何不愿与我魏军交战？"

"大伙都跑了，此战必败，我们又哪敢留下来送死呢。许多人都绕道宋、卫逃回了国中，我们贪图近便，从小路逃回，却不料反被捉住，实在是气运不佳。"

"哈哈！"庞涓又大笑起来，"不是你等气运不佳，而是那孙膑的气运不佳了。"他令人将齐国军卒押往后营，然后立即和太子申商量——将大军分为前后两队，六万人轻装追击，四万战力较弱者看护辎重，在后接应。庞涓领前队，太子申领后队。

"大司马，还是让我来统领前队吧。"太子申欲建大功，不愿留在后队。

"太子乃国之储君，地位尊崇，不可冒险。"庞涓欲雪桂陵之耻，更不愿留在后队。

太子申无奈，只好预祝庞涓成功，并道："孙膑甚有智谋，大司马宜多加小心。"

庞涓咬了咬牙道："上次桂陵之败，乃孙膑匹夫欺吾无备，又先得地利，才侥幸成功耳。如今这条道上平坦通直，无险可以设伏，孙膑纵有通天本领，也难奈我何。"

二人商量已定，即分兵连夜疾进。庞涓的前队尽为轻锐之卒，很快和太子申的后队拉开了距离。

齐军行至魏国境内的马陵停了下来，孙膑传令众将士顺大道两旁布下埋伏，只待魏军进入埋伏圈内，就一齐冲出，奋勇杀敌。

田忌恍然大悟，道："军师日减土灶，是使魏军以为我士气已衰，军卒大半逃亡，遂轻敌冒进，中我埋伏，妙！兵法曰，兵不可使其骄，若骄，则必败无疑。军师之计，是使敌骄也。"

孙膑笑道："庞涓乃吾手下败将，若不以此减灶之计，难以使其骄也。"

"军师妙算，吾何能及之。"田忌叹道，四面望了望，忽然皱起眉头，"嗯，此地过于平坦空旷，数十里难见山林，无险阻之处可以利用，只怕难以困住敌人。"

孙膑道："险阻可以天生，亦可人为。只知天生之险阻，未得人为之险阻，难出奇计也。故《握奇经》曰，正正奇奇，奇在正中，正在奇中。"说着，孙膑让人扶上高车，在大道上来回巡视，令士卒将战车辎重等物堆成一座座"高垒"，"高垒"之顶布置弓弩手远距离杀敌，"高垒"两旁以盾牌手、长戈手阻截敌军冲击。"高垒"之间的空处，伏以手握短戈、巨斧的大力士卒，突出攻杀敌军。孙膑指示的方法甚是简便，不过两个时辰，众军卒已在大道两旁百余步后堆起了无数"高垒"。

"军师能够人为制造险阻，大大出乎吾之预料，可谓前无古人，奇之又奇矣。"田忌赞叹不止。

孙膑笑而不应，令士卒将几辆高车横在大道正中，抬来无数巨石塞住车轮，然后在车顶悬一高牌，上面大书六字——庞涓死于此处！然后孙膑令以善射著名的匡章率五百强弓手埋伏高牌附近，只待敌军帅旗出现，即乱箭射出。这一次，孙膑已不需要生擒庞涓了。

孙膑的耳旁仿佛响起了庞涓的大笑声，响起了庞涓所说的话——吾兄弟当患难与共，富贵同享！

庞涓，是你自弃诺言，怪不得我了。孙膑在心中说着。

强弓手刚刚布置完毕，哨探军卒来报，说魏军前锋已至，离此不过五里路远。

孙膑、田忌闻言迅速隐于强弓手之后，屏住呼吸，两眼一眨也不眨地盯着前面的大道。

庞涓率领轻锐的魏军，以比平日快三倍的速度，向齐国军队猛追过来。赶到马陵大道时，天色已经昏暗下来，大道两旁模模糊糊，什么也看不清楚。依照行军惯例，此时早就该停下来，立营歇息。但庞涓仍然令士卒全速前进，魏军士卒只得不顾疲惫，燃亮火把，继续行进，但走不了几步，却停了下来。

前锋士卒慌慌张张奔到庞涓面前，禀告道："前面有高车挡路，上竖一牌，写着的……写着的言语对大帅甚是不敬。"

"此等小事，何须惊慌？且等本帅看来！"庞涓怒喝道，驱车向前疾驰。护卫军卒高举帅旗，紧跟在庞涓之后。这定是孙膑想出了什么诡计，欲阻挡我军追击。庞涓想着，已来至阻挡大道的高车前。士卒高举火把，让庞涓清楚地看到了牌上的大字。

"啊！匹夫竟敢如此折辱于我？"庞涓大怒，喝令士卒，"快，快给我砸了它……"

唰唰唰唰——空中陡地厉风大作，打断了庞涓的话头。无数支羽箭如漫天飞蝗一样射向了庞涓，霎时间将庞涓射成了一只浑身生满了箭杆的"刺猬"。

"啊——"庞涓只来得及发出了一声惨叫，仰天栽倒在车下。他的两只眼睛兀自大睁着，似是在问着昏黑的上天——我为什么会命丧此地，为什么？

杀啊！杀啊——手挥短戈巨斧的齐国士卒冲了出来，向着乱成一团的魏军猛刺猛砍。

"高垒"上的弓弩手不停地发射着威力强大的弩箭，专射战车上的魏军将官。

失去指挥的魏军虽然队形混乱，却依然显得异常勇悍，顽强地抵抗着齐军的攻击。有些魏军士卒甚至反攻到了"高垒"之旁，但又被齐军的盾牌、长戈挡了回去。双方士卒激烈混战了两个多时辰，魏军终于垮了下来。

齐军倚仗着人为的"险阻"，以逸待劳，加以突然袭击，全歼了魏军的前队六万士卒。孙膑留下两万士卒打扫战场，和田忌率领其余的军卒向后回击，向太子申率领的魏军后队猛攻过去。齐军军卒高挑着庞涓的人头，以寒敌胆。

次日黄昏,孙膑的大军与太子申的魏军后队相遇,展开了激烈的战斗。太子申毫无准备,刚一交锋,就已阵形大乱。这时,魏军偏又看到了庞涓的人头,得知前队已全军覆灭,顿时斗志全消,人人争相逃命。太子申无法约束军卒,欲待逃走,已是迟了,被齐军一拥而上,牢牢擒住。

齐军一战全歼魏军十万士卒,杀死其主帅庞涓,生擒其监军太子申,获得空前大胜。孙膑毫不停歇,挥军直向南梁城杀来。

魏惠王闻听败报,不顾威仪,失声痛哭起来:"哀哉,哀哉!寡人数十年心血,竟毁于一旦。寡人有何面目见列祖列宗于地下?"哭着,欲拔出佩剑自尽。左右近臣慌忙抱住魏惠王,苦苦劝说。众将官亦纷纷请战,誓与庞涓报仇,救回太子申。

"罢了,罢了!寡人一误不可再误。"魏惠王痛苦地说着,下令回撤大梁。十万魏国大军眼睁睁放弃了唾手可得的南梁城,避开齐军,回至国中。

"我军大败,四邻必乘虚攻我,不可不防。"魏惠王总算保持着清醒,分派大臣严守国境。公子印被分派到西河,严守秦、魏边境。

韩昭侯死中得生,喜出望外,亲自出城三十里,将前来救援的齐国将军们迎进城中,待以上宾之礼,赠送无数黄金美女,并大搜国中,厚赏齐国军卒。齐军在韩国待了月余,才高奏得胜鼓乐,穿过整个魏国,回到齐国。沿途的魏国军民望风而逃,龟缩城邑之中,无一人敢向齐军挑战。齐军主帅田忌得意扬扬,在高车上鞭指沿途魏国城邑,道:"从此以后,我齐国当可横扫天下矣。"监军公子婴却是默然不作一声,军师孙膑也是默不作声,眉头紧皱。

十余日后,齐军已行至齐、魏边界。田忌下令宿营三日,让众兵卒洗净征尘,擦亮甲胄兵刃,以威武之师的堂堂仪表进入国中。

当夜,孙膑将田忌请入帐中,劈头就问:"大司马回至国中,可得何等之赏?"

田忌一怔,笑了笑:"吾立此大功,当然应得上上之赏。"

"你已经位至大司马,再得上上之赏,邹忌还能安坐相国之位吗?"孙膑又问道。

田忌想了想:"我乃战将,不适合担当相国之任,就算主公让我去做相国,我也不敢应承。"

"可惜邹忌绝不相信你会拒绝相国之位。你的功劳太大，邹忌一天不将你置于死地，就一天不得安睡。他的权谋之深，你望尘莫及，根本不是对手。"孙膑道。

田忌听了，心中大跳了几下，但随即又笑了："军师所受刺激太深，过于疑心了。邹忌虽奸，也不至于有庞涓那么狠毒。何况，我身为齐国大司马，也非当年的军师可比啊。"

孙膑摇摇头："庞涓也非天生狠毒。人一旦执迷权位，就会无所不为。再说齐国大臣中欲与大司马不利者，绝非邹忌一人。虎虽威猛，也难敌群狼之攻啊。"

"军师是说，齐国大臣中还有一人与我为敌，此人是谁？"田忌思索着问道。

"此人乃是公子婴。"孙膑答道。

"军师此言差矣。"田忌笑了起来，"公子婴初入朝中，与我并无丝毫仇怨，怎会与我作对？"

"公子婴此人，极重权位，又有图谋执掌兵权之心。有大司马在朝中，公子婴所谋只怕难行。"孙膑说着，话锋一转问，"大司马是否知道，公子婴挑战魏军失败，其实早在我的预料之中？"

"啊，你既知公子婴必败，为何还要激他立下军令状，岂非是欲……是欲置他于死地？不，不！你是激他猛攻敌军，以使我……我……"田忌不知说什么话才好。

"我激公子婴立下军令状，有三个目的。一、让他使出全力攻击敌军，这样，庞涓就会觉得他的胜利是真正的胜利，就会轻视齐军，生出骄心。二、公子婴少年气盛，若不加以折辱，则会乱我军令，使我奇计难以使出。三、我想卖给大司马一个人情，让公子婴觉得大司马救了他，对大司马常存感恩之心。前两个目的我都达到了，可惜第三个目的却未达到。公子婴天生刻薄，气量极窄，居然对大司马毫无感恩之意。"孙膑平静地说着。

"原来如此。军师也太……也太为我费心了，我受之有愧啊。"田忌感慨地说着。

"膑受大司马知遇之恩，岂敢不报？今日大司马面临邹忌、公子婴两大劲敌,回到朝中,即是踏入险地。我反复想过,如今只有一策,可使大司马脱离险地。"孙膑说道。

"何策?"田忌问。

孙膑缓缓答道:"造反。"

什么,造反!田忌耳中有如巨雷响起,震得他头中嗡嗡乱响,呆呆地说不出一句话来。

"除了造反,大司马已无路可走。"孙膑说道,"大司马请立即扣押公子婴,然后留下老弱伤残之卒镇守要道,疾率大军进入临淄。大司马亦为宗室弟子,可自立为齐国之主。膑非夸口,若能辅佐大司马治理齐国,征伐四方,则十年之内,定可平定天下。而大司马亦将继周文王、周武王之后,又成一代开创贤王,可名传万世矣。"

"军师……军师休得胡言,休得胡言。吾深得主公信任,官拜大司马,已是……已是大过平生所望,心满意足矣。这等造反言语,军师再也休提,再也休提!"田忌脸色苍白地说着,对孙膑深施了一礼,逃也似的离开了营帐。

孙膑怔怔望着营帐之外,望着望着,眼中忽然流下泪来,长长叹了一口气:"人生在世,要做一番大事,为何如此不易?吾有桂陵、马陵之胜,已不负鬼谷弟子之名矣。老子曰'祸莫大于不知足',看来,吾应知足了。平定天下这等大事,还是留给张仪、公孙衍他们吧。"孙膑自言自语着,唤来了几位亲信随从,密嘱一番。

天明之后,忽有士卒手持帛书一封,奔入中军大帐,禀告说军师走了!田忌听了大惊,慌忙拿过帛书,只见上面写道:

> 罪人孙膑百拜于大司马座下:
>
> 知遇之恩,尚未全报,今不辞而别,罪莫大焉。吾来自何处,归往何处,大司马切勿挂念。大司马归于朝中,若听有谣言,当立即走避他国,绝不可迟疑,切记!切记!

田忌看着,看着,流下泪来,道:"非有军师,吾何能立此绝世大功?今正当与军师同享富贵,奈何军师弃我远遁?"他收起帛书,在中军大帐里闷坐了三日，没有与任何部下相见，引起了许多人的猜测。三日后，衣甲鲜亮的齐军士卒威风凛凛地跨进齐国境内，人人兴高采烈，只有田忌毫无兴奋之意。

齐威王以最盛大的礼仪将齐国将士迎至临淄，连日大排宴乐，庆贺田忌之功。田忌勉强应酬了两日后，即告病在家，不再入朝参与宴乐。齐威王心中大为奇怪，一边派大臣安慰探视田忌，一边问他喜爱的儿子公子婴道："田忌为何如此闷闷不乐？"

公子婴道："儿臣不知。田忌在魏国境中还是兴高采烈，走进齐国就不高兴了。"

怪了，他为何回到齐国，反倒不高兴了？是嫌寡人赏赐不厚？可寡人还未开赏啊。齐威王百思不解。

田忌闷闷不乐，邹忌却是高兴得哈哈大笑，连声称赞公孙干道："夫子果然妙计如神，那孙膑听说已离开田忌，不辞而别。田忌纵是猛虎，已失去爪牙矣。"

公孙干道："相国当借此良机，立刻置那田忌于死地。"

邹忌拱手对公孙干施了一礼，道："一切都拜托夫子了。"

公孙干秘密寻得几个心腹家人，各持十斤黄金，至街市上寻找名望最大的算卦之人，言道："我家大司马威震天下，欲成谋国大事，不知吉凶如何？"

算卦众人听了此语，有的惊得不敢说话，有的却盯着黄金，大胆推算起来。公孙干的心腹家人问卦之时有意大声宣扬，问了卦后却立即"逃"出街市。邹忌早已准备好的巡哨之卒则迅速出现，将算卦之人擒住，直接押往相府。顿时，田忌居功自傲，欲谋反夺位的消息在街市上迅速传扬开来。田忌的家人听了，慌忙告知了主人。

"啊！竟有此事，果然不出孙膑所料！"田忌大惊，来来回回在堂中走了好几圈，又拿出孙膑留给他的帛书看了又看，终于做出了决断——立刻走避他国！

当夜，田忌带着家人和心腹随从，悄然乘着十数辆轻车，以大司马令符让军卒们打开城门，连夜逃往楚国。次日上朝之时，邹忌请求单独与齐威王相见，密告田忌谋反，并带上"人证"。

"大司寇段干朋乃田忌挚友,微臣恐其泄露消息,故将此算卦之人直接带进内宫,望主公恕微臣擅权之罪。"邹忌惶恐地跪倒在齐威王面前,磕头说道。

"什么,田忌竟要造反,不,这不可能!"齐威王大为震惊,亲自审问"人证",果然审出了田忌意图谋反的举动。

"啊,寡人待田忌恩重如山,他为何要谋反?"齐威王痛苦地大叫着。

"田忌自许功高,早已不将主公放在眼里。齐国就连街市小民,也知田忌要造反了。"邹忌说道。

"田忌他怎敢如此张狂,寡人不信。"齐威王立刻派出内侍寺人,去街市打听。

内侍寺人回来之后,果然说道——街市上人言汹汹,都说大司马要反了。

齐威王听了,呆了半晌,将公子婴唤来问道:"外人都言大司马欲反,吾儿以为如何?"

"儿臣不知田忌是否有意谋反,只觉田忌有三件事甚是可疑。"公子婴说道。

"哪三件事?"

"一者,田忌借孙膑之手,激儿臣立下军令状,欲陷儿臣于死地。二者,田忌曾当众口出狂言,道:从今以后,我田忌可横扫天下。三者,军师孙膑曾与田忌整夜密商,过后孙膑突然失踪,不知下落。"

"这三件事当真如此?"

"儿臣会欺骗父侯吗?"

齐威王勃然大怒,拍案吼道:"好一个忘恩负义的田忌,竟敢如此蔑视寡人,当真反了!"

他当即解下腰间佩剑,交给公子婴,道:"吾儿速擒田忌,让寡人好好问一问这猪狗不如的田忌,寡人何处亏待他了,他竟要谋反?"

"得令!"公子婴响亮地答应一声,立即带领宫中禁卫军卒,向大司马府急速驰去。

待会一见田忌,我立刻就杀了他,然后禀告父侯——田忌对抗君命,持戈行凶,被众军卒乱戈杀死。田忌一死,齐国大军必是由我统领,谁敢说我一个不字。公子婴得意地想着,却不料竟是扑了一个空,满腔的杀意无从宣泄。

他只得回到宫中,禀告道:"田忌畏罪潜逃,不知投到了何处?"

齐威王怒道:"田忌罪恶滔天,一旦擒住,寡人誓将此贼碎尸万段!"

一场大胜的喜庆让田忌的"谋反"冲得干干净净,齐威王心中懊丧,草草行了赏赐大典。

杀庞涓、擒魏太子申的大功,自然由公子婴获得。论功行赏,公子婴获得了黄金千斤、食邑万户的丰厚赏赐,并代田忌成为齐国大司马,执掌兵权。相国邹忌首先发现田忌的奸谋,亦有大功,加封食邑二千户,赏赐黄金二百斤。大司寇段干朋乃是田忌一党,念其有功,不加大罪,革除其官职,贬为庶民。许多平日与田忌甚为亲近的朝臣见此情景,纷纷惧祸逃亡。中大夫赵良也远远逃到了秦国,投入公孙鞅门下,成为公孙鞅的上等门客,很受公孙鞅敬重,常与其商议大事。

田忌一党逃走了,给朝中留下了许多空位,使邹忌、公子婴得以大力推举"贤才",扩充其势。公孙干由于邹忌的全力推荐,得了大司寇之职,位列卿位,获得千户食邑的封赏。

这时传来消息,田忌已逃至楚国,被楚王待若上宾,给予万户食邑奉养其家。齐威王听了,立刻就要发兵攻打楚国,为相国邹忌阻止,道:"齐国虽然获得伐魏救韩的大胜,可是兵卒已疲惫不堪,府库财用也少了许多,不宜再起大战。"

"也罢,暂且便宜了楚蛮!"齐威王恨恨地说着,回至内宫,日日以美酒美女来消解心中的烦闷,渐渐很少上朝了,国事全由邹忌、公孙干、公子婴几人决断。

齐威王不欲大战,秦孝公却急不可耐地要与魏军大战一场。

公孙鞅笑道:"西河地势险固,易守难攻。魏君若不派公子卬来,我军倒也难以下手,公子卬即来,则微臣为主公夺回西河,易如反掌耳。微臣请主公领大军暂退三十里,留下三万精兵。微臣有计可生擒公子卬也。"秦孝公大喜,当即领七万大军后退了三十里,留下三万大军交给公孙鞅统领。

公孙鞅立即派一亲信士卒，携其亲笔帛书，前往西河郡城，当面呈给公子卬。那帛书中言道：鞅昔在魏国，贫寒甚矣，常受公子之赐，此恩永不相忘。今鞅身为秦国左庶长，与秦君同率十万大军，欲偷袭魏国。鞅闻公子镇守西河，不忍公子受战败之罪，已力谏秦君退回大军矣。鞅欲与公子订一和约，使秦、魏互不相侵，永息战端。公子若以为然，请于某月某日至边境之地行立约之礼。

公子卬见了帛书大喜道："如今魏国兵力疲惫，不宜与敌争战，和约之事，于我魏国甚是有利。"他当即写了回书，答应按时赴约，请那下书的秦国士卒带给公孙鞅。

部将魏错道："公孙鞅其人甚是凶险，只怕有诈，还请公子小心，勿中其计。"

公子卬点点头："不错，今日之公孙鞅，非往日之公孙鞅也。"他令魏错扮作商贾，进入秦国打探。

过了数日，魏错回至郡城，言道："秦君曾率十万大军埋伏边境，前几日果然退了，只是还有少许军卒留了下来，交由公孙鞅统领。"

"如此看来，和约之事，确乎是真。"公子卬很是高兴，到了约会之日，即率数百亲随士卒来至边境。

公孙鞅早已等候在约会之地，两人相见，各叙别后之情，谈得高兴，不觉已近正午时分。

立约这等大礼，一般都在正午时分举行。行礼之前，先须宰白马乌牛祭祀天地。

"嗵！嗵！嗵！"主持祭祀的巫者敲响了鼙鼓，让人宰杀白马乌牛。

嗯，祭祀之鼓，不应如此之响，这等鼓声和战鼓声都差不多了？公子卬心中疑惑起来。

只听鼓声未落，突地又有喊杀声大起，旷野里忽然拥出了成千上万的秦国兵卒。

啊，公孙鞅竟是在欺骗我？公子卬大惊，欲起身逃走，早被冲过来的秦国兵卒抓住。他的数百亲随，亦是束手就擒。

"公孙鞅，你如此背信，就不怕上天惩罚你吗？"公子卬愤怒欲狂，厉声问道。

公孙鞅哈哈大笑："上天最为势利,只会惩罚蠢人!"

"你……你……"公子卬手指颤抖着指向公孙鞅,气得说不出话来。

"公子放心,你是在下的恩人,在下绝不敢冒犯你的。"公孙鞅笑着说道。

"哈哈,'恩人',你居然说出了'恩人'之语?"公子卬愤怒至极,反倒笑了起来。

"若论私交,你当然是在下的'恩人'。可是两国交兵,论公不论私。你不明此理,自投罗网,不怪自己愚蠢,反倒怨恨于我,实是枉为朝廷大臣。"公孙鞅正色道,接着命人将公子卬的外衣剥下,押往后营严加看管,然后唤来部将甘茂、向寿,带领数百军卒,扮成魏国士卒模样,向西河郡城行去。

甘茂、向寿找到一个与公子卬十分像的兵卒,让他穿上公子卬的外衣,坐在高车中,行在最前面。待甘茂、向寿行出半个时辰后,公孙鞅即率三万大军,紧跟着进入魏国境内。同时,公孙鞅又派使者禀告秦孝公,让他率领后退的七万大军抛弃一切辎重,急速前进,以接应公孙鞅率领的大军。

甘茂、向寿行到西河郡城时,天已黄昏,很容易地借着"公子卬"的命令赚开了城门,并迅速占领了城门。魏错听到消息大惊,立刻率城中兵卒大举反攻城门。但公孙鞅率领三万大军已经赶来,双方兵力相当,在街中混战起来,直至天明。

这时,秦孝公率领的七万大军犹似洪水般涌进了魏国境内。魏错见势不妙,只得弃城而逃。秦孝公、公孙鞅乘胜追击,一口气攻下十余城邑,大军直达黄河岸边,这才停了下来,此战秦国获得空前大胜,仅俘虏就擒获了三万余人。

公孙鞅下令,三万魏国俘虏,全部处以斩首之刑。秦孝公听了,大吃一惊,道:"列国之间,向来没有一次斩杀如此众多的战俘之事。这样大杀战俘,上天必然震怒,要降下灾祸。再说,战俘可以赏给众有功将士充做奴隶啊。你这一杀,寡人拿什么来赏给众将士呢?"

公孙鞅冷酷地一笑,道:"我秦国犯法之人多充作奴隶,已经够多了。奴隶太多,不利生产,难以富国。且敌国之俘,易思乡逃归本国,然后又充作敌卒杀我秦国之人。总之,杀俘之利,远大于留俘。杀俘,可震慑敌军之心,使其不敢与我秦军对抗。杀俘,可使敌国丁壮愈来愈少,丁壮少则其兵势必弱。杀俘,可将敌国丁壮的土地赐我秦国将士,使我秦国愈加富强矣。"

秦孝公听了,没有再对公孙鞅的杀俘举动加以阻止,心里却不觉对他也生出了一股杀意。

第十七章

魏王尊贤引大才 鬼谷之术行天下

秦孝公到底没有杀了公孙鞅,不仅如此,反倒对他大加封赏。他将公孙鞅的官爵连提了六级,由左庶长升为大上造,并赐给公孙鞅万斤黄金,又将商於之地的十五座城邑封给公孙鞅为食邑,号为商君。慑于公孙鞅的权威,秦国人不敢呼其本姓,遂称公孙鞅为商鞅。秦孝公采纳商鞅之策,尽夺河西魏国丁壮的土地,赐给有功将士,令出征将士大为欢喜。

秦国人欢喜,魏国人却在痛哭。商鞅的残酷杀戮,使魏国西部一带几乎家家都有了丧事。许多人惧怕战祸,竟是举家向东迁移,使魏国西部的兵源成倍减少。庞涓误了寡人,公子卬误了寡人!魏惠王连败之下,哀叹不已。他那"平定天下"的雄心壮志,只好暂且收藏起来,再也不敢向邻国擅动兵戈。

魏惠王一边整顿国政,严守边境,一边遣使四处宣示其招纳贤才的诚心,渴望着上天能够给他"赐下"几位能和商鞅、孙膑相比的大贤之才,为他重振国威。中原之地连连发生大战,引起了齐国稷下博士们的浓厚兴趣,议论纷纷。

孟子道:"魏国连遭惨败,当醒悟其徒恃勇力,不足以服天下矣。吾应召而往,或可在魏国行仁义之政。"

淳于髡冷笑道:"当此乱世,谁人会听你的仁义大道?"

宋荣也笑道:"仁义乃帝王欺世之言,岂真有其道?"

孟子正色道:"事在人为,吾若努力,必有所获。"

他不顾众人的嘲笑,登上高车,率领百余弟子随从,来到了魏国都城大梁。魏惠王早已听说过孟子的大名,闻其到来,心中大喜,当即以最隆重的礼仪将孟子迎至朝堂。

"夫子不远千里而来,必有奇谋,大利于我魏国矣。"还未坐定魏惠王就急不可耐地问道。

孟子对魏惠王施了一礼,徐徐说道:"大王为何一开口就说到'利'字呢?如果为君者开口便言'利于我国',臣下必会开口便言'利于我家',百姓亦开口便言'利于我身'。如此,则上上下下,只知言利,国事危矣。如今臣下弑君,奴隶杀主之事,比比皆是,俱为言利之故也。故欲强盛其国,王于天下,最忌之事,就是言利。"

魏惠王听了,呆了半晌才道:"为君者若不言利,又当言何?"

孟子立刻答道:"当言'仁义',为君者若言'仁义',上上下下,必言'仁义',则可王于天下矣。"

魏惠王问:"何为'仁义'?"

孟子答道:"仁者,爱民也,不乱杀人,不多加赋税,使百姓饱暖,即是仁也。义者,倡行礼乐,尊崇孝道,使上下各安其位,纷争不起。此即为'仁义大道'也。"

魏惠王想了想:"如果寡人实行夫子的'仁义大道',真能王于天下吗?"

孟子毫不犹豫地回答道:"当然能。吾观天下各国,无一国不喜好杀人,无一国不喜多加赋税,百姓苦不堪言,若在地狱之中。今大王若施'仁义大道',则天下百姓归顺大王,就像高处之水流下,谁也不能阻挡。百姓者,国之本也。若天下百姓都归顺了大王,则不须加以刀兵,天下就唾手得之矣。"

魏惠王听了,又是呆了半晌,方说道:"夫子果是大贤,寡人一定会对这'仁义大道'多加留心,时时向夫子请教。"说完,传下诏令,拜孟子为客卿,食以下卿俸禄。

孟子拜谢而退,居于馆舍中,时时进入内宫,向魏惠王讲解"仁义大道"。

"此乃书呆子。"魏惠王每次见完孟子,就对左右近侍说道,"如今礼崩乐坏,人心险恶,唯力强者王。寡人若实行'仁义大道',一不能练兵杀人,二不能多收赋税充实府库,则'仁义大道'未成,先已被敌国攻破,成为亡国之君矣。"

左右近侍迷惑不解,问道:"大王既是不纳孟子之言,又为何对他这般敬重呢?"

魏惠王叹道:"寡人如此,是欲使天下人知我真心敬贤也。孟子,乃寡人招引凤凰之梧桐树,寡人对这株梧桐树善加看护,定能引来几只凤凰。"

果然,"凤凰"翩翩而至,列国贤士,一下子有数十人来到了魏国。这些"凤凰"中,最能让魏惠王中意的贤士共有二人:一人名叫惠施,宋国人;一人名叫龙贾,赵国人。

惠施以学术之博名闻天下,每次外出,必载五车书卷同行,被人誉为"学富五车"。惠施认为儒、墨、道、兵诸家都难以称为大道,只有他认为的"名道"才是天下至道,他因此被人视为"名家"。但惠施的"名道"究竟是什么,却是谁也不知。

惠施说,天下还是有一个人知道他的"名道"是什么。

众人好奇地问:"那人是谁?"

惠施道:"此人姓庄名周,亦为吾宋国之人也,其人聪慧绝顶,胸罗万有,实为千年难得一见之奇人。"

众人更奇,问:"此人奇在何处?"

惠施答道:"旁人之奇,可以言说,庄周之奇,无法言说。"

众人听了,不觉心生向往,纷纷去拜访庄周,却被庄周拒之门外,谁也难以见他一面。后来楚王也听到了庄周的大名,派使者持着百斤黄金,欲求庄周前往楚国做官。庄周闻知,立刻弃家投入深山,不知所终,连惠施也无法寻到他的踪迹。惠施叹息一番后,闻听魏惠王求贤,遂离开宋国,来到了大梁城,很快就受到了魏惠王的召见。

"夫子有何奇谋,能利我魏国?"魏惠王问道。

惠施道:"强弱之道,在一'势'字耳。得势虽弱可强,失势虽强亦弱。水为至柔之物,然借风助之势,可作大浪,毁堤而泻,无物可与其相敌。青铜至坚之物,然以火攻之,令其失势,则柔弱似水矣。魏国之强,天下知之,犹独木出于众林之上,独承风势,故屡遭挫败,此为失势之故,非战之罪也。今魏国欲复振往日声威,须善观形势。故大王若能在列国之间巧加引导,使其互战,自消其势,则可得其利矣。"

魏惠王听了大喜:"夫子果然名不虚传,大有才学。"他当即拜惠施为相国,主掌魏国朝政。

龙贾精通兵法,演练阵法之妙,甚至胜过了当年的庞涓。

"寡人最缺少的,就是领军大将。"魏惠王观看龙贾所演的阵法后,更是高兴,立拜龙贾为大司马。其余贤士,魏惠王视其名望大小,或拜为上大夫,或拜为上士,俱列于朝中。

魏国朝廷进了许多新人,引起了邻国的注意。

一日,秦孝公召商鞅进入内殿,议论魏国之事。商鞅进殿之时,看见一个太医挟着药囊匆匆而去。

"主公贵体欠安,而微臣不知侍,实是死罪。"商鞅磕头说道。

"些许微疾,何劳爱卿动问。"秦孝公笑道,话锋一转问,"魏国拜惠施为相,又任用了赵人龙贾为大司马,不知会以什么诡计来对付我秦国,大上造不可不防。"

商鞅道:"惠施、龙贾只会大言欺人,并无真实本领。魏君拜此等人为相国大司马,实乃有眼无珠,成不了什么大事。微臣已在训练军卒,只待时机一到,就大举攻魏。"

秦孝公点了点头,道:"很好。嗯,可你要日理朝政,甚是繁忙,这训练军卒之事,就交给太子去管吧。太子已年过二十,不小了,应该习练军国大事。"

商鞅听了,立刻答应道:"主公圣明,此等军国大事,确乎早该让太子习练。依微臣想来,不仅训练士卒这等重要之事应让太子习练,即使朝政,也应该让太子早些熟悉。"

秦孝公很是高兴,挥手道:"有大上造这等良臣辅佐太子,寡人甚是放心。嗯,你且回去吧。"商鞅行礼退下。他刚消失在台阶下面,秦国太子就从屏风后走了出来。

"知道寡人为什么要让你在此听那商鞅的言语吗?"秦孝公问。

"儿臣不知。"

"唉!寡人知你痛恨商鞅,想亲手杀了商鞅。"

"儿臣不敢。"

"有寡人在，你当然不敢。一旦寡人去了，你也不敢吗？"

"儿臣愿君父万寿无疆。"

"废话。古往今来，谁人可以万寿无疆？这大秦河山，终有一天会落到你的手上。你坚毅果断，进取之心甚强，又能礼敬长者。寡人有你，亦是上天所赐之大福也。"

"儿臣愚昧顽劣，因君父之爱，得居储位，实是惭愧。"

"你也不用说这些了。寡人只问你，我秦国能有今日之强，臣下之中，谁人功劳最大？"

"商鞅。"

"擅杀功臣，是贤君还是昏君？"

"是昏君。"

"吾儿愿做贤君，还是愿做昏君？"

"愿做贤君。"

"可是你杀了商鞅，就会被国人视为昏君。寡人不想让你成为昏君，想代你杀了商鞅。"

"啊，难道……难道君父也对商鞅存有杀心？"

"有。似商鞅这等厉害的臣下，任何一位国君见了，都难免会有杀心。可是，我秦国才刚刚开始强盛，商鞅若能为我秦国继续尽力，实有极大的好处。对于臣下，最怕他权欲太大。寡人今日特意招来商鞅，试试他贪不贪权。若其贪权，寡人今日就会斩杀了他。可是他好像并不贪权，寡人让他把训练士卒的事情交给你，他立刻就答应，并无丝毫犹疑。"

"君父如此圣明，商鞅岂敢贪权？"

"只要他不贪权，纵有小过，也不为害，吾儿不要杀他。"

"儿臣当牢记君父之言。"

"唉！你说得痛快，到时只怕……也罢，寡人也管不了许多了。寡人只想让你答应一事。"

"儿臣恭听君父教诲。"

"商鞅所立新法，与我秦国极是有利，不可废弃。吾儿若有平定天下之志，当切记寡人之言。"

"君父教诲,儿臣永不敢忘。"

商鞅从宫中回来,见赵良已等在后堂,不觉奇怪起来:"夫子突然而来,有何见教?"

这几日,商鞅心情愉快,曾对几位上等门客大加赏赐,赠以黄金美玉,在他的想象中,此时赵良等人正忙于享乐,根本没有工夫到他这儿来。

"小人想离开秦国,特来向大人辞行。"赵良说着,拱手对商鞅深施一礼。

"啊,你竟要走?"商鞅吃了一惊,忙问,"莫非有什么得罪之处?还望夫子明言。"

"大人危在旦夕,眼看就要遭到灭族之祸。小人害怕受到连累,只得逃走。可是大人又对小人甚是看重,小人不忍就这么暗地里走了,故前来辞行。"赵良说着,再次向商鞅行了一礼。

"灭族之祸?"商鞅更是大惊,问道,"主公对我一向信任,并无半丝疏远之意,你这话是从何说起?"

"主公当然信任大人。可是,太子也会像主公那么信任大人吗?"赵良问。

"这……太子年少,不明白我为秦国立下了多大的功劳,自然对我有些看不顺眼。不过,今日主公已亲口告诉我了,让我辅佐太子,有了这个机会,我定能赢得太子的信任。"商鞅答道。

"可惜迟了。依小人看来,主公的身体已然大坏,只怕拖不过今年。到时太子登上大位,立刻就会对大人下以杀手。小人不明白,以大人这等智谋高深之人,怎么看不清这一层呢?"

"主公的确生了病,可看上去还不错。主公今年才四十五岁,正当壮年,怎么会一病不起呢?"

"小人略通医术,与宫中太医有过交往,绝不会在这件事上看错了。"

"就算太子立即登位,也不会与我为敌。太子看上去并非昏庸之辈,应该明白,有我商鞅在朝中,对秦国极有好处。秦国自立国以来,有谁的功劳能和我相比?也许只有百里奚能与我相比。"

"论起治国之功,只怕百里奚也比不上你。可从别的方面比起来,你就大大不如百里奚了。"

"请直言。"

"百里奚受到穆公信任，并未独揽朝政，而是力荐蹇叔，自己宁愿居于蹇叔之下。可是大人独揽朝政差不多有二十年了，又推荐了哪一位贤士入朝？百里奚一连三次平定晋国之乱，却不急于夺人土地，将信义看得比什么都重，天下人无不敬服。可是大人却以诈术欺骗旧友，虽然夺得了西河之地，却失信于天下，自断后路。百里奚轻易不肯动刑，以宽厚治国。而大人却一日杀人七百，河水为之尽赤。百里奚身居高位，却以俭朴闻名天下，出行只乘一车，夏日连遮阳的大伞也不肯让人撑着。而大人每次出行，必前呼后拥，随行之车何止百乘？百里奚敬慕贤士，闻人好学，必亲往而拜之。公子虔以好学的贤名闻于天下，你却对他施以劓鼻酷刑，使他终生不能出门见人。凡此种种，你怎么比得上百里奚呢？老子曰'天道损有余补不足'。大人之过，在于'有余'太甚，受损已是无可挽回。小人身受大人厚爱，才会如此直言，还望大人恕罪，恕罪！"赵良拱手说道。商鞅听着，脸上一阵红一阵青，心中狂怒，欲待发作，喉中又似堵着什么，无法发作。

"小人所言已尽，这就告退。"赵良说着，往堂外走去。

"且慢。吾已陷在险地，欲脱身而出，该用何策？"商鞅强按下心中的怒意，问道。

"小人只有两个字献给大人。"

"是哪两个字？"

"退隐。"

"退隐？这……这，夫子还有何策？"

"别无他策。"赵良说了这一句话后，头也不回地向堂外走去，很快就消失在台阶之下。

商鞅呆立在堂上，心中不停地念着——

我真的就这么"退隐"了，回到封邑等死吗？不，我还有许多事未做，绝不能"退隐"。

我的处境真会这么危险吗？未必，未必。且不说主公正当壮年，绝不会一病不起，就算真有什么意外，太子一时也不能把我怎么样。这朝政大计，俱为我定，陡然离了我，这朝廷岂不是一片混乱？

哼! 赵良此时危言耸听, 只怕是别有用心。我"退隐"了就该推荐继任之人, 我会推荐谁呢?

哈哈! 我无人可以推荐, 只有推荐他赵良了。此等小儿之计, 岂能瞒得了我?

商鞅想通了此处, 心中大感畅快, 依旧日日上朝理事, 将赵良的话抛到了脑后。但是, 商鞅认为绝不可能发生的事情, 却突然发生了。

周显王三十一年(公元前 338 年), 当了二十四年国君的秦孝公一病不起, 由太子继位, 是为秦惠文王。秦惠文王不急于在父亲的灵位前痛哭, 却走进了其师公子虔的内堂。公子虔脸上蒙着布, 已有九年未出内堂, 常来看望他的, 只有三个人——太子、张仪和公孙衍。

"夫子, 寡人曾发誓, 一登大位就立刻杀死商鞅。可是先君对寡人说过, 商鞅功大, 寡人杀了商鞅, 就是昏君, 会断绝贤路, 夫子以为如何?"秦惠文王问。

公子虔咬了咬牙, 道:"商鞅罪恶滔天, 国人恨之入骨, 俱欲食其肉而后快。主公杀商鞅, 则国人必视主公为至贤之君。主公不杀商鞅, 则国人必视主公为昏君。"

秦惠文王想了想, 又问:"商鞅有罪, 又确有大才。如果杀了商鞅, 有何人可以代他。"

"张仪、公孙衍。"公子虔毫不犹豫地说着。

"这……"秦惠文王沉吟起来。他常至公子虔府中, 与张仪、公孙衍见过几面, 并大略谈过几句话, 亦认为二人甚有才能。但二人的才能是否可以和商鞅相比, 他心里缺少把握。

"主公, 庞涓、孙膑二人之才如何, 可否比得上商鞅?"公子虔问道。

"庞涓、孙膑二人可惜不得明主, 否则, 所立功业自可大大超过商鞅。"秦惠文王答道。

"张仪、公孙衍为庞涓、孙膑的同学, 本领只在庞、孙之上, 如今就只看主公是否为明主了。"公子虔说道。

"寡人愿做明主。"秦惠文王说着, 对公子虔深施一礼。

次日, 秦惠文王临朝时, 所发的第一道诏令就是免除商鞅大上造之职,令其立即回到封邑。商鞅听了诏令,浑身冰凉,回到府中,立即让人速请赵良。家仆答道,赵良数日前已离开咸阳,不知到了何处。

坏了!赵良所言,原来俱是真话,我却自作聪明……罢,罢!此时趁主公尚不敢对我下手,立刻走了罢。否则,当真是大祸临身了。商鞅当机立断,抛弃了府中众多的财物美女,只带着十数武勇过人的亲信门客,连夜向魏国逃去。

我的"贤能"之名,早已震动天下,我能使秦国空前强大,又为何不能使魏国空前强大呢?魏君见了我,只怕欢喜得不知如何才好呢?哼!我若执掌了魏国朝政,定会让秦君日夜惊恐,没有一天好日子可过。商鞅一路上想着,不觉天已黑了。

众人自称客商,寻了家客店,想住进去歇息一夜。

"住客歇息,须得官府所发的'路引册券',你们有吗?"店老板问。商鞅愣住了,他出逃时根本没想到还要带上"册券"这回事,"册券"是他想出来治理百姓的,不料今日却治了自己。

"怎么,你们没有'册券'吗?快出去,出去!"店老板见商鞅不回答,立刻变了脸色,连声斥道。众随行门客见势不对,连忙拿出几两黄金来,乞求店老板暂且让他们居住一夜,只住一夜。

"只住一个时辰也不行。"店老板怒声道,"你们难道不知商君的厉害吗?谁不小心惹着了他的新法,立刻就会掉了脑袋,你们莫非是想让我的脑袋也掉了吗?快走,快走!倘若巡查军卒来了,查出你们没有'册券',只怕你们的脑袋就保不住了。"

商鞅等人只得从客店退了出来,不敢再走大道,从小路行至西河,渡河来到魏境。

"吾乃秦国大上造商君也,前来投奔贵国,烦请通报。"商鞅对魏国关吏说道。

魏国关吏听了大怒,道:"你这狼心狗肺的狠毒奸人,诈我大帅公子卬,惨杀我三万降卒,尽夺我西河之地,罪恶滔天。我魏国上上下下,无人不恨你入骨,虽食其肉而难消其仇,你今日送上门来,正遂我愿。"说着,领着守关士卒就向商鞅杀来。

商鞅只有十数随从，哪里敢与魏国士卒对敌，慌忙逃回船上，又返至秦国。

"唉！赵良说得一点不错，吾失信天下，是自断后路啊。"商鞅仰天长叹，万念俱灰。

众随从门客不愿束手就擒，欲拥着商鞅逃往其所封的食邑，起兵抗拒，不想刚行至半路，就被秦惠文王派来的大军堵住了去路，众门客挺身搏斗，俱被杀死，商鞅欲拔剑自杀，已是迟了，让众军卒五花大绑，押入了秦都咸阳。

秦惠文王下诏："商鞅罪大恶极，非常刑可以处置，当以'车裂'之刑杀之。"

在一声长长的惨叫声里，商鞅被活活"裂"成了五块，鲜血洒满刑场。这个刑场，正是商鞅亲自监刑，令国人谈之色变，一日连杀七百人的那个刑场。秦国百姓闻听商鞅被酷刑处死，无不欢欣鼓舞，互相庆幸，说从今以后，可以睡上安稳觉了。列国闻听秦惠文王初登大位，即杀死权臣，不觉大为敬畏，俱派来使者祝贺，并且打听何人可继商鞅之位，主掌秦国朝政？

商鞅之死，令公子虔大大出了一口怨气，心中畅快至极，九年来首次在府中摆下了宴乐，邀请众门客故旧开怀畅饮。张仪、公孙衍二人高坐上席，格外引人注目。赴宴之前，张仪、公孙衍二人曾经意气风发地进行过一次长谈。

张仪说："商鞅一死，秦国朝政，不出吾二人之手矣。明日你我赴公子虔的宴乐，说不定会遇上主公。到时主公问起治国方略，你我二人可得应对无误啊。"

公孙衍笑道："这么多年来，吾兄观列国之势，对于治理秦国的方略，只怕早已了然于胸。小弟长于术，善能行事，而不善言辞，还望吾兄将这方略给小弟讲述一遍，免得小弟到时出丑，丢了鬼谷弟子的名头。"

张仪听了，大为得意道："商鞅之法，已使秦国府库丰足，兵卒勇猛，吾等执政，只需因势利导，就可大获成功矣。"

"如何因势利导？还望吾兄道来。"

"欲因势利导，先须明白天下大势，以贤弟观之，天下列国，谁为最强？"

"天下列国,强者为秦、楚、齐、魏、赵、韩、燕七雄。在七雄之中,又以秦、魏、齐三国最强。魏国强了数十年,今连遭大败,国势已弱,实际上,只有秦、齐两国最强了。"

"贤弟所言极是。天下列国中,可开创一统大业者,唯秦、齐两国。我秦国欲成大业,该当如何?"

"这个……小弟愚钝,还请吾兄教诲。"

"仅凭我秦国之力,欲一统天下,还嫌力量不够,应借势而行。吾已想出一策,名曰'连横',主公纳之,必成大业。"

"何谓'连横'之策?"

"秦国挟其兵威,左连赵国、右连楚国,中连韩、魏,结为同盟,共伐齐国。齐败,则余国不足论矣。从地形上看,同盟诸国从东至西联成一条横线,故曰'连横'。"

"妙!假若吾兄为齐国谋划,又有何策可一统天下?"

"齐欲一统天下,亦须借诸国之势,北合燕、赵,南合楚国,中合魏国,同伐秦国。此策诸国南北相合,可谓'合纵'之策也。"

"唉!吾兄胸藏之谋,足可灭一强国,兴一强国,小弟远远不如矣。"

"贤弟也休过谦,贤弟在兵法上胜过愚兄远矣。吾之'连横'之策,必须制服楚国,方能成功。欲服楚国,须先灭巴、蜀两国,他日征伐巴、蜀,贤弟可大显神威矣。"

"哈哈,小弟若能立下讨灭巴、蜀之功,心愿足矣。"

"贤弟只想立下讨灭巴、蜀之功,未免气量太小了些,哈哈哈!"张仪也大笑起来。

二人谈至天黑,方才作罢,次日即乘高车,来至公子虔府中,畅饮美酒。宴乐刚刚过半,门吏忽报——主公驾到!公子虔、张仪、公孙衍和众门客故旧闻听,慌忙迎至门外,伏地行以大礼。

秦惠文王看上去十分高兴,扶起公子虔道:"你们乐去吧。寡人闻知张仪、公孙衍二位贤士在此,特意来与二位贤士谈谈国事。"众人听了,唯唯退回堂上。

秦惠文王和张仪、公孙衍三人来到内堂坐下,行礼毕,秦惠文王道:"寡人早欲召见二位,只是宫中丧仪未完,甚是不便,特借此地与二位相见。寡人听说二位乃鬼谷弟子,才学远过庞涓、孙膑,心慕不已,今特向二位请教,我秦国该以何策立国?"

公孙衍忽地站起,抢上几步,跪倒在秦惠文王面前,从怀里掏出一卷书简,高高举起,朗声道:"臣有立国之策,尽在此简中,望主公详细观之。"

张仪见此,不觉呆住了——嗯,公孙衍胸藏书简,怎么事先不告知我呢?

秦惠文王看着书简,喜形于色,连声称赞:"妙,妙!'欲一统天下,须左连赵国、右连楚国,中连韩、魏,结为同盟,共伐齐国'。公孙夫子之策,足可使我秦国霸有天下矣。"

什么?这不是我昨天给公孙衍讲述的"连横"之策吗?怎么只隔了一日,就成了"公孙夫子"的妙策呢,真是岂有此理?张仪大怒,正欲争辩,却又听公孙衍说道:"此乃微臣数年苦思所得之策,一向密藏在身,未说与任何人知晓,只愿献与主公。今日天从人愿,使主公得见微臣之策,实乃微臣大幸也。"

公孙衍的一番话,堵得张仪什么也说不出来了。他这时若挺身争辩,必被秦惠文王视为"争功"之举,而公孙衍也会毫不相让,指他张仪为"奸人",只怕当场就会将他置于死地。我真是瞎了眼啊,这么多年来,日日与公孙衍相处,竟不知他是如此阴险。此日之后,公孙衍定会将我视为大仇,要似那庞涓害孙膑一样害我,这便如何是好?

秦孝公的丧仪结束后,秦惠文王立即大会群臣,以献策之功,拜公孙衍为大上造,执掌国政。后以大上造为恶臣商鞅所居的官位,秦惠文王听着不顺耳,改称为大良造。

公孙衍不敢自专朝政,推荐了两位贤者,一为陈轸,一为司马错,俱为公子虔的门客。

陈轸善游说,多智谋,司马错善兵法,勇悍敢战。秦惠文王亦是久闻陈轸、司马错之名,当即将陈轸拜为左更,司马错拜为中更,官居卿位。公子虔亦被尊为太师,安居府中,日与门客讲学为乐。张仪失去了"献策"之功,仅被拜为客卿,官位虽也不低,却毫无实权,为人所轻。

哼!莫非只有秦国,才是我一展才学的地方吗?张仪心中愤怒,表面上却不动声色,每日深居简出,成天与内室姬妾调笑为乐,似已安心认命,不想有所作为了。他要等到公孙衍对他失却了警惕之后,带着家眷,悄然投奔别国。

过了数月,张仪自认为公孙衍已对他失去了警惕,正准备出逃时,公孙衍忽然来到张仪家中拜访。张仪无法躲开,只得强忍心上的仇恨,将公孙衍迎至内堂坐下,并恭贺公孙衍荣任大良造。

"哈哈!"公孙衍仰头一笑道,"此大良造之职,乃小弟自吾兄这里窃得,别人贺之犹可,吾兄为何贺之?"

"你……"张仪没想到公孙衍会如此说,一时愣住了。

"吾兄可否知道,小弟一直想执掌秦国朝政?"公孙衍问。

"不知道。"张仪答道。

"是的,你不知道,因为你一直认为,小弟才具有限,远远低于你,只可充一讨灭巴、蜀之将军,无力执掌秦国朝政。"公孙衍说道。

"不,我没有这样的想法。你我同出一师,才具岂有高下之别。"张仪连忙说道。

"吾兄所言不差,小弟才具的确不如吾兄。正因如此,小弟才不得不出此下策,夺了吾兄的官位。否则,小弟困处下位,心必不甘,只怕要闹出庞、孙相残的事来。"公孙衍说道。

"愚兄居此客卿之位,心愿已足。"张仪勉强笑道,心里却说:你不甘心处于下位,我就甘心么?

"你我俱为鬼谷弟子,就不必互相欺骗。俗语云'一山不容二虎',你我正是'山中之虎'也。所以,我夺了大良造之位,既是为己,也是为兄也。"公孙衍说道。

"也是为我?"张仪眼中全是疑惑之意。

"我问你,商鞅落此下场,是为何故?"公孙衍问。

"商鞅落此下场,在于不顾后路,行事太过之故。"张仪想了一想,才说道。

"也不仅仅如此,强臣向来为主上所忌,从来没有好下场。可是为人臣者,不做强臣,又做不了什么大事,实是于心不甘。那日你说出'连横'、'合纵'之策,小弟心中就有了一个计较,只是当时不便与吾兄明言。吾兄若从小弟之计较,则你我二人,当名震天下,而又不为主上所忌。"

"是何计较,还请贤弟详细道来。"

"小弟执掌秦国朝政,吾兄可伺机执掌齐国朝政。小弟行'连横'之策,吾兄行'合纵'之策。明者,我二人各为其主,暗者,我二人互通声息,操纵天下形势。如此,我二人虽为强臣,主上也一刻不能离开。天下虽大,只是我二人玩弄的棋局耳。"

张仪听了,心中忽地闪光一亮,暗呼道,妙,妙!公孙衍此策,倒可为我所用。哼!你公孙衍倒会打算,居然想以天下为棋局,以此挟持主上自重。此策非为不高,却难实行,天下乃至大之物,变化莫测,岂能任你我二人玩弄?

"好!这样,你我俱为执掌朝政的重臣,无高低之分,可免庞、孙相残之事也。唉!实话实说吧。愚兄对贤弟本来甚是不满,意欲逃往他国,今日听了贤弟之言,如释重负矣。"张仪高兴地说着。

"那好,小弟这就安排吾兄前往齐国之事。"公孙衍说,他从当上大良造的那一天起,就对张仪的动向极为关注,派了许多人秘密监视张仪。如果张仪决心留在秦国,那就是对他公孙衍有了深仇大恨,他必将张仪置于死地,以除后患。如果张仪将逃往他国,则是只有避祸之意,并无报仇之心。如此,他就可以去拜访张仪,谈论他的"玩弄天下"之策。

这几天,公孙衍得知张仪正在出让土地,显然是欲逃往他国。于是,张仪就听到了他暗呼大妙的奇策。

"齐国人才太盛,愚兄又无熟识之人,恐难成其事,愚兄还是到魏国去吧。"张仪说。

"也好,魏相惠施要比齐相邹忌容易对付些。"公孙衍十分赞成其说。

数日后,张仪渡河来到魏国,自荐入朝。魏惠王闻他是鬼谷弟子,立刻拜为客卿。魏惠王希望张仪能给他献出几条奇策来,却一直不见张仪的动静,不免大为失望。开始时上朝见了张仪,总要问候几句,后来见了张仪,都是毫不理睬。张仪仿佛毫无所知,依旧是每日上朝,与众魏国朝臣套着近乎,很快就和几位魏国大臣成了密友。其中张仪来往最密切的大臣,是将军魏错。

一日,张仪与魏错在家中后堂饮酒,多喝了些,醉眼蒙眬,脱口问道:"将军在朝中是否甚不得意?"

魏错也喝得不少,说:"吾本宗室之后,屡立战功,却屈居龙贾之下,实不甘心。"

"听说龙贾欲攻秦国,夺回西河失地,可有此事?"

"龙贾就是以此骗得主公信任的。"

"依将军看来,西河可否攻取?"

"做梦去吧。如今的秦军可不是从前的秦军,我魏军能征善战之卒已损失殆尽,不是秦军的对手了。"

"那么龙贾欲攻西河,会派何人为先锋?"

"他定会以我为先锋。"

"啊!"张仪大惊道,"龙贾此举,不是欲置将军于死地吗?将军千万不可从命。"

"为将者不从君命,照样是死路一条。总之,龙贾已是对我有了杀心,难以放过我了。"魏错恨恨地说道。

"将军难道没有想过避祸之计吗?"张仪关切地问道。

"我也想过,只是苦无出路。我欲逃往他国,又怕被押送了回来,魏国虽已削弱,毕竟强过一阵,天下没有哪位诸侯会为了我这个无名小辈得罪魏国。"魏错苦恼地说。

"难道秦国也不敢得罪魏国吗?"

"秦国倒是不怕得罪魏国,只是我在西河为将多年,杀伤秦军甚众,秦人对我恨之入骨,岂肯容我?唉!想不到我堂堂魏国大将,竟然落到了这种地步。"

"将军若有意投秦,在下倒可帮忙,不仅能够保全将军的身家性命,还可使将军长保富贵。"

"你能帮忙?你不是得罪了秦人,才逃到我魏国来的吗?"

"不瞒将军,在下逃来魏国,其实是假扮的。"

"什么,你是假扮的?"魏错的酒意顿时被惊跑了。

张仪详细地将他怎样被公孙衍抢了功劳,怎么装作接受了公孙衍的玩弄天下之策说了一遍,然后道:"天下岂可玩弄?公孙衍此策,断不可行。在下顺水推舟,欲借此回到秦国,赶走公孙衍,执掌秦国朝政,还望将军帮我。"

　　张仪若能执掌秦国朝政，则我何愁富贵不保？魏错心中大喜，忙问道："我如何才能相帮大人？"

　　张仪一笑，低下头来，以魏错才能听到的声音，仔细将谋划说一遍。魏错听了，连声称妙，当即与张仪指天发誓，言当从今以后，患难与共，富贵同享。

第十八章

邹忌比美谏齐君　七国争霸竞相王

自从秦国夺取了西河的大部分城邑,阴晋城已成为孤地,随时可被秦国攻取。大司马龙贾见此情景,献上一计——公孙衍本是阴晋人,主公何不将阴晋献给秦国,与秦结好,使秦不备,然后率大军突然攻击,定可大胜。魏惠王采纳了龙贾的计谋,主动将阴晋城献给秦国,与秦结为盟好之国。

不战得地,是大大的吉兆,使秦惠文王十分高兴,将阴晋改称为宁秦,赐给公孙衍作为食邑。公孙衍在得到食邑的同时,也得到了张仪的一封密书:龙贾已为小弟所用,献城之计,实出于小弟,借其口而言之。龙贾执掌兵权,小弟欲取魏国相位,非得龙贾相助不可。三月后,龙贾将攻秦,望吾兄稍作退缩,以全其功。公孙衍回书一封,答应到时弃守西河三城,以成龙贾之功。

三个月后,龙贾果然发动十万大军,以魏错为先锋,杀奔秦国而来。公孙衍主动请战,亦率十万大军迎敌,交战之初,即弃守了三座城邑,退兵三十里。不料魏军先锋魏错却不停止进攻,依然猛勇无比地冲向秦军。公孙衍措手不及,被打得连连后退。龙贾见到前军如此轻易获胜,急于抢功,尽驱大军杀至。公孙衍无法抵挡,又连着丢了几座城池。

败报传到咸阳,秦惠文王大怒:“公孙衍徒有口舌之利,却无实学,败坏寡人兵威,甚是可恨!”

在公孙衍领军迎击魏军的同时,张仪悄悄回至咸阳,拜见公子虔道:“公孙衍如此大败,必然难居其位。到时朝臣必怪夫子荐人不当,于夫子名声大有损害矣。夫子不若上表,请罢公孙衍之位,另荐贤臣。"

公子虔为难地说道:"公孙衍不争气,使吾脸上无光,自应罢去其位,只是正当两军大战之际,不可轻易主帅啊,再说朝中又有谁可以代替公孙衍呢?"

"我可以代替公孙衍。"张仪毫不犹豫地说道,"我在魏国,已收服魏国大将魏错。主公若是以我为帅,魏错必阵前反叛,我秦军可大获全胜。"

公子虔听了,大为高兴,立即上表,言张仪有奇策可破魏军,主公应召回公孙衍,另拜张仪为帅。

秦惠文王少年好胜,急欲挽回败局,果然听从公子虔之言,改拜张仪为领军主帅,召公孙衍单车回朝。公孙衍吃了大亏,正欲派人去魏国责备张仪,忽闻张仪竟已回到秦国,并且被秦惠文王拜为新任领军主帅,不觉跌足叹道:"此人原来如此仇恨于我,而我却茫然不知,居然向老虎索要其皮,不亦愚乎,不亦愚乎!"

他不等张仪到来,也不顾及咸阳城中的家眷,带着几个亲随,仓皇逃到魏国。公孙衍前脚逃走,张仪后脚赶至,立起大军,向龙贾展开猛烈的反攻。魏错阵前反叛,率所部直冲中军,将龙贾生擒。魏军失了主帅,顿时大乱,秦军乘势猛追,所失之地尽复,一直追到了黄河岸边,方才停了下来。此仗秦军大获全胜,伤亡之数不过五千,而十万魏军,却只剩下了两万来人。秦惠文王大喜,拜张仪为大良造,赐黄金千斤,食邑万户。魏错亦被拜为左庶长,成为秦国大臣。

大赏之后,是为大罚。公孙衍叛逃,其家眷因"连坐"之罪,应该被杀死。

张仪道:"公孙衍毕竟做过秦国大臣,因其惧祸而逃,就灭其全家,其必深怀毒怨之心,将倾力与我秦国为敌矣。主公不若将其家眷送至魏国,一来可显示主公宽厚仁爱之恩,二来可使魏君见疑,不敢大用公孙衍,除我秦国后患。"

秦惠文王听了,深以为然,当时就派人将公孙衍的家眷送到了魏国。然而出乎秦惠文王和张仪的意料,魏君不仅没有因此怀疑公孙衍,反而将公孙衍拜为大司马。

公孙衍一到魏国,即献上"合纵抗秦"的立国之策。魏惠王大喜,认为此策若能成功,秦国必亡。如果公孙衍不是真心投魏,就不会献上此策。公孙衍受到魏惠王的重用,大为感激,与相国惠施同心协力,开始了"合纵"之举。二人认为"合纵"能否成功的关键,在于齐、魏两国能否建立牢固的联盟,故不惜多次奔往齐国,以尊齐侯为王之名,终于说动齐威王在徐州与魏惠王相会。但临行之时,齐威王却反悔了,不想去往徐州。

相国邹忌告诉齐威王:"诸侯称王,天必降下大灾。魏君称王,致有桂陵、马陵、西河惨败,主公不可不多加谨慎,勿中魏人诡计。"

齐威王点头道:"不错,魏君称王之后,果然国势大衰。"

大司马公子婴力主齐威王去往徐州,说:"楚子称王数百年,依然国势强大,上天何曾降过大灾?列国争战,胜败原是常事,与称王并不相干。魏国乃齐之劲敌,今日主动尊齐为王,实乃齐之大福也。俗语云:'天予不取,反受其祸。'主公若不借今日之势称王,恐将悔之不及也。"

齐威王听了公子婴的话,也觉有理,犹豫了两日后,还是来到了徐州之地。惠施、公孙衍早已拥着魏惠王等候在徐州之地,恭迎齐威王的大驾。魏惠王听从公孙衍之计,委曲求全,以朝见之礼拜见齐威王,并尊其为王。

齐威王大喜,遂正式称王,亦正式承认了魏惠王的王号,为了表示友好,齐国还将俘获的太子申交给了魏惠王。两国国君和臣下尽情欢宴三日后,行过"歃血为盟"的仪式,各自返回国中,齐威王排开天子仪仗,得意扬扬地回到齐国,入都之日,国人俱匍匐在地,口呼"大王"。公子婴昂首侍立在齐威王身旁,更是得意非凡。

邹忌见了,心中闷闷不乐,心想公子婴深得国君之宠,在朝中威信日高,眼看就要越过我了。我得想个办法,让朝臣们知道主公仍是对我言听计从才是。

邹忌身高八尺,外貌俊雅。邹忌对其外表甚为看重,每天上朝,必对镜修饰一番后方才出门,以致国人称为"朝中邹忌,城中徐公"。

那徐公乃是一位稷下博士,不以学术闻名,却以相貌俊雅名闻齐国。邹忌对这位徐公很感兴趣,曾约徐公到府中相会,可惜徐公来了,邹忌又恰好不在府中,邹忌只得另约了时间与徐公相会。到了相会之日,邹忌早早起床,对镜修饰起来,其妻见了,忍不住掩口而笑。

邹忌不悦,问道:"你笑什么?"

其妻答道:"我只知道女人喜欢修饰外貌,有着比美之心,想不到男人们也会是这个样子。"

邹忌笑道:"爱美之心,人皆有之,何论男女?"说着,忽然想起一事,问,"那日徐公来了,你见过他吗?"

妻道:"夫君不在,妾等怎好见客?不过,妾等倒在门内向他望过几眼。"

邹忌顿时来了兴致,忙问:"你看我与徐公相比,谁更俊美?"

妻道:"当然是夫君更为俊美。徐公虽也相貌端正,可又怎么能和夫君相比呢?"

邹忌不信,又叫来姬妾们问:"我与徐公相比,谁更俊美?"

姬妾们齐声答道:"徐公不如夫君。"

邹忌大为得意,对着镜子照了又照,越照越觉得他的俊美举世无双,不仅齐国没有一个男人可以与他相比,就是放眼天下,也难找出几个能与他相比的男人来。

徐公未至,先来了几位门客,例行问候相国大人,和邹忌谈论朝政之事。邹忌谈着谈着,陡然问道:"吾与徐公相比,谁更俊美?"

众门客先是一愣,随即异口同声地答道:"徐公虽美,哪里比得上相国大人呢?"

邹忌更是高兴,送走门客后,即端坐内室,等候徐公来访。过了一会,徐公果然来了,邹忌一见,但觉其人容光焕发,犹如中天之日,令人不敢仰视。邹忌愣住了,痴痴呆呆地不知和徐公说了些什么,也不知徐公是如何告辞的。

我怎么能和徐公相比呢?他是中天之日,我只能算是初升之月了。邹忌又反复对着镜子自照,越照心中越是自觉惭愧,晚上在床上也翻来覆去地睡不安稳。快到天亮时,邹忌忽地"哈哈"大笑了几声,立即起床,换上朝服,入宫见君。他找到了一个在朝臣中提高威信的绝好办法。

齐威王对于邹忌这么早就来拜见,大感意外,问道:"真非朝中有什么紧要事情吗?"

邹忌道:"确有紧要之事。不过,微臣还是先给大王讲一件好笑的事情吧。"说着,邹忌将他和徐公"比美",先是得意扬扬,后是垂头丧气的经过讲了一遍。

"哈哈!"齐威王大笑了起来,"寡人今日方才知道,爱卿原来还有照镜之癖。"

邹忌问道:"微臣明明不如徐公远甚,为何微臣之妻、之妾、之客偏说微臣胜过徐公呢?"

齐威王想了想,笑着道:"这还不明白吗?妻有偏爱夫君之心,妾有惧怕夫君之心,客呢,有求于相国大人。他们自然会说爱卿之美远胜徐公矣。"

邹忌立刻跪倒在地,行以大礼道:"大王圣明,大王圣明。今日齐国有城一百二十余座,地域千里,人众数百万,大王所有,远过微臣矣。如此,则宫中姬妾,莫不偏爱大王;朝中大臣,莫不惧怕大王;四邻之国,莫不有求于大王。由此看来,大王和微臣相比更难听到真言也。大王所知,如若尽是假语,则国势危矣。臣谓紧要之事,莫过于此矣。"

齐威王听了,大为高兴地说:"爱卿从小事上可见国之大弊,实为至贤也。"

当日,齐威王大会群臣,下诏曰:不论朝臣、官吏、百姓,能够当面指出寡人之过,受上等之赏;上书劝谏寡人者,受中等之赏;在市中议论寡人之过,受下等之赏。这道诏令立即传遍了齐国,人们交相议论,相国大人一句话,就可让大王下此诏令,其权势无人可及矣。

邹忌听了这些议论,很是得意,大力鼓动素来和他亲近的大臣们入宫劝谏,领取上等赏赐。那些大臣们入宫劝谏,当真受到了上等之赏。于是乎,宫门外顿时热闹了起来,入宫劝谏的朝臣进进出出,忙乎得似市井一般。

公子婴见了这等情形,冷笑道:"邹忌卖弄小巧,难成大器。"

数十天后,宫门外热闹终于冷清了下来。众人说来说去,只是那几句话,说不出什么新意来,自然也就没什么赏了。数月之后,宫门外已很难见到劝谏国君的人了。

齐威王大喜,道:"寡人无过,当为至贤之君矣。"遂深居内宫,日日沉湎于酒色之中,不再上朝。

公子婴抓住机会,入宫谏道:"父王可以不上朝,却不能不理政事。朝政之事,无非是司徒、司空、司马、司士、司寇五官之事,儿臣每日可将五官奏事简册带入宫中,父王过目一览,就可尽知政事,不为臣下所欺矣。"

齐威王听了,很是满意道:"吾儿所想,甚是周到,就依吾儿所言去办吧。"于是,公子婴便每日带着司徒、司空、司马、司士、司寇五官的奏事简册,来到宫中。

齐威王开始时还认真地看着,看了几日,就心中发烦,对公子婴说道:"这些事儿,讲来讲去的都是这一套,寡人也不必看了。嗯,你就替寡人看管这些事儿吧。"

公子婴大喜,齐威王的这一番话,使他轻易地获得了朝中大权,将相国邹忌架空了起来。邹忌气恼交加,竟至卧病在床,并上了一道表章,控告公子婴专权。公子婴压下邹忌的表章,对齐威王说道:"相国多病,难以上朝,父王何不给予厚赐,让其回到食邑养老。"

齐威王点头称善,当日下了一道诏令:赐邹忌千斤黄金,归其食邑养老。同时,齐威王又拜爱子公子婴为相,赐给薛城为食邑,号为"靖郭君"。

公子婴权倾朝野,无数"贤能之士"争相投奔,门客竟多至千人,馆舍为之住满。其中最得公子婴喜欢的一个门客,名为齐貌辨。其人性好狂饮,醉了之后逢人便骂,又贪财,与人赌博,赢了,则大喜,输了则大怒,拒不拿出铜钱。众门客都不喜欢齐貌辨,成天在公子婴面前说他的坏话,公子婴丝毫不为所动。

一日,其长子田文亦劝其父赶走齐貌辨,以平息众人之怒。公子婴听了,甩手就打了儿子一个耳光,骂道:"你知道什么,所有的门客加起来,也抵不上一个齐貌辨。"

公子婴特拨出一座上等住宅,赠给齐貌辨,并让田文代他每日问候齐貌辨。齐貌辨对公子婴的礼遇,没有说出半个"谢"字,每日仍是狂饮不止,乱骂乱吼。

齐、魏两国结盟,互相尊王的消息传到秦国,引起了秦惠文王的大怒,他立即招来张仪说道:"齐、魏两国结盟,明显是冲着寡人来的。寡人当亲率大军,攻击齐、魏两国。"

张仪道:"此乃公孙衍所设之计也,主公若攻击齐、魏,正中其计也。"

"那么寡人该怎么办呢？"

"主公可派使者多带厚礼，祝贺齐君称王，尤其是要给公子婴多赠厚礼。然后，微臣可率大军猛攻魏国，这样，齐国虽然与魏国订有盟约，也不会轻易去救。"

"妙，齐国不救魏国，其盟约将不攻自破矣。"

"魏国孤立无援，将被迫与秦盟好。到了那时，主公亦可称王矣。"

"哈哈哈！"秦惠文王满意地大笑起来，"有了大良造这样的能臣，寡人岂愁王于天下？"

秦惠文王派陈轸为使，携黄金两千斤、玉璧二百双，来至齐国。陈轸先给公子婴送上一千斤黄金、一百双玉璧，说："秦君愿尊齐君为王，实是出于敬慕相国之故也。"

公子婴听了，喜不自胜，亲将陈轸引进内宫。陈轸又呈上黄金千斤、玉璧百双，当面向齐威王道贺。齐威王自是高兴无比，连日大开宴乐，以上卿之礼招待陈轸。

就在陈轸来到齐国的同时，张仪、司马错、甘茂率领秦军二十余万，向魏国发动了猛烈的进攻。魏惠王一边拜公孙衍为大将，领兵十万抵抗，一边急派使者赶至临淄，请求齐国救援。

齐威王欲发救兵，公子婴阻止道："秦地太远，齐国与秦为敌，纵然获胜，也难以得到土地，只会使魏国得利，并因此强大起来。"齐威王听了，默然无语，再也不提"救魏"之事。

公孙衍苦盼救兵不至，不敢轻易出战，在秦国的强大进攻面前节节后退。秦军接连攻占了汾阴、皮氏、焦、曲沃等黄河以东的重要城邑，声威震动天下。

面对秦国的强大攻势，魏惠王招来惠施问道："寡人尊齐，却不能得齐之力，奈何？"

惠施答道："尊齐不得其力，则尊秦。这样，齐或恐惧，将发兵救魏矣。"

魏惠王无奈，只得派使者与秦国议和，愿取消王号，入贡臣服于秦，并尽献河东、上郡土地。他有意将这个消息泄露给齐国使者知道，并将齐国使者驱逐回国，以示绝交之意。

公子婴听了,对齐威王道:"秦国势力过大,亦与齐不利,大王此刻可派救兵。"齐威王听从其言,以田盼、匡章为大将,领兵十五万,声言救魏。这时,蜀国闻听秦国大军在外,立刻发倾国之兵,侵入秦国境内,大肆抢掠。面对这种情形,秦国只得同意与魏国议和。魏国使者的态度亦变得强硬起来,不仅不提取消王号、入贡臣服之事,也不提将河东之地"献"给秦国。

魏国只愿将上郡之地"赠"给秦国,由于河西之地尽失,上郡两面受到秦国的夹击,难以据守,魏国早已有心弃之。秦国本不同意,考虑到齐已出兵,后方也不安稳,且魏军也未受到重大损失,只得答应退兵,接受上郡。秦国大军一退,焦、曲沃二邑孤悬魏国境内,不易据守。秦国也就慷慨地将焦、曲沃二邑"归还"给了魏国。

表面上看,魏国历次与秦大战,都没有败得如此之惨,几乎要向秦国称臣。实际上,魏国所受的损失甚是轻微,并没有让秦国占到太大的便宜。齐军见到秦国退兵,还没等进入魏国境内,就缩了回去。蜀国闻听秦国大军回返,亦退回了攻秦大军。公孙衍松了一口气,率领大军回到大梁,上表请罪。

魏国众大臣纷纷言道:"公孙衍大败而回,当处以斩首大刑。"

魏惠王道:"公孙衍面对强敌,不贪功冒险,率领全军而还,有功无罪。"

公孙衍拜伏在地,哽咽道:"臣虽肝脑涂地,也难以报答主公的大恩。"

赵国、韩国见魏国连连大败,想乘机占些便宜,遂联合起来,南北夹击魏国。公孙衍主动请战,将十万大军分为二路,以副将统领一万士卒,号称十万,向韩国行进,一路上大肆宣扬——魏国大军将踏灭韩国。公孙衍自领九万大军,只称三万,迎击赵军。韩国见魏军声势浩大,不敢轻举妄动,将大军停在了边境上。

赵国大军却是横冲直撞,一头攻入了魏国境内。公孙衍先是诈败了两仗,将赵军诱至襄陵,然后伏兵突出,大败赵军。赵肃侯不服,亲率十万大军,欲再攻魏国。公孙衍趁其立足未稳率军急攻,再次大败赵军。赵肃侯羞怒交加,回至国中,一病而亡。其太子即位,也即历史上的赵武灵王,由相国赵豹、太师肥义辅政。

韩君闻听赵国大败,惊恐之下,慌忙遣使谢罪,请求与魏国重新和好。魏惠王招来公孙衍,问:"韩国反复无常,寡人欲借此灭之,将军以为如何?"

公孙衍忙答道："不可,韩国虽弱,以我魏国之力,尚不足以灭之。微臣'合纵'之策,原为要齐、楚以攻秦。如今看来,齐、楚妄自尊大,暂时难以说服他们。主公不如借此机会,和韩、赵结好,以'三晋'之力,共敌秦国。"

魏惠王想了想,道:"我'三晋'本来同出一体,理应恢复旧日之谊,共同对付强秦。"

他同意了韩国的请和要求,与韩君相会结盟,然后同赴赵国,参加赵肃侯的葬礼。

赵国对于恢复"三晋旧谊"的举动很感兴趣,只是提出应将燕、中山两国拉来参与会盟。燕、中山两国都在赵国之北,赵国想借此加大对燕、中山两国的影响。

在燕、中山两国未入盟前,魏惠王充分显示了他的诚意,提议韩、赵亦称王号。韩君大喜,当即称王,是为韩宣惠王。赵武灵王虽然年少,却不愿称王,说:"赵非强国,称王徒有空名,有害无利。"

相国赵豹和太师肥义却都说称王有利,赵武灵王无奈,只好说道:"对外,寡人可以称王。对内,寡人仍然是君。国人凡称寡人为王者,当治其重罪。"

公孙衍听了,私下里对魏惠王说道:"赵君年纪虽是不大,见识却是不凡,日后必成大器。我魏国须多与赵国交往,两国之间越是和好,越是对我魏国有利。"

魏惠王叹了一口气,道:"寡人之后,只怕没有一个儿子比得上赵君。太子申回到国中,郁郁寡欢,脾气怪异,已不堪为太子,寡人当另外选一位公子为储君了。"公孙衍身为臣下,不敢对立储之事多加议论,一时默然无语。

"三晋"称王的消息,使齐、秦两国大怒,做出的反应也不相同。齐国当即派出田盼、匡章,大举进攻赵国,一举攻破平邑,俘虏赵将韩举。公孙衍迅速联合韩国军队,起兵十五万救赵。田盼、匡章见魏、韩联军势大,只得放弃平邑,退回齐国境内。公孙衍亦无胜敌把握,见齐军退回国中,也未加以追击,班师回到大梁。

秦惠文王对张仪说道:"连韩君和那小娃娃赵君都称王了,寡人为何不能称王?"

张仪俯伏在地,道:"主公德配天地,自当称王。"

这次秦国大举伐魏,并未取得预期的胜利,使他在秦惠文王眼中的地位下降了许多。他明知秦惠文王此时称王并非最佳时刻,也不敢加以阻拦。

周显王四十四年(公元前325年),秦惠文王正式称王,并遣使者通告列国。同时,秦国改革官制,设立相国之职,由张仪担任。在相国之下,又设有九卿之职,是为奉常(掌管宗庙祭祀)、郎中令(掌管宫内传达和警卫)、卫尉(掌管宫门警卫)、太仆(掌管王室车驾、马匹)、廷尉(掌管司法)、典客(掌管外交)、宗正(掌管王室宗族事务)、治粟内史(掌管租税)、少府(掌管山林池泽出产,供养国君)。列国闻听秦君称王,纷纷派出使者祝贺。"三晋"也无例外地派来了祝贺使者,并且毫无例外地在贺表上自称为王。秦惠文王大怒,和张仪谋划再次进攻魏国。

张仪道:"楚国国君新立,大王可派陈轸为使,说动楚国与我秦国夹攻魏国,必获大胜。"

秦惠文王想了想,表示赞同,派陈轸携带重礼,前往楚国祝贺,并请求楚国出兵攻魏。楚国新君楚怀王名为熊槐,是宣王之孙,威王之子。昭阳年纪苍老,却仍牢牢占据着令尹之位,控制着楚国的军政大事。陈轸知道昭阳的分量,在给楚怀王送上一份贺礼的同时,也给昭阳送上了一份厚礼。昭阳很高兴,痛快地答应了出兵攻魏之事。陈轸满意地回到了秦国,昭阳却按兵不动。

有心腹门客问道:"秦国,大国也,不可相欺。大人奈何不守信义,按兵不动?"

昭阳道:"此乃军国大事,尔等不宜相问。秦虽大国,吾自有应对之计。"

昭阳的应对之计,只有他自己明白。他要让秦国打一个大败仗,使张仪因为此败,被盛怒的秦君砍掉脑袋。

自从昭阳知道张仪执掌了秦国的朝政之后,就常常无法安然入睡。当年为了"和氏璧"之事,他几乎将张仪活活打死,张仪能不记仇吗?张仪如果大胜魏国,必然大得国君宠信,只怕立刻就会向他报复。昭阳保护自己的唯一办法,就是在张仪向他下手之前,先置张仪于死地。

见楚国答应攻魏,秦惠文王大喜,立即拜张仪为帅,拜司马错为先锋大将,起兵十万伐魏。昭阳装模作样地发兵十万,进入魏楚边境,暗中却遣使告知魏国——楚国出兵,乃不愿得罪秦国之故,非出本心。今大军虽至,绝不敢与魏国交战。公孙衍听了楚使之言,心中高兴至极,立即自请领兵卒十万,抗拒秦国。

魏惠王当即答应,却又有些对楚国不大放心。公孙衍道:"大王放心,昭阳与张仪有仇,自然不会真心攻我魏国。为防万一,大王可告知韩王,起兵防守。"魏惠王这才放下心来,一边派使者至韩,请求韩国起兵,一边亲至城外,为公孙衍送行。

"此番张仪若是出战,微臣定可大获全胜,夺回西河。"公孙衍发誓道。

不料张仪却依据着黄河天险,死守不出,双方对耗了半年,粮草俱尽,只得各自退兵。

此为数年来秦军攻魏第一次无功而返,令秦惠文王大感恼怒,几欲斩杀张仪。

"攻魏不胜,罪非在臣,而在于陈轸。"张仪俯伏在地,磕头说道。

"是你领军出征,为何偏说罪在陈轸?"秦惠文王怒问道。

"陈轸本乃楚人,向来心怀故国。大王命其携带重礼祝贺楚王,陈轸却私分大王之礼,献给楚国令尹昭阳。此次楚国答应出兵,却并不攻击魏国,是为何故?是陈轸私通昭阳之故也。陈轸身为秦臣,却愿秦国兵败,以强楚国。臣非不敢攻魏,乃孤军出击,必败无疑。臣虽明知不胜返国,将有死罪。然臣宁愿一死,也不愿将我秦国士卒枉送虎口。微臣一片赤诚之心,还望……还望大王明察。"张仪哽咽着说道。

他心里早就知道,楚国令尹昭阳只怕不会忘记过去之事,将对他有不利的言行,但他身为相国,又不能拒绝领兵攻魏。而联合楚国攻魏,是唯一的必胜之策。张仪决心冒险一搏,请求秦惠文王派陈轸出使楚国。陈轸能言善辩,又为当初公孙衍推荐的贤者,与张仪不甚相合,在朝中隐隐有取代张仪之势。这样,如果昭阳不为难他,依约出兵攻魏,则他可以获得大胜,在朝中的地位稳固如山,陈轸无法动摇他的相位。如果昭阳有意为难,他不能取胜,则可借此将"大罪"推到陈轸身上,借秦惠文王之手除掉陈轸,永绝后患。

"陈轸果真是如此吃里爬外吗?"秦惠文王大怒。

"大王可先问陈轸是否私赠重礼给昭阳?如果是,则将他逐出秦国,看他投往何国？如果他投往楚国，则必是内奸无疑，可将他杀死！"张仪说道。

秦惠文王点了点头，道："此计甚妙，可以一试。只是陈轸此人甚为机警，纵然出逃，只怕不会逃往楚国。"

次日，秦惠文王召见陈轸，板着脸问："寡人听说，你曾将寡人致贺楚王的礼物送给了楚国令尹，是也不是？"

陈轸向秦惠文王行了一礼，道："微臣将礼物中的一部分送给了楚国令尹。"

秦惠文王大怒，道："私以王礼赠人，是为欺君也。"

陈轸见到国君发怒，并无惧色，道："微臣只有忠君之心，并无欺君之意。"

"那么，你为何要私以王礼赠人？"秦惠文王问。

"请问大王，你让微臣出使楚国，真是祝贺楚王新立吗？"陈轸反问道。

"这……"秦惠文王犹疑了一下，才说道，"当然不完全是祝贺楚王新立，还应让楚国出兵夹攻魏国。"

"楚国之政，全由令尹掌控，微臣若不送厚礼与楚国令尹，能让楚国出兵攻魏吗？"陈轸又问。

"这……"秦惠文王想了想，反问，"那么，楚国又为何不攻魏国呢？"

"此中缘由，非臣所知。臣为使者，完成使命，即是无愧于大王也。"陈轸答道。

秦惠文王听了，心中大为不悦："楚国不守约定，你身为使者，岂能无罪？罢，罢！你也曾为我秦国立有功劳，寡人不愿杀你。可是，寡人也不想让你留在秦国了。"

陈轸又深施了一礼："大王圣明，微臣虽然将离秦国，而大王之恩，永不敢忘矣。"说着，陈轸转身就走。秦惠文王心中忽有所动，又将陈轸叫了回来。

"你若离开秦国，将往何地？"秦惠文王问。

"臣将去往楚国。"陈轸平静地回答道。

"啊！"秦惠文王不觉惊呼了一声，"你果然是欲去往楚国。"

"微臣当然是要去往楚国。"陈轸紧接着说道，"因为有人说臣不忠，是楚国内奸。"啊！他居然猜到了寡人和张仪所说的话。秦惠文王心中暗暗惊呼道。

"微臣为什么去往楚国呢，因为微臣并非是不忠之人。如果微臣真的是不忠之人，就绝不敢去往楚国。"陈轸不等秦惠文王反应过来，立刻说道。

"此为何故？"秦惠文王不觉问道。

"微臣有个故事，先讲给大王听一听，可以吗？"陈轸从容地说道。

"好，你且讲来。"秦惠文王顿时来了兴致。

"从前在楚国，有个商贾娶了一长一少两位妻子。商贾的伙计就去勾引老板的妻子，长妻见了伙计勾引，便破口大骂。伙计碰了壁，又去勾引少妻，结果少妻答应了伙计。过了不久，那商贾便死了。有人问伙计：'你现在可以娶妻了，是娶那长妻呢，还是娶那少妻？'伙计答道：'当然是娶长妻。'众人大为奇怪，问：'长妻骂过你，而少妻却顺从你。为何你不娶少妻，却非要娶长妻呢？'伙计笑道：'少妻能顺从我，自然也能顺从别人。长妻骂过我，自然也会骂别人。偷别人的妻，一定要她顺从。娶自己的妻，却一定要她能够痛骂别人。'大王，你认为这个伙计是聪明人呢，还是个蠢人呢？"陈轸问。

"这伙计当然是个聪明人。"秦惠文王听到这里，拍案说道。

"楚王和令尹昭阳，都是这样的聪明人。如果微臣真的不忠于大王，那么也可以不忠于楚王，楚国还会收留我吗？正因为微臣真的忠于大王，才会去往楚国。这层道理，不仅微臣知道，大王随便问一个路人，也会知道。从前伍子胥忠于吴王，天下的国君争着要他做臣子。孝敬父母的人，天下的父母都想把他当作儿子。一个奴隶若能卖给邻家，必是一个好的奴隶。一个被人遗弃的妇人，若能嫁在本乡，也一定是个好妇人。微臣只要忠于大王，就可安然无恙，天下处处可以存身。反之，微臣若不忠于大王，则处处都是死地。大王想让微臣离开秦国，微臣也不敢啊。"陈轸慨然说道。秦惠文王听了，半晌说不出话来，忽然他站起身来，拱手对陈轸施了一礼。

"大王之礼，臣不敢当。"陈轸慌忙跪倒在地。

秦惠文王扶起陈轸，说道："寡人误听人言，险些害了爱卿，此乃寡人之过也。"

隔了一日，秦惠文王大召群臣，当众赐给陈轸黄金一百斤，食邑一千户，表彰陈轸的忠心。张仪见了，目瞪口呆。散朝之后，秦惠文王单独留下张仪，也不提陈轸之事,劈头便问:"寡人欲败魏国,相国有何妙计?"张仪心中大跳起来,知道他这次定要想出一个极见成效的"奇计"来,否则,秦惠文王只怕会立刻翻脸,以"诬陷忠臣"之罪,将他置于死地。

"'三晋'不和,不难败魏。'三晋'联盟,败魏不易。为今之计,只有秦、齐、楚三大国结盟,方可击败魏国。臣请出使齐、楚,结三国之盟。"

"好吧,寡人许你出使齐、楚两国。不过,这三国之盟,只能成功,不能失败!"秦惠文王厉声道。

第十九章

张仪献歌探楚意　燕雀安知鸿鹄志

　　张仪携带黄金两千斤、玉璧二百双，首先来到了楚国。此番故地重游，令他不胜感慨：以楚国土地之广，人众之盛，若能得一二贤能之臣治理，早已平定天下了。

　　楚怀王对张仪十分礼敬，在朝堂上大摆宴乐，令楚国众大臣相陪。昭阳见张仪不死，反受秦王之命前来出使，心中大惊，声称患有重病，闭门不出。

　　侍立在楚王左右的共有三位大臣，一为左徒昭睢，二为典令屈原，三为太宰靳尚。这三位大臣的地位之高，仅次于令尹。左徒是令尹的副手，典令主掌朝廷律令，太宰则主掌百官升迁。楚怀王的宴乐虽无令尹参加，却有了这三位大臣相陪，以"礼"来论，亦是十分隆重。张仪看上去十分满意，喝了美酒之后，放声向楚怀王献上了一歌：

　　　　南有乔木

　　　　不可休思

　　　　汉有游女

　　　　不可求思

　　　　汉之广矣

　　　　不可泳思

　　　　江之永矣

不可方思

翘翘错薪

言刈其楚

之子于归

言秣其马

汉之广矣

不可泳思

江之永矣

不可方思

……

张仪所献之歌,名曰《汉广》,是《诗经》中所载的"周南之曲",异常婉转动听,历来为人所喜。

当年天子成王年幼,由周公、召公辅政,划陕为界,陕之东,由周公治理,陕之西,由召公治理。周公所治理的南方一带,称为"周南",召公所治理的南方一带,称为"召南"。"周南之曲"即为周南之地流传的歌曲。楚国所居之地,也在"周南"的范围中,故《汉广》一曲,亦可称为"楚歌"。张仪身为秦王之使,在楚王面前高唱楚歌,是对楚王敬重的一种表示。

《汉广》之曲是一首恋歌,大意是南方的高树之下啊,少有阴凉,不可歇息。汉江中游水的美丽姑娘啊,我想追求她又无法追求。因为汉水宽广啊,不可飞渡,江水滔滔长流不尽。道路上杂树丛生难行走,我砍开了道路可畅通。为了汉江中那美丽的姑娘,我喂饱了骏马去追求。可是汉水宽广啊不可飞渡,江水滔滔长流不尽。

张仪借这首歌,向楚王表示:楚国就是那美丽的姑娘,秦国如今骑着骏马,前来"追求"楚国,要与楚国结成"百年之好"。可是,汉江茫茫,秦国的追求,恐怕会落空。张仪这种以歌相探问的举动,是中原诸国最津津乐道、最喜采用的"礼仪",来往使者若不以这种"礼仪"互相交往,便会遭人嘲笑,讥为"蛮夷之族"。

秦、楚两国一向被中原诸侯看作"蛮夷之族",相互使者来往,倒是很少用这么一套"礼仪",喜欢有言便说,直来直去。近百年来,礼崩乐坏,别说秦、楚两国,就算是中原诸侯,也很少用上这一套"礼仪"了。今日张仪使楚,却用上了这一套"礼仪",充分显示秦国对楚国的敬重,使得年轻的楚怀王非常得意,不觉把目光转向了屈原。

秦国使臣以歌相问,楚国臣下亦应以歌相答。屈原乃楚国世族子弟,自幼博览群书,又精通音乐,一向深得楚怀王的欣赏。此时由屈原以歌相答,十分合适,符合两国交往的"礼仪"。

见楚怀王的目光望向屈原,张仪也不觉打量起屈原来了,这一打量,竟使他心头一寒。但见屈原身形高大伟岸,仪表堂堂,两眼中闪烁着常人难见的晶莹光华。此等人立身必正,楚国既有此人,又甚得楚王信任,今后我若图谋楚国,只怕不易。

屈原站起身来,先向楚王行了一礼,再向张仪行了一礼,又向楚国众大臣行了一礼,然后放声高歌:

> 帝子降兮北渚
> 目眇眇兮愁予
> 嫋嫋兮秋风
> 洞庭波兮木叶下
> 登白兮骋望
> 与佳期兮夕张
> 鸟何萃兮蘋中
> 罾何为兮木上
> 沅有芷兮醴有兰
> 思公子兮未敢言
> 荒忽兮远望
> 观流水兮潺湲
> 麋何食兮庭中
> 蛟何为兮水裔
> 朝驰余马兮江皋

夕济兮西澨

闻佳人兮召余

将腾驾兮偕逝

筑室兮水中

葺之兮荷盖

荪壁兮紫坛

播芳椒兮成堂

桂栋兮兰橑

辛夷楣兮药房

罔薜荔为帷

擗蕙櫋兮既张

白玉兮为镇

疏石兰兮为芳

芷茸兮荷屋

缭之兮杜衡

合百草兮实庭

建芳馨兮庑门

九嶷缤兮并迎

灵之来兮如云

捐余袂兮江中

遗余褋兮醴浦

搴汀洲兮杜若

将以遗兮远者

时不可兮骤得

聊逍遥兮容与

　　屈原所歌的是楚国最著名的《九歌》之曲，为湘夫人之歌，是湘君之歌的对唱之曲。

　　湘君之歌，是在祭祀湘君时，以湘夫人语气唱的歌曲。湘夫人之歌正好相反,是在祭祀湘夫人时,以湘君语气唱出的歌曲。《九歌》原为祭神之曲,但到了后来,已是楚国上下人人喜欢的流行之曲,在任何场合下都能歌唱。

屈原的这首湘夫人之歌既是对张仪的回礼,也是对张仪的回答。

秦、楚两国本是婚姻之邦,曾经相互帮助,共同对抗中原诸侯的侵伐,本来极为友好。可是秦国就像那位湘夫人一样,性情变幻无常,令楚国无从捉摸。楚国当然希望与秦国结成百年之好,只是希望秦国能够信守盟约,不要令楚国失望。

"妙,妙! 屈典令之歌,使在下如闻仙乐矣。楚、秦两国若是诚心相待,何至受中原诸侯之欺? 哈哈!"张仪异常高兴,忍不住笑出声来。楚国虽然有些担心秦国会背约,但明显表示了愿与秦国结盟之意。

"首先是秦、楚两国互不相欺,能不被中原诸侯所欺。"屈原说道。

"对,对,正是此理。"张仪说着,话锋一转道,"典令之歌,与在下往日所听,似乎有所不同。尤其是歌词听上去觉得更加婉转,更加合于音律。"

"哈哈!"楚怀王一笑,"贵使有所不知,《九歌》之曲,乃寡人令屈爱卿重新修订了歌词,所以听上去才会与往日有所不同。寡人对这《九歌》之曲本已厌倦了,谁知经屈爱卿这么一修订,寡人听起来,居然是百听不厌,不可一日离开了。"

"屈典令原有此大才,实是令人不胜羡慕。在下记得那'湘君'之内起首几句是为'君不行兮君不行,留中洲,留中洲兮是为谁? 乘桂舟兮乘桂舟,吾宜修',不知这几句屈典令是如何改的?"张仪问。

屈原笑道:"此几句改为'君不行兮夷犹,若谁留兮中洲? 美要眇兮宜修,沛吾乘兮桂舟,令玩湘兮无坡,使江水兮安流'。此为小技耳,贵使见笑了。"

"小中可以见大。屈典令既能修订乐律,想必也能修订典律法令,使楚国能够雄视天下,令天下列国畏服。"张仪探寻地问着。

"哈哈!"不等屈原答话,楚怀王又是大笑了两声,抢过话头说道,"贵使果然聪明,寡人拜屈原为典令,正是欲革除我楚国弊政,振我楚国之军威也。"

革除弊政,重振军威这等大事,怎么好对别国使者大加宣扬呢? 屈原心中不快地想着。

楚王性躁,又喜宣扬,看来是不难对付。倒是这个屈原,我要多加留心才是。张仪想着,拱手对楚怀王施了一礼:"大王心有壮志,又得了屈典令这等贤能之臣,楚国不日将雄视天下矣。"

"哈哈哈!"楚怀王听了,又是仰天大笑。

"其实天下列国,无不在奋发图强,以求自存之道。贵国自变法革新以来,国富兵强,败蜀国,夺西河,已隐然有一统天下之势矣。"屈原盯着张仪说道。

张仪心中一凛,笑道:"秦国所求,不过是自安而已。所以,在下才会诚心而来,与楚国结和好之盟。"

"只要是诚心结盟,楚国无不欢迎。"屈原说道。

"秦君以相国为使者与我楚国结盟,当然是诚心诚意。"楚怀王担心屈原和张仪争吵了起来,连忙举起注满美酒的金爵,对着张仪说道,"贵使请,请,请!"

张仪满脸是笑,举起金爵道:"大王请! 左徒大人请! 典令大人请! 太宰大人请!"

欢迎宴乐结束后,张仪退回馆舍。屈原、昭雎、靳尚三人仍是坐在朝堂上,商谈国事。

"依寡人看来,张仪此人甚是心诚,有他在秦国为相,则楚、秦两国必可相安无事。寡人正当革除弊政之时,不愿与秦国这等虎狼之邦交恶。"楚怀王说道。

"秦国既是虎狼之邦,必然贪心无厌,很难与邻国相安无事。张仪这等谋略之士,一向惯于随势而变,难有什么诚心。大王欲革除弊政,富国强兵,不可一厢情愿地指望秦国遵守盟约。其实列国之间,也很少有哪一国长久地遵守盟约。大王应在革除弊政的同时,善用领军之将,不求夺人之地,先求力保我楚国之地不失。列国见我楚国有备,自然不敢随意欺我楚国。"屈原说道。

"不错,屈大人之言极是有理,我楚国粮非不足,兵非不众,所以常常不能胜敌,乃领军之将不称职也。"左徒昭雎说道。楚国的领军之将,不是由昭阳自己担当,就是由昭阳的亲信充当。昭阳等人只图把持兵权,并不奋力作战,常打败仗,引起了昭雎等朝臣的强烈不满。

"楚国以天下第一大国之名,常受韩、宋等小国之欺,全因将不得人之故也。"靳尚也附和着说道。他在表面上,也似是不满昭阳的众多朝臣之一,但在暗地里,他经常与昭阳来往。

"张仪言道,楚、齐、秦三大国结盟,在于讨伐'三晋'。此正当用兵之时,寡人不好临战易帅,且待这场大战过后,寡人自有处置。"楚怀王说道,他同样对昭阳过于揽权大为不满。

在楚怀王等人议论昭阳之时,昭阳正在府中与一位不速之客——秦国使者张仪相会。

"不知令尹大人是否知道,秦国曾想大举伐楚,以报不胜魏国之仇?"张仪问道。

"秦国伐魏不胜,为何要攻我楚国报仇呢?"昭阳装着糊涂,他本来想以"重病"为托词,拒不理会前来拜访的张仪。但考虑了一会后,他还是"强撑病体"将张仪迎入了府内。他要探探张仪的口气,摸一下底,免得心中仿佛总是压着一块石头,弄得他喘不过气来。

"秦国为何要伐楚报仇,令尹大人心中很清楚。在下只问令尹大人一句话——如果秦国倾力攻楚,以楚国现在的兵势,是否可以抵挡?"张仪目光若剑一样盯着昭阳。

昭阳不敢正视张仪的目光,微微垂下了头,说:"秦国之兵,天下无敌。"

"那么,秦国为何没有攻击楚国?"张仪又问。

"这……"昭阳回答不出。

"是在下拦住了秦王。在下说:'秦国之敌,在魏而不在楚。如果大王攻楚,楚兵必败,楚国令尹亦将因战败之罪,被楚王杀死,这样,秦虽是打了胜仗,却不得其利,反受其害。'大王怪而问之,在下说道:'楚国人向来亲善魏国,只有昭阳例外。昭阳若为楚国令尹,尚可帮助秦国攻魏。昭阳若死,新任的令尹必然亲魏仇秦,要帮助魏国攻秦了。'大王听了这话,才不打算伐楚了,反派在下为使,与楚国结为盟好之国。"张仪说道。

"啊,相国大人实乃昭阳再世之恩人也。"昭阳听到这里,忽然离座而起,向着张仪跪拜下来。

"令尹大礼,在下岂敢承当。"张仪说着,离座扶起了昭阳。

"请相国大人告诉秦王,我昭阳只要还有一天当着楚国令尹,楚国就绝不会联合魏国!楚国的盟好之国,永远都是秦国!"昭阳心中一块石头落下,兴奋中信誓旦旦地说道。

"如此,在下和秦王,当永祝大人居于令尹之位也!哈哈哈!"张仪大笑起来。

"哈哈哈!"昭阳一样是放声大笑了起来。

张仪顺利完成了与楚国结盟的使命,又迅速东行齐国,说服齐国加盟。

周显王四十六年(公元前 323 年),秦国相国张仪,齐国相国公子婴,楚国左徒昭雎、典令屈原,在啮桑之地正式举行"会盟大典",相约同伐"三晋"。消息传到魏、韩、赵三国,各国君臣大为恐慌,连忙齐集魏国都城大梁,商议对策。

公孙衍面对着各国君臣的恐慌,毫无惊诧之色,在朝堂上一一与众人相见,礼仪周到,从容不迫。

"诸位大王,诸位大人,秦、齐、楚三国之盟,并不足畏。秦在极西之地,齐在极东之地,楚虽居于其中,地广万里,然将疲兵弱,却是三国中最弱之处。秦、齐虽强,却相距遥远,来往联络极是不便,难以持久共同对敌。况一山尚且不容二虎,三强就能长久并立?我'三晋'并非弱旅,且国境相连,关塞相通,互相驰援,联兵对敌,都极为容易。还有燕、中山两国,亦可加入我'三晋'盟邦。燕、中山之国与齐相连,可从侧背攻击齐国。这样,齐国必不敢全力攻我'三晋'。齐国不敢使出全力,楚国无力使出,单单剩下了一个秦国,我们还有什么可怕的,难道以我'三晋'之力,连一个秦国也对付不了吗?"公孙衍大声问道。

魏、韩、赵三国君臣听到了公孙衍的话,不觉振奋起来,决心成立五国联盟,对抗秦、齐、楚三国。

中山国、燕国屡受齐国侵伐,愿意加入"三晋"之盟。"三晋"亦对中山、燕两国甚是尊敬,称其君为王。于是天下诸国中,竟有秦、楚、齐、魏、赵、韩、燕、中山八国称王,可谓空前。周天子对天下一下冒出了这么多"王"来,似乎是全然不觉,大气也没敢呼出一声。

秦、齐、楚三国人口土地几乎占了天下一半,而魏、赵、韩、燕、中山五国,亦差不多拥有天下一半的人口土地。自从平王东迁,周室诸侯混战数百年以来,天下如此明显地分为两大阵营相对抗,还从来没有出现过。

秦、齐、楚见到"三晋"与燕、中山为盟,慑于其声势,一时倒也不敢轻举妄动。魏、韩、赵、燕、中山五国国君见此大为高兴,为表彰公孙衍的功劳,将五国相国的符印,俱赠给公孙衍佩戴。这样,魏国大司马公孙衍一跃成了魏、韩、赵、燕、中山五国共同的相国。

以一人之身,而佩五国相国的符印,自有相国这个官职以来,别说天下人没有见过,连听也没有听说过。公孙衍一时犹如中天的太阳,放射出万道光芒,照得天下人的眼睛都花了。在王都洛邑的街市上,商贾们一边守着货物,一边热烈地议论着公孙衍。

"人生在世,能混到公孙衍这一步,才不算白活一场啊。听说相国一年的俸禄足有一万石粮食,五个相国?喝!一下子就是五万石粮食啊,可算是发了大财。"一个商贾说道。

"五万石算什么,洛阳城中的富豪,哪一个一年不赚他几万石粮食?依我看哪,就算做上了五国相国,也没什么了不起的。"第二个商贾说道。

"你懂个屁,相国每年就一万石粮食吗? 相国还有食邑,一封就是一万户,每年这一万户所交的税赋,都给了相国去享用。国君还常常有赏赐,一赏就是百斤甚至是千斤的黄金。这一千斤黄金,又该买多少万石粮食?此外还有大臣们给相国送礼,这就不用说了。"第三个商贾说道。

"那又怎么样呢? 当年的大商贾陶朱公,一出手又何止千斤黄金?"第二个商贾不服气地说着。

"相国这个官,其实不在于发财,而在于威风。一国之中,除了国君,就是相国了。每次出行,相国的前后护卫,何止千人?我们这些做商贾的,见了相国这等大官儿,就像是老鼠见了猫儿一样,若是溜得慢了,让护卫们加上一个'挡道'的罪名,只怕连吃饭的家伙都保不住了。当年的陶朱公那么豪富,不照样想去做齐国的相国吗?可惜他没做成相国,反把个脑袋'做'掉了。"第四个商贾感慨着说道。

"唉! 做商贾不容易,做官也不容易。多少人做商贾做得倾家荡产,又有多少人做官做得满门抄斩!这公孙衍虽做了五国相国,只怕也难长久。"第五个商贾说道。

众商贾议论纷纷,只有一个少年人痴痴地站着,一言不发。商贾们奇怪起来,一个人上前拍了那少年的肩膀一下,问道:"苏秦,你这小鬼头在想什么?"

"五国相国算什么?我将来要做六国相国!"苏秦忽然大叫了一声。

众商贾们一愣,你望望我,我望望你,忽然哈哈大笑起来,笑得腰都直不起来了。

一个商贾边笑边指着苏秦:"就……就你这样子,还想去做六国相国?你也不撒泡尿照照自己,连几个铜钱都数不清,别人给你一百个,你倒找回去别人一百二十个。还是好好向大爷我请教请教,怎样才能数清铜钱吧?哈哈哈!"

"唉!"苏秦长叹了一声,"终日困处鸡群之中,焉能成为凤凰?"说罢,转身而去。众商贾愣住了,看着苏秦的背影,竟是说不出什么话来。

苏氏家族乃是洛邑商贾中的中等富豪,经营布帛之业已十余代了,本钱总是在百斤黄金上下徘徊,比上不足,比下有余,日子过得殷殷实实却也平平淡淡。

苏秦父亲早逝,家业由长兄执掌。他的下面还有两个弟弟,名曰苏代、苏厉。苏氏家族世代经商,善于计算,却不喜读书。但苏秦却是个例外,自幼便极喜读书,时常诵读文章,连到市场上学习买卖之时,也不忘诵读,以致常常错找了别人铜钱。苏家长兄为此大为恼火,曾狠狠鞭打了苏秦几顿,可是他仍不改悔,依旧诵读不已。后来苏秦成年,置了妻妾,苏家长兄不再鞭打苏秦,却一把火烧光了他的书简。可苏家有的是铜钱,没过多少时候,苏秦又置了满架的书简。苏家长兄无可奈何,只得拼命逼着苏秦从早到晚待在市场上,令他没有时间去诵读文章。

今日还不到午时,苏秦就从市场上回来了,令苏家长兄大感意外,欲待询问,苏秦已先开口了:"大哥,依你看来,我今生做一个商贾,能不能发了大财?"

苏家长兄先是一愣,接着冷笑起来:"就你这样子,还想发财?别亏了祖宗留下的血本就算是谢天谢地了。"

"我既不能发财,大哥又为什么非要逼我经商呢?"苏秦问。

"这……这……我家世代经商,你不经商,又能干什么?"

"管仲曾是商贾,后来却成了齐国的相国,辅佐齐桓公成为五霸之首,干出了一番惊天动地的大事业。那公孙衍的祖上也是商贾,如今公孙衍却做了五国相国,名震天下。"

"莫非你也想学那管仲、公孙衍?"

"正是。"

"哼哼!"苏家长兄从鼻孔里冷笑起来,"你为何不去……"

"你为何不去撒泡尿照照自己,看你有没有那个能耐。"苏秦抢过苏家长兄的话头说了下去。

"你……你这个败家子!"苏家长兄大怒,指着苏秦的鼻子骂了一句。

"大哥,我既是个败家子,你何不让我出去撒泡尿,照照自己有没有那个能耐呢?"苏秦道。

"什么,你当真想出去做官?"

"做官有什么意思,我要做的是大事。公孙衍能做五国相国,我为什么不能做六国相国呢?"

"不行,你连账都算不清楚,还能去做什么大事,你且给我老老实实待在家中吧。"

"我这人只怕老实不下来。大哥硬将我留在家中,是不是想让我把祖宗留下的血本赔光了呢?"

"这……"苏家长兄一咬牙,"罢,罢!留得了你的身,留不了你的心,这可是你自己要出去闯荡的啊。将来你若惹出什么祸来,可别怪我没有拦着你,还有,我们家虽说是商家,也没有什么余钱。你出去的盘费,我只怕拿不出太多来。"

"我也不要你出什么盘费。这个家业,我应该有一份,你把我的那一份分出就行了。"苏秦说。

"你要分家?"苏家长兄大感心痛,但在心里反复算计了一会后,终于咬牙答应了下来。

苏氏家财共有百斤黄金,依照礼法,嫡长子得家财一半,其余家财诸子平分。依此法分家，苏秦至少可分得十六斤黄金养家，但苏氏长兄却只分给了苏秦十二斤黄金。苏秦也不计较，留下两斤黄金养家，以五斤黄金购得高车一乘，奴仆两人，华丽的黑貂裘服一套，又将剩余五斤黄金当作路费，择了吉日，昂然乘车驰出都门，向西而去。西方是强大的秦国，苏秦认为，他只有在一个强大的国家里做上高官，才有可能做出大事。

秦、齐、楚三大国自然容不下魏、赵、韩、燕、中山五国联盟，首先发难了。三国同派使者来至大梁，声称天下列国中，只有秦、齐、楚、魏、赵、韩、燕七强可以称王，中山国算什么东西，居然也敢称王？五国联盟中的中山国必须取消王号，否则，就是对秦、齐、楚的不敬。

五国联盟当即拒绝了秦、齐、楚三大国的强横要求。秦、齐、楚三国恼羞成怒，决定从西、南、东三个方向，同时向五国联盟发动攻击。

西方的秦国出兵二十万，由相国张仪为主帅，渡过黄河攻击魏国的曲沃城；南方的楚国出兵二十万，由令尹昭阳为主帅，北出方城，攻击魏国的安陵城；东方的齐国出兵二十万，由相国公子婴为主帅，西渡济水，攻击魏国的桂陵城。

三国齐攻魏国，是张仪的计谋。鸟无头不飞，五国联盟这只"鸟儿"的头就是魏国，只要打垮了魏国，韩、赵、燕、中山四国，便不值一提，自会臣服于秦、齐、楚三大强国。

三大强国出兵时宣称：三国只攻魏国，不罪其余，若有任何一国敢救魏国，三国必同时向其攻击。同时面对三大强国六十万大军的攻击，是魏国从来没有遇到过的危急情形。魏惠王屡经战阵，但见到此等情形，不觉也慌了手脚，忙将惠施、公孙衍招来，询问对策。

公孙衍不慌不忙，从容说道："大王可尽起国中锐卒，防守曲沃，只守不战，与秦国对峙下去，对峙得时日越长越好。然后大王可命韩国尽起国中锐卒，屯于方城之外，做出欲攻楚国之势。待布置妥当，微臣当领安陵之兵，诈败于楚，诱其攻齐。相国可领桂陵之兵拒齐，以言辞打动齐国，让齐国进攻中山，给楚国攻齐一个借口。楚攻齐，则秦、齐、楚三国联盟不攻自破，我魏国之危，自可解矣。"

"大司马之策能行，当然是上上之计。"魏惠王口中说着，心里仍是惴惴不安。这位公孙衍虽然精通兵法,满腹谋略,却总喜冒险,倘若一个不慎,我魏国岂不是亡于此人之手?魏惠王想着,心中十分懊悔——当初实不该闹出五国联盟,过分刺激了秦、齐、楚三国。但事已至此,魏惠王虽然懊悔,也只得搜罗了二十万精锐士卒,前往曲沃,与秦军对峙。

张仪率军猛攻了曲沃三次,却在魏军强大兵力的防守面前毫无所得,反倒伤亡了许多军卒。

啊,魏君只怕将倾国之兵调来对付我了。张仪想着,倒抽了一口冷气,忙派使者入朝,让秦惠文王速遣大臣到楚国、齐国督战,迫使楚、齐两国尽快攻击魏国。

公孙衍定是欲行诡计,使楚国、齐国暂缓攻击魏国,好让他全力攻打秦军,一旦秦军溃败,三国伐魏之计,也自然以失败告终。到了那时,只怕我的脑袋都保不住了。张仪想着,不再攻击曲沃,而是命秦军高筑壁垒,坚守营中,没有将令,不得出营挑战。

秦惠文王听了张仪使者的禀告,立即派出了两位使者前往齐、楚两国。前往齐国的使者是陈轸,前往楚国的使者,则是秦惠文王新拜的左更樗里疾。

樗里疾是秦惠文王的庶弟,自幼与秦惠文王交好,因其受封为"樗里君",故名之曰樗里疾。秦惠文王一登君位,即拜樗里疾为左庶长,没过多少日子,又将樗里疾升为左更。樗里疾喜读兵书,胸有谋略,且与昭阳有过交往,故担当了出使楚国的重任。

昭阳的二十万大军早已行至方城,却并未出击,他在等着秦、齐两军攻入魏国后,再向敌人发动攻击,以尽量少受些损失,多占便宜。然而樗里疾的到来,却使他无法拖延下去了,只好硬着头皮出了方城,向安陵城奔来。

楚军到了安陵,天色已近黄昏。昭阳下令先安下营寨,明日一早,即向安陵展开猛攻。一番忙乱后,忽有士卒来报,郢都来了一位大人的门客,求见令尹大人。昭阳心中奇怪,想着此时此刻,还会有哪位门客会冒着军阵之险,来到了这里呢?他当即传令,让那门客进入帐内。不一会,身穿一袭葛袍的公孙衍走进了中军大帐。

昭阳大吃一惊:"怎么会是你?"

公孙衍拱手向昭阳行了一礼，笑道："令尹大人难道忘了吗？在下曾在令尹大人府中做了多年门客啊。"

昭阳还了一礼，请公孙衍坐下道："今非昔比，大人已是五国相国，威名传于天下啊。"

公孙衍道："什么五国相国，那都是假的，只有似大人这般手握一国权柄的令尹才是真的。在下对令尹大人一向羡慕不已，今日欲往楚国，路过此处，特来探望。"

"什么，你要到楚国去？你身为魏国大司马，怎么能在敌兵压境时，到别国去呢？"昭阳惊问道。

"如果只有令尹这一路敌兵压境，在下自然不会走了。可现在是三国敌兵，六十万大军压境啊。这种情势，就算是孙武和吴起复生，也难扭转魏国的败局，何况在下呢？在下只有一走了之，天下列国中，秦、齐是魏国的死敌，在下要走，也只能走到楚国去。"公孙衍答道。

啊！这公孙衍名满天下，他若到了楚国，大王非让他顶替了我不可。不行，我绝不能让他到楚国去！昭阳心中大急，冷哼了一声道："大人要去楚国，原也不妨，可惜不该来到本帅的大营。"

公孙衍笑了笑道："是啊，令尹大人可立刻斩了在下，然后上报大功——令尹奋勇杀敌，冲锋在前，已亲挥长戈，斩杀魏国大司马公孙衍于车下。"

昭阳面红耳赤，按着腰间佩剑，厉声道："难道本帅不敢将你斩了么？"

"令尹大人当然敢斩了在下，不仅楚王会大大赏赐令尹，秦相张仪也必有厚礼赠给令尹。在下活在世上一日，张仪就一日寝食难安，不得不低头亲问令尹大人的病体是否安康？"公孙衍仍是满带微笑地说着。

昭阳心中剧震，暗想，不错，有公孙衍活在世上，张仪才会对我格外"敬重"，公孙衍若是败亡，张仪立刻就会对付我了。如今新王已不甚信任我，到时张仪要置我于死地，只怕是易如反掌。想到这里，昭阳拱手对公孙衍行了一礼，说道："在下并不愿意进攻魏国，只是为情势所迫，不得不如此。如今樗里疾已来至军中，在下就算下令退军，樗里疾这一关也过不去啊。"

"莫非堂堂楚国令尹，竟要听令于秦国的一个左更么？"公孙衍又问道。

昭阳脸上又是一红，道："也不是这样说。秦、齐、楚三国同盟，自然应该同进同退，谁也不得擅自行动。"

"但秦国却不信任齐、楚两国，派来了臣下监视齐、楚两国，这是同盟之国应有之礼吗？试问齐、楚两国若派臣下监视秦国，秦国又当如何？攻敌未胜，秦国已将齐、楚视为臣下，若秦国大胜，又该如何看待齐、楚？况且说是同进，秦国并不同进，高沟深垒，只守不战，欲待魏、齐、楚混战不休，各自精疲力竭之时，坐收其利。"公孙衍说道。

"这倒也不错，秦军的确是只守不战。"昭阳点头说道。作为一军主帅，他对盟军的动向，不能不多加关心，派出了许多密探，暗地里监视秦、齐两国之军，随时向他禀告军情。

"其实楚军若退，也很容易，既能大振令尹声威，立功于国，又不担背约之名。"公孙衍乘势说道。

"啊，大司马有何妙策？在下恭请指教。"昭阳对公孙衍深施了一礼。

"明日令尹即率军进攻，不攻安陵，可攻安陵周围之邑。在下绝不敢抵抗令尹之军，自当让出八座城邑。秦、齐两国俱不能攻入魏国，唯独令尹大人能攻入魏国，岂不是声威大振？齐国向来狡诈，见令尹得胜，绝不会攻击魏国，助令尹得势，而会转头攻往中山。这时，令尹就可借口齐国背约，进攻齐国。此时此刻，齐国绝不敢公然与楚国决战，自会向令尹求和。令尹可顺势答应齐国，然后以孤军不能深入，恐韩军截断后路的理由，得胜退军。"公孙衍答道。

"妙！妙！"昭阳拍手大叫了两声，欣然道，"大司马之言，在下自当遵从。"

第二十章

三国同盟无形破　惠施斡旋遇庄周

次日清晨,昭阳留下五万大军继续扎营于安陵城下,然后率领其余的十五万大军猛攻周围城邑。魏军见到楚军,竟是望风而逃,一连丢弃了八座城邑。昭阳大胜,好不得意,每占一座城邑,就向楚怀王呈上一次捷报,一口气呈了八次捷报。楚怀王也只好连着赐下八次赏赐,让昭雄带着牛羊美酒和铜钱来到昭阳的大营中。昭阳顺势下令停止进军,在营中大开宴乐,与众将开怀畅饮,不醉不休。

公子婴和昭阳一样,早已带领二十万大军来到桂陵城下,却迟迟没有发动进攻。楚军的大胜,使公子婴大感意外,忙招来部将田盼、匡章,商议应对之策。

"昭阳这一获胜,可是抢了头彩,大为风光。我们该怎么办呢?也向魏军发动进攻吗?"公子婴问。

"公孙衍不是善类,岂会让昭阳这么轻易地得了头彩?我看其中定然有诈,相国大人应静观其变,不必忙于进攻。"田盼拱手说道。

"是啊,张仪率领的秦军深沟高垒,拒不与魏军交战,我们又何必急着进攻呢?"匡章也说道。

"可是不攻魏国,又有不守约定之嫌。这样吧,明日我们先攻一攻桂陵再说。"公子婴说道。

三个人正议论着,忽有军卒来报,魏国相国惠施单车入营,欲见相国大人。两军对垒,敌方主帅竟单车来访,是极为罕见之事。公子婴愣了半晌后,才出营将惠施迎入帐内。

"相国大人忽然而来,定是有所指教?"公子婴笑道,拱手向惠施行了一礼。

惠施连忙还了一礼,说:"在下冒昧前来,实有难言之苦衷,欲求相国大人。"

"难言之苦衷?"公子婴哈哈大笑了起来,道,"莫非相国大人是来求在下退兵的么?"

惠施也笑了,摇摇头。

不是求我退兵?公子婴更是大感意外,问:"那么相国大人的难言之苦衷,又是什么?"

惠施不答,看了看公子婴左右坐着的田盼和匡章。

"相国大人不必顾忌,此二人俱为在下的生死之交,无话不可相说。"公子婴道。

"嗯……那好。"惠施犹豫了一下,这才说道,"在下前来,不是请贵国退兵,而是请贵国速速进兵。"

速速进兵?公子婴、田盼、匡章听了,都怔住了,疑心他们是听错了。

"对,请贵国速速进兵,以便接应楚军。否则,要不了几天,楚国就会全军覆灭。"惠施道。

楚国会全军覆灭?公子婴、田盼、匡章大惊,几乎同时问道:"此为何故?"

"我国大司马公孙衍已带领十五万精兵埋伏在安陵周围,又密调十五万韩军截断楚军的后路。只待合围,就发动攻击,一举歼灭楚军。"惠施说道。

啊,此计好厉害!公子婴、田盼、匡章在心里惊呼着,但随即均露出了不信的神情。

"难道大人不是魏国的相国吗?"公子婴问。

"当然是。"惠施答道。

"大人既是魏国的相国,为何透露了魏国如此紧要的消息呢?"公子婴问。

"唉!"惠施长叹了一声,苦着脸道,"正因为在下是魏国相国,才有此不得已的苦衷啊。"

公子婴、田盼、匡章听了，心下立时雪亮——公孙衍若大胜楚军，惠施的相位必然保不住。列国争战不休，掌军的大司马权势极大，常常与相国发生激烈的冲突。仅以齐国为例，邹忌当上相国，就赶走了大司马田忌。而公子婴当上了大司马，却把邹忌从相位上轰了下来。

"难道公孙衍就没有想到相国大人的这一招吗？"公子婴问，他已完全相信了惠施所说的话。

"他当然想到了。在下的副将，就是公孙衍的亲信随时监视着我。昨夜我想尽办法，用了十个美人去劝酒，终于把副将劝醉了，恐怕他两三天后才会醒来，这样我才有机会来了。唉！此事实在是过于机密，又不能依靠旁人，不然，在下也不会冒此奇险了。"惠施叹道。

"相国之计，自然奇妙。不过，相国大人不怕我齐国之军趁进军之势，会合楚军，灭了魏国吗？"公子婴笑问道。

"不怕。"惠施立刻回答道。

"相国大人又有什么妙计，不怕我齐国之军？"公子婴很不高兴地说道。

惠施一笑，道："贵国军卒之勇，天下闻名，而相国用兵如神，更是令人畏服，我魏国岂敢轻视？在下所领精锐兵卒虽说只有五万，但听在下之命的燕、赵、中山军卒，却有二十五万。当然，依我魏国大司马公孙衍定下的计谋，在下只是坚守桂陵，并不出战，以便能将贵国之军稳在此地。待公孙衍全歼楚军后，在下方出城应战，配合公孙衍挥师东来，夹击贵国之军。"

公子婴一时无语，他听明白了惠施话中的含义——齐军可以去救楚军，但不能乘势企图灭亡魏国，若齐军有此企图，惠施就会率大军自后袭来，令齐军首尾不能相顾。

"相国大人之言，恐怕有误。"匡章忽然说道，"魏国屡经大败，军中锐卒损失惨重，搜罗俱尽，也只凑得二十万。如今公孙衍领了十五万，相国大人领了五万。那么，贵国岂非没有一兵一卒去对付秦国？"

是啊，我怎么没有想到这上面呢？公子婴心头一震，忙向惠施看去。

惠施神色如常，悠然笑道："将军所言不差，我魏国的锐卒，的确比从前少了许多，但也不只是剩下了二十万，而是二十五万。我魏国大王亲领了五万锐卒,在曲沃抵挡秦国之军。"

"哈哈!"公子婴嘲讽地笑了,"相国大人欺我不知兵法吗?就算贵国大王领了五万锐卒去抵挡秦军,但张仪所领的秦国大军是二十万啊。五万军卒抵挡得了二十万秦军吗?"

"抵挡得了。"惠施神色肃然地说道。

"为什么?"公子婴问道。

"因为秦军根本不把魏军放在眼里,认为魏军不值他们一扫。秦军所怕的,只是齐、楚二军也。齐、楚二军若是毫无损伤地进入魏国,秦军只怕睡觉也睡不安稳了。所以,秦军根本就没有打算进攻魏军,而是养精蓄锐,等着和齐、楚两国之军大战一场。"惠施说道。

公子婴、田盼、匡章三人对望一眼,不再说什么了,站起来,将惠施送到营外。三人既没有表示答应惠施的请求,也没有明言表示拒绝,而惠施也未让公子婴等人表示什么。

公子婴回到帐中,立刻问田盼、匡章:"二位将军,你们看这惠施之言,是真是假?"

"依末将看来,惠施虽然来得怪异,所言一大半倒是真的。"田盼说道。

"不然。那公孙衍号称鬼谷弟子,计谋之奇,人所难料。惠施之言,一大半倒是假的。"匡章说道。

"惠施所言,就算全是假的,却至少有一句不是假的。"公子婴想了想,说道。

"相国大人是说秦军并不想进攻魏军,而是企图让我齐国大受损伤,以独得其利?"匡章道。

"正是。"公子婴答道。

"如果真是这样,我们根本就不该进攻魏国。"匡章说道。

"我们更不能听信惠施的话,去救楚军。"公子婴说道。

"不错,就算惠施的话全是真的,也不能去救楚国。秦国不是好东西,楚国也非善类,让昭阳吃个大亏,对我齐国来说,有百利而无一害。"匡章高兴地说着。

"那我们该怎么办?"田盼问。

"转攻中山。我齐国北境,与赵、中山、燕三国连接,往往我军攻魏,三国之军就从侧背偷袭,实为我齐国的大害。将来的天下之势,必为齐、秦争强。秦国必会利用赵、中山、燕三国来威胁齐国。三国之中,中山居中,且又最弱。我们不若挥兵突进,灭了中山,隔断燕、赵,永绝后患。只有这样,我齐国才可以全力与秦国争夺天下。"公子婴说道。

"妙!"匡章兴奋地大叫了一声,"中山亦为五国联盟之国,我三大国伐魏,不就是为的逼迫中山国取消王号吗?伐中山,名正言顺,总比秦国坐观旁人成败要强得多。"

一夜之间,桂陵城下的齐国大军已走得干干净净,留下的车辙之印,全都指向北方。桂陵城的北方,正是赵、中山、燕三国。

"唉!大司马果然是料敌如神。"惠施站在高高的城头上,望着遍野的车辙之印,感慨地说道。数日来压在他肩上的重担已消于无形,他心中大为高兴,在城头上大摆宴乐。在桂陵城中据守的魏国士卒,其实只有两万,且尽是老少病残凑起来的衰弱之卒。

惠施高兴,秦国使者陈轸却是心如火焚。他与樗里疾是老友,路过楚军大营时,和樗里疾多饮了几杯,酒后受了风寒,一路上躺在车中,不敢快行,等到了齐国,方知公子婴已率军攻向了中山。齐国如此,岂不是公然违背盟约?陈轸心中大急,忙换了轻车,急速追向齐军,可已经迟了。陈轸来到齐国大营时,齐军已向边境上的中山之军发动了全面进攻。

中山国小,只派出了五万军卒屯于边境,无法抵挡二十万齐军的攻击。中山国君大为惊恐,一边拼命抵挡,一边紧急派出使者,急赴赵、燕两国军营中求救。

燕国国君燕易王见到中山使者,立刻亲率十万军卒,向齐军的侧翼攻来。统领十万赵国军卒的是相国赵豹,他见了中山使者,只是虚言安慰,并不立即出兵。

赵豹对部将们说:"我赵国屡欲攻灭中山,总也不成。且让齐国把中山之卒全杀了吧,这样,我们将来灭亡中山,就会容易得多。灭了中山,我赵国之强,绝不弱于齐、秦。"

部将们道:"不救中山,是坏了五国盟约啊。将来魏国必会见罪,攻我赵国。"

"哈哈!"赵豹笑了起来,"历来诸国结盟,都是想借此占别人便宜,有谁会真心遵守盟约?魏国如今自己都顾不了,哪里还有余力来攻我赵国?"

赵军见死不救,燕易王也不敢全力进攻齐军,公子婴很快就击溃了中山军卒的抵抗,突入中山国中,连夺了数座城邑,但就在这时,齐国南部的淮北之地却出现了楚国大军。

淮北之地原为越国所有,后来越国被昭阳击败,齐国却乘虚夺取了淮北之地。昭阳为此耿耿于怀,今日终于趁"齐国背约"的名义,一举攻取了淮北之地。

淮北之地一失,齐国南部不保。齐威王急派使者,命公子婴火速率军南下,抵抗昭阳大军的进攻。公子婴听了这等消息,顿时目瞪口呆,半天说不出话来——淮北之地和中山相距甚远,他若率军回救,非急速行军不可。但他退得太快,势必被赵、中山、燕三国之兵自后反击,亦是危险。

陈轸知道了这个消息,连忙求见公子婴道:"在下和昭阳甚是相熟,愿意轻车去往淮北,劝其退兵。相国大人可先和中山订立盟约,然后缓缓撤军。"只要中山愿与齐国结盟,就是破坏了五国联盟,陈轸有此"大功",也可补其不能监视齐国攻魏的"大罪"了。

公子婴别无良策,只好答应了陈轸,让他先至楚军去充作说客,然后又遣使到中山国都,宣称要与中山结为盟好之国。

中山国已成惊弓之鸟,听到了齐使的要求,毫不犹豫,立刻答应了与齐国结为盟好之国,并派其相国与公子婴共同举行了"结盟仪式",且在仪式上丝毫不敢自称为中山王国,只称为中山侯国。公子婴参加了仪式后,立即下令退兵,挥军驰往淮北。

齐军退后,赵国立刻以"毁盟"之罪向中山发动了进攻。中山向燕国求救。燕易王恼恨赵军见死不救,以大欺小,又担心中山为赵所灭,威胁到了燕国,立即发兵相救。

赵国和中山、燕国顿时成了"仇家",互相间你攻我杀,打得不亦乐乎。

陈轸轻车疾驰,日夜不停,只用了五天,就来到了楚国大营,求见楚国主帅昭阳。昭阳连获胜仗,见了陈轸,十分得意,礼仪简慢,连身子都未从座席上站起。陈轸先祝贺昭阳连连得胜，然后探问樗里疾的下落。

昭阳笑道："我楚国连胜，秦国也应该有所表示。我打发樗里疾回去催促张仪了——让他也显显本领，别老是躲在营垒里不敢出来。秦军号称天下最强，不应该是这个样子。"

不好，昭阳连秦国也不放在眼里了，我倒不能以背弃"三国同盟"的大义来指责他了，得另想说词才是。陈轸心里道。

"贵使从齐而来，莫不是欲为齐王充当说客？"昭阳得意扬扬地问着。

"非也。"陈轸摇了摇头道，"令尹乃在下仰慕之人，今见令尹陷入险境，不忍坐视，故前来提醒令尹几句。"

"你是说我陷在险境？"昭阳迷惑地问着。

"请问令尹，连败敌军，夺取城邑，占领土地，这等大功在楚国该得什么封赏？"陈轸问。

"你本是楚人，怎么连这都不知道？攻城夺地功劳极大，可封至上柱国的官位，得到万户食邑。如果文官也能得此大功，他至少可封至左徒。"昭阳答道。

"能封到比上柱国和左徒更大的官职吗？"

"也能。比上柱国和左徒更大的官职是令尹。不过，令尹之位只有一个，很难凭一时之功当上。"

"令尹的确是楚国最尊贵的官职了，可惜楚王又不能设置两个令尹。"陈轸笑了笑说道，"在下给令尹大人说个故事吧。从前，有几个人在一起喝酒，喝到后来只剩下了一杯酒。几个人说道：'我们在地上画蛇吧，谁先画成了，谁就喝了这杯酒。'一个人先画成了，拿着酒杯说：'我还能给蛇画上脚。'他刚画完了一只脚，正想画第二只脚，另一个画完了蛇的人却夺去酒杯一饮而尽，说：'蛇本来是没有脚的，你画了脚，那就不是蛇了。'那个最先画成了蛇的人，只因一个小小的'添足'失误，丢了到口的美酒。如今令尹大人给楚王'画蛇'已经画了数十年，实在是画得很好了，不必再有'画蛇添足'的举动。否则，只怕有人要夺令尹大人手中的'美酒'了。"

"这……"昭阳听了，犹疑起来。他其实并不想继续攻击齐国，只是在等待着齐国派出大臣为求和使者，亲自向他求和，使他更增荣耀之后，方才退兵。

"大人,贤者有言,'过犹不及'。你身为令尹,立下了太大的功劳,楚国拿什么赏你?列国之间,名震天下,战无不胜者却因不知适可而止遭到了大祸的人,还少吗?"陈轸又说道。

昭阳听了,心头剧震,沉默了一会,终于答道:"好,我今日就听你的,立即退兵。"

在昭阳领楚兵攻齐之时,公孙衍说动韩宣惠王,调集十余万韩国大军压至秦、韩边境。此时齐、楚之军俱已撤离魏境,张仪的一支秦军成了危险的孤军,极有可能被韩军截断后路。张仪不敢冒险,无可奈何地率领二十万秦军退到了黄河西岸,上表向秦王请罪。

公孙衍迅速回到安陵,收复了丢弃的几座小城,并北上迫使赵、中山、燕停止了互相攻杀。昭阳得到了淮北之地,自然不在乎八座小城的得而复失,回到郢都,即上表请功。楚军退了,齐军也停止了前进,回到临淄。公子婴以"收服"中山国之功,亦上表请赏。

秦、齐、楚三国同盟实际上已经崩溃,三国互相指责,不再信任,很难恢复"旧好"了。赵、中山、燕三国虽然停止了互相攻杀,却已俨然成为敌国,再也难以坐到一起了。尤其是中山国,甚至公然以齐国的盟国自居,公孙衍费尽心机凑成的"五国联盟"亦不攻自破。

但公孙衍毕竟未经一场大战,就迫使秦、齐、楚三国大军退出了魏国境内,其功绩的显著,魏惠王无法视而不见,也就只好不追究公孙衍没能保住"五国联盟"的大罪。

楚国的昭阳、齐国的公子婴,俱得到了万户食邑、千斤黄金的重赏,唯有魏国的公孙衍,什么赏赐也没有得到,而秦国的张仪,却正面临着杀身大祸。

张仪回到咸阳,屡次求见秦惠文王,却屡次碰壁,依照惯例,臣下遇到这种情形,就该横剑自刎。谢罪自刎的臣下,会得到国君的"哀怜",不仅不会罪及臣下的家人,还会让其子弟继续入朝做官。反之,有罪的臣下若不自刎,而是希图侥幸,则国君不仅会降下罪来将他杀死,还会株连其家人,或杀,或贬为奴。但张仪却似根本不明白国君不见他是怎么回事,仍是一次又一次地恳求国君召见他。秦惠文王烦了,终于召见了张仪。

"张仪，你难道忘了，在你出使齐、楚两国之前，寡人对你说过什么话吗？"秦惠文王阴沉地问道。

"大王说过，秦、齐、楚三国之盟，只能成功，不能失败。"张仪磕头答道。

"如今三国之盟是成功了，还是失败了？"

"失败了。"

"将军打了败仗，会在阵前自刎谢罪。大夫不能完成使命，会在朝门前自刎谢罪。你呢？为什么还活着？"

"臣自知大王天高地厚之恩，不欲以罪臣处置微臣，使微臣得以保全名誉。"

"那么，你还要见寡人干什么？"秦惠文王见张仪还算"明白"，语气不觉缓和了下来。

"如果微臣一死，可报君恩，早就死了。但微臣如此死去，如同草芥一般，于大王又有何益？微臣纵然去死，也要死得于国有益，方才不负大王厚恩。"张仪再次磕头说。

"哦，你怎样去死，才算于国有益？"秦惠文王大感意外，连忙问道。

"三国之盟失败了，全是魏国大司马公孙衍行使诡计的结果。微臣请大王与魏国修好，将微臣作为'礼物'，送给魏君。这样，魏君必然大喜，虽可杀死微臣，然魏国必会'臣服'于秦。魏国既是'臣服'于秦，则韩、赵、燕诸国将争先恐后'臣服'于秦，如此，大王可平定天下矣。"张仪说道。

秦惠文王听了，心中不觉一动，心想这张仪身为秦相，地位尊崇，的确是一件上好的"礼物"。寡人可对魏君说，三国伐魏之举，全是张仪所为，非出寡人本意。今日寡人意欲与魏君和好，特送上张仪，任凭魏君处置。我秦国势大，却如此"谦恭"地结好魏国，魏君当然会大为欢喜，定当"臣服"寡人矣。魏国服，赵、韩、燕诸国为势所迫，亦不得不"臣服"寡人矣。这样一来，不就是形成了"连横"之势么。"连横"之势成，我秦国必将霸有天下！秦惠文王越想越兴奋，说道："好！寡人就成全了相国的一片忠心。"

秦惠文王罢了张仪的相国之位，让陈轸摄行相国之权，然后派樗里疾为使者，押送"罪人"张仪，来到魏国都城大梁，请求与魏国和好，并将张仪作为"礼物"献上。魏惠王果然大喜，当即大会群臣，命人将张仪押上朝堂，俨然摆出了一副"受礼"的架势。

公孙衍忙谏道："秦乃敌国,大王受敌国之礼,无疑是答应了与秦结盟。秦国乃虎狼之邦也,不可与其结盟。大王当于国都之外斩杀张仪,将秦使驱逐回去,以绝秦国之望。"

魏惠王却道："寡人受礼之后,再斩杀张仪,也是不迟。"

公孙衍道："张仪天生一张利口, 见了大王必然鼓动如簧之舌, 迷惑大王。"

魏惠王怒道："寡人难道就如此容易被人迷惑了吗?"

公孙衍心里暗暗叹了一口气,不再说什么了。他知道,自"五国联盟"不攻自破后,国君对他的信任已减弱了许多,他与张仪有着私怨,乃是人所共知的事实。他对张仪攻击越多,越会引起国君的反感,认为他在挟嫌报复。

张仪被缚绳索,让几名武士押到了魏国朝堂上,跪倒在魏惠王面前。

"哈哈!"魏惠王大笑起来,道,"张仪,你屡欲灭我魏国,想到过会有一天命丧在我魏国朝堂上吗?"

"当然想到过。"张仪并无惧色,道,"罪臣受秦王厚恩,无以回报,早就存有来到魏国请死之念。"

"什么? 你是自己请求来魏国送死的么?"魏惠王愕然问道。

张仪将他和秦惠文王的对话仔细说了一遍,只是不提"臣服"二字,只提魏国应当与秦国结好。

啊,这张仪之忠,天下少见矣。寡人若有此等忠臣,何至于屡受秦国之欺?魏惠王心中感慨,又问道:"若寡人既杀了你,又不与秦国盟好,你岂不是白死了吗?"

"罪臣以为,大王乃列国君王中最为明智者,不可能放弃与秦国结好的上上之策。"

"为何我魏国与秦国盟好,方为上上之策?"

"请问大王,山中有两只老虎,又有数只山羊,老虎是先互相争斗呢,还是先吃了山羊,再来争斗呢?"

"当然是先吃了山羊,再来争斗。否则,等两只老虎争出胜败之后,山羊早就跑了。"

"如今秦国好比是虎，魏国也是虎，列国则是山羊。二虎相斗，很难分出胜败，最终会两败俱伤，便宜了山羊。如果秦、魏放弃争斗，结为盟好之国，则是合二虎之力，扫荡群羊。如此，秦、魏两国，俱是大得厚利，大王何不从之？"

对呀，寡人怎么没有想到这上面去呢？魏惠王听了张仪的话，眼前顿时一亮。

"贤者一言，惊醒梦中人矣！"魏惠王感叹着，亲自走过来，为张仪解开了绳索。魏惠王当即让张仪在馆舍住下，待如上宾，日日召其入宫谈论天下大事，越谈越是投机。惠施、公孙衍等人大为着急，屡欲求见魏惠王，均被众禁卫军卒挡在宫门之外。过了十日，魏惠王忽又大会朝臣，做出惊人之举——升惠施为太子太傅，拜张仪为相国。

在拜张仪为相国的同时，魏惠王又遣宗室子弟公子倚出使秦国，备以厚礼，用"臣下"的语气送上国书，言：魏国拜张仪为相，正是为了向秦国表示结盟和好的诚意。

魏惠王心里很清楚，现在的魏国和秦国相比，只是一头豹子，而豹子虽可在"群羊"面前逞威风，却不能在老虎面前摆架子。他不如放聪明些，做出一副对秦国"臣服"的样子，以获得秦国的欢心。

在公子倚出发的同时，张仪也写了一封密书，托回国复命的樗里疾送给秦惠文王。秦惠文王听说张仪凭着一张嘴，不仅让魏惠王没有杀他，还拜他为相国，不禁大为钦佩，同时又有些担心，叹道："张仪到底是张仪，不愧为鬼谷弟子。他若真心辅佐魏国，实是于寡人大大不利。"

这时，樗里疾回至秦国，将张仪的密书呈上。秦惠文王急不可耐地展开密书，但见其上写着：

> 罪臣张仪身在魏国，心在秦国。罪臣愿做魏相，非有他意，乃是以此使中原列国自相残杀，强我秦国也。罪臣相魏，齐、楚定然怒魏，将攻魏国。魏若获胜，则齐、楚必受重创，定会主动与秦和好，唯秦国之命是从。魏国若败，将更加尽力侍奉大王，不敢有二心也。

"嗯，张仪果能如此，是大大的忠臣也。"秦惠文王满意地说着，命寺人将张仪的密书仔细收好。

魏国拜张仪为相,果然激怒了齐、楚两国,认为秦、魏联盟,于己不利,欲大举发兵攻魏。惠施不愿待在朝廷里,乘机要求出使齐、楚两国,劝说齐、楚两国不要进攻魏国。魏惠王觉得他要抵挡齐、楚两国,力有不及,又不愿立刻向新结的盟国秦国求救,也就答应了惠施。

临行之时,公孙衍赶来送行,叹道:"相国大人以谦虚待人,在下往日受益甚多,正欲在相国大人的扶助下干出一番大事,却不料张仪竟到了魏国。有张仪在,别说大事,小事也干不成了。"

惠施笑道:"大司马何必如此烦恼,天下事,反反正正,难有一定。大王不放我出去便罢,既放了我出去,只怕张仪从哪儿来的,还得回到哪儿去。"公孙衍不觉也笑了,他之所以前来为惠施送行,正是为了听到惠施的这句话。

惠施带着丰厚的礼物和数百从者,乘坐高车而行,首先来到了楚国郢都。楚怀王在朝堂上接见惠施,问:"太傅来到这里,是否劝寡人不要攻击魏国?"

惠施拱手向楚怀王行了一礼,谦恭地回答道:"大王圣明,外臣正有此意。"

楚怀王得意地笑了,说道:"太傅来得迟了些,寡人已发下了征军之命,不日将攻魏国。"

惠施听了一怔,叹道:"可惜,可惜。秦王必定正在朝堂上大摆宴乐,君臣互相庆贺。"

楚怀王听了,奇怪地问:"魏乃秦之盟国也,寡人攻魏,秦国只会发愁,怎么会摆宴相庆?"

"难道从前楚国不是秦国的盟国吗?"惠施先反问了一句,继续说道,"秦国若是与哪一国结盟,必定是欲损害哪一国。魏国曾令秦国发动的三国同盟失败,秦国记恨在心,日夜图谋报复,只因单凭武力,还不足以损害魏国,故张仪有意入魏为相,激恼齐、楚两国,使齐、楚两国代其攻击魏国。齐、楚真若攻灭了魏国,兵力非大受损失不可。这时秦国便会以'救魏'的名义,大举攻击齐、楚,将齐、楚之军逐回国中而独得魏地。秦国若得魏地,就可从西方的武关和东方的大梁两面攻击楚国。外臣恐到了那时,楚国纵然地广千里,兵甲百万,也难敌虎狼之秦矣。大王乃圣明之君,奈何行此强敌弱己之举?"

"这个……"楚怀王听得心惊肉跳,不觉问道,"依太傅看来,寡人该当如何?"

"公孙衍乃张仪之敌,魏国若得公孙衍为相,则必会攻击秦国,魏秦交恶,得利者自然是大王也。大王可多派高车,持厚礼请求公孙衍来楚,这样,魏王心慌之下,定会舍张仪而相公孙衍。"惠施道。

"好!公孙衍此人大有本领,若能成为魏国相国,秦君定会头痛。"楚怀王得了"妙计",心中十分高兴,对惠施赠以厚礼,大摆宴乐后又亲自将惠施送出郢都。

惠施离开楚国后,并未直接去往齐国,而是先到了宋国。他离开家乡多年了,想回去看看。

一日,惠施行到蒙邑,路过一片漆园,忽听园内有人吟诵文章。这声音好熟? 惠施立刻停下车,令从人止步,屏住呼吸,凝神静听,但听园内人诵道:

> ……藐姑射之山,有神人居焉。肌肤若冰雪,绰约若处子,不食五谷,吸风饮露,乘云气,御飞龙,而游乎四海之外。其神凝,使物不疵疠而年谷熟……

"此乃庄子也!"惠施大叫一声,从车中一跃而下,就往漆园中行去。从者慌忙跟随,惠施却怒声喝道:"你们跟来作甚?"只让一个亲信随从跟他来到了漆园中。

但见漆园中漆树成行,郁郁葱葱,极是幽静。在一处开阔之地,有座土台,方可二丈,上面铺有芦席一张,席上卧坐一人,年在四旬上下,修长清逸,玉面乌须,望之飘然若仙。

那人就像没有看见惠施一样,仍是捧着一卷竹简,朗声诵读不止。惠施就站立在土台下,掂着胡须,微笑着听那人诵读。他发觉,那人已将他的形象写进了文章里。

文章用应对之体,描述惠施和庄子二人的对话,惠施听了,大感有趣。

惠施说——魏王给了我一种奇特的葫芦种子。我将它们种在园内,结出的葫芦极大,中间可以装满五石谷子。可是,我用它来装水,它因质地不牢,不等举起就碎了。把它剖开,做两只瓢吧,它因体积过大,既显得平浅,又不方便。这类奇物大而无用,我一气之下,把它们全都打碎了。

庄子说——惠夫子实在不精大器之用。从前,宋国有人发明了一种药,涂在手上,冬天可防皲裂,不怕水浸,因此世代都以此药为防护,专门做漂洗布帛的生意。有一天,一个客商见了此药,情愿以百斤黄金购买药方。宋人见此厚利,自然将药方卖给了客商。那客商拿了药方,就献计与吴王,让吴国水卒涂了此药,在冬天乘船去攻击越国。吴王听了大喜,当即依计而行。两国交战之时,越国水卒手脚冻裂,拿不起戈矛,移不开步子,而吴国水卒却没有手脚冻裂之患,个个如生龙活虎,大败越军。吴王获此大胜,遂重赏客商,赐其封地百里、黄金千斤、食邑万户。同一种防止皲裂的药方,有人发明了它,却世世代代只能做些漂洗布帛的贱事。有人买得了它,却能用来博取功名,得到封地。为什么会有这种情景发生呢?关键就在于使用的方法不同。惠夫子你有了这么大的葫芦,怎么只想到了用它来装水呢?你为何不反过来想,让水装葫芦呢?你把葫芦系在腰间,遇到江湖,不用渡船,就可浮游而过,这不是水装葫芦了么?你只想着葫芦大而无用,为什么不怪罪自己脑子不灵呢?

惠施说——我有一株大树,名为"樗",它的树干上尽是木瘤盘结,凸凸凹凹,纵然有高明的匠人用绳墨去弹量,也找不出成材的地方。它的分枝亦是弯弯曲曲,纵然请了高明的匠人用规矩去测量,也无法使之成为方圆之器。这样的"樗",难道不是大而无用吗?

庄子说——难道你没有听说过狐狸吗?它小巧而机灵,最善奔走,纵然是最有名的猎人,也不能将其擒获。但狐狸却因偷人之鸡,被人剥了皮毛。狐狸小巧机灵,本来可以远避灾祸,仅仅因为贪吃,又因为它的皮毛有用,而遭此惨杀。我听说雪山之中有一种轻牛,身体极大,似天边的一幅奔云。但它如此之大,却不能似狐狸那般去捕捉宅院中的母鸡,也正如此,它被讥为无用。然而它却自由自在地生活在雪山之中,寿至百年。你现在有了"樗"这株大树,为何定要把它种在闹市中,让庸俗的匠人来评论它呢?你何不把"樗"种在寂寞荒远的旷野中呢?这样,你就可以在它的浓荫下避开暴烈的日光,舒舒服服地睡上一觉,这难道不是人生至乐吗?唉!你只知"樗"对匠人无用,却不知正是这种无用,使"樗"避免了利斧的砍伐,依着它的天性自由自在地生长,千年不朽。

……

惠施说——人生天地之间,总也有所企求,得之甚难,失之甚易,令人痛苦,这大概是人有感情的缘故吧。如果人生而无情,也许就不会有这么多烦恼了。

庄子说——天地之间,真正存在的事物,只是"道"而已。道者,无形,无迹,无情,不可感知,道生一,一生万物。人亦因道而生,道无情,人若究其本来面目,亦是无情。

惠施说——人若无情,还算是人吗?

庄子说——人因道生,道给予了人天生的容貌,天生的心智,天生的形质,怎么能不算人呢?

惠施说——只要是人,就必然有情。

庄子说——我所说的无情,只怕你不能理解。我说的无情,在于人应忘却世间的所谓真伪、善恶、是非。这些世间所谓的真伪、善恶、是非就像重重迷雾,掩盖了"道"给予人的天生本性。

惠施说——人生天地之间,若无真伪、善恶、是非之辨,何能立身于世间?

庄子说——道为之一,一怎么能分出真伪、善恶、是非两种截然相反的事物呢?一中有阴阳之说,然而阴中有阳,阳中有阴,原本归于一体。一者,生于无,无即道也。所以,认真说来,无是真正的至大之道。其实,什么是真伪、是非、善恶,认真想一下,只怕谁也分不清楚。就拿盗贼来说吧,盗贼窃人财物,人人以为非,国中定法,窃钩者诛。然而田成子以阴谋窃取了整个齐国,所盗者何止一钩?但至今人们却以田成子为圣人,个个羡慕他。他的子孙也代代执掌齐国,直至封侯称王。魏、赵、韩三国本是晋之家臣,但这三个家臣却窃取了主人的土地人民,不仅没有受到惩罚,反而受封为侯。其中那魏文侯亦被视为百年难出的圣人,满口仁义道德,讲论忠孝的儒家贤者争相充作他的臣下。因为盗取了一斤黄金这类财物,就会被判处死刑,斩首示众,株连父母妻子,但盗取了整个国家,以赋税的名义剥夺所有人的财物,却被视为圣人。难道这就是人世间的真伪、是非、善恶吗?如此推想起来,那上古人人称颂的文王、武王,还有周公,不免也是大盗。天下以圣人为真、为是、为善,以盗贼为伪、为非、为恶。殊不知正是因为这些圣人的存在,并巧借仁义道德的名义盘剥百姓,才使得遍地都是盗贼。可笑儒家之徒到处奔走,期望遇到圣人,以平天下之乱,但他们哪里知道,圣人们才是大盗,正因为这些圣人的存在,天下才会大乱不止。儒家之徒所做的事情,不过是替大盗充当帮凶,使大盗可以长久地借着真伪、是非、善恶的名义盘剥天下,并从大盗那里分得一些赃物罢了。

惠施说——那么以你看来,如何才可以使天下安宁,没有盗贼呢?

庄子说——圣人不死,盗贼永不可止。只有圣人死了,盗贼才会消失,天下才会安宁。

惠施说——这怎么可能呢?圣人的礼、勇、义、智、仁,确乎是治理天下必不可少的手段啊。没有圣人,也就没有了礼、勇、义、智、仁,怎么会使天下安宁呢?

庄子说——夫子大约知道这礼、勇、义、智、仁的圣人手段的真实含义吧?

惠施说——我当然知道。不过,我还是想听听你是怎么说的。

庄子说——你知道跖这个人吗?

惠施说——跖就是盗跖,是百余年前的大盗,有徒众九千人,横行天下,人莫敢当。

庄子说——跖的徒众曾问,圣人有道,我们这些做强盗的,也有道吗?跖答道,强盗当然有道。要偷人家的东西,先要打探人家室内的虚实,有无宝货。能人则入,不能入则不入。圣人说,行所当行,止所当止,礼也。我们偷人家的东西,第一要紧的,也是行所当行,止所当止,此为我等为盗之"礼"也。决定了能行,第一个进入人家的,就是"勇",如同圣人所言,临危先行谓之"勇"一般。最后一个从人家出来的,就是"义",如同圣人所言,见到利益就后退谓之"义"一般。遇到突然发生的事情,如室中主人回来了,可冒称来访的客人。此等见机行事,是为"智"也,如同圣人所言,事急从权谓之"智"一般。偷来了财物,大家分赃平均,就是"仁",如同圣人所言,贫富平均谓之"仁"一般。现在我要问惠夫子,圣人的礼、勇、义、智、仁,究竟是治国的手段呢,还是窃国的手段?

惠施说——那么依你说来,天下该用什么手段去治理呢?

庄子说——天下至大,怎么能用"手段"去治理? 一切依"道"而行,天下自会安宁。道者,无也,人从无中生来,死后亦归于无。无之道若应于人,首先须无己,也就是说,人不仅要"无情",甚至连自己都忘了。做到忘了自己,便是"无己"。人能无己,就不会去追求虚幻的名誉,也就不会有圣人产生,此为"无名"。无己、无名之人,就更不会做什么大事,追求成功,这就叫作"无功",人能无功,怎么会去想窃盗之事呢? 故人若能够做到无己、无名、无功,就会成为真正的人,就可以如同藐姑射山上的神人"肌肤若冰雪,绰约若处子,不食五谷,吸风饮露,乘云气,御飞龙,而游乎四海之外"……

……

惠施听到这里,不觉叹了一声,道:"庄子所言之道,深如东方之海,岂是在下所能明白? 在下连'无情'都做不到,又怎么能做到'无己、无名、无功'呢?"

他说着,向土台上高卧的那人深深一拜,转身大步走出漆园,登上高车,向前疾行。台上高卧的那人没有"看见"惠施来,更没有"看见"惠施走,在隆隆车行声中,仍是高声诵读:

北冥有鱼,其名为鲲,鲲之大,不知其几千里也;化而为鸟,其名为鹏,鹏之背,不知其几千里也;怒而飞,其翼若垂天之云。是鸟也,海运则将徙于南冥;南冥者,天池也。《齐谐》者,志怪者也。《谐》之言曰:"鹏之徙于南冥也,水击三千里,抟扶摇而上者九万里,去以六月息者也。"

……

第二十一章

魏王临死终彻悟 张仪巧舌毁联盟

惠施的楚国之行非常顺利,齐国之行在最初之时也很顺利,但后来却遇到了麻烦。齐国的朝政大权,实际上掌握在靖郭君公子婴手中。在秦、齐、楚三国同盟伐魏时,公子婴上了惠施的当,去转攻中山,结果让楚国夺去了淮北之地。经过了这件事,公子婴不仅不恨惠施,反而认为惠施大有本领,十分愿意与惠施结交,并且对惠施的"拥公孙衍为魏相,驱逐张仪"之策极为赞同。

不料正在这时,齐威王忽然病重去世,由其太子田辟疆即位,是为齐宣王。在这之前,周显王也已去世,出其太子即位,是为慎靓王。天子去世时,齐国仅仅派了一个大夫去吊丧。而齐威王去世后,周天子却派了东周公前来吊丧。堂堂天子的礼仪,此时竟不如一个诸侯隆重。

齐宣王做太子时,总是担心公子婴会暗害他,又嫉妒公子婴深受其父宠信,对他恨之入骨。登上王位后,齐宣王所发的第一道诏令便是免除公子婴的相国之位,着其回到封地,无宣不得入朝。

闲居多年的邹忌被齐宣王以大礼请了出来,重登相位,执掌齐国朝政大权。邹忌对惠施的"拥公孙衍为魏相"之策不感兴趣,仍决定大起国中兵卒,讨伐魏国。幸而齐宣王以国丧为由,暂缓出兵。但国丧之期毕竟有限,丧期一过,大军仍会出征。

惠施心中大急,来到稷下学宫中,欲求淳于髡去劝说邹忌,不想淳于髡亦是身患重病,数日间便已病亡。惠施一筹莫展,硬着头皮去见邹忌,却总是被史卒挡在相府之外。

公子婴失去相位后,众门客纷纷传言:大王与靖郭君誓不两立,将杀死靖郭君矣。众门客俱是聪明多谋之人,谁也不愿陪着公子婴去死,一哄而散,溜得干干净净。唯有那个人人嫌憎、贪酒好赌的齐貌辨,仍然留在公子婴身旁,并且一直跟着公子婴来到其封邑薛城。

齐貌辨这时既不贪酒,也不好赌了,四处奔走,凡是公子婴府中的事务,无不过问,也无不安排得井井有条。待一切都安顿好了,齐貌辨就向公子婴辞行,请求回至临淄面见国君,让国君改变主意。

公子婴道:"大王仇恨我不是一天两天了,你怎么能使他改变主意呢?况且我善待你,国中闻名,大王又怎么会相信你的话呢?你不能去见大王,你若真的见了大王,必死无疑。"

齐貌辨说道:"我这一去,就不打算活着回来了。你就不要拦我,拦也拦不住的。"公子婴听了,也不好再阻拦齐貌辨,任他回到临淄。

齐宣王听说齐貌辨求见,心中大怒,欲待不见,忽一转念便又握紧剑柄,在偏殿召见了齐貌辨。待齐貌辨行过礼后,齐宣王劈头就问:"听说你就是公子婴最喜欢和听信的那个酒疯子,是吗?"

齐貌辨一笑道:"小人的确是个酒疯子,的确甚得靖郭君的喜欢,但说到'听信'二字,却是言不副实。"

齐宣王奇怪地问:"真有此事吗?"

齐貌辨道:"当大王做太子的时候, 小人曾对靖郭君说:'太子的相貌不似贤君,耳后见腮,目好邪视,日后必对相国大人不利。相国大人不如趁此掌握朝政之时,废了太子,另择贤者为君。'靖郭君听了大怒,差点杀了小人,他说:'太子乃大王所立,我怎么能拂逆大王之意呢?'其实,那会靖郭君就算真的拂逆了大王之意,也算不了什么。大王本来就不喜欢你这位太子。唉!可惜靖郭君不听我的,反说道:'贤君在于是否有着仁义之心,而不在于外貌。'结果呢?太子一登上大位,就把靖郭君赶出了朝廷,路人纷纷传言,说:'大王做太子时与靖郭君有着私仇,如今公报私仇,只怕要杀了靖郭君,看来外貌不善者,果然不是贤君。'靖郭君来到薛城后,楚王立即派人携带千斤黄金,密请靖郭君到楚国去做令尹。小人听了很是喜欢,忙劝靖郭君应承下来,说:'楚国地广千里,兵甲百万,相国大人若执楚国之政,击败齐国易如反掌。到了那时,大王只怕会哭着向你磕头求饶了。'谁知靖郭君又是大怒,骂我为无知小人,说:'我身为宗室重臣,却去借他国之兵攻打国君,怎么对得起田氏列祖列宗,死后又怎么去见先王?'外人不知内情,都说靖郭君性情刚烈,行事果断,哪里知道靖郭君的心肠比妇人还要软呢。"齐宣王听了,脸上红一阵白一阵,一时说不出话来。

齐貌辨的一番话,说中了齐宣王隐藏在胸的心病——怕人说他不是贤君,怕公子婴投奔他国。

齐宣王常听父亲说他生来就像个昏君,实在不配成为大齐的太子。齐宣王心中憋了一口气,暗想他不当上国君便罢,若是当上了,一定要当上一个人人称颂的圣贤之君。他虽然极恨公子婴,但并没有一下子置公子婴于死地,正是顾虑国人议论,会把他看作昏君。

公子婴控制朝政多年,党徒众多,军中之将也多半是其心腹。他若投奔他国,借外国之兵攻打齐国,只怕会对他的王位构成极大的威胁。这一点,齐宣王亦极是明白。

本来,齐宣王并不想这么急于罢了公子婴的相位,而是想先稳住公子婴,再慢慢削弱他的势力,最后一举除掉他。可是,齐宣王又实在压不下心头对公子婴的憎恨,还是把他赶出了朝廷。现在看来,他将公子婴赶出朝廷的举动,实在不算是高明,既使国人感到他心胸狭窄,似是昏君,又使公子婴心怀怨恨,随时能够逃到他国去。

"其实,靖郭君自己并不想久居相位。他常说,待大王即位之后,他就会'退隐'。"齐貌辨又说道。

真是这样吗?齐宣王心中不觉一怔。如果公子婴早就存有"退隐"之意,他如此急着将公子婴赶出朝廷,实属无谓之举。

"唉!"齐宣王忽然叹了一口气,说道,"靖郭君对寡人如此忠心,寡人却不知道。嗯,寡人就请你把靖郭君接回来吧。"说着,赐给齐貌辨黄金百斤,美酒十坛。他想,如果公子婴真有"退隐"之意,就算重新当上了相国,也会自动请辞。假若公子婴拒不"退隐",他也能依照着先前的打算,徐徐图之。

齐貌辨得了黄金美酒,高兴地回到薛城,俨然摆出国君使者的架子,催请公子婴回朝。公子婴亦是极为高兴,穿了齐威王赐给他的衣冠,佩了齐威王赐给他的宝剑,回至临淄。齐宣王亲至郊外迎接,口呼"王兄",坚决请求公子婴复居相位。公子婴推辞再三之后,才答应了下来。

邹忌只做了几天相国,就高升成了"上卿",名义上其官位比相国还大,却无甚权力。那些四散而走的门客见公子婴重新得势,又都回到了相府里来。许多朝中大臣,也纷纷登门拜见公子婴,忙得他团团乱转。

齐貌辨找了个单独与公子婴相见的机会,问:"大人当真要重新当上相国吗?"

公子婴奇怪地反问道:"我不为了重新当上相国,又回到临淄干什么?"

齐貌辨道:"如果真是这样,大人就危险了。"

"此为何故?"公子婴不觉皱起了眉头。

"宗室子弟中,仇怨之深,莫过于争夺太子之位。虽然大人心胸阔大,纵是深得先王之宠,也没有动过争夺太子之位的念头,但大王绝不会这么想,大王认定大人曾欲夺其太子之位。以小人观之,大王若不将大人置于死地,绝不会善罢甘休。大人若仍是久居相位,必遭不测之祸。"齐貌辨说道。

"是这样?"公子婴听着,不觉倒抽了一口凉气,他不得不承认齐貌辨所言极有道理。事实上,他不仅动过争夺太子之位的念头,为此还费了许多"心血",只是没能如愿。

"为今之计,大人只有立即辞去相位,方能转祸为福。"齐貌辨说道。

"不!我不辞去相位。既是要辞去相位,我又何必重新回到临淄?"公子婴大叫道。

"回不回临淄,关系重大。大人不重回临淄,则国中人人以为大王将不利于大人,势必争相攻击大人,百般加罪大人。到了那时,大人就算欲投他国,也只能是以'罪人'的身份去遭人轻视,难有什么作为。重回临淄,情势就大不相同,人人将以为大王不敢得罪大人,连大王都不敢得罪大人,谁又敢攻击大人,不仅不敢攻击大人,只怕还会争相在大王面前颂扬大人。如此,则大王将不得不更加敬重大人,亦更增大人之势也。大人趁此良机,辞让相位,则又能获得'大贤'的声望,将名动列国矣。到了那时,大人虽然失了相位,却能保住权势。依照惯例,相国'退隐'之后,其子当位居上大夫,可参与朝政。大人的长子田文聪明贤德,若能进入朝廷,则齐国之政,仍将掌握在大人之手矣。何况大人'退隐'后居于薛城,若遇不利之势,也可随时去往他国啊。"齐貌辨说道。

公子婴听了,呆了半晌,长长叹了一口气:"唉!事到如今,我也只能听从你的计策了。"

齐貌辨道:"大人若要'退隐',退得越早越好,明日就该上表请辞。"

"明日怕是不行,我还有一事必须去办。"公子婴说道。

"那么,十日之内,大人一定要上表辞去相位。"齐貌辨说道。

"十日我还嫌多了呢,七日便已足够。"公子婴笑道。

公子婴要做的那件事,就是答应惠施想让他做的事情,并且尽量让惠施满意。七日之后,公子婴已做完他要做的事情,立刻上表,以身体有病为名,请求辞官"退隐"。

齐宣王见公子婴果真主动退隐,也做出一副竭力挽留的样子,当着朝中众大臣之面痛哭流涕,坚决不同意。公子婴却更坚决,跪伏在朝堂上说:"若大王不准微臣回到封邑,微臣就不起来了。"齐宣王无奈,只好准许公子婴"退隐",并赐给千斤黄金,又加封万户食邑。同时,齐宣王又依照惯例,拜公子婴长子田文为上大夫,准其参与朝政。

邹忌以上卿的名义,得以兼任相国,但他府中的门客不仅没有增多,反而减少了许多,他的门客都投到了田文的府中。这些门客认为田文才是真正的相国,邹忌不过是挂了个虚名罢了。见到这种情形,邹忌气恼之下,生出病来,一时无法上朝理事。朝中大臣遇到事情,纷纷向田文请教,并顺着田文的意思去行事,而田文又是在顺着父亲的意思行事。

公子婴对这种情形极为满意,将齐宣王赐给他的千斤黄金全都赠给了齐貌辨,并问儿子田文:"现在,你明白当初为父为什么要善待齐貌辨了吗?"

田文恭恭敬敬地回答着:"儿子明白,凡傲物放浪者,若非狂妄,便是真有大才,缓急时可以大用。儿子从今以后,当礼贤下士,宁可白养一千狂妄之人,也不放过一个真有大才的人。"

"哈哈哈!"公子婴大笑了起来,道,"吾儿能明白此事,为父也就放心了。"当日,公子婴即整顿行装,带着齐貌辨,率领上千从者浩浩荡荡"退隐"薛城,临行之际,齐宣王又亲至郊外送行。

公子婴走了,齐宣王大大松了口气,放眼朝中,觉得没有一个人能合他的心意,遂下了一道求贤诏令——天下凡有真才者,俱可上书议论朝政大事,国君将视其才能高下,予以任用。天下四处奔走,谋求官禄的众多"贤者"闻之大喜,蜂拥至齐国境内,上书言事。这些人当中,亦有苏秦的身影。

苏秦的高车已经破旧,华丽的黑貂裘服也掉下了成片的毛,变得异常难看。跟在他车后的两个奴仆面黄肌瘦,走起路来有气无力。只有苏秦的精神看来还算可以,两眼仍是炯炯放光。

几年来,苏秦先是在秦国四处请托,欲让人荐他入朝,大显身手,结果碰得头破血流。商鞅、公孙衍、张仪、陈轸等他国之人先后执掌朝政,令秦国人大为妒恨,见了前来求官的他国之人,就群起而攻。

苏秦失望之下,只得放弃了在秦国谋求官职的打算,转道武关,来至楚国。楚国虽然不似秦国那么兵势强劲,但国土广大,人口众多,亦可大有作为。但是楚国的执政大臣,百年来都由昭、景、屈三大家族把持,别说他国人,就算是外姓人,也极难进入楚国的朝廷,苏秦在楚国待了一年多,毫无所得。

这时,苏秦携带的五斤黄金花得只剩下了两斤,他忧愁之下,只得离开楚国,来到了宋国。他想,宋国只是一个小国,他若谋取一官半职,也许不算太难。可是,宋国虽小,朝政一样把持在宗室贵族手中,苏秦出身商贾,又是外国人,纵然费尽了心机,也无法进入宋国朝廷。这次来到齐国,已是苏秦的最后一次机会了——他手中的黄金剩下不到一斤,若是花费完了,就只有两条路可走:一是回到洛邑,重操商贾旧业;二是投奔权贵,充当求食的门客。

这两条路,苏秦都是绝不愿走。他用尽平生所学,依据齐国情形,写成了一篇洋洋数千字的议政文章。苏秦认为,齐国国君见了他这篇文章,如果不拜他为相国,必是昏君无疑。但是苏秦永远也不会想到,他的文章齐宣王根本不可能看到。负责呈送文章的大臣是为"司士",司士将文章呈给齐宣王之前,先悄悄呈给了田文。

田文一篇不漏地看了那些文章,凡是做得出色的,有可能被齐宣王看中的,他都要挑出来,扔进火塘中。苏秦辛辛苦苦,满怀希望做成的议政文章,亦在火塘中燃为灰烬。

在苏秦来到齐国的同时,惠施离开齐国,又到赵国、韩国去了一趟,然后才回到魏国,向国君复命——齐、楚两国听了微臣之言,已不再打算进攻魏国了。

魏惠王很高兴,赏赐了惠施千斤黄金,但是接下来发生的事情,却让魏惠王无法高兴。楚怀王忽然派使者来到了魏国,持着千斤黄金、百双玉璧的厚礼,请求魏惠王允许公孙衍到楚国去担当令尹重任。魏惠王大为惊诧,忙招来张仪,询问应对之策。

张仪道:"此必为公孙衍自重之计,大王不可上当。大王应顺势放公孙衍到楚国去,楚王见大王如此不甚看重公孙衍,必不会将公孙衍拜为令尹。然后,大王可再召公孙衍回国,如此公孙衍必感大王厚恩,永为大王尽忠也。"

魏惠王听了,心中暗想,这公孙衍的才能,绝不在你张仪之下,寡人若将他放到楚国去,楚国必会强盛。一个强秦,寡人已难以应付,再来一个强楚,还有寡人的生路吗?

他并未采纳张仪之策,对楚使好言安慰一番,礼送楚使出境。不料楚使的车马尚未离开大梁,齐国使者的车马又至。齐国使者一样带着黄金千斤、玉璧百双,请求魏惠王允许公孙衍到齐国去担当相国重任。魏惠王刚刚召见了齐国使者,赵国和韩国使者又来到了大梁,请求魏惠王召见,所言与齐使同出一辙——请大王允许公孙衍到赵、韩担当相国重任。

楚、齐、赵、韩四大国同时请求一人为相,是列国间从来没有发生过的事情,使得魏惠王方寸大乱。

张仪入宫求见魏惠王,道:"公孙衍挟外国以自重,罪莫大焉。大王应速将其斩杀,以绝后患。"

杀了公孙衍,天下岂不是只有你一人称雄,谁能制止?再说,寡人此时杀了公孙衍,不是明摆着和楚、齐、赵、韩四国作对吗?以魏国之力,怎么可以同时对抗楚、齐、赵、韩四国?魏惠王再次拒绝了张仪的对策,但他自己却又想不出对付这种情形的办法。他正焦虑之时,又偶然感上风寒之症,并且迅速恶化,转眼之间,已是到了弥留之际。太子和众执政大臣慌忙来至内宫,跪倒在病榻前,听取魏惠王的最后遗言。

即将去世的魏惠王神志忽然间变得异常清晰——寡人一生好战，欲求一统天下，完成父祖之愿，遂大用策士战将，征伐四方。结果国势愈来愈弱，将为强秦所吞矣！此乃寡人之过，太子万万不可重蹈覆辙。太子须立刻杀了张仪、公孙衍这等策士，拜孟夫子为相国，以仁义大道收揽天下人心，治理国家。嗯！孟夫子呢？那孟夫子为何不在寡人的榻前……

魏惠王满腹的话语无法说出，拼出最后的力气，抬起颤抖的手指，指了指张仪，又指了指公孙衍，猛地往下一垂，意为杀死二人。但他的手垂下了，却未能再度抬起，太子无法看出其中的杀意。

魏惠王去世之时，正当周慎靓王二年(公元前319年)。其太子即位，是为魏襄王。

魏襄王即位之后，立刻免了张仪的相位，改拜公孙衍为相，并厚赏楚、齐、赵、韩四国使者，他的举动，完全是太傅惠施教导的结果。

惠施说："先王指点张仪，是让大王免除张仪的相位，接着指点公孙衍，是让公孙衍接替张仪。"

天下各国闻知公孙衍被拜为相国，纷纷派遣使者，借着祝贺魏襄王的名义，与公孙衍结交。来至魏国的使者，身份都很尊贵，不是相国，便是掌有实权的上大夫。公孙衍得意扬扬，迎来送往，忙得不亦乐乎。

张仪却是紧闭府门，拒不见客。但有一天，张仪忽然换了一身仆从的装束，在天色昏暗的黄昏时刻，来到了燕国使者所住的馆驿中，秘密求见燕国使者子之，声称有机密之事相告。

子之精通兵法，为人武勇，深得燕易王信任，被拜为大将，渐渐执掌了燕国的军政大权。到燕易王去世时，子之已成为燕国相国，朝中党羽遍布，大权独揽。

易王之子燕王哙对子之的专权极为不满，常和心腹商议，要夺子之的相位。子之恐慌，千方百计欲固其权位。此次他不惜屈尊充当使者，就是要获得公孙衍对他的支持，使燕王哙不敢轻易剥夺他的相国之位。

子之在出使秦国时就认识张仪，见到张仪如此装扮而来，不觉吃了一惊，忙屏退左右，问张仪有何机密之事。

张仪神情凝重，说："在下与相国大人一见如故，别后常常想念。今日见大人误入死路,不忍旁观,特来告知。"

子之更惊:"啊,在下如何误入了死路?还请大人详加指点。"

张仪问:"我听说,燕王非常痛恨相国大人,欲置大人于死地,可真有其事?"

子之犹疑了一下,老老实实地回答道:"确有此事。"

"然则大人何以自保?"张仪又问。

"这……"子之一时回答不出。

"大人欲结好公孙衍,借公孙衍之势自保,是也不是?"

"嗯……是。"

"以相国大人看来,公孙衍会更看重燕国大王呢,还是会更看重燕国相国?"

"当然……当然是更看重燕国大王。"

"那么,当相国大人和燕王起了冲突,公孙衍会帮着谁?"

"会……会帮大王。"

"你明明知道公孙衍其实救不了你,为何偏偏把希望放在公孙衍身上,这不是像盲人骑着瞎马过河一样危险吗?"

"这……"

"你是不是觉得除了结好公孙衍,别无自保之路?"

"难道还有更好的自保之路吗?"

"有。"

"请先生指教?"子之连忙拱手施了礼。

"相国大人手握兵权,何不赶走燕王,取而自代,使子子孙孙长享富贵?"

"这……这不是谋反吗?"

"什么谋反。当初魏、赵、韩三家分晋,难道不是谋反吗?还有齐国的田氏取代了姜氏,又何尝不是谋反?你谋反成功了,便是开创之君,便是文王、武王那样的圣君。"

"可是谋反若失败了,则不免诛灭九族啊。"

"你还没有开始行动,怎么就知道一定会失败呢?难道名扬天下的勇将子之,竟是如此胆怯吗?"

"不是我胆怯。如今列国成并峙之势,我若谋反,周围的赵、魏、齐诸国,势必会加以干涉。"

"假若魏、赵、齐诸国一齐兵败,还能干涉大人吗?"

子之不觉笑了,道:"大人之话,也太过荒唐,魏、赵、齐俱是大国,哪能一下子全都失败了呢?"

"能。"张仪斩钉截铁般说道。

"此为何故?"

"公孙衍乃秦之大敌,他充当魏相之后,必会发动齐、楚、魏、赵、韩、燕六国攻秦,以期立下绝世大功。然六国各怀心志,岂是强秦的对手?以在下观之,齐、楚自诩大国,必会反目成仇。此两国若是反目成仇,就绝不会攻击秦国,到时真正能对秦国产生威胁的,只能是魏、韩、赵、燕四国,假如这四国中忽有一国退兵,其余三国必会一败涂地。而退兵的那一国,也就成了秦国的大恩人。秦国势必倾出全力帮助其国。有了强秦撑腰,谁还敢对其国轻举妄动?"

"啊,是这样。我明白了,明白了!"子之高兴得拍手大叫起来。

他既称精通兵法,当魏、赵、韩、燕四国攻秦之时,燕国之兵必然会由他统领。正当关键之时,他可突然撤兵而走,回至国中将燕王哙赶下王位,取而代之。魏、赵、韩三国在燕军突然撤走后,定是大败无疑,肯定无力干涉他的夺国举动。到时或者齐国有力干涉他,但是他既已成了秦国的"大恩人",必会得到秦国的全力支持,自然不怕齐国了。

"在下预祝大人一举成功,为新燕国的开创之主。"张仪说着,对子之行了一礼。

"在下若能成功,绝不会忘了大人。哈哈哈!"子之大笑着,连忙还礼。

公孙衍果然如张仪所料,遍出使者,奔走于列国之间,号召联合齐、楚、魏、赵、韩、燕六国之兵,一举攻灭秦国,使六国永远免去强秦东侵之患。六国亦是感到秦国强大,于己不利,倒也纷纷赞成联兵攻秦,并以诸国重臣为使,于大梁会盟。

公孙衍亲自主持会盟大典,提出了六国互为兄弟,各交换太子为质,以坚盟约的办法。对于此法,六国亦无异议,商量一番后,分成三对——齐楚、魏赵、韩燕各以太子为质，留居对方国都，然后"歃血"为盟，约定了出兵日期。

上一次五国联盟，曾给予了公孙衍身佩五国相国符印的荣耀。这一次，六国使者为了表彰公孙衍发起六国联盟的功劳，送给了公孙衍一个响亮的称号——犀首。

犀者，犀牛也，是至为勇猛的巨兽，象征着勇敢的战士。首者，首领也。犀首之号，即为勇敢的战士首领之意。公孙衍对于这个称号，十分满意。这个称号意味着，他将是六国雄兵无可争辩的统帅。

一想着能够统率六国之兵攻击秦国，公孙衍就兴奋得夜不能寐。他仿佛看到了秦惠文王正跪倒在他的脚下，向他磕头不止，哀求饶命，那时他就会问——大王，这天下真正的大贤之才，究竟是张仪，还是我公孙衍？

正当公孙衍兴奋之时，忽有守城将官来报——张仪以重金买通门卒，趁夜逃到了秦国。公孙衍听了，先是一惊——他曾下过严命，各处关隘须严加防备，勿使张仪逃走。他要将张仪留在魏国，让张仪亲眼看着他是怎样率领着六国之兵大破秦国。

一惊之后，公孙衍倒也没有发怒，说："他逃了就逃了吧，反正过不了多久，我们就会在秦国看到他的。"

张仪逃回秦国后，立即入宫，跪倒在秦惠文王脚下，磕头请罪："微臣丢了魏国相位，难以为大王尽忠，实是罪该万死。"

秦惠文王见到张仪大喜，忙上前扶起，说道："一朝天子一朝臣，列国无不如此。这相位之失，怎么能怪你呢？何况你身为魏国相国，却为寡人做事，此等忠心，千古难见也。"其实张仪就算不逃回秦国，秦惠文王也要派人去魏国把张仪"偷"回来。

公孙衍发起的六国联盟，引起了秦国朝廷上下极大的恐慌，国中一片混乱。齐、楚、魏、韩、赵、燕六国加起来，几乎是整个天下，不论是国土还是人众，不知比秦国大出了多少倍。

秦国虽然强盛，但能与整个天下为敌吗？许多商旅之人，甚至秦国的富豪之家，都在想方设法向东方的六国逃去。秦惠文王召集大臣日夜商议，想出了无数个应对六国联盟的办法，却没有一个办法能令秦惠文王满意。

六国联盟是公孙衍闹出来的,公孙衍是张仪的对头。看来只有张仪才能对付公孙衍的六国联盟。秦惠文王心急如焚地盼着能见到张仪,而张仪果然就来到了他的面前。

"罪臣……"

"什么罪臣,再也休提。从今日起,你就是我秦国的相国。"秦惠文王猛地打断了张仪的话头。

"微臣谢……谢大王天高地厚之恩。"张仪哽咽着,倒头又拜。

"这一套,你就免了吧。"秦惠文王急不可耐地一摆手问,"你说,这次'六国联盟',寡人该怎么对付?"

张仪站起身,从容说道:"'六国联盟'在微臣眼里,不值一提,大王何须为此忧心?"

秦惠文王听了,倒吸了一口气,道:"相国说得好轻巧。上次一个'五国之盟',就把秦、齐、楚三国弄得一塌糊涂,这次'六国联盟'专冲我秦国而来,岂不把我秦国压成了……且不说这,那魏、赵、韩、燕或许不值一提,这齐国和楚国,也不值一提吗?"

"齐、楚两国虽有些分量,微臣只凭此三寸不烂之舌,就可令其不敢攻我秦国。"张仪说道。

"你真能……真能说动齐、楚不攻我秦国吗?"秦惠文王紧盯着张仪问。

"微臣如果不能说动齐、楚两国,愿以人头相谢大王!"张仪平静地说道。

次日,秦惠文王大会朝臣,拜张仪为相,并让其携带重礼,出使楚国。陈轸见此,叹道:"此番张仪更得大王信任,吾若留在朝中,必有大祸。"他当即上表,请求"退隐"。秦惠文王也未拦阻,还特赐黄金百斤,送其"退隐"。

张仪来到楚国后,并未急着去见楚怀王,而是首先来到了太宰靳尚府中,并送上了一份厚礼。昭阳已年老去世。昭雎升了令尹,屈原也升为左徒,而靳尚虽为楚怀王宠信的臣子,却并未得到升迁。

靳尚认为太宰的官职好处极多,谁想做官,谁就得给太宰送上厚礼,故情愿"让贤",先让别人去升官。靳尚的"谦让"美德,深得楚怀王赞赏,也更加得到楚怀王的信任。但近些时来,靳尚却是愁眉不展,很少有高兴的时刻。

对于像张仪这般威名赫赫的人物,靳尚向来是乐于结交,何况张仪又送上了一份厚礼。靳尚当即极为热情地将张仪引入内堂，招来乐女，摆上盛宴，与张仪称兄道弟起来。杯来盏去，不过大半天的工夫，张仪已对楚国近来发生的情形了如指掌，也清楚地知道了靳尚不高兴是因为楚国朝廷和内宫发生的事情对他极为不利，而他偏偏又束手无策。

朝廷上发生的事是——楚怀王命左徒屈原拟好变革法令，将依照秦国之例，废除世袭的官爵禄位之制，大力奖励有功之人。不论是昭、景、屈三大姓，还是普通的平民，只要立有功劳，即可授予爵位，并按爵位给予相应的官职。如此一来，楚国官吏们的升迁就全以功绩为凭了，靳尚也就失去了把持朝廷官员升迁以从中发财的机会。

内宫中发生的一件事是——由于魏国赠给了楚怀王一名美女，使楚怀王原先的爱姬郑袖面临着失宠的危险。郑袖通过寺人与靳尚订有"盟约"，郑袖随时会将楚怀王的心事告知靳尚，使靳尚总能顺着楚怀王的心意行事。而靳尚也必须尽全力维护郑袖在宫中的地位，使郑袖永不失宠。

这两件事，靳尚虽然说得十分含糊，张仪还是听明白了，心中连转了几个念头，笑道："在下倒可以为太宰解忧。不过，在下亦有一事请太宰帮忙。"

靳尚大为高兴道："天下谁人不知大人智谋之深，神仙难敌。有了大人这句话，我还忧愁什么呢？嗯，大人若有用上我的地方，纵是赴汤蹈火，我也在所不辞。"

"言重了。"张仪一笑，"在下今日来，是为秦、楚两国和好也。到时只要太宰多说几句话，在下就感激不尽了。"说着，移过座席，压低声音，在靳尚耳边低语起来。

靳尚听着听着，眉开眼笑起来，散席之后，立即唤来心腹家仆，密往内宫与郑袖的心腹寺人相见。

数日后，楚宫内传出消息——魏国美人已被楚怀王打入冷宫。

街市中人们窃窃私语，道——郑袖阴险毒辣，故意结好魏国美人，骗她说大王不喜旁人鼻息之气，若要获得大王喜欢，见了大王就须以袖掩鼻。魏国美人果然听从郑袖之言，见了大王以袖掩鼻。郑袖于是对大王说道，美人常说大王身有臭气，不可闻之。大王大怒，立即割了魏国美人的鼻子，将魏国美人赶到了冷宫里。郑袖专得大王之宠，是意欲为她的儿子公子兰争得太子之位。

靳尚自是早就得到了这个消息，并替郑袖赠给了张仪百斤黄金，感谢张仪为她出的"掩鼻之计"。张仪接受了百斤黄金，却又通过靳尚，送给了郑袖百双玉璧，价值黄金千斤。于是，在楚国的内宫中，一些楚怀王的心腹内臣们常常面带忧色，议论着秦国怎么强大，楚国怎么不该参加"六国联盟"，上了公孙衍的大当，替公孙衍去打秦国，得不偿失。

表面上，这些心腹内臣都是在背后议论，但偏偏能让楚怀王听见。楚怀王开始听了还不以为然，听得多了，心中就打起鼓来，怀疑他参加"六国之盟"，真的是上了公孙衍的大当。到了这时，张仪才正式以秦国使者的名义，求见楚怀王，要求秦、楚两国结盟。

楚怀王十分客气地接待了张仪，说道："寡人当然愿意与秦结好，奈何六国之盟已定，伐秦大军即日可以出发。在这个时候，寡人怎么能与秦国结盟呢？"

张仪一笑，问："大王以为六国联兵，就能吞灭秦国吗？"

"六国可出兵甲百万，秦国能以什么抵挡？"楚怀王反问道。

"秦国号称'百二山河'，大王可知其中之意？"张仪也是反问道。

"这是说秦国地形险固，依山带河，只需精兵两万，就可抵挡百万大军的进攻。"楚怀王说道。

"是啊。"张仪说道，"秦国如今的精兵，又何止二万，二十万也不止啊。六国别说甲兵百万，就算是甲兵二百万，也无法攻灭秦国。公孙衍精通兵法，难道不知此理吗？他不过是拿六国做赌注罢了。胜了，他就是六国的王中之王，天下还有谁敢与他作对？败了，他只是一个臣下，不会受到任何损失。大王如此贤明，难道愿意把楚国当成赌注交给公孙衍吗？"

"这……"楚怀王不知如何说才好。

"六国攻秦，定然失败。到了那时，秦国必然会大加报复。'三晋'有公孙衍这等精通兵法的奇才，秦国不会去攻击，齐国和燕国太远，秦国也不会去攻击。将来代六国受过的，一定是楚国。若楚国被秦国打败，则魏、韩、齐诸国恐怕也会趁火打劫，借机掠夺楚国土地。外臣以为，楚国虽然地广千里，到了这个时候，也不够秦、魏、韩、齐四国瓜分了。"张仪肃然说道。

"这……"楚怀王听得惊出了一身冷汗,结结巴巴地问,"寡人……寡人该怎么办?"

"这个时候让大王与秦国结盟,就是得罪了齐、魏、赵、韩、燕五国。为大王着想,外臣可与大王约定,楚、秦两国先暂不结盟,楚国仍可参加六国的伐秦之举——只是虚设其兵,并不攻击秦国,待六国联军攻秦失败后,我秦、楚两国再公开结盟,亦是不迟。"张仪体谅地说着。

"妙啊,此实为一举两得之良策。"楚怀王大喜,当即招来众亲信大臣,密商张仪所献之策。

第二十二章

各怀心思伐秦败　列国乘隙强国势

张仪之策,在楚国大臣中引起了激烈的争论,靳尚全力支持张仪之策,屈原则全力反对。靳尚说唯有张仪之策,才可使楚国安宁。屈原针锋相对,说秦国困处西陲,欲张国势,必侵楚国。楚国若不抓住这次六国伐秦的大好机会,给予秦国以沉重的打击,则将来必定后患无穷,永受秦国之欺。

楚怀王听了又犹疑起来,招来张仪问道:“若六国败后,秦国不讲信义,欲攻我楚国,寡人奈何?”

张仪一笑,道:“大王料事谨慎,实为至贤之君矣!大王若结好秦国,我秦国必以商於六百里土地相赠。”

楚怀王大喜:“此言可真?”商於之地为秦、楚交界的冲要之地,楚若占据此地,则是大得地势之利,不惧秦国的攻击。

“吾身为使者,岂敢在大王面前虚言。”张仪正色道,话锋一转,“不过,大王为显示诚意,应将为质齐国的太子召回。然后大王可遣一心腹将军,随外臣至秦,暗中接收土地。”

楚怀王想了一下,答应了张仪,当即派心腹内臣至齐,借口太子有疾,将太子召回楚国“调养”。

屈原知道此事后,苦苦劝谏楚怀王,切不可轻信张仪之言,秦国乃是虎狼之国,只有夺人土地,哪有送人土地呢?可是楚怀王不仅不听屈原的劝谏,反倒当众大发雷霆,将屈原痛斥了一番,并免除了屈原的左徒之职,改任三闾大夫。

靳尚升任左徒,并兼领太宰之职,代替屈原处理楚国的变革法令之事。三闾大夫只是一个掌管昭、景、屈三大家族祭祀事务的礼仪职务,并无任何实权。

屈原百思不得其解,一向信任他的楚王如何这般不近情理,竟似对待罪臣一样对待他? 只有靳尚、张仪和郑袖知道其中的原因。

屈原精通楚歌,郑袖则喜唱楚歌,在楚怀王的允许下,屈原常将新作的楚歌教给郑袖学唱。

一日,郑袖忽在楚怀王面前大哭大闹,说屈原调戏她,把她比作湘夫人,而屈原却把自己比作湘君,逼着楚怀王杀了屈原。楚怀王听了,虽然大怒欲狂,但最终还是没有杀死屈原,只是贬了屈原的官职,不准屈原进宫。这自然又是张仪的"奇计",为此,张仪又送了郑袖价值千金的明珠一斗。

楚怀王的举动,使齐宣王大为愤怒,也立刻召回了为质楚国的太子,并向公孙衍控告楚国有背盟之心。

公孙衍惊道:"此必为张仪从中搅和之故, 吾六国伐秦之举, 当速速举行。"

他提前一个月, 召集六国之兵来到大梁, 但来到大梁的却只有五国之兵。

齐宣王说,齐军可以和任何一国联军攻秦,唯独不能和楚国之兵待在一起。

公孙衍担心事情拖久了会发生变化,说,齐国在诸国的后方,不出兵也行,就多出些粮草甲仗吧。齐宣王不愿得罪公孙衍,勉强答应了下来。

五国之兵加起来,虽然不及百万,却有八十万之众。其中魏、赵、韩、燕各出兵十五万,楚国出兵二十万。

楚国出兵既多, 又为天下第一大国, 公孙衍为表示对楚怀王的尊重之意,特地想出了"纵约长"这一名号,加在楚怀王头上,并解释道,六国结盟,是为"合纵抗秦"之约也。"纵约长"即为六国联盟之长,亦为六国之兵的主帅。公孙衍想以此激起楚怀王的斗志,迅速率领五国之军,向秦国展开猛烈的进攻。但是楚怀王却找出种种理由,千方百计地拖延发兵时间。

张仪已悄悄回至秦国,楚怀王派将军屈丐跟随张仪入秦,去接收商於六百里土地。

只待六百里土地到手,楚怀王就会寻找借口退出"六国联盟"。不料张仪刚至咸阳,忽从车上跌下,连声呼痛,左右慌忙将张仪扶回府中,竟不理会屈丐。见张仪受伤,屈丐也不好说什么,憋了一肚子气,自寻馆舍住下。次日,屈丐去相府拜访张仪,却被门卒挡住,言相国病重,暂且不能见客。屈丐是"秘密使秦",也不好大肆声张,去秦国朝廷吵闹,只得耐下心来,一边坐等张仪病愈,一边急派从者向楚怀王禀报他出使秦国的经过。

楚怀王无法得到土地,见公孙衍催得急,只好硬着头皮,率领八十万大军向秦国杀来。

列国征战,从无一次动用过八十万大军,五国的举动,一下子震惊了天下。魏、赵、韩诸国君臣,已是弹冠相庆,想着将来能分得秦国的何处土地。齐宣王又是妒忌,又是羡慕,并不认真备下粮草,更没有将粮草输往五国大营中。周天子则是异常兴奋而又紧张地注视战局,希望六国和秦国两败俱伤。如果真是这样,周天子的日子就会好过一些,周王室也许会因此多延续几年。反之,则不论哪一方战胜了,其国君恐怕都不会安于王位,要高升一步,去做天子了。

魏国客卿孟子见到大战即将爆发,慨然长叹道:"我等了这么久,就是想等到魏君明白——专事征伐并非上策,治国还须仁义大道。可是魏君父子,却俱是沉醉于征伐中执迷不悟。"他率领弟子回到齐国,希望新即位的齐宣王能够对他的仁义大道有所领悟。

齐宣王对孟子十分敬重,见其回到齐国,立即封为"中卿",地位之高,可与相国并列。但"中卿"只是个虚衔,并无实权。齐宣王虽常召孟子入宫谈论天下之势,却对"仁义大道"并无兴趣。孟子大为失望,想要另走他国,可惜年岁已老,只得在齐国住下,广招徒众宣讲他的仁义大道。

就在孟子回到齐国之时,楚、魏、赵、燕、韩五国之军和秦军展开了大战。

面对着八十万五国联军,秦惠文王并不惊慌,拜樗里疾为大将,甘茂、向寿为左右将,率三十万大军,兵分三路,主动出击,迎着五国联军杀来。

公孙衍又怒又喜,怒者,秦兵欺人太甚,居然不将他的五国联军放在眼里。喜者，秦军主动出击，无疑是放弃了"河山险固"，自寻死路。他立即将五国联军分为三部，左部为楚国之军，敌住向寿率领的秦国右军，右部为燕国之军，敌住甘茂率领的秦国左军。公孙衍叮嘱楚、燕两国之军——不必与秦军交战，拖住秦军，使秦军三路兵马不能会合，即是大胜。然后，公孙衍亲率魏、赵、韩三国的四十五万大军以猛虎下山之势，直扑秦国中军。

在公孙衍的料想中，他很快就可以将秦国中军歼灭。秦国中军被歼灭，左、右两军必然不支，亦将为楚、燕两国所灭。这三十万大军若全数覆灭，秦国就成为六国案上之肉，将任由六国宰割。但是战局却发生了突变，燕国十五万大军忽然急速后撤，向本国退去。甘茂率领的秦国左军乘势猛进，日行百里，直逼韩国都城郑邑。二十万楚军亦突然转头回国，声称国中遭到巴人袭击，必须回军自救。

向寿率领的秦国右军亦是乘势猛进，日夜行军，直逼魏国都城大梁。魏、韩两国精兵在外，都城空虚，陡地见到秦军兵临城下，魏、韩两国之君都是惊慌失措，急令公孙衍退兵。赵国君臣见到燕国退兵，怀疑燕国将要乘虚攻赵，也紧急派使者令赵军回国。

这陡然发生的一切，如晴天霹雳般砸在公孙衍的头顶上。他在中军大帐中愣了半晌，忽地拔出佩剑，就向喉间挥去。秦军截断了后路，粮草不继，魏、韩、赵三国之军将不战自乱，败局已定。如此大败，他公孙衍无疑将名望扫地，无法待在任何一国。他站在无人可及的最高处，摔下之惨，亦是无人可及。

左右亲信见到主人忽然自刎，慌忙扑上去紧紧抱住主人的胳膊，苦劝道："事至如今，并非主人之过，全是燕、楚两国陷害之故啊，主人为燕、楚两国背叛而自刎，实在不值啊。"

公孙衍听着，心中一酸，热泪滚滚而出，仰天说道："我不负六国，是六国负我矣！从今以后，'合纵大业'将永无实现的可能。六国如此，必为秦国所灭，必为秦国所灭！"

他抛下佩剑，下令退兵。

魏、韩、赵三国之军退至修鱼，与三路合击而来的秦军发生了大战。赵军首先崩溃，被秦军杀死三万余人，大将公子渴亦被乱箭射伤，落荒而逃。接着韩军大阵也崩溃了,被秦军杀死近四万军卒,大将申差做了秦国俘虏。只有魏军始终保持着严整的阵形,没有一员大将受伤或被俘,兵卒战死者亦只数千人。秦军斩杀敌卒近八万人,自损也近五万军卒,遂乘胜收军,班师回至国中。公孙衍将魏军带回大梁,立即上表请求"退隐",不待魏襄王答复,即携家隐于"鬼谷"之中。

六国伐秦,闹得轰轰烈烈,却只有五国出兵,这五国偏偏又被秦军打得大败,一时间,秦国的威名传遍天下,令中原诸国君臣和周天子一听"秦国"之名,就心惊胆战。秦惠文王狂喜之下,欲发倾国之兵,攻灭"三晋",夺取洛邑,获取九鼎,以"天子"的名义扫平天下。

张仪忙劝道:"'三晋'虽败,楚、齐、燕诸国并无损伤。此时我秦国若占洛邑,必惊动天下,各国势必倾力攻击,只怕我秦国难以抵挡。为今之计,楚国必为秦国大敌,我秦国当迅速攻占蜀、巴两国,使楚国随时会面临我秦国的两方攻击,不敢轻举妄动。至于'三晋'之国,我秦国可趁公孙衍'退隐'之机,诱使他们与秦结好,牵制楚、齐两国。"

秦惠文王想了想,恨恨地叹了一口气,道:"唉!就依相国之计,只便宜了'三晋'。"

张仪见秦惠文王听从了他的计谋,心中高兴,乘车回府,刚进大门,就遇上了屈丐。

"嗯,将军怎么还在这里,没有去接受土地呢?"张仪做出一副大为吃惊的神情问道。

"你秦国上下没有一个人理会我,我到哪儿去接受土地?"屈丐气哼哼地回答道。

张仪笑了,说:"我自己拿几里封地去赠送给楚王,哪里要惊动秦国上下呢?你给我的管家说一声不就行了吗?"

"什么,是你自己的封地?"屈丐听了,耳中嗡嗡乱响,眼前一片昏黑。

"当然是我自己的封地,从某处到某处,共是六里。"张仪正色说道。

"胡说!"屈丐怒喝一声,道,"我来接受的是秦国商於之地六百里,不是大人的私地六里!"

张仪勃然变色,厉声道:"我秦国之地,都是将士们以鲜血换来的,岂肯白白送人！我说六里，就是六里！"说着，拂袖走入府内，不再理会屈丐。众门吏见主人如此，立刻如狼似虎般将屈丐赶到一边。

屈丐一路痛骂着，离开秦国，回到郢都，向楚怀王哭诉受到张仪欺骗的经过。

"什么，张仪竟敢如此欺负寡人吗？"楚怀王气得发昏，手脚冰凉，一头栽倒在地。

众大臣慌忙将楚怀王扶起，急召太医。幸亏太医来得及时，楚怀王总算没有被当场气死，但是躺倒在榻上，不能动弹。楚怀王自觉愧对臣下，紧闭宫门，任何人也不见，国政大事，全都委托昭雎、靳尚二人治理。靳尚趁此良机，一把火烧了屈原拟定的变法诏令，并严令任何人不得再提"变法"二字。屈原见到国势如此，心急如焚，却又无奈何，只能望空长叹。

秦惠文王采取张仪之策，首先建造函谷关，对"三晋"采取守势，然后一方面派使者至魏、赵、韩三国结盟和好，一方面派张仪、司马错大举伐蜀。

魏、韩两国对秦畏之如虎，立刻答应与秦和好。赵国却对秦国使者十分冷淡，拒不与秦和好。秦惠文王听了大怒，当时不便发作，却暗暗在秦、赵边境囤积粮草，预做攻赵的准备。

燕国相国子之见秦国势大，立刻发动叛乱，逼迫燕王哙将王位"禅让"出来。燕王哙见子之背后有秦国支持，不敢抵抗，只好将王位"禅让"给子之。列国慑于秦国之威，对子之以臣谋君的举动视而不见，一些小国甚至遣使祝贺子之"荣升"君位。

蜀国正当内乱，无法抵挡秦国大军，很快就被秦国灭亡。张仪、司马错乘胜前进，又一举灭亡了巴国，牢牢控制了长江上游，直接威胁到了楚国都城郢都。楚怀王急了，强撑病体，日夜训练军卒，准备与秦国大战一番，夺取商於之地。

秦惠文王见伐蜀大胜，立即调动兵马，向赵国发动猛攻，夺取了赵国的商邑，俘虏了赵国大将赵庄，斩杀赵卒二万余人，迫使赵国答应了与秦结盟和好。

此时，燕国军民不服子之，太子平和将军市被发动了十数万人，进攻子之。列国对太子平和子之的大战袖手旁观，使得子之从容调动军卒，很快就平定"内乱",杀死了太子平。

秦国的空前强大,燕国的君臣易位,使周天子心中惊悸不已,没过多久,他便一命呜呼。周太子姬延继位,是为周赧王。当初周慎靓王给太子命名为延,是已感到周室即将面临灭亡之祸,希望太子能够得到上天庇佑,延续宗祠祭礼不灭。周赧王刚登上大位,就派西周公给秦惠文王送去贺礼,祝贺秦国灭亡了蜀、巴两国。在周赧王眼中,秦国就是上天,他若想延续宗祠祭礼,就必须讨得秦国的庇佑。

齐宣王见到秦惠文王如此得意,不禁妒火中烧,极想干出一件大事,也震慑天下一番。他自然不敢去进攻秦国,而是以"平乱"之名,突发举国之兵,讨伐燕国。为此,齐宣王不得不拜他不喜欢的田文为相国,并赐其号曰孟尝君。齐宣王知道,如果他不拜田文为相国,齐国将军们就会拿出一千个理由来,拒绝伐燕。

公子婴得知儿子当了相国,高兴之下,喝多了酒,竟在醉中亡故。而邹忌又一次失去相位,郁闷中亦是一病而亡。田文退居薛城,一边为父守丧,一边命匡章率领二十万齐军,直捣燕国都城。

子之没想到齐国会向燕国大举进攻,惊慌之下,仓促应战,被齐国打得大败,在逃跑时为乱箭射死。燕国军民并不真心拥戴子之,齐军所到之处,未遇任何抵抗,仅五十余日就占领了整个燕国。

齐宣王得意扬扬,命令匡章将燕国宗庙中的宝器全数运往临淄,意图吞并燕国。齐军乘机在燕国公然抢掠,大肆搜刮燕国百姓的钱财。燕国军民大为愤怒,群起反抗。赵国乘势派出大军,相助逃亡在外的燕国公子职"收复"燕国,条件是公子职将来必须帮助赵国夺取中山之地。公子职答应了赵国的条件,在赵国大军的帮助下,打败齐军,收复了全部国土,即位为王,是为燕昭王。齐宣王本想"震慑"天下一番,却不料闹了个灰头土脸,大为扫兴。

楚怀王见齐军败退,认为齐军一时难以恢复战力,少了后顾之忧,遂大举发兵攻秦。秦惠文王早有准备,亦发大军相迎。双方各出兵卒二十余万,战车数千乘,在丹阳展开大战。惨烈的大战进行了十余日,结果楚军大败,战死军卒八万,大将屈丐以下的七十多个将军全部阵亡或被俘。败报传来,楚国举国震惊,一片哀哭之声。

秦军乘胜前进,直逼楚国都城。楚怀王派出大将景翠,征发倾国之兵抵抗。双方再次于楚国的蓝田之地展开大战。这时,楚军有三十万之众,而秦军只有二十万,但楚军战力明显不如秦军,虽然士卒勇敢,将军们却畏敌如虎,临阵先逃,致使阵形大乱,楚国再次遭到惨败。

蓝田之战,楚军战死者达十余万之多,而秦军虽然获胜,也付出了重大代价,死亡六七万军卒。疲惫不堪的秦军乘胜回军,一路上如入无人之境,夺取了楚国六百里的汉中之地。

秦惠文王大喜,道:"寡人得了汉中之地,就可以使秦地完全和巴、蜀连成一片,灭楚有望矣。楚国灭,则天下亦在寡人手中矣。"他当即对张仪大加赏赐,一口气封了张仪六个万户大邑,赐其号曰武信君,命张仪速速制定灭亡楚国,夺取天下之策。

张仪大感振奋,道:"以微臣观之,楚国三年即可灭亡,大王亦能在十年内一统天下矣!"

"十年?"秦惠文王想了一下道,"寡人还不到五旬,这十年么,也还等得及,等得及!哈哈哈!"秦惠文王竟是一年也等不得了,数月后便暴病而亡,其太子继位为秦武王。

秦武王生得身材魁梧,极有勇力,做太子时即喜好和勇武之士交往,不喜欢张仪这等策士。他不止一次当众说过,张仪专凭一张嘴,借着秦国的声威四处招摇撞骗,实为大奸之人。

唉!一朝天子一朝臣,我若不知进退,必将死无葬身之地。张仪心中想着,主动请求辞去秦国相国之职,退隐回到故乡魏国。秦武王对张仪的退隐求之不得,立即恩准。

魏襄王见张仪回到故乡,不禁大喜,立即拜其为相国,并对其大加封赏。张仪不甘寂寞,居然又重新做了魏国相国,并且忘不了给秦武王送上一封密书,表示他身为魏相,但仍是秦国忠臣。秦武王见到张仪的密书,只冷笑一声,看也不看,就扔在烛台上烧了。

惠施见魏襄王此时还信任张仪,长叹一声,辞官回到宋国,半路染上风寒之症,悄然去世。张仪盼着秦武王的回书,盼了年余也未得到,郁闷中生出怪病,浑身疼痛而亡,临去世前喃喃念道:"大王不用吾'连横之计',平天下必多费数十年之力也。"

秦武王听说张仪死了,毫无哀伤之意,说道:"相国之职,让张仪这个奸人当过,寡人听了就烦,须改换一个名目,就叫作丞相吧。"

他不喜策士,选了两位武勇的大将樗里疾和甘茂为左右丞相,日夜训练士卒,欲攻"三晋"。

"我秦国之兵,天下无敌,当先破韩国,再入洛邑,夺九鼎而还,一举扫平天下。"秦武王豪迈地说着。满朝大臣谁也不敢劝阻秦武王,反倒争相称颂秦武王为圣明之主,千古难得一见。

秦武王得意扬扬,命甘茂为大将,领十万大军猛攻韩国的宜阳。不料甘茂费时五个月,伤亡士卒万人,仍然无法攻下小小的宜阳。秦武王恼羞成怒,派猛将乌获领军十万增援甘茂,总算是攻下了宜阳。然而秦军的伤亡却是更惨,前后共伤亡十余万军卒,猛将乌获也死于阵前。

秦国自变法强盛以来,征伐列国,伤亡如此之重还是第一次,国中怨声载道,处处可闻痛哭之声。秦武王却浑然不觉,俨然以宜阳大胜宣示列国,让列国派遣使者向他祝贺。

宜阳被秦攻下,通往洛邑的道路已经敞开,可惜秦兵元气大伤,一时无法强攻洛邑,夺取九鼎。秦武王不耐久等,决心未发兵之前,先去洛邑看看九鼎。

他摆开庞大的仪仗,带了孟贲、任鄙两位力大如神的猛将,直向洛邑而来。周赧王闻听秦君到来,慌忙派人清扫郊野,欲以"迎宾"大礼讨好秦君。

秦武王见了"迎宾"大礼却是怒火上冲,道:"寡人乃大秦之主,尔周室不过是一个弹丸小邦,竟敢称寡人为'宾'吗?"他喝令众军卒赶散周天子派出的迎接之人,直入周室宗庙,观看那象征着天子权威的九座宝鼎。

"原来九鼎就是这个样子吗?"秦武王有些失望地说着,"这等宝鼎,只要寡人一声令下,秦国可以做出一百个来。"

"此九鼎乃大禹所传,年代久远,外观虽不中看,来历却是不凡。"任鄙说道。

"管它凡是不凡,寡人来了,就不能空来。这'雍州'之鼎属于秦地,寡人当先扛了回去再说。嗯,你们谁能举起这座宝鼎?任鄙,你行吗?"秦武王傲然问道。

任鄙不敢在国君面前逞强，推辞道："这宝鼎看上去有千斤之重，微臣哪里举得起来。"

孟贲却上前一步说道："大王，让微臣试试吧。若是举不起来，大王休要见罪。"

"好！"秦武王大赞了一声，命人取来粗索，系在鼎耳上，让孟贲试举。但见孟贲紧紧挽着粗索，狂吼声里，死命一挣，竟把那千斤巨鼎提起了半尺来高，只是刚刚提起，又掉了下来。

"扑通！"巨鼎沉重的坠力拖得孟贲立足不稳，一屁股坐在地上，呼呼直喘粗气。

"哈哈哈！"秦武王大笑起来，"爱卿果然力大如神，只是太费劲了，且看寡人来试试。"

任鄙忙劝道："大王乃万民之主，岂可轻易冒险。"

秦武王一瞪眼睛，喝道："你自己无能，还想拦阻寡人吗？且给寡人滚一边去！"

任鄙不敢作声，看着秦武王挽住粗索，霹雳般暴喝一声，居然也将巨鼎提起了半尺来高。

"大王神力天下无敌，天下无敌！"任鄙连忙大声赞着。

不行，寡人得再提高几寸，方显得强于孟贲，真正天下无敌矣！

秦武王正想着，力气接不上来，手一软，轰——咔嚓一声里，巨鼎掉下来，正砸在他的胫骨上。秦武王惨叫一声，倒在地上，昏死了过去。众人大为恐慌，忙将秦武王扶至馆驿内，搜尽洛邑名医救治。但秦武王胫骨已断，流血过多，众名医回天乏术，眼看着秦武王在痛叫声里一命呜呼。周赧王闻报大惊，慌忙来至馆驿，欲亲自吊问，却已不见了秦国众人的踪影。

任鄙、孟贲护送着秦武王的尸首，连夜而行，急急赶回了都城咸阳。秦武王无子，诸弟人人争夺君位，国中乱成一团。天下各国闻听此事，无不拍手称快，纷纷传言——秦王无礼于周室，惹怒上天，结果身遭凶死。但是并无一国敢趁此良机进攻秦国，而是转头攻向邻近小邦，以从中获利。

楚国彻底消灭了越国的残余势力，将越国土地并于楚国，称为江东郡；

魏、韩联兵攻宋,夺取了宋国十余座城邑;齐国则猛攻鲁国,几乎将鲁国土地夺去了一半;赵国则乘势向中山国发动了猛攻,一下子夺去了中山国的四座城邑,获得大胜。

赵武灵王乘胜前进,率领十万精锐兵卒,攻击林胡、楼烦两大游牧部族,再次获得大胜。赵军在旷野中搭起大帐,畅饮美酒,放声高歌,纵情欢庆胜利,喜笑颜开。唯有赵武灵王肃然端坐在大帐正中,不仅没有露出高兴之意,反倒面带忧色。他即位已经十九年了,由一个少年长成了威猛的壮汉,肩宽背阔,胡须浓密,两眼炯炯有神。

"大王,您怎么不饮酒呢?"坐在赵武灵王身右的相国赵豹问道。

"此次大胜,杀死胡人数万,至少可保边境十年安宁,大王怎么还不高兴呢?"坐在赵武灵王身左的太傅肥义也问道。

"林胡、楼烦二族,几乎年年入我赵国抢掠,杀我边民。我赵国屡战不胜,损兵折将,受害甚深,今日为何寡人能一举大胜林胡、楼烦呢?"赵武灵王反问道。

"这是大王英明,训练了二万骑卒,远道奔袭林胡、楼烦之后,出敌不意,这才获得大胜。"赵豹说道。

"其实我赵卒也并非没有战力,只是骑卒太少,故从前不耐林胡、楼烦劲骑的冲击,屡遭败绩。今大王以骑卒反制林胡、楼烦,使其优势尽失,当然可以获得大胜了。"肥义得意地说着。训练骑卒攻击林胡、楼烦,正是出自他的建议。

"数百年来,我中原之卒向来以车战为主,只适宜于平坦之地交锋,若遇险阻,就全靠步卒为战了。近些年来各国虽说都有骑卒,但是太少,起不了大的作用。我赵国眼前有二万骑卒,在列国间算是最多,然用于列国争战,还是嫌太少了。依寡人估计,我赵国至少得训练骑卒二十万,方能称雄列国。"赵武灵王说道。

"二十万?"肥义吃了一惊,扳着指头算着,"一个骑卒至少须配三匹马,方能作战。二十万骑卒,就得六十万匹马啊。我赵国乃是农耕之国,哪儿养得了这么多马匹呢?"

"林胡、楼烦,还有他们后面的匈奴,草地肥美,极适合放养马匹,我赵国夺得其地,别说六十万匹马,一百万匹马也养得下来。寡人今日占了林胡、楼烦之地,就不再退兵了。"赵武灵王说道。

"不退兵了?"赵豹亦是吃了一惊,道,"胡人之地,只适合牧马,不宜农耕,我赵国占了有何用处?况胡人不习中华礼仪,极难调教,动不动就造反。微臣以为,胡人之地绝不可据。"

"相国怎么只想着要胡人顺从中华礼仪呢?难道我中华邦国,就不能顺从胡人的风俗吗?假若我赵国上下,俱穿胡服,尊重胡人风俗,还怕胡人不臣服我赵国吗?"赵武灵王问道。

"什么,我赵国上下,俱穿胡服? 这……这……"赵豹这次惊得连话也说不清楚了。肥义却并不如何吃惊,平日他就听赵武灵王说过这类话,却从未想到赵武灵王会真的打算如此。但现在看来,赵武灵王竟真的是要下决心改穿胡服了。

"二位爱卿,据你们看来,列国之中,为何独有秦国强盛至天下难敌?"赵武灵王话锋一转,问道。

"这……这……秦国有地势之利,号称百二河山,因此天下难敌。"赵豹回答道。

"列国争战,若得地利,无疑是平添百万之军。秦国强盛,得于地利。齐国三面环海,亦是大得地利。故秦、齐自立国以来,一直是天下大国。魏国在文侯、武侯之时,也曾强盛到了天下无敌的地步,可惜不能持久,这是为什么?乃魏国四面受敌,缺少地利也。如今我赵国南有魏国,北有燕国,东有东胡和齐国,西有强秦和匈奴,更有中山国这个腹心之患,四面八方全是强敌。而我赵国的国势,远远不及当年的魏国。如此下去,只怕十数年内,赵国就要灭亡了。寡人不愿做亡国之君,你们呢,愿做亡国之臣吗?"赵武灵王厉声问。

赵豹和肥义面面相觑,俱是垂头不语。赵武灵王想到的,他们其实也想到了,只是苦于无法找到弥补赵国缺少地利的办法,就有意回避这个问题。

"我赵国若占据林胡、楼烦二族之地,获得他们的拥戴,就是彻底解决了北方的忧患,不仅可以获得大量的骑兵,还可绕道偷袭秦国的领地,出其不意地灭亡秦国。如果连天下最强大的秦国都亡于赵国,则谁是赵国之敌?"赵武灵王又问。

肥义听了,眼中一亮:"大王圣明!林胡之地,正当秦国北方的高地,若有十数万骑卒顺高地压下,则如雷霆万钧之势,没有任何军队可以抵挡。妙!此策实为至妙之策。"

赵豹迟疑地说道:"难道非要改穿胡服,才能占有林胡、楼烦之地吗?如果给微臣十年的时间,微臣定能以中华礼仪教化众胡人,使其真心臣服我赵国。"

赵武灵王苦笑着:"别说十年,五年也不行啊。其实这个想法早在寡人心中,却一直没有说出,为什么呢?为的就是强秦在旁虎视眈眈,我赵国若有任何举动,必为强秦所阻。如今天祸秦国,使其生出内乱,这才给了我赵国一个绝好的机会啊。然秦国能臣甚多,三五年内,乱事必然平息。所以,我赵国必须在这三五年内,彻底消除北方的忧患,并据其地利。否则,我赵国早晚难逃被秦国吞灭的下场。"

"大王所言,自是有理。可是……可是改穿胡服,必为列国讥笑,损我赵国声威。"赵豹说道。

"要做大事,就不能怕人讥笑。凡是欲建立超乎流俗功业的,必为庸人所讥;凡是有独到见解的深谋远虑,必难以为众人所接受。"肥义坚决地说道。

"对。天下没有什么事能让所有的人都理解。愚者高兴的事情,智者却感到哀伤。愚者讥笑的事情,贤者却认真地去了解它。既然改装胡服对国家有着极大的利益,那么,就算是全天下的人讥笑寡人,寡人也要把这件事进行到底。"赵武灵王大声说道。

"王叔公子成在列国中甚有名望,国人一向敬服。大王若能劝动公子成带头穿上胡服,则此大事就能够进行到底。不然,只怕国中会生出乱子。"肥义担心赵武灵王会莽撞行事,忙说道。

赵武灵王点点头,道:"公子成乃是大贤,识见甚广,必能顺从寡人。"但是出乎赵武灵王的意料,他"改穿胡服"的诏令刚刚公布,就遇到了众大臣的强烈反对,而反对最激烈的,正是那位国人一向敬服的王叔公子成。

第二十三章

胡服骑射赵国变 沙丘围宫主父亡

对于众大臣的反对,赵武灵王毫不妥协,下了严令:不穿胡服者,不准入朝。公子成立即称病,不入朝廷,并呈上一道表章,言道:中华之地,乃是世间最聪明、最有智慧的人位居的地方;是万物财货聚集的地方;是圣贤推行"仁义大道"的地方;是《诗》《书》《礼》《乐》发祥的地方;是奇巧异能展现的地方。夷狄之族,只会羡慕中华,仿效学习中华,哪能倒过头来,让中华去仿效夷狄呢?

赵武灵王看了表章,摇了摇头,携带厚礼,突然驰入公子成府中,探问其"病"。公子成走避不及,只得与赵武灵王相见。宾主坐下之后,赵武灵王开口便问:"王叔以博学名闻天下,寡人有一事相问,上古的虞舜和大禹,是贤君呢,还是昏君?"

"尧、舜、禹、汤、文、武,是人人皆知的上古贤君。"公子成答道。

赵武灵王又问:"那么,虞舜、大禹所行之事,必定是人人称颂的圣贤之事了。"

"当然是。"

"寡人听说,虞舜为了获得苗人的信任,曾深入苗地,学着苗人舞蹈,可有此事?"

"有。"

"寡人听说,大禹时有一裸国,人人不穿衣服。大禹为了收服裸国,曾赤身与裸国之民同乐,可有此事?"

"有。"

"苗人、裸国都非我中华礼仪之邦,是也不是?"

"是。"

"既然虞舜、大禹这等上古贤君都能与并非中华礼仪之邦的苗人、裸国同俗,寡人又为什么不能与胡人同俗,改穿胡服呢?"赵武灵王逼视着公子成问道。

"这个……"公子成回答不出,背上流出了冷汗。

"王叔熟知礼法,难道不知圣人曰'家听于亲而国听于君'吗?身为人子,就应孝顺父母;身为臣子,就应顺从国君。我赵国无地势之险,四面受敌,若不及时改变旧俗,夺取胡人之地,获得胡人之心,则国将亡而家亦亡矣。王叔不论是作为臣下,还是作为人子,都不应拒绝寡人改易胡服的诏令啊。礼法为兴国而订,若因礼法之故导致亡国,那又要这礼法何用? 王叔是天下闻名的贤者,难道连这些道理还不明白吗? 寡人一向敬爱王叔,希望王叔能够在这件关于国运的大事上,顺从寡人。"赵武灵王说着,拱手向公子成施了一礼。

公子成慌忙跪下来,磕头说道:"微臣愚蠢固执,竟不能知道大王变易服饰有着如此深远的用意。大王雄才远略,非微臣所能及,还请大王恕臣无知之罪。"赵武灵王见此,大为高兴,当即赐给公子成一套窄袖紧身的"胡服"。公子成为表示他的忠顺之心,当时就脱了袍袖宽大的朝服,换上胡服。

赵武灵王大喜,次日即正式下诏:赵国当改变旧俗,君臣上下,不论贵贱,一律须身着胡服。同时又召见林胡、楼烦二族长者,宣称夷狄中华本为一家,都是上天子民。林胡、楼烦二族上下大为感动,誓言当永为赵国臣民。

赵武灵王乘机让林胡、楼烦二族壮士充当先导,向匈奴发起猛攻,接连攻下了原阳、九原二地,迁移了数万户百姓居于其中,筑城垦田,养马习射,防备匈奴南侵,并随时准备进攻秦国。

赵武灵王又在林胡、楼烦二族中选拔精于骑射的勇士,教导赵国军卒学习骑射之术。不到一年的时间,赵国又多了六万骑卒,成为列国间骑卒最多的大国,但是赵武灵王却迟迟没有对秦国发动进攻。这时秦国经过三年的内乱,已安定下来,由武王之弟公子稷继位,是为秦昭王。

肥义对赵武灵王说:"秦国新王的母亲是楚国人,拥立秦王的大臣魏冉已升为右丞相,也是楚国人。以微臣想来,秦国新王恐怕会与楚国结好,转而全力攻击'三晋'。"

"这么说来,我赵国也在攻击之列了?"赵武灵王思索着,话锋一转问,"列国间近来发生了些什么大事,于我赵国有利还是有害?"

肥义答道:"近来发生了两件事,一件对我赵国有利,一件对我赵国不利。有利的一件事是齐王和相国田文不和,秦王有意召田文到秦国去做丞相。如果真是这样,齐、秦两国必会发生大战。齐、秦大战,不论谁胜谁败,都是于我有利。不利的一件事是燕王正在大肆招纳贤才。听说燕王在易山造了一座高台,台中积满黄金,号为'黄金台',专门用来接待投奔燕国的贤才。燕王求贤,必欲扩张国势,就不会容忍我赵国攻灭中山。"

"如果秦国和齐国真的打起来了,倒是于我赵国十分有利,寡人就可放心去攻打中山了。"赵武灵王沉吟着,又道,"寡人要做出灭秦这件惊天动地的大事,就不能分心多管国政了,嗯,你看寡人传位太子,让太子管理国政,而寡人专心征战,如何?"

"这……"肥义愣了一下说,"这可是列国间从未有过的事情啊。再说大王若传位太子,以什么名义自号呢?"

赵武灵王一笑,道:"我们'胡服骑射',列国可有先例?至于寡人的名义,可号为'主父'。君者,一国之主也。寡人乃国君之父,称为'主父',可否算得名正言顺?"

肥义只好回答道:"大王圣明,'主父'之号虽是前无古人,却名正言顺,可以号令天下矣。"

隔了数日,赵武灵王大会朝臣,传位于太子何,是为赵惠文王,自己则称为"主父"。

因赵豹已经病亡,赵主父拜肥义为相国,大将李兑为太傅,公子成为大司马,共同辅佐赵惠文王。同时又封庶长子公子章为安阳君,坐镇代地,监视北方的游牧之族。一切安排妥当后,赵主父就扮成使者模样,化名赵真,亲自出使秦国,以察看秦国虚实。

秦昭王很快就接见了"赵真",问:"你们的主父年纪很大了吗？"

"赵真"答道:"我们主父正当壮年。"边答边打量着秦昭王,见他不过十八九岁的样子,却生得威武雄壮,气度豪迈。身旁站着一名带甲卫士,身高足有八尺,约莫二十余岁,两眼深陷,透出一种无法掩饰的凶戾之气,令人见了,不由自主地心跳起来。

"你们主父既是正当壮年,为何要这么急着传位太子呢？"秦昭王又问。

"我们主父想让太子早些习练国政,将来好成为一位贤君,不至于为人所欺。""赵真"回答道。

"哦,原来如此。"秦昭王若有所思,又忽然问道,"听说贵国'胡服骑射',是否有这么回事？"

"赵真"从容答道:"确有此事。"

秦昭王笑道:"贵国的'胡服骑射',是不是要用来对付我秦国？"

"赵真"也笑了:"秦国之强,天下皆知,赵国若不'胡服骑射',只怕十年内就会为秦所灭。我赵国'胡服骑射',乃自保之策耳。若论对付贵国,天下又有哪一国对付得了？"

"哈哈！"秦昭王大笑起来,"贵使豪爽过人,寡人十分钦佩。赵国有贵使这等大才,天下又有哪一国灭得了？"

"若论大才,贵国最盛。即令大王身边这位壮士,就恐怕有着不凡之才。""赵真"说道。

"哈哈！"秦昭王又是大笑了一声,道:"贵使好眼力！这位壮士姓白名起,精通兵法,勇猛过人。前些天去终南山捉拿贼人,他一人就斩杀了二十四个贼人。"

"大王有了这位壮士,只怕天下各国的君臣都睡不着觉了。""赵真"感慨地说。

秦昭王听了,大为高兴,与"赵真"畅谈了几个时辰,方才告别。赵主父回到馆驿中,立刻骑上快马,连夜向函谷关外驰去。

次日,秦昭王意犹未尽,又召赵真来见。但赵真来了,却不是他昨日见到的那个赵真。秦昭王大怒,喝问道:"你既是赵真,那么寡人昨日所见的,又是何人？"

赵真答道："他是我赵国主父也,因慕大王风采,欲得一见,故扮作使者前来。主父已于昨夜回赵,特意留下微臣,向大王赔罪,并求秦、赵两国和好。"

秦昭王听了,呆了半晌,摇摇头："赵主父胆略过人,非寡人所及也。"也异常客气地招待了真正的赵真一番,并言秦、赵两国和好,永不相互攻伐。赵真回到邯郸,将秦昭王的话禀告了赵主父。赵主父听了,半晌作声不得。

次日,赵主父招来心腹大臣,说:"秦王虽然年少,却是英武不凡,列国之君不可与其相比。寡人现见内乱初定,又慑于我赵国骑卒众多,一时还不会向赵国下手,这下是我们攻灭中山、彻底消除后患的大好机会,也是最后的机会,绝不可放弃。"

众大臣都赞同赵主父的主张。于是,赵主父自为主帅,以李兑为左将军、公子成为中将军,公子章为右将军,征发二十万大军,其中六万为骑卒,向中山猛扑过去。

赵主父刚出城门,道旁忽有一人奔来,跪倒在车前,高呼:"鬼谷弟子苏秦,拜见主父!"

鬼谷弟子?赵主父一愣,冷眼打量着苏秦,见其满脸菜色,衣衫破烂,如同乞讨之人。

"哼!"赵主父冷笑一声,"寡人最讨厌的,就是什么鬼谷弟子。他们有什么本领?不就是仗着一张嘴,到处欺诈撞骗,闹什么'连横合纵'从中得利吗?寡人可不上这个当!"他喝令军卒们把苏秦赶到一边,驱车疾驰而过,荡起了满天尘土。

苏秦呆站在飞扬的尘土中,眼中一片模糊,落下了一滴又一滴泪水。他在齐国苦苦待了十数年,方才明白:齐国的大权,完全操纵在孟尝君田文手中,只要田文不离相位,他就永无出头之日。为此,他在恼怒中四处传播谣言——孟尝君私藏勇士,大收门客,将要谋夺君位。也许是他的谣言起了作用,齐宣王和孟尝君撕破了脸,公然在朝堂上大吵大闹起来。孟尝君一怒之下,称病不再上朝,同时暗暗派人追查造谣之人。

苏秦在齐国待不下去,只好回洛邑老家,走到半路上,又不死心,听说赵主父"胡服骑射",是个有为之君,又绕道赶到邯郸,想碰碰运气,谁知他又碰了个"头破血流"。

在齐国的十数年中，苏秦为抬高身价，一直自称是"鬼谷弟子"，希望能引起齐宣王的兴趣，召他入宫面谈。可是，齐国没有一个人相信他是真正的鬼谷弟子。

自从庞涓、孙膑、张仪、公孙衍这等鬼谷弟子名震天下后，列国间忽然冒出了数不清的"鬼谷弟子"，仅仅齐国的临淄，就有着上千的"鬼谷弟子"。苏秦发觉他自称"鬼谷弟子"实在是愚蠢之举时，已经迟了，不好再改过口来。他只能咬着牙硬撑到底，证明他是一个真的"鬼谷弟子"。但他仍是四处碰壁，最后黄金花光了，奴仆转卖了，车子也抵了债务。此刻他身上仅剩下几百个铜钱，勉强可供他从邯郸走回洛邑。

回到洛邑时，苏秦已好几天没吃上一顿饱饭了，瘦得皮包骨头，家人认了他好半天才认了出来。

"哦，原来是'六国相国'回来了。"苏家长兄冷冷丢下一句话，走进了内室，看也不愿向苏秦多看一眼。

苏秦顾不得长兄的嘲讽，忙走到自己的家中，请求妻子弄点粥他吃。

"我还要织布呢，一天不织，一天不食。你一出去十数年，没想着给家里带回半两金子，却只知道吃，吃！"妻子恨恨地说着，一扭身，走进了织房里。

苏秦呆了呆，实在忍不住腹中饥饿，又到长兄家中，想让嫂子给他弄点吃的。谁知嫂子见了他，竟翻着白眼，仰头望着天上。苏秦一句话也说不出来，转身坐在自家的门槛上，叹道："世道怎么成了这个样子，只认黄金不认人了？"

幸好苏代、苏厉回来了，倒不似长兄那样冷漠，热情地将苏秦拉到家中，摆宴相待。喝了酒，吃了菜，苏秦的精神又来了，问："你们知道孟子吗？"

"知道。"苏代说，"孟子做过魏国的客卿，人们都说他是圣人呢，可惜没干成什么大事。"

"那是因为孟子太迂阔，死守礼法。传说孟子有一天去见齐王，齐王正在宴乐，不想见孟子，就称有病。次日，孟子也称病，不去上朝，说是齐王无礼，以此相抗。"苏厉说道。

"不然。我在齐国，和孟子见过几面，也听他讲过'仁义之道'，发觉他并不算是十分迂阔。比如,他曾给齐王上书,让齐王在占了燕国后大施仁政,以收服燕人之心,然后合齐、燕之力,一统天下。这原是上上之策,可惜齐王并未采用,结果丢失了到手的燕国。孟子经过了这件事,对齐国彻底失望,退居邹地,最终是死在那里。一个人,有大才而不能做出大事,是时运不至,时运不至啊。"苏秦感慨地说。

"是啊,二哥就是时运未至。不过,二哥还正在壮年,有的是机会。"苏代安慰他说。

"现在就有一个机会,你们听说燕王筑了黄金台吗?燕王受齐国之欺,报复心切,说不定我能见上他一面。只要我能见上燕王,就一定会说动他,谋取富贵易如反掌。二位贤弟若信得过愚兄,就请相助愚兄一把。"苏秦说着,拱手向两位弟弟行了一礼。

苏代、苏厉互相看了一眼,然后对苏秦点了点头。十余日后,苏秦带着两位弟弟资助的二斤黄金,再次踏上了求仕的征途。

秦昭王即位之初,采取的本是右丞相魏冉的亲楚之策,为此曾和楚怀王在黄棘之地会盟,并退还了过去所夺的楚地上庸。后来樗里疾去世,魏冉独掌大权,秦国与楚国就更加亲密了。但齐宣王的去世,使情况发生了变化。新即位的齐湣王和他的父亲不一样,为人武勇刚强,根本不惧孟尝君的威胁,登上王位后即收回了孟尝君的印符,命其回到封地闲居。

齐湣王最想攻取的是宋国之地,不愿与楚国结仇,主动派使者至楚,要求两国结盟和好。楚怀王屡受秦国之欺,对秦国缺乏信任,遂答应了齐国,并派太子入齐为质。

秦昭王对楚怀王的举动极为愤怒,却并未在朝臣面前表现出来,他先将白起拜为右更,与左更司马错共掌军卒,然后起用嫡弟公子市、公子悝参与朝政,封公子市为泾阳君,封公子悝为高陵君。接着,秦昭王又亲派使者,携带着千斤黄金,前往齐国迎请孟尝君田文入秦为左丞相。

孟尝君大喜,觉得这是向齐湣王示威的大好机会,遂带着成千的门客,浩浩荡荡来至秦国。秦昭王以隆重的礼仪将孟尝君拜为左丞相,并在朝堂上宣布——今后秦国的政事,当由左右两位丞相共同处置,这样,秦昭王已将魏冉的权力削弱了许多。

到了此时,秦昭王才派出使者,约楚怀王在武关相会,共商两国间的大事。楚怀王本欲不去,又怕得罪了秦国,犹疑再三之后,还是来到了武关。不料才入关中,竟是伏兵四起,将他"生擒",押进咸阳,并迫使他以臣礼与秦昭王相见。楚怀王愤怒欲狂,拒不行礼,痛斥秦昭王欺诈成性,不似人君。秦昭王亦是大怒,一边将楚怀王关押起来,一边派使者到楚国去,逼迫楚国献上十五座城邑,否则,他就将杀死楚怀王。

听到秦昭王竟做出了关押楚怀王惊人举动,正在中山国与敌交战的赵主父不禁仰天大笑起来,道:"秦王果是英主,为了独揽朝中大权,不惜与楚国反目。如今他已是得罪了齐、韩、魏三国,再加上楚国,只怕他一时难以应付,此正是天赐大福予寡人也!"他立即把原本驻守在秦赵、魏赵、齐赵边境上的军队全都调往中山,意图一举击灭中山。

相国肥义道:"如此国境空虚,秦、魏、齐任何一国前来偷袭,则我赵国必危。"

赵主父道:"秦、魏、齐将有大战发生,只求我赵国不去攻击他们,岂会主动惹事?"

果然,列国间爆发了剧烈的大战。

大战首先在秦、楚两国发生。楚国众大臣并不惧怕秦国的威胁,迅速从齐国接回太子,立之为王,是为楚顷襄王。秦昭王见威胁不起作用,遂发兵二十余万,大举攻楚。楚国亦发大兵二十万迎击,结果大败,丧失了武关以南的十五座城邑,损伤兵卒十余万。

秦国虽是大胜,亦损伤了兵卒十余万。齐、韩、魏三国见此,立即结盟,相约联兵攻秦。屈原建议楚国亦加入到齐、韩、魏的联盟中,却被靳尚斥为狂妄,并说动楚顷襄王革除了屈原的官职,将屈原逐出郢都,贬至湘南。

在秦楚大战之时,赵国终于灭亡了中山国,将其地与代地合并,划为代郡。赵主父心中高兴,在沙丘建了一座宫苑,日日在其中游猎,并谋划攻秦之策。每隔数日,相国肥义和太傅李兑就会来到沙丘宫,向赵主父禀告国政和天下大事。

这日,肥义和李兑禀告的两件事让赵主父听了,心中又是高兴,又是懊丧。

一件事是,齐国的孟尝君从秦国逃回了齐国。原来,孟尝君一到秦国,就发觉秦昭王并不想真心重用他,只不过是用他来对付魏冉。秦昭王一旦对付完了魏冉,必然会回过头来对付他孟尝君。

孟尝君当机立断,向秦昭王辞去相位,欲返齐国。秦昭王不仅不答应,反倒将孟尝君软禁了起来。孟尝君大急,想法买通了秦昭王的左右,乞求秦昭王最宠爱的美人燕姬为他说几句话。燕姬答应了,只是又索要了一件纯白的狐毛袍作为谢礼。

孟尝君倒有这么一件皮袍,但已经送给了秦昭王。正当孟尝君束手无策时,他手下的一个门客挺身而出,扮作一条"狗",从狗洞钻进内库,盗取了白狐皮袍。燕姬得到了白狐皮袍很高兴,趁着秦昭王酒醉之时,哄着秦昭王给了孟尝君一道放行的诏令。

孟尝君连夜离开秦国,到函谷关时,因为天还未亮,关门紧闭,无法过去。这时,孟尝君的一个门客捏着鼻子学起公鸡鸣叫起来。依照惯例,公鸡鸣叫关门就可以打开。

孟尝君一行人急急如漏网之鱼,逃出了函谷关。他们刚刚逃出,秦昭王就派人追了上来。原来,秦昭王酒醒之后,发觉他办了一件错事,立即拔剑授给左更白起,让他追上孟尝君,就地将其斩杀。

"妙,妙!"赵主父听得入神,"秦王这番放虎归山,可要大吃苦头了。"

肥义笑道:"主父所料如神矣。孟尝君逃回齐国后,立即和齐王释却旧怨,亲率齐国大军,会合韩魏之卒,已攻至函谷关下,这可是好多年都没有过的事情啊。"

李兑道:"齐军的战力之强,实是有些出人意料。"

赵主父道:"齐军战力之强,原本不弱于秦,只因君臣不和,才没有显示出应有的威力。如今齐国君臣同心,则齐军又将横行天下矣。嗯,依你们看来,齐、韩、魏三国,能否攻破函谷关?"

肥义想了一下,道:"齐、韩、魏三国能够攻破。"

"秦军连与楚军大战,军卒损伤过大,且又君臣不和,难敌齐、韩、魏三国之军。"李兑也说道。

"好!"赵主父大叫了一声道,"齐、韩、魏三国攻破函谷关后,我赵国就立即发兵攻秦。"

"如此，秦国万难抵挡，必为我赵国所灭矣。"肥义、李兑说着，亦是大为兴奋。

但是接下来肥义禀告的一件事，却使赵主父听了很不高兴。肥义说，楚怀王在孟尝君逃走后，也找了一个机会，逃出了秦国，欲入赵国，转道魏国回楚。他和赵惠文王想着主父正在全力攻打中山，不能得罪秦国，就没有接收楚怀王。楚怀王又绕道投往魏国，结果在半路上被秦国追兵截住，给抓了回去。

"什么，你们怎么如此糊涂？"赵主父大急，道，"此时秦国面临齐、韩、魏三国的攻击，只希望我赵国不去攻击他，哪里敢怪罪我赵国呢？如果你们收留了楚王，我赵国就是对楚国有了泼天大恩啊。将来我赵国攻秦，楚国就会全力相助，可你们却……唉！这么一个大好机会，竟白白断送了，实是可惜。看来，赵国的大王，很难成为一位贤王啊。"

肥义和李兑听了，脸色大变，慌忙跪地请罪，道："拒纳楚王，乃是臣等之过，与大王无关。"

"这等大事，大王竟无主张，怎么会与他无关呢？罢，罢！你们都起来吧。"赵主父懊丧地说着。

赵主父万万没有想到，他在沙丘宫指责赵惠文王的一番话，会给赵国带来一场空前的大祸。他的庶长子公子章早就想夺取王位，听到父亲说赵惠文王"很难成为一位贤王"，顿时野心勃发，日夜与心腹大将田不礼密谋，欲突发劲卒，攻入王宫，杀死赵惠文王。

周赧王二十年（公元前295年），齐、韩、魏三国攻破了函谷关，秦昭王大为恐慌，被迫向三国求和，退回了数百里韩、魏之地，声威大降，国中人心惶惶。楚怀王亦在此前病死于秦，楚国上下大感悲痛，欲与秦国拼死一战。

"此乃攻秦之大好时机也！"赵主父欣喜地大叫着，连发诏令，召集大军于九原之地会合。可是，赵主父的诏令已无法发出去了。

公子章公然发动叛乱，率领精锐的代地骑卒攻向邯郸，并杀死了率军迎击的相国肥义。太傅李兑和大司马公子成急调千辆战车，在邯郸城外与公子章展开了决战。邯郸城外地势平坦，利于车战，结果公子章大败，率残卒逃往沙丘宫。不料他刚逃到沙丘宫外，就被李兑、公子成追上，当场杀死。

李兑、公子成立即下令包围沙丘宫，商议道：主父一向看重公子章，说不定是有意让公子章发动了这场叛乱，我等若让主父活着走出沙丘宫，必是死无葬身之地。二人诈传赵惠文王之命：宫中侍从，先出者免罪，后出者视为贼人，诛灭九族。宫中侍从大恐，纷纷逃出宫门，单单只剩下赵主父一人。

赵主父又是震怒，又是悲伤，狂呼怒骂，让李兑、公子成入宫见他，二人只是不应，但令军卒封堵宫门严加防卫。赵主父骂得口中流血，也无人应声，欲自出宫门，却无门可出！

天啊！你如何这般刻毒，竟在寡人眼看就要立下千古大功之时，降下此等大祸！莫非上天不佑赵国，定要让赵国亡于秦国吗？寡人一死，赵国也就完了啊！赵主父仰天痛哭不止，竟活活饿死在沙丘宫中。

赵国经此大乱，元气大伤，骑卒伤亡过半，且公子成因“功”拜为相国后，又废除了“胡服骑射”之法，使边地游牧之族生出了疑忌之心，时常反叛，袭掠赵国的后背。为此，赵国不得不在边境上修筑长城，布置大量精锐兵马，防备众游牧之族。赵国的国势陡然衰弱了许多，担心会受到邻近的燕、齐两国攻击，遂和秦国、宋国结成了联盟。

此刻，齐湣王和孟尝君又发生了争执，孟尝君被迫逃往魏国。魏襄王已去世，其子昭王继位，拜孟尝君为相国。齐国闻听大怒，废弃了和魏国订立的联盟之约。秦昭王听到这个消息后大喜，立即拜白起为大将，领兵二十万，攻伐韩国。

孟尝君对魏昭王说道："韩、魏两国，乃是唇齿相依，韩国有难，不可不救。"魏昭王亦有同感，遂拜孟尝君为帅，发兵十五万，疾驰韩国相救。韩国国君刚刚去世，新君韩厘王亦亲率十五万大军，迎击秦军。

白起对部将王陵说道："如今魏、韩两国之军共有三十万，吾欲胜之，须以诡道相谋。田文曾攻破我秦国的函谷关，对我秦军甚是轻视，吾若诱其冒进，其必中伏。"

他立即令王陵带领五万锐卒挑战，许败不许胜，一定要将魏、韩联军诱至伊阙之地。然后，白起又急派使者，请求秦昭王秘密增兵五万。

孟尝君轻易地击败了挑战的王陵，大喜之下急率魏、韩两国之军猛进。

部将公孙喜劝道："秦兵据说有二十万,这王陵所领之军却不过五万,别是有诈吧。以末将想来,大帅须小心行军,不必这么急着追赶,以免中了埋伏。"

孟尝君笑道："秦军就算使诈,也不过二十万人,有何可惧?对付秦军,就不能怕他,须猛攻猛追。"

不料孟尝君追到伊阙时,果然中了埋伏,但见漫山遍野都是秦军,何止二十万人?魏、韩两国兵卒战力本来不如秦军,又正当疲惫之时,且敌人之多,更大出意料,稍一接战,便全面崩溃,四散而逃。然而白起的埋伏布置得如同铁桶一般,又哪里逃得出去?

孟尝君和韩厘王倚仗着亲卫兵卒们的拼死血战,总算是撞开了包围,逃回了大梁和郑邑。但孟尝君带回的兵卒,却只有三万余人。韩厘王更惨,只带回了两万兵卒。魏、韩两国自立国以来,所打败仗从未有如此之惨。两国一片痛哭之声,韩厘王躲进内宫,不敢面见臣下。孟尝君则一病不起,郁郁而终。

白起在魏、韩两国百姓的痛哭声中仰天大笑,喝令将俘虏的韩、魏两国军卒一律活埋。

王陵吃了一惊,道："韩、魏两国的俘虏,差不多有十五万人呢,都活埋了吗?"

白起厉声道："别说十五万,就是一百五十万,也要全都活埋了!我秦国欲一统天下,列国之人,谁肯束手投降?唯一的办法,就是杀!杀得他们没有一兵一卒可与我大秦相抗!"

王陵听了,浑身一颤,半晌说不出话来。

伊阙一战,白起连斩杀带活埋,共杀死韩、魏两国军卒二十四万余人,为秦国从未有过的大胜。捷报传到咸阳,秦昭王亦是仰天大笑,连呼:"杀得好!杀得好!今后我秦国与列国争战,就须如此大杀!"

韩、魏两国伊阙惨败的消息,惊得列国君臣寝食不安,日夜商议对策。燕昭王在和众大臣商议之余,还常常出巡,访问贫苦国人,赐给粮食布帛。

一日,忽有一人挡在了燕昭王车前,大声道:"大王缺少一物,为何不知?"

燕昭王一看,认出那人是曾连续拦过他几次座车,自称是"鬼谷弟子"的苏秦,心中顿时烦了,立刻喝令众军卒将苏秦赶开。自他建造"黄金台"招贤以来,得到了几位大有才能的贤者,却也被骗子们诈去了许多黄金。

那些骗子无一例外地自称是"鬼谷弟子",能够凭着"三寸不烂之舌",说服列国归顺燕国,当然,游说须花费重金。而"鬼谷弟子"们黄金一到手中,就消失得无影无踪。燕昭王大怒,从此一听人说他是"鬼谷弟子",就喝令军卒们乱棍将其轰走。"鬼谷弟子"们见势不妙,不等燕昭王去轰,已是四散而去。唯有这个苏秦是例外,燕昭王轰了他好几次也没有能够把他从燕国都城轰走。

苏秦见到军卒们大棍挥来,也不躲避,又问道:"我又不要大王的黄金,只问了大王一句话,大王怎么就不敢回答呢?"

燕昭王心中一动,让军卒们暂且住手,问:"寡人缺少何物?"

苏秦冷笑一声:"大王缺的,是一个真正的鬼谷弟子。"

燕昭王怒极反笑,道:"你如何便是真正的鬼谷弟子?"

苏秦道:"真正的鬼谷弟子,能够详知天下大势,了解旁人无法了解的关键之处。"

燕昭王听了,心中不觉又是一动,问:"这么说,你能够了解旁人不了解的关键之处了?"

苏秦道:"大王从来没有和我深谈一次,又怎么知道我不了解那些关键之处呢?"

"你说得倒也不错。"燕昭王的怒意完全消失了,亲自下车,然后将苏秦扶上车来,同返内宫。

苏秦心中如战鼓般咚咚乱响着,激动中差点栽倒在车下。他忙紧紧扶住车壁,心中说道,这可是我最后的一次机会了。我一定要紧紧抓住,紧紧抓住!

第二十四章

燕王筑台得苏秦 合纵伐秦终无成

燕国的内宫十分简洁,远不如洛邑城中一位千金巨富的内室那般豪华。

燕昭王在内殿中和苏秦同席而坐, 开口便问:"如今天下大势中的关键之处是什么?"

苏秦神情谦恭,拱手向燕昭王行了一礼,道:"最关键之处,是哪一国最有可能并吞天下。知道了这个关键,才可依势定出对策。是别国最有可能并吞天下,则我国首先要做的事情,就是避免被并吞。是我国最有可能并吞天下,则我国首先要做的事情就是迅速发挥潜力,一统天下。"

燕昭王听了,大为失望道:"先生所论虽然高妙,然而这个关键之处却太简单了。"

苏秦笑道:"越是简单的事情,越是难以令人了解。"

燕昭王不以为然地说道:"这有什么难了解的,最能吞并天下的,不就是秦国吗?"

苏秦却摇了摇头,道:"大王差矣。秦国虽强,还称不上最能吞并天下的国家。"

燕昭王一愣,想了想,说:"莫不是齐国?"

"非也。"

"那就一定是楚国了。"

"非也。"

"难道……难道是赵国不成？"

"非也。"

"这……以夫子之见，是为何国？"

"燕国也。"

"燕国？"燕昭王大吃一惊，道，"燕国虽名在'天下七雄'之中，却是其中……"

"却是其中最弱一国，是也不是？"苏秦接过话头问道。

"难道不是如此吗？"燕昭王反问道。

"不是。天下公认秦、楚、韩、魏、赵、燕、齐为'七雄'，并无丝毫贬低燕国之意，也无丝毫看重秦国之意，乃是说'七雄'诸国竞相逐鹿，任何一国都可并吞天下。"苏秦答道。

"就算如此，夫子又凭什么认定燕国最有可能并吞天下呢？"燕昭王问。

"这其中当然有道理。"苏秦说着，话锋一转问，"大王知道列子这个人吗？"

"知道。列子是郑国人，已去世百年了。传说其人深通道学，尤精剑术，又善御风而行，一夜间杀人于千里之外。天下人闻听列子之名，无不为之色变。"燕昭王答道。

"不错，列子的剑术堪称天下第一，但是他最后却败在了一个无名屠夫手中。"苏秦说道。

"这件事寡人倒没有听说过，还请夫子详细道来。"燕昭王大感兴趣地说。

"列子剑术好，手中的剑也好，曾在一日之中，杀了二十四名上等剑客。从此，天下使剑者遇到列子就绕道而行。当列子找不到一个对手时，不禁抚着佩剑，在市场上慨叹：'可惜了这口宝剑啊，竟从此不能出鞘了。'旁边有个屠夫说道：'什么宝剑，还不如我的宰牛刀锋利。'列子大怒，拔出剑来，就向屠夫劈去。那屠夫随手举起宰牛刀相迎，但听当的一响，列子的宝剑竟断成了两截。列子愣住了，过了半晌才醒过神来，跪下向那屠夫请教：为何他的宝剑不比宰牛刀锋利？屠夫道：天道最忌过度，过度则折。世上并没有任何永远坚固的东西，你的宝剑虽然锋利，却用得过度了，我的宰牛刀虽然普通，却是刚刚打造出来的,所以就能胜过你的宝剑。列子听了这番话,方大彻大悟,从此不再以剑术炫耀天下,而专心道术,终成一代宗师,名垂万世矣。"苏秦绘声绘色地讲着。

"夫子所讲的,似有深理,可恨寡人愚钝,还是不大明白。"燕昭王说着,语气谦和了许多。

"秦、楚、韩、魏、赵、燕、齐,就如同天下的七柄宝剑,谁更锋利,谁就可以削平群雄,一统天下。如今看上去,秦国这柄宝剑,似是最为锋利,但用得早已过度了,难敌宰牛刀一击。楚国这柄宝剑最为沉重,曾显赫一时,但太费力,谁也挥之不动。齐国这柄宝剑最为坚硬,但硬而易脆,难敌重击。魏、韩、赵也曾锋利无比,可惜缺少锻炼,不能持久。实际上,唯一可以削平天下的利剑,是为燕国。为什么我会这样说呢?首先,燕国这柄利剑,品质极佳。燕国的开创之君是为召公,能和召公相提并论的圣人,只有周公和姜太公。但是周公传下的鲁国早已衰弱不堪,姜太公传下的齐国也早为田氏所灭,唯有燕国巍然屹立,列于七雄之中。其次,秦、楚诸国连年争战不休,伤亡惨重,而燕国却因地势之利,稳居北方,伤亡甚小,元气弥壮。最后,燕国经过子之之乱,民心未失,犹如在火炉中又锤炼过一番,更为坚韧矣。"苏秦慨然说道。

燕昭王听得神情飞动,拱手向苏秦行了一礼:"夫子之言,若高天响雷,使寡人从梦中惊醒矣。现在寡人已知道手持的是天下最利之剑,却不知如何使出去削平天下,还望夫子教之。"

苏秦坦然受了一礼,道:"要以燕国这把利剑削平天下,须得五贤齐备才行。"

"是哪五贤?"燕昭王连忙问道。

"一为贤王,能够明察天下大势,善用贤才。吾观大王,乃天下少见之贤王也。这第一贤,燕国已有之矣。二为贤师,能辅佐大王料理政事,使钱粮丰足,百官安定,不知此贤燕国可有?"

"有。太傅郭隗,实为贤师。这黄金台即为郭隗劝寡人筑造,没有郭隗,寡人难以安居王位。"

"好。三为贤臣,能够教化百姓,遍施恩德,使国中军民,俱愿为大王效死,不知此贤燕国可有?"

"有。太宰邹衍,来自齐国,熟知'仁义大道',善于教化,实为贤臣。"

"好。四为贤将,能够精通兵法,爱护士卒,而又军令森严,攻城略地,百战百胜,不知此贤燕国可有?"

"有。上将军乐毅,来自赵国,出身于将门世家,精通兵法,其才不低于孙、吴。"

"好。五为贤士,能够精通游说之术,又忠心于燕。其行于列国,纵横其间,使列国互相残杀,而我燕国独得其利,不知此贤燕国可有?"

"这个,"燕昭王笑了一笑道,"此贤寡人往日没有,今日才有,正是苏夫子也。"

苏秦立刻跪倒在地,磕头说道:"微臣今日方遇明主,誓当肝脑涂地,以报大王!"

次日燕昭王即大会朝臣,以隆重的礼仪,拜苏秦为相国,主持燕国的朝政大事。

燕国的动向,引起了秦昭王的注意,招来丞相魏冉,商议应对之策。从名义上论,魏冉是秦昭王的"舅舅",为太后庶弟,且又足智多谋,通晓天下大势。故秦昭王只是多方侵削其权势,在未找到更合适的人之前,倒也不急于罢免魏冉的职位。但魏冉却急于保住职位,不断向秦昭王献出"妙计",使秦昭王一时无法将他赶出朝廷。

"列国之中,燕国受损最小,潜力极大,不可轻视。依微臣想来,燕国必会和齐、赵结盟,抗我秦国。为今之计,莫若与齐和好,共伐赵国。大王若得赵地,便是与燕为邻,燕国惧秦强大,必不敢与齐国结盟。"魏冉说道。

"好计!"秦昭王赞了一声,随即皱起了眉头说,"齐王素来狂妄,岂肯轻易与我秦国和好?"

"臣有一策,可使齐王与我秦国和好。"

"何策?"

"如今列国俱为王号,称王实不足以显贵。天下之强,无过于秦、齐,不若我秦国借天帝之号,称为'西帝',而尊齐为'东帝',齐必喜之,与秦国和好也。"

"哈哈哈!周室自称为天帝之子,而我秦国称为天帝,是为周室之父也。

妙,妙!"秦昭王大笑了起来。

魏冉得到了秦昭王的容许,立即前往齐国,尊齐湣王为"东帝",相约伐赵。齐湣王大喜,果然听从了魏冉的建议,自称"东帝",与秦和好,定下了出兵伐赵的日期。

苏秦听到了这个消息,立刻入宫向燕昭王称贺:"大王敬畏上天,勤于政事,仁爱下民,终于得蒙天佑,降下大福矣!"

燕昭王眉头紧锁道:"齐、秦称帝,欲击赵国,威胁于我。大祸将至,何来其福?"

"大王,您听说天上之帝有两个吗?"苏秦笑问道。

燕昭王心中一动,拍掌叫道:"不错,天上之帝没有两个,地上之帝也绝不会有两个。"

苏秦接着道:"齐、秦两国绝不会真心和好,微臣有一先'合纵'后'连横'之策,可使齐、秦两国互相消耗,同归于尽。微臣当先至齐国,指明秦欲以帝号祸齐之心,使齐怒秦,行合纵之策,集六国之力,西攻秦国,彻底击垮秦国。然后又诱齐攻宋,使列国畏惧齐国,行连横之计,合攻齐国。凡此种种争战,我燕国俱外示其虚,内藏其锋,暗蓄军力,至攻齐时方奋力一击,占有整个齐国。此时大王当行'仁义大道',收服齐国民心。若整个齐国归服于燕,则天下已在大王掌中矣!"

"妙!"燕昭王大赞一声,说,"寡人若能掌握天下,相国之功第一也!"

苏秦以燕国相国的身份来到齐国,很快就受到了齐湣王的召见。

"燕王让你做相国,想必你定是有着不凡之才。那么寡人问问你,秦王派丞相魏冉亲送帝号给寡人,是于寡人有利呢,还是不利?"齐湣王傲然问着,一副天帝的威严架势。

"请问大王,天下列国中,为何独有齐国被秦尊为'东帝'呢?"苏秦反问道。

"哈哈!"齐湣王大笑了起来,"那是因为我齐国强大,秦王不敢不尊寡人为帝。"

"尊帝是一件坏事,还是好事?"

"当然是好事。"

"秦国对于别国强大,是高兴呢,还是不高兴?"

"当然是不高兴。"

"秦国不高兴,会做坏事,还是做好事?"

"当然是做坏事。"

"这就怪了。依照常理,秦国对于强大的齐国只会做坏事,今日怎么会做起好事来呢?"

"这……"齐湣王想了想,"秦国如此,是想约我齐国攻打赵国被迫而为也。"

"攻打赵国,对大王有利还是无利?"

"当然有利。合秦、齐两国之力,赵国必亡。这样,我齐国至少可以获得一半赵国土地。"

"不错。大王得到了一半赵国土地,只怕就要失去整个齐国的土地了。"

"此为何故?"

"当年魏国之强,冠于天下,列国莫不畏服。但后来魏国却日渐衰弱,大王知道这是为什么吗?"

"这……"齐湣王的神态不觉谦恭下来,拱手对苏秦行了一礼,"还望相国大人教之。"

"魏国之弱,就在于紧邻秦国,连年与秦国大战。秦国地势极佳,有利则出关猛击魏国,无利则退回关中,凭山河之险固守。魏国却无地利,每逢与秦争战不胜时,四邻争相侵扰,长此下来,魏国自然是越来越弱了。齐国不与秦国相邻,列国畏惧秦国,莫不先与齐国交好,因为这样才可免去后顾之忧。如果和秦国相邻,势必连年与秦大战,宋、楚诸国,必乘虚袭取齐国本土,到那时齐国前后受敌,只怕要重蹈魏国的覆辙了。"苏秦说道。

"啊,是……是这样?不错,的确是这样。"齐湣王听着,听出了一头的冷汗。

"秦乃虎狼之国,岂肯以帝号赠予别国?称帝者,必霸有天下也。秦称帝,天下列国必群起而攻。秦以帝号赠齐,是欲移祸于齐,使列国争相攻齐也。"苏秦又说道。

"不错,正是这样,若非相国大人之言,寡人就上了秦国的大当。不过,寡人有一事不明,你是燕国的相国,如此游说寡人,是否于燕国有利?"齐滑王问道。

"如果不于燕国有利,外臣又来此作甚?燕国世世代代与齐为邻,虽也曾有过争执,但事后都能和好如初。但假若燕国与秦国为邻,恐怕立刻就会面临亡国之祸了。燕国灭亡,齐国也就更危险了。秦、齐两国伐赵,对齐国不利,对燕国也不利啊。"苏秦答道。

"相国大人说的倒是实情。"齐滑王笑了,问,"那么,我齐国和你燕国,又该当如何?"

"如今天下能和秦国相抗的,只有大王。我燕国愿拥戴齐国为盟主,领函谷关以东六国,'合纵'抗秦。"苏秦说着,站起来深深向齐滑王行了一礼。

"哈哈哈!"齐滑王仰天大笑起来,道,"也罢,这'东帝'寡人就不要了,且让秦王去当'西帝'吧。"

他当即拜苏秦为齐国相国,并赐给其千斤黄金、玉璧百双。然后命苏秦以齐、燕两国相国的名义,游说赵、韩、魏、楚诸国。赵、韩、魏、楚四国对于齐、秦称帝,本来已忧心如焚,此时听到齐国自去"东帝"称号,欲"合纵"抗秦,无不大喜,轰然响应,很快就商定——六国共推齐滑王为盟主,起兵伐秦。

齐滑王得到列国拥戴,大喜之下,为表彰苏秦之功,提议苏秦佩六国相国令符,来往宣示盟主之令。列国自然答应了齐滑王的要求,尊称苏秦为"六国相国"。苏秦数十年的梦想今朝实现,一时喜出望外,如在梦中一般。

周赧王二十八年(公元前287年),齐国出兵二十万,楚国出兵二十万,赵国出兵十五万,韩、魏、燕各出兵十万,共八十五万大军,齐集成皋之地,宰乌牛白马,祭祀上天,宣誓从今以后,列国当互为兄弟,共击秦国。

成皋离洛邑不远,苏秦找了一个机会,大排仪仗,率领上百乘高车,成千从人,浩浩荡荡回至故乡。周赧王闻听苏秦到来,不敢怠慢,立即派东周公亲自领着兵卒洒扫郊外的道路,以"贵宾"之礼迎之。苏秦昂然受礼,直入王宫,拜见周天子。周赧王降阶而迎,搜罗后宫,凑出了几件礼物赠给苏秦。

从前,只有像齐桓公、晋文公那样的"霸主"才能得到周天子的礼物。而如今,苏秦仅仅是列国的一个臣下,居然也得到了"霸主"们才能得到的礼物。苏秦得意扬扬,乘着高大的轩车,往家中驰来。一路上万人空巷,争看洛邑商贾出身的"六国相国"。

苏氏长兄闻知，惊得魂不附体，慌忙开了后门，溜至亲戚家中一头扎进柴房里，动也不敢动一下。苏秦的妻子、嫂子和两位弟弟跪倒在门口，头也不敢抬起。

苏秦来至门前，看了看嫂子，笑问道："奈何贤嫂前倨后恭？"

嫂子颤抖着爬到苏秦脚前，脸贴到地上，磕头请罪："并不是嫂子我有心慢待大人啊。商贾之家，向来以黄金多少论尊卑。先前大人没有黄金，嫂子我自然轻视于你，如今大人你车中满载黄金，照得人眼都花了，嫂子我又怎么敢不尊敬您呢？"

苏秦听了，长叹一声："商贾势利，一直如此。我当初若只看得见眼前的那么一丁点黄金，又何能得到今日富贵？既然人情俱是嫌贫爱富，我又怎么敢怪罪嫂子呢？"他弯腰一一扶起家人，然后令从人抬来千斤黄金，当场送给妻子三百斤黄金，送给嫂子和二位弟弟各一百斤黄金，又送给亲戚、朋友、族人黄金共三百斤。余下一百斤黄金，苏秦令人换了铜钱，遍施洛邑中穷苦之人。

苏代、苏厉看得眼热心跳，纷纷恳求兄长将他们推荐给列国国君，捞个一官半职。苏秦慷慨地答应了下来，与两位弟弟同车而返，荐给燕昭王。看在苏秦的面子上，燕昭王立即将苏代、苏厉拜为中大夫，他二人也成了朝中的大臣。苏秦衣锦还乡的佳话在洛邑城中久久流传，其所居之地被人称为"乘轩里"，一些巨商大贾争相搬进其中居住，希望后代中有人能似苏秦这般显赫，光宗耀祖。

齐国自去"东帝"之号，成为六国盟主，领兵伐秦的消息传至咸阳，引起了秦国君臣极大的震惊。秦昭王当即招来魏冉、白起等人，商议对策。

"白将军，你为我秦国第一勇将，能够打退六国联军吗？"秦昭王问道。

"不能。"白起毫不犹豫地回答道，"我秦国虽远比从前强大，但国中老幼搜罗俱尽，也只可凑出六十万兵卒。以此六十万兵卒抗击六国的八十五万精兵，绝难获胜。"

"那该怎么办？难道就这么让六国杀进函谷关，灭了我秦国吗？"秦昭王厉声问道。

"臣有二策,可破关东六国之兵。一者,我秦国当暂且退让一步,去了'西帝'之号,退还几座列国城邑,使列国得到一些好处,不再冒险攻我秦国。二者,以重金收买齐王的宠臣,让他们劝说齐王转攻他国,使六国联盟不攻自破。"丞相魏冉献计道。

"哼!你这二策虽妙,只怕难以行通。齐王身边现有苏秦其人,岂会上当。唉!列国本已四分五裂,苏秦竟能使其联盟,实不愧为鬼谷弟子矣。这样的鬼谷弟子为什么偏偏去了燕国、齐国,不到我秦国来?以寡人看来,你们还是先备上一万斤黄金,把苏秦给我招来。只要苏秦到了秦国,休说六国联盟,十六国联盟寡人也不怕了。"秦昭王叹息着说道。

啊,苏秦若到了秦国,岂有我等的立足之地?魏冉和白起心中不觉都是一惊。

"大王,苏秦现佩六国相国的令符,权势倾动天下,岂肯投我秦国。"魏冉忙说道。

"大王,鬼谷弟子朝秦暮楚,毫无忠心可言,就算投顺大王,于我秦国也是有害无益。"白起说道。

"可是只要苏秦待在齐王身边,六国就会与我秦国作对。"秦昭王不悦地说道。

"臣有一计,可使苏秦不与秦国作对。"白起说道。

"何计?"秦昭王忙问道。

"杀!大王有的是黄金,还怕买不到刺客吗?杀了苏秦,六国联盟就可以不攻自破!"白起大声说道。

昏黑之夜,有三队车马悄然离开函谷关,间隔着一舍之地,向成皋之地驰来。

第一队共有十余乘轻车,由扮作商贾的白起统领,带着二十四名大汉。这些大汉都是秦国最负盛名的剑客,秦昭王赐给每人百斤黄金,命其刺杀苏秦。若能成功而返,每人再赐黄金百斤,并封给左庶长高爵,赏以食邑百户。若不成功,则以"叛逆"论处,诛灭九族。

第二队共有十余乘装满黄金玉璧的高车,由秦王之弟泾阳君亲自押送。泾阳君与齐湣王的宠臣夷维私交甚好,他要以黄金玉璧打动夷维,使其让齐湣王改变主意。

第三队亦有十余乘高车,由丞相魏冉亲自押送。车中载有八名秦国的绝色美女。齐湣王好色之名,天下皆知,魏冉要以此来向齐王显示秦国的诚意。

六国之军,散处成皋周围数十里内,成皋城邑内的军卒并不太多。齐湣王将成皋官署改作行宫,每日在其中处理公务。苏秦住在城南燕国军营,每日清晨,必乘车至行宫面见齐湣王。

城南和行宫之间,有一市场。因忽然多了数十万列国军卒,市场内生意十分兴隆,很是热闹。这日清晨,苏秦正从市场外经过时,市场内忽然冲出了二十多个手持短剑的商贾装扮的大汉。这些人势若疯虎一般,向苏秦猛扑过来。

苏秦车前车后有数百护卫随从,只是事出突然,惊呆了的护卫们竟不及上前抵挡。

几乎是一眨眼之间,众大汉已冲至苏秦座车之前,手中短剑狂挥猛劈。惨呼声大起,鲜血四处飞溅,御者被杀死,苏秦身上也连中了十余剑。众护卫随从这时方围了上来,乱戈齐下,当场杀死了十余大汉,但仍有十余大汉脱身而逃。众人也顾不得追击,慌忙拥到苏秦跟前。苏秦已成血人,手兀自指着西方,口中大叫:"伐秦!伐秦!伐秦……"话犹未完,已仰面摔倒在车上。

他的两只眼睛渐渐失去了光彩,却仍直愣愣地盯着苍天,似有无尽的言语要向苍天诉说……

苏秦遇刺身亡,极大地震惊了齐湣王,他再也不敢住在成皋城邑里,慌忙移住到了齐国大营中。

"这定是秦国人干的,寡人要伐秦!伐秦!伐秦!"齐湣王愤怒地大叫着。

这时,齐湣王的宠臣夷维匆匆赶来,说:"大王凭什么认定刺杀苏秦者为秦人呢?"

"苏秦四处奔走,鼓动'合纵'伐秦,秦人自是恨之入骨,不是秦人杀了他,又是谁杀了他?"齐湣王问。

"非也。"夷维摇头晃脑地说道,"此乃燕人所为也。苏秦身佩六国相国令符,若再立下伐秦大功,则燕国朝廷,全在苏秦掌中矣。燕人不欲苏秦立功,这才下了杀手啊。"

齐湣王一愣,想了想道:"你说得也有道理,看来燕国人倒是十分阴险,寡人须得多加提防。"

"只怕大王提防不了。到时与秦国开战之际,燕人突然收兵退走,大王该怎么办呢?当年公孙衍伐秦,燕国人不就是这么干的吗?燕国人能坑害公孙衍,为什么不能坑害大王?"夷维说道。

齐湣王听着,背上不觉沁出冷汗来:"不错,不错!可是寡人已当上了盟主,若不伐秦,岂不是给天下人一个笑柄。"

夷维见齐湣王被自己的话打动,心中大为高兴,心想这下我就能向泾阳君交代了,说不定下次他会再送十车黄金玉璧给我,接着道:"大王为六国盟主,秦王岂敢不敬?到时,秦王定会派人前来求和,大王可令秦王退出侵占列国的一些城邑。如此,便是不战而胜,威名震于天下矣!大王挟此威名,可率六国之兵灭宋。宋灭,秦国必将更加敬畏大王也!"

"妙!妙!寡人就应该这么对付秦国,哈哈哈!"齐湣王快活地大笑起来。

秦国果然派丞相向齐湣王求和来了,尚未开口,就送上了八名绝色美女。齐湣王大喜,却也没有"色迷心窍",正色道:"我齐国伐秦,非是与秦有仇,乃秦国恃强为恶,屡屡夺人土地之故也。秦国若能退还侵夺之地,寡人自然退兵。"

秦国面对齐湣王义正词严的指责,倒也"不敢不从",呈上了一份退给列国城邑的地图,计有:

魏国三处大邑,为温邑、轵邑、高平邑,共计土地二百余里,人众十万。

赵国三处大邑,为三公邑、什清邑、先俞邑,共计土地一百五十里,人众七万。

韩国两处大邑,为应邑、昆阳邑,共计土地七十里,人众六万。

楚国黔中之地十五邑,共计土地六百里,人众十五万。

这些土地,不过占秦国所夺列国土地的五分之一。但总数相加,却又相当惊人,仅土地之数就有千里。秦国不经战阵,一次退出如此众多的土地,还是自立国以来从未有过的事情。

列国欣喜若狂,争先恐后地派出军队去接受土地城邑,生怕去晚了,秦国就会反悔。列国君臣还不忘给齐湣王送上黄金美女,高颂齐湣王为千古难得一见的圣贤之王,功业可比尧、舜、禹、汤、文、武。齐湣王见此,忍不住又是哈哈大笑,拥着各国敬献的美女,日夜饮酒作乐。

在齐湣王大笑的同时,有两位国君却在放声痛哭。

一位是秦昭王,他跪在太庙中,向着列祖列宗的神位放声痛哭,咬指出血,指天发誓——寡人若不能雪今日之耻,大败六国之兵,当自刎以谢先祖在天之灵。

一位是燕昭王,他跪在苏秦的灵位前,放声痛哭,一连数日不肯起来。

郭隗、乐毅、邹衍等心腹之臣苦苦相劝:"苏秦虽死,但他所定的'兴燕大计'臣等俱是牢记在心。大王若依苏秦之计,定可使燕国振兴,一统天下。"

苏代、苏厉亦含泪劝道:"大王如此伤心,以致有伤万金之躯,亡兄虽在地下,也难安心啊。"燕昭王这才站了起来,与众朝臣同心协力,外示谦恭,内藏锋芒,等待着利剑出鞘的这一天。

这一天终于等到了。

齐湣王挟"服秦"之威,率领六国大军,浩浩荡荡向宋国猛扑过来。宋国屡经大国侵削,只剩下了数百里土地,其国君宋王偃又荒淫暴虐,内失国人之心,外失邻国之欢,哪里承受得了六国如山般压下的重击,顿时兵卒四散,社稷沦丧。宋王偃亦做了俘虏,被齐湣王定为"昏君",处以斩刑,悬首城门示众。

宋国先祖,乃是上古贤王成汤,其攻灭夏朝,建立商朝。后商为周武主所灭,微子又建立宋国,祭祀汤王,一直延续至此,宗族社稷的香火差不多传了近两千年,终于彻底熄灭。

宋国虽小,因地处中原腹地,当于商路要冲,有许多繁华城邑,如陶邑、沛邑、彭城、睢阳等处,每日所收的税钱,都在数十万枚以上,各国无不垂涎三尺。

在如何瓜分宋国这件事上,六国剧烈争吵起来,各不相让。齐湣王摆出"盟主"的架子,怒吼道:"若非寡人,你们能得到秦国退给的土地吗?寡人辛辛苦苦为你们挣得了土地,你们还不满足吗?若非寡人,谁能灭了宋国?这宋国是齐国的,是齐国的!谁也不能从我齐国手中夺走宋国的土地!"

但是列国并没有被齐湣王的怒吼吓倒。赵国抢占了陶邑,魏国抢占了睢阳,楚国抢占了沛邑,韩国抢占了彭城。只有燕国没有抢占任何城邑,悄然把大军撤回国中休整。

齐湣王在暴怒中为了他的"战利品"向列国发动了猛攻,首先将韩军赶出了彭城,接着又击溃赵军,夺取陶邑。但是在进攻睢阳和沛邑时,齐军却遇到了顽强的抵抗。费了八个月的时间,齐军方击败魏、楚两国,占有了全部的宋国土地。然而齐国亦付出了沉重的代价,二十万大军伤亡过半,且国境扩大,敌国增多,军力大为分散。楚、魏、赵、韩吃了大亏,对齐国的仇恨一下子超过了秦国,俱呼齐为"暴齐"。

燕国及时在这个时刻挥出了手中利剑。

周赧王三十一年(公元前284年),燕昭王拜乐毅为主帅,领二十万精锐燕军,大举伐齐。

乐毅列出"暴齐"的种种罪状,号召列国一同参与伐齐。秦昭王闻听大喜,第一个响应,派相国魏冉率劲卒十万,越过魏、韩两国,直取陶邑。

魏、韩两国见秦国派兵不多,也放下心来,各出兵十万,助燕讨伐"暴齐"。

赵国见此,不甘落后,亦派大将廉颇领锐卒十万人,直取齐国的晋阳。

只有楚国严守中立,没有随众伐齐。

齐湣王见列国齐来进攻,却也不惧,下令征倾国之兵,迎击燕、秦、魏、韩、赵五国之兵。但是连年的征战不休,已使齐军疲惫不堪,兵卒早就生出了厌战之心,斗志大不如前。

齐国大将触子又是一个只会溜须拍马的贪生怕死之辈,一遇敌军,即弃阵而逃。另一大将达子急忙整顿军阵时,已是迟了,燕军似潮水般大呼着杀至。齐军顿时大溃,士卒争相逃命,互相践踏,伤亡惨重。

乐毅乘胜挥军猛进,丝毫不给齐军以喘息的机会,一举攻下了齐国的都城临淄。紧接着,乐毅又兵分五路,四面开花,仅仅六个月的时间里,就夺取了齐国的七十余座城邑。数年前还是"天下盟主"的齐国眨眼间化为乌有,仅仅保有即墨和莒城两座孤城。燕国取得的空前大胜,令列国瞠目结舌,惊骇不已。

本来,列国都想趁着齐、燕大战之际,从中浑水摸鱼,得些好处,但强大的燕军却使得他们不敢轻举妄动。燕昭王乘势派出使者,与秦、魏、韩、赵结为盟好之国,"礼请"列国退出齐境。秦、魏、韩、赵四国已瓜分宋地,得到了许多好处,也就同意退兵。于是,整个庞大的齐国,竟由燕国独占。

惊恐中的齐湣王待在莒城,急派使者向楚国求救,但楚国派来的大将漳齿却杀死了齐湣王,欲与燕国共分齐国,结果,愤怒的莒民杀死了漳齿,逐退楚军,立太子法章为王,是为齐襄王。莒人派出使者,和即墨人互为联络,共同保有着齐国的最后两块土地。

乐毅也不再进攻,只是派出两支大军,牢牢围住莒城和即墨,然后给燕昭王上了一道表章:莒城和即墨城池坚固,粮草甚多。法章和即墨守将田单深得民心,燕若强攻,伤亡必重。大王当行苏秦所遗之策,以"仁义大道"收服齐民之心,若数百万齐民真心归服燕国,则天下尚可一举平定,何虑两座小小的城邑呢?

燕昭王立刻同意了乐毅的建议,赐乐毅黄金万斤,封其为昌国君,享食邑万户,然后命他长驻齐地,行"仁义大道",收服齐民之心。

乐毅耐心地在齐国实行"仁义大道",少征赋税,济贫抚孤,开垦田地,渐渐赢得了许多齐国百姓的喜欢,称"昌国君实乃吾齐民之父也"。

燕军开始占据齐国时,处处都有人反抗,数年之后,齐国已经很少有人反抗燕军了。但乐毅的举动,却在燕国引起了许多议论——齐国人只知有昌国君,不知有燕王!

偏在此时,燕昭王忽得心痛之疾去世,燕惠王即位。燕惠王早就对乐毅"独占齐国"深为不满,即位后立即下令召乐毅回国,并迅速派其亲信骑劫接替乐毅。

"吾回国中,必然被杀,吾死为轻,玷污了先王'敬贤'之名,倒是大事。唉!从此以后,燕国只怕难以平定天下,六国终将为秦所灭。先王啊先王,您去世得实在太早了,太早了啊。"乐毅仰天长叹着,封好印符,不待骑劫前来,即带着数十亲信随从,连夜逃到了赵国。

赵惠文王大喜,立即拜乐毅为上将军,封其为望诸君,食邑万户。

"逃亡之人,不堪大王驱使。"乐毅婉言谢绝了上将军的官职,但接受了"望诸君"的封号,在赵国安居了下来。

骑劫接掌燕军之后,完全改变了乐毅"收服齐民之心"的策略,加重赋税,大肆搜刮钱粮,充实军营,准备攻击即墨。为了震慑齐国军民,骑劫又滥施刑罚,对捉到的齐军俘虏施以割鼻之刑,甚至挖掘即墨城外的坟墓,焚烧齐国先民的尸骨。

燕军的暴虐举动,激起了齐国军民的极大愤怒,齐国到处都出现了反抗燕军的暴动。即墨守将田单大喜,当即派人出城,做出恐惧之意,情愿献城投降,并和燕军约定了投降的日期。

骑劫得意地大笑起来,不再准备攻城,日夜在军营中纵酒为乐,坐等齐军投降。

田单秘密准备了一千头牛,牛角缚上锋利的尖刀,牛尾束着灌有油脂的芦苇, 牛身又披有绘着五彩兽纹的影衣。然后精心挑选了五千最勇敢的壮士,手持长矛大刀,跟在牛后。

半夜时分,田单将城墙上凿了几十个洞,点燃牛尾的芦苇。顿时,一千头"怪兽"疯狂地吼叫着,奔至燕军大营中,横冲直撞。五千壮士齐声呐喊,惊天动地,奋勇冲进了燕军大营里,见人就杀。睡梦中的燕军惊醒过来,不觉魂飞魄散,争先逃命,互相践踏,伤亡不可胜数。就连主帅骑劫,也命丧乱军之中。田单乘胜猛进,齐国各地百姓轰然响应,不过数月之间,全部收回了丧失的七十余座城邑。

齐国奇迹般的"亡而复生",列国大为敬佩,纷纷遣使称贺。齐襄王对田单的"复国大功",亦是感激不尽,回到临淄后,立即拜田单为相国,执掌齐国朝政,又封田单为"安平君",赐其食邑二万户。只是齐国虽然"亡而复生",国力却损伤极重,再也不能似往日那般傲视列国了。燕国本土虽未受损,但燕军几乎伤亡殆尽,自保尚且危险,更无余力争夺中原。

"哈哈哈!齐、燕两败俱伤,此乃天助寡人也!"秦昭王得意地大笑起来。

"齐、燕衰弱,我秦国之敌,唯剩楚国了。大王当趁此良机,猛攻楚国。"白起建议道。

"好!"秦昭王立即拜白起为大将,发兵三十万,大举攻楚。秦军共分两路,一路出武关南下,一路自长江顺江而下,直取楚国都城郢都。楚军奋起抵抗,连战连败。

周赧王三十七年(公元前 278 年),秦军两路会合,兵临郢都城下。这时,各地救援的楚军纷纷赶来,郢都一带的楚军将近六十万人,超过秦军一倍。

秦军将领们心生惧意,纷纷请求退兵。白起怒目圆睁,当场斩杀了两员请求退兵的将官,然后兵分三路,一路出营与楚军死战,后退者斩!一路埋伏高地之上,一路掘开江堤。出营的秦军只有十万,寡不敌众。楚军眼看要获得大胜,却不料江堤已被秦人掘开,滔滔江水咆哮而至,顿时将战场化为一片汪洋。数日后,大水方退,尸陈遍野,腥臭满天,死者数以百万计,绝大多数是楚国军民,出营作战的数十万秦军亦被溺死。

楚国陷入了噩梦般的地狱中,全国上下一片痛哭。楚顷襄王被迫将都城迁往陈邑。立国千年的楚国失去了祖宗的发祥之地,如失去了根的大树,再也难现生机。整个楚国旧地成了秦国新设的南郡。

欣喜若狂的秦昭王为表彰白起"水淹楚军"的大功,封白起为武安君,食邑万户。被放逐在湘南的屈原闻听郢都失陷,不觉悲痛欲绝,万念俱灰,写下《哀郢》之歌,抱石投入汨罗江中。

湘南一带的百姓对屈原十分敬慕,闻听此事,慌忙驾舟来救。但见江上唯有水鸟盘旋悲啼,哪里见得到屈原的踪迹?众人悲伤之中,齐声唱起了屈原的《哀郢》之歌——

> ……
> 心不怡之长久兮
> 忧与忧其相接
> 惟郢路之辽远兮
> 江与夏之不可涉
> 忽若去不信兮
> 至今九年而不复
> 惨郁郁而不通兮
> ……
> 曼余目以流观兮
> 冀一反之何时

　　鸟飞反故乡兮

　　狐死必首丘

　　信非吾罪而弃逐兮

　　何日夜而忘之

　　众人所歌,只是《哀郢》之曲中的两段,大意为:

　　我心中的不愉快已凝结在胸很久了,偏偏令人忧伤的事情一件接着一件,永无止境。

　　郢都离我实在太遥远,中间又隔着白茫茫的江夏之水,无边无际,难以涉渡。

　　我在放逐之初,尚恍惚不敢相信,哪知屈指算来,已经许多年没有回到故乡了。

　　我心中的悲伤永不可解啊永不可解……

　　我站在高处,纵目四望,盼着能够回到故乡,但我永远也不会盼到那一天。

　　鸟儿年年来去,总不忘飞回故乡。狐狸临死之时,头总是朝向它出生的土丘。

　　鸟兽犹如此,我又怎么能够忘掉故国?我不相信,国君真是以为我有罪而下了放逐之令。可是,我再也不能回到郢都,再也不能回到我日日夜夜思念的郢都!

　　众人流着泪歌唱着,直到夕阳西下,满天星光灿烂。这一日,正是屈原的生日——五月初五。

　　从此,每年的五月初五,人们都要争相驾着小船,来到屈原投水的地方,用苇叶包着煮熟的米饭,抛入江中,祭祀含怨而逝的屈原。

　　强大了数百年的楚国彻底衰弱,再也对秦国构不成威胁。

　　秦昭王立即将兵锋对准了赵国。

　　赵武灵王虽然没有完成他的雄心壮志,却给赵国留下了一支精于骑射的强大军队。

　　秦昭王绝不容许天下还有比秦国更强大的军队存在于世。

第二十五章

杀人盈野得天下　中国自此大一统

　　周赧王五十三年(公元前262年),武安君白起率领四十万大军,进攻赵国。赵惠文王已去世,其子赵孝成王拜廉颇为大将,亦率大军四十万,抵抗秦军。列国都紧张地注视着战局的进展。而最紧张的人,莫过于周天子。

　　周赧王已经从一个少年,变成了一个垂垂老者。五十余年的"天子",他早已当厌了,早就恨不得抛了这个虚幻的天子之位。名义上他为天子,其实日子过得连一个最弱小的诸侯也不如。诸侯再小,还有一块土地,而周天子却寸土皆无,连他的王宫,都被东、西两位周公分占了。堂堂的周天子成了一个"流浪汉",今年在东周公这里住一阵子,明年又到西周公那里住一阵子。

　　但是东、西两位周公,却十分需要周天子的名号。有了周天子的名号,他们才可勉强保住自己的领地,否则,以东周、西周这等弹丸之地,早就让别国一口吞了。

　　然而周公可以有两个,周天子却只能有一个,两位周公为了能独自掌握周天子,从而吞灭对方,内斗了数十年,谁也没有占到便宜,最后在秦国的威胁下,才不得不停止争斗,达成协议——分了王宫,让周天子轮流住在东周和西周,以保周室社稷不灭。

　　这一年,周天子正住在西周公这儿。西周公很年轻,才二十余岁,却没有年轻人应有的快乐,成天愁眉紧锁。

　　"自从秦国攻下了宜阳之后,我周室就和秦国成了邻居,可这是什么样

373

的一个邻居啊,这是一头永远也喂不饱的饿狼,随时就能将周室一口吞灭。"西周公说道。

周赧王默然不语,心想,吞就吞了吧,这是周室气运已尽,上天不佑,上天不佑啊!

"我不愿做一个亡国的周公。大王呢?难道大王愿意做一个亡国的天子吗?"西周公问。

"不,寡人不愿做一个亡国的天子。"周赧王艰难地说着。

"大王有此决心就好。臣下将以大王的名义号召天下诸侯,合纵抗秦!"西周公兴奋地说。

"什么,你要以寡人的名义,合纵抗秦?这,这使不得,使不得!万一失败,秦国恼怒之下,必定会兵临洛邑,我周室八百年的天下,亦将断送在寡人之手矣。"周赧王慌忙说道。

"难道不去合纵抗秦,周室就可保持下去吗?"西周公厉声问道。

"这……这……"周赧王回答不出。

"依目前的情势来看,不出十年,秦国必会灭我周室,夺取九鼎。"西周公说道。

十年?寡人还能活十年吗?若十年后秦国再来灭亡周室,寡人就不会是一个亡国天子了,周赧王在心中说道。

"与其坐等秦人来灭,不如起而相拼。说不定拼那么一下,我周室又可延续几十年呢。"西周公说。他想,周室若能再延续几十年,我就可以逃过做"亡国周公"的命运了。

"不。"周赧王摇着头,"天下没有任何一国,可与秦国相拼了。秦国所居的雍州,乃是我周室的发祥之地,天下精华所积的宝地呀。当初先王实在不该东迁,让秦国占了我周室的发祥之地啊。周室丢了发祥之地,能不一代比一代衰弱吗?"

"还有赵国可与秦国相拼。"西周公不理会周赧王的叹息,说道,"眼前赵国和秦国各出四十万大军,将要爆发一场空前的大战。赵败,其国必亡,秦将趁战胜之威,灭我周室,夺取九鼎。赵胜,秦国将退居关内,我周室可保平安。"

"这么说,你是想以合纵抗秦来分秦之兵,助赵获胜?"周赧王问。

"正是。列国若能合纵抗秦,赵必大胜。"西周公答道。

"你如此说,有何依据?"周赧王又问。

"因为赵国有虞卿为相。"西周公答道。

"有虞卿为相又怎么样呢?这虞卿又是谁?"周赧王茫然地问。近些年来,他安心"养老",对天下大事不怎么关心。其实他想关心也无从关心,以致心灰若死。

"大王连虞卿都不知道,可谓老矣。"西周公带着轻蔑之意说道,讲起了虞卿的故事。

他首先从天下闻名的"和氏璧"讲起。

昭阳失落的和氏璧,最后落到了赵惠文王手中。秦昭王知道了这件事后,就派使者来赵,说是愿意拿十五座城邑来交换和氏璧。赵惠文王忙召集众大臣商议对策,商议来商议去,竟下不了决断。

——把和氏璧交给秦国吧,恐怕秦国并不会拿出十五座城邑,以致白白受了欺骗,为天下人所笑。

——不给秦国和氏璧吧,又恐秦国以此为借口,发动大军进攻赵国,惹来无妄之灾。

这时赵惠文王的宦者令出了一个主意:派一位智勇双全之士携带和氏璧到秦国去,如果秦国真心交换,则将和氏璧拿出,如果秦国心存欺诈,则仍然带着和氏璧回到赵国。他推荐其门客蔺相如,说其智勇双全,可做使秦之人。

赵惠文王半信半疑,招来蔺相如,问道:"秦王欲以十五城易寡人之璧,夫子以为可许否?"

蔺相如拱手对赵惠文王行了一礼,从容答道:"方今之势,秦强赵弱,不可不许。"

赵惠文王又道:"倘若璧至秦国,城不可得,寡人该当如何?"

蔺相如道:"秦国以连城易璧,价可谓厚矣,赵若不许,曲在赵。赵若许璧而秦不许城,曲在秦。衡量两种情形,大王应该许秦易璧,宁可使曲在秦国,勿使曲在赵国。"

赵惠文王听了，连连点头问："以你看来，我赵国何人可充当入秦使者？"

蔺相如道："大王若无合适之人，臣愿奉璧使秦，如果城入赵国，臣当留璧于秦。否则，臣当完璧归赵。"

赵惠文王很高兴，当即拜蔺相如为中大夫，让他携带和氏璧出使秦国。

秦昭王在朝堂大会群臣，接见蔺相如。蔺相如依照礼仪，一丝不苟地行完大礼，然后将和氏璧献给秦昭王。

秦昭王大喜，玩弄和氏璧良久，然后又传给侍立左右的美人们玩弄观赏。

蔺相如见秦昭王绝口不提易城之事，心中大急，上前说道："此璧虽美，却有微瑕，外臣请为大王指之。"

秦昭王听了，未加思索，又把和氏璧交到了蔺相如手中。

蔺相如紧紧握着和氏璧，退后几步，靠在殿柱之上，怒声说道："大王欲以连城易璧，我赵国之臣无人相信，俱言：'秦乃虎狼之邦，贪而无信，今欲以连城易璧，必为谎言，璧去而城不可得。'外臣以为百姓相交，尚且互不欺骗，何况大王乃一国之主呢？所以力主应接受大王之请。吾王听信外臣之言，斋戒五日之后，方才遣外臣携璧使秦，以示敬重大王之意。可是外臣到了秦国，却见大王并不如何重视赵国，丝毫没有感知吾王诚意，随意玩弄此连城之璧，有意戏弄外臣。大王既无诚敬之心，必会背弃诺言，外臣何敢以璧奉上大王？今大王必欲索取外臣之璧，外臣宁愿头与此璧俱碎！"

说着，蔺相如高高举起和氏璧，对着殿中的大柱就要摔过去。

秦昭王慌了，连忙道歉，请求蔺相如不要莽撞。

蔺相如道："大王若有诚心，也须斋戒五日，然后在大殿行以迎接上宾的大礼，外臣才敢献璧。"

秦昭王无可奈何，只得答应。

蔺相如回到馆舍，暗想：秦王如此无礼，绝不会轻易拿出十五座城来换取和氏璧，遂命亲信随从穿了旧衣，怀揣和氏璧，从小路连夜逃回赵国，将和氏璧奉还赵惠文王。

五日之后，自称行了斋戒之礼的秦昭王果然在大殿上大摆仪仗，以上宾礼仪将蔺相如迎进。

蔺相如从容向秦昭王行了一礼,说道:"秦国自孝公变法强盛以来,所行之事,从无信义可言。外臣实不敢轻信大王而有负吾王重托,因此已遣从者携璧回赵。秦强赵弱,乃人所共知的事实。秦国若真想得到和氏璧,就请先割十五城与赵。赵国绝不敢为了一块玉璧而得罪秦国,得城后会立即送上和氏璧。外臣知道欺骗大王,须受鼎烹大刑,就请大王用刑吧!可是外臣所说之言,还望大王仔细体察。"

秦昭王听了,大惊失色,和臣下们面面相觑,最后倒也没有动用大刑,而是将蔺相如礼送出境。

秦国终究是没有拿出十五座城邑,赵国也没有把和氏璧送出。

赵惠文王认为蔺相如出使强秦而能不辱使命,是个大贤之人,遂拜其为上大夫。

后来,秦昭王因欲全力攻楚,有意拉拢赵国,在渑池与赵惠文王相会。蔺相如以上大夫的名义,随同赵惠文王出席渑池大会,并在会上挫败了秦昭王欲羞辱赵国的企图。

为此,赵惠文王拜蔺相如为上卿,位在大将廉颇之上。廉颇大怒说:"我的官位,乃是凭着攻城杀敌的血战得来的,蔺相如徒恃口舌之利,怎么能压在我的头上?若让我碰到这个口舌之徒,定要好好羞辱他一顿。"

蔺相如听了廉颇的话,立刻称病不朝,避免和廉颇见面,有时路上偶然碰见了廉颇,也慌忙躲进小巷中。

赵国有位名闻天下的贤士,名叫虞卿,自许高洁,拒不入朝为官。他听说了这件事后,大感奇怪,就问蔺相如,上卿连强秦尚且不惧,为何单单畏惧廉颇将军?

蔺相如叹了一口气,道:"秦国近几年来,为何一直不敢进攻赵国?无非是因为朝中有我和廉将军。如果我和廉将军争斗起来,就如同两虎相斗,必然不能共存。如此,国家就危险了。我哪里是怕廉将军呢?我怕的是朝臣内斗,误了国家大事啊。"

虞卿听了,大感惭愧地说:"我枉称贤士,见识远不及上卿也。当此国势衰微之时,居然还隐于草野,博取虚名。"他当即来到廉颇府中,将蔺相如的话原原本本告知了廉颇。

廉颇听了,大为感动,于是在虞卿的陪同下,袒露上身,背负荆鞭,到蔺相如府中赔罪。

蔺相如连忙扶起廉颇,二人互诉衷肠,结成了生死之交。

赵惠文王闻听大喜,立即拜虞卿为相国,执掌政事,协调文武大臣效力国家。

虞卿体察百官,又选拔了两员良将进入朝廷:一为赵奢,驻防秦、赵边境,防备秦国的攻击;一为李牧,驻防代地,防备匈奴的攻击,解除赵国的后患。

面对赵国的严整布置,秦昭王按捺不住攻赵之心,派大将胡阳领兵二十万,攻击赵国的阏与之地。赵国派出大将赵奢,亦领兵二十万,前往救援。

赵奢先在邯郸郊外三十里处停留了二十八天,使秦军以为他胆怯不敢应战,失了防备。然后赵奢突然以两天一夜的时间,疾行至阏与之地,占据高山,以上逼下,大破秦军,杀伤秦军十数万人。赵惠文王为此对赵奢大加封赏,封赵奢为马服君,赐其食邑万户。

秦国不甘失败,又派大军攻击几邑,却被廉颇打得大败。秦昭王束手无策,责怪丞相无能,废了魏冉的丞相之位,起用客卿范雎为丞相。

范雎给秦昭王献上"远交近攻"之策,让秦国结好离得较远的齐、燕两国,并对兵势稍强的赵、楚两国采取守势,而倾全力攻击离秦最近的韩、魏两国。

秦昭王采纳范雎之策,派使者载着成车的黄金,与齐、燕结好,并让齐、燕出兵袭扰赵国和楚国的后背,然后派出大军,以白起为帅,连续向韩国发动猛攻。

仅仅三年之内,秦国接连攻取了韩国的少曲、陉城、野王等要地,把韩国本土和韩国的上党郡完全隔离开来,使上党十七县成为一块孤悬之地。韩国恐惧之下,被迫献出上党郡,向秦国求和。但上党郡太守冯亭不愿投降秦国,拒不从命,将上党郡十七县全部献给赵国。赵孝成王大喜,封冯亭为华阳君,仍然官居上党太守。

秦昭王见赵国居然抢夺他已到手的肥肉,大怒之下,立即令白起率四十万大军,誓言一举踏平赵国,而赵国不甘示弱,亦派廉颇领兵相抗……

"赵国的蔺相如可惜在去年死了,赵奢也死了。可是赵国还有虞卿啊,还有廉颇,还有李牧,秦国虽强,要想攻灭赵国,千难万难。何况虞卿与天下闻名的'三公子'交往极好,已得到'三公子'的保证,将尊我为帅,合纵救赵。"西周公得意扬扬地说道。

原来"合纵抗秦"是因虞卿倡议之故,难怪西周公有如此"豪壮"的胆略呢。周赧王想着,又问:"刚才你说'三公子',这'三公子'又是谁?"

"大王竟连'三公子'也不知道,当真是太老了。"西周公摇了摇头道,"'三公子'原来称为'四公子',乃是指齐国孟尝君田文、赵国平原君赵胜、魏国信陵君魏无忌、楚国春申君黄歇。'四公子'俱礼贤下士,门客多达三千余人。后来孟尝君去世,'四公子'就成'三公子'了。"

"在这个乱世中,养那么多门客有什么用?"周赧王不以为然地说道。

"门客多了当然有用。门客多,名声就大,权势也会大了起来。当年孟尝君曾当过齐、秦、魏三国的相国。如今信陵君做了魏国相国,春申君也做了楚国令尹。平原君虽未拜相,可是他的名声已传至韩、齐两国。他说出的话,韩、齐两国必定听从。"西周公半是炫耀,半带着羡慕地说道。

周赧王听了,心中一动:"这么说,若有虞卿和'三公子'倡导,'合纵抗秦'必能成功。"

"正是此理!"西周公拍掌大叫道,"此次'合纵抗秦',乃上天赐给我周室的最后一次机会。我们若是放过了这个机会,就算死了,也无颜去见文、武二王啊。"

"那,那,那你就去'合纵抗秦'吧。"周赧王好不容易说出了一句西周公想听到的话。

西周公以周天子的名义,号召"合纵抗秦",并且在国中大事搜罗车马丁壮,想拼出一支像样的军队来。可是西周公的地盘实在太小,凑来凑去,也只凑出六千余人,百余乘战车。但就是这么一支不起眼的军队,西周公也负担不起,无奈之下,只好以周天子的名义,向洛邑城中的富商大贾们借些黄金铜钱使用,声言打了胜仗后,当加倍奉还利钱。

看在周天子的面子上,富商大贾们总算借出了一些黄金铜钱,让西周公将军队好好"打扮"了一番,弄得旗帜鲜明,衣甲闪亮,戈矛森森,倒也威风凛凛。

韩、魏、齐、楚、燕诸国对于周天子"合纵抗秦"的号召,俱是热烈响应,却偏偏不派出军队。列国要等着秦、赵大战分出胜败之后,再做出决断。列国不出兵,西周公更不敢出兵,空挂着一个盟军"主帅"的名义,待在洛邑城中一动也不敢动。但"合纵抗秦"的声势却震慑了秦国,白起虽然悍勇,也不敢贸然发动攻击。

廉颇老成持重,亦不愿主动向秦军发起攻击,双方遂在长平之地筑垒对峙,整整相持了两年,耗费的粮草数以亿计。

秦昭王心中焦急,又忧愁韩、魏、齐、楚、燕诸国会乘虚"合纵攻秦",日日如坐针毡之上。恰在这时,赵国相国虞卿因操劳国事过度去世,由平原君赵胜继任相国。

秦国丞相范雎大喜,立即面见秦昭王,道:"赵胜乃是王叔,与赵王之间向来互为猜忌,赵胜之言,赵王绝不会听。大王可使人携带重金,游说赵王宠臣,劝其另择一位平庸无能之将,代替廉颇,则我秦国之军必可大胜。"

秦昭王道:"赵国将军甚多,若换了一位比廉颇更厉害的将军,岂非更糟?"

"赵奢之子赵括喜谈兵法,言大无用,最好能以此人换下廉颇。"范雎说道。

秦昭王点点头,立刻派使者携带重金进入邯郸,将赵孝成王左右买通,大造谣言——廉颇虽是名将,却太老了,根本不愿与秦兵打仗,如此下去,他非把我赵国的钱财耗尽了不可。

我赵国最能打仗的人,还得数赵奢父子,如今赵奢虽已去世,他的儿子赵括还在啊。听说秦国人最怕赵括,大王怎么偏偏不用赵括为大将呢?

赵括不受平原君的欢喜,如今平原君做了相国,自然不会让赵括为大将了。

是啊,听说廉颇和平原君私交甚好,有平原君在,廉颇就永远是领军大将……

赵孝成王听了,心中十分不舒服,立即招来赵括问道:"你能不能打退秦军?"

赵括口出豪言："大王若用微臣为将,岂止是打退秦军?微臣定当将秦军灭得一个不留,杀进函谷关,生擒秦王!"赵孝成王大喜,立即拜赵括为大将,取代廉颇。

平原君赵胜知道了,连忙加以阻止道："微臣与赵奢私交甚好,赵奢常叹息道:'吾儿熟读兵书,空谈兵法,头头是道,徒以大言欺人。将来大王若以吾儿为将,赵国必遭大祸。'况且临阵易将,亦是列国大忌啊。前者燕王以骑劫易乐毅,致遭惨败,大王切勿重蹈覆辙。"

赵孝成王听了,脸色大变,怒声道："难道寡人竟是如燕王那般昏庸吗?"

平原君赵胜见到赵孝成王发怒,不敢争辩,只是暗暗在心中叫苦,祈求上天庇佑赵国,不要使赵国败得太惨。

赵括来到前线,就迫不及待地向秦军发动了全面进攻。白起先是诈败,将赵军诱入死地,然后派出最精锐的军卒二万五千人冲进赵军大阵中,将赵军截为两段,使赵军首尾不能相顾。接着又派出五千精骑,绕道奔袭,切断了赵军的粮道。赵军大乱,只得砌成壁垒,困守待援。

秦昭王听到这个消息,亲自赶到河东,将河东男子凡满十五者,俱赐爵一级,悉数征至长平,用来堵截赵国的援兵。赵军困守四十六天后,粮食已尽,被迫突围,连续向秦军发功了四次反攻,仍是无法冲出重围。最后赵括亲自冲锋,结果被一阵乱箭射死。

赵军见主将已死,毫无斗志,全军四十万人除战死者,都做了俘虏。白起残酷地将四十万战俘全都活埋,仅仅释放了二百四十个年幼的战俘,以震骇赵国人心。

秦国的空前大胜,令天下震惊,韩、魏、齐、楚、燕诸国,绝口不敢再提"合纵伐秦"之事,西周公更是躲在内宫里,不敢去见周赧王。

白起乘胜前进,攻占了韩国的上党郡,又夺取了赵国的太原郡。赵国君臣大恐,派使者至秦,情愿割赵国一半土地给秦国,请求秦军后退。白起坚决不允赵国求和,说趁此有利时机,可一举灭亡赵国,进而扫平天下。

范雎见白起立下如此大功,心中妒忌欲狂,力主接受赵国的求和,然后胁迫各国仿效赵国,割地一半与秦。这样,秦国不用一兵一卒,就可得到列国的一半土地,大得便宜,极是有利。秦昭王听了,觉得有理,下令白起退兵。

"策士误国,策士误国!"白起愤怒地仰天大呼着,回到咸阳,称病闭门不出。

赵国待秦国兵退后,立即抢着加固城池,积累粮草,救死扶伤,丝毫不提割地之事。秦昭王气得暴跳如雷,立即命令白起再度征伐赵国。

白起拒不从命,说:"先前赵人气沮,正是灭赵良机。如今赵人气已复起,举国化悲伤为仇敌之心,是为兵法所云之'哀兵'也,从来都是哀兵必胜,吾若攻赵,必败无疑。吾宁可身死,也不愿成为败军之将。"

秦昭王大怒道:"难道我秦国的大将,就只有白起一人么?"他当即拜王陵为大将,领精兵二十万,直扑赵国都城邯郸,将邯郸城团团围住。这一年,正是周赧王五十六年(公元前259年)秋九月。

赵国军民面对秦军的围攻,毫不畏惧,男女老少齐上城头,打退了秦军一次又一次的猛烈进攻。王陵一直攻到次年二月,伤亡了数万军卒,也没能将邯郸攻下。范雎见王陵久攻不下,遂推举其心腹郑安平为大将,领兵十万,增援王陵。

邯郸面临的压力大增,平原君赵胜情急之下,欲挑选二十位文武双全的门客,随他穿过秦军的包围,前往魏、楚两国,乞求魏、楚两国之君发兵救赵。但平原君左挑右挑,只选出了十九个人,怎么也凑不成二十之数。

这时,有个下等门客忽然挤上前来,自荐道:"在下就是这第二十位文武双全之才。"

众上等门客见此,齐声斥道:"无知小人,还不退了下去!"

那门客手按腰间之剑,怒声道:"天下皆知平原君礼贤下士,厚养宾客数十年,如今三千食客中连二十人都选不出来,列位不知羞耻,反敢指斥旁人么?"

"壮哉!"平原君不觉赞赏地叫了一声,问那门客,"夫子姓甚名谁,是何处之人?"

那门客拱手行了一礼,道:"在下姓毛名遂,乃大梁人也,来到相国大人门下,已三年矣。"

平原君听了,不觉摇了摇头:"有才之人,如锥处布囊之中,锋芒立露。今夫子在吾门下三年,而吾不闻夫子之名,显然夫子并非真有大才也。"

毛遂冷笑一声,说道:"若相国早将在下置于囊中,在下早已脱颖而出,何至于今日受众人之讥?"平原君对毛遂的胆量口才大为钦佩,把毛遂列入二十位文武全才的门客中。

借着昏茫的夜色掩护,平原君和二十位门客乘着轻车,自小路穿过秦军的包围,急驰向魏、楚两国。魏国执政的信陵君,楚国执政的春申君,俱是平原君的好友,二人帮着平原君苦苦劝说其君,终于使魏、楚二王答应出兵救赵。

周郝王五十八年(公元前 257 年),魏安釐王派大将晋鄙领精兵十万救赵,楚考烈王亦派大将景阳领了十万大军来救赵国。

晋鄙畏惧秦兵,行至魏、赵交界之地,便不敢前进一步。魏军不进,楚军亦停了下来。信陵君魏无忌心中大急,采纳门客所献之策,冒险盗取魏安釐王的虎符,并伪造了一道接掌魏国大军的诏令,然后飞驰魏军大营中,指使勇士以铁锤击杀晋鄙,夺取了主帅令符。紧接他又下令:"父子同在军中者,父归;兄弟同在军中者,兄归。"军卒们听令后无不感动,俱愿听从信陵君指挥。

信陵君遂统领八万精选的勇壮军卒,突然向秦军发动了进攻。秦军措手不及,被打得连连后退。赵军看到救兵来到,一齐开城杀出。景阳见秦军不支,也乘机率军猛扑过来,秦军顿时大溃。王陵带着数千骑卒撞开重重包围,逃回了秦国。郑安平则领着数万残卒,投降了赵、魏、楚三国联军。

秦昭王见秦军惨败,羞恼之下,再次逼迫白起领兵出战。白起仍是推托"有病",拒不出征。狂怒中的秦昭王解下腰间佩剑,令人送给白起。

白起持剑在手,仰天长叹道:"唉!我自为将以来,杀人何止百万,列国元气,已被我扫荡至尽矣!今日我秦国虽败,元气未伤,数十年内,我秦国必将一统天下,只可惜我看不到那一天了!从来只有我杀别人,如今我却要杀了自己,这是不是因为我杀人太多,上天给我的惩罚?罢,罢,罢!上天若是有知,早就雷劈了我,何至将我留到今日?我虽身死,未作败军之将,死得其所,死得其所!哈哈哈!"大笑声里,白起横剑往项上一抹,血流满地而死。逼迫白起自杀之后,秦昭王仍不解恨,下令征集全国丁壮。他要亲自统领,东出函谷关,攻灭周室,夺取象征着天下的九座宝鼎。

秦昭王对范雎说道:"周室那位糟老头子不知死活,居然敢以'天子'之名号令'合纵伐秦'。他难道不知,寡人是'天帝',是他这位混账'天子'的老子吗?"

范雎劝道:"周室毕竟以天子的名义号令了天下八百年,我秦国伐之,未免受后人之讥。若周天子能主动将九鼎献与大王,岂不更好?"

秦昭王想了想,道:"也罢,且派个人去告诉那糟老头一声,九鼎重器,由他看管不合适了,该换个主人了,哈哈哈!"

秦国的使者很快就来到了洛邑,却是既没有见到西周公,也无法见到周天子。原来,西周公和周天子都躲了起来。二人所躲的,倒也不是秦国使者,而是洛邑的富商大贾。

当初,西周公以周天子的名义借了富商大贾们的许多黄金铜钱,言明出征获胜后,以战利品加倍奉还。但是西周公连洛邑城都不敢走出一步,又到哪里去出征获胜呢?富商大贾们觉得上了大当,恼怒起来,堵在西周公的宫门外大吵大闹,逼着西周公还债。

西周公无可奈何,借着"出使"的名义,躲到了韩国。

在西周公的内宫之后,有一处高台,算是周天子的住所。富商大贾们找不到西周公,又蜂拥至高台的大门外,吵闹着要天子还钱。周赧王无法出使他国,只得躲在高台的最高处,不论任何人来见,死活也不下来。富商大贾们也不敢硬闯进去,只得嘲讽地将周赧王所居的殿台称之为"躲债台"。从此,若有谁欠账无力归还,商贾们便说他是"债台高筑"。

秦国使者见不到西周公和周天子,两手空空地回到了秦国。秦昭王不再"客气"了,立即亲领大军二十万,向周天子所居的洛邑猛扑过来。

为了震慑周天子,秦昭王先攻下了阳城、负黍两座韩国城邑,斩首四万,血流成河,然后大兵直逼洛邑城下。这一年,是为周赧王五十九年(公元前256年)。

西周公见秦军大至,慌忙奔回洛邑,哭倒在周赧王面前,磕头流血,哽咽着道:"秦军……秦军已至,我周室……周室天命尽矣……天命尽矣……尽矣!"

周赧王如雷击顶,呆了半晌,才脸色苍白地问:"列国诸侯呢?还有……

还有什么'三公子'呢？他们不是要'合纵抗秦'吗？他们不是推你为'主帅'吗？他们为什么不来救寡人？我周室完了，他们……他们……就能长久吗？就能长久吗！"

西周公哭丧着脸道："诸侯们不知死活，正在自相残杀呢。齐国、燕国见到赵国伤亡惨重，就争相攻击赵国，想夺取赵国的土地。楚国趁着秦、赵大战，把鲁国灭了，如今正为了鲁国之地和韩、魏两国争吵不休。韩、魏两国说他们也为楚国灭鲁出了力，要分得鲁国之地呢。'三公子'中，平原君被罢了相位。信陵君'窃符救赵'犯了大罪，待在赵国不敢回去。春申君忙着经营他自己的封地……唉！如今天下只论霸道，礼仪沦丧至尽，谁还会记得他们的祖宗都是周室的臣子呢？大王，您……您得拿个主意啊。"

周赧王泪流满面，捶胸顿足："寡人有什么主意？寡人自成为天子的那一天起，不就是由着你们东、西两个周公拿主意吗？啊，寡人为什么不死？寡人要是早死了，也就……也就不会成为亡国天子了。"

西周公道："这会说什么都没有用了，如今大伙儿只好……只好去投降秦国。我周室好歹做过八百年的天子，秦国无论如何，也会……也会给大王一点体面吧。"

"体面？哈哈哈！"周赧王忽然笑了，"我周室八百年来，日日讲的是体面之事，如今可算是体面到头了……到……呜呜……到头了……"他笑着，又大哭起来，迹近疯癫。

西周公向左右使了使眼色，众人一拥而上，连架带拖地把周赧王扶到了宗庙里，对着列祖列宗的神位和九座宝鼎，举行了最后一次祭礼。

浑厚而又洪亮的编钟奏响了。

清雅而又悠长的琴瑟奏响了。

只是那祝颂的祭歌，再也不似往日那般肃穆庄严，而是呜呜咽咽，不成声调——

绥万邦

娄丰年

天命匪解

桓桓武王

保有厥土

于以四方

克定厥家

於昭于天

皇以间之

……

最后的一次祭礼行过,周赧王、西周公奉着国土地图和户口册籍,步行着来到秦军大营,向秦昭王行"投降之礼"。秦昭王坐于高台之上,安然受礼。周赧王颤抖着向秦昭王鞠躬行了一礼,想说什么,却一句话也说不出来,脸涨得通红,直红到了耳根子上。

"哈哈哈!天子向寡人行礼了,天子向寡人行礼了!"秦昭王高兴得手舞足蹈,仰天大笑起来。

看在周赧王还算"识趣"的分上,秦昭王封周赧王为"周公",将秦国的梁城之地三千户作为"周公"的食邑,然后将西周公贬为家臣,替新封的"周公"管理家务。紧接着,秦昭王派大将赢樛进入洛邑,接受周室土地和象征天下的九鼎。计西周公所辖之地,仅三十六城邑,人众三万余户。

赢樛拆毁周室宗庙,将九座宝鼎装上大船,欲运回秦都,不料船行河中,其中一鼎忽然掉入水中,顷刻间波涛大作,狂风暴雨自天而降。赢樛等人吓得面无人色,匍匐在船板上,不住地祝颂周室文、武二王,乞求二王饶其拆庙之罪。九鼎中只有八鼎运回了秦都。象征着中原之地的豫州宝鼎,永远沉在了水底。赢樛回到秦都,身上忽冷忽热,暴病而亡。

种种怪异之事接连发生,使得秦昭王兴头大减,但还是兴师动众,将八座宝鼎列于宗庙之中,然后秦昭王身着天子冠服,以八座宝鼎盛陈四方贡物,祭祀上天,正式自称为"天子",并遣使遍告天下,令列国以臣下之礼,入秦祝贺。

韩、齐、楚、燕、赵、魏六国慑于秦昭王之威,纷纷以太子或相国为使,携带贡物,以"臣下"之礼,向秦昭王这位"新天子"表示祝贺。身在梁城的"周公"闻听此事,长叹了数声,郁郁而亡,传国八百余年的周王朝,从此灭亡。

东周列国的时代,亦正式完结,史家自此以后,开始以秦王纪年。

秦庄襄王元年(公元前249年),秦丞相吕不韦灭亡东周国,除了周室的最后一点残余。

秦王政十七年(公元前230年),秦内史腾攻灭韩国。

秦王政十九年(公元前228年),秦将王翦攻灭赵国,赵公子嘉出奔代地,自立为代王。

秦王政二十年(公元前227年),燕太子丹派荆轲刺秦王,以失败告终。

秦王政二十二年(公元前225年),秦将王贲决黄河之水灌大梁城,三月后,大梁城崩,魏国灭亡。

秦王政二十四年(公元前223年),秦将王翦大破楚军四十万,楚国灭亡。

秦王政二十五年(公元前222年)秦将王贲大破燕、代之兵,燕国灭亡,代王嘉被俘。

秦王政二十六年(公元前221年)秦将王贲攻灭齐国。至此,韩、赵、魏、楚、燕、齐六国俱亡,秦王政一统天下,自称始皇帝。